잃어버린 은띠를 찾아서

Rumo & Die Wunder im Dunkeln

Original title: Rumo & die Wunder im Dunkeln by Walter Moers
first published 2003 by Piper Verlag GmbH, München
© 2017 by Albrecht Knaus Verlag
a division of Penguin Random House Verlagsgruppe GmbH, München, Germany.
through Eric Yang Agency, Seoul.

잃어버린 은띠를 찾아서

ⓒ 들녘 2006

초판 1쇄	2006년 6월 10일	
초판 6쇄	2010년 3월 2일	
중판 1쇄	2014년 8월 18일	
중판 5쇄	2023년 1월 31일	

지은이	발터 뫼르스			
옮긴이	이광일			

출판책임	박성규	펴낸이	이정원
편집주간	선우미정	펴낸곳	도서출판 들녘
편집	이동하·이수연·김혜민	등록일자	1987년 12월 12일
디자인	고유단	등록번호	10-156
마케팅	전병우	주소	경기도 파주시 회동길 198
멀티미디어	이지윤	전화	031-955-7374 (대표)
경영지원	김은주·나수정		031-955-7381 (편집)
제작관리	구법모	팩스	031-955-7393
물류관리	엄철용	이메일	dulnyouk@dulnyouk.co.kr

ISBN	978-89-7527-001-7 (04850)
	978-89-7527-628-6 (세트)

값은 뒤표지에 있습니다. 잘못된 책은 구입하신 곳에서 바꿔드립니다.

잃어버린 은띠를 찾아서

발터 뫼르스 | 이광일 옮김

들녘

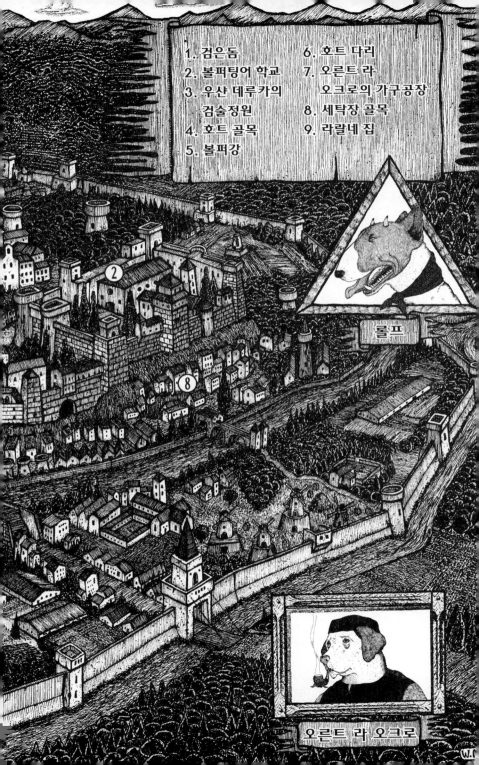

1. 검은 돔
2. 볼퍼팅어 학교
3. 우샨 데루카의
   검술정원
4. 호트 골목
5. 볼퍼강
6. 호트 다리
7. 오른트 라
   오크로의 가구공장
8. 세탁장 골목
9. 라랄네 집

롤프

오른트 라 오크로

궤를 하나 생각해보라!

그러니까, 서랍이 많이 달린 큰 궤다.
차모니아의 모든 기적과 비밀이 담겨 있고,
서랍들은 전체가 알파벳순으로 배열돼 있다.
그런 궤가 절대적인 어둠 속에서 둥둥 떠다닌다.

그런 상상을 할 수 있겠는가?

좋다! 이제 보라. 서랍 하나가 열리는 것을!
R자 붙은 서랍,
루모의 R처럼.

자, 이제 안을 들여다보라! 안쪽 깊숙이!
서랍이 다시 닫히기 전에.

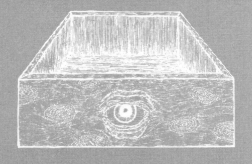

|차례|

제1부
지상세계

제2부
지하세계

제1부

지상세계

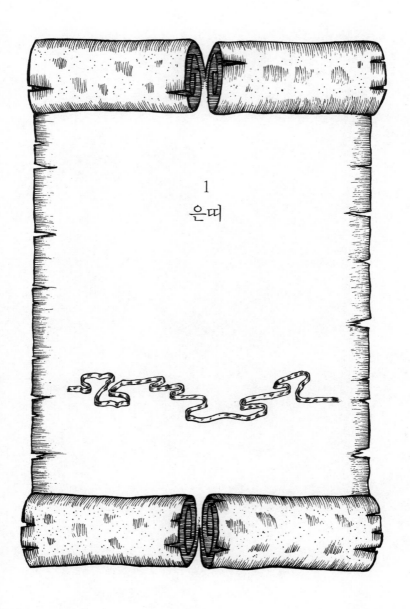

1

은띠

루모는 싸움을 잘했다.

그러나 이 이야기가 시작되는 시점에만 해도 그는 그런 일에 대해서는 아직 아무것도 모르고 있었다. 자신이 볼퍼팅어라는 것도, 앞으로 차모니아 최고의 위대한 영웅이 될 거라는 것도 몰랐다. 이름도 없고 부모에 대한 일말의 기억도 없었다. 자기가 어디서 왔는지 어디로 가게 될지도 몰랐다. 다만 자기가 뛰노는 농가가 자신의 왕국이라는 사실만 알 따름이었다.

농가의 지배자

루모의 매일 아침은 농가 가족 전체가, 즉 일곱 페른하헨 난쟁이들이 이 잠자는 젖먹이의 모습을 보고 황홀해하면서 달콤한 페른하헨 노래로 깨워주는 것으로 시작됐다. 귀여워 죽겠다는 듯이 귀를 살살 긁어주고 팔에 안아 우야우야 해주는가 하면 털가죽을 쓰다듬고 목덜미 불룩한 부분을 끌어안곤 했다. 그러면 루모는 기분 좋게 가르랑가르랑 하는 소리로 답했다. 루모가 서툴게 기며 어디로 갈라

15

치면 바로 다들 달려왔다. 움직임 하나하나에 환호하고 어루만져주었으며, 앞발을 딛고 비틀거리기만 해도 쓰다듬어주었다. 가장 신선한 우유를 갖다 주고 숯불에 바삭바삭하게 구운 소시지를 주기도 했다. 그늘에서는 제일 선선한 곳에 앉히고 난롯가에서는 가장 따뜻한 곳에 앉혀주었다. 꼬마가 낮잠이라도 잘라치면 모두가 까치발을 하고 살금살금 걸어 다녔고, 그러다 하품을 하며 깨어날라치면 따뜻한 사과과자와 코코아, 달콤한 크림 같은 것으로 기운을 북돋아주었다. 늘 누군가가 옆에서 놀아주고 실랑이를 벌이거나 루모가 이빨 없는 주둥이로 물어도 물려줄 자세가 돼 있었다. 루모가 우당탕탕 날뛰다가 피곤에 지치는 저녁이면 부드러운 솔로 빗겨주고 자장가를 불러 재워주었다. 그렇다. 루모는 알게 모르게 이 농가의 지배자였다.

농가에는 젖소와 농마(農馬), 늪돼지 등등 다른 동물도 많았다. 하나같이 루모보다 크고 힘세고 생활에 쓸모 있는 동물이었다. 그러나 누구도 루모만 한 사랑을 누리지는 못했다. 루모의 독점적 지배를 우습게 아는 유일한 녀석은 검은 거위였다. 목이 길고 키가 루모의 배는 됐으며 가까이 다가가면 늘 불쾌하기 이를 데 없는 소리로 쉿쉿거렸다. 그래서 루모는 가능한 한 그 거위한테는 가까이 가지 않았다.

통증

어느 날 아침 작은 바구니 속에서 잠자던 루모는 평소처럼 페른하헨들의 달콤한 노랫소리가 아니라 찌르는 듯한 통증에 잠을 깼다. 입안에 뭔가 이상한 것이 느껴졌다. 전에는 주둥이 내부가 끈적끈적하면서도 축축하고 둥글면서도 부드럽고 미끌미끌해서 혓바닥이 스르르 미끄러졌다. 그런데 지금은 뭔가 새로운 것, 뭔가 불쾌한 것이 들어 있었다. 구강 위쪽, 윗입술 뒤쪽에서 그리 멀지 않은 곳에서 잇몸이 부풀어 오르고 있었던 것이다. 뾰족한 돌기 같은 것이 그 아래서 자라면서 이런 욱신거리는 통증을 유발하는 것 같았다. 루모는 이 통증이 불쾌하기 이를 데 없었다. 그래서 이런 상태를 모두에게 알려 그에 맞는 보살핌과 위로를 받아야겠다고 결심했다.

그러나 주위에는 아무도 없었다. 힘들게나마 헛간으로 가지 않을 수 없는 처지였다. 페른하헨들은 이맘때면 대개 거기서 짚을 갈퀴로 파 던지는 일에 몰두하고 있었다. 루모로서는 그 이유를 도무지 알 길이 없었지만, 헛간으로 가는 길은 험난하기 이를 데 없다는 것을 루모는 경험으로 알고 있었다. 부엌을 가로질러, 위험한 나뭇조각들이 널브러진 베란다를 넘어서, 계단을 내려가, 질퍽질퍽한 뜰을 건너고, 저 꼴통 같은 거위를 지나서, 늘 돼지 똥이 널려 있는 꿀꿀이 먹이통을 여럿 돌아가야 한다. 힘겨운 여정이었다. 대개는 페른하헨 아이들이 안아서 건네주던 길이었다. 네 발로 가다가 발이 접질려 넘어지지만 않아도 좋을 텐데! 페른하헨들처럼 두 발로 뛰어다닐 수 있다면 얼마나 좋을까.

루모는 바구니에서 기어 나와 뒷발로 땅을 디디고 신음 소리를 내면서 상체를 일으켰다. 오른쪽으로 비틀, 왼쪽으로 비틀비틀하다가 결국은 울타리 말뚝처럼 곧추섰다. 이야! 이렇게 쉽다니!

그는 다 큰 페른하헨처럼 전진했다. 자부심이 가슴 가득 느껴졌다. 이제까지 느껴보지 못한, 날아갈 듯한 기분이었다. 단 한 번도 비트적거리지 않고 부엌을 성큼성큼 지나 반쯤 열린 문을 쾅 쳐서 열고는 베란다 계단 네 개를 한꺼번에 뛰어내리기까지 했다. 다리를 힘껏 벌리고는 마당을 성큼성큼 건너갔다. 아침 햇살이 따사로웠다. 공기는 신선하면서도 상쾌했다.

　루모는 깊이 숨을 들이쉬고는 두 앞발을 허리에 떡 하니 대고 검은 거위 옆을 지나쳤다. 갑자기 덩치가 거위만 해진 것이다. 거위는 움찔하고 물러서서 어안이 벙벙해 쳐다보더니 뒤에서 뭐라고 심술궂은 소리를 하려고 했다. 그러나 두려운 나머지 입도 뻥긋하지 못했다. 루모는 거위를 거들떠보지도 않은 채 신경 끄고 앞으로 앞으로 나아갔다. 지금까지 이렇게 대견하고 만족스러운 적은 생애에서 단 한 번도 없었다.

은띠

루모는 잠시 멈춰 서서 털가죽에 쏟아지는 햇살을 즐겼다. 실눈을 뜨고 눈부신 햇살을 바라보다가 이내 눈을 감았다. 거기에 다시 나타난 것은 세상이었다. 눈을 감으면 세상은 모습을 드러내곤 했다. 그것은 냄새의 세계로, 그의 내면의 눈앞에서 수백 가지 색채로 산들거렸다. 붉고, 노랗고, 푸르고, 파란 빛으로 된 가는 빛줄기들이 뒤죽박죽이 되어 펄럭인다. 푸른빛은 그 옆으로 우거진 풍성한 로즈메리 덤불로 이어졌고, 노란빛은 맛 좋은 레몬과자로 이어졌고, 붉은빛은 건초더미를 은은히 태우는 연기로 이어졌다. 파랑은 가까운 바다의 냄새를 실어 오는 신선한 아침 바람이었다. 그러고도 다른 많고 많은 색채가 있었다. 늪돼지들이 뒹구는 진창의 갈색 깃발처럼 흉하고 더러운 색채도 있었다. 그러나 루모가 정말 놀란 것은 전에는 결코 맡아보지 못한 어떤 색깔이었다. 이 모든 지상의 냄새 위로 저 높은 곳에서 은빛 띠 하나가 펄럭이고 있었다. 그것은 분명 얇고 부드러운 띠였다. 그는 내면의 눈으로 똑똑히 보았다.

　이상한 불안감이 루모를 엄습했다. 그것은 딱히 뭐라고 집어 말할 수 없는 열망이자 여태껏 한 번도 느껴보지 못한, 모든 것을 제쳐 두고 오로지 저 먼 곳을 향해 달려가고 싶은 욕망이었다. 그는 숨을 깊이 들이쉬지 않을 수 없었다. 그러자 전율이 스쳐 갔다. 아주 강력하면서도 멋진 느낌이 내면에서 솟구쳐 올랐다. 꼬마의 어린 마음으로도 이 띠를 방향타 삼아 그 냄새의 근원까지 따라가보면 거기에 행운이 기다리고 있을 것이라는 느낌이 들었다.

그러나 일단 불평을 하소연하려면 헛간으로 가야 했다. 그는 다시 눈을 뜨고 계속 행진해나갔다. 헛간에서 짚을 말리거나 태울 때 햇빛이 들지 못하게 쳐놓은 커다란 붉은 커튼 앞에 도달했을 때 그는 갑자기 멈췄다. 뭔가 새로운, 이상한 감정이 개선장군 같은 행진을 멈추도록 한 것이다. 그의 무릎이 흐물흐물해졌다. 그리고 다시 네 발로 걷고 싶은 충동을 이겨내기 위해 이를 악물어야 했다. 피가 머리로 솟구치더니 앞발이 떨리면서 이마에는 땀이 흘렀다.

루모는 이 커튼이 그의 삶에서 새로운 장이 될 것이라는 것을, 지금이 동물적 유산을 떨쳐버리는 과정이라는 것을 알지·못했다. 또 이제 두 발로 걸어서 커튼 안으로 들어서더라도 앞으로는 남들이 전혀 다른 눈으로 보게 될 것이라는 사실도 몰랐다. 직립보행을 하는 볼퍼팅어들은 야생 볼퍼팅어보다 더 존중을 받는다. 그러나 루모는 자신이 헛간에 등장했다는 것이 뭔가 의미 있는 사건이라는 사실을 직감했다. 작은 가슴이 콩닥콩닥 뛰었다. 그는 자기가 이토록 용기를 발휘하고 있다는 데 대해 혼란스럽고 당혹스러웠다. 무대에 올랐을 때의 두려움 같은 것이었다.

루모는 그런 초조함을 느낄 때 배우들이 하는 방식으로 행동했다. 즉 커튼 사이로 관객이 무엇을 하고 있는지를 엿보는 것이었다. 루모는 조심조심 머리를 커튼 틈 사이로 들이밀고 헛간 안쪽을 들여다보았다.

외눈박이 거인족

안은 어두웠다. 게다가 햇빛에 눈이 부셔 새로운 상황에 익숙해지려면 잠시 시간이 필요했다. 처음에는 통나무 같은 목재와 짚단의 그림자밖에 보이지 않았다. 그 사이로 헛간 창문을 통해 한 뼘 너비는 됨직한 햇살이 흘러들었다. 다시 눈을 가늘게 뜨고 들여다보고 나서

는 헛간 안에서 예상과는 전혀 다른 일이 벌어지고 있음을 알아챘다. 큰 자루에 짚을 채워 넣고 있는 것은 페른하헨들이 아니었다. 오히려 거대하고, 뿔 난, 시커먼 외눈박이 괴물들이 페르하헨을 자루에 주워 담고 있었다.

그래서 루모가 걱정을 했느냐 하면 처음에는 별로 그렇지 않았다. 그는 거인들의 세계에서 매일같이 벌어지는 설명할 수 없는 일들에 익숙해 있었다. 며칠 전만 해도 등에 혹이 셋 달린 낙타 하나를 농장으로 데려왔는데 그야말로 난리였다! 다들 벼락 치는 날 닭새끼들처럼 산지사방으로 날뛰었다. 낙타는 수 시간 동안 혼이 다 빠져 버린 듯이 매애매애 울어댔다. 그러다 나중에는 여물통에 묶인 채로 건초를 와작와작 씹어대는 지루한 일상을 살아가게 되었다. 헛간의 거인들도 루모에게 불안을 주지는 못했다. 페른하헨 농장에도 추악한 몰골로 말하자면 이들과 막상막하인 동물이 있었다. 오른 늪돼지의 외모는 예컨대 젖꼭지 가죽을 벗겨내고 꼬치에 꿰어 구우면 맛좋은 냄새가 난다는 사실을 알고 있다면 참아줄 만했다. 그런데 이 뿔 달린 존재들의 안면에는 돼지의 흉물스러움과는 다른 뭔가가 있었다. 그들의 눈에는 악의가 번득이고 있었다. 이런 번뜩임을 루모는 어떻게 해석해야 할지 몰랐다. 그런 경험이 없었기 때문이다. 도대체 악의라는 것이 무엇인지도 전혀 몰랐다. 이런 상태로 그는 헛간 안으로 들어섰다. 긴장감은 사라지고 얼음처럼 차가운 평정심이 생겼다. 루모는 이런 긴장된 상황에서도 부자연스럽다고 할 정도의 평온함을 유지할 능력이 자신에게 있다는 것을 알게 되었다. 그는 한 발자국 앞으로 나가면서 볼퍼팅어 스타일의 헛기침을 했다. 폼을 잡으면서 축축한 코로 두 번 숨을 내쉬었다.

그러나 루모는 주위의 누구도 자기에게 신경을 쓰지 않는다는 사실을 알게 됐다. 헛간에 있는 거인들은 그에게 눈길 한 번 주지 않고 하던 일, 즉 페른하헨을 잡아 자루에 담는 일에 몰두했다. 그리고 페른하헨들은 신음 소리를 내며 훌쩍거렸다. 루모는 기분이 상했다. 무시당했기 때문이다. 이제 두 발로 설 수 있는데, 입안의 통증도 참아 냈는데…….

그런데 갑자기 어찌해야 할지가 떠올랐다. 루모는 말을 하고 싶었던 것이다. 달리는 법도 단숨에 배웠는데 말이라고 못 할까. 그는 관심을 끌기 위해 두 문장을 말해볼 생각이었다.

처음 문장은 "저 걸을 수 있어요!"

두 번째는 "입이 아파요!"였다.

그러면 다들 관심을 기울이며 다가와줄 것만 같았다. 루모는 입을 열고 숨을 깊이 들이마신 다음 두 문장을 말했다.

"주 거루수 이유!"

"이부 우파!"

머리에 떠올랐던 바로 그 말은 아니었다. 하지만 입에서 나오자 울림이 좋았고 효과가 있었다. 시커먼 자들이 페른하헨들을 자루에 담다가 멈추었다. 페른하헨들은 울부짖다가 멈추었다. 모든 시선이 루모에게 쏠렸다.

갑자기 발이 떨리면서 엉덩이가 납처럼 무거워졌다. 순간 균형을 잡으려 했지만 바로 뒤로 넘어져 먼지 속에 주저앉고 말았다. 그는 새로운 경험을 했다. 생애 최초로 엄청난 실수를 한 것이다. 외눈박이 거인 하나가 그에게 쿵쿵 다가오더니 귀를 잡아 자루에 집어넣었다.

악마바위 외눈박이 거인족 이야기

악마바위 외눈박이 거인들은 성질 더러운 족속으로, 떠돌아다니는 악마바위에서 산다. 그들을 차모니아의 대표적인 해적으로 분류하는 것은 과학적으로 부정확하다. 해적이란 엄밀한 정의에 따르면 배를 타고 움직이며 최소한 항해의 법칙은 준수하기 때문이다. 그러나 악마바위 외눈박이 거인족은 자연의 산물인 저 전설적인 악마바위를 타고 움직인다. 악마바위로 말할 것 같으면 산소와 온갖 광물의 혼합체로서 둥둥 떠다닐 수 있고, 크기는 주택가 한 블록만 하다. 게다가 그들은 법칙이라는 것은 일절 준수하지 않는다. 자연의 법칙을 빼고는. 그들은 속이 빈 바위 위에서 밀물과 썰물에 따라 이리저리 떠다니다가 우연이 이끄는 대로 가서는 거기에 불안과 공포를 퍼뜨린다.

평균적인 차모니아 사람에게 죽어도 피하고 싶은 것이 무엇이냐고 물어보면 가장 흔한 대답은 악마바위 외눈박이 거인들에게 붙잡히는 것이었다. 떠돌아다니는 악마바위가 수평선에 나타났다는 이유만으로 자기 배를 침몰시키는 선장도 있었다. 그 괴물들의 먹이가 되느니 선원들과 함께 익사하는 쪽을 택한 것이다. 해안가치고 그들에게서 안전한 곳은 아무 데도 없었다. 그들은 최근 수백 년 동안 바닷가 도시에는 거의 다 출몰했다.

떠돌아다니는 악마바위는 원래 거대한 용암 덩어리로, 지하 화산이 수천 년 전에 깊은 바다로 토해낸 것이었다. 용암은 식었고 속에 스며든 산소 때문에 바다 표면으로 떠오르게 됐다. 수면에서 보면 삐죽삐죽 솟은 여러 개의 바위섬처럼 보인다. 하지만 빙산처럼 전체가 하나의 덩어리를 이루는 구조물로, 돌출 부위만 보일 뿐 대부분은 수면 아래 있었다. 언제 어떻게 외눈박이 거인족이 이 떠다니는 섬에 정착했는지는 알려지지 않았다. 하지만 외눈박이 계열 야만인들의 출몰을 다룬 보고서와 도시 연대기들에 따르면 수백 년 전에 이미 그렇게 됐음이 분명했다. 추측하건대 그들은 차모니아 해변에 바위가 자초한 것을 보고 거기 올라갔다가 갑자기 밀물이 밀려드는 바람에 함께 떠내려갔을 것이다.

겉보기에 외눈박이들은 운명에 몸을 맡기고 떠다니는 섬의 향방에 영향을 미치려는 어떠한 시도도 하지 않는 것 같았다. 그들은 뭘 궁리하는 법이 없어서 이 기이한 배에 돛이나 노나 닻을 갖추지도 못했고, 그래서 섬이 어느 불운한 해변에 도착하게 될지를 그저 조수와 해조에 맡겨놓고 있었다. 조수 운이 좋아 어딘가에 표착하게 되면 그들은 즉각 뭍에 올라 도시와 마을을 덮치고 포로를 잡아갔다. 밀물이 떠다니는 섬을 다시 바다로 끌고 가버릴 때까지.

이 정도가—개략적이나마— 그다지 감흥이 있을 것도 없는 악마바위 외눈박이 거인족의 역사다. 그런데 이번에는 그들이 헤른하힝엔의 해변에 나타난 것이다.

루모는 자루 속에 들어가서도 나쁜 일이 생길 거라고는 꿈도 꾸지 않았다. 거인으로 보이는 생명체들이 전혀 알 수 없는 이유로 자기를 짐처럼 덥석 들어 이리저리 데리고 다니는 데 익숙해 있었기 때문이다. 자루에 들어갔다는 것은 그저 상황이 좀 바뀐 정도에 불과했다.

진짜 근심거리는 치통이었다. 지속적인 통증은 그가 보아온 안온한 세계상과는 전혀 어울리지 않는 것이었다. 물론 가끔 통증을 견뎌야 할 경우가 있기는 했지만 이처럼 지속적인 종류는 결코 아니었다. 코에 뭐가 떨어진다든가 베란다의 나뭇조각이 앞발에 부딪힌다든가 하는 정도였다. 그런데 이 새로운 통증은 일시적인 것이 아니었다. 서서히 커지더니 점점 심해졌다. 더구나 입속 다른 쪽에서도 비슷한 통증이 시작됐다. 그런데도 루모는 조용히 꼼짝하지 않고 있었다.

26

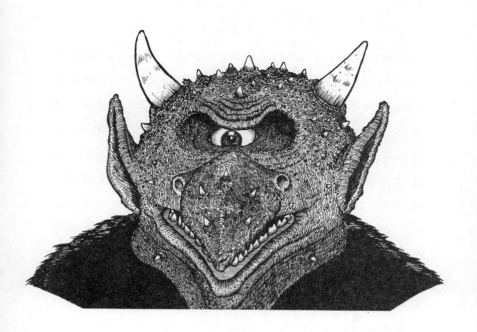

외눈박이들의 음식

악마바위에 남아 있는 외눈박이들은 이미 며칠 전부터 물살이 자기네 거주지를 어디로 끌고 갈지 알고 있었다. 이제 몇 시간 후면 다시 먼 바다로 떠밀려나갈 판이었다. 그들은 초조한 마음에 좌초한 모래톱 너머 이곳저곳을 유심히 관찰했다. 다들 약탈을 마치고 돌아왔는데 열두 명이 아직 오지 않았던 것이다.

절규에 가까운 소름 끼치는 소리가 바다와 육지 사이에서 피었다가 사라지고, 사라지는가 하면 다시 피는 안개를 뚫고 울려 퍼졌다. 소라고둥 부는 소리였다. 그런데 외눈박이들 귀에는 이것이 음악 소리처럼 들렸다. 그리하여, 마침내 뒤처졌던 열두 명도 되돌아왔다.

이 외눈박이 야만족들은 모래톱에 나타나서는 꽉 찬 자루를 의기양양하게 높이 쳐들었다. 속에서는 노획물들이 심하게 버둥거리고 있었고 외눈박이들은 득의만면했다.

한 생명체가 다른 생명체에게 가할 수 있는 최악의 짓거리를 상상해본다면—실제로 그런 생각을 끝까지 밀고 나갈 만한 기력이 있어야겠지만— 아마도 산 채로 먹어 치우는 것이라는 결론에 도달하게 될 것이다. 오른 늪돼지를 가능한 한 빨리 고통 없이 죽인 다음, 그 흉측한 젖꼭지 껍질을 벗겨내고 로즈메리로 속을 채운 뒤 꼬치에 꿰어 돌리면서 굽는 것이 나무랄 데 없는 요리법이라는 데 대해서는 차모니아인 대부분이—채식주의자만 빼고— 의견의 일치를 보았다. 반면에 살아 있는 돼지의 몸에서 펄떡펄떡 뛰는 심장을 도려내어 꿀떡 삼키는 것, 이것은 나무랄 데 없는 행동이 전혀 아니었다. 심지어 그런 문제에 관한 규정도 있었다. 물론 모두가 규정을 준수하는 것은 아니었다. 예를 들면 베어울프와 이파리늑대가 그러했고 또 몇몇 감각이 무디디 무딘 족속들이 그러했다. 그러나 산 채로는 먹지 않는다는 일반적인 합의와 가장 거리가 먼 족속이 바로 악마바위 외눈박이들이었다. 외눈박이들은 먹이가 아직 움직이고 있을 때에만 맛을 즐겼다.

이들은 먼 바다에 나가면 살아 있는 물고기를 먹었다. 배를 나포하면 선원, 해적, 승객, 선장 할 것 없이 산 채로 먹어 치웠고, 심지어 나중에는 짐칸에 있는 쥐며 바퀴벌레며 구더기까지 잡아 잡쉈다. 뭍에 오르면 살아 있는 차모니아 주민들을 먹어 치웠다. 먹이가 어떤 족속이냐는 별 의미가 없었다. 외눈박이들은 그런 점에서는 전혀 까다롭지 않았다. 활발히 움직이기만 하면 숲거미마녀라도 잡아먹을 정도였다. 외눈박이들이 음식물의 질을 따지는 기준은 무엇보다도 신선도였다.

이들은 희생물을 잡아먹는 동안 가능한 한 오래 숨이 붙어 있도록 하는 세련된 기술을 발전시켰다. 심장이나 뇌, 폐 같은 생명 유지에 필수적인 기관은 끝까지 아껴두었다가 맨 나중에 먹었다. 발톱, 뼈, 비늘, 눈알, 속눈썹, 더듬이 등도 나중 차지였다. 외눈박이들에게 특별히 중요한 것은 소리를 내는 데 중요한 기관과 내장을 가능한 한 손상되지 않도록 유지하는 일이었다. 혀, 후두부, 폐엽, 성대 등은 최고의 미식(美食)으로서 식사의 압권으로 꼽혔다. 비명을 지르거나 신음 소리를 내거나 훌쩍거리는 것은 소금 한 숟갈이나 마늘향 또는 월계수 잎의 방향과도 같은 것이었다. 외눈박이들이 식사를 할 때는 눈만이 아니라 귀도 함께했다.

이들은 음식물을 세 종류로 구분했다. 하급은 불가피할 때만 먹는 것으로, 살아 있기는 하지만 거의 움직이지 않거나 소리를 전혀 낼 수 없는 것들이다. 섭조개, 굴, 달팽이, 해파리 같은 것들이 여기에 속한다. 중급으로는 소리를 지르지는 못하지만 그래도 활발하게 움직일 수 있는 동물들이 속한다. 종류 불문하고 모든 물고기와 문어, 가재, 게, 물맞게 등등. 상급에 속하는 것은 죽음에 대한 공포 때문에 말하고, 외치고, 울부짖고, 낑낑거리고, 깍깍거리고, 지저귀고, 매애거리는 등등의 무슨 소리든 낼 수 있는 생물이다. 나티프토프냐 비버냐, 페른하렌이냐 볼퍼팅어냐, 해안난쟁이냐 갈매기냐, 침팬지냐 하는 것은 외눈박이들에게는 아무 상관이 없었다. 중요한 것은 잡아먹는 동안 음식이 종류에 맞게 가능한 한 큰 소리를 내주는 것이었다.

자루에 든 페른하렌들이 버둥거리고 통곡하는 것이 외눈박이들에게 얼마나 식욕을 돋워주는 행동인지를 감이라도 잡았다면 다들 루모처럼 조용히 있었을 것이다. 루모는 자기를 데리고 하는 이 이상한 놀이가 언제 끝날지 곰곰이 생각하고 있었다.

식료품 창고

루모가 그 곰팡내 나는 감옥을 벗어난 뒤 가장 놀란 것은 이제 더이상 농가가 아니라는 사실이었다. 그는 딛고 서 있는 바닥이 흔들린다는 것을 알아채고는 엄청 놀랐다. 그러면서도 안심이 됐던 것은 온 가족이 무사히 모여 있고, 거대한 외눈박이들이 눈에 띄지 않는다는 점이었다. 바닥은 흔들리고 평평하지도 않고 미끈미끈했다. 그런데도 루모는 곧추섰다. 그러나 왜 이런 사실을 알아주고 잘했다고 칭찬해주는 사람이 아무도 없는지 이해할 수 없었다. 자기편 사람들도 전혀 관심을 주지 않았다. 오히려 아주 어색한 태도를 취했다. 보통 때 같으면 다정한 표정이었을 얼굴들이 찡그린 상으로 바뀌어 있었다. 게다가 몇몇은 눈에서 끊임없이 물이 흘러나왔다. 루모는 속으로 '내가 자던 바구니는 어디 갔을까' 하고 생각했다. 내 바구니도 안 가지고 이렇게 멀리 나오지는 않았을 텐데. 아니지, 그럴 리가 없지. 이제 장난은 이만하면 됐어. 좀 제대로 된 음식을 먹고 자장가를 들으면서 노곤하게 졸기라도 하면 얼마나 좋을까.

페른하헨들은 지금의 사건을 다른 시각에서 보고 있었다. 이들은 악마바위에 관한 소문을 알고 있었다. 상당수가 할아버지나 다른 친척들이 외눈박이한테 끌려간 경험이 있었다. 그래서 앞으로 어떤 일이 닥쳐올지 알고 있었다. 기적이 일어나지 않는다면 말이다.

반면 외눈박이들에게는 이런 모든 일이 수수께끼도 아니고 비극적인 것도 아니고 유쾌할 따름이었다. 그들은 그저 식량창고를 채우면 흐뭇했다. 약탈에 성공해서 돌아오면 다시 거친 바다로 멋지고 자유로운 삶을 향해 나아갈 뿐이었다.

루모는 페른하헨들과 함께 악마바위 한가운데에 있는 커다란 동굴로 끌려갔다. 이 동굴은 외눈박이들로서는 섬에서 가장 멋진 공간이었다. 여기다 생필품을 보관해놓고는 아침이면 조반을 가져갔고, 저녁이면 만찬거리를 챙겨 갔다. 한밤중에 찾아오는 경우도 있었는데 잠에 취한 상태에서도 건강에도 안 좋은 야식이라면 사족을 못 썼다.

거대한 동굴의 사방 벽에는 고리를 박아놓았다. 페른하렌들은 목이나 팔, 다리에 사슬을 찬 상태로 거기 매달려 있었다. 바닥에 파놓은 여러 구덩이에는 바닷물이 높이 들어차 살진 물고기와 문어들이 서로 앞으로 가려고 밀쳐대고 있었다. 많은 우리에는 야생동물, 살쾡이, 곰, 사자 등등이 앉아 있었다. 돼지, 닭, 암소 같은 온순한 가축들은 마음대로 여기저기 돌아다녔다. 다만 높고 촘촘하게 엮은 울타리로 동굴 입구를 막아 달아나지 못하도록 해놓았다. 바닷물을 가득 채운 돌로 된 수조와 항아리에는 가재와 왕새우들이 뒤엉켜 기어 다니고 있었다. 굴이 다닥다닥 붙어 있기도 했다. 악마바위에 절대 떨어지지 않는 것이 있다면 바로 살아 꿈틀거리는 먹을거리였다.

끔찍한 밤

이날 밤 루모는 동굴로 붙잡혀 온 대부분의 사람들과 마찬가지로 눈을 붙일 수가 없었다. 바닥은 흔들리지, 웅덩이에서는 물이 이리저리 찰랑거리고, 탄식에 울부짖음에, 징징거리는가 하면 꽥꽥거리거나 절규하는 소리도 들렸다. 지금까지 이토록 불편한 수면 조건을 견뎌야 한 적은 없었다. 놈들이 루모를 마음대로 돌아다니게 내버려둔 걸 보면 그저 만만한 가축 정도로 생각하는 게 분명했다. 가장 충격적인 일은 페른하렌들이 루모를 거의 알아보지 못했다는 사실이다. 그들 사이로 비집고 들어가도 무관심은 마찬가지였다. 그들은 벽에 사슬로 묶인 채 마냥 울어댈 뿐이었다.

루모는 기분이 상해서 달리 호감을 살 만한 곳을 찾아 동굴 안을 이리저리 뛰어다녔다. 그러나 어딜 가도 우울한 분위기는 마찬가지였다. 누구도 놀아주려 하지 않았고, 다들 제 생각만 하고 있었다. 어딜 가나 비탄과 흐느낌뿐이었다.

마침내 루모는 동굴 벽 안쪽으로 우묵하게 들어간 공간으로 자리를 옮겼다. 지름이 한 일 미터쯤 되고 입구는 좁았다. 용암에 부피가 제법 되는 둥근 기포가 들어가 생긴 것으로 사방에서 튀는 물을 피할 수 있었다. 그는 몸을 웅크리고 눈을 감았다. 그러나 그럴수록 파도가 일렁거리는 느낌은 훨씬 강렬해졌다. 그래서 다시 눈을 뜨고는 어둠 속에서 멍하니 누워 있었다. 그래도 너무 서글프고 불안했다. 남들도 다 마찬가지였다.

루모의 지금까지의 생애에서 가장 길고도 끔찍한 밤이었다. 외눈박이 하나가 계속 동굴을 들락거리며 먹을 것을 가져갔다. 닭, 가재, 돼지, 페른하헨 등등. 돼지면 꿀꿀거렸고, 닭이면 꼬꼬댁거렸고, 페른하헨이면 비명을 질렀다. 이런 상태에서 눈을 붙인다는 것은 불가능했다.

가장 소리가 요란한 때는 외눈박이가 하필 사자에게 식욕을 느낄 때였다. 루모는 사자를 본 적이 없었다. 그러나 제일 큰 우리에 갇힌 이 황금빛 갈기의 동물이 오만하고 위험한 존재라는 사실은 감을 잡고 있었다. 시장기를 느낀 외눈박이가 우리 옆을 분주히 오가면 사자가 포효하는 바람에 동굴에 갇힌 모두가 벌벌 떨었다. 저 깊은 곳에서 천둥처럼 울려 나오는 포효는 생명체의 소리라기보다 자연재해 때 나는 소리 같았다. 조금만 정신이 있다면 가능한 한 멀리 달아나고 싶은 소음이었다. 그러나 외눈박이는 하품을 늘어지게 하고는 아무 거리낌 없이 우리 안으로 들어갔다. 이제 포효는 울부짖음으로 바뀌었고, 그 소리에 동굴의 벽이란 벽은 다 진동했다. 외눈박이는 사자 쪽으로 잽싸게 다가가더니 목덜미를 낚아챘다. 다른 손으로는 이 거대한 고양이의 꼬리를 잡아 손목에 한 번 말더니 석탄 자루라도 되는 양 어깨에 턱 메고 성큼성큼 나가버렸다.

루모는 다시 몸을 웅크렸다. 계속되는 소음도 소음이지만 입속의 통증 때문에 잠을 잘 수가 없었다. 두 곳에서 새로 잇몸이 부풀어 올랐다. 이것이 동굴 안에서 벌어지고 있는 사태보다도 훨씬 더 불안했다. 하룻밤 사이에 온 세상이 그에게서 등을 돌렸다. 심지어 제 몸뚱이마저 반기를 들었다. 그는 칭얼대다 못해 눈물을 몇 방울 떨어뜨리기까지 했다. 새벽이 돼서야 루모는 잠시나마 불안한 잠에 빠져들었다. 그나마 무수한 악몽에 시달리면서.

아침 식사

루모가 깨어났을 때 바닥은 이제 그리 심하게 흔들리지 않았다. 털가죽은 천장에서 떨어지는 물로 푹 젖었다. 다급히 오줌보를 비우지 않을 수 없었다. 새로운 고향으로 삼은 작은 굴 밖으로 나가 처리했다. 그런 다음 사태가 좀 나아졌는지를 알아보려고 탐색에 나섰다. 이제 누군가 자기와 놀아줄 사람이 생길 것도 같았다.

사실 얼핏 보면 그럴 것 같지는 않았다. 아침 식사 시간이 한창이었고, 외눈박이들은 왠지 기분이 상한 듯 꿀꿀거리면서 동굴 이곳저곳을 돌아다니며 그날 처음 하는 식사에 쓸 재료를 고르고 있었다. 대개는 아침용으로 돼지를 선호했다. 꽥꽥거리는 소리에 귀가 멍해졌다. 한 외눈박이는 문어를 찍었다. 다리가 여덟 개나 달린 이 거대한 오징어를 수조에서 잡아내더니 실랑이를 벌이기 시작했다. 이걸 보면서 그 외눈박이의 동료들은 매우 즐거워했다. 문어는 다리를 외눈박이의 몸통과 다리, 목 주위로 감더니 곳곳에 빨판을 딱 붙인 채 쭉쭉 빨아댔다. 외눈박이는 흔들흔들하다가 비틀거리더니 결국은 바닥에 넘어졌다. 그러자 동료들은 고개를 뒤로 젖히고 그르르 하는 소리를 냈다. 이제 루모는 외눈박이들이 어떻게 웃는지 알았다. 넘어진 거인은 둔하게 몸을 일으키더니 오징어의 다리를 하나 잡고는 쫙 찢어버렸다. 문어의 다리에 힘이 풀렸다. 그러나 봐달라고 하기에는 너무 늦었다. 외눈박이는 단번에 두 손으로 문어 다리 세 개를 잡더니 해머던지기 선수처럼 빙빙 돌렸다. 그러더니 동굴 벽에다 패대기를 쳤다. 문어는 먹물통 터지듯이 산산조각이 나고 검은 액체가 산지사방으로 번졌다. 다들 가까이 있었다는 게 불운이었다. 루모는 토하고야 말았다.

외눈박이들이 식료품 창고를 다 떠난 뒤 루모는 다리를 떨면서 입을 가시려고 웅덩이로 갔다. 너무 겁에 질려서 다시 네 발로 걷게 됐다. 그게 더 안전할 것 같았다. 물은 미지근하고 짜고 생선 냄새가 났다. 그래서 두 번째로 토하려는 순간 뭔가 흥미로운 것을 발견했다. 입안 한쪽에서 통증이 멈춘 것이다. 대신 이제 뾰족하고 매끈한 돌기가 생겼다. 어색하고 이상하기는 했지만 혀로 살살 탐색해보니까 그래도 느낌이 좋았다. 다른 곳에선 통증이 계속됐지만 한 곳이라도 괜찮아지니까 이제 그다지 불안하지는 않았다.

루모도 배가 고파졌다. 끈적끈적한 죽이 든 통을 찾아서 좀 먹었다. 처음에는 역겨웠지만 속이 빈 느낌이 가시면서 점점 식욕이 솟았다. 그러고 나서 다시 원래 있던 작은 굴로 기어들어갔다. 처음 난 이빨을 자세히 탐색해볼 요량이었다. 계속해서 혀로 입속에 난 새 물체를 더듬어보았다. 선물을 받은 기분이었다.

사방에서 죽음의 절규가 동굴 안에 울려 퍼졌다. 외눈박이들은 천천히 아침 식사를 즐겼다. 그중 몇몇은 식료품 창고 아주 가까이에서 향연을 즐기고 있음이 분명했다. 페른하헨들은 꼭 부둥켜안고 울며 탄식했다. 전보다 훨씬 격렬했다. 루모는 농가의 왕초였던 농부가 사라졌다는 것을 알게 됐다. 그렇다고 이상하게 생각하지는 않았다. 농가에 있을 때도 왕초는 가끔 여러 날 멀리 떠났다가는 어느 날 갑자기 돌아오곤 했기 때문이다.

루모는 코를 킁킁거리며 여기저기 냄새를 맡고 다녔다. 바다에서 풍겨 오는, 농가와는 전혀 다른 이 냄새에 익숙해지기는 아주 어려웠다. 농가에 있을 때는 흙이며 채소며 생명의 냄새가 났다. 여기서는 비린내와 썩는 냄새 그리고 죽음의 냄새가 났다. 그는 야생동물을 가둔 우리는 멀리 돌아서 갔다. 정말 믿기지 않는 것이 어떤 동물은 그렇게 크고 힘이 셀 수가 없었다! 붉은 고릴라, 머리가 두 개 달린 들개, 눈 하나가 없는 또 다른 사자, 얼룩덜룩 거죽에 피가 묻은 거대한 북극곰. 이런 동물들은 루모에게 공포를 불러일으켰다. 그러나 동시에 그 대단함에 감탄을 금할 수 없었다.

시커먼 웅덩이들

진짜 섬뜩한 것은 시커먼 수조들이었다. 동굴 옆쪽으로 난 구멍에는 둥근 웅덩이가 여덟 개 있었는데 거의 다 시커먼 물로 가득 차 있었다. 이런 물빛은 오징어들 때문이었다. 이들은 다른 바다 생물들 옆에 붙어서 두려운 나머지 끊임없이 까만 먹물을 뭉게구름처럼 뿜어댔다. 짭짤한 물에서는 미끈미끈한 촉완(觸腕)이 나왔다가 뾰족한 뿔이 나왔다가 검은 등지느러미가 나오는가 하면 빛나는 눈알이 달린 촉수가 솟아나왔다. 그러다 한번은 또 한탄하는 듯한 노랫소리가 솟아나왔다. 밤에 염소 한 마리가 뭐가 궁금한지 한 웅덩이에 가까이 다가가는 것이 보였다. 갑자기 두꺼운 빨판이 달린 노란 다리가 시커먼 물속에서 쭉 뻗어 나오더니 눈 깜짝할 사이에 염소의 목을 휘감았다. 염소는 꽥 소리 한 번 해보지 못하고 저 깊은 곳으로 꿀 꺽꿀꺽 하는 소리와 함께 사라져버렸다. 그 후로 루모는 웅덩이라면 고개를 절레절레 흔들며 멀리했다.

인조 웅덩이 가운데 세 개에는 외눈박이들이 상황이 어려울 때를 대비해 통조림처럼 보관해둔 동물들이 들어 있는 것 같았다. 외눈박 이들도 이 동물들을 무서워하는지 그런 웅덩이는 멀리 돌아서 다녔 다. 거기 물은 비교적 맑았다. 오징어가 없었기 때문이다. 그런데 루 모는 육중한 감각과 무시무시한 이빨이 숨어 있는 그 어두운 세계에 서 작지만 인상적인 생물들을 보고 깜짝 놀랐다. 그것들은 무시무시 한 얼굴에 아래턱이 앞으로 툭 튀어나왔고, 움푹 들어간 부위에서 는 불타는 듯한 눈이 번들거리고 있었다. 이 생물들은 정신이 온전

하지 않은 것 같았다. 그중 일부는 긴 더듬이에 등불처럼 빛나는 알 같은 것을 달고 있었다. 루모는 유리로 불어 만든 것 같은 투명 복어를 보았다. 몸속에서 붉은 심장이 펄떡펄떡 뛰고 있었다. 그런데 가늘고 긴 바닷벌레 하나는 물표면 아래서 굽이쳐 다니면서 끊임없이 색깔을 바꾸어댔다. 루모는 새삼 이 깊은 바다의 경이로움을 관찰하고 그 수수께끼 같은 행태를 연구하곤 했다. 이 놀라운 생물들이야말로 최소한 잠시잠깐만이라도 이 불안한 상황을 잊게 해주는 유일한 존재였다.

그러나 진짜 비밀로 가득한 것은 동굴 끝 쪽, 다른 저수지들과는 좀 떨어진 곳에 있는 마지막 저수지였다. 거기 물은 검푸른 웅덩이들과는 달리 짙은 녹색이었다. 그러나 혼탁하기는 다른 웅덩이들이나 마찬가지였다. 루모는 이 저수지로 길을 잘못 드는 외눈박이는 하나도 없으며 멋대로 돌아다니는 동물도 이쪽으로는 오지 않는다는 사실이 퍼뜩 떠올랐다. 아마도 거기서 나는 악취 때문인 모양이었다.

루모는 그 기름 같은 수면 아래 어떤 생물이 숨어 있는지 정말 궁금했다. 대개는 거대한 녹색 등지느러미만이 그 시커먼 반죽에서 솟아나오곤 했다. 아니면 수면 아래 육식어류의 눈알이 뭔가를 노리는 듯 희번덕거리는 것이 보였다. 때로 등 부위가 솟구쳐 나오기도 했는데 큰 물고기나 살찐 듀공을 연상시켰다.

루모가 특별히 이 저수지 쪽으로 가보게 된 것은 전에 잠자리에 들 즈음 느꼈던 미세한 흔들림 때문이었다. 그 움직임들은 그의 내면의 눈으로 볼 때 원형의 붉은 물결 모양이었다. 그 중심에 지느러미가 있는 웅덩이가 있었다. 꼬마 볼퍼팅어로서는 이런 형상들을 어떻게 해석해야 할지 몰랐다. 그러나 그런 형상들이 자기에게 뭔가를 알려주려고 한다는 것은 느꼈다. 그렇다, 이 물속에 숨어 있는 비밀에 가득 찬 생물이 자기와 접촉을 하고자 한다는 것은 느낌으로 알수 있었다. 어쩌면 그를 붙잡으려고 유혹하려는 것인지도 몰랐다. 루모는 그런 신호를 따라가는 대신 밤새도록 은신처에 머물러 있었다.

그러나 동굴에 있는 자들이 다들 깨어나서 활동을 하는 지금 루모는 좀 더 대담해졌다. 잠시 그 웅덩이 근처를 돌아다녀보았다. 그러나 미끈미끈한 빨판 달린 다리가 그 시커먼 물속으로 잡아끌고 들어갈 기회를 줄 만큼 가까이 가지는 않았다. 수면 아래 잠긴 눈이 이리저리 희번덕거리면서 루모의 일거수일투족을 관찰했다. 그러더니 루모가 두 번째로 그 웅덩이 주변을 깡충깡충 뛰어다니고 있을 때 물속에서 등지느러미가 서서히 나타났다. 그것은 해시계용 철제 지침(指針) 같았는데 루모가 세 번째로 웅덩이 주위를 돌 때 제자리에서 그 움직임을 따라 천천히 돌았다.

한동안 그랬다. 지느러미는 물속으로 들어갔다 수면 위로 나왔다 했다. 루모는 웅덩이에서 뒤로 멀리 떨어져서는 다시 다른 곳으로 뛰어가 동굴 여기저기를 쿵쿵 냄새 맡고 다녔다. 그러나 내내 수조에서 눈을 떼지는 않았다. 둘은 어째서 완전히 떨어지지 못하는지 정확히 알지는 못했지만 서로를 살그머니 엿보고 있었다.

한 무리의 외눈박이들이 식료품 창고로 들어와서 아침 식사로 먹을 것을 더 가져갔다. 루모는 동굴 벽 속의 움푹 들어간 은신처에 계속 숨어 있었다. 외눈박이들이 동굴을 뒤지고 다니면 그리로 달려가 숨곤 했는데 자세히 보니 농가에 있을 때 늘 루모를 짜증나게 했던 바로 그 검은 거위가 자기 자리를 차지하고 있었다.

외눈박이 하나가 으르렁대면서 닭 두어 마리를 쫓아버리는 동안 다른 외눈박이들은 여기저기 먹을 것을 찾아 두리번거리고 있었다. 그중 하나가 루모를 보고는 히죽거리며 다가섰다. 루모는 거위를 몰아낼 양으로 으르렁거렸다. 그러나 거위는 혀를 빼내 물고는 푸푸 하면서 위협했다. 그 외눈박이는 작은 돼지새끼들 옆에서 이럴까 저럴까 망설이며 서 있었다.

루모는 효과가 입증된 속임수가 생각났다. 몸을 일으켜 뒷다리로 서서 거위만큼 몸집을 부풀려 다시 녀석을 향해 으르렁거렸다. 전보다 소리도 더 크고 위협적이었다. 이어 잇몸을 드러내고는 거위에게 딱 하나 난 이빨을 내보였다. 거위는 이번에는 쉿쉿거리면서 반격을 하는 대신 소리 없이 뒤뚱거리며 굴에서 물러났다. 루모는 그 틈을 타서 안으로 들어갔다. 당황한 거위가 밖에 멍하니 서 있게 되자 외눈박이의 관심이 쏠렸다. 외눈박이가 입술을 다시고 세 걸음을 디뎠을 때 거위의 목은 이미 그의 손아귀에 들어가 있었다. "꽥!" 하고 거위가 소리를 질렀다. 그것이 루모가 그 거위를 본 마지막 순간이었다.

눈과 지느러미

외눈박이 거인들이 거위와 돼지새끼 몇 마리를 가지고 사라진 뒤 다시 약간의 평온이 찾아들자 루모는 대담하게 은신처를 나섰다. 자석에 이끌린 듯이 그는 저 깊은 곳에서 비밀스러운 눈이 번득이는 악취 나는 웅덩이로 갔다. 잠시 주변을 살그머니 돌아다니는 동안에도 눈길은 계속 수조 속을 응시하면서 그 안에 있는 물체가 한 번 완전히 모습을 드러내기를 고대했다. 그러나 아무 일도 일어나지 않았다. 익히 보아온 대로 지느러미가 떠오르다가 다시 들어가버리고 마는 것 외에는. 그 눈이 수면 아래 나타나자 기포가 슬그머니 솟아나다가 소리를 내면서 꺼져버렸다.

마침내 루모는 과감하게 좀 더 가까이 다가가보았다. 이번에는 배를 땅에 대고 납작 엎드린 채로. 야금야금 기어가다가 결국은 웅덩이 가장자리에서 반 미터밖에 떨어지지 않은 지점에 도달했다. 그 알 수 없는 존재는 완전히 물속에 잠겨 있어서 지느러미도 눈도 보이지 않았다. 다만 볼록한 녹색 기포들만이 펑 하고 터지면서 혐오스러운 악취를 퍼뜨렸다.

루모는 겁 없이 누워서 눈을 감고 냄새를 맡았다. 그래, 이거야! 붉은 진동이 극도로 강렬해졌다! 강력한 심장의 고동처럼 쿵쿵거리는 것 같았다. 느리지만 규칙적이고 마음을 편하게 해주는 고동이었다.

그러는 사이 짙은 녹색 소스 같은 물이 소리 없이 갈라지면서 거대한 잿빛 몸뚱어리가 솟아나오는 것을 그는 보지 못했다. 그것은 커다란 상어의 머리와 이빨에 엄청나게 부풀어 오른 구더기의 몸통을 하고 있었다.

"안녕."

샘처럼 깊은 목소리로 이 생물이 말했다.

루모는 눈을 번쩍 뜨고는 깜짝 놀라 뒤로 서너 걸음 풀쩍 물러섰다. 이어 네 발로 서서 볼퍼팅어 새끼답게 위협적으로 짖어대기 시작했다. 그는 수조에서 나오거나 루모를 공격하려는 듯한 조짐은 전혀 보이지 않았다. 구더기 같은 몸통 좌우로 일곱 개의 옹색한 작은 손을 허우적거리고 있었다.

"이리 와." 그가 차분하면서도 다정하게 속삭였다. "해치지 않아."

루모는 한마디도 알아듣지 못했지만 그 부드러우면서도 울림이 좋은 속삭임에 믿음이 갔다. 그렇지만 거리는 유지했고, 짖기는 멈췄어도 여전히 작은 소리로 으르렁거렸다.

"이리 와." 상어구더기가 말했다. "그냥 이리 오라니까! 난 네 친구야."

"그라아 라 그라아하."

루모가 대답했다. 그는 사실 무슨 뜻인지도 몰랐지만 뭔가 대답을 해야 한다는 급박한 필요는 느끼고 있었다.

"너 말할 줄 아니? 그럼 더 좋을 텐데! 넌 볼퍼팅어야, 알아?"

루모가 이 거대한 구더기가 무슨 말을 하는지 이해하지 못한다는 것은 아무래도 좋았다. 중요한 것은 누군가가 그와 접촉하려 한다는 사실이었다.

"볼퍼팅어."

그 생물은 다시 이렇게 말하면서 네 손가락으로 루모를 가리켰다. "넌 볼퍼팅어야."

"볼파라가." 루모가 말했다.

"넌 빨리 배우는구나."

구더기가 되받으며 웃자 수조의 물이 가장자리로 넘쳐흘렀다.

"자, '스마이크' 해봐!" 구더기가 루모에게 요구했다.

루모가 멈칫했다.

"스마이크! 스마이크!"

"스라?"

"스마이크! 해봐 '스마이크'!"

"스마이" 루모가 말했다.

"그래." 상어구더기가 웃었다.

"스마이크. 폴초탄 스마이크. 그게 내 이름이야."

폴초탄 스마이크 이야기

폴초탄 스마이크는 상어구더기로 충분히 물을 떠나 뭍에서 살 수 있었다. 그러나 악마바위에 머무는 동안에는 순전히 바다생물인 것처럼 행동했다. 스스로 어림잡은 바로 스마이크는 최소한 오백 살은 되었으며 지금까지 살아오면서 이미 외눈박이 거인족에 관해 많은 이야기를 들었다. 개중에는 이들이 먹이로 바다동물보다는 뭍에 사는 종류를 좋아한다는 얘기도 있었다.

외눈박이들이 마침 폴초탄 스마이크가 타고 있던 해적선을 나포하자 그는 지체 없이 식수탱크를 찾아 그리로 숨어들었다. 그러고는 배우 못지않은 열정으로 말 못 하고 둔중한 바다동물인 척했다. 외눈박이들은 깜빡 속아 넘어갔다. 그러나 일단 동굴로 끌고 가 비상용으로 웅덩이에 저장해둔 것이다. 해적들이 한 달 만에 다 잡아먹히는 동안 스마이크는 놀랍게도 살아남았다.

그래도 축축한 환경이 편치는 않았다. 물론 마음만 먹으면 물속에서 숨을 쉴 수 있었다. 그러나 그것은 그가 경멸하는 헤엄치던 선조들이 남긴 괴로운 유산에 불과했다. 마음 같아서야 자신의 계통수(系統樹)에서 이런 점이 존재한다는 것을 간단히 부인해버리고 싶지만 지금 처지에서는 어쩔 수 없이 그 부분에 매달려야 했다. 말하자면 선조들이 하루하루 목숨을 연명시켜주고 있는 셈이었다. 스마이크는 이 년 반을 악마바위에 있는 이 웅덩이에서 살았다. 그런데 그게 식료품 창고의 생명체 중에서는 압도적으로 오래 산 것이었다. 그는 외눈박이들의 습관을, 최소한 이 동굴에서 보이는 습관을 연구할 여가가 충분했다. 끔찍한 노랫소리 하며 화음과는 아주 거리가 먼 그 고둥 부는 소리도 듣지 않을 수 없었다. 또 리듬감이라고는 전혀 없는 북치는 소리로 말하면, 스마이크의 계산으로는, 여섯 달마다 달이 특정한 위상(位相)이 될 때 시작해서 며칠씩 계속됐다. 이를 통해 그들이 언제 축제 내지는 광란의 밤을 보내는지 알게 되었다. 이러한 지식은 목숨을 유지하는 데 요긴했다. 왜냐하면 그런 상황에서는 외눈박이들의 식습관이 돌변해서 누구나 때 이른 종말을 맞이할 수 있기 때문이다. 그는 또 그렇게 광적으로 먹어대는 시기에는 잡혀 온 선원들이 눈 깜짝할 사이에 사라져버리는 것도 보았다. 한두 포로는 바로 그가 보는 앞에서 꿀꺽 삼켜지고 말았다. 잔치가 절정에 이르면 도취한 외눈박이들은 종종 동굴로 몰려와 비명을 지르는 희생물을 동료들이 당혹스럽게 바라보는 가운데 찢어서 먹어버리기도 했다. 그럴 때면 외눈박이들에게는 피가 도수 높은 술과 같은 영향을 미치는 것으로 보였다.

그런 광란이 벌어지는 동안에 폴초탄 스마이크는 웅덩이에서 되도록 깊숙이 잠수해 피지선으로 분비물을 내보냈다. 분비물은 물빛을 짙은 녹색으로 바꾸고 입맛 떨어지는 냄새가 나는 소스처럼 변질시킴으로써 외눈박이들조차 가까이 오지 못하게 만들었다. 그로서도 정말 하기 싫은 일이었다. 자신의 계통수에 들어 있는 또 다른 불쾌한 뿌리를 연상시키기 때문이었다. 그 뿌리 맨 아래에는 태곳적에 살던 유황구더기가 자리 잡고 있었다. 이 생물은 그야말로 뻔뻔스러운 냄새 덕분에 식욕이 왕성한 공룡들 천지였던 세상에서도 살아남을 수 있었다. 스마이크 자신도 이 악취를 도저히 참을 수 없을 지경이었다. 그러나 이런 경우 목적은 수단을 진짜 신성한 것으로 만들어주었다.

이런 상황에서 맨 정신을 잃지 않기 위해 스마이크는 자기만의 망상의 세계를 만들어냈다. 그는 악마바위에 붙잡힌 것을 운명이 삶을 단련시키고자 부과한 시험이라고 생각했다. 그는 스스로를 단단한 합금을 덧댄 칼이라는 식으로 즐겨 상상하곤 했다. 몸집에는 어울리지 않지만. 이 세상에 어느 때고 산 채로 잡아먹힐 수 있다는 지속적인 공포보다 더 끔찍스러운 것은 없었다. 그러나 그런 끔찍함보다 우리를 더 잘 단련시켜줄 수 있는 것도 없다고 그는 확신했다. 악마바위에서 살아남는다면 죽음은 이제 그 독침을 상실하게 될 것이라고 그는 줄곧 스스로 다짐하곤 했다.

악마바위에서 살아남기 위한 싸움에서 또 하나 도움이 되는 강력한 무기는 기억이었다. 스마이크는 갇혀 지내면서 지나간 행복했던 순간들의 소중함을 절절히 깨닫게 됐다. 그는 두뇌의 회랑에 방을 하나 마련해놓고, 희망이 사그라들거나 공포가 극심해지거나 절망감을 이기지 못할 때면 그곳을 찾곤 했다. 이것이 기억의 방이었다.

액자에 넣은 유화처럼 거기에는 그의 삶의 크고 작은 순간들이 걸려 있었다. 그 순간들은 시간 속에 얼어붙었지만 그가 찾아와 다시 살아나게 해주기를 기대하고 있었다. 스마이크가 아닌 다른 사람에게는 이런 그림들은 전혀 의미가 없으리라. 흐린 날 만(灣)이 내다보이는 광경, 황혼 무렵 비탈에 서 있는 작은 여관의 모습, 전쟁통의 소동, 말의 배치가 유별나게 얽히고설킨 장기판, 돼지 통구이를 막 칼로 썰려고 하는 장면을 담은 그림들이 늘어서 있었다.

스마이크가 그중 하나 앞으로 나아가 관심을 기울이면 그 그림은 생기가 돌고 활짝 열리면서 진짜로 그를 빨아들이는 것 같았다. 그러면 기억의 한 소중한 부분을 처음 그때처럼 체험하게 되는 것이다.

저 웅덩이 밑바닥에서 체득한 그만의 기술이었다. 사고하는 것도 아니고 꿈꾸는 것도 아니었다. 정확히 그 중간에 위치하는 능력으로 그는 오만하게도 스마이크하기라고 불렀다. 기억을 되살려내는 기술이 아니라 기억을 체험하는 기술이었다. 거창하고 극적인 순간도 있고, 사소하고 은밀하고 소박한 기억도 있었다. 스마이크는 그때그때 필요에 따라 그런 기억들을 작동시켰다. 배고픔이나 외눈박이들이 수조에 던져주는 해조류, 플랑크톤 따위와는 비교할 수 없이 풍성한 식탁에 대한 열망으로 고통스러울 때면 스마이크는 황혼 무렵의 작은 여관 그림 앞으로 다가갔다. 그는 거기서 백 년도 더 전에 생애에서 가장 흡족했던 성찬(盛饌)의 순간을 경험했다. 사람들은 야외 테라스에 앉아서 만 쪽을 바라보고 있었다. 만은 불해파리가 많이 나는 철이라 밤이면 그 인광 때문에 오렌지색으로 빛났다. 스마이크는 전체로 거위간에 넣어 구운 송로버섯에 이어 해조류에 얹은 불 끈 불해파리, 그리고 비너스조개 리조토와 레몬풀로 향을 돋운 크림소스를 친 생강 샐러드를 먹었다. 그리고 디저트로는 오 년 산 그랄준트 블라우쉬멜과 베른하임 루비콘 한 병이 나왔다. 이 포도주는 복숭아꽃 향기가 났다. 자못 세속적인 기억이지만 스마이크는 이런 그림들을 다른 어떤 것보다 더 자주 작동시켰다.

기억의 방에 있는 그림 가운데 딱 하나는 늘 감춰놓았다. 이 그림은 특히 큰데, 검은 천으로 덮여 있었다. 스마이크는 늘 이 그림을 슬쩍 더듬어보고는 잽싸게 지나쳤다. 그러나 없애버릴 수는 없었다.

다른 기억들은 항아리에 넣어 보관해두었다. 벽을 따라 수많은 작은 기둥이 서 있었다. 기둥 위에는 여러 색깔의 항아리가 놓여 있었다. 스마이크가 단지 하나를 열면 냄새 하나가 흘러나왔다. 방금 내린 눈 냄새, 고서를 열 때 이는 책 먼지의 향기, 대도시의 포도를 적시는 봄비, 캠프파이어, 방금 딴 포도주병 코르크마개, 따끈따끈한 빵, 밀크 커피의 향 등등.

이런 냄새들은 하나같이 기억의 연쇄작용을 촉발시켰다. 그런 기억 속에 몇 시간 잠겨 있다 보면 적어도 한동안은 불안과 절망을 잊을 수 있었다. 그러다 고둥 부는 소리가 들리거나 동굴 울타리가 흔들리는 느낌이 들면 불현듯 다시 현실로 돌아오곤 했다.

이런 험악한 현실에 이제 볼퍼팅어 젖먹이가 끌려 들어온 것이다. 녀석은 아직도 네 발로 다니고, 말도 할 줄 몰랐고, 가끔 토하기도 했다. 그러나 스마이크는 자기가 기억의 방을 만든 이유를 이 젖먹이가 구현하고 있다는 사실을 알고 있었다. 냄새나는 웅덩이 속에서도 절망하지 않게 해주는 희망을 젖먹이가 간직하고 있었던 것이다. 꼬마는 이 소름 끼치는 세상에 아직 남아 있는 마지막 희망, 즉 악마바위에서 벗어날 수 있다는 희망을 대변하는 존재였다. 이런 소망에는 이름이 필요하다고, 그런 희망은 명명할 수 있어야 한다고 그는 확신했다. 그는 어찌할까를 그리 오래 고민하지 않았다. 그가 유달리 소중하게 여기는 차모니아 카드놀이가 있었다. 이 놀이에서 가장 중요한 카드는 놀이의 이름이기도 한 루모였다. 루모를 한다는 것은 한편으로는 운명에 도전해서 모든 것—진짜 모든 것—을 위험에 빠뜨린다는 것을 의미한다. 다른 한편으로는 집채만 한 승리를 약속해주는 것이기도 하다. 그래서 루모가 그 이름이 된 것이다.

잠자는 단어들

"루모!" 루모가 말했다.

"그래!" 스마이크가 큰 소리로 말했다. "넌 루모, 난 스마이크!"

"넌 루모, 난 스마이크!" 루모가 열심히 따라했다.

"아니, 아니지." 스마이크가 웃으며 말했다. "넌 루모고, 난 스마이크!"

"넌 루모고, 난 스마이크!"

루모는 고집을 부리면서 앞발로 가슴을 탁탁 쳤다.

스마이크는 루모에게 말하는 법을 가르쳤다. 아니 그보다는 루모는 이미 말을 할 줄 알았지만 제대로 된 단어를 말할 줄 몰랐다는 것이 맞겠다. 그래서 웅덩이 옆에 떡 하니 앉아서 상어구더기가 하는 말에 귀 기울임으로써 단어들을 얻었다. 스마이크는 해줄 얘기가 많았다. 처음에 루모는 시끄러운 소리나 쓸데없는 중얼거림, 깍깍거리는 소리 같은 아무 의미도 없는 소리를 내는 동물의 이야기를 듣고 있는 기분이었다. 그러나 곧 이런 소음 가운데 상당 부분은 마음속에 이미지를 불러일으키고, 또 다른 일부는 감정과 불안과 혼란과 상쾌함을 야기한다는 사실을 알게 됐다. 그리고 또 어떤 소리들은 머릿속을 기하학적 형태와 추상적인 형상으로 가득 채워주었다.

꼬마 볼퍼팅어는 스마이크가 내는 특이한 소리들을 잘 흡수했다. 어떤 표현을 들을 때면 갑자기 천상의 음악이 들려오는 듯했고, 그러면 온몸에 말할 수 없는 행복감이 번져가는 것을 느꼈다. 때로 전혀 알지 못하던 사물을 보기도 했다. 불타는 시커먼 대도시나 반짝이는 눈으로 덮인 거대한 바위산, 땡볕 더위에 가물거리는 황무지 계곡 등등. 그러고는 눈은 커다래지고 심장은 쿵덕쿵덕 뛰는, 꿈을 꾸는 듯한 무아지경으로 빠져들어갔다. 스마이크가 웅덩이에서 헤엄치며 열네 개의 손으로 제스처를 쓰는 것을 빤히 보면서도 루모의 머릿속에는 일련의 사건과 감정과 예감 같은 것이 스쳐 갔다.

수천 개의 지점에서 출발한 단어들이 머릿속으로 몰려들어 한꺼번에 폭발한 다음 이미지로 화하면서, 연관관계라고는 없는 혼란스러운 장면들로 뭉쳐지더니, 재빨리 잇달아 나타나다가는 서로 없애 버리는 것 같았다. 마치 거대한 잠재력이, 태곳적의 경험이 내면에서 졸고 있다가 갑자기 강력하게 되살아나는 기분이었다. 아니다, 스마이크는 그에게 말하는 법을 가르친 것이 아니었다. 루모의 내면에서 잠자던 단어들을 흔들어 깨웠을 뿐이다.

"네! 네!" 루모는 계속 외쳤다. "얘기해줘요! 얘기해줘요!"

말, 이미지, 감정들. 루모는 그 모든 것을 아무리 받아들여도 부족했다. 제일 좋기는 스마이크가 싸움 이야기를 해줄 때였다. 스마이크 자신은 싸움꾼이 아니라 싸움의 이론적 측면에 대해 누구보다 많이 아는 자에 불과하다는 것을 간과해서는 안 된다. 그는 싸움의 모든 형태를 철저히 연구했다. 스포츠 경기와 진짜 야전, 목숨을 건 검의 결투, 주먹에 장갑을 끼고 하는 권투, 작은 쇠뇌 빨리 발사하기, 늪지 주민들이 하는 고대식 곤봉싸움, 식인흡혈귀 블루트쉰크의 피 튀기는 철퇴 치기 등등. 스마이크는 역청을 바른 전사들이 서로 횃불을 들이대며 불을 붙이는 결투를 보았고, 확대경과 개미계량기를 가지고 적대적인 개미종족끼리 상처뿐인 전투를 벌이는 것을 며칠 동안 지켜보기도 했다. 그가 전투에 관해 이야기하는 것을 듣노라면 온몸에서 진땀이 나고, 적대진영이 서로를 향해 돌진하는 광경이 보이고, 뼈가 부러지는 소리가 들리는 듯했다. 루모는 복싱 링 앞이라도 되는 양 수조 앞에 앉아 작은 앞발을 주먹 쥐고 허공에 날리기도 했다. 그만큼 스마이크의 이야기는 그의 마음을 사로잡았다.

스마이크는 프로 팽겐 복싱 심판이었으며, 나티프토프들의 게릴라전 때는 전쟁고문이었고, 플로린트 귀족들 간의 결투를 관할하는 공식 자격을 갖춘 입회인이자, 부흐팅에서 하는 볼퍼팅어 체스 경기 계시원(計時員)이었다. 그의 직업은 극히 다양해서 닭싸움 프로모터에, 차모니아 곤충 도박—여기서는 오른의 교살충(絞殺蟲)들이 겨뤘다—의 판돈 관리 담당인가 하면, 미드가르드 난쟁이 경기의 치어리더이자 영원한 도박의 도시 포르트 우나의 도박장 금전관리인이었다. 그렇다, 스마이크는 싸움꾼이 아니었다. 도박꾼이었다. 그래서 싸움을 연구하고 싸움꾼들을 관찰하고 모든 형태의 승리와 패배를 분석했다. 싸움이 어떻게 이루어지는지 아는 사람이라면 어떤 결과가 될지도 알아맞힐 수 있다. 누가 승리할지 아는 그 독특한 능력을 끊임없이 심화시키는 것, 이것이야말로 스마이크를 움직이는 열정이자 존재이유였다.

"한번은 말이야, 전갈히드라 두 마리가 싸우는 걸 봤어."

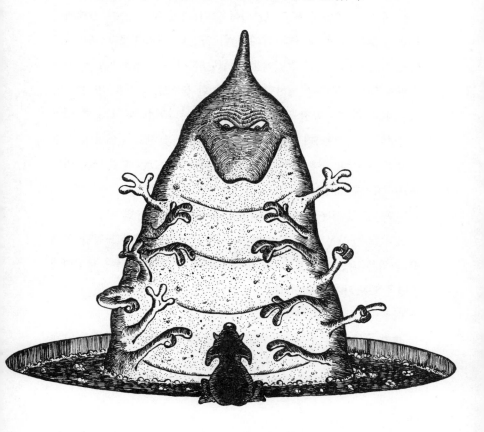

스마이크가 대뜸 이야기를 시작하자 루모는 귀를 쫑긋했다. 그런데 전갈히드라라는 생각을 하자 바로 뭔가 작은, 다리가 여럿 달린 물체가 머릿속을 스멀스멀 기어가는 것 같았다.

"전갈히드라는 아주 작지만 독은 아주 강하지. 꼬리는 일곱 개인데 얼마나 잽싼지 몰라. 하나마다 독침이 달려 있지."

루모가 움찔했다.

"그 싸움이 어떻게 됐는지 듣고 싶니?"

"얘기해주세요!" 루모가 환성을 질렀다.

두 전갈히드라 이야기

"사막에 있을 때였지. 딱히 할 일이 없던 차에 두 독충이 모래에서 뒹구는 것을 보게 됐단다. 그래서 나 자신과 내기를 했지. 난 작고 잽싼 전갈히드라 편에 걸었어. 처음에는 잠시 모래에서 서로 주위를 춤추며 맴돌더구나. 뻣뻣하면서도 정중한 춤이었어. 서로 비위를 맞춰주려는 척하는 궁정의 간신들처럼 말이야. 그러더니 갑자기 일이 벌어졌어. 큰 히드라가 속임수 작전을 쓰더니 쿵 하고 밀어붙여서 작은 놈을 단번에 죽여버린 거야. 찍! 끝이야. 끝. 그런 다음 잡아먹더군. 난 지기도 하고 이기기도 한 셈이지."

루모는 골똘히 생각하느라 작은 이마에 주름이 잡혔다.

"그런데 놀라운 일은 그 다음에 일어났어. 승리한 히드라가 상대방을 먹은 다음 독침으로 제 머리를 찌른 거야. 그러더니 끔찍하게 경련을 일으키며 죽어버렸지."

"아……." 루모가 말했다.

"누가 나중에 나한테 얘기해준 건데, 사막의 전갈에 대해서는 빠삭한 사람이었지. 그 사람 얘기로는 둘은 남자하고 여자였대."

"남자하고 여자요?"

"둘은 연인이었어."

스마이크는 여기서 이야기를 끝냈다. 그러는 것이 전갈들에게 최소한의 예의를 지키는 것이라도 되는 양.

"사랑의 신비지."

"무슨 말인지 모르겠는데요." 루모가 말했다.

"나도 몰라."

스마이크는 한숨을 쉬며 웅덩이 속으로 가라앉았다.

이날 밤 루모는 오래도록 눈을 붙이지 못하고 '남자'와 '여자'라는 말이 무슨 뜻일까를 곰곰 생각했다. 결국 알아내지 못한 데다 입속에 또 다른 세 곳에서 새로 이가 돋아나려는 참이어서 더욱이 심란했다. 하지만 이미 나온 네 개의 이 쪽으로 혀를 살살 미끄러뜨려 매끈하고 날카롭고 뾰족한 부분과 가장자리 부위의 촉감을 느낄 때는 기분이 좋아졌다. 입속은 곧 우리에 갇힌 저 커다란 흰 곰들과 같은 이빨로 꽉 차게 될 것이다.

그러다 다시 잠이 들었다. 꿈에 그는 곰이 되었다. 흰 털가죽에 은빛 이빨을 한 곰. 사냥을 하는 중이었는데 몸집이 거대하고 힘이 세고 위협적인 존재가 되었다. 두 발로 걸으면서 무시무시하게 으르렁대는 동안 시커먼 그림자의 무리가 앞쪽으로 달아나고 있었다. 꼬마 볼퍼팅어는 자면서 웃었다.

다섯 가지 규칙

루모는 이제 동굴에서 좀 더 마음 놓고 돌아다니게 됐다. 스마이크가 신신당부했고 스스로도 철저히 지키는 규칙 다섯 가지가 있었다.

규칙 1. 야생동물이 있는 우리를 멀리하라!

규칙 2. 촉수가 우글거리는 웅덩이를 멀리하라!

규칙 3. 절대 울타리를 기어오르려고 하지 마라!

규칙 4. 외눈박이들이 오면 은신처로 피하라!

규칙 5. 은신처가 여의치 않으면 외눈박이들이 있을 때는 되도록 움직이지 마라!

루모는 동굴의 모든 죄수 중에서 가장 큰 자유를 누렸다. 어디 갇힌 것도 아니고 줄에 묶인 것도 아니며, 쇠사슬을 찬 것도 아니고 물속에 숨어 있어야 하는 것도 아니었다. 모든 사료통과 물통을 사용했고—야생동물들이 쓰는 것은 예외였다— 구석구석 쿵쿵대고 돌아다녔으며, 동굴을 마음대로 돌아다니는 유일한 동물로서 외눈박이들 눈에 띄지 않는 잠자리도 있었다. 루모가 누리는 또 한 가지 특권은 걷잡을 수 없는 공포가 밀려들면 폴초탄 스마이크한테 가서 이야기를 해달라고 조를 수 있다는 것이었다. 특히 고둥나팔 소리나 북소리가 둥둥 울려올 때면—최근엔 점점 이런 경우가 잦아졌다—그 불안한 소음을 떨쳐버리고자 살그머니 스마이크한테 갔다.

"얘기 좀 해줘요!" 루모는 명령하듯이 말했다.

스마이크는 루모한테 이야기해주는 걸 좋아했다. 그러다 보면 이 꼬마와 마찬가지로 악마바위에서 아주 멀리 떠나 있는 기분이 들었다.

"린트부름 요새 전투 이야기 들어볼래?" 스마이크가 물었다.

"전투! 얘기해줘요!" 루모가 소리쳤다.

스마이크는 숨을 깊이 들이쉬었다. 이야기를 단숨에 해치우려는 듯했다.

"린트부름 요새 이야기는 차모니아에서 제일 오래된 이야기란다. 아마 세상에서 제일 오래된 이야기일 거야." 스마이크는 시작했다. "이 무지무지 엄청나고도 무지무지 오래된 차모니아의 이야기를 들을 준비가 돼 있니? 얘야?"

루모는 고개를 끄덕였다.

"그건 수십억 년 된 이야기란다."

스마이크는 열네 개의 팔을 정열적으로 흔들어댔다.

"수십억?"

루모는 놀란 것이 아니었다. 그저 그 단어를 따라하는 것이었다.

"그래, 수십억 년. 십억은 백만 년이 천 번 있는 거야. 그리고 백만 년은 천 년이 천 번 있는 거고……. 하긴 그런 걸 배우기엔 넌 아직 너무 어리지. 중요한 건 수십억 년 전에 아주 작은 동물이 바다에서 생겨났다는 거야. 이 세상 최초의 생명체 말이야."

"저 물속에서요?"

"그래, 저기 바다 속에서."

"무슨 동물인데요?"

스마이크는 곰곰 생각해보았다. 이 꼬마가 그사이 놀라울 정도의 질문을 하게 되었구나. 무슨 동물이냐고? '거'자로 시작되는 건데……. 그 명칭이 스마이크의 입가에 맴돌았다. 거무던가? 거마? 거미? 에이그, 바보 같은 소리! 도대체 그가 말하는 대상을 동물이라고 하는 게 맞기나 한 건가? 스마이크는 정신이 산란해졌다. 그는 예전에 준트하임에 있는 야간학교에서 차모니아 고생물학에 관한 3

주 코스 강의를 들은 적이 있다. 그게 그러니까…… 맙소사, 벌써 백오십 년이나 지난 얘기네!

"무슨 동물이냐니까요?"

스마이크는 기억이 나지 않았다. 최초의 생명체는 세포가 아니었던가? 그게 그 다음에 분열하고…… 아니지 세포는 아직 생명체가 아니지 않나? 처음에 두 세포가 융합해야 하나의 생명체가 태어날 수 있는 것이 아니었나? 그게 그런 다음 분열을 하고 뭐 그 비슷하게 되지? 그는 고생물학에 관한 지식을 완전히 새로 되살려내야 했다. 생물학에 관해서도 마찬가지였다. 몽땅 다 그랬다.

"그건 상관없어. 중요한 건 그 동물이 아주 작았다는 것, 그리고, 뭐냐, 분열을 했다는 거야."

"분열을 했다?"

"그래, 분열했지! 넌 뭐야, 앵무새냐?"

"앵무새라뇨?"

스마이크는 얽히고설킨 기나긴 이야기를 시작한 지 얼마 되지 않았다는 데 생각이 미쳤다. 너무 처음부터 이야기를 시작한 것이다.

"그러니까, 그 동물은 분열을 해서 거기서 여러 동물이 생겨났고, 그 동물들이 턱이 생기고, 비늘이 생기고, 이빨이 생겼단 말이야……."

"와!"

루모가 소리치며 당당하게 잇몸을 드러내 보였다. 그러나 스마이크는 더는 개의치 않고 이야기를 계속했다.

"……그들은 점점 커져서 뭍으로 올라갔어. 그게 공룡이야."

'이제 됐다' 하고 스마이크는 생각했다. '별로 짜증 날 것도 없고 간단하네.'

"공룡?"

루모가 스마이크를 귀찮게 한 건 오늘이 처음이었다. 지금까지 사이사이에 끼어드는 질문은 그저 유쾌할 따름이고 상세한 설명을 요하는 정도였는데 오늘은 인내심을 시험하는 수준이 되었다. 북소리가 다시 시작됐다. 벌써 며칠 전부터 그랬다. 스마이크는 이제 곧 끔찍한 일이 닥쳐올 거라는 걸 아는 유일한 인물이었다. 이 동굴에 있는 모든 생명체의 운명을 결정할 수 있는 사건들 말이다. 그리고 그런 사실을 안다는 것 자체가 그에게는 엄청난 짐이 되었다. 그로서도 린트부름 요새에 관한 이야기는 그런 불안을 조금이나마 잊는 데 도움이 되었다. 그런데 루모가 계속 중간에 끼어들어 쓸데없는 소리를 해대고 있으니······.

"그래, 공룡이지. 용이라고도 해. 린트부름들이라고 할 수도 있겠지. 거대하고 아주 힘 센 도마뱀들이야. 어떤 건 크기만 크지 식물을 먹어. 위험한 부류도 있는데 고기를 먹는 종류야. 발톱이며 이빨이 엄청 크지. 피부는 비늘과 연골로 돼 있어. 그리고 일부는 키가 백 미터까지 자랐어. 공룡. 거대한 괴물이지."

"와." 루모가 말했다.

이제야 집중을 하는군, 하고 스마이크는 생각했다. 괴물 이야기는 역시 효과가 있어.

"그래, 공룡, 그 괴물들이 뭍으로 올라가 온 세상에 퍼졌지. 딱 한 군데에서만 그들은 물속에서 살았어. 그게 로흐로흐 호수의 공룡들이야. 데몬산맥 가장자리 둘에 있는 거대한 화산호수 말이야. 온 세상 호수가 싸늘하게 식어가는 것과 달리 로흐로흐 호수는 여전히 따뜻했지. 땅속에서 화산이 덥혀주고 있었기 때문이야. 게다가 그 호수 아래로는 거대한 동굴들이 있어서 숨어 살기 딱 좋았지. 로흐로흐의 공룡들은 이렇게 생각했어. 뭐 하러 우리가 저 밖으로 나가나? 여기 안이 이렇게 따뜻한데. 그래서 그들은 물속에 남았지. 반면에 다른 공룡들은 땅을 정복했어. 그런데 거대한 참사가 벌어진 거야."

"참사요?"

이 난감한 단어로 말미암아 루모는 뭔가 안 좋은 일이 일어날 것 같은 예감이 들었다.

"그래. 거대한 운석이 우주에서 날아와 떨어졌어. 그 바람에 거대한 먼지구름이 수백 년 동안 온 차모니아를 뒤덮고, 모든 공룡이 죽어버렸지. 로흐로흐에 사는 자들만 예외였어. 그들은 물속에서, 동굴 속에서 생명을 이어갔지. 온갖 종류의 공룡들과 짝짓기를 하면서 두뇌가 크게 발달했어. 그런 다음에 비로소 뭍으로 올라오게 된 거야."

루모는 '짝짓기'라는 단어에 대해 중간 질문을 던지고 싶었다. 그러나 스마이크가 재빨리 말을 이었다.

"자, 그 공룡들은 뭍에 올라와 여기저기 돌아다녔지만 앞으로 뭘 해야 할지 몰랐어. 날은 춥지, 바람은 세지. 이듬해 겨울은 땅속 깊이 얼어붙을 정도였지. 그런데 로흐로흐 바로 옆에 산이 하나 솟아 있었어. 그 산도 구멍투성이에 동굴과 터널이 많았지. 안은 바람을 막아주고 따뜻했어. 수천 년 동안 옆에 있는 호수의 물로 덥혀졌기 때문이야. 거대한 난로 역할을 해준 셈이지. 그래서 공룡들은 그 안으로 기어들어갔어. 입구에 몸이 맞는 자들만. 그러니까 오륙 미터 이상이면 곤란했어. 다른 자들, 아주 큰 공룡들은 밖에서 얼어 죽는 수밖에 없었지. 일은 그렇게 된 거야."

"얼어 죽는."

루모가 따라서 소곤거리자 오싹해졌다.

"그 산의 바위 덩어리에는 앞 못 보는 돌두더지들이 득실거렸어.

쉽게 잡을 수 있었고 냄새도 역지지 않았지. 그렇게 공룡들은 첫 겨울을 살아남았어. 처음에는 돌두더지를 날로 먹었지만 나중에는 어느 날 번개가 짚가리를 치자 불을 발견하게 됐지. 굽고 끓이는 법을 익혀서, 돌두더지 꼬치구이나 수프를 먹었단다. 두더지를 진흙에 담아 숯불에 굽기도 했지. 다 익으면 안은 국물이 있고 겉은…… 흐흐흐흐……!"

고둥 울부짖는 소리가 멀리서 동굴 속으로 울려 퍼져 왔다. 북소리도 다시 그 사람 미치게 만드는 쿵쿵거림을 시작했다. 스마이크는 헛기침을 했다.

"공룡들은 그 산속을 계속 파서 살 만한 곳으로 만들었어. 겨울에는 아주 추웠고, 공룡들은 따뜻한 물에 익숙해 있던 터라 의복을 입기 시작했어. 처음에는 돌두더지 가죽을 이어서 외투 같은 것을 만들었다가 나중에는 주변 농가에서 양을 몇 마리 훔쳐 양모를 모으고, 물레를 만들었어. 그리고 산의 광석을 가공해 철을 얻는 방법을 배웠지. 자, 간단히 말하면, 공룡들은 손재주가 비상했어. 그리고 차츰 똑똑해지고 문명화돼갔지. 주변 지역 주민들은 공룡에 대해 전혀 몰랐어. 오래전에 멸종됐다고 생각했거든. 용 아니면 린트부름*이고, 입으로 불을 내뿜고 젊은 처녀를 잡아먹는다고 생각했지. 참 나! 어쨌든 주민들은 그들을 극도로 숭배했어. 그래서 그 산에 린트부름 요새라는 이름을 붙였지."

루모는 그 이름을 가슴 깊이 새겼다.

"린트부름들은 스스로도 그렇게 부르게 됐고 주변 주민들과 좀 거리를 두기는 했지만 우호적인 관계를 맺어나갔단다. 처녀를 잡아

---

* 게르만 전설에 나오는 일종의 용으로, 두 다리는 짧고 검은 꼬리는 길다. 날개는 아주 짧거나 없다.—옮긴이

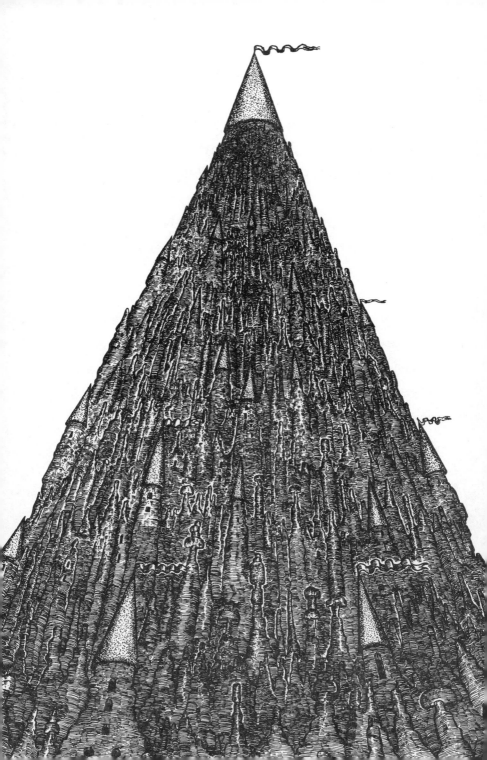

먹는다는 식의 미신 같은 선입견들을 일소하고 얼마 되지는 않지만 서로 교역을 하고 물품과 생필품을 교환했지. 그러나 결코 누구도 산에 들이는 법은 없었어. 그들은 산을 계속 증축했어. 입구를 튼튼히 하고, 바위를 가공해서 돌에 계단을 깎고 창과 문을 내고 터널과 굴을 팠단다.

거대한 암석 전체가 거창한 난공불락의 성이 됐어. 그러는 사이 린트부름들의 정신적 활동은 점점 발전한 반면, 공룡으로서의 야성적인 본능은 쇠퇴했단다. 그때까지만 해도 꿀꿀거리는 소리와 기호 언어를 혼합해 의사소통을 했지만 이제는 교류하는 농부와 장사꾼들로부터 차모니아어를 배우게 됐지. 그 다음에는 말과 생각을 기록하기 시작했어. 그들은 특히 언어를 소중히 여겼어. 운에 맞춰 이야기하는 습관을 들였어. 긴 예복과 눈에 띄는 장식도 걸치고. 그러니까…… 그 뭐냐, 예술가가 된 거야. 알겠니? 시인들이 됐단 말이야!"

루모는 스마이크를 멀뚱하게 바라보았다.

"아니지, 넌 이해가 안 되지. 정상적인 생명체라면 이해하지 못해. 어쨌든 상관없어. 그들은 뭔가 특별하다는 평가를 받는 데 가치를 두었다는 얘기야. 그들은 시를 지을 수 있었기 때문에 자기들의 땀에서는 향수 냄새가 난다고 생각한 거야. 그들은……."

꼬마 볼퍼팅어가 하품을 했다.

"말하자면 공룡들이 약해졌다 이거야. 이해가 되냐? 그들은 본능을 잃어버리고 대담한 의상을 걸친 거야. 별난 투구를 맞춰 쓰기도 했지. 가끔 바위에서 돌조각이 떨어진다는 이유로 말이야. 광석과 수정으로 만든 장식품을 여봐란 듯이 달고 다니기도 했어. 주변 사람들이 쑤군거리기 시작한 것도 놀랄 일이 아니지. 곧 린트부름 요새에는 금과 다이아몬드로 목욕하는 나약한 도마뱀들이 살고 있다

59

는 소문이 퍼졌어. 요새를 공략할 용기만 있다면 누구나 쉽게 취할 수 있는 먹잇감이 된 거지. 그런 자들이 하나둘 늘어났어. 그러던 어느 날 갑자기 린트부름 요새 발치에 처음으로 군대가 포위공격을 시작했단다."

루모가 소스라치게 놀라서 벌떡 일어났다. 드디어 전쟁이다!

"그건 오합지졸 예티 무리였는데 한 수백 명쯤 됐지. 사방팔방을 돌아다니며 행패를 부리고 걸어 잠근 문을 망치로 두들기고 저 위에 있는 린트부름들에게 욕을 퍼부어대곤 했지. 그러자 린트부름들은 역청을 몇 통 퍼부었어. 그러자 상황 끝. 예티들은 온몸에 역청을 뒤집어쓴 채로 물러났어. 그 이후로는 무방비 상태인 마을들만 습격하고 다녔지."

루모는 맥이 빠져 다시 주저앉고 말았다.

"그 다음에 온 게 검은 인간들이었지."

루모는 슬그머니 다시 일어섰다. 또 전쟁이다!

"그들은 예티보다 숫자가 배나 됐어. 무기도 더 좋고 사다리와 공성구(攻城具)도 갖추고 있었어. 머리끝에서 발끝까지 역청을 발라 외모도 무시무시했단다. 검은 인간이란 이름도 그래서 나온 거고. 여기서 다시 역청을 검은 인간들에게 쏟아붓는다는 건 별 의미가 없지. 그래서 린트부름들은 대신 펄펄 끓는 납을 택했어. 그러자 공격 끝. 검은 인간들은 그 후 아무 데도 가지 못했단다."

스마이크가 히죽거리며 웃었다.

"그러나 그 다음이 본격 시작이야! 린트부름 요새에 있는 보물 이야기가 과장에 과장을 더해 어처구니없는 지경에 이르게 됐단다. 공룡들이 그토록 고집스럽게 방어하는 걸 보면 진짜 뭔가를 감추고 있는 게 틀림없다는 식이었지! 동굴에는 금화와 보석, 벽을 망치로 치기만 하면 주먹만 한 루비가 떨어져 나오는 광산이 있다는 소문

이 돌았어. 린트부름의 다이아몬드는 집채만 하다는 풍설도 생겼지. 지구의 핵심으로 들어가는 비밀의 입구가 있다는 얘기도 있었지. 당시 과학 수준으로는 지구의 핵심은 금이 녹은 물로 돼 있다고 믿었거든. 그런 얘기는 보물에 관해 흔히들 하는 추측에 불과했지. 떠돌이나 모험가, 대목장이 서면 나타나는 돌팔이 의사들은 저마다 견해를 가지고 있었어. 그래서 차모니아 주민의 절반이 곧 그런 환상을 갖게 됐지. 순식간에 부자가 되고 싶은 용병이라면 누구나 린트부름 요새 정복을 최우선 과제로 삼을 정도였지. 그러자 누구나 상상할 수 있듯이 포위공격이 잇따라 일어났어. 블루트쉰크 부대가 오더니 베어울프 부대가 왔고, 이어 데몬전사들이 덤비더니, 차모니아에서 땅바닥이나 기고 붕붕거리며 날고 하던 온갖 버러지 같은 것들까지 달려들었단다. 그러나 린트부름들은 타르나 납을 끓여 쏟아붓

기만 하면 됐어. 그러면 공격하던 놈들만 손해를 보니까. 어떤 때는
끓는 물이면 족했어."

스마이크는 이 부대 저 부대를 차례로 열거했다. 미친 영주 에그
나뢰크와 그의 식인부대, 돌거인부대, 황야의 떼거리, 흡혈부대, 무자
비한 처형자들, 사악한 도살자들, 해골족 등등. 이들은 번갈아 가며
타르, 납, 끓는 물 세례를 받거나 세 가지를 한꺼번에 뒤집어썼다. 결
과는 매번 마찬가지였다. 루모의 눈꺼풀이 무거워졌다.

"그러고 나서 구리병정들이 온 거야." 스마이크는 갑자기 아주 낮
은 목소리로 말했다.

루모는 뭔지는 모르지만 스마이크가 말하는 품이 심상치 않아 귀
를 쫑긋했다.

구리병정이라.

그의 깊은 내면에서 이 말이 잠자고 있었던 것 같았다. 그런데 이제 깨어나 생기를 되찾게 된 것이다. 그 말은 뭔가 위험하다는 느낌을 주었다. 루모는 갑자기 쌩쌩해졌다.

누군가 동굴 울타리를 붙잡고 덜커덩거렸다. 그러자 외눈박이들이 기분 상한 목소리로 투덜거렸다. 스마이크와 루모는 깜짝 놀라 펄떡 일어났다. 동굴 전체가 순간 불안에 빠졌다. 이어 외눈박이들이 낄낄 웃으며 멀어져갔다. 동굴은 다시 고요해졌다.

"외눈박이식 유머로군." 스마이크가 말했다.

"얘기해줘!" 루모가 졸랐다.

"그게, 그 구리병정들 말이야! 그건 진짜 포위공격의 수준이 높아진 거야. 구리병정들은 반은 생명체고 반은 기계라고 알려져 있지. 그래서 훨씬 부담스럽고 상처를 입히기도 어려웠어. 하물며 간단한 용병처럼 죽이기는 불가능했지. 그들은 누르넨 숲의 전설적인 전투에서 생겨났단다."

"전투!" 루모가 작은 소리로 말했다.

스마이크는 다시 히죽히죽 웃더니 몸을 앞으로 숙였다.

"누르넨 숲 전투 이야기를 듣고 싶으냐? 린트부름 요새 얘기는 그 다음에 해줄까? 정말 그 얘기 듣고 싶어?"

루모가 고개를 끄덕였다.

"현명한 판단이군. 먼저 얘기를 하지 않으면 나중 얘기는 알 수 없거든. 하지만 경고해둔다!"

스마이크는 팔을 이리저리 높이 쳐들었다.

"그건 끔찍한, 그야말로 피비린내 나는 이야기야. 아마도 차모니아 역사에서 가장 기이한 이야기일 거야. 진짜 듣고 싶단 말이지?"

스마이크의 얼굴이 수줍은 듯 붉어졌다. 격앙됐다는 뜻이었다. 그는 열을 올려가며 이야기를 하느라 잠시나마 근심걱정을 잊은 것 같았다. 그의 이야기는 기름칠을 듬뿍 한 시계처럼 잘 돌아갔다.

"기이한!" 루모가 소리쳤다. "어서 얘기해달라니까요!"

누르넨 숲 전투

"자, 이제 누르넨 숲 전투지. 그건 차모니아 역사상 최악의 학살극 가운데 하나였단다, 얘야. 게다가 이 대륙에 존재하는 모든 위험한 부류들, 특히 데몬들, 블루트쉰크, 베어울프 등등으로 구성된 두 용병부대 간의 전투였어. 말하자면 온갖 무뢰한들이 다 모인 거지. 이 전투가 왜 시작됐는지 지금은 다 잊었지만, 양쪽 누구도 최후의 순간에 이 싸움을 후회할 수조차 없었다는 사실만은 다들 알고 있단다. 모두 죽었기 때문이야."

"모두 죽었다고요?"

루모가 물었다. 그럼 전쟁은 벌써 끝난 건가?

"사실은 진짜 완전히 죽은 건 아니야. 많은 사람들이 진짜 완전히 학살당했지만 상당수 전사들은 그래도 살아남았어. 사지가 잘려 나가는 등 형편은 좋지 않았지만 그래도 살아는 있었지."

스마이크는 캑캑거리면서 숨을 들이쉬었다. 자기가 누르넨 숲의 전쟁터에서 지금 막 숨이 끊어지는 전사라도 되는 양.

"한번 상상해봐. 황량한 누르넨 숲에는 숲 특유의 안개가 뿌옇게 끼어 있었어. 어딜 가나 피 묻은 풀섶에 검과 갑옷, 투구, 창, 철 장갑, 무릎보호대, 곤봉, 찌그러진 방패, 흉갑, 철퇴, 단도, 도끼, 극(戟), 조각 난 유리비수, 철 채찍, 무기로 손가락 마디에 끼는 반지 등이 널려 있었어. 누르넨 숲 전투에 참여한 전사들은 당대로 보면 최상의 무장을 했다고 한단다. 그런데 거기 널브러져 있는 것은 하나같이 죽은 자와 사지가 절단된 자들이었어. 다리와 팔과 머리와 귀와 눈과 손가락, 입술에 눈썹까지, 그리고 잘라낼 수 있는 모든 것은 다 잘려 나갔지. 주위에 서 있는 나뭇가지에는 까마귀투성이었어. 죽어 가는 자들의 신음 소리를 듣고 왔는지 피 냄새를 맡고 왔는지, 먹이에 굶주린 까악까악 소리가 숲에 가득했지. 그 사이로 고통의 절규와 저주와 죽음의 한탄이 엇갈렸어. 새들은 조급한 마음에 껑충껑충 뛰다가 발을 부딪히는가 하면 제일 좋은 자리를 차지하느라 물고 쪼고 했지. 그런데 마지막 전사가 숨을 거두자마자 누르넨 숲 제2의 학살극이 시작됐어. 썩은 고기를 탐하는 동물들의 잔치가 시작된 거지."

루모는 끽소리도 않고 귀를 기울였다. 스마이크는 한 손을 쳐들더니 잘 들어보라는 듯이 귀에 가져다 댔다.

"그런데 갑자기 여기저기서 웅성거리는 소리가 들리더니 점점 커지더란 말이야! 마른 잎 밟는 발자국 소리, 수레바퀴 삐거덕거리는 소리, 금속이 짤랑거리는 소리 등등. 저 서쪽에서 이곳 전쟁터로 다가오고 있었어. 또 다른 군대였을까?"

루모는 멀리서 다가오는 소리를 들어보려는 듯이 귀를 뾰족 세웠다.

"그래, 집중해봐. 그 기이한 이야기는 이제 시작이야. 서쪽에서 숲으로 다가온 것은 군대가 아니라 그랄준트의 외과 명의들이었어. 맹장 수술 관련 학술모임에 가는 길이었지."

"외과 의사들이라고요?"

"그럼. 그들은 의사였어. 의학 전문가들로, 극도로 복잡한 수술을 하는 데 일가견이 있는 자들이었지. 절단된 사지를 꿰매 붙이거나 상처를 봉합하는 작업, 사혈이나 수혈, 사지절단술, 천두술(穿頭術), 장기이식술 등등."

술, 술, 술이라는 말이 루모의 머리에 맴돌았다.

"그러나 그건 아직 이 이야기 중에서 가장 기이한 부분이 아니야. 아무렴! 동쪽에서는 방랑하는 시계공들의 무리가 오고 있었어. 벨링의 회중시계 시장에 가는 길이었지. 이 사람들은 시계장치와 기타 정밀기계를 만들고 수리하는 데 전문가였어. 이런 장인들은 손이 어긋나는 법이 없고, 눈은 날카롭고 신경은 강철 같았지."

루모는 이야기를 다 이해할 수는 없었지만 다시 고개를 끄덕였다.

"그런데 이 이야기에서 가장 희한한 부분은 아직 시작하지 않았어! 다시 남쪽에서 백 명이 넘는 병기제조공과 철물공이 왔던 거야. 이들은 권력욕에 불타는 한 군주의 초대를 받아 플로린트로 가는 길이었는데 거기서 괴물 같은 전쟁기계를 만들게 돼 있었지. 이들은 철제 부품을 나사로 조이고 녹여내고, 돌 자물쇠와 포탄을 조립하고, 철을 다듬고, 날을 벼리고, 금 은 동 합금을 만드는 데 일가견이 있는 자들이었어. 전쟁의 장인들이었지."

"전쟁." 루모가 말했다.

"하긴, 보통 특이한 수준의 이야기라면 이 정도 기이한 우연이면 족할 거야. 그러나 누르넨 숲 전투 이야기에서는 나중에 입증되듯이 차모니아 역사상 도저히 있을 것 같지 않은 최상의 우연이 한데 모이게 됐지. 그래서 이번에는 북쪽에서 연금술사 대표단이 이 숲으로 오게 된 거야."

"연…… 연슴……."

"연금술사! 직업의 한 종류야. 그러니까…… 말하자면, 예술적 성향을 지닌 과학자들이지. 아니면 과학적 야심을 지닌 예술가라고 할까. 아무래도 좋아. 어쨌거나 학식이 높은 자들이지. 박사들 말이야. 하기야 협잡꾼에 돌팔이일 수도 있지만. 요즘 누가 그걸 알겠어? 당시에는 어쨌든 모든 학문을 혼자서 섭렵한다는 게 가능했어. 적어도 연금술사들은 그렇게 생각했지. 이런저런 과학을 결합시키고 얽어서, 예를 들면 질병을 고치는 치료제, 죽음을 이겨내는 기이한 금속이나 팅크제를 제조하는 공식 같은 걸 개발하려고 시도한 거야. 아니면 현자의 돌을 찾아내거나. 에너지를 안 쓰고도 작동되는 영구기관이나 청춘의 샘 같은 것을 만들어내려고 애쓰기도 했지. 바르면 상처가 나지 않거나 남의 눈에 보이지 않는 연고를 만들려 하기도 했어. 아니면 스케이트를 미끄러뜨리는 치즈도 꿈꾸었지."

그러는 사이 루모의 귀에는 악마바위에 쿠쿵쿠쿵 하고 부딪히는 파도 소리만 들린 것이 아니었다. 끊임없이 스마이크가 쏟아내는 새 단어들이 머릿속에서 하나의 소용돌이를 이루다가 소뇌의 회전을 거치면서 거품이 일더니 모든 명료한 생각들을 낚아채가고 만 것이다.

"그래서." 스마이크는 가차 없이 계속했다. "자, 누가 왔나 보자고. 연금술사, 외과의사, 정밀기계공, 무기제조공들이지. 진짜 다양한 직종이네. 보통 상황이라면 서로 만나서 할 일은 없겠지. 그런데 왜? 게다가 하필 누르넨 숲에서 만났단 말이야. 치명상으로 신음하는 자들이 누워 있는 전쟁터, 잘려 나간 사지와 손상된 무기와 금속들이 핏물 속에 나뒹구는 숲 속의 공터에서 말이야."

루모는 초조해서 안절부절못했다.

"그래서요?"

"그 다음으로는 말이야, 차모니아 이야기에서 전무후무한 일이 벌어졌지. 이처럼 다양한 전문가들이 그 능력과 도구와 지식과 장비를 한데 모아 즉각 도움을 주기로 했단다. 무기제조공은 작은 용광로와 풀무를 만들고, 외과의사는 수술도구를 소독하고, 정밀기계공은 확대경을 갈아 현미경을 설치하고, 연금술사들은 불가사의한 액체를 증류기에 넣어 가열하고 거대한 솥에 약초 달인 물을 넣고 휘휘 저었어. 몇 시간 전만 해도 칼이 쩔렁거리고 죽음의 절규가 울려 퍼지던 곳에 이제는 액체로 화한 금속이 부글부글 끓고, 숫돌이 노래하고, 화덕은 공기를 받아 쉿쉿 소리를 내고, 대장장이의 망치는 박자를 맞추었지. 잘려 나간 사지, 무기와 장비 조각들은 하나의 거대한 더미를 이루어 종류별로 깨끗이 선별됐어. 여기에다가는 팔을 놓고, 저기다가는 다리를 놓고, 요기는 머리, 조기는 투구, 여기는 무릎, 저기는 무릎보호대, 이렇게 분류했던 거야. 상처를 소독하고, 진통제를 놓고, 뼈에는 부목을 대주고, 가끔은 자비를 베푸는 차원에서 안락사를 시켜주기도 했어. 전문가들끼리 정중하게, 전문가적인 자세로 '이러면 좋겠다, 이건 이렇게 하는 게 낫지 않겠습니까' 하면서 사지와 조직을 서로 주고받고 했지. 그러나 가끔 길지 않은 건설적인 논쟁도 있었어. 그럴 때면 가장 단순한 해결책, 가장 손쉬운 처방을 내리기도 했단다. 아주 가는 구리관을 동맥에 연결하거나, 근육을 철사로 얽어매거나, 힘줄을 가죽끈으로 잇고, 신경을 비단실로 대기도 했어. 쇠도끼는 팔뚝이 되고, 다이아몬드확대경은 눈이 되고, 망치는 다리가 되었지. 하기야 부러진 척추를 대형 탁상시계 태엽으로 대신하면 어떻고, 떨어진 귀를 축음기 나팔로 붙이면 안 될 게 또 뭐겠니? 혀를 종 속에 달린 추로 대신한들 또 어때?"

루모는 저도 모르게 혀를 움켜잡았다.

"어떤 연금술사는 액체 은이 급히 필요했어. 한 외과의사는 현미경처럼 미세한 칼이 필요했고, 기계공은 철제 심장판막이 작동해야 했고, 시계수리공은 금으로 태엽을 만들어야 했어. 말하자면 전문가들마다 각자 원하는 바를 현실로 만들고 싶어 했던 거야. 전투용 손가락마디반지는 이빨이 되고, 시계는 두뇌의 반쪽이 되고, 천연 해면과 거즈필터는 간과 신장이 되고, 풀무는 폐엽이 되고, 전선은 신경섬유가 되고, 수은은 혈액이 되었어. 채소 국물은 체액을 대신하고, 면갑(面甲)투구는 두개골이 되었지. 철제 장갑은 세련된 정밀기계의 도움을 받아 손으로 변신했어. 그런데 코가 없네. 그럼 잽싸게 코르크마개를 나사로 고정시키지. 손가락이 떨어져 나갔다고? 잭나이프로 대신하지 뭐! 여기 심장이 있었는데……. 그럼 증기펌프를 쓰지 뭐! 동맥을 구리관으로 대신한 외과의사도 없었을 터이고, 기계공을 도와준 연금술사도 없었을 것이고, 핀셋과 면봉을 가지고 작업한 기계공도 없었을 거야. 말도 안 되는 우연의 연속이 이런 창조적

인 에너지의 폭발을 가능케 했던 거지. 과학과 예술과 수공업이, 경험과 환상과 정밀성이 희한한 방식으로 결합된 거지. 그래서 마침내 구리병정 군단이 태어난 거야."

스마이크는 다시 깊이 숨을 들이쉬었다.

"마지막 망치 소리가 멈추고, 용광로의 불이 꺼지고 엘릭시르가 다 떨어졌을 때 누르넨 숲 공터에는 반짝이는 새 용병군단이 서 있었다. 당시에는 무기를 구리로 장식하는 것이 유행이었어. 그래서 이 불그레한 금속은 어디서나 번쩍번쩍 빛을 냈고, 그걸 만든 자들은 그들을 구리병정이라고 불렀지."

"오호." 루모가 말했다.

"그러나 그 군대는 그냥 거기 서 있을 뿐이었어. 거대한 전쟁기념 물처럼 서서 꼼짝 않고 있었지. 시계공이 중얼거렸어. 외과의사는 소곤거렸지. 기계공은 욕을 했어. 츌텝 찬이라고들 하는 연금술사가 앞으로 나와 이렇게 말했어.

'이 군대는 명령을 받기 전에는 절대 움직이지 않을 겁니다. 그게 바로 군인이지요. 그래서 지도자가 필요한 겁니다.'

찬은 남아 있는 장비 쪼가리들과 팔다리, 무기, 어디에도 쓸모없는 쓰레기 등을 가리켰어.

'이 걸로 지도자를 만듭시다. 구리병정들을 지휘할 장군 말이오! 그러면 그 지도자에게 내가 심장과 두뇌와 영혼을 대신해 차모민을 넣어주리다.'"

"자모민?" 루모가 말을 받았다.

"차모민이라니까! 차모니아의 그 기이한 원소 말이야! 그 원소는 사고능력이 있다고도 하고 미쳤다고도 하지. 내가 말해줄 수 있는 건 이게 진짜 정신 나간 얘기라는 거야."

루모는 '차모민'이라는 단어를 마음 깊이 새겨두려고 애썼다. 그러나 이 단어는 미끈미끈한 물고기처럼 자꾸 빠져나갔다.

"그날 밤 이후 의사와 연금술사와 수공업자는 마지막 부품을 조립하며 시간을 보냈어. 최후로 남은 작은 나사못, 아주 작은 태엽, 미세한 톱니바퀴 등을 가공하고 싶은 명예욕에 사로잡힌 거야. 그래서 그들이 만드는 물건은 점점 커지고 점점 복잡해져갔지.

화려한 마무리를 한 것은 츌텝 찬으로, 이 마지막 구리병정에게 차모민 원소를 약간 투여했어. 그러면서 이불을 뒤집어쓰고 소동을 피워서 그걸 정확히 어디에 투여했는지 누구도 알 수 없게 했지. 마지막 전사가 마침내 완성되자 전문가들은 뒤로 물러서서 자신들의 작품을 살펴보았어. 크기는 다른 것들의 두 배나 되고 외모는 무시 무시하기 이를 데 없었어. 이 금속으로 만든 피조물은 대가리를 쳐들더니 면도날처럼 날카로운 날로 된 이빨을 드러내 보이더니 양철처럼 거슬리는 목소리를 냈지. 시계 쩩깍거리는 소리에 딸꾹질이 섞였어.

'우리 [쩩] 가 만들어진 것은 [깍] 죽이기 위함이다! 우린 [쩩] 구리 [깍] 병정이다!'

그러더니 주먹으로 가슴팍을 쳤어. 그러자 다른 전사들이 따라 했지. 계속 그러자 누르넨 숲 전체에 큰 소리가 울리고 새라는 새는 다 불안에 떨며 깍깍거리면서 둥지를 떠나고 말았어. 그러자 그들은 박자에 맞춰 '우린 구리병정! 우린 구리병정!' 하고 외쳤어.

지도자가 손을 쳐들고 엄숙한 동작을 취하자 모두들 조용해졌어. 그는 소리쳤지.

'나는 [쩩] 가장 위대한 [깍] 구리병정이다. 난 [쩩] 쩩깍쩩깍 장군 이다!'

'쩩깍쩩깍 장군이다! 쩩깍쩩깍 장군!'

구리병정들은 이렇게 외치며 박자에 맞춰 방패를 두드렸어.

이제 다들 쩩깍쩩깍 장군의 첫 명령을 기다렸지. 그 거대한 구리 병정은 외과의사, 시계공, 연금술사, 수공업자들을 가리켰다. 그의 목숨을 살려준 건 바로 그들이었지.

'여기 이 [쩩] 사람들은' 하고 그는 소리쳤다. '우릴 [깍] 만들었다. 그들이 [쩩] 우릴 만들었어 [깍]. 죽이라고 말이야. 우린 이분들을 [쩩] 실망시켜드릴 수 없다! 이자들을 죽여라 [깍]! 한 놈도 살려두지 마라!'"

루모는 숨이 가빠졌다. 쩍깍쩍깍 장군은 진짜 악마네!

스마이크는 루모가 이야기에 몰두하느라 상당히 진이 빠졌다는 것을 모르지 않았다. 그래서 이어지는 참변의 세세한 내용은 말하지 않기로 했다.

"무시무시한 학살이 이어졌지. 그러나 몇 분 걸리진 않았어. 가축을 때려잡는 것 같았지. 극히 일부 기계공과 시계제조공, 의사, 연금술사들만이 달아나 살아남았어. 그 덕분에 나중에 누르넨 숲에서 벌어진 일들에 대해 알려지게 된 거지. 쩍깍쩍깍 장군을 고안해낸 춀뎁 찬은 그중 한 사람이었어."

스마이크는 깊이 숨을 들이쉬었다.

"참, 이건 누르넨 숲 전투에 관한 이야기였어. 구리병정들에 관한 이야기는 이제 시작이야."

"계속해봐요!" 루모가 재촉했다.

스마이크는 한숨을 쉬었다.

"진짜 세 번째 이야기를 듣고 싶니? 그런데 우리가 시작한 이야기는 아직 끝나지도 않았단다."

"계속해요! 얘기를!"

스마이크는 '네 그럽지요' 하는 표정을 지었다.

"그래서, 이 감정 없는 무적의 전쟁기계 군단은 수년간 차모니아를 휩쓸면서 곳곳에 공포와 전율을 뿌리고 다녔어. 도시란 도시는 다 정복하고 생명체란 생명체는 가장 끔찍한 방식으로 죽여버렸지. 건물도 다 때려 부숴서 가는 곳마다 평지로 만들어버렸어. 구리병정들이 죽이고 약탈하는 것은 살아남기 위해서가 아니었어. 하기야 더 이상 살아 있는 존재라고도 할 수 없지. 약탈도 먹고살려고 하는 것이 아니었어. 먹어야 사는 존재가 아니었고, 배고픔도 몰랐으니까. 그들은 죽이기 위해 죽였어. 구리병정들은 숙명과 같은, 자연재해와 같은 존재였지. 갑자기, 예고도, 아무 의미도 없이, 광포하게, 무자비하게 들이닥쳤지. 전쟁처럼 말이야. 멀리서 철컥철컥 쩍각쩍각 쿵쿵쿵쿵 하는 소리가 다가오는 것을 듣는 순간 이미 그들은 코앞에 와 있었지. 오래 걸릴 이유도 물론 없었고. 이 구리 악마 군단이 쩍각쩍각 장군의 영도 아래 어느 날 린트부름 요새 앞에 나타난 거야."

"히야."

"그래! 린트부름들도 바로 그런 반응을 보였겠지. 구리병정 군단이 요새 성문 앞으로 대오를 지어 행진해 오는 것을 보고서 말이야. 하늘은 기계와 전기 장치에서 나오는 금속성 소음으로 가득 찼어. 이음매가 끼이끼익 하는 소리, 신음 같은 풀무 소리, 연금술 전지의 찌르륵찌르륵 하는 소리, 장기와 힘줄과 근육을 대체한 기계들의 찰각찰각 하는 소리 등등. 들어보면 마치 시계 군단이 린트부름 요새로 행진해 오는 듯했지. 땡땡 종소리를 울리고, 따릉따릉 자명종 소리를 내더니 그 군단은 갑자기 조용해졌어. 태엽이 수도 없이 쩍각거리고 펌프가 규칙적으로 품품품품 하는 소리만 들렸지."

스마이크는 몸을 앞으로 숙이더니 웅덩이에 대고 코로 크게 숨을 내쉬었다. 그러고는 계속했다.

"광을 낸 구리 부품들이 햇빛에 번쩍이고, 검은 삼각 깃발은 바람에 나부꼈어. 누가 봐도 천하무적 같았지."

"역청을 써!" 루모가 소리쳤다. "끓는 물, 뜨거운 납을 부어!"

스마이크가 히죽 웃었다.

"그래, 린트부름들도 분명 신경이 쓰였어. 그러나 진짜 불안을 느끼는 것과는 거리가 멀었지. 이빨까지 무장한 무시무시한 군대들이 요새 앞으로 행진해 오는 걸 보는 데 익숙해져 있었거든. 게다가 그런 거친 전사들이 두들겨 맞고 부러진 채로 퇴각하는 것을 보는 데도 익숙해 있었단 말이야. 그러니 한가하게 성가퀴 위에서 아래를 내려다보면서 소리나 질러댔지.

'꺼져, 삼십육계 줄행랑이다, 이 깡통머저리들아! 거기 있어봐야 시간 낭비라니까. 너희들 짓거리는 이미 다른 놈들도 다 해봤어. 모두 잽싸게 도망쳤어. 그나마 달아날 힘이 있을 때 말이야. 하지만 우린 보시다시피 이렇게 건재해. 그러니 전쟁 장난감들 가지고 꺼져버

려. 힘없는 농가 마을이나 덮치란 말이야. 그런 짓 잘하잖아.'

그러면서 린트부름들은 구리병정들에게 화분을 던지고 낄낄거렸어.

한동안 구리병정 군단은 일절 소리 내지 않고 서 있었어. 린트부름들은 이런 유형을 무력화시키는 데는 화분 정도면 되는가 싶었지. 그때 거대한 기계가 돌아가기 시작한 것처럼 여기저기서 와글와글하는 소리가 높아졌어. 금속끼리 부딪혀 쩔렁쩔렁 소리가 나고, 이음새마다 끽끽거리더니 구리병정 무리의 대열이 나누어졌지. 그중 하나가 린트부름 요새 발치로 다가섰어. 몸집과 무시무시함이 다른 전사들의 배나 되었지. 그는 탕탕거리는 목소리로 말했어.

'난 [쩩] 쩩각쩩각 장군이다. 우린 [깍] 구리병정 군단이다. 너희들은 [쩩] 상대가 안 된다. 우린 [깍] 무적이다. 너희들은 [쩩] 죽는다. 우린 [깍] 안 죽는다.'"

스마이크는 열네 개의 팔을 일제히 쳐들었다.

"그러자 도저히 믿을 수 없는 굉음이 터져 나왔어! 구리병정들이 칼과 곤봉, 도끼로 방패를 두들겨댄 거야. 철로 된 목에서는 환상적인 고함이 울려 나왔지."

루모는 흥분해서 엉덩이를 들썩거렸다.

"공룡들은 쩩각쩩각 장군의 협박이 별거 아니라고 생각했어. 그동안 여러 차례 공격을 받으면서 이런 뻔뻔한 발언을 많이 들었거든. 그들은 무시하는 듯이 입술로 푸르르 하는 소리를 내더니 돌멩이를 던졌어. 돌멩이들은 구리병정들 몸에 맞고 탁탁 소리를 내면서 튀겨 나왔지. 요컨대 그들은 꼼짝 않고 서 있는 금속들을 놓고 즐기면서 역청을 끓일 채비를 하고 있었던 거야. 적군은 마냥 그대로 서 있었어. 역청을 쏟아붓기에는 더할 나위 없이 훌륭한 표적이었지. 양동이를 정확하게 조준할 수 있었단 말이야. 움직이는 목표물보다 훨씬 쉽지. 이어 와 하고 함성을 지르면서 역청을 적군에게 쏟아부었단다.”

“야호!” 루모가 고소하다는 듯이 웃어댔다.

“그런데 구리병정들은 미동도 하지 않았어. 그저 꼼짝 않고 서 있기만 했지. 역청은 갑옷 위에서 식으면서 시커먼 부스러기가 되고 말았지. 쩩깍쩩깍 장군이 손을 높이 들었어. 그러자 모두들 몸을 흔들기 시작했지. 마른 역청은 맥없이 떨어졌어. 그러더니 서로 금속광택제를 발라주기 시작했지.”

“끓는 납!” 루모가 소리쳤다.

“린트부름들도 당황하고만 있지는 않았어. 벌써 양동이에는 납이 허연빛을 내며 끓고 있었어. 그걸 다량으로 들이붓고는 늘 그랬듯이 끔찍한 절규가 터져 나오기를 기다렸지. 그러나 놈들은 그냥 서 있다가 납이 식자 갑옷에서 떼어냈지. 손끝 하나 다친 놈이 없었어. 쩩깍쩩깍 장군은 성문으로 돌격하라는 신호를 보냈어.”

루모의 숨결이 무거워졌다.

“린트부름들은 광장에 모였어. 이미 역청을 끼얹고 납을 쏟아부었지. 끓는 물은 이번에는 쓰지도 않았어. 이제 방어수단은 다한 듯했지. 육박전은 포함되지도 않았으니까. 무기를 만져본 린트부름은 하나도 없었거든. 그들은 작가지 전사가 아니었단 말이야! 뿔이 여럿 달린 스티라코사우르스 가문의 검은 도마뱀인 린트부름 요새 시장이 회중 앞으로 나와 발언을 시작했어. 목소리는 격앙돼 떨리고 있었지.

‘이제, 원치 않던 순간이 왔습니다!’ 그는 진지하게 소리쳤어.

‘원치 않던 순간!’ 하고 린트부름 요새 주민들이 한목소리로 되풀이했어. 그들은 이제 전통 의식을 거행하는 거야.

‘우리 모두는 결코 그런 순간이 오지 않기를 희망해왔습니다.’ 시

장이 말했어. '하지만 그런 희망은 허사가 되고 말았습니다.'

'그런 희망은 허사가 되고 말았습니다.' 린트부름들이 따라 소리쳤어.

별들의 음악

'린트부름 요새 주민 여러분!' 시장의 목소리는 저 아래 있는 구리병정들도 들을 수 있을 정도로 크게 울려 퍼졌어. '우리는 저승의 심연에 서 있습니다. 어떻게 해야겠습니까?'

그러자 린트부름들이 한 목소리로 외쳤어.

'별들의 음악에 맞춰 춤을 춥시다!'"

루모가 상어구더기를 올려다보았다. 스마이크의 시선은 이 악마 바위에서 아주, 아주 멀리 떨어진 딴 세상에 가 있는 듯했다.

"햇빛 찬란한 대낮이었단다." 그는 이야기를 이어갔다. "하늘에 별은 전혀 안 보였고, 음악도 들리지 않았어. 하물며 천체의 소리 같은 건 없었지! 그러나 그런 건 중요한 게 아니야. 저승의 심연이니 별들의 음악이니 하는 건 다 몇몇 린트부름 시인들이 여러 해 전에 의식을 장중하고도 심오하게 꾸미기 위해 고안해낸 언어적 형상이었지. 하긴 그런 은유들은 그리 심오할 것도 없고 오히려 좀 싸구려 같았지. 하지만 원래 목적은 달성한 거야. 린트부름들은 그 의식을 통해 지금 상황에 맞게 엄숙하게 전의를 다지게 됐으니까."

루모는 천체의 소리니 은유니 하는 것들에 관해 질문하고 싶었다. 그러나 스마이크는 거침없이 이야기를 계속했다.

"그러고는 춤들을 추기 시작했어! 일부는 탬버린, 플루트, 류트 같은 악기를 들고 활기찬 음악을 연주했고, 곧바로 다리가 들썩이기 시작했어. 그건 의식의 한 부분이기도 했지. 선율과 박자를 정확히 맞추었어. 린트부름 요새 주민이라면 누구나 스텝은 이미 학교에서 배웠지. 아주 중요한 건 발을 정확히 쿵쿵 밟는 것이었어. 저 아래서는 구리병정들이 놀란 눈으로 바라보고 서 있었지.

'놈들이 음악을 하네요' 하고 부관이 쩍깍쩍깍 장군에게 귓속말을 했어.

쩍깍쩍깍 장군이 우려한 것은 음악이 아니었어. 리드미컬하게 울리는 쿵쿵쿵쿵 하는 소리였지. 그게 문제였던 거야.

왜냐면 공룡 하나가 춤을 추면 벽이 흔들려. 여러 공룡이 춤을 추면 땅이 흔들리지. 그런데 린트부름 요새의 모든 공룡이 한순간에 춤을 추면 우주가 부서진단 말이야."

루모의 숨이 가빠졌다.

"그러자 갑자기 하늘이 무너지는 듯했어. 집채만 한 돌덩어리가 날아와 쩍깍쩍깍 장군과 부관한테서 멀지 않은 곳에 쿵 하고 떨어져 땅속에 처박혔지. 스물다섯 명이나 되는 구리병정도 함께 묻혔어.

'돌을 던집니다!' 한 부관이 외쳤어.

'바위 덩어리를 던집니다!' 두 번째 부관이 외쳤어.

'산을 던집니다!' 세 번째 부관이 소리쳤어.

하늘엔 온통 쏴아쏴아 하는 소리로 마치 이 부관한테 새떼가 덮치는 것 같았어. 그는 바위 덩어리에 쿵 하고 맞더니 땅속으로 삼 미터나 꺼져 들어가버렸지.

'제기랄 [쩍]!' 쩍깍쩍깍 장군이 소리쳤어. '즉각 후퇴 [깍]!'

그는 돌아서서 쿵쾅거리는 발걸음으로 자리를 떴어.

이 명령에 구리병정들은 엄청 당혹했단다. 후퇴란 걸 해본 적이 없거든. 언제나 전진만 했지. 뭘 잘못 들은 건가? 그들은 보통 때처럼 쩍깍쩍깍 장군의 명령을 즉시 따르지 못하고 몇 초 동안 제자리걸음을 했지. 이런 혼란의 순간이야말로 그들 대부분의 운명에 종지

부를 찍는 것이었어. 우르르릉 하면서 땅이 다시 한 번 흔들렸어. 전보다 소리가 더 크고 훨씬 위협적이었어. 마치 온 천지의 돌덩어리들이 들썩들썩하는 것 같았지. 잠시 후에 보니까 린트부름 요새에서자기들 쪽으로 굴러 내려오는 것은 거대한 산사태였어. 회색 돌의 파도가 마치 커튼처럼 구리병정들에게 떨어져 내리더니 엉망진창으로짓이겨버렸어."

스마이크는 지쳐 한숨을 내쉬었다.

"구리병정 군단의 삼분의 이가 수초 만에 전멸돼 수 미터 높이의쓰레기더미로 묻혀버렸지. 나머지는, 특히 찍깍찍깍 장군은 간신히달아났어. 사람들은 그가 곧바로 지옥으로 튀었다고들 했지."

루모가 씩씩거렸다. 그 나쁜 놈이 달아나다니. 그건 옳지 않다.

"자." 스마이크가 말했다. "이게 구리병정 이야기야. 하지만 린트부름 요새 공격 이야기는 아직 끝난 게 아니야. 아니고말고."

루모는 깜짝 놀랐다. 구리병정 군단보다 더 무시무시한 군단이 몰려온단 말인가? 그는 마음의 준비를 단단히 했다.

"그건 전쟁을 일으켜 린트부름 요새를 공격한 마지막 얘기였을 뿐이야. 누구도, 차모니아의 겁 없는 용병부대조차도 구리병정 일이 있은 후로는 린트부름들을 다시 괴롭힌다는 생각은 절대 하지 못했을거야. 산 주변은 오랫동안 아주, 아주 조용했어. 아무도 감히 가까이가려고조차 하지 않았지. 린트부름 요새 주민들은 지루해지기 시작했어. 그래, 심지어 예전의 전쟁하던 시절이 다시 왔으면 하고 바라는 사람도 있었단다."

저 바깥 악마바위에서는 다시 북소리가 울리기 시작했다. 그러나아주 먼 데다 파도가 바위에 부딪히는 굉음에 묻혀 약하게 들렸다.

알랑쇠 이야기

"그 다음에 온 것이 알랑쇠들이었어. 이들로부터 싸우지 않고 하는 방식의 린트부름 요새 공략이 시작됐지."

루모는 귀를 쫑긋 세웠다. 싸우지 않고 하는 공략? 그런 게 가능할까? 하지만 이날 밤 그 모든 기이한 이야기 속에서는 모든 것이 가능해 보였다.

"그래." 스마이크가 계속했다. "알랑쇠들은 평화롭게 다가왔어. 전차모니아에서 온갖 떠돌이 오합지졸들이 몰려왔지. 복장도 가지각색이었어. 수십 년 전부터 린트부름들이 쓴 시와 저작물이 유통됐지. 그리고 그동안 지지자도 꽤 얻었던 게 분명해. 게다가 린트부름 요새 공격 이야기는 영웅들의 명성을 퍼뜨렸어. 그들은 전투를 한 것은 아니고 늘 방어만 했지. 그런데도 늘 위협을 받는다는 사실은 아랑곳하지 않고 더욱더 과감하게 문학을 발전시켰어. 그건 우상을 만들어내는 광맥이었지.

알랑쇠들은 대규모 천막 캠프로 린트부름 요새를 에워싸고는 꽃과 연애편지를 성가퀴 너머로 던졌어. 린트부름들을 천재라고 선언하고, 그들이 쓴 글을 낭독하고, 사랑과 문학의 축제를 벌였지. 린트부름들은 성가퀴에 기대어 그런 놀이를 바라보면서 처음에는 좀 미심쩍어했어. 공격을 당할 때 그 비슷한 경험이 있었거든. 하지만 알랑쇠들은 좋은 의도로 다가오고 있음이 분명했어. 요새 주변에는 린트부름들의 작품과 그에 따라붙는 주례사식 비평을 전문으로 내는 출판사는 하나도 없었어. 린트부름들이 육필로 쓴 시를 성벽 아래로 던지면 저 아래서는 좋아라고 낭독하고 보물처럼 소중히 여기곤했지. 몇 주간 관찰하면서 조심스럽게나마 교류를 한 이후 린트부름들은 광장에 모여 상의한 끝에 대표단을 밖으로 보내기로 했단다.

상황을 알아보려고 말이야. 다섯 명의 린트부름이 요새를 떠났다. 그 오랜 역사에서 처음이었지. 알랑쇠들의 환영은 대단했어. 꽃과 월계수 잎을 온통 뿌려놓았지. 그러고는 자기네 지도자의 천막으로 안내했어. 그는 풍채가 당당했다고 해.

이자가 공룡들에게 말했지.

'친애하는 린트부름 여러분. 린트부름 요새의 보물에 관한 헛소리들은 다 잊읍시다. 그건 우둔한 예티들의 허황된 잡소리요. 선생들의 진짜 보물은 그보다 가치가 훨씬 큽니다.'

린트부름들은 놀라워하면서 서로 쳐다보았어. 지도자의 말투가 기대보다 친절하지 않았거든.

'여기 이것이' 하고 그가 린트부름의 시 더미를 높이 들어 올리며 말했어. '린트부름 요새의 진짜 황금이지요.'

공룡들은 기분은 흡족했지만 그가 진짜 노리는 것이 무엇인지 궁금해졌어.

'제 카드를 말씀드리지요, 여러분. 난 출판업자입니다! 책을 출판해서 그것으로 돈을 벌지요. 아주 많이.'

린트부름들은 그가 갑자기 특이한 목소리를 내자 깜짝 놀랐어.

'영웅전, 순교자 이야기. 그런 건 문학상을 타기에 알맞지요. 여러분이 어떤 것을 쓰느냐는 그다지 중요하지 않습니다. 저명하신 분들, 그게 바로 마법의 주문이지요.'

공룡들은 여전히 아무 말 없었어.

'그래요, 저명하신 분들, 바로 그것이 여러분의 보물입니다. 여러분의 그 지명도 말이지요. 영웅들로 가득 찬 요새 전체가 시를 쓴다, 출판업자로서 이보다 더 훌륭한 작가를 바랄 수 있겠습니까? 친애하는 린트부름 여러분, 여러분의 시와 나의 인쇄기와 알랑쇠들의 입

선전을 결합시키는 겁니다. 그게 나티프토프들의 화폐 제조 면허증보다 훨씬 나을 겁니다. 그러니 한번 깊이 생각해보시기 바랍니다.'

린트부름들은 격분했어. 이자들이 자신들을 속이고 작가적 명예를 손상시키면서 파렴치한 제안을 한 거야. 그들은 욕을 해주고 천막을 나온 뒤 요새로 돌아가 광장에서 동료들에게 사정을 보고했어.

다른 린트부름들도 격분했지. 몇몇 유달리 과격한 예술가 스타일들은 끓는 납을 알랑쇠들한테 쏟아붓자고 주장했어. 논쟁이 촉발됐고, 한 공룡은 알랑쇠들을 위협해서 쫓아버리면 어떻게 될지 감히 예언하기도 했어. 그들은 물러갈 것이다, 린트부름 요새는 황량해질 것이다, 아무도 평화적인 의도로라도 요새를 공격하지 않을 것이다, 자빠져 죽을 때까지 끼리끼리 서로 시를 낭송해주게 될 것이고, 머지않은 날 린트부름들은 저 소심한 선조들처럼 멸종되고 말 것이다, 그렇게 잊혀질 것이다. 이게 유일한 가능성이라는 얘기였지.

또 다른 예언은 이랬어. 알랑쇠들과 합친다, 그 결과는 명예, 돈, 문학상, 불멸 등등이다, 이런 것들이야말로 작가를 자처하는 자들의 참된 목적이 아닌가?

아니다. 다른 린트부름이 소리쳤어. 진실. 노동. 오름에 도달하고 오름을 유지하는 것. 이런 것들이야말로 미덕이고 작가를 자처하는 자가 추구해야 할 위대한 목표다. 나머지는 아무것도 아니다. 그러나 엄청난 비난에 밀려 꼬리를 내리고 말았지.

의장이 다시 발언에 나섰지. 아주 조용히 그리고 아주 느리게 말했어. 린트부름 요새 주민 여러분, 우리는 이제 저승 언저리에 선 것 같습니다. 이제 별들의 음악에 맞춰 춤을 추어야 하지 않을까요?

그는 사태를 그런 지점까지 몰아갔어. 저승이란 예술가로서 이름이 전혀 알려지지 않은 상태라는 뜻이었지. 별들의 음악이란 청중의 박수갈채를 뜻했어.

'난 영향력을 원합니다!' 한 공룡이 외쳤지.

'난 좋은 평가를 원합니다!' 다른 공룡이 소리쳤어.

온갖 목소리가 광장을 어지럽혔어. 모두 한데 뒤섞여 떠들어댔지. '떨이로 팔아넘길 작정이군!' 또 한 아주 나이 많은 공룡이 끼어들어 소리쳤지만 그것이 마지막 비판의 소리였어. 알랑쇠들과 요새 광장에서 큰 잔치를 열기로 결정한 거야. 린트부름 요새는 처음으로 그리고 충실한 숭배자들에게 문을 열었어. 황금빛 미래의 시작이었지."

루모는 서서히 조바심이 났다. 언제 다시 본론으로 들어갈지 궁금했다.

"그 대단한 날이 곧 다가왔어. 알랑쇠들의 길고도 화려한 행렬이 도시 위쪽으로 이어졌어. 꽃과 함께 찬사를 담은 광고지를 뿌리면서. 음악과 노래와 포도주가 넘쳤지. 행렬이 광장에 도착하자 뚱뚱한 알랑쇠 지도자가 앞으로 굴러 나와 연설을 했어. 그는 시장에게 이리 오라는 눈짓을 하며 소리쳤어.

'이것은 새로운 시대의 시작이다. 린트부름 없는 시대가 올 것이다.'

린트부름들은 무슨 소린가 하고 귀를 기울였어.

'린트부름 문학 작품의 유포를 사형으로 금지하는 시대가 될 것이다. 린트부름이 되는 것을 사형으로 금지하는 시대가 될 것이다.'

시장은 황당한 표정으로 그를 쳐다보았어. 무슨 농담인가? 이자가 감히 어떻게 이 축제의 순간을 이토록 주책없이 모독할 수 있단 말인가? 이어 알랑쇠 지도자는 옷 속에 손을 넣더니 단검을 빼들고 시장의 목에 갖다 댔어.

'이건 농담이 아니라고!' 그는 소리쳤어. '이런 방식을 택할 수도 있고 저런 방식을 택할 수도 있다. 온전히 살고 싶으면 몇 가지 간단한 질문에 답만 하면 돼. 집채만 한 다이아몬드는 어디 있지? 에메랄드 호수는 어디 있나? 지구의 중심으로 가는 입구는 어디 있는 거야?'"

루모는 깜짝 놀라 머리를 쳐들었다. 알랑쇠들이 무기를 가지고 있었다고?

"몇몇 린트부름이 비명을 질렀어. 알랑쇠들이 화려한 의복을 찢자 무기와 칼과 단도가 나왔지.

'자, 이제 알겠지! 알랑방귀는 끝났다.'

지도자는 웃으면서 시장을 놓아주었어. 더러운 일은 졸병들에게 맡기려는 심사였지."

루모의 숨이 가빠졌다. 이 알랑쇠들은 정말이지 구리병정들보다 더 나쁜 놈들이군! 그도 깜빡 속은 것이다.

"원래 알랑쇠들은 군인 출신이야. 다들 한번은 린트부름 요새 공략에 참여한 적이 있었지. 몸은 화상투성이였고, 얼굴에는 증오가 가득했어. 언젠가 그들 중 몇몇이 그랄준트에 있는 악명 높은 용병 술집에서 만나 울분을 터뜨리며 의기투합했어. 그리고 그 선술집 주인이 바로 알랑쇠 왕초인 뚱보였던 거야. 그는 린트부름 요새 때문에 피해를 본 차모니아의 모든 용병을 모아 속임수로 요새를 정복할 계획을 용의주도하게 짰지. 그리고 그게 진짜로 먹혀든 거야."

루모는 으르렁거렸다. 저런 비열한 놈들!

"한쪽은 이빨까지 무장한 전쟁 경험이 풍부하고 복수욕에 불타며 피에 굶주린 용병들이었고, 다른 한편은 약해빠진, 시나 쓰고 무장도 하지 않은 린트부름들이었어. 게다가 뜨거운 역청도, 끓는 납도 이젠 없었지. 그러니 린트부름 요새를 둘러싼 마지막 전투는 게임이 안 되는 싸움인 것처럼 보일밖에."

루모가 심각하게 고개를 끄덕였다. 전투가 아니라 구리병정들이 자신을 창조한 자들에게 가한 것보다 훨씬 끔찍한 학살극이 벌어지겠지.

"그런데……."

스마이크의 심상치 않은 목소리 탓에 루모는 다시 귀를 기울였다.

"놀라운 일이 벌어졌어. 용병들도 놀랐지만 가장 놀란 것은 린트부름들 자신이었어. 얼마간 광장에는 적막만이 흘렀지. 용병들조차 멈춰 섰어. 마치 앞으로 어떤 불행이 다가올지 예감한 것 같았지. 그런데 린트부름들의 외모가 달라졌어. 태도하며 눈매, 얼굴 표정도 그랬지. 불안으로 일그러졌던 얼굴들이 위협적인 맹수의 찌푸린 표정으로 변했단 말이야. 린트부름들은 그토록 조심스럽게 감춰둔 송곳니를 드러냈지. 턱이 곰 잡는 덫처럼 쿵 하고 떨어져 내렸어. 입가에는 침이 거품을 내며 질질 흘렀어. 목에서는 붉은 고릴라 군대조차 순식간에 나무 위로 쫓아버릴 만큼 무시무시한 소리가 났어. 몇몇은 옷을 다 찢어버리고는 오십 킬로그램은 나갈 것 같은 우람한 근육을 과시했어. 그래, 진짜 위협을 느끼게 되자 육식을 하던 저 난폭한 선조들의 본능이 깨어난 거야. 나약한 상아탑의 주민들이 순식간에 미쳐 날뛰는 태곳적 도마뱀이 된 거지."

스마이크는 손가락을 튕겨대면서 말했다.

루모는 신이 나서 작은 주먹을 꼭 쥐고 허공에 날렸다. 싸워라! 바로 그거야!

"이제 린트부름 요새에서 진짜 전투가 시작된 거야. 이 학살극에 비하면 누르넨 숲의 전투는 애들 싸움이었지. 린트부름들은 무기가 없었어. 자신들이 바로 무기였지. 완벽하게 갖추어진 전투기계 말이야. 구리병정보다 훨씬 치명적이었지. 철제 방패 대신 용의 갑옷을 하고, 단도 대신 비수처럼 날카로운 맹수의 이빨에, 환도(還刀) 대신

거대한 발톱으로 무장했지.

　용병들도 공포에 질려 무기를 내던질 정도는 아니었어. 당황하기
야 했지. 저항에 부딪힐 것이라는 걸 전혀 염두에 두지 않았으니까.
그래서 쩍 벌어진 린트부름들의 아가리를 들여다보았어. 그들은 차
모니아에서 가장 노련한 용병들이야. 수천 번 전투에서 단련됐고,
온갖 시련을 이겨냈지. 야생동물과 여타의 위협도 겪어봤어. 게다가
이빨까지 무장을 했고, 공룡이라고 칼이 안 들어가는 건 아니니까.

　무시무시한 사태가 벌어졌어. 린트부름 요새 거리 곳곳에서 이전

에는 결코 볼 수 없었던 장면이 벌어진 거야. 용병과 태곳적 동물이, 환도와 이빨이, 단도와 발톱이 부딪혔어. 도마뱀들의 포효와 용병들의 절규. 칼날이 공룡의 몸뚱이를 파고들었지.

이빨은 용병의 머리를 물어뜯었어. 피가 튀고, 살점이 너덜너덜 날아다녔어. 창이 도마뱀의 갑옷을 뚫고, 용의 꼬리가 단박에 용병의 몸뚱이를 반으로 절단 냈지. 전투는 하루 종일 치열하게 계속됐어. 이 바위산에서 피범벅이 되지 않은 자는 하나도 없었어. 자기 피로든 적의 피로든.

린트부름 요새 주민 절반이 목숨을 잃었어. 그러나 알랑쇠들로 말하면 왕초만 살아남았다고 전한단다. 그의 이름을 아는 사람은 아무도 없고, 어떻게 학살 현장을 빠져나갔는지 아는 사람도 없어. 나중에는 요새 안의 거리를 지나려면 시체더미의 산을 넘어야 했어. 핏물이 발목까지 차서 하수구로 흘러들었고 바위산을 타고 흘러내렸지. 산 전체, 린트부름 요새 전체가 피로 시뻘겋게 물들었어."

루모의 숨이 가빠졌다. 예상보다 훨씬 더한 전투였던 것이다.

"얘야, 이게 바로 린트부름 요새 공격 이야기란다. 거기서 많은 교훈을 얻을 수가 있지. 적당한 때에 한번 잘 찾아보거라."

스마이크의 이야기는 이렇게 끝났다.

그는 눈을 굴리면서 천천히 자기 웅덩이 속으로 들어갔다.

성장

악마바위 섬에 붙잡혀 온 지 팔 주 만에 루모는 새 이빨이 스물다섯 개나 생겼다. 어떤 것은 넓적하고 짧고 뭉툭했고, 어떤 것은 길고 바늘처럼 뾰족하고 납작하고 가늘면서 비수처럼 모서리가 날카로웠다. 이가 자라면서 통증은 느닷없이 들이닥치는 손님처럼 찾아오곤 했다. 찾아오는 장소는 매번 달랐다. 위턱 뒷부분이었다가 아래턱 앞부분으로 갔다가 다시 왼쪽 뺨으로 갔다가 오른쪽 뺨으로 가는가 하면 서너 군데에 동시에 찾아오기도 했다. 루모는 그 손님을 그냥 무시해버리고자 했다. 고통에 대한 보상이 있었기 때문이다. 한 곳에서 통증이 사라지면 거기에는 새로운 자연의 예술작품이 생겨났다.

그걸 가지고 노는 법도 배웠다. 동굴 구석에 물에 떠밀려온 나뭇조각이 하나 있었는데 형편이 닿을 때마다 그걸 이 새 도구들로 이리저리 손을 보는 것이었다. 며칠 지나지 않아 나뭇조각은 온통 흰개미가 쏜 것같이 되었다.

루모는 몸의 다른 변화도 알게 되었다. 우스꽝스럽게 생긴 앞발에서 가늘고 긴 손이 생겨났는데 손가락이 세 개에 엄지가 하나 달렸고, 날카롭고 우아한 손톱으로 무장돼 있었다. 가장 황홀한 것은 그것으로 물건을 잡을 수 있다는 사실이었다. 마치 사물에 대해 새로운 지배력을 갖게 되기라도 한 것처럼 정말 멋지고 행복한 느낌이 들었다. 뒷다리 근육도 탱탱해졌다. 털가죽은 더 매끈해지고 온몸이 더 팽팽하고 유연해지고 단단하고 힘도 세진 것 같았다. 불그레한 털가죽은 색조가 연해져서 털이란 털은 온통 눈처럼 하얘졌다. 어린 시절 귀여운 맛은 없어진 대신 점차 나름대로의 멋이 풍겼다. 옹이 같은 코는 우아하고 뾰족한 주둥이로 바뀌었다. 애기 때 뱃살은 균형 잡힌 복근으로 바뀌었고, 앞발은 운동선수 같은 우람한 근육의 팔뚝으로 변했다. 어깨는 떡 벌어졌고, 허리는 여전히 잘록했다. 왕방울만 한 눈은 좁아져서 음험한 맹수의 날카로운 눈이 되었다. 성장기에 들어선 것이다. 볼퍼팅어들은 유달리 성장이 빨랐다.

"자라는 게 보이는구나." 스마이크가 말했다. "동굴 안을 돌아다니다 저쪽 끝에 도착했을 때는 이미 머리 하나는 더 커 있을 거야."

루모는 쑥스럽게 웃었다. 며칠 전부터 벌써 벽 속으로 난 작은 은 신처가 몸에 맞지 않았다. 이제 남들처럼 그냥 동굴에서 지내야 했 다. 외눈박이들이 들어와도. 그리고 얼마 지나지 않아 그들은 이 흥 미로운 들개에게 관심을 갖게 됐다. 그들은 루모를 보면서 침을 흘렸 다. 사자나 붉은 고릴라를 산 채로 가죽을 벗겨 근육이 뛰고 힘줄이 씰룩거리는 것을 관찰하며 잡아먹는 것은 굉장한 별미였다. 그러나 뿔 달린 개처럼 생긴 이 생명체는 검은 눈에 희고 비단 같은 털가죽 하며 이 바위섬에서는 유례가 없는 종자였다. 지금까지 찢어 먹었던 그 어떤 큰 야생동물보다 훨씬 맛이 있을 것 같았다. 외눈박이들은 그를 특별히 희귀한 포도주 다루듯 했다. 이 포도주는 동굴에서 절 로 숙성돼가고 있었다.

그를 보러 외눈박이들이 계속 왔다. 루모는 매번 이제 내 차례구 나 싶었다. 스마이크는 네 발로 다니라고 신신당부했다. 외눈박이들 이 있을 때는 늘 그렇게 했다. 그러나 그런다고 튀는 것을 감출 수는 없었다. 때로 몇몇 외눈박이가 동굴에 들어와서는 한쪽 구석에 몰아 넣고 꿀꿀거리고 입맛을 쪽쪽 다시면서 떠들어대는 것이 루모의 신 체 발달에 대해 이야기하는 것 같았다. 그들은 루모의 팔과 배 근육 을 꼬집어보는가 하면 털가죽에 코를 대고 킁킁거리고 털을 뽑아서 자세히 살펴보기도 했다. 루모가 움찔하고 반응하면 기분이 좋아서 냄새나는 입에서 침을 튀겨댔다. 그래도 바로 엄니로 루모를 깨물면 안 된다는 것은 잘 알고 있었다. 그들이 더 이상 건드리지 않고 물러 갈 때면 꼭 다시 태어난 기분이었다.

신체적 성장과 함께 루모는 언어 면에서도 발전했다. 이미 막힘없 이 스마이크와 대화를 나눌 수 있게 됐다. 루모가 내뱉는 문장이라 는 것이 외국에 가서 몇 주간 그 나라 말을 배운 여행객 수준이긴 했지만 거의 모든 말을 알아들었다.

볼퍼팅어에 관해 알아두어야 할 것

"저한테 무슨 일이 일어나고 있는 거예요?"

루모가 어느 날 밤 스마이크한테 물었다. 육중한 파도가 다시 악마바위를 심하게 때려 내부가 온통 무시무시하게 출렁거리고 우르릉쾅 하는 소리로 가득 찼다.

"난 왜 이렇게 빨리 자라는 거죠?"

"넌 볼퍼팅어니까." 스마이크가 답했다.

루모는 머리를 갸우뚱했다. 답변이 만족스럽지 않으면 늘 그러곤 했다.

스마이크는 한숨을 쉬고는 이렇게 말했다.

"그래, 좋아. 내가 생각해도 이제 너와 네 종족에 관해 알아야 할 시점이 온 듯하구나. 내가 아는 건 그리 많지 않다만……."

"얘기해요!" 루모가 명령하듯이 독촉했다.

스마이크는 깊은 숨을 쉬었다.

"볼퍼팅어에 대해서는 이런 얘기가 있지. 그거야말로 다른 어떤 말보다도 그들에 대해 많은 사실을 얘기해주는 걸 거야. 이런 거야. 너 이제 볼퍼팅어하고 싸워도 되겠다."

스마이크는 히죽 웃었다.

"이 말은 차모니아 사람들이 즐겨 쓰지. 뭔가 이루 말할 수 없을 정도로 바보 같은 짓, 애초부터 실패할 게 뻔한 일, 목숨을 위태롭게 하는 짓거리를 하지 못하도록 말리려고 할 때 말이야. 볼퍼팅어는 늑대와 노루의 유산을 모두 갖고 있어. 그래서 강하고 거칠면서도 수줍고 민첩하고 위험하기 이를 데 없지. 그들은 차모니아의 다른 어떤 생명체도 갖지 못한 본능과 반사신경을 갖고 있어. 그리고 다양한 감각기관이 독특한 방식으로 발전했지. 그들은 코와 귀로 볼 수 있어. 필요할 때는. 아주 빠르고 유연해서 움직일 때는 종종 마술을 보는 것 같기도 해."

루모는 귀를 높이 치켜세웠다. 표현이 좀 과장됐지만 볼퍼팅어가 뭔가 특별한 존재라는 것을 확실히 설명해주려는 의도라는 것을 루모는 이해했다. 그는 왜 이토록 흐뭇한 소식을 지금까지 말해주지 않았을까?

"볼퍼팅어는 두 종류로 구분돼. 야생 볼퍼팅어는 말을 할 줄 모르고 평생 네 발로 다니지. 반면에 문명화된 볼퍼팅어는 어느 때인가부터 뒷발로 직립보행을 하고 말도 하기 시작했어. 볼퍼팅어 새끼가 처음 송곳니가 날 시기가 되면 야생종에 속하는지 지능 있는 종에 속하는지가 나타나. 넌 분명히 후자야."

루모의 내면에 잠자고 있던 말이었다. 그의 내부에서 고개를 든 생각과 느낌의 이런 기묘한 혼합. 이제 그는 이해하기 시작했다.

"야생 볼퍼팅어는 대략 정신 수준이 늑대 정도고 주로 차모니아의 숲이나 초원에 살지. 일부는 길들여져서 농가에서 지내기도 해. 양떼 같은 걸 지키는 동물로 보살핌을 받지."

스마이크는 루모를 한동안 바라보다가 이야기를 계속했다. 그렇다. 지금은 아직 모든 걸 이해하지 못한다 해도 녀석에게 이야기해주리라.

"넌 고아야, 루모야. 너희 종족은 매정한 유산이 있어. 야생종이건 문명화된 볼퍼팅어건 똑같지. 새끼를 낳자마자 자연에 내버리는 거야. 거기서 야생 볼퍼팅어가 나오면 그 아이는 바로 거기서 사는 거지. 말하는 녀석이 나오면 제 힘으로 문명에 이르는 길을 찾아야 하고."

루모는 부담스러웠다. 고아니 매정한이니 낳자마자니 문명이니 하는 것이 그에게는 어떤 의미를 갖는 단어가 아니었다.

"그럼 난 어디로 가요?" 루모가 물었다.

"어디로 안 가." 스마이크가 웃으며 말했다. "넌 악마바위 섬에 있잖아!"

루모가 다시 고개를 갸우뚱했다.

"잘 들어봐." 스마이크가 목소리를 낮췄다. "너한테 이 동굴에서 벗어나 다른 것들도 모두 풀어줄 계획을 이야기해줄게. 어떠냐?"

"좋지요." 루모가 말했다.

"이 계획을 위해 넌 목숨을 걸어야 할지도 몰라. 그럼 어떨까?"

"자랑스러운 일이지요." 루모가 말했다.

"이 계획을 위해서는 네 목숨이 위태로워질 수 있다고 한다면 어떻겠니?"

"더 자랑스럽지요."

"좋아. 계획을 잘 생각해보고 때가 되면 일러주마."

스마이크는 이렇게 말하고 작은 손 하나를 내밀었다. 루모가 마주잡았다. 축축하고 끈적끈적했다. 그러나 기분은 끝내주었다.

오줌 누기

매일 스마이크는 루모에게 전투에 관해 새로운 것을 가르쳐주었다. 거기에 기술이나 작위적인 속임수 같은 건 별로 등장하지 않았다. 스마이크는 전투의 이론적인 측면에 대해 자주 말했고, 루모는 때로 전혀 알아듣지 못했다. 일례를 들면, 어느 날 스마이크는 이렇게 말했다.

"뻔한 이야기지만 전투에서 생각을 너무 많이 하면 손해야. 내 말을 오해하지는 말아라. 훌륭한 전사는 바보여서는 안 돼. 다만 결정적인 순간에는 생각보다 행동을 우선하는 힘이 있어야 한다는 얘기야. 아니, 내 말은 진짜 힘을 얘기하는 게 아니야. 정반대지. 이런 결단의 순간에는 일절 힘이 들어가면 안 돼. 오줌을 누는 것 같아야지."

루모는 목에 힘이 들어간 채로 그르렁거리면서 이맛살을 찌푸렸다.

"너 오줌 눌 때 오랫동안 쌓아두었던 뭔가가 빠져나가지? 그렇지? 매였다가 풀려나는 것 같고, 편안하고 만족스럽고 쾌감이 있지. 그 래도 힘은 안 들어. 그냥 그렇게 되는 거지. 원한다면 가는 곳마다 하루 종일 오줌을 눌 수는 있겠지. 하지만 안 그러지. 용변이라는 게 그렇지 않니? 정 급할 때까지 참다가 나중에 일을 보는 거지. 그래 야 시원하고. 그렇지? 전투도 꼭 마찬가지야. 오줌 누는 것과 같아."

루모는 혼란스러웠다. 스마이크는 내내 영웅적인 전투와 승리에 대해 환상적인 얘기를 늘어놓더니 이제는 오줌 누는 얘기를 하는 것이었다. 볼퍼팅어는 오줌을 자주 많이 쌌다. 그건 태곳적 개의 피가 흐르는 차모니아 생명체라면 누구나 그랬다. 하지만 그는 이 뚱보 아저씨가 무슨 이야기를 하려는지 이해하지 못했다.

"잘 생각해보렴!" 스마이크가 말했다.

루모는 나중에 동굴의 어두운 은신처에서 오줌을 눌 때 스마이크의 말이 다시 떠올랐다. 아직도 이해가 안 갔다. 그게 전투하고 무슨 상관이람?

아련한 욕망

루모를 키워준 페른하헨네 가족은 그사이 거의 다 사라졌다. 차례 차례 외눈박이들에게 잡혀 동굴에서 끌려 나갔다. 그 이후로 지금까지 아무도 돌아오지 않았다. 그들을 생각하면 정말 슬펐다. 무슨 일이 일어났을지 잘 알고 있었기 때문이다. 이빨과 근육 외에도 루모의 내면에는 뭔가 다른 것이 자라고 있었다. 외눈박이들을 향한 어떤 불쾌한 감정이었다. 희망 없고, 절망스럽고, 무기력한 느낌, 죽은 친구들에게 보상을 해주고 외눈박이들의 행동을 응징하고 싶은 어떤 욕망과 관계가 있는 느낌이었다. 그것은 복수욕이었다. 그러면서도 놈들을 어찌해볼 도리가 없다는 것, 그들에 비해 너무도 작고 약하다는 걸 알고 있었다. 그렇다. 그는 자라는 중이었다. 그것도 아주 빨리. 그러나 모든 시대의 볼퍼팅어 중에서도 가장 크고 가장 강하고 가장 위협적인 존재로 성장한들 단 하나의 전사로 수백 명의 외눈박이에 대항해서 무엇을 할 수 있단 말인가? 작고 허약한 난쟁이들의 도움은 기대할 수도 없었다. 스마이크의 도움도 마찬가지였다. 잘 움직이지도 못하는 비곗덩어리가 뭘 어쩌겠는가. 동굴에서 가장 힘센 야생동물들이 동맹을 한다 해도 외눈박이들을 쳐부술 기회는 없을 것이다.

사정이 이러한데 스마이크의 계획이란 도대체 무엇일까?

점액

동굴에서 곤경에 처한 동물들은 시간이 가면서 운명에 적응하게 되었다. 허구한 날 울며불며 지내봐야 소용없다는 것을 다들 알고 있었다. 불안도 영원히 지속되지는 않는다. 계속 위협을 받다 보면 언젠가는 무뎌지게 마련이다. 여기 갇힌 자들은 외눈박이가 동굴에 들어서면 아직도 숨이 턱에 찼다. 그러나 대부분의 페른하렌들은 시간이 지나면서 최대한 눈에 띄지 않고, 관심을 끌지 않고, 그들이 식욕을 느끼지 못하도록 하는 전략을 발전시켰다. 폴초탄의 웅덩이에 있는 점액을 몸에 바르는 경우가 많았다. 마음대로 돌아다닐 수 있는 루모가 기꺼이 가져다 준 것이었다. 움직이는 것 자체가 외눈박이들에게 식욕을 불러일으키는 작용을 한다는 얘기가 떠돌았다. 그래서 가능한 한 조용히 있으면서 외눈박이가 동굴을 순시할 때면 잠을 자는 척했다.

그래 봐야 외눈박이들의 식습관에 실질적인 영향을 미치지는 못했다. 그들은 필요할 경우에는 먹잇감이 버둥거리게 하는 수단을 가지고 있었다. 다만 스마이크의 웅덩이, 저 악취 나는 덩어리가 떠다니는 샘물만은 멀리 돌아서 다녔다.

루모는 동굴에서 유일하게 공포를 이겨내는 강력한 마법을 가지고 있다는 데 대해 자부심을 느꼈다. 폴초탄 스마이크한테로 가면 전혀 다른 세상으로 빨려 들어갈 수 있었던 것이다. 말은 그토록 강력할 수 있었다! 어떤 말은 그에게 아직 그저 무의미한 소리에 불과했고, 어떤 말은 스마이크의 입술에서 나오자마자 화사한 형상으로 바뀌었다. 그런 형상들이 루모의 머리를 가득 채우면서 불안을 몰아냈다. 때로 스마이크의 이야기가 특히 재미날 때에는 하나의 형상이 다른 형상으로 이어지다가 여러 인상의 물살처럼 솟아나서 루모의 마음을 악마바위에서 아주 먼 곳으로, 낯선 지역, 전혀 다른 훨씬 좋은 시대로 잡아채 가곤 했다. 스마이크는 어떤 질문에 대해서든 답을 갖고 있었다. 어떤 때는 만족스러운 답변이기도 했고, 어떤 때는 루모를 더더욱 혼란스럽게 만드는 것이기도 했다. 그러나 그래도 절망 속에 멍하니 앉아 있는 것보다는 훨씬 나았다.

지하세계

어느 날 밤이었다. 몇몇 외눈박이들이 유달리 야만적인 태도로 동굴에 나타나 루모가 보는 앞에서 돼지새끼를 갈기갈기 찢어버렸다. 어찌할 길 없는 루모는 억제할 수 없는 공포에 빠져들었다. 절망적인 질문이 머리에 떠올랐다. 혼자 힘으로 답을 찾을 수 없었기에 그는 스마이크한테로 갔다.

"또 뭐냐? 루모야."

스마이크가 물었다. 그는 게으른 물개처럼 머리를 웅덩이 가장자리에 턱 하니 올려놓고 있었다. 나머지 몸뚱이는 점액 속에 잠긴 상태였다.

루모는 한숨을 쉬었다.

"여기보다 더 끔찍한 곳이 있는지 궁금했어요."

스마이크는 이번에는 뭔가 떠오를 때까지 유달리 오래 곰곰 생각을 했다.

"있다고들 하지." 스마이크가 말했다.

"여기보다 더 나쁜 곳이요? 이름이 뭐죠?"

"지하세계." 스마이크가 답했다.

"지하세계……."

루모가 따라 했다. 알 듯 모를 듯한 단어였다.

"실제로 그런 곳이 있는지 아니면 말뿐인지는 잘 모르겠어. 악의적으로 꾸며낸 이야기에 불과한지도 모르지. 난 병사들의 캠프파이어 옆에서 가끔 그 얘기를 들었어. 이 세계 아래에 또 하나의 세계가 있는데 사악함과 위험한 족속들로 가득 차 있다고 하더구나. 얘기하는 사람마다 내용은 다 달라. 하지만 진짜 거기 가봤다는 사람은 하나도 못 만났지."

"그 나쁜 곳에서 돌아올 수 없기 때문일까요?"

"너 오늘 기분이 영 안 좋구나, 꼬마야. 수수께끼 놀이 해볼까?"

"그래요." 루모가 말했다. "내봐요!"

스마이크는 종종 루모에게 간단한 과제를 내주었다. 그러면 녀석은 정신이 그리로 쏠려 우울한 생각을 잊곤 했다.

"벽을 뚫고 나오는데 못이 아닌 것은?" 스마이크가 물었다.

"몰라요."

"난 알지. 하지만 네가 찾아보면 좋겠구나."

그러더니 다시 웅덩이 속으로 잠겨 들어갔다. 이날 밤은 그런 종류의 질문을 또 받아줄 기분이 아닌 모양이었다.

어느 날 오후 동굴 울타리가 덜컹거리더니 외눈박이 넷이 그릉그릉거리면서 안으로 들이닥쳤다. 루모는 거인들이 식료품 창고를 지나 쿵쾅거리며 다가올 때면 늘 그렇듯이 불길한 예감이 들었다. 그들은 작심한 듯이 루모 쪽으로 다가오더니 팔을 잡아 빈 우리 안에 던졌다. 전에 사자를 꺼내 간 그 우리였다. 외눈박이들은 우리 문을 닫더니 밖으로 나갔다. 마음대로 돌아다니던 시절은 이제 끝났다. 루모는 창살을 잡고 흔들며 외눈박이들 뒤에다 대고 으르렁거렸다. 우리는 좁았다. 더구나 잠자는 곳에다 용변까지 보아야 했다. 이제 그도 외눈박이들의 처분만 하염없이 기다리는 신세가 됐다. 루모는 창살을 잡고 흔들었다. 창살은 꼼짝하지 않았다. 이 금속은 그의 이빨로도 어찌해볼 수 없는 것이었다. 이제 스마이크는 자기 계획을 루모에게 어떻게 설명해줄까? 루모는 이제 그 웅덩이로 갈 수 없고, 그 구더기는 점액으로 가득한 수조를 벗어난 적이 한 번도 없다. 루모는 그가 도대체 어떻게 할 수 있을지 알 수 없었다.

스마이크는 웅덩이 아래로 깊숙이 잠수해 등지느러미조차 내보이지 않았다. 끈적끈적한 액체 속에서는 두툼한 기포가 솟아나 혐오스러운 냄새를 풍기다가 뽈록 하고 터지면서 토할 것 같은 유황 냄새를 동굴에 흩뿌렸다.

스마이크는 곰곰이 생각하고 있었다. 탈출 계획에는 좀 더 다듬어야 할 부분이 있다. 그러려면 모종의 정보가 필요했다. 그 정보는 그의 내면에 안개처럼 희미하게 자리 잡고 있지만 기억의 방에 들어가면 되살려낼 수 있다는 걸 그는 알고 있었다. 그는 또 다시 점액기포를 분비하면서 두뇌 회전을 시작했다. 그러고는 생각 속으로 아주 천천히 느긋하게 스며들어갔다. 이게 그의 스타일이었다.

이어 스마이크는 기억의 방으로 들어섰다. 언제나 그렇듯이 천으로 가린 그림은 무시하고 곧바로 한동안 전혀 관찰하지 않았던 그림 쪽으로 다가갔다. 탁자 그림이었다. 붉은 펠트가 깔린 도박용 테이블로 포르트 우나의 도박장 어디에나 있는 것이었다. 펠트에는 화사한 나무화석으로 만든 칩이 널려 있었다. 스마이크는 그걸 보면서 웅얼웅얼하는 목소리들, 룰렛 돌아가는 윙윙 소리, 주사위 구르는 소리 등등 한때 매일매일의 삶을 가득 채웠던 그 모든 돈 놓고 돈 먹는 행운의 소음을 들었다. 그는 벌써 탁자에, 자기 테이블에 앉아 공인 도박장 금전관리인 겸 딜러로서 일을 보고 있었다. 그가 기억해내려는 것은 어떤 특정한 날 밤, 저 기이한 교수가 자기 탁자로 다가오던 날 밤이었다.

일곱 개의 두뇌를 가진 교수 이야기

"실례하겠습니다." 그 기이한 난쟁이가 말했다. "여기서 게임 좀 해도 되겠습니까?"

그 정중한 어투는 딜러로서 늘 듣던 말투와는 전혀 달라 사뭇 기분이 좋았다.

"물론이지요." 스마이크는 답했다. "루모 한 게임 어떠십니까?"

"그러지요."

난쟁이는 이렇게 말하면서 테이블에 자리를 잡았다. 그는 분명 차모니아 주민으로 두뇌가 여럿인 아이데트였다. 스마이크는 아이데트를 본 적은 없었지만 왕방울 눈에 곱사등이인 이자의 머리에 달린 엽기적인 혹들은 이 종족에 대해 전에 들어본 내용과 맞아떨어졌다.

"제 소개를 드리지요. 나흐티갈러가 제 성이올시다. 압둘 나흐티갈러 교수라고 합니다."

그러자 스마이크는 허리 굽혀 인사하는 시늉을 했다.

"스마이크입니다. 폴초탄 스마이크. 그럼 일단 루모 한 게임 하시지요."

그가 카드를 돌렸다.

둘은 게임을 했고, 교수가 판판이 이겼다. 처음에는 루모를 했고, 그 다음에는 미드가르드 러미, 피크, 슈티히, 요괴를 잡아라, 그리고 맨 마지막으로 다시 루모를 했다. 세 시간 만에 교수 앞에는 한 재산이 알록달록한 칩 더미로 쌓였다. 그는 분명 7이라는 숫자를 기초로 한 시스템을 사용해 도박을 했다. 그 정도는 스마이크도 알고 있었다.

나흐티갈러는 나무화석 카드 패를 7로 나누어지는 수를 토대로 해 7자 기둥 형식으로 늘어놓았다. 그러고는 역시 7에 근거한 체계에 따라 패를 버려나갔다. 그는 심지어 매번 패를 가리키며 복잡한 계산법을 알려주기도 했다. 일흔 번째 자리까지 더했다가 곱하고 나누는 방식이었다. 스마이크는 머리에서 쥐가 날 지경이었다. 그런데도 이 아이데트는 매번 이겼다. 그는 제 말마따나 돈을 따러 온 것이 아니라 수학적 체계를 시험해보러 온 것이었다. 그사이 그 앞에는 칩이 수백만 피라어치나 쌓였다.

스마이크가 흘리는 땀은 도박장의 후텁지근한 공기와는 무관했다. 극도의 불안 탓에 흘리는 식은땀이었다. 많은 이들이 호기심으로 테이블을 에워쌌다. 개중에는 이 살롱의 공동주인인 헨코와 하소 반 드릴이라는 이름의 여우머리도 있었다. 일란성 쌍둥이로 한때는 노상 강도였고 데몬협곡 일대에서 부유한 여행객들을 목 졸라 죽임으로써 처음 돈을 모았다. 사기를 쳐서 갈취한 재산이 지금 막 교수의 수중으로 넘어가고 있었다.

포르트 우나의 도박장들은 대놓고 속이지는 않지만 반쯤 범죄적인 방식으로 돌아갔다. 결국은 손님이 아니라 도박장 주인이 돈을 따게 되는 것이다. 무리 없이 그렇게 돌아가도록 하기 위해 스마이크 같은 도박사들이 있었다. 이들은 속임수를 쓰지 않아도 평균적인 노름꾼보다는 훨씬 뛰어났다. 손님이 따게 해주기도 하고 잃게 하기도 하면서 적지 않은 액수를 나눠 받았다. 그러나 결국 돈을 가장 많이 버는 쪽은 도박장이었다. 그러니 이 교수가 지금 하고 있는 짓은 포르트 우나의 기본 개념을 깨뜨리는 일이었다. 그는 따기만 했다. 판을 거듭할수록 그랬고 예외도 없었다. 이건 행운의 연속이 아니었다. 언젠가는 누구나 잃는다고 하는 포르트 우나의 불문율을 손상시키는 일이었다.

스마이크는 나흐티갈러에게 게임이 되지 않았다. 나흐티갈러는 게임을 할 때마다 부를 늘려갔다. 이런 식으로 계속해간다면 반 드릴 도박장은 몇 게임만 더 하면 파산하고 말 것이다. 여우머리들은 스마이크에게 눈짓을 했다. 계속되는 교수의 행운을 즉시 차단하지 못하면 살롱 뒷골목에서 어떤 횡액을 당하게 될지를 암시하는 눈짓이었다.

"한 게임 더 어떠신가?" 교수가 유쾌하게 물었다. 그러면서 딴 칩을 7자 피라미드 모양으로 쌓아놓고 있었다. "여기 도박은 정말 기분이 나는군요."

"좋을 대로 하시지요." 스마이크는 쥐어짜내듯이 말했다. "저희는 손님이 왕이니까요."

"비만성 발한(發汗)이신 모양인데 뭔가 조치를 취하셔야겠소이다." 교수는 땀범벅이 된 스마이크의 눈썹 위쪽을 쳐다보며 권유하듯이 말했다. "그런 경우엔 탈염제가 때론 놀라운 효능을 발휘하지요."

스마이크는 떨떠름한 표정으로 웃음을 지으며 카드를 돌렸다. 교수는 일련의 숫자를 중얼거리더니 칩을 몽땅 걸고는 저 부조리한 7자 시스템에 따라 카드를 하나씩 꺼냈다. 그러고는 이겼다.

"오호, 내 돈돈돈." 그는 싱글벙글 칩을 긁어모으면서 말했다. "이 돈으로 뭘 하나? 어둠 연구에 투자해야겠지. 아니면 서랍신탁소(神託所)나 세울까? 할 일이야 많지. 노름이나 한판 더 할까?"

그는 내리 네 판을 더 이겼고 반 드릴 형제의 전 재산을 거의 다 차지한 상태였다. 스마이크는 가슴이 벌렁벌렁 뛰면서 오만 생각이 떠올랐다.

정말이지 이 기이한 교수의 말라빠진 닭모가지를 비틀어버리고 싶었다. 그러나 그건 드릴 형제가 대신 할 일이리라. 무법천지인 이 도시에서는 알 수 없는 불행이 얼마든지 일어날 수 있다. 한 부주의한 교수가 브랜디에 취해 옷에서는 술 냄새가 진동했다 평판이 안 좋은 도박장 술집 뒤뜰 계단에서 굴러떨어진다. 그래 봐야 아무도 신경 쓰지 않을 것이다. 드릴 형제에게 돈을 먹은 돌팔이 의사는 사망증명서('비극적 사고임. 자책 사유. 브랜디 과음')를 떼어주고, 그럼 포르트 우나 뒤편 황야에 무명씨의 무덤이 또 하나 생기는 것이다.

절망에 빠진 스마이크는 이 아이데트에게 지금 딜러의 목숨은 말할 것도 없고 당신 자신의 목숨을 걸고 노름을 하는 것이라는 사실을 정말 알려주고 싶었다. 다른 손님들과 반 드릴 형제는 테이블에 바짝 다가와 딜러와 손님 사이에 오가는 정중한 대화를 신경을 곤두세운 채 듣고 있었다.

"난 잘 알지." 어떤 목소리가 스마이크의 머릿속에서 말했다.

'정말 큰일이군!' 하고 그는 생각했다. '불안 때문에 이성을 잃다니. 헛소리까지 들리기 시작하는구나.'

"헛소리가 아닐세. 내 목소리지. 나야. 나흐티갈러." 그 목소리가 말했다. "아는 척하지 말게."

스마이크는 아주 어색하게 교수 쪽을 쳐다보았다. 그는 카드에 푹 빠져 있는 것처럼 행동했다.

"잘 듣게. 난 텔레파시 능력이 있어. 아이데트들한테는 별 게 아니야. 우린 다 그럴 수 있지. 이제 자네 문제로 가보지. 난 어쩌면 좀 세상물정 모르는 것처럼 보일지 몰라. 하지만 더 살 생각이 없는 건 아닐세. 알량한 돈 몇 푼 때문에 저 악명 높은 두 불한당에게 어두운 골목에서 칼 맞아 죽고 싶은 생각도 없어. 하지만 내 체계를 끝까지 시험해보고 싶어. 승리를 맛볼 대로 맛보면서 저 악당들에게 땀 좀 흘리게 하고 싶단 말이지. 루모 한 게임 더 할까?"

스마이크는 이게 진짜 교수 목소리를 듣고 있는 건지, 아니면 자기가 정신을 잃은 건지 확신이 서지 않았다. 아이데트는 자기에게 말을 하는 동안 시선은 전혀 다른 데 가 있었다. 심지어 주변에 서 있는 노름꾼이나 드릴 형제와 농담까지 했다. 스마이크는 저도 모르게 카드를 돌렸다.

"오, 또 한 게임!" 교수가 과장되게 큰 소리로 말했다. "원래는 끝

내려고 했는데. 하지만 그러시자면야 뭐! 명예롭게 한 게임 더 하지. 하던 대로 올인?"

반 드릴 쌍둥이는 표정이 어두워지더니 주머니에 손을 집어넣었다. 플로린트산 유리단도의 존재를 확인하려는 것이었다.

"올 오어 나씽!"

교수가 호탕하게 소리쳤다. 도박장에 온 사람들 모두가 숨을 죽였다.

"자, 7777777777 콤마 77을 7777777 콤마 777로 나누고 77로 나누면, 그것이, 자, 그것이 그러니까……."

교수는 혼자서 중얼거리면서 카드를 자극적으로 이리저리 천천히 늘어놓았다. 스마이크의 땀방울이 한데 모여 번들거리는 기름띠처럼 되면서 온몸에 번졌다. 왁스칠한 사과처럼 광이 났다.

'교수님?' 하고 그는 절망적인 심정으로 머릿속으로 말했다. '교수님? 또 다시 이길 생각은 아니지요? 그건 자살입니다! 저까지 물고 들어가는 이중살인이란 말입니다!'

그러나 아무 대답이 없었다.

"자, 보자." 아이데트는 중얼거렸다. "7777777777777 콤마 7의 근을 7777777 콤마 777의 각 자릿수의 합으로 나누고 777을 곱하고, 뭐냐 7승을 하면, 그러니까…… 총계는……."

나머지는 더 이상 알아들을 수가 없었다. 교수는 카드를 드르륵 훑었다. 벌써 또 이긴 것이다.

'교수님?' 스마이크의 생각을 누가 들었다면 절규라고 했을 것이다.

나흐티갈러 박사는 무표정하게 그를 바라보았다.

"여기서는 칩을 어디서 돈으로 바꾸지요? 자루 몇 개 주시면 좋겠는데. 돈 담아가게 말이에요." 그가 물었다.

"물론이지요." 드릴 형제 중 하나가 냉담하게 말했다. "저희 사무실에 가시면 잘 처리해드립니다. 저희가 한잔 내지요."

스마이크의 두뇌가 돌아갔다. 자신이 벌써 뒷골목에서 피투성이가 된 채 쌕쌕거리고 있는 것이 보였다.

"한 게임 더?" 그는 절망적으로 소리쳤다.

실제로 그가 자신의 운명을 결정했다면 바로 이 말 때문이었을 것이다. 드릴 형제는 원래 그의 팔을 몇 개 부러뜨리고 욕을 한 다음 쫓아내는 정도를 생각했을 것이다. 그런데 지금 그는 다시 한 번 모든 관심이 교수한테 쏠리게 만들었다. 그것도 형제가 교수를 꼬셔서 사무실로 데려가게 된 마당에 말이다. 스스로 사형선고를 내린 것이나 마찬가지였다.

"루모 한 게임 더 하자고?" 교수가 물었다. "올 오어 나씽으로?"

스마이크가 고개를 끄덕였다.

"좋지!" 나흐티갈러가 히죽거렸다.

카드를 새로 섞었다. 스마이크는 카드를 돌렸고, 나흐티갈러는 숫자를 중얼거렸고, 드릴 형제는 차마 교수와 딜러를 모두가 지켜보는 앞에서 죽일 수 없어 끙끙 앓고 있었다.

"7777777 콤마 7 나누기 7은." 나흐티갈러가 중얼거렸다. "그렇게 되면 드릴 형제분은……."

그는 도박장 주인들 쪽을 보며 웃었다. 그들도 농담을 알아듣고 있는지 확인해볼 요량이었다.

스마이크는 다시 불안한 마음에 텔레파시 교신을 시도했다. '교수님?' 하며 생각을 집중했다. '나흐티갈러 교수님?'

응답이 없었다. 소리도 없었고, 나흐티갈러의 얼굴에는 미동도 없었다. 스마이크는 진짜 어떤 환각에 빠졌다. 공황 상태가 극심했기 때문이다.

"777777 콤마 777777 나누기 77, 전체를 7777 더하기 777777 곱하기 777의 합으로 나누고, 이를 다시 육으로 나누면……." 교수가 혼잣말로 중얼거렸다.

스마이크는 귀가 쭈뼛했다. 육으로 나눈다고? 나흐티갈러의 계산에서 칠 이외의 다른 숫자가 나온 것은 처음이었다.

아이데트는 카드를 주르륵 훑으면서 스마이크를 향해 친근하게 미소 지었다. 주변에 둘러섰던 자들이 테이블 쪽으로 몸을 굽혔다. 홀 전체에 개탄하는 소리가 번졌다. 교수가 진 것이다.

"왜 그러시오? 날 불렀소?" 나흐티갈러가 스마이크의 뇌 속에 들어와 말했다.

스마이크는 대답을 할 수가 없었다. 교수의 칩을 거둬들이고 드릴 형제와 안도의 시선을 교환하느라 여념이 없었기 때문이다. 두 형제도 유리단도의 손잡이를 놓았다.

"재미난 경험이었습니다."

교수가 스마이크에게 정상적인 목소리로 말했다. 군중들은 흩어졌다.

"딸 때가 있으면 질 때가 있는 법! 이제는 숙명에 맞서는 수학 체계를 고안해내야 할 것 같습니다. 내 체계는 미성숙한 특허들의 방으로 가겠지만. 그런 정도의 자기비판은 있어야지."

"선생은 끝없이 이길 수 있다는 걸 정확히 아실 텐데요." 스마이크는 그를 바라보며 대꾸했다.

교수는 일어서더니 스마이크의 어깨에 손을 얹고 말했다.

"딱 하나 있지요. 끝이 없는 게. 그건 어둠이오."

이 순간이었다. 스마이크가 기억의 방에 들어가 탁자 그림을 들여다본 이유는 바로 이 순간 때문이었다. 교수의 손이 닿는 순간 정보의 홍수가 스마이크의 두뇌 속으로 밀려들어왔다. 너무도 느닷없고 너무도 강력해서 고개가 뒤로 젖혀지면서 의자와 함께 나동그라질 뻔했다.

딴 생각을 하던 이 아이데트의 여러 두뇌와 접촉하는 순간 생각들이 쏴 하고 밀려들어온 것이다. 그는 그런 생각들을—의도했든 아니든 간에— 지능박테리아의 텔레파시 감염 능력을 통해 스마이크에게 옮겨준 것이다. 나흐티갈러에게는 극히 일상적인 과정이지만 스마이크로서는 인상적인 체험이었다. 이 생각들 속에는—개략적으로 요약하면— 핀스터베르크 지진파, 천문학적 소용돌이 물리학(블랙 홀, 성운의 운동, 태양계의 회전), 차모니아 남부 서식 곤충류 파충류 난초류의 화학적 커뮤니케이션(후각을 통한 정보 전달, 가터뱀의 체액 교환, 꿀 만드는 파리지옥의 꽃가루 파동, 식물과 의사소통을 하는 차모니아 꿀벌의 촉각 능력 등)에 관한 내용이 들어 있었다. 또 운비스칸트의 측량 이상 현상과 그것이 차모니아 여행문학에 미친 영향, 후첸 산 목동의 알프호른 음악과 후첸 산맥 눈사태 발생의 상관관계, 아이데트 필로물리학이 힐데군스트 폰 미텐메츠의 유사(類似)과학적 저술에 미친 영향과 함께 찬탈피고르의 완고함에 대한 찬미, 해조류 층위별 염분 농도, 불꽃과 도깨비불 과다 노출시 다(多)두뇌 생명체의 텔레파시 지각 능력의 변화, 행진곡과 저기압을 통한 인위적 우울증 고양시 뇌 표면 주름에 발생하는 어둠의 농밀화 등에 관한 부분도 있었다. 그리고 악마바위 외눈박이 거인족 혀의 비정상적 해부학적 구조 및 그것이 평형감각에 미치는 영향에 관한 내용 스마이크가 기억을 작동시킨 이유는 바로 이것 때문이다 도 들어 있었다.

스마이크는 기억의 방에서 탈출 계획을 완성시켜줄 바로 그 기억을 찾아낸 것이다.

식욕

다음 몇 주 동안 루모는 전보다 훨씬 급속하게 성장했다. 거의 매일 스스로 몸의 변화를 알 수 있었다. 근육은 강해지고 손톱발톱은 완전해지고 뼈도 커지고 이도 새로 났다.

우리에 갇힌 이후 외눈박이들의 관심은 점점 커져만 갔다. 예전에는 남들과 똑같은 먹이를 주었다. 외눈박이들은 동굴에 생선과 뼈 찌꺼기를 던져주는가 하면 채식주의자들에게는 정체 모를 죽이나 곡물을 쏟아부어주었다. 그리고 다른 수감자들과 마찬가지로 새로 받은 빗물을 둔 웅덩이에서 물을 마셨다. 외눈박이들은 유별나게 똑똑하지는 않았지만 제 먹이를 굶겨 죽일 만큼 우둔하지도 않았다. 수감자들에게 넘겨주는 음식—기장, 날채소, 다 뜯고 난 생선 가시 등등—은 그들로서는 미식의 관점에서 무가치한 것이었다. 소리를 지르지도 버둥거리지도 못하는 것들이었다.

우리에 들어앉은 이후에는 끼니때마다 음식을 가져다 주어서 좋왔다. 다른 동굴 재소자들이 부러워할 정도였다. 외눈박이들은 손수 양동이에 시원한 빗물을 떠다 주는가 하면, 갓 잡은 물고기, 가재, 게, 왕새우, 털 뽑은 바닷새, 물개고기 등을 넣어주었다. 루모는 요즘 들어 걷잡을 수 없는 식욕을 느꼈다. 언제까지고 물리지 않고 먹어 댈 수 있을 것 같았다. 한 끼를 먹을 때마다 바로 근육이 커지고, 이 가 새로 나고, 한 일 센티미터는 크는 것 같았다. 루모는 고래 고기 에 상어 반 마리, 또 한번은 꼭 자기만 한 문어 다리 하나를 꿀떡 삼켰다. 외눈박이들은 그의 식욕을 대견해하면서 웃고 막대기로 툭 툭 쳐보기도 했다. 반응을 보려는 것이었다. 점점 커지고 힘도 세지 면서 그의 눈에는 노골적으로 욕망이 드러났다.

여덟 외눈박이 무리는 끊임없이 동굴에 들어와서 루모를 자세히 살펴보곤 했다. 이들은 이 섬의 지도자로 외눈박이 중에서 가장 힘 세고 폭력적이었다. 루모는 이 무리를 전에 본 적이 있었다. 그들은 다른 외눈박이들에게 상당한 권력을 행사하고 있음이 분명했다. 제 일 맛 좋은 먹이를 골라 가고, 야생동물을 가둬 살찌우는 저들만의 우리가 따로 있었다. 이것은 다른 누구도 손댈 수 없었다. 최근에는 하루에도 여러 차례씩 들어와서 창살 틈새로 살아 있는 고기를 던 져주었다. 루모는 거부감 없이, 심지어 게걸스럽게 꿀꺽 삼키곤 했다. 이런 모습을 보고 섬의 왕들은 히죽히죽 웃었다. 이 들개가 자기네 들처럼 살아 움직이는 먹이를 잡아먹는다는 것이 아주 좋아 보였던 것이다. 그런 다음에는 꼬르륵꼬르륵하는 언어로 무언가에 대해 이 야기했는데 기쁨에 찬 목소리의 떨림과 입가로 연방 튀어나오는 침 으로 봐서 무척이나 흥분되는 문제인 것 같았다. 그들은 쿵쿵 소리 가 날 정도로 서로 가슴팍을 쳐댔다. 이것이 앞으로 다가올 즐거움 을 미리 기뻐하는 표현이라는 것을 루모는 알지 못했다.

대부분의 시간을 악마바위 외눈박이들은 그저 하는 일 없이 지냈다. 원시적인 작은 망치로 바위를 여기저기 두들겨대거나, 양지에 누워 바다를 뚫어져라 쳐다보거나, 놀란 눈으로 구름을 바라보곤 했다. 그들은 구름을 날아다니는 산맥으로 여기고 사후에는 거기서 살게 된다고 생각했다. 나머지 시간은 자고 먹는 것으로 보냈다.

제대로 된 통치 같은 것은 악마바위에 없었다. 그러기에는 외눈박이들이 너무 우매했다. 그들은 정신적으로 막 불을 발견하기는 했지만 그걸로 뭘 해야 할지 모르는 원시시대 혈거인(穴居人) 수준이었다. 우리며 사슬이며 곤봉 같은 도구는 모두 약탈해 온 것이었다. 사슬 달린 자물쇠와 열쇠의 원리를 깨쳤다는 것이 악마바위 주민들이 보여준 최고의 지적 성취였다. 외눈박이들은 태양이 어떤 외눈박이 거인의 눈이며, 그 거인은 악마바위와 또 다른 섬 몇 개가 떠다니는 물이 든 사발을 갖고 있다고 믿었다. 그게 그들의 세계상이었다.

가끔 이 바위섬에도 사회생활이라고 할 만한 조짐이 보였다. 예를 들면 외눈박이 둘이 볕이 잘 드는 자리를 서로 차지하려 하거나 저녁 식사감으로 동일한 생명체를 선택했을 때 말이다. 그러면 대개 바로 드잡이가 벌어졌다. 외눈박이 둘이서 싸우는 장면은 유쾌한 광경은 아니었다. 전술이라고는 털끝만큼도 없었다. 힘과 잔인함만이 난무했고, 지구력과 평균을 훨씬 넘는 맷집이 곁들여졌다. 거인들은 서로 치고받고 싸우면서도 몸을 보호한다든가 피하는 작전 같은 것을 전혀 고려하지 않았다. 그저 상대가 죽어 자빠질 때까지 주먹을 상대편 면상에 내질렀다. 그만큼 외눈박이는 싸우는 동안 두 다리로 최대한 오래 버티고 서 있었다. 시간이 가면서 여덟 외눈박이가 나머지를 제치고 싸움 능력에서 위로 올라섰다. 이들은 턱뼈가 특히 단단하고 평균적인 외눈박이보다 주먹을 잘 휘둘렀다. 이들은 섬의 지배자였다. 이들의 통치활동은 고작 다른 외눈박이들을 양지 바른 자리에서 내쫓거나 그들의 코앞에서 맛난 음식을 덥석 물어 가버리는 정도였다. 뭍으로 나설 때는 무리를 이끌고, 제일 좋은 약탈품도 자기들 차지였다. 지배와 권력에 관한 세련된 관념은 악마바위에 존재하지 않았다.

스마이크의 닻

스마이크는 웅덩이 바닥에서 시간을 보내면서 고름 같은 분비물을 생산했다. 북소리는 매일 심해져서 그가 들어앉은 연못 바닥에서도 그 리드미컬한 진동을 느낄 수 있었다. 그의 예측에 따르면 광란의 대향연이 임박했다. 동굴 창고는 최근 몇 달간 점점 바닥나고 있었고, 외눈박이들은 이제 별로 이것저것 가리지도 않았다. 악취 나는 고름 한 방울 한 방울이 스마이크의 생존 가능성을 높여주었다.

그의 진짜 문제는 다른 데 있었다. 스마이크는 두려움을 극복해야 했다. 그 두려움은 악마바위에 체류하면서 점점 심해졌고, 이제는 거의 그를 마비시킬 지경이었다. 웅덩이 밖의 삶에 대한 불안이었다. 루모에게 계획을 알려주려면 보호막이 되고 있는 점액 웅덩이를 떠나 우리가 있는 곳으로 가야 했다. 그런 생각만 해도 스마이크는 구역질이 났다. 공포야말로 천근만근의 닻처럼 스마이크를 저 아래 붙잡아둔 존재였다.

그날 밤 루모는 꿈을 꾸었다. 우리에 갇힌 이래 꿈은 점점 강렬하고 무시무시해졌다. 대개는 외눈박이와 관련된 것이었다. 가끔 꿈에서 외눈박이들이 다 함께 동굴에 들어와 마지막 학살극을 벌였다.

그런데 매번 자기는 그 모든 것을 속수무책으로 바라볼 수밖에 없었다. 사슬에 묶여 있든지, 우리에 갇혀 있든지, 아니면 그냥 도무지 꼼짝할 수 없는 처지였기 때문이다. 결국은 외눈박이들이 자기까지 덮치게 된다.

그러나 이번 꿈은 달랐다. 루모는 자유로웠고, 육지에 올라가 있었다. 푸른 하늘 아래 높이 자란 풀밭을 거닐었다. 그리고 머리 위로 높은 하늘에는 농가에서 자랄 때 처음 냄새 맡은 적이 있는 바로 그 은띠가 나부끼고 있었다. 루모는 뭐라고 꼬집어 말할 수 없는 느낌에 사로잡혔다. 그것은 아직은 잘 모르지만 인생에서 최고의 것이 될 것 같은 예감이 드는 어떤 것에 대한 억누를 수 없는 기쁨이었다. 루모는 저도 모르는 사이에 사랑을 꿈꾸고 있었다.

깨어난 욕망

다음 날 아침 루모는 누군가 창살을 발로 차는 소리에 잠을 깼다. 평소답지 않은 것도 아닌 아침점호였다. 외눈박이 하나가 우리 앞에 서서 멍하니 뚫어져라 쳐다보고 있었다. 한 손에는 죽은 물개를, 다른 손에는 막대기를 들고 있었다. 그는 물개를 울타리 창살 사이로 눌러 으깨더니 막대기로 루모 쪽으로 꾹꾹 찔러댔다. 반응을 보려는 것이었다. 놈은 두목급 중 하나는 아니었다. 그래서 제 임무를 투덜거리면서 마지못해 처리했다. 이 맛난 음식이 자기 차례가 되지 않으리라는 걸 알고 있었기 때문이다. 루모가 으르렁거리자 돌아서서는 살찐 늪돼지나 잡아 꿀꿀한 기분을 달래려는지 돼지우리 쪽으로 성큼성큼 다가갔다. 두 번째 외눈박이가 하품을 하면서 들어오더니 작심한 듯 그쪽 우리로 갔다. 이자도 꽥꽥거리는 새끼돼지를 염두에 둔 것이 분명했다. 둘은 거의 동시에 돼지우리 앞에 도착해 바위섬의 흔들림 때문에 잠시 평형감각을 잃으면서도 서로 치고받고 싸웠다.

둘은 서로 잡아먹을 듯이 으르렁거렸다. 한 놈은 막대기를 들었는데 이미 얼굴에 주먹을 쾅 하고 한 대 맞았다. 그 충격에서 헤어나기도 전에 두 번째로 곧장 턱에 가격을 당했다. 그는 뒤로 비틀비틀하더니 자빠져버렸다. 상대방은 바로 위에 올라타고는 무자비하게 주먹 세례를 퍼부었다. 그는 더 이상 움직이지 못했다. 외눈박이는 툴툴거리며 동료를 끌고 동굴 밖으로 나갔다.

스마이크는 이 잠시 동안의 야만적인 행동을 웅덩이에서 머리를 내밀고 한 눈으로 관찰했다. 외눈박이들도 식인종인 만큼 동료의 시체를 먹을까 하는 점이 궁금했다. 적어도 그래야 이 게걸스러운 종족에게 어울릴 것 같았다. 대부분의 외눈박이들은 지금 극도로 예민해져 있어서 언제고 집단적인 광기로 폭발할 수 있는 상황이었다. 스마이크는 한숨을 쉬었다. 지금이 바로 그가 그토록 열망하던 순간이자 가장 두려워했던 순간이었다. 문이 열린 것이다. 지금 기회를 잡아 들어가지 않는다면 문은 코앞에서 영원히 닫혀버리고 말 것이다. 행동해야 할 때가 온 것이다.

웅덩이에서 나온 스마이크

루모는 깜짝 놀랐다. 스마이크의 웅덩이에서 이상한 소리가 났다. 밥맛 떨어지는 쩝쩝거리는 소리였다. 상어구더기는 신음 소리를 내면서 뭐라고 뭐라고 욕을 해댔다. 웅덩이 물은 주변으로 넘쳐 사방으로 튀었다. 그런데 그가 찐득찐득한 진창에서 목을 내밀고는 낑낑거리면서 수조 밖으로 어렵사리 몸을 움직이더니 동굴을 가로질러 곧장 루모의 우리를 향해 기어갔다. 그러면서 녹색 올리브기름 같은 체액의 흔적을 길게 남겼다. 식료품 창고에 있는 모든 구성원들은 말 없이 이 볼 만한 과정을 지켜봤다.

루모는 발을 딛고 일어서서 주둥이를 우리 창살 틈으로 밀어냈다. 스마이크가 우리 앞에 도착했을 때는 완전히 숨이 멎을 지경이었다.

"잘 들어…… 하아…… 난 시간이 많지 않아…… 후우…… 외눈 박이들이 날 보면……." 스마이크는 힘겹게 숨을 몰아쉬며 루모에게 시선을 던졌다. "난 두려워."

루모가 고개를 끄덕였다.

"하지만 계획이 있지. 그걸 얘기해주마."

"좋아요."

스마이크는 계획을 설명했다. 듣도 보도 못한 계획이었다. 완전히 정신이 나갔다. 소름 끼치는 한 편의 동화 같았다. 피비린내 나는 복수극이었다. 게다가 성공할 가능성은 전혀 없었다.

"어떠냐?" 스마이크가 물었다.

"해볼게요." 루모가 답했다.

"대단하지? 조심해라. 전투에 관해서는 내가 아는 모든 것을 네게 가르쳐줬다. 실전 경험은 스스로 해야 돼. 아주 자연스럽게 뭔가가 솟아날 거라고 확신한다. 그저 흐르는 대로 내맡겨라. 마치……."

"알아요." 루모가 말을 끊었다. "이제 다시 웅덩이로 들어가세요. 너무 위험해요."

"한 가지만 더! 가장 중요한 거다. 새겨듣거라. 이게 내 계획의 진짜 열쇠야!"

스마이크가 창살을 움켜쥐자 루모는 귀를 쫑긋 세웠다.

"외눈박이의 혀에 관해 얘기해주마. 얘야……."

피에 굶주리다

우리 안에 갇힌 세월이 너무 오래돼서 루모는 제 힘으로 이곳을 빠져나가려는 시도를 포기했었다. 창살을 흔들지도 않고, 자물쇠를 아드득 깨물지도 않고, 그저 하릴없이 쪼그리고 앉았다가 먹거나 자고, 기껏해야 연방 좁은 공간을 이리 뛰고 저리 뛰고 저리 뛰고 이리 뛰고 할 뿐이었다. 입속의 통증은 며칠 전부터 멈췄다. 게다가 돌멩이도 씹어 삼킬 것 같았던 식욕도 날아가버렸다. 양을 적게 줘도 만족했고 외눈박이들이 음식이라고 창살 사이로 넣어주는 것들을 점점 까다롭게 골라 먹었다.

최근 며칠 동안 바위섬의 요동은 점점 심해졌고, 파도가 바위에 우르르 쾅 하며 부딪히는 소리도 그랬다. 떠돌아다니는 섬은 거친 바다로 나온 것 같았다. 동굴은 온통 혼돈이었다. 남은 페른하헨들은 망연자실한 채 사슬에 매달려 종 치는 당목(撞木)처럼 몸이 벽에 부딪혔다. 새끼돼지들은 서로 물어뜯기 시작했다. 거의 남지 않은 야생동물들은 울부짖으며 우리 안에서 난동을 부렸다. 스마이크의 응덩이에서는 악취 나는 물이 넘쳐흘러 동굴로 번졌다.

외눈박이들은 축제의 절정에 도달한 것 같았다. 악기로 음악을 연주하고 소리를 지르며 지하통로에서 노래를 불렀다. 가장 나쁜 것은 이들이 보통 때보다 동굴을 세 배나 자주 드나든다는 점이었다.

루모는 우리 창살을 꽉 붙잡고 스마이크가 제시한 계획의 대목대목을 점검하고 또 점검했다. 그래 봐야 요체는 딱 두 가지였다. 외눈박이 셋이 비틀거리며 동굴에 들어왔을 때는 완전히 도취해 있었다. 머리끝에서 발끝까지 피범벅이 돼 있는 걸 보면 알 수 있었다.

그들은 잠시 정처 없이 이리저리 비틀거리더니 식료품 창고 옆에서 쿵쿵 냄새를 맡았다. 그중 하나가 폴초탄의 점액이 있는 쪽으로 미끄러지더니 동굴 바닥에 벌렁 나자빠졌다. 그러자 나머지 둘이 쇳소리로 웃어댔다. 그 외눈박이는 화가 나서 스마이크의 웅덩이 쪽으로 기어가더니 팔을 물속에 푹 담갔다. 스마이크를 붙잡아 응징할 겸 잡아먹으려는 것 같았다. 루모는 마법에라도 걸린 양 창살만 꼭 붙들고 있었다.

외눈박이는 욕을 해가며 어수선한 틈을 타 희생물을 챙기려 했다. 그러나 스마이크는 호락호락하지 않았다. 줄곧 놈의 손가락 사이를 빠져나갔다. 갑자기 쾅 하고 무시무시한 소리가 났다. 거대한 파도가 악마바위에 부서진 게 분명했다. 바닥은 심하게 요동치고, 스마이크의 웅덩이에서는 점액이 그 외눈박이에게 튀겼다. 나머지 둘은 기괴한 웃음을 터뜨렸다. 점액으로 범벅이 된 거인은 이제 그야말로 격분했다. 웅덩이로 몸을 숙이더니 물속에 가라앉은 스마이크를 향해 주먹을 날렸다. 다른 외눈박이 하나는 왜 여기 왔나를 곰곰 생각하더니 페른하헨을 하나 붙잡았다. 그는 사슬을 풀지도 않고 페른하헨을 벽에서 탁 떼어냈다. 난쟁이의 가는 팔 한쪽이 단번에 떨어져 나갔다. 페른하헨은 창에 찔린 듯이 비명을 지르며 작은 발과 남은 팔을 버둥댔다. 이것이 다시금 세 번째 외눈박이의 관심을 자극했다. 그는 그리로 다가가더니 불쌍한 난쟁이의 다리를 잡았다. 그러자 첫 번째 거인이 아주 불쾌한 듯 위협적으로 으르렁거리면서 저녁거리를 세게 잡아당겼다. 다른 놈도 다리를 꽉 잡고 무지막지하게 자기 쪽으로 잡아당겼다. 페른하헨은 허리가 둘로 찢어지고 말았다. 이 장면을 보면서 외눈박이들은 더욱 흥분해 날뛰었다. 이제 버둥거리지도 비명을 지르지도 못하게 됐으니 먹잇감으로서 가치가 없어졌기 때문이다. 난쟁이는 끔찍한 방식으로 더욱 끔찍한 운명에서 벗어나게 된 것이다. 실망한 두 거인은 꼬로록꼬로록 하는 목소리로 서로 욕을 퍼부었다. 다른 외눈박이는 계속 스마이크를 찾고 있었다.

루모는 피가 끓기 시작했다. 붉은 빛들이 눈앞에서 춤을 추었다. 그는 으르렁거리다가 야생의 선조들처럼 짖어대면서 창살을 흔들기 시작했다. 외눈박이들은 날뛰는 볼퍼팅어 쪽을 건너다보면서 좀 어처구니없어했다. 그러나 나중에는 흐뭇해져서 추한 면상에 욕망이 번들거렸다. 입가에는 침이 질질 흐르고 눈에는 게걸스러움이 번득였다. 입술이 씰룩거리더니 누렇게 변색된 엄니가 드러났다. 그러나 감히 금기를 깨고 두목들 소유물에 손을 대려 들지는 않았다. 그들은 죽은 페른하헨 시체 조각들을 아무 생각 없이 뒤로 제쳐놓고는 흔들흔들하면서 마구 날뛰는 볼퍼팅어를 최면에 걸린 듯이 바라보았다.

루모는 자기 힘의 두 배를 발휘했다. 어깨로 문을 들이받고 완전히 미쳐 날뛰었다. 창살을 마구 흔들어대는 바람에 경첩에서는 끽끽 소리가 났다. 다른 야생동물들도 전염이 되어 울부짖으며 루모의 탈출 시도를 따라 했다.

그런 버둥거림과 소음 때문에 외눈박이들은 식욕이 도져 제정신이 아니게 됐다. 그들은 루모의 우리 쪽으로 가더니 창살을 발로 차다가 신들린 것처럼 마구 흔들어댔다. 열쇠는 없었지만 루모의 감옥을 폭력으로 열기로 작심한 것이다. 온몸을 던져 우리 문을 경첩에서 떼어내기 시작했다. 루모는 바닥에 납작 엎드려 조용히 으르렁거렸다. 이제 앞에 보이는 것이라곤 창살과 외눈박이들뿐이었다. 동굴 쪽은 검은 털가죽과 욕망이 이글거리는 추한 몰골들에 가려 보이지 않았다. 우리는 완전히 철로 돼 있었다. 그러나 경첩이 고삐 풀린 세 근육덩어리의 강력한 공격에 굴복하는 것은 시간문제였다. 갑자기 쿵 하는 둔탁한 소리가 났다. 외눈박이들 중 하나가 미쳐 날뛰다가 갑자기 멈추더니 흐릿한 눈으로 루모를 멀거니 쳐다보았다. 그러고는 쿵 하고 쓰러지는 바람에 그제야 동굴 쪽이 다시 보였다. 거기에는 여덟 외눈박이가 서 있었다. 그중 하나는 손에 돌망치를 들고 있었다. 이들이 이 섬의 지배자였다.

잠시 일방적인 싸움이 이어졌지만 취한 상태의 두 외눈박이에게 불리하게 끝났다. 둘의 턱에 주먹이 우박처럼 쏟아지자 이내 꼬록꼬록 소리를 내면서 바닥에 뻗고 말았다.

루모는 이것이 보통 때 같은 점검 차원의 방문이 아니라는 것을 알았다. 이제 결판을 내야 할 분위기였다. 그는 놈들이 우리를 열고 밖으로 끌고 나가는 동안 전혀 소리를 내지 않고 철저히 침묵했다. 스마이크가 신신당부한 그대로 처신한 것이다.

외눈박이들은 놀랐다. 루모가 아무 방어도 하지 않자 좀 실망한 눈치였다. 그들은 횃불을 밝힌 통로를 따라 가면서 옆구리를 쳐보고 귀를 잡아당기기도 했다. 그러나 루모는 일절 움직이지 않았다. 야외로 끌려 나오자 찬비가 얼굴을 때렸다. 동굴에서 그 숨 막힐 듯한 공기와 악취에 시달렸던 터라 매서운 바닷바람도 축복으로 느껴졌다. 그래서 폐부 깊숙이 공기를 들이마셨다. 높은 하늘은 검푸른 먹구름으로 컴컴해졌고, 번개가 번쩍번쩍하는가 하면, 파도의 포말이 마구 튀어 들었다. 악마바위를 밖에서 보기는 처음이었다. 가라앉는 도시의 첨탑들이 바다 위로 삐죽삐죽 솟은 것 같았다. 여러 동굴 입구에는 불이 타오르고 있었고, 외눈박이들은 그 옆에서 몸을 녹이며 악마적인 음악을 연주하고 있었다.

연회석

루모는 바위섬의 광장으로 끌려갔다. 광장 한가운데는 돌을 거칠게 쪼아 만든 둥근 연단 같은 것이 있었다. 이것이 두목들의 연회석으로, 무수한 식사 때마다 흘린 피로 검붉게 물들어 있었다. 몇몇 외눈박이들은 이웃해 있는 바위에 앉아 북을 치거나 고둥나팔을 시끄럽게 불어댔다. 그들은 부러워하면서도 욕망이 꿈틀거리는 눈길로 의식을 구경하고 있었다. 두목들은 루모를 뒤에서 붙잡고 연단에 엎드리게 했다. 넷은 팔과 다리를 잡고, 다섯째는 머리 위에 올라탔다. 이자는 팔을 하늘로 뻗치더니 구름을 향해 울부짖었다. 우르릉거리는 천둥소리가 화답하자 외눈박이들은 신들의 신호로 받아들였다. 잔치를 시작해도 된다는 뜻이었다. 루모 머리 위에 올라탄 외눈박이가 고개를 숙이더니 신선한 볼퍼팅어의 살점에 누런 엄니를 박아 넣으려고 아가리를 벌렸다.

그의 입에서는 차가운 피의 금속성 냄새와 함께 끔찍한 악취가 풍겼다. 수십 년 동안 치아 위생을 게을리한 결과였다. 외눈박이는 제물에서 힘줄 몇 개와 신경섬유를 뜯어내면 버둥거리며 비명을 지르기 시작할 거라고 확신하고 있었다.

이빨

루모도 이제 아가리를 벌렸다. 턱을 쩍하고 열더니 온 이빨을 다 드러냈다. 처음으로 완벽한 이빨 구조를 드러내면서 볼퍼팅어의 주둥이에서만 자라는 이빨의 조합을 과시한 것이다. 송곳니, 앞니, 앞어금니, 어금니 등등 여든여덟 개로 하나같이 아주 새것이었고 눈처럼 희고 매끈한 법랑질에는 단 한 점의 흠도 없었다.

사위는 꽤나 어두워졌건만 이빨들에서는 희미한 빛이 흘러나왔다. 볼퍼팅어의 이빨에는 미량의 인 성분이 포함돼 있었기 때문이다. 이빨은 맨 끝 긴 엄니에서 미세한 연마용 이빨에 이르기까지 한 줄, 두 줄, 또는 세 줄로 겹으로 배열돼 있었다. 송곳니는 낚싯바늘 형태였고, 어금니는 번쩍이는 다이아몬드 가루로 덧씌운 것 같았다. 앞니는 얇고 날카로워서 면도날 같았다. 여기에 바늘처럼 얇고 잘 보이지 않는 이빨들이 다른 이빨들 사이의 공간을 메우고 있었다.

물어뜯는 도구로 가득한 이런 아가리는 독창적인 무기제조업자가

고안해낸 것 같았다. 그 안으로 들어가는 자에게 화 있을진저! 외눈박이들은 부러운 듯 신음 소리를 내며 되는 대로 난 엄니를 핥으면서 입맛을 다셨다. 루모를 붙잡고 있는 네 외눈박이는 본능적으로 움켜쥔 손에 더 힘을 주었다. 들개가 원한다면 이빨을 얼마든지 뽐내도 상관없었다. 꼭 붙잡고 있는 동안에는 위험할 게 없으니까. 신체적인 힘은 그 어떤 외눈박이도 루모보다 월등했다. 옆의 바위 첨탑에 앉아 있던 외눈박이들은 그러는 사이 자제력을 잃고 춤추고 소리 지르고 난리가 났다. 북을 점점 세게 치면서 가슴이 터지도록 고둥나팔을 불어댔다. 번쩍하는 번개가 일이 초 동안 연회석을 대낮같이 훤히 밝혔다. 이어 성질 급한 천둥이 귀를 멍멍하게 하는 팀파니의 울림을 쏟아냈다.

외눈박이들은 순간 눈이 부셔 실눈을 뜨기는 했지만 아귀힘은 풀지 않았다. 루모는 싸울 때가 됐다고 작심했다. 그는 지금의 처지에서 해부학적으로 볼 때 도저히 불가능한 일을 해냈다. 머리를 옆으로 돌리고는 순식간에 목을 두 배로 늘리는가 싶더니 오른팔을 잡고 있던 외눈박이의 손목을 물어뜯은 것이다. 너무도 순간적인 일이라 아무도 보지 못했다. 티 하나 없던 루모의 이빨이 갑자기 붉게 물들었다. 반면 외눈박이는 쥐고 있던 루모의 팔을 놓고 비명을 지르며 제 팔을 허우적거렸다. 수십 개의 작은 구멍에서 피가 솟구쳤다.

이 자유로워진 손을 루모는 처음 물려고 했던 외눈박이의 아가리에 쑥 집어넣었다. 놈은 눈앞에서 벌어진 광경에 당황한 나머지 입을 헤 벌리고 있었다. 루모는 혀를 탁 잡더니 두 번을 힘껏 비틀어 돌렸다. 한번은 왼쪽으로, 한번은 오른쪽으로. 혀는 찌직 하더니 썩은 나뭇가지처럼 떨어져 나갔다. 루모는 바로 죽이는 대신 외눈박이에게 할 수 있는 최악의 짓거리를 한 셈이다. 혀를 뽑아버렸으니.

외눈박이 거인족의 혀

스마이크는 루모의 우리로 힘겹게 다가가 자기 계획을 털어놓은 다음 압둘 나흐티갈러 교수의 외눈박이 거인족 혀의 해부학에 관한 지식도 알려주었다. 간단히 요약하자면 이런 것이었다. 정상적인 혀는 근육과 힘줄과 인대로 지탱되는 반면 외눈박이 거인족의 혀는 척추의 축소판을 연상케 하는 뼈와 연골로 구성된 섬세하고도 복잡한 체계를 가지고 있다. 이러한 뼈 체계가 필요한 이유는 외눈박이들의 혀가 다른 생명체보다 훨씬 무겁고 복잡하기 때문이다. 그래야 근본적으로 더 많은 신경세포와 미각돌기를 유지할 수 있는 것이다. 나아가서 나흐티갈러는 이 독특한 신체 부위가 척추와 연결되면서 평형감각을 조절한다는 사실을 발견했다. 외눈박이에게서 혀를 뽑아내면 끔찍한 고통을 주는 것은 물론 완전히 무기력한 존재로 만들어버리는 것이다.

요점 하나와 요점 둘

그 두목은 손을 입으로 가져가더니 목석이라도 울릴 정도로 불쌍하게 신음 소리를 냈다. 그러면서 몇 발자국 뒤로 비틀거리더니 다리가 꼬이면서 바위 난간에서 바다로 떨어져버렸다. 이것이 스마이크 계획의 요점 하나였다.

너를 물려고 덤비는 첫 외눈박이의 혀를 뽑아버려라!

이것은 이제 처리됐다. 그러나 요점 둘은 해내기가 훨씬 어려웠다.

되도록 많은 외눈박이들을 처치하라!

두목 외눈박이들은 공포에 휩싸인 나머지 루모를 놓아주고, 입을 보호하려고 손으로 가린 채 뒤로 주춤주춤 물러섰다. 혀를 부러뜨리다니! 어떻게 한 생명체가 다른 생명체에게 그토록 끔찍한 짓을 할 수 있을까?

루모는 돌아서서 네 발을 피딱지 앉은 돌바닥에 붙이고 웅크렸다. 눈을 가늘게 뜨고 외눈박이들 가운데 하나를 노리면서, 몸을 뻣뻣이 한 상태로 뒷다리를 약간 구부렸다. 그 다음에 일어난 일은 전광석화 같아서 외눈박이들은 다시 뭔가가 번쩍하고 지나갔다고만 생각할 뿐이었다. 루모는 투석기로 발사된 것처럼 갑자기 튀어 나가더니 거인 위로 공중제비를 돌며 날아갔다. 나무 뽑아내는 것 같은 소음이 들렸다. 그러더니 벌써 그 외눈박이 뒤에 내려앉아 무릎을 굽히고 쪼그렸다. 외눈박이는 목이 잘린 채 서 있었다. 다들 경악했다.

하늘에서 한 줄기 비명이 울려 퍼졌다. 루모를 제외하고는 모두 위쪽을 바라보았다. 그들이 본 것은 동료의 목이었다. 그 목은 아주 높게 원을 그리며 날아가다가 길게 울부짖는 소리를 내고는 바닷속으로 풍덩 하고 떨어졌다.

외눈박이들이 당황해서 고개를 돌리는 사이 벌써 루모는 발톱으로 두 놈의 목을 땄다. 깜짝 놀란 거인들은 손으로 자신들의 열린 입을 막았다. 머리 잘린 거인의 몸통은 머리통을 찾는지 몇 번을 제자리에서 맴돌았다. 목에서는 아직도 펄떡펄떡 뛰는 심장의 고동에 맞춰 뻘건 샘물이 가늘게 뿜어져 나왔다. 몸통은 몇 걸음 앞쪽으로 비틀거리더니 목 있는 쪽으로 가다가 모퉁이에 걸려 넘어지면서 바다로 떨어지고 말았다. 겨우 몇 번 숨 쉴 틈에 루모는 악마바위에서 제일 센 여덟 외눈박이 가운데 넷을 처치한 것이다.

루모는 두 발로 곧추서서 걸었다. 적들보다 키는 삼분의 일이나 작았지만 갑자기 그는 거인만큼 커 보였다. 남은 네 외눈박이는 제자리에 못 박힌 듯 서 있었다. 그들은 자기네가 세상에서 가장 강력한 피조물이라고 생각했다. 말하자면 반은 신적인 존재로서 자기들끼리나 위협이 될 수 있다고 여긴 것이다. 그런데 이제 훨씬 작고 알통도 별 볼 일 없는 녀석이 나타나 두목급을 넷이나 제거한 것이다. 거기에는 여덟 명 중에서 가장 세다는 놈도 포함됐다. 루모가 목을 딴 외눈박이는 둘 다 바닥에 널브러져 핏물 속에서 버둥거리고 있었다. 주위에 있는 여러 연단에서는 전 과정을 같이 지켜보던 외눈박이들이 흥분해서 난리를 치며 여기저기 동굴 입구 쪽으로 달아났다.

마침내 남아 있던 두목 넷 가운데 하나가 움직이기 시작했다. 그는 공포에 질린 눈으로 루모를 다시 한 번 쳐다보고는 냅다 뛰더니 정문을 지나 섬 내부로 달아났다. 다른 셋은 제자리에 서서 난생처음 보는 광경에 어리둥절해하고 있었다. 그러더니 한 놈이 먼저 달아났다. 나머지는 당황한 채 빤히 보고 있었다. 그러다가 따라 달아났다.

루모는 잠시 빗속에 서서 신선한 바닷바람을 들이마셨다. 북소리와 고동 소리는 멈췄다. 그는 입을 벌리고 고개를 뒤로 젖혔다. 후두둑 떨어지는 빗물에 이빨을 씻었다. 이어 네 발로 몇 걸음 풀쩍풀쩍 뛰어 외눈박이들이 달아난 입구 안으로 들어갔다.

스마이크는 귀를 기울였다. 음악이 갑자기 멈췄다. 루모가 자기 계획의 요점 하나를 완수했다는 명백한 신호였다. 그는 엄선한 전투기술이 발휘된 이 독특한 놀이마당을—모든 것이 그의 계획에 따른 것이었다!— 함께 체험하지 못한 것이 유감스러웠지만 그런 즐거움은 일단 접었다. 그는 천천히 수면 위로 떠올랐다. 물은 절반이 바깥으로 넘쳐버렸으므로 최소한 일 미터 반 정도는 웅덩이 가장자리가 수면보다 높은 상태였다. 터질 듯 육중한 구더기의 몸으로는 정말이지 극복하기 어려운 장애였다. 그러나 스마이크는 흐물흐물한 몸뚱이를 조절해서 돌 벽에 착 붙이고는 빨판으로 달라붙듯이 해서 위로 기어올

라가기 시작했다. 거대한 민달팽이처럼 찌익찌익 하는 소리를 내면서
웅덩이 벽을 미끄러지듯 기어올랐다. 스마이크는 힘겹게 가장자리를
넘고 나서 거친 숨을 몰아쉬며 주변을 돌아보았다. 바위섬의 요동은
사그라졌고, 동굴은 침묵 속에 팽팽한 긴장감이 흘렀다. 스마이크는
다시 귀를 기울였다. 바로 비명 소리가 시작돼야 할 터였다.

외눈박이 두목의 슬픈 이야기

처음 탈출을 시도한 외눈박이 두목은 암흑 속에서 피가 철철 나는
팔을 왼손으로 감싸 쥐고 있었다. 그러면서 뭘 잘못했을까 하고 스
스로에게 물어보았다. 그는 누구한테도 결코 나쁘게 한 적이 없었다.
그런데 왜 지금 벌을 받아야 한단 말인가?

그는 늘 소박한, 신들이 흡족해할 외눈박이의 일상을 살고자 노
력했다. 아침이면 일어나서 아침을 먹고—꽥꽥거리는 돼지나 비명을
질러대는 난쟁이, 또는 다리를 채찍처럼 휘두르는 문어 등등 대개
손에 잡히는 대로였다— 나머지 오전 시간에는 햇볕 따스한 너럭바
위에 누워 잠을 자다가, 다시 깨어나서 점심을 먹고, 다시 좀 자다가
저녁을 먹은 뒤, 동굴로 들어가 바다 저 깊은 곳에서 흘러가는 조류
의 흔들림에 몸을 맡기고 깊은 잠에 빠져들었다. 가끔 동료들과 고
래 사냥에 나서기도 했다. 섬 첨탑에 올라가 이쪽으로 길을 잘못 든
바다의 거인들을 향해 작살을 던지는 것이었다. 바위섬이 어딘가에
표착하면 다른 외눈박이들과 함께 뭍으로 올라가 예비식량을 채집
했다. 마지막 상륙 작전에서 쓸어 모은 약탈물들의 비명 소리가 귀
에 쟁쟁했다. 외눈박이들은 웃고 노래하고 고둥을 불었다. 멋지고 근
심걱정 없던 시절이었는데!

외눈박이의 눈에서 굵은 눈물방울이 흘러내렸다. 지금은 암흑 속

에서 두근두근하는 심정으로 유령에게 들킬까 봐 숨어 있는 처지가
된 것이다.

사실 동료를 무섭게 패준 적은 있었다. 몇몇은 바로 태양신한테
로, 즉 하늘에 떠다니는 날아다니는 산맥으로 보낸 적도 있었다. 그
러나 그거야 당연한 권리였다. 어쨌든 두목이었으니까.

갑자기 친구 오흐가 떠올랐다. 녀석한테 좀 심한 대접을 한 건 사
실이다. 아, 그랬지! 하지만 놈도 굳이 내가 좋다는 양지를 차고 앉아
가지고 어쩌겠다는 거냔 말이야? 놈의 얼굴을 주먹으로 주어팼더니
아래턱이 떨어져 나갔지. 그러고는 한동안 머리를 짓이겨주니까 눈
알이 튀어나왔어. 녀석이 그냥 자리만 비켜줬어도 별일 없었을 텐데.
적어도 아래턱이 얼굴에 작별을 고했을 때에라도 그랬어야 했는데.
그런데 그 꼴통은 끝까지 뻗댔어. 자기가 센 줄 알고 말이야.

통로를 여기저기 살며시 돌아다니며 끔찍한 복수를 하는 것이 어
쩌면 오흐의 혼령일까? 녀석이라면 원한에 사무쳤을 만하다. 그래
도 어떻게 그토록 알 수 없는 힘을 발휘할 수 있을까? 게다가 놈은
겁쟁이였는데. 날아다니는 산맥에서 그런 힘을 받았나? 허여멀건 개
낯짝을 한 건 또 뭐야? 아니지. 그게 진짜 오흐라면 상대해줄 수 있
어. 유령이든 아니든.

정말 이리도 많은 의문과 오만 생각이 갑자기 이 외눈박이의 머리
에 맴돈 적은 결코 없었다. 왜 이리 심장이 빨리 뛰는 걸까? 무릎이
떨리면서 별안간 땀이 나는 것은 그가 뭔가 불안하고 절망적인 감정
을 느낀다는 표시일까? 저기 벽에 어른거리는 건 내 그림자였을까?
오흐였나? 목덜미에 손이 벌써 들어온 것인가? 아니면 이빨이?

암흑 속에서 목뼈가 딱 하고 부러지는 소리가 났다. 루모가 뒤쪽
에서 뛰어올라 달려든 것이다. 외눈박이는 맥없이 털썩 주저앉았다.

그의 영혼은 이제 날아다니는 산맥으로 올라가 무시무시한 천둥번개 속으로 빠져들고 말 것이다.

유령

악마바위 내부는 깜깜했다. 외눈박이들이 광란에 푹 빠져 있는 바람에 밤에 대비해 불 밝혀두는 일을 소홀히 한 것이다. 다만 곳곳에 가끔 횃불이 타고 있었다. 그들은 어둠 속을 더듬더듬 짚어가며 앞으로 나아갔다. 제 집 안에서 낯선 객이 된 셈이다. 불과 빛이 있는 곳에는 외눈박이들이 삼삼오오 모여서, 통로란 통로는 다 뒤지고 다니면서 닥치는 대로 죽이는 유령에 관해 쑤군거리고 있었다. 어떤 자들은 그 악령이 눈에 보이지 않게 변신할 수도 있고 동시에 여러 곳에 나타날 수도 있다고 주장했다. 마법의 힘을 갖고 있으며 날아다닐 수도 있다고 생각하기는 다들 마찬가지였다. 또 어떤 자들은 그가 날아다니는 산맥에서 왔으며 뇌우(雷雨)에서 태어난 복수의 신이라고 추측했다. 자기들이 태양신께 너무 정성을 드리지 않았기 때문이라는 것이다.

　그러나 대부분의 외눈박이는 혼자서 여기저기 길을 잃고 헤매고 있었다. 완전히 방향감각을 상실한 것이다. 오다가다 계속 부딪혔으며, 그럴 때면 암흑 속에서 격심한 난투극이 벌어져 둘 중 하나만 남곤 했다. 적지 않은 외눈박이들이 그날 밤 아군 손에 죽었으며, 또 일부는 절망한 나머지 바다로 뛰어들었다. 거기에는 벌써부터 육식어류들이 피 냄새에 이끌려 기다리고 있었다.

루모는 이제 빛이 없어도 된다는 걸 알고 깜짝 놀랐다. 코로 볼 수 있었던 것이다. 암흑 속에서 루모에게 모든 것은 다채로운 파장이자 가는 냄새의 끈으로 가득 차 있었다. 그는 밤중에 어디서 불안 초조한 가슴이 콩닥거리고, 어디서 땀방울이 솟아나는지 냄새 맡을 수 있었다. 그는 공포와 절망을 냄새 맡았다. 식은땀 흘리는 외눈박이를 찾아내는 것은 애들 장난이었다. 루모에게 외눈박이들의 탈출로는 코에 아주 거슬리는 널찍하고 누런 빛줄기였다. 그런 냄새의 양탄자만 따라가면 그 끝에는 반드시 무슨 일이 닥칠지 전혀 감을 잡지 못하고 있는 외눈박이가 암흑 속에서 벌벌 떨고 있었다. 루모는 외눈박이의 두근거리는 심장의 냄새를 맡았다. 내면의 눈에는 그게 고동치는 것이 보였다. 그런 다음 분노의 포효가 울리면 지리멸렬한 비명 소리에 이어 또 하나의 외눈박이가 맥없이 바닥에 쓰러졌다. 그러면 다시 다음 대상의 흔적을 탐색했다.

언제나 그렇게 간단한 것은 아니었다. 외눈박이들은 공포에 떨기는 했어도 겁쟁이는 아니었다. 절망 속에서 힘은 두 배로 세졌다. 가끔 격투가 벌어지는 때는 루모가 상대를 한입에 끝내버리지 못할 때였다. 그러면 마구 날뛰는 집채만 한 근육덩어리와 맞붙는 수밖에 없었다. 놈이 커다란 주먹을 암흑 속으로 마구 휘둘러대면 루모는 살짝 몸을 숙여 피하곤 했다. 그럴 경우에도 루모는 스피드에 자신이 있었다. 상대의 아래쪽으로 잽싸게 숙였다가 한입에 오금의 힘줄을 끊어버리든지, 바로 아가리 속으로 돌진하는 식이었다.

외눈박이들이 횃불을 들고 여럿 모여 있는 경우에는 일단 싸움을 피했다. 잠시 피범벅이 된 이빨을 드러내 보이며 으르렁거리고는 다시 암흑 속으로 사라졌다. 근처에서 혼자 헤매는 외눈박이를 공략하기 위해서였다. 통로 곳곳에는 죽거나 죽어가고 있거나 중상 입은 외눈박이들이 널려 있었다. 그들의 비명이 지하통로 전체를 가득 메웠다. 남은 자들의 가슴은 공포로 얼어붙었다. 극도의 공포가 무엇인지를 처음 몸으로 실감해본 것이다. 동굴에 갇힌 동물들이 매일 겪어야 했던 저 끔찍한 상황, 그것은 매 순간 어찌할 수 없는 강력한 힘에 압도돼 생명에서 죽음으로 내몰려가는 자신을 빤히 보면서도 속수무책으로 받아들여야 하는 운명이었다.

루모는 어둠 속을 살금살금 걸어 다녔다. 그는 구멍이 숭숭 뚫린 악마바위의 동굴 구조를 즉시 깨쳤다. 그것도 무수한 시행착오를 거쳐야 비로소 입력이 되는 우둔한 외눈박이들보다 훨씬 정확히 파악했다. 그의 마음의 눈앞에는 삼차원의 설계도가 떠올랐다. 거기에는 여러 가지 색깔의 띠와 나부끼는 냄새의 흔적들, 고동치는 불안 같은 것들이 관통하면서 빛을 발하고 있었다. 루모는 쉬지 않고 요모조모로 애써 미로들을 통과했다. 때로는 적을 죽이기도 하고 때로는 상처를 입히는 데 그치기도 했다. 호되게 당한 외눈박이들은 비명을 질러 루모의 승리를 알렸다. 그들은 이제 싸우는 데는 쓸모가 없었다. 어떤 때는 터널이 둘로 나뉘는 분기점에서 네 발로 선 채 유령처럼 울부짖었다. 이 소리는 악마바위 전체에 울려 퍼졌다.

이제 동굴에 갇힌 이들을 해방시켜야 할 때라고 작심했다. 그들이 별로 도움이 되지 않는다는 건 알고 있었다. 페른하헨은 외눈박이한테 민들레 한 송이도 감히 던지지 못할 것이다. 비겁해서 그런 것이 아니었다. 페른하헨은 일상적인 생활 문제에 관한 한 솔직하고 용감하다. 다만 누구한테도 아픔을 주는 일은 할 줄 모른다. 루모는 그들에게 이제 나쁜 일은 일어나지 않을 것이라는 확신을 주고 싶었다.

그가 동굴에 들어서자 페른하헨들은 깜짝 놀랐다. 흰 털가죽은 완전히 피로 물들었고, 너울거리는 횃불에 비친 모습은 복수의 화신이 되살아나온 것 같았다. 루모는 불 꺼진 횃불 막대기를 큰 사슬을 채워놓은 벽의 철제 고리 사이에 넣고 단번에 뜯어냈다. 그런 다음 스마이크한테로 갔다. 그는 흡족한 표정이었다.

"깨끗이 끝냈더구나." 그가 말했다.

"더럽게 끝냈어요." 루모가 받았다. "생각보다 좀 힘겹네요."

그러고는 다시 동굴 벽으로 뚫린 터널 속으로 사라졌다.

결연한 열두 외눈박이

루모는 다시 냄새의 세계로 돌아왔다. 녹색 빛은 모든 것 위에 있었다. 그것은 냄새들 사이에서 흔들리는 짠 바다 내음이었다. 가늘고 붉은 실들이 통로마다 스치고 지나갔다. 이건 흘린 피의 향기였다.

루모는 잠자코 노란 빛줄기를 따라갔다. 그것은 어떤 외눈박이의 냄새의 자취였다. 두 번째 빛줄기도 그리로 이어졌고, 세 번째, 네 번째, 다섯 번째, 일곱 번째, 열두 번째 빛줄기도 하나같이 같은 방향으로 이어졌다. 열두 명의 외눈박이가 한데 모여 숨어 있었던 것이다. 루모는 그들이 무슨 일이든 할 만큼 결연하다는 것을 알았다. 무리의 힘을 믿고 고무된 것이다. 그는 그들의 땀 냄새를 맡고 심장이 거칠게 고동치는 소리를 들었다.

그들은 횃불을 여러 개 밝혀놓았다. 그 빛이 저 안쪽으로 이어진 여러 갱도에까지 미쳤다. 그리로 들어가기 직전 루모는 잠시 멈춰 서서 암벽에 몸을 밀착시키고 깊이 심호흡을 했다. 열두 외눈박이를 한꺼번에 상대할 생각은 아직 아니었다. 누구도 그렇게 한 적이 없었다. 그러나 어쨌든 그는 이 섬에서 가장 힘센 여덟 명의 외눈박이를 처치했다. 게다가 당시 그들은 지금 저 안에 있는 자들처럼 그렇게 녹초가 된 상태도 아니었다. 그는 가능한 한 신속하게 횃불을 다 꺼버림으로써 어둠을 방패로 숨어 있는 거인들을 놀라게 해줄 계획이었다. 루모는 네 발로 외눈박이들 다리 사이를 미끄러져 통과해서 동굴 속으로 들어갔다. 날아다니는 도마뱀처럼 재빨랐다. 다음 순간 한가운데 있던 횃불 하나가 그의 코를 때렸다. 부지불식간에 반사신경이 가장 빠른 외눈박이와 마주친 것이다. 이 외눈박이는 수년간 쏜살같이 헤엄쳐 지나가는 상어를 곤봉으로 때려서 실신시키는 능력을 키워왔다. 그는 루모의 그림자가 미끄러져 들어오는 걸 보고는 번개같이 회심의 일격을 날린 것이다.

루모의 냄새의 세계는 다채로운 불꽃의 폭풍 속에서 파열돼버렸다. 횃불은 코를 조금 태운 동시에 눈을 멀게 했다. 역청 불꽃이 눈 속으로 비처럼 쏟아져 들어왔다. 불꽃은 고동치는 붉은 얼룩이 되어 눈앞에서 춤을 추며 바늘로 찌르는 듯한 고통을 선사했다. 당혹한 외눈박이들은 그가 바닥에서 엉금엉금 기며 눈을 비벼 쓰라린 티끌을 제거하려 하는 동안 주위를 에워쌌다. 일이 이렇게 쉽게 될 줄은 상상도 못 했다. 생사를 건 싸움을, 죽음의 신인 이 날아다니는 악령과 승리를 기약할 수 없는 살육전을 각오하고 있었다. 그런데 단 일격에 모든 게 끝나다니. 외눈박이들은 긴장을 풀고 머쓱하게 웃으면서 횃불 하나로 땡잡은 동료의 어깨를 두드려주었다. 말은 안 했지만 오가는 눈길이 말하는 것은 분명했다. 이제 볼퍼팅어를 잡아먹자. 여기서, 지금 바로, 그것도 산 채로.

좌초

폴초탄 스마이크는 다시 귀를 기울였다. 이번에는 무척 걱정스러웠다. 비명 소리가 멈췄기 때문이다. 아직 한두 외눈박이의 신음 소리가 들리기는 하지만 이제 경악하거나 당혹해서 지르는 비명은 들리지 않았다. 루모도 서서히 힘이 빠지고 반사신경도 무뎌지는 건 당연했다. 스마이크는 자기가 사실은 계획이라고는 전혀 없고 단지 내기를 건 것뿐이라는 걸 잘 알고 있었다. 그는 다년간의 체험을 통해 모든 것을 한 패에 걸면 이길 확률은 질 확률이나 마찬가지라는 것을 알고 있었다. 그러나 이상하게도 이기는 때보다는 지는 때가 많았다.

바로 그 순간 갑자기 강력한 충격이 왔다. 동굴 안에 있던 전원이 내동댕이쳐졌다. 페른하헨들은 흥분해서 마구 비명을 질러대고, 동물들은 낑낑거리거나 울부짖었다. 육중한 스마이크도 공중으로 몇 미터 날아가서 높이 솟은 돌기둥에 부딪혔다. 그는 신음하면서 수조에서 넘친 물이 고인 곳으로 힘겹게 몸을 옮겼다. 주위에는 작달막하고 무서운 턱을 한 시커먼 물고기들이 푸득거리고 있었다. 스마이크는 일어났다. 사위는 고요해졌고 충격도 더는 없었다. 부서지는 파도도 없었다. 주위를 둘러봤다. 웅덩이에 고인 물은 고요했고 벽에 달린 쇠사슬도 짤랑거리지 않았다. 그렇다면 결론은 하나였다. 악마 바위가 좌초한 것이다.

소리의 세계

'소리다!'

루모는 불현듯 생각이 떠올랐다. 그게 스마이크가 낸 수수께끼의 답이었다. 벽을 뚫고 나오는데 못이 아닌 것은? 당연히 소리였다.

루모는 늘 귀가 밝았다. 한번은 농가에 있을 적인데 장미꽃이 사르르 피는 소리를 들었다. 나비가 날갯짓하고 곤충들이 땅속에서 구멍 파는 소리도 들었다. 그러나 보고 냄새 맡을 수 있는 동안에는 이 감각에 거의 관심을 두지 않았다. 지금 루모는 거의 눈이 멀고, 코도 손상을 입어서 거칠게 돌아가는 고통의 색깔들 외에는 달리 뭘 지각할 수가 없었다. 그런데 외눈박이들이 포위망을 차츰 좁혀 오던 그 순간에 루모에게 또 다른 세계가 열린 것이다. 소리의 세계였다.

평균적인 청력만 있으면 누구나 외눈박이들이 웃고 발로 땅을 파고 하는 소리를 들을 수 있을 것이다. 횃불이 타닥타닥 타들어가는 소리나 루모의 눈을 잠시 멀게 한 횃불 막대기를 다시 걸개에 꽂아두는 소리도 물론 들을 수 있을 것이다. 그러나 루모는 그 이상을, 훨씬 많은 것을 들었다. 외눈박이들의 관절이 삐걱거리는 소리며 거친 숨소리, 규칙적인 심장박동 소리 등등. 외눈박이들이 서로 접촉할 때 털가죽에서 나는 정전기 소리와 아주 느리게 움직일 때 나는 바스락 소리도 들었다. 지금 공간 전체는 그의 내면의 눈앞에서 아무런 색채도 없고 안개 같은 회색 톤에 모호한 윤곽으로만 보였다. 시각이나 후각으로 지각할 수 있을 만한 개별적이고 섬세한 양상은 전혀 없었다. 그러나 루모는 외눈박이가 어디에 서 있고 당장 어떻게 움직이고 있는지를 정확히 알 수 있었다. 그리고 동굴 어디에 횃불세 개가 걸려 있는지도 들었다. 싸우는 데 그 이상의 정보는 필요치 않았다.

갑자기 강력한 충격이 왔다. 루모는 바닥에서 약간 미끄러지며 밀려났고, 외눈박이들은 벽에 가 부딪혔다. 순간 그들은 아까 바위를 깎아 만든 연단에서 두목들이 그랬듯이 깜짝 놀라면서 동요했다. 그래서 루모는 이번에도 관심을 딴 쪽으로 돌리고자 했다. 눈과 코의 통증은 아랑곳하지 않고 곧장 횃불이 타닥타닥 소리를 내는 쪽으로 뛰어올랐다. 외눈박이가 어찌해보기도 전에 루모는 횃불을 걸개에서 떼어냈다. 첫 번째 외눈박이가 움직이기 시작하더니 루모 쪽으로 다가왔다. 무릎관절 삐걱거리는 소리가 분명히 들렸다. 그는 큼지막한 고리들로 연결된 짧은 쇠사슬을 무기 삼아 높이 쳐들었다. 이 소리가 루모의 귀에 쩔렁쩔렁 울렸다. 게다가 그 외눈박이는 실수를 했다. 눈을 깜빡거린 것이다. 루모에게는 이 소리가 마치 끈적끈적한 도마뱀 아가리가 닫혔다가 다시 열리는 것처럼 들렸다. 루모는 횃불을 쩝쩝거리는 소리 나는 쪽으로 정확히 찔렀다. 그러자 야수의 비명과 묵직한 쉿소리가 났다. 정통으로 눈을 찔렀다는 의미였다. 횃불은 눈이 멀어버린 놈의 머리에 처박혀 꺼져버렸다. 그 처절한 비명은 끝이 없을 것만 같았다. 다른 외눈박이들은 이 무자비한 행동에 온몸이 마비될 정도였다. 비장한 의지와 게걸스러운 식욕이 순식간에 날아가버린 듯했다. 날아다니는 유령이 부활한 것이다! 루모는 벌써 횃불 두 개를 걸개에서 떼어내 눈이 멀어 악악거리는 외눈박이의 쩍 벌린 아가리에 쑤셔 박아 껐다.

이 광경은 다른 거인들에게는 너무도 큰 충격이었다. 그들은 완전 공황 상태가 되어 앞다퉈 달아나면서 좁은 출구로 서로 먼저 나가려고 아귀다툼을 했다. 그러는 바람에 출구는 오히려 막혀버렸다.

루모는 벽에서 마지막 횃불을 끄집어내 놈들이 서로 밀치고 바둥거리는 사이로 던졌다. 한 외눈박이의 몸에 불이 붙었다. 불은 그의 털가죽에서 다른 두 놈한테로 옮겨 붙었다. 순식간에 그들은 화염에 휩싸였다. 두 놈은 입구 쪽으로 기를 쓰고 달아나서 산 횃불이 되어 사방팔방 쏘다녔다. 다른 놈들은 동굴 바닥에서 어기적어기적거리면서 불을 끄려고 처절하게 몸부림쳤다. 루모는 이들에게 더 관심을 주지 않고 불타는 외눈박이들을 훌쩍 뛰어넘어 밖으로 나갔다.

탈출

비명 소리가 다시 시작됐다. 전보다 목소리도 여럿이고 한결 처절했다. 루모는 다시 살아났고, 요점 둘을 처리 중인 것이 분명했다. 스마이크는 이제 동굴 탈출을 조직할 때가 됐다고 결심했다.

"잘 들으세요, 여러분." 그가 소리쳤다. "바위섬이 좌초한 듯합니다. 다들 되도록 빨리 이 저주받은 동굴을 떠나시기 바랍니다. 물이 있는 곳으로 가세요. 외눈박이들을 두려워할 필요는 없습니다. 놈들은 지금 저 살기 바빠요. 밖에 나가면 물속으로 뛰어들어 헤엄치세요. 육지가 멀지 않습니다. 상어에게 잡아먹히는 것이 외눈박이들한테 당하는 것보다 낫습니다."

악마바위가 좌초한 뒤에도 노심초사하던 페른하헨들은 자리를 뜨지 않고 있었다. 그러나 이제 비로소 마음을 다잡고 출구 쪽으로 움직였다.

"그리고 또 한 가지." 스마이크가 앞서 가는 자들 뒤에서 소리쳤다. 아직 각자 통로로 흩어지기 전이었다. "여러분을 구해준 건 루모입니다. 그 이름 기억해두세요."

그러고는 스마이크도 출구 쪽으로 힘겹게 나아갔다.

루모는 비틀거리며 지하통로 곳곳을 누볐다. 눈앞에 쏟아지는 듯한 불꽃도 이젠 그쳤다. 단지 가끔 붉고 흰 얼룩들이 번득거렸다. 그러나 아직 냄새를 맡을 정도는 아니었다. 발을 딛고 서기도 위태위태했다. 그만큼 지치고 부상이 심했던 것이다. 전투에는 희생이 따르는 법. 그때 뭔가 바스락거리는 소리가 들렸는데 도무지 무슨 소리인지 알 수 없었다. 통로가 둘로 나뉘는 지점의 벽에 너울거리는 그림자로 보아 아마 땅바닥에 떨어진 횃불인 것 같았다. 휘어지는 지점으로 다가가자 외눈박이 셋이 모여 있는 게 보였다. 그들은 자욱한 연기가 솟아나는 동료의 시신 앞에 모여 아무 말 없이 서 있었다. 그들은 전투용 손가락마디반지와 곤봉으로 무장하고 있었다. 양쪽 다 똑같이 화들짝 놀랐다. 지금 상황이면 외눈박이들은 이 볼퍼팅어를 쉽게 요리할 수 있으리라. 그러나 루모는 조용히 으르렁거리면서 피로 물든 이빨을 드러내 보였다. 그러자 외눈박이들이 휙 돌아서더니 터널 저 아래쪽으로 달아났다. 루모는 비틀거리면서 그들을 쫓아갔다. 서늘한 바깥 공기가 얼굴을 때렸다.

도깨비불만(灣)

루모는 바위 연단 위에 올라서서 바다를 바라보았다. 폭풍은 가셨다. 수평선은 떠오르는 태양의 첫 햇살로 훤했다. 검푸른 구름은 여전히 수면 위에 무겁게 드리워져 있었다. 그러나 비는 더 오지 않았다. 수백 미터쯤 떨어진 곳에 육지가 보였다. 풀 한 포기 없는 사암절벽과 작은 백사장들이 눈에 들어왔다. 바깥으로 나온 많은 외눈박이와 페른하헨들은 해안으로 헤엄쳐 갔다. 바다 위에는 빛을 내는 벌레들이 무리지어 춤추고 있었다. 허공에는 여기저기서 윙윙거리는 소리가 났다.

몇몇 난쟁이는 루모 뒤를 따라 동굴 입구에서 나왔다. 그들은 아주 존경하는 자세로 루모 옆을 지나더니 물속으로 뛰어들었다. 붉은 고릴라도 구출됐다. 그는 느닷없이 피범벅이 된 루모 옆에 다가서더니 그를 한참 응시했다. 그러더니 역시 바다로 뛰어들었다. 이제 루모만 바위섬에 남았다.

그는 저 아래 물살을 바라보았다. 쏴아쏴아 하는 파도를 보자 무릎에 힘이 쭉 빠졌다. 구원의 땅이 저 앞에 있었다. 수심도 그리 깊지 않았다. 저 멀리까지 상어도 보이지 않았다. 이 육식동물들은 아직도 저 먼 바다에서 살육의 축제를 벌이고 있는 모양이었다. 아니다, 놈들은 루모 마음 깊은 곳에 자리한 두려움의 이유가 아니었다.

"수영 못 하지, 그치?"

루모는 돌아볼 필요도 없었다. 거기서 누가 그런 말을 하는지 알고 있으니까. 폴초탄 스마이크가 뒤편 지하통로에서 기어 나왔다.

"맞아요." 루모가 말했다.

"헤엄치는 볼퍼팅어는 없지. 부끄러워할 것 없어. 유전이니까. 이몸이 여기 계신다는 게 행운이다. 등에 올라타거라." 스마이크가 말했다.

루모는 그의 말대로 했다. 뚱뚱한 쿠션 위에 올라타보니 구더기의 몸은 부드러우면서도 든든했다. 스마이크는 바위 끄트머리로 가 가장자리를 타고 내려가더니 거의 수직으로 된 암벽을 미끄러져 하강했다. 유리벽에 물방울이 흘러내리는 것 같았다. 루모는 더 꼭 달라붙어서 구더기의 살집 사이로 발을 꽉 끼워 붙였다.

"이건 나한테는 곤혹스러운 짓이야. 혐오스런 선조들이 물려준 것이거든."

스마이크가 말했다. 그의 하반신에서는 흡반 같은 것을 쭉쭉 빨아대는 흉측한 소리가 났다. 그는 매끈하게 바다로 미끄러져 들어갔다. 짠물이 발에 닿자 루모는 저도 모르게 움찔했다.

"육지에 도착하는 즉시 난 저 화사한 사회를 찾아갈 거야." 스마이크가 말했다. "가장 호화롭고 인공적인 환경에서 살아야지. 약동하는 삶 말이야. 소파도 있고, 가마도 있고. 둥근 포석을 깐 보도와 대리석 타일. 자연은 잘 가꾼 공원이나 유화에서만 보겠어. 결코 다시는 바다를 보고 싶지 않다. 정 그래야 한다면 멀리서, 여름 호화별장 테라스에서 멀리 내다보지 뭐. 망원경으로 보는 건 너무 불편하니까."

하늘엔 다종다양한 수정 빛깔을 내는 곤충들이 춤을 추고 있었다. 다이아몬드 비가 내리는 것 같았다. 하늘은 다채로운 불꽃으로 물들었다.

"봄이야. 저건 짝짓기 철에 곤충들이 날아다닐 때 내는 도깨비불이야. 사랑의 기적이란다, 얘야! 도깨비불만에 도착한 것 같구나. 이런 광경은 여기서만 볼 수 있지. 좋은 일이 또 하나 생겼구나! 우리가 도착한 곳은 페른하힝엔 해변 바로 앞이야. 넌 다시 집에 온 거란 말이다." 스마이크가 말했다.

잔뜩 부풀어 오른 백조처럼 스마이크는 부드러운 물살 사이로 미끄러지면서 바삐 헤엄쳐 가는 외눈박이와 헐떡거리는 페른하헨들을 지나쳤다. 붉은 고릴라가 그 사이로 헤엄쳐 갔다. 느긋하게 등을 깔고 누운 채 팔 갈퀴질을 큼직큼직하게 해댔다. 해는 이제 거의 다 떠올랐다. 도깨비불들은 겸손하게 희미한 빛마저 접었다. 그러더니 붕붕거리는 긴 양탄자 형태로 뭉쳐서 자력에 이끌린 듯이 수평선 위로 솟은 이글거리는 공을 향해 날아갔다.

맨 먼저 떠난 외눈박이들이 뭍에 오르더니 무엇에 쫓기듯이 백사장 너머로 달아나버렸다. 일부는 벌써 사암 절벽을 기어오르고 있었다.

"저 완두콩만 한 대가리들이 뭘 좀 배웠을 거라고 장담할 수는 없어." 스마이크가 말했다. "하지만 놈들이 이제 다른 종족들한테 좀 더 정중하게 대할 거라는 건 확실해. 뭐 꼭 단언하는 건 아니지만. 야, 다 왔다. 육지다!"

스마이크는 물살을 타고 납작한 바위를 지나 몇 미터 더 앞으로 나아간 다음 멈춰 섰다.

"이제 내려. 깊이가 한 뼘도 안 돼."

루모는 등에서 사뿐히 내려 몸을 씻기 시작했다. 시커먼 물줄기가 몸을 타고 내리면서 발치의 바닷물을 벌겋게 물들였다. 마지막 페른하헨들이 파도에 밀려 차례로 올라오더니 아무 말 없이 고개를 숙인 채 지나갔다. 물이 뚝뚝 떨어지는 난쟁이들의 대열이었다.

털가죽이 겨우 희어지자 루모도 뭍에 올랐다.

육지

스마이크는 바다표범처럼 백사장을 빙글빙글 돌며 뒤뚱뒤뚱 기면서 기분이 좋은 나머지 낑낑거렸다. 비대한 몸으로 둥글게 고랑을 파더니 손가락 사이로 모래를 살살 흘려보내보았다.

"뭍이다!" 그는 소리쳤다. "단단한 땅. 부드러운 흙. 정말 신기하단 말이야."

루모는 코를 들고 냄새를 맡으려 했다. 코에서는 아직 진물이 떨어지고 있었다. 원래 기능을 되찾으려면 조금 시간이 걸릴 것 같았다. 그러나 작동은 됐다. 당장은 아주 제한적이지만. 그는 눈을 감았다.

냄새의 깃발은 보통 때보다 가늘고 창백했다. 모든 것 위에 가벼운 베일이 씌워 있었다. 그래도 그는 바다와 축축한 모래, 가까운 초원의 냄새를 맡았다. 그리고 저기, 그 모든 것 위에 그 은띠가 다시 나타나지 않을까? 당연하지, 저기 나타났다. 가는, 전보다 훨씬, 훨씬 가는 모습으로 다른 모든 띠 위에서 너울너울 춤추고 있었다. 루모는 그것을 분명히 지각할 수 있었다. 그건 꿈이 아니었다. 다만 잠시 내면의 눈에서 은띠를 잃어버렸을 뿐이었다.

"이제 어떡할 거야? 뭐 할 거냐고. 다시 페른하헨한테 갈 거야?"

폴초탄 스마이크가 묻는 바람에 생각이 끊겼다.

루모는 다시 눈을 뜨고 저리 가는 난쟁이들의 뒷모습을 바라보았다. 집 쪽으로, 약탈당하고 몽땅 파괴된 농가들 쪽으로 가고 있었다.

"아니오. 전 이리로 가야 돼요."

루모는 은띠가 나부끼는 방향을 가리켰다.

"좋아. 조금만 같이 가자. 괜찮다면 말이야." 스마이크가 말했다. 그러고는 루모를 머리끝에서 발끝까지 훑어보았다. "우선 뭐 좀 입을 것을 마련해줘야겠구나."

루모는 아랫도리를 내려다봤다. 아침 햇살에 털가죽이 마르기 시작했다.

"왜요?"

폴초탄 스마이크는 히죽이 이빨을 드러냈다.

"우린 이제 문명세계로 들어가는 거야. 넌 다 컸고. 알겠지?"

2
비존재의 미세존재

스마이크와 루모는 한낮의 밝음을 이용해 종일 걸었다. 빛, 탁 트인 하늘, 천연 풍광, 자연, 구름……. 이 당연한 것들에 대해 다시금 서서히 익숙해져야 했다. 마침내 단단한 땅을 밟게 됐지만 악마바위에 있는 것처럼 여전히 흔들리는 느낌이 들었다. 스마이크는 오만 가지 질문을 꼬치꼬치 퍼부어 루모를 괴롭혔다. 그러면서 둘은 해안 모래언덕을 지났다. 스마이크는 듀공처럼 움직이면서 윗몸을 곧추세우고 뒷부분은 리드미컬하게 물결치듯이 앞으로 미끄러져 나아갔다. 루모가 놀란 점은 둘 다 행진에 거침이 없다는 사실이었다. 스마이크가 중간에 쉬는 시간이 훨씬 많기는 했지만.

스마이크의 질문은 주로 악마바위의 미로에서 벌어진 싸움에 관한 것이었다. 외눈박이들은 싸울 때 어떤 자세를 취하는가, 루모의 전술, 본능적인 전략은 무엇인가 등등. 그리고 눈이 멀게 된 과정을 이야기해달라고 계속 졸랐다.

저녁에 그들은 평탄한 해안이 작은 숲이 있는 언덕으로 이어지는 곳에 도착했다. 거기에는 덤불과 관목들이 있었다. 딸기나 도토리를 딸 수도 있었고 작은 신 사과가 잔뜩 열린 나무도 보였다. 루모는 뭘 먹든 상관없었다. 악마바위 사건 이후 그는 기본적으로 배부른 것보다는 배고픈 편이 홀가분했다. 외눈박이 두목들의 우리에 갇혔을 때는 생존에 필요한 것이라면 무엇이든 먹었던 것 같다. 그저 영양을 섭취할 뿐인 그러한 과정은 평생 외눈박이들의 잔인성을 연상시켰다. 게다가 배부르다는 느낌과 함께 따라다니는 더부룩함은 왠지 불편했다. 자고 먹는 행위는 결코 루모가 즐겨서 하는 일이 아니었다. 깨어 있으면서 배고픈 것이 오히려 좋았다.

반면 스마이크는 작은 숲에서 좀 쉬고 난 뒤 성대한 만찬을 즐기는 환상에 빠졌다. 신선한 사과는 제대로 된 식사를 하고 싶은 억누를 수 없는 욕망을 불러일으켰다. 이런 욕망은 악마바위에서는 어떻게 해서든지 억제할 수밖에 없는 것이었다. 지금은 육지다. 육지란 스마이크에게는 경작지를 의미했다. 튼실한 암소가 촉촉한 풀을 되새김질해 지방을 키우고 젖에 크림 같은 우유를 가득 채우는 곳이다. 그걸로 고품질 크림을 만들고 다시 이것으로 끝내주는 케이크를 만들고…… 기타 등등, 기타 등등. 그의 상상은 끝이 없었다. 나중에는 속을 넣은 쥐오줌보 튀김을 만드는 데 중요한 역할을 하는 상상을 하다가 곤히 잠들고 말았다.

루모도 오랜만에 진짜 제대로 숙면을 취했다. 꿈에 은빛 띠가 황금빛 밀밭 위로 나부끼는 것이 보였다. 이번에 그 띠에는 목소리가 있었다. 그러나 그 목소리는 무슨 말을 하는 것이 아니라 기이하고도 매혹적인 멜로디를 노래했다.

문명

루모와 스마이크가 다음 날 아침녘에 돌아다닌 지역에는 강과 개천이 곳곳에 퍼져 있었다. 볼퍼팅어는 허리 이상 올라오는 개천은 전혀 걸을 수 없었다. 그러나 스마이크는 헤엄을 칠 수 있었기 때문에 루모가 더 많이 지체했다.

물은 일대를 낙원으로 바꿔놓았다. 도처에 산딸기며 대황(大黃)이며 사과나무에 온갖 동물을 유혹하는 꽃들이 자라고 있었다. 꿀벌이 붕붕 날고, 새들은 곤충을 사냥하고, 토끼와 자고새, 노루, 오리, 비둘기들 천지였다. 루모는 겁 모르는 노루나 토끼 정도는 쉽게 잡을 수 있었다. 그러나 외눈박이들에 관한 기억 탓인지 어째 파렴치한 짓이라고 생각됐다. 스마이크라면 한술 더 떠 어떻게 그럴 수가 있느냐고 떠들어댔을 것이다.

반나절을 걸은 끝에 좀 더 평탄하고 단조로운 지역이 나타났다. 개천은 거의 없어지고 길들만 더 많이 쭉 뻗어 있었다. 언덕에 드문드문 농가가 하나씩 있었다. 숲과 초원 대신 밭과 울타리 두른 목초지가 시야에 들어왔다.

"냄새나지?" 스마이크가 물었다.

콧물은 나지만 그래도 루모는 그 냄새를 맡았다. 유별난 냄새가 떠돈 지 꽤 됐다. 돼지고기를 너도밤나무로 굽는 향기였다. 루모는 이 냄새를 무시하려고 애썼다. 다른, 더욱 불쾌한 냄새들과 섞여 있었기 때문이다. 담배 연기, 땀, 말똥 냄새 같은 것들 말이다.

"어디서 제대로 요리를 하는구먼." 스마이크의 목소리가 떨렸다.

"셋이에요. 저기 언덕 뒤쪽으로."

루모는 정보를 포착한 방향을 가리켰다. 스마이크가 속력을 배로 높였다.

언덕 뒤편 골짜기 길이 두 갈래로 갈라지는 곳에 거무스레한 작은 통나무집이 서 있었다. 딱히 전문가가 지었다고 하기는 어려웠다. 들보는 빼딱하고 모서리 세 군데에 창문을 냈는데 지붕이 기괴했다. 이제 스마이크도 냄새를 맡을 수 있었다. 타고 식은 재, 눌어붙은 지방, 김빠진 맥주 냄새가 섞여 있었다. 그건 특정한 종류의 건물 냄새였다.

"여관이군."

스마이크가 앓는 소리로 말했다. 여관 옆 가축용 물통에는 농마 두 마리가 매여 있었다. 털가죽은 까맣고 갈기는 하얗다.

"안에 블루트쉰크가 있어." 스마이크가 속삭였다. "적어도 둘이네. 농마를 안장 없이 부리는 건 블루트쉰크뿐이거든. 그러니까 최소한 셋이네, 주인까지."

루모도 고개를 끄덕였다.

"셋이에요. 다들 씻지 않아서 더럽군요."

스마이크는 한동안 곰곰 생각했다.

"잘 들어봐." 그가 말을 시작했다. "별로 좋아하지 않겠지만 부탁 좀 하자."

루모는 귀를 기울였다.

"넌 네 발로 걸었으면 좋겠다. 저 여관에 들어갈 때 말이야."

"왜요?"

"그건 전술과 관련이 있어. 난 그걸 충격요법이라고 부르는데 일단 따라 해봐."

"흠."

루모는 열두 외눈박이가 기다리는 동굴에 네 발을 딛고 들어서던 때를 생각했다. 그건 좋은 생각이 아니었다.

"잘 들어. 안에 들어가면 넌 말을 하지 마. 한마디도. 알겠니? 말은 내가 맡아서 할 테니까. 그리고 난 잠시 나갔다 올 거야. 그럼 넌 남들 하는 얘기를 잘 듣기만 해. 두 가지 가능성밖에 없어. 하나는 좋은 일이 일어나는 거고, 또 하나는 나쁜 일이 일어나는 거야. 나쁜 일이면 내가 돌아올 때 신호를 해. 오른쪽 앞발로 바닥을 긁으라고. 나머지는 그때 가보면 알겠지."

루모는 고개를 끄덕이고 네 발로 걷기 시작했다.

집 이야기

집마다 내력이 있다. 이런 이야기는 거기 누가 살았느냐에 따라 흥미롭기도 하고 그렇지 않기도 하다. 나티프토프 공증인(公證人)이 살았다면 별로 신통한 얘기가 없을 거라는 추측이 가능하다. 그저 때맞

취 앞뜰을 갈았다든가 제때 세금을 냈다는 정도. 그러나 베어울프가 살았다면 낮에는 지하 석탄창고에 있는 관에 들어가 뚜껑을 닫고 지내다가 밤이면 관이 열리고 두꺼운 벽이 나타나는 장면이 벌어질 것이다. 차모니아의 집 이야기는 이렇게 천차만별이다. 지금은 투명인간여관 이야기다.

크로메크 투마는 두 번째 계급의 블루트쉰크*였다. 블루트쉰크 중에서도 재산이 별로 없다는 의미다. 블루트쉰크들은 언제부터인가—정확히 언제인지는 아무도 모른다. 명성을 중시하는 과학자치고 블루트쉰크의 역사를 연구한 사람이 없기 때문이다— 별로 복잡할 것 없는 두 가지 계급체계를 세웠다. 하나는 완전히 우매하지는 않은 블루트쉰크이고, 다른 하나는 아주 우매한 블루트쉰크였다. 그러나 어느 정도 우둔하다는 것과 대단히 우둔하다는 것을 구분하기는 매우 어려웠고 경계는 상당히 유동적이라는 사실이 곧 드러났다. 그래서 이런 계급체계는 시간이 흐르면서 잊혔다. 여기서 말하고자 하는 것은 예전 계급체계의 기준을 크로메크 투마에게 들이댄다면 제삼의 계급을 추가해야 할 것이란 얘기다.

블루트쉰크는 언어를 구사하는 차모니아 주민 가운데 사회적 본능의 발전 수준이 가장 낮은 족속으로 평가된다. 대부분의 블루트쉰크는 거칠고 둔감한 성향이 용인되는 정도가 아니라 오히려 강점으로 평가되는 극장 기도, 염장이, 장터의 내기권투 선수, 보병, 망나니 같은 직종에서 일한다. 이런 업종에 자격이 미달되는 경우는 크로메크 투마처럼 술집을 연다.

---

* 오스트리아 티롤 지방 전설에 나오는 식인 흡혈 괴물로, 상체는 텁수룩한 검은 곰 같고 하체는 털이 없고 뼈가 울퉁불퉁한 사람 다리를 하고 있다고 한다. 어원상으로 블루트는 피, 쉰크는 다리 또는 발을 뜻한다. 숨어서 먹이를 노리다가 피를 빤 뒤 잡아먹는데 주로 물가에서 노는 아이들을 해친다.—옮긴이

크로메크도 원래부터 그런 것은 아니었다. 그는 블루트쉰크치고는
비교적 건실한 삶을 살아왔다. 오른의 작은 공국 군주인 후사인 예
나데푸어의 사설 군대에서 복무했다. 열 살 때부터 백 년간. 무수한
국경 분쟁 때마다 후사인 공을 모시고 전장에 나갔다. 발가락 네 개
와 눈 하나, 손가락 두 개를 잃었다. 온몸에 큰 흉터만 백사십 개나
되고 소소한 것은 말할 나위도 없다. 한쪽 귀는 전혀 안 들렸다. 대
포를 많이 조작했기 때문이다. 가끔 경련이 일기도 했다. 독화살을
척추에 맞은 다음부터 그랬다.

그러나 이런저런 문제로 직업을 바꿀 생각을 한 것은 절대 아니었
다. 아니다. 그것은 불황 때문이었고, 그게 운명이었다. 어느 날 후사
인 공이 부대원들 앞에 나타나 이렇게 선언했다.

"제군들, 난 파산했다! 여러분에게 좋은 소식을 전해주지 못해 유감이다. 그러나 공국의 보물창고는 텅 비었다. 저 바보 같은 화염투석기를 엄청난 돈을 들여 개발했건만 뒤로 터지기나 했다. 게다가 플로린트 공략은 유감스럽게도 이 전략의 천재가 지휘하는 부대답지 않게 성공하지 못했다. 각설하고, 제군들. 이제 해산하라!"

크로메크는 군주가 파산하리라고는 꿈에도 생각하지 못했다. 그는 백팔십 년을 뚝심 있는 교관으로 일했고, 이백오십 년을 종신 전쟁연금 수령자로 살도록 돼 있었다. 그런데 고작 백이십 년밖에 안 지난 지금 졸지에 실업자가 된 것이다. 그는 다른 블루트쉰크들과 함께 군주에게 린치를 가한 뒤 목을 창에 꽂아 몇 시간을 돌아다녔다. 그러나 그런다고 용병 자리가 돌아오지는 않았다. 그래서 뿔뿔이 흩어져 각자 제 갈 길을 가거나 서넛씩 무리지어 차모니아 일대를 배회했다.

크로메크는 토크 테코라는 이름의 늙은 참전용사와 같이 다녔다. 둘은 몇 년간을 노상강도나 돈 받고 결투를 대신해주는 일을 하면서 어렵게 지냈다. 그러던 어느 날 토크가 숲에서 야생 베어울프들에게 심하게 당하는 바람에 산 채로 묻어주지 않을 수 없게 되었다. 그게 물린 자가 또다시 베어울프로 변하는 것을 막는 유일한 방법이었다. 그 이후 크로메크는 혼자 다녔다. 가끔 운 나쁘게 마주친 여행객을 죽이고 돈과 식량을 털어가며 그럭저럭 남서부 차모니아로 흘러들었다. 어느 날 그는 갈림길이 나오자 어느 쪽으로 가야 할지 생각해보고 있었다. 그때 어떤 목소리가 들렸다.

"크로메크 투마." 그 목소리가 말했다.

"뭐?"

"크로메크 투마." 그 목소리가 다시 말했다. "스느르트 핀츠."

"뭐라고?"

"스느르트 핀츠. 믐피 드라트블라."

크로메크 투마는 머리를 긁었다. 자기 이름 외에는 하나도 알아들을 수 없었다. 그건 놀라운 일이 아니었다. 문제는 이랬다. 이 순간 투마는 정신을 잃고 만 것이다. 당연히 본인은 몰랐지만 그는 블루트쉰크에게 드물지 않은 유전적 정신병을 앓고 있었다. 이 병은 두뇌 대사작용 이상 때문인데 바로 이 순간 발작을 일으킨 것이다. 그나마 이 병은 전형적인 증상을 통해 경과 예측이 비교적 가능하다. 이 병에 걸린 자는 평소와 다름없는 목소리나 명령, 아니면 다른 행성의 음악을 듣게 된다. 때로 며칠간 제자리에서 맴을 돌거나 엄청나게 짖어댄다. 그러나 그러다 다시 몇 달간은 모든 게 정상으로 돌아오기도 한다. 갈림길에서 순간적으로 벌어진 일은 그 병이 처음으로 괜한 트집을 부리려 했기 때문이었다. 크로메크는 사흘간을 그 자리에 서서 짖어대며 맴을 돌면서 머릿속에서 계속되는 알 수 없는 혼잣말이 무슨 뜻인지를 알아내려고 무진 애를 애썼다. 그런데 그 목소리가 갑자기 수정처럼 맑아지더니 이렇게 말했다.

"네게 명하노니 여기에 여관을 지어라."

"넌 누구냐?" 크로메크가 물었다.

"난, 에, 투명인간이다." 예의 목소리가 답했다.

이것이 크로메크 투마에게는 충분한 이유가 되었고, 그래서 여관을 지었다. 이 정도는 상당히 괜찮은 편이었다. 훨씬 기이한 명령을 받는 환자가 많았다. 심지어 그야말로 피비린내 나는 명령을 받기도 한다. 크로메크의 경우는 머리가 아픈 바람에 그나마 건전한 사업을 하게 된 셈이다. 특히 문명세계의 외곽 지대인 이런 곳에는 여관을 찾는 이가 점점 많아지는 터였다.

초르다스와 초릴라

스마이크와 루모가 여관에 다가갔을 때 크로메크 투마는 정신이 비교적 안정된 상태였다. 루모는 당부대로 말은 하지 않고 으르렁거리며 네 발로 걸었다. 크로메크의 최근 발작은 삼 주 전에 있었다. 앞으로 두세 달 동안은 아마 안정 상태가 유지될 것이다. 그는 최근 처음으로 단골 비슷한 자들을 맞았다. 초르다스와 초릴라라는 이름의 두 블루트쉰크였다. 이들은 정신을 잃고 뻗어 있는 그를 발견해 흔들어 깨웠다. 크로메크는 두 파렴치한 도적이 자신이 발작을 일으키는 사이를 틈타 재고를 다 털어간 것을 알고 나서 깜짝 놀랐다. 그 이후 초르다스와 초릴라는 매일같이 여관에 들러 문제가 없는지 보고 갔다. 둘은 금세 투명인간여관의 재고목록에 올랐다. 그들은 엄청나게 먹고 마시고 종일 카드놀이를 했다. 외상은 기본이었고, 그 액수는 날로 커져만 갔다.

크로메크와 달리 초르다스와 초릴라는 화를 잘 내는 스타일이었다. 그러나 남들에게는 그런 눈치를 보이지 않았다. 이들이 몇 주 전 처음 투명인간여관에 들어섰을 때 크로메크는 카운터 뒤에 서서 마냥 짖어대고 있었다. 처음에는 그저 재미있다고만 생각했다. 그러나 포도주통에 손을 대는데도 주인이 돈 내라는 소리를 하지 않자 완전히 정신이 나갔다는 사실을 알게 됐다. 둘은 앉아서 포도주를 마시고 불고기를 먹으며 뭐가 어찌 될까 하고 기다렸다. 몇 시간이 지나자 크로메크가 제자리에서 맴을 돌기 시작했다. 그러면서도 짖는 것은 멈추지 않았다. 둘은 밤새 들여다보며 더 해보라고 부추기면서 엄청 마셔댔다. 다음 날 깨어났을 때도 크로메크는 카운터 뒤에 서서 컹컹 짖고 있었다. 그래서 창고를 털어 약탈품을 자기들 은신처로 가져가기 시작했다. 다시 술집으로 돌아와 나머지를 가져가려 했을 때는 크로메크가 제정신을 되찾은 상태였다. 그러자 그들은 바보 시늉을 하면서 도적들이 멀리 달아나는 것을 보았노라며 허튼소리를 지껄였다. 크로메크는 고맙다고 했고, 초르다스와 초릴라는 이후 매일 투명인간여관에 들렀다. 크로메크가 다시 짖게 되기를 기대하면서.

그러나 크로메크는 정신을 놓지 않았다. 그들이 먹고 마시는 것을 하나하나 장부에 기입하고 검은 석판에 표시를 해두었다. 초르다스는 이 문제를 전통적인 방식으로 처리할까 말까, 즉 포도주 단지로 크로메크의 머리통을 들이칠까 말까를 생각하는 중이었다. 그러나 주인이 건장한 데다 참전용사에 정신도 아직 말짱하다는 점이 못내 마음에 걸렸다. 결과는 예측과는 전혀 다른 것이었다.

손님들

"참 멋진 오후군요, 여러분."

스마이크의 구수한 저음 탓에 초르다스는 난폭한 공상에서 깨어났다.

"들어가도 되겠습니까?"

스마이크와 루모는 주위를 둘러보았다. 레스토랑의 실내장식은 원시적인 수준이었다. 그러나 술집으로서 있어야 할 건 다 있었다. 간신히 못으로 붙여놓은 카운터와 근들거리는 탁자와 의자는 나무 그루터기를 다듬어 만든 것이 분명했고, 포도주와 맥주를 담은 통 두 개는 벌레가 먹은 상태였다. 반쯤 구운 돼지고기는 벽난로 위에서 지글지글 익고 있었다. 이런 광경을 스마이크는 악마바위 웅덩이 속에서 종종 꿈꾸곤 했다.

블루트쉰크들은 깜짝 놀라 시선을 문 쪽으로 돌렸다. 초릴라는 본능적으로 탁자 아래에 놓아둔 철퇴를 잡았고, 크로메크도 놀라는 바람에 카운터에 있던 유리잔을 밀치고 말았다. 이런 외딴 곳에 손님이 지나다 들렀다는 것이 무척 이상했다. 더구나 여태까지 저런 기이한 한 쌍이 투명인간여관에 발을 들여놓은 적도 없었다. 초르다스와 초릴라는 볼퍼팅어를 본 적은 없었다. 하물며 상어구더기임에랴. 반면 크로메크는 적어도 한 번은 구더기를 본 적이 있었다. 그중 하나는 한동안 후사인 예나데푸어 밑에서 국방장관을 맡았다. 이번 구더기는 그 국방장관하고 사뭇 닮았다. 그러나 이런 족속들은 다들 비슷비슷했다. 루모는 잡종 들개쯤으로 보였다.

스마이크가 흔들흔들하면서 카운터로 다가가는 사이 루모는 문 옆에 서 있었다.

"잠시 불 좀 쬘 수 있을까요?" 스마이크가 말했다.

"뭘 마시겠수?" 크로메크가 못마땅한 듯 대꾸했다.

"아, 아닙니다. 아니고요. 제 개랑 엄격한 다이어트를 하는 중이라서. 거 뭐냐, 건강상의 이유로 말이지요."

스마이크의 시선이 포도주통에 가 달라붙었다. 입에서 군침이 돌았다. 입안의 맛을 느끼는 신경들이 발효된 포도즙에 잠겼을 때의 기억들이 한꺼번에 떠오르면서 뇌에서 침샘으로 신호가 간 것이다. 그랄준트의 저 유명한 두꺼비샘물 포도주, 포도를 건포도처럼 말려서 만든 특급 포도주, 오른의 아가씨포도로 만든 포도주에서 풍기는 계피향의 여운, 한여름 지하창고에서 갓 꺼내 온 서늘한 백포도주, 타닌의 저 미묘한 쓴맛. 떡갈나무 통에서 우러나는 향취……. 게다가 진홍색 미드가르드산(産) 트롤베르크는 혀끝에 육두구 향미가 벨벳 자락처럼 휘감아든다. 스마이크는 포도주 한 잔 마셔보지 못하고, 포가레*한 모금 빨아보지 못하고, 구운 고기 한 점 뜯어보지 못한 지가 벌써 삼 년이나 됐다.

"하지만 오래는 안 돼요."

크로메크 투마가 이렇게 투덜거리는 바람에 스마이크의 달콤한 환상은 여지없이 깨져버렸다.

"여긴 음식점이지 대기소가 아니오."

스마이크는 육중한 몸을 움직여 난로가로 다가가더니 돼지고기 굽는 데서 나는 냄새를 깊이 들이마셨다. 검게 그을린 껍질에는 큼직한 수포가 부풀어 올랐다 가라앉곤 했는데 가끔 그중 하나가 터지면서 피식 하는 소리를 냈다. 그러다 기름과 고기 구울 때 나오는 즙이 뭉쳐 큼지막하게 방울져 내리면서 불 속에 툭 떨어져 쉬잇 소리와 함께 연기로 변했다. 식욕을 자극하는 이런 미세한 연기가 코로 들어가자 네 위가 바로 한여름 늪지처럼 출렁거리기 시작했다. 더부룩한 가스가 연방 장에 밀려들면서 스마이크의 뱃속에서는 쥐 소굴처럼 찍찍 찍찍 하는 소리가 났다. 이처럼 미식을 즐기는 상상이 극에 달했으니 센 방귀가 터져 나올밖에.

크로메크 투마는 이 이상한 손님이 굶주린 늑대처럼 구운 고기를 덮치지나 않을까 걱정스러웠다. 그래서 카운터 아래 놓아둔 쇠뇌가 제자리에 있는지 확인해보았다. '저 비대한 구더기가 하나라도 어설픈 짓거리를 하면 장착해둔 화살 두 발을 날려 벽에 박아주고 말리라.'

그사이 루모는 문간에 서서 기다리고 있었다. 그는 온 감각기관을 동원해 이 긴장된 상황을 예의주시했다. 불안한 탓에 흘리는 땀 냄새가 났고, 심장 판막이 요동치는 소리가 들렸다. 이 자리에 있는 누구도─그 자신을 포함해서─ 행동거지가 부자연스러웠다. 루모가 보기에는 모든 데서 거짓의 냄새가 났다. 이는 그가 코를 덴 것과는

---

* 작가에 설명에 따르면 포린트꽃 꽃잎으로 만든 일종의 시가로 니코틴과 차 성분이 일반 시가의 100배나 된다. 쏘는 맛이 강렬하고 연기는 역청이 타는 것처럼 까맣다. 옮긴이

무관했다. 넉살 좋게 가장하려고 애쓰는 폴초탄 스마이크의 목소리도 속임수를 쓰느라 떨리고 있었다. 스마이크는 구운 고기에서 두 블루트쉰크로 관심을 돌리는 데 상당한 노력이 필요했다.

"무슨 게임을 하시는 중인지 여쭤봐도 되겠습니까?"

"루모요." 초르다스가 말했다.

루모가 귀를 쫑긋했다.

스마이크가 웃었다.

"아, 루모, 제가 제일 좋아하는 게임입니다."

루모는 무슨 말을 하고 싶었지만 게임의 규칙을 지켰다. 그래서 조용히 으르렁거리기만 했다.

"당신 개 끈이나 잘 묶어두시지." 초릴라가 퉁명스럽게 권고했다.

"녀석은 괜찮습니다."

"웃겨. 개 주인은 다 저러지."

초릴라가 이렇게 말하자 초르다스는 심술궂게 웃었다.

"잘 들어보십시오." 스마이크가 엄숙하게 말했다. "전 두 분을 절대 속이지 않습니다. 어떻게 그럴 수 있겠습니까. 난 옷도 없고 짐도 가진 게 없어요. 그러니 돈이 없다는 건 분명하지요."

두 블루트쉰크는 실망한 듯 툴툴거렸다.

"하지만 선생들과 게임을 좀 했으면 합니다. 이렇게 하면 어때요? 저기 저 멋진 볼퍼팅어 보이지요? 녀석은 야생종입니다. 잘 아시겠지만 가축 지킴이로 다들 탐을 내지요. 특히 이 일대 농가에서 그렇습니다. 볼퍼팅어 한 마리에 한 천 피라는 한다더군요."

블루트쉰크들은 믿기지 않는다는 듯이 이맛살을 찌푸렸다. 볼퍼팅어 장사 얘기는 전혀 몰랐다. 하지만 분명 들어본 적은 있었다. 그러고 보니 놈의 머리에 난 뿔도 눈에 들어왔다.

"저게…… 볼퍼팅어요?"

"천 피라입니다. 보통 볼퍼팅어 한 마리가 말이지요. 하지만 이 녀석은 좀 특별하지요. 놈들이 고집불통이라는 건 잘 아실 겁니다. 원래 길들일 수 없는 종자지요. 하지만 이놈은 말을 잘 들어요. 보세요!" 스마이크가 루모를 응시했다. "앉아! 앉아!"

루모는 기분이 나쁜지 그대로 서서 귀를 축 내렸다. 블루트쉰크들이 웃었다.

"앉아!"

스마이크가 호통을 치며 루모를 노려봤다. 루모는 내키지 않았지만 그 눈초리에 담긴 요구를 받아들여 엉덩이를 깔고 앉아서는 으르렁거렸다.

"보세요! 훈련이 된 놈이라니까. 이런 경우는 정말 희귀하지요!" 스마이크가 의기양양해졌다. "고집을 안 부려요. 주인 말을 잘 듣지요. 그러나 조심하세요! 엉뚱한 사람 손에 들어가면 살아 있는 살인

무기로 잘못 사용될 수 있습니다."

블루트쉰크들은 구미가 당겼는지 탁자 위로 몸을 숙였다.

"이 개가 당신 말을 잘 듣는다고 나한테 좋을 게 뭐요?" 초르다스가 물었다. "내가 놈을 갖게 된다고 해서 내 말도 잘 듣게 되는 건 아니잖아."

이런 반론은 블루트쉰크치고는 정말 똑똑한 질문이었다.

"얘는, 저기, 내가 명령권을 넘겨드린 분한테 복종합니다."

이러면서 스마이크는 작은 팔들을 초르다스 쪽으로 흔들어댔다.

"그럼, 이제 당신한테 명령권을 드리지요. 녀석한테 명령을 해보세요."

"내가?"

"네. 자, 어서요."

초르다스는 곰곰 생각했다. 그러더니 히죽 웃으면서 루모 쪽으로 갔다.

"자, 뒹굴어봐!"

루모는 잘못 들었다고 생각했다. 머리를 옆으로 갸우뚱한 채 눈을 가늘게 떴다.

"안 되잖아. 누구 말이나 잘 듣는다며? 이놈 내가 하는 말을 전혀 못 알아듣네."

초르다스와 초릴라가 웃었다. 스마이크가 루모를 쳐다봤다. 이번에는 요구가 아니라 호소였다. 루모는 이 새로운 전투기술을 익히는 과정에서 자기극복도 그 일부라는 것을 예감했다. 아니, 그보다 더 나빴다. 언제라도 스스로를 비하시킬 자세가 돼 있어야 했다. 루모로서는 외눈박이 열 놈과 싸우는 것보다 더 힘든 일이었다.

"다시 명령해보세요." 스마이크가 말했다. "저놈이 알아들어요.

좀 느릴 뿐이지."

"자, 굴러, 이 똥개야!" 그 블루트쉔크가 소리쳤다.

루모는 옆으로 눕더니 먼지투성이 술집 바닥을 이리저리 굴렀다. 대팻밥과 보푸라기들이 털가죽 속으로 끼어들었다.

"잘하네." 초릴라가 말했다.

스마이크가 그들 탁자로 가 앉았다.

"허락한 것으로 알겠습니다!"

초르다스가 스마이크에게 카드를 던졌다.

"당신이 돌리슈. 저 개는 백 피라 쳐주겠수다. 그걸 잃으면 놈은 우리 거요. 한 번에 최소 십 피라는 걸어야 하고."

"괜찮은 제안인 것 같군요."

스마이크는 이렇게 말하며 카드를 섞었다.

루모와 철퇴와 그랄준트 이중쇠뇌

"뭐야, 루모야? 또 루모야?" 초릴라가 소리 지르며 카드를 내던졌다. "이 똥보는 왜 이렇게 운이 좋은 거야! 여섯 판을 내리 이기잖아!"

한 시간도 채 되지 않았다. 그런데 스마이크는 투명인간여관에서 제일 부자가 됐다. 여섯 번을 루모에 걸어 매번 이겼다. 초르다스와 초릴라는 완전히 빈털터리가 되어 둘째 판 이후로 크로메크 투마에게 돈을 빌려 게임을 하는 중이었다.

스마이크는 이제 미리 계획해둔 실험을 할 때가 됐다고 작심했다. 그는 일어서더니 크로메크에게 물었다.

"저기, 거 뭣이냐, 볼일 좀……."

"밖으로 가시우. 나무를 찾아보시구려." 크로메크가 웃었다.

폴초탄 스마이크는 출구 쪽으로 기어가면서 루모에게 음험한 눈길을 던졌다. 루모는 처음과 똑같은 자세로 있었다. 기름에 찌든 술집 바닥에 누워 잠자는 척했다.

"어쩌지? 놈한테 완전히 털렸어." 초릴라가 물었다.

"포도주 단지로 대갈통을 날려버리자." 초르다스가 다시 제안했다. "늘 하던 방식으로 말이야."

초릴라가 동의했다.

"좋아. 일단 게임을 하자고. 그런 다음 네가 일어서서 포도주를 가지러 가는 거야. 돌아올 때 놈의 뒤로 가서 그걸로 머리통을 쾅 들이치라고."

"놈은 구더기야. 어디서부터 어디까지가 머리인지 알 수가 없잖아."

"어쨌든 네 아이디어잖아! 그냥 세게 치기만 하면 돼. 그래도 꿈틀거리면 내가 철퇴로 날려 버릴게."

"단지 값은 당신들이 내야 돼." 크로메크가 카운터 뒤에서 중얼거렸다. 그는 모든 것을 똑똑히 듣고 있었다.

"저 볼퍼팅어는 팔아버리자. 그걸 셋이 나누면 되잖아."

그러면서 초르다스는 속으로 이렇게 생각했다. '이 멍멍 짖어대기만 하는 멍텅구리야, 다음은 네 대가리 차례야. 그 다음엔 이 이상한 가게를 다 태워버릴 거야.'

"뚱보를 숲으로 끌고 가자. 나머지는 베어울프가 알아서 할 거야."

초릴라는 이 마지막 문장에서 목소리를 낮췄다. 스마이크가 요란한 소리를 내며 삐걱거리는 베란다를 지나 문 쪽으로 오고 있었기 때문이다.

루모는 악몽을 꾸는 양 몸을 뒤척였다. 그러다가 조용히 킹킹거리면서 오른쪽 앞발로 나무 바닥을 긁어댔다.

스마이크는 슬금슬금 기어 초르다스 뒤쪽으로 지나가면서 루모로서는 도저히 믿기 어려운 일을 했다. 눈 깜짝할 사이에 머리를 그의 목덜미에 정통으로 들이박은 것이다. 놈은 아무 생각 없다가 앞으로 고꾸라지면서 얼굴을 탁자에 쿵 하고 부딪혔다. 머리가 주사위통에 부딪히는 바람에 통도 날아갔다. 초릴라의 반응은 신속했다. 벌떡 일어나더니 탁자 아래 감추어 둔 철퇴를 꺼냈다. 크로메크는 카운터 뒤에 숨었고, 주사위통과 주사위들은 바닥에 떨어졌다. 하나는 사, 하나는 이, 하나는 육이었다.

그런데 루모의 행동이 그들의 당혹감을 경악으로 바꾸어놓았다. 뒷발을 딛고 벌떡 일어서서 초릴라에게 "동작 그만!" 하고 명령을 한 것이다.

초릴라는 충격을 받았다. 턱이 쩍 벌어지는 바람에 아래턱에 무질서하게 돋은 이빨까지 들여다보였다. 그러나 무기를 놓지는 않았다. 그것을 두 손으로 잡아 머리 위로 올리더니 빙빙 돌리기 시작했다. 철퇴가 무시무시하게 슝슝거리면서 궤도를 도는 동안 초릴라는 탁자에서 뒤쪽으로 몸을 뺐다. 루모는 탁자 아래로 해서 놈의 다리 사이로 미끄러져 들어갔다. 놈은 루모가 없어졌다는 것도 모르고 있었다. 루모는 초릴라 뒤에서 벌떡 일어서더니 그의 손목을 움켜쥐고 조금 아래로 잡아당겼다. 철퇴의 쇠사슬이 놈의 목에 감기면서 세 번을 돌더니 점점 조여들어가다가 머리통에 쾅 하고 부딪혔다. 제 무기를 맞고 정신을 잃은 초릴라는 바닥에 쿵 하고 쓰러졌다. 뽀얀 먼지가 일었다.

주인은 카운터 뒤에서 활틀이 이중으로 된 작은 쇠뇌를 들었다. 그는 루모를 겨냥하면서 소리쳤다.

"꺼져, 두 놈 다! 빨리."

"화살을 메겨야지." 스마이크가 한마디했다.

크로메크는 멈칫하더니 쇠뇌의 메김장치를 더듬었다.

이건 루모에게는 새로운 도전이었다. 기계식 무기라니. 스마이크는 그런 얘기를 많이 해주었다. 여러 가지 종류의 무기가 있다는 것과 작동방법 및 발사속도 등등에 대해서.

지금 이것은 활틀이 둘인 그랄준트산(産) 이중쇠뇌였다. 자작나무 조각 여덟 조와 순록의 내장힘줄, 잘 벼린 굴대로 만들었고, 발사장치는 공인받은 시계공만이 제조할 수 있는 것이었다. 화살은 갈대 섬유를 압착한 것인데 밧줄처럼 꼬아서 가장자리가 톱니처럼 꺼끌꺼끌한 청동 촉을 붙였다. 그래서 날아가면서 회전을 하고, 두꺼운 벽돌도 드릴처럼 능히 뚫었다.

철컥! 됐다. 크로메크는 다시 루모에게 쇠뇌를 겨냥했다.

"빨리 꺼져!"

"내기 한판 어때, 크로메크 투마?" 스마이크가 다시 끼어들었다.

"뭐? 어떻게 내 이름을 알지?" 크로메크는 깜짝 놀란 나머지 얼떨결에 쇠뇌를 내렸다.

"보병 크로메크 투마. 몸무게 백육십 킬로그램, 키 이 미터 이십칠, 무공 표창 사십칠 회에 포병. 난청(難聽)." 스마이크가 열거해갔다. "난 자네 월급을 세 배로 올려주었어. 벌써 잊었나?"

크로메크는 당황했다. 진짜 그 국방장관이란 말인가?

"우리가 플로린트 앞에서 진을 쳤을 때 말이야." 스마이크가 계속했다. 목소리가 날카로워졌다. "그때 후사인 공은 제4사단을─보병 크로메크 투마도 여기 소속이었지─ 목책 공략에 내보내려 했어. 플로린트 사람들이 타르를 끓여놓고 기다리고 있다는 건 세상 사람이 다 아는데도 말이야. 그 냄새가 진중까지 흘러들었으니까. 생각나나? 당시 내가 군주를 설득해서 공격을 중지시킨 일 말이야."

스마이크는 바로 이 순간을 위해 크로메크의 감정에 호소하는 일을 남겨두었던 것이다. 그는 이 블루트쉰크를 바로 알아봤다. 좀 늙고 뚱뚱해졌지만 우직한 상은 여전했다. 타고난 전사에 목숨을 걸고 충성하는 모습. 스마이크는 얄궂은 미소를 지으며 크로메크를 끌어 안기라도 하려는 듯 두 팔을 벌렸다.

"옛날 국방장관 기억나지?"

그래, 기억이 났다. 당시에는 그를 비겁한 겁쟁이로 생각했고 군주를 위해 쏟아지는 역청 속으로 뛰어드는 게 훨씬 낫다고 생각했다. 그 후레자식들 앞에서 물러나느니 죽는 편이 낫다고 생각했다. 플로린트 퇴각은 평생에 가장 큰 치욕이었다. 크로메크는 스마이크 앞에다 침을 퉤 뱉었다.

"이 비겁한 새끼! 우린 놀면서 플로린트의 샹들리에를 차지할 수 있었어."

스마이크가 과거 이야기를 꺼냈지만 기대만큼의 효과는 없는 듯했다.

"좋아, 과거지사는 그만하지. 우린 음식과 물과 입을 옷이 필요해. 그리고 뭐냐, 계속 가려면 백 피라쯤 필요하고. 자네가 저 볼퍼팅어를 쇠뇌로 못 잡는다는 데 걸겠네."

크로메크는 긴장하면서 머리를 굴렸다.

"아니면 뭘 줄 건데?"

"널 살려주지."

"아니, 내가 이기면 뭘 줄 거냐고?"

"자넨 못 이겨."

"꼴통 뻔데기야! 빨리 꺼지란 말이야!" 크로메크가 다시 초조해진 모양이었다.

"발사! 크로메크 투마! 쏘란 말이다!" 스마이크가 날카로운 목소리로 명령했다.

루모도 짜증이 났다. 스마이크는 또 나를 시험하자는 것인가! 루모는 기계식 무기가 어떻게 작동하는지 아직 본 적이 없었다. 그가 지금까지 가장 빨리 반응을 보여야 했던 것은 외눈박이의 주먹이었다.

크로메크는 저도 모르게 복종했다. 두 번 찰칵찰칵하자 시위제동장치가 풀렸다. 순록의 내장이 삐걱거리면서 풀리더니 화살 두 개를 동시에 앞으로 날렸다. 찌르륵하는 소리가 식당에 가득 찼다. 보이지 않는 두 개의 줄에 이끌린 듯한 화살이 빙빙 돌면서 루모 쪽으로 날아왔다. 화살 뒤로 먼지입자들이 뭉쳐 성긴 소용돌이가 이는 것이 보였다.

찌륵찌륵하는 소리가 귀에 쟁쟁거리면서 깊고 느릿해지더니 웅웅하는 저음으로 바뀌었다. 극도로 위험한 순간이라는 것을 루모는 벌써 알고 있었다. 몸의 움직임과 생각이 거의 마술적인 수준으로 빨라졌다. 처음 이런 순간을 체험한 것은 악마바위 연단에서 외눈박이의 머리를 딸 때였다. 갑자기 시간이 넉넉해지자 날아오는 화살에 대해 어떻게 반응할까를 골똘히 생각했다. 세 가지 가능성이 있었다. 그냥 머리를 옆으로 숙인다. 이것은 너무 대충대충 하는 듯한 느낌을 줄 것 같았다. 잠시 쪼그려 앉아 화살을 피할 수도 있겠다. 이건 깔끔했다. 주먹을 허리춤에 대고 윗몸 전체를 옆으로 숙인다. 그러면 너무 도발적으로 보일지 모르겠다. 루모는 딱히 마음을 정할 수가 없었다.

이리저리 생각을 하는 동안 모기 한 마리가 화살 비행방향을 가로질러 날아갔다. 앵앵거리면서 왼쪽 화살 앞으로 날아갔지만 바로 맞지는 않고, 대신 공기의 소용돌이 속으로 빨려들었다. 안쓰러웠다. 화살에 맞는 것보다 훨씬 끔찍한 일이었다. 모기는 화살 뒤끝으로 내밀려 회전하는 깃에 부딪혀 두 날개를 잃고 중상을 입은 채 바닥으로 곤두박질쳤다. 그보다는 즉사하는 편이 훨씬 자비로운 일이었을 텐데.

두 화살은 이제 코 앞 몇 센티미터 지점까지 날아들었다. 루모는 청동 화살촉에 새긴 대장장이조합의 조합인(印)을 알아볼 정도였다. 그 순간 뒤에서 블루트쉰크가 내는 소리가 들렸다. 기절한 초르다스가 깨어나 옷 속 다리춤에 매어놓은 칼집에서 칼을 꺼내는 소리였다. 초르다스는 소리를 내지 않으려고 최대한 조심했다. 머리는 아직 탁자 바닥에 처박혀 있었지만 아주 천천히 칼집에서 단도를 꺼냈다. 루모의 귀에는 숫돌에 도끼 가는 소리처럼 들렸다.

이에 자극받아 화살을 피하는 제4의 방법이 떠올랐다. 루모는 한쪽 주먹을 허리춤에 대고 상체를 가볍게 옆으로 숙여 두 개의 화살을 피했다. 그러면서 다른 손으로는 한 화살의 깃 부분을 툭 쳤다. 그러자 방향이 완전히 바뀌었다. 나머지 화살은 공중에서 낚아챌 요량이었다. 손을 뻗치는 순간 아차 싶었다. 벌겋게 달아오른 난로 뚜껑에 손이 닿을 뻔했기 때문이다. 제동을 거는 사이 손바닥에서 엄청난 마찰열이 생겼고, 미세한 갈대섬유들이 스치면서 피부가 찢겨나갔다. 그러나 루모는 악력을 더 가해 화살의 회전을 중단시켰다. 그사이 다른 화살은 더 날아가다가 초르다스가 머리를 처박고 있던 탁자를 뚫고 들어가 단도를 움켜쥔 손을 뚫고 다리에 가 박혔다. 초르다스는 너무도 경악한 나머지 찍소리 못 한 채 완전히 맥이 풀리고 말았다. 루모는 이를 악물고 화살을 꼭 쥔 채 서 있었다. 손에서 가는 핏줄기가 흘러나왔다.

"호오." 스마이크가 칭찬조로 나직하게 말했다.

크로메크 투마는 다시 짖어대기 시작했다.

루모와 스마이크는 여관을 나섰다. 스마이크는 다 뜯은 돼지 뼈를 내던지고 시가를 한 모금 깊이 빨아들였다. 포가레는 원래 바에 없었다. 그러나 남부 차모니아산 싸구려 시가 한 상자만 해도 오래 금연한 그로서는 너무나 흡족했다. 포도주 때문에 눈꺼풀이 무거워지긴 했지만 이처럼 홀가분한 기분을 느끼기는 몇 년 만에 처음이었다. 그는 크로메크 투마의 창고에서 적포도주 한 병을 가져와 단숨에 비우고는 자유를 느꼈다. 악마바위에서 가져온 그 모든 기억과 불안으로부터 완전히 해방된 기분이었다. 이제야 비로소 진짜 문명 세계로 돌아온 것이다.

"제가 남들보다 빠르지요?" 루모가 말했다. 제 능력에 놀란 것이다.

"훨씬 빠르지." 그러면서 스마이크는 담배연기로 연방 굴렁쇠를 만들어냈다. "넌 볼퍼팅어니까."

루모는 새 옷을 잡아당겨보았다. 무릎 위까지 오는 낡아빠진 가죽 바지는 초릴라에게서, 트롤가죽으로 만든 조끼는 크로메크 투마한테서 빼앗은 것이었다. 둘 다 블루트쉰크 냄새가 났다.

"그거 진짜예요?" 그가 스마이크에게 물었다.

스마이크는 돈 보따리를 집게손으로 무게를 달 듯이 흔들어보더니 귀를 대고 짤랑짤랑 소리를 들으면서 엄청 좋아했다.

"그러엄. 진짜지."

"하나 우스운 게 있어요." 투명인간여관을 떠나 동쪽으로 접어들면서 루모가 말했다.

"뭔데?"

"카드 게임 이름이 내 이름하고 똑같았어요."

"그래." 스마이크가 히죽 웃었다. "그거 우습네."

아이데트

밤이면 루모와 스마이크는 별로 위험할 것 같지 않은 작은 숲에서 야영을 했다. 적어도 루모는 경계해야 할 필요를 느끼지 못했다. 둘은 불을 피웠다. 이 말은 루모가 스마이크가 시키는 대로 마른풀과 나뭇가지, 나무껍질을 모은 뒤 돌 두 개를 골라 딱딱 부딪침으로써 결국 불꽃이 튀겨 풀에 불이 붙었다는 의미다.

"이제 또 한 가지 배웠구나."

스마이크가 말했다. 그는 단풍나무 잎사귀를 깐 푹신한 자리에 편히 앉아서 투명인간여관에서 가져온 적포도주를 음미했다. 루모는 냄새를 맡아보더니 사양했다. 그래서 포도주는 스마이크의 독차지가 됐다.

"넌 참 손놀림이 좋구나. 불 피우기는 내 나이에는 어렵지. 큰 도시에 가면 모퉁이마다 불꽃난쟁이들이 운영하는 불 가게가 있단다. 작은 은화 한 닢을 내면 횃불을 붙여 갈 수 있지. 그렇게 하는 거야."

요정말벌 무리가 붕붕거리며 불 주위를 날아다니고, 과자딱정벌레는 스마이크의 목 주변을 윙윙 돌며 작은 집게로 위협했다. 솟아오르는 연기 사이로 도깨비불이 윗윗거리며 명멸했다. 차모니아의 여름은 곤충 군단이 떼 지어 날아다니는 시기였다. 먼지나방은 죽음을 불사하고 화염 속으로 돌진해 들어가 파지직 소리와 함께 다채로운 빛을 내며 폭발했다. 스마이크는 못마땅한지 얼굴을 찡그렸다.

"이게 자연이 짜증나는 이유야. 자연은 벌레들 천국이지. 벌레들

167

한테 맡겨놓을 수밖에 없어. 벌레들에게 자연이 있다면 다른 생명체들에겐 도시가 있지. 우린 자연에서 벗어나는 대신 곤충들은 도시에서 벗어나는 거야. 말끔한 분리지. 거미가 침실에 있으면 얼마나 갑갑하겠니? 이 숲에 있는 우리랑 똑같겠지."

루모는 스마이크가 시키는 대로 열심히 불을 후후 불었다. 그러자 금세 불꽃이 확 살아나 황홀했다.

"문명세계에서는 곤충을 보면 죽여버린다." 스마이크가 한탄하듯 이야기를 계속했다. "벌레들도 우리한테 똑같은 짓을 해. 다만 좀 더 은밀한 방식으로 하지. 이 지역에는 미라진드기가 산다는데 한번 물리면 그냥 죽는 것이 아니라 아예 죽지 않게 돼. 상상할 수 있겠니? 그놈은 크기가 기껏해야 모래알만 하지. 수년간 나무에 매달려 있다가 네가 그 아래 앉는 실수를 하는 순간 네 머리로 떨어진단다. 놈들은 뇌 속까지 뚫고 들어가 거기에 알을 낳지. 넌 까맣게 몰라. 하지만 알이 부화돼서 머릿속에서 스멀거리게 되면 넌 걸어 다니는 시체가 돼서 나방들의 양식이 되는 거야."

루모는 나뭇잎이 지붕처럼 드리워진 쪽을 올려다보고는 머리를 흔들어 털어냈다.

스마이크의 시선이 또렷해지면서 다시 불꽃을 들여다보았다. 그는 대도시의 불을 생각하고 있었다. 핀스터베르크처럼 담이 높은 집들, 장사꾼들의 활기가 넘치는 거리, 여관 등등에 켜진 불. 그는 그랄준트에 있는 술집을 하나 알고 있었다. 그런데…… 나뭇가지가 불 속에서 터지는 바람에 스마이크는 현실로 되돌아왔다.

"늪돼지 새끼라도 하나 구웠으면 참 좋겠다." 스마이크가 한숨지었다. "특이한 늪돼지 요리법을 알고 있는데 말이야 회향(茴香)풀 열매가 절대적인 역할을 하지. 회향이 쫀득쫀득한 치즈와 특히 잘 어울린다는 건 알고 있지?"

루모는 스마이크가 잠시만이라도 독백을 멈췄으면 싶었다. 그는 나름대로 냄새 맡고, 숲의 소리에 귀 기울이고 싶었다. 그런데 이 상어구더기의 중얼중얼하는 소리에 자꾸 신경이 쓰였다. 루모는 눈을 감고 모든 감각기관을 작동시켰다. 후각과 청각이 알려준 결과는 모순 되고 혼란스러운 것이었다. 루모는 한 생명체의 냄새를 맡았다. 약 이십 미터 떨어진 덤불에 숨어 있었다. 심장이 고동치는 소리가 들렸다. 조용하지만 규칙적이고 느렸다. 일단 공격해 올 것 같지 않다는 결론을 내렸다. 상대가 그런 생각을 하고 있더라도 싸움을 앞두고 가슴이 벌렁벌렁해지지 않는 경우는 별로 경계할 필요가 없었다. 그런데 다른 네 장기가 계속 부스럭, 치직 하면서 딱딱거리는 소리도 들렸다. 루모는 내장에서 그런 소리를 내는 자는 아직 만나본 적이 없었다.

"내일 우리 사냥 가자." 스마이크가 단호하게 말했다. "너도 싫다고만 생각하지 말고. 그건 자연을 거스르는 거야. 어떻게 사냥하는지 가르쳐주마. 어쩌면 늪돼지라도 잡을지 몰라. 이 일대는 질퍽질퍽해서 놈들이 살기엔 안성맞춤……."

"누가 있어요." 루모가 속삭였다. "수풀 속에. 하난지 여럿인지 소리는 헷갈려요."

"헷갈리는 소리라니? 도대체 어떤 소린데?" 스마이크도 목소리를 낮췄다.

"딱 소리가 나요. 내장 소리 같은데. 그런 소린 들어본 적이 없어요. 네 개인데."

"날개시궁쥐가 간이 여러 개라는데." 스마이크가 속삭였다. "하지만 놈들은 떼로 몰려다녀."

스마이크는 지식이 짧은 것에 스스로 화가 났다. 두 얘기 다 확실하지 않았기 때문이다.

두 불빛이 덤불 속에서 빛났다. 원처럼 둥글면서 노리끼리하고 특별히 밝지는 않았지만 그런 게 나타났다는 것 자체가 놀라운 일이어서 루모는 벌떡 일어나 공격 자세를 취했다. 반면 스마이크는 가는 나뭇가지에 손을 뻗쳤다. 그러자 불들이 움직이더니 덤불을 가르고 스마이크와 루모 쪽으로 다가왔다. 숲에서 나온 것은 작고 바짝 마른 형상으로 과도하게 큰 머리가 어깨에 붙어 있었다. 불빛은 두 눈이었다. 크고 둥글고 빛이 났다. 이 기이한 존재의 움직임은 너무도 서투르고 짜임새가 없어서 루모의 전투의지는 본능적으로 사그라지고 말았다.

"놀라지 않으셨기를 바랍니다." 야밤의 불청객은 높고 콧소리가 섞인, 오만하게 들릴 수도 있는 목소리로 말을 시작했다. "불을 보았습니다. 저도 여행 중이라 보통 때 같으면 찾는 이 없어 오히려 이목을 끄는 이곳으로 오게 됐지요. 그저 호기심에 온 것이니 내치지 않으셨으면 합니다. 저는 이 지역에서 불을 켜고 싶은 마음이 전혀 없습니다. 이 일대에 이파리늑대와 달빛그림자유령이 출몰한다는 건 과학적으로 입증된 사실이니까요. 하지만 든든한 분들이 모여 계시니 불을 켜도 되겠지요. 어떠십니까?"

'아이데트로군' 하고 스마이크가 생각했다.

"그렇습니다. 맞아요. 전 아이데트입니다. 그러니 해로울 건 없지요! 정신적인 영역에서야 위험하지만. 지적인 문제에 관해서라면 저와 대적할 생각을 마십시오. 하하하! 제 이름은 콜리브릴입니다. 오츠타판 콜리브릴 박사라고 하지요."

스마이크는 이 가냘픈 난쟁이가 대담하게 다가오는 것을 보고 내심 놀랐다. 그는 남의 생각을 읽는 게 분명했다. 게다가 포르트 우나에서 스마이크에게 외눈박이들의 혀에 관한 지식을 전해준 그 교수와 닮은 데가 있었다. 눈도 똑같이 빛이 났고, 몸도 똑같이 허약했으며, 머리도 똑같이 거대했다. 그러나 뭔가 달랐다.

"가까이 오시지요." 스마이크가 말했다. "친절한 방랑객과 화톳불을 함께하는 것은 언제나 기쁨이지요."

이 말은 아틀란티스방랑객규정에 따라 이런 상황에서 하는 전통적인 문구였다. 한가할 때면 방랑을 떠나곤 하던 나티프토프 정치가들이 고안해낸 이 구절은 후대와 예의의 표시였다. 그러나 암암리에 위협하는 뜻도 담고 있었다. 만에 하나 덤빈다면 강력하게 방어하겠다는 의지를 분명히 밝혀두는 것이었다. 이런 어구를 사용해야 한다는 규정은 없지만 다들 알고 있었고 많은 학교에서 가르치기도 했다. 그에 대한 적절한 답변은 "후대에 감사드리며, 지나친 폐를 끼치지 않도록 노력하겠습니다."였다.

"후대에 감사드리며, 지나친 폐를 끼치지 않도록 노력하겠습니다." 오츠타판 콜리브릴이 정중하게 말했다. 그러고는 이렇게 덧붙였다. "외람된 말씀이오나 제가 에빙 육포소시지를 좀 갖고 있는데 손님 된 도리로서 두 분 화톳불 주인과 나누고자 합니다. 어떻게, 괜찮으시겠는지요?"

이런 꼬이고 꼬인 언사는 일부 학자들의 주장에 따르면 일종의 병으로서 여러 두뇌에서 엄청나게 많은 단어를 생산하기 때문이며 아이데트들의 특징이라고 한다. 콜리브릴은 보따리를 쳐들더니 길고 가는 소시지를 하나 꺼냈다.

"괜찮다마다요, 괜찮다마다요."

스마이크는 기분 좋게 소리치면서 밤의 불청객에게 속히 이리 오라고 눈짓했다.

루모는 적대감은 버렸지만 경계는 풀지 않은 채 콜리브릴을 미심쩍은 눈초리로 살폈다.

바스락거리는 화톳불 옆에서 손님이 내놓은 선물을 다 먹고 나자 스마이크가 대부분을 먹었고, 아이데트는 조금밖에 안 먹었으며, 루모는 전혀 손대지 않았다 스마이크가 점잖은 대화를 시작하려 했다.

"실례가 아니라면 어디로 여행을 가시는 길인지요?" 스마이크가 물었다.

"네벨하임으로 가는 길이올시다."

스마이크는 깜짝 놀라 아이데트를 멍하니 쳐다보았다.

"그곳은 플로린트 위쪽 서부 차모니아의……."

"압니다." 스마이크가 말을 끊었다. "놀라울 따름입니다. 자의로 네벨하임에 가시는지요?"

콜리브릴이 미소 지었다.

"네벨하임에 관해 다들 하는 이야기가 있지요. 네벨하임에 가거든……."

"……네벨(안개)은 절대 가져오지 말라!"

스마이크가 맞장구쳤다. 둘이 점잖게 웃는 동안 루모는 무슨 얘기인지 모른 채 불꽃만 응시했다.

"그저 일반적인 소문만 아는 정도입니다만." 스마이크가 말을 이었다. "그 도시는 태곳적부터 안개에 싸여 있다고 하더군요. 사라진 사람들 이야기도 들리던데."

"저도 그 이상 아는 수준은 못 됩니다. 그리로 가서 몇 가지 학문적인 연구를 할 계획입니다. 몇 가지 막연한 추정과 소문들을 입증 가능한 사실로 확인할 수 있게 될지 모르지요."

"어떤 소문들 말입니까?"

"정말 관심이 있으신가요?"

"소문엔 늘 관심이 있지요."

"지하세계에 관한 전설을 아십니까?"

"지하세계요?" 스마이크가 물었다.

루모도 귀를 쫑긋했다.

"네. 이 세계 아래에 있는 세계지요. 악의 제국과 기타 등등." 콜리브릴은 마른 손가락으로 허공에 손가락질을 했다.

"진짜는 아니지요." 스마이크가 말했다. "몇 가지 소문은 들었습니다. 미신 같은 얘기, 용병들이 떠드는 잡담이지요."

"제가 한 말씀?" 콜리브릴이 물었다.

"그러셔야지요!" 스마이크가 답했다.

네벨하임

박사는 마른 나뭇조각 하나를 불 속에 던졌다.

"수백 년 전부터 차모니아에서 일어나고 있는 일입니다. 만족스러운 설명은 아직 없지만 그런 일이 있을 때면 민중들은 지하세계에 대해 쑤군대지요. 핏빛 두창은 어디서 왔나? 지하세계에서! 눈송이 도시 주민들은 어디로 갔나? 지하세계로! 누르넨들은 어디서 오나? 지하세계에서! 짹깍짹깍 장군은 구리병정들과 어디로 달아났나? 지하세계로!"

루모는 귀가 쭈뼛했다. 이 난쟁이가 짹깍짹깍 장군을 안단 말인가?

"그래서 어떻게 됐습니까? 진짜 연관관계가 있나요?" 스마이크가 물었다.

"그게 문제지요! 민중들은 항상 모든 것을 두 가지 범주로 구분하는 경향이 있습니다. 위와 아래, 밝음과 어둠, 선과 악 등등. 반면에 학문은 그 사이에 존재하는 영역을 조명하고 정의하기 위해 노력하지요. 지하세계에는 차모니아의 지표면을 쳐서 손상시킨 세력들이 모여 있다고도 하고, 어느 날 위로 올라가 이 대륙의 지배권을 장악하려는 쓰레기들이 모여 있다고도 합니다. 공동계(空洞界) 이론은 차모니아 아래 거대한 동굴들이 거미줄처럼 퍼져 있다고 주장합니다. 악마와 위험한 족속들로 가득 찬 암흑세계라는 얘기도 있습니다. 그런 주장을 내세우는 전설은 아주 많은데 그중 하나가 네벨하임에 관한 것입니다. 네벨하임이 지하세계로 들어가는 비밀통로라는 것이지요."

"후." 스마이크가 한숨을 내쉬었다.

"그렇습니다, 후." 박사가 웃었다. "근절이 어려운 허황된 이야기지요. 그러나 네벨하임 일대에서 끊임없이 사라지는 사람들이 생기는 것은 분명합니다. 그곳 주민들의 행태도 이상하지요. 더구나 절대 사라지지 않고 도시 위에 깔려 있는 안개의 움직임도 과학적으로는 전혀 설명이 불가능합니다."

"그런 게 참 궁금합니다." 스마이크가 말했다.

"사실에 집중해봅시다." 콜리브릴이 말을 이었다. "플로린트에서 위쪽으로 멀지 않은 차모니아 서부 해안에 네벨하임이라는 도시가 있습니다. 그 이름은 하늘이 극도로 안정적인 스모그층 같은 것으로 뒤덮여 있다는 데서 유래한 것입니다. 특히 단순한 사람들은 이 안개가 살아 있는 존재라고 믿고 있지요. 그 지역에 관해 터무니없는 전설들이 얼마나 많은지 아시게 되면 아마 깜짝 놀랄 겁니다. 그러나 그런 전설에 콩알만큼의 진실이라도 존재한다면, 그런 콩알이 네벨하임에 있다면, 저는 그걸 찾아서 보관하고 해부하고 측정함으로써 과학적 결론을 끌어내고자 합니다. 전 미세존재(微細存在) 전문가거든요."

"선생의 방법은 어떤 것입니까?" 스마이크가 물었다. "과학적인…… 전술 같은 게 있습니까?"

"일단은 네벨하임으로 가야지요. 장비는 이미 그리 보내놓았고, 등대도 하나 빌려두었습니다. 네벨하임 사람들은 생각보다 친절하더군요. 편지 몇 통 보낸 것으로 만사형통입니다. 이런저런 소문이 엉터리임이 입증된 셈입니다. 거기로 꼬박꼬박 휴가를 가는 사람도 꽤 있거든요. 그리 나쁘지는 않다는 얘기지요."

"용기가 대단하시네요." 스마이크가 칭찬했다.

"아, 뭘요! 누구도 어둠에 빛을 가져가려 하지 않는다면 우리는 언제까지고 동굴 속에 틀어박혀 구름이 날아다니는 산맥이라고 믿고 있을 겁니다."

"그런데 네벨하임에 가시면 뭘 하실 건가요?"

"안개를 연구해야지요, 물론. 전 안개의 아우라 박동을 촬영할 겁니다."

"아우 뭐라고요?"

"저한테 설명을 요구하지 말아주십시오. 이 밤을 망치고 싶지 않으시거든. 그저 제가 그 안개의 미세한 심장을 들여다보려고 한다는 것만 말씀드리지요. 모든 비밀은 아주 작은 데서 풀리니까요."

"아하." 스마이크가 말했다.

나흐티갈러

"솔직히 아우라촬영기가 어떻게 작동하는지 제 네 두뇌로도 거의 이해가 가지 않습니다. 두뇌가 일곱 개는 있어야 할 겁니다. 그 기계를 발명한 나흐티갈러 교수처럼."

"나흐티갈러를 아시는군요?"

"그분은 제 박사학위 논문 지도교수였습니다. 그분한테 배웠지요. 그랄준트에서 가르치고 계실 때 말입니다. 교수님을 아십니까?"

"안다면 어폐가 있고, 그저 한 번 봤지요."

"차모니아가 크다 한들 나흐티갈러가 없는 곳은 없다네!" 콜리브릴이 이렇게 말하며 웃었다. "제가 가고 싶은 데로 가보면 나흐티갈러는 벌써 다녀갔어요. 유령 같아서 어디에나 있으면서 어디에도 없지요. 어디서 만나셨습니까?"

"포르트 우나에서였지요."

"행운의 도시 말이군요! 그 노인네 참 대단하셔." 콜리브릴이 이렇게 말하며 웃었다.

"학문적인 이유에서 그리 가셨겠네요. 제가 그분을 제대로 이해했다면 말입니다. 지금 어디 계신지 아십니까?"

"정확한 건 아무도 모르지요. 나흐티갈러는 자기 일을 베일에 감추는 경향이 있습니다. 여기 있을까? 아니면 저기 갔을까요? 거대한 바위산을 진동으로 통과하고 있을까요, 아니면 H_2O 응고신발을 신고 물위를 거닐고 있을까요? 듣기로는 핀스터베르크에 엘리트 아카데미 설립을 추진 중이라던데. 다른 사람들은 그가 토네이도를 얼려버릴 수 있는 기계를 발명했다고 하더군요. 또는 정신을 잃고 블록스베르크에서 떨어졌다고도 합니다. 제가 들은 마지막 소문에 따르면 대목장을 따라다니며 신기한 걸로 관심을 끌고 있다고 합니다.

차모니아 주민들을 상대로 새 발명품을 시험하고 있다는 얘기지요. 그러나 앞서 말씀드린 대로 구체적인 것은 모릅니다. 아마도 다시 깜깜한 데 앉아서 어둠 연구에 골몰하고 있겠지요."

"선생도 어둠을 연구하십니까?" 스마이크가 물었다.

"아니오. 정확히 말하면 지금은 하지 않습니다. 젊은 시절 나흐티갈러 교수를 도우면서 그 분야에 대해 몇 가지 배우기는 했지만 결국은 떨어져 나와야 했지요. 제 온 인생을 핀스터베르크*에서 보내지 않으려면 말이지요. 자신이 모범으로 삼던 것들로부터 떨어져 나오려면 정반대 방향으로 과감하게 나아가는 것이 최선이지요. 말하자면, 저의 과학적 방법론과 나흐티갈러의 방법론의 가장 큰 차이는 시각입니다. 나흐티갈러의 시선은 지극히 거대한 것, 즉 우주에 맞춰져 있지요. 반면에 저는 지극히 작은 것, 즉 소우주에 맞춥니다."

지식은 밤이다

"전 아이데트의 두뇌가 참 부럽습니다." 스마이크가 한숨을 쉬었다. "전 학교에서 배운 건 거의 다 까먹었거든요. 기억의 그물망을 빠져나간 그 모든 것을 되살려내려면 한 이십 년은 다시 학교에 다녀야 할 겁니다."

"두뇌에 연료를 다시 채우고 싶으세요?" 콜리브릴이 물었다. 특이하면서도 어떤 저의 같은 것이 묻어 있는 목소리였다.

"그럴 수만 있다면야! 그리 쉽게만 된다면야!"

"그건 아주 쉽습니다! 선생이 아쉬워하는 그런 원시적인 기초지식 정도라면. 차모니아의 근원수학, 역사, 여러 종족에 관한 지식 같

—
*어둠의 산이라는 뜻.—옮긴이

은 것 말이지요. 그런 사항들을 말씀하시는 것 아닙니까? 그건 전해주기 쉽습니다. 아주 빨리 되지요." 콜리브릴이 손가락을 튀겼다.

스마이크는 포르트 우나에서 나흐티갈러 교수가 손을 어깨에 얹자 생각의 홍수가 노도처럼 밀려들던 기억이 떠올랐다.

"아주 비슷하지요." 콜리브릴이 스마이크의 생각을 읽는 게 당연하다는 듯한 투로 말했다. "그러나 그건 우연적인 생각의 전이로서 별 가치가 없는 것입니다."

"저한테는 도움이 됐는데요."

스마이크가 쑥스러워하며 말했다. 외눈박이의 혀에 생각이 미치지 않을 수 없었다.

"아니오." 콜리브릴이 말했다. "제 말씀은 학교에서 배운 지식 전체를 순식간에 복원하고, 거기에 몇 가지를 추가해드리는 것을 말하는 겁니다."

"무슨 농담의 말씀을."

"지식 이전 문제에 관해서는 아이데트는 농담을 모릅니다."

"그걸 좀 설명해주실 수 있겠습니까?"

"글쎄, 전 두뇌가 여러 개지요. 정확히 말하면 네 개입니다. 그래서 아이데트로서는 제4 범주에 속하지요. 네 개부터 박테리아적 지식 감염 능력을 갖게 됩니다."

"진짜요?"

"하지만 선생이 원해야 합니다. 누구나 그런 걸 원하지는 않지요. 그리고, 먼저 경고 말씀을 드려야겠네요. 걸리는 시간은 아주 짧고 고통도 전혀 없고 건강상 위험도 없습니다. 그런데 결과는 엄청납니다. 선생의 의식 지평을 확장시키게 될 겁니다. 선생의 삶을 변화시킨다는 것이지요. 그런데 긍정적인 쪽으로 작용한다는 보장은 할 수 없습니다. 지식은 위험할 수 있기 때문이지요. 지식은 밤입니다." 콜리브릴이 킥킥 웃었다.

"그런 위험은 제가 감수하지요." 스마이크가 응답했다.

"글쎄, 제가 이전시켜드릴 수 있는 지식이란 것이 제한적입니다. 제가 직접 배운 것만 제공해드릴 수 있거든요. 그것도 제 두뇌의 제한적인 능력으로 말입니다. 나흐티갈러와 비교해봅시다. 그는 뇌가 일곱 개예요. 전 네 개밖에 안 되지요."

"그거야."

이제 스마이크는 콜리브릴과 나흐티갈러의 차이가 무엇인지 알았다. 콜리브릴의 머리에는 따로 혹 같은 것이 없었다. 나흐티갈러의 경우에는 거기에 보조 두뇌가 들어 있었던 것이다.

"자, 아시다시피 전 원하는 만큼만 생각할 수 있고, 가능한 만큼만 배울 수 있습니다. 나흐티갈러의 탁월함과는 비교도 안 되지요. 그랄준트의 권투선수조합을 아십니까?"

"네, 그럼요. 몇몇 선수는 제가 훈련시켰거든요."

"그럼 여러 체급이 있다는 것도 아시겠네요. 두 손으로 하는 선수가 있고, 세 손, 네 손, 다섯 손으로 하는 선수가 있습니다. 재능이 뛰어난 복서는 세 손으로 하지요. 하지만 그래 가지고는 최고 리그에서 싸울 수 없습니다."

"너무 겸손하시네요."

"제가 제공하는 지식에 실망하지 않기를 바라서 드리는 말씀입니다. 또 한 가지 한계는 제 두뇌가 관심을 갖고 있는 지식만 물려받는다는 점입니다. 그런 건 선생으로서는 빗나간, 쓸모없는 물건이 될 수도 있습니다. 생활에 불필요한 못 쓰는 가구처럼요."

"말씀드린 대로 그런 위험은 제가 감수하겠습니다. 그런 재미를 맛보는 데 비용은 얼마나 드나요?"

아이데트는 머리를 높이 쳐들더니 분노에 불타는 시선으로 스마이크를 쏘아보았다.

"죄송합니다." 스마이크가 얼버무렸다. "제가 모든 걸 장사로 생각하는 부류라서……"

콜리브릴은 바로 분노를 가라앉혔다.

"보니까 선생은 참 못 말릴 분이군요. 또 한 가지 말씀드릴 건, 약간의 감염을 시켜드리는 동안 저는 상당한 기쁨을 누리게 된다는 점입니다. 그래 본 지도 아주 오래 됐지만. 비밀이랄 것도 없이 우리 아이데트들은 그렇게 감염시키는 과정에서 황홀경을 체험한다는 사실을 고백합니다. 절대적인 쾌락에 가깝지요. 승리감이랄까 후회 없이 누렸다는 후련함 같은 것이지요."

"시작합니까?" 스마이크가 초조하게 물었다.

"잠깐만요! 몇 가지 사소한 준비가 필요합니다. 일단 같이 계신 분한테 이제 우리 둘을 책임져야 한다는 걸 말씀드립니다. 감염 과정에서 완전히 무기력해지기 때문이지요. 우리는 일종의 환각 상태에 빠지게 되고 산 채로 잡아먹혀도 그런 줄 모르게 됩니다. 말하자면 위험이 닥칠 경우에는……"

"루모보다 훌륭한 경호원은 없을 겁니다." 스마이크가 말했다.

"싸워본 경험이 있나요?"

스마이크가 히죽 웃었다.

"그럼요. 우리 일이 끝나면 루모의 전투 경험에 대해 재미난 이야기를 해드리지요."

"그래요. 좋습니다! 전 스릴 넘치는 이야기를 아주 좋아합니다." 아이데트가 손뼉을 쳤다. "그럼 시작하지요! 어떤 등급으로 해드릴까요? 가볍게? 중간? 아니면 프로그램 원단 그대로?"

"갈 데까지 가보는 거지요."

"좋습니다. '가볍게'는 얘기할 필요 없겠군요. '중간'은 신체 접촉 정도가 필요하지요. 원단 프로그램을 원하신다면 손가락을 제 귀에 끼우셔야 합니다."

"뭐라고요?"

"손가락을 여기 이 구멍에 끼우라고요." 콜리브릴이 관자놀이 아래 작은 구멍을 가리켰다. "이게 아이데트의 귀입니다. 좀 참으셔야 합니다. 안 그러면 실패합니다."

"알겠습니다." 스마이크는 잠시 머뭇거리다 루모를 쳐다보았다. "루모야, 잘 보고 있어."

루모가 투덜대며 고개를 끄덕였다.

"여긴 위험지역이니까." 콜리브릴이 당부했다. "절대 우릴 떼어놓으려고 하면 안 돼요. 무슨 일이 일어나더라도. 떨어지면 둘 다 남은 평생을 정신착란으로 보내야 할지 모릅니다."

"네? 뭐라고요?" 스마이크가 쭈뼛쭈뼛하며 물었다.

"하실 거요, 말 거요?"

"합니다. 해요." 스마이크가 말했다. "루모야, 박사님 말씀 들었지? 잘 봐!"

루모가 고개를 끄덕였다.

스마이크는 잠수 준비라도 하는 양 깊이 심호흡을 했다. 그런 다음 손가락을 아이데트의 귀에 꽂았다. 따뜻한 마멀레이드를 담은 잔에 손가락을 담근 기분이었다.

"이제 비행을 즐기세요." 콜리브릴 박사가 이렇게 말하며 미소를 지었다. "이 안에서 나흐티갈러 교수를 만나더라도 놀라지 마십시오."

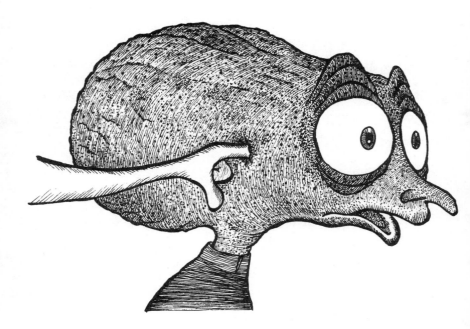

"나흐티갈러요? 왜 그런……."

흰 빛이 번쩍 스친 다음 눈앞이 깜깜해졌다. '온몸에 힘이 다 빠지는구나' 하는 생각이 들었다. 그러나 갑자기 다시 밝아졌다. 그는 공중으로 높이높이 올랐다. 아래는 어떤 도시의 거대한 설계도 같은 것이 펼쳐져 있었다.

'날 수 있어.' 그는 생각했다. '끝내주는데! 아틀란티스인가?'

"아닙니다."

오츠타판 콜리브릴 박사의 목소리가 답했다. 그 목소리는 위에서, 아래서, 도처에서, 마치 보이지 않는 신의 목소리처럼 다가왔다.

"아닙니다. 당신은 날 수 없습니다. 당신의 이성이 아이데트의 두 뇌에 머물기 위해 상황을 처리하는 방식일 뿐입니다. 저 아래도 아틀란티스가 아닙니다. 저기는 오츠타판입니다. 내가 태어난 도시지요. 정확히 말하면 도시의 한 부분, 오츠타판 북부입니다. 오츠타판 북부, 오츠타판 남부, 오츠타판 서부, 오츠타판 동부가 있지요. 각 부분은 저의 네 뇌의 각 부분을 재현한 것입니다. 이제 내려갑니다."

루모는 깜짝 놀라 움츠렸다. 스마이크가 창에 찔린 듯 비명을 질렀다. 그것도 오래도록 큰 소리로. 끝없는 협곡으로 추락하고 있는 것 같았다. 그러나 손가락은 아이데트의 귀에 계속 꽂혀 있었다. 그래서 루모로서는 어쩔 수가 없었다. 스마이크와 콜리브릴은 꼼짝 않고 그 자리에 서 있었다. 구더기의 입은 헤 벌어져 있고 그 안에서 혀가 종 속의 추처럼 왔다 갔다 했다.

정말 이상한 밤이었다. 그러나 루모는 더 이상한 밤도 많이 겪어봤다. 화톳불에 나뭇조각을 던졌다.

오츠타판 북부

스마이크는 자유낙하 중이었다. 더는 비행이 아니었다. 지금은 돌멩이처럼 저 아래 도시로 추락하고 있었다. 얼마 가지 않아 바닥에 처박힐 터였다.

"으아아아아아아아아!"

스마이크가 비명을 질렀다.

"그렇게 요란 떨지 마세요!" 콜리브릴이 위에서 소리쳤다. "떨어지는 게 아니라니까요. 이건 환상일 뿐이에요. 이 안에서 소리치면 밖에서도 소리치고 있는 거요. 그럼 불청객을 화톳불 쪽으로 불러들이는 꼴이 됩니다."

스마이크는 비명을 멈췄다.

"이게 환상이라고?" 스마이크가 중얼거렸다. "환상일 뿐이야. 실제로는 아이데트 옆에 서서 귀에 손가락을 끼워 넣고 있는 거야. 이 모두가 진짜 일어나는 일이 아니야. 환상이야."

"그렇다마다요." 콜리브릴이 말했다. "우리는 날고 있습니다. 다시 말하면 도시 중심가인 오츠타판거리를 환상 속에서 보고 있는 겁니다."

스마이크는 추락하다가 어느덧 수평으로 미끄러지듯이 날게 되었다. 오츠타판 북부의 움푹 들어간 널찍한 거리 안으로 서서히 가라앉고 있었다. 그런데 이제야 비로소 거기는 도시도 아니고 거리도 아니라는 걸 알게 됐다. 집이라고 생각했던 것들은 상상할 수 있는 모든 형태의 기하학적 입체였다. 반구, 정육면체, 피라미드, 사다리꼴, 입방체, 원추, 정팔면체, 그리고 바움쿠헨 등등. 그런데 어디에도 문이나 창문은 없었다.

"바움쿠헨?" 스마이크가 물었다.

바움쿠헨

루모는 그루터기에 앉아 미심쩍은 표정으로 이 묘한 광경을 들여다보고 있었다. 스마이크는 춤추는 화톳불의 강렬한 빛을 받으며 콜리브릴의 귀에 손가락을 꽂고 있었다. 적어도 비명 소리는 멈췄다. 루모는 귀를 기울였다. 모든 것이 고요했다. 서늘한 밤바람에 코를 대고 냄새를 맡아봤다. 나뭇잎 아래로 잠자리에 드는 작은 동물들뿐이었다. 여기저기서 느리지만 규칙적인 심장박동 소리, 조용히 숨 쉬는 소리, 거칠게 코 고는 소리가 들렸다. 내일은 속도를 내야지 하고 루모는 마음을 다잡았다. 전진 속도가 진짜 너무 느렸다. 스마이크는 목적지가 없었다. 그러니 얼마나 빨리 나아가느냐는 별 상관이 없었다. 루모는 달랐다. 목표가 있었다. 은띠였다.

"바움쿠헨?"

잠결에 말하는 듯한 스마이크의 소리가 들렸다.

"바움쿠헨 비슷한 건물들이 지식창고입니다." 콜리브릴이 설명해
주었다. "저장된 지식이 주제별로 층으로 나뉘어 보관돼 있지요. 도
서관 비슷한 겁니다. 한번 안을 들여다보실까요?"

"당연하지요."

스마이크가 말했다. 그는 벌써 오른쪽으로 선회하면서 오렌지빛
건물의 중간층으로 바로 들어갔다. 높이가 수백 미터는 돼 보였다.
둥글면서도 위로 갈수록 점점 좁아지는 층이었다. 창문도, 문도, 입
구라고는 없었다. 스마이크는 대포알 같은 속도로 쌔앵 하고 그리로
날아갔다.

"아아아아아!"

스마이크가 소리쳤다.

루모는 놀라서 벌떡 일어났다. 스마이크가 다시 비명을 지르기 시
작한 것이다. 공포에 찬 비명은 오래도록 계속되었고, 불빛 위로 불
어 온 바람에 실려 숲 속으로 퍼져 나갔다.

루모는 이 밤이 이상한 것은 물론이고 상당히 길 것으로 보고 마
음의 준비를 단단히 했다. 그는 오츠타판 콜리브릴의 사고의 세계에
서 두 사람이 무슨 짓을 하는지는 몰랐다. 그러나 곧 끝날 것 같지
는 않았다. 루모는 잠자리에 들어 은띠에 관한 꿈을 꾸고 싶었다. 그
러나 책임감을 떨쳐버릴 수는 없었다. 어떻게 처음 보는 우스꽝스러
운 자의 귀에 손가락을 넣을 수 있을까? 저 안에서 저렇게 비명을
지를 정도로 좋지 않은 일을 당했다면 스마이크는 딱 걸린 것이다.

두뇌음악

"아아아아아!"

스마이크는 벽과 맞닥뜨리자 다시 비명을 질러댔다. 그러나 부딪혀서 박살이 난 것은 아니었다. 쩝쩝 입맛 다시는 것 같은 소리가 나더니 그는 벽 속으로 사라졌다.

'이건 물에 들어가지 않고 잠수하기나 마찬가지네' 하는 생각이 들었다. 몇 초 후에 오렌지색으로 고동치는 빛이 주변을 에워쌌다. 그 빛은 귓속에서 심하게 바스락대더니 계속해서 쩝쩝 소리를 냈다. 그러고 보니 지식창고 안을 떠다니고 있었다. 빛으로 된 갱도 한가운데였다. 다채로운 오렌지 톤의 빛나는 원반들이 위아래로 넓게 퍼져 있었다. 스마이크는 순간 공중에서 꼼짝 않고 머물러 있다가 줄 끊어진 마리오네트 인형처럼 나락으로 곤두박질쳤다.

"아아아아아!"

그는 다시 비명을 질렀다.

"좀 조용하시오!"

콜리브릴이 주의를 주었다. 그도 창고 안에 들어와 있는 듯했다.

"얼마 안 남았으니 집중을 하세요. 이건 도서관 같은 거요. 내적 명상의 장소라고."

스마이크의 추락은 갑자기 끝났다. 그래서 침묵했다.

"환상일 뿐이야." 스마이크가 중얼거렸다. "환상 일 뿐이야."

그는 거칠 것 없는 공간을 떠돌았다. 그런데 주위에는 동그라미 모양의 수많은 입구가 나 있는 벽이 빙글빙글 돌고 있었다. 멋진 노래가 리드미컬하게 윙윙거리는 배경음과 함께 들려왔다.

'참 이상하네.' 스마이크는 생각했다. '이 음악은 왠지 지적으로 들려.'

"그건 두뇌음악입니다." 콜리브릴이 설명했다. "신경조직 시냅스들의 노래지요. 그런 식으로 사고가 들리는 겁니다."

"여긴 어딘가요?" 스마이크가 물었다. "어떤 지식이 저장돼 있지요?"

"그게, 좀 지루할 겁니다. 차모니아의 초기 역사, 여러 종족에 관한 지식들이지요."

"아하. 예를 들면 어떤 종족인가요?" 스마이크는 지식에 대한 갈증을 느끼기 시작했다.

"아, 뭐, 다지요. 예를 들면 상어구더기. 상어구더기에 대해 궁금하세요?" 콜리브릴이 웃으며 말했다.

"아니, 됐습니다. 그건 벌써 너무 많이 알고 있어요."

"아니면 나티프토프나 우림난쟁이, 팽겐, 예티, 무멘, 순무머리……. 원하시는 대로! 우리는 혐오스러운 족속들에 대한 정보도 갖고 있습니다. 이파리늑대, 누르넨, 외눈박이 거인족, 달빛그림자유령, 브라호크 등등."

"전 외눈박이들에 대해서 필요한 건 다 알고 있습니다." 스마이크가 말했다. "그런데 브라호크가 뭔가요?"

"아하, 그저 소문 정도만 말씀드릴 수밖에 없겠군요. 과학적으로 분명한 건 아직 없으니까."

"그럼 달빛그림자유령은요? 아까 화톳불 옆에서 말씀하신 그건가요? 그 족속에 대해서는 전혀 들은 바가 없는데."

"희귀 종족이지요. 기분 나쁜 동시대인이고." 콜리브릴의 목소리가 오한을 느끼는 듯 떨렸다. "달빛그림자유령에 대해 알고 싶으세요?"

루모는 초조해지기 시작했다. 두 사람은 아직도 거의 꼼짝 않고 귀 후비기의 위험성을 경고하는 기이한 표지판처럼 서 있었다. 둘은 가끔 서로 말을 하다가 뭐라고 뭐라고 혼자 중얼거렸다. 몽유병환자 둘이 이야기를 나누는 것 같았다.

"그운 나쁜 동시두인이고. 달비그린즐에 대해 아구 시푸시오?" 콜리브릴이 막 중얼거렸다.

루모는 무슨 뜻인지 전혀 몰랐다. 알고 싶지도 않았다. 내일 행진 목표를 달성할 수 있도록 잠이나 자두고 싶었다. 그는 마른 나뭇가지를 약해져가는 불 속에 던지고는 자세히 들여다보았다. 불꽃은 밤하늘로 올라가 별로 변신하고 있었다.

지식창고

스마이크는 수평으로 제자리에서 맴돌다가 빙글빙글 도는 입구 중 하나로 돌진해 미끄러져 들어갔다. 입구 안은 서늘한 동굴이었는데 투명한 벽들은 호박(琥珀) 빛을 내고 있었다.

"여기가 지식창고입니다. 이런 것은 아이데트의 두뇌 속에만 존재하지요. 우리는 이보다 더 많은 지식을 조금이라도 잊지 않고 평생 저장해둘 수 있습니다. 완벽하게 보관된 정보들이지요."

"달빛그림자유령에 관한 박사학위 논문도 있나요?"

"박사학위 논문이요?" 콜리브릴이 웃었다. "없습니다. 그런 것 때문에 건물을 따로 두지는 않지요. 그건 제가 대학생 때 했던 것처럼 그 자리에서 간단하게 구두로 설명하면 되는 수준입니다. 어떤 개념을 던지면 그 주제에 대해 머리에 떠오르는 것을 암송하는 식이지요. 그저 사전에서 얼핏 본 정도의 지식입니다. 그런 정도예요."

징 소리가 울렸다. 콜리브릴의 목소리는 계속 이어졌는데 훨씬 젊게 느껴졌다.

"달빛그림자유령에 대해 설명하기란 쉬운 일이 아닙니다. 우선 색깔이 없습니다. 그 유령을 본 사람들은 시커먼 침팬지 비슷한 윤곽에 발은 짧고 팔은 길다고 보고하고 있습니다. 얼굴도 없다고 합니다. 차모니아의 어떤 지역에서는 이 피조물을 싸늘한 살인자라고도 부르지요. 일부 학자들은 달빛그림자유령을 뱀파이어 종류로 분류합니다. 흡혈행동과 유사한 습관이 있기 때문이지요. 그들은 잠든 사람을 찾아가 아직껏 전혀 알려지지 않은 방식으로 귀에서 생명의 에너지를 빨아 마십니다. 그러면 한참 후에 먹잇감은 완전히 차가워져서 죽게 되지요. 그래서 그런 별명이 생긴 겁니다. 중세 차모니아에는 달빛그림자유령이 지금보다 훨씬 많이 퍼져 있었고 종종 국난(國難)으로까지 여겨지기도 했답니다. 그 족속들 때문에 안에서 잠그는 창 덧문과 이른바 뱀파이어 창살이라는 걸 발명하게 되었지요. 달빛그림자유령들은 문이나 창문은 열지 못해요. 주로 야외에서 활동하거나 열린 창문이나 문틈으로 쳐들어오지요. 그래서 덧문과 창살이 수백 년간 아주 인기가 높았습니다. 지금은 숲이 우거진 동네나 방랑객들이 야영을 할 수밖에 없는 외딴 지역에서만 그런 걸 사용하지요. 그들은 차모니아에 사는 종족 가운데 가장 연구가 안 된 부류에 속합니다. 일부 과학자들은 심지어 그들을 종족으로 분류할 수 있느냐에 대해서조차 회의적이지요."

징 소리가 울렸다. 스마이크는 이리저리 선회하다가 윙윙거리며 구멍을 통과한 다음 다시 홀 안을 둥둥 떠다녔다.

"저런!" 그가 소리쳤다. "저기 저 괴물들이 숲 저쪽에서 살금살금 돌아다니네."

"함께 온 젊은 친구가 보초를 잘 설 것이라고 하셨지요."

콜리브릴의 목소리가 이제는 위에서 들렸다. 더 나이가 들고 성숙한 느낌이었다.

"달빛그림자유령은 하이에나보다 음흉합니다. 잠든 사람만 손을 대지요."

"상관없어요." 스마이크가 말했다. "루모는 잘 안 자니까."

루모는 바닥에 앉아 나무기둥에 몸을 기대고 기이한 두 사람을 들여다보았다. 꺼져가는 화톳불이 약한 빛으로 둘을 비추고 있었다. 그 빛은 어둠에 물들어 있었다. 어둠은 숲에서 흘러나와 개별 사물의 윤곽조차 짙은 회색으로 잠식해 들어가고 있었다. 불꽃에 양분을 주는 일도 이제 재미가 없어졌다. 그런 건 이제 황홀경에서 깨어나면—빨리 그랬으면 좋겠다— 둘이 하든지 할 일이다.

루모는 조심스럽게 귀를 기울이며 냄새를 맡았다. 아무것도 없었다. 위험으로 느껴질 만한 소리나 냄새는 없었다. 위험은 없었다. 그는 기지개를 켜고 하품을 하면서 나무기둥 아래로 미끄러져 내려갔다. 아직도 땅바닥이 흔들리는 것 같았다. 저 멀리 악마바위에서 보내는 인사일까? 하지만 마음은 편했다. 루모는 눈을 감았다. 물론 잠시 동안이었다. 잠이 든 것이 아니라 단지 몇 초 동안 눈을 감은 것이다. 이 평화로움 속에서! 그 순간 저 은띠가 보였다. 너무 아름다워서 바로 눈을 뜰 수가 없었다.

건축 현장

폴초탄 스마이크는 오츠타판 북부의 텅 빈 거리를 항해하듯이 누볐다. 좌우의 기하학적 구조물들은 비현실적인 색채로 빛나고 있었다. 본인이 이상적으로 생각하는 대도시의 모습과 흡사해 정말 좋았다.

빠진 게 있다면 고급 레스토랑 몇 개 정도였다.

스마이크는 천천히 전진하는 데 맛을 들였다. 재미를 느낄수록 비행운동에 대한 통제력이 생겼다. 제어는 의지의 문제라는 걸 그는 차츰 깨닫게 됐다.

한 거대한 구조물이 멀리서 눈에 들어왔다. 기이한 윤곽이 다른 건물과는 확연히 구분됐다. 주위의 건물들보다 훨씬 높이 솟아 있었으며 작업 도중 정신을 잃은 건축가가 짓다 만 궁전처럼 보였다. 첨탑들은 비틀려 있고, 증축 부분은 기형적인 몰골에, 작은 돔 위에 또 작은 돔들을 쌓아 올렸는가 하면 곳곳이 곱사등처럼 불룩 솟았다. 이건 건축물이 아니었다. 오히려 괴물딱지 같은 건축 현장이었다.

"저런! 대체 저게 뭐야?" 스마이크가 깜짝 놀랐다.

콜리브릴이 당황한 나머지 위에서 잔기침을 했다.

"저것도 창고인가요? 왜 저렇게 이상하게 생겼지요?"

"저건 창고가 아닙니다."

"그럼 뭐지요?"

"아무것도 아닙니다."

"뭐요, 아무것도 아니라고요?"

"아무 의미가 없는 것입니다."

"그럼 왜 이 도시 건물들 중에서 가장 눈에 띄지요?"

"그건 말하고 싶지 않습니다."

"말해봐요, 박사. 저게 뭐죠?"

"저건, 에, 박사학위 논문입니다."

"박사학위 논문이라고요?" 스마이크가 웃었다. "이제야 좀 마음이 놓이는군요. 난 무시무시한 질병이라고 생각했거든요."

"저건 박사학위 논문이라고 할 수 있겠습니다."

"좀 가까이 가봅시다."

스마이크가 소리치며 서둘러 기이하게 볼록 솟은 부분으로 달려 갔다.

"아직 논할 게 못 됩니다!" 콜리브릴이 외쳤다. "저건 미완성입니다! 아직 끝내지 못한 내 여러 박사학위 논문 가운데 하나지요. 기초 시공을 한 정도예요."

"상관없어요!"

스마이크는 계속 아래로 내려갔다.

"제발 그러지 마세요! 지식의 원반들을 보는 게 나아요."

스마이크는 아랑곳하지 않고 그 건물을 향해 날아갔다. 내가 싫으면 콜리브릴도 내 움직임을 어쩌지 못하는구나 싶어 흐뭇했다.

"전 괴롭습니다." 박사가 소리쳤다. 호소하는 목소리였다.

"어엇!"

스마이크가 웃었다. 차츰 환상의 비행기술을 터득하게 된 것이다. 그럴수록 대범해졌다. "히야!" 하고 소리치면서 두 번 공중제비를 넘어 수직으로 추락하다가 그 기이한 건물의 검은 외피 속으로 스며들어갔다.

"제발 좀 그러지 마세요."

콜리브릴이 다시 앓는 소리를 했다. 그러나 스마이크는 벌써 박사학위 논문 속으로 사라졌다.

"우어어!"

스마이크가 외쳤다. 그러자 이 자신감 넘치는 소리는 검은 수풀 사이로 울려 퍼졌다.

"부엉!"

멀리서 수리부엉이가 화답했다.

스마이크와 콜리브릴은 여전히 얼어붙은 듯이 서 있었다. 불은 불씨 있는 데까지 사그라져 희미한 노란 빛만이 흘러나오고 있었다.

"제바 줌 그루지 마세우!" 콜리브릴이 중얼거렸다.

루모는 나무에 등을 대고 앉은 상태였다. 턱은 가슴까지 축 처졌고, 입가에는 침이 흘러나왔다. 그러면서 코를 골았다. 자면서 꿈을 꾸었다. 사랑에 관한 꿈을.

박사학위 논문

스마이크는 살며시 숨어들었다. 병에 가득 찬 잉크 같은 암흑 속으로 들어선 것이다. 거의 한마디도 알아들을 수 없었지만 누군가 수학 공식과 명제들을 술술 외우는 듯한 소리가 들렸다. 그러다 갑자기 다시 보이기 시작했다. 목소리들이 느닷없이 멈추는 순간 다시 작은 돔 안에 들어온 것이다. 널찍한 돔 한가운데를 떠다니는 사이 어지러운 빛에 휩싸였다. 사방을 둘러보았다. 허공에 발을 디딜 수는 없었다. 아래쪽 공간은 점점 짙어지는 잿빛 속으로 묻혀들고 있었다. 거기에 반쯤 짓다 만 벽들이 안개처럼 솟아 있었다. 나선형 층층대가 창 없는 첨탑들처럼 무(無) 속으로 뻗어 있는 듯했다. 궁전을 새로 짓다가 건축주가 파산한 모양이었다.

"정말 괴롭습니다." 콜리브릴이 당황한 목소리로 말했다. "덜 끝낸 것들을 남이 보면 참을 수가 없어요. 온통 덜 익은 것뿐이거든요."

"천만의 말씀!" 스마이크가 소리쳤다. "이거야말로 내가 지금까지 본 중에서 가장 흥미로운 폐허로군요."

"그건 개인 건물입니다." 콜리브릴이 한숨지으며 말했다. "제 영원한 건축 현장이지요. 설익은 이론과 아이디어의 폐허들 말입니다. 살아생전에 이 논문을 완성할 수나 있을지 걱정입니다."

잿빛 뱀 떼가 사각사각하면서 돔을 통과하더니 바스락거리며 스마이크 옆으로 날아갔다. 이 벌레들은 손으로 덥석 잡을 수는 없을 것 같았다. 아주 미세한 낱낱의 검은 입자들로 구성된 듯했기 때문이다. 그는 벌레들이 저 앞으로 가는 모습을 바라보았다.

"각주들입니다." 콜리브릴이 설명해주었다. "지루하긴 하지만 박사 학위 논문에서 없어서는 안 될 존재들이지요. 그런 게 엄청 많이 필요하답니다."

박사는 휴우 하고 한숨을 내쉬었다. 그러자 그 뱀 무리가 사냥을 멈추었다. 뱀 한 마리가 스마이크 바로 옆을 스치며 날아갔다. 그 순간 그 검은 입자들은 글자와 숫자라는 걸 알 수 있었다.

스마이크가 읽은 부분은 이랬다

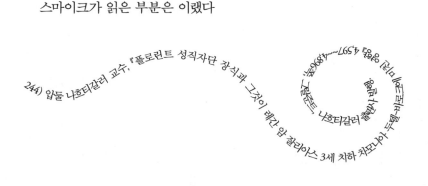

각주들이 기분이 상했다는 듯 제 동료들 쪽으로 휙 스쳐가자 스마이크는 웃음이 나왔다. 녀석들은 바스락거리며 종종걸음으로 몰려갔다. 이어 떼거리 전체가 킬킬거리며 암흑 속으로 사라졌다.

마차에 가득 실은 돌을 쏟아붓는 것처럼 덜컹덜컹 요란한 소리가 나더니 검은 첨탑이 저 어둠 속에서 자라났다. 아스파라거스가 싹이 트며 무럭무럭 자라는 듯했다.

"보이시죠?" 박사가 소리쳤다. "지금도 작업을 멈출 수가 없답니다. 저건 핵심 테제를 뒷받침하는 두 개의 새로운 아이디어랍니다."

"박사학위 논문 주제가 뭔데요?" 스마이크가 물었다.

"'비존재의 미세존재가 차모니아 마이크로역학에 미치는 영향'입니다." 콜리브릴이 힘주어 말했다.

"아하. 그거 흥미롭겠는데요."

"아닙니다." 콜리브릴이 한숨지었다. "그렇지 않지요. 아주 기이하고 너무너무 전문적으로 들리실 겁니다. 어쨌든 감사합니다."

"또 겸손하시네."

"정말입니다. 사실 이 테마에는 우리의 가장 큰 문제들을 풀어줄 해결책이 들어 있을지 모릅니다."

"어떤 문제를 말씀하시는 건가요?"

"음, 예를 들어 사멸, 죽음 말이지요."

"오호!" 스마이크가 웃었다. "선생은 가장한 연금술사는 아니시겠지요?"

"전 과학자지 돌팔이 의사가 아닙니다." 콜리브릴의 목소리는 사무적이면서도 단호했다. "여기서는 밥맛 떨어지는 체액을 섞어 휘젓거나 죽은 황소개구리에 전기를 흘리는 따위의 일은 하지 않습니다. 여기선 측정을 하지요. 정밀실험, 극미세 측정 말입니다."

"측정? 뭘요?"

"네, 뭘 측정하느냔 말씀이지요? 사실 전 이미 존재하지 않는 것을 측정합니다. 비존재의 미세존재들을 측정하는 거지요."

다시 나타난 나흐티갈러

저 멀어져가는 회랑에서 시끄러운 소리가 흘러나왔다. 순간 스마이크는 눈을 의심하지 않을 수 없었다. 진짜 압둘 나흐티갈러 교수가 어둠 속에서 이쪽으로 다가오는 게 보였다. 나흐티갈러 박사는 알아들을 수 없는 소리로 혼자 중얼거렸다. 보통 때보다 네 배는 크고 속이 훤히 들여다보였다. 무심히 스마이크를 지나치더니 돔의 안개 속으로 사라졌다. 스마이크는 믿기지 않는다는 듯이 눈을 비볐다.

"진짜 나흐티갈러였나요?" 스마이크가 긴가민가해서 물었다.

"네, 아니오. 네. 그러니까 말하자면…… 그건 나흐티갈러의 박사학위 논문들 가운데 하나의 화신이지요. 「다중 배열 형식에 있어서 양극 렌즈의 사용」이라는 논문입니다. 제 이론의 상부구조에는 그게 꼭 필요하거든요."

"저것도 박사학위 논문이라고요? 그런데 왜 생명체처럼 보이지요?"

"박사학위 논문은 형태가 여러 가지입니다." 콜리브릴이 대답했다. "수준에 따라 다르지요. 나흐티갈러의 모든 박사학위 논문은 특징이 있습니다. 개성이 강하고 문체가 특이하기 때문이지요. 다른 것들과는 완전히 달라요."

"그런데 나흐티갈러는 왜 저리 골난 표정인가요?"

"그 박사학위 논문이 좀 화가 난 건 제 논문의 기본이론과 아직 잘 사귀지 못해서 그렇습니다. 서로 접속될 수 있는 접점을 찾는 중이지요. 나흐티갈러 교수를 만날 가능성이 있다고 말씀드렸지요?"

"네, 이제 이해가 가네요."

"아시다시피 박사학위 논문은 대부분 다른 박사학위 논문들로 구성돼 있습니다." 콜리브릴이 설명을 계속했다. "새 박사학위 논문은 항상 서로, 에, 짝짓기를 하는 기존 박사학위 논문들의 난장판 같은 것이지요. 그렇게 해서 뭔가 새로운 것이, 전혀 존재하지 않던 것이 생겨나는 겁니다." 박사의 목소리가 흥분됐다.

"학문의 과정을 이토록 생생하게 설명해주시니 참으로 이해가 잘 됩니다. 그런데 이제 한 가지 더 설명해주셔야겠네요. 그 비존재의 비세존재란 건 누군가요? 아니 무엇인가요?"

"미세존재. 비세존재가 아니고요. 솔직히 말해서 그건 선생한테는 아무 쓸모없는 짐과 같은 일종의 특수한 지식입니다. 그보다는 좀 더 실용적인 수학이 어떻겠습니까? 생물학 강의는? 좀 더 효용가치가 있는 게 낫지 않겠어요?"

"벌써 시작하셨으니 끝까지 가보시지요. 전 철저한 설명을 듣고 싶습니다."

콜리브릴이 다시 한숨을 쉬었다. 그러나 그 한숨은 엄청난 박수갈채를 받고서야 마지못해 앙코르에 응하는 디바의 탄식 같았다.

"좋습니다." 그가 앓는 소리를 했다. "굳이 원하신다니."

스마이크 주변의 공간이 돌아가기 시작했다. 계단과 첨탑과 벽들이 일그러지더니 돔 전체가 움직였다. 스마이크는 현기증이 나서 잠시 눈을 감았다. 다시 눈을 뜨자 모든 게 끝나 있었다. 그는 대강당 같은 데에 앉아 있었다. 서늘한 돌 위에 앉은 느낌이었다. 바로 앞에는 교탁을 놓아둔 연단이 있었다. 콜리브릴 박사가 교탁에 기대어 미소 지으며 그를 바라보고 있었다.

"콜리브릴 박사?" 스마이크가 물었다. "박사님 맞아요?"

"물론 아닙니다." 그 형상이 대답했다. "전 환영입니다. 여기 다른 것들과 마찬가지지요. 실제로 나는 야영지에 서 있습니다. 귀에는 당신 손가락이 꽂혀 있지요. 이건 구체적으로 보여주기 위한 장치일 뿐입니다. 계속 공간을 떠다니면서 내 목소리만 듣는 것보다는 한결 편하실 테니까요."

스마이크는 그쪽을 유심히 바라보았다. 박사는 유령처럼 약간 투명해 보였다.

"이 안에 있는 저도 환영인가요?" 스마이크가 물었다.

"아닙니다. 선생은 진짜입니다. 신체 접촉을 통해 저의 뇌 속에 삼차원의 텔레파시 투사가 생겨난 겁니다. 아주 작지만 진짜 실체가 있는 겁니다. 어쨌거나 저는 제 뇌 속에서 질료 상태로 나타날 수 없습니다. 유감스럽게도. 하지만 당신은 가능하지요."

"아하." 스마이크는 무슨 말인지도 모르면서 고개를 끄덕였다.

"자, 시작합니다." 콜리브릴이 큰 소리로 말했다. "강의를 시작합시다."

오츠타스코프 또는 콜리브릴경

"이미 말씀드렸다시피, 대충 얘기하자면 제가 현미경학에 빠졌다고나 할까요."

콜리브릴은 교탁 뚜껑을 열더니 진기한 물건을 꺼냈다. 그것은 일종의 안경으로 뒤에서 차곡차곡 끼워 넣을수록 작아지는 수많은 렌즈로 구성돼 있었다. 콜리브릴은 이 물건을 코에 걸더니 스마이크를 응시했다. 그렇게 하니까 다른 행성에서 온 기계형 곤충처럼 보였다.

"저는 초소형 렌즈를 사용함으로써 현미안경을 개발하는 데 성공했습니다. 현미안경은 마침내 안경광학 분야의 제 걸작인 오츠타스코프로 완성되었지요. 콜리브릴경(鏡)이라고도 합니다. 아무렇게나 부르십시오. 어떻습니까?"

"끝내주네요!" 스마이크는 거짓말을 했다.

"어둠 연구와 천문학은 점점 더 큰 망원경을 만들기 위해 점점 더 큰 렌즈를 개발하는 데 몰두한 반면 저는 점점 더 작은 현미경을 위해 점점 더 작은 렌즈를 만들자는 데 착안했습니다. 아시다시피 자연에는 어떤 한계가 있습니다. 그 수준이 되면 렌즈를 만드는 도구가 너무 작아져서 손으로 만질 수조차 없지요. 그래서 난쟁이들을 고용해 제 지시에 따라 렌즈를 연마하도록 가르쳤습니다. 그 덕분에 제 렌즈는 크기가 3분의 2나 줄었습니다. 그러나 그 정도로는 충분히 작은 수준이 전혀 아니었지요. 결국 자연에서 치료제를 찾다가 마침내 성공했습니다. 플로린트의 다이아몬드 해변 백사장에는 모래알들이 있는데 그 모래알 한가운데가 극히 미세하고 완벽하게 연마된 마이크로렌즈입니다. 정확히 모래알 한가운데에 작은 유리 심장처럼 들어 있습니다. 문제는 주변의 딱딱한 외피를 벗겨내는 것인데 압축공기모래분사기로 해결했지요. 이 기계의 원리는, 이런, 얘기가 너무 샜군요."

"이 안경으로 뭘 한단 말씀이지요?"

"오츠타스코프로 사물의 구조를 들여다볼 수 있습니다. 그 어떤 고체라도 말입니다. 돌도 들여다볼 수 있지요. 그러나 저는 공기 중에서 평소 우리에게는 드러나 보이지 않는 사물들을 볼 수 있습니다. 색채가 색채들로 구성돼 있다는 걸 아십니까? 분명 훨씬 미묘하고, 더할 나위 없이 부드러우면서, 형언할 수 없이 아름다운 미세한 빛들로 구성돼 있습니다. 그에 비하면 우리 거대세계의 색채는 몰취미하고, 평범하고, 지저분하고, 뭐랄까…… 그렇지, 무채색이라고나 할까요?"

"아니, 그런 건 몰랐습니다." 스마이크가 답했다.

"느낌을 볼 수 있다는 건 아세요? 분노, 불안, 사랑, 증오 같은 것 말입니다. 냄새를 볼 수 있다는 건? 장미꽃 향기가 얼마나 아름다운지 아십니까? 수챗구멍에서 나는 악취가 얼마나 추악한 몰골인지 아십니까? 음향이 어떤 형상을 띨 수 있는지 상상이 가십니까? 좋은 음악이 얼마나 황홀한 모습인지, 그리고 나쁜 음악이 얼마나 추악한 양상인지를 아신다면 정말! 아아, 소우주에는 어두운 측면이 없다고 생각지는 마십시오! 아니, 아닙니다. 소우주도 모든 것이 작지만 다양한 측면을 지니고 있습니다."

콜리브릴이 안경을 벗었다.

"솔직히 말씀드리자면 저는 이 발명품에 푹 빠졌습니다. 가는 곳마다 오츠타스코프로 관찰을 했지요. 밤낮 없이 돌이고 종이고 모래고 보는 것마다 이리저리 돌려보았습니다. 그러다 정말 화창한 어느 날 내 평생의 발견을 이룩했지요."

콜리브릴의 말이 대강당에 울려 퍼졌다. 그는 왜 자기가 여기 있는지조차 잊은 듯 꼼짝 않고 서서 황홀경에 빠져 열심히 기억을 더듬고 있는 것처럼 보였다.

"뜸 좀 그만 들이세요, 교수님!"

"그래서." 말을 이으며 콜리브릴은 입맛을 다셨다. "아주 아주 오래된 참나무 아래였어요. 미세핀셋으로 잎이며 토양을 조직적으로 뒤집어서 오츠타스코프로 조사하기 시작했지요. 결코 잊을 수 없을 겁니다. 그 순간을 말이에요. 핀셋으로 아주 오래된 참나무 잎을 집어 드는 순간 나타났어요……."

콜리브릴이 이야기를 멈췄다.

"뭐가요?" 스마이크가 조바심에 소리쳤다. "그 밑에 뭐가 있었단 말입니까?"

"그 잎사귀 아래에는 도시가 있었습니다."

"도시라고요? 개미탑을 말씀하시는 건가요?"

"아니오, 말 그대로 도시를 말하는 겁니다. 대도시였지요, 정확히 말하면. 고도의 지능을 가진 존재들이 세웠음이 분명한 메트로폴리스입니다. 수천 채의 건물과 얽히고설킨 도로, 가로, 보도 등등. 많은 첨탑과 궁전과 임대주택과 고층 빌딩, 상점, 공장도 있었습니다. 다 합해서 크기는 호두만 했고 키 큰 풀들에 가려 있었습니다."

"그럴 수가……."

"사실입니다. 저도 진짜 놀랐습니다. 눈을 비벼보고, 심장박동을 다시 느껴보고, 볼을 꼬집어보고, 렌즈를 잘 닦아 다시 한 번 자세히 들여다봤습니다. 그리고 또 다시 들여다봤습니다. 그러나 의심의 여지가 없었습니다. 제가 미세한, 정말이지 현미경 수준에서 존재하는 작은 문명을 발견한 겁니다. 크기는 작지만 어떻게 평가할 수 없을 만큼 엄청난 의미를 지닌 고고학적 발견이지요. 그건 차모니아 고고학사에서 가장 작지만 동시에 가장 거대한 유적지였습니다!"

박사는 잠시 눈을 감았다가 손가락으로 눈꺼풀을 문지르고는 이야기를 계속했다.

"우선 현미경으로 그 도시에 대해 전반적인 조사를 했습니다. 말씀드린 대로 그건 건축물이었어요. 주택, 비종교적 건축물, 공장 등등. 보통 대도시라면 으레 있는 것들이지요. 그러나 제가 아는 건축 양식은 없었습니다. 건물에는 벽, 지붕, 창문, 대문이 있었습니다. 그러나 모든 것이 어쩐지—과학적으로 엄밀한 표현이 아니라서 죄송합니다— 기이했습니다. 기괴하다고 할 정도는 아니었고요. 다만 이런 집을 건설한 사람들은 우리의 관습과는 아무 관계가 없다는 인상이 들었습니다. 둥근 층계 계단 같은 것이 그 예입니다. 극도로 얇고 높은 틈새를 문과 창문으로 사용하는 것도 그렇지요. 그걸 문이나 창문이라고 할 수 있다면 말입니다. 세부의 면모는 더욱 당혹스러웠습니다. 그런데 생명의 흔적은 없었습니다. 죽음의 흔적도 없었지요. 묘지는 없었거든요. 해골도 전혀 없고 예전에 생명체가 있었던 흔적도 없었습니다. 난 이 도시를 건설한 자들을 그 작은 크기와 그보다도 훨씬 더 작은 존재의 흔적을 이유로 비존재의 미세존재라고 이름 붙였습니다."

"이제 좀 이해가 가네요." 스마이크가 말했다.

비존재의 미세존재

"일단 발굴물을 안전한 곳에 보관했지요. 도시 주변의 흙을 조심스럽게 걷어내고 도시만 조심조심 실험실로 가져가 여러 달 현미경 검사를 했답니다. 도시의 모든 측면을 낱낱이 탐구할 수 있도록 실험대에 오츠타스코프 세 개를 연이어 설치했습니다. 도시의 일부를 건드려볼 수 있을 만큼 아주 작은 도구는 없었지요. 그래서 관찰을 하는 수밖에 없었지만 그래도 생각해낼 수 있는 모든 각도에서 들여다봤습니다."

콜리브릴이 한숨을 내쉬었다.

"어느 날 공공 건물로 보이는 호화 건축물을 발견했습니다. 박물관이든지 아니면 대학교쯤 되는 것 같았습니다. 그런데 위층 지붕 접합 부위가 운 좋게도 금이 가는 바람에 무너져 내렸습니다. 그 순간 내가 얼마나 흥분했을지 상상이 가실 겁니다. 오츠타스코프로 바로 안을 들여다보았지요! 그런데 그건 진짜로 박물관 홀과 같았습니다. 유물로 가득 찬 공간! 사라진 문명의 예술이었습니다! 그렇게 보였지요. 놀라움은 더더욱 컸지만 실망도 마찬가지였습니다. 비존재의 미세존재들은 우리가 생각하는 것과 같은 의미로 예술을 이해하지 않았음을 알게 됐거든요. 그림이나 조각, 책 같은 걸 찾아보았지만 허사였습니다. 처음에 예술작품이라고 생각했던 것은 결국 기계였습니다. 제 이론은 비존재의 미세존재들이 이미 수천 년 전에 예술이라는 개념을 극복했다, 내지는 그들의 예술은 훨씬 중요하게 생각했음이 분명한 어떤 것, 말하자면 과학으로 흡수됐다는 것입니다."

콜리브릴이 잠시 호흡을 가다듬었다.

"전 비존재의 미세존재들이 우리가 다가가고 싶어 하는 어떤 문명적 단계에 도달했다는 확신을 갖고 있습니다. 예술과 과학은 우리의 경우 철저히 분리돼 있지만 그들의 경우에는 서로 융합되어 엄청난 도약을 이루었습니다. 예술적 천재의 창조성을 집중시켜 발전을 이루는 과학 분야들을 한번 상상해보세요! 아니면 고도로 복잡한 과학적 계산에 토대한 예술을 상상해보세요! 생물학, 문학, 수학, 회화, 음악, 천문학, 조각, 물리학 등등. 이 모든 분야가 단 하나로 통합됐다고……. 네, 그런 상위 분야를 어떻게 불러야 할지 아직 어울리는 이름을 찾지는 못했지만 말입니다."

"과술?" 스마이크가 제안했다. "아니면 예학?"

콜리브릴은 그냥 넘어갔다.

"박물관 전시물이 예술품과 구분되는 가장 중요한 특징은 한결같이 실질적인 기능을 갖고 있는 것으로 보인다는 점입니다. 전시품들은 모두 그걸로 뭘 할 수 있는 것처럼 보였습니다. 단지 모른다는 겁니다. 그게 뭔지."

콜리브릴은 점차 흥분에 빠져들었다. 그는 손으로 마구 제스처를 써가며 빛나는 왕방울 눈을 떼굴떼굴 굴렸다.

"제가 얼마나 낙담했는지 아시겠지요. 실종된 미세문명의 기술이 손에 잡힐 듯 코앞에 있는데 손가락이 너무 커서 만져볼 수 없다니

말입니다."

그는 비쩍 마른 자기 손가락을 경멸의 눈초리로 쳐다보았다.

"제가 할 수 있는 일이라곤 이 미세기계들을 이론적으로 탐구하는 것밖에 없었습니다. 기계들을 시각적으로 측정하고 그에 근거해 계산하기 시작했어요. 그런 자료와 네 두뇌의 추리 작업을 통해 차츰 기계들의 기능을 밝혀낼 수 있게 됐습니다. 나흐티갈러 교수의 일곱 두뇌만 있었더라도……!"

그는 낙담한 표정으로 자기 머리통을 만졌다.

"저의 가설수학적 계산을 통해서. 이 장치들 중 하나는 짚신벌레용 착유기라는 사실을 알아냈습니다. 다른 하나는 독감바이러스를 황홀경에 빠지게 할 수 있는 것이었지요. 또 하나는 박테리아를 미세한 분말로 만들 수 있는 박테리아 분쇄기였습니다. 그러나 그런 건 잔챙이였지요. 진짜 흥미로운 기계들은 지금의 우리로서는 꿈으로 간직할 수밖에 없는 것들이었습니다."

"예를 들면요?"

"믿지 못하실 겁니다. 우리 과학이 오늘날까지 완성하지 못한, 도저히 도달할 수 없는 작업들을 생각해보십시오. 그 기계들은 그런 걸 할 수 있습니다."

"그것들을 한번 볼 수만 있다면 정말 좋겠군요." 스마이크가 한숨을 내쉬었다.

"진심입니까? 보여드릴 수 있지요."

"그림으로요?"

"아니오. 진짜로요."

부드러운 너울거림이 콜리브릴의 형상을 스치고 지나갔다. 윤곽이 일그러지면서 전보다 훨씬 뿌예지더니 나중에는 완전히 투명해졌다.

그의 형상에는 이제 환영 같은 것만이 남았다. 마침내 그가 공중을 떠다니기 시작했다.

"갑시다." 그는 명령하듯이 재촉했다. 목소리도 유령처럼 떨렸다. "여기서 언제까지나 어슬렁거리고 있을 수는 없습니다. 숲에 남아 있는 불쌍한 친구를 생각해보세요."

강당이 거대한 부채처럼 접혔다. 스마이크가 앉아 있던 자리며 바닥은 공중으로 해체됐고, 그는 다시 콜리브릴의 박사학위 논문인 이 괴물딱지 같은 건물의 텅 빈 공간에서 떠다니게 됐다.

"계속 따라와요!"

콜리브릴의 유령은 이렇게 외치며 단숨에 검은 회랑 속으로 휘어져 들어갔다.

탐구의 정령

스마이크는 급히 따라갔다. 두 사람은 끝없이 길게 이어진 통로를 쏜살같이 질주했다. 박사는 갑자기 왼쪽으로 오른쪽으로 위로 아래로 끊임없이 방향을 틀었다. 마침내 그들 앞으로 작고 다채로운 빛의 점들이 날아들었다. 처음에는 하나씩 드문드문 조용히 윙윙 붕붕거리다가 번쩍 불꽃을 내더니 점점 많아졌다. 스마이크는 폭풍처럼 휘몰아치며 영롱하게 빛나는 눈송이들 속으로 들어선 기분이었다.

"저건 아이데트의 탐구의 정령들입니다." 콜리브릴이 설명해주었다. "불안해하실 필요는 없습니다. 초자연적인 것과는 무관하고 그냥 그렇게 부르는 것뿐이니까요. 쟤네들은 내 두뇌의 인식충동의 화신들입니다. 순환계에 적혈구가 필요하듯이 사유의 순환에는 탐구의 정령이 필요하지요. 관념의 윤활유 같은 겁니다. 호기심 많은 꼬마친구들이지요. 모든 걸 알고 싶어 하고 지치는 법이 없지요. 개미보다 야심만만하고, 꿀벌보다 바지런하답니다."

콜리브릴은 신이 나서 떨리는 목소리로 말하며 회랑이 둘로 갈리는 지점에서 사라졌다. 언뜻 불길한 생각이 머리를 스쳤다. 저 박사를 놓쳐서 이 미로에서 길을 잃으면 어떡하나? 아이데트의 박사학위 논문 속에서 길을 잃는다는 게 가능할까? 콜리브릴과 함께 굶어 죽어 뼈만 남게 될 때까지 황홀경 상태로 숲 속에 서 있는다는 게 가능할까? 그래도 루모가 있다는 생각이 퍼뜩 떠올랐다. 녀석이 분명 언젠가는 귀에서 손가락을 빼주겠지. 하지만 그렇게 되면 나하고 박사는 미쳐버리게 될 텐데…….

이런 생각을 하다가 스마이크는 다시 아이데트를 따라잡았다. 콜리브릴은 회랑으로 들어서는 환한 입구 앞에 멈춰 서 있었다. 스마이크도 비행을 멈췄다.

"이제 보여드릴 것은 미세존재 연구의 걸작입니다."

콜리브릴이 예고했다. 흥분으로 떨리는 목소리였다.

탐구의 정령들만이 우글거리는 곳이었다. 그들은 수백 마리씩 무리지어 윙윙거리면서 출입구를 쏜살같이 들락날락했다.

잠수함, 우주선, 타임머신

콜리브릴이 붕붕 떠서 번쩍거리는 밝음 속으로 나아가자 스마이크도 뒤를 따랐다. 둘은 이제 빛으로만 구성된 환한 방 안에 도착했다. 바닥이며 벽이며 천장들이 눈부시게 하얀색으로 빛났다. 빨갛고 푸르고 노랗고 파란 탐구의 정령들이 무엇에 놀란 나비 떼처럼 뒤죽박죽이 되어 날아가자 공간은 전류가 흐를 때 나는 웅웅 하는 소리로 가득 찼다.

"바로 저겁니다! 내 걸작이란 게."

콜리브릴이 뿌듯
함에 겨워 떨리는
목소리로 말했다.
공간 한가운데에는
번쩍이는 빛에 감싸인 채
기계 세 개가 떠다니고 있었다.

"저건 내가 측정한 바에 따르면 비존재의 미세존재들 가운데 최
고도로 발전된 마이크로머신입니다." 콜리브릴이 근
엄하게 말했다. "최소한 이 세상에서는 가
장 복잡한 기계지요. 그 내부의
생명활동은 극도로 복잡
할 겁니다."

"도대체 뭘 할 수 있
다는 건가요?" 스마이
크가 물었다.

"음." 콜리브릴이 답변을
시작했다. "저것들은 다들 하나씩 기능을 갖고 있다는 게 공통점입
니다. 저것들을 이용해 이동을 할 수가 있지요."

"그러니까, 차량이라는 얘긴가요?" 스마이크
가 물었다.

"그렇게 부르시겠다면, 네. 하지만
고전적인 의미의 이동을 할 수 있는
기계는 없습니다. 그건 너무 원시
적일 거예요. 가운데 있는 기계
는 제가 측정한 바에 따르면 걸

쭉한 액체 속에서 가라앉고 떠오르고 하게끔 만든 것으로 보입니다. 그 옆 왼쪽에 있는 것은 무중력 상태에서 움직일 수 있지요. 그리고 세 번째 것은 4차원 공간을 여행할 수 있는 것으로 보입니다."

"그러니까……."

"네. 저는 저것들이 잠수함과 우주선과 타임머신이라고 주장합니다."

루모는 꿈을 꾸었다. 은띠에 관한 꿈이었다. 그 띠는 하늘 솜털구름 아래서 진동하면서 더할 나위 없이 아름다운 초지상적인 음악을 만들어냈다. 그 소리는 따스함으로 그를 감쌌고, 안락감의 물결이 밀려들었다. 그러자 다시 띠를 따라가다 보면 그 끝에 행복이 기다리고 있다는 생각이 떠올랐다. 루모는 꿈속에서 미소 지었다.

그런데 어찌 된 일인가? 갑자기 구름이 어두워지면서 회색으로, 그리고 더 검은 회색으로 변해갔다. 그러더니 찬바람이 루모 쪽으로 불어닥쳤다. 돌풍이 은띠를 찢어 멀리 날려버렸다. 그리고 아름다운 음악 대신 끔찍한 굉음이 귓속에서 진동했다. 크고 묵직한 방울이 구름에서 떨어져 나와 그에게로 떨어졌다. 빗방울들이 몸을 적시자 얼음장 같은 한기가 번졌다. 루모는 깨어났다. 눈을 떠보니 다섯 형상이 주변을 둘러싸고 있었다. 긴 팔과 짧은 다리를 한 검은 그림자들이 몸을 굽혀 자기를 더듬고 있었다. 어떻게 아무 소리도 듣지 못하고, 아무 냄새도 맡지 못했는데 이렇게 가까이 올 수 있단 말인가? 어떻게 이번에도 아무 냄새도 못 맡았을까? 어떻게 그들은 아무 소리도 내지 않았을까? 얼굴이 어떻게 생겼는지 알아보려고 애썼지만 그 형상들은 아예 얼굴이 없었다! 아직도 꿈을 꾸고 있는 걸까? 그런데 왜 촉감은 이다지 차단 말인가?

루모는 정신이 번쩍 났다. 그 형상들을 떨쳐버릴 전략을 생각해냈다. 머리를 오른쪽으로 돌려 가장 가까운 자의 목을 물어뜯었다.

그러나 덥석 문 것은 차가운 허공이었다. 강철 바람이 물린 것 같았다. 이빨들끼리 부딪쳐 아팠다. 형상들은 아무 상관없다는 듯이 더 가까이 다가왔다.

점점 추워졌다.

콜리브릴 박사는 중간에 있는 기계 쪽으로 떠가면서 손을 휘저어 호기심 많은 탐구의 정령들을 쫓으며 말했다.

"이게 잠수함입니다."

"그러니까 이걸로 물속을 다닐 수 있단 얘긴가요?" 스마이크가 물었다.

"아니오. 핏속을 다니는 겁니다! 엄밀한 개념을 사용하지 않아서 그렇게 된 건데 원래는 잠혈함(潛血艦)이라고 해야겠지요. 유선형 몸체로 볼 때 물보다 훨씬 점성이 강한 액체 속에서 이동하도록 만들어졌다는 게 제 결론입니다. 피는 물보다 진하지 않습니까? 이 기계는 동맥 속을 이동하도록 만든 겁니다."

"저런! 도대체 어디에 쓰자는 걸까요?"

"제 추측으로는 의학용인 것 같습니다. 작동장치들을 측정한 바에 따르면 이 기계는 내부에 아주 정교한 도구를 장착하고 있다는 결론을 내릴 수 있습니다. 외부로 가지고 나가서 현미경 수준의 수술을 하는 도구들 말입니다. 혈류 속에서 하는 거지요."

"그럴 수가……."

"자." 콜리브릴은 바로 옆에 있는 기계로 다가갔다. "그리고 이걸 타면 우주로—제 추측입니다만— 날아갈 수 있습니다. 표면 합금이 태양의 불꽃에도 손상을 입지 않고 비행할 수 있도록 돼 있습니다. 엔진은 광속을 따돌릴 수 있을 정도로 힘이 좋을 겁니다."

"그러니까, 빛보다 속도가 빠르다는 건가요?"

"아닙니다. 빛보다 작을 수 있다는 겁니다."

"이해가 안 가네요."

"저도, 솔직히 말해서, 완전히 이해한 건 아닙니다!" 콜리브릴은 자괴감이 든다는 듯이 웃었다. "아직도 이런저런 계산을 해보고 있어요. 상상이 불가능한 작은 숫자들을 가지고 말입니다. 비존재의 미세존재들은 우리 행성을 떠나려고 이런 기계들을 사용한 것 같습니다."

그는 둥둥 떠서 세 번째 수송수단으로 다가갔다.

"여기 이건, 제 측정과 이론적 고찰과 아이데트의 추론이 틀리지 않는다면, 타임머신입니다."

"진짜요?"

"아마 비존재의 미세존재들은 우주공간이 아니라 시간 속으로 사라졌을 겁니다. 다른, 더 나은 시간 속으로 말입니다. 아니면 자기들한테 맞는 훨씬 작은 차원 속으로 사라졌겠지요."

"그런데 이 기계들은 전혀 환영 같아 보이지 않네요." 스마이크가 말했다. "기분 나쁘게 듣지는 마세요, 박사님. 박사님 두뇌 속에 든 모든 것은—박사님 당신을 포함해서— 제가 볼 때는 인공적인 냄새가 나거든요. 이 기계들은 그렇지를 않아요. 아주 구체적인 느낌이지요. 아주…… 진짜 같단 말입니다."

"진짜라서 그럴 겁니다."

"무슨 말씀이신지?"

"이 세 마이크로머신은 진짜입니다. 실제입니다. 이 기계들은 지금

내 머릿속에 들어와 있습니다. 기억이나 축적된 지식으로 존재하는 게 아니지요. 오리지널이에요. 제가 이식했거든요."

"그런 일이 어떻게 가능합니까?"

콜리브릴이 신음 소리를 냈다.

"후, 진짜 알고 싶으세요? 그다지 흥미로운 이야기가 아닌데! 뭐 좋습니다. 짧게 말씀드리지요. 처음에 저는 박물관이 발견된 그 도시를 포름알데히드에 넣어 보관하려고 했습니다. 산소 접촉으로 부식되는 걸 막기 위해서지요. 포름알데히드에 넣은 다음에는 마이크로머신과 같은 일부 물체들은 빨아냈습니다. 난쟁이미생물의 간에서 추출한 천연 튜브를 사용했지요. 그건…… 하기야 여기서 할 이야기는 아니고. 이 세 기계를 그 도시에서 흡인하는 데 성공했다는 것만 믿어주십시오."

스마이크는 이야기에 취해 고개를 끄덕였다.

"나머지는 간단했어요. 그 물체들을 소금용액을 넣은 주사바늘로 빨아들인 다음 내 머리에 찔러 두뇌의 특정 부위에 주사한 거지요. 이 박사학위 논문 지점으로 곧장 말입니다. 기계들을 이 방까지 옮기는 데는 여기 이 호기심 많은 꼬마친구들이 도와주었습니다."

박사가 주위를 붕붕거리고 날아다니는 탐구의 정령들을 가리켰다.

"이 기계들을 머리에 주사했다고요?"

"그다지 흥미로운 얘기가 아니라고 말씀드렸지요. 하지만 위험은 전혀 없습니다. 전 아이데트 의학을 공부했습니다. 전공이 천두술(穿頭術)입니다. 깡통따개하고 고무튜브만 주시면 선생의 뇌에서 오 분 안에 물을 빼드리지요."

"아니, 됐습니다."

스마이크가 거절했다. 그는 기계를 좀 더 자세히 들여다보았다. 진짜라는 걸 알고 나자 더더욱 매력적으로 보였던 것이다.

"한번 만져봐도 되겠습니까?" 스마이크가 물었다.

"써보셔도 됩니다." 콜리브릴이 말했다. 갑자기 그의 목소리가 이 상하게 떨렸다.

"써본다고? 비존재의 미세존재들의 기계를? 내가요?"

"물론입니다. 선생이 일단 여기서……."

스마이크는 멈칫했다. 콜리브릴의 목소리에서 뭔가 냄새가 났다. 콜리브릴이 잔기침을 했다. 그러자 그의 유령 같은 형상에 미묘한 파동 같은 게 일었다.

스마이크는 그제야 불현듯 감을 잡았다. '내가 여기 오게 된 건 저 박사가 호의를 베풀어서가 아니었구나. 공짜로 지식감염을 해주 기 위해서가 아니었구나. 내가 여기 온 건 콜리브릴의 계획이었어.'

스마이크는 콜리브릴을 빤히 쳐다보았다.

"당신 아주 교묘하게 일을 꾸미셨구먼." 그는 히죽거리며 비아냥 댔다.

"아니 무슨 말씀을?" 콜리브릴이 애가 탄다는 듯이 물었다. "그게 무슨 말씀이십니까?"

"아, 당신이 날 이 잘난 두뇌 속으로 끌어들였단 말이지. 아주 우 연히 당신의 박사학위 논문과 마주친 것처럼 꾸몄단 말이야. 정말 그럴듯해! 이 난쟁이 박사 새끼야!"

콜리브릴이 잔기침을 했다.

"내가 여기 오게 된 건 조수가 필요하기 때문이지? 기계를 가동할 누군가가 필요했던 거야, 맞지?"

"선생은 이 잠혈함을 타기에 이상적인 몸을 가졌소." 콜리브릴이 시인했다. "우리가 만나는 순간 바로 그 생각이 떠올랐소이다."

"아하!" 스마이크가 탄성을 질렀다. "나도 알고 있었어! 실험용 토끼가 될 거라는 걸."

"저라면 그런 식으로 말하지 않을 겁니다." 콜리브릴이 반론을 제기했다. "저라면 오히려 역사적 기회로 이해할 겁니다. 당신은 역사를 새로 쓸 수 있습니다."

"아하, 그래요? 버튼을 잘못 누르면 어떻게 되는데? 타임머신이 나를 철기시대 차모니아로 보내버리면? 아니면 우주선이 나를 바로 옆은하계로 실어 보내면? 응? 그럼 어떻게 되냐고?"

"이 기계들은 그렇게 단순하게 작동하지 않습니다. 버튼도 없어요. 그런 복잡한 기능을 살려내려면 스위치를 켜는 이상의 훨씬 많은 것이 필요합니다. 하지만 강요할 수도 없지요. 그러면 당신이 움직이지 않을 테니까. 그럼 당신은 차모니아 학문 역사에서 가장 중요한 발명에 아무런 역할도 하지 않는 것이고요. 그럼 또 누군가가 달리하겠지요."

스마이크가 비웃었다.

"이 보시오, 박사. 또 꼬드기려는 거요? 내 명예욕에 호소해서 자살특공대에 끼워 넣으려는 거요?"

"내가 타임머신이나 우주선을 탈 생각이 없을지 모른다는 점은 논외로 칩시다." 콜리브릴이 말했다. "당신이 타임머신을 타고 내 두뇌에서 다른 차원으로 이동해 간다고 내게 뭐가 남겠소? 결국 기계가 작동한다는 걸 알게 될 뿐이지. 하지만 그 기계는 벌써 가버린 뒤요. 게다가 당신이 우주선을 작동시켜 날아가버린다고 해서 내게 뭐가 남겠소? 기껏해야 머리통에 구멍 하나 뚫리는 거지."

콜리브릴이 제 머리를 더듬었다.

"아무것도 없소. 내가 원하는 건 당신이 잠혈함에 앉아 숨겨진 도구들을 작동시켜달라는 게 전부요. 여기 이 공간에서 말이오. 핏속으로 잠수할 필요도 없어요."

"그럼 왜 직접 안 하시나?"

"벌써 말씀드렸지요. 내 몸은 거기 들어갈 수가 없다고. 난 여기서 아무것도 실제로 만질 수가 없어요. 아무것도 움직일 수 없고. 그건 당신만이 할 수 있소."

"반짝이는 꼬마조수들을 쓰시지."

"쟤네들은 두뇌가 없는 유기체입니다. 차량들을 여기로 끌어올 수는 있지요. 이런 고도로 복잡한 도구에는 지적인 생명체가 들어가야 합니다. 기계를 조작하려면 손이 필요해요. 눈도 필요하고. 목소리도 필요하지요. 그 모든 것을 당신이 갖추고 있어요. 운명이 당신을 내게 이끌어온 것입니다. 이해가 가십니까?"

콜리브릴은 애원하는 눈길로 스마이크를 바라보았다.

"그럼 당신을 도와서 내가 얻는 게 뭐요?"

"차모니아 주민들이 얻는 것이 무엇이냐고 묻는 게 나을 겁니다. 전 이 기계가 죽음을 물리칠 수 있을 것이라고 추측하고 있습니다."

스마이크가 숨을 깊이 들이쉬었다.

"누구도 그럴 수는 없어. 그건 기적이오."

"맞습니다. 기적은 없어요. 과학적 진보가 있을 뿐이지. 하지만 기적의 수준에 도달하는 과학적 진보도 있습니다."

"이런 미세한 도구가 어떻게 죽음에 맞설 수 있다는 거지?"

"아주 간단합니다. 죽은 심장을 다시 고동치게 만들 수 있거든요."

"말도 안 돼."

"일단 타서 제 지시를 따라 해보세요. 그럼 보여드리지요."

"어떻게 확신하시오?"

"제 계산이지요. 온갖 머리를 짜내서 생각해낸 이론입니다. 수년 동안 다각적인 두뇌 작업을 했어요. 그러나 말씀드렸다시피 당신은 할 수도 있고, 안 할 수도 있습니다. 기회는 오십 대 오십이니까." 콜리브릴의 목소리가 담담해졌다.

이제야 날 잡으셨군. 이런 생각이 들자 스마이크는 미소가 나왔다. 콜리브릴은 스마이크의 약점을―의식적으로든 아니든― 집어낸 것이다. 흑이냐 백이냐, 머리냐 꼬리냐, 잃느냐 따느냐, 지느냐 이기느냐 하는 저 승부사 기질 말이다.

"좋소." 스마이크가 말했다. "잠혈함이라……. 해보지. 어떻게 하면 되지요?"

"그럴 줄 알았습니다!" 콜리브릴이 안도한 듯 소리쳤다. "선생은 과학을 위해 태어난 사람이오! 그 호기심이라니! 참말 개척자올시다!"

"됐어요!" 스마이크가 사양했다. "뭘 하면 되는지나 말해주시오! 대체 어떻게 저 안에 들어가지요?"

콜리브릴이 손뼉을 쳤다. 그러자 탐구의 정령들이 붕붕거리면서 보트 위로 날아와 천천히 맴돌면서 큰 원을 만들었다.

"기계 옆으로 가세요! 네, 그리로. 가만! 이제 만져보세요. 어디든 상관없어요!"

스마이크는 몸을 앞으로 굽히고 주저하며 철갑 같은 기계의 외피를 쓰다듬어보았다. 촉감이 거칠고 단단하고 억셌다. 납으로 된 철갑 같았다. 어디서 공기가 새는지 쉭쉭하는 소리가 아련하게 들려왔다. 보트 왼쪽에는 둥근 입구가 달렸는데 스마이크의 몸집에 꼭 맞아 보였다. 기계 안에서는 불끈불끈 붉은 빛이 쏟아져 나왔다.

콜리브릴이 웃었다.

"보세요. 잠혈함은 당신 몸에 꼭 맞습니다. 아주 지능적인 기계니까요. 당신을 받아들이는 겁니다! 살살 기어들어가세요!"

왜 루모는 그리도 느렸을까? 그렇게 심각한 위험에 처했는데도 투명인간여관에서처럼 신속히 반응하지 못했다. 반대로 점점 느려졌다. 생각하는 것조차 피곤했다. 야금야금 기어드는 그림자들이 자기를 에워싸는데도 촉감은 전혀 느껴지지 않았다. 차가움 외에도 그들은 점점 힘이 세지는 것 같았다. 그럴수록 자신은 약해져만 갔다. 더는 바닥에서 일어설 수 없을 것만 같았다. 그만큼 기이한 격투에 이미 힘을 빼앗긴 것이다. 그는 에너지를 탕진했다. 그건 싸움이 아니었다. 고역이었다. 그저 피곤해져서 어느 때인가 잠들어버리고 말 노동이었다. 그림자들이 원하는 게 그런 것이었나?

잠혈함

스마이크는 기계 안에 들어왔다. 사방의 벽은 모르는 소재로 돼 있었다. 검붉은 색이었는데 부드러우면서도 유기체적인 느낌이 들었고 은은한 빛이 났다. 손잡이나 조종간, 다른 도구는 없었다. 그저 붉은 계란 모양의 공간만이 존재했다. 스마이크 몸에 꼭 맞게 짜놓은 관 같았다.

"앞에 얇은 막이 있지요?"

문을 닫고 난 이후 콜리브릴의 목소리는 멍멍해졌다. 스마이크는 좀 더 자세히 살펴보았다. 그렇다, 붉은 벽에 구멍이 송송 뚫린 둥근 지점이 있었다. 저게 피막이겠지.

"여기 막이 있다는 건 어떻게 알았소?" 스마이크가 물었다.

"계산에 근거한 것이지요. 없소?" 콜리브릴의 목소리는 호기심에 떨렸다.

"뭐라고요?" 스마이크가 되물었다.

"거기 막이 있다고요. 애 좀 태우지 마시오!"

"없는데!" 스마이크가 소리쳤다. 비웃음이 나왔다.

"없다고? 막이 없어요? 정말 없어요?"

"그럼요." 스마이크가 말했다. "그냥 농담이올시다."

"짜증나게 하지 말아요!" 콜리브릴이 으르렁거렸다. "그냥 시키는 대로 하시오!"

"네, 네. 소리칠 건 없잖아요."

"아주 가까이 대고 고양이처럼 가르릉거리시오."

"뭐라고요?"

"가르릉거리란 말이오. 막에다 대고."

"왜?"

"그래야 보트가 작동돼요. 쾌적조종을 해야 하거든. 그게 음향적 부분이지."

"뭐라고요?"

"벌써 알아들었네 뭐. 기계가 편히 느끼도록 해주는 게 중요해요. 내 말대로 하시오."

"뭐라고요? 난 가르릉거릴 줄 몰라! 난 고양이가 아니야!"

"하라는 대로 해!"

"싫다."

"자, 빨리!"

"브르르르르……."

스마이크는 이런 소리를 내면서 바보가 된 기분이었다. 아무 일도 일어나지 않았다. 음향식 쾌적조종이라더니! 기계가 쾌적함을 느낀다고? 바보 아냐!

"그건 가르릉거리는 게 아니야. 브르릉거리는 거지." 박사가 초조하게 소리쳤다.

"그럼 어떡하라는 거야. 어리뒤영벌이 되라는 거야? 가르르르르르르르르르르르……." 스마이크가 소리를 냈다. "가르르르르……."

"훨씬 낫네! 가르릉거렸어!"

"가르르르르르르르……."

핏빛 벽에서 나오는 듯한 여러 목소리가 웅웅거리며 스마이크의 가르릉 소리에 섞여들었다. 코 앞 벽의 넓은 부분이 점점 밝아지더니 마침내 투명해졌다. 이 장밋빛 원반처럼 된 부분을 통해 밖이 내다보였다.

"보여요, 박사!" 그가 말했다.

"반투명 물질이지요!" 콜리브릴이 소곤거렸다. "믿기지가 않는구나."

"나도 보이나요?" 스마이크가 말했다.

"아니오. 계속 가르릉거리시오!"

스마이크는 쾌감을 느끼기 시작했다. 잠수함 바닥에서 느린 심장 박동처럼 쿵쿵하는 소리가 그의 중얼거림 속에 섞여들었다. 밖에서는 박사가 흥분한 표정으로 배 주위를 돌아다녔다.

"이게 엔진이야!" 박사가 소리쳤다. "돌기 시작했어!"

"이제 출발하는 거 아닌가요?" 스마이크가 불안에 떨며 소리쳤다.

"계속 가르릉거려!" 콜리브릴이 명령했다.

"가르르르르르르……."

루모는 계속 싸우려 했다. 그러나 같이 싸우려는 상대가 없었다.

사방에서 조여 오는 얼굴 없는 그림자들은 잡히지 않았다. 손을 뻗어봐야 잡히는 건 미끈미끈한 차가움뿐이었다. 그림자들은 위쪽에, 옆에, 아래에 있었다. 놈들은 하나의 베일 같은 것을 형성해서 루모를 꽉 둘러치고 있었다. 공기가 희박해지는 것이 느껴졌다. 산 채로 묻히는 기분이었다. 온기와 유연성이 몸에서 다 빠져나가는 것을 느꼈다. 그러면서 점점 느려지고 힘이 빠졌다. 지푸라기라도 잡겠다는 심정으로 버둥거렸다. 냉기와 어둠으로 뒤엉킨 이 진퇴양난의 상황에서 빨리 벗어나고 싶을 뿐이었다. 그러나 아무리 공격을 해도 효과가 없었다. 다리가 천 개 달린 오징어와 싸우는 기분이었다.

부드러우면서도 차가운 무언가가 오른쪽 귀에 턱 달라붙더니 쩝쩝거리면서 빨아댔다. 아가리인가? 그런데, 똑같은 상황이 왼쪽 귀에서도 벌어졌다! 뭔가를 홀짝홀짝 빨아 마시는 소리가 귓속에 울려 퍼지자 아주 고통스러웠다. 관자놀이 사이의 공간도 모두 얼음 같은 냉기로 가득 찼다. 그림자들이 뇌를 빨아 먹으려는 것 같았다.

이 엄청난 사건이 벌어지는 옆에서 스마이크와 콜리브릴은 미동도 않고 얼어붙은 듯이 서 있었다. 스마이크는 난로 옆에 엎드려 노곤해진 고양이마냥 가르릉거리고 있었다.

비존재의 미세존재들의 도구

탐구의 정령들은 콜리브릴 박사 주변을 붕붕 날면서 흥분하기 시작했다.

"이제 도구들을 작동시켜봐야지!" 콜리브릴이 외쳤다. "준비 됐소?"

"무엇이든, 언제라도, 난 준비돼 있지."

"그럼 이제 위쪽 팔 여섯 개를 쭉 펴서 오른쪽과 왼쪽에 있는 벽을 만져보시오."

스마이크는 시키는 대로 했다. 여섯 손으로 기계 내벽을 만졌다. 벽은 부드럽고 따뜻한 느낌이었다. 손을 내미는 곳마다 오렌지색으로 빛이 달아올랐다. 엔진의 리듬이 빨라졌다.

"아주 좋아!" 콜리브릴이 소리쳤다. "그럼 이제 기계를 쓰다듬어!"

"뭐라고?"

"벽을 살살 긁어주라고! 어디든 상관없어."

"농담 아냐?"

"그게 쾌적조정의 촉감적 부분이야. 해보시오!"

스마이크는 한숨을 쉬고는 하라는 대로 했다. 부드럽고 따스한 표면을 오른쪽 손가락으로 긁기 시작했다. 오렌지빛이 강해지더니 강력한 떨림이 배 전체를 훑고 지나갔다.

"바로 그거야!" 콜리브릴이 소리쳤다. "작동됐어."

스마이크는 장밋빛 창을 통해 기계 앞쪽에 타원형 입구가 생긴 것을 보았다. 배 안의 소음이 점점 커졌다. 입구에서 이상한 도구가 삐죽 나왔다. 뱀 모양의 금속 팔이 달려 있었다.

"그럼 그렇지." 콜리브릴이 의기양양하게 외쳤다. "저게 융합형 포착 갈고리야!"

"그래, 그래." 스마이크가 말했다.

"다른 곳을 긁어 봐! 빨리!"

스마이크가 따라 했다. 그러자 두 번째 타원형 틈새가 저 앞쪽 첫 번째 입구 옆에 열렸다.

또 이상한 도구가 솟아나왔다. 콜리브릴이 다시 환호했다.

"그래! 그거야. 내 계산이 다 맞았어! 환각 유발 열쇠라고!"

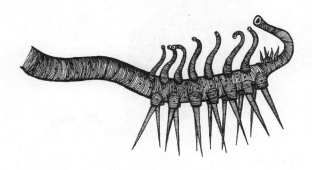

콜리브릴은 심호흡을 했다.

"계속 긁어! 바로 옆쪽!"

스마이크가 긁어주자 또 하나의 구멍이 열리면서 세 번째 도구가 나타났다.

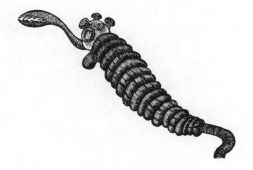

"그래! 그래! 전갈형 집게칼이야! 그럴 줄 알았지!" 박사는 들떠서 어쩔 줄 몰랐다.

스마이크는 이제 콜리브릴의 지시가 없어도 계속 기계를 자극했다. 그러자 네 번째 도구가 튀어나왔고 박사는 또 환호했다.

"요호이아 편모 감지기로군! 그래! 그래! 저게 요호이아 편모 감지기야, 의심의 여지가 없네!"

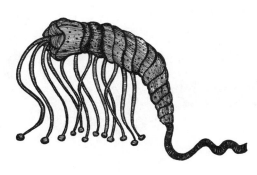

박사가 명령했다.

"계속 긁어!"

"넷!"

스마이크가 답했다. 그도 이제 가학적 탐구욕의 열정에 빠진 것이다. 다섯 번째 도구가 나타났다.

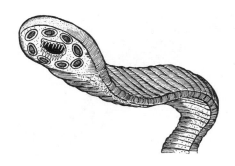

"치아형 스크루드라이버다!" 콜리브릴이 날카로운 목소리로 외쳤다. "이제 거의 다 됐어!"

스마이크가 여섯 번째로 긁어대자 여섯 번째 도구가 구멍에서 나왔다.

콜리브릴은 주먹을 깨물며 정신 나간 사람처럼 고래고래 소리치고 싶은 것을 꾹 참았다.

"치과식 추출기다!" 그는 작은 신음 소리를 냈다. "내 생애에서 가장 멋진 순간이야!"

"계속 긁어요?" 스마이크가 안에서 물었다.

"다 됐어!" 박사가 흐뭇한 양 소리쳤다. "모든 게 정확히 내 계산대로야!"

탐구의 정령들이 흥분한 나머지 붕붕거리며 화환 모양으로 잠수함 주변을 맴돌았다.

"이제 나와도 돼." 콜리브릴이 소리쳤다. "알아야 할 건 다 알았어."

스마이크는 입구를 비집고 밖으로 나와 박사한테로 갔다. 박사는 외부로 나온 도구들을 흐뭇한 표정으로 요모조모 뜯어보고 있었다.

"그럼 이젠 뭘 하죠?" 스마이크가 물었다. 그도 흡족했다. "이제 이걸로 뭘 하지요? 어디 죽은 심장을 수술하나? 죽음을 정복해? 난 어떤 짓도 할 준비가 돼 있어요."

"유감이지만 그럴 환자는 없소." 콜리브릴이 웃으며 말했다. "하지만 순간적으로 알아야 할 건 다 봤어."

"그래요? 그게 다요?" 스마이크는 실망하는 빛이 역력했다.

"다냐고? 당신이 지금 뭘 했는지 아시오?" 콜리브릴이 진지한 표정을 지었다.

"이렇게 미세한 도구로 죽음에 맞서서 뭘 하려는지야 아직 모르지." 스마이크가 말했다.

"설명할 수도 없어요." 콜리브릴이 말했다. "다만 이 정도는 말할 수 있겠지. 죽은 심장을 다시 고동치게 하려면 충격이 얼마나 크냐가 문제가 아닙니다. 얼마나 작으냐가 문제지. 심장마다 중심에 현미경 수준의 미세한 지점이 여섯 개 있어요. 가장 섬세한 신경말단, 극소동맥, 극소근육 등등 엄청나게 민감하지요. 심장의 이런 부위들을—전통 의학은 모르는 부위지. 너무 작기 때문에 오츠타스코프로만 볼 수 있으니까— 융합형 포착 갈고리, 환각 유발 열쇠, 전갈형 집게칼, 치아형 스크루드라이버, 치과식 추출기, 요호이아 편모 감지기로 동시에 자극해주면 다시 고동치게 할 수 있지요. 어떻게 죽었는지는 상관없고. 이해가 가시오?"

"아니오." 스마이크가 답했다.

"거 참, 언젠가 알게 될 거요."

박사는 이렇게 말한 다음 탐구의 정령들에게 신호를 보냈다. 그러자 도구가 삐져나온 잠수함 주위를 더욱 분주하게 맴돌았다.

"이제 지식의 원반들을 보여드릴까요?"

"그러지요." 스마이크가 고개를 끄덕였다. "멋지군요. 내가 쓸모가 있다니. 박사학위 논문에 내 얘기도 한마디 걸치겠지요?"

"선생에 관한 각주를 따로 두겠소." 박사가 약속했다.

루모의 악력이 점점 떨어졌다. 귀에서 훌쩍거리는 소리는 멈췄다. 그러자 루모는 그림자들이 골이 아니라 자신의 힘과 의지와 생명을 빨아 마시고 있다는 사실을 깨달았다.

다시 안간힘을 다했다. 그러자 공격자들이 당황했는지 잠시 빨기를 멈췄다. 아니면 루모가 갑자기 왼손에 뭔가를, 차고 미끈미끈하기만 한 것이 아니라 단단한 핵심이 있는 듯한 뭔가를 느꼈기 때문이었을까? 그는 그것을 움켜잡고 집중했다. 이상하다는 생각이 들었다.

'외눈박이 거인의 혀 같은 느낌이네.'

지식의 색깔

스마이크는 사유의 건물 아래쪽에 서 있었다. 건물은 층층이 포개져 떠도는 둥글고 투명한 원반들로 돼 있었다. 원반마다 지름은 큰 집만 했고 각각 색깔이 달랐다. 원반들은 몇 미터씩 거리를 두고 겹으로 붕붕 떠다니면서 오츠타판 북부 하늘 위로 높이 솟아 있었다.

"그런데 저길 어떻게 들어가나?" 스마이크가 물었다. "어쩌지?"

"잠수하는 거요." 이제 다시 몸체는 사라진 콜리브릴의 목소리가 저 아래 어디선가 소리쳤다. "그냥 위에서 떨어져 원반들을 통과해 내려가는 거지."

"위에서?"

스마이크는 답변을 마치기도 전에 대포알처럼 탑 저 높은 곳으로 쏜살같이 날아갔다. 비명도 지르지 않았다. 그사이 이곳에서 무슨 일이 일어나든 마음의 준비가 돼 있었던 것이다. 위에 도착한 다음 서서히 마지막 원반의 한가운데로 둥둥 떠갔다. 아래를 내려다보았다. 층층이 포개진 것처럼 보이는 원반들은 결코 전에 보지 못한 색깔을 띠고 있었다.

"이런 색을 지적인 색이라고 하지요." 콜리브릴이 말했다. "지식의 색깔 말이오. 준비 됐나요?"

"그럼, 난……."

스마이크의 말이 끝나기도 전에 벌써 자유낙하가 시작됐다. 첫 번째로 떨어진 원반은 물처럼 맑은 파란색이었다.

"파랑, 천문학!" 콜리브릴의 목소리가 엄숙하게 외쳤다.

오리온자리 알파성. 고도(高度). 지오이드. 중력상수. 팔라스 별자리. 시차장치. 태양용적. 은하계의 나선팔. 외피행성. 발광성운. 엔트로피. 월식. 오리온자리. 플레이아데스성단. 이 모든 것이 갑자기 어느 한순간 스마이크에게 공허한 단어가 아니라 몇 시간이고 그 자리에서 마구 수다를 떨 수 있는 익숙한 개념들로 살아났다. 그는 파란빛이 뇌 속을 이리저리 마구 휘젓고 다니면서 천문학 지식을 채워주는 걸 느낄 수 있었다. 황소자리 알파성 알데바란. 큰개자리 알파성 시리우스. 회귀선. 복사법칙. 해왕성의 위성 트리톤. 목동자리 알파성 아크투루스. 전갈자리 알파성 안타레스. 직녀성. 목성의 위성 시노페. 황도(黃道).

이런 것들과 함께 수백 가지의 천문학 개념들이 단 일 초 만에 그의 뇌로 흡수됐다. 그러고는 끝이었다. 스마이크는 색깔이 없는 중간 공간을 지나 다시 녹색 빛의 원반으로 떨어졌다.

"녹색, 생물학!" 콜리브릴이 외쳤다.

녹조류. 인터페론. 동형배우자접합. 변태. 무두질재료. 저지 차모니아 잎사귀 유형, 폭명(爆鳴)가스박테리아, 산호충. 보호색. 분비. 공동(空洞). 날개시궁쥐의 소화과정. 섬모충. 바람에 의한 수분. 뿔 없는 유니콘. 젤질렌수정(受精)…….

다시 중간 공간이 나타났다. 원 저런. 너무 빨라! 스마이크는 이제

담적색 원반 위로 떨어졌다.

"**빨강, 역사!**"

나티프토프의 왕권 승계. 외눈박이 거인족 전쟁. 아틀란티스 시장(市長) 왕조의 가계도. 그랄준트 헌법. 백년 평화. 석탄 시대. 레간 암잘리아스 3세 치하의 드루이드식 잡종정치. 레겐샤우프 플랜 비준. 열두 냉혹왕(冷酷王). 도자기 공주들의 반란. 하수도용(龍)의 위기. 황색 페스트. 오백 장군의 축출. 데몬 대사면.

"**노랑, 물리학!**"

주파수 변조. 유체 정역학의 역설. 젠프 기체농도. 드루이드 각속도(角速度). 양극화 분자. 나흐티갈 공리(公理). 궁형(弓形)양자-상수. 페른하헨 간섭통로. 반향음밀도. 텔레파시 주파수. 하버무스-인톨러레이터. 침묵지대. 작용저항. 고(古)차모니아 낙하법칙. 이런 식으로 끊임없이 계속됐다. 자주색—수학. 터키옥색—철학. 진홍색—차모니아어 문법. 오렌지색—의학. 수백 가지 지식의 원반이 몇 초 간격으로 스마이크를 뚫고 날아갔다. 이제 각 색깔마다 그의 머리에 들어차 더는 들어갈 자리가 없었다. 마지막 몇 개 층을 통과해 떨어진 다음에는 거기 축적된 지식은 받아들일 수 없게 되었다.

마침내 일층에 도착하자 갑자기 낙하에 제동이 걸렸다. 잠시 지상 몇 미터 정도 높이에서 떠돌다가 아래로 가라앉았다. 깃털처럼 천천히 부드럽게.

멍해진 스마이크는 자신이 흡수한 인상들을 정리해보려고 노력했다. 심한 두통이 몰려왔다.

"그건 금방 없어져요." 콜리브릴이 저 위에서 소리쳤다. "그런 불쾌한 지적 포만감은 시냅스 사이에 존재하는 겁니다. 모든 정보가 이제 자리를 잡게 될 거요."

스마이크는 트림이 나왔다.

"제안 하나 합시다." 콜리브릴이 소리쳤다. "이제 귀에서 손가락을 빼시오. 그럼 우린 다시 저 숲 속으로 돌아가 있을 겁니다. 소풍은 이제 끝났어요."

차가운 그림자

스마이크는 주변을 둘러보았다. 다시 숲 속이었다. 불은 거의 꺼졌고 눈은 산란한 빛에 차츰 익숙해졌다. 루모는 매우 헐떡이며 두꺼운 나무뿌리에 걸터앉아 있었다. 화톳불 주변 바닥에 원숭이 같은 시커먼 형상 다섯이 널브러져 있었다. 시커먼 원숭이들은 죽은 것 같았다.

"이게 대체 뭐……야?" 스마이크가 물었다.

"달빛그림자유령들이지요."

콜리브릴이 말했다. 그는 형상들 앞으로 몸을 굽히고는 궁금한 듯이 더듬어보았다.

"달빛그림자유령이라고? 죽었나?"

"차지기는 했네. 달빛처럼 말이오." 콜리브릴이 응수했다.

"놈들은 죽었어요." 루모가 말했다.

"대체 자네 어떻게 한 건가?" 콜리브릴이 호기심 어린 표정으로 물었다. "지금까지는 죽이려면 굶기는 수밖에 없다고 알고 있는데."

"꼬리가 있어요. 등뼈하고 연결돼 있어서 부러뜨릴 수 있더라고요." 루모가 말했다.

"재미있군." 콜리브릴이 중얼거렸다.

"또 내 목숨을 구해주었구나." 스마이크가 말했다. "우리 둘 다 고마워."

루모가 손사래를 쳤다.

"이젠 자도 되지요?"

"자, 편히 누워라. 박사님과 내가 보초를 설게."

박사가 눈짓을 했다.

"우리 목숨을 구해준 이 친구의 전투 능력에 관해 흥미로운 얘기를 해준다고 약속했잖소."

"금방 해드리리다." 스마이크가 말했다. "그런데 얘기 중에 나흐티갈러 교수를 만나 외눈박이들의 혀에 관해 알게 된다고 해도 놀라지 마십시오."

"아, 나흐티갈러 교수는 어디서 어떻게 나타나실지 모르니까 늘 각오를 하고 있어야지요." 콜리브릴이 대답했다. "그리고 외눈박이들의 혀에 대해서야 많이 알수록 좋지요."

이별

다음 날 아침 깨어났을 때 루모는 늘어지게 자서 원기를 완전히 회복한 느낌이었다. 곧바로 정신없이 잠에 빠져들었던 것이다. 그사이 스마이크와 콜리브릴 박사가 끝도 없이 떠들고 웃고 했지만 루모를 깨울 수는 없었다.

둘이 헤어지면서는 무슨 말이 그리 많은지 장황하기가 이를 데 없었다. 루모는 발로 땅을 문지르며 옆에 그냥 서 있었다. 그들의 대화를 들어보면 밤사이에 둘도 없는 친구가 된 것 같았다. 그들은 이별을 못내 아쉬워했지만 결국 돌아섰다. 콜리브릴은 북서쪽으로 가면서도 끊임없이 고개를 돌려 이쪽으로 눈길을 보냈다. 스마이크와 루모는 정반대 방향으로 들어섰다. 스마이크도 박사가 시야에서 사라질 때까지 돌아보며 눈길을 보내곤 했다.

몇 시간 동안 루모와 스마이크는 거의 한마디도 하지 않고 앞으로만 나아갔다. 스마이크는 깊은 생각에 잠겨 있는 것 같았다. 그는 머릿속의 혼란을 정돈하려고 애쓰고 있었다. 머리가 혁신된 정도를 넘어 층이 몇 개 더 생긴 기분이었다. 이제 머릿속에 쌓여 북적거리는 신선한 생각과 정보들이 유쾌했다.

루모가 호두와 산딸기 같은 것을 따 왔다. 가끔 은띠를 제대로 찾아가고 있는지 곰곰이 생각하면서 맛있게 먹었다. 반면 스마이크는 혼자 뭔가를 골똘히 생각하고 있었다. 사방에는 점점 나무가 없어져서 언덕 같은 곳에 도착했을 때는 풀만 자라는 정도였다. 오후 내내 커다란 검은 개가 쫓아오고 있었다. 그러나 겁이 많은지 가까이 오지는 못했다. 황혼녘에 녀석은 사라졌다. 그러나 새벽까지도 구슬프게 짖는 소리가 들렸다.

처음 며칠 동안 그들은 한없이 펼쳐진 초원을 유랑했다. 수십억 마리의 메뚜기류가 살고 있는 것 같았다. 찌르륵찌르륵 울면서 달려드는 통에 특히 밤이면 얼이 빠질 지경이었다. 루모와 스마이크는 이 녹색 바다 한가운데에 풀로 엮어 만들어놓은 유령의 도시를 통과했다. 어떤 집에는 해골 둘이 탁자에 앉아 마주보고 있었는데 각자 손에는 이미 발사된 쇠뇌를 들고 있었다. 반면 머리에는 화살이 하나씩 꽂혀 있었다. 풀도적들이군. 스마이크가 이리저리 짜 맞춰 내린 결론이었다.

한 주가 지나 생각들이 어느 정도 정돈되자 스마이크는 틈날 때마다 루모의 관심을 플로린트 울트라논리학이나 연체동물학 또는 드루이드 수학의 아름다움 쪽으로 돌려보려고 시도했다. 그러나 루모는 별 관심이 없었다. 그에게 중요한 것은 빨리 앞으로 가는 것뿐이었다. 스마이크는 루모가 조급해하는 이유를 알고 있었다. 바로 그

이유가 이제 둘이 어쩔 수 없이 헤어져야 하는 이유가 되기도 할 것
이라는 생각에 스마이크는 울적해졌다.

숲의 해적, 베어울프, 미노켄타우로스, 밤목조르기뱀
스마이크와 루모가 차모니아 남부를 지나는 동안 별일 없었다고 하
면 너무 깎아내리는 얘기가 될 것이다. 처음에는 머리 다섯 달린 숲
의 해적 무리를 만났고, 두 번째로는 미쳐 날뛰는 베어울프, 세 번째
로는 미라처럼 된 미노켄타우로스, 네 번째로는 밤목조르기뱀과 마
주쳤으니 말이다.

그러나 이전 사건들에 비하면 이런 만남은 그다지 떠벌릴 만한 수

준은 아니었다. 물론 숲의 해적들은 수많은 골절상, 특히 일부는 심한 복합골절상을 입었고, 베어울프는 루모에 의해 산 채로 목까지 매장을 당했고, 미노켄타우로스는 이 볼퍼팅어를 만난 후로 식습관을 육식에서 채식으로 바꾸기도 하고, 밤목조르기뱀은 자기 몸으로 밤중에 목이 졸려 질식사하고 말았다.

그 이후로는 평화로운 만남들이 기다리고 있었다. 골똘히 생각할 능력이 있다는 방랑하는 알을 찾아다니는 드루이드 사제 무리를 만났고, 파렴치한 사공도 만났다. 사공은 로흐강을 건네주면서 돈을 뜯어내려 했는데 공갈협박죄가 성립될 정도였다. 그러나 결국 뜯어내지도 못했다. 한가로이 풀을 뜯는 수많은 가축과 드넓은 남부 페른하힝엔의 평화로운 목장에서 행복한 나날을 보내는 양치기와 목동들도 만났다.

루모와 스마이크는 이미 차모니아 남서부 깊숙이 들어온 상태였다. 그러던 어느 날 아침밥을 먹던 스마이크는 평소와 달리 말이 없었다. 뭘 할 때마다 한숨을 쉬면서 근심 어린 표정이었다. 루모는 식사가 형편없어서라고만 생각했다. 둘은 양들이 풀 밑둥까지 다 뜯어먹은 넓은 초원에 앉아서 날무를 갉아 먹고 있었다.

"잘 듣거라, 루모야. 때가 됐어." 스마이크가 갑자기 말을 꺼냈다.

루모가 고개를 갸우뚱했다.

"무슨 때요?"

"헤어질 때 말이야."

"헤어지다뇨? 왜 그래야 하는데요?"

"여러 가지 이유가 있지. 첫째로 그냥 그럴 시기가 무르익은 거야. 더 오래 널 따라다닐수록 난 내 길에서 멀어져. 난 문명 속으로 들어갈 거거든. 거대한 도시들을 보고, 사람들도 사귀고. 그런데 너를 따라가면 점점 더 이 황량한 초원으로 빠져들게 돼."

루모는 뭐라고 해야 할지 얼른 생각이 나지 않았다.

"그리고 또 있어." 스마이크가 말을 계속했다. "난 이 자리에서 누굴 비난하고 싶지는 않아. 우리 둘 중 누가 문제가 있는지도 정말 모르겠고. 하지만 그런 생각 안 드니? 우리가 만난 후로 늘 위험이 따라다닌다는 거 말이야."

"요즘 좀 어수선했지요." 루모가 말했다.

"너한텐 괜찮겠지, 애야! 넌 젊으니까. 모든 걸 아무것도 아닌 양 해치워버리면 되니까. 하지만 난 쉬고 싶단다. 우린 이제 각자의 길을 가야 해."

"난 내 길을 가고 있는데요."

"알아. 그게 바로 가장 중요한 이유야. 그래서 내가 방향을 바꾸려는 거야. 넌 볼퍼팅으로 가는 거잖아. 난 거기 갈 일이 없어."

"아세요? 내가 어디로 가는지?"

"그럼 물론이지. 똑똑한 볼퍼팅어는 다들 언젠가 볼퍼팅으로 간단다."

"왜 같이 안 가세요?"

"거기 가보면 알 거야."

"그럼 어디로 가려고요?"

"대충 북서쪽이야. 대도시들이 있는 곳이지. 플로린트쯤이 될 거야."

루모는 고개를 끄덕였다.

"자, 애야, 이제 우리 여러 말 말고 헤어지자. 정말 대단한 시간들이었어. 언젠가 다시 보게 될 거야."

"그럼요."

"방심하지 말거라. 여긴 거대한 대륙이야. 가는 김에 충고 하나 하마. 누구든 네가 누구냐고 물으면 내 이름은 루모, 볼퍼팅어다라고 해. 그럼 볼퍼팅어를 본 적이 없는 사람들도 널 얕잡아보지 못할 거야."

"알았어요." 루모는 이렇게 말하고 일어섰다.

"마지막으로 수수께끼 어떠냐?" 스마이크가 물었다.

"좋지요."

"그럼, 자……. 길수록 짧아지는 게 뭐게?"

"몰라요."

"네가 이 질문에 답할 수 있을 때 우린 다시 만나게 될 거라고 믿는다."

스마이크와 루모의 이별은 온갖 난관을 함께 헤쳐온 친구의 헤어짐치고는 별로 극적이지 않았다. 그것은 주로 루모의 내성적인 기질 탓으로, 둘은 악수를 한 번 하는 정도로 끝내고 각자 길을 떠났다.

띠들의 도시

루모의 목표는 단 하나였다. 은띠의 흔적을 따라 은띠가 있는 바로 그곳에 가는 것이었다. 그래서 풍경도 사람도 관심 밖이었다. 스마이크를 따라오지 않았다면 그는 천성대로 세상을 무지로 대했을지 모른다. 그는 하루 종일 달렸다. 가다가 쉬는 것은 고작 몇 번 정도였다. 먹는 것도 가면서 날채소나 방금 딴 과일을 입에 우겨 넣는 정도였다. 잠도 여관과 마을은 피하고 밤에 작은 숲으로 숨어들어가 고작 몇 시간 자는 정도였다.

두려움에 사로잡힐 때도 있었다. 은띠가 갑자기 찢어지거나 사라져버리면 어쩌나 하는……. 그럼 루모는 두 눈을 감고 마음을 진정시키고 숨을 내쉬었다. 그러면 항상 그 띠는 다시 나타났다. 띠는 점점 강렬해지고 또렷이 빛났다. 몇 날 몇 주를 그는 그렇게 띠를 따라 갔다.

어느 날 아침 일어나보니 그 은띠에 다른 냄새들이 섞여 있었다. 농가에서 자랄 때 익히 알던 불과 빵, 작은 가축과 귀리, 퇴비와 건초의 냄새였다. 그 밖의 다른 냄새들은 자신의 몸에서 나는 거 같아 당혹스러웠다.

바로 그날 황혼녘에 루모는 산등성이에 있는 포도밭에 도착했다. 저 멀리 언덕 너머 풍경이 한눈에 들어왔다. 한가운데로 강이 흐르고 주위는 거대한 성벽이 에워쌌다. 도시였다. 루모는 눈을 감고 코로 깊이 숨을 들이쉬었다. 은띠와 함께 다른 화려한 띠들도 하늘에서 곧장 이 도시로 떨어지더니 오밀조밀한 집과 거리들 속으로 사라졌다. 스마이크가 말한 도시가 분명했다. 틀림없는 볼퍼팅이었다.

루모는 마침내 도착한 것이다.

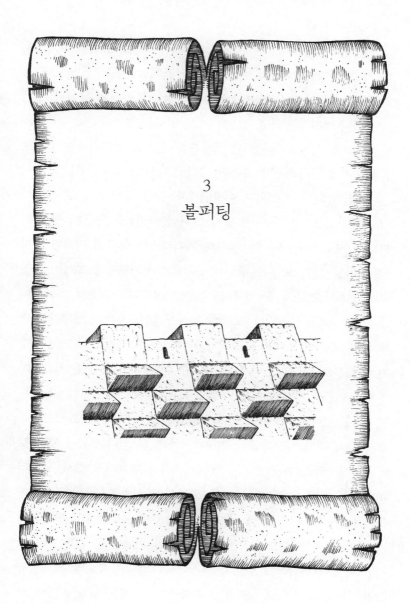

3
볼퍼팅

도시가 말을 한다면 볼퍼팅은 아마도 길손들에게 다음과 같이 고지했을 것이다.

"안녕하슈, 이방인 양반! 볼퍼팅어슈? 아니라고? 그럼 꺼져! 그래, 가, 사라져. 그냥 가라고! 이 도시에 발 들여놓을 생각은 꿈도 꾸지 마! 우호적인 의도로 오셨다고? 좋아, 그럼 내 주위를 돌아봐. 무기가 얼마나 멋진지 보라고. 됐으면 꺼져. 만나는 사람들한테 볼퍼팅은 난공불락에 철통요새라는 걸 설명해줘. 경계도 철저하니까 함부로 덤비면 정말 곤란해지지. 고마워. 그리고 다시 만나지 말자!

적대적인 의도로 오셨다? 이방인께서? 그럼 당장 손수 갈비뼈 사이로 심장을 도려내시는 게 낫지. 그나마 자비로운 죽음이 될 테니까. 우리하고 싸운다고 할 때 그대를 기다리는 죽음에 비하면 말이야. 탄탄한 성벽 보이지? 총안(銃眼) 뒤로 볼퍼팅어가 보여? 그 친구 이중쇠뇌로 네 눈을 겨냥하고 있어. 물론 안 보이겠지. 은폐엄폐를 아주 잘하고 있으니까. 보려야 볼 수도 없을 거야. 그랬다간 벌써 두 눈에 화살이 박혀버리고 말았을 테니까. 저 문 봐. 크고 시커멓지. 어때? 아니야. 그건 나무가 아니야, 이 맹추야. 육중한 차모니아 주철로 만든 거야. 그러니까 공성구 따위는 다시 싸 가시지. 저 가는 발사관들 보여? 성벽 위로 솟아나와 있는 것들 말이야. 그래도 아무 생각 없이 빗발치는 화살을 피해가며 해자를 건너셨다고? 그럼 갖은 머리를 굴려 만든 스프링클러 시스템이 기다리고 있지. 동물의 분비물을 머리에 뿌려드릴 거야. 오른의 부식벌레들한테서 채취한 분비물이지. 단 한 방울만 닿아도 수 초 안에 머리끝에서 발끝까지 타버려. 그사이에 화살을 맞아 고통을 덜게 된다면 운 좋은 거야. 하지만 우린 기본적으로 안락사를 시켜드리느라고 화살을 낭비하진 않지. 그렇다고 겁먹고 공격을 포기하라는 건 아니야, 이방인! 우린 투석기나 독창, 쇠뇌, 역청통, 화염투척기, 투척용 도끼 같은 것까지 써보고 싶은 생각은 별로 없어. 갈아드리는 성벽도 마찬가지야. 아주 평범한 성벽 같지, 그치? 큰 이음매 부분을 딛고 기어오르면 식은 죽 먹기라고 생각되지? 그럼 반쯤 올라와봐. 벽이 움직이기 시작해. 그럼 이런 생각이 들 거야. 어, 저게 뭐야? 하지만 그땐 이미 너무 늦었어. 마름돌이 일부는 뒤로 밀리고, 일부는 앞으로 밀려. 돌아가기 시작하는 거지. 그럼 차모니아 방어전술 역사에서 가장 거대한 고기가는 기계에 끼었다는 사실을 깨닫게 되지. 뛰어내려도 돼. 그럼 십 미터 아래 바닥에서 벌떡 튀어나온 뾰족한 철기둥이 기다리고 계셔. 그러니까 마음 놓고들 오세요, 방랑객들이여! 오면 돌아가십니다!"

그러나 도시가 말을 할 수는 없는 만큼 루모가 성문으로 다가가도 볼퍼팅은 아무 소리 하지 않았다. 그는 해자를 건너는 다리를 지나 볼퍼팅의 서쪽 입구인 거대한 격자문 앞에 섰다. 이 도시로 들어가려는 결심은 단호했다. 필요하다면 우격다짐으로 부수고라도 들어갈 요량이었다.

"누구요?"

수문장이 저 위에서 소리쳤다. 루모에게는 보이지 않았지만 소리는 들렸다. 총안 뒤에 숨어 있었다.

"난 루모, 볼퍼팅어다."

그는 큰 소리로 또박또박 말했다. 그는 성벽을 기어올라 총안 틈으로 미끄러져 들어가서 보초를 무력화시키고 다시 내려가 도시의 어수선함 속으로 사라지는 데 시간이 얼마나 걸릴까 골똘히 생각했다. 심장의 고동이 삼십 내지 사십 번 칠 정도면 될 것 같았다.

"볼퍼팅어라고? 아, 그럼 들어오시오!"

보초가 유쾌하게 소리치면서 듬뿍 기름칠을 한 기계장치를 작동시켰다. 그러자 거대한 문이 스르르 위로 올라갔다. 루모는 그 아래로 쏙 들어갔다. 격자문이 다시 내려왔다.

도시친구

루모가 도시에 들어선 것이다. 격자문용 기계장치가 들어 있는 것이 분명한 성탑에서 볼퍼팅어 하나가 뛰어나왔다. 적어도 루모보다 머리 하나는 작았다. 잿빛 가죽바지에 검은 사슴가죽 장화를 신고 소가죽을 꿰맨 재킷을 입고 있었다. 그는 신입자에게 손을 내밀고 친절하게 말했다.

"볼퍼팅에 오신 것을 환영합니다!"

루모는 머리끝에서 발끝까지 그를 훑어본 뒤 고개를 끄덕거리고는 도시 안으로 성큼성큼 들어갔다. 그 작은 친구가 따라왔다.

"이봐!" 그가 소리쳤다. "그렇게 가면 안 돼. 꼬마친구! 그냥 들어가면 안 돼. 규칙이 있단 말이야."

"난 네 친구가 아니야."

루모가 적의를 드러내며 으르렁거렸다. 스마이크는 싸움은 가르쳐주었지만 문명화된 생활양식에 대해서는 그러지 않았다.

"아니라고? 내 입장에서 그렇단 얘기야. 어쨌든 난 너의 친구야. 네게 어울리든 안 어울리든. 난 우르스야. 네 도시친구."

루모는 계속 걸었다. 우르스가 바짝 따라왔다. 어디나 볼퍼팅어가 보였다. 수십 명이 이리저리 뛰어다니고 있었다! 분명히 훨씬 더 많았다. 그만큼 냄새가 코를 찔렀다.

"새로 온 볼퍼팅어는 누구나 도시친구를 배당받게 돼. 그게 규칙이야." 우르스가 말했다. "그럼 처음의 낯선 감정을 빨리 극복하는데 도움이 되거든. 네가 볼퍼팅어가 아니면 난 너의 도시적(都市敵)

이 돼. 볼퍼팅어가 아닌데 여기 들어오려는 사람은 누구나 도시적을 배당받게 돼. 그러면 우린 이렇게 다정하게 재잘거리고 있지 못하지. 내가 네 목을 잡아끌어 투척기에 실은 다음 저 해자 앞으로 내던지지. 처음엔 아무도 없었고, 두 번째로 네가 온 건데 볼퍼팅어야. 그러니까 난 네 친구야, 알겠어? 이름이 뭐라고 했더라?"

루모는 그냥 서 있었다. 눈을 감고 마냥 은띠를 찾았다. 그러나 다채롭게 엉킨 밧줄들만 보였다. 동족들의 냄새가 너무 강렬해서 개별적인 냄새를 따로 구분해낼 수가 없었다.

"이봐, 이름이 뭐냐고?" 우르스가 물었다. "네 이름 잘 못 알아들었거든."

루모가 눈을 떴다.

"내 이름은 루모야."

"루모? 진짜야? 네가 루모라고?" 우르스가 히죽 웃었다. "남들이 카드놀이 이름 같다고 그러지 않던?"

"그래, 그랬어." 루모가 말했다. "난 여기 뭘 찾으러 왔어."

"알아." 우르스가 말했다. "은띠를 찾는 거지?"

루모는 깜짝 놀랐다.

"어떻게 알지?"

우르스가 다시 히죽 웃었다.

"우린 다 그렇잖아?"

"너도 은띠를 찾는단 말이야?"

"그럼. 아니. 그러니까, 말하자면 차근차근 해야지! 와봐. 일단 안심하고. 넌 이제 집에 온 거야."

루모는 긴장을 떨쳐버리려 했다. 이 볼퍼팅어가 호의로 대하고 있다는 게 느껴졌다.

"여기서 잠자리를 얻을 수 있단 말이야?"

"그 이상이지. 넌 여기서 잠시 지내도 돼. 내내 살아도 되지. 하지만 아까 말했듯이 항상 차례대로 해야 돼. 우선 시장님한테 가야 돼. 여기선 그렇게 하는 거야. 가자. 그분한테 데려다줄게."

호트

"이 도시는 누가 건설했니?" 좁은 골목길을 지나는 동안 루모가 물었다.

"볼퍼팅은 누가 세운 게 아니야. 내 말은, 누군가가 세웠겠지만 그게 누군지 모른다는 얘기야. 얘기는 이런 거지. 몇 백 년 전에 호트라는 이름의 볼퍼팅어가 이 지역에 도착해서 지금과 똑같은 모습으로 서 있는 도시를 발견했다는 거야. 성벽과 가옥과 거리도 똑같이 있었어. 성문도 여럿 있었는데 생명체라고는 단 하나도 없었다네. 전설에 따르면 호트가 도시에 가까이 가는 순간 비둘기와 파리 하나가 열린 성문 틈으로 빠져나가려 했대. 그런데 비둘기는 자동으로 발사된 화살을 수없이 맞아 죽고, 파리는 독침에 맞아 죽었지. 호트는 잠시 골똘히 생각한 다음 성문으로 들어갔어. 머리를 방패로 가리고 말이야. 용감했던 거지. 하지만 바보는 아니었어. 아무 일도 일어나지 않았지. 그래서 이 도시가 자기 것이라는 결론을 내렸다고 해."

"아하."

"아, 그건 어쨌거나 전설인데, 꽤 됐지. 누가 정확히 알겠어? 난 호트 숭배가 좀 짜증 나, 알아? 여기도 호트, 저기도 호트. 호트 거리, 호트 학교, 호트 빵집. 호트가 이걸 보면 뭐라고 할까? 위대한 호트 탄신기념일. 호트, 호트, 호트. 내 생각엔 호트는 다리를 질질 끌면서 이 도시에 들어왔을 거야. 그게 뭐가 대단하다는 거야? 내가 수백 년 전에 여기를 지나갔다면 여기 모든 것에 우르스란 이름이 붙었을 거야. 상상이 가나? 그럼 우리는 지금 우르스 거리를 산책하고 있는 거지. 호트 거리가 아니고 말이야."

우르스는 한숨을 지었다.

"너 참 말을 많이 하는구나." 루모가 말했다.

우르스는 이런 말에 별로 신경 쓰지 않았다.

"뭐냐면 말이지, 난 어쨌거나 이 도시의 방어체계가 전설에서처럼 늘 그렇게 잘 작동된다는 게 참 대단하다고 봐. 내 생각에는 우리는 파리와 비둘기를 쏘는 바늘과 화살은 없어도 경계는 아주 잘하지. 알겠어? 난 이 아름다운 도시로 쳐들어오는 공격자가 되고 싶은 생각은 없어."

"알아."

"그래 좋아. 놀이규칙은 따르기로 하자. 먼저 시장님한테 데려다주
고 나서 새 숙소로 데려갈게."

이런 볼퍼팅어와 저런 볼퍼팅어

도시 안으로 들어갈수록 동족들이 거리에 더 많이 보였다. 짧은 뿔
에 직립보행을 하는 개들뿐이었다. 어떤 개는 불테리어처럼 심술궂
은 턱을 했고, 어떤 개는 로트바일러처럼 가슴이 당당했고, 어떤 개
는 북극에서 썰매 끄는 개처럼 눈이 쭉 찢어졌고, 복서의 축 늘어진
뺨을 한 개도 있었다. 늑대, 그레이하운드, 닥스훈트, 양치기개 종류
도 보였다. 일부는 심지어 여우와 닮기도 했다. 어떤 친구는 자기와
비슷했고, 다른 친구들은 우르스와 흡사했다. 그러나 한결같이 편안
한 냄새가 났다. 그들이 동족이라는 사실을 루모는 냄새로 알았다.

"죽이지? 이 냄새, 그치?" 우르스가 말했다. "그냥 집에 편히 있는 기분이잖아. 위험도 없고. 여긴 다 좋은 친구거든."

그러나 루모는 무척 당혹스러운 차이를 발견했다. 이런 볼퍼팅어가 있고, 저런 볼퍼팅어가 있었다. 지금으로선 뭐라고 더 잘 표현할 수가 없었다. 이런 볼퍼팅어들은 자기와 같은 냄새가 났다. 거칠고, 개답고, 해가 되지 않을 것 같았다. 그러나 저런 볼퍼팅어들은 거칠고, 개답고, 그리고, 뭐랄까, 좋은 냄새가 났다. 아주 좋은 냄새라고 할 수 있다. 이런 볼퍼팅어들보다는 어쨌든 훨씬 나았다. 그들은…… 훨씬 재미난 냄새가 났다. 냄새 외에는 다른 동족들과 뚜렷이 구별되는 건 없었다. 복장은 똑같았다. 가죽바지에, 조끼, 가죽상의, 그리고 리넨셔츠. 그러나 어쩐지 훨씬 잘 어울렸다. 그들은 눈이 달랐다. 더 크고 더 아름답고 더 은밀했다. 그리고 무엇보다도 행동거지가 훨씬 우아했다. 이 모든 게 루모의 마음에 들었다. 그럼에도 불구하고 저런 볼퍼팅어들은 어떤 두려움 같은 것을 느끼게 했다. 왜 이런 느

낌이 드는 걸까?

우르스는 옆으로 삐딱하게 그를 쳐다봤다.

"그런데 우리 아가씨들 마음에 들어?"

"아가씨들?"

"그래, 아가씨들. 어때?"

"아가씨가 뭐야?"

"농담하냐?"

"아가씨가 뭐냐고?" 루모가 다시 한 번 물었다.

"오, 이런, 너 정말 무인도에서 온 거야 뭐야? 정말 아가씨가 뭔지 모른단 말이야?"

아가씨라는 것에 대해 스마이크는 한 번도 언급한 적이 없었다. 루모는 그런 주제 자체가 불편해지기 시작했다.

"다행인 줄 아세요, 아저씨. 내가 볼퍼팅 아가씨들은 진짜 전문이니까. 여자 문제라면 꽉 잡고 있지. 다 가르쳐줄게. 하지만 좀 나중에."

우르스는 이렇게 말하면서 웃었다. 루모는 기분이 좀 나빴다.

아가씨라는 말을 그는 마음에 새겨두었다. 멋진 단어.

또 하나 눈에 띈 것은 많은—굉장히 많은 숫자다— 볼퍼팅어들이
무기를 들고 다닌다는 사실이다. 작은 도끼를 혁대에 차는가 하면
등에 쇠뇌를 가죽끈으로 묶고 다녔다. 그러나 대개는 칼이나 창, 검,
환도 같은 것들이었다. 어떤 자들은 무장하지 않고 빵이나 책을 들
고 어슬렁거리고 다녔다. 어떤 이들은 격자무늬를 한 사각형 널빤지
를 들고 다녔다. 수수께끼투성이인 도시였다.

루모와 우르스는 양안이 벽으로 둘러싸인 강에 도착했다. 물살이
빨랐다. 깊고 위험해 보였다.

"저게 볼퍼강이야." 우르스가 설명했다. "보다시피 우리 강은 벽
너머에 있어. 이유가 있지."

"볼퍼팅어는 수영을 못 하니까." 루모가 응수했다.

"어쭈, 그건 아네? 여자는 뭔지 몰라도 자기가 헤엄을 못 친다는

건 아는구나. 물 가까이 가본 적이 있나 보지?"

루모는 고개를 끄덕였다.

"매년 몇몇이 여기 빠져 죽어. 늘 여름철에 그래. 호기심 때문이지. 본능을 어기는 짓인 줄도 모르고. 우린 많은 걸 할 수 있어. 하지만 두 가지는 못 해. 날 수 없고, 헤엄칠 수 없고."

그들은 좁은 골목길을 계속 걸었다. 우르스가 앞에 가고 루모가 뒤따랐다. 호기심에 주위를 두리번거리면서 세심하게 냄새를 맡았다. 볼퍼팅은 스마이크의 마음에 들었을 것이다. 들여보내주었다면 말이다. 스마이크가 늘 거품을 물고 떠들어대던 레스토랑들이 있었다. 볼퍼팅어들은 그 앞 나무탁자에 앉아 뭘 먹고 마시거나 아니면 격자무늬 널빤지를 들여다보고 있었다. 가게도 있고, 둥근 돌을 깐 보도와 담장 높은 집들, 북적이는 인파, 소음, 음악, 그리고 모든 종류의 냄새가 있었다. 게다가 저런 볼퍼팅어들 중 일부는 끊임없이 그에게 수수께끼 같은 시선을 던졌다.

그들은 모퉁이를 돌다가 갑자기 어떤 광경을 목격하게 됐다. 루모로서는 정말 낯선 풍경이었다. 두 볼퍼팅어가 둥근 돌이 깔린 보도에 누운 채 뒤엉켜 싸우고 있었다. 서로 목을 조르려는 게 분명했다. 일단의 젊은 볼퍼팅어들이 주위에 서 있었는데 누구도 뜯어말리려 하지 않았다. 정반대였다. 그들은 싸움을 부추기고 있었다.

"무슨 일 났나?" 루모가 물었다.

"격투수업이야."

우르스가 지루하다는 듯이 가자고 재촉했다. 그는 크기와 화려한 전면이 여느 집과는 전혀 다른 건물 앞에 멈춰 섰다.

"저게 시청이야. 지금 시장님한테 데려다줄게. 발바닥 닦아! 그리고 시장님 질문에 답할 때 조심해. 유머라고는 없는 분이니까."

"자네 이름이 뭐지?"

시장은 수수한 목제 책상 뒤에 앉아 시선을 서류에 고정시키고 있었다. 세인트버나드종 특유의 유전적 특질을 갖고 있었다. 눈물샘이 눈 아래로 두드러지고 시선은 우수에 젖어 있었다. 털가죽은 무수한 주름이 잡혀 울룩불룩하게 물결쳤다. 육중한 머리 한가운데 쪽 파인 자국은 오래전에 도끼로 맞은 자리인 듯했다.

"루모요."

시장이 처음 머리를 들어 그를 쳐다봤다.

"날 놀리는 건가? 내가 유머 감각이 없다고 사람들이 말해주지 않던가? 난 자네 이름이 뭐냐고 물었어."

"제 이름이 루모입니다."

시장은 서류를 옆으로 밀더니 안쓰럽다는 듯이 쳐다보았다.

"카드놀이 이름과 같단 말인가?"

루모는 어깨를 으쓱해 보였다.

"성은 뭐지?" 시장이 물었다.

루모는 성이 뭔지 몰랐다.

"곧 생기겠지. 자넨 그러니까 루모란 말이지. 불쌍한 친구! 어쨌든 좋아! 내 이름은 요들러야. 산(山)의 요들러. 시장님이라고 부르면 돼."

루모가 고개를 끄덕였다.

"할 줄 아는 게 뭐지?"

루모는 잠깐 생각했다.

"싸움을 잘해요."

시장이 재미없다는 듯이 웃었다.

"여기선 누구나 잘해. '전 오줌을 잘 눠요'라고 하는 거나 마찬가

지야. 그 어떤 볼퍼팅어도 싸움은 잘해. 내 말은 달리 뭘 할 줄 아느
냐 말이야. 싸움 말고."

　　이번에는 생각을 오래 했다. 그러나 아무 생각도 나지 않았다.

　　"손재주 같은 게 있나?"

　　루모는 열심히 생각해보았다. 냄새 맡는 것도 재주일까?

　　"대장장이 일? 가구 만들기? 식자(植字)? 요리?"

　　루모는 고개를 흔들었다.

"이건 뭐에 쓰는 거야?" 시장이 그의 이빨을 가리켰다. "말을 잘하나?"

루모는 절레절레 고개만 흔들었다.

"그러니까 할 줄 아는 게 없구면."

루모는 악마바위에서 싸운 얘기를 해주고 싶었다. 그러나 그랬다가는 쓸데없이 허풍 치는 것처럼 들렸으리라.

시장은 공식적인 언사를 하기 전에 늘 그렇듯이 헛기침을 했다.

"아무것도 할 줄 모르는 볼퍼팅어는 없네. 난 어떤 볼퍼팅어도 뭔가는 아주 잘할 수 있다고 생각해. 다만 그게 무엇인지 찾아내야지. 어떤 이는 아주 일찍 그걸 발견해. 어떤 자는 늦고. 그런데 어떤 자들은 아예 찾지를 못 해. 운이 나쁜 거지. 그러나 그런 자들도 뭔가를 할 수 있어. 찾지 못했던 것뿐이지. 뭔가를 말이야. 그게 내 철학이야. 특별히 세련된 철학은 아니지만. 난 철학은 특별히 잘하지 못하지만 시장 노릇은 특별히 잘할 수 있지."

루모는 초조하게 발을 비비적비비적했다.

"볼퍼팅어는 싸움만 잘하는 게 아니야. 잘 알려져 있지 않아서 그렇지. 알리려는 작업은 하고 있어. 우린 볼퍼팅어도 호위병이나 엘리트 전사 말고 다른 직업에서 호평을 받도록 신경을 쓸 거야. 우린 언젠가 정신적인 능력 면에서도 높은 평가를 받게 될 거야. 예를 들어 우린 장기를 아주 잘 두지."

루모는 기분이 안 좋아졌다. 대화가 정도 이상으로 길어졌다. 장기가 뭐지? 그는 싸움을 하고 싶지 놀이를 하고 싶지는 않았다.

"그럼 무슨 계획이 있나, 젊은이?"

루모는 이 질문을 이해하지 못했다.

"자네 목표가 뭐냐고?"

"전 은띠를 찾고 있습니다."

시장이 눈을 굴렸다.

"그건 우리 모두가 찾는 거야, 이 친구야. 인생에는 다른 것들도 있어. 예를 들면, 에······."

그는 탁자를 응시했다. 거기에 삶의 의미가 적혀 있기라도 한 양. 그러더니 다시 루모를 쳐다보았다.

"자, 이해하겠지, 뭔지? 허허." 어색한 웃음이었다. "자, 그럼 이제 서류 처리를 하지."

시장은 서랍을 열고 종이를 꺼냈다.

"이 서식에 서명을 하면 자넨 볼퍼팅 시민이 되는 거야. 공짜로 거주하고 먹을 수 있는 권리가 부여돼. 공짜로 학교에 다니고 도서관을 이용할 수 있어. 의무는 아래와 같지······."

루모는 늘 그렇듯 누가 싸움과 무관한 강의를 할라치면 건성으로 흘려들었다. 그런 말이 귀에 들어가봐야 똑같은 형태의 의미 없는 음절덩어리가 되고 만다.

"여기 서명."

"네?"

"자네 이름. 여기 쓰라고."

"쓸 줄 모르는데요."

"그럴 줄 알았어. 여기 오는 대부분이 몰라. 그럼 피를 내."

"뭐라고요?"

"쓸 줄 모르면 피를 묻히라고. 여기다!" 시장이 루모에게 큰 바늘을 내밀었다. "손가락을 찔러. 그럼 피가 잘 나와."

루모는 '잠깐만' 하는 생각이 들었다. '내가 도대체 여기서 뭘 하는 거지?' 지금 얘기한 건 의무가 아닌가? 그는 부과되는 의무에 신경을 쓰고 싶지는 않았다. 포로 상태에서 벗어나 자유를 찾았으니 인생과 차모니아에 대해 알아보고 싶었다. 볼퍼팅에 계속 머무르게 될지도 몰랐다. 여기에 볼퍼팅어가 많다는 건 좋지만. 그러나 스마이크의 설명에 따르면 다른 대도시에도 볼퍼팅어는 있다. 게다가 그는 동료사회에 그다지 집착하지도 않았다. 오히려 루모는 천성에 따라 '나 홀로' 인생을 추구하는 편이었다. 그는 은띠가 자신에게 무슨 의미가 있는지를 찾고 싶었다. 그러고 나면 다시 떠날 것이다.

시장은 예의 끙 하는 신음 소리를 내며 말했다.

"그러니까 왜 여기 있어야 하는지 이유를 잘 모르겠다는 건가?"

루모는 확실히 몰랐다. 아니, 사실은 다른 데로 가보는 편이 낫겠다는 생각이 들었다.

"두 가지 이유가 있지. 첫째, 전투."

루모는 솔깃해졌다.

"그게 무슨 말씀인가요?"

전투

"여기선 그걸 가르치지. 우리 학교에서. 제대로 된 전투 말이야. 볼퍼팅어라면 누구나 잘하는 본능적 수준의 싸움질이 아니고. 그런 자질을 잘 길러서 세련화시키지 않는다면 우린 바보가 되고 말 거야. 근접전투기술 분야에 최고의 교관들이 있지. 섀도복싱, 레슬링, 킥복싱, 야간전투, 도끼전투, 철퇴, 쇠뇌, 활쏘기, 극동의 공중전, 눈 감고 칼 던지기, 한꺼번에 세 가지 무기를 들고 싸우기. 그리고 기타 등등 기타 등등."

"무기로 하는 전투도 가르치나요?"

"썩 내키지는 않지만 필요할 때가 있으니까. 이 위험한 대륙을 맨 주먹 하나로 헤쳐 나갈 수 있다고 생각하는 건 순진하지. 특히 노상 강도들이 볼퍼팅어에게 어떤 식으로든 본때를 보여주겠다고 덤빌 경우에는 그래. 우리 학교 검술사범은 우샨 데루카야!" 시장의 목소리가 격앙됐다. "데루카 선생은 전 차모니아에서 칼로는 최고야! 검도! 플뢰레도! 사벨도 최고야! 필요하다면 송로버섯 깎는 대패 분야에서도 최고일 거야. 날이 있는 건 무엇이든 최고지."

루모는 갑자기 짜릿했다.

"제가 학교에 가면 그분이 검술을 가르쳐주나요?"

스마이크는 위험한 전투기술에 대해 많은 이야기를 했었다.

"배우는 과정에 들어 있지. 또 읽기, 쓰기, 산수, 장기도 배운단다. 영웅학과 차모니아 문학 약간, 치아위생 같은 것도 물론 배우지. 하지만 실제로는 격투가 주종목이지. 주당 서른 시간은 방어를 배운단다."

루모는 바늘을 집어 들었다.

"잠깐!" 시장이 가로막았다. "두 번째 이유는 아직 말하지 않았네."

루모가 귀를 쫑긋했다.

"두 번째 이유는 자네의 은띠는 볼퍼팅에서만 찾을 수 있기 때문이야."

루모는 과감하게 손가락을 질러 피 몇 방울을 서류에 떨어뜨렸다.

"이 두 가지 이유를 설명해주면 어떤 볼퍼팅어도 확신을 갖게 되지." 시장이 히죽 웃었다. "이런 젊고 팔팔한 친구들이 글을 알면 시간이 많이 절약될 텐데. 그러면 모든 걸 칠판에 써서 걸어놓고 이런 쓸데없는 이야기는 하지 않아도 될 건데 말이야."

호트 골목 12번지

루모의 숙소는 호트 골목 12번지에 있었다. 작은 목조건물로 우르스와 다른 젊은 볼퍼팅어 세 명과 나눠 쓰게 돼 있었다. 목양견의 후예로 긴 머리에 인정미가 있는 샘물의 토비, 아크젤, 오버트 세쌍둥이는 루모를 환영해주었다. 루모의 방은 작았지만 갖출 건 다 갖추고 있었다. 생애 최초의 침대와 최초의 의자, 최초의 탁자와 최초의 벽난로 등등. 루모는 생애 최초의 창문에서 밖을 내다보았다. 저 아래 볼퍼팅어들이 지나가고 있었다. 이런 볼퍼팅어나 저런 볼퍼팅어 할 것 없이 다들 떠들고 웃고 했다. 그는 침대에 누워 옳은 결단을 내린 건지 곰곰이 생각했다. 그러다 잠이 들었다. 주위에서 나는 문명의 소리와 냄새로 마음이 편해졌다. 자연에서와 같은 적(敵)은 단 하나도 없었다. 농가의 바구니에서 마지막으로 잤을 때처럼 루모는 아주 편히, 아주 오래 잠을 잤다.

커피, 옷, 권리와 의무

다음 날 아침 우르스가 학교에 가자고 들렀다. 그는 노크를 하고 빵과 밀크커피 한 주전자를 가지고 들어왔다. 둘은 루모의 탁자에서 아침을 먹었다.

"이게 뭐야?" 루모가 뜨거운 음료를 홀짝거리면서 물었다.

"커피야."

"커피."

루모가 말했다. 이 음료는 마음에 들었다. 피곤해지거나 물리지 않고 정신이 들게 해주었다.

"저기, 말이야, 다른 사람이 뭐라 하기 전에 말인데, 네 옷에서 블루트쉰크 냄새가 나."

"알아."

"이 도시에서 별로 환영받지 못하는 냄새야. 학교 가기 전에 다른 옷으로 갈아입는 게 좋겠다. 내가 아크젤 것을 좀 가져올게. 그 정도면 대략 맞을 거야."

루모로서도 블루트쉰크 냄새가 안 난다면 아주 좋은 일이었다. 검은 사슴 가죽으로 만든 옷가지며 장화, 바지, 조끼 등은 우르스 말대로 아주 잘 어울렸다.

학교에 가는 길에 이 도시친구가 아주 간단히 볼퍼팅의 생활은 어떤 식으로 돼 있는지 설명해주었다. 공동체는 권리와 의무라는 체계에 의해 작동됐다. 돈과 법률은 거의 역할을 하지 못했다. 법률이라야 의무를 다하지 않는 사람은 권리를 박탈당하고 도시를 떠나야 한다는 것이 유일했다. 그런 사항을 감시하는 사람이 시장과 수십 명의 시의원이었다. 이들은 오로지 명예만 먹고 살아온 늙은 볼퍼팅어로서 의무 소홀에 관한 신고가 들어오면 필요한 조치를 취했다. 그 이상의 관료조직이나 정치, 권력기관은 없었다. 의무에 속하는 것으로는 예를 들어 학교 다니기, 거리 청소, 겨울철 눈 치우기, 도시에서 운영하는 채소밭에서 잡초 제거하기, 공용농장에서 일하기, 노약자와 병자를 위한 땔감 만들기, 시가 경영하는 빵공장에서 반죽 개기, 병원 의료봉사 등이 있었다. 하나같이 시청의 연간계획에 따라 모든 시민에게 할당되는 활동이었다. 볼퍼팅을 수호하는 것은 의무였다. 외부인들이 우호적으로 대해주는 틈을 타 침략해 오면 목숨을 바쳐야 했다. 물론 아직까지는 그런 일이 없었다. 반대급부는 의식주 무료 제공, 무료 취학 및 공공도서관, 스포츠·의료시설 무료 이용 등이었다. 성문들 앞에서 매년 축제로 열리는 대목장에 갈 권리도 있었는데, 시에서 물건 살 돈을 약간 지급했다. 주변 여러 도시에 농산

물을 팔았기 때문에 시청 계좌에는 돈이 풍족하게 들어왔다. 빵집에 가면 공짜로 그날 치 빵 배급을 탈 수 있었다. 그러나 하루에 두 번 타려는 사람은 웃음거리가 됐고, 세 번 그러면 부지깽이가 날아왔다.

이 모든 사항을 우르스는 등굣길에 루모에게 이야기해주었다. 하나같이 공정하다는 생각이 들었다. 일을 해야 하고 생활에 규제를 받게는 됐지만 어쨌든 무기로 하는 전투를 가르쳐준다니. 그런 정도라면 볼퍼팅 전체의 쓰레기를 혼자 치우라고 해도 할 것 같았다.

"저기가 소방서야." 우르스가 길을 가면서 각종 볼거리와 여러 시 기관들을 소개했다. "저긴 공공 푸줏간이고. 선지를 넣은 순대는 차모니아에서 최고지. 그리고 저건 극장이야."

"극장?"

"그래. 문화지, 이해하겠어?"

"몰라." 루모가 말했다.

"저건 화장실이야."

루모는 무슨 말인지 몰라 눈이 휘둥그레졌다.

"저기 가면 편히 볼일을 볼 수 있어. 변기에다. 너나없이 길거리에 오줌 싸면 안 되잖아."

"왜 안 되는데?"

"아 참, 이 친구. 좋아. 물어보니까 얘긴데 그건 볼퍼팅에서는 금지돼 있어. 여긴 문명도시야. 원시림 속에서 사는 게 아니야. 알겠어? 우린 볼퍼팅어야. 오줌을 잘 누지. 할아버지 할머니 때부터 그랬어. 하지만 변기에 누는 거야. 나중에 갖다 버리게. 생각해봐. 모두가 길에다, 으 이런……. 얼마나 더러울까. 명심해. 이 도시 주민으로 살고 싶으면!"

화장실, 하고 루모는 깊이 새겨두었다.

"저건 검은 돔이야."

둘은 광장을 건넜다. 거기에는 인상적인 건물이 서 있었는데 루모가 지금까지 본 중에서 가장 큰 건물이었다. 둥글고 거창한 반구 모양으로 거대한 검은 바위 하나를 깎아 만든 것처럼 보였다.

"저긴 뭐가 있어?"

"몰라. 아무도 몰라. 입구도 없고 창문도 없어. 아무도 들어갈 수 없고 아무도 나올 수 없어. 우린 검은 돔이라고 불러. 돔이니까. 그리고 검으니까. 그 이상은 몰라. 구멍을 뚫어보려고 했지만 곡괭이만 망가졌어. 그게 다야. 어쩌면 예전 주민들의 기념물 같은 것일지 모르지. 저기 화장실이네!"

"또 있어?"

"우리는 차모니아에서 화장실이 제일 많은 도시야. 저기가 학교다."

학교

학교는 볼퍼팅에서 가장 큰 건물로, 제일 높은 곳에 있었다. 검은 돔보다도 컸다. 화강암 담과 첨탑은 성과 비슷했다. 이런 인상은 암벽위에 세워졌기 때문에 더했다. 우르스를 따라 지나온 미로 같은 회랑들은 서늘하고 어두웠다. 거기에는 젊은 볼퍼팅어 천지였다. 이리저리 뛰어다니거나 무리를 지어 서 있거나 떠들고 웃고 했다. 루모는 우르스와 함께 교실에 들어서는 이 순간이 자신의 인생을 완전히 바꿔놓게 될 것이라는 사실을 전혀 예감하지 못했다. 학교에 가지 않고 볼퍼팅에 등을 돌리기로 결심했다면 그의 인생은 달라졌을 것이다. 아마 덜 모험적이고, 덜 위험하고, 또 어쩌면 덜 행복했을 것이다. 왜냐하면 교실은 그가 내내 꿈꾸어오던 것을 준비해놓고 있었으니까. 교실은 그를 줄곧 볼퍼팅으로 이끌어온, 그러면서도 아직은 도대체 무엇인지 모를 어떤 것을 갖고 있었다. 그것은 그의 은띠였다.

루모는 처음에 교실을 하나의 전체로서 지각했다. 젊은 학생 열두 명이 낙서투성이의 낡은 걸상에 앉아 호기심 넘치는 눈초리로 자신을 응시하고 있었다. 그 다음에는 선생님이 눈에 들어왔다. 땅딸막하고 털이 거친 볼퍼팅어로, 한쪽 눈에만 끼는 단안경을 걸치고 백묵 묻은 스웨터를 입고 있었다. 선생님은 알 수 없는 기호로 덮인 칠판 앞에 서 있었다. 그 다음에 그녀가 눈에 들어왔다.

랄라.

랄라

물론 루모는 랄라가 그녀의 이름이라는 것을 아직 알지 못했다. 그녀가 여자라는 것도 몰랐다. 하기야 여자가 도대체 뭔지도 몰랐으니. 그러나 인식 수준은 부끄러우리만치 낮았어도 본능적으로 그녀야말로 자신이 볼퍼팅까지 행진해 온 이유라는 것은 알았다. 눈을 감았다. 아주 잠깐. 그러자 그것이 보였다. 은띠. 그 어느 때보다도 더 힘이 있고 빛이 났다. 그러면서 이제는 자신과 랄라의 가슴 사이를 이리저리 나부끼고 있었다.

루모는 다시 눈을 떴다. 그는 교실 문에 달린 유리창 쪽으로 비틀하는 바람에 어쩔 수 없이 문을 꼭 잡았다. 그러지 않았다면 뒤로 넘어졌을 것이다. 예전에 외눈박이들을 처음 만났을 때처럼.

젊은 볼퍼팅어들이 킬킬거렸다. 선생님은 의아해하는 시선을 보냈다. 우르스가 돌아서더니 낮은 목소리로 쉿 하며 말했다.

"이리 와! 나한테 딱 붙어 있어!"

루모는 앞으로 비틀비틀하다가 우르스의 등에 부딪혔다. 그러자 깔깔 깔깔 웃음소리가 터져 나왔다.

"대단한 등장이군." 우르스가 속삭였다. 그는 선생님 쪽을 향하더니 큰 소리로 말했다. "이 친구는 신입생입니다. 전 애의 도시친구고요. 애는 시장님께 공식 허가를 받았습니다. 거주지는 호트 골목 12번지고요. 소란을 떨어 죄송합니다."

우르스는 루모 옆을 지나가면서 소곤거렸다.

"이제 정신 차려!"

그러고는 나가버렸다. 문이 쿵 하고 닫혔다. 루모는 달랑 혼자 남게 되었다. 열두 명의 볼퍼팅어 중 절반이 저런 부류였다.

"이름이 뭐지?" 선생님이 물었다.

'또야?' 하고 루모는 생각했다.

"루모입니다."

"카드놀이랑 같아?"

"네."

루모는 한숨을 쉬었다.

학생들이 비웃었다.

"그리고?"

그리고?

"성 말이야."

성? 그건 아까 시장도 얘기를 하던데……. 루모는 침묵했다. 땀이 나기 시작했다. 학생들이 킬킬거렸다. 동족으로 가득한 평화로운 환경에서 이렇게 불편한 상황이 벌어질 줄은 전혀 예상치 못했다.

"여기서는 다들 성이 있단다." 선생님이 설명해주었다. "예를 들어 내 이름은 하라야. 이름이지. 그런데 미드가르드에서 왔기 때문에

미드가르드의 하라라고 해."

볼퍼팅어들이 소곤소곤 귓속말을 했다.

루모는 열심히 머리를 굴렸다. 난 어디서 왔나? 페른하힝엔에서? 그건 확실치 않다. 더구나 페른하힝엔은 바보 같은 성이다. 발음하기도 어렵다. 아니면 어디서 왔을까? 악마바위에서. 그거 좋다. 악마바위의 루모. 그럼 친구들이 그 자리에서 비명을 지르며 달아나겠지.

뒷좌석에서 못 참겠다는 듯한 신음 소리가 흘러나왔다.

쟨 어디서 온 거야?

"빨리 말해!" 한 학생이 소리쳤다.

이때 루모의 머릿속에 번쩍 떠오르는 게 있었다. 루모가 딱 한 가지 출신에 대해 확실히 말할 수 있는 게 있었다.

"내 이름은…… 차모니아의 루모야."

잠시 어처구니없어 하는 침묵이 흘렀다.

테리어종의 특징을 한 볼퍼팅어는 뒤로 기대면서 이렇게 말했다.

"왜, 플로린트의 황제라 그러지? 아니면 우주의 지배자는 어때?"

폭소.

"닥쳐, 롤프." 미드가르드의 하라 선생이 말했다. "안 될 게 뭐 있어? 차모니아의 루모. 좋은 이름이야."

롤프는 여전히 루모를 뻔뻔스럽게 쳐다보며 히죽거렸다. 웃음소리가 잦아들었다.

"저 뒤에 가서 앉거라, 루모야. 수업을 따라오기만 하면 돼. 우린 지금 영웅학을 공부하고 있어. 나중에 여기서 어떻게 하는 건지 설명해줄게."

선생님은 교실 뒤쪽 빈 의자를 가리켰다.

여전히 멍한 상태에서 루모는 자리에 앉았다.

학생들은 호기심에 넘쳐 고개를 돌리며 소곤거렸다. 자연의 적이나 위험이 전혀 없는 상황에서 이토록 무기력하고 불안한 느낌이 든다는 것이 어떻게 가능할까? 저 바깥 볼퍼팅 성문 앞까지만 해도 모든 것이 훨씬 단순했다. 더 위험하긴 했지만 더 단순했다. 이 안은 위험하지는 않지만 복잡했다. 규칙, 의무, 질문, 성, 저런 볼퍼팅어들……

울부짖으며 밖으로 달려 나가 블루트쉰크 놈들이나 흠씬 패주었으면 좋겠다.

루모는 수업에 집중하려고 노력했다. 미드가르드의 하라는 학생들 앞에서 왔다 갔다 하면서 안정감 있는 목소리로 교재를 읽어 내려갔다. 그러면서 간간이 분필로 루모로서는 해독이 안 되는 기호들을 칠판에 끼적거렸다. 영웅에 관한 내용일 거라는 정도만 루모는 이해했다.

영웅학

차모니아에서 입증 가능한 최초의 영웅은, 하라 선생의 얘기에 따르면, 키가 엄지만 한 차마조네였다. 이름이 전하지 않는 그 영웅은 허리케인이 불 때 나뭇잎을 타고 날아가 화산 벽에 부딪치는 영웅적인 행동을 했다. 화산은 이 미세한 차마조네의 잔해를 용암 속에 간직했고, 그래서 고생물학자들이 후일 암석에 남은 형체를 보고 상당히 정확한 보고를 하게 된 것이다. 차마조네는 적어도 그 원시시대에 영웅에게 요구되는 최소한의 요건을 만족시켰다. 즉 자기 생명을 바쳐 무의미한 대담함을 보여준 것이다.

문명화된 시대에는 어떤 행동이 영웅적 행위가 되려면 좀 더 확실한 목적이 있어야 했다. 예컨대 수수께끼 같은 이유에서 어떤 수수께끼 같은 대상을 찾아 나선다거나 하는 등등의 일 말이다. 그러면 생명을 위태롭게 하는 그 어떤 바보 같은 짓이라도 정당화하기에 충분했다. 그래서 마법에 걸린 수건을 좇거나 세 개의 사각형 구(球)를 찾아가다가 베어울프에게 갈가리 찢기거나 돌사태를 만나 으스러진 전사들이 영웅이 되었다. 그들 중 일부는 이름까지 전해졌다. 자에드 하피, 민카 모렐라, 크노트 프라이겐바르트, 쿠무다바티 휘퓌토티키 등등. 다소 모호한 목적을 위해 죽는 것, 바로 그것이 이 시대 영웅의 기본조건이었다.

거의 같은 시대에―하라 선생 말씀대로 이 부분은 과학적 엄밀성이 확보되지 않은 부분으로 이해해야 한다― 차모니아 해변에 섬이 하나 있었는데 그 섬에서는 영웅을 계획적으로 양육했다고 한다.

섬은 나중에 가라앉아 없어지고 말았지만 전설에 따르면 힙노스*라 불리는 이 섬에서는 죽음이 허용되지 않았다. 매장이나, 관, 매장인부는 물론 묘지도 없었다. 화환도 유골단지도 비통도 눈물도 없었고, 심지어 '죽음'이라는 단어도 공식적으로는 존재하지 않았다. 당연히 누가 사고나 심근경색으로 죽는 일이 생기면 시체 처리가 난감한 문제가 됐다. 그러나 곧바로 이른바 힙노스의 검은 인간들이 나타나 시체를 치워 갔다. 그런 다음 아주 멀리 바다로 나가 무거운 돌을 매달아 수장시켰다. 병이 심하면 의사는 근심스러운 표정으로 환자 쪽으로 고개를 수그리고는 입을 맞춰 질식시킨 뒤 검은 인간들이 치워 가도록 했다. 누가 환자에 대해 물으면 긴긴 요양생활을 하고 있다고 둘러댔다. 그런데도 환자의 상태에 대해 자꾸 캐물으면 검은 인간들이 와서 그 호기심 많은 사람까지 멀리 바다에 내버렸다.

---

* 그리스 신화에 나오는 잠의 신 이름.―옮긴이

이 섬에서 양육된 영웅 중에서 죽음이 있다는 걸 아는 사람은 하나도 없었다. 죽음을 모르는 영웅만이 전혀 겁이 없는 법이다. 선택된 영웅들은 젖먹이 때 이미 섬으로 보내져 유모의 젖을 먹고 온갖 우대를 받으며 현명한 교관들의 지도하에 모든 전투기술을 훈련했다. 온갖 머리를 짜내서 행복하고 풍족한 생활을 하도록 모든 배려를 다 해주었다. 전쟁터에 내보내기 전까지는. 그들은 노래를 부르며 명예로운 전쟁터로 나갔다. 그만큼 용감했기 때문이 아니라 공포가 무엇인지 전혀 몰랐기 때문이다. 그래서 특별히 우수한 전사는 되지 못했다고 한다. 조심성이 없고, 무장을 거부하고, 은폐물 뒤에 숨는 것을 사나이답지 못하다고 생각했다. 공격은 오케이고 방어는 비겁한 짓이었다. 그들은 전쟁터에서 파리 목숨에 지나지 않았다.

다음 세대의 영웅은 다른 이상을 추구했다. 중세 초기 차모니아에서는 유달리 조심스러운 형태의 영웅관이 널리 퍼졌다. 치밀한 계획과 안전대비책을 중시했다. 날씨나 적합한 날의 상태 및 점성술적 예언들을 중시하고, 무턱대고 전투에 뛰어드는 대신 이런저런 영웅적 행동은 오히려 피했다. 그 시대 영웅의 모범인 관망가(觀望家) 지그문트는 철천지원수인 그랄준트의 잔혹백작과의 결투를 백작이 위궤양으로 만성 전투 불능이 될 때까지 미루고 또 미루었다. 또 에두폰 슈메털링은 단 한 번도 영웅적 행동을 하지는 못했어도 영웅적 행동의 완성에 관하여—아니면 그런 행동을 하기까지의 지리하고도 장황스러운 준비과정들에 관하여— 끔찍이도 지루하지만 성공을 거둔 책을 많이 썼다.

다음 시대의 영웅은, 하라 선생이 계속 설명해준 바에 따르면, 두뇌가 없는 원주민이나 낭만적인 저능아, 두려움 때문에 주저하는 자들이 아니라 진정한 전사였다. 이들은 올바른 일이나 어떤 고귀한 목적을 위해 또는 사랑하는 사람의 마음을 얻고자 싸웠다. 비올레타 발렌티나는 약혼자를 미친 군주 에그나뢰크의 감옥에서 구했고, 건달 아인드레아스는 미드가르드 순무머리정령들의 봉기를 혼자 힘으로 격퇴시켰다. 그것도 황금도끼 하나로. 파졸트 폰 파프니어는 스스로 하수구용(龍)의 독을 삼키고 하수구용에게 잡아먹힘으로써 이 야수 군대를 몰살시켰다. 이들이야말로 살과 피를 가진 영웅들이었다. 역사적 전거가 있고 신화적 사변이나 긴가민가한 전설이 아니었다.

극히 최근에는—그러니까 한 이백 년 전부터— 영웅의 범주가 다시 확장됐다. 영웅이라고 반드시 죽을 필요는 없었다. 영웅적 행위가 꼭 전쟁터에서 나오는 것도 아니었다. 예술이나 음악, 문학, 의학 또는 자연과학 분야에서도 충분히 가능했다.

힐데군스트 폰 미텐메츠는 차모니아 작가들 가운데 거장이었고, 압둘 나흐티갈러 교수는 천재 과학자이자 발명가였고, 콜로포니우스 레겐샤인은 전설적인 책 사냥꾼으로 부흐하임의 지하묘지에서 실종됐으며, 홀라제프덴더 슈루티는 공포음악을 창시했다.* 이들은 영웅이었다! 현대 영웅의 표준을 대표하는 사람들은 피범벅이 된 도끼를 휘두를 필요가 없었다. 애매한 경우에도 잉크를 적신 깃펜이나 지휘봉만으로 충분했다.

이런 대담한 주장을 하면서 하라 선생은 수업을 마쳤다. 루모가 생각하는 영웅은 폴초탄 스마이크의 이야기에 영향을 받았기 때문에 전혀 달랐다. 창 대신 바이올린 활을 든 영웅은 아무래도 상상이 가지 않았다.

---

* 이 이름들은 『꿈꾸는 책들의 도시』에서 확인할 수 있다. 궁금하면 그 책을 보기 바란다.—옮긴이

루모 자신은 몰랐지만 이제 당혹감이나 어색함은 사그라졌다. 수업이 끝났을 때는 걸상에 앉는 데 익숙해져 있을 정도였다. 종이 쳤다. 루모는 놀라서 벌떡 일어났다. 생생한 꿈을 꾸다 깬 것 같았다. 학교 수업은 그런 식이었다. 뻔히 눈을 뜨고 꿈을 꿀 수 있었던 것이다.

차코, 비알라, 올레크

휴식시간. 긴 휴식시간. 교실을 나서자 머리가 지끈거렸다. 하라 선생이 설명해준 온갖 교칙들 때문이었다. 공책과 연필은 학교 행정실에서 받아 와야 하고, 읽기, 쓰기, 산수는 특별수업시간에 공부하며, 장기와 격투는 과외시간에 배운다. 시간표는 저기와 저기에 걸려 있고, 영웅학은 자유기초과목이고, 시험과 숙제는 없다 등등. 루모는 드넓은 운동장으로 쏟아져 나가는 다른 학생들을 따라 뛰었다. 운동장 한가운데는 천막을 쳐놓았다. 뜨거운 커피와 카카오, 닭고기 수프, 사과도 나눠 주고 있었다.

루모는 너무 기분이 좋아서 배가 고픈 줄도 몰랐다. 들뜬 마음으로 운동장 이곳저곳을 돌아다녔다. 드문드문 작은 무리들이 모여 있었다. 대개는 이런 볼퍼팅어와 저런 볼퍼팅어로 갈렸다. 떠들고 웃고, 재미삼아 티격태격하는가 하면, 쫓고 쫓기면서 소리 지르며 사과를 집어던졌다.

저런 볼퍼팅어들이 모인 무리에 랄라가 있었다. 그는 바로 돌아섰다. 피가 거꾸로 치솟는 느낌이었다. 루모는 비틀거리며 뒷걸음질 쳐서 나무 뒤로 가 숨으려다가 또 발을 헛디뎠다. 넘어질 뻔했다. 뭔가에 걸렸고, 그게 남의 발이라는 것을 직감했다.

"아차, 실례." 롤프가 히죽거리며 발을 뺐다. "나의 실수."

그는 나무에 등을 기대고 서 있었다. 볼퍼팅어 셋이 에워싸고 있었는데 루모네 반은 아니었다. 롤프는 윤이 나는 푸른 사과를 높이 던졌다가 잡아채곤 했다. 그러고는 차례로 동료들을 가리키며 말했다.

"소개하지. 붉은 산의 차코. 부흐팅어 비알라. 모래언덕의 올레크야."

셋은 목례로 인사했다. 차코는 털가죽이 하얗고 눈은 북쪽의 얼음 개처럼 기분 나쁘게 째진 데다 녹색이었다. 비알라는 롤프처럼 테리어종이었지만 털가죽은 갈색이었다. 올레크는 목양견의 유전적 특성을 지니고 있었다.

"그리고 여긴 차모니아의 루모야." 롤프가 소개했다. "대단한 이름을 가진 신참이지. 그런데 전하께서는 대체 어딜 그리 급히 가시나? 급한 용무라도 있으신지?"

그가 이죽거렸다.

루모는 벌써 피가 거꾸로 솟았다.

롤프의 무리는 대장의 농담에 와아 하고 정신없이 웃어댔다. 루모는 조급한 마음에 되는 대로 응수하려고 했지만 아무 생각도 안 났다. 그래서 이렇게 말했다.

"원한다면 한판 뜨지."

"호오." 차코와 올레크가 이구동성으로 말했다.

비알라는 옆으로 비켜섰다. 롤프의 목소리가 거의 들리지 않을 정도로 낮아졌다.

"바로 본론으로 들어가시는군. 뜨자고? 싸울 줄은 알고? 반사신경은 어떠신가, 차모니아의 루모 군?"

루모는 깜짝 놀랐다. 사과가 쏜살같이 날아왔다. 크로메크 투마가 쏜 화살보다 빨랐다. 롤프가 엄청 세게 던졌음이 분명하다. 그래서 거의 본 사람이 없었다. 그러나 루모는 사과가 날아가는 방향을 포착했고, 어떤 반응을 보여줄까 궁리할 틈이 있었다. 그는 사과가 코

앞에 다가올 때까지 기다렸다가 머리를 약간 옆으로 숙여 통과시킨 다음 곧바로 전광석화처럼 꽉 물었다. 사과를 이빨 사이에 물고는 롤프를 바라보며 비죽거렸다. 이어 머리를 뒤로 젖히더니 사과 한 조각을 공중에 뱉고는 한입에 덥석 삼켰다. 과일은 목구멍 속으로 사라졌다. 루모는 입술을 핥았다.

"우와!" 올레크가 소리쳤다. "쟤, 빠르네."

롤프는 신경에 거슬렸는지 실눈을 뜨고 노려봤다. 신참 볼퍼팅어는 정말 민첩했다. 그러나 그는 당혹감을 눈치채이지 않도록 애썼다. 그러면서 평상시처럼 여유 있고 느긋하게 말했다.

"원시림의 새끼돼지들이 먹이에 대한 반응은 빠른 법이지. 보기보다 훨씬 빨리 처먹거든."

'이제 됐다' 하고 루모는 생각했다. '놈이 달려들겠지.'

이제부터는 오히려 롤프가 안쓰러워졌다. 다음에는 더 빨리 움직일 테니 마술을 부린다고들 생각하겠지. 하지만 너무 심하게 할 뜻은 없었다. 창피를 주는 정도면 족했다. 어떻게 당했는지도 모르는 사이에 털썩 주저앉고 마는 정도면 충분했다. 루모는 번개같이 롤프를 향해 들이닥쳤다.

상대가 공격해 오는 것을 보는 순간 롤프의 내면의 눈앞에 번쩍하고 하얀 불이 타올랐다. 그러나 간신히 바로 꺼버렸다. 왜냐하면 어떤 경우라도 그 불에 홀딱 휩쓸려서는 안 된다는 걸 배웠기 때문이다.

롤프 이야기

롤프는 야생에 사는 부모가 쌍둥이 여동생과 함께 큰 숲에 내버리는 바람에 거기서 사냥꾼에게 붙잡혔다. 사냥꾼은 두 아이를 농부에게 팔아넘겼다. 이 농부는 사실 진짜 농부가 아니었다. 집에서 만든 가짜 브랜디 두 병을 주고 젖먹이들을 산 이 블루트쉰크는 실제로는 가짜 소주 제조업자이자 강도였다. 그는 위장용으로 궁색한 농가에 동물 세 마리를 키웠다. 하나는 비쩍 마른 돼지였고, 하나는 비쩍 마른 소, 또 하나는 비쩍 마른 양이었다. 롤프는 가축을 지키는 개로 쓸 요량이었다. 이름이 니트후크인 이 블루트쉰크는 볼퍼팅어에 대해 전혀 몰랐다. 늘 취해 있었기 때문에 볼퍼팅어의 머리에 난 작은 뿔은 안중에 없었다. 그는 오누이를 들개의 일종이라고 여겼다. 그는 개들이 자기에게 경외심을 갖게 만들려고 끔찍한 짓을 했다. 그가 여동생을 몽둥이로 천천히 그리고 조직적으로 패 죽이는 동안 오빠는 줄에 묶인 채 바라보아야만 했다. 그런 다음 니트후크는 시체를 숲으로 끌고 가 자기가 믿는 곰신(神)에게 제물로 바쳤다.

니트후크는 롤프를 굶기다시피 했다. 많이 먹으면 잠만 자고 긴장이 풀린다는 것이었다. 그는 롤프를 마당의 나무창살 우리에 가둬놓았다. 비가 들이치기도 하고 눈이 날아들기도 했다. 그 덕분에 정신은 번쩍 났고 생기는 넘쳤다. 그러던 어느 날 니트후크가 들어와 롤프를 가죽혁대로 실컷 두들겨 팼다. 그는 만취 상태에서 이 볼퍼팅어를 타작했다. 타작은 둘 중 하나가 의식을 잃고 나서야 끝이 났다.

롤프가 성장기에 접어들자 니트후크는 처음에는 당황했지만 나중에는 이렇게 빨리 자라는 동물을 갖고 있다는 생각에 마음이 흐뭇했다. 이 동물은 날마다 조금씩 더 위험스러워지는 것 같았다. 그게 좀 불안하기도 했다. 그래서 헛간에 가두고 사슬로 꼭 묶어두었다. 그런 상태의 장점은 비바람을 맞지 않아도 된다는 것이었고, 단점은 니트후크가 비가 오나 눈이 오나 바로 집에서 튀어나와 개 패듯이 팰 수 있다는 점이었다.

롤프는 자라는 이빨을 사슬을 고정해둔 나무기둥에 실험해보았

다. 물어뜯고 갉고 긁고 하면서 탈출만 생각했다. 그러던 어느 날 하
도 씹어대는 바람에 떨어져 나간 기둥 부위에서 사슬을 박아둔 대
못이 툭 떨어졌다. 롤프는 깜짝 놀랐다. 아직 목에 사슬이 감겨 있지
만 이제는 자유였다.

　그는 누구한테도 몹쓸 짓을 한 적이 없었다. 늘 순응하기만 했다.
비쩍 마른 몸은 흉터와 상처투성이였다. 귀에는 혁대 버클이 꽂히는
바람에 푹 팬 자국도 있었는데, 그때 고통은 뭐라 표현할 수도 없었

다. 몇 주 동안 상처에서 피가 흘렀고, 결국 곪아버렸다. 롤프는 결단을 내리지 못했다. 숲으로 달아날 수 있었지만 그러지 않았다. 안채로 숨어들어가 니트후크를 뒤에서 덮칠 수 있었지만 그러지도 않았다. 그냥 헛간에 누워 기다렸다. 사태가 흘러가는 대로 내맡겨둔 것이다. 저녁 무렵에 갑자기 헛간 문이 텅 하고 날아가더니 니트후크가 혁대를 쥐고 뛰어들어왔다.

이 순간 처음으로 롤프는 하얀 불을 보았다. 눈부시게 하얀 불의 벽이 눈앞에 타올랐다. 롤프는 헛간에 갑자기 불이 난 줄 알았다. 그러나 불꽃은 다시 사라졌다. 그리고 모든 것이 조용해졌다. 니트후크는 사라졌다. 롤프는 그가 도망갔다고 생각했다. 어디 집안 구석이나 주변 숲으로 달아나 숨었거니 했다. 그런데 알고 보니 아직 헛간에 있었다. 그 도둑놈의 팔은 바로 앞의 바닥에 있었고, 건초와 벽 곳곳에는 피가 흩뿌려졌고, 머리는 창살 사이에 끼어 있었다. 다리는 저기 가 있고 팔은 또 저기 가 있었다. 롤프는 자기 몸을 내려다봤다. 온통 피투성이였다. 니트후크와 함께 하얀 불을 통과한 것이다.

그 이후로 롤프는 가끔 하얀 불을 보았다. 심각한 위협을 당하고 있다고 느낄 때마다 그랬다. 볼퍼팅에 와서야 비로소 그 불과 함께 몰려드는 위험한 힘을 억제하는 법을 배웠다. 루모가 돌진해 오는 이 순간에도 그랬다.

우샨 데루카

루모가 롤프에게 몸을 날렸다. 전광석화였다. 그의 공격은 치밀하게 계획한 것이었다. 그는 무슨 일이 일어날지 정확히 알고 있었다. 롤프 옆을 재빨리 스쳐 지나가면서 슬쩍 다리를 걸고 팔꿈치로 가슴팍을 치면 벌러덩 자빠질 것이다. 그러면 롤프와 그 일당은 자신의 속도에 충격을 받아 찍소리 못 할 거라고 생각했다.

그러나 사태는 좀 달랐다. 교실에 처음 들어섰을 때처럼 루모를 진짜 당혹스럽게 하는 일이 벌어졌다. 롤프는 느리지 않았다.

더 빨라졌다.

그랬다. 롤프는 자기만큼이나 빨리 움직였다. 그는 옆으로 몸을 피해 루모가 빗나가게 만들었다. 그런 다음 루모가 다시 자세를 갖추기도 전에 뒤에서 목을 낚아채 땅바닥에 메쳤다.

지금까지 루모는 스피드에 있어서 자기와 필적하는 생명체를 본 적이 없었다. 외눈박이들은 자기보다 힘이 셌다. 블루트쉰크는 무장이 잘 돼 있었다. 목조르기뱀은 몸놀림이 자유자재였다. 루모의 카드는 스피드였다. 그러나 이것은 모든 볼퍼팅어의 카드라는 사실을 그는 깨달아야 했다. 성문 밖에서라면 센세이셔널했을 일이 이곳 학교 운동장에서는 당연한 것으로 여겨졌다.

그리하여 롤프가 엉덩방아를 찧은 게 아니라 이제 둘이 운동장에서 엎치락뒤치락하게 된 것이다.

보기에는 그저 으르렁 씩씩거리면서 뒤엉켜 투덕거리고 있었지만 실제로는 치밀한 초식들이 오가고 있었다. 루모의 손과 발 초식에 맞서 롤프는 상응하는 초식을 날렸고, 롤프가 공격을 가할 때마다 적절한 맞대응이 날아갔다. 둘은 본능적으로 이빨은 쓰지 않았다. 그러나 보통 때 학교 운동장에서 벌어지는 주먹질과는 분명 차원이 달랐다. 구경꾼들이 두 싸움꾼 주위로 몰려들었다. 양쪽 다 이처럼 진지하고 끈질기게 하는 싸움은 드물게 보는 광경이었던 것이다.

루모는 갑자기 목에 강력한 발차기가 날아든 것을 느꼈다. 롤프의 발이 아니었다. 누군가 자기를 높이 들어 올렸는데 옆에는 롤프가 있었다. 자기와 마찬가지로 온몸이 새카매진 상태로 헐떡이고 있었다.

똑같이 목덜미를 잡힌 상태였다. 그 다음 루모의 눈에 들어온 것은 지금까지 본 중에서 가장 슬픈 얼굴을 한 볼퍼팅어였다. 그는 우샨 데루카였다. 이 학교의 전설적인 검술사범으로 이날이 학생 지도교사 당번이었다. 그는 둘을 놓아주고는 노기 어린 눈초리로 쏘아봤다.

"이 무슨 교양 없는 짓인가? 자네들." 그의 음성은 나지막했다. "깡패들이 따로 없구먼."

누구나 처음 눈길이 끌리는 것은 우샨 데루카의 온몸에서 풍겨 나오는 저 기이한 멜랑콜리였다. 마치 얼굴 전체가 중력에 의해 아래로 이끌린 듯이 입가며 주름이며 눈물샘까지 축 처져 있었다. 게다가 목소리는 낮고 느릿했다.

"자넨 대체 누군가?"

"루모요. 차모니아의 루모입니다."

"신입생이로군. 오호, 차모니아의 루모라고? 허랑방탕한 사기도박꾼의 별명 같구나."

롤프는 웃음이 나왔다.

"자넨 아직 뭘 모르는구나, 롤프 군. 이제 내가 수업시간 외에는 싸움을 용납하지 않는다는 걸 알 때도 됐는데."

"얘가 먼저 시작했어요." 롤프가 말했다.

"네가 빌미를 주었겠지." 데루카는 학교 건물을 가리켰다. "깨끗이 씻고 들어가거라. 한 번만 더 걸리면 학교 화장실 전체 청소 일주일이야."

두 사람은 잽싸게 다른 방향으로 사라졌다. 승리를 놓친 데다 선생님의 꾸지람까지 받았으니 이중으로 창피했던 것이다. 다른 학생들은 루모가 먼지를 툭툭 털고 교실로 들어가는 뒷모습을 뻥한 눈으로 바라봤다.

휴식시간 후의 수업은 끝없이 길게 이어졌다. 흠잡을 데 없는 치아에 이름이 플로린트의 타소인 달마티안족 선생이 치아위생학을 강의했다. 그는 치실을 이빨 사이의 좁은 틈에 끼워 닦는 방법을 시범적으로 보여주었다. 그러고는 일반적인 치아위생과 특히 볼퍼팅어에게 치아위생이 얼마나 중요한가를 누누이 강조했다.

"치아는……." 그는 줄곧 이렇게 시작했다. "볼퍼팅어에게 가장 중요한 도구다! 치아위생은 우리의 가장 고귀한 의무야. 우리의 최대의 적은 거대한 야수가 아니라 미세할 정도로 작은 동물들이다. 놈들은 우리 이빨 사이의 빈 공간에 서식하지. 우린 날마다 놈들과 전투를 해야 한다!"

그러더니 전형적인 볼퍼팅어 치아의 횡단면 모양을 칠판에 그린 다음, 그 작은 동물들이 어떻게 잇몸과 이빨 사이에 침투해 마귀 같은 짓거리를 해대는지를 설명했다.

루모는 롤프 쪽으로 시선을 돌리지 않는 한은 수업을 따라가는 데 어려움이 없었다. 그건 쉬운 일은 아니었다. 앞서 있은 일로 아직 가슴이 벌렁벌렁했기 때문이다. 그러나 시간이 가면서 그런 흥분은 차츰 지루함에 자리를 내주고 말았다. 플로린트의 타소는 이어서 수학도 가르쳤다. 이 과목은 처음부터 진저리가 났다. 수업에 적극 참여하라고 요구하는 사람도 없었다. 고급반인 데다가 루모는 산수는 기초반에서 처음부터 배우게 돼 있었기 때문이다. 그래도 지루하기 이를 데 없는 수많은 숫자와 공식을 떠드는 것을 조용히 앉아 견뎌내지 않으면 안 되었다. 게다가 타소는 칠판에 이해할 수 없는 기호까지 그렸다. 그는 그런 기호로 온 우주를 계산할 수 있다고 큰소리 떵떵 쳤다. 루모가 생각하기에 전 우주를 계산하려는 것보다 더 생뚱맞은 일도 없었다.

그런 일은 가능하지 않다고 생각한 것이다. 그런데 그 다음 두 시간은 더 괴로웠다. 하라 선생의 장기 수업이었다. 그건 나무로 만든 말을 널빤지에 늘어놓고 하는 것으로 얼핏 보면 적을 지루하게 만들어서 죽이는 놀이 같았다. 수업시간 내내 학생들은 가끔 본 적이 있는 격자무늬 판때기를 사이에 두고 아무 말 없이 마주앉아서 종종 서로에게 바보 같은 소리를 했다. 다만 어쩌다 누가 움직이면서 판 위의 말을 옮기고 나면 다시 모든 것이 적막 속으로 빠져들었다. 그러는 사이 선생은 창문 쪽 의자에 앉아 창피한 줄도 모르고 꾸벅꾸벅 졸았다. 단 하나 지루함을 달래줄 거리라면 "장이야"나 "외통장군" 하고 외치는 소리 정도였다.

루모는 게임에 참여하지 않아도 됐다. 그래서 시간이 남아도는 탓에 이런저런 생각을 했다. 괜찮은 과목(영웅학, 치아위생)이 있고, 아무래도 상관없는 과목(장기)이 있고, 도저히 안 맞는 과목(산수)이 있었다. 가장 흥미로운 과목은 첫날 수업에는 없었다.

여자 볼퍼팅어

루모가 늦은 오후에 교문을 나서는데 우르스가 단 과자를 담은 삼각봉투를 들고 빵을 씹으며 기다리고 있었다.

"그래서? 어떻게 됐어?" 그가 루모에게 봉투를 건네주며 물었다.

루모는 그만하라는 듯이 눈을 찡그렸다.

"고마워. 좋았어. 신고식치고는."

"축하해. 누구랑 그런 거야?"

"롤프란 애하고."

"롤프? 하필 걔야? 그래그래 잘했어. 그래도 볼퍼팅 최고의 싸움꾼을 제대로 골랐군. 나빴나?"

"결론이 안 났어."

"결론이 안 나? 롤프랑?" 우르스는 알겠다는 듯이 쯧쯧 소리를 냈다. "난 결과가 더 좋을 걸로 생각했는데."

둘은 잠시 말없이 나란히 길을 걸었다. 우르스는 계속 빵을 삼켰다.

"딴 건? 학교는 어때?"

루모가 얼굴을 찌푸렸다.

"그게……."

"누구나 그래. 등교 첫날 좋다는 놈은 바보들밖에 없어. 곧 익숙해질 거야."

"난 안 돼. 특히 저런 볼퍼팅어들은."

"저런 볼퍼팅어라니? 무슨 소리야?"

루모는 남이 모르게 코끝으로 길 건너편을 가리켰다. 랄라가 킬킬거리는 볼퍼팅어 무리 한가운데 서 있었다.

"저기 쟤? 여자들 말하는 거야?"

"저게 여자들이야?"

"그럼. 머리 긴 애, 쟤가 랄라야. 퀸카지."

"랄라." 루모가 중얼거렸다.

우르스는 딱하다는 표정으로 루모를 쳐다봤다.

"이해가 안 가네. 정말 여자가 뭔지 모른단 말이야?"

루모는 몰랐다. 하지만 이런 질문 자체가 당혹스럽게 느껴졌다.

"쟤네는 남자 볼퍼팅어가 아니야. 여자 볼퍼팅어야."

"여자?"

"나 참!" 우르스가 말했다. "너 정말 숙맥이구나."

그는 루모의 어깨에 손을 얹고는 눈을 뚫어지게 들여다봤다. 우르스의 음성이 낮아졌다.

"이 불쌍한 친구야, 걱정 마. 내가 여자가 뭔지 제대로 가르쳐줄 테니."

생명의 기적

루모는 옷을 입은 채 침대에 누워 시큰둥하게 빵을 씹으며 몇 시간 전에 벌어진 일들을 되새겼다. 오늘 하루는 힘겨웠다. 자신의 세계상의 근간이 되는 기둥이 몇 번이나 흔들렸다. 게다가 우르스가 집으로 오면서 해준 이야기 때문에 더더구나 잠 못 이루는 밤을 보내야 했다.

차마 믿기지 않는 일이었다! 두 종류의 볼퍼팅어가 있다니. 남자와 여자. 게다가 그게 다가 아니었다. 루모를 완전히 혼란에 빠뜨릴 양으로 우르스는 차모니아에 사는 모든 족속은 두 가지 종류가 있다는 얘기를 해주었다. 두 종류의 페른하헨, 두 종류의 블루트쉰크, 두 종류의 이런 족속, 두 종류의 저런 족속. 그런 다음 생명의 기적에 관해 이야기했다. 그러니까 꿀벌이 꽃에다가 뭔가를 해주면 어찌어찌해서 거기서 서로 다른 두 종류의 나비가 나온다, 뭐 그 비슷한 얘기들이었다. 중요한 건 여자였다. 여자들은 남자를 미치게 하는 냄새를 풍기고 다녔다. 은띠들이 남자를 볼퍼팅으로 유혹한 것이다. 어느 여자나 은띠를 보낼 수 있고, 남자는 누구나 그걸 따라가려고 했다. 그러나 왜 그런지는 아무도 알지 못했다.

우르스는 또 새끼 볼퍼팅어는 태어나자마자 숲에 버려진다는 얘기도 했다. 그러나 왜 그런지 설명하지는 못했다. 아니면 설명하고 싶지 않았는지도 모른다.

랄라. 여자. 롤프. 영웅학. 이빨 사이에 서식하는 작은 동물들. 장기. 산수. 생명의 기적. 이런 것들은 정말이지 루모에게는 너무 심했고, 단 하루에 알아듣기에도 너무 심했다. 그는 몇 시간을 잠 못 이루며 이리 뒤척 저리 뒤척 하다가 방 안을 이리저리 돌아다니다가 다시 누워 거리에서 나는 소리에 귀를 기울였다. 랄라 생각이 났다.

랄라.

랄라.

랄라.

하라 선생의 볼퍼팅어학 개론

다음 날 깨어난 순간 루모는 잠시 여기가 어딘가 싶었다. 아주 늦게 잠이 들어서 세 시간이나 랄라와 입에 사는 작은 동물들에 관한 꿈에 시달리다가 결국은 열린 창문으로 쏟아져 들어오는 소음에 눈을 떴다. 벌써 온 집 안에 새로 끓인 커피 냄새가 진동했다. 똑똑 소리가 났다. 루모가 문을 열어주었다. 우르스가 커피 주전자를 들고 문앞에 서 있었다.

둘은 아침을 먹고 나서 볼퍼팅 거리를 잠시 함께 걸었다. 그러고는 각자 제 길로 갔다. 우르스는 도시 서쪽 끝에 있는 공용 소시지공장에서 공익근무를 해야 했다. 루모는 혼자서 길을 찾아 학교에 갔다. 공책이며 연필을 나누어 주는 장소는 단번에 찾았다. 거기서 어깨에 메는 가죽가방과 책 몇 권, 칫솔, 끝없이 긴 치실, 치약 한 통, 사과 한 알도 받았다. 책에 쓰여 있는 기호는 무슨 말인지 도통 알 수가 없었다. 이어서 교실로 갔다. 교실 문 앞에서 잠시 머뭇거렸다. 교실에 들어가서 학생들 얼굴을 쳐다보면서 의자에 앉은 다음, 꼭 그래야 한다면 엉덩이에 땀띠가 나도록 앉아서 공부를 하리라 다짐했다. 이제 모든 걸 참아내야 할 이유가 생겼기 때문이다. 그 이유는 바로 한 여자, 랄라였다.

루모는 문을 열고 소란스러운 학생들 사이로 걸어 들어갔다. 그런데 자리를 남이 차지하고 있었다. 롤프가 앉아 있었던 것이다. 루모를 기다리고 있는 것 같았다.

"내 자리야." 루모가 말했다.

"네 자리면 가져가." 롤프가 느릿느릿 대꾸했다.

소란이 멈췄다. 모든 시선이 롤프와 루모에게로 쏠렸다.

루모는 아주 천천히 가방을 내려놓았다. 기습전술은 롤프에게 통하지 않는다는 경고는 이미 받았다. 그래서 이번에는 좀 지루하기는 하겠지만 제대로 힘겨루기를 해야 할 성싶었다. 둘 중 하나가 포기할 때까지 가는 것이다.

"내 자리야." 루모가 조용한 목소리로 다시 말했다. "일어서!"

롤프는 루모를 거침없이 쳐다보았다. 그는 바닥에 침을 뱉었다.

"저게 네 자리야." 그러면서 코끝으로 루모 발치에 생긴 더러운 침 웅덩이를 가리켰다. "앉지?"

루모는 롤프의 냉철함이 인상적이었다. 상대는 분명 훨씬 불리한 위치에 있었다. 루모가 위에 있기 때문에 내리칠 수가 있는 것이다.

"일어서, 롤프." 그때 밝은 목소리가 들렸다. "네 자리에 가 앉아! 그리고 루모를 놔둬!"

루모는 주위를 둘러보았다. 뒤에 랄라가 서서 긴 손가락으로 연필을 돌리고 있었다. 그녀의 시선은 진지했다. 롤프는 히죽 웃으며 여봐라는 듯이 아주 무겁게 몸을 일으켰다. 그러고는 순순히 그의 의자로 가서 앉았다.

이 순간 하라 선생이 교실에 들어왔고, 다른 학생들과 루모도 자리에 앉았다. 랄라는 어떻게 말 몇 마디로 그렇게 했을까 하고 자문해보았다. 내가 온 힘을 다해도 되지 않은 일. 랄라가 롤프에게 행사한 힘은 어떤 것이었을까?

"볼퍼팅어학 개론이다."

하라 선생은 이렇게 선언하고는 칠판을 열었다. 지우개로 전날 쓴 글씨를 지운 다음 짙은 녹색 칠판 위에 개의 머리를 그렸다. 그리 예술적이지는 않았다. 이어 머리에 뿔 두 개를 장식했다. 그런 다음 학생들 쪽으로 돌아섰다. 루모는 조끼에 떨어진 노른자위 자국을 살펴보고 있었다.

"여러분 머리 위에 있는 작은 뿔이 어디서 생겼는지 궁금했던 적 있는 사람?" 하라가 질문했다.

몇몇 학생이 자기 뿔을 만졌다. 웅얼웅얼하는 소리와 그런 걸 어떻게 알겠느냐는 듯한 웃음이 교실을 메웠다.

"친척 중에 노루 있는 사람? 아니면 영양도 괜찮고. 먼 할아버지 쪽에 사슴이 있는 사람은?"

학생들이 낄낄거렸다.

"좋아, 너희들 웃지. 하지만 뿔 달린 개 본 적 있냐? 송곳니 난 노루 봤어? 어떻게 볼퍼팅어는 전혀 다른 족속의 유전적 특징을 한 몸에 갖고 있느냐 이 말이야. 사냥꾼과 사냥감의 유전자잖아? 야생 포식자와 온순한 되새김질 동물의 유전자잖아? 그런 의문 든 적 없어?"

학생들은 침묵했다.

"그럼 너희들한테 얘기 하나 해주지. 이 얘기가 그런 질문에 충분한 답이 될 수 있을지는 모르겠다만 어둠 속의 한 줄기 빛 정도는 되겠지. 근데 경고해둔다. 아주 무시무시한 이야기야. 마음이 너무 약해서 안 듣고 나갈 사람 있나? 롤프? 루모는?"

다들 낄낄거렸다. 롤프와 루모만 빼고. 둘이 운동장에서 싸웠다는 얘기는 이미 교무실에도 돌았다.

"이 이야기는 큰 숲에서 벌어진다. 그리고 알다시피 거긴 아직 차모니아 지도에 흰 점으로 표시돼 있어. 대부분 탐사가 안 돼 있고 여전히 비밀에 싸여 있지. 그래서 나도 이런 사건들이 과학적으로 확실한지는 보장할 수가 없다."

학생들은 재미있다는 듯이 자기들끼리 귓속말을 주고받았다. 하라 선생의 이야기는 상당히 인기가 있는 모양이었다. 루모도 귀를 뾰족 세웠다.

"그곳에서는 저녁 어스름이면 구슬픈 신음 소리가 들려온다." 하라 선생이 과장된 목소리로 이야기를 시작했다. "그림자는 찡그리는 표정을 뒤로 길게 끌고, 안개는 형상처럼 흔들리지. 큰 숲은 거기서 멀지 않다. 무당개구리 두 마리의 불길한 울음과 올빼미의 외침만이 이어졌지. 사람들은 숲 가장자리에만 가도 벌벌 떤다. 시커먼 나무 유령 울타리가 외부인의 출입을 거부하는 거야. 그 울타리는 위쪽이 죽은 나뭇가지들로 뒤엉켜 있어. 아무도 그 숲에 들어가지 않는다. 그 깊은 속에는 손가락 백 개 달린 무멘, 아귀(餓鬼), 얼굴 없는 사람, 사악한 사악한 늑대와 숲거미마녀가 살고 있다는 걸 다들 알고 있기 때문이야. 그래서 그 섬뜩한 숲은 아주 아주 오랜 세월 전인미답 상태로 남아 있었지……"

하라는 창문 옆 의자에 앉아 학생들을 죽 훑어보았다.

"그러던 어느 날 은(銀)우유 공주가 이곳에 오게 된 거야. 공주는 어린 노루로, 음흉한 족속들에 대해 알 만큼은 알고 있었단다. 원래 인간의 아이였기 때문이지. 그런데 음험한 개암나무마녀 탓에 노루로 변해서 큰 숲 주변에 버려졌던 거야."

여학생들이 한숨을 쉬었다. 남학생들은 히죽거렸다. 노루는 곧 난관에 처하게 될 터였다.

"은우유 공주는 손가락 백 개 달린 무멘, 아귀, 얼굴 없는 사람, 사악한 사악한 늑대나 숲거미마녀에 대해서는 아무것도 몰랐어. 그래서 뭣도 모르고 그 시커먼 숲 속으로 들어간 거지. 얼마 지나지 않아 숲은 공주를 어두운 그림자로 뒤덮기 시작했어. 밤이 시작된 거야. 그런데 반갑게도 어둠 속에서 희미한 빛이 보였어. 재빨리 그리로 가다 보니까 그 빛은 숲 속의 한 작은 집에서 나오더란 말이야."

하라는 창가 벤치에서 일어나 첫째 분단 쪽으로 가 책상에 기대고는 학생들을 빤히 쳐다봤다.

"큰 숲 속의 작은 집에는 왕왕 못된 놈들이 있는 법이야. 안 그래?"

학생들이 최면에 걸린 듯 고개를 끄덕였다.

"하지만 우리의 꼬마 노루는 당연히 그런 걸 몰랐지. 순진무구했으니까. 그래서 수줍게 앞발로 문을 두드렸어."

하라는 몸을 돌려 칠판 미닫이 문짝을 가볍게 톡톡 두드렸다. 그런 다음 조심스럽게 밀자 경첩에서 끼익하는 소리가 나며 문짝이 천천히 열렸다.

"안에서 누군가 문을 열었어. 그런데 말이야, 공주가 지금까지 본 것들 중에서 가장 무시무시한 괴물이나 뭐 그런 게 아니었어. 인자한 할머니가 들어오라는 거야. 그 노파는 예기치 못한 방문을 반기면서 손님에게 화덕의 냄비에서 끓고 있는 맛 좋은 굴라슈를 내놓았어. 은우유 공주는 감사하지만 사양하겠다고 했지. 변신한 이후에는 채식주의자가 됐기 때문이야. 그러고 따뜻한 불 옆으로 갔어. 할머니는 '괜찮아, 바로 맛 좋은 야채만두 만들어줄게' 하고는 화덕으로 갔지. 은우유는 불 옆에서 몸을 덥힌 뒤 피곤한 사지를 뻗고 안온한 느낌을 주는 불꽃을 바라보면서 할머니가 혼자 노래를 흥얼거리는 것을 듣고 있었다. 거의 잠이 들었지."

하라의 음성은 점점 조용해지다가 속삭임에 가까워졌다.

"거의!"

그는 냅다 소리를 질렀다. 그러자 학생들은 깜짝 놀랐다.

"그런데 갑자기 펑 하면서 문짝이 날아간 거야. 밤바람이 세차게 몰려들어와 소용돌이쳤어. 탁발승처럼 온 집 안을 한 번 휩쓸고 가더니 휙 하고 다시 나가버렸지. 바람이 사라지고 나자 은우유 공주 혼자 집에 남게 됐어. 할머니가 서 있던 곳에는 거대한 핏자국만이 남아 있었지. 바닥에도, 화덕에도 피가 뿌려져 있었어. 주변에는 잘려 나간 손가락 백 개가 널려 있었는데 길고 위험한 손톱이 붙어 있었지. 여전히 움찔움찔하면서 말이야. 그리고 화덕 냄비에는 사악한 무멘의 떨어져 나간 머리가 끓고 있었어."

"난 알지." 롤프가 뭔가 불길한 것을 예감한다는 듯한 투로 중얼거렸다.

하라는 그에게 못마땅한 시선을 보냈다.

"화덕에 있던 노파는 손님한테 잘해주는 할머니가 결코 아니었어. 손가락 백 개 달린 무멘이었던 거지."

교실 전체가 술렁거렸다.

"은우유 공주는 다음 날 계속 숲을 가다가 깡마른 남자를 만났어. 남자는 참나무 아래 돌 위에 앉아 있었어."

선생의 목소리가 다시 낮아지면서 조용하고도 사무적인 투로 바뀌었다.

"'난 금욕주의자야' 하고 그 갈비씨가 말했어. '아무것도 안 먹는 거나 마찬가지란 얘기야. 몇 주에 한 번 소화기관을 활동시키려고 자갈과 모래만 좀 먹지. 이런 방식으로 초월적인 영적 각성을 추구하는 거야. 나랑 같이 금식할래, 아가야?'

은우유 공주는 한마디도 알아듣지 못했어. '금식'을 '휴식'으로 착각한 것 외에는 말이야. 잠시 휴식을 취하자는 데 반대할 것도 없었지. 그래서 이 갈비씨 발치의 수풀에 누웠어. 남자는 금식의 주문을 외우면서, 계속 울리는 종소리 같은 단어와 물이 졸졸 흐르는 듯한 문장을 이어갔어. 은우유 공주한테는 자장가처럼 들렸지. 그래서 공주는 거의 잠이 들 지경이었는데……."

몇몇 학생의 눈꺼풀이 무거워졌다.

"거의!"

하라 선생이 소리쳤다.

"숲 속에서 바람이 치솟은 거야. 바람은 자작나무 틈새로 스쳐 가
더니 나뭇잎을 휘감아올렸지. 그래서 은우유는 춤추는 단풍에 휩
싸인 것 같았어. 그런데 폭풍이 다시 잠잠해지더니 그 깡마른 남자
가 참나무하고 하나가 돼버렸어. 몸이 밧줄처럼 큰 나무를 휘감은
거야. 몸뚱이의 뼈는 다 가루가 됐지. 완전히 죽어버린 거야. 공주는
참나무 주위를 돌며 이 끔찍한 광경을 자세히 뜯어보았단다. 여우에
서 다람쥐까지 온몸을 뜯긴 온갖 야생동물의 해골이 산을 이루고
있었어. 다 갉아 먹은 노루 머리도 있었지. 그 마른 남자는 배고픈
예술가가 아니라 아귀였어. 하마터면 은우유도 놈에게 잡아먹힐 뻔
했지."

하라가 잠시 입을 닫았다.

"그래서……." 그의 이야기가 계속됐다. "은우유는 계속 숲으로 들
어갔어. 다시 저녁이 돼서 숲 속에 은신처를 정했어. 이제는 작은 집
도 큰 나무도 믿을 수 없었기 때문이야. 밤바람이 숲 속에서 속삭이
자 공주의 마음은 무거워졌어. 눈꺼풀처럼 무거워졌어. 공주는 세 번
째로 하마터면 잠이 들 뻔했지."

하라가 이야기를 중단했다.

"하마터면!"

그가 다시 엄청 크게 소리치는 바람에 루모는 의자와 함께 뒤로
넘어질 뻔했다.

"뭔가가 공주의 귓속에 대고 가쁜 숨을 몰아쉬었지. 깜짝 놀라서

보니까 검은 그림자가 자기 쪽으로 몸을 숙이고 있더란 말이야. 얼음처럼 차가운 느낌이었지. 달빛에 얼굴 없는 사람이 보였어. 공주는 벌써 아주 약해진 상태였어. 너무 약해져서 일어설 힘도 없었지. 놈이 공주의 귀에서 생명을 빨아 마신 거야. 그런데 갑자기 예의 그 거센 바람이 윙윙거렸어. 그러자 얼굴 없는 사람이 멈췄지. 분노의 포효가 이어지더니 그 그림자가 은우유의 몸에서 떨어져 소용돌이치며 공중으로 날아갔어. 주위에는 나뭇잎들이 춤을 췄지. 바람이 다시 잦아들자 얼굴 없는 사람은 바닥에 뻗어버렸어. 아주 조용하게. 게다가 이상하게 구부린 자세로 말이야. 척추가 부러진 것 같았어."

"난 알지."

루모가 소곤거렸다. 그러자 하라가 못마땅한 시선을 보냈다.

하라는 하나씩 손가락을 꼽았다.

"손가락 백 개 달린 무멘, 죽었고. 아귀, 갔고. 얼굴 없는 사람, 돌아가셨고. 큰 숲의 악당들 중에서 이제 뭐가 남았지?"

"사악한 사악한 늑대랑 숲거미마녀요." 학급 절반이 소리쳤다.

"맞아. 그런데 둘 중 하나는 얼굴 없는 사람의 시체 옆에 서서 은우유 공주를 바라보고 있었어. 힘센 검은 늑대가 두 발로 서 있었던 거야."

"와." 학생들이 소리쳤다.

하라는 주먹을 허리춤에 대더니 여유 있는 자세를 취했다.

"'안녕' 하고 그 사악한 사악한 늑대가 말했어.

'안녕하세요' 하며 은우유가 불안한 목소리로 말했지. '왜 그러세요?'

'널 잡아먹으려고.'

이제 은우유 공주는 막 울기 시작했어. 그러자 늑대는 다시 네 발로 서더니 그녀에게 다가가 말했단다.

'이런, 농담이야. 이젠 무섭게 하지 않을게! 농담도 모르냐? 안 잡아먹는다니까.'

사실 이어지는 대화에서 드러나듯이 그는 늑대가 아니라 마법에 걸린 인간이었어. 칼트블루트 왕자라고들 했지. 그런데 칼트블루트 왕자는 은우유 공주가 큰 숲에 들어서는 순간부터 사랑에 빠진 거야. 그래서 온갖 위험에서 그녀를 구해주려고 일거수일투족을 뒤따른 거지. 그는 손가락 백 개 달린 무멘과 아귀와 얼굴 없는 사람을 덮친 바로 그 바람이었어. 게다가 공교롭게도 그 역시 은우유 공주를 변신시킨 바로 그 마녀의 마법에 걸렸던 거야. 그렇게 동병상련이 된 거지. 그래서 은우유 공주도 칼트블루트 왕자를 사랑하게 됐단다. 그래서 둘은 큰 숲이 가장 어두워지는 곳까지 갔어. 그리고, 에, 거기서 사랑의 기적이 이루어진 거야."

루모와 다른 남학생들이 귀를 기울였다.

"에헴, 그런 다음 얼마 안 있어서." 하라가 조급하게 말을 이었다. "은우유 공주가 사내아이를 낳았지. 그 아이는 노루도 아니고 늑대도 아니고, 작은 뿔이 둘 달린 늑대였어. 전설에 따르면 이렇게 해서 최초의 볼퍼팅어가 태어난 거야."

하라는 두 손을 모으고는 걱정스러운 표정을 지었다.

"그런데 이건 차모니아 동화고, 차모니아 동화는 불행으로 끝나기 때문에, 이제 비극적인 결말이 시작된단다. 어느 날 은우유 공주와 칼트블루트 왕자가 음험한 숲거미마녀의 그물에 걸려 아기가 보는 앞에서, 그러니까 마녀한테, 다 빨려버린 거야. 외로운 고아만 남게 됐지."

하라는 헛기침을 하며 이야기를 마쳤다.

몇몇 여학생은 훌쩍거렸고, 남학들은 서로 밀치면서 히죽거렸다. 마음이 약하지 않다는 걸 과시하려는 것이었다.

"그런데, 이건 전설이야." 하라가 덧붙였다. "하지만 대부분의 전설이 그렇듯이 거기에는 일말의 진실이 담겨 있지. 예를 들어 얼굴 없는 사람은 아마도 우리가 달빛그림자유령이라고 부르는 족속에 관한 최초의 민간전승일 거야. 그리고 숲거미마녀 얘기는……."

"사랑의 기적이 뭐예요?" 루모가 느닷없이 끼어들었다.

하라는 루모가 그런 질문을 그렇게 큰 소리로 했다는 데 대해 깜짝 놀랐다.

하라가 루모를 뚫어지게 쳐다봤다. 학생들도 루모를 뚫어지게 쳐다봤다. 루모는 하라를 뚫어지게 쳐다봤다.

"에……." 선생이 말했다.

연필을 떨어뜨린 아이도 있었다. 종이 쳤다.

"아, 시간 다 됐다." 하라가 소리쳤다. "자, 오늘은 이만하자. 끝! 다들 나가라! 나가, 나가, 나가라고!"

하라 선생은 이런 식으로 느닷없이 수업을 끝낸 적이 없었다. 랄라는 몸을 돌려 루모에게 수수께끼 같은 시선을 한참 보냈다. 하라 선생은 교실을 잽싸게 빠져나갔고 학생들이 뒤따라 몰려갔다.

루모는 또 실수를 했다는 느낌이 들었다. 그러나 그게 뭔지는 몰랐다. 그는 운동장에 나갈 마음이 없었다. 그래서 다음 수업시간까지 자리에 앉아 있기로 했다.

"다음 시간은 뭐야?" 그는 앞에 있는 학생한테 물었다.

"검술. 우샨 데루카 선생님한테 검술을 배워."

루모는 전율했다. 검술! 위험한 무기로 하는 싸움! 이제야 왔구나! 하지만 무기가 없는데! 수업시간에 무기도 줄까?

아이젠슈타트의 오가

"차모니아의 루모?" 불도그 얼굴을 한 작고 뚱뚱한 여선생님이 문 앞에 서서 물었다. "네가 루모니?"

루모가 일어섰다.

"따라와! 난 아이젠슈타트의 오가야."

불도그 선생이 짖듯이 말했다. 그러면서 루모의 팔을 잡고 복도로 데리고 갔다.

"카드놀이랑 이름이 똑같구나, 알고 있어?"

"네." 루모가 말했다. "어디로 가는 건가요?"

"너한테 읽기와 쓰기를 가르쳐주려고."

"지금은 검술 시간인데요."

"다른 애들은 검술을 하고, 넌 읽기를 하는 거야."

그녀는 복도를 따라 지하층으로 데려갔다. 두 사람은 빗자루 창고와 노랗게 바랜 공책더미와 긴 고물 의자를 지나쳤다. 행진은 조명이 신통치 않은 작은 방에서 멈췄다. 거기에는 다른 학생 셋이 앉아 있었다. 루모는 한숨을 쉬며 앉았다. 확실한 것은 이 공간에는 빠져나갈 데가 없다는 사실이었다. 시선도 마찬가지였다. 창문이 없어서 밖을 내다볼 데가 없었다. 두꺼운 양초 몇 개가 방 안을 희미한 빛으로 채우고 있었다. 불안하고 뭔가 짓눌린 기분이었다.

다음 몇 시간은 끝이 없는 것 같았다. 여선생은 칠판을 높이 걸었다. 간단한 사물과 동물이 그려져 있었다. 주전자, 바퀴, 고양이, 오리, 모자, 쥐 등등. 이어 칠판에 기호를 쓰더니 학생들에게 종이에 베껴 쓰라고 했다. 그렇게 말하는 목소리는 음산했고 찔러도 피 한 방울 안 날 것 같았다. 그림을 그리면 그림을 따라 그리고, 기호를 쓰면 기호를 따라 쓰고, 그런 다음 다시 처음부터 되풀이했다. 한 시간

두 시간이 지나자 루모와 함께 붙잡힌 학생들은 그런 기호를 자면서
도 그릴 수 있을 정도가 됐다.

수업 마지막에 오가 선생은 학생들에게 최소한 읽기와 쓰기를 기
본은 해야 격투 수업을 들을 수 있다고 알려주었다. 불평의 소리가
터져 나오자 그녀는 그게 규칙이라는 말로 틀어막았다. 그러면서 그
런 규칙을 만든 이유는 학생들이 차모니아 알파벳의 기초를 단박에
익히도록 하기 위해서라는 사실도 감추지 않았다.

"당나귀도 말이야. 당근을 코앞에 들이대면 훨씬 잘 달리지." 그녀
가 말했다.

루모는 이날 늦게 교문을 나섰다. 늦은 오후의 눈부신 햇살에 익숙해지는 데는 잠시 시간이 걸렸다. 우르스가 새로 만든 소시지를 목에 두르고 기다리고 있었다.

"벌써 지하동굴에 갔나?" 그가 히죽거렸다. "그 깜깜한 동굴에서 읽기랑 쓰기를 배우는 거야. 더 빨리 배우게 하려는 거지. 진짜 효과가 있어. 최대한 빨리 나가고 싶어지기 때문에 바보처럼 들고파게 되지. 난 읽기와 쓰기를 육 주 만에 깨쳤어."

"육 주? 그게 짧은 거야?"

"네가 시험까지 통과하려면 열두 주가 걸릴걸? 구운 소시지 먹을래?"

지하동굴

다음 몇 주 동안을 루모는 대부분 다른 학생들과 떨어져 지냈다. 지하동굴에서 불쌍한 세 동료와 아이젠슈타트의 오가 선생님하고 갇혀 지낸 것이다. 가끔 치아위생 수업에 참여하거나 볼퍼팅어학 개론 강의를 들을 수는 있었다. 그러나 동료들이 격투 수업을 들으러 우르르 몰려갈 때마다 지하동굴에 갇혀 비누, 공, 나무, 오븐에 해당하는 글씨를 암기해야 했다.

쓰는 단어는 날마다 길이가 늘어났고 그림 그린 칠판도 이제는 필요하지 않았다. 루모는 어느덧 기호를 그림으로써 사물을 종이 위에 잡아둘 수 있다는 사실이 흥미롭게 느껴졌다. 글씨 쓰기를 사냥에 비유하니 배우기가 쉬워졌다. 몸은 침침한 지하감옥에 갇혀 있어도 머리는 저 바깥 환한 초원으로 나가 연필이라는 창을 들고 야생의 단어들을 사냥하고 있었던 것이다.

사실 그동안 랄라와는 내 떨어져 있었다. 반면 랄라는 롤프나 다른 아이들과 함께 우샨 데루카 선생으로부터 어떻게 환도를 가지고 적을 두 동강 내는지를 배우고 있을 터였다.

저녁이면 루모는 방에 틀어박혀 끙끙거리며 차모니아 알파벳 습자 교본을 붙들고 씨름했다. 가급적 빨리 격투 수업에 참여하려면 단숨에 시험에 통과해야 한다고 생각했기 때문이다. 밤이면 글자와 랄라에 관한 꿈을 꾸었다.

의무

학교는 루모에게 그럴듯한 전쟁터였다. 음험한 적(롤프)과 도저히 예측할 길 없는 위험(랄라)과 끝없는 고통(장기)과 굴욕적인 포로 생활(지하동굴)과 끔찍한 고문(산수)으로 가득 차 있었다. 그 외의 볼퍼팅은 평화로웠다. 모든 욕구와 능력을 시험해볼 수 있는 놀이터였다. 그는 특히 사회적 의무 분야에서 높은 평가를 받았다. 상당 부분 그의 재능 때문이었다. 루모에게 벽을 바르는 흙손을 주면 몇 시간 만에 벽이 번듯해졌다. 삽을 주면 기초를 완벽하게 파놓았다. 자신도 놀랐다. 모든 것이 단숨에 이루어진 것이다. 몸으로 때우거나 손으로 하는 작업은 그랬다. 몇 주 후에는 도자기 만드는 기초과정을 완벽하게 익혔다. 편자 장인한테는 쇠를 구부리고 편자를 발굽에 박는 일을 배웠다. 벽돌 굽고 우물 파는 법도 배웠다. 루모는 어떤 일도 마다하지 않았다. 일을 하다 보면 몸과 반사신경이 전투 수업에 맞게 조련된다고 생각했기 때문이다. 작업마다 필요한 근육과 힘줄 부위가 달랐다. 도자기를 구우면 손힘이 세졌고, 심부름을 가다 보면 다리 힘과 지구력이 늘었다. 담을 쌓다 보면 팔이 강해졌고, 대장간 일을 하다 보면 어깨가 튼튼해졌다. 삽질을 하면 등이 강해졌다. 뜨거운 오븐 옆에서 일을 하다 보면 고통을 참는 힘이 키워졌다. 세차게 흐르는 강에서 낚시를 하면 반사신경이 빨라졌다.

오른트 라 오크로의 가구공장

루모는 차루조 목재도매상에 기둥을 갖다 줄 일이 있어서 오후에 한 가구공장에 들렀다. 매혹적인 느낌이 강렬하게 밀려들어왔다. 다른 볼퍼팅어들은 대부분 그런 데 무덤덤하거나 불쾌해하기도 하는 것 같았다. 그러나 루모의 귀에는 발로 돌리는 원형톱의 날카로운 소리는 음악이었고, 코로는 나무 붙일 때 쓰는 아교의 향기가 느껴졌다. 또 도료에서는 일요일 만찬 때의 진수성찬 같은 좋은 냄새가 났다. 막 베어낸 나무, 수지, 아마기름, 밀랍의 냄새는 또 어떤가. 루모는 황홀한 상태로 킁킁 냄새 맡으면서 주위를 돌아보았다. 햇살이 가구공장의 작은 창문 사이로 흘러들어와 미세한 나무먼지에 반사됐다. 그래서 각종 도구들은 마법의 빛에 휩싸인 것 같았다. 작업장 한가운데 시커멓고 육중한 작업대 두 개가 서 있었다. 온통 대팻밥 투성이였다. 그 위에 여러 가지 대패와 둥근 끌, 실톱, 고정틀이 놓여 있었고, 두 탁자에는 둔중한 바이스가 달려 있었다.

루모는 어깨에 지고 온 기둥을 툭 던져놓고 작업대 쪽으로 갔다. 자동톱 페달을 기계적으로 밟으며 기둥을 깎는 목수는 눈에 들어오지도 않았다. 바닥에서 나무판을 하나 주워 고정틀 사이에 물려놓고 대패질을 시작했다.

소목장 오른트 라 오크로는 페달에서 발을 떼고 돌아다봤다. 젊은 볼퍼팅어가 작업장에 들어와 작업대 앞에서 나무 쪼가리를 다듬고 있었던 것이다. 이런 일은 드문 정도가 아니라 아직까지 한 번도 본 적이 없었다! 볼퍼팅에서 목수 도제를 키울 수 있는 사람은 그뿐이었고, 누구를 도제로 삼을지 결정하는 것도 그였다. 그리고 도제가 되면 이걸 하라 저걸 하라 시키는 것도 오른트였다.

오른트는 이웃에서 이 낯선 젊은이를 작업장에 보내 자기를 놀려주려는 심산이거니 했다. 문 쪽으로 가서 밖을 내다보았다. 그러나 밖에는 아무도 없었다. 다시 돌아서자 저 뻔뻔스러운 녀석이 선반 앞에서 걸상 다리를 돌리고 있었다.

처음에는 혼을 내서 내쫓으려 했지만 나중에는 기둥에 기대어 서서 지켜보게 됐다. 그렇게 빨리 선반으로 걸상 다리를 깎는 사람은 본 적이 없었다. 루모는 작업대에서 걸상 다리를 꺼내 집어 들고는 잠시 이리저리 살피다가 옆으로 밀어놓고는 두 번째 걸상 다리를 선반에 끼웠다.

오른트는 파이프에 불을 붙였다.

루모는 걸상 다리 네 개를 완성하고는―오른트라면 하나밖에 못

만들 시간이었다— 더 큰 나무판을 진열장에서 꺼내더니 앉을자리를 만들기 시작했다. 이 작업도 전문가적이고 바람처럼 **빨랐다.** 그런 다음에는 둥근 나무 세 개와 횡목 하나를 선반에 돌려 등받이의자를 만들어냈다. 루모는 잠시 쿵쿵거리더니 스무 개의 서로 다른 아교병 중에서 하나를 골라냈다. 오른트라도 그걸 골랐을 것이다. 루모는 등받이의자의 앉는 부분에 구멍을 뚫고 나사를 골라 다리를 연결했다. 그런 다음 아교를 바르고 사포로 모서리를 다듬었다.

루모는 의자를 작업장 한가운데 놓고 그 위에 떡하니 앉았다. 의자에서 잠시 삐걱거리는 소리가 났다. 나사와 나무와 아교가 맞아 들어가면서 나는 소리였다. 그제야 루모의 눈에 오른트 라 오크로가 들어왔다. 눈에 베일을 쓴 것처럼 편안한 꿈에서 깨어난 표정이었다.

"전 목수가 되고 싶어요." 루모가 말했다.

"벌써 됐어." 오른트의 말이었다.

지하동굴의 네 포로가 이어지는 문장을 읽고 단어 하나하나를 제대로 받아쓰게 되자 쓰기와 읽기 수업은 하루에 두 시간으로 줄었다. 그래서 정규 수업을 더 많이 들을 수 있었다.

루모는 다시 랄라 가까이에 있을 수 있게 된 것이 기뻤다. 게다가 이제는 읽고 쓸 수 있게 됐기 때문에 수업도 느낌이 새로웠다. 선생님이 칠판에 쓰는 것이 무엇인지 이해할 수 있게 되었고 이런저런 단어는 메모를 해두기까지 했다.

어쨌거나 롤프가 점점 거리낌 없이 랄라에게 접근하는 것을 보면 참으로 속이 쓰렸다. 그것만이 아니었다. 랄라가 그렇게 하도록 놓아두는 것이었다! 쉬는 시간이면 롤프는 랄라 주위를 맴돌면서 알랑거리고, 랄라가 보는 앞에서 서슴없이 다른 학생들과 다투는가 하면, 랄라에게 사과를 선물하기까지 했다. 랄라가 선물을 받는 걸 보고 루모는 깜짝 놀랐다. 그는 그런 걸 들이밀 생각조차 해보지 못했다. 하기야 말 한 번 붙여보지도 못했으니. 그가 지금까지 했던 것 중에서 가장 대담한 일은 루모와 랄라라는 이름을 종이에 나란히 써본 것이 고작이었다. 그것도 쓰고 나서 바로 갈기갈기 찢어버리고 말았다.

영웅

루모는 아직 격투 수업에 참여할 수 없었다. 하지만 이제 학교 가는 것을 당연시했다. 하나를 배워야 다른 것도 배울 수 있다는 걸 깨달았기 때문이다. 루모에게 장기 수업은 고통이었다. 그야말로 하고 싶은 일과는 정반대였다. 상대방이 옴짝달싹할 수 없는 상황에 몰아넣으면—그런 상황이 계속 벌어졌다— 정말이지 장기판을 들어 그의 머리에 내던져주고 싶었다. 그러나 그러면 안 된다는 것은 장기의 기본규칙의 하나였다.

더욱 나쁜 것은 랄라가 이 과목에서 아주 뛰어나다는 점이었다. 랄라는 선생님들과 겨룰 정도였고 여러 학생과 동시에 게임을 했다. 동시에 열 명과 대결하기도 했다. 이보다 더 나쁜 것은 그녀에게 상대가 되는 유일한 인물이 하필 롤프라는 사실이었다. 그녀는 줄곧 롤프와 장기 대결을 벌였다. 한 번은 그녀가 이기고 한 번은 롤프가 이기곤 했다. 루모는 랄라 옆에서 그렇게 많은 시간을 보낼 수 있는 롤프에게 질투가 났다.

수학도 그리 나을 것은 없었다. 루모는 계산을 못 하는 정도는 아니었다. 그러나 하고 싶지 않았다. 추상적인 숫자들을 더하고 빼거나 나눈다는 것은 천성적으로 거슬렸다. 반면 낱말 공부는 좋았다. 낱말을 통해 어떤 형상이나 감정을 연상할 수 있었고, 매일매일의 생활에도 도움이 되었다. 숫자는 마음을 산란하게 했다. 계산은 연기를 잡거나 냄새를 씹으려는 것과 마찬가지였다. 계산은 따분한 사람들, 경리나 은행원이 될 사람들이 할 일이었다. 아닌 게 아니라 학급에서 가장 따분한 유형의 아이들이 계산을 가장 잘했다. 그런 애들은 쉬는 시간에도 자기들끼리 모여 어려운 수학 문제를 내고는 선생님한테 가르쳐달라고 졸랐다. 산수 시간에 그는 그저 멍하니 앉아서 창밖을 내다보며 칠판 앞으로 불려 나가지 않기만을 바랐다. 선생님도 얼마쯤 시간이 지나면서부터는 아예 시키지도 않았다. 루모의 경우는 너무도 절망적이기 때문에 괜히 신경을 쏟아봐야 시간 낭비였기 때문이다.

영웅학은 달랐다. 루모의 취향에 맞는 과목이었다. 그는 그 모든 영웅들의 인상적인 이름과 행위들을 잘 기억해두었다. 콘도르 베로발트는 꼬마를 잡아먹는 장미숲의 곰 세 마리를 목 졸라 죽였다. 베투잘렘 발도는 백구십구 세라는 나이에 제 몸을 코르크마개처럼 해서 물많이 지방의 댐이 무너지는 것을 막았다. 안드로메카 크리스탈은 가족들을 보호하려고 노르트엔드*에서 불어오는 얼음폭풍에 맞서 온몸에 물을 뒤집어쓰고 기념비처럼 얼어붙었다. 그리하여 방어벽이 된 것이다. 루모는 이 수업시간에 딱 한 가지는 뼈저리게 느꼈다. 영웅이란 늘 뭔가 다른 사람들이라는 것이었다. 린트부름 요새 주민들은 흑인, 해골족, 구리병정들을 물리쳤다. 그랄준트의 공주들은 안개마녀 군단으로부터 도시를 보호했다. 그리고 오킨 폰 볼프리크는 오딘다리와 함께 천 길 낭떠러지로 몸을 던져 흡혈부대의 도하를 막았다. 거의 모든 차모니아 족속은 나름대로 영웅이 있었다. 볼퍼팅어족만 없었다. 볼퍼팅어가 영웅이었던 적은 없었다. 아무도 없었다.

---

* 북쪽 끝이라는 뜻.—옮긴이

호트도 결코 영웅은 아니었다. 만인의 사랑을 받기는 했지만, 그가 한 일이라곤 텅 빈 도시에 처음 발을 들여놓은 것이 전부였다. 그런다고 영웅이 되는 것은 아니었다. 볼퍼팅은 한 번도 포위공격을 받은 적이 없었다. 자연참사나 화재가 발생하거나 데몬 군단의 침략을 받아 영웅적인 자질을 입증할 기회가 없었던 것이다. 위험은 주민들의 함성과 든든한 방어에 놀라 이 도시를 우회하는 것 같았다. 루모는 자기한테 영웅적인 소질이 있다는 걸 알았다. 악마바위에서 한 행동은 의심의 여지없이 영웅학 수업시간에 걸맞은 소재였다. 그러나 지금은 그를 찬양하는 노래를 불러줄 사람이 아무도 없었다. 스마이크는 아주 멀리 있었다. 이런저런 페른하헨이 자식들에게 루모의 영웅적인 행동에 대해 이야기해줄지는 모르겠지만 이름이나 제대로 발음할까 의문이었다. 어쩌면 로무 또는 우모라고 부를지도 모른다. 누가 그런데 관심이나 있겠는가? 아니다. 그건 분명했다. 루모는 영웅이 될 기회가 있었다. 그런데 그걸 놓쳐버린 것이다. 그리고 이 도시에서 모험과 위험이 닥치기를 기대하는 것은 랄라랑 장기를 둬서 이기기를 기대하는 것이나 마찬가지였다.

검은 돔

하라 선생의 볼퍼팅어학 개론은 생물, 역사, 도덕 수업의 기이한 혼합이었고, 규칙과 사실과 전설, 실질적인 정보와 부조리한 추측의 뒤죽박죽이자 독자적인 분과가 되지 못한 모든 지식 영역의 잡탕이었다. 위험을 후각으로 감지하는 얘기를 하다가 사회적 의무의 체계에 관한 얘기가 나오는가 하면 볼퍼팅어 화장실의 위생적 의미에 관한 강조나 물에서 헤엄치는 것의 위험성에 관한 경고가 나오기도 했다. 볼퍼팅어학 개론 시간에 하라 선생의 얘기가 어디로 튈지 아는 사람은 아무도 없었다. 이번에는 검은 돔 얘기였다.

"검은 돔은 우리가 아직 없었을 때도 저기 있었고, 우리가 있는 지금도 저기 있고, 우리가 존재하지 않게 될 때에도 저기 있을 것이다."

그는 학생들이 잠시 이 수수께끼 같은 말을 곱씹어볼 시간을 주었다. 그러고 나서 다시 말을 이었다.

"이 돔이 실제로 구(球)냐, 차모니아에는 없고 우주에서 온 금속으로 이루어진 구냐 하는 문제에 관해 많은 추측이 있어. 그래, 운석이 떨어져 땅에 박힌 것이라고 믿는 사람들이 있다. 그 주위에 오래전에 도시를 건설했다는 것이지. 그러나 이 이론으로 말하면 오늘날까지도 이 구가 어떤 물질로 돼 있는지 알아내지 못한 것이 사실이다."

하라는 칠판에 '1. 운석이론'이라고 썼다.

"또 다른 이론은 미지의 볼퍼팅 건립자들이 맨 마지막으로 검은 돔을 건설했다고 주장한다. 오늘날에는 존재하지 않는 재료로 말이야. 그들은 미련하게도 구를 밖에서 안으로 건설해 들어가다가 나가는 문을 깜빡하는 바람에 그 안에 갇혀 비참하게 질식사했다는 거지. 이 이론이 맞는다면 우리 도시 한복판에 해골로 가득 찬 건물이 존재하는 셈이지."

하라는 칠판에 '2. 엽기이론'이라고 썼다.

"세 번째 이론은 이 구가 하늘에서 떨어지거나 인공적으로 세운 것이 아니라 유기적으로 성장한 것이라고 말한다. 돌로 된 식물이거나 금속으로 된 버섯이거나, 어쩌면 지구의 중심에서 솟아난 여드름이란 거지. 마지막 얘기가 맞는다면 난 여드름이 나는 곳에는 영 가고 싶지가 않구나."

학생들이 웃었다. 그러자 하라가 칠판에 '3. 여드름이론'이라고 썼다.

"이 모든 이론들이—이런 건 수십 가지나 더 거론할 수 있지— 말하고자 하는 바는 검은 돔의 존재에 관한 합리적인 설명은 존재하지 않는다는 거야. 나 개인의 이론을 말하자면 이렇다. 볼퍼팅이 건설되기 전에 그 돔이 있었느냐, 이 도시의 건설자들이 그 돔을 세웠느냐에 관계없이 검은 돔은 그 자체로 수수께끼를 상징하는 조각품인 것 같다. 우리가 살아 있는 한 그 안에서 어떤 작업이 끊임없이 계속될 거라는 걸 우리 모두에게 끊임없이 되새기게 해주는 돌로 된 거대한 의문부호지." 하라는 손가락 마디로 머리를 톡톡 쳤다. "끊임없이 계속되는 작업이란 생각만 해도 갑갑할 거라는 걸 난 알아. 하지만 사고는, 인식을 추구하고 수수께끼의 해결을 추구하는 충동은, 끝이 없다는 것으로 만족해야 할 거야."

스마이크의 수수께끼가 다시 생각났다. 길수록 짧아지는 것은? 루모는 아직도 그 답을 찾지 못했다.

매복

알파벳을 익힌 루모는 조금 우쭐해졌다. 저녁에 우르스와 학교에서 집으로 가는 동안 마주치는 간판을 하나하나 읽었다.

"그래서? 지하동굴은 어땠어?"

"시영 빵공장."

"양파소시지 좋아해?"

"호트 우물 거리."

"소시지 가게 때려치우고 빵가게 해야겠어. 소시지는 지긋지긋해."

"차루조 목재도매상."

"큰 식당에서 일을 해볼까? 그럼 좋은 점이 두 가지 있는데. 맛 좋고 영양 많고."

"쓰레기 투기 엄금!"

"내 레스토랑을 여는 거야. 요리법들은 다 챙겨놓았어. 이 형님이 다 고안했지."

"매일 다섯 차례 칫솔질!"

"여기 볼퍼팅에 없는 게 플로린트 요리 레스토랑이야. 원래 여기 음식은 세련된 맛이라곤 없거든."

"가죽제품 일체 완비."

"테이블마다 장기판을 고정시켜둘 거야. 그럼 식사를 하면서 장기를 둘 수 있고 계속 먹게 되거든."

"소방서! 점화 금지!"

"넌 동업자가 될 수 있어. 난 요리를 하고, 넌 설거지와 술 취한 손님 내쫓는 일을 하고. 반씩 하는 거야. 가게가 잘되면 레스토랑 체인을 열자. '우르스 & 루모'라고."

"호트 다리 거리."

"하기야 '루모 & 우르스'라고 해도 되지. 플로린트 요리 말이야. 그게 틈새시장이거든. 가볍고 세련되고. 그런 게 앞으로의 트렌드야."

"주의. 볼퍼강 급류! 수영 금지!"

"야, 내 말 듣기는 듣는 거냐?"

"볼퍼팅어 세탁장."

"글씨 쓰기는 어때? 좀 진전이 있어?"

둘은 늘 그렇듯이 시영 세탁장 끝 쪽 거리를 질러갔다. 볼퍼팅어들이 꺼리는 곳이었다. 표백용으로 쓰는 강한 산과 거기서 나오는 증기가 민감한 후각을 해치기 때문이다. 루모와 우르스는 이날도 코를 막았다. 그래서 다음 모퉁이 뒤에 무엇이 기다리고 있는지 냄새를 맡을 수가 없었다. 그곳에는 크고 더러운 빨랫감이 잔뜩 쌓인 바구니들 사이로 롤프와 그 일당이 건들거리며 서 있었다. 붉은 산의 차코, 부흐팅어 비알라 그리고 모래언덕의 올레크.

"매복이다!" 우르스가 숨 가쁘게 소리쳤다.

넷은 길 한가운데에서 빈둥거리며 루모와 우르스를 막아섰다.

"왜 그래?" 우르스가 물었다.

"너한텐 볼 일 없어!" 차코가 말했다. "그러니 넌 빠져."

"그건 우리 맘이야."

우르스가 조용히 응수했다. 루모는 그의 목소리가 위협적으로 들린다는 데에 깜짝 놀랐다.

"진정해, 우르스." 비알라가 말했다. "우린 빠지는 거야. 롤프랑 루모랑 해결해야 할 일이 있대."

"여긴 널 도와줄 랄라도 없어." 롤프가 이죽거렸다. "여길 지나가고 싶으면 나를 거쳐야지."

"잠깐."

루모가 말했다. 그는 우르스에게 책 보따리를 넘겼다. 차코, 비알라, 올레크가 인도로 비켜주는 사이 롤프는 슬슬 몸을 푸는 시늉을 했다.

"준비!" 올레크가 소리쳤다. "볼퍼팅어 길거리 싸움 규칙. 무기를 쓰지 않는다. 이빨을 쓰지 않는다. 그 밖의 모든 것은 허용된다. 한쪽이 항복할 때까지. 싸움을 시작한다. 앗싸!"

세탁장 골목 전투

볼퍼팅에 관한 은밀한 역사서술이 존재한다면, 공식적으로 이루어진 것은 제외하고 뒤뜰과 어두운 골목길, 지하실과 도시의 폐허에서 벌어진 모든 기억할 만한 사건들에 관한 연대기가 존재한다면, 검은 돔에 관해서는 분명 몇 개의 장이 할애됐을 것이다. 시장의 머리에 난 파인 상처를 설명하는 장도 있을 것이고, 호트가 어떻게 텅 빈 도시를 오로지 볼퍼팅어만으로 가득 채웠는가 하는 수수께끼를 풀어주는 장도 있을 것이다. 거의 오십 년 전 이 세탁장 골목에서 멀지 않은 곳에서 학생들이 붉은 무리와 검은 무리 두 적대세력으로 나뉘어 목검을 들고 싸웠던 사건도, 오른트 라 오크로가 젊은 시절 날계란들을 가지고 늑대들의 하호와 삼 일 동안이나 결투를 한 일과 마찬가지로 치밀한 기술(記述)의 대상이 됐을 것이다. 그리고 루모와 롤프의 싸움은 세탁장 골목 전투로 은밀한 도시 연대기에 삽입됐을 것이다. 그러나 유감스럽게도 그런 역사서술은 존재하지 않았다.

　전투라고 한 이유는 목격자들이 하나같이 볼퍼팅어 둘이 싸우는 것을 본 것이 아니라 여섯이 싸우는 것을 본 것 같은 느낌을 받았기 때문이다. 힘과 지구력과 정신력 면에서 둘 다 베어울프 부대 하나 정도는 족히 물리칠 만했다. 표백제에서 나오는 김이 자욱한 골목에서 충돌한 것은 생명체가 아니라 두 자연현상 내지는 초자연적 수단을 가지고 싸우는 악령이었다.

싸움 시작 직후에는 롤프의 우세를 인정해야 했을 것이다. 동료들의 응원에 힘입은 바도 있지만 루모가 아직 모르는 다양한 기술을 구사한다는 점에서도 그랬다. 롤프는 강한 타격을 자주 날리면서도 방어를 소홀히 하지 않는 교묘함을 보였다. 몸을 숙이고 옆으로 피하는 데 특출해서 루모는 번번이 헛손질을 했다.

그러나 루모는 흥분하는 실수를 하지 않았다. 타격을 받으면서도 동요하지 않고 잘 피했다. 그리고 얼마 지나서는 이 잘 훈련된 적을 노리고 들어갔다. 그는 상대의 속도와 전술을 알고 있었고 그의 힘과 한계를 제대로 간파했다. 루모는 천성적으로 싸움을 잘하는 데다 이 싸움을 하면서 더 많은 것을 배웠다.

롤프의 공격이 뜸해지면서 자주 루모의 방어에 막혔다. 이제 본인도 고통스러운 타격을 피할 수 없었다. 두 사람의 역할이 바뀐 것 같았다. 루모는 그가 공격할 때마다 반격을 가했고, 그의 기술을 완벽하게 모방해 자기 것으로 만들었다. 이제 치미는 분노를 억눌러야 할 사람은 롤프였다. 정확히 노린 타격이 왼쪽 눈에 날아들자 몇 초 만에 눈두덩이 부어올랐다. 친구들의 응원이 눈에 띄게 잦아들었다. 대신 루모를 응원하는 소리는 점점 커졌다.

롤프는 전술을 바꾸어야 한다는 것을 직감했다. 그래서 바닥에서 하는 레슬링으로 끌고 들어가려 했다. 그런 건 상대가 더 잘한다는 것은 전혀 모른 채. 기술보다 반사신경이 훨씬 중요한 이런 싸움에서는 루모가 처음부터 유리했다. 상대보다 더 빨리 더 세게 잡아챘고, 아주 유연했으며, 힘도 더 세고 호흡도 더 길었다. 둘은 가차 없이 진창을 구르며 으르렁 씩씩거리고 가쁜 숨을 내쉬다가 빨래바구니를 뒤집고 지하실 계단으로 굴러떨어졌다. 그러나 롤프는 줄곧 목이 졸리든지 등이 바닥에 닿는 자세가 되고, 루모는 가슴을 땅을 향한 채

펀치를 날릴 수 있는 위치를 점했다.

롤프는 머잖아 눈두덩에 또다시 멍이 들 것 같았다. 그래서 레슬링을 끝내고 자기가 학교에서 가장 잘하는 두 종목을 떠올렸다. 킥복싱과 공중전이었다. 롤프는 먼지 속에서 일어나더니 킥복싱 기본 자세로 들어갔다. 다리를 약간 굽히고 어깨를 뒤로 젖힌 채 관자놀이쯤에 두 팔을 올려 방어 자세를 취했다.

"이제 끝내주마." 그가 선언했다.

"들어와." 루모가 답했다.

"이젠 넌 죽었어." 롤프가 말했다.

"들어와." 루모가 되풀이했다.

"매운 맛을 보여주마!"

"들어오라니까."

둘 다 숨쉬기도 힘에 겨웠다. 털가죽은 땀으로 흠뻑 절었다. 한동안 서로 주위를 돌면서 가볍게 춤을 추는 듯하더니 비슷한 맥락의 대화를 계속했다. 다시 힘을 비축하려는 것이었다.

"이제 지적인 볼퍼팅어와 야생 볼퍼팅어가 뭐가 다른지 보여주마." 롤프가 위협했다.

"정신 차리면 학교에서 뭘 배울 수 있는지 보여주마." 루모가 받았다.

루모는 격렬한 주먹다짐이 될 것으로 생각하고 신경을 집중하고 있었다. 그런데 갑자기 발길질이 쏟아졌다. 롤프가 주먹만 사용했던 것은 균형을 잡기 위해서였다. 그러면서 선 상태로 상대에게 다가가다가 상체를 뒤로 굽혀 땅바닥에 드러눕더니 강력한 발차기를 날렸다. 펄떡펄떡 치솟으며 발차기를 날리면서 몸의 방향은 계속 틀었다. 발차기는 거대한 망치 같은 무게로 다가왔다. 루모의 몸에 적중될 때마다 둔탁한 소리가 골목길을 메웠다. 안쓰러운 마음에 우르스

의 얼굴이 일그러졌다. 친구는 생명 없는 지푸라기인형처럼 이리 비
틀 저리 비틀하고 있었다. 가격이 너무 빨라서 방어를 할 겨를이 없
었다.

롤프는 전력을 다했다. 등을 치고 배를 차고 정강이뼈를 가격했다.
원하는 때 원하는 곳을 원하는 강도로 가격했다. 그러나 한 가지 성
공하지 못한 것이 있었으니 상대를 완전히 뻗게 만들지는 못했다. 루
모는 매번 다시 일어서서 기침을 하고 쌕쌕거리면서도 정신을 잃지
는 않았다. 우르스는 더 맞지나 않도록 항복이라도 했으면 하는 마
음이었다.

롤프는 이제 다시 주먹을 사용했다. 주먹은 큼지막한 우박처럼 루
모에게 쏟아졌다. 왼쪽에서 오른쪽에서 위에서 아래서. 루모는 눈이
시퍼렇게 멍들었다. 더는 어떻게 대항할 수가 없었다. 결국 넘어지지
않고 버티고 서서 머리를 방어하는 데만 안간힘을 썼다. 반면 롤프
는 샌드백 치듯이 공략해 들어왔다.

차코, 비알라, 올레크가 다시 응원의 목소리를 높였다. 그러자 공
격 속도가 더 빨라졌다. 우르스는 처음으로 외면했다. 더는 볼 수가
없었던 것이다. 바로 그 때문에 이 싸움에서 가장 훌륭한 펀치를 놓
치고 말았다. 루모의 완벽한 어퍼컷이 롤프의 턱에 육중하게 꽂힌 것
이었다. 롤프는 세 발자국쯤 뒤로 비틀거리더니 몇 초 동안 안간힘
을 쓰며 싸우다가 멍하니 선 채 비틀거렸다.

이제 둘 다 똑같이 최악의 상태였다. 롤프는 기진맥진해 간신히
쓰러지지 않고 버티는 상태였다. 루모도 힘은 좀 남았지만 너무 많
이 맞아서 녹초가 돼 있었다. 둘은 다시 젖 먹던 힘까지 다해 달라
붙었다.

그사이 날이 어두워졌다. 세탁장은 문을 닫았다. 거기서 일하던

사람들이 다들 골목으로 몰려나와 구경했다. 누군가 횃불을 밝힌 덕분에 루모와 롤프의 거대한 그림자가 흰 건물 전면에 너울거렸다. 완전히 기진맥진한 두 사람은 말싸움을 계속했다. 둘 다 창의적인 표현은 하지 못했다.

"넌 죽었어!"

"그럼 덤벼!"

"네가 덤벼!"

"네가 덤벼!"

"겁쟁이!"

"지가 겁쟁이지."

"비겁한 놈!"

"네가 비겁한 놈이야."

"고양이 새끼!"

"네가 고양이 새끼야!"

우르스는 이제 구경하기도 지쳤다. 둘 다 석탄 푸는 삽으로 때려 눕혔으면 싶었다. 그럼 조용해져서 모두 집으로 돌아갈 수 있을 것 아닌가. 그러나 그런 조치는 곧 필요치 않게 됐다. 루모와 롤프가 이미 제자리에서 고꾸라져버렸기 때문이다. 둘은 엉금엉금 기면서 서로 목을 조르려고 했다. 다른 관객들도 재미가 식었다. 일부는 하품을 하면서 객석을 떠났다.

결국 루모가 롤프의 목을 조르는 데 성공했다. 반면에 롤프는 루모의 몸통을 두 발로 휘감았다. 둘은 한동안 이런 상태로 꼼짝 않고 있었다. 결국 우르스, 비알라, 차코, 올레크가 다가가 서로 더 큰 상처를 입기 전에 떼어놓았다. 그러나 루모와 롤프는 싸우고 있는 게 아니었다. 서로 껴안은 채 잠이 든 것이었다.

대부분의 관객은 벌써 가버렸다. 화끈한 장면은 다 봤기 때문이다. 세탁장 골목 전투는 끝이 났다. 롤프는 비알라와 올레크가 집으로 데려갔다. 반면에 차코는 우르스를 도와 드르렁 드르렁 코를 고는 루모를 침대로 부축해 갔다.

다음 날 아침 잠에서 깨자 루모는 도대체 왜 이렇게 아픈 건지 알수가 없었다. 처음엔 나쁜 병에 걸렸나 하고 걱정을 했다. 그러나 우르스가 커피를 가지고 나타나 기억을 되살려주었다.

"누가 이겼어?" 루모가 물었다.

"아직 안 끝났어. 꼭 일어나서 학교에 가야 돼. 못 가면 남들이 롤프의 승리라고 할 거야."

"갈 수 있을 것 같지가 않은데."

"내가 도와줄게. 어서 커피 한 모금 마셔."

루모는 우르스의 부축을 받고 절뚝거리며 학교로 갔다. 교문 앞에서 롤프를 만났다. 차코와 비알라가 부축이라기보다는 거의 실어 나르는 수준이었다. 둘은 간신히 제자리에 앉아 첫 수업인 장기 두 시간을 잠으로 보냈다. 학생들 사이에서는 세탁장 골목에서 벌어진 전투에 관한 전설이 쏜살같이 번져갔다. 물론 일차적인 과장이 덧씌워지지 않은 것은 아니었다.

루모는 발을 질질 끌며 쓰기 수업시간에 들어갔다. 눈은 거의 뜰수 없었지만 여선생님 특유의 몸짓을 놓치지는 않았다. 아이젠슈타트의 오가는 아무 말 없이 이상하리만치 근엄하게 백지와 연필을 나눠주었다. 그러자 다들 시험이 닥쳤다는 사실을 불현듯 깨닫고는 깜짝놀랐다. 누구도 그럴 줄 몰랐다. 특히 루모로서는 이보다 나쁜 경우가 없었다. 자기 이름도 기억이 날까 말까 할 정도였으니 말이다.

여선생은 간단한 문장으로 구성된 짧은 구절을 불러주었다. 고양이는 우유를 마신다. 새는 알을 낳는다. 닭은 거리를 가로지른다. 이 파리늑대는 숲에서 잔다.

학생들은 받아쓰면서 무슨 심한 육체노동이라도 하는 양 끙끙거리고 숨을 헐떡거렸다. 한참 후 오가 선생은 시험지를 걷어 가더니 교탁에 앉아 아무 말 없이 채점을 했다. 시간은 한없이 늘어졌다. 펜이 종이 위에서 사각거리는 소리가 아주 거슬렸다. 루모는 '우유를 맞게 썼던가? 유우가 맞는 게 아니었나?' 하는 걱정이 들었다.

마침내 오가 선생이 다시 시험지를 나눠 주었다. 달리 말도 없고 찡그린 표정이었다. 애석하게도 학급 전체가 불합격한 것처럼.

"너희들 모두 시험에 합격했다." 여선생이 속죄할 수 없는 죄악을 저지른 듯한 어조로 말했다. "이제 읽고 쓸 수 있다고 생각지는 마라. 하지만 단어의 뜻을 깨칠 수 있는 도구는 얻은 거야. 그건 머릿속에 있지. 그 도구를 잘 간직하거라. 이빨처럼 조심스럽게 말이야. 그런 데 가장 좋은 방법은 읽기다. 읽어, 되도록 많이! 간판도 읽고, 식당 메뉴도 읽고, 시청 게시물도 읽고, 쓰레기 문학도 읽고. 어쨌든 읽고 또 읽어라! 그렇지 않으면 퇴보한다!"

오가는 학생 하나하나마다 목을 움켜쥐고 근심 어린 표정으로 쳐다봤다.

"내일부터는 격투 수업에 참여해도 돼. 그걸 영예나 즐거움으로 생각하는 학생들에게는 이런 말을 해주겠다. 그건 영예도 즐거움도 아니야. 너희들 중 일부는 나랑 단음절 단어 철자 쓰던 때가 그리워질 거야. 하지만 누구도 과거로 돌아갈 수 없다."

실제로 루모는 다음 날부터 격투 수업 참여가 허용됐다. 시기적으로
는 그 이상 안 좋으려야 안 좋을 수 없는 상황이었다. 움직일 때마다
통증이 왔고, 눈도 한쪽만 제대로 보였다. 그래도 처음 몇 시간은 간
신히 버텼고, 머리를 옆구리에 끼고라도 수업에 참여하려 했다. 일주
일 후에는 세탁장 골목 전투에서 생긴 푸른 멍이 가시면서, 대신 격
투 시간에 생긴 멍이 자리 잡기 시작했다.

킥복싱, 복싱, 레슬링, 공중전, 네 발 싸움, 물어뜯기 등등은 무기
없이 하는 과목이었다. 무기로 하는 전투는 야간검술, 도끼전투, 철
퇴, 쇠뇌, 활쏘기, 눈 감고 칼 던지기 등이었다. 대부분의 학생들은
조금만 시간이 지나면 어느 과목에 맞고 안 맞고를 알게 됐다. 루모
는 모든 과목에 다 맞는다고 생각했다. 무기 없이 하는 격투의 기초
를 익히는 것은 무기를 가지고 하는 격투 수업을 하기 위한 전제였
다. 신체를 통제하는 것이 관건이었다. 자기 몸을 통제하지 못하는
사람은 무기도 통제하지 못했다.

모든 것을 새로 배워야 한다는 사실이 놀라웠다. 잡는 법, 치는
법, 발차기, 도약, 몸을 지레로 사용하는 기술, 낙법, 방어술, 전술, 콤
비네이션 등등. 기본동작이나 지구력 훈련 또는 스트레칭 같은 것을
그는 한 번도 제대로 해본 적이 없었다. 이제는 어떻게 힘줄을 늘리
는지, 근육을 부드럽게 펴는지, 숨을 쉬지 않는 상태로 몇 시간 동안
달리는지를 배웠다. 오래달리기를 하면서 루모와 동료 학생들은 볼
퍼팅 주변 숲과 산과 논밭만 알게 된 것이 아니라 볼퍼팅의 거리며
계단, 다리, 광장 등에 대해서도 알게 되었다. 그리고 특히 거대한 도
시 성벽을 따라 달리면서 도시 전체의 규모도 알게 되었다. 훈련은
그때그때 전투 유형에 맞는 장소에서 했다. 학생들이 투석기를 잔뜩

설치해둔 커다란 호트 광장에서 허공에 몸을 내지르며 공중전을 배우는 모습은 일상적인 풍경이었다. 다리를 건너면서 집단 전투를 한다고 해서 시장실에 비상을 걸 필요도 없었다. 집단 워밍업이었으니까. 싸우는 소리는 쩌렁쩌렁 울려 퍼지고, 헐떡이는 볼퍼팅어들이 선생들의 격려를 받으며 도심을 질주하기도 했다.

루모는 고도로 복잡하고 섬세하고 잘 관리해야 하는 기계를 다루듯이 몸을 통제하는 법을 배웠다. 이론적인 분야에서는 뼈와 근육, 감각기관과 기타 기관들이 어떤 기능을 하는지에 대해 상세한 설명을 들었다. 자세, 잡기, 가격, 도약, 발차기, 방어 등등은 철자를 배울 때처럼 집중적으로 암기했다. 학생들은 이런 개념을 그려놓은 칠판을 보면서 내용을 숙지하고 훈련 시작 전에 이중 정권 가격, 번개 목 조르기, 마취주먹, 죽음의 나비, 수탉 발차기, 두 손가락 찌르기에 이은 팔꿈치 이어 치기 같은 이상한 명칭들을 완전히 외워두어야 했다.

일반적으로 특히 중요하게 여기는 분야는 물기였다. 물기는 볼퍼팅어들에게는 가장 고상하고 예술적인 전투양식이었다. 이빨은 자연이 준 가장 가치 있는 선물이었다. 기본적으로 경계용 물기, 붙잡기용 물기, 고정용 물기, 압력용 물기, 갈기갈기 찢기 위한 물기, 잡아뜯기용 물기, 살인용 물기 등으로 나뉘었다. 물기 수업은 루모가 가장 좋아하는 과목의 하나였다.

루모는 모든 볼퍼팅어가 자기처럼 격투 수업에 흥미를 느끼는 것은 아니라는 사실을 알게 됐다. 그런 볼퍼팅어들은 감수성이 풍부하거나 평화를 사랑하는 부류로 대개 퍼그 얼굴에 닥스훈트 귀를 했으며 저들끼리 장기판을 끼고 모여서는 정신없이 치고받고 하는 친구들을 비아냥거렸다.

반면에 루모처럼 평균 이상의 야심을 드러내면서 한 과목 또는 여러 과목에서 일등이 되겠다고 길길이 날뛰는 학생도 꽤 있었다. 예를 들면 랄라는 활쏘기 과목에서 탁월했다. 롤프는 공명심으로 똘똘 뭉친 단도 던지기 선수였다. 서커스에 나가도 될 정도였다. 비알라는 공중전에서 최고였다. 차코는 쇠뇌 다루는 재능이 특출했다. 그리고 올레크는 투석기를 잘 다뤘다. 이 무기를 대단하게 보는 볼퍼팅어는 극소수였지만.

　루모가 특이하다고 생각한 것은 네 발로 서서 하는 격투였다. 이 기술은 격투 학교에서 직접 개발한 것이었다. 이 과목에서는 어떻게 기본자세로 돌아가고, 팔을 다리처럼 다리를 팔처럼 쓸 수 있는 가 하는 것을 배웠다. 집 벽을 뛰어오르는 법을 루모도 배웠다. 그건 마법과는 아무 관계가 없고 연습하면 되는 일이었다. 루모와 롤프는 격투 시간에 종종 만났다. 이때부터는 어쨌거나 서로 존중하는 태도를 보였다. 둘은 세탁장 골목 전투로 말미암아 친구가 되지는 않았다. 그러나 상대를 이기고야 말겠다는 욕심은 사라진 모양이었다. 그래서 길을 가다 마주치면 아무 소리 하지 않고 서로 비켜주곤 했다. 경쟁하는 것도 가능한 한 많은 과목에서 되도록 많은 지식을 자기 것으로 만드는 쪽으로 바뀌었다.

검술

"나랑 싸워볼 사람?"

　우샨 데루카의 목소리가 검술 도장에 울려 퍼졌다. 볼퍼팅어 검술의 전설을 처음 만나는 시간이었다. 놀랍게도 루모의 주변 의자에 앉은 학생들은 눈을 내리깔고 있었다. 다들 선생과 눈을 마주치지 않으려 했다.

　"뭐야? 너희들 볼퍼팅어냐, 양이냐? 타고난 전사냐, 타고난 겁쟁이냐?"

데루카가 잔뜩 폼을 잡은 자세로 기다란 의자 앞을 이리저리 오가면서 공중에 검을 휘둘렀다.

"쉿쉿쉿 쉿쉿쉿 쉿쉿쉿!"

검에서 이런 소리가 났다.

"자, 양들아, 매애애애? 날 봐! 여기! 내 눈을 봐. 이 토끼새끼들아!"

우샨 데루카는 살벌했다. 교실에 있는 사람은 누구나 아는 사실이었다. 루모만 빼고.

"이렇게 싸움을 겁내서야 뭘 가르칠 수 있겠냐?"

"제가 해보겠습니다!"

루모가 소리치면서 뛰어나갔다. 그는 진심으로 우샨 데루카와 칼날을 교환해보고 싶었다. 수업 시작할 때 처음으로 루모는 무기를 지급받았다. 찌르는 칼이었다. 손잡이는 이제 막 담금질을 끝낸 것처럼 뜨끈뜨끈한 기분이 들었다.

다른 학생들이 안쓰럽다는 듯이 신음 소리를 냈다. 루모는 아무것도 모르는 얼간이었다. 매를 벌려고 작정을 하고 나선 셈이었다.

우샨 데루카는 알겠다는 듯이 미소를 지었다. 부드럽고, 아버지 같은 친구이자 교사였다.

"싸워보겠다고, 차모니아의 루모? 무기를 사용하고 싶어 미치겠지? 모범생이군. 넌 겁먹은 토끼가 아니구나. 나와 같은 정신을 가진 친구로군! 덤벼라, 아가야!"

루모가 의자들 있는 쪽으로 다가갔다. 학생들은 그제야 과감하게 눈을 올려 떴다.

제물이 선택된 것이다.

314

자신이 차모니아 최고의 검객이라는 사실을 우샨 데루카는 삶이 더 갈 데 없이 곤두박질친 상황에서 순간적으로 알게 됐다. 그러니까 그때, 한밤중에 부흐팅에서도 제일 악명 높은 동네의 어두운 골목길에서였다. 우샨은 거의 의식을 잃을 정도로 취한 상태에서 여섯 명의 패거리들과 함께 무지렁이 농부를 털려 하고 있었다.

우샨은 야생 부모로부터 부흐팅의 숲 속에 내버려졌다. 도시의 쓰레기더미에서 먹을 걸 뒤지다가 들개사냥꾼에게 우연히 발견됐다. 사냥꾼은 그를 이가 득실거리는 들개 스물네 마리와 함께 널빤지로 만든 큰 우리에 집어넣었다. 그는 그곳에서 우리의 지배자가 될 때까지 약육강식에 관해 고통스럽고도 치욕적인 체험을 했다. 그 개장수는 우샨이 크고 힘센 볼퍼팅어로 변신해서 우리 안의 개들이 밤마다 한두 마리씩 줄어들자 그를 풀어주었다. 그런 다음 우샨의 다리에 마취용 화살을 쏘아 무기력해지자 부흐팅 시내로 끌고 가서 악명 높은 술집들이 몰려 있는 동네 한가운데에 내버렸다. 머리가 지끈지끈한 것을 느끼며 그가 깨어났을 때는 늦은 저녁이었다. 술집은 주정뱅이들로 북새통을 이루었다. 흥청망청하면서 웃고 고함치는 풍경은 그에게 거부할 수 없는 매력으로 다가왔다. 가장 인상 깊은 것은 누구나 두 발로 걸어 다닌다는 사실이었다. 어디나 직립보행자들뿐이었다. 그래서 그도 직립보행자가 되기로 했다. 우샨은 처음으로 두 발로 서서 비틀거리며 옆 술집으로 갔다. 술집 이름은 '종착역'으로, 이후 오 년간 그의 거주지가 될 곳이었다.

주인은 사망산(死亡山) 출신의 반(半)난쟁이로 우샨의 진가를 바로 알아보았다. 할아버지가 볼퍼팅어 새끼를 사고파는 일을 했기 때문이다. 난쟁이는 이 족속은 말만 잘 듣게 만들면 똑같은 무게의 금

315

으로 바꿀 수 있다는 걸 알았다. 그는 우산에게 고기 한 덩어리와 함께 작은 방을 마련해주고는 따뜻한 이부자리도 갖다 주었다. 그리고 소주 한 병을 주었다. 다음 날 아침 깨어났을 때는 어제보다 골이 더 빠개지는 듯했다. 주인이 방으로 들어오더니 배가 부를 정도로 해장국을 차려주었다. 그리고 나중에 다시 또 소주 한 병을 갖다 주었다. 우산은 이 술집에서 식사를 해결했다. 그러고는 구석에 말없이 앉아서 술을 마셨다. 그렇게 몇 주가 갔다. 우산이 소주에 익숙해져서 소주 없는 인생은 상상할 수 없게 되었을 때 주인은 새 술병을 건네기 전에 이렇게 말했다.

"잠깐. 인생에 공짜는 없어. 술집에서는 더더구나 그렇지. 내 말 알겠나?"

우산은 술병을 잡으려고 애썼지만 허사였다. 주인이 주지 않고 가져가버리곤 했던 것이다.

"물론 넌 아무것도 모르지. 멍청한 반(半)야생 볼퍼팅어에 불과하니까. 그렇지? 하지만 달라질 거야. 내가 말하는 법을 가르쳐주지. 소주도 주고. 그 대신 앞으로 몇 년 동안 널 철저히 써먹어야겠다. 좋은 거래지?"

우산이 킹킹거렸다.

"동의한다는 소리로 알겠다."

주인이 그에게 술병을 내밀었다. 그러자 우산은 게걸스럽게 마셨다.

"술 한 방울이 얼마나 비싼지 알아?" 주인이 물었다. "그건 데루카 지역에서 난 58도짜리 최고급 우산이야. 그런데 참, 이름은 있나?"

우산은 처음에는 술집에서 생기는 이런저런 허드렛일만 했다. 타구를 비우고 바닥 청소를 하고 싸움 탓에 생긴 핏자국을 문질러 닦고 맥주통을 가져오고 등등. 그러나 밤늦게는 마지막 남은 술주정뱅이들을 쫓아내는 일을 했다. 주인은 우산이 싸울 때 늘 늠름한 자태를 보이는 것을 알아채고 개인 경호원 겸 경리로 삼았다. 이 순간부터 그는 접시를 닦을 필요가 없었다. 그가 하는 일이라곤 손에 술주전자를 들고 험악한 표정으로 카운터 옆을 왔다 갔다 하다가 가끔 돈 안 내는 손님이 있으면 흠씬 두들겨 패주는 게 전부였다.

알코올 없는 인생을 우산은 상상할 수 없었다. 그는 아침부터 저녁까지 술에 취해 있지 않은 생명체가 있다는 사실을 전혀 알지 못했다. 손님이 우글거리는 종착역은 그의 우주였다. 거기서는 누구나 하루를 소주로 시작해서 인사불성으로 끝냈다. 우산은 그걸 정상적인 삶의 과정이라고 생각했다. 또 그가 아는 사람들은 하나같이 침침한 술집에서 빈둥거리며 시간을 죽이거나 파리를 죽이거나 종종 뒷골목에서 무장도 하지 않은 주정뱅이들을 때려죽이는 일 외에는 하는 일이 없었다. 그들은 정상적인 직업을 구하지 않는 것이 지극히 정상이라고 생각했다. 그에게는 울짱 혼코, 도살자 오드, 고양이 호구, 열두손이 팀 등의 이름을 가진 친구들이 있었는데, 이 이름만 봐도 그가 그들에게 하프 연주를 배웠을 리 만무하다. 그들은 그에게 도둑질을 가르쳐주었고, 남의 집에 몰래 들어가기, 사람들 많은 곳이나 하수구 속으로 살그머니 숨어들기, 위폐 제조 및 보급, 사기도박, 장물 은닉 등등도 가르쳐주었다. 한마디로 완벽한 범죄꾼으로 만들어놓은 것이다. 우산이 그날 밤 빵집이나 대장간으로 뛰어들었다면 아마도 존경받는 제과점 주인이나 편자 만드는 장인이 될 수 있었을 것이다. 그러나 종착역에서는 범죄자가 될 수밖에 없었다. 그는 학교에 가서 직업훈련을 받는 건 바보들이나 하는 짓이다, 돈을 훨씬 쉽게 버는 방법은 따로 있다 등등의 얘기를 들으며 자랐다. 단순하게 생각해야 했다. 약간의 재주와 잔머리, 그리고 경우에 따라 힘만 있으면 사는 데 지장이 없었다. 친구나 지인들은 단기간 또는 장기간 없어지는 일이 왕왕 있었다. 일부는 결코 다시는 나타나지 않았다. 그러면 사람들은 우산에게 휴가 중이라느니 더 크게 한몫 잡을 수 있는 곳으로 갔다느니 하며 둘러댔다.

친구들은 우산이 악랄한 사기꾼 체질이 아니라는 사실을 유감스럽게 생각했다. 노력을 하지 않아서도 아니었다. 범죄에는 아예 소질이 없었던 것이다. 호주머니를 터는 족족 형사 호주머니였고, 남의 집에 들어가면 하필 무시무시한 도사견을 만났고, 위조지폐를 쓰고 다니면 꼭 시청 위폐감시반원 손에 들어갔다. 패거리들은 그런 난감한 상황에서 우산을 빼내느라 상당히 애를 먹었다. 우산은 피 묻히는 일에도 적합지 않았다. 무기는 외면했기 때문이다. 그는 싸움에 아주 능해서 무기는 필요하지 않다고 생각했다. 그래서 부흐팅의 범죄세계에서 계속 등급이 떨어져 마침내는 사다리를 붙잡고 있거나 망을 보거나 물주를 찍는 것과 같은 저급한 일만 돌아왔다. 그리하여 우산 데루카는 등불안내원이 되었다.

등불안내원은 차모니아의 모든 대도시에서 그나마 괜찮은 직업이었다. 밤에 술 취한 사람이나 지리에 어두운 사람을 레스토랑에서 목적지까지 불을 밝히며 데려다주고 수고비를 받는 일이었다. 특히 길거리에 불이 제대로 설치되지 않은 곳에서는 일거리가 많았다. 다만 등불안내원 중에는 간혹 늑대의 탈을 쓴 양이 있었다. 이들은 범죄자들과 공모해 손님을 약속된 장소로 유인해 간다. 그러면 범죄자들이 몽땅 털고 나서 죽이는 경우도 드물지 않았다. 등불안내원은 옆에서 악당들이 비열한 짓을 잘하도록 불을 비춰주었다.

우산은 소주 한 병은 기본으로 가지고 다니기 때문에 가끔 그런 식으로 당하는 손님보다 더 취해 있었다. 정의감에 충만한 것은 결코 아니었지만 나쁜 친구들이 밤일 하는 동안 불을 비춰줄 때마다 심한 자책감이 밀려들었다. 독하디 독한 우샨을 들이부어야만 그런 괴로움을 면할 수 있었다.

우샨은 인생을 바꿔놓게 될 그날 밤에도 전례 없이 취해 있었다. 간신히 약속 장소를 찾았다. 그는 비틀거리면서 자기 패거리들—여섯 명의 여우머리로 대개는 약탈물을 종착역에서 술로 다 날려버린다—이 손님을 터는 것을 들여다보고 있었다. 부흐팅 주변에 사는 뚱뚱한 부농(富農) 반난쟁이로, 가축을 좋은 값에 팔아 자정이 넘도록 기분을 내느라 술에 취해 있었다. 농부는 숨어 있는 자들이 있다는 것을 눈치채고는 어렵사리 칼을 꺼냈지만 바로 그 순간 손목을 가격당하고 말았다. 쩔렁하고 칼이 땅에 떨어졌다. 우샨은 바로 옆에 서 있다가 본능적으로 칼을 집어 들었다. 남이 떨어뜨린 것을 정중하게 집어주려는 듯이. 그는 아직 칼을 만져본 적이 없었다.

무기를 들고 살펴보는 동안 우샨의 내면에서 뭔가 특이한 변화가 일어났다. 오 년 만에 처음으로 우샨 데루카는 머리가 맑아졌다. 마치 핏속의 알코올이 몽땅 칼 속으로 빨려 들어간 것 같았다. 칼은 제가 취한 것처럼 허공을 갈랐다. 우샨은 안개에 가린 반달을 베고, 그 반달을 다시 칼끝으로 지워버렸다. 그 다음에는 다섯 손가락 뾰족한 별을 베고, 날아가는 새를 찌르고, 껑충껑충 뛰는 말의 윤곽을 잘랐다. 우샨은 웃었다.

"야, 이거 봐, 내가 말이야!"

"헛소리 집어치워!" 패거리 중 하나가 소리쳤다.

"닥치라니까!" 다른 친구가 소리쳤다.

우샨은 고삐에서 풀려난 기분이었다. 갑자기 사물이 단순명료하게 보였다. 살면서 정말 이런 적은 없었다. 모든 것이, 지금까지 그가 해온 모든 것이 완전히 잘못이었다. 우샨은 다시 웃음이 나왔다.

"쉿쉿쉭 쉿쉿쉿 쉿쉿쉿." 그는 칼바람 소리를 흉내 냈다. "육 대 일이야. 그건 안 되지. 보내줘!"

패거리는 당황해서 서로 쳐다보았다. 농부는 사이에 끼어 안절부절못했다.

"쉿쉿쉿 쉿쉿쉿 쉿쉿쉿!" 우샨이 다시 소리 냈다. "내 말 알았지? 그—사람—보내—줘!"

악당의 우두머리가 맨 먼저 사태를 파악했다.

"넌 빠져. 이 주정뱅이야!"

"쉿쉿쉿 쉿쉿쉿 쉿쉿쉿." 우샨이 쉿소리를 냈다. "넌 이름 뭐야, 열두손이 팀? 내 평생 이렇게 정신이 말짱하기는 처음이다. 쉿쉿쉿 쉿쉿쉿 쉿쉿쉿!"

"네가 이 형님 이름을 불러? 이 쪼다가! 이제 넌 죽었다! 술 처먹더니 꼭지가 돌았구나."

"쉿쉿쉿 쉿쉿쉿 쉿쉿쉿! 너희 이름 불러봐? 도살자 오드, 고양이 호구, 울짱 혼코, 두꺼비 톰톰, 그리고 나리오. 나리온 아직 별명 없지. 너무 바보 같아서 말이야. 내 이름은 우샨 데루카다. 별명은 술병."

"미쳤어? 그러면 놈들이 날 정말 죽일 거야." 농부가 소리쳤다.

"봤냐?" 열두손이 팀이 낄낄거리며 말했다. "저놈도 아네. 자, 우샨, 그 빌어먹을 칼 치우고 꺼져! 우리가 알아서 할게."

"쉿쉿쉿 쉿쉿쉿 쉿쉿쉿! 이게 뭔지 알아? 이건 칼이 아니야, 그럼, 아니지! 이건 내 일부야. 팔이 하나 새로 생긴 거야. 쉿쉿쉿 쉿쉿쉿 쉿쉿쉿."

"꺼지라니까, 우샨!"

열두손이 팀이 낮은 목소리로 위협했다. 이제 다들 칼을 빼들었다.

"쉿쉿쉿 쉿쉿쉿 쉿쉿쉿." 우샨이 말했다. "아니, 너희가 꺼져. 저 불쌍한 놈은 놔둬. 그럼 너희도 보내준다. 됐지? 쉿쉿쉿 쉿쉿쉿 쉿쉿쉿."

마지막 쉿 소리를 내는 순간 그는 도적들 사이를 뚫고 나가면서 쉿쉿쉿 고양이 호구의 바지 엉덩이를 가르고, 쉿쉿쉿 도살자 오드의 허리띠를 베어 떨어뜨리고, 쉿쉿쉿 두꺼비 톰톰의 뺨에 칼자국을 새겼다.

"쉿쉿쉿 쉿쉿쉿! 쉿쉿쉿 쉿쉿쉿 쉿쉿쉿!" 우샨이 조용하게 소리를 냈다.

그는 가벼운 발걸음으로 보도 위에서 춤을 추며 검을 다섯 번 휘둘러 상처를 다섯 개 나눠주었다. 울짱 혼코는 팔에서 피가 철철 났다.

열두손이 팀만이 아직 다치지 않았다. 그는 과감하게 우샨에게 달려들었다. 우샨은 쉿쉿쉿 쉿쉿쉿 쉿쉿쉿 하면서 여유 있게 공격을 받아내더니 쏜살같이 팀의 심장을 정통으로 찔렀다가 바로 빼냈다. 열두손이 팀은 쿵 하고 쓰러져 숨이 끊어졌다.

"그래." 우샨은 중얼거렸다. "무기를 잡았으면 항상 죽일 준비를 하고 있어야지."

그는 주머니에서 수건을 꺼내더니 날에 묻은 피를 씻고는 다시 상처 입은 악당들 쪽으로 돌아섰다.

"묶으면 좀 나을 거야." 그는 이렇게 말하면서 혼코에게 피 묻은 수건을 던져주었다. "이건 새 시대의 시작이야. 예전의 우샨 데루카는 죽었어. 여기 불쌍한 열두손이 팀처럼 죽었어. 난 이제 술병 우샨이 아니야. 이제 검의 우샨이야."

다섯 악당은 슬금슬금 뒷걸음질 치며 물러났다. 그들의 모습이 밤의 어둠 속으로 서서히 사라졌다.

우샨은 농부에게 눈길을 돌리고는 이렇게 말했다.

"이 칼 내가 가져도 되겠소? 너무 나쁘게 생각하진 마시우. 꼭 나한테 맞게 만든 것 같아서 그래요."

농부는 아무 말 못하고 고개를 끄덕였다.

"대신 내 등불 가지시우."

우산의 윤곽이 어둠 속으로 서서히 사라졌다. 그러고는 한동안 목소리만 들려왔다.

"쉿쉿쉿 쉿쉿쉿 쉿쉿쉿! 쉿쉿쉿 쉿쉿쉿……"

우산 데루카는 마침내 자신의 특징을 찾아낸 것이다.

코따귀

"공격해 봐!" 우산 선생이 명령했다.

루모는 전략을 짜냈다. 우산 데루카는 아주 빠른 편 같지는 않았다. 엉성한 자세, 눈물주머니, 주름들, 어눌한 말씨, 코에 걸친 독서용 안경 등등 그 모든 것으로 미뤄볼 때 운동신경이 유별나다고 하기는 어려웠다. 아마도 그의 강점은 전술과 경험에 있으리라. 루모는 아래쪽으로부터 접근해서 데루카의 다리를 찔러 껑충 뛰어오르게 유도할 작정이었다. 그런 상황은 분명 예견치 못하고 있겠지. 그런 다음 우산의 방어가 열리면 아래쪽에서부터 목으로 칼날을 들이대려는 것이었다. 루모가 공격했다.

우산은 무기를 손목으로 움직였다. 루모로서는 도저히 어떻게 설명할 길이 없는 방식이었다. 선생은 울타리 말뚝처럼 그 자리에 서서 칼날로 하여금 말을 하게 했다. 몸으로 말하는 것이 아니었다. 루모는 왕왕 한쪽 무릎을 꿇고 처음 생각대로 우산의 다리를 찔렀지만 그때마다 칼날이 그의 칼날에—별로 힘을 들이는 것도 아니고 그저 부드러웠다— 밀려 궤도에서 벗어났다. 나중에는 심지어 한 손을 주

머니에 넣고 루모의 공격을 막아냈다. 몇몇 학생이 킬킬거렸다.

"그래, 아주 좋아." 데루카가 말했다. 사실은 정반대의 의미였다. "자네, 무기를 손목으로 움직여야 돼. 엉덩이로 움직이지 말고."

그는 루모의 코앞에서 칼끝을 마구 휘둘렀다. 이 학생의 두 눈을 파내기가 얼마나 쉬운지 과시하려는 듯했다.

선생은 크게 하품까지 했다.

"메트로놈 추하고 대결을 해도 이보다는 재미있겠다, 학생."

다들 웃었다.

루모는 제정신이 아니었다. 자기와 데루카 사이에는 도저히 뚫고 들어갈 수 없는 무언가가 있었다. 수많은 칼날로 세운 울타리 같은 것이었다. 그것은 체력이나 지구력이 아니라 경험, 지성, 통제력과 관련이 있는 무엇이었다.

그는 자기가 아무것도 모른다는 것을, 특히 검에 관해서는 전혀 아무것도 모른다는 것을 깨달았다. 그는 또 우산 데루카의 눈에서 번뜩이는 불꽃을 보았다. 그러나 그때는 이미 늦었다. 통증이 왔다. 그렇게 느닷없고 강렬한 통증은 딱 한 번밖에 겪어본 적이 없었다. 악마바위 동굴에서 외눈박이가 던진 횃불에 얼굴을 맞았을 때였다. 우산은 칼끝으로 루모의 코를 찔렀다.

루모는 울음이 나왔다. 어찌할 도리가 없었다. 통증으로 눈물이 끊임없이 쏟아졌다. 그는 아무 생각 없이 훌쩍거렸다.

"아하. 겁쟁이는 아닌데 울보로구나." 데루카가 말했다.

아무도 웃지 않았다. 롤프도 웃지 않았다. 누구나 루모의 처지가 될 수 있기 때문이리라.

"그럼. 이제 자리에 가 앉거라, 루모야. 교본을 들여다보고 자세를 잘 익혀놓도록 해. 다음 시간에 같이 하자." 데루카가 다시 따스하게 아버지처럼 말했다.

루모는 자리에 앉았다. 피가 코에서 계속 쏟아져 나왔다.

아무 일도 없었다는 듯이 우샨 데루카는 정상 수업으로 돌아갔다. 스트레칭 연습을 좀 하고, 학생들은 전투 대형을 갖춰 칼을 부딪쳤다. 그러자 우샨의 날카로운 명령 소리가 도장에 쩌렁쩌렁 울렸다. 다들 지쳤다.

"기본자세!"

"찔러!"

"뛰어!"

"돌진 찌르기!"

"찌르기 자세!"

"제5자세 반격!"

"머리 찔러!"

"기본자세!"

"쉬어!"

학생들은 무기를 내려놓고 흩어졌다. 수업시간이 끝나는 바로 그 순간에 루모의 코는 출혈을 멈췄다.

조각과 독서

루모는 학교에 가지 않을 때는 가구공장에서 오른트를 도와 사회적 의무를 이행했다. 하기야 자세히 살펴보면 오른트가 루모를 돕는 것 같았다.

루모는 남들은 꿈도 꾸지 못할 물건들을 나무로 기가 막히게 만들어냈다. 숟가락이나 빗과 같은 단순한 물품은 물론이고 섬세한 조각품이나 장식이 많이 들어간 목검 또는 집 전면에 다는 장식품 같은 것도 만들었다. 자작나무 회초리를 손에 넣으면 잠시 후에 고상한 승마용 채찍으로 바꿔놓았다. 발사나무 조각으로 깃털처럼 가벼운 인조새를 만들면 수 분 동안 공중에 떠다닐 정도였다. 오른트는 매일같이 루모의 재능과 작업 속도에 새삼 경탄했다.

회의장에서 쓰는 육중한 라운드 테이블은 오른트의 도움을 받아 하루 낮 하룻밤 사이에 만들어냈다. 그 다음 며칠 동안은 볼퍼 다리, 검은 돔, 호트 풍차, 시청 건물 전면 등 이 도시를 상징하는 네 가지를 가구 다리에 반부조로 새겨 넣었다. 오후 휴식시간에는 작업장 정문의 튼튼한 참나무 기둥을 조각칼로 다듬기 시작했다. 가구 작업장에서 일상적으로 일어나는 풍경들을 거기다 새겼다. 자기와 오른트가 이중톱으로 작업하는 모습, 소목장이 사용하는 각종 도구, 작업대, 파이프를 문 오른트의 초상 등등 구체적인 모습 하나하나를 너무도 세밀하게 새겼기 때문에 놀라지 않을 수 없었다. 기회가 닿을 때마다 루모는 새로운 묘사를 추가했다. 오른트는 처음에는 멋진 문을 망치겠다며 그러지 말라고 했다. 그러나 이제는 그 화려한 정문이 정말 자랑스러워졌다. 어떤 볼퍼팅어는 지나가다 루모의 솜씨가 발전한 것을 보고 깜짝 놀랐다. 그러면 그 틈을 타서 오른트는 걸상이나 등받이 없는 의자를 그럴듯하게 둘러대어 팔아넘기곤 했다.

루모는 여가가 나면 칼트블루트 왕자 소설을 읽는 것으로 보냈다. 샘물의 아크젤은 루모가 쓰기 시험에 통과하던 날 가장자리가 너덜너덜해진 헌책을 한 무더기 그의 방으로 가져와 침대에 던져놓고 얼마나 특이한 작품인지에 대해 게거품을 물고 떠들었다. 지금까지 나온 차모니아 문학 중에서 가장 스릴 넘치고 모험적이며 독창적인 작품이라는 얘기였다. 그에 비하면 힐데군스트 폰 미텐메츠의 작품은 몽땅 "프라이팬에 넣어 삶아버려도" 아무 상관이 없을 정도라는 것이었다. 그는 심장을 가진 사람이라면 그 걸작의 마술적인 흡인력을 벗어날 수 없다고 했다.

그런데 진짜 그랬다. 루모는 처음 몇 페이지는 철자를 맞춰가느라 애를 먹었지만 시간이 가면서 술술 넘어가졌다. 그리고 마침내는 칼트블루트 왕자에 거의 심취됐다. 왕자는 인기작가인 카이노마츠의 클란투 백작이 고안해낸 인물이었다. 그가 쓴 강렬한 모험소설들은 차모니아의 젊은이라면 누구나 애독했다. 주인공의 이름은 하라 선생이 얘기해준 볼퍼팅어의 연원에 관한 전설에서 차용한 것이다.

루모가 책에 그토록 열렬한 관심을 보인 이유는 거기에 모범적인 영웅상이 있었기 때문이었다. 칼트블루트 왕자는 오로지 고상하기 이를 데 없는 동기에서 가장 사악한 악당이나 소름 끼치는 괴물들과 싸웠다. 그리고 새로운 모험이 펼쳐질 때마다 그림처럼 아름다운 공주들이 등장했다. 칼트블루트 왕자 시리즈는 늘 끝부분에서—이 부분이 루모는 참 마음에 들었다— 주인공이 고독하게 떠나게 돼 있었다. 미지의 새로운 위험들이 그를 간절히 기다리고 있었기 때문이다.

아이젠슈타트의 오가 선생은 루모에게 읽기를 가르쳐주었다. 그러나 책 읽는 재미는 칼트블루트 왕자를 통해서 배운 것이다.

볼퍼팅 검술의 2인자

"대목장이 선다네." 우르스가 어느 날 저녁 말했다. "봤어?"

루모가 성문 앞에서 벌어지는 행사에 눈이 번쩍 뜨인 것은 당연했다. 천막이며 노점들이 해자 주변에 설치됐고, 많은 이방인들이 성문 앞에서 이리저리 뛰어다녔다. 설명을 들어보니 이번 행사는 시장의 허가를 받아서 하는 평화적 포위공략이라고 했다.

"난리가 아닐 거야. 거품맥주에 먹자판이지!"

"흠." 루모는 대수롭지 않은 듯이 말했다.

"넌 도대체 왜 그렇게 먹는 데 관심이 없니?"

우르스는 모처럼 루모에게 진수성찬을 차려준 마당이었다. 새끼돼지 뒷다리에 달콤한 작은 순무를 넣고 사프란과 감자를 섞은 죽을 곁들이고 등등. 그러고는 늘 그렇듯이 이렇다 저렇다 아무 말 없이 자기가 그 음식을 허겁지겁 꿀떡꿀떡 삼켰다. 물론—역시 늘 그렇듯이— 그 중 절반은 그나마 남겨두었다.

"난 배고픈 게 좋아." 이게 무슨 설명이라도 되는 양 루모가 말했다.

"배고픈 게 좋다고. 좋아 좋아. '난 치통이 좋아'라고 해라."

루모는 곰곰 생각했다. 입속에 이빨이 돋을 때가 생각났다.

"치통도 괜찮지."

"한번 도시친구는 영원한 도시친구야." 우르스가 말했다. "그런데 하필 널 만났으니. 그저 시험이려니 해야지."

"넌 도대체 왜 그렇게 먹는 데 관심이 많냐?"

"난 볼퍼팅에서 가장 훌륭한 요리사가 될 거야."

"왜?"

"음, 알지 너? 볼퍼팅어마다 장기가 있다는 거. 그런데 난 볼퍼팅 최고의 검객은 될 수 없어. 둘째밖에 안 되지. 그래서 요리를……."

"네가, 볼퍼팅에서 둘째가는 검객이라고?"

"그래. 내가."

"그렇구나!" 루모가 웃었다.

"최소한 예전엔 그랬지. 이젠 그렇지 않을 거야. 한 사오 등쯤 되겠지. 식칼보다 긴 칼을 잡아본 지가 오래 됐으니까. 하지만 아직은 일류들하고만 할 거야. 진짜야."

"진짜래."

"몇 년 전만 해도 난 볼퍼팅 최고의 검객이었어. 공식 기록이 있다니까. 시청에 가서 알아봐. 증서도 걸려 있어."

"그만 좀 하시지!"

"시청에 가보라니까? 못 믿겠으면!"

우르스가 너무 화를 내는 바람에 루모는 움찔했다.

"볼퍼팅 최고의 검객이었고 둘째가는 검객이었는데 어떻게 지금은 또 아니라는 거야? 네가 칼 잡은 걸 한 번도 못 봤는데."

"난 무기 싫어."

우르스는 중얼거리면서 고개를 숙였다. 이 화제에 기분이 상한 모양이었다.

루모는 정신이 번쩍 났다.

"볼퍼팅 최고의 검객이었는데 무기가 싫다고? 어째서 그런지 말해 주면 일주일치 내 배급 과자 다 줄게."

그러자 우르스의 목소리가 밝아졌다.

"내가 그 얘기 안 해줬던가?"

"아니."

"너도 하나도 안 해줬잖아."

"난 얘기 잘 못해."

"맞아."

"어쨌든! 해봐!" 루모가 명령조로 말했다.

눈의 우르스 이야기

우르스가 한숨을 쉬었다.

"좋아. 난 생각이 안 나. 하지만 양아버지가 그 한겨울 노르트엔드의 숲에서 반쯤 얼어붙은 젖먹이인 나를 어떻게 찾아냈는지 얘기해 주었지. 우리 양아버지는 코람 마로크란 이름의 여우머리인데 대리 결투를 해서 돈을 벌었어."

"대리결투가 뭔데?"

"대리결투는 더는 잃을 게 없어서 죽음에 대한 두려움이 없거나 정신적 결함이 있을 때 하는 거야. 코람 아저씨는 양쪽이 섞인 경우였지. 그러니까 직업적인 대리결투자는 남을 대신해서 결투에 나가는 사람이야, 알겠니? 다른 사람을 위해 결투를 하는 거지. 돈을 받고."

"재미난 직업이네."

"그렇게 말할 수도 있겠지. 우린 늘 무슨 일이 생겼어. 양아버지가 일하러 가면 난 그분이 저녁에 집으로 돌아올지 안 올지를 전혀 알지 못했어. 한번은 귀에 화살을 맞은 채 돌아왔어. 또 한번은 등에 부러진 환도 날을 박은 채 돌아왔고. 그렇다고 돈을 많이 버는 것도 아니었어. 대리결투자는 누구나 할 수 있거든. 하루 끼니를 해결하려고 결투에 나서는 사람도 많았단 말이야. 당시에는 일대일 대결에서 두 결투자는 상대를 향해 뚜벅뚜벅 걸어갔어. 진짜 결투를 해야 할 사람들은 옆에 서서 자기 대리자에게 돈을 지불했지. 게다가 당시에는 온갖 사소한 일로 결투를 했어. 난 적어도 일주일에 한 번은 다시 고아가 될 각오를 해야 했지."

"행복한 어린 시절이었구나."

우르스가 웃었다.

"그다지 나쁘지는 않았지. 흥미로웠고. 어린 시절이 지루한 것만큼 큰 불행이 있겠니? 그런데 진짜 나쁜 건 음식이었어. 코람 아저씨는 요리와 음식에 대해서는 전혀 몰랐어……. 너처럼!"

"고마워."

"그래, 그건 정말 견딜 수 없었지. 아저씨는 수프에 설탕을 친다든가 하는 식이었어. 알겠지? 그렇게 맛없는 음식을 만든다는 건 정말 믿기 어려운 일이었지. 그래서 어느 정도 자란 다음에는 요리는 내가 맡았어. 그랬더니 재미가 있더라고. 그래서 부엌으로 가게 된 거지."

"그렇겠지."

"그런데, 진짜 나쁜 건 코람 아저씨가 썩 괜찮은 대리결투자도 아니라는 사실이었어. 싸움은 좀 할 줄 알았지. 그래, 쇠뇌를 좀 쏠 줄 알고, 단도도 제법 던졌어. 하지만 무슨 종목이든 좀 하는 정도에 불과했어. 그래도 늘 살아 돌아온 건 뚝심이 있었기 때문이야. 그런데 귀에 화살이 박혀 오랫동안 집에 들어오지 않더라고. 안 왔어! 처음 상처를 입고 나서 바로 의사를 찾지 않고 계속 싸운 거야. 피가 열 구멍에서 솟았는데도 말이야. 마침내 어느 날 납처럼 창백한 얼굴로 돌아왔지. 유령처럼 하얬어. 정말 깜짝 놀랐지! 그는 동맥 두 개를 끊기고도 싸움을 계속했대. 그리고 이기기까지 했다니! 그러고 나서 손수 동맥을 동여맨 거지. 이후 두 주 동안을 송아지 생간과 돼지피만 먹고 마셨지. 결국은 비틀거리지 않고 두 발로 다시 서게 됐어. 그의 몸은 칼에 베이고 총과 화살에 맞아 겉에 붙은 건 거의 다 떨어져 나갔다고 해도 과언이 아니야. 손가락 세 개, 눈 한 쪽, 귀 반쪽, 발가락 두 개, 여기 한 조각, 저기 한 점 하는 식으로. 그걸 다 모아 붙이면 작은 난쟁이 하나는 만들 수 있을 정도였지. 그게 바로 내가 검술을 배운 이유야. 그런 생각이 들었어. 어느 날 놈들이 양아버지의 마지막 부분까지 베어버리면, 날 보호해줄 사람은 아무도 없다……."

우르스는 루모 몫으로 반 남겨둔 새끼돼지 뒷다리를 가리켰다.

"그거 안 먹니?"

루모가 고개를 끄덕였다. 우르스는 뒷다리를 게걸스럽게 집더니 한 입 뜯어서 꾸역꾸역 씹었다.

"코람 아저씨는 자기 좋으려고 내게 일을 시키겠다는 생각은 절대 못 했을 거야. 그건 순전히 내 아이디어였어. 눈 속에서 날 발견했을 당시 아저씨는 내가 최고의 목양견이 될 수 있을 거라고 생각했지. 그래서 다 자라서 힘센 볼퍼팅어가 됐을 때도 날 전혀 무서워하지 않았어. 대개는 안 그런데 말이야. 그분은 날 친아들처럼 대해주셨지."

우르스는 뒷다리를 내려놓았다.

"난 검술을 가르쳐달라고 졸랐어. 방어용이라고 둘러댔지. 아저씨가 결투를 하러 나간다든가 하면 혼자 있는 경우가 많으니까. 그래서 아저씨가 가르쳐줬지. 서로 연습하고 훈련하고 대련하고 하면서 나는 차츰 아저씨가 검술 실력이 안 좋다는 것, 내가 훨씬 낫다는 걸 알게 됐어. 당시엔 아저씨를 능가하고 싶은 욕심에 사로잡혀 있었어. 오래지 않아서 진짜 그 정도가 됐지. 물론 아저씨는 모르게 했어. 늘 조심하면서 아저씨가 이기게 해줬지. 하지만 난 점점 실력이 늘었고 부지깽이 하나만 있으면 아저씨를 무력화시킬 수 있었단다. 그런데 어느 날 아저씨가 결투에 나가게 됐어. 상대편에서는 별명이 덩어리인 돼지를 고용했지. 그는 노르트엔드 전체에서 제일 유명하고 무시무시한 대리결투자였어. 사백 회 이상의 결투를 치러 다 이겼지. 코람 아저씨가 놈과 상대를 한다는 건 자살행위나 마찬가지였어. 그리고 난 이제 자세가 나오는 상태였지. 또 사실은 실전에서 내 능력을 시험해보고 싶기도 했어.

그래서 간단한 계획을 세웠지. 코람 아저씨에게 내가 대신 결투에 나가야 한다고 설득했어. 석탄 나르는 부삽으로 말이야. 그걸로 뒤에서 네모난 머리를 친 거야. 얼마나 세게 쳤는지 거의 죽일 뻔했어. 난 집에서 제일 좋은 환도 두 개를 가지고 결투장으로 갔어. 사람들한 테는 내가 코람 마로크라고 했지. 그 돼지는 코람을 개인적으로 알 지 못하니까 그러려니 했지. 이 돼지, 이 덩어리는 진짜 실력이 있었 어. 몇 분 동안은 놈이 날 따돌렸어. 하지만 그 다음에는 내가 체계 적으로 파고들어 놈을 완파했지. 죽이지는 못했지만—난 아직껏 싸 움에서 누굴 죽여본 적은 없어— 그래도 많은 상처를 입혔어. 그래 서 놈은 다시는 결투에 나올 수 없게 됐지. 지금도 당시 집으로 돌 아가면서 내가 무슨 생각을 했는지 기억이 또렷해. 이런 거지. 야, 나 도 되네! 하지만 그러고도 전혀 기쁘지는 않았으니까 이상하지. 어 쨌든 상관없어. 집에 와 보니까 코람 아저씨는 다시 깨어나 있었어. 그래서 말씀 드렸지.

'아, 아저씨 그 덩어리한테 한 방 먹이신 모양이에요. 그런데 놈이 쓰러지기 직전에 아저씨한테도 한 방 먹였어요. 그게 불운이었죠.'

'생각이 안 나는데.'

코람 아저씨가 말했어. 내가 저녁을 했지. 백리향 빵껍질에 새끼양 등심을 넣고 버찌토마토샐러드를 곁들였어.”

우르스는 뒷다리를 또 한 입 뜯었다.

“문제는 덩어리 돼지가 사방에 돌아다니면서 제 상처를 내보이며 코람 마로크는 대단한 놈이다, 도저히 이길 수 없는 마법의 검투사 다 뭐다 하고 떠들고 다닌 거야. 그러니, 그렇잖아, 오래지 않아서 차 모니아에서 칼깨나 쓴다는 놈들은 다 코람과 겨뤄보겠다고 덤벼들 게 된 거지.”

우르스가 한숨을 쉬었다.

“정말이지 내가 야호 했더니 눈사태가 일어난 거야. 백정 요구르, 절벽의 에르스킨, 세 칼날 가히지, 환도 루스킨, 츠데네크 트로야, 보안관 요울리, 이빨 없는 호쿠 등등. 몇 주에 한 번씩은 그런 꼴통 야만인들이 우리 오두막에 나타나 코람한테 싸움을 걸었어. 그래도 나한텐 부삽 자루가 남아 있었지. 그래서 밖으로 뛰어나가 놈들을 벌집으로 만들어줬어. 코람 아저씨가 제정신이 들면 늘 같은 얘기를 했지. 아저씨가 이러저러해서 놈들을 물리쳤는데 마지막 순간에 한 방 당하고 말았다는 식으로 말이야. 코람 아저씨는 결투가 끝나고 나면 제대로 기억하는 게 거의 없었거든. 난 그런 식으로 계속 가면 아저씨가 정신이 이상해지지 않을까 참 걱정스러웠어. 하지만 뾰족한 수가 없었지."

우르스가 숨을 깊이 내쉬었다.

다손이 에벨

"그러던 어느 날 다(多)손이 에벨이 문 앞에 나타났어. 차모니아 전체를 통틀어 가장 무시무시한 대리결투자였지. 너나 나보다 손이 많은 건 아니고, 어찌나 빠른지 손이 열두 개쯤 되는 것 같다고 해서 그런 별명이 붙은 거야. 그렇다고들 했어. 나는 부삽이라도 잡으려 했지만 없었어. 그런데 바로 그 순간 쾅! 하고 머리를 된통 맞은 거야. 부삽으로. 눈앞이 깜깜해졌지. 코람 아저씨는 내 술책을 눈치챘어. 그래도 꽤 오래간 셈이지. 아저씨는 내가 한 처방을 그대로 돌려준 거야. 정신을 차려보니까 양아버지 코람 마로크는 붉게 물든 마당 눈밭에 누워 있었어."

우르스가 훌쩍거렸다. 눈물이 털가죽으로 스며들었다.

"그 후 우리 무기를 다 챙겨서 차모니아를 떠돌아다녔어. 다손이 에벨을 찾으러. 이번만은 놈을 작살내리라. 이번 딱 한 번만은 죽이리라 결심했지. 아, 내가 그런 마음을 먹었다니! 하지만 다손이 에벨은 땅속으로 꺼져버렸어. 그 순간 무기를 잡으면 아무리 좋은 의도라 해도 어떤 일을 겪게 되는지 깨달았지. 원수가 원수로 이어지고, 그래서 결국에는 무기가 승리하는 거야. 빌어먹을 칼들, 그건 뱀파이어야. 피를 다 빨아 마시고도 또 더 달라고 하지. 언젠가 너도 네가 칼을 휘두르는 게 아니라 칼이 너를 휘두른다는 사실을 알게 될 거야."

"그래, 그래." 루모가 됐다는 듯이 말했다. "됐어. 볼퍼팅에는 어떻게 왔니?"

"다른 사람들이랑 마찬가지지 뭐. 어느 날 은띠를 보았어. 그걸 찾은 거야. 물론 볼퍼팅에서지. 눈의 지나 형상으로 나타났지. 하지만 그건 딴 얘기고. 볼퍼팅에 와서는 네가 지금 겪고 있는 일을 나도 겪었어. 학교 등등. 그러다가 검술 시간에—당시에는 우샨 데루카가 아직 없었지— 내가 이 도시 최고의 검객이라는 사실이 바로 드러났어. 아무도 나 정도 경험을 한 사람이 없었지. 심지어 남들이 검술 수업을 맡아달라고 부탁할 정도였지. 하지만 난 그런 건 하고 싶지 않았어. 정말 싫었어. 그래도 검술 과목을 좀 가르치긴 했지. 하도 최고의 검객으로서 사회적 책임이 어쩌고 하면서 괴롭히는 통에 말이야. 그리고 몇 년이 지나서 우샨 데루카가 이 도시에 왔어. 그래서 최고 검객 얘기는 끝나게 된 거야. 우샨은 오로지 검술을 위해 타고난 사람이야. 천부적인 재능이지. 너니까 얘긴데 난 진짜 너무 기뻤어. 나를 둘러싼 온갖 소동이 끝났으니까. 어린 애들은 이제 내가 검을 잡을 줄 안다는 사실도 전혀 몰라."

"나한테 가르쳐줄래?"

"뭘?"

"그거, 검술."

"검술? 난 이제 못 해."

"지금도 둘째는 간다고 그랬잖아."

"오 등쯤. 기껏해야."

"그거면 충분해. 가르쳐줄 거지?"

"네가 말린다고 듣겠냐?"

"안 듣지. 조용히 있는 게 나을 거야."

우르스는 한숨을 쉬고는 뒷다리에서 마지막 남은 살점을 뜯었다.

"쇠뇌 한 발 날렸어야 하는 건데. 너 저 성문 앞에 서 있었을 때 말이야." 그가 말했다. "그때 알아봤지. 골칫거리가 될 줄."

다음 날부터 우르스와 루모는 매일 오후 늦게 볼퍼팅 성문 앞으로 가서 북쪽 숲으로 사라졌다. 루모는 늘 기다란 짐 보따리를 끼고 있었다. 두 사람을 본 일부 학교 친구들은 둘이서 저 밖에서 뭘 하나 하고 궁금해했다.

비밀의 요체는 우르스가 매일 저녁 해가 떨어질 때까지 루모에게 검술을 가르쳐준다는 것이었다. 이들은 어둠 속에서 횃불을 밝혀놓고 싸움을 계속하기도 했다. 짐 보따리에는 환도 두 자루, 검 두 자루, 단검 두 개가 들어 있었다. 루모가 단단한 나무로 깎아 만든 것이었다.

얼마 지나지 않아 우르스에게서 검술의 요체들이 되살아났다. 그는 가끔 순서가 틀리게 가르치기도 했다. 복잡한 자세와 공격법을 단순한 것보다 먼저 가르쳤다. 몇 가지 기술적인 개념을 혼동하기도 했다. 그러나 크게 보아 그의 검술 교습은 루모에게 장황하고 관료적인 우산 데루카의 수업 방식보다 훨씬 효과적이었다. 수업을 하면서 한 가지는 진짜 분명해졌다. 우르스는 검술을 증오했다. 그는 실력 때문에 오히려 검술이 지겨웠고 고통스럽기까지 했다. 기계적인 움직임, 집중, 절제, 지속적인 반복 등등 그 모든 것이 그에게는 전혀 맞지 않았던 것이다. 그는 이미 그런 규칙들을 무력화시킬 만한 일련의 가능성을 발견했고, 그것을 루모에게 가르쳐주었다. 그러나 그렇다고 해서 검술은 기예가 아니라 힘들고 지루하고 무의미하고 몹쓸 운동이라는 견해가 바뀐 것은 절대 아니었다.

중요한 것은 루모에게 진짜 친구로서 뭔가 도움을 준다는 사실이었다. 요리를 가르쳐줄 수 있다면 얼마나 좋을까!

우르스에게 루모는 더할 나위 없이 훌륭한 제자였다. 검술에 관한 한 그는 거의 광적인 호기심을 보였다. 스펀지처럼 우르스의 이론적인 설명을 흡수했고, 실전 연습 때는 지칠 줄 몰랐으며, 각각의 동작을 완전히 기진맥진할 때까지 반복했다. 루모는 추진력이 대단했다. 우르스가 교습을 단축하려 하거나 아예 빼먹을라치면 길길이 날뛰었다. 집에 가면 우르스는 금세 피곤해서 곯아떨어져도 루모는 도서관에서 빌린 검술 교본을 읽었다. 수마가 밀려들 때까지. 그중에는 우샨 데루카가 쓴 책도 있었다. 얇은 소책자였는데 『검술에 관하여』라는 담담한 제목이었다. 이 책을 연구하는 일이 루모에게는 아주 흥미로웠다.

빠라드와 펭뜨

루모가 숲에서 배운 것은 파검법, 기본자세, 인사법, 뒤로 도약, 앞으로 도약, 빠지기 보법, 돌진 공격, 단순 직선 공격, 돌진 찌르기, 미끄러지며 찌르기 등이었다. 공격해 들어온 상대의 칼을 빗겨내고 방어하는 빠라드는 직접 빠라드, 제1 빠라드, 제2 빠라드, 퇴각 빠라드, 제3 퇴각 빠라드, 제4 퇴각 빠라드 등이 있고, 리뽀스트 또는 되받아 찌르기가 있었다. 교란용 속임수인 펭뜨는 찌르기 펭뜨, 돌진 펭뜨, 필로 펭뜨, 이중 펭뜨, 데루카 펭뜨, 이중 가상 펭뜨, 아이젠그라트 펭뜨, 이중 아이젠그라트 펭뜨에 이은 되받아 찌르기, 우회 이중 돌진 펭뜨, 제4 측면 펭뜨, 데루카 제4 측면 펭뜨, 우르스가 개발한 제4 측면 펭뜨 등등이 있었다. 우르스가 자체 개발한 제4 측면 펭뜨는 너무도 놀라운 효과가 있어서 원래의 제4 측면 펭뜨는 잊어버려도 상관이 없을 정도였다.

그는 연계공격술(직선 찌르기에 이은 펭뜨), 바투타 공격(상대의 칼몸 가운데를 세게 쳐서 자세를 흐트러뜨림), 수직 무기 탈취 공격, 수평 무기 탈취 공격, 나선형 무기 탈취 공격, 총력 무기 탈취 공격(이는 우르스의 창안이다), 두 칼 교차 공격, 배후 빠라드(등 뒤로 찌르기), 토레로 찌르기(위쪽 목에서 심장을 향해 찌르기)와 광란의 토네이도 등등도 배웠다. 광란의 토네이도는 특히 많은 연습이 필요한 공격이었다. 루모는 또 이 모든 공격법을 실행할 뿐만 아니라 방어하는 법도 배웠다. 둘이서 줄곧 연습한 것은 칼몸으로 따귀 때리기에 대한 방어술이었다. 이는 우르스가 특히 중시하는 것 같았다.

우르스는 루모에게 바닥에 누운 상태에서 어떻게 검을 놀리는지, 한 손이 나무에 묶이거나 발 하나가 땅에 묻힌 상태—수령 자세라고 한다—에서는 어떻게 방어를 하는지 가르쳐주었다. 둘은 장검·단검술도 연습했다. 양손으로 긴 검과 짧은 검을 갖고 싸우는 훈련이었다. 무기 없이 하는 싸움 기술도 익혔다. 펄쩍 뛰어 공중제비를 돌고 바닥으로 구르면서 탈출하는 기술이었는데 단도마저 잃어버렸을 때는 아주 쓸모가 있었다. 둘은 원숭이처럼 이 가지에서 저 가지로 옮겨 다니면서 나뭇가지 위에서도 싸우고, 빽빽이 들어선 자작나무 틈에서도 싸우고, 잘려 나간 미끌미끌한 통나무 위에서도 싸웠다. 습지를 달리면서도 싸웠고 물이 허리에 차는 곳에 서서도 싸웠다.

"언제 어디서 어떤 상황이 벌어질지 몰라." 우르스가 말했다. "겨울이면 눈밭이나 표면이 얼어붙은 보도에서 싸우겠지. 밤이면 무너져 내릴 것 같은 지하실 계단 불도 없는 곳에서 싸우는 거야. 교과서에 나와 있는 그림에서 보는 것처럼 뽀송뽀송하고 훤한 상황에서 교범 같은 자세로 대결하는 경우란 아예 없다고 해도 과언이 아니야. 오히려 한밤중에 연방 파도가 부서지는 절벽 위에서 싸우게 되는 경우가 많지. 거기다 우박까지 쏟아질 수도 있어."

그래서 그들은 전천후로 연습했다. 어떤 날씨도 싸울 날씨라고 우르스는 말했다.

꿈 둘 수수께끼 하나

루모는 좋아하는 꿈이 두 가지 있었다. 밤마다 잠들 때면 그런 꿈을 번갈아 꾸었으면 하는 상상을 하곤 했다. 하나는 칼트블루트 왕자가 되어 변신을 거듭하는 괴물이나 악당들로부터 랄라 공주를 구해내는 꿈이었다. 또 하나는 새로 볼퍼팅의 검술 대가가 되어 숨 막히는 결투에서 노쇠한 검술의 전설 우샨 데루카의 왕좌를 탈취하는 것이었다. 물론 랄라와 검술 수업을 듣는 모든 학생들이 보는 앞에서. 악마바위에서 스마이크가 제시한 계획의 요점 둘을 꿈속에서도 내 따져보았던 것처럼 그는 어떻게 하면 데루카의 코에 똑같은 일격을 가해 모욕을 되갚을 수 있을까 하고 상상하곤 했다. 처음에는 바보처럼 보이다가 서투르게 공격함으로써 선생님을 차츰 안심시킨다. 그런 다음 허를 찔러 실력을 총동원해서 우샨 데루카를 무력화시키는 거야. 그럼 결국 비참하고 초라한 모습으로 나한테 검술사범을 맡아달라고 간청하겠지 하는 생각이었다.

루모가 우샨에 대해 느끼는 복수욕은 외눈박이들에 대해 품었던 것과는 전혀 다른 성격이었다. 그것은 피가 철철 흐르는 보복이 아니라 상대를 세련된 전투기술로 무력화시켜 창피를 주는 정도였다. 폴초탄 스마이크라면 이런 꿈을 좋게 생각했을 것이다.

스마이크. 루모는 궁금해졌다. 뚱보 스승님은 어떻게 됐을까? 볼퍼팅이라면 그분 취향에 맞았을 텐데. 들여보내주기만 한다면 말이다. 전투가 교과목인 도시니까. 그는 학교에서도 탁월한 강의 능력을 발휘했을 것이 분명하다. 주 담당 과목은 전술, 부 담당 과목은 차모니아 전쟁사. 루모는 스마이크가 보고 싶었다. 그러나 그다지 크게 걱정하지는 않았다. 악마바위에서 살아난 사람이니까 어떤 상황에서도 잘 대처하고 있겠지…….

루모는 하품을 했다. 그러자 스마이크의 마지막 수수께끼가 다시 떠올랐다. 길수록 짧아지는 것은? 양초인가? 아니다. 초는 쓸수록 짧아지지 길어지지 않는다. 눈에 보이는 걸 말한 건가? 루모는 영 풀릴 것 같지 않은 그 수수께끼를 생각하다가 어느덧 잠 속으로 빠져들었다.

4

스마이크의 길

스마이크는 루모와 헤어지기로 한 결심을 잠시 후에 후회했다. 자신이 바보천치라는 생각이 들었다. 즉흥적인 기분에 휩쓸려 루모와 함께 가는 편안함을 포기하다니. 이제 먹는 것도 혼자 해결해야 하고, 불도 피우고 음식도 해야 했다. 전투로 단련된 볼퍼팅어가 있음으로 해서 얻는 이득 같은 것은 이제 염두에 둘 수도 없게 됐다. 스마이크는 다시 한 번 운명의 도박을 한 것이다. 그러나 천성대로 다시 자기 운명에 빨리 적응해갔다.

처음 며칠간 그는 루모에게 재촉 받지 않고 기회 있을 때마다 쉴 수 있으니 참 좋다는 식으로 자위하곤 했다. 그는 며칠 밤을 거의 잠 못 이루면서 추위에 덜덜 떨었다. 제대로 불도 못 피우고 숲에서 나는 불길한 소리 때문에 눈을 붙일 수 없었다.

그래서 일주일 후 미드가르드난쟁이들을 만났을 때는 꽤나 피곤한 상태였다. 그들은 포도원 유랑 일꾼으로 포도 따는 일을 하러 포도원으로 가는 길이었다. 스마이크는 온갖 감언이설로 그들을 꼬드겨서 나귀가 끄는 짐수레에 올라탔다. 천부적인 포도 따기 일꾼이라는 그의 주장이 설득력 있었던 게 아니라 마음씨 좋은 난쟁이들이 그의 행색이 불쌍해 태워준 것이다.

포도원은 일종의 자연이었다. 스마이크는 차모니아의 숲보다 포도원이 훨씬 마음에 들었다. 그리고 그는—스스로도 놀란 것이— 실제로 수확에 도움이 됐다. 잠시 적응기간을 거친 뒤부터 많은 손 덕분에 미드가르드난쟁이 한 사람 몫의 몇 곱절을 해낸 것이다.

난쟁이들은 이 포도원에서 저 포도원으로 이동했다. 대부분 하루에 수확을 마치고 다음 포도원으로 옮겨 갔다. 그렇게 느긋한 속도로 차모니아 북서쪽으로 나아갔다. 오른에서 텐티젤라로, 베스트슈피츠에서 그뤼버찰로, 운터 파쿤트에서 오버 파쿤트로, 벨링엔에서 무멘슈타트로, 찬탈퍼고라에서 에빙으로. 육체노동과 유랑생활은 스마이크에게 새로운 경험이었다.

몇 주가 지나 난쟁이 무리는 마침내 차모니아 문명의 전초기지에 도착했다. 규모가 꽤 됐다. 어떤 거인의 머리가 화석화됐다고 하는 가르쿨렌 볼로그두개골 주변 지역이었다.

이 지역은 바이나우라고도 했다. 수많은 포도 재배업자들이 정착해서 포도주 애호가를 위한 진정한 낙원으로 개척했기 때문이다. 많은 식당과 포도주 전문점, 압착장이 있었고, 전설적인 소출을 내는 작은 포도원이 지천이었다. 바이나우는 관광객들에게도 완전히 개방돼 있었다. 그래서 스마이크의 기준으로 보면 진짜 대도시나 마찬가지로 거의 지상낙원이었다.

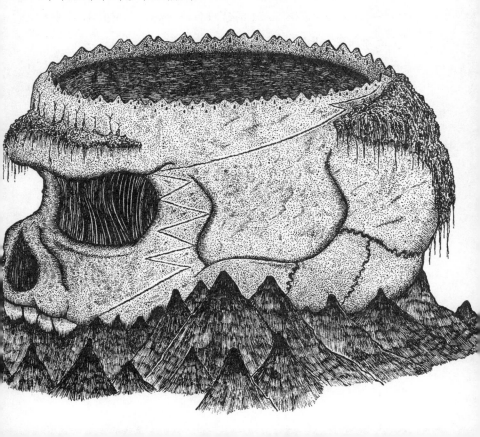

그는 단순한 생활 및 미드가르드난쟁이들과 작별을 고하고 다시 홀로 이 일대를 떠돌아다녔다. 생활은 얼마 안 되는 저축으로 하고 가끔 도박도 해서 벌충했다. 도박은 그로서는 쉬운 일이었다. 이곳으로 휴가 온 자들은 씀씀이가 넉넉했고 가끔 노름을 하는 정도는 별로 괘념치 않았기 때문이다. 스마이크는 딴 돈으로 마침내 꿈을 이뤘다. 저 점액질 웅덩이 바닥에서 연명하면서 간직해왔던 그 꿈들을. 미식을 즐기겠노라던 그 꿈의 시시콜콜한 부분까지 철저히 실천했다. 차모니아 최고의 요리사 가운데 몇 사람이 이 지역에 레스토랑을 열었는데 스마이크는 하나하나 다 다녀봤다. 그는 메뉴판에 있는 요리를 위에서부터 아래로 시켜 먹은 다음 다시 아래서부터 위로 시켜 먹었다. 어쩌나 푸지게 먹었던지 없이 살던 때의 기억은 마지막 하나까지 완전히 사라지고 그 대신 뱃살의 기름기로 변했다. 이제야 비로소 제대로 문명세계에 닻을 내린 것이다.

스마이크는 이곳저곳 다니다가 볼로그두개골 지역으로 흘러들어가게 됐다. 볼로그두개골의 석회질 경사면에는 야생 포도가 자라고 있었는데 날아다니는 가르쿨렌만이 딸 수 있었다. 이들은 거인의 두개골에 있는 동굴들 속에서 살고 있었다. 전하는 말로는 여러 해 전에 얼음운석이 우주에서 날아와 볼로그두개골에 떨어져 박혔다고 한다. 그런데 얼음이 녹으면서 알 수 없는 검은 물이 볼로그두개골에 가득 차게 됐고, 바로 이 물이 이 일대를 유명하게 만든 저 전설적인 포도주를 가능케 한 주요인이었다.

진실의 포도주

가르쿨렌 볼로그두개골—포도주 재배업자들은 자기네 포도주를 이렇게 불렀다—은 새까맣고 끈적끈적했다. 보통 포도주의 특성은 이 포도주에는 전혀 적용되지 않았다. 기운을 나게 해주지도 않고 마음을 가라앉혀주지도 않았다. 그 어떤 괜찮은 음식에도 어울리지 않았다. 향기도 없고 맛도 없었다. 제대로 취하지도 않았다. 사람들은 이 포도주가 그토록 독특하고 너도나도 마셔보고 싶어 하는 이유는 마시는 사람에게 자기 자신에 관한 진실을 알려주는 모종의 도취 상태를 야기하기 때문이라고 했다. 이 포도주는 병이나 통으로 살 수도 없었다. 잔으로만 파는데 값이 터무니없이 비싸고 딱 한 포도주 전문점에서만 팔았다. 그 술집은 볼로그두개골 발치에 있었는데 그래서 옥호도 볼로그두개골이었다.

스마이크는 미드가르드난쟁이들이 이 포도주에 대해 소곤거리는 얘기를 들은 바 있었다. 그런데 여기 바이나우에서는 무슨 대화를 하더라도 꼭 한 번은 볼로그두개골 얘기가 나왔다. 현지인들은 은밀하고 수수께끼 같은 방식으로 그런 얘기를 했다. 그들은 그 포도주에 취하는 것은 아무나 할 일이 아니라고 쑤군거렸다. 스마이크는 오래 머물수록 호기심이 커졌다. 그래서 마침내 충분히 돈을 모은 다음 그 포도주를 맛보러 문제의 술집으로 떠났다.

스마이크는 전설적인 두개골의 발치에 있는 그 술집에 도착했을 때 기분이 별로였다. 어떤 사람들은 대놓고 마시지 말라고 충고했다. 노름을 하던 사람은 그에게 일단 가르궐렌 볼로그두개골에 취하면 모든 게 전과 달라진다고 주장하기도 했다.

물론 호기심 해소가 우선이었다. 그래서 스마이크는 그 술집으로 들어섰다. 술집은 녹림(綠林)난쟁이들이 운영했다. 그 추악한 몰골 때문에 분위기는 좀 버렸지만 스마이크는 상관하지 않고 큰 소리로 전설적인 음료 한 잔을 주문했다. 자그마한 웨이터가 지저분한 식탁보가 깔린 탁자로 안내한 뒤 바로 사라졌다.

스마이크는 자리에 앉아 주위를 둘러보았다. 손님들은 다들 혼자서 작은 탁자에 앉아 있었다. 앞에는 포도주잔 하나가 놓여 있고 거기에는 검은 액체가 들어 있었다. 대부분 아무 말 없이 혼자 뭔가를 골똘히 생각하는 중이었다. 어떤 사람은 조용히 혼잣말을 했고, 일부는 끔찍이도 오만상을 짓고 있었다. 발작을 일으키고 있다는 생각이 들 정도였다. 심지어 우는 사람도 있었다. 느긋한 술집이라기보다는 정신병원의 공동휴게실 같은 분위기였다. 녹림난쟁이가 다시 나타나 검은 포도주가 담긴 잔을 탁자에 내려놓고 아무 말 없이 가버렸다.

스마이크는 조심스럽게 홀짝홀짝 마셔보았다.

속은 기분이었다. 아무 맛도 나지 않았다. 진짜 아무 맛도 없었다. 아무 맛도 없는 무언가를 마신다는 건 불쾌한 일이다. 얼간이처럼 소문에 속아 이름만 있는 관광명소로 흘러들어온 것이다. 그는 웨이터가 돌아오면 눈앞에 있는 포도주 값에 대해 강하게 시비를 걸어야지, 그러면 술값은 빠지겠지 하고 생각했다. 그러면서 잔에서 눈을 떼어 올려다보다가 소스라치게 놀란 나머지 지저분한 식탁보 위에 포도주를 엎지르고 말았다. 탁자 맞은편에 자기 자신이 앉아 있었던 것이다.

도플갱어

"그래, 잘 봤어." 상대방이 말했다. "이게 너야. 넌 나고. 난 너야. 넌 너 자신을 보고 있는 거야."

"맙소사." 스마이크가 말했다. "이럴 줄이야."

아니다. 저기 서 있는 건 거울이 아니었다. 거기에는 또 다른 나가 앉아 있었다.

"다들 이럴 줄 모르지. 놀랍게도 말이야. 하지만 잘 생각해보면 생각날 거야. 자기 자신에 관한 진실을 자기 자신 말고 누가 더 잘 알 수 있겠어?"

"이봐, 이봐." 스마이크는 온 팔을 허우적거리며 말했다. "이건 정말 의외야! 뭐가 어떻게 된 건지 정리 좀 하자. 넌 너무 진짜 같아."

"난 너처럼 진짜야. 자, 더 마셔!"

"아니, 고마워. 일단 됐어. 이러다가 셋이 되겠지?"

"이건 그런 종류의 취함이 아니야. 점점 더 취하는 게 아니라고. 지금 네가 보는 그대로야."

"거울을 들여다보는 게 나을 뻔했어. 그럼 훨씬 쌌을 텐데." 스마이크가 말했다.

"그래, 맞아. 여기서는 거울을 봐도 보이는 걸 보는 거야. 하지만 훨씬 빠르지."

"그게 무슨 말이야. 훨씬 빠르다니?"

"기다려봐. 날 봐! 나한테 집중해!"

"뭘 보여준다는 거야?"

"됐어. 자세히 들여다봐."

스마이크는 맞은편을 응시했다. 그랬다. 그건 그 자신이었다. 정확히 거울에 비친 모습이었다. 약간 피곤한 것 같기도 하고, 하지만 요즘 여러 가지 일이 있어서…… 진짜 그렇게 늙어 보였나? 그래, 그렇게 보였겠지. 그사이에. 하지만…… 잠깐! 눈 아래 저 작은 주름들은, 오늘 아침까지만 해도 없었는데! 혹시? 분명 아니야! 맞은편 모습은 그를 특별히 잘 모사한 건 아니었다. 오히려 밀랍인형 전시장의 신통찮은 모조품 같았다.

저게 진실일까?

스마이크는 그 주름들을 믿지 않는다는 듯이 뜯어보았다. 갑자기 뭐가 더 있었다. 그리고 또 더 있었다. 두툼한 눈물주머니가 맞은편 눈 아래 생겼다.

"잠깐……." 스마이크가 중얼거렸다.

"이제 알겠어, 응?" 도플갱어가 히죽거렸다. "멋진 모습은 아니지?"

스마이크는 감을 잡았다. 그건 신통찮은 모조품이 아니라 충실한 모사였다. 그건 그 자신이었다. 아마도 십 년, 이십 년쯤 후의. 그는

나이가 들어가는 자신을 바라보고 있는 것이었다.

또 다른 나의 피부는 더 꺼칠하고 주름이 늘고 생기가 없었다. 크고 작은 반점이 생겼고, 사마귀 같은 것들이 돋았다.

스마이크는 몸서리쳤다. 상대방은 히죽거리면서 이를 드러냈다. 이는 누렇고 전보다 좀 길어졌다. 잇몸은 뒤로 밀리고 염증이 있었다. 치관은 떠서 누렇게 변했다. 시커멓게 썩은 이 조각이 병들고 창백한 잇몸에서 빠져나와 탁자 위에 툭 떨어졌다.

"이크." 도플갱어가 말했다.

너무 심하다는 생각이 들었다. 그는 자신이 늙어가는 것뿐 아니라 죽어가는 것까지 바라보고 있었던 것이다.

"그만!"

스마이크는 호소했다. 그러나 그 오싹하는 광경에서 눈을 떼지는 못했다. 상대방의 피부는 수천 개의 잔주름이 접혀 있고, 얼굴은 곰 팡이 핀 수건처럼 오그라들었다. 손과 팔은 뼈와 가죽만 남았고 그나마 찢어져 조각조각 떨어져 나가기 시작했다. 하나하나의 뼈와 메마른 힘줄도 보였다.

"그만해!" 스마이크가 헐떡이다가 울기 시작했다.

"그건 안 돼." 소름 끼치는 도플갱어가 말했다. "진실은 막을 수 없는 거야. 너랑 한잔한 건 좋았어. 그런데 딴 건 몰라도 하나만은 알아둬, 형제……."

도플갱어는 스마이크 쪽으로 고개를 숙이더니 썩은 이빨로 기괴하게 히죽거리면서 속삭였다.

"그들이 널 데리러 올 거야."

그는 소름 끼치게 웃기 시작했다. 그러다가 성대에 사레가 들렸는지 마지막 짧은 웃음과 함께 아래턱이 탁자에 뚝 떨어졌다. 회색 혓바닥이 휑한 목에서 늘어져 나왔다. 그런데 이 혓바닥마저 아래로 떨어지더니 탁자 위에서 팍 찢어지면서 먼지로 변했다. 그 순간 스마이크의 입에서 날카로운 비명이 터져 나왔다.

"한 잔 더 드릴까요, 손님?"

스마이크는 깜짝 놀라 뒤를 돌아다보았다. 거기에는 그 녹림난쟁이가 서서 못마땅한 눈초리로 뚫어지게 쳐다보고 있었다.

"뭐야?"

"뭘 좀 갖다 드릴까요? 치즈 같은 거라도?"

"아니 됐어."

스마이크가 말했다. 그러고는 다시 시선을 그 무서운 맞은편으로 돌렸다. 그러나 거기에는 아무도 없었다. 맞은편 의자는 비어 있었다. 그리고 탁자에는 이빨도 턱도 없었다. 유령소동은 끝난 것이다.

"네, 진실은 견디기 힘든 법이지요." 웨이터가 말했다. "거짓이 더 아름답지요. 누구나 알아요. 하지만 일단 그렇게 압축해서 보면 달리 생각하게 되지요. 계산서 드릴까요?"

"그래, 어서." 스마이크가 다급하게 말했다. "계산서 빨리!"

가쁜 숨을 몰아쉬며 녹림난쟁이가 돌아오기를 기다리는 동안 땀구멍 하나하나에서 땀이 솟았다. 스마이크는 술값을 냈고, 웨이터는 출입문까지 따라왔다.

"좀 있어보세요. 곧 나아질 겁니다. 정화 작용은 좀 늦게 나타나지요. 새로 태어난 기분을 느낄 겁니다." 난쟁이가 엽기적인 웃음을 지었다. "인생이 달라질 겁니다. 진짜예요!"

그는 스마이크가 어둠 속으로 사라지는 걸 보면서 소리쳤다.

"다시 만나지 마십시다! 두 번 오는 사람 없어요."

출정

다음 날 스마이크는 아침 일찍 바이나우를 떠났다. 밤새 한 숨도 자지 못했다. 눈을 붙여보아도 덧없이 늙어가는 또 다른 나가 눈앞에 떠올랐다. 그 나는 이렇게 속삭였다.

"그들이 널 데리러 올 거야."

더 지체할 시간이 없었다. 저 저주받은 악마바위에서 이미 얼마나 많은 시간을 지체했던가! 싸구려 사기도박으로 술꾼들의 돈을 뜯어서 바이나우에 있는 메뉴란 메뉴는 다 먹어보는 것 말고도 할 일이 많았다.

밤이면 또 다른 형상이 끊임없이 눈앞에 나타나곤 했다. 오츠타판 콜리브릴이었다. 그 형상은 그를 두려움 대신 희망으로 가득 채 웠다. 스마이크는 이제 본능적으로 박사가 작별 후 잠적한 방향으로 가고 있음을 직감했다. 콜리브릴이 해준 지식감염은 서서히 효과가 나타나기 시작했다. 효과에 대해 콜리브릴은 아무 언급도 하지 않았었다. 스마이크는 그게 좀 더 발현됐으면 싶었다. 그는 과학적 인식을 갈망하는 충동에 불탔다. 그때 주입된 정보들은 새롭고 중요한 문제들을 제기했다. 박사만이 답할 수 있는 내용이었다.

차모니아 꿀벌이 촉각으로 사물에 대해 논하는 방식이 식물성 정보전달과 연관이 있다면 벌꿀 생산을 언어적 방식으로 자극하는 양봉업자 언어를 개발하는 일이 가능하지 않을까?

비존재의 미세존재들이 쓰던 잠혈함의 수술도구들이 죽은 심장을 다시 뛰게 할 수 있다면 해부학적으로 어떤 부위에 그런 도구를 들이대야 할까?

그리고 죽은 심장을 다시 뛰게 할 수 있다면 스마이크에게 그 불길한 도플갱어가 그토록 끔찍하게 보여준 매몰찬 운명과의 싸움의 첫걸음이 되는 것은 아닐까?

콜리브릴을 따라간다는 것은 운명에 도전하고 죽음과의 전쟁을 선포하는 것을 의미했다. 게다가 전쟁이라면 그도 알 만큼 알았다.

한때 후사인 예나데푸어 공 밑에서 국방장관까지 지내지 않았던가!
그렇다. 그 가냘픈 난쟁이 학자의 모습을 떠올려보면 콜리브릴이 오
히려 강력한 죽음과의 싸움에서 든든한 동맹자를 간절히 필요로
함을 분명히 알 수 있었다. 가능한 한 빨리 박사를 따라 네벨하임으
로 가야 한다는 것은 스마이크의 의지, 아니, 숙명이었다.

격랑과 데몬선

북서쪽 해안이 가까워질수록 문명의 자취는 훨씬 희박해졌다. 바이
나우의 낙원 같은 풍경은 점차 단조롭고 아무도 살지 않는 듯한 초
원으로 바뀌었다. 거기에는 양치기와 농부 정도가 살고 있었다. 그들
은 차모니아 주민 가운데 가장 가난한 부류였다. 여관과 포도주점을
지나치자 드넓은 벌판이 나타났다. 도박에 빠져 만만하게 돈을 우려
낼 만한 사람은 아무도 없었다. 여기저기 농가가 보였는데 싼 값에
짚을 깐 잠자리와 보잘것없는 아침 식사를 제공받았다. 그러나 본질
적으로는 식물성 날음식으로 만족하지 않을 수 없었다. 게다가 그럭
저럭하는 사이 저축한 돈도 다 떨어지고 바이나우에서 쌓아둔 기름
기도 햇빛에 버터 녹듯 빠져버리고 말았다.

　기후는 점점 사나워졌다. 그칠 줄 모르는 동풍에 시달린 나머지
풍경은 전체적으로 평탄했고 나무와 풀포기도 겸손한 자세로 굽
어 있었다. 실비가 그칠 줄 몰랐다. 핀스터베르크에서 큰 바다 쪽으
로 흐르는 강이 여럿인 이 지역에 작은 마을들이 있다는 걸 스마이
크는 알고 있었다. 마을에서는 악명 높은 데몬선들이 여행객을 실어
날랐다. 이 괜찮은 노선을 택하는 것은 대담한 자들뿐이었다. 배가
작은 데다 반은 데몬의 후예인 사공들이 위험한 여울로 운항하기
때문이었다. 게다가 데몬선은 밤에만 다녔다.

그러나 스마이크는 단조로운 풍경에 싫증 난 나머지 모험을 감행했다.

작은 하천들이 흐르는 한 마을에서 그 배에 올랐는데 생김새부터가 불안했다. 석탄처럼 시커멓고 아가리가 소름 끼치게 쭉 찢어진 데몬의 찡그린 상 같았다. 스마이크는 배에 자리를 잡았다. 검은 복면을 한 사공이 스마이크 뒤쪽 바닥에 웅크리고 앉아 내내 키 잡을 생각도 않고 있었다. 그저 하염없이 매애거리는 염소새끼처럼 야비하게 웃고 있었다. 처음에는 배가 느릿느릿 움직여서 이번 여행에서 가장 나쁜 점은 신경을 돋우는 사공의 웃음소리일 거라는 생각이 들었다. 그러나 곧 배는 속도를 냈다. 바람 때문에 선실 지붕 굴뚝에서 울부짖는 소리가 났다. 그러자 배는 선박으로서는 불가능할 듯한 속도로 쏜살같이 위태위태한 여울들 사이를 치고 나갔다. 거친 파도에 휩쓸리면서 제자리를 맴도는가 하면 고꾸라질 뻔하기도 하고, 완전히 가라앉았다가 다시 붕 떠오르고, 파도가 떨어질 때는 함께 곤두박질치기도 여러 차례였다. 스마이크는 반쯤은 물에 사는 족속인지라 익사는 괘념치 않았지만 뱃전에 패대기쳐질 가능성은 충분하다고 생각했다. 아니면 극도의 공포로 정신이 나가 미친 듯 웃고만 있는 사공과 죽이 맞게 될 수도 있었다.

그러나 배는 온전히 목적지에 도착했다. 스마이크는 아직 살아 있었다. 정신도 말짱했다. 가야 할 길의 상당 부분을 아주 짧은 시간에 전진한 것이다. 이제 해안에 다 왔다. 조금만 북쪽으로 가면 네벨하임이었다.

멀리서 보면 네벨하임은 하늘에서 떨어진 거대한 쌘비구름 같았다. 스마이크로서는 적어도 네 가지 이유에서 흐뭇한 광경이었다.

첫째, 마침내 도착했다! 이제 풀밭도 없고, 잎이 뾰족한 초원의 바다도 없고, 늑대의 울부짖음으로 가득한 밤과 숲에 사는 족속들의 바스락거리는 그림자도 없다.

둘째, 도시다. 썩 크지는 않아도 어쨌든 주민들이 사는 제대로 된 도시다.

셋째, 콜리브릴 박사. 스마이크는 밤새도록 그와 나눌 그 모든 대화를 생각하며 흐뭇해했다.

넷째, 이 구름은 막 씻긴 양처럼 보였다. 그래서 유령 같은 네벨하임에 관한 미신 같은 헛소리와는 전혀 거리가 멀었다. 스마이크는 잔뜩 기대에 부풀어 도시로 들어섰다.

안개 속으로 들어서자마자 세상이 달라졌다. 색조는 엷어지고, 소리는 희미해지고, 윤곽은 흐릿해졌다. 모든 게 조용하고, 부드럽고, 평화로웠다. 스마이크는 곧 고향에 온 것처럼 안온한 기분에 사로잡혔다.

건물은 그리 다양하지는 않았다. 터는 드넓었지만 머리를 숙인 듯한 둥그스름한 석조건물들뿐이었다. 거리도 대도시처럼 활력이 넘치지는 않았다. 다만 여기저기서 검은 옷을 입은 형상들이 안개 속을 살그머니 지나다니고 있었다. 스마이크는 등대로 가는 길쯤은 물어보지 않아도 찾을 수 있다고 자신했다. 그건 바닷가에 있을 수밖에 없었다. 바다야 그가 살던 곳 아닌가. 그리하여 그저 파도 소리를 따라가다가 큰 바다의 가장자리인 백사장에 도착했다. 바다, 끔찍해! 그는 악마바위를 떠난 다음 엄숙히 맹세한 바 있었다. 다시는 파도

근처에도 가지 않겠노라고!

수평선 한쪽 끝으로 물결치는 안개 때문에 잘 보이지는 않았지만 아련하게 가느다란 잿빛 등대가 솟아 있었다. 목적지에 도착하자 스마이크는 열띤 사상 교환을 하기에는 참으로 그림 같은 장소라고 생각했다. 저 멀리 바다가 보이고, 오래 산책할 수 있는 모래언덕이 뻗어 있고, 신비한 안개에 둘러싸인 그야말로 멋들어진 풍경이었다. 파도가 몰아치는 소리에 맞춰 그와 콜리브릴은 과학과 철학의 문제를 철저히 토론하면서 포도주 한두 병을 비우게 될 것이다. 물론 가르궐렌 볼로그두개골 포도주여서는 안 되겠지. 바다 냄새는 또 얼마나 신선한가!

스마이크는 등대 문을 두드렸다. 한 번, 두 번, 계속 두드렸다. 박사의 이름을 불렀다. 안 계세요? 뭐, 안에 들어가서 기다린다고 해서 콜리브릴이 못마땅해하지는 않겠지. 문이 닫혔나? 아니다. 그 사람이 또 뭐 감출 게 있겠나. 안으로 들어갔다.

아하, 실험실이로군! 대단했다. 박사는 없었다. 진짜 난장판이었다. 도대체 마지막으로 청소한 게 언제였을까? 과학자들이란! 구두 닦고 먼지 터는 것보다 훨씬 중요한 일을 하신다 이거지! 이 신기한 도구들은 다 뭔가? 시험관, 분젠버너, 이상한 액체가 든 병들, 플라스크……. 이것 참, 박사가 일일이 설명해주면 참 좋을 텐데! 그는 벌써 시험관을 이것저것 손대다가 콜리브릴이 만든 오츠타스코프를 코에 걸쳐보고 죽음을 물리치는 데 효과가 있는 물질을 찾기 시작했다!

깨진 레토르트 하나는 믿기지 않을 정도로 섬세하게 만든 것으로, 불어 만든 유리의 걸작이었다. 아마도 사고로 깨진 것 같다. 그런데 이게 뭐야? 아주 미세한 검은 인형이 깨진 병에 남은 투명한 액체에 익사체처럼 떠 있었다. 스마이크는 다시 한 번 큰 소리로 외쳤다.

"콜리브릴 박사님?"
대답이 없었다.

계단은 위쪽 공간으로 이어졌다. 전에 등댓불을 밝히던 곳임이 분명했다. 아래층보다 훨씬 밝았다. 전경이 내다보이는 창문 바깥쪽으로는 하얀 안개가 덮여 있었다. 숙소였다. 가구라곤 없고 이불 몇 개와 방석 하나가 고작이었다. 극히 검소했다. 여기저기 책이 널려 있었다. 그중 하나를 집어 들었다. 힐데군스트 폰 미텐메츠의 『어느 감상적인 디노사우루스의 여행기』. 그렇고 그렇군. 스마이크는 옆으로 툭 던져놓고 다른 책을 집었다. 『그랄준트 동굴 문학에 나타난 다의어의 단의어화(單意語化) 현상』. 학자들이나 읽으라지! 스마이크는 이것도 내려놓고 세 번째 책을 들었다. 제목이 없네? 첫 페이지를 펼쳤다. 검은 잉크에 깔끔한 필체로 이렇게 쓰여 있었다.

네벨하임 등대 일기
오츠타판 콜리브릴 박사

스마이크는 본의 아니게 독사를 만지기라도 한 양 깜짝 놀라 책을 떨어뜨렸다. 일기였던 것이다! 이런 책을 코를 들이박고 뒤지다니 정말 무례한 짓이다. 내밀한 고백도 있을 터인데…….

이로써 스마이크는 적어도 박사가 여기 있다는 사실을 백 퍼센트 확신하게 됐다. 언제 돌아오느냐는 시간문제였다. 잘됐다. 스마이크는 다시 아래층으로 내려갔다.

벌써 밤이 늦었다. 진짜 박사가 걱정되기 시작했다. 얼마나 더 기다려야 할까? 이 외딴 동네에서 이렇게 늦게까지 뭘 하고 돌아다닌단 말인가? 밖은 아주 깜깜해졌다. 소금기 섞인 칼바람까지 불어댔다. 스마이크는 걱정스러운 마음에 실험실을 왔다 갔다 했다. 이 난장판은 뭔가? 병에 든 기이한 작은 몸뚱이는 또 뭐고. 스마이크는 시간도 때울 겸 책이라도 볼 요량으로 다시 위층으로 올라갔다.

시선이 다시 그 일기로 쏠렸다.

그래도 될까? 절대 안 되지!

그런데 박사의 소재를 알려줄 만한 내용이 들어 있다면? 그게 박사의 생명을 구할 수도 있는 것이라면? 스마이크는 일기를 들고 읽기 시작했다.

1일

네벨하임이다. 드디어 도착했다! 참으로 불상사가 많은 여정이었다! 몇 달간을 숲의 해적들 손에 붙잡혀 있었다. 그 얘기만으로도 책 한 권을 쓸 수 있을 것이다. 식인풍습이라는 끔찍한 테마를 위주로 하지 않더라도 말이다. 그나마 고마운 것은 그 영장류의 불가사의한 치매였다. 그 덕분에 도망칠 수 있었고, 나의 네 뇌가 말라 오그라든 채 다른 주물(呪物)들과 함께 놈들의 허리춤에 매달리지 않게 되었다.

또 한 달은 운터 파쿤트라는 마을에서 데몬독감에 걸려 꼬박 침대살이를 했다. 열병에 시달리며 선정적인 꿈을 많이 꾸었다. 한 주 동안은 내가 다이아몬드라는 환상에 빠졌다.

기타 사정으로 다 따지면 스물네 번이나 지체하는 바람에 여행 시간이 배 이상으로 늘었다. 그러나 그 얘긴 이제 그만하자!

오늘 등대에 들어섰다. 이젠 낡아서 사용하지 않는 것이다. 특별히 크지도 않고, 등댓불도 꺼진 지 오래다. 좀 편히 지내려면 창문을 다 닫아서 완전히 등화관제를 할 수도 있다. 네벨하임은 가시거리가 안 좋다는 게 마음에 든다. 영원한 안개가 햇빛을 잘 차단해준다. 여기서는 생각도 썩 잘 돌아가고 일도 잘된다. 도시의 안개에 들어서는 순간 지능이 높아지는 게 느껴졌다. 수치로 표현하면 50%쯤.

기자재는 벌써 도착해 있다. 그 먼 여행길을 어떻게 견뎌냈는지 정말 궁금하다. 내일 물품 조사를 해봐야지.

빨리 짐을 풀어야겠다.

2일

거의 이 주 동안 잠을 못 잤는데 어제부터 오늘까지는 진짜 여덟 시간이나 잤다. 이 무슨 사치란 말인가! 새로 태어난 기분이다. 힘이 넘치고 머리가 핑핑 돌아간다! 여기 기후는 정말 그만이다. 여행 때 먹던 음식 남은 걸로 아침을 먹고 등대에서 이것저것 정리했다.

공간은 두 개다. 아래 큰 방이 있다. 출입문 바로 뒤쪽이다. 냄비 딸린 벽난로, 탁자, 의자 두 개가 있고 창문은 없다. 끝내준다! 이게 이제 내 실험실이다. 나선형 계단은 허공을 거쳐 예전에 등댓불 밝히던 장소로 연결된다. 커다란 원형 공간으로 사방이 유리로 돼 있다. 그래서 작업실로는 적합하지 않다. 안개가 창유리에 탈지면처럼 달라붙는다. 그림처럼 아름답다. 책 보고 쉬고 하는 공간으로 쓸 계획이다.

짐 궤짝을 풀었다. 안에 든 물건들은 그 험한 길을 놀라우리만치 잘 견뎌냈다. 손실분은 벌충해야 하고. 다음은 물품 목록 조사 결과.

1. 가이슬러 미로시험관과 유리 이중나선. 이 섬세한 유리 세공품들이 온전하게 도착했다는 것은 참으로 불가사의다.
2. 진공펌프 달린 전기 알[卵]

3. 린덴호프 경위의(經緯儀)

4. 은제 뷔슬리 코르크마개 병입기(甁入器)와 코르크마개 한 세트

5. 카멜레온 가죽 케이스에 든 분광기

6. 압축공기 흡입펌프

7. 촉광(燭光)반사장치

8. 진자추 삼각계

9. 오츠타스코프(렌즈 하나가 떨어져 나갔지만 대체품 있음)

10. 아네로이드 기압계

11. 모슬린 습도계

12. 촛불 추진체가 달린 피보나치 나선과 그에 딸린 인디고 프리즘

13. 아우라촬영기

이 밖에 아우라촬영기 눈금 조절용 동추 납추 금추, 서른여섯 개의 아우라 감광판(현상액 포함), 분말 아연, 다림추, 아우라 실 다량(육 미터), 수은 일 리터, 납으로 밀봉한 라듐 분말, 혀가 여섯 개 달린 계산자, 장뇌 용액, 영양액에 라이덴 인조인간을 담은 병(아직 생기는 불어넣지 않은 상태임), 연금술 전지, 납[鉛]앞치마 납헬멧 납장갑 같은 작업복, 잡동사니(측정용 유리 용기와 샬레, 여과기, 화학물질, 연금술 추출물, 분쇄용 절구 등등)가 든 궤짝 하나, 말린 대구 담은 통 다섯 개와 해수 염분 제거용 호들러 여과기 하나(이 덕분에 현지 음식 의존도를 상당히 줄일 수 있다) 등등이 있었다.

동봉한 책들은 다 왔다. 치크만 켈리의 감응진동에 관한 미발표 논문들, 파인진의 『분자형태학』과 그가 만든 아원자(亞原子) 전위(轉位) 일람표—이건 없으면 안 된다—등등. 다른 과학 서적도 다 왔다(너무 많아 일일이 거론하지 않겠다). 게다가 심심풀이로 읽을 미텐메츠의 책 몇 권도 들

어 있다.

빠진 건 역자기(逆磁氣) 집게와 구리닭 속에 장착된 반사각도계였다. 둘 다 없어도 상관없지만 기계장치로 만든 그 멋진 닭은 정말 안타까웠다. 도둑맞았나? 아니, 짐 쌀 때 빠뜨렸나? 자르크나델&슈렘프사가 제조한 무정위(無定位) 오를로스코프는 세 조각이 나 있었다. 내가 바보지. 그 비싼 기구를 그런 여행길에 떠나보내다니!

스마이크는 몇 쪽은 그냥 넘어갔다. 거기에는 콜리브릴이 실험실에 구비한 온갖 화학물질과 깨지기 쉬운 정밀기구 목록이 나열돼 있었다. 박사는 이런 잡동사니를 가지고 뭘 하려는 것일까?

오후에는 라이덴 인조인간에게 생기를 불어넣었다.
그렇다. 고백하겠다. 난 이런 식의 실험용 인조토끼의 사용을 찬성하는 과학자 그룹에 속한다! 따라서 이 자리에서 라이덴 인조인간을 사용하는 것에 대해 짧게나마 해명하고자 한다.

그것은 내 견해로는 모델실험에서 화학물질과 약제의 작용을 시험하는 데 가장 적합한 수단이다. 산 사람을 실험대상으로 삼지 않는 한은. 라이덴 인조인간은 대부분 둘 지방 묘지 주변 진창의 이탄(泥炭)과 운비스칸트 지방의 모래, 지방, 글리세린, 액체수지 등의 혼합물로 구성돼 있다. 이런 성분들로 아주 작은 인간의 형태를 갖춘 뒤 연금술 전지를 연결해 생기를 불어넣게 된다.

영양액을 담은 병에서 대략 한 달 정도 잘 보살펴준다. 그러면 진짜 생명체의 모든 특징을 보이면서 추위, 열, 기타 모든 화합물에 반응한다. 라이덴 인조인간이 영혼이 있고 고통을 느낀다는 미신 수준의 이론을 나는 단호히 거부한다. 신경체계가 없는데 어떻게 고통을 느낄 수 있단 말인가? 나는 어쨌든 이런 수단을 사용할 수 있는데도 개구리를 괴롭히고 쥐를 고문하는 것은 야만적이라고 본다.

이 인조인간은 아주 특별한 성질을 지니고 있다. 매번 라이덴 인조인간을 깨울 때마다 녀석에게 붙여줄 만한 이름을 생각해본다. 이번에는 헬름홀름이라고 해보았다. 네벨하임의 헬름홀름. 다음 달이면 내가 가장 많이 상대할 사람은 헬름홀름이 될 것이다. 그렇다. 고독한 게 과학자다. 그리고 그의 연인은 인식이다!

안개가 창가로 몰려온다. 호기심 많은 스파이처럼.

3일

아침에 시내로 장을 보러 갔다. 네벨하임 사람들은 처음에는 좀 유령 같다는 느낌이 들었다. 느닷없이 안개 속에서 툭 튀어나오는가 하면 상대를 그렁그렁한 눈길로 뚫어져라 응시하기 때문이다.

이 눈길을 두고 얼마나 말들이 많은가! 악의가 그득하다는 둥, 최면을 걸려는 것이라는 둥, 저주하는 눈길이라는 둥. 그러는 데에는(모든 게 그러하듯이) 과학적으로 납득할 만한 이유가 있다. 네벨하임 사람들이 그렇게 바짝 대고 응시해야 하는 이유는 이 도시에서는 빛이 항상 흩어지기 때문이다. 이게 바로 '네벨하임 응시'라는 것으로, 무례함과는 전혀 무관하다. 또 하나의 신화가 벗겨진 것이다!

안개가 점점 농밀해졌다. 가게를 찾아 나섰지만 개별 건물은 도저히 찾을 수 없었다. 보이는 것이라고는 부드럽게 일렁이는 잿빛밖에 없었다. 그때 갑자기 두 눈이 내 앞에 나타났다. 지금까지 보았던 그 어떤 눈보다 크고 강렬했다. 나는 깜짝 놀라 그 자리에 멍하니 섰다. 두 눈 외에는 다른 아무것도 없고, 주위는 안개가 휘감고 있었다. 소름 끼치는 광경이었다! 용기를 내서 가까이 다가가자 상대방도 몇 센티미터 앞으로 바짝 다가왔다. 그때 한 줄기 바람이 일자 안개가 갑자기 소용돌이쳤다. 그러자 마침내 내가 쇼윈도를 내내 응시하고 있었다는 사실이 드러났다. 유리창에 비친 것은 다름 아닌 내 눈이었던 것이다. 물론 쇼윈도는 내가 찾던 가게였다.

가게 안도 안개투성이였다. 바닥에서 무릎 높이까지 안개가 깔려 있었다. 이것저것 물건을 샀다. 주인은 썩 사근사근하지는 않지만 정중했다. 그는 나직하게 중얼거리는 목소리로 말했다.

나중에는 기분 전환도 할 겸 요양공원에서 하는 정기 브라스밴드 연주회에 가보라고 권했다. 그러니 네벨하임 사람들이 외지인에게 친절하지 않다고야 할 수 있겠는가.

오후에는 처음으로 안개 시료를 채취했다. 등대에서 아주 가까운 지점이었다. 역자기 흡입펌프로 안개를 빨아들여 가이슬러 미로시험관에 넣었다. 안개시료를 빨아들이는 일은 놀라울 정도로 힘들었다. 엄청난 힘이 들었다. 시료를 주변의 안개에서 분리하는 동안 쩝쩝 하는 미끈미끈한 소리가 났다. 그런 다음 퓌슬리 코르크마개 병입기로 밀봉을 했다.

안개시료는 미로 같은 시험관 안에서 뱀처럼 꾸불꾸불 돌아다녔다. 수분이 그런다는 게 믿기지 않았다! 이제 아우라촬영기로 측정해보면 알겠지.

저녁에는 독서를 했다. 힐데군스트 폰 미텐메츠의 『말하는 오븐』. 끔찍하다! 낭만주의 계열의 잡동사니로 일말의 과학적 근거도 없는 저 멍텅구리 같은 '죽은 물질 문학파'의 작품 중에서도 최악의 싸구려였다. 제목도 진짜 말 그대로의 의미이지 무슨 비유가 담긴 게 아니었다. 미텐메츠는 정말 고집불통이다! 하지만 그런 대로 술술 읽힌다. 특히 탁상시계가 재깍거리는 과정을 오십 쪽 넘게 묘사한 부분은 정말 대단하다.

4일

사방이 안개다. 물론 안개지. 여긴 네벨하임이니까. 그런데 오늘은 전보다 훨씬 농도가 짙어 보인다. 매일매일의 안개농도를 측정하는 방법을 고안해냈다. 난 그걸 오츠타판 안개측정기라고 부른다. 등대에서 한 십 미터쯤 떨어진 곳에 안과에서 쓰는 시력검사판과 비슷한 글자판(직접 만들었다)을 세웠다. 이건 내가 고안한 장치의 일부다. 다른 부분은 침실 바닥에 분필로 그은 선이다. 큰 창문 바로 앞에 그었다. 오늘부터 매일 아침 이 분필선에 서서 글자판을 응시하고자 한다. 늘어선 글자를 알아보기 어려울수록 안개 농도가 짙은 것이다. 안개 농도 측정 단위를 만들 수도 있겠다. 읽을 수 없는 문자열의 수를 하나의 단위로 삼거나 뭐 그 비슷한 것이 되겠지. 이 단위를 무어라고 부를까? 콜리브릴 단위? 그거 좋은 생각이다.

오늘은 오츠타판 안개측정기상으로 콜리브릴 2 단위다. 시내를 꽤 돌아다녔는데도 이상하게 네벨하임 주민을 하나도 만나지 못했다. 이 도시의 건축은 전 차모니아에서 유례가 없다. 형용사를 딱 하나만 붙여 표현해야 한다면 '웅크렸다'가 적절하겠다. 집들은 두더지가 파헤친 흙더미를 벽처럼 쌓아놓은 것 같은 모습이다. 모두가 단 하나의 거푸집으로 찍어낸 듯하다. 지상에서 바로 솟은 둥근 지붕들로만 돼 있다. 어쩐지 이런 집들의 진짜 중요한 부분은 지하에 있을 것 같다는 느낌이 든다.

헬룸홀름은 이제 내가 집에 들어올 때마다 인사를 한다. 쥐방울만 한 녀석이 기특하지! 작은 주먹으로 유리벽을 노크하고 영양액 속에서 이리저리 발을 구른다. 녀석이 말을 못 하는 게 참 유감이다.

5일
오츠타판 안개측정기 수치 4 콜리브릴.

오늘 라이덴 인조인간을 안개시료에 노출시켰다. 할 일은 해야지.

미로시험관에서 시료를 조금 뽑아(그 쩝쩝거리는 소리가 또 났다) 헬룸홀름이 들어 있는 병에 주입했다. 그러자 인조인간은 아주 신이 난 것 같았다. 이 상황에서 거의 유기체 같은 행태를 보이는 안개는 병 안쪽 벽을 벌레처럼 스멀스멀 기어갔다. 헬룸홀름이 그걸 잡으려 할 정도였다. 물론 실패했지만. 최면에 걸린 듯이 이 바보 같은 놀음을 들여다보다가 아차, 이러고 있을 게 아니라 할 일이 있지 하는 생각에 정신을 차렸다.

아우라촬영기 설치. 참 재미있게 됐네. 눈금 수치가 운송 과정에서 엉망이 됐으니. 촉광반사장치로 교정을 하려면 며칠은 걸리겠다. 아우라

촬영기를 촉광반사장치로 원래 규격대로 정위치시키는 것, 이것은 오케스트라에 편성된 악기 전체를 조율하는 것과 같다. 하루 종일 이 문제로 씨름했다.

저녁에는 잠을 청하는 데 도움이 될까 해서 미텐메츠의 『어느 감상적인 디노사우루스의 여행기』를 읽었다. 초기 작품인데도 놀라울 정도로 강렬했다. 특히 마음에 든 것은 소설이라기보다는 사실보고에 가깝기 때문인 것 같다. 고서점이 밀집해 있는 도시 부흐하임에 관한 묘사를 담은 첫 장만 읽었다. 그런데 이 장은 그 자체로 한 권의 책이었다. 거기서 어느 부분이 허구이고 어느 부분이 진실일까? 도시 아래 지하묘지와 거기 사는 기이하고도 위험한 주민들에 관한 치밀하기 이를 데 없는 묘사는 어쨌거나 놀라지 않을 수 없다. 그건 나라도 한번 기꺼이 탐사해보고 싶은 하나의 세계였다. 아주 현묘한 세계!

스마이크는 다시 며칠 몇 쪽 분량을 건너뛰었다. 아우라촬영기 눈금 조절 문제에 관해 상세한 설명을 해놓은 부분이다. 그는 하품을 하면서 눈을 비비고 창문 쪽을 내다보았다. 저 아래 글자판이 있는데 대부분 알아볼 수 있었다. 오츠타판 안개측정기로 5 콜리브릴쯤 될까? 쓴웃음이 나왔다. 과학자라는 사람들은 모든 걸 수치로 표시하지 않으면 마음이 놓이지 않는 모양이다. 참 이상하지! 이런 생각에 스마이크는 계속 웃음이 나왔다.

9일

안개측정기 수치 7 콜리브릴. 산보 나갈 생각은 접어야 한다. 종일 안개측정기만 매만지고 있다. 안개의 공기요정(空氣妖精) 밀도를 측정해보고 있다. 다시 미량의 시료를 흡입펌프로 끄집어내서 이중나선으로 옮겼다. 거기다 린덴호프 경위의를 갖다 붙였다. 그런데 역시나 이 번에도 접촉 부분을 뫼비화(化)하는 걸 깜빡했다! 그 결과 마이크로 핀셋과 정화(淨化)브러시로 두 시간이나 청소 작업을 해야 했다. '아이고, 인간아!' 하는 탄식이 절로 나왔다. 유리병에 든 헬름-흘름이 놀라서 이걸 들여다본 모양이다. 소리는 안 들리지만 작은 입으로 내가 개탄하는 흉내를 낸다.

마침내 측정을 다시 했다. 결과는 놀라웠다. 아니다, 그럴 리 없다. 그 정도 공기요정 농도를 지닌 안개는 없다. 새로 측정. 결과 동일. 말도 안 돼! 뫼비화하지 않은 상태에서 측정을 하지 말았어야 했다. 브러시로 정화했다고 제대로 된 결과가 나온다는 보장은 없다. 어쩌면 안개분자 대신 어떤 미생물이나 박테리아를 잘못 측정했는지도 모른다. 내일 처음부터 끝까지 다시 한 번 해야겠다. 나흐티갈러 말이 맞았다. 언젠가 내가 구두 신고 양말 신을 위인이라고 했는데. 난 실험을 매양 너무 급하게 한다.

그래도 시간이 남았다. 데몬딱정벌레(렙티노타르사 다이몬리네아타) 개체수 과다가 운터코른하임 농업에 미치는 파괴적인 영향에 관하여 그랄 준트 대학에 보낼 보고서를 썼다.

이어 가게 주인이 추천한 대로 네벨하임 요양공원에서 하는 트롬파우넨 콘서트에 갔다. 관객이라야 요양객 몇 명(흘첸산맥에서 온 반난쟁이 천식환자들)이 고작이었다.

열두 명 전부 네벨하임 주민으로 구성된 오케스트라가 바로 연주를 시작했다. 트롬파우넨 음악은 부드럽게 부글거리는 소리와 비슷해서 마음이 착 가라앉았다. '글리산도'로 연주하는 대목은 트롬파우넨에서 공기방울을 불어 안개에 날려 보내는 것 같았다. 안개는 음악에 반응이라도 하는 듯한 느낌이었다. 안개는 오케스트라 위쪽 곳곳에서 점점 농도가 짙어지면서 소용돌이를 형성하더니 급기야는 기이하게 너울거리는 것 같았다. 물론 바람 탓이었으리라. 트롬파우니스트들의 전문성은 대단했다. 각자 짧게나마 극히 개성적인 즉흥 솔로 연주를 했는데 단순히 소리 주파수를 늘였다 줄였다 하면서 그에 맞춰 4도 음정 조절밸브를 노련하게 조작함으로써 미묘한 선율을 선보였다. 상당히 감동을 받은 상태에서 집으로 가다가 앞이 잘 안 보이는 바람에 죽은 해파리로 가득한 쓰레기통에 걸려 넘어졌다.

10일

오츠타판 안개측정기가 적어도 10 콜리브릴이었다. 글자판은 거의 안 보인다. 통통해진 자옥한 안개가 규칙적으로 찰랑찰랑 소리를 내면서 등대 주변으로 위협적으로 다가온다. 부분적으로 안개 농도가 너무 높아서 축축한 해면이 창유리에 달라붙은 것처럼 찍찍거릴 정도다. 여기 머물면서 처음으로 뭔가 불쾌한 기분을 느꼈다.

그래도 기운을 내서 밖에 나가 안개 속으로 들어갔다. 물속을 걷는 기분이었다. 한 발자국 내디딜 때마다 근육에 상당한 힘이 들어갔다. 호흡이 곤란해지고, 입천장에는 밥맛 떨어지는 소금층 같은 게 끼었다. 가슴이 답답해진다. 정신적으로나 육체적으로나. 여기로 요양을 하러 온다고? 얼마나 병이 심했으면 그럴까! 돌아가야겠다 싶었다. 그러나 방향을 잃었다. 적어도 한 시간은 바보처럼 헤매다가 우연히 등대 입구 쪽으로 접어들었다. 등 뒤로 문을 닫고 나서 얼마나 안심이 되던지…….

작업에 몰두했다.

저녁에는 라이덴 인조인간을 자세히 관찰했다. 벌레처럼 스멀거리는 안개는 코르크 병마개 주변에 집거미처럼 딱 달라붙어 있었다. 헬름홀름은 안개가 있다는 걸 완전히 잊었는지 아니면 무시하는지 그리로 다가갈 생각이 전혀 없는 모양이었다. 내가 병을 톡톡 치자 헬름홀름도 되반

아쳤다. 우스꽝스럽다.

잠자리에 들어 미텐메츠의 여행일기를 계속 읽었다. 흥미진진해서 새벽녘까지 꼴딱 새웠다.

11일

9 콜리브릴이다.

짙은 안개가 계속되고 있다. 공기요정 농도를 계속 측정해본다. 이번에는 규정대로 연결 부위를 뫼비화하고 나서 측정했다. 결과는 어제와 마찬가지였다. 믿을 수가 없다! 안개의 공기요정 농도가 살아 있는 생명체의 그것과 같다니.

이 측정치가 정확하다는 건 의심의 여지가 없다. 안개의 물리적 양태가 아주 독특하다는 건 염두에 두지 않은 바가 아니었다. 그런데도 어쨌든 결과는 놀라웠다. 이 정도 공기요정 농도라면 예컨대 해파리 같은 데서나 나올 수치다.

눈금 조절이 거의 끝났다.

저녁에는 책을 보면서 기분 전환을 시도했다. 읽은 책은 『그랄준트 동굴 문학에 나타난 다의어의 단의어화 현상』. 육포 씹는 것처럼 흥미롭다. 난 이런 문학이론은 과학적 엄밀성이 전혀 없는 분야라고 본다.

기이한 것은 처음에는 일에 큰 활력을 준다고 생각했던 안개가 기운을 저하시키기 시작했다는 점이다. 안개가 등대 주변을 슬그머니 맴돌면서 째진 틈새로 밀고 들어오려고 하는데 정말이지 화가 치민다.

12일

측정기가 6 콜리브릴밖에 안 된다. 다행이다.

아침에 요양공원 여기저기를 한참 거닐었다. 네벨하임 주민들은 안개

자욱한 바다 위로 줄에 매달려가듯이 내 옆을 미끄러져 지나쳤다. 내 인사에 답하는 사람은 아무도 없었다. 왜 자발적으로 여기로 휴가를 오는지 정말 이해가 가지 않는다. 하기야 그 정도 값은 하니까겠지.

오후. 이제야 됐다! 아우라촬영기가 가동 준비를 완료했다. 오전 내내 마지막 준비작업을 했다. 그런 다음에야 감광건판에 라듐 분말을 뿌릴 수 있었다. 조심해야 할 것은 극히 위험하다는 점이다. 그래서 납장갑과 납앞치마를 착용하고 보호마스크를 뒤집어써야 했다! 그러면 모든 준비가 완료되는 것이다. 미로시험관을 아우라촬영기 앞에 위치시키고 미세 조정을 시작했다. 그러고는 촬영. 찰칵! 실험실이 아우라촬영기에서 터진 빛으로 대낮같이 밝아졌다. 헬름홀름은 깜짝 놀라 영양액 속에서 뒤로 발랑 자빠졌다. 마술 같은 순간이었다. 작업은 순수과학적인 것이지만. 이제 아우라사진이 현상될 때까지 여러 날 기다리면 된다. 이제야 마음이 놓인다.

스마이크는 계속 책장을 넘겼다. 콜리브릴은 일기를 온갖 과학적 사변으로 가득 채워놓았다. 그의 네 두뇌는 현상을 기다리는 시간을 이용해 가능한 한 모든 주제에 대해 광범위하게 취급한 것으로 보인다. 때로는 여러 쪽에 걸쳐 수학이나 화학 기호만 하나 가득이었다. 그런 다음 일기가 이어졌다.

14일

네벨하임에 온 지 벌써 두 주. 물건을 사러 시내로 나갔다. 모래언덕이 이어지는 길에서 네벨하임 주민 세 명을 만났다. 그들은 바다 쪽으로 가는 길이었다. 드문 일이다. 토박이들은 바다를 오히려 꺼렸다. 도대체 왜 그럴까? 어느 정도 거리를 두고 그들을 뒤따랐다. 해변에 도착하자 짙은 안개의 베일이 그들을 감쌌다. 베일이 가시자 세 명은 사라지고 없었다.

시내로 되돌아가는 길에 안개가 뒤를 따라오고 있다는 바보 같은 느낌이 들었다. 그것은 느긋하게 움직이면서 내 주위를 너울거렸다. 전에는 결코 없던 일이었다. 게다가 처음으로 그 속에서 뭔가 소리 같은 것이 들리는 듯했다. 자꾸 미끄러지는 소리 같기도 하고, 물 빠진 갯벌에서 퍼덕거리는 물고기의 마지막 숨결 같기도 했다. 어쩌면 이런 이상한 안개의 움직임은 바람 탓이었는지도 모른다. 그러나 걸어갈수록 불쾌감은 더했다. 안개도 점점 끈질기게 다가오는 것 같았다. 얇은 솜 같은 소용돌이가 머리 주위를 감싸더니 귓바퀴 속으로 밀고 들어오려는 것 같았다. 알아들을 수 없는 소곤거림과 축축한 속삭임이 들렸다. 성가신 곤충을 털어 버리듯이 손을 탁탁 쳐서 그 소용돌이를 쫓으려 했다. 소용이 없었다.

겨우 가게에 도착했을 때는 문이 닫혀 있었다. 정말 짜증이 난 것은, 이유는 알 수 없지만 갑자기 유황 한 통과 황산동, 철사 육 미터, 그리고 관 하나를 사야 한다는 생각이 굴뚝같아졌기 때문이다.

15일

5 콜리브릴.

아우라촬영기를 관찰했다. 촬영은 성공한 것 같다. 초기 단계에 흔히 나타나는 줄무늬도 없고 현상액에 기포가 생기지도 않았다. 아직 뭐라고 말할 단계가 아니다. 현상 과정은 고통스러울 정도로 길다.

밤에는 특이한 날씨가 관찰됐다. 도시 위로 수 시간 동안 엄청난 악천후가 기승을 부렸다. 끊임없이 천둥이 치고, 번개가 번쩍하면 안개 때문에 빛이 파지직하면서 흩어졌다. 그러나 더욱 기이한 것은 비는 한 방울도 내리지 않고, 바람도 한 점 없다는 사실이다.

유일하게 논리적인 설명은 안개가 보호막처럼 도시를 감싸고 비와 바람을 흡수한다는 것이다.

16일

악천후는 안개를 당해내지 못했다. 안개측정기는 2 콜리브릴밖에 안
됐다! 햇살이 스며드는 것이 보일 정도다.

아우라사진 관찰. 그래, 그럴 때가 됐다. 아우라의 모습이 뚜렷이 드러
나야지. 현상액이 제대로 마르고 있으니까. 곧 결과를 알 수 있겠다.

안개농도가 낮은 날이면 좀 멀리 산책을 나간다. 오늘처럼 가시거리가
좋은 날이면 네벨하임의 건물들은 피부에 난 사마귀 비슷한 형태가 더
욱 두드러진다. 뭔가 고약하게 지구의 피부에 도진 뾰루지 같다. 공공건
물은 거의 없고, 여관을 겸한 레스토랑과 잡화점 같은 것들을 전통식으
로 지어놓았다. 벽은 반듯하고 창문이 있다. 여기 건물들은 도시를 찾은
손님들만을 위해 존재한다는 인상을 떨치기 어렵다. 걷힐 때도 그러더니
느닷없이 안개가 되살아났다. 강력한 돌풍이 바다에서 불어오자 뱀 모양
으로 뭉친 안개가 빠른 속도로 거리 곳곳으로 확 퍼져 집과 통행인들을
삼켜버렸다. 안개가 집요하게 달라붙는다는 느낌이 다시 들어서 서둘러
집으로 돌아왔다.

왜 그런지는 모르겠다. 하지만 등대 출입문을 등 뒤로 닫고서도 흥분
이 전혀 가시지 않았다.

눈길이 헬름홀름에게로 갔다. 녀석은 내가 들어오자 늘 그렇듯이 유
리병 안에서 야단이다. 라이덴 인조인간에게 다가가 유리집을 노크했다.
헬름호름은 관심을 가져주어서 기쁜 모양이다. 그러더니 껑충껑충 뛰었
다. 그러나 내가 병을 너무 심하게 기울이는 바람에 영양액 속으로 완전
히 자빠졌다. 웃음이 터져 나왔다. 녀석이 어렵사리 다시 몸을 일으키자
다시 앞으로 고꾸라지게 병을 기울였다. 그 꼴이 더 우스웠다. 이어 병을

높이 들고 흔들어대기 시작했다. 헬름홀름은 어쩔 줄을 모르고 안에서 좌충우돌하며 비틀거렸다. 액체가 이리저리 찰랑거리더니 헬름홀름의 귓속으로 튀어 들어갔다. 나는 극도로 흥분됐다. 실험실을 춤추고 돌아 다니면서 머리 위로 병을 흔들며 악동처럼 깔깔거렸다. 그러는 동안 헬름홀름은 계속 벽에 부딪혔다. 불쌍한 녀석. 그러다 결국 나는 제정신으로 돌아왔다. 헬름홀름은 반쯤 몽롱한 상태에서 액체 속에서 헤엄을 치며 머리를 수면 위로 내놓으려고 발버둥쳤다. 심히 부끄러웠다. 지금까지도 당시의 나의 행동은 설명이 안 된다.

인조인간은 저녁이 되면서 그나마 원기를 되찾았는지 멍하니 액체 속에 앉아 있다. 아무 일 없었다는 듯이. 그런데 안개시료가 사라졌다. 병을 흔들어댈 때 영양액과 섞인 모양이다. 이런 식으로 행동하는 과학자는 없다. 이건 미친놈이나 하는 짓이다. 꿈속에서도 나는 창피했다.

스마이크는 차츰 읽는 게 찝찝해졌다. 모두가 다분히 개인적인 내용이었기 때문이다. 자기 스스로가 콜리브릴 박사의 활동을 감시하려고 등대 유리창에 끈질기게 달라붙는 안개 같다는 생각이 들었다. 그러나 이미 멈출 수는 없었다. 그만큼 강렬한 유혹이었다.

17일

6 콜리브릴

어제 내가 한 짓이 후회막급이다. 다시 사람들한테로 가야겠다. 등대에 혼자 있다 보니 정신이 산란해진다. 오늘은 아무 일도 안 하는 날로 삼아야겠다. 아우라촬영기도 혼자 알아서 하게 내버려두고 산책이나 오래 해야겠다.

오후에는 독서. 미텐메츠의 『시 전집』을 읽었다. 난 시는 아무래도 젬병이다. 시보다 더 과학과 거리가 먼 사고는 없다. 늘 애매하고 알 듯 모를 듯하다. 게다가 그 멍텅구리 같은 비유라니. 계절의 여왕이 뭔가? 봄이면 봄이고, 여름이면 여름이지.

저녁에는 네벨하임에 온 이후 처음으로 사람들이 많은 곳으로 갔다. 딱 하나 있는 여관을 겸한 레스토랑 '네벨호른'에서 식사를 했다. 네벨하임 사람 넷이 각자 따로 식탁에 앉아 말없이 음식을 먹고 있었다. 웨이터가 예의 응시하는 시선으로 안개 핀 바닥 위로 미끄러져 갔다. 벽에는 주철로 만든 대형 탁상시계가 서 있었다. 뚝딱뚝딱 하는 큰 시계소리는 모든 존재의 허망함을 내게 분명히 각인시켜주었다. 메뉴는 오늘의 정식밖에 없었다. 생선찜이었는데 모르는 종류였다(메뉴에는 '네벨물고기'라고 적혀 있었다). 속이 훤히 들여다보였다. 내장에서는 은은한 빛이 났다. 아직 살아 있는 것이 분명했다. 반찬으로 아주 작은 훈제 뱀장어가 나왔다. 뭐, 나도 이것저것 가릴 처지도 아니다. 예상과 달리 맛이 썩 괜찮았다. 웨이터의 시선이 불편했다. 내가 식사를 하는 동안 뚫어져라 쳐다보고 있다. 그렇게 해서 내 머리에 구멍이라도 내겠다는 심사인 모양이다.

울렁울렁 하는 안개를 뚫고 집으로 가는 길에 가게 주인을 만났다. 정중하게 인사를 했는데도 아무 말 없이 지나쳤다. 그 가게 주인이 아니었나? 여기 사람들은 다 같아 보이니까.

18일

5 콜리브릴.

안개를 관찰하다 보면 이런 일이 생긴다. 안개가 어떤 사물에, 예를 들어 나무에 다가가면 그 나무는 일단 약간 흰해진다. 그러다가 윤곽이 좀 부드러워지면서 무뎌지고 색도 흐릿해진다. 그러고는 안개 속으로 녹아드는 것처럼 보인다. 잎 하나하나, 가지 하나하나가 그렇게 녹아들다가 나무 자체가 완전히 사라진다. 아니, 나무가 안개가 돼버린다.

이건 물론 어린애 같은, 완전히 비과학적인 관찰방식이다. 나무는 그 자리에 여전히 서 있다. 다만 우리 시야에서 사라졌을 뿐이다. 그런데 왜 난 이런 얘기를 쓰고 있는 것일까? 모르겠다.

라이덴 인조인간이 이상한 짓을 한다. 특유의 느릿함이 사라졌다. 정신이 없을 정도로 부산하다. 영양액 속에서 빙글빙글 돌면서 혼자서 뭐라고 중얼중얼한다. 아니 물장구치는 아이처럼 마구 날뛴다. 여러 시간 머리를 유리벽에 찧기도 한다. 그러면 쿵쿵 하는 단조로운 소음이 계속돼 신경이 곤두선다.

내일 아우라 촬영이 끝난다. 모든 게 그렇게 돼가고 있다.

19일

믿을 수가 없다! 눈물이 날 지경이다!

오늘 아침 기대에 부풀어 아래층으로 내려가 아우라사진을 점검하다가 깜짝 놀랐다. 현상액이 흔들린 것이다.

이럴 수는 없는 일이다. 누군가 밤에 여기 들어와서 의도적으로 흔들어놓고 간 게 틀림없다. 모든 게 물거품이 돼버렸다. 목적을 이루지 못하고 되돌아가든지 아니면 모든 걸 처음부터 다시 시작하든지 해야 한다.

맥이 빠져서 더 못 쓰겠다.

20일

오전에 새로 촬영 준비를 했다.

결단코 여기를 떠나는 일은 없을 것이다!

오후에는 새로 촬영.

그리고 다시 기다리기.

21일

안개측정기가 5 콜리브릴을 가리킨다. 오늘은 아무 일도 안 하니까 좋다. 전에는 안 그랬는데 요새는 이런 경우가 많다. 예전에 등댓불을 멀리 보낼 때 쓰던 거대한 거울에 내 모습을 한참 비추어보았다. 볼록거울이어서 우스꽝스럽게 가로로 쫙 늘어난 모습이다. 이걸 보고는 진짜 한 세 시간쯤 배꼽을 잡다가 정신을 차렸다.

뭔가 달라지고 있다. 올이 가늘디 가는 체를 통과하면서 나의 나쁜 부분들만 몽땅 빠져나가는 것 같다. 새로운, 더 나은 인간만 남게 될 것이다.

22일

4 콜리브릴. 라이덴 인조인간이 점점 신기한 행태를 보인다. 영양액을 가지고 뭔가를 쌓아올리려 한다. 물은 자꾸 작은 손가락 사이로 흘러내린다. 그런데도 지치지 않고 끊임없이 물을 쌓아올리려 한다.

"고독은 광기의 친구다."

후체크 파노가 그런 말을 했지. 아니 트리펠 반 슈타이포크였던가?

23일

한참 생각해보니 아우라사진을 망친 범인은 헬름홀름밖에 없을 것 같다. 놈이 내게 반기를 든 것이다. 하지만 누구랑 그런 짓을 했을까? 누가 병에서 꺼내줬지?

그러면…… 내가?

24일

납작한 게 우스워지면 접시도 우스워지는 법이다.

알지 못하는 누군가가 생각이 날 듯 날 듯하다.

25일

오전 시간 대부분을 열쇠구멍을 통해 등대를 빠져나갈 궁리를 하는 데 보냈다. 불가능하다.

헬름홀름을 죽여버려야겠다.

그런데 뭐로 죽인다?

스마이크는 일기를 내려놓았다. 마지막 부분들은 상당히 이상했다. 콜리브릴이 농담을 하는 건가? 일기 쓰는 데 흥미를 잃어 되는 소리 안 되는 소리 해본 것일까? 스마이크는 주위를 둘러보았다. 일기를 읽는 동안 박사가 어깨 너머로 들여다보고 있는 듯한 기분이 들었다.

26일

그 얘기를 해야 할지 진짜 모르겠다. 어제 저녁 아버지를 만난 것이다. 처음에는 낡은 거울에 비친 내 모습이려니 생각했다. 그때 난 막 위층으로 올라가는 길이었다. 그런데 아버지가 계단에서 내 쪽으로 내려오고 있었다. 그러면서도 내게는 눈길 한 번 주지 않았다. 이상하다는 이유는 우리 아버지는 50년 전에 돌아가셨기 때문이다.

그런 설명하기 어려운 일들이 요즘 부쩍 늘었다. 그래서 불안해진 건가? 아니다. 정말 이상한 건 그런 일이 쌓여갈수록 대수롭지 않게 생각된다는 점이다.

측정기는 몇 콜리브롤일까? 아무래도 상관없다.

27일

마지막 사 일치 기록은 내가 한 것일까? 틀림없이 그럴 것이다. 내 필체니까. 하지만 이 무슨 실없는 헛소리인가? 내가 제정신이 아닌가?

지난 나흘간 기억이 하나도 없다. 병에 걸린 건 아닌지 걱정된다. 데몬 독감이 재발한 건가?

몸이 안 좋다. 신경이 예민하고 산만하고 갑자기 열이 오른다. 당장 작업을 중단해야겠다. 두 번째 아우라 촬영도 완성되려면 시간이 좀 걸리니까.

28일

어제 쓴 내용은 또 얼마나 이상한가? 물론 이전 나흘 동안의 일기는 내가 썼다. 하지만 어제 일기는 누가 썼나? 이상하다. 내 글씨인데. 계단에서 만난 그자인가? 여기도 '도플갱어'가 돌아다니나? 놈이 라이덴 인조인간과 결탁을 했나?

더더욱 조심해야겠다! 이젠 나 자신도 도무지 믿을 수가 없다.

시내로 물건을 사러 가려 했지만 또 다시 열쇠구멍으로 등대를 빠져나가는 데 실패했다.

살을 빼야겠다.

29일

계획대로 뺐다. 단 하루 만에 몸무게가 완전히 빠졌다. 문제는 이제 내가 보이지 않는다는 것이다. 이제 완전히 존재하지 않는다.

그러니 힘 안 들이고 열쇠구멍으로 빠져나간다. 나는 유령처럼 자유롭게 안개와 함께 춤을 춘다.

밤이면 땅속 깊은 곳에서 이상한 음악이 들린다. 쏴쏴 하는 파도 소리에서 수수께끼 같은 소식을 찾아냈다. 앞으로 그걸 해독해야 한다.

30일

네, 든모 납가우들의 납가우이시여, 난 당신에게 하노니복종! 내가 홀름헬름을 노라죽이겠! 내가 브릴콜리을 노라죽이겠! 네, 든모 납가우들의 납가우이시여, 난 당신에게 하노니복종!

네, 든모 납가우들의 납가우이시여, 난 당신에게 하노니복종! 내가 홀름헬름을 노라죽이겠! 내가 브릴콜리을 노라죽이겠! 네, 든모 납가우들의 납가우이시여, 난 당신에게 하노니복종!

네, 든모 납가우들의 납가우이시여, 난 당신에게 하노니복종! 내가 홀름헬름을 노라죽이겠! 내가 브릴콜리을 노라죽이겠! 네, 든모 납가우들의 납가우이시여, 난 당신에게 하노니복종!

스마이크는 몇 쪽을 그냥 건너뛰었다. 뒤죽박죽 휘갈겨 쓴 문장이 끝없이 계속되는 것 같았다. 이게 도대체 무슨 의미일까? 콜리브릴이 진짜 정신이 나갔나? 아니면 작가의 반열에 들어서, 자기만의 만족을 위해 쓴 소설인가? 그러다가 다시 해독 가능한 문장이 나왔다.

31일

또 다시 기억이 안 난다. 이틀째나! 진짜 내가 이 저능아 같은 글을 썼단 말인가? 이게 무슨 의미인가? 더는 안 되겠다. 여기를 떠나야지.

오늘 아침에는 온 두뇌에 극심한 통증이 와서 깨어났다. 헬름홀름은 영양액 속에서 죽은 채 둥둥 떠 있다. 안개시료가 녀석을 죽였나? 아니면 내가?

오늘 오후에 마침내 아우라사진을 보게 된다. 내일은 다 걷고 떠나야지.

32일

아우라사진을 분석했다. 몸이 좋지 않다. 사진에서 본 것 때문만은 아니다. 아마도 마지막이 될 이 명징한 순간을 잘 사용해야겠다. 안개가 다시 나를 휘감아버리기 전에. 설명할 시간이 없다. 가장 중요한 사실만 기재한다.

첫째, 안개는 기상현상이 아니라 살아 있는 존재다. 아우라사진은 분명히 유기체적인 구조들을 보여준다. 살아 있는 기체 같은 것이리라.

둘째, 네벨하임 사람들은 안개라는 존재와 은밀한 동맹을 맺고 있다. 일종의 불온한 공생관계로 추정된다.

셋째, 안개는 네벨하임 주민이 아닌 사람은 모두 광기에 빠뜨린다. 내가 겪어봐서 안다.

넷째, 이 도시는 함정이다! 왜 그런지 설명할 수도 없고, 네벨하임 주민들이 무슨 의도로 그러는지도 모르지만 추정컨대 그들은 사악하다.

다섯째, 네벨하임과 지하세계에 관한 소문 사이에는 모종의 연관관계가 있다! 아우라사진은 내가 아는 한 이 세상의 그 어떤 유기체에도 존재하지 않는 구조를 보여준다. 이 안개는 바다에서 온 것이 아니다. 그것은 지하에서 왔다!

이 기록을 네벨하임 사람이 아닌 누군가가 발견한다면 이런 경고로 읽어주기 바란다.

'지금 이 기록을 읽고 있다면, 당장 달아나라, 도망쳐라 되도록 빨리!'

문 두드리는 소리가 난다.

그들이 왔다.

그들이 왔다, 날 데리러.

여기서 갑자기 콜리브릴의 일기는 끝이 났다. 스마이크는 악몽을

꾸다 깨어난 기분이었다. 땀이 이마에 번지고 일순간 여기가 어딘지
도 생각이 안 났다.

밖에서는 안개가 등대 창문에 바짝 다가와 거대한 유령처럼 춤을
추었다. 그 유령은 펄럭이는 천처럼 너울거렸다. 꼬박 일기를 보다가
아침이 되었다.

"여긴 네벨하임이지······." 스마이크는 맥없이 말했다.

노크 소리가 나는 바람에 스마이크는 깜짝 놀라 일기장을 떨어뜨
렸다.

"콜리브릴 박사님, 이제야 오셨네!"

그는 마음이 놓여 소리쳤다.

창문 쪽으로 갔다.

안개는 도처에 깔려 있었다. 그러나 그리 짙지는 않아서 네벨하임
전 주민이 저 아래 모여 등대 주위를 돌고 있는 것이 보였다. 그들은
예의 그렁그렁한 눈길로 말없이 스마이크를 올려다보고 있었다.

"그들이 왔다." 스마이크는 중얼거렸다. "그들이 왔다. 날 데리러."

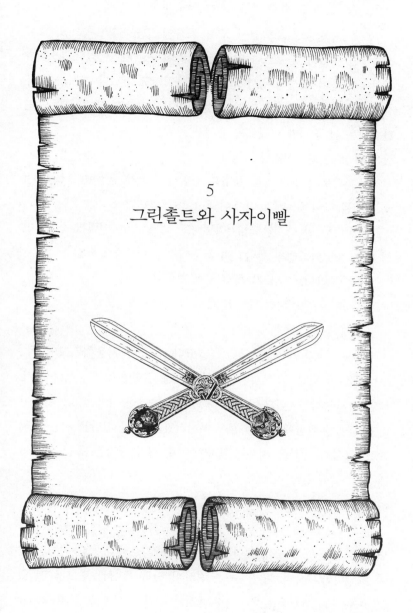

5
그린촐트와 사자이빨

"**루모야.** 오늘 검술 수업 없어. 우리 대목장 가자!"

우르스는 싱글벙글 하면서 도시 동쪽에 있는 성벽 쪽으로 급히 발걸음을 옮겼다. 우르스는 며칠 전부터 대목장 타령이었다. 낯선 냄새의 베일들이 도시 위에서 무수히 너울거리고 있었다. 루모는 대목장을 맞으면서 이런저런 감회가 엇갈렸다. 우르스의 말을 믿는다면 건강에는 안 좋지만 다채로운 음식을 두루 맛볼 수 있다는 게 대목장의 가장 큰 장점이었다.

성문에서부터 벌써 장터 특유의 요란한 소리가 낭자했다. 둘은 서로 말귀를 알아들으려고 다투어 목소리를 높였다.

"난 정확히 일 년 전부터 기다렸다고." 우르스는 이렇게 소리치면서 손을 비볐다. "멋진 천막하며 거품맥주에 쥐오줌보 튀김."

"쥐오줌보라니?" 루모가 큰 소리로 말했다.

우르스가 돈주머니를 내밀었다.

"자! 네 용돈이야. 시장님이 주신 거야."

루모는 장터의 엄청난 규모에 놀랐다. 폭죽을 처음 본 꼬마처럼. 수백 개는 됨직한 천막들이 볼퍼팅 전체를 에워쌌고, 모양이나 크기, 색깔도 각양각색이었다. 천막마다 광고판들이 줄지어 섰고, 횃불이 타고 깃발에 휘장에 꽃장식들이 어지러웠다. 둥근 천막은 지붕이 뾰족했고, 사각 천막은 지붕이 평평했으며, 팔각 천막은 둥근 지붕이 네 개나 달렸다. 일 미터도 채 안 되는 작은 천막이 있는가 하면, 밤하늘에 성처럼 솟은 거대한 천막도 있었다.

대목장은 그 자체로 하나의 도시였다. 시가지와 광장이 있는가 하면 나무로 만든 보도에 계단과 다리도 있었다. 장터는 숲 속까지 뻗어 있었다. 성문 밖 해자에는 노점상이 잔뜩 들어선 부교가 떠 있고, 아예 작은 배에 천막을 설치했거나 천막 자체를 둥둥 떠다니게 만든 것도 있었다.

이 모든 것이 아주 짧은 기간에 땅에서 뚝딱 솟아나다시피 했다. 볼퍼팅이 대목장에 점령된 셈인데 점령치고는 아주 기분이 좋았다. 기간은 일주일이었다.

루모는 차모니아에 사는 족속들의 다양함에 놀랐다. 상당수는 한 번도 보지 못한 부류였다. 볼터켄과 무멘, 계피인(桂皮人)과 여우머리, 베르텐과 폴티고르켄, 무당개구리와 메나데, 산(山)난쟁이, 할루하첸과 예티, 후스커훈트와 베네치아난쟁이, 땅난쟁이와 반거인(半巨人), 먼지인간, 인력거데몬과 찬탈피고렌 등등. 더욱 당혹스러운 것은 이 중 상당수가 기이한 복장에 마스크를 하고 종이로 만든 가짜 머리와 가짜 코를 달았는가 하면, 죽마나 기기묘묘한 바퀴 달린 물건들을 타고 돌아다니면서 형형색색의 깃발을 흔들거나 걸어 다니는 채소로 변장을 하고 있었다는 점이다. 불을 내뿜는 자도 있고, 훨훨 타는 횃불이나 말하는 머리를 가지고 마술을 부리는 자도 있었다.

루모는 귀를 쫑긋 세웠다. 사방이 볼퍼팅에서는 전혀 들어보지 못한 소리로 꽉 찼다. 톱들의 노래, 차임벨 소리, 여우머리의 노래, 데몬들의 비명, 나무 딸랑이, 주둥이로 두드리는 북소리, 발로 내는 초인종 소리 등등. 도처에서 웃음소리가 귀를 때리고, 유령열차를 탄 사람들이 지르는 비명 소리에 백파이프의 찡찡거리는 소리도 들렸다. 딴따라들은 관객의 호응을 얻고자 이상한 악기를 가지고 남보다 더 큰 소리를 내려고 무진 애를 썼다. 콘트라베이스 소리에 땅이 궁궁 울리고, 낭랑한 목소리의 무당개구리 소프라노는 고대 차모니아어로 짝사랑의 슬픔을 노래했다. 그사이 노점상들은 경쟁하듯이 큰 소리로 손님을 불러 모았다. 폭죽은 쉬잇 하면서 하늘로 솟아오르고, 종이오리들이 꽥꽥거리고, 양철북은 소음을 된통 울려댔다. 화려한 복장을 한 인력거데몬은 루모 앞으로 펄쩍 뛰어나오더니 깔깔 웃으면서 불타는 색종이 조각을 뿌려댔다.

루모의 예민한 청각에는 너무 심한 소음이었다. 그는 어쩔 수 없이 눈을 감았다. 내면의 눈앞에는 하나의 거대한 그림이 펼쳐졌다. 소용돌이치는 황금 나선에 무지개가 춤을 추고, 눈부신 빛으로 된 뱀들이 펄떡거리면서, 번개가 온갖 색깔로 폭발했다. 루모는 다시 바로 눈을 떴지만 평형감각을 잃었다.

"어휴!" 그는 이렇게 말하면서 친구 쪽으로 비틀비틀 가더니 우르스를 꼭 붙잡았다.

그러자 냄새들이 밀려왔다. 계피, 꿀, 사프란, 구운 소시지, 늪돼지 불고기, 말린 대구, 꿀과 향료를 넣어 데운 빨간 포도주, 훈제 뱀장어, 구운 사과, 양파 수프, 몰약(沒藥), 자옥한 담배 연기, 오리 기름 냄새 등등. 먹을 것을 팔려고 내놓은 대부분의 노점들은 통마늘과 채소를 작은 화덕에 삶고 있었다. 그 덕분에 밤공기는 입맛 돋우는 냄새가 진동했다. 오리와 닭, 칠면조 뒷다리를 흙에 싸서 구덩이에 파묻고 숯불로 굽기도 했다. 목이 높은 주철 솥에는 돼지족발에 완두를 넣어 삶은 걸쭉한 수프가 끓으면서 구수한 냄새를 풍겼다. 감자에 양파를 넣고 백리향기름으로 튀기기도 하고, 메추라기를 돼지 기름에 볶고, 송어를 장작에 굽기도 했다. 로즈메리를 듬뿍 친 새끼 양의 도가니는 석쇠에서 타닥타닥 소리를 내며 익고 있었다.

어디서는 옥수수와 팬케이크를 오지오븐에 굽고 있었다. 타조는 통째로 창에 끼워 장작불에 돌리는데 주변에는 벌써부터 산난쟁이들이 둘러앉아 수저를 들고 법석을 피우고 있었다. 몰약을 태우자 연기가 자옥하게 번졌다. 무멘들은 말없이 허공에 카레 가루를 뿌렸다. 루모는 우르스에게 꼭 달라붙었다.

"이제 정신 좀 차려." 우르스가 루모의 귀에 대고 속삭였다. "꼭 아틀란티스에 온 시골 생쥐 꼴이로구나. 대목장에 온 사람들이 이걸 보면 늪돼지 들어내듯이 쫓아버릴 거야. 마음 좀 편히 가져! 이런 광경쯤은 수천 번 봤다는 듯이 굴란 말이야. 그냥 나만 따라 하면 돼."

우르스는 손을 주머니에 찔러 넣고 건들건들하면서 뭐 별로 볼 것도 없네 하는 표정을 지었다. 그러더니 어슬렁어슬렁 발을 질질 끌면서 일부러 천천히 걸었다. 루모는 우르스를 똑같이 흉내 내려고 애썼다.

양봉업자

"저거 봐. 벌꿀계곡에서 온 양봉업자들이다!" 우르스가 소리쳤다. "저들은 전설적인 여왕벌꿀을 팔지. 그걸 먹으면 안 죽는다고들 해."

그는 특이한 모습을 한 무리를 가리켰다. 그들은 큰 오지그릇에서

숟갈로 꿀을 떠 손님들에게 나눠주고 있었다. 거대한 꿀벌바구니모
자를 썼는데 거기에는 꿀벌 수백 마리가 분주히 들락거렸다.

"사람들은 저들도 곤충이라고 하지." 우르스가 히죽거리며 말했다.
"거대한 여왕벌이란 말이야. 하기야 아무도 벗은 모습을 못 봤으니까."

"그 말을 믿니?"

날아다니는 팬케이크

"그럼. 저들은 거대한 불멸의 여왕벌이야. 대목장 때만 일을 하지."
우르스는 이렇게 말하며 웃었다.

루모와 우르스는 인파에 떠밀려 다른 곳으로 가게 됐다.

치즈 얼굴을 한 난쟁이가 거대한 나막신을 신고 둥근 팬케이크를
하늘로 던졌다. 팬케이크는 제자리를 맴돌면서 점점 넓적하고 얇아
졌다. 난쟁이가 소리쳤다.

"날아다니는 팬케이크올시다!"

그러자 다른 난쟁이가 "갓 구운 날아다니는 팬케이크!" 하고 외치
면서 납작한 삽으로 턱 받아내더니 목탄 때는 오븐에 던져 넣었다.

세 번째 난쟁이는 끓는 기름에 감자칩을 바삭바삭하게 튀기고 있
었다.

"기다려봐!" 우르스가 말했다. "배울 게 있을 거야."

루모는 시키는 대로 제자리에 서서 무슨 일이 벌어지는지 살펴보
았다. 난쟁이들은 팬케이크가 다 구워지자 오븐에서 꺼내더니 원뿔
모양의 종이봉지에 담고는 황금색 감자칩을 채워 넣었다. 우르스가
한 봉지 샀다.

그러면서 말했다.

"땅콩버터 좀 뿌려주세요!"

난쟁이가 커다란 국자로 연한 갈색 소스를 뿌려주었다. 우르스는 기름이 번들거리는 감자칩을 꾸역꾸역 삼키기 시작했다.

"차모니아 요리 중에서 가장 독창적인 것 중 하나야."

그는 와작와작 씹으면서 말했다. 그러더니 팬케이크를 한 조각 떠어 진한 땅콩버터에 적셨다.

"봉지도 먹어도 돼."

"거 참!"

루모가 말했다. 화사한 양털모자를 쓴 여우머리가 루모에게 바짝 다가오더니 옷깃을 붙잡았다.

고통 없는 흉터

"고통 없는 흉터 해보실래요?"

그는 이렇게 물으면서 루모의 코 밑에 우윳빛 날이 선 칼을 들이댔다. 루모는 즉각 반응했다. 한 손으로 여우머리의 손목을 잡고 다른 손으로는 목덜미를 휘감았다. 여우머리의 얼굴이 새파랗게 질렸다. 칼이 쩔렁 하고 땅에 떨어졌다.

"고통 없이 목 부러져보실래요?"

루모가 되물었다. 우르스가 황급히 끼어들었다.

"루모야, 놔 줘. 그건 진지하게 권하는 거야. 싫으면 싫다고 하면 돼."

루모가 손아귀의 힘을 늦추자 여우머리는 한 걸음 풀쩍 뒤로 물러서더니 캑캑거렸다.

"이 친구, 시골서 왔거든요!" 우르스가 사과조로 말했다. "대목장이 처음이에요."

"됐어요." 여우머리가 헐떡거리며 말했다. "나중에 해보세요. 거품 맥주 한잔하시고! 긴장들 푸세요. 여기선 다들 친구랍니다. 이 대목장에서 최고의 흉터를 만드는 게 우리지요. 나중에 해보세요."

그는 칼을 높이 쳐들고 히죽거리며 자리를 떴다.

"저 칼은 코끼리옥(玉)으로 만든 거야."

우르스가 길을 가면서 설명했다. 그는 감자칩 남은 걸 입속에 꾸역꾸역 처넣고 뾰족한 봉지 끝 부분은 뒤로 휙 던졌다. 그는 와작와작 씹으면서 말을 이었다.

"그건 코끼리말벌이 아침에 일어나면서 몸을 흔들 때 날개에서 떨어지는 거야."

그는 마지막 감자칩을 꿀떡 삼켰다.

"코끼리옥을 모아 높은 압력을 가해서 칼을 만드는 거야. 그걸로 베면 아프지 않아. 팔 하나를 잘라내도 아픈 줄을 몰라. 여기 봐!"

그는 오른쪽 팔뚝에 난 털을 헤쳤다. 일부러 벤 자국이 보였다. 찢어진 하트 모양이었다. 거기에 이름이 적혀 있었다.

지나

루모는 깜짝 놀랐다.

"얼음의 지나. 그 여자가 내 은띠였지. 유감스럽게도 잘되지는 않았지만. 지나는 플로린트로 떠났어. 가슴이 찢어지는 것 같았지." 우르스는 눈물을 꾹 참고 있는 듯했다. "이게 고통 없는 흉터야. 코끼리옥으로 만든 칼로 하는 거지. 몸에다 이걸 새기고 여자들한테 보여주면 뿅 가. 특히 그게 자기 이름이면 죽이는 거지."

우르스가 다시 이상한 눈짓을 하는 바람에 루모는 아주 당혹스러웠다.

한 천막 앞에서 다채로운 헝겊으로 기운 옷을 입은 반난쟁이가 간간이 불을 내뿜으며 관객들에게 소리치고 있었다.

"무시무시한 산꼬마도깨비 프레다를 보세요. 털을 다 밀어서 한 올도 없답니다! 차모니아에서 가장 무시무시한 몰골! 애들은 가라! 임산부나 노약자는 책임 못 져요."

사람들이 천막 안으로 몰려들었다. 우르스가 친구를 떠밀었다.

"산꼬마도깨비가 뭐야?" 루모가 물었다. "왜 끔찍하다는데 돈 내고 보는 거지?"

"참 내, 그걸 누가 알겠냐? 하지만 이런 대목장에서는 좋은 것만 좋은 게 아니지."

"아니면?"

"속아보는 거지."

"무슨 소린지 모르겠네."

"뭘 알아보려고 여기 오냐?"

"아니면?"

쥐오줌보 튀김

"아니면, 아니면, 아니면! 너 슬슬 내 신경 긁지! 그냥 좀 재미나게 놀아! 저 봐라. 쥐오줌보 튀김이다."

거대한 주철 프라이팬에는 호두만 한 벌레 수십 마리가 지글지글 끓고 있었다.

"쥐오줌보 튀김 드셔보실래요?" 주방장이 물었다. 볼터켄 족속으로 앞치마가 기름투성이였다. "뾰족쥐오줌보랍니다! 오른의 오줌쥐에서 가져온 거지요."

우르스가 제 말을 들어보라는 듯이 한 손가락을 쳐들었다.

"아무리 경험 많은 미식가라도……" 우르스는 엄숙한 목소리로 일장연설을 시작했다. "전문가가 제대로 요리한 쥐오줌보를 한 번만 맛보면 그 자연 그대로인 동시에 세련된 맛에 그냥 뒤집어집니다. 비법은 오줌보는 전혀 다치지 않고 쥐살코기를 다진 소를 잘 채워 넣는 데 있지요. 그러려면 살코기는 최소한 서른세 번은 갈아서 액체처럼 흐물흐물한 덩어리가 되게끔 잘게 부숴야 합니다. 거기에 시큼한 유지와 쥐고기 우린 국물을 부으면 더 연해지고, 마늘즙과 소금물, 파프리카 분말과 올리브기름으로 간을 하면 맛이 완성되지요. 애기회향 양념을 치는 사람이 있는데 야만인이에요. 소를 유지분사기에 넣고 내장이 터지기 일보 직전까지 꽉꽉 채웁니다. 마지막으로 내장을 식용실로 묶어서 안에 있는 즙이 새지 않도록 해 줍니다."

말하는 우르스의 입가에는 침이 질질 흘렀다.

"이제 주철 프라이팬에 버터와 올리브기름을 같은 분량만큼 두르고 가열한 뒤 쥐오줌보를 몇 분간 튀기면 노리끼리해집니다. 그 다음 석쇠에 놓고 감초를 태워 연기를 쏘이면서 따끈한 온도를 유지해주면 드실 준비가 다 끝난 거지요. 한 가지 더 알아두셔야 할 것은 오른 남부에 서식하는 오줌쥐의 오줌보─이 요리는 이 재료만 씁니다─는 차모니아 동물세계에서 가장 소화활동이 왕성한 기관이라는 점입니다. 실제로 이 분주한 쥐는 오줌을 배출하는 일 외에 다른 일은 거의 하지 않습니다. 그래서 방광의 신축력이 뛰어나고 맛이 강렬하지요. 처음 맛을 보면 정신이 각성되는 기분이 들지요. 아저씨, 이 인분이요!"

"뭐 하시나?" 우르스가 루모를 째려보며 말했다. 친구가 오줌보 튀김을 덜렁 덜렁 입에 넣고는 한 번도 씹지 않고 꿀떡꿀떡 삼키는 걸 보자 화가 치밀었다. 루모는 맛을 음미해보는 기미라곤 아예 없었다.

"웅?" 루모가 멍하니 말했다.

"쥐오줌보 말이야! 맛 죽이지?"

유령열차

"으웅…… 그래. 맛있어. 땡큐."

루모는 봉지를 어깨 너머로 휙 내버렸다. 그때 랄라를 발견했다. 그녀는 기괴한 검은 천막 앞에 줄을 서서 차례를 기다리고 있었다. 거대한 광고판은 천막 안에서 필설로 다 할 수 없는 일이 벌어지고 있다고 선전하고 있었다.

"이야, 유령열차다." 우르스가 한입 가득 씹어 먹으면서 소리쳤다. "저거 한번 해보자! 꼭 해봐야지!"

그는 광고판 쪽으로 달려가 안내문을 읽기 시작했다. 루모는 천천히 그를 따라가면서도 눈길은 랄라를 놓치지 않았다. 그녀는 북적거리는 통에 그를 전혀 알아보지 못했다.

"들어봐. 이 유령열차에 나오는 오싹한 형상들은 다 진짜라네! 나무에 목매달려 죽은 자들을 데려와서 방부처리를 한 다음 다시 걸어놓는다는 거야. 오호! 정말 강심장이야!"

우르스는 마지막 쥐오줌보를 입에 넣었다.

"파문당한 자들을 묻는 묘지에 가서 무덤을 파헤치는 거지. 그런 시체는 마음대로 해도 되거든. 진짜 밀밭유령과 숲데몬들이 작업한 대! 저 광고판 봐봐. 유령열차 타고 구경하다 죽은 사람들 수를 적어놨어! 심근경색 열네 건, 뇌졸중 일곱 건, 충격으로 인한 식물인간 한 건. 그것도 딱 한 시즌에! 맙소사! 그냥 갈 수 없지!" 우르스가 바보처럼 킬킬거렸다.

루모는 남이 자기에게 공포를 불러일으키려는 일에 돈을 쓰는 게 내키지 않았다. 악마바위에서 온갖 모험을 겪은 이후 더는 공포라는 걸 몰랐기 때문이다.

"저기 쓴 거 봐. 어떤 사람이 이 기차를 타고 가다가 미라를 보고 놀라서 코에 피가 났는데 어찌나 심한지 멈추질 않았대. 온몸의 피가 거의 다 흘러나왔다네. 지금은 저 안에서 구경거리래. 흘러나온 피째 대야에 담아놓았다는구나."

루모는 랄라를 훔쳐보았다.

우르스가 그의 시선을 따라갔다.

"어, 저기 랄라가 왔네. 유령열차 탈 모양인데."

루모로서는 랄라한테 가서 말을 건다는 건 도무지 불가능했을 것이다. 그보다는 곤돌라를 밀고 있는 블루트쉰크 열두 명과 한판 붙는 게 낫다. 그러나 이런 생각을 이어가기도 전에 우르스가 모든 일을 끝내버렸다. 그는 곧장 랄라한테 달려가더니 손을 그녀의 어깨에 턱 올렸다. 둘은 잠시 무슨 얘기를 하더니 우르스가 루모에게 이리 오라고 눈짓했다. 루모는 뻣뻣한 걸음으로 랄라 쪽으로 갔다. 그는 인사를 할 양으로 팔을 쭉 펴고 그럴듯한 말을 준비했다. 그러나 랄라한테까지 가려면 아직 십 미터나 남은 상태였다. 왜 랄라 앞에만 서면 몸이 말을 듣지 않는 걸까? 왜 그녀가 있으면 몸이 두 개가 되어서 한편으로는 어떤 행동을 하면서 동시에 자신의 투박한 행동을 관찰하게 되는 걸까? 이 여자한테서 나오는 저 강력한 마력은 도대체 무엇인가? 그리고 우르스는 왜 아무렇지도 않은가? 그는 부드러우면서도 단호하게 악수를 한 뒤, 그녀의 눈을 오래 그리고 깊이 들여다보면서, 천천히 나직하면서도 분명한 목소리로 말을 해야지 하고 마음먹었다.

"안녕 루모!" 랄라가 다정하게 말했다. 그게 그녀가 처음으로 한 말이었다.

"안라!"

루모가 캑캑거리면서 눈을 내리깔고 대답했다. 그리고 랄라가 손을 잡으려는 바로 그 순간 루모는 손을 뒤로 뺐다. 그러더니 얼굴이 붉어지면서 땅바닥만 쳐다보았다. 우르스가 딱하다는 표정을 지었다.

"같이 타자." 우르스가 말했다. "그러면 돈도 덜 들고."

루모는 꾸어다놓은 보릿자루처럼 서 있었다. 입안이 바짝바짝 말랐다. 이러다 말을 하다가 혀를 깨물면 어쩌나 하고 걱정이 되었다. 비록 한마디도 못했지만.

"저 안에 진짜 흡혈박쥐가 있대. 머리 조심해, 랄라!"

우르스가 루모, 랄라와 함께 열차에 오르면서 농담을 했다. 랄라가 가운데 앉았다. 자리가 좁아서 세 사람은 꽉 끼어 앉았다. 루모는 랄라의 팔이 자기 팔에 닿자 기분이 아주 이상해졌다. 왠지 땀이 나기 시작했다.

"어, 무서워서 그러니?"

랄라가 물었다. 루모의 불안한 눈빛을 알아챈 것이다.

"난 무서운 거 몰라." 루모가 씩씩거리며 되받았다.

"아하." 랄라가 루모의 씩씩거리는 목소리를 흉내 냈다. "난 무서운 거 몰라."

예티가 그들 쪽으로 몸을 굽히더니 열차에 빗장을 채웠다.

"운행 도중에 죽는 사람이 있는데 그렇다고 시체를 열차 밖으로 던지지는 마!" 예티가 썰렁하게 말했다. "다이어트 중인 송장귀신들이 먹어버리거든."

우르스와 랄라가 킥킥거렸다. 루모는 따라 웃으려고 했지만 얼굴이 굳어서 자연스럽게 흉내를 낼 수가 없었다. 그는 곧 토할 사람처럼 보였다.

"자 겁내지 마시고!" 예티가 인사를 하자 열차는 덜컹 하더니 문을 나서 어둠 속으로 들어섰다. "그리고 삶은 죽음보다 더 끔찍하다는 걸 명심해!"

어둠이 그들을 감쌌다. 열차 덜컹거리는 소리와 멀리서 다른 승객들이 지르는 비명 소리만 들렸다. 루모는 신경에 거슬리는 냄새를 무시하려고 애썼지만 잘 되지 않았다.

저기 어둠 속에서 악의의 덩어리가 어슬렁거리며 돌아다니고 있었다. 가는 신음 소리가 들려왔다. 산 채로 묻힌 사람이 살려달라고 외치는 소리 같았다.

"후."

랄라가 무서워하는 척하며 루모의 팔에 바짝 달라붙었다. 어둠 속에서 열차 하나가 덜컹덜컹하며 지나갔다. 벽에 붙은 흐릿한 안전등 빛에 비친 모습은 죽은 난쟁이였다. 앉은 대야에는 흘린 피가 하나 가득이었다.

루모는 지나치면서 그 피 흘리며 죽은 자의 머리에 거미줄이 쳐

있는 것과 봉합한 목 부위가 찢어져 톱밥이 흘러나오는 것을 보았다. 두 콧구멍에서는 가늘고 붉은 핏줄기가 목을 타고 대야로 흘러내렸다.

산울타리마녀

열차가 갑자기 멈췄다. 쾅 하는 소리가 나면서 앞에 바닥이 드러났다. 뻘겋고 노란 종이테이프 형상의 지옥불이 타올랐다. 녹색 수증기 구름이 높이 솟았다. 구름이 흩어지자 거대한 산울타리마녀가 나타났다. 그녀는 낙엽으로 만든 의상을 입고, 사지는 마디가 울퉁불퉁한 가는 가지로 돼 있었다. 나무로 된 머리에 퀭한 눈구멍에서는 도깨비불 두 개가 번쩍이고 있었다. 아래턱이 털컥하고 떨어지자 하얀 나방이 나오더니 어둠 속으로 날아갔다. 갑자기 뜨거운 바람이 열차 주위를 감싸자 마녀가 뾰족한 가시손가락을 랄라의 얼굴을 향해 뻗었다. 랄라가 꼭 달라붙는 바람에 루모는 그녀의 온몸을 느낄 수 있었다. 이처럼 짜릿한 느낌은 처음이었다.

'이러다 기절하겠다'는 생각이 들었다. 온몸에 소름이 돋았지만 정말 좋았다.

그래도 루모는 정신을 차렸다. 그러자 우당탕탕탕탕! 하더니 그 마녀는 다시 사라졌다. 랄라는 붙잡은 손을 놓을 생각을 하지 않았다.

"그거 진짜였니?" 그녀가 물었다.

"응." 루모가 말했다. "그런데 박제한 거야."

마녀가 최고였다. 유령열차는 밖에서 하는 선전은 거창하지만 안은 훨씬 못했다. 가물거리는 불빛 속에서 춤을 추는 마른 시체들은 모두 진짜였을지 모른다. 그러나 루모가 냄새 맡은 악의는 여기서 일하는 직원들에게서 발산되는 것 같았다. 블루트쉰크들은 저 아래쪽에서 뭔가를 하고 있었고, 또 다른 정체를 알 수 없는 자들은 철로에 뿌우 하고 굉음을 불어넣거나 천을 어색하게 휘두르며 유령 흉내를 냈다.

열차에서 나오자 루모는 거의 걷지 못할 지경이었다. 무릎이 흐느적거리고 온몸이 떨렸다. 털가죽은 땀에 푹 절었다.

"마녀는 좋았어." 우르스가 말했다. "그런데 나머지는······."

"넌 무서운 거 모른다며?"

랄라가 루모에게 말하면서 웃었다. 명랑하고 사랑스러운 웃음이었다. 그 어떤 악의도 없었다.

밖에 나오자 사람들이 와글와글했다. 루모는 열에 들떠서 재치 있는 답변을 궁리했다.

그러나 생각이 나기도 전에 랄라가 저쪽 군중 속에서 누군가를 발견했다. 롤프였다. 비알라, 올레크, 학교에서 본 나디엔카라는 이름의 여학생과 함께 노점거리 반대편에 서 있었다. 롤프가 랄라에게 눈짓을 했다. 그러자 그녀는 아무 말 없이 루모를 세워두고는 사람들 사이를 뚫고 가버렸다. 롤프와 랄라가 팔짱을 꼈다.

루모는 숨이 가빠졌다. 언제부터 둘이 저렇게 가까웠지? 아니! 랄라가 롤프의 뺨에 입을 맞추다니! 발밑이 꺼져 들어가는 것 같았다. 장터를 찾은 사람들이 소란을 떠는 사이에 롤프와 랄라와 다른 친구들은 시야에서 사라졌다. 다 가버린 것이다.

"여자들이란." 우르스가 어깨를 으쓱하며 말했다. "남자들은 주제를 몰라."

루모는 눈을 감고 그 은띠를 찾으려 했다. 그러나 내면의 눈은 멋대로 돌아가는 요지경처럼 어지러웠다. 삶은 채소에, 땀에, 보통 때 나는 이런저런 냄새들이 빙글빙글 돌아가며 색채의 죽을 만들어냈다. 루모는 다시 눈을 뜨지 않을 수 없었다. 여기서 자기가 찾는 냄새를 좇다가는 눈이 멀어 옆에 있는 천막 기둥에 머리를 부딪힐지도 몰랐다.

"자, 가자! 구경은 이제 시작이야."

기분이 언짢아진 루모는 우르스의 뒤를 터덜터덜 따라갔다. 비명소리가 참으로 신경에 거슬렸다! 저 원시적인 음악하며! 악취! 랄라는 하필 그 거슬리는 놈과 팔짱을 낀단 말인가? 다른 사람 다 보는 앞에서. 내가 보는 앞에서. 그 테리어 새끼는 랄라하고 어떻게 가까워졌을까? 대목장이라는 이름의 이 복잡한 정신병원에서 그는 도대체 무얼 한 건가? 루모는 집에 가고 싶었다.

"너어어어!"

그때 루모의 예민한 귀에 날카로운 목소리가 들렸다. 바짝 마르고 검은 옷을 입은 형상이 앞을 가로막고 섰다. 더할 나위 없이 추악해 보였다. 그녀는 삿대질을 하듯이 연필처럼 가는 검지손가락으로 루모를 가리켰다.

"너어어어!"

소름마녀

루모는 우르스와 함께 이제 막 두 천막거리가 교차하는 지점에 도달했다. 거기에는 큰 철솥이 있었는데 검은 옷을 입은 세 형상이 그 주위를 돌며 춤을 추면서 찍찍거리는 작은 동물을 던져 넣고 있었다. 그중 하나가 루모 앞을 가로막고 나선 것이다. 구경꾼들이 이 장면을 보고 둥그렇게 에워쌌다.

"소름마녀들이야." 우르스가 루모에게 속삭였다. "예언에 속으면 안 돼."

"너!" 소름마녀 중 가장 덩치 큰 마녀가 소리치면서 긴 손가락으로 루모를 가리켰다. "내 말 들어! 난 소름마녀 폽시필이다!"

우르스는 루모를 떠밀었다. 그러나 그는 말뚝처럼 꼼짝 않고 서 있었다.

"너어어어! 넌 보아하니 어둠 속을 헤매다가 외눈박이 거인들을 죽이겠구나아아!"

"벌써 그랬는데요!" 루모가 나지막이 말했다.

"음, 뭐?" 그 마녀가 말했다. "아 그래, 과거에 그랬단 말이야! 주위가 소란하니까 정신집중이 안 되잖아."

루모는 당황했다. 스마이크를 제외하고 그와 악마바위에 대해서 아는 사람은 아무도 없었다.

"진짜 그랬어?" 우르스가 물었다. "외눈박이 거인들을 죽였어?"

"아하, 집중!" 키가 작고 뚱뚱한 소름마녀가 외쳤다. "예언이랍시고 한다는 게 고작 옛날 얘기냐, 폽시필! 이리 와라, 아가야! 난 소름마녀 로페스 파라고 해! 미래를 보지! 넌 순금으로 된 거리를 거닐겠어. 행복과 건강이 늘 따라다니고 오래오래, 행운 가득한 삶을 살겠구나아아! 자세한 걸 말해주마아아!"

"이 가짜 멍텅구리야!" 세 번째 소름마녀가 소리쳤다. "조심하거라, 얘야. 저 여잔 듣고 싶은 얘기만 해준단다! 나한테 와! 난 소름마녀 흐흐야! 네 인생에서 중요한 한 가지만 예언해주마. 네가 너의 은띠를 찾을지 못 찾을지 말이야. 그게 정말 중요한 거거든! 난 너희들 볼퍼팅어를 잘 알지!"

루모는 솔깃해서 돈주머니를 꺼냈다.

우르스가 팔을 잡았다.

"넣어둬! 여긴 눈 깜빡하면 코 베어 가는 동네야."

"이 대목장에서 모처럼 얘기되는 것 같은데?" 광고판을 배에 건 난쟁이가 갑자기 끼어들었다.

또 나타난 나흐티갈러

"소름마녀의 엉터리 예언은 끝났다!" 난쟁이가 외쳤다. "시시껄렁한 말발타살발타는 끝났습니다! 별들의 천막으로 오셔서 압둘 나흐티갈러 교수의 서랍신탁을 들으세요! 과학적인 예언을 해드립니다! 순수 경험적 토대에 근거한 절대 신뢰할 수 있는 예측! 돈벌이로 이러는 거 아닙니다! 입장도 공짜!"

기다란 소름마녀가 그 난쟁이한테로 갔다. 그러자 난쟁이는 잽싸게 피하더니 군중 속으로 사라졌다.

"소름마녀의 엉터리 예언은 끝났다!"

그가 다시 한 번 고함쳤다. 그 소리는 군중들의 와글거림 속으로 묻히고 말았다. 우르스는 이 혼란을 틈타 루모의 소매를 잡아끌었다.

"어어! 난 이런 거 한번……"

"말해봐. 외눈박이 거인 얘긴 뭐야?"

"별거 아냐."

"별거 아니라고? 야, 너 말이야……"

야단법석을 떠는 일단의 무리가 천막거리에서 춤을 추며 루모와 우르스 쪽으로 몰려오고 있었다. 난쟁이와 블루트쉰크, 춤추는 메나데와 베르텐, 예티 들로 너덜너덜한 복장에 흠뻑 취해 있었다. 그들은 작은 깃발과 목제 딸랑이를 흔들면서 거대한 주전자에서 맥주를 퍼 구경꾼들에게 뿌렸다.

우르스와 루모는 그런 식의 공세를 당할 줄은 몰랐다. 둘은 그 무리에 떠밀려 온갖 짓을 다하고 나서야 겨우 빠져나왔다. 루모와 우르스는 간신히 숨을 돌리고 주변을 돌아보았다.

블루트쉰크들이 운영하는 천막에서 내기 격투가 벌어지고 있었다.

피를 팔고 돈을 빌리는 곳도 줄지어 서 있었다.

그림자 연극을 하는 극장도 있었다.

다트 같은 것을 던져 맞히면 상품을 주는 가게도 있었다.

반짝이는 별을 단 검은 천막에는 입구 위에 수수한 간판이 붙어 있었다.

그리고 옆에는 아무 장식도 없는 붉은 천막이 있었는데 노란 천
장 위로 시커먼 담배 연기 같은 것이 자욱하게 피어오르고 있었다.

"빨간 천막은 뭐지? 불이 났나?"

포가레

우르스가 엉큼한 표정으로 루모의 귀에 대고 속삭였다.

"저건 포가레천막이에요, 아가씨. 모범생들은 출입금지예요."

포가레라고? 루모는 스마이크가 가끔 딱 한 모금만 피워보면 원
이 없겠다고 한 얘기가 생각났다.

"광고를 할 수는 없어. 나티프토프 보건 규정 때문이지. 하지만 폐
가 없는 사람한테는 금지하지 않아."

"우린 폐가 있잖아?"

"어떻게 그렇게 잘 아실까? 네 속을 들여다봤니? 어쩌면 너도 자연
의 기적일지 몰라. 자세히 알아보기 전엔 모르지." 우르스는 루모를
포가레천막으로 확 들이밀었다. "난 한번 해봐야겠어. 내가 낼게."

포가레 판매상은 터번을 삐딱하게 두른 촌스러운 순무머리정령이
었는데 둘을 미심쩍다는 듯이 이리저리 훑어보았다.

"포가레 처음이지? 나티프토프 보건부에 찍히기 싫다."

"나도 피워봤어요. 그 웃기는 법이 생기기도 전에요." 우르스는 놀
라울 정도로 당당하게 떠벌렸다. "그리고 내 동생은 폐가 없어요. 태

어날 때 잘못된 거죠. 포가레 두 개 주세요."

판매상은 저편 사람들 모여 있는 쪽을 흘끗 쳐다봤다. 나티프토프 보건부 단속반이 나왔나 살펴보는 것이었다. 그러더니 안으로 들어오라는 눈짓을 했다.

"너희들은 틀림없이 자연의 기적이야." 그는 이렇게 말하면서 루모에게 포가레를 건넸다. "사 피라야."

첫 모금을 빨아들이자 폐가 부글부글 끓는 연기로 가득 차는 느낌이었다. 바로 연기를 토하려 했지만 목이 끈으로 졸리는 것 같았다. 루모는 공황 상태에서 우르스 쪽을 건너다보았다. 우르스는 맞은

편 천막 벽에 기대앉아 막 첫 모금을 빨고 난 상태였다. 우르스의 몸은 뜨거운 오븐 위에 올려놓은 양초 같아 보였다. 얼굴은 햇볕을 쪼이는 버터처럼 녹고 있었다. 완전히 녹아버릴 것 같았다.

내가 피운 포가레 때문에 그렇게 보인 걸까, 아니면 우르스의 포가레 때문에 그런 걸까? 우르스에게 물어보고 싶었지만 도무지 말을 할 수가 없었다. 숨 쉬는 건 그렇다 치고. 루모는 공황 상태에 빠졌다. 산소를 마시면 좀 나을 텐데.

루모는 비틀거리면서 포가레 판매상 옆을 지나 입구 쪽으로 갔다. 탈진 상태에서 공기를 들이마셨다.

"뭐야, 자연의 기적이 아니네. 뭐야?" 순무머리정령이 인정머리 없이 말했다. "억지로 하면 안 돼, 젊은 친구. 연기는 저절로 나가지 않으면 절대 안 나가. 연기에 압력을 가하면 큰일 나. 그냥 숨 쉬지 말고 있어!"

루모는 천막거리에서 비틀거렸다. 소리와 각종 형상과 냄새들……. 이 모든 것이 하나로 소용돌이치면서 사방이 빙빙 돌았다. 난쟁이 샌드위치맨들이 그를 보고 소리쳤다.

"어서 옵쇼! 말하는 고문틀과 인디언의 고문법에 대해 논해보십시오! 전설로 내려오는 지식을 재밌게 소개해드립니다!"

"쌀알문학이요! 쌀알문학! 본자이 난쟁이가 우유로 삶은 쌀알에 쓴 소설이 다 있습니다. 소설이 수백 종이요!"

"어서 옵쇼! 어서 옵쇼! 무시무시한 산꼬마도깨비 프레다를 보세요. 털이 없어요! 눈 하나 깜짝하지 않는 사람도 차마 눈 뜨고 못 볼 장면입니다. 끔찍하지 않으면 환불해드려요!"

루모는 밀치는 구경꾼들 사이를 비틀거리며 나아갔다. 지금 옆으로 지나간 게 랄라였나? 롤프였나? 비알라와 올레크? 그 애들이 날

보고 웃은 건가? 포가레 연기는 가슴속에서 날뛰면서 우리에 갇힌 야수처럼 갈비뼈를 마구 잡아 흔들어댔다.

루모는 잡을 수만 있으면 누구나 붙잡고 토했다. 아침 먹은 것, 쥐 오줌보 그리고 포가레 연기까지 모든 걸 억지로 게웠다.

"거 참!" 멀리서 누군가가 소리쳤다. "내 재킷!"

루모는 기절했다.

별들의 천막

"포가레는 상어구더기 정도는 돼야 맞아. 나라면 상어구더기한테도 권하지는 않을 거야. 너, 상어구더기냐? 아니지. 그럼 바보냐? 그렇지."

누가 얘기하는 건가? 모든 게 깜깜한데.

"좋은 재킷 망쳤네. 쥐오줌보라니! 기름투성이에 몸에도 안 좋은 건데. 영양학적으로도 거의 가치가 없어. 게다가 포가레 연기 진까지. 끝내주는 조합이군."

여기가 어딜까? 바닥에 누워 있는 것 같은데. 루모가 머리를 들었다.

"여보세요?" 루모는 약한 목소리로 말했다. "거기 누구세요?"

어둠 속에서 두 개의 불이 움직였다. 아니다. 그건 등불이 아니었다. 눈이었다. 노랗게 빛나는 커다란 눈이었다. 내가 꿈을 꾸고 있나?

"아니야. 꿈이 아니야." 그 목소리는 좀 퉁명스러웠다. "아이데트의 눈은 어둠 속에서는 그렇게 보여. 그리고 난 남의 생각을 좀 읽지. 네가 기억을 잃은 부분을 얘기하자면 포가레를 피우다 폐가 잠시 졸도를 한 거야. 그리고 내 재킷에다 토했지. 여긴 내 별들의 천막이야. 좀 더 정확히 말하면 압돌 나흐티갈러 박사의 뇌물이 안 통하는 서랍신탁에 들어와 있는 거지. 입장은 공짜야. 하지만 재킷 버린 건 손해배상 청구할 거다. 불 좀 켜줄까?"

성냥에 치익 불꽃이 일고 초에 불이 켜졌다. 그제야 이 아이데트가 좀 잘 보였다. 콜리브릴 박사와는 달랐다. 머리에 이상한 혹들이 달려 있고 나이도 더 들어 보였다. 그러나 부서질 듯한 몸매하며, 주름으로 구겨진 얼굴 피부, 왕방울만 한 빛나는 눈은 똑같았다.

"네가 '혹'이라고 한 건 외부 두뇌야. 뭐 자랑할 생각은 없지만 난 뇌가 일곱 개야." 이 난쟁이가 잔기침을 했다.

고요했다. 놀라운 것은 장터에서 아우성치는 소리가 이 작은 천막에는 거의 들리지 않는다는 점이었다. 아니 전혀 들어오지 않았다.

"천막은 소리를 흡수하는 실크로 돼 있단다. 청각이 없는 누에한테서 얻은 거지. 이 발명품으로 다시 한 재산 챙길 수도 있겠지. 대량생산이 가능해지면 말이야. 소재는 손톱 두께밖에 안 돼. 하지만 브라스밴드 하나가 여기 들어와서 연주해도 밖에서는 아무 소리도 안 들릴 거야. 그 반대도 당연히 마찬가지지. 한 달에 한 번 천막 먼지 털 때 어떤 소리가 나는지 상상 못 할 거다."

천막 한가운데는 서랍장 같은 것이 있었다. 루모가 보기에는 그랬다. 아주 소박하고 거의 검은색에 가까운 짙은 빛깔의 나무로 된 것이었다. 그는 나흐티갈러라는 이름을 콜리브릴 박사한테 들어서 알고 있다는 얘기를 해야 하나 말아야 하나 곰곰이 생각했다. 결국은 하지 않기로 했다. 상황을 쓸데없이 복잡하게 만들 것 같아서였다.

"전 루모예요." 그는 "차모니아의 루모"라는 표현 대신 이렇게 말했다.

"카드놀이 이름과 똑같니? 그거 독특하구나. 난 루모를 몇 게임한 적이 있었는데. 도박꾼들의 도시에서 말이야……."

루모는 일어섰다. 기분이 좋지 않았다. 집에 가고 싶었다.

"도와주셔서 정말 고마워요. 어디로 나가지요?"

촛불을 켜놓았는데도 서랍장 외에는 다 깜깜했다.

"그래, 여긴 꽤 어둡지……." 그 교수가 말했다. "하지만 그런 기적들이 있는 법이다. 어둠 속에서만 일어나는……."

"어디로 나가나요?"

"내 서랍신탁을 한번 받아보지 않겠니?"

"에, 그게, 솔직히 말해서, 싫은데요. 몸이 별로 좋지 않아서요. 그리고 시장에서 하는 말발타살발타 같은 건 충분히 해봤거든요."

나흐티갈러의 눈이 어둠 속에서 빛나더니 머리에서 뭔가 딱 하고 위험한 소리가 났다. 루모가 뒤로 물러섰다.

"말발타살발타라고?" 교수가 날카로운 목소리로 말했다. "여기선 말발타살발타 같은 건 안 해. 엄밀과학을 하지!"

"말씀은 알겠는데요. 그래도……."

나흐티갈러가 비난하는 투로 버린 재킷을 촛불에 비춰 보였다. 어찌나 밥맛 떨어지는지 루모는 속이 다시 울렁거렸다.

"거기 의자에 앉거라."

루모는 눈을 가늘게 뜨고 의자를 찾았다. 그래, 저기 있다. 루모가 가서 앉았다.

"뭐 좋습니다…… 빨리만 되면."

"그래, 그렇지! 서랍을 하나 열어라. 그럼 다 된 거야."

"좋아요."

"설명해주마. 잠시 네게 지식을 감염시켜도 되겠니?"

나흐티갈러가 검지를 뻗치며 다가왔다.

루모는 소름이 끼쳤다. 스마이크와 콜리브릴 박사가 하던 모습이 떠올랐다.

"아니오, 안 하는 게 좋겠어요." 그는 거부했다.

나흐티갈러는 실망한 나머지 검지를 다시 접었다.

"그렇다면 좀 복잡한 여행을 해야겠네. 장거리로 하겠니, 아니면 단거리로 할까?"

루모는 끙 하는 소리를 내면서 머리를 감싸 쥐었다.

"단거리로 해주세요."

"좋아. 이론적인 부분은 넘어가자. 너무 구체적인 과학 관련 내용도 건너뛰자. 이 정도로 하지. 자, 여기 서랍장이 있지? 넌 목재라고 생각하겠지만 고도로 농축된 어둠으로 만든 거야. 시간이 아직 존재하지 않았던 때의 어둠으로 말이야. 이건 우주에서 단 하나뿐인 질료 질료라고 말할 수 있다면! 란다. 시간의 질곡으로부터 자유롭고 미래를 만들어낼 수 있지. 어떻게 그럴 수 있느냐고 묻는다면 이 질료는……."

루모가 다시 앓는 소리를 냈다.

"그럼 좋아. 자세한 얘기는 그만두자. 그래도 신탁의 목적은 알아야지. 내가 관심을 갖는 것은 솔직히 사람들에게 미래를 예언해주는 게 아니야. 그건 내 발명품의 사소하고도 재미난 부수적 측면에 불과하지. 내가 관심 갖는 건 자신의 미래에 대한 지식이 어떤 영향을 미치는가 하는 점이야. 미래를 얼마나 견뎌낼 수 있을까. 최악의 경우 내 이론은 미래를 진짜로 견뎌낼 수 있는 차모니아 종족—물론 아이데트는 제외하고—은 아직 없다는 쪽으로 가게 되지. 날 도와서 그런 걸 찾아볼 준비가 됐나, 카드놀이?"

"난 루모예요."

"미안. 내가 착각을 했구나." 나흐티갈러의 두뇌에서 다시 딱딱 하는 소리가 났다. "아주 간단해. 어떤 사람의 이름을 떠올려봐. 그 사람의 미래에 대해 알고 싶은 사람 이름 말이야. 네 자신의 미래를 알고 싶으면 그냥 네 이름을 떠올리면 되고. 그러면 그 이름의 첫 글자가 붙은 서랍이 열리고 거기를 들여다보면 돼. 너무 많이 보여줄 수는 없고, 그냥 조금만 보여주는 거지. 그러고 나면 서랍은 다시 닫혀. 그게 전부야."

"네, 알았어요. 시작하는 거예요?" 루모가 신음 소리를 냈다.

"바로. 내가 촛불을 끄마. 말했지. 어둠 속에서만 일어나는 기적들이 있다고."

나흐티갈러가 촛불을 불어 껐다. 아주 깜깜해졌다.

"난 그사이에 산꼬마도깨비나 보고 올게. 그게 진짜라면 과학적으로 엄청난 사건이거든."

어둠 속에서 틈새가 열리는 것이 보였다. 빛이 들어오고, 대목장의 시끄러운 노래와 음악 소리가 들렸다. 그러더니 틈새가 닫히고 다시 적막과 어둠에 휩싸였다. 나흐티갈러는 벌써 밖으로 나갔다.

루모는 일순간 그냥 없어져버릴까 생각했다. 그러나 완전히 망가진 재킷이 생각났다. 그래서 서랍신탁에 정신을 집중했다. 이상하게 내면의 눈에 아무것도 안 보였다. 냄새도, 소리도 없었다. 딱딱거리는 소리도 들리지 않았다. 아하, 그렇지. 나무로 만든 게 아니라 그랬지. 뭐라더라? 벌써 또 잊었다. 아무려면 어떠랴.

그는 골똘히 생각했다. 어떤 이름을 생각할까? 물론 내 이름이지! 아니면? 정말 내 미래를 알고 싶은가? 그러다 안 좋은 게 나오면? 그럼 우르스 이름을 생각해볼까? 그러면 그 친구에게 미래 얘기 좀 해서 놀려줄 수 있겠지. 잠깐, 그거다. 랄라! 랄라의 미래를 알아보자. 그러면 내가 거기서 중요한 역할을 하는지 못하는지도 알 수 있을 테니까.

루모는 보이지 않는 서랍장에 집중하려고 애를 썼다. '랄라' 하고 생각했다. '랄라.'

아무 일도 없다.

'라아아알라.' 루모는 다시 한 번 시도했다. '라-아-알-라. 랄라. 랄라, 랄라!'

공간 한가운데서 작은 빛이 희미하게 밝아졌다. 파랗고 찬, 가는 빛줄기가 점점 넓어지더니 빛나는 정사각형이 됐다. 서랍이 열린 것이다. 진짜였다!

루모는 몸을 숙여 안을 들여다봤다. 주위의 어둠이 그 파란빛 때문에 더욱 깜깜해지는 느낌이었다. 서랍이 자기와 함께 별 하나 없는 무한한 우주 속을 떠다니는 기분이었다. 루모는 고개를 더 앞으

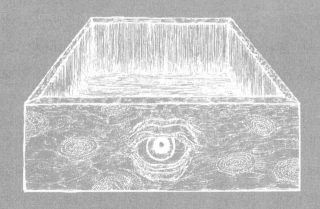

로 숙였다. 이제 뭔가 보였다. 조각인가? 아니다. 그건…… 그건 관이
었다. 게다가 금속으로, 회색 납으로 돼 있고 테와 고리 장식들은 구
리로 돼 있었다. 이게 랄라의 미래란 말인가? 그런데 이 이상한 장면
에서 뭔가가 움직이더니 관이 서서히 열렸다. 루모는 시선을 고정시
켰다. 좀 더 자세히 들여다보았다. 관 뚜껑이 덜컹하면서 여닫이문처
럼 열렸다. 그 안에 어떤 형상이 누워 있는 것이 보였다. 안을 들여
다보았다. 그러고는 화들짝 놀라 뒤로 물러섰다! 랄라였다! 루모는
경악했다. 랄라는 움직이지 않았다. 꼼짝 않고 뻣뻣하게 관 속에 누
워 있었다. 이게 그저 환상인가? 포가레가 남긴 잔상인가? 루모는
일어나서 이 불쾌한 상황을 벗어나고 싶었다. 그때 누군가 흐느끼는
소리가 들렸다. 랄라인가? 아니다. 그녀는 여전히 꼼짝 않고 누워 있
다. 그런데 누군가가 보였다. 그 사람은 관 앞에 꿇어앉아 있었다. 바
로 그 사람이 흐느끼고 있었던 것이다. 그는 자기 자신이었다! 그렇
다. 루모는 자기가 랄라의 관 앞에 꿇어앉아 울고 있는 것을 보았다.
그리고 이제 이 장면이 무슨 의미인지 알게 됐다. 랄라의 죽음이었
다. 더더욱 참담한 것은 지금 상황이 그다지 먼 미래에서 벌어지는
일이 아니라는 점이었다. 그와 랄라는 흰머리가 희끗희끗하고 늙은
모습이 아니었다. 지금의 모습과 별 차이가 없었다.

"안 돼!"

루모가 소리쳤다. 그러면서 서랍 속으로 손을 넣으려 하자 주변의
어둠이 엄청 화가 난 듯이 울부짖었다. 얼음처럼 싸늘한 바람이 서
랍에서 불어왔다. 깊은 지하묘지에서 불어오는 것 같았다. 이어 서랍
이 쾅 하고 닫혔다.

적막.

루모는 절대적인 암흑 속에 앉아서 울었다.

죽음의 제국

"진짜 산꼬마도깨비더군. 그 족속 중에서 마지막 남은 자야. 믿기지가 않아. 사 와야겠어."

나흐티갈러가 알 수 없는 소리를 혼자 중얼거리며 천막 안으로 들어왔다. 촛불을 켜자 루모가 바닥에 무릎을 꿇고 울고 있는 것이 보였다.

교수는 한동안 침묵하다가 당혹스러웠던지 툴툴거리면서 천막 안의 물건들을 정리해놓고는 이렇게 말했다.

"넌 죽음의 제국을 들여다본 거야, 알겠니?"

루모는 대꾸가 없었다.

"이 모든 게 환상에 불과하다고, 대목장에서 하는 마술이라고 말해줄 수 있으면 좋으련만, 네가 더 잘 알 거야. 느꼈겠지. 이 신탁은 어떤 우연한 순간을 보여주는 거야. 악의나 심술로 그러는 게 아니지. 신탁은 우주의 냉혹한 객관성이야. 유난히 끔찍한 일이 있었던 모양이구나. 유감이다."

"가야겠어요." 루모가 일어섰다.

"아, 기다려봐, 젊은이. 무슨 바보 같은 짓 하는 건 아니겠지?"

루모는 나흐티갈러가 들어온 방향으로 향했다. 교수는 그를 따라오더니 조끼를 붙잡았다.

"잠깐 기다려!"

루모는 그 자리에 서 있었다. 아무런 의욕도 없는 것 같았다.

음성감염

"그렇게 나가버리면 안 돼. 다들 뭐라고 생각하겠니? 무엇보다도 그래 가지고는 인생을 살아갈 수가 없어. 그러면 자포자기가 되는 거야. 네 부담을 좀 덜어주마."

나흐티갈러는 루모의 손을 잡고 꼭 쥐었다. 갑자기 교수의 목소리가 루모의 머릿속에서 울려왔다.

"네가 지금 체험하는 것은 음성감염이란다. 나흐티갈러식 섬광건망증이라고도 하지. 난 이걸 오래 훈련해왔어. 뇌가 일곱 개가 안 되는 사람은 아마 이런 걸 하긴 어려울 거야."

루모는 갑자기 어지러워지는 바람에 나흐티갈러의 손을 꼭 잡았다.

"너의 불편한 인식은 이제 내 것이 될 거야. 난 그걸 이겨낼 수 있지. 일곱 개의 뇌 가운데 하나가 힘 안 들이고 흡수해서 순수한 정보로 변화시키는 거야. 천막을 나서서 현실에 다시 발을 들여놓는 순간 아무 기억도 나지 않을 거다. 도와줘서 정말 고맙다. 하지만 이 발명품은 미성숙 특허들의 방으로 가게 될 것 같다. 우린 아직 미래를 받아들일 만큼 성숙하지 않았어. 어쩌면 충분히 무뎌지지 않은 건지도 모르지. 네가 목격한 순간에서 완전히 벗어날 수는 없다고 해도 언젠가 그 순간을 체험하게 될 때까지는 그리 큰 짐이 되지는 않을 거야. 그때까지는 다 괜찮아, 젊은이."

나흐티갈러는 루모의 손을 놓고 밖으로 밀었다. 소음과 냄새와 난장판 같은 광경이 느닷없는 소나기마냥 쏟아져 들어왔다. 그는 어쩔 줄 몰라 그냥 천막 앞에 서 있었다. 돌아서서 간판을 읽었다.

압둘 나흐티갈러 박사의
차모니아 서랍신탁

별로 내키지 않는 곳이었다. 신탁이라. 몸도 안 좋은데. 어디로 가려고 했더라? 집이지, 맞아. 우르스는 어디 갔나?

당신의 무기를 고르세요!

루모는 천막거리를 비틀거리며 걸었다. 포가레, 진짜 구역질나는 물건이다! 평생 다시는 피우지 않으리라. 이런 생각을 하고 있는데 누가 어깨에 손을 턱 얹었다. 우르스였다.

"루모야! 사방팔방 다 뒤졌네!"

"토할 것 같아서."

"나도! 네 번이나 그랬어! 뭐가 끝내주는지 알겠지?"

"아니."

"난 이제 괜찮아." 우르스는 환한 얼굴로 두 팔을 벌렸다. "다 다시 먹자! 쥐오줌보 어때?"

"다 못 먹을 거야! 난 집에 갈래."

"집에? 지금? 네 평생 가장 멋진 순간이 다가오는데?"

"그게 뭔데? 또 유령열차냐? 아니면 포가레?"

"아아니, 아니, 아니야, 루모야. 오늘 저녁의 하이라이트. 네 도시친구로서 공적인 의무이기도 하고." 우르스는 가슴을 툭툭 쳐 보였다. "하지만 그 전에 뭘 좀 먹자. 가자!"

우르스는 그를 가까운 쥐오줌보 노점으로 데려가 진짜로 쥐오줌보 한 봉지를 더 먹었다. 루모는 아무 생각 없이 옆에 서서 조금은 경멸하는 눈초리로 친구의 입속으로 무수히 쏟아져 들어가는 쥐오줌보를 쳐다보았다. 랄라 생각이 다시 났다. 그리고 롤프도. 착잡했다.

"들어봐, 루모야" 우르스가 트림을 했다. "이제 본론으로 가는 거야. 오늘의 하이라이트지."

"그래 그럼!"

"따라오시게!"

우르스가 앞장섰다. 그런데 루모가 보기에는 짜증이 날 만큼 걸음이 느렸다. 둘은 옆길로 들어섰다. 큰길보다는 좀 조용했다. 꽃집이 나왔다. 복권 가게. B 모양 비스킷 파는 가게. 그리고 횃불 두 개밝혀놓은 커다란 검은 천막.

"너 간판 읽는 거 좋아하지?" 우르스가 은근한 목소리로 말했다. "자 읽어봐. 저기 뭐라고 써 있는지……."

천막 위로 거창한 간판이 눈에 들어왔다. 까만 바탕에 짙은 글씨로 썼는데 알아보기가 쉽지 않았다.

"당신의…… 무기를…… 고르세요……." 루모가 읽었다. "당신의 무기를 고르세요!"

"그래."

"뭐가 그래?"

"초대장이야. 네 무기를 고르라고."

"무슨 소리야?"

"여긴 볼퍼팅 무기천막이다!" 우르스가 들뜬 목소리로 선언했다. "들어가서 네 무기를 찾아라. 평생 쓸 무기 말이야. 내가 도와줄게. 도시친구로서. 그리고 비용 걱정은 하지 마. 벌써 냈으니까. 새로 온 볼퍼팅어는 모두 처음 맞는 대목장에서 무기를 고르게 돼 있어. 권리와 의무, 알지? 이건 권리 중의 하나야. 오랜 전통이지. 호트 시대 때부터 내려……."

"잠깐!" 루모가 말을 막았다. "그냥 들어가서 무기를 고르라고? 그런 얘기를 왜 이제야 하는 거지?"

"대목장 구경을 망치고 싶지 않아서지. 무기를 먼저 골랐으면 다른데는 더 관심도 안 가졌을 거 아니야. 난 널 잘 알지! 자, 들어가봐!"

우르스가 천막 안으로 떠밀었다.

천막 안은 횃불이 별로 없어 희미했다. 커다랗고 긴 나무탁자가 사방에 있고, 장 여러 개와 거대한 철제 원탁이 한가운데 서 있었다.

루모의 시선이 무기고 이곳저곳을 훑었다. 육중한 전투용 도끼들이 탁자에 놓여 있고, 이중 날 검, 철퇴, 창 가운데에 도끼를 붙인 극(戟) 등등이 있었다. 작은 나무탁자에는 우아한 찌르기용 칼이 길이와 날의 강도에 따라 종류별로 진열돼 있었다. 한 나무탁자에는 적어도 이백 개의 활이 놓여 있었는데 어떤 것은 사람만 했다. 이 밖에 쇠장식을 박아 넣은 곤봉도 있고 투척용 단도는 한 상자나 됐다. 또 창과 플뢰레, 별 모양 표창, 손가락에 끼우는 금속제 격투용 고리, 선원들이 쓰는 위로 휘어진 단도 커틀래스, 큰 낫 등등. 크고 무거운 망치는 사슬로 손목에 감아 쓰게 돼 있었다. 쇠뇌는 활이 하나, 둘, 셋, 심지어 네 개까지 달린 것도 있었다. 갈고리 달린 단도와 플로린트산 유리단도도 있었다.

"골라봐!" 우르스가 못마땅하다는 듯이 말했다. "뭐 해?"

"거 참. 이렇게 많아서야, 뭘 고르라는 거야?"

"배제의 원리를 써봐." 우르스가 권했다.

루모는 탁자들 사이를 거닐었다. 우르스 말이 맞았다. 상당수는 애초부터 얘기가 안 됐다. 예컨대 철퇴는 정말 아니었다. 야만인들한테나 어울릴 물건이었다. 극은 비실용적이고 우스꽝스러웠다. 너무 크고 너무 무겁고 좁은 공간에서는 오히려 방해가 될 것 같았다. 곤봉이나 망치는 큰 덩치에 힘자랑밖에 모르는 예티와 순무머리정령한테나 딱 알맞은 무기였다. 표창과 단도는 별로 반감이 없었지만 역시 부차적인 무기였다. 검이 좋겠는데 무엇으로 한다? 선택은 환도와 검, 도 등과 같은 베고 찌르는 무기로 압축됐다. 그는 활과 쇠뇌가 있는 탁자로 갔다. 화려한 무기였다. 최고급 나무에 활시위가 달렸고, 테는 귀금속으로 장식해 강도를 높였다. 활이든지 쇠뇌든지 사냥할 때 좋고 멀리서 적을 처치할 수 있었다. 그러나 다른 한편으로 보면 단도나 검을 잘만 던져도 같은 효과를 볼 수 있고, 활과 화살은 근접전에는 안 맞았다. 그래서 다시 칼 쪽으로 돌아왔다. 이제 선택이다! 루모는 검과 도를 진열한 탁자로 갔다.

검

거대한 검은 목제탁자에 가로세로로 백여 종이 놓여 있었다. 거대한 전투용 검은 두 손으로 잡고 사방팔방으로 휘두르는 것이었다. 플로린트 무기제조창에서 만든 우아한 칼은 세공이 교묘하고 면도칼처럼 날카로웠다. 수십 개 지역에서 만든 칼도 가지가지였다. 일반 군용 검은 양날을 날카롭게 갈아놓았다. 끝이 뾰족한 칼, 미드가르드 산 기병용 환도, 이중날 칼, 날이 톱니처럼 된 언월도도 있었다. 또 작지만 날 부위를 아주 독특하게 벼린 검도 있었다. 이 검은 가운데가 뱀 혓바닥처럼 세로로 파여 있었다. 루모는 그리로 몸을 숙였다.

"날 가져가!" 검이 가느다란 목소리로 말했다.

루모는 깜짝 놀라 뒤로 움찔했다. 우르스가 귀에 대고 속삭인 건가? 아니다, 그는 십 미터쯤 떨어진 곳에서 역겹다는 듯한 표정으로 철퇴를 들여다보고 있었다.

"날 가져가라니까! 내가 네 무기야." 그 목소리가 다시 말했다.

당황한 루모는 칼을 응시했다.

"다른 쓰레기들은 잊어!" 그 칼이 말했다. "그런 건 그저 그런 잡동사니야. 내가 진짜 물건이지. 히히히!"

"뭐라고?" 루모가 물었다.

"뭐라고라니?"

우르스가 말했다. 그는 잠시 루모 쪽을 건너다보았다. 루모는 말없이 칼만 들여다보고 있었다.

"큰 소리로 대답하지 마. 머리로 대답해. 웃음거리가 되고 싶지 않으면." 검이 말했다. "다른 사람들은 내 말을 못 듣거든."

'이게 어떻게 된 거야?' 하고 루모는 생각했다. '내가 정신이 나갔나?'

"아직 안 나갔어." 그 검이 말했다. "하지만 종종 그렇게 되지. 이 몸이 활약하시는 걸 보면 말이야. 넌 그럴 리 없다고 생각할 거야. 하지만 내가 하는 일은 불가능을 가능하게 만드는 거지."

루모는 눈을 가늘게 뜨고 들여다보았다. 아니다. 검은 움직이지 않았다. 이 목소리는 어디서 나는 걸까?

"이제 감을 잡으시는군! 난 말하는 검이야! 아니, 텔레파시 능력이 있는 검이라고 하는 게 낫겠지. 현대 무기 제조기술의 최고봉이지."

목소리는 밖에서 나는 것이 아니었다. 그것은 루모의 머릿속에 있었다.

"그래, 그래, 뭐 천천히 하자고. 금세 알게 될 테니까. 이성적인 능력을 지닌 무기가 날마다 오는 건 아니니까. 그렇다면 그 자체로 모순이지, 히히히! 아니, 솔직히 말하면 난 완벽함을 벼린 존재야, 신성한 강철이지. 난 오로지 네 손만을 위해 만들어졌어. 다른 사람들이 날 쥐려고 들면 간곡히 말렸지. 그리고 다들 내 말을 들었어. 그 사람들처럼 너도 내 말을 들어."

"널 안 가지면?" 루모가 생각으로 물었다.

"아니, 내 충고를 따라, 이 바보야!"

"바보?"

"내 말은, 에, 네가 날 뿌리치면 바보라는 거야. 날 고르면 잘 사는 거고."

루모는 혼란스러웠다. 망설이면서 우르스 쪽을 쳐다보았다. 그는

심심풀이로 도끼날을 만져보고 있었다. 아무것도 탐탁지 않은 모양
이었다.

"넌 누구냐?" 루모가 물었다.

"난 철광석과 죽음에 대한 열망, 그러니까 네가 아니라 너의 적의
죽음에 대한 열망으로 뭉친 노래지, 히히히! 난 전쟁터에서 네 애인

이야. 시체가 널브러진 전쟁터에서 팡파르를 울리며 소름 끼치는 칼
을 휘두른단 말이야! 난 달아나는 적의 등짝에 대고 외치는 승리의
환호야, 난……."

"너 어디서 왔니?"

"데몬산맥에서."

"여긴 어떻게 왔어?"

"내 얘기 들어볼래?"

루모가 우르스 쪽으로 시선을 던졌다. 그는 쇠뇌를 들고 이리저리
가상의 적을 겨누고 있었다.

"얘기해봐!"

데몬검 이야기

"날 만든 건 광산난쟁이들이야. 데몬산맥에서 나는 철광석으로. 내
안에는 화석화된 데몬의 두뇌와 우주 공간에서 날아온 금속이 합
쳐 있어. 폭발적인 혼합이지. 나의 날은 전투를 열망하고, 나의……."

"네가 말하는 데몬이란 게 뭐냐? 난 데몬은 취미 없어."

"에, 그건 물론 좋은 데몬이야. 최우수 데몬이지. 문제는 이거야.
그때 좋은 데몬과 나쁜 데몬 사이에 데몬협곡에서 다툼이 벌어졌
어. 그 얘긴 물론 들어봤겠지?"

"아니."

"아니라고? 그러면…… 좋아. 아무래도 상관없어. 어쨌든, 에, 그
황금사과가 문제였어. 그걸 갖고 있으면 투명인간이 되는 거야. 그리
고…… 에, 어쨌든, 그 바보 같은 사과 때문에 우리는 머리끄덩이 잡
고 싸우게 된 거야. 말싸움이 이어지다가 어찌어찌해서 결국은 죽기
살기로 치고받는 싸움으로 번졌지. 일이 그렇게 된 거야. 데몬들의

내장이 사방으로 튀었지. 데몬들끼리 벌인 살육전 가운데 가장 극심했어. 그러니까…… 아주 오래전에. 전쟁은 일 년이나 갔어. 봄이 오면 우린 서로 팔을 잘라냈어. 여름이 오면 창으로 서로 찌르고 후볐지. 가을이 오면 화살을 듬뿍 선사했지. 겨울이 오면……."

"그래, 그래." 답답해진 루모가 말했다. "좀 짧게 해줄 수 없니?"

"그래, 좋아. 그러니까 누구도 제대로 이기지 못한 거야. 그래서 결국에는 우린 모두 죽었어, 히히! 그리고 나서 우린 매장됐지, 데몬산맥에. 그들이 우리를 지하 종유석 동굴에 안치시켰어. 상상이 가나? 곳곳에 석순이 달려 있고, 거기서 물이 떨…… 아니 돌고드름이라고 하는가? 뭐 상관없어. 거기서 우린 어쨌든 천 년을 누워 있었어. 우린 돌로 변했고, 떨어지는 물방울이 톡, 톡, 톡, 알겠어? 그러다 갑자기 쾅! 운석이 산맥에 쾅 하고 떨어지면서 박살이 났지. 그래 가지고 차모니아에서 규모가 가장 크고 함량도 풍부한 광산이 생긴 거야."

"운석이 너희들 시체를 으깨버렸다고?"

"그래, 철로 된 거대한 운석이 우주에서 바로 날아온 거야. 돌과 우주의 광석이 섞이는 바람에 안에 있던 최우수 데몬들은 완전히 가루가 된 거지. 내 말 알겠어? 그리고 나서 그 광산노동자들이 왔어. 그들은 우주에서 온 전대미문의 최고급 광석을 뒤졌어. 적어도 차모니아를 통틀어 가장 좋은 광석이었지. 그런데 그들은 거기서 다시 돌가루가 된 데몬들의 시체를 찾아냈어. 그리고 미신을 믿었기 때문에 데몬의 영혼을 달래고자 시체 하나마다 검을 만들어주었지. 그들은 화석화된 데몬의 두뇌를 꺼내서 가루로 빻아 액체 운철(隕鐵)에 뿌렸어. 이렇게 해서 전설적인 데몬검이 생겨난 거야. 우리가 어떻게 해서 사고 능력을 갖게 됐는지는 몰라. 아마 우주에서 온 그 성분과 관계가 있을 거야. 섬뜩하지, 안 그래? 후후후…… 나는 데몬검이다!"

누군가의 손이 어깨를 꾹 눌렀다. 루모는 비명을 지르며 움찔했다.

"나, 이 친구." 우르스였다. "그 물건에 넋이 나갔군! 뭘 그렇게 하염없이 들여다보고 있어?"

"이걸 골랐어." 루모가 말했다. "이게 내 무기야."

무기천막을 나선 이후 우르스와 루모는 한동안 몰려드는 군중에 떠밀려 다녔다.

"하필 왜 이 짜리몽땅을 골랐어?" 우르스가 물었다. "플로린트 고급 강철로 만든 백 겹짜리 검도 있는데."

루모는 비밀을 알리고 싶지 않았다.

"다음엔 뭘 하지?" 그는 화제를 돌릴 양으로 이렇게 물었다.

우르스는 그 자리에 서서 잠시 생각했다.

"거품맥주 한 잔 하자. 아니 두 잔. 오늘처럼 멋진 날에 어울리는 마무리지. 어때?"

루모가 고개를 끄덕였다. 마시자, 그거 괜찮겠다. 아닌 게 아니라 목이 말랐다.

악몽에서 깨어나다

꿈속에서는 대목장의 시끄러운 음악이 아직도 이어지고 있었다. 죽마 타고 가는 자들과 여우머리, 소름마녀, 난쟁이들이 빙글빙글 돌아가는 기괴한 광경이 보였다. 랄라도 보였다. 롤프와 손을 잡고 그에게 입을 맞추고 있었다. 여우머리들은 루모를 꽉 잡고 고통 없는 흉터를 온몸에 새겼다. 그런데 우르스가 비틀비틀 고꾸라질 듯하더니 쥐오줌보 봉지를 내밀며 위협했다. 이어서 이빨 사이에 서식하는 작은 동물들이 머릿속으로 이동하는 꿈을 꾸었다. 놈들은 거기다

도시를 건설했다. 눈 바로 뒤쪽 두 귀 사이에 있는 곳이었다. 그들은 망치질을 하고 톱질을 하더니 돌을 던지면서 커다란 단조용 망치로 그의 두개골을 두드리기 시작했다. 그들은 운철로 데몬종을 만들어 외이도(外耳道)에 매달아놓았다. 그런 다음 종을 치기 시작했다.

루모는 깼다. 정오를 알리는 볼퍼팅 시청의 종소리에 깬 것이다. 열린 창문으로 햇살이 가차 없이 쏟아져 들어왔다. 머릿속은 벌꿀계곡 양봉업자들이 쓴 바구니 모자처럼 붕붕거렸다. 그는 신음을 하며 일어났다.

완전히 패대기쳐진 것 같은 상태여서 정신이 온전치 못했다. 롤프와 싸우고 나서 그랬던 것처럼. 혀를 뽑아서 밤새 잿더미에 담가둔 느낌이었다. 이빨과 구강에는 미세한 털가죽이 덮인 기분이었다. 두개골 아래서는 고통스럽게 맥박이 뛰고, 귓속에서는 파도가 부딪히는 것처럼 쏴아쏴아 하는 소리가 울렸다. 진짜 병에 걸린 건가?

루모는 비틀거리며 창문 쪽으로 갔다. 저 아래 거리에서는 젊은 볼퍼팅어들이 시끄럽게 떠들고 있었다. 좀 조용히 얘기하면 안 되나? 그는 물주전자를 들어 단숨에 비웠다.

루모는 생각해내려고 애썼다. 대목장……. 물론 랄라도 생각했다. 우르스와 쥐오줌보, 롤프. 아아! 왼쪽 귀에 찌르는 듯한 통증이 느껴졌다. 롤프와 랄라는 손을 잡고 있었다. 그건 악몽이 아니었다. 또 뭐였지? 소름마녀였지. 아아, 포가레. 그건 생각이 났다. 그러자 기분이 아주 안 좋아졌다. 유령열차. 또 뭐더라? 또 뭐였지?

"안녕!" 그때 유쾌한 목소리가 머릿속에서 소리쳤다. "잘 잤어? 그렇겠지. 코까지 골았으니까."

그제서야 루모는 검이 탁자 위에 놓인 것을 보았다.

당신의 무기를 고르세요!

맞아, 무기천막이다. 정말 이 엽기적인 단도를 골랐단 말인가? 이번에는 찌르는 듯한 통증이 다른 쪽 귀에 왔다.

"정말 병에 걸렸나 보다." 루모가 혼잣말을 했다. "머리가 아파. 통증이야. 이상한 목소리가 들려."

그는 침대에 가서 앉아 귀를 만졌다.

"벌써 다 잊었니?" 머릿속에서 뭔가가 노래하듯이 말했다. "거품맥주를 너무 많이 마셨나? 나야. 네 무기!"

거품맥주라. 그래, 마지막으로 생각나는 건 그거야. 거품맥주 노점이었지. 빈속에 너무 많이 들이부었어. 평생 처음으로 알코올에 취한 것이다. 그렇다, 야생 볼퍼팅어처럼 네 발로 기어 다닌 기억도 났다. 창피했다.

"고통 없는 흉터 천막은? 하나도 생각이 안 나?"

내 목소리였나? 머릿속에서 나는 목소리가 자꾸 뭔가를 기억하게 만드는 건가? 고통 없는 흉터라니?

"왼쪽 팔 위에 있는 털을 헤쳐봐. 거기 뭐라고 쓰여 있는지. 히히히!"

저도 모르는 사이에 루모는 시키는 대로 했다. 털을 헤쳤다. 그러고는 깜짝 놀랐다. 뭔가가 새겨져 있었다. 고통 없는 흉터였다. 붉은색으로. 하트와 함께.

랄라

노크 소리가 났다. 우르스는 대답을 기다리지도 않고 들어왔다. 꼴이 말이 아니었고, 손에는 커피 주전자를 들고 있었다.

둘은 한동안 아무 말 없이 앉아 있다가 커피를 마셨다.

"어제 정말 바보 같은 짓을 한 것 같아."

우르스가 중얼거렸다. 그러면서 위팔의 털을 헤쳤다. 우르스도 고통 없는 흉터를 또 한 것이다. 이렇게 새겨져 있었다.

쥐오줌보

루모는 웃음이 나왔다.

"웃을 일이 아니야. 평생 이러고 다녀야 된단 말이야."

루모가 자기 팔을 우르스에게 내밀었다.

"그건 약과야. 이걸 봐!"

그는 자기 문신을 보여주었다. 이번에는 우르스가 웃었다.

"이걸 어쩌지?" 루모가 앓는 소리를 했다.

"음, 랄라한테 청혼해."

"그만해! 랄라는 롤프랑 사귄단 말이야. 이제 랄라를 잊을까 했는데. 그런데 이렇게 됐으니! 평생 랄라를 잊지 못할 거 아냐!"

"랄라가 누구랑 사귄다고?"

"롤프랑." 으르렁거리는 목소리였다. "둘이 손잡았어."

"왜 잡으면 안 되냐? 걔네는 오누이야."

"뭐라고?"

"나 참, 형제라고. 게다가 쌍둥이야. 한 배에서 같이 나왔다고. 볼퍼팅어로서는 아주 드문 경우지. 둘이 성이 같다는 거 몰라? 숲의 롤프, 숲의 랄라잖아?"

"쌍둥이?"

"그래, 생명의 기적이지. 그것도 이중으로 말이야. 전혀 닮지는 않았지만 쌍둥이도 그런 경우가 있어."

루모는 가슴이 쿵쾅쿵쾅 뛰었다. 랄라와 롤프가 오누이라니! 이번에도 웃지 않을 수 없었다. 두통이 점차 사라졌다.

"어허, 너 오늘 아침 기분 좋은가 보구나. 벌써 두 번이나 웃었어. 다른 때 같으면 한 달에 한 번 웃을까 말까한데."

루모는 우르스를 끌어안고 꽉 잡아당겼다. 우르스에게 이토록 강렬한 감정 표시를 한 적은 없었다.

사자이빨

루모는 기분이 최고였다. 롤프와 랄라가 오누이라니, 정말 다행이다! 두통도 싹 가셨다. 머릿속의 이상한 목소리도 없어졌다. 들뜬 기분도 서서히 누그러졌다. 그는 볼퍼팅 곳곳을 누비며 남들한테 새 무기를 과시했다. 혁대에 검을 찼다. 몸체 가운데 홈이 있어서 칼집은 필요 없었다. 그래서 누구나 볼 수 있었다. 루모의 첫 무기였다. 그는 가죽옷 가게 앞에 서서 문 옆 큰 거울에 비친 자신과 검을 이리저리 살펴보았다.

"근사하지, 어때?"

루모는 깜짝 놀랐다.

"아하, 차츰 익숙해질 거야. 이제 내 말 들어봐."

불현듯 기억이 되살아났다. 말하는 검, 매장된 데몬들, 운석…….
꿈이 아니었구나!

"그래, 정말 이상한 이야기지. 물론 네 정신이 이상해졌다고 생각할 수도 있어. 하지만 두뇌에 대사이상이 온 건 아니니까 걱정 마. 그랬다면 하루 종일 짖어대거나 뒤에 대고 떠들거나 뭐 그랬을 거야.

헤헤헤!"

정말 끔찍했다. 앞으로 계속 검의 목소리를 머릿속에서 들어야 한다니.

"그런 생각 할 필요 없어! 넌 네 무기를 고른 거야! 신성한 행동이지! 육신과 강철의 결혼이야. 그건 영원하다고. 너와 나, 우리 둘! 말해봐, 너 이름 뭐냐? 난 사자이빨이야."

"사자이빨?" 루모가 물었다. "꽃이름이랑 같아?"

"사자의 이빨을 말한 건데. 날카롭고 위험한 것 말이야. 에…… 내 이름과 똑같은 꽃이 있다는 거야?"

"그래."

"위험한 꽃이니?"

"아니. 그걸로 샐러드를 만들어 먹기도 하는 것 같던데."

"별 볼 일 없는 거네." 사자이빨은 한동안 말이 없었다. "집에서 뭐라고 불러?"

"내 이름은 루모야."

"카드놀이 이름이랑 같아?"

"응."

"히히히!"

루모는 거울에 비친 자신의 모습을 계속 응시했다. 어쨌거나 검도 잘 어울렸다. 말이 좀 많아서 그렇지.

"안녕 루모!"

"안녕 사자이빨!"

루모와 사자이빨은 함께 거리를 내려갔다. 학교에서 보던 볼퍼팅어 여자애들 셋이 루모 쪽으로 다가왔다. 루모는 어색하게 인사했다.

여자애들은 눈짓을 하더니 깔깔거렸다.

"야, 쟤들 놀라는 거 봤지?" 사자이빨이 말했다. "루모와 새 단검이라."

"단검? 난 검이라고 생각했는데?"

"단검이나 검이나, 왔다 갔다 하는 거지 뭐……."

"잠깐!" 루모가 멈춰 섰다. "어젠 커다란 데몬검이라고 했잖아."

"내가 데몬검이라고 그랬다고? 아니, 어쨌든 난 단검이라고 그랬어. 후우! 난 커다란 데몬단검이야!"

루모가 걸음을 옮기면서 말했다.

"그게 그거가 아니지."

"어제 일은, 그거야 흥정으로 하는 얘기였지, 이 바보야! 내가 거기 얼마나 오래 누워 있었는지 알아? 어제로 스물다섯 번째 맞는 대목장이었어. 내 말은 난 단검이란 말이야! 어떤 바보가 도끼나 검을 가질 수 있는데 단검을 택하겠어? 이 몸이 머리를 좀 쓰셨지."

루모는 다시 멈춰 섰다.

"날 속였다는 얘기야?"

"뭐? 아니! 참, 설득을 했다 이런 말이야. 그래서 너도 결국은 올바른 결정을 한 거고. 네가 한 선택을 보면 남들도 내가 잘했다는 걸 알 수 있을 거야. 안 그래?"

루모는 사자이빨의 논리를 수긍할 수 없었다.

"넌 검이라 그랬어. 그런데 갑자기 단검이 된 거야."

"내 말은, 단검과 검의 차이가 뭐냔 말이야? 큰 단검과 작은 검은 뭐가 다르지? 어디까지가 단검이고, 어디서부터 검이야? 그걸 누가 알겠냐고? 난 감히 말 못 하겠다."

"널 강물에 던져버릴 수도 있어. 자꾸 속이려 들면."

"어허! 함부로 굴지 마!" 단검의 목소리가 한껏 낮아졌다. "이건 중요한 순간이야. 이 순간을 모독하지 말라고! 너와 난, 전투를 위해 결혼한 거야! 볼퍼팅어의 팔이 생각하는 강철로 말미암아 늘어났으니, 이보다 더 위험한 무기가 어디 있겠어?"

루모는 골똘히 생각했다.

"아, 그러니까 생각해보라고. 네가 전투 중에 눈이 멀었다 치자. 그럴 수 있잖아! 나하고라면 계속 싸울 수 있어. 네가 눈을 감고도 말이야."

"네가 볼 수 있다고?"

"사방을 보지. 다만 어떻게 그럴 수 있는지는 묻지 마."

"나도 눈 없이 볼 수 있어. 코로, 귀로."

"정말이냐?"

"사방을 보지. 다만 어떻게 그럴 수 있는지는 묻지 마."

"아하, 흠. 좋아. 다른 얘기를 하지. 난 너의 생각은 물론이고 너의 적의 생각도 읽을 수 있어. 놈의 모든 작전을 미리 알지."

"그래?"

"그래…… 그래…… 그래……." 검의 목소리가 최면에 걸린 듯 그의 머릿속에서 중얼거렸다.

"가만있어봐." 루모가 소리쳤다. "이거 또 속임수지."

"잠깐! 증거를 보여주겠다!"

"어떻게?" 루모가 물었다.

"어떻게? 그래, 어떻게라……. 가만, 좋아. 이 도시에서 손볼 사람 있지?"

"물론. 있지."

"그자가 검을 쓰냐 아니면 다른 걸 쓰냐?"

"하나만 쓰는 게 아니야. 그는 이 도시 최고의 검객이야."

"그렇다면 더더욱 좋지. 들어봐. 그 친구한테 같이 본때를 보여주면 우리가 평생 동지라는 걸 믿겠냐?"

"그렇겠지."

"그럼, 그자한테 가자."

검술의 대가

우샨 데루카는 기분이 아주 좋았다. 막 일어났는데, 열두 시간이나 자고 나니 컨디션이 아주 좋아져서 커피 한 주전자를 마시고 아침으로 계란 프라이 열두 개를 먹었다.

'살아 있다는 것만으로도 이렇게 좋은걸!' 그는 생각했다. '냉수로 샤워를 하고 도장 바닥에 새로 타르 칠을 해야겠다.'

지금은 우샨의 평소 기분과 전혀 달랐다. 그는 최고의 검객으로서뿐 아니라 감정의 기복이 극심하기로 유명했다. 이런 기분은 건강이 좋기 때문이 아니었다. 날씨 때문이었다. 우샨 데루카는 날씨에 극도로 민감했다.

"오늘 날씨가 어떨 것 같나, 우샨?"

사람들은 그가 볼퍼팅을 거닐 때면 늘 이렇게 묻곤 했다. 그러면 우샨은 손으로 눈을 가린 뒤 코로 공기 냄새를 맡고는 이런 식으로 말했다.

"차모니아 해양에 저기압이 있군. 그게 동쪽으로 이동해서 차모니아 상공에 있는 고기압 쪽으로 가고 있어. 아직 고기압을 북쪽으로 비껴갈 것 같지는 않네. 등온선과 등하온선은 정상이고. 기온은 연평균으로 보나, 최고·최저인 달로 보나, 간헐적인 이상기온으로 보나 정상이야. 수증기 증발 활동은 최고조고. 그런데 습도는 낮아. 다른 말로 하면 좋은 날씨가 될 거라는 거야.”

그러면 그 예보의 정확성에 대해서는 안심하고 전 재산을 걸어도 좋았다.

날씨가 조금만 변해도 우샨은 극도로 불쾌해졌다. 전류가 대뇌피질을 스쳐 지나고, 고막을 벌겋게 달군 바늘로 찌르고, 끓는 물을 눈에 쏟아붓는 기분이었다. 눈 아래 납 쪼가리를 넣어둔 듯한 짙은 보라색 눈물주머니는 퉁퉁 부어올랐고, 이마에는 수많은 겹주름이 물결쳤다. 심한 저기압일 때 우샨은 너무도 우울한 나머지 얼굴이 극도로 찌푸려졌다. 그걸 보면 덩달아 울고 싶어지고, 심지어 그가 키우는 고양이도 질려서 달아날 지경이었다.

그런 순간 그에게 삶은 고문일 따름이었고, 그래서 진짜로 죽어버리고 싶었다. 첫 번째 아내가 떠난 것도 그런 감정의 기복을 견딜 수 없었기 때문이었다.

“그럴 때면 남편은 온종일 맨 위층 창문턱에 앉아서 유골단지를 앞에 놓고 뭐라고 뭐라고 얘기를 해요. 죽으면 뼈를 그 단지에 묻어 달라고 했어요.”

우를라 데루카는 플로린트에서 태어난 여성인데, 이혼 신청을 하면서 시장 앞에서 이렇게 증언한 바 있다.

“그럼 전 완전히 미쳐요. 남편이 어느 순간 창문 밖으로 뛰어내릴지 모른다는 생각이 들어서지요. 그리고 그 끔찍한 얼굴이라니! 남편은 산뜻해요, 해가 나면. 하지만 이제 더는 견딜 수 없어요. 제 말씀은, 봄에 그이를 만났는데 가을이 오고 나서는⋯⋯.”

이날 우샨의 기분은 나무랄 데 없었다. 안정된 고기압이 차모니아 상공에 자리하고 있었고, 해는 빛났고, 바람도 거의 불지 않았다. 그는 저 높이 검술 학교 위로 솟은 첨탑 안에 앉아서 차모니아 검술가

협회에서 나온 최신 회보를 넘기고 있었다. 초인종 소리에 그는 깜짝 놀랐다. 누가 오리라고는 예상하지 못했기 때문이다. 학교는 오늘 쉰다. 대목장이니까. 그는 창문을 열고 아래를 내려다보았다. 아래에는 루모가 서 있었다. 차모니아의 루모.

"안녕 루모 군!" 우샨이 큰 소리로 말했다. "웬일이니! 무슨 일 있어?"

"결투를 청하러 왔습니다."

"뭐라고?"

"결투를……. 제 말 아시겠지요!"

"말해봐, 루모 군, 자네 제정신인가? 그걸 장난이라고 하는 거야! 그러면 네 친구들은 모퉁이에 숨어서 낄낄거리고 있는 거냐?"

"결투를 청하러 왔습니다." 루모가 진지하게 되풀이했다.

첨탑에서는 전경이 내려다보였다. 루모 말고는 아무도 없었다.

"집에 가라, 학생. 수업시간에 보자."

그는 창문을 닫았다. 대목장 시즌이면 학생들은 도를 넘는 짓을 하는 법이다. 그는 고개를 절레절레 흔들며 다시 탁자에 가 앉았다.

다시 초인종이 울렸다.

우샨이 창문을 확 열어젖혔다.

"뭐야? 자네."

"결투를 청하러 왔습니다."

"난 학생하고는 결투하지 않는다. 꺼져!"

"그럼 당신은 겁쟁이입니다."

"그래, 난 겁쟁이다. 꺼져라, 꼬마야!"

우샨은 진짜 기분이 아주 좋은 상태였다. 보통 때 같으면 벌써 오래전에 아래로 달려가 이 장난꾸러기의 엉덩이를 칼등으로 마구 때

려주었을 것이다. 그는 다시 창문을 닫았다

'싫다네' 하고 루모는 생각했다. '이제 어쩐다?'

"저 사람 약점이 뭐야?" 사자이빨이 물었다.

"약점이라니? 약점이 있을 것 같지 않은데."

"누구나 약점은 있어."

"그는 절대 없어. 저 사람은 우샨 데루카야. 최고의 검객이······."

"이름이 우샨 데루카라고? 소주병 이름 같군! 아니면 날계란 넣은 도라지 위스키거나. 이유가 있을 거야."

루모는 감을 잡을 수 없었다.

"자, 집중. 그자한테 이러저러······한 걸 물어봐."

루모는 세 번째로 벨을 울렸다. 창문이 쾅 하고 열렸다.

"그래, 그래 가지고야 아무것도 못하지. 제가 너무 일찍 왔나요? 아직 정신이 너무 말짱해서 싸울 수가 없으신 거죠?" 이번에는 루모가 소리쳤다.

우샨은 멈칫했다.

"그게 무슨 소리냐?"

"아무것도 아니에요. 술을 덜 마셔서 싸울 기운이 안 나신 모양이지요. 방해해드려서 죄송합니다."

루모가 돌아서려는 순간이었다.

"거기 서!"

우샨이 벌떡 일어났다. 그의 목소리는 날카롭고 위엄이 서려 있었다. 그는 루모에게 열쇠를 던져주었다.

"검술정원에서 만나자."

우샨 데루카의 검술정원에서

검술에 미친 자들만을 위한 세상이 있다면 아마도 우샨 데루카의 검술정원과 같은 모습일 것이다. 이 정원은 일곱 개의 규칙에 입각해 조성했다. 그는 십 년 동안 이 일에 매달렸다. 혼자 설계하고 건설 과정에도 직접 참여했다. 대략 이 년 전 도장이 거의 완성됐고 이제는 정원사 몇 사람과 현 상태를 보전하는 데 신경을 쓰고 있었다.

루모는 검술사범을 기다리는 동안 도장 안을 이리저리 거닐었는데 요모조모 다채롭게 꾸며놓은 것이 놀라웠다. 우샨 데루카의 이상적인 검술정원 조성을 위한 일곱 가지 규칙은 그의 저서 『검술에 관하여』를 읽어서 알고 있었다.

우샨 데루카의 이상적 검술정원 건립 규칙 1
검객은 움직임을 기꺼워한다

이는 당연한 말처럼 들리지만 실제로 검술정원의 기초였다. 검객은 움직임을 기꺼워한다. 그것도 가능한 한 다양한 방식으로 움직인다. 그래서 우샨은 예를 들어 불완전한 벽을 설치해놓았다. 고대의 폐허처럼 정원 한가운데를 가로지르는 것으로 시간이 흐르면서 그림에서 보는 것처럼 고색창연해졌다. 이 작은 벽 위에 풀쩍 뛰어오를 수가 있다. 너비는 아주 좁아서 그 위에서 균형을 잘 잡아야 했고, 길이도 한동안 싸울 정도는 됐다.

데루카는 다양한 크기의 나무도 정원에 쓰러뜨려놓았는데 그 위로 잡초가 우거졌다. 그는 오른트 라 오크로에게 주문을 해서 육중한 탁자를 배치했다. 검객들은 어떤 이유에서인지는 몰라도 싸우다가 탁자 위로 뛰어올라가는 것을 좋아한다. 우샨은 바닥에 구멍을 파기도 하고 웅덩이를 만들어놓기도 했다. 심지어 땅속에 터널까지 파놓았다. 나무 비계는 높이 타고 올라가서 밧줄을 잡고 뛰어내릴 수 있게 했다.

우샨 데루카의 이상적 검술정원 건립 규칙 2
검객은 허영심이 강하다

그래서 이 정원에는 큰 거울을 많이 설치했다. 그 앞에서 우샨과 학생들은 거울을 보며 연습을 할 수 있었다. 수많은 촛불은 야간 결투시 그럴듯한 분위기를 연출했다. 옷걸이에는 예복이 마련돼 있었다. 검객이 싸울 때 망토가 휘날리는 모습은 참으로 멋져 보였다. 망토가 붉은 벨벳일 때 특히 그랬다. 허영심이 강한 자 중에서도 가장 허영심이 강한 자들을 위해서는 금박 입힌 칼과 플뢰레를 비치해놓았다.

우샨 데루카의 이상적 검술정원 건립 규칙 3
검객은 위험을 즐긴다

위험도를 높이고자 우샨은 눈에 보이지 않는 함정을 수없이 심어놓았다. 발을 거는 올가미며 비틀거리게 만드는 구멍뿐 아니라, 나무 사이에는 철사를 매놓고 나뭇가지가 갑자기 검객의 얼굴을 들이치도록 만들었는가 하면, 느닷없이 발아래가 푹 꺼지는 함정도 있었다. 우샨 데루카는 매일 이런 술책을 고안해서 솜씨 좋은 정원사에게 새 장애물을 설치하도록 했다. 어디에 설치했고 어떻게 작동하는지는 그 자신도 몰랐다.

우샨 데루카의 이상적 검술정원 건립 규칙 4
검객은 영락없는 낭만주의자다

당연히 핏빛 장미를 두른 산울타리가 있어야 했다. 그래야 춤을 추듯이 달려가면서 우듬지 부분을 쳐낼 수 있다. 연못에는 검은 백조가 놀고 그 위로 붉은 니스를 칠한 다리가 있어서 청명한 가을날 결투할 때면 춤추듯이 다리를 건너는 장면을 연출할 수 있었다. 초원에는 양들이 싱싱한 풀을 뜯으며 뛰놀았다. 그 평화로운 모습은 결투 장면과 분명한 대조를 이뤘다.

그리고 당연히 연못에는 우수에 젖은 눈빛의 살진 늙은 농어가 있어야 했다. 우샨은 저기압일 때는 그 녀석과 삶의 무의미함에 대해 말없는 대화를 나누곤 했다.

우샨 데루카의 이상적 검술정원 건립 규칙 5
계단은 필수다

검객들은 계단 위에서 싸우는 걸 제일 좋아한다. 허공에서 끝나는 철제 나선형 층층대가 있었고 지붕처럼 한쪽은 위로, 한쪽은 아래로 이어지는, 층계가 다 썩다시피 된 나무계단이 있었다. 돌계단은 지하터널로 이어졌고, 집 밖으로 나가는 대리석 계단은 마지막 층계에서 그냥 아래로 뚝 떨어지게 해놓았다. 그러나 가장 멋진 계단은 검은색 고급 목재로 만든 것으로, 거대한 참나무 우듬지로 이어져 마디진 가지에서 싸움을 이어갈 수 있었다.

우샨 데루카의 이상적 검술정원 건립 규칙 6

검객은 장소를 불문한다

검객은 실내든 실외든, 밝은 곳이든 어두운 곳이든, 눈이 올 때나 비가 올 때나 싸운다. 검객은 어떤 조건에서도 싸워야 하기 때문에 우샨은 그런 관점에서 정원을 완벽하게 가꾸려고 심혈을 기울였다. 정원 한가운데에는 작은 집이 있었다. 집이라기보다는 모조 가옥으로 문 하나만 있고 창문은 없었다. 그 안에는 교묘하게 만든 작은 미로가 있었다. 계단은 허공으로 이어지고, 복도는 막다른 길로 막혔다. 협소한 공간에서, 빛이 별로 없거나 아주 없는 조건에서 싸우는 훈련을 하는 곳이었다.

집 뒤에는 반짝이는 금속으로 된 선로가 있었는데 연성비누로 문질러서 얼음 위에서 싸울 때와 똑같은 조건을 마련해놓았다.

천둥소리가 나는 양철판 위에서 하는 싸움도 있었다. 나무 기둥 네 개 사이에 거대한 양철판을 걸어놓고 걸으면 귀가 멍해진다. 우샨은 청각적 혼란도 싸움의 과정에 영향을 미친다는 것을 알고 있었다.

또 뭐가 있더라? 나무 인형은 흔히 보는 것으로 검이나 환도로 가격하는 훈련용이었다. 그중 몇 개에는 교묘한 기계장치를 설치해 반격을 가할 수 있도록 만들어놓았다.

그리고 끝으로 온갖 무기를 비치해둔 것은 물론이다. 찌르는 칼과 환도, 플뢰레, 검, 여러 종류의 봉을 바닥이나 나무에 꽂아두거나 나뭇가지 사이에 걸어놓았다. 풀 속에 숨겨두기도 하고 작은 탁자에 깔끔하게 정렬해놓기도 했다. 우샨 데루카의 정원은 검술에 미친 사람들의 낙원이었다.

우샨 데루카의 이상적 검술정원 건립 규칙 7
우샨 데루카의 이상적인 검술정원은 없다

우샨은 위험한 장치를 몇 개 더 설치하고 싶었다. 그러나 이 정원은 학생들이 훈련을 하는 곳이어서 한계가 있었다. 그는 함정에 창을 꽂아두거나, 잘못 쓸려 들어가면 잡아먹히도록 연못에 식인물고기를 풀어놓거나, 가시덤불에 독을 발라두거나, 독사가 우글거리는 둥지를 만들어볼까도 생각했다. 그러나 유감스럽게도 그런 생각은 정규 학교 수업에는 어울리지 않았다. 그래서 우샨은 그런 계획은 은퇴 후로 미뤄놓고 있었다.

결투

루모는 정원의 정교함에 감탄했다. 그는 이 검술의 낙원에서 그야말로 마음껏 힘을 써보고 싶었다. 그러나 선생의 영역을 찾아가 도전하는 것이 정말 괜찮은 생각인가 하는 의문도 생겼다.

"이런." 사자이빨이 루모의 머릿속에서 지껄였다. "또 그런 비관적인 생각을 하네. 그런 자세는 잘못된 거야. 어떻게 이길 수 있을까를 생각해야지. 어떻게 목을 따서 창에 꿰어 노래 부르며 시내를 돌아다닐까를 생각하란 말이야. 어떻게 하면 심장을 도려내서……."

"잠깐! 그런 승리를 말하는 게 아니야!" 루모가 가로막았다.

"아니라고?"

"아니야. 그가 나한테 한 짓만 갚아주면 돼. 그 이상은 아니야. 그리고 뭐 좀 비웃어줘야겠지."

"아하, 그래. 유감이군. 어쨌든 상관없어. 어떻게 비웃어주실 건데?"

루모는 움찔했다. 그런 생각은 아직 깊이 해보지 않았던 것이다.

그는 지금까지 누구도 비웃어본 적이 없었다.

"이러면 어때? 우리가 계약을 써서 무력화시키고 나면 놈은 네 앞에 엎드려 방향을 잃고 먼지 속을 이리저리 헤매며 기게 되겠지. 그러면 '자, 똑같이 당해보시니까 어떠신가요, 검술의 대가님? 아니, 예전의 검술의 대가님이라고 해야겠네. 이 도시의 검술 대가는 이제 나니까 말입니다' 하고 쏘아주는 거야."

"그거 좋다!" 루모가 말했다. 그는 이 말을 잘 기억해두었다.

"아니면 이러는 거야. '헤헤, 우샨, 이 늙은 술고래야. 보아하니 당신의 시대는 가버린······.'"

"루모!"

우샨 데루카의 목소리가 채찍질 소리처럼 정원을 울리자 루모는 움찔했다.

뒤를 돌아보니 선생이 단호한 발걸음에 성난 표정으로 급히 다가오고 있었다. 그는 코앞에 멈춰 서더니 루모의 눈을 뚫어지게 들여다보았다.

"나랑 싸워보겠다고? 그래, 왔다. 매를 벌어보시겠다 이거지. 자 마음대로 해봐. 무기를 골라!"

"있어요." 루모가 대꾸하며 사자이빨을 쳐들었다.

"치즈 써는 칼로 싸우는 걸 좋아하는 모양이구나?"

"어쭈구리!" 사자이빨이 화가 나 소리쳤다.

"너 오늘 일진이 참 안 좋구나. 어디 아프지 않은 건 확실하냐? 시장에서 뭘 잘못 먹은 거 아니야? 무책임한 자들이 신경을 마비시키는 마약을 애들한테 판다는 소리가 들리던데."

"전 괜찮아요. 싸울 거예요." 루모는 목표를 이루고야 말겠다는 단호한 자세를 보였다.

"그래, 좋아." 사자이빨이 속삭였다. "약한 모습을 보이면 안 돼."

"정 원한다면."

우샨은 이렇게 말하면서 옆쪽 바닥에 무더기로 꽂아둔 찌르는 칼 중에서 하나를 뽑아 들었다.

"난 이걸 쓰겠다. 네가 상관없다면. 여기 무기 중에서 쓸 만한 게 없는 건 확실하냐? 이건 차모니아에서 가장 좋은 칼들이야."

"확실해요." 루모가 말했다.

우샨 데루카는 힘차게 앞으로 걸어 나갔다.

"대개 이렇게 정원 한가운데서 시작한다. 그리고 결투가 어떻게 풀려나가는지를 보는 거지. 검술은 엄밀한 과학이 아니야. 우연이 이끄는 대로 가는 거지. 멀리야 못 가겠지만."

그는 쓰러진 나무들 가운데 섰다. 직경이 일 미터는 됨직한 나무 십여 그루가 이끼와 잡초와 담쟁이덩굴에 싸여 있었다.

"내가 만든 나무들의 묘지다." 우샨이 말했다. "조심해라. 뛰어넘을 때 꽤 미끄럽거든."

상황이 심각한데도 그는 선생으로서의 배려를 거두지 않았다. 그는 돌아서더니 검을 얼굴 앞으로 치켜들고 날에 입을 맞췄다.

루모도 무기를 얼굴 앞에 치켜들었다. 그러나 사자이빨에게 입을 맞추기는 참 난감했다.

"간다!" 우샨이 말했다.

"간다!" 루모가 똑같이 외쳤다.

"간다!" 사자이빨이 소곤거렸다.

두 검객은 팔을 확 젖혔다가 칼날을 쩽 하며 부딪쳤다. 불꽃이 튀기고, 사자이빨의 갈라진 날은 소리굽쇠처럼 부르르 떨었다. 둘 다 한동안 칼을 엇갈린 상태로 있었다.

"사자이빨아?" 루모가 생각했다. "이제 어쩌지?"

대답이 없다.

"사자이빨? 어쩌려는 거야? 우샨의 생각을 읽고 있는 거니?"

대답이 없다.

"사자이빨?"

우샨이 칼끝으로 루모의 검을 톡톡 쳤다.

"바로 공격을 안 하겠다? 지난번 이후 뭔가 배운 모양이구나. 아주 좋아."

루모가 공격을 하지 않은 것은 온몸이 마비된 것 같기 때문이었다. 사자이빨은 어떻게 된 건가? 왜 대답이 없나? 그가 이 빠진 단검을 들고 차모니아에서 가장 위대한 검객에게 대든 것은 사자이빨이 적의 움직임을 낱낱이 예견할 수 있다고 해서였다. 그런데 그 사자이빨이 없어져버린 것이다.

"사자이빨?"

대답이 없다.

"자, 이러다간 하루 종일 서 있겠다." 우샨이 말했다. "그래 봐야 소용없어. 내가 시작하마."

그는 루모에게 이중 공격을 퍼부었다. 그의 기술 중에서 그다지 힘들이지 않고 초보자를 압도할 수 있는 전형적인 공격법이었다. 우샨은 팔을 쭉 뻗은 상태에서 아주 가볍게 손목으로 칼을 이리저리 놀렸다. 타격이 좌우에서 너무도 빨리 날아드는 바람에 칼을 두 개 쓰는 것 같았다. 그러면서 그는 단숨에 앞으로 다가왔다. 루모는 뒤로 물러서면서 똑같은 속도로 공격을 받아냈다. 그는 이중 공격과 그에 대한 방어법을 알고 있었다. 우르스가 처음에 가르쳐준 것 가운데 하나였다.

"사자이빨!" 그는 생각했다. "이제 나와! 저자의 다음 작전은 뭐야?"

사자이빨은 아무 말이 없었다.

우샨은 루모의 노련한 대응에 흠칫하며 곧바로 전술을 바꿨다. 단번에 나무줄기 위로 뛰어올라 그 위에서 루모를 향해 질풍 같은 가격을 퍼부었다.

그러나 이 공격에 대해서도 우르스는 간단한 답을 알고 있었다. 루모는 무릎을 꿇고 우샨의 사정거리에서 벗어나면서 큰 낫을 찍듯이 그의 무릎을 향해 칼을 찍어댔다. 우샨은 바삐 춤추는 듯한 스텝으로 피하지 않을 수 없었다. 우샨은 나무줄기에서 뒤로 공중제비를 돌아 착지한 뒤 다시 루모와 같은 높이에서 겨뤘다.

"어디서 몰래 연습을 했구나?" 데루카가 숨을 몰아쉬며 말했다. "자세는 나쁘지만 효과가 있어. 그런 식으로 한 자가 있었는데……."

루모는 이제 머리가 뒤죽박죽되어 자신이 못하고 있지 않다는 것도 느끼지 못했다.

"사자이빨아?" 그는 절망적인 상태에서 머리로 불러보았다. "어디 있니?"

대답이 없다.

"좋아, 이제 초보자용 기술은 잊자." 우샨이 단호히 말했다. "제대로 해보는 거야. 마음에 들지 모르겠다."

광란의 토네이도

우샨의 다음 초식은 광란의 토네이도가 될 것이었다. 공격자는 제자리에서 아주 빠르게 회전한다. 왼쪽과 오른쪽으로 번갈아 도는데 그러면서 최대한 많이 가격하는 것이다. 이건 초보자용이 아니라 많은 훈련을 요하는 복잡한 기술이었다. 상대가 얼이 빠지게 되는 이유는 끊임없이 다른 방향에서 엄청나게 강력한 타격이 쏟아져 들어오는 것을 막느라 막상 공격은 할 기회도 잡지 못한 채 얼이 빠져버린다. 강철과 강철이 부딪쳤다. 그것도 일 초에 여러 번씩. 종이 계단으로 굴러떨어지는 것 같은 소리가 났다. 검술사범은 후퇴하는 학생을 향해 바람의 유령처럼 공격을 퍼부었다. 그러면서도 어디까지나 제자리를 벗어나지 않고 돌개바람처럼 빙글빙글 돌았다.

"어떻게 하지, 토네이도가 들이닥치면?"

우르스가 물었다. 그와 훈련하면서 광란의 토네이도 초식 얘기가 나왔을 때였다.

"몰라." 루모는 이렇게 답했다.

"숨어. 숨을 곳을 찾아. 간단한 거야. 토네이도에 대항할 생각 마. 머리를 가릴 단단한 지붕을 찾으란 말이야. 못 찾으면, 안녕히 가세요지."

단단한 지붕. 루모는 계속 우샨의 공격을 받아냈다. 그러면서 단단한 지붕을 찾아 여기저리 두리번거렸다. 저기 크고 육중한 탁자가 있었다. 저게 지붕이 될까? 에라 모르겠다. 루모는 몸을 날려 탁자 아래로 미끄러져 들어갔다. 즉각 금속성 소음이 멈췄다.

우샨은 어이가 없었다. 공격을 멈추지 않을 수 없었다. 비겁한 짓거리 때문에.

"탁자 밑에 숨겠다는 거냐?" 그가 소리쳤다. "그게 칼싸움이냐?"

"그러지 말라는 규칙이 있나요?" 루모가 물었다.

"칼싸움에 그런 규칙은 없다!" 우샨이 대답했다.

"그럼." 루모가 말했다. "그럼 칼싸움이지요."

그는 탁자 밑에 꼭 숨었다.

우샨은 당혹스러웠다. 칼로 탁자를 쾅 하고 내려쳤다.

"나와! 아니면 연기를 피워 몰아낼까?"

그는 탁자 아래로 몸을 숙여 루모를 찌르려고 했다. 그러나 그러는 사이 루모는 탁자 위로 뛰어올라 위에서 우샨을 공격했다. 우샨은 풀쩍 뛰어 사정거리를 벗어났다. 검술사범으로서는 처음으로 학생 앞에서 풀쩍 뛰어오르는 자세를 보인 것이다. 루모도 탁자에서 뛰어내렸다.

우샨은 다시 곧추섰다. 칼끝은 아래로 향한 상태였다. 칼끝이 아주 가볍게 바르르 떠는 것이 보였다.

"넌 좋은 학생이다." 사범은 이렇게 말하면서 목소리를 누그러뜨리려고 애썼다. "그만하자. 이러다 진짜 다치겠다."

"항복하는 건가요?" 루모가 물었다.

"뭐라고?"

"사과를 해야 봐드릴 거 아닙니까?"

"얘, 너 돌았니? 난 너한테 여기서 끝낼 기회를 주는 거야. 걷잡을 수 없게 되기 전에 말이야. 그러다 다친단 말이다."

"당신이 다칠 수도 있지요."

"그럴 리는 없다."

루모는 갑자기 이토록 대범해지는 데 대해 스스로도 놀랐다. 사자 이빨은 사라졌다. 그런데 뭐? 이제 늙은 검술의 전설을 처치하는 데 생각하는 검 따위는 필요 없다. 우르스가 필요한 기초는 다 가르쳐 주었고, 공명심은 스스로 터득했다. 오른트 라 오크로의 작업장에서나 마찬가지였다. 의자 하나를 만드는 데 수십 년의 경험이 필요한 것은 아니다. 그럴 용기만 있으면 된다.

우샨은 다음 전술을 곰곰 생각했다. 처음에는 좀 짧게 다가가자.

저 친구가 안심하고 진이 빠지게 말이야. 젊은이들의 전형적인 실수는 언제까지나 힘이 넘친다고 믿는 것이지. 가볍게 춤추듯이 스텝을 밟자. 우샨은 강중강중 뛰는 작전을 세웠다.

루모도 곰곰 생각했다.

"처음부터 힘을 다 쏟으면 안 돼!" 우르스는 늘 이렇게 강조하곤 했다. "초보자의 전형적인 실수는 본 게임이 시작되기도 전에 힘을 다 써버리는 거야. 이따금 춤추듯이 가볍게 스텝을 밟는 게 좋아."

그래서 루모와 우샨은 춤을 추게 됐다. 살살 연습해둔 발레를 하는 것 같았다. 그러면서 두 사람은 검술정원의 초원에서 날을 부딪치며 미끄러져 나아갔다. 불안한 마음에 매애 우는 양들과 푸드덕 날아가는 비둘기들 사이로 두 사람은 결투는 이어졌다. 장미 울타리를 지났다. 우샨은 곁다리로 장미꽃을 쳐서 떨어뜨렸다. 그러자 루모도 똑같이 해보려고 했지만 헛치고 말았다.

"어허." 우샨이 소리쳤다. "이런 가벼움은 내공이 있어야 돼. 쉽게 도달할 수 있는 경지가 아니야."

"난 폼 나게 보이는 건 관심 없어요." 루모가 답했다. "이기기만 하면 되지."

인공 폐허

"그건 동일한 거야."

우샨은 이렇게 말하면서 공격을 중단했다. 루모도 멈췄다. 둘은 이제 인공적으로 만든 폐허에 도착했다.

"힘을 비축하는 법도 배웠구나?" 우샨이 물었다. "나 말고 볼퍼팅 어디에서 그런 걸 배웠지?"

루모는 답하지 않았다.

"협소한 공간에서 하는 싸움은 어떠냐? 그런 것도 할 수 있나?"

우샨은 석회를 되는 대로 바른 집 안으로 사라졌다.

루모는 엉거주춤 그의 뒤를 좇았다. 아니, 이런 건 우르스와 연습해본 적 없는데. 진짜 협소한 공간이었다. 좁고 창문도 없었다. 지붕도 아주 낮아서 머리를 움츠려야 할 정도였다. 바닥에는 양초 두 개가 최소한의 조명 노릇을 했다. 우샨 데루카는 거기 없었다.

"루우우우모……"

어디선가 그를 부르는 소리가 들렸다.

그는 다음 공간으로 발을 들여놓았다. 더 좁고 촛불도 하나밖에 켜 있지 않았다. 구석에는 정원 손질용 장비와 빗자루, 갈퀴 등이 놓여 있었다.

"루우우우우모……"

다음 공간. 여기에는 불이 아예 없었다. 그런데 저기—벽에 딱 달라붙은 채— 우샨 데루카가 서 있었다. 어둠 속에 숨어서 거의 눈에 띄지 않았다. 루모는 먼저 정면 공격을 하려고 했다. 그러나 우샨도 폴짝 뛰었다. 칼이 서로 부딪쳤다. 아니다, 사자이빨의 날에 부딪친 건 쇠가 아니었다. 쨍그랑 하면서 유리가 우박처럼 쏟아져 내리더니 데루카의 형상도 무너지고 말았다. 거울을 공격한 것이었다.

"루우우우우모……"

이 건물의 유일한 목적은 학생의 두려움과 분노를 부채질하는 것임이 분명했다. 아무 생각 없이 이 방 저 방 좇아다니다가 난데없이 어둠 속에서 데루카의 기습을 받게 되는 것이다. 그래서 루모는 평정을 잃지 않으려고 애썼다. 삐걱거리는 계단을 올라갔다. 아주 천천히 완전히 캄캄한 공간 속으로 발을 들이밀었다. 텅 비어 있다는 것을 안 것은 냄새를 맡기 시작했기 때문이었다. 루모는 조심스럽게 울퉁불퉁한 나무 바닥을 살금살금 디뎠다. 넘어지지 않으려고 너무 조심한 나머지 천천히 크게 한 걸음 내딛다가 허공을 밟고 말았다.

그는 엎어지다가 뒤로 넘어졌는데 바닥은 그리 급경사가 아니어서 바로 또 한 번 고꾸라졌다. 루모는 어둠 속에서 우당탕탕 미끄러져 내려가다가 나무 여닫이문에 쿵 하고 부딪혔다. 그 바람에 문이 열렸다. 눈부신 한낮의 햇살이 그를 맞이했다. 루모는 집 뒤편 출구에서 떼굴떼굴 굴러 나와 풀이 높이 자란 땅바닥에 나자빠지고 만 것이다.

"다시 신선한 공기를 쏘이니까 좋지, 어때?"

우샨 데루카가 말했다. 루모를 기다리고 있었던 것이다. 그는 데이지꽃 만발한 초원에 서서 사과를 먹고 있었다.

루모가 벌떡 일어섰다.

"이제 좀 지겹지?" 선생이 물었다. "이제 이쯤 하는 게 어때? 응?"

그의 목소리에는 뭔가 바라는 게 숨어 있었다.

아니다, 이 마당에 그만둘 수는 없다. 루모의 온몸은 싸움을 계속할 것을 갈망하고 있었다.

루모가 이 시점에서 항복을 했다면 실망스러웠을 것이라는 점은 데루카도 인정할 것이다.

"계속 싸우겠습니다." 루모가 정중하게 청했다.

"원한다면!" 우샨이 한결 가벼운 목소리로 소리치면서 먹던 사과를 뒤로 던졌다. "자, 이번엔 펜싱의 대목장으로 하지. 마음대로 골라라! 다음엔 무엇으로 할까? 얼음선로에서? 계단 결투? 함정의 정원?"

우샨은 말할 때마다 칼끝으로 해당 지점을 가리켰다.

"그냥 계속하지요." 루모가 맞받았다. "검술은 엄밀한 과학이 아니니까요. 우연이 어디로 이끄는지 보자고요."

'녀석은 진짜 자기가 이길 수 있다고 믿고 있군' 하고 데루카는 생각했다. 왠지 흐뭇했다. '젊음의 무한한 자기 확신이야.'

루모는 번개처럼 빠르게 공격했다. 우샨은 되받아치면서 뒤로 물러섰다. 두 번째 공격은 훨씬 더 빠르고 강렬했다. 사범은 계속 뒤로 물러섰다. 이제 젊은이의 스피드에 밀려서는 안 될 시점이었다.

검술나무

우샨은 가볍게 춤을 추듯이 뒤로 물러나면서 계단으로 다가갔다. 계단은 큰 참나무 우듬지로 이어졌다. 첫 번째 계단을 홀쩍 뛰어올라 뒤돌아보았다. 맹렬하게 쫓아오는 루모의 기세를 누그러뜨리면서 뒷걸음질로 조심조심 계단을 올라갔다. 한 계단 한 계단 밟아가면서 루모의 공격을 세심하게 받아넘겼다. 그렇다. 젊은이는 곧이곧대로 따라와 함정에 빠지기 일보 직전이었다. 벌써 우듬지에서 뻗쳐 나온 잎사귀들이 우샨의 목덜미를 스쳤다. 그는 계단에서 대담하게 펄쩍 뛰어올라 큰 가지에 안착했다.

"네 녀석이 이리 날아오면 온몸을 베어주마." 데루카가 말했다. "이렇게 펄쩍 날아오르면서 착지점을 찾는 동시에 방어까지 하는 자는 없다. 그러니 좀 쉬어야겠다."

사범은 검 끝을 발 언저리 나무에다 찔러두었다.

"고맙군요."

루모가 휙 날아왔다. 그가 몸을 날리자마자 우샨은 나무에서 칼을 뽑아 루모를 공격했다. 한 번 칼을 휘두를 때마다 치명적인 상처를 낼 수도 있었지만 우샨은 루모가 균형을 잡을 때까지 가볍게 치는 시늉만 했다. 사범이 멈췄다.

"충고하겠다. 싸울 때는 절대 호의를 받아들이지 마라! 그리고 싸우는 동안에는 호의를 베풀지도 마라. 이웃에 대한 사랑은 살아가면서 베풀 기회가 많다."

루모는 주위를 둘러보았다. 형세가 까다로웠다. 그래도 몸을 의지하거나 붙잡고 기어오르거나 매달려 이동할 만한 것들은 많았다. 밧줄을 꼬아놓은 것도 있고 가죽으로 된 손잡이도 있었다. 그는 나뭇가지를 꼭 잡고 적을 공격했다. 우샨이 받아넘겼다. 한동안 이런 식으로 옥신각신하는 격투가 계속됐다.

이 나무는 검술사범이 손수 다듬어 많은 장치를 해놓은 것이었다. 그는 이 위에서 학생들을 미치게 만들곤 했다. 그는 밧줄을 잡더니 "얍!" 하고 소리치면서 두꺼운 나뭇가지 위를 날아 우거진 나뭇잎 속으로 사라져버렸다. 루모는 조심조심 뒤따라 나무를 타고 올라갔다.

어디로 갔지? 냄새를 맡을 수는 있었지만 우샨은 나뭇잎 뒤에 숨어 끊임없이 위치를 바꿨다.

"이제 널 일곱 번 죽이겠다, 이 녀석." 검술사범이 속삭였다.

"해보시지!" 루모가 맞받았다.

"하나!"

데루카의 검이 나뭇잎더미에서 불쑥 나오더니 정확히 루모의 두 귀 사이를 뚫고 지나갔다.

"둘!"

이번에는 아래서 솟아나더니 겨드랑이 밑을 스치고 지나갔다.

"셋!"

검은 루모의 왼쪽 눈 바로 앞에서 멈추더니 곧바로 다시 나뭇잎 속으로 사라졌다. 곳곳에서 검이 돋아나는 나무를 상대하는 기분이었다.

"넷!"

데루카의 검 끝이 루모의 가슴을 톡톡 쳤다. 정확히 심장이 있는 지점이었다. 우샨은 숨어서 조용히 웃고 있었다.

"다섯! 여섯! 일곱!"

루모는 화가 치밀어 소리치면서 나뭇잎더미에 대고 낫질하듯이 세 번 칼을 휘둘렀다. 나뭇잎이 우수수 떨어지더니 우샨 데루카의 모습이 나타났다. 그는 가지에 쪼그리고 앉아 있었는데 막 뒤에 숨어 마리오네트 인형을 조종하다가 갑자기 막이 홱 걷히는 바람에 깜짝 놀란 사람 같았다.

"저 잎이 다 다시 돋으려면 일 년은 걸리겠구나!" 검술사범은 루모를 책망했다. "죄 없는 자연을 존중해야지."

루모는 앞으로 다가가면서 찌르기로 공격했다. 그러면서 한쪽 나무껍질을 밟는 순간 야릇하게 빠지직하는 소리가 났다. 벌써 늦었다. 가지가 얼굴과 가슴팍을 딱 때렸다. 그는 잠시 팔을 허우적거리다가 풀밭에 떨어져 거꾸로 처박히고 말았다.

"불행은 늘 예기치 못한 곳에서 오는 법이지!"

우샨이 나무 위에서 비웃었다. 루모는 신음 소리를 내면서 벌떡 일어섰다. 검술사범은 나뭇가지를 타고 내려왔다. 그런데 다시 뿌지직하는 소리가 났고 머리를 들었을 때는 이미 우거진 나뭇잎 사이로 육중한 가죽 샌드백이 홱 날아들고 있었다. 둔탁한 소리가 났다. 우샨이 가슴을 맞고 휭 날아간 것이다. 그가 떨어진 곳은 루모가 있는 데서 몇 미터 안 되는 풀밭이었다.

루모는 비틀거리며 선생 쪽으로 다가가 살아 있는지 살펴보았다. 우샨은 일어서서 휑한 눈으로 루모를 응시했다.

"정원사가 보내는 인사였어." 그는 이렇게 말하면서 갈비뼈가 부러지지 않았는지 옆구리를 더듬었다.

"불행은 늘 예기치 못한 곳에서 오는 법이지요!" 루모가 말했다.

우샨은 신음 소리를 내면서 발을 일으키더니 검으로 땅을 짚었다.

"이런 특별한 즐거움이 있을 줄 알았다면 너와 검을 섞는 걸 주저하지 않았을 텐데." 그가 말했다. "이런 좋은 대결은 해본 적이 없다. 그러니까…… 눈의 우르스하고 마지막 결투를 한 이후로 말이야. 우르스 아니?"

루모가 시선을 피했다.

우샨이 검으로 제자를 가리켰다.

"아하, 어디서 냄새가 난다 싶었는데! 우린 남몰래 연습을 했대요! 우르스는 그 이후로 검을 잡지 않는 걸로 아는데?"

"우린 목검을 썼어요."

우샨이 히죽거리며 다시 칼끝을 내렸다.

"좋아, 학생, 이제 그만 끝내는 게 좋겠다고 생각지 않나? 우리 둘 다 재미있었고, 자넨 배운 것도 있고, 자네의 가능성을 보여주었으니까. 앞으로 수업시간에 자네를 주시하겠네."

"항복하시는 건가요?" 루모가 소리쳤다.

우샨은 어이가 없다는 듯 주먹을 허리춤에 얹었다.

"참 맹랑하네! 아직도 더 해보자는 거냐?"

"싸울 때는 절대 호의를 받아들이지 말라고 했잖아요. 난 봐주는 건 싫어요. 이기고 싶을 뿐이에요."

"이 고집불통 꼬마야!" 우샨이 소리쳤다.

루모는 다시 기본자세를 취했다.

칼등으로 손목치기

우산은 곰곰 생각했다. 그동안 이런 식으로 말려들다가 진짜 다치게 할 뻔한 적이 한두 번이 아니었다. 일을 빨리 끝내는 게 선생으로서의 책임이었다. 어쩐다? 양손 베기? 잘못하면 상대의 머리를 쪼갤 수도 있다. 너무 위험해. 냉혹한 낫질? 수평으로 베는 초식에 이런 이름이 붙은 것은 자세가 낫질하는 사람을 연상시킬 뿐 아니라 그 결과가 치명적이기 때문이었다. 말하자면 너무 위험한 초식이었다. 잠깐, 칼등으로 손목 치기. 그거다! 당시 이 초식으로 눈의 우르스를 제압했지. 그리고 그 이후로 우르스는 칼을 놓았어. 정열적이고, 효과가 크면서도 극소수의 대가만이 구사할 수 있는 초식으로 위험하지도 않았다. 이 초식이면 다시 루모를 굴복시켜서 머리 조아리고 수업시간에 나타나게 할 수 있을 것 같았다.

칼등으로 손목 치기는 납작한 칼등에 엄청난 무게를 실어 가하는 공격으로, 검을 쥔 상대의 팔목에 극도의 고통을 안겨주는 초식이었다. 동맥을 가격하되 상처를 내면 안 된다. 그래야 팔이 마비되는 것이다. 그것도 상당한 시간 동안. 그러면 루모는 며칠 동안 왼손으로 수프를 떠먹어야 할 것이다. 우산이 공격을 시작했다.

'아하' 하고 루모는 생각했다. '칼등으로 손목 치기를 하시겠다!'

우르스는 칼등으로 손목 치기에 대해 누누이 이야기했다. 거기에 완전히 질린 것 같았다. 그는 효과적인 방어법은 물론이고 역으로 칼등으로 손목 치기를 하는 사람에게 수모를 안겨주는 방법도 고안해냈다. 여러 날 동안 그는 루모와 그 연습을 했다.

루모는 처음에는 우산이 기대하던 대로 했다. 원하는 위치로 몰려가주면서 팔뚝을 무방비 상태로 노출시켰다. 우산이 팔을 뒤로 휙 젖혔다가 들이쳤다. 그러나 헛치고 말았다. 루모는 팔을 쑥 빼면서 동시에 검을 이쪽 손에서 다른 쪽 손으로 던졌다. 손 바꾸기 초식이었다. 우샨은 허공을 치는 바람에 약간 중심을 잃었다. 그때 이미 루모는 납작한 칼등으로 우샨의 귀에 일격을 가했다. 우르스는 이걸 칼등으로 손등 때리기 역초식이라고 불렀다.

우샨은 딱 하는 소리에 머리가 멍했다. 귀가 벌겋게 달아올랐다. 눈에서는 눈물이 쏟아졌다.

"우르스가 보낸 인사입니다!"

루모가 말했다. 그는 히죽 웃음이 나오는 걸 참을 수 없었다. 아주 잘됐어. 게다가 비웃어주기까지 했다!

우샨은 루모 앞에서 따귀 맞은 1학년생처럼 서 있었다. 이 아이는 학생이 아니다. 그는 이렇게 다짐했다. 놈은 다 큰 적이다.

배려 같은 건 끝났다. 교육적인 고려도 끝이다. 이제 데루카 공중회전을 쓸 때가 됐다.

우샨은 목제 탁자에서 두 번째 검을 뽑아 들었다. 상체는 약간 뒤로 굽히고 두 검을 허리에서 앞쪽으로 향하게 하고는 천천히 뒷걸음질 쳤다. 방어 자세를 취하면서 머뭇거리는 적을 유인하려는 것이었다.

"이젠 칼 두 자루로 하시겠다고요?" 루모가 깐죽거렸다. 이렇게 비웃으니 재미있었다. "단검 하나를 장검 둘로 무찌르시려고?"

그는 몇 차례 격렬하게 공격했다. 우샨은 두 손으로 받아넘겼다.

데루카 공중회전

데루카 공중회전은 우샨이 직접 고안하고 완성한 초식으로, 일 단계는 두 개의 칼로 싸우기였다. 그런 다음 갑자기 하나를 내던진다. 우샨 데루카가 왼쪽 검을 공중에 던지는 순간에는 아무 의미도 없는 것처럼 보였다.

데루카 공중회전은 무수한 변형이 가능했다. 데루카 3중 회전, 5중 회전, 8중 회전, 17중 회전, 22중 회전 등이 있었다. 핵심은 검을 높이 던진 뒤 공중에서 몇 번 회전하느냐였다.

한 번, 두 번, 세 번, 네 번, 다섯 번.

그사이에 결투는 땅에서 계속됐다. 루모는 우산이 검 하나를 내던지자 더욱 거세게 밀어붙였다.

여섯 번, 일곱 번, 여덟 번, 아홉 번, 열 번.

우산은 이제 제자리에 서서 루모의 공격을 버텨냈다. 상대의 템포에 밀리지 않는 게 중요한 시점이었다.

열한 번, 열두 번, 열세 번, 열네 번, 열다섯 번, 열여섯 번.

우산이 지금까지 도달한 최고의 공중회전은 스물여덟 번이었다. 이게 필요했던 건 당시 차모니아의 검술 대가 아트락스 크사르타 3세와의 대결 때문이었다. 우산의 생애에서 가장 피 말리는 결투 중하나였고, 상대는 특별한 조치를 요하는 존재였다. 루모처럼.

열일곱 번, 열여덟 번, 열아홉 번, 스무 번, 스물한 번, 스물두 번, 스물세 번, 스물네 번.

데루카 공중회전에서 특히 중요한 것은 적으로 하여금 공중에 던진 검의 존재를 잊게 하는 것이었다. 검을 높이 던질수록, 더 많이 회전할수록, 그사이에 싸움을 격렬하게 할수록, 그만큼 이 복잡한 초식이 성공할 가능성은 높아졌다.

스물다섯 번, 스물여섯 번, 스물일곱 번, 스물여덟 번, 스물아홉 번.

이제 루산은 공격을 하면서 가능한 기술을 모두 선보였다. 베고 찌르고 하는 동작이 사방 모든 각도에서 루모에게 우박처럼 쏟아져 들어왔다. 이토록 빠른 공격은 일찍이 겪어본 적이 없었다. 그러나 자기가 제자리에서 맴을 돌고 있다는 사실은 까맣게 몰랐다.

서른 번, 서른한 번, 서른두 번.

정점에 도달하자 우샨의 검은 둔중하게 마지막으로 한 번 더 회전했다.

서른세 번.

이런 고난도의 공중회전은 우샨으로서도 아직 해보지 못한 것이었다. 이어 검이 선회하더니 땅으로 내리꽂혔다. 누군가 손잡이를 꽉 잡고 아래로 끌어당기는 것 같았다.

데루카 공중회전에서 가장 중요한 것은 초식 끝 무렵에 처음 시작했던 지점에 위치하는 것이었다. 바로 그 지점에서 싸움이 끝나게 돼있었다. 우샨은 교묘하게 작전을 펴서 그리로 몰아갔다. 루모는 너무도 경황이 없는 터라 위쪽에서 불행이 다가오는 것을 볼 수가 없었다. 찌르고 베고 불꽃이 튀고 팔이 소용돌이치는 와중에 우샨의 두 번째 검이 머리카락 한 올의 오차도 없이 정확히 원래 지점으로 떨어졌다. 검술사범은 이 검을 탁 낚아채 루모의 코앞에 들이댔다. 루모는 경악했다. 느닷없이 두 번째 무기가 다시 나타난 것이다! 루모는 공격을 멈추었다. 칼을 쥔 손도 순식간에 멈추었다. 이 틈을 우샨이 파고들었다. 그는 두 칼로 루모의 사자이빨을 붙잡은 다음 신속하고도 강력하게 홱 돌려 채버렸다. 검은 루모의 손을 벗어나 검술정원 위로 반원을 그리면서 날아가다가 결국에는 나무에 꽂혀 부르르 떨었다.

"아야!" 사자이빨이 루모의 머릿속에서 말했다.

우샨이 루모의 턱 밑에 두 칼끝을 들이댔다. 결투는 끝났다.

"이제 집에 가라."

우샨 데루카가 말했다. 루모에게는 눈길도 주지 않은 채 그는 검을 땅바닥에 쿡 박아놓고 망토를 휘날리며 정원을 떠났다.

"치즈 써는 칼 잊지 말고 챙겨라."

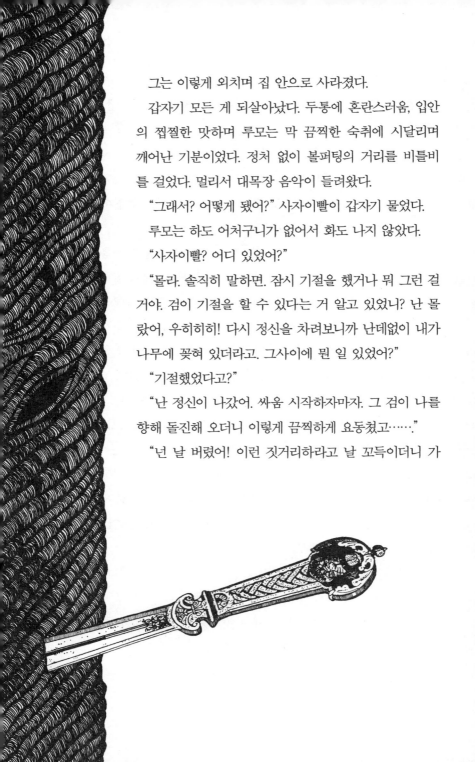

그는 이렇게 외치며 집 안으로 사라졌다.

갑자기 모든 게 되살아났다. 두통에 혼란스러움, 입안의 찝찔한 맛하며 루모는 막 끔찍한 숙취에 시달리며 깨어난 기분이었다. 정처 없이 볼퍼팅의 거리를 비틀비틀 걸었다. 멀리서 대목장 음악이 들려왔다.

"그래서? 어떻게 됐어?" 사자이빨이 갑자기 물었다.

루모는 하도 어처구니가 없어서 화도 나지 않았다.

"사자이빨? 어디 있었어?"

"몰라. 솔직히 말하면. 잠시 기절을 했거나 뭐 그런 걸 거야. 검이 기절을 할 수 있다는 거 알고 있었니? 난 몰랐어, 우히히히! 다시 정신을 차려보니까 난데없이 내가 나무에 꽂혀 있더라고. 그사이에 뭔 일 있었어?"

"기절했었다고?"

"난 정신이 나갔어. 싸움 시작하자마자. 그 검이 나를 향해 돌진해 오더니 이렇게 끔찍하게 요동쳤고……."

"넌 날 버렸어! 이런 짓거리하라고 날 꼬득이더니 가

장 중요한 순간에 기절했다고?" 루모가 씩씩거렸다.

"이런, 이렇게 무심해서야! 난 쇼크 먹었다니까! 그게, 내 첫 싸움이었어. 난 몰랐지. 모든 게 그렇게 빨리 끝나버릴 줄. 순식간이었잖아! 와! 너 알아? 다른 칼이 와서 쨍 하고 부딪칠 때 그 느낌 말이야. 불꽃 튀는 거 봤지?"

"넌 검이라며?" 루모가 씩씩거렸다. "웃기지도 않지!"

"난 단검이야!" 사자이빨이 기분 상한 목소리로 말했다.

"아하, 단검이라고."

"근데 뭐? 그래서 나는 감정도 없다는 거야?"

"감정이 있는 단검이라! 단검이 기절을 하다니! 싸울 때 정말 필요하겠다. 온갖 무기가 그득한 천막에서 하필 너를 골랐다니! 튤립 한송이 들고 가서 싸우는 게 낫지. 네가 뭔지 알아? 넌 말이야……."

고백

"말해줄까? 내가 정말 뭔지. 말해줘? 말—해—주지!"

루모는 그대로 서 있었다.

사자이빨의 목소리에 열이 올랐다.

"난 말이야 데몬두뇌가 아니야! 난 트롤두뇌야! 동굴트롤두뇌라고! 그래, 이제 알았지?"

"네가 트롤이라고?"

"그렇다마다. 아주 정상적인 동굴트롤이지. 난 평생 무기라곤 손에 잡아본 적이 없어. 데몬산맥 광산에서 청금석을 캤지. 그런데 그 멍텅구리 같은 운석이 떨어진 거야. 내가 손에 들어본 가장 무시무시한 도구는 지질학자의 망치야. 운석이 나를 완전히 으깨버리는 바람에 그들이 데몬전사로 오인했을 거야. 그리고 그들은 내 뇌를 이 칼에다 들이부었어. 내가 이 빌어먹을 물건 속에 어떻게 들어왔는지는 달리 설명할 길이 없다고."

"넌 데몬전사는 절대 아니라 이 말이지? 트롤이라고?"

"트롤이었지."

"점점 재밌어지는구나. 처음에는 강력한 데몬검이었다가 이제는 기껏 동굴트롤단검이라고. 됐네! 널 강물에 던져버릴 거야."

"뭐?"

루모가 성큼성큼 앞으로 나아갔다.

"이봐? 어딜 가는 거야?"

"볼퍼강에. 거기다 던져버려야지."

"루모! 경솔한 짓 하지 마!"

루모는 대답하지 않았다. 그는 발걸음을 볼퍼 다리 쪽으로 옮겼다.

"루모? 루모? 어쩌려고?"

루모는 침묵했다.

"루모! 날 불행하게 만들지 마!"

볼퍼팅어는 작심한 곳으로 전진했다.

"안 그럴 거지, 그치? 무섭게 해주려고 그러는 거지? 우해해!" 사자이빨의 웃음소리가 불안했다.

"볼퍼강에 던져버릴 거야. 그럼 이 소동도 끝이다."

"루모? 루모? 내 말 좀 들어봐! 그게, 깜빡한 거라고! 작은 실수지, 늘 그러는 게 아니야! 나 처음 싸우는 거였어! 좀 진정해. 조용히 얘기 좀 하자고!"

루모는 볼퍼 다리 북쪽 끝에 도착했다. 쏴아쏴아 하는 물살 소리에 머릿속 사자이빨 목소리는 들리지 않았다.

"루모! 내 명예를 걸고 다시는 그런 일 없을 거라고 맹세해! 절대

다신 안 그럴게. 루모! 듣고 있니?"

루모는 다리 난간 쪽으로 들어서서 볼퍼강의 굽이치는 급류를 내려다보았다. 사자이빨을 난간 위로 들어 올렸다.

"루모!" 사자이빨이 날카롭게 비명을 질렀다. "이제 장난 그만해!"

"그래!" 루모가 말했다. "이거 장난 아니야."

그는 다시 강물을 내려다보았다. 저 아래서 뭔가가 거품이 이는 물살에 떠내려가고 있었다. 옷가지인가? 아니다. 그건 볼퍼팅어였다! 얼굴까지 알아볼 수 있었다. 랄라였다!

이럴까 저럴까 생각할 겨를도 없이 루모는 사자이빨을 허리띠에 차고 단숨에 난간을 넘어 사나운 급류로 뛰어들었다.

랄라 이야기

블루트쉰크 니트후크 농장에서 쌍둥이 오빠가 보는 앞에서 기절할 정도로 매를 맞을 때부터 볼퍼강의 찬 물결에 몸을 던질 때까지 랄라의 인생은 기구했다. 그 역정은 위험의 연속으로, 그녀는 늘 삶보다는 죽음에 더 가까웠다. 그러는 동안 죽음은 항상 그녀의 동반자였으며 보이지 않는 길잡이이자 연인으로 언제든 랄라를 차갑게 포옹할 태세가 돼 있었다. 그녀는 그런 역정을 거치면서 친구는 물론이고, 증오와 복수, 사냥의 쾌감과 위험과의 유희가 무엇인지도 알게 됐다. 그녀는 직립보행과 말하는 법을 배웠고 오빠인 롤프를 다시 찾게 됐다. 그러나 가장 좋았던 일은 곰신 탈론에 대한 사랑이었다.

니트후크는 랄라가 죽은 줄 알고 시체를 숲 속으로 끌고 가 자기가 믿는 곰신에게 제물로 바쳤다. 니트후크가 나뭇잎 속에 랄라를 내버리고 농가로 돌아가 롤프를 죽도록 패주려고 자리를 뜨자마자 곰신이 나타났다.

곰신 탈론

그의 이름은 탈론이었다. 정확히 말하면 갈퀴발톱 탈론이었다. 물론 그도 야수였다. 그렇다. 그는 곰이었다. 그러나 아니었다. 신은 아니었다. 탈론은 신과는 아주 거리가 멀었다. 특별히 똑똑하지도 않았고, 게을렀으며 초자연적인 힘이라고는 없었다. 그는 숲에 사는 다른 야생동물과 마찬가지로 죽을 수 있는 존재였다. 미신을 믿는 농부들이 밤에 그가 울부짖을까 봐 숲에다 던져주는 쓰레기를 먹고 살았다. 온갖 것을 다 먹었다. 식어빠진 감자, 과일 껍질, 마른 빵, 곰팡이 슨 치즈, 죽은 개 등등. 그래서 직접 사냥을 할 필요도 없었다.

탈론은 어슬렁어슬렁 다가와 킁킁거리며 강아지의 냄새를 맡고는 바로 절대로 먹어서는 안 되겠다고 생각했다. 아직 살아 있었기 때문이다. 탈론은 악마바위 외눈박이들에 관해서는 전혀 몰랐다. 그들이 산 채로 잡아먹는 것을 아주 좋아한다는 사실도 몰랐다. 그러나 본능적으로 차모니아 족속이라면 아직 살아 있는 먹이는 절대 먹어서는 안 된다는 것을 알고 있었다.

그렇다, 랄라는 아직 숨이 붙어 있었다. 랄라라는 이름은 탈론에게 얻은 것이었다. 탈론은 그녀를 보살펴주고 먹여주고 유일하게 낼 수 있는 단 두 마디로 노래 불러 재워주었다. 랄라―랄라―랄라.

그녀는 놀라울 정도로 빨리 중상을 이겨내고 성장단계에 접어들어 몸도 커지고 힘도 세졌다. 탈론만큼 크지는 않았지만 함께 사냥하러 갈 만큼은 힘이 세졌다. 탈론은 양녀를 둔 이후로는 직접 먹이를 잡으러 나서는 것을 창피해하지 않았다. 랄라에게는 과일껍질과 죽은 개보다는 나은 것을 먹여주고 싶었던 것이다. 그러면서 움직이니까 기분도 좋고 군살도 빠진다는 것을 알게 됐다. 그리하여 사냥은 탈론과 랄라에게는 삶의 본질적인 부분이 되었다.

어느 날 둘은 이상한 사냥감의 냄새를 맡았다. 놈을 몰아붙여 눈 덮인 숲 속의 빈터에 도달하고 보니 그 사냥감은 사냥꾼이었다. 평범한 사냥꾼이 아니라 랄라와 롤프를 잡아서 블루트쉰크에게 판 바로 그 사냥꾼이었다. 랄라는 놈의 냄새를 맡으면서 눈을 똑똑히 들여다보았다.

사냥꾼은 오른손에는 긴 막대기, 왼손에는 짧은 막대기를 들고 있었다. 그는 짧은 막대기를 긴 막대기에 올려놓더니 그것으로 랄라와 탈론 쪽을 가리켰다. 그런데 갑자기 짧은 막대기가 탁 하고 날아와 탈론의 가슴 한복판에 꽂혔다. 그는 땅바닥에 쓰러지면서 다시 한번 "랄라" 하고 중얼거리더니 죽어버렸다. 그러는 사이 사냥꾼은 막대기를 하나 더 끄집어내 랄라를 가리켰다. 랄라는 사냥꾼을 덮쳐서 놈이 롤프와 탈론에게 한 짓거리에 대한 보복으로 심장을 찢어낼 생각이었다. 그러나 뭔가가 진정하고 숨어서 사냥꾼이 가게 내버려두라고 명령했다. 랄라는 그 명령을 따랐다. 네 발로 기어서 숲으로 숨었다. 그러자 사냥꾼은 막대기들을 내리더니 가버렸다.

그러나 그에게는 길동무가 있었다. 랄라였다. 그녀는 은밀히, 소리 없이, 줄곧 숨어서 그의 뒤를 좇았다. 그녀는 놈이 사냥하는 걸 관찰하고 막대기 다루는 걸 연구했다. 그녀는 놈의 그림자가 되고 놈의 은밀한 도플갱어가 됐다. 그가 어떻게 사는지, 뭘 먹는지, 언제 막대기들을 몸에 달고 언제 풀어놓는지를 알아냈다. 그러던 어느 날 그에 관해 모든 것을 안다고 생각한 순간 랄라는 사냥꾼 앞에 나타났다. 그는 옷을 벗고 막대기도 다 내려놓은 상태였다. 강에서 수영을 하고 있었던 것이다. 사냥꾼은 랄라가 강가에 나타나자 깜짝 놀랐다. 랄라는 막대기를 잡아 사냥꾼을 겨누더니 가슴 한복판을 쏘아 맞혔다. 비명 소리가 숲에 가득 차고, 강물은 붉게 물들었다. 그녀는 단번에 활과 화살을 아주 잘 다루게 됐다.

랄라와 죽음

이날부터 랄라의 삶은 죽음과 이상한 관계를 맺게 됐다. 그녀가 죽음을 두려워하지 않는 것은 이미 한 번 죽음의 고비를 넘겼기 때문이다. 그런데 이제는 죽음을 다른 사람들한테 선사할 줄도 알게 되었다.

그녀는 정체조차 알 수 없는 괴물에게도 대뜸 대들었다. 그리고 그런 싸움에서 누누이 살아남은 것은 순전히 행운이었다. 한번은 악취로 가득한 시커먼 늪을 철벅거리며 지나고 있었다. 그녀가 거기서 다시 나오게 된 것은 적들이 지레 겁을 먹고 꼭 숨어 있었기 때문이었다. 그녀는 죽음에 도전장을 냈다. 그러나 서리도 번개도, 배고픔도 목마름도, 이빨도 발톱도 그녀를 물리치지는 못했다. 그녀는 죽음에 대한 경외심을 잃은 만큼 삶에 대한 경외심도 잃었다. 그를 위하여 살 만한 가치가 있는 사람이 이제는 없기 때문이었다.

어느 날 그녀는 뭔가 냄새를 맡았다. 낯설면서도 친숙한 느낌이었다. 찬바람이 불면서 다시 그 냄새가 코에 다가왔다. 정체를 알아내기에는 여유가 별로 없었다. 희미한 어둠 속에서 그녀는 어떤 생물이 재빨리 움직이는 것을 보았다. 이 은신처에서 저 은신처로 휙휙 옮겨 다녔기 때문에 자기를 쫓는 사냥꾼이라고 생각했다. 활을 하나 꺼내서 그에게 날렸다. 그러나 추적자는 잽싸게 아래로 몸을 피했고 화살은 나무에 부딪혀 부러졌다. 이런 적은 처음이었다. 그 귀한 화살 하나가 허탕을 치다니. 분노가 치미는 동시에 당혹스러웠다. 도대체 어떤 놈일까?

화살 두 발을 동시에 날렸다. 그 어떤 적도 깨끗이 끝내버리는 수

법이었다. 그러나 더더욱 당혹스럽게도 놈은 날아오는 화살 두 개를 낚아채더니 그것으로는 부족하다는 듯이 똑같은 힘으로 되던졌다. 화살은 랄라의 코 바로 옆 나무에 꽂혔다.

이런 반사신경을 보인 상대는 없었다. 힘이 넘치는 데다 빠르기까지 했다. 어둠이 깔리면서 시야는 점점 가물가물해졌다. 마지막 화살을 쏘고 나서는 직접 부딪치는 것 외에는 달리 남은 수단이 없었다. 둘은 공터에서 서로 다가가면서 상대의 눈을 노려보았다. 그런데 그 순간 잦아드는 바람에 냄새를 맡을 수 있게 됐다. 그 순간 둘은 싸울 필요가 없다는 것을 알았다. 오누이라는 것을 냄새로 안 것이다.

볼퍼강

볼퍼강의 회색 물살이 루모를 휘감았다. 물살은 아래도 위에도 어디에도 있었다. 물은 얼음처럼 차가웠다. 물이 입, 코, 귀로 밀려드는 바람에 머리는 온통 콸콸콸 하는 소리로 꽉 찼다.

'헤엄 못 치는데' 하는 생각이 들었다.

"뭐?" 사자이빨이 말했다. "헤엄도 못 치면서 급류에 뛰어들었단 말이야? 그러면서 나보고 잘못했다고 욕하고……."

"랄라는 어딨지?"

"랄라? 랄라가 누구야?"

"죽어."

"누가 죽어? 네가 죽지."

"상관없어. 랄라는 죽으면 안 돼."

"헤엄쳐."

"헤엄 못 쳐."

"어떻게 좀 해봐!" 사자이빨이 다시 소리쳤다. "헤엄쳐!"

'랄라' 하고 루모는 생각했다.

"루모! 움직여! 헤엄쳐야 돼." 사자이빨이 외쳤다.

그러나 루모는 더는 대답이 없었다.

숲의 롤프와 숲의 랄라

숲에서 다시 만난 이후 오누이는 함께 전 차모니아의 숲을 누비고 다녔다. 한동안 둘은 간간이 도둑이 출몰하는 과수원의 지킴이로 일했다. 과수원 일꾼들은 오누이에게 말하는 법을 가르쳐주었다. 두 볼퍼팅어가 밤이면 야성 넘치게 울부짖기 시작하자 도둑은 뚝 끊겼다. 그리고 수확이 끝나자 오누이는 방랑을 계속했다. 한번은 차모니아 대륙 남쪽 가까이에 갔을 때였는데 롤프가 은띠에 관한 얘기를 하기 시작했다. 눈을 감으면 보인다는 것이었다. 랄라는 시간이 지나면서 그것이 롤프에게는 중요하다는 것을 이해했다. 그래서 함께 은띠가 있는 곳을 찾아 나섰다. 그리하여 마침내 볼퍼팅에 오게 된 것이다. 그들은 시장에게 신고를 하고 함께 작은 집을 얻어 학교에 다녔다. 롤프는 은띠를 찾았다. 네벨에서 온 나디엔카라는 볼퍼팅어 여학생이었다. 둘은 그것 외에는 별다른 사건 없이 볼퍼팅어로서 정상적인 생활을 했다.

루모가 교실에 들어설 때까지는 그랬다.

랄라는 이 낯선 볼퍼팅어가 비틀거리며 교실에 들어왔을 때 느꼈던 그 엄청난 감정에 당혹했다. 그는 바보처럼 굴었다. 수업시간에 바보 같은 질문을 하고 하필 롤프와 붙었다. 그리고 특히 자신에게는 무뚝뚝하게 굴었다. 그런데 왜 그에게 어떤 느낌이 일었던 것일까?

그녀는 숲의 랄라였다. 볼퍼팅에서 가장 거칠고 자존심 강한 아가씨로 숭배자들을 거느리고 다녔다. 그러나 루모가 나타난 지금 모든 것이 뒤죽박죽이 되었다. 개는 뭘 믿고 그러지? 그는 그녀의 시선을 피하고 가까이 오기를 꺼렸다. 운동장에서도 되도록 떨어져 있으려 하고 미소를 보내도 낮은 소리로 으르렁거릴 뿐이었다. 아니, 자기를 아주 미워하는 것처럼 보였다. 대목장에서도 그저 스치기만 했는데도 그는 거의 기절할 듯이 굴었다. 바보 같으니! 그런데도, 참 당혹스러운 일은 루모 외에는 아무 생각도 안 난다는 것이었다. 랄라는 루모와 함께 살고, 루모와 함께 늙다가, 죽어서 나중에는 그와 함께 우주 속으로 녹아들고 싶었다. 세상이 끝나면.

밤에도 루모를 생각했다. 랄라는 늘 요란한 꿈을 꾸었다. 대개는 탈론에 관한, 그리고 그와 더불어 여기저기 누비고 다니는 꿈이었다. 그러나 이제 밤의 세계를 어슬렁거리는 것은 바로 루모였다. 그런데 그는 현실세계 못지않게 꿈에서도 행동거지가 이상했다.

어느 날 밤 랄라는 또다시 갈퀴발톱 탈론에 관한 꿈을 꾸었다. 아주 특이한 꿈이었다. 탈론이 꿈에서 말을 한 것이다. 그는 숲 속의 나무그루터기에 앉아 있었는데 가슴에 화살이 박힌 채로 이렇게 말했다.

"잘 들어라, 애야. 내 말 잘 들어. 난 평생 너한테 이름 말고는 다른 얘기는 해주지 못했다. 그러나 이제 난 죽어. 그래서 하는 얘기야. 앞으로 모든 게 달라진다. 조심해! 그 바보, 루모라는 애가 이제 우리가 함께했던 아름다운 꿈에 계속 비틀거리며 나타날 거야. 내가 궁금한 건 녀석이 우리 숲에서 뭘 잃어버렸나 하는 점이야. 그래서 녀석을 톡톡히 꾸짖고 물어봤지. 물어봤다는 게 뭐냐 하면 좀 괴롭혀서 진실을 털어놓게 했다는 거지. 결국은 이실직고를 받아냈어. 그러니 이제 단단히 조심해라. 녀석은 너한테 반했어! 아주 홀딱 빠졌더구나. 차마 너한테 고백은 못 하고 잠이 들면 유령이 되어 어슬렁거리다가 살그머니 네 꿈속으로 기어들어오는 거야. 왜 그런 숙맥들 있잖아?"

그러더니 탈론은 나뭇등걸에서 쓰러졌다. 예전에 죽을 때 모습과 똑같았다. 그는 떨리는 목소리로 속삭였다.

"잘 들어라, 애야. 난 이제 가는 마당이라 장황하게 설명하기는 어렵다. 하지만 말할 수 있을 때 얘기해주고 싶구나." 그의 목소리가 약해졌다. "난 그냥 바보 같은 곰이야. 그런 문제는 전혀 몰라. 하지만 내 의견이 궁금하다면 네가 선수를 쳐야 한다고 말하겠다. 네가 먼저 녀석을 쫓아가서 잡아야 돼."

탈론은 마지막으로 신음 소리를 내더니 고개를 옆으로 떨궜다. 꿈에서 깨어났을 때 랄라는 눈물범벅이었다.

꿈에서 들은 얘기를 곧이곧대로 믿는 것은 아니었지만 그 이후로 어떻게 하면 루모를 잡을 수 있을까? 하는 생각이 내 떠나지 않았다.

그러다가 루모가 볼퍼 다리로 가는 것을 본 것이다.

그는 랄라가 있다는 것은 전혀 눈치채지 못했다. 뭔가 골똘히 생각하는지 기분도 안 좋아 보였다. 혼자서 중얼거리기도 했다. 랄라는 바짝 뒤쫓았다. 전에 숲에서 사냥감을 쫓을 때처럼 이리저리 쉭쉭 몸을 숨겨가면서. 그가 볼퍼 다리를 건너려고 한다는 것을 알게 되자 어떤 계획이 떠올랐다. 위험한, 아주 위험한 계획이었다. 그러나 랄라는 다시 한 번 죽음에게 기회를 줄 때가 됐다고 생각했다. 랄라의 아이디어는 루모의 사랑을 시험해보자는 것으로 한마디로 미친 짓이었다. 볼퍼강에 몸을 던지려는 것이었다. 그렇게 해서 죽을 게 뻔한데도 따라 뛰어들면 그의 사랑을 확신할 수 있다는 생각이었다. 그 이후에 어떤 일이 일어날지, 둘이 그 급류에서 어떻게 빠져나올지에 대해서는 아무 생각도 없었다. 그런 건 계획에 들어 있지 않았다. 그랬다면 위험한 계획이라고 하지도 않았을 것이다.

죽음의 색채

악마바위 외눈박이와 달리 볼퍼팅어들은 죽은 후 구름산맥으로 올라간다고 믿지 않는다. 죽으면 그걸로 끝이라고 믿는다. 결국은 죽게 된다는 건 알지만 그 후에 벌어지는 일에 대해서는 생각이 없는 것이다. 그렇기 때문에 루모는 의식을 잃은 뒤 다시 평소에 친숙했던 세계가 펼쳐지는 것을 보고 깜짝 놀랐다. 빛나는 형상들의 장대한 파노라마였다. 지금까지 몰랐던 색깔들과 끝없는 빛의 깃발들이 내면의 눈으로 보던 세계를 연상시켰다.

'아하' 하고 루모는 생각했다. '죽으면 이렇게 되는구나. 눈을 감고 보는 것 같네.'

루모는 생생하게 밀려드는 빛의 물결에 떠밀려갔다. 이상하게도 이 물결의 색이 푸랑이라는 생각이 들었다. 그리고 그 위로 녹랑 구름이 빨랑 하늘 위로 스치고 지나갔다. 놀랍게도 그는 이 기이한 색깔들의 이름을 모두 알고 있었다.

게다가 헤엄도 칠 수 있었다. 아니, 자기가 헤엄을 친 게 아니라 그 물결에 떠밀려가고 있었다. 물결은 볼퍼강의 불쾌한 특성들과는 전혀 무관했다. 시끄럽지 않고 조용하며, 차갑지 않고 따스하고, 급하지 않고 고요했다.

'떠밀려가는 대로 맡겨둬야겠다'고 루모는 생각했다. 모든 것이 갑자기 아주 쉽고 간단하고 아름다워졌다. 더 이상 문제 될 것도 없고 고통도 없었다. 그를 괴롭히던 분노도 회의도 없고, 불안도 사랑의 고뇌도 없었다.

강물과 싸우다

랄라는 볼퍼강에 뛰어들자마자 생각보다 훨씬 차고 물살도 거세다는 것을 알았다. 특히 물이 옷과 털 속으로 밀려들어와 장화에까지 들어차는 바람에 몸이 무거워져 물속으로 가라앉는다는 점이 난감했다. 게다가 아주 시끄러웠다. 작은 소음들은 꾸르르륵 꾸르르륵 하는 단조로운 굉음에 다 먹혀버렸고, 살려달라고 소리치려던 낭만적인 계획은 수포로 돌아갔다. 원래는 멋있게 익사한 사람처럼 천천히 떠내려갈 거라고 생각했다. 그러나 이제 정신없이 떠밀려가다가 찢어진 종잇조각처럼 꼴깍 가라앉고 만 것이다.

볼퍼다리 아래를 떠내려갈 즈음에 루모의 관심을 끌려던 계획은 턱없는 생각이었다. 그런데 랄라가 거센 소용돌이에서 잠시 수면 위로 떠올랐을 때 우연히 루모가 난간 위로 몸을 숙인 것이다. 루모는 그 자리에서 뛰어내렸다. 단 일 초도 주저하지 않았다. 랄라는 그나마 물살에 떠밀려 멀어지기 직전에 루모가 뛰어드는 것을 보았다.

'날 사랑해!' 그녀는 생각했다. '망설임 없이 죽음의 길로 날 따라왔어.'

랄라가 다시 한 번 잠깐 수면 위로 솟구쳤을 때 루모도 수면 위로 나온 게 보였다. 그는 움직임이 없었고 물살에 휘말려 빙빙 도는데도 헤쳐 나가려는 시도를 전혀 하지 않았다. 의식을 잃은 게 분명했다.

'루모가 익사하겠다!' 그녀는 생각했다.

그녀는 강 한가운데로 계속 떠밀려갔다. 랄라는 루모가 기절할 것이라고는, 볼퍼강의 힘이 그렇게 엄청날 것이라고는, 운명이 이번에도 이토록 매정하게 나오리라고는 예상치 못했다. 랄라는 이런 유치하고 낭만적인 계획을 한 자신을 저주했다. 그 때문에 루모를, 목숨보다 훨씬 소중한 그를 극도의 위험에 빠뜨린 것이다.

"헤엄쳐!" 누군가가 소리쳤다.

몇몇 볼퍼팅어가 강변에 모여들었고, 벽 너머로 내려다보거나 다급한 마음에 급류를 따라 함께 내달리기도 했다.

수영. 말도 안 되는 소리였다! 랄라는 헤엄을 못 쳤다. 수영을 할 수 있는 볼퍼팅어는 없었다. 그건 낭떠러지에서 뛰어내리면 비행을 배운다는 것과 마찬가지로 터무니없는 얘기였다.

"헤엄쳐봐!" 강변에 있던 두 번째 볼퍼팅어가 소리쳤다.

어째서 그게 그렇게 터무니없다는 걸까? 루모의 목숨이 경각에 달렸다. 내 목숨은 고사하고. 그런데도 오랜 체질적인 두려움 때문에 시도조차 하지 말아야 한단 말인가?

"헤엄쳐야 돼."

그러나 어떻게 헤엄을 친다? 랄라는 강에서 목욕을 하다 죽은 사냥꾼이 생각났다. 그는 끊임없이 팔을 앞으로 쭉쭉 펴고 물은 삽질하듯이 뒤로 퍼 나르면서 발은 계속 움직였다. 개구리 같았다.

랄라는 다시 물속으로 빠져들었다. 바닥에 있던 자갈과 나뭇조각들이 얼굴을 때렸다. 한번은 딴딴한 돌에 머리를 부딪혀 거의 기절할 뻔했다. 다시 물 위로 떠올랐을 때 루모가 아주 가까이서 떠밀려가는 것이 보였다. 그러나 머리는 물속에 처박혀 있고 장화만 위로 솟아 있었다.

강변에는 볼퍼팅어들이 서서 기다란 막대기며 밧줄을 들고 손짓하고 있었다. 둘은 도시 뒤쪽으로 다가가고 있었다. 그곳은 물살이 그리 세지 않고 한쪽은 벽으로 막히지 않았다. 흥분한 동료들은 보통 때와는 달리 과감히 그리로 달려갔다.

머리를 치켜들려고 안간힘을 쓰면서 팔은 앞으로 뻗고 물을 뒤로 퍼 나르는 동시에 개구리 발동작을 흉내 냈다.

실제로 약간 앞으로 나아갔다. 그녀의 힘으로. 루모 쪽으로 다가
간 것이다. 랄라는 그런 동작을 반복했다. 온 힘을 다해서 최대한 빨
리 저었다. 볼퍼팅어로서 할 수 있는 최선을 다하고 또 다했다. 그녀
는 강물이 자기 몸에 가해 오는 힘이 떨어지자 깜짝 놀랐다. 언제 머
리를 물 위로 내밀고 물 밑으로 집어넣고, 언제 숨을 들이쉬고 언제
물 위로 떠오를지를 본능적으로 결정했다. 이러니까 수영이 되는구
나 싶어서 랄라는 강물과 싸우자고 생각했다.

그녀는 벌써 루모의 장화를 잡았다. 그녀는 한쪽 팔을 계속 저으면
서 몸을 확확 움직여 강변 쪽으로 다가갔다. 동료들이 긴 나뭇가지를
잡고 팔을 내밀며 기다리고 있었다. 마침내 그녀는 건초 거두는 쇠스
랑의 손잡이를 잡는 데 성공했다. 동료들은 랄라를 언덕 쪽으로 끄집
어 올렸고, 랄라는 핏기 없는 루모를 물 밖으로 밀어 올렸다.

루모는 모든 것에서 풀려나 말 없는 죽음의 파도에 휩쓸려 떠내려
갔다. 영원히 이렇게 떠밀려 가는 걸까? 아무래도 상관없었다. 어찌
되든 모든 걸 받아들일 거니까. 일단 죽음을 받아들였으니 더 놀라
고 자시고 할 것도 없었다. 저 위로 보이는 하늘은 새롭고 이상한 색
깔 천지였다. 누랑, 그로모랑, 오빛, 블라색, 허유름 등등. 그런데 갑자
기 친숙한 색깔이 나타났다. 은빛이었다! 그렇다, 그건 은띠였다. 손
에 잡힐 듯 가까이서 하늘거리고 있었다. 띠는 꿈속에서처럼 어떤
목소리를 냈다. 그러나 이번에는 노래를 하는 게 아니라 큰 소리로
단호히 말을 했다.

"루모! 숨 쉬어!"

숨 쉬라고? 어째서 죽었는데 숨을 쉬라는 거지? 그는 지금 막 숨
쉬는 습관을 내버렸다.

"루모!" 그 목소리가 다시 말했다. "숨 쉬어! 숨 쉬어야 돼!"

'더는 숨 못 쉬어.' 그는 생각했다. '숨 쉬는 법을 잊었어.'

"루모!" 그 목소리가 고함쳤다. 이번에는 날카롭고 화가 잔뜩 나 있었다. "명령이야. 숨 쉬어!"

루모는 갑자기 고통을 느꼈다. 뭔가가 코를 세게 찔렀다.

아야!

이 평화로운 세상에서 그런 통증이 어디서 온 걸까? 눈물이 났다. 루모는 훌쩍거렸다. 숨을 쉬기 시작한 것이다.

루모가 눈을 떴다.

다들 수그리고 자기를 내려다보고 있었다. 눈을 가늘게 뜨고 살피는데 랄라가 보였다. 다른 볼퍼팅어 몇이 뒤에서 자꾸 밀치고 들어왔다.

"랄라가 가차 없이 코를 쥐어박았어." 다들 이렇게 이야기했다. "효과가 있네. 신기하네."

"살았어."

"랄라가 헤엄을 친대." 뒤에서 이렇게들 수군거렸다.

랄라는 루모의 얼굴에서 물기를 닦아주고 그를 응시했다. 뭔가 특별한 것을 기대하는 듯이. 루모는 영문을 몰라 돌아보다가 그녀의 무릎에 토하고 말았다.

기적의 아가씨

랄라가 헤엄을 친대!

이 소식은 전 볼퍼팅에 퍼졌다. 들불처럼 빠른 속도로 집에서 집으로, 거리에서 거리로, 동네에서 동네로 번졌다. 한나절 만에 도시 전체가 알게 됐다. 랄라가 헤엄을 친대.

랄라가 난다고 해도 이보다 더 놀라지는 않았을 것이다. 도대체가 볼퍼팅어가 수영을 배울 수 있다고 생각하는 것 자체가 불가능했다. 헤엄을 친다는 것은 볼퍼팅어로서는 마술에 가까운 것이었다.

루모에 관해서는 소문이 이상하게 났다. 대충 이런 식의 이야기였다. 랄라가 헤엄을 친대. 그런데 루모 그 멍청이가 다리에서 볼퍼강으로 떨어져서 어떤 아가씨가 낚시하듯이 건져냈다네. 그가 랄라를 구하려고 볼퍼강에 몸을 던졌다고 얘기하는 사람은 아무도 없었다. 또 먼저 볼퍼강에 몸을 던진 것은 랄라였다고 얘기하는 사람도 없었다. 소문이 이런 식으로 잘못 번져갔지만 결국은 다들 그렇게 믿었다.

우르스가 이런 상황을 전해주는 동안 루모는 침대에 배를 깔고 누워 양동이에 누런 볼퍼강 물을 토했다.

그 다음 며칠간도 그는 우르스의 정보에 의존했다. 루모는 완전히 녹초가 돼서 여러 날 방을 나가지 못했다. 루모가 겨우 겨우 회복하는 동안 랄라의 명성은 볼퍼팅 거리 곳곳에서 높아만 갔다. 헤엄치는 여자 랄라. 기적의 아가씨 랄라. 물 위를 걷는다네. 헤엄 젬병 천치바보를 구해낸 당찬 여자 등등.

루모로서는 색깔들이 만발한 저 중간세계에 머물면서 영원히 떠다니는 편이 나았을지 모른다. 그러면 우르스와 아크젤 세쌍둥이가 전해주는 소식들을 듣지 않아도 되었을 것이다. 시립극장의 아마추어 극단은 루모 구하기라는 제목의 연극을 시범 공연했다. 시청에서는 랄라를 기리는 기념비를 세우거나 볼퍼강을 랄라강으로 개명하는 문제를 진지하게 논의했다. 랄라는 도시 앞 연못에서 수영 강습을 했다. 랄라는 뿌리 깊은 공포를 극복하고 몇 가지 동작만 배우면 헤엄을 칠 수 있다는 것을 몸으로 보여주었기 때문이다.

루모는 회복을 하고 나서도 차마 밖에 나가지 못했다. 학교도 가지 않았다. 가구공장에도 여러 날 발을 들여놓지 않았다. 밤에만 볼퍼팅 거리를 살며시 돌아다니며 신선한 바람을 쏘였다. 도시 전체가 그에게 등을 돌렸다. 검술 시간에는 우샨 데루카가 기다리고 있을 것이고, 일반 수업시간에는 랄라가 그러고 있을 것이다. 롤프와 차코 등등이 얼마나 빈정거릴지는 안 봐도 뻔했다.

어느 날 밤 그는 혼자 산보를 하다가 검은 돔 광장에 이르렀다. 돔은 수수께끼처럼 고요하게 서 있었다. 시커먼 것이 달빛에 비쳤다. 이 세상의 그 모든 풀리지 않는 수수께끼를 위한 기념물이었다. 루모는 다가가서 찬 돌벽에 등을 기대고 하늘의 별을 올려다보았다. 모든 것이 고요했고 도시는 잠을 자고 있었다. 이런 순간이야말로 조용히 달아나기에는 안성맞춤이라는 생각이 들었다.

볼퍼팅 전체가 랄라에 푹 빠졌다. 그런데도 왜 그녀는 행복하지 않았을까? 루모가 계속 바보 같은 태도를 보였기 때문이다. 제 목숨을 구해주었는데도! 하기야 그때도 루모의 행동은 이해가 가지 않았다. 급류에서 끌어내 살려주자마자 눈을 뜨더니 바지에다 오물을 토해놓고 일어서서는 고맙다는 말도 없이 가버렸다. 그런데 뭘 더 어쩌겠는가? 다들 보는 앞에서 루모한테 사랑을 고백한다? 아니지, 그보다는 좀 영웅티를 내면서 모른 척하는 게 나았다.

랄라가 헤엄을 친대!

그런 소리는 듣기 좋았다. 어쨌든 랄라가 뜨개질을 한대!라는 소리를 듣는 것보다야 나았다. 그날 하루 종일 거리에서 각종 행사가 계속되고, 저녁에는 시청에서 파티가 열렸다.

다음 날 볼퍼팅 주민 절반이 랄라에게 몰려들어 수영을 가르쳐달

라고 떼를 썼다. 도저히 사양할 수 없는 의무가 된 것이다. 처음에는
전투 스포츠 담당 교사들에게 가르치고, 다시 이들이 그녀와 함께
재능 있는 학생들을 선발했다. 그러자 며칠 안 가서 볼퍼팅 주민은
거의 다 수영을 할 줄 알게 되었다. 고질적으로 물을 무서워하는 극
소수와 루모만 빼고.

루모라면 기다려줄 수 있었다. 다만 지금으로서는 할 일이 태산이
었다. 루모는 영원히 숨어 있을 수도 없다. 어느 날 다시 학교에 나타
났다 하면 다시 사냥에 나서서 바짝 뒤를 좇다가 어느 순간 가차 없이
낚아챌 생각이었다. 이미 그러겠노라고 탈론의 이름을 걸고 맹세했
다. 그러나 차근차근 하는 법이다. 처음에는 좀 명성을 맛보고 싶었
다. 랄라는 드디어 볼퍼팅이 낳은 최초의 여성 영웅이 된 것이다. 평
생 이보다 더 흥분되는 순간이 있을 것 같지 않았다.

우르스도 헤엄치다

"나도 헤엄친다!"

우르스가 어느 날 저녁 어깨에 수건을 두른 채 루모 방으로 머리
를 들이면서 이렇게 소리쳤다.

루모는 침대에 앉아 짐을 싸고 있었다.

"볼퍼팅을 떠날 거야."

"뭐라고?"

"알잖아."

"잠시 여행을 가겠다고? 랄라 열풍이 잠잠해질 때까지 기다렸다
가 다시 올 거지? 다 잊혀질 때까지. 좋은 생각이야."

"아니, 안 돌아와."

"그럼 어디로 가게?"

"몰라. 봐야지."

"랄라 때문에 볼퍼팅에 왔는데 이제 랄라 때문에 떠나시겠다? 말 된다."

"그럼 어떡해? 걔 때문에 온 도시의 웃음거리가 됐는데."

"걘 네 목숨을 구해주었어."

"난 걔 목숨을 구하려고 그랬어."

"네가 뭘 하려 했는지는 중요한 게 아니야. 걔가 아니었으면 넌 죽었어."

"그게 오히려 낫지."

"네 마음대로 둘러대봐. 어쨌든 넌 랄라한테 빚을 진 거야. 그냥 어물쩍 도망갈 수는 없어."

"내 마음이지."

"그래, 네 마음이야."

"그럼 어쩌란 말이야?" 루모의 목소리는 이제 완전히 절망적이었다.

"이런 상황에서는 방법이 하나 있지. 신탁을 받아봐."

"신탁?"

"오른트 라 오크로 말이야. 그 아저씨는 모든 문제에 대해 답을 알고 있어."

"오른트? 우리 소목장 아저씨?"

오른트 라 오크로 이야기

오른트 라 오크로가 언제 이 도시로 왔는지 아는 사람은 볼퍼팅에 아무도 없었다. 시장도 몰랐다. 어쨌든 옛날부터 거기 있었다고 한다. 오른트는 가구를 잘 만들었다. 그러나 다른 볼퍼팅어들과 구분되는 독특한 능력은 그게 아니었다. 오른트는 조언에 일가견이 있었다. 때로는 그런 조언이 맞기도 하고 틀리기도 했다. 하지만 그런 얘기를 하는 순간에는 정신이 번쩍 들었다. 진짜 신탁을 받은 것처럼 천둥소리 같은 느낌으로 다가왔다. 볼퍼팅어들은 여러 번 잘못된 조언을 듣고도 아랑곳하지 않고 계속 그를 찾았다. 그만큼 그 순간만큼은 그의 조언이 설득력이 있었던 것이다. 시장은 행정 문제를 상의하러 왔고, 교장은 교육 문제를 논의하러 왔다. 요리사는 차림표 얘기를 하러 왔다. 여학생들은 남학생과 문제가 생기면 찾아왔다. 그런데 딱 한 가지 점에 있어서는 모두가 하나같이 똑같았다. 그들은 결코 오른트의 조언을 구하러 온 것은 아닌 것처럼 행동했다. 그들은 망가진 의자나 아교가 떨어져서 못 쓰게 된 서랍, 부러진 빗 같은 것을 들고 왔다. 오른트가 망가진 부위를 고치는 동안 그들은 작업장을 왔다 갔다 하면서 날씨 얘기며 이런저런 얘기를 하다가 반드시 어느 순간이 되면 이런 말을 꺼냈다.

"에, 저기, 오른트 아저씨, 그냥 하는 얘긴데요, 그러니까 내가, 저기 내 친구(여자친구/시청 직원/요리사 조수)가 말이지요, 이러저러한 문제가 있어서……."

오른트는 그런 얘기를 귀담아 들었다. 파이프에 불을 붙이고, 끙 하는 소리를 내며 왔다 갔다 하면서, 파이프 재를 떨어내고, 새 잎담배를 끼워 넣고, 다시 불을 붙이고, 푸른 연기를 내뿜으면서. 그 자옥한 연기 사이로 음성이 흘러나왔다. 아주 신뢰가 가고 안정적이고 원숙하고 지혜로운 느낌을 주는 목소리였다. 묵언수행을 하는 수사들이 나무 경사로에 굴려 내온 백 년 동안 숙성시킨 최고급 붉은 포도주 통 같았다.

"뭐냐, 자네도 알다시피, 난 정말 충고 같은 거 하고 싶지 않지만, 내가 보기에는 지금 사태가 이러저러……."

이어 결론이 나오고 그 결론을 행동으로 옮기려면 이렇게 하는 것이 제일 좋다는 권고가 잇따랐다. 사람들이 오른트를 찾는 것은 꼭 올바른 충고를 해주기 때문은 아니었다. 아니다. 그를 찾는 이유는 대부분의 사람들이 자기 무덤보다 더 두려워하는 어떤 것, 즉 결정을 내려야 한다는 부담감 같은 것을 덜어주기 때문이었다.

신탁

"저기, 오른트 아저씨, 그냥 하는 얘긴데요, 우르스 아시죠, 제 도시 친구 말이에요. 그런데 그 친구가 여자애랑 문제가 있어서요……."

오른트는 천천히 파이프에 잎담배를 채워 넣고 이야기에 귀를 기울였다. 루모는 흥분해서 급히 말했다. 그는 자초지종을 이야기하면서 "우르스가"라고 해야 할 대목에서 여러 번 "저는"이라고 했다. 목이 칼칼해지고 말이 캑캑거렸다.

"뭐냐, 알다시피 난 누구한테 충고 같은 거 하고 싶지 않지만, 네 친구, 그, 뭐냐……."

"우르스요!"

"아, 우르스. 나라면 그 친구한테 이렇게 말하겠다. 자네 마지막으로 그 아가씨한테 뭔가 특별한 걸 해준 게 언젠가?"

"그게 무슨 말씀이세요? 전, 제 생각에는, 저기……."

"우르스가."

"네, 우르스가 이렇게 물을 것 같아요."

"여자한테 특별한 게 뭐냐고? 음, 예를 들면 다이아몬드를 거인의 손아귀에서 빼앗아 온다든가, 베어울프의 불끈불끈 뛰는 심장을 황금쟁반에 담아 준다든가, 뭐 그런 거지."

"네? 어떻게 제가……. 어디서 우르스가 그런 걸 얻을 수 있겠어요? 여자들은 그런 걸 그렇게 갖고 싶어 하나요?"

"그게 무엇이냐는 중요한 게 아니야. 그건 낡은 벽돌장일 수도 있고, 녹슨 문고리일 수도 있지. 거기에 연관된 위험한 순간이 중요한 거야."

루모는 곰곰 생각했다.

"전 모르겠어요. 어, 우르스는 아마 이럴 거예요."

"이제 우르스니 뭐니 하는 소린 집어치워라! 볼퍼팅 전체가 너하고 그 여자애 얘기로 난리인데. 넌 그 애한테 반했잖아. 팔에도 새겼다면서. 랄라라고. 그런데 일이 안되는 쪽으로 가고 있지?"

루모는 이두박근 쪽을 손으로 가렸다.

오른트가 히죽 웃었다.

"모르겠다. 너도 들었는지. 요즘 이 도시에서 가장 큰 웃음거리는 네가 선사하고 있더구나."

"알아요." 루모가 투덜거렸다.

"문제는 이런 거야. 그 여자애는 널 좋게 생각해. 네 목숨도 구해줬어. 그런데 넌 그냥 다가가서 구애를 하기가 참 뭐한 거야. 그럴 용기나 있는지 모르겠다만."

대화가 이렇게 유쾌하지 않은 방향으로 흐를 줄 알았다면 시작하지도 않았을 것이다. 우르스, 이런 바보 같은 아이디어를 내다니! 이젠 밤을 틈타 볼퍼팅에서 달아날 수도 없게 됐다.

"이런 상황에서 한 가지 도움 될 만한 게 있지……." 오른트가 말했다.

"해결책이 있다고요?"

"그럼. 삼중 정표(情表)가 있어야 돼."

"삼 뭐라고요?"

"삼중 마법 같은 거야. 그 아가씨의 마음을 얻을 수 있는. 노력해서 빚을 갚아야지. 그리고 이 도시에서 너의 명성도 회복하고. 세 가지 문제가 있어. 그러려면 세 가지 정표가 필요해."

오른트가 손가락 세 개를 폈다.

"무슨 말씀인지 잘 모르겠어요."

"잘 들어. 금반지가 하나 있다고 치자. 그러면 그냥 평범한 사랑의 표시야. 별로 대단한 게 아니지. 그런데 이 금반지를 네가 손수 만들었다고 해봐. 그러면 훨씬 더 정감이 갈 거야. 이중의 정표가 되는 거지. 하지만 아직 대단하다고 하기에는 너무 미흡하지. 그래서 이렇게 하는 거야. 반지가 하나 있어. 네가 직접 금으로 만드는 거야. 그런데 그 금은 머리 일곱 달린 히드라에게서 빼앗아 온 거야. 그러면 삼중 정표가 되지. 귀한 물건이고, 정감이 가는 데다, 목숨까지 걸고 구해 온 거란 말이야."

"그럼 머리 일곱 달린 히드라를 찾아야겠네요?"

"예를 들면 그렇다는 거야. 이 근처에는 히드라가 없어. 꼭 반지일 필요도 없고. 다이아몬드나 녹슨 문고리라도 상관없어. 네 목숨을 걸고 구해 온 거라면 말이야."

"랄라한테 문고리를 선물할까요?"

오른트는 맥이 탁 풀려 루모를 쳐다보았다.

"얘야, 넌 정말 머리가 안 도는구나."

루모는 고개를 떨구었다.

"내 말은 자신이 특히 잘 할 수 있는 거면 된다는 거야."

"싸움이요?"

"아니지, 조각."

루모는 곰곰이 생각했다.

"제가 뭘 조각해야 되나요?"

"그게 괜찮을 것 같은데."

"뭔데요? 말해줘요!"

오른트는 헛기침을 하며 말을 시작했다.

"누르넨 숲의 참나무로 보석함을 손수 만드는 거야. 누르넨 잎 하나도 그 안에 넣어야겠지."

루모는 볼퍼팅 근처에 누르넨 숲이 있다는 걸 알고 있었다. 그러나 스마이크가 얘기해준 전설적인 전투가 일어난 곳이라는 것밖에는 알지 못했다.

"목공들은 누르넨 숲 참나무를 차모니아에서 가장 좋은 목재로 평가하지. 귀하기도 하고. 그걸 얻으려면 대단한 용기가 있어야 돼. 무시무시한 누르넨들이 그 참나무를 지키고 있다고 하니까."

"누르넨이 뭐예요?"

"몰라. 나뭇잎이 뭉친 족속이야. 나무의 유령이고. 아무도 정확히는 몰라. 누르넨 잎사귀는 피처럼 붉다고 하지. 어떤 사람들은 나무로 된 곤충이라고 주장해. 또 어떤 사람들은 육식식물로 뛰어다닐 수도 있다고 하지." 오른트는 쓴웃음을 지었다. "몸속에 수지 대신 붉은 피가 흐른다는 거야. 어쨌거나 누르넨 숲에는 누르넨이 우글거린데. 그래서 그 숲에는 아무도 발을 들여놓지 않아. 그래서 누르넨 숲 참나무 조각이 그 어떤 다이아몬드보다 귀한 거란다."

"그렇구나."

"이제 온 힘을 다해서 그 나무로 보석함을 깎으면 정말 아주 특별한 선물이 될 거야. 거기다가 누르넨 잎 하나를 따서 넣으면 그 선물이 네가 목숨을 걸고 구한 것이란 걸 누구나 알겠지. 적어도 금으로 만든 보석함에 베어울프 군대에게서 빼앗은 다이아몬드를 가득 채운 정도는 되지."

루모는 흥분됐다. 오른트는 정말 은총 받은 조언자였다.

"누르네 숲에 가는 데 얼마나 걸려요?"

"며칠 정도. 알아둬. 네가 나무를 구하러 숲에 간 사이에 내가 네 계획을 좀 떠벌려서 퍼뜨릴 테니까. 랄라도 얼마 안 가서 알게 될 거야. 그 아이가 정말 아직도 너한테 마음이 남아 있다면 걱정이 돼서 안절부절못할 거다. 그럴 때 네가 돌아오는 거야. 개선장군처럼. 그러면서 그 아가씨에게, 짜잔, 보석함을 선물하는 거야. 그러면 완전히 너한테 넘어오는 거지."

루모가 벌떡 일어섰다.

"할래요!"

그는 오른트를 덥석 끌어안았다. 문 앞에 가서 작별인사를 하면서도 다시 한 번 성공을 다짐하는 눈짓을 해 보였다. 그러고는 떠났다.

오른트는 한동안 마비된 듯이 앉아 있었다. 늘 그렇지만 그는 걸어 다니는 신탁으로서 질문을 받으면 일종의 도취 상태에 빠졌다. 그러면 온갖 아이디어가 샘솟고 그 아이디어를 실현할 세부적인 계획이 잇따라 흘러나왔다. 대개 잠시 쉬고 나면 바로 제정신이 돌아왔다. 그러면 자기가 어떤 조언을 해주었던가 하고 돌이켜보곤 했다.

루모에게 누르네 숲으로 가라고 했다.

루모에게 누르네 숲 참나무 한 조각을 잘라 오라고 했다.

루모에게 그걸로 보석함을 만들고 그 안에 누르넨 잎 하나를 넣어두라고 했다.

오른트는 벌떡 일어섰다. 정신이 나갔나? 목에 돌을 매달고 볼퍼 강에 뛰어들라는 얘기나 마찬가지였다.

오른트 라 오크로는 밖으로 뛰쳐나갔다. 깜깜한 밤이었다.

"루모야!"

큰 소리로 불러 보았지만 거리에는 아무도 없었다.

"기다려! 루모! 어딨니?"

그러나 루모는 벌써 도시를 떠났다.

누르네 숲

누르네 숲은 한 작은 산에 있었다. 둥근 지형이 융기한 곳으로 지름은 한 일 킬로미터쯤 됐고 수목이 무성했다. 누르네 숲 참나무는 가장 높은 지점에 있어서 멀리서도 잘 보였다. 잎사귀가 달리지 않은 시커먼 가지들이 다른 나무들 우듬지 위로 자라 하늘로 뻗어 있었다.

루모는 사흘 밤낮을 헤맸다. 거의 쉬지도 않고 잠도 안 잤다. 그런데 마주친 것이라고는 늑대 몇 마리가 고작이었다. 놈들은 한동안 루모 주변을 맴돌더니 달아났다. 그는 숲에 발을 들여놓으면서 검 손잡이에 손을 대고 올라가기 시작했다.

"이게 무슨 숲이라고?" 사자이빨이 물었다.

"누르네 숲."

루모가 말했다. 볼퍼 다리 사건 이후로 루모는 사자이빨과 말을 하지 않았다.

"나하고 다시 말하네? 오호, 이제 좀 마음이 놓인다."

"으흠!" 루모가 말했다.

"으흠!" 사자이빨이 받았다. "이 친구가 나한테 어허라고 했어! 정말 기분 좋다! 누르네 숲아, 어허! 그런데 여기서 뭘 하는 거지?"

"누르네 숲 참나무 조각을 구해서 그걸로 보석함을 만드는 거야. 랄라한테 줄 거지."

"아하, 조각. 참 좋은 생각이네. 싸움도 없고 평화로운 작업이지.

그런 건 나도 잘해!"

"여기는 누르넨이 우글거려."

"누르넨? 누르넨이 뭔데?"

"몰라. 보면 알겠지."

"정말 조용하다, 여기."

너무나 조용해…… 냉혈 왕자라면 지금 상황에서 이렇게 말했을 것이라고 루모는 생각했다. 실제로 숲 전체가 숨을 멈춘 것 같았다. 천천히 올라가면서 그는 잠깐 눈을 감았다. 숲에 사는 작은 동물들의 냄새가 났다. 다들 잠든 모양이다. 별로 이렇다 할 것 없는 숲의 냄새만이 들어왔다. 수지, 전나무 바늘잎, 촉촉한 나뭇결 냄새…….

루모는 다시 눈을 떴다. 어떤 그림을 보석함에 새겨 넣을까 곰곰 생각하기 시작했다.

"하트는 꼭 새겨야지!" 사자이빨이 권했다.

"으흠!" 루모가 말했다.

"동물도 넣어야지. 우스꽝스러운 작은 동물들 말이야. 보석함에서 두드러져 보일 거야."

"원래는 용을 생각했는데." 루모가 받았다. "용하고 뱀 같은 것들 말이야."

"아, 그래." 사자이빨이 말했다. "거미하고 박쥐도 몇 마리 새기면 좋을 거야. 그리고 쥐도. 뚱뚱하게 살찐 쥐 말이야. 여자들이 좋아하……."

"어허!"

루모는 제자리에 선 채 위를 올려다보았다. 붉은 이파리들이 하나의 지붕을 이루고 그 아래로 비쩍 마른 나무줄기 여덟 개가 기둥처럼 받치고 있었다.

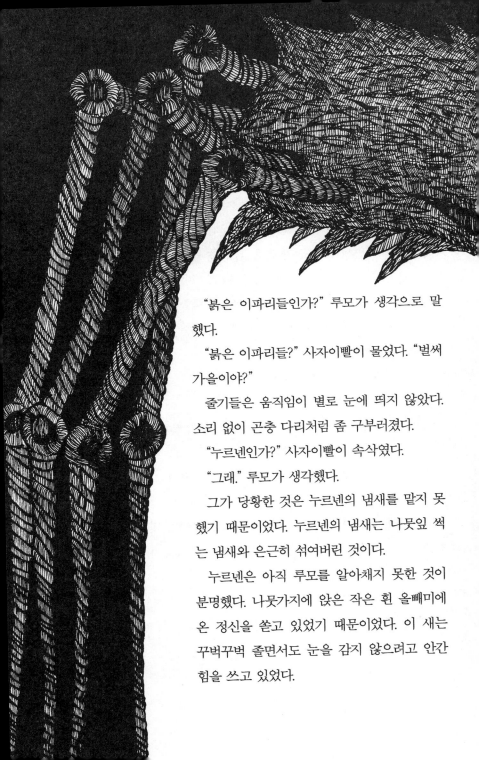

"붉은 이파리들인가?" 루모가 생각으로 말했다.

"붉은 이파리들?" 사자이빨이 물었다. "벌써 가을이야?"

줄기들은 움직임이 별로 눈에 띄지 않았다. 소리 없이 곤충 다리처럼 좀 구부러졌다.

"누르넨인가?" 사자이빨이 속삭였다.

"그래." 루모가 생각했다.

그가 당황한 것은 누르넨의 냄새를 맡지 못했기 때문이었다. 누르넨의 냄새는 나뭇잎 썩는 냄새와 은근히 섞여버린 것이다.

누르넨은 아직 루모를 알아채지 못한 것이 분명했다. 나뭇가지에 앉은 작은 흰 올빼미에 온 정신을 쏟고 있었기 때문이었다. 이 새는 꾸벅꾸벅 졸면서도 눈을 감지 않으려고 안간힘을 쓰고 있었다.

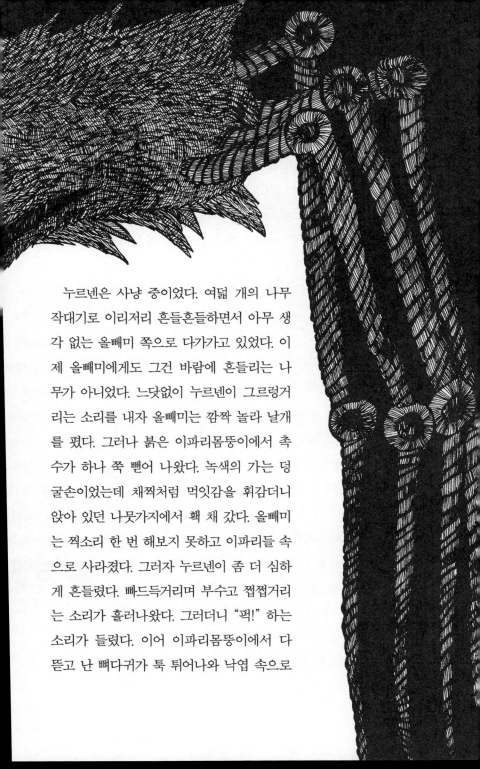

누르넨은 사냥 중이었다. 여덟 개의 나무
작대기로 이리저리 흔들흔들하면서 아무 생
각 없는 올빼미 쪽으로 다가가고 있었다. 이
제 올빼미에게도 그건 바람에 흔들리는 나
무가 아니었다. 느닷없이 누르넨이 그르렁거
리는 소리를 내자 올빼미는 깜짝 놀라 날개
를 폈다. 그러나 붉은 이파리몸뚱이에서 촉
수가 하나 쭉 뻗어 나왔다. 녹색의 가는 덩
굴손이었는데 채찍처럼 먹잇감을 휘감더니
앉아 있던 나뭇가지에서 홱 채 갔다. 올빼미
는 찍소리 한 번 해보지 못하고 이파리들 속
으로 사라졌다. 그러자 누르넨이 좀 더 심하
게 흔들렸다. 빠드득거리며 부수고 쩝쩝거리
는 소리가 흘러나왔다. 그러더니 "픽!" 하는
소리가 들렸다. 이어 이파리몸뚱이에서 다
뜯고 난 뼈다귀가 툭 튀어나와 낙엽 속으로

떨어졌다.

"이런!" 사자이빨이 소곤거렸다. "육식식물이네."

루모는 누르넨과의 싸움을 잠시 미루기로 했다. 전혀 알지도 못하고 알 수도 없는 족속이어서 어떻게 처리해야 할지 감이 잡히지 않았기 때문이다. 이파리몸뚱이는 루모 위쪽으로 수 미터 떨어진 손에 닿지 않는 곳에 매달려 있었다. 그는 이 괴물이 어떤 행동을 할지 예측할 수 없었다. 구르륵구르륵 하는 소리가 나는 걸로 보아 당장은 올빼미를 소화하고 있는 것 같았다. 슬그머니 달아나기에는 좋은 기회였다.

그는 자칫 썩은 나뭇가지를 밟지 않도록 바닥을 잘 살폈다. 그런데 아주 조심스럽게 한 발 한 발 옮기다가 그만 새끼이파리족을 밟고 말았다.

새끼이파리족은 다름 아닌 꼬마 누르넨으로, 말하자면 젖먹이 누르넨이었다. 얼핏 보면 녹이 슨 것처럼 붉은 참나무 이파리처럼 보이지만 뒤집어보면 여덟 개의 가는 나무발로 서 있는 것을 알 수 있다. 루모로서는 불행이지만 새끼이파리족들은 비명을 지를 줄 알았다. 이 작은 생물이 가냘프게 톱질하는 듯한 소리를 질렀다. 큰 누르넨을 놀라게 하기에 충분했다. 그 몸뚱이에서 폭풍이 굴뚝 속으로 빨려 들어갈 때처럼 울부짖는 소리가 났다. 나무 관절이 삐거덕거리더니 다리가 꺾이면서 붉은 나뭇잎 지붕이 아래로 내려왔다. 갑자기 노란 덩굴손으로 된 막 같은 것이 루모를 덮쳤다. 사자이빨을 꺼내기도 전에 수십 개의 촉수가 팔과 다리를 휘감더니 그를 홱 들어올렸다. 루모는 누르넨의 다리 사이에 매달렸다. 이어 촉수들이 그를 네 동강 내려는 듯 사지를 팽팽히 잡아당겼다.

촉수 하나가 채찍처럼 새로 내려오더니 루모의 목을 휘감았다. 덩굴손이 점점 조여들었다. 더 숨을 쉴 수가 없었다. 그리고 눈에서는 눈물이 찔끔 나왔다.

'무조건 물어뜯자.' 루모는 이렇게 생각하고 덥석 물었다. 머리 부위를 물어뜯어 내버리자 찢긴 촉수에서 붉은 피가 뿜어져 나왔다. 누르넨은 칙 하는 소리를 내면서 감는 힘이 약해졌고, 그 덕분에 루모는 풀려나와 낙엽 속으로 나동그라졌다.

괴물은 끔찍한 신음 소리를 내면서 촉수를 거두어들였다. 붉은 몸통에서는 피가 떨어졌다. 루모는 바로 네 발로 서서 혁대에서 사자이빨을 뽑았다. 그러나 검을 들고 선 것은 잠시뿐이었다. 검을 쥐자마자 뒤통수에 찌르는 듯한 통증을 느꼈기 때문이다. 누르넨이 가늘고 긴 나무발로 발길질을 한 것이다. 눈앞이 캄캄해지고, 발이 말을 듣지 않았다. 사자이빨은 낙엽 속에 떨어졌다. 루모는 방향을 잃고 이리저리 비틀거렸다.

누르넨은 다른 쪽 다리를 구부리더니 루모의 등을 밟았다. 그 바람에 루모는 앞으로 고꾸라졌다. 그가 누르넨 아래서 허우적거리는 동안 누르넨은 뒷다리로 일어나 기고만장해서 울부짖었다.

"여기 있어! 네 뒤야!" 사자이빨이 외쳤다.

루모는 뒤쪽을 더듬어 두 손으로 사자이빨을 잡았다.

"조심. 또 밟는다!"

루모는 옆으로 굴렀고 발길질은 빗나갔다. 뾰족한 발끝이 땅바닥에 깊이 박혔다. 누르넨은 칙 하는 소리를 내면서 발을 다시 뽑아내려고 했다. 놈은 이리저리 비틀거리면서 앞으로 갔다 뒤로 갔다 했다. 루모는 이 기회를 틈타 일어났다.

"달아나."

사자이빨이 소리쳤다. 그러나 루모는 달아날 마음이 전혀 없었다.

누르넨은 땅바닥에 박힌 발을 힘껏 잡아 뺐다. 놈은 제자리를 맴돌면서 상대를 예의주시했다. 루모는 칼을 손에 쥐고 서서 때를 기다렸다. 누르넨이 뒤로 몇 발자국 주춤거렸다. 그렇게 잠시 서로를 탐색했다.

"어쩌려고?" 사자이빨이 물었다.

"이제 누르넨 이파리를 따야지." 루모가 말했다.

누르넨은 그르렁거리는 위협적인 소리를 냈다. 조금 전 올빼미를 덮칠 때와 같은 소리였다. 몸통에서 피가 긴 실처럼 떨어지면서 바닥을 붉게 물들였다. 누르넨은 불안하게 움직이면서 이 발을 들었다 저 발을 들었다 하더니 뒷다리 여섯 개는 구부리고 앞다리 두 개를 높이 치켜들었다. 뾰족한 발끝은 루모를 노리고 있었다. 그러더니 온 힘을 다해 왈칵 덤벼들었다.

루모는 지금까지 그렇게 빨리 움직인 적이 없었다. 옆으로 풀쩍 뛰면서 그 스피드에 스스로도 놀랐다. 그러고 보니 누르넨의 다리 끝은 자기가 원래 서 있던 자리에 깊이 박혔다. 땅속에 너무 깊이 파고들어서 빠지지 않는 상태였다. 화가 치민 누르넨의 울부짖음이 온 숲을 뒤덮었다.

루모는 말뚝처럼 박힌 발 한 쪽으로 다가가 사자이빨을 두 손으로 잡고는 검을 머리 높이 치켜들었다가 "양손으로 베기" 하고 중얼거리더니 온 힘을 다해 내리쳤다. 단 일격에 다리가 두 동강 났다. 남은 단면에서 피가 치솟았다. 누르넨은 마구 울부짖으면서 나머지 다리를 구부렸다. 붉은 몸통이 앞으로 쓰러지더니 땅바닥 바로 위에 매달렸다. 루모는 그 옆으로 가서 칼을 들었다.

"꼭 그래야 돼?" 사자이빨이 물었다.

루모는 붉은 이파리들을 칼로 한 번 꽉 치더니 한 걸음 뒤로 물러났다. 이파리몸뚱이는 쪼개졌고, 그 속에서 누르넨의 내장이 땅바닥으로 쏟아져 나왔다.

"우와!" 사자이빨이 말했다.

루모는 검을 내렸다. 그는 죽은 괴물한테로 가 붉은 잎을 하나 따서 주머니에 넣었다.

"이야!" 사자이빨이 소리쳤다. "난 완전히 피범벅이야. 정말 토하겠다! 제발 좀 씻어줘."

루모는 무릎을 꿇고 풀을 한 줌 뜯더니 칼을 닦기 시작했다.

"피다!"

그때 루모의 머릿속에서 어떤 목소리가 말했다. 납으로 만든 종에서 나는 소리처럼 깊고 묵직한 목소리였다.

"난…… 피 맛이군!"

"뭐라고?"

루모가 흠칫했다. 사자이빨의 목소리가 아니었다.

"음…… 여기 어디야……? 어두워……. 이거 피야? 사방이 피네……."

루모는 칼에 묻은 피를 닦았다. 사자이빨이 농담을 한 건가? 목소리를 바꿔서 말한 건가?

"어, 이거 무슨 으스스한 목소리야?" 사자이빨이 물었다.

"너도 들었니?"

"여기 어디야?" 그 목소리가 물었다. "마지막으로 생각나는 건…… 전투…… 적의 북소리…… 죽어가는 자들의 비명…… 밤에 울리는 검들의 노랫소리……."

"아하, 이런." 사자이빨이 말했다. "데몬전사네. 그 골이야! 그게 깨어난 거야."

"누가 깨어나?"

"난 여기 나 혼자 들어와 있다고 생각했어. 그런데 데몬의 두뇌도 같이 넣었나 봐. 반쪽 칼날에 말이야. 피맛을 보여주니까 비로소 깨어난 거야!"

"피……." 그 목소리가 신음 소리를 냈다.

"너 누구야?" 루모가 물었다.

"내 이름은 그린촐트, 쪼개기의 명수지. 데몬전사. 보병에, 공병이자, 일급 공인서를 가진 검투사다." 그 목소리는 군인 투로 왈왈거렸다.

루모는 검 날을 한동안 뚫어져라 쳐다보았다.

"목소리가 또 있어?" 루모는 한심하다는 듯이 끙 하는 소리를 냈다. "그것 참 난감하네."

"나도." 사자이빨이 끙 하는 소리를 냈다. "정말 끔찍해."

"뭐가 끔찍해?" 루모가 물었다.

"그린촐트는 끔찍해. 내 생각이 그자 생각과 섞이다니. 오오……."

"넌 그의 생각을 읽을 수 있잖아?"

"그건 생각이 아니야. 그건 오싹한 이야기야……."

데몬천사 그린촐트 이야기

데몬 족속에 속하는 부류는 어느 시대에 태어나든 차모니아에서 지내기가 쉽지 않았다. 그러나 그린촐트는 데몬으로서 차모니아에서 살기가 진짜 어려운 시대에 태어났다. 당시에는 모든 데몬이 소속 분파에 관계없이 굉장히 미움을 받았다. 그래서 남들이 그들을 꺼리지 않았다면 아마 멸종돼버렸을 것이다. 그러나 그들은 작은 노상강도 패거리에서부터 단원이 수백 명이나 되는 전쟁종족까지 전투 능력을 갖춘 공동체로 합쳤다. 서로 다른 분파가 부딪치면 끔찍한 싸움을 벌이거나 같은 분파끼리 데몬군대로 합쳤다. 그리고 나서는 본격적으로 일을 벌였다. 데몬군대는 약탈과 살인을 일삼으며 휩쓸고 다녔다. 그러다가 또 다른 데몬군대와 마주치게 됐다. 데몬전사들은 잔인성과 충성심 면에서 다른 용병을 압도했다. 탈영병이나 항복, 포로, 봐주기 같은 것은 아예 없었다. 정말 진짜배기 데몬전투였다는

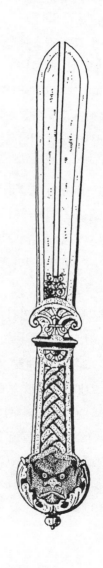

표현은 양쪽 다 엄청난 손실을 보고도 승자가 뚜렷하지 않은 처절한 전투를 지칭하는 말로 널리 쓰였다.

그린촐트는 그런 부류의 온갖 나쁜 특성을 모범적으로 갖추고 있었다. 끔찍할 정도로 추악하고, 피에 굶주렸으며, 증오로 가득 차 있고, 한량없이 야비했다. 그리고 철저하게 솔직했다. 진짜 사악한 데몬들은 거짓말이나 술책을 전혀 안 부리고 살아갈 수 있었다. 악행을 너무 공공연히 저질러서 그걸 감춘다는 게 별 의미가 없을 정도였다. 그린촐트는 누구에게도 잘 보이려 하지 않았다. 말하자면 공명심 같은 것을 몰랐던 것이다. 그리고 그 무엇도 마음에 두는 것이 없었다. 말하자면 특별한 욕심이 없었다는 얘기다. 남을 죽이고, 언젠가 남을 죽이다가 죽는 것, 이 두 가지밖에 몰랐다. 그린촐트는 완벽한 데몬전사였다.

이미 어린 시절에 그는 차모니아 곳곳을 마음 내키는 대로 돌아다녔다. 대개의 데몬 부모들이 그러하듯이 그의 부모도 그를 낳자마자 내버렸다. 데몬으로서는 자식 사랑의 표현이었다. 새끼를 제 손으로 목 졸라 죽이려는 본능을 이겨내려면 무진 노력을 해야 하기 때문이었다.

그린촐트는 대형 쓰레기통에 들어가게 되었다. 쥐오줌보 판매를 전문으로 하는 그랄준트 쥐 도살장에 있는 꽤 널찍한 쓰레기통이었다. 이 거대한 통은 오른 오줌쥐의 너덜너덜해진 해골을 모아 매달 말에 쓰레기처리장으로 보내기 전까지 보관했다. 그린촐트는 생애의 첫 달을 말하자면 해골과 똥파리들과 함께 보낸 것이다. 거기에는 또 쥐 잡아먹는 쥐가 서식하면서 해골에 붙은 살점을 갉아 먹었다. 그린촐트는 아직 걸어 다니지는 못했지만 손힘이 세고 발톱이 날카로워서 자기방어는 할 수 있었다. 그래서 쥐 잡아먹는 쥐를 하나씩 하나씩 목 졸라 죽여서 그 대가리를 뜯어 먹고 그 피를 마셨다. 그 린촐트는 한쪽 귀와 발가락 두 개를 잃었다. 잠든 사이 쥐들이 갉아 먹은 것이다. 그러나 그는 살아남았다. 사 주 후에는 아주 힘이 세져 서 쓰레기통을 기어 나와 세상으로 나갔다. 그린촐트는 걷는 법을 배우기도 전에 이미 지옥을 체험하고 나온 것이다.

이후 오 년 동안 그린촐트는 죽이고 먹고 뛰고 자는 것 외에는 아 무것도 하지 않았다. 생쥐와 큰 쥐를 죽이고, 고양이와 개도 죽였으 며, 그 피를 마시고 그 고기를 먹었다. 하수도에서도 살고 숲에서도 살았다.

그러다 정착을 하게 됐다. 한 삼 년쯤을 그렇게 보냈다. 그가 집으 로 삼은 곳은 데몬협곡에 있는 한 동굴이었는데 그 앞을 지나는 건 뭐든지 덮쳤다. 방랑객이든 야생 염소든 상관없었다. 팔 년 만에 그 는 마침내 다 자란 데몬이 됐다. 키는 이 미터가 넘고 세상에 나아 가 전쟁터를 찾아다닐 준비가 다 돼 있었다.

처음에는 데몬 노상강도단에 합류했다. 그는 그 다음 날로 무리 의 두목을 곤봉으로 때려죽이고 새 두목이 됐다. 그들은 몇몇 농가 와 작은 여행자 무리를 습격했다. 나중에는 그마저도 너무 지루해졌 다. 그래서 마을을 습격할 정도의 규모가 되는 데몬 분파에 합류했 다. 여기서 그린촐트는 처음으로 전술이라는 걸 배우게 됐다. 너무도 갈망하던 지식이었다. 그는 특히 검을 다루는 데 놀라운 재능을 보 였다. 적을 머리끝에서 발끝까지 쪼개버리는 걸 좋아했다. 그래서 남 들이 쪼개기의 명수 그린촐트라고 불렀다. 그들은 그에게 말하는 법 을 가르쳐주었다. 명령을 알아듣게 할 요량으로 가르친 것인데 나중 에는 명령을 내리는 데 써먹게 됐다.

어느 날 이 무리는 대규모 데몬군대와 마주쳤다. 그 부대에 합류하느냐 아니면 항문에 말뚝을 박아 넣고 어깨로 삐져나오게 해서 죽이는 말뚝형을 당할 것이냐 하는 선택의 기로에 놓였다. 몇몇 유난히 고집스러운 자들은 말뚝형을 택했지만 그린촐트와 나머지는 그 부대에 합류했다.

이제 그린촐트의 황금기가 왔다. 그는 전처럼 그렇게 자유롭지는 않았지만 아무런 방해도 받지 않고 마음껏 열정을 발휘할 수 있었다. 데몬 부대는 도시와 요새, 대상(隊商)들을 습격했다. 그린촐트는 미드가르드의 산속 미로에서, 사막의 전쟁터에서, 그리고 두꺼비늪 전투에서 싸웠다. 다른 데몬전사들과 함께 죽음에 대한 열망으로 점철된 노래를 고래고래 부르는가 하면 피를 섞은 포도주를 마시고 적의 살점을 뜯었다. 동료 패거리들은 열을 올려가며 지하세계에 관한 얘기를 해주었다. 그 세계는 전투에서 싸우다 죽으면 가서 살게 되는 곳으로 죽음의 제국이었다. 그곳에는 포도주와 고기와 피를 가득 담은 거대한 단지들이 있어서 영원히 퍼마실 수 있었다. 더구나 저 지하세계에서는 살해된 적들이 항문에 벌겋게 달아오른 철말뚝이 박힌 채 지르는 비명 소리를 영원히 들을 수 있다고 했다.

그린촐트가 죽던 날은 경이로운 날이었다. 압도적인 예티군대와 전투가 벌어졌는데 눈과 우박이 쏟아지고 매서운 폭풍이 몰아쳤다. 폭풍 울부짖는 소리에 뼈가 부러지는 소리가 섞여들고, 눈은 피로 물들었다. 그린촐트는 지금까지 하루에 그렇게 많이 죽여본 적이 없었다. 그는 눈보라가 몰아치고 잘려 나간 사지가 산을 이룬 전쟁터에서 꽁꽁 얼어붙은 채로 서서 자부심과 영광에 겨워 노래를 불렀다.

피! 피! 피!
피를 뿌려라 저 멀리까지!

죽음! 죽음! 죽음!

죽음이여 영원하라!

그러면서 검으로 자기 노래에 박자를 맞췄다. 그의 검은 베고 자르고, 몸통에서 팔다리를 절단하고, 때로는 전사의 몸을 위에서 아래로 두 동강 내기도 했다. 그는 쪼개기의 명수 그린촐트였던 것이다.

이어 폭풍이 잦아들고 눈이 그쳤다. 그런데 사방에 쏟아진 피에서 피어오른 증기 속에서 거대한 전사가 걸어 나왔다. 머리끝에서 발끝까지 검은 망토를 걸치고 무지막지한 낫으로 무장하고 있었다.

"네가 죽음이냐?" 그린촐트는 너무도 반가운 나머지 이렇게 물었다.

"아니다." 그 시커먼 자가 말했다. "전령과 전갈을 혼동하지 마라. 난 너에게 죽음을 가져다 줄 뿐이다. 너의 저주받을 이름은 무엇이냐?"

"내 이름? 내 이름은 쪼개기의 명수 그린촐트다."

그린촐트는 이 공격자를 덮치려고 했으나 발이 눈과 피로 꽁꽁 얼어붙어 있었다. 그래서 그를 관통시키려고 검을 던졌다. 그러나 그는 전투로 너무 지친 상태였기 때문에 상대는 쉽게 피해버리고 말았다.

"반갑네. 난 낫질의 명수 슈토르라고 해." 그 예티가 말했다.

이어 그는 낫을 뒤로 한껏 물렸다가 앞으로 쭉 뻗어 그린촐트의 목을 뎅겅 잘랐다. 그린촐트의 머리통이 눈밭에 떨어졌다. 그린촐트는 다시 한 번 미소 지으며 "고맙네!"라고 말하고는 눈을 감았다. 그린촐트는 죽었다. 그는 데몬으로서 그야말로 화려한 인생을 마음껏 누렸다.

그러나 그의 머리는 다른 머리들과 함께 수거돼 건조되고 오그라들었다. 그 머리는 무수한 손을 거쳐 차모니아 이곳저곳을 떠돌다가 마침내 데몬산맥에서 나는 철광석으로 데몬검을 만드는 대장간으로 흘러들어갔다. 대장장이들은 말린 뇌를 빻아 그 가루를 쇳물에 넣었다. 그래서 그린촐트는 불사의 몸이 된 것이다.

세 친구

루모는 아직도 좀 기진맥진한 상태여서 검을 손에 들고 누르네 숲 이곳저곳을 비틀거리며 헤맸다. 그는 샘물이나 웅덩이, 연못 등 누르넨의 피를 씻을 수 있는 물이 있는 곳을 찾아다녔다.

"내 느낌에는 우리 둘이 아주 좋은 친구가 될 것 같아." 사자이빨이 말했다.

"친구?" 그린촐트가 화가 나서 물었다.

"어, 우리 둘이 오랜 기간 함께 보내야 할 것 같은데, 그러면 좀 더 우호적인 관계를 맺어야겠지, 친구."

"친구? 이 무슨 악몽이냐? 내가 마지막으로 기억나는 건 낫을 든 시커먼 자였는데……"

"넌 죽었어."

"내가 죽었다고? 그럼 여기가 지하세계냐? 피 담은 거대한 단지는 어디 있는 거냐? 내가 죽인 적들은, 똥구멍에 벌겋게 달아오른 창이 박혀 데몬불에 영원히 타고 있는 자들은 다 어디 있어?"

"아아, 이건 네 야만적인 패거리들이 멍청한 머리로 생각해낸 그런 죽음이 아니야."

"멍청하다? 누가 멍청하다는 거야? 내 칼 어딨어?"

"넌 이제 칼이 없어! 네가 바로 칼이야."

"내가 칼이라고? 여긴 왜 이래? 아이고, 두야……"

"넌 머리도 없어. 우히히!"

"머리가 없다고? 도대체 지금 말하는 놈은 누구야?"

"정말 갈수록 태산이네." 루모가 끙 하고 앓는 소리를 냈다. "목소리가 둘이라니!"

"넌 또 누구냐? 데몬전사냐?" 그린촐트가 물었다.

"아니." 루모가 말했다.

"쟨 볼퍼팅어야." 사자이빨이 말했다.

"볼퍼팅어가 뭐냐?"

루모는 경사가 급한 곳의 큼직한 바위들 사이로 솟는 작은 샘을 찾아냈다. 그 옆에 앉아 검을 땅에 박아놓고 몸을 씻기 시작했다.

"내 생각에는 계속 나아가려면 여기서 일단 기본적인 문제 몇 가지는 얘기를 해둬야겠다." 루모가가 말을 시작했다.

"무슨 기본적인 문제?" 그린촐트가 물었다. "넌 도대체 무슨 족속이냐?"

"내가 설명해줄까? 네가 할래?" 사자이빨이 물었다.

"네가 해." 루모가 말했다. "난 얘기 잘 못해."

누르네 숲의 이파리지붕은 점점 보기 어려워졌다. 경사도 이제 그렇게 가파르지 않았다. 여기저기서 두껍고 시커먼 뿌리들이 땅에서 삐져나와 있었다. 하나같이 누르네 숲 참나무에서 나온 것이리라. 루모는 숲이 우거진 언덕 꼭대기에 곧 도달할 것이라는 확신이 들었다. 그는 새끼이파리족을 밟지 않도록 살살 조심하면서 힘차게 나아갔다.

"그러니까 다시 말해서 난 검이고, 말라빠진 골이고 죽었다, 그러나 동시에 살아 있다. 넌 뿔 달린 말하는 개고, 저기 저 불쾌한 목소리는 죽은 트롤인데 검이기도 하다 이 말이지?" 그린촐트가 정리를 했다.

"대충 그래." 루모가 고개를 끄덕였다.

"불쾌한 목소리라니?" 사자이빨이 따졌다.

"이건 악몽이야!" 그린촐트가 앓는 소리를 했다.

"정말 못 말리겠네!" 사자이빨이 그린촐트를 나무랐다. "넌 죽었어, 친구! 그러나 삶에 참여할 기회는 있지. 그런 기회는 아무한테나 오는 게 아니야. 좀 고마워할 줄 알아봐."

"좋아, 이게 꿈이 아니라고 치자! 그리고 내가 실제로 검이고……."

"반쪽 검이야!"

"반쪽 검. 내가 검으로서 뭘 하지? 우리가 죽일 수 있나? 피를 흘릴 수 있나?"

"아니, 우린 조각을 할 거야."

"조각?"

"연인에게 줄 보석함 말이야!" 사자이빨이 낮은 목소리로 속삭였다.

"먼저 나무를 자를 거야." 루모가 논란을 정리했다.

"난 데몬전사 그린촐트다! 내가 나무나 자르려고 칼로 다시 태어났다니. 난 적을 죽이는 전사야!"

"어허, 저런." 사자이빨이 한숨을 쉬었다.

누르네 숲 참나무

"너희들 입 좀 닫아줄래? 목적지에 다 왔어."

숲의 땅바닥은 점점 더 뿌리로 뒤덮였고, 보이는 곳마다 검은 나무가 우거졌다. 누르네 숲의 꼭대기에는 루모가 지금까지 본 중에서 가장 거대한 나무가 서 있었다. 그 나무는 높이보다 몸집이 더 컸는데 나무괴물이라 할 만했다. 지름이 최소한 백 미터는 된 반면 높이는 수십 미터에 불과했다.

"누르네 숲 참나무다. 보석함 수천 개는 만들 수 있겠네." 루모가
말했다.

늙은 참나무와 그 앞 풀밭에는 동물들이 뛰놀고 있었다. 외뿔다
람쥐, 머리 둘 달린 양털닭, 외눈수리부엉이, 까마귀 등등. 차모니아
산토끼는 나무 바로 앞에 앉아 풀을 씹고 있었다.

루모가 검을 뺐다.

"그래! 저 토끼를 죽이자." 그린촐트가 신음 소리를 냈다.

루모는 참나무한테로 다가갔다. 루모 어깨 높이에 달린 작고 두툼
한 가지가 진짜 제대로 된 형태를 갖추고 있었다. 루모는 칼을 댔다.

"나라면 안 그럴 텐데." 나직한 목소리가 들렸다. "허락도 받지 않
고 누르네 숲 참나무를 자르면 진짜 안 되지."

루모는 갑작스런 소리에 홱 돌아섰다. 아무도 없었다. 동물들 빼고는.

"거기 누구야?" 그린촐트가 물었다.

"여기 아래쪽이지!" 그 목소리는 말했다.

루모가 아래를 내려다봤다. 말을 하고 있는 것은 작은 토끼였다.

"공식 허가 없이 누르네 숲 참나무를 자르는 사람은 없다!"

토끼는 이렇게 말하면서 앞발로 귀 뒤를 비볐다.

"이 토끼새끼!" 그린촐트가 소리쳤다. "이놈 정말 열 받게 하네! 죽여버리겠다!"

루모는 무시했다.

"넌 누르네 숲 참나무 지킴이 같은 거냐?" 루모가 물었다.

"아니, 난 누르네 숲 참나무 지킴이가 아니야. 내가 누르네 숲 참나무야." 작은 토끼는 담담하게 말했다.

"완전히 정신병원이군!" 그린촐트가 앓는 소리를 했다.

"네가 누르네 숲 참나무라고?" 루모는 당황했다.

"그러니까, 그건 좀 설명하기 어려워. 좀 자세히 얘기해볼까?"

작은 토끼가 앞발을 폈다.

"그래 좋아." 루모가 말했다. "하지만 난 굉장히 급하거든. 애인에게 줄 보석함을 조각해야 돼."

작은 토끼가 눈을 동그랗게 뜨고 루모를 바라보더니 아무 말 없이 숲 속으로 깡충깡충 뛰어 들어갔다.

"이봐! 어디 가?" 루모가 소리쳤다.

"가버렸어!" 그린촐트가 한탄했다. "단칼에 두 동강 낼 수 있었는데."

"그러니까 문제는 여기 있는 모든 동물은 말하자면 나의 대변인이야. 누르네 숲 참나무 대변인 말이야. 난 동물을 통해서 말을 해. 나무는 말을 못 하니까. 내 이름은 위그드라질이야." 저 위쪽 참나무 가지에 앉은 까마귀가 말했다.

루모가 머리를 감쌌다

"이렇게 복잡해서야……."

"사실은 아주 간단해. 난 나무야. 하지만 까마귀를 통해서 말을

하는 거지. 아니면 토끼를 통해서 하거나. 아니면 수리부엉이를 통해서. 주변에 돌아다니는 동물 중에서 성대만 있으면 돼. 말하자면 텔레파시를 토대로 한 복화술이라고 할 수 있지. 알겠어?"

"아니."

"그럼 얘기를 계속할게……"

"저기 말이야." 루모가 말했다. "유감이지만 내가 정말 시간이 없거든, 그래서……"

"들어봐." 까마귀가 말했다. "넌 내 소중한 살점을 좀 잘라가도 되겠느냐고 허락을 청하겠다는 거 아냐? 그럼 늙고 고독한 나무와 얘기할 시간은 좀 내야지!"

"그래 알았어." 루모가 난감한 표정으로 말했다.

"저 까마귀 새끼 죽여버리자." 그린촐트가 말했다.

까마귀는 다시 한 번 까악거리더니 날아가버렸다. 뚱뚱한 장기두꺼비가 풀쩍 앞으로 뛰어나오더니 루모의 발치에 와 앉았다. 불쾌하게도 장기 수업시간이 생각났다.

"처음에 난 그냥 나무였어." 두꺼비가 음산한 목소리로 이야기를 시작했다. "그냥 자라기만 했지. 알겠어? 여기서 가지가 나고, 저기서 가지가 돋고, 나이테가 생기고, 또 나이테가 생기고. 나무라는 게 그렇지. 아무 생각 없이 그냥 자랐어. 그게 순진한 시대였어."

두꺼비는 두터운 검은 뿌리 위로 힘겹게 기어올랐다.

"이어서 사악한 시대가 왔지. 대기에 연기가 퍼졌어. 여러 해 동안 그랬지. 살이 타는 악취였어." 두꺼비가 말했다.

"데몬전쟁이다." 그린촐트가 반가우면서도 아쉽다는 듯한 목소리로 말했다.

"많은 전투가 있었는데, 그중 하나가 이 숲에서 벌어졌어. 정말 끝내줬지. 진짜야. 손실만 많고 승자는 없었어. 패자만 있었지. 양쪽 다 말이야. 숲은 온통 피로 물들었어. 그러고는 조용해졌지. 하지만 그것도 오래가지 않았어. 나쁜 시대에 이어 부당한 시대가 왔지."

장기두꺼비는 아주 기분이 상한 듯한 표정을 지었다.

"난 교수대가 됐어. 어쩌겠어? 내 인생 여정에서 정말 부끄러운 시절이었어. 진짜야. 내 가지에 수백 명이 매달렸지. 아니, 수천 명이야. 그러고 나서 진짜 조용해졌어. 그게 바로 고통의 시대야. 사람들은 사악한 시대와 부당한 시대에 한 짓을 부끄러워했어. 그런 다음에는

이 숲에 아무도 오지 않았지. 바람이 내 가지에 매달린 죽은 자들을 흔들었지. 나중에는 썩은 밧줄이 끊어지고 시체들이 바닥에 떨어졌어. 비가 내리고 시체들은 물러져서 바닥에 떨어진 피와 뒤섞였지. 거기서 누르넨이 태어났다고 봐. 죽은 낙엽과 피와 시체들에서 말이야. 그 망할 놈들이 갑자기 땅바닥에서 깨어나더니 여기저기 뛰어다니기 시작했어. 전에는 그런 게 없었지. 내 뿌리들도 그 피를 마셨어. 그 흐물흐물한 시체의 죽, 죽음의 거름 말이야. 내가 어쩌겠어? 그래서 생각하기 시작했지."

두꺼비는 몸을 흔들더니 다시 한 번 밥맛 떨어지게 꽉꽉 소리를 내더니 폴짝폴짝 뛰어 가버렸다. 외뿔다람쥐가 머리를 아래로 하고 참나무에서 내려오더니 찍찍거리는 목소리로 이야기를 계속했다.

"생각하면서 자라는 것, 그게 내가 한 일의 전부였어. 처음에는 좋은 건 생각하지 못했지. 고통과 복수만을 생각했어. 그건 교수형을 당한 사람들의 원한에서 나온 거겠지. 하지만 나무가 어떻게 복수를 하겠어? 그래서 난 생각을 다른 방향으로 했지. 난 정말 극히 다양한 두뇌를 거름으로 받았거든. 전사만이 아니야. 평화를 추구하는 사람들, 의사, 과학자, 시인, 철학자 등등. 이들은 부당한 시대에 맨 먼저 목이 매달렸어. 난 그 모든 문제에 대해 깊이 생각했지."

외뿔다람쥐는 잽싸게 내려오더니 가지에 난 구멍 속으로 사라졌다. 그의 목소리는 이제 깊은 우물 속에서 나는 것처럼 웅웅 울렸다.

"난 지하에서 자랐어. 내 뿌리는 수 킬로미터 땅속으로 뻗어 나갔지. 난 가지에는 별 관심 없어. 그건 신선한 공기나 새에 미친 사람들이 좋아하는 거지. 근데, 저기, 세상에서 가장 움직이지 않는 생명체가 뭐라고 생각해? 말해볼래?"

"몰라." 루모가 말했다.

외뿔다람쥐가 다시 구멍에서 나왔다. 다람쥐는 머리를 내밀더니 이렇게 말했다.

"음, 아마 넌 나무라고 할 거야. 아니면 참나무라고 하든지. 우리는 한군데 딱 고정되어 움직이지 않고 버티고 있는 것의 상징이지. 하지만 그건 다 개소리야! 실제로 우리는 가장 움직임이 많은 생명체야. 우린 늘 움직여. 그 어떤 순간에도! 어떤 방향으로도 움직이지. 위로, 아래로, 북쪽으로, 남쪽으로, 동쪽으로, 서쪽으로. 우린 잠도 안 자. 쉬지도 않지. 우린 늘 뻗어가. 가지에서 가지로, 잎에서 잎으로, 뿌리에서 뿌리로, 나이테에서 나이테로. 참나무는 알고 보면 움직임에 관한 한 최고의 상징이지. 그러나 사람들은 고질적으로 잘못 해석하지. 그들이 뭘 알겠어?"

외뿔다람쥐는 구멍에서 나와 두 번 폴짝 뛰어서 한 나뭇가지로 가더니 털이 북슬북슬한 꼬리를 곧추세웠다.

"내 뿌리는 깊이 퍼져 있어. 저 아래 깊이. 다른 어떤 나무의 뿌리보다 더 깊이 들어가 있지. 이 일대에서 순도 높은 금이 많은 광맥이 어디 있는지, 다이아몬드는 어디 묻혀 있는지 말해줄 수 있어. 난 최고급 하얀 송로버섯이 어디에 많이 서식하는지 알고 있어. 동화에나 나올 법한 보물들이 어디에 묻혀 있는지도 알고 있지."

외뿔다람쥐는 앞발을 넓게 벌렸다.

"그리고 내 뿌리들은 아직도 계속 자라고 있어. 누르네 숲이 왜 산 위에 있는지 알아? 산 전체가 뿌리야. 내 뿌리들이라고."

외뿔다람쥐는 몇 번 톡톡 튀더니 참나무 가지 사이로 사라졌다. 루모가 영문을 몰라 두리번거리는데 발치에서 두더지가 땅을 파고 나와 이야기를 계속했다.

"내가 알기로 지질학이라는 단어는 대부분의 사람들에게, 말하자면, 양탄자 짜는 일 같은 느낌을 주지. 지루하고, 쓰레기와 돌이 자꾸 나오고. 하지만 대부분의 사람들은 뿌리가 달리지는 않았지. 사람들은 아마 다양한 지층을 지나 아래로, 지구의 중심을 향해, 더듬이를 내리는 것이 얼마나 흥분되는 일인지 알면 깜짝 놀랄 거야. 지구 자체가 쓴 책을 한 쪽 한 쪽 넘기는 기분이지. 비밀로 가득하고! 경이로 가득하고! 어둠의 기적으로 가득하지!"

두더지는 구멍에서 흙을 한 무더기 파냈다.

"내가 발견한 건…… 믿기 어렵지! 빛이야. 바위틈에서 나오는 샘물처럼 지하동굴에서 솟아나는 빛 말이야. 그건 빛나는 공기로 된 호수로 쏟아져 들어가. 화석도 찾아냈어. 네가 보면 귀가 떨릴 거야. 지름이 삼백 미터나 되는 해파리 결정체도 찾았어. 그 안에는 반쯤 소화된 거대한 공룡이 들어 있고, 공룡 안에는 또 말로는 다 표현할 수 없는 희한한 모습을 한 거대한 존재가 반쯤 소화된 채 숨겨져 있어. 거기서 얻은 과학적 지식들은 일단의 고생물학자를 먹여 살릴 수 있을 정도지."

"천천히 가면 그 지점에 도달할 수 있겠어?" 루모가 물었다. "그런 게 있다면 말이야."

두더지는 머리를 처박고 땅을 파더니 구멍에서 흙 몇 무더기를 더 밀어내고는 사라졌다.

머리 둘 달린 양털닭이 루모의 머리 주위를 알짱거리다 왼쪽 어깨에 내려앉았다. 한쪽 머리가 말했다.

"그래, 그래, 난 지질학 얘기로 짜증나게 안 해. 그건 아무것도 아니야. 내가 저 아래서 연구하다가 발견한 놀라운 것에 비하면 말이야."

"그러니까 어느 날……." 두 번째 머리가 얘기를 이었다. "내 뿌리를 수 킬로미터 지하로 자라게 했어. 그런데 어떤 덮개 같은 데 부딪혔단 말이야. 어마어마한 규모의 텅 빈 공간의 뚜껑 말이야. 그게 뭔지 알겠어?"

"아니." 루모가 답했다.

두 머리는 이제 합창으로 이야기했다.

"그건 이 대륙 전체가 하나의 덮개에 불과하다는 뜻이야. 다른, 더 깊은 곳에 있는 세계를 덮고 있는 둥근 지붕이지!"

"지하세계야!" 외눈박이 수리부엉이가 누르네 숲 참나무 가지에 앉아 못마땅한 듯이 말했다. "지하세계라니까!"

머리 둘 달린 양털닭은 깜짝 놀라 재잘거리더니 날아가버렸다.

"지하세계라고!" 수리부엉이가 낮은 목소리로 다시 소리쳤다. "그 이름 잘 알아둬! 우린 얇고 부서지기 쉬운 얼음 위에서 움직이고 있는 거야. 그 아래는 또 다른, 어둡고, 사악한 세계가 숨어 있지!"

수리부엉이는 고개를 완전히 뒤로 돌렸다가 다시 제자리로 돌렸다. 이어 물기 많고 붉게 충혈된 눈을 크게 뜨더니 루모를 뚫어지게 바라보았다.

"그런데 말이야, 난 오늘날까지 내 호기심 많은 더듬이들을 그렇게 멀리까지 뻗어본 것이 정말 후회스러워! 그런 걸 알지 못했다면 내 인생은 한결 걱정이 없었을 텐데. 그 이후로는 늘 발아래 땅이 열려서 나를 삼켜버리면 어쩌나 하고 노심초사했지."

509

수리부엉이는 소화 안 된 덩어리를 토해내고는 날개를 펼치더니 퍼드덕 날아가버렸다.

나뭇잎 색깔의 뱀이 나뭇가지에서 루모 얼굴 바로 앞에 떨어지더니 몽롱한 표정으로 그를 바라보며 속삭였다.

"지금까지 내 이야기였어. 그리고 내 이야기가 나의 메시지야. 원한다면 이제 나뭇가지를 잘라가도 돼. 그렇지 않아도 가지가 너무 많았으니까."

루모가 가지를 잘라내는 동안 뱀은 발치에 있는 나뭇잎 속을 이리저리 기어 다니며 호기심 어린 눈초리로 그를 관찰했다.

"애인 줄 보석함이라. 그래, 그래. 여자들한테 인기가 좋겠구먼. 몸도 좋으니." 뱀이 쉬쉬 소리를 내며 말했다.

"에이, 아니야." 이렇게 중얼거리는 루모의 얼굴이 붉어졌다.

"자, 자, 자." 그 뱀이 말했다. "이 바람둥이! 누르네 숲 참나무 목재

로 보석함을 만든다는 건 최고로
낭만적인 일이지. 엉큼한 녀석."

"내가 낸 아이디어가 아니야."

"아하. 겸손을 떠시겠다, 그런
말씀이지? 고요한 강물에 여자
들이 줄지어 익사하게 될 거야."
뱀이 말했다.

"익사할 뻔한 건 오히려 나였
어." 루모가 투덜거리면서 끈질기
게 나무를 썰었다.

"됐어, 젊은이. 넌 떠버리가 아니
야. 그렇다면 누르넨을 해치웠다는 얘
기를 나한테 했겠지." 뱀이 말했다.

"알고 있었니?"

"난 내 제국에서 벌어지는 모든 걸 알고 있지. 그리고 기타 몇 가
지도 알고 있어. 난 시간이 많아서 이것저것 골똘히 생각하지. 너도
뭔가 알고 싶은 게 있으면 나한테 물어봐."

"없어. 정말 고마워." 루모가 말했다.

"실제론 아니지? 신경 쓰는 게 전혀 없다고?"

루모는 곰곰이 생각했다.

"잠깐, 있다. 그게 말이야……."

"털어놔봐!"

"길수록 짧아지는 게 뭐야?"

"인생이지, 이 친구야. 인생!" 뱀이 대답했다.

"너무 쉽다."

루모는 자신이 정말 순진하다는 생각이 들었다. 그거다! 정말 생각이 날 수도 있었는데…….

"이 일대에서 가장 귀한 보물이 어디 묻혔느냐 뭐 그런 걸 물었어야지."

"됐어. 이거만 있으면 돼." 루모가 말했다.

루모는 참나무에서 가지를 떼어냈다.

"아야!" 뱀이 소리쳤다. "애인을 위한 보석함을 조각하는 데 이보다 더 좋은 나무는 없어."

"넌 정말 마음이 넓구나! 아쉽지만 이제 가야겠다." 루모가 말했다.

"아쉽네." 뱀이 한숨지으며 답했다. "너랑 얘기하는 건 참 재미있었어. 그럼 잘 가! 어쩌면 다시 만날지도 모르지."

"그래, 어쩌면. 그리고 정말 고마워."

루모는 이렇게 말하면서 나무 조각을 옆에 끼고 자리를 떴다.

"누르넨들 조심해!" 뱀이 뒤에서 소리쳤다. "아, 그리고, 그 여자애 이름이 대체 뭐지?"

루모는 다시 한 번 뒤를 돌아보았다.

"누구 말하는 거야?"

"어, 네 애인."

"랄라야."

"랄라. 예쁜 이름이군. 그럼 넌 뭐야?"

"루모."

"루모? 그러니까…….

"카드놀이 이름, 그래, 알아."

"그거 우습다."

"그래, 우습지." 루모가 앓는 소리를 했다.

"이제 뭘 하는 거야?" 그린촐트가 투덜거렸다.

이 데몬전사는 아직 깨어났다는 충격에서 벗어나지 못하고 있는 것 같았다. 조금만 혼란스러운 일이 있어도 사뭇 과민반응을 보였다. 루모는 누르네 숲을 떠난 이후 풀밭에 주저앉아 검을 빼들고 참나무 가지를 다듬기 시작했다. 벌써 어둑어둑해졌다.

"우린 보석함을 깎는 거야." 루모의 그 예술적 작업에 매료된 사자이빨이 알랑거리듯 말했다.

"연인에게 줄 보석함." 그린촐트가 앓는 소리를 냈다.

루모가 몇 번 탁탁 치자 통나무가 그럴듯한 꼴을 갖추었다. 세로 십 센티미터, 높이 십 센티미터, 가로 오 센티미터 되는 직육면체였다. 이어 뚜껑용으로 얇은 판을 잘라낸 다음 직육면체 속을 열심히 파냈다. 뚜껑을 밀어 넣을 수 있도록 홈도 새겼다. 그러고 나서 마침내 세공 작업을 시작했다.

루모는 보석함 주위를 양식화된 이파리 무늬로 장식했다. 덩굴과 뿌리와 나무껍질을 새기고, 앞면에는 기억나는 대로 누르네 숲 참나무 위그드라 질을 반(半)돈을새김으로 깎았다. 그는 가지 하나하나, 이파리 하나하나를 극도로 정밀하게 형상화했다. 나뭇가지 위로, 뿌리들 사이로, 참나무를 대신해 말을 걸었던 동물들을 앉혔다. 작은 토끼, 외뿔다람쥐, 수리부엉이, 뱀, 까마귀, 두꺼비, 머리 둘 달린 양털닭, 두더지 등등. 사자이빨은 힘닿는 대로 예술적인 조언을 아끼지 않았다.

"이 무슨 유치한 짓이냐?"

그린촐트가 참다못해 신음 소리를 냈다. 루모는 데몬검 끝으로 외뿔다람쥐의 귀를 새기고 있었다.

"내가 이런 감상적인 싸구려나 조각하는 데 쓰이려고 죽었단 말이냐?"

"사랑은 죽음보다 강해!" 사자이빨이 말했다.

"정반대지." 그린촐트가 투덜거렸다.

틱 하고 아주 작은 조각이 나무통에서 떨어져 나갔다. 그러자 그 조각이 붙어 있던 자리에 머리카락처럼 가는 음영선 자국이 생겼다. 사자이빨은 거의 황홀경에 빠졌다.

"거기, 좀 왼쪽으로! 멈춰! 반 밀리미터 오른쪽으로! 멈춰! 바로 거기! 이 뿌리 뾰족한 부분들은 좀 섬세하게…… 그래, 바로 거기야. 됐어!"

틱 하고 나뭇조각이 또 하나 떨어져 나갔다. 먼지가루만 한 정도였지만 예술적 효과는 놀라웠다.

"너 정말 잘하는구나." 루모가 칭찬했다.

"진정한 예술은 세부묘사에 달렸어." 사자이빨이 말했다.

"난 거창한 건 질색이야."

"난 좋아." 그린촐트가 투덜거렸다. "한 번 베면 대가리 세 개가 눈 속에 굴러 떨어지지. 난 그걸 예술이라고 불러. 애들 장난은 이제 그만하시지?"

루모는 밤 깊도록 조각을 계속했다. 그는 불을 켜고 거기에 바싹 다가앉았다. 그런데 루모와 사자이빨은 아주 세밀한 부분에서 끊임없이 더 좋은 아이디어가 떠올랐고 그걸 추가하는 것이 그린촐트로서는 정말 짜증 나는 일이었다.

루모는 마침내 보석함을 완성했다. 그러고는 요모조모 보석함을 뜯어봤다. 더할 나위 없이 잘 됐다. 그는 피처럼 붉은 누르넨 이파리를 함 속에 넣고, 뚜껑을 밀어 닫은 다음 허리띠에 단 주머니에 집어넣었다. 그러고서 잠자리에 들었다.

불쾌한 냄새

삼 일간의 방랑 끝에 루모는 다시 볼퍼팅 근처에 도착했다. 그는 손을 허리띠에 단 주머니에 대고 안에 든 보석함을 더듬었다. 진짜 누르넨 숲 참나무로 손수 깎고 누르넨 이파리까지 담았다. 여자의 마음을 사로잡는 데는 더할 나위 없이 강력한 물건이었다. 그는 힘차게

515

앞으로 나아갔다.

"이런 거 좀 자주 하자." 사자이빨이 말했다. "이런 희한한 조각 말이야. 창조적인 작업은 정말 내 체질이야."

"난 체질 아니다!" 그린촐트가 투덜거렸다.

"우리 공방을 열어도 되겠어. 루모와 사자이빨의 섬세한 가구점. 보석함과 온갖 사랑의 선물 있습니다. 엄청 성공할 거야."

"조용히들 해! 뭐가 있다!"

루모는 그 자리에 서서 귀를 기울였다. 그들이 있는 곳은 구릉이었다. 빙하를 따라 내려온 집채만 한 바위와 앙상한 전나무로 뒤덮인 지역이었다. 그 사이에 안개가 무릎 높이로 흐느적거렸다.

"위험한 게 있니?" 사자이빨이 물었다.

"위험? 방어를 해야지. 죽여버릴까?" 그린촐트의 목소리가 기대에 들떴다.

"생명체가 셋이야. 이 냄새는 알겠는데…… 어디서 나는 거지? 볼퍼팅어는 아니야. 저것들 냄새는 불쾌하지만 위험한 냄새는 아니야. 곰팡내 같은데."

"제기랄!" 그린촐트가 욕을 했다. "그래도 죽일 수 있어. 곰팡내가 나니까 말이야."

"일단 깜짝 놀래주자." 루모가 말했다. "저기 움푹 팬 곳에 있는 육중한 바위 뒤에 숨어 있어."

그는 주변에 깔린 안개처럼 조용히 언덕을 내려가서 바위들 사이를 지그재그로 뚫고 지나갔다. 움푹 팬 곳에 있는 회색의 거대한 바위를 조심조심 돌아가자 곰팡내는 점점 더 심해졌다. 또 다른 불쾌한 냄새들도 묻어났다. 루모는 신중을 기하고자 검을 뽑았다.

"죽여……." 그린촐트가 조용히 소곤거렸다.

"두꺼비똥!" 날카로운 목소리가 안개 속에서 소리쳤다. "두꺼비똥 어디 있어?"

"내가 어떻게 알아?" 다른 목소리가 화가 나서 답했다. "썩어가는 종달새 혀를 가져와. 그게 이 비슷한 냄새가 나지."

루모가 바위 뒤에서 모습을 드러냈다.

"안녕!"

그가 말했다. 노페스 파, 폽시필, 흐흐. 대목장에서 봤던 세 소름마녀가 홱 뒤를 돌아다보았다. 그들은 나쁜 짓을 하다 들킨 것처럼 루모를 빤히 쳐다봤다.

그들은 시커먼 주철 단지 주위에 둘러앉아 있었다. 거기다 역한 냄새가 나는 소스를 익히고 있었던 것이다. 뒤에는 온갖 연금술 장비를 실은 커다란 손수레가 있었다.

"너어어어!" 노페스 파가 소리치면서 손가락을 뻗어 루모를 가리켰다. "너어어어!"

"너 여기서 뭘 하는 거야?" 폽시필이 신경질적으로 루모의 칼을 보며 캑캑거렸다. "기습이냐? 우린 소름마녀가 아닌 자가 재미있어할 만한 건 하나도 없다."

루모가 다시 칼을 꽂았다.

"우연히 지나친 거예요. 당신들인 줄 몰랐어요. 방해해서 미안해요."

"너어어어!" 노페스 파가 소리쳤다. "난 네 미래를 안다! 넌 다리의 숲에 빠져들지만 그 괴물을 무찌를 거야! 동물이랑 나무들과 얘기를 나누게 될 거다!"

"벌써 그랬는데요." 루모가 말했다.

"매해해." 폽시필이 염소웃음을 웃어댔다. "저거 정신 나간 소름마녀 아냐? 과거를 예언한다네."

노페스 파가 턱을 들어올렸다가 "파!" 하고 씩씩거렸다.

"진짜 미래를 알고 싶니, 꼬마야?" 흐흐가 말했다. "우린 타로 수
프를 만들고 있었어. 원래는 병조림으로 하려던 건데. 하기야 신선한
게 물론 가장 좋지. 한번 맛볼래?"

"에, 됐어요. 전 바빠서…… 더 방해하고 싶지 않군요."

루모는 안개를 뚫고 소름마녀들을 지나쳐 갔다.

그 냄새 때문에 빨리 자리를 뜨지 않을 수 없었다.

"너의 은띠에 대해 알고 싶은 게 하나도 없다는 말이냐?" 흐흐가 교활하게 물었다. "대목장에서는 지대한 관심이 있던 것 같던데."

루모가 멈춰 섰다. 그는 곰곰 생각했다.

"난 돈이 없어요."

"공짜야 우릴 해코지하지 않았으니까 해주는 거야." 폽시필이 킬킬거렸다.

"좋아요. 내 은띠가 어떻게 된다는 거죠?" 루모가 말했다.

"자아암깐." 흐흐가 말했다. "그렇게 서둘면 안 돼. 시간을 좀 줘."

흐흐의 동료들이 케케묵은 소름마녀식 농담에 지겹다는 듯이 웃어댔다.

"먼저 의식을 마쳐야 돼." 노페스 파가 말했다. "두꺼비똥은 어디 있어?"

"아까 말했잖아. 두꺼비똥은 없다고. 저 우라질 종달새 혀를 써!"

노페스 파는 유리용기에서 가는 손가락으로 걸쭉한 살점들을 꺼내더니 부글부글 끓는 단지에 던졌다. 유황 냄새가 나는 노란 연기가 퍽 하고 솟아올랐다. 루모는 한 발자국 뒤로 물러섰다. 그러자 소름마녀들이 까옥까옥하는 소리로 부자연스러운 합창을 했다.

불행, 행운, 나쁜 패
지식, 운명, 불길한 예감
미래는 기다리지 말지니
모든 게 그대에게 경고일 뿐
운명의 달콤한 독을
네 가슴 저 깊은 곳까지 기울여라
애정 어린 예언의 의미는

슬픔이 아니라 기쁨!
그러니 그대에게 주어진 것을
한탄하지 말고 받아들여라
그대에게 분명 생명이 꽃필 것이니
그 생명을 우린 혹독한 진창 속에서 보노라!

폼시필은 루모를 쳐다보며 말했다.

"우리가 말하고자 하는 건 될 일이 된다는 거야, 알겠지. 그리고 그에 대항해서……."

"알았어요." 루모가 조바심에 대답했다. "이제 말해……?"

소름마녀들이 부글부글 끓는 죽 쪽으로 머리를 수그렸다.

루모는 이리저리 왔다 갔다 했다. 왜 이 소름마녀의 예언에 신경이 쓰이는 걸까? 하고 자문했다. 우르스 말이 맞았는지 모른다. 이 독주사를 피해 갔더라면 훨씬 좋았을 것을.

소름마녀들이 최면에 걸린 듯이 단지 위에 머리를 숙인 채 꼼짝 않고 있었다.

"정말 초조하게 만드는군." 사자이빨이 속삭였다.

"저들을 죽여야 된다니까." 그린촐트가 중얼거렸다.

"그래서요? 어떻게 됐어요?" 루모가 소름마녀들 쪽을 보고 물었다.

소름마녀들은 적막에서 깨어나 서로 의미심장한 눈짓을 주고받으며 당황한 소리를 냈다.

"호이……."

"카……."

"호 호 호 호……."

그러더니 머리를 맞대고 귓속말을 주고받았다.

루모는 화가 났다.

"그래서, 뭐냐니까요?"

노페스 파가 다른 마녀에게 떠밀려 앞으로 나왔다.

"잘 들어." 그녀가 진지한 표정으로 말했다. "우리가 이 짓을 오래 하면서도 이런 경우는 아직 보지 못했어. 우린 너의 미래를 봤어. 분명히, 선명하게, 아주 상세하게. 보통 안개처럼 뿌옇게 뭔가 어른거리면서 별 의미 없는 것들이 끼어드는데 이번에는 내 평생 가장 선명하게 보였어."

"나도, 언니!" 폽시필이 말했다.

"이보다 더 분명하게 본 적은 없다!" 흐흐도 수긍했다.

"유리처럼 투명해." 노페스 파가 망토를 살짝 들었다. "자, 우린 네 앞에 뭐가 있는지 보았다, 얘야. 그래서 우린 다 같이 결정했어……."

"그럼……?"

"……너한테 말하지 않기로."

"뭐요?"

"들어봐. 우리의 직업적 명예를 생각하면 그런 결정은 참 어려운 거야." 노페스 파가 답했다.

"난 거의 혀를 깨물 뻔했어." 폽시필이 말했다.

"가거라, 얘야!" 흐흐가 소리쳤다. "안 그러면 우린 입술을 꿰매버려야 할 거야."

루모는 속은 기분이었다.

"앞날을 예언해주는 게 당신들 직업이라고 생각했는데."

"죽여!" 그린촐트가 맹세하듯이 말했다.

"좋은 일을 예언하는 것, 그게 우리 직업이야." 폽시필이 말했다. "잘 들어봐. 예를 하나 말해줄게. 한번은 우리가 그랄준트의 미장이

한테 벽돌에 맞아 죽을 거라고 예언을 해줬어. 그것도 다음 날 본인
이 일하는 건설현장에서 그렇게 될 거라고. 그 미장이가 어떻게 했
게? 건설현장을 피하려고 다음 날은 쉰 거야. 그런데 불안해졌어. 주
변 일대를 돌아다녔지. 이럭저럭하다가 나중에는 건설현장 앞에 오
게 된 거야. 어디에도 떨어져 내릴 만한 벽돌은 없었어. 게다가 동료
들이 할 일 없으면 와서 좀 도와달라고 했지. 벽돌도 없고 벽은 다
쌓았는데 무슨 일이 일어나겠어? 그래서 현장으로 간 거야. 그런데
그 순간 쿵 하고 마른하늘에서 벽돌이 그 사람 머리 위로 떨어졌어.
지금까지도 그게 어디서 왔는지 아무도 몰라."

폽시필이 가느다란 검지손가락을 들었다.

"내가 하고 싶은 말은, 우리가 운명을 예견할 수는 있지만 거기에
영향을 미칠 수는 없다는 거야. 그건 선물이 아니라 저주거든. 그래
서 우린 좋은 일만 예언해. 일단 예언을 하고 나서 생기는 나쁜 일에
대해서는 우리도 책임감을 느끼기 때문이지."

"그런데 더 나쁜 것은 남들이 진짜 우리가 책임이 있다고 생각하
는 경우야. 딱 하나만 보자. 소름마녀 화형 사건들 말이야!" 흐흐가
침울한 표정으로 소리쳤다.

루모가 검을 뽑았다

"좋다!" 그린촐트가 말했다. "이제 저 해괴한 대가리들을 동강 내
버려."

"잘 들어요." 루모가 참지 못해 말했다. "난 당신들한테 내 미래를
예언해달라고 부탁하지 않았어요. 당신들이 치근댔지. 이젠 나도 알
고 싶어. 자꾸 이러면 나도 내가 어떻게 될지 몰라!"

그는 칼을 흔들어댔다.

소름마녀들이 흠칫했다. 다시 머리를 맞대고 밀담을 나눴다. 그러

더니 노페스 파가 앞으로 나왔다.

"그럼 좋아. 네게 타협안을 제시하겠다. 우리가 너한테 미래를 예언해주지. 하지만 예언을 좀 암호화하겠다. 순서도 바꾸고."

"좋아요." 루모가 한숨을 쉬며 검을 도로 집어넣었다.

노페스 파가 시작했다. 그는 눈을 크게 뜨고 두 손을 머리 위로 휙 올렸다.

"너는 다리의 숲에 빠져들게 된다아아아!"

"그게 제일 좋아하는 예언인가요? 벌써 두 번이나 했어요." 루모가 말했다.

"그럼 다시 한 번 그렇게 되는 거야, 빌어먹을!" 노페스 파가 화를 냈다.

폽시필이 앞으로 나섰다.

"그리고 이번에는 다리들이 더 길어! 넌 호수 위를 걷게 될 거야. 그리고 살아 있는 물과 싸우게 될 거다아아아!" 그녀가 격정적으로 소리쳤다.

"난 호수 위는 절대 걷지 않아." 루모가 말했다. "헤엄을 못 치니까."

흐흐가 나섰다.

"넌 걸어 다니는 죽음의 심장을 찾게 될 거야. 하지만 어둠 속에서만 찾을 수 있다아아아!" 그녀가 진지한 표정으로 말했다.

"흠. 정말 암호로 말했네." 루모가 말했다.

"하나 더 있어." 폽시필이 말했다.

"그게 뭔데요?"

"넌 아마 대단한 인물이 될 거야. 네 검인지 뭔지를 가지고 말이야. 하지만 넌 여자는 잘 모르지."

루모가 얼굴이 빨개졌다.

"그것도 예언인가요." 루모가 물었다.

"아니. 이건 그냥 일반적인 평가야."

"가거라, 젊은이여!" 노페스 파가 말했다. "빨리 가! 나쁜 일이 일어날 거야. 더는 말할 수 없다. 브라호크들을 조심해!"

"브라호크? 브라호크가 뭔데요?" 루모가 물었다.

"닥쳐, 노페스 파!" 폼시필이 쉬잇 하며 말했다. "가거라, 젊은이여. 가!"

"꺼져, 사라지란 말이야!" 흐흐가 소리쳤다.

소름마녀들은 무척 화가 난 것 같았다. 그들은 힘을 합쳐 단지를 밀쳐 넘어뜨렸다. 노란 죽이 땅속으로 스며들었다. 그러자 그들은 잡동사니를 주워 모아 손수레에 싣기 시작했다. 이제 루모에게는 관심을 기울이지 않았다. 루모는 말없이 자리를 떴다.

너무나 조용해

"대단한 인물이 뭐야?" 사자이빨이 물었다. 벌써 한참 걸었을 때였다. "별로 점쟁이 같지 않네."

"저 역겨운 노인네들의 흉측한 대가리를 잘라버렸어야 하는데." 그린촐트가 말했다. "내가 그랬잖아."

루모는 빨리 걸었다. 불안하지는 않았지만 서둘러서 나쁠 것은 없었다. 그 비쩍 마르고 추하게 생긴 여자들 때문에 기분을 잡쳤던 것이다.

언덕 꼭대기에 도착하자 멀리 볼퍼팅이 보였다. 해가 벌써 뉘엿뉘엿 지고 있었다. 붉게 빛나는 구름 조각들이 도시 위를 떠다녔다. 루모는 잠시 멈춰 냄새를 맡다가 놀라서 머리를 흔들었다. 그러고는 다시 한 번 쿵쿵거렸다. 시큼한 냄새가 공기 중에 떠돌았다. 생전 처음

맡는 냄새였다. 그리고 조용했다. 냉혈 왕자라면 너무나 조용해라고 말했을 것이다. 이 정도 거리면 그의 예민한 청각으로 도시의 소리를 들을 수 있었다. 모루가 쨍강쨍강 울리는 소리나 종소리…….

"뭐야?" 사자이빨이 물었다.

"몰라. 너무나 조용해."

도시의 성벽이 보였다. 벌써 석양의 그림자에 덮였다. 그리고 큰 성문 중 하나도 보였다. 드나드는 사람은 아무도 없었다. 해자 위의 도개교(跳開橋)에도 아무도 없었다. 그것도 이상했다. 루모는 잠시 멈춰 눈을 감았다.

은띠. 그것은 이제 거기 없었다!

루모가 뛰기 시작했다.

"도대체 뭐야?" 사자이빨이 물었다.

"랄라가 없어졌어."

"그게 무슨 소리야?"

"도시에 없어. 냄새가 안 나."

"소풍갔겠지. 도시 밖으로."

"죽었을 거야." 그린촐트가 한마디 했다.

"그린촐트!" 사자이빨이 소리쳤다.

"해본 소리야! 그런 일이 있지. 끔찍한 사고나 잔인한 살인……."

"그린촐트! 제발!"

성문은 닫혀 있었다. 그러나 보초는 없었다. 루모가 부르는 소리에 아무 대답도 없었다. 망루를 기어오르는 수밖에 없었다. 그는 포문을 빠져나와 계단을 내려가서 도시로 발을 들여놓았다. 단 한 명의 볼퍼팅어도 볼 수 없었다. 게다가 성벽 뒤로 그토록 활기차던 거리가 지금은 완전히 죽어버린 것 같았다. 시큼한 냄새가 너무 심해서 토할 것 같았다.

"다들 어디 간 걸까?" 루모가 말했다.

"어디서 무슨 일이 있나? 집회나 뭐 그런 거 말이야." 사자이빨이 대꾸했다.

"아마 다들 죽었겠지." 그린촐트가 끼어들었다.

루모는 거리를 뛰어다녔다. 어디서도 단 한 명의 볼퍼팅어도 만나지 못했다. 도시 어디에도 생명의 흔적은 없었다. 소음도, 친숙한 냄새도 없었다. 문도 대부분 열려 있었다. 몇몇 유리창은 깨져 있었다. 전쟁의 흔적일까? 그러나 어디서도 피는 보이지 않았고, 어디에도 시체나 부상자는 없었다. 마치 모든 주민이 한꺼번에 갑자기 도시를 떠난 것처럼 보였다.

호트 거리는 빗자루로 쓴 것처럼 깨끗했다. 루모네 집 문은 열려 있었다. 계단을 뛰어올라가 우르스의 방문을 쾅 하고 열었다. 비어 있었다. 여기도 전투의 흔적은 없었다. 가구는 다 제자리에 있었다. 어디서나 시큼한 냄새가 났다.

루모는 텅 빈 거리를 내달려 랄라네 집으로 달려갔다. 그는 여러 차례 걸음을 멈췄다. 누군가 뒤쫓아오는 것 같아서였다. 그러나 들리는 건 유령 같은 자기 발자국 소리뿐이었다.

랄라네 집, 텅 빔.

학교, 텅 빔.

오른트의 공방, 텅 빔.

시청, 텅 빔.

루모는 온 도시를 쏘다녔다. 이리저리, 거리란 거리와 골목이란 골목은 다 훑고 광장까지 살폈다. 그는 우르스를 부르고, 랄라를 부르고, 오른트를 부르고, 누구라도 불렀다.

"여보세요? 여보세요?"

그러나 대답하는 이는 아무도 없었다. 전 주민이 볼퍼팅에서 사라졌다. 마치 그 시큼한 냄새 속으로 녹아들어간 것 같았다. 결국 루모는 찾아다니기를 포기했다.

"다들 죽었겠지."

"그린촐트! 어째서 계속 그 소리야?" 사자이빨이 나무랐다.

"도시에는 이런 일이 있지. 데몬군대가 덮쳐서 모두 끌고 간단 말이야. 가끔 봤어."

"여긴 볼퍼팅어만 사는 도시야." 루모가 피곤한 목소리로 중얼거렸다. "차모니아에서 가장 강한 전사들이야. 방어시설도 생각할 수 있는 최고의 것이고. 아무도 이 도시를 점령할 순 없어. 가장 강력한 군대라도."

"들었지?" 사자이빨이 말했다.

"어느 도시도 점령당할 수 있어. 방법이 문제지." 그린촐트가 대답했다.

"거대한 돔은 어디 갔지?" 루모가 갑자기 물었다. 그는 벼락 맞은 것처럼 그 자리에 섰다.

"뭐가 어디 갔다고?" 사자이빨이 되물었다.

그들은 거대한 돔이 있는 광장에 도착했다. 광장은 비어 있었다. 돔은 사라졌다. 한때 돔이 서 있던 자리에는 거대한 원형 구멍이 파여 있었다.

"돔이 없어졌어. 여기 큰 건물이 있었는데. 사라졌어."

루모가 칼을 빼더니 천천히 구멍 쪽으로 다가갔다. 한때 정체 모를 큰 돔이 서 있던 곳에는 이제 검은 구멍에서 솟아나는 가는 수증기 같은 것 외에는 아무것도 보이지 않았다. 그곳은 마치 이 세상에 생긴 균열 같았다.

루모는 조심스럽게 구멍 주위로 다가가 칼을 대보았다. 깊은 나락이 코앞에 펼쳐졌다. 원형의 검은 수직통로가 있고, 그 벽에는 넓은 돌계단이 저 아래로 나선형으로 휘어져 내려갔다. 저 아래서 톡 쏘는 증기가 피어오르는 가운데 시큼한 냄새가 확 풍겨 왔다. 루모는 순간 의식을 잃었다. 희고 검은 불꽃이 눈앞에서 춤을 추었다. 잠시 시커먼 구멍 옆에서 비틀거리다가 간신히 물러섰다.

"원 저런!" 사자이빨이 소리쳤다. "저게 대체 뭐지?"

"지하세계다." 그린촐트가 답했다.

그리고 여기서 일단 R자 붙은 서랍은 닫힌다.

서랍은 잠시 휴식시간이 필요하다.
좋고 나쁜 것을 막론하고 너무 많은 걸 보여줬기 때문에.

다시 열리기 전에 잘 생각해보라.
루모를 따라 새로운 세계로 가볼 준비는 되었는가?
빛은 없고 위험 가득한 세계로.

정말 준비가 되었는가?

그럼 안을 들여다보라. 서랍이 다시 열린다!

이제 다시 한 번 안을 깊숙이 들여다보라!

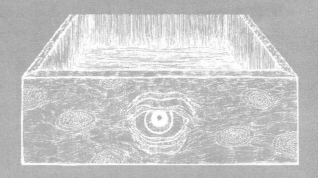

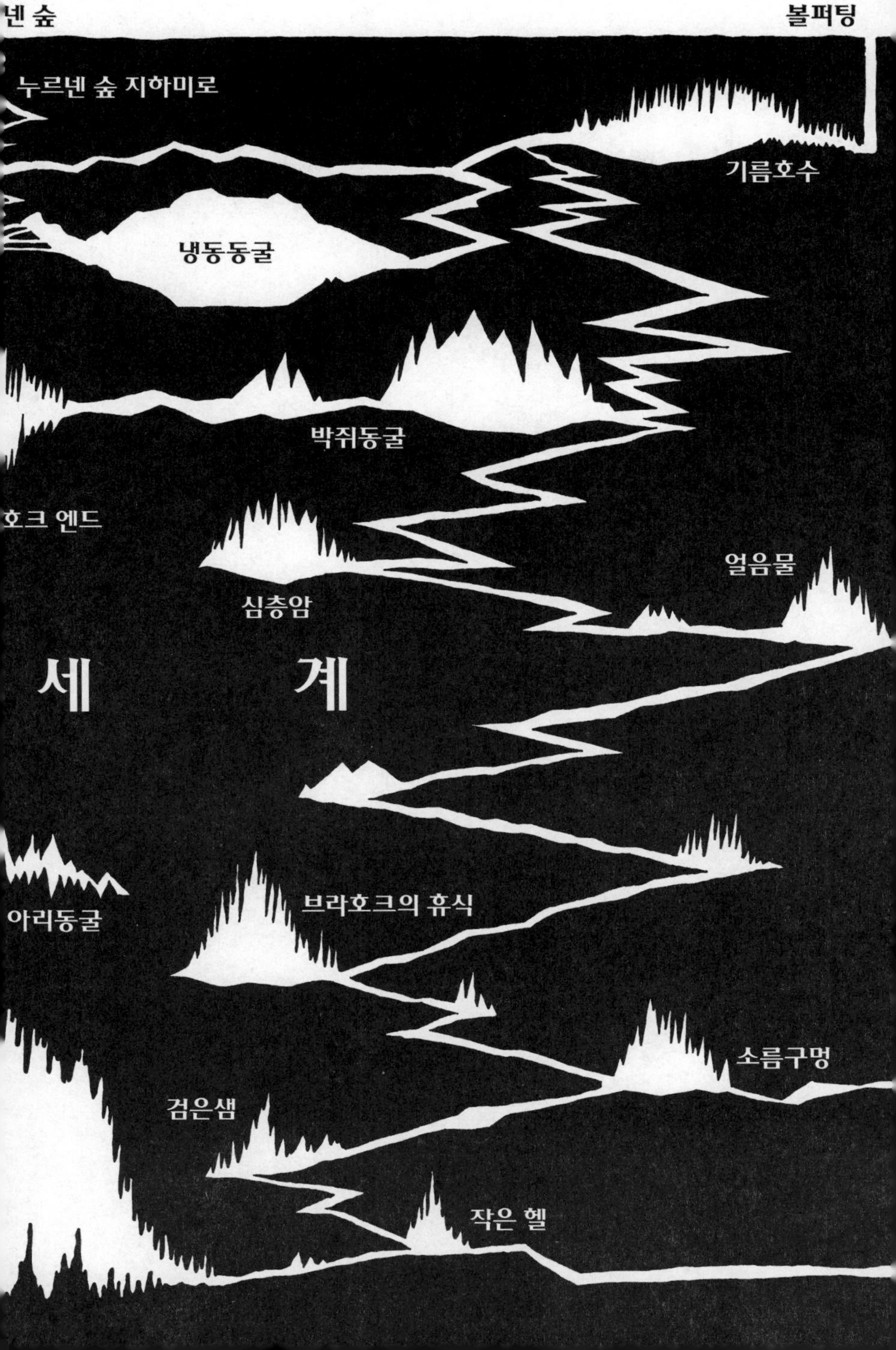
넨 숲
볼퍼팅
누르넨 숲 지하미로
기름호수
냉동동굴
박쥐동굴
호크 엔드
얼음물
심층암
세 계
브라호크의 휴식
아리동굴
소름구멍
검은샘
작은 헬

제2부

지하세계

1
낫질의 명수 슈토르

루모는 오래도록 아무 계획 없이 볼퍼팅을 배회했다. 예전에 검은 돔으로 덮여 있던 구멍에서 신 냄새가 솟았기 때문에 다른 곳으로 자리를 옮겼지만 편히 쉴 곳도 없었다. 집이며 광장이며 거리를 둘러볼 때마다 볼퍼팅 주민들과 동료와 친구들이 생각났다. 그리고 결국은 랄라 생각으로 이어졌다. 루모는 충격을 받은 나머지 감각기관이 지각하는 사실, 즉 자신의 삶 전체가 잠깐 사이에 아무런 흔적 없이 이 세상에서 사라져버렸다는 사실을 인정하려 하지 않았다. 도시를 점령한 생기 없는 적막을 받아들일 생각도 전혀 없었다. 포도를 걷거나 숨이 차서 헐떡이거나 문을 홱 열거나 방들을 뒤질 때마다 나는 소리가 그나마 그런 참담한 침묵보다는 훨씬 나았다.

마침내 정신을 차렸을 때는 볼퍼팅에 밤이 깔린 지 오래였다. 그는 그렇게 많은 시간을 무의미하게 헤매고 다니느라 허비한 것이 부끄러웠다. 그래서 길을 나섰다. 오른트 라 오크로의 작업장에는 역청 횃불과 물병, 육포, 부싯돌 등 필요한 모든 것이 있었다. 그는 육포를 허리 주머니에 넣고 물을 채운 병을 허리띠에 고정시키고는 횃불과 부싯돌을 가지고 검은 돔이 있던 광장으로 갔다.

"어쩌려고?" 사자이빨이 물었다.

"죽이러 가는 거야?" 그린촐트가 물었다.

"찾으러 가는 거야." 루모가 말했다.

그들이 검은 돔 광장에 도착했을 때는 톡 쏘는 시큼한 냄새가 거의 사라진 상태였다. 루모는 횃불에 불을 붙이고 구멍 옆에 서서 안쪽을 비추었다.

"검은 돔이야. 사라진 게 아니야. 아직 저기 있어."

루모는 구멍 주위를 맴돌면서 가장자리를 횃불로 비췄다. 검은 돔은 접는 칼처럼 여섯 개의 똑같은 부분으로 갈라진 채 바닥에 가라앉아 있었다.

"검은 돔은 건물이 아니야. 기념비도 아니야. 일종의 문이야."

이제 신 냄새가 가셨기 때문에 루모는 눈을 감고 냄새를 맡을 수 있었다. 은띠가 다시 나타났다! 가늘게 떨리고 있었지만 저 거대한 구멍 속으로 떨어지다가 어둠 속으로 사라지는 것을 분명히 지각할 수 있었다.

"이제 어쩌지?" 사자이빨이 물었다,

"내려가야지." 루모는 이렇게 말하면서 칼을 뽑았다

피의 노래

땅속으로 이어진 계단은 아주 넓어서 부대 하나가 행군해 내려갈 수 있을 정도였다. 평평한 돌층계였는데 곳곳에 점액이 덮여 있었다. 필시 수천 개의 계단이 땅속으로 이어지고 있을 터였다. 경탄을 금할 수 없는 건축물이었다.

루모는 구멍의 깊이를 과소평가했다. 한동안 아래로 내려가다가 갑자기 횃불이 꺼졌다. 이제 완전한 암흑 속에 갇혔다.

"이제 안 보여." 루모가 말했다.

"그럼 안 되는데." 사자이빨이 말했다.

"한 걸음 잘못 딛는 바람에 생각보다 빨리 아래에 도착했군." 그린촐트가 앓는 소리를 냈다.

"대개 눈을 감으면 보이거든." 루모가 말했다. "하지만 소리가 있어야 돼. 그런데 여긴 너무 조용해."

"그럼 소리를 만들면 되지." 사자이빨이 아이디어를 냈다.

"그게 무슨 소리야?"

"노래 같은 걸 해봐."

"난 노래 못해." 루모가 말했다.

"누구나 노래할 수 있어. 잘하는 사람과 못하는 사람이 있을 뿐이지. 누구나 노래할 수는 있어."

"난 아는 노래가 하나도 없어."

"내가 안다." 그린촐트가 말했다.

"네가 노래를 안다고?" 사자이빨이 못 믿겠다는 듯이 물었다.

"물론이다. 군가를 많이 안다. 전쟁터에서 부르는 노래 말이야."

"이런! 하지만 모르는 것보다야 낫지. 네가 제일 좋아하는 노래가 뭐야?"

"피의 노래다."

"썰렁하네." 사자이빨이 말했다.

"내가 선창할 테니까 루모가 따라 해."

"다른 방법이 없네." 사자이빨이 한숨지었다. "자, 그럼, 하나, 둘, 셋, 넷……."

"피!" 그린촐트가 노래를 시작했다.

"피?" 루모가 물었다.

"묻지 말고 노래를 해야지!" 사자이빨이 끼어들었다.

"피이이이이!" 그린촐트가 다시 한 번 선창했다.

"피이이이이!" 루모가 깩깩거렸다.

"원 저런! 정말 노래 못하네." 사자이빨이 소리쳤다.

"야, 노래 할 거야 말거야?" 그린촐트가 물었다.

"해야지." 루모가 말했다.

"다시, 피이이이!"

"피이이이!" 루모가 큰 소리로 마구 노래했다. 그러고는 눈을 감았다.

"피이이이!—피이이이!—피이이이!—피이이이!—피이이이!"

노랫소리가 사방으로 울려 퍼졌다.

루모의 내면의 눈앞에 지하통로가 보였다. 거기에는 유령처럼 이리저리 물결치는 녹색 빛이 가득 차 있었는데 점점 약해지다가 결국은 사라지고 말았다.

"효과가 있어. 메아리가 보여." 루모가 말했다.

"좋았어. 계속 노래해!" 사자이빨이 말했다.

"피! 피!"

그린촐트는 열심히 노래했다.

"피를 뿌려라 저 멀리까지!

피! 피!

피로 적의 옷을 적셔라!

피! 피!

피를 뿌려라 저 멀리까지!

피! 피!

피여 영원하라!"

"피! 피!"

루모가 수줍게 따라했다.

"피, 피를 뿌려라 저 멀리까지!

피! 피!

피로 적의 옷을 적셔라!

피! 피!

피를 뿌려라, 에, 저 멀리까지!

피! 피!

피여 영원하라!"

루모는 눈을 꽉 감았다. 지하통로는 온화한 녹색 빛으로 가득 차 있었다. 이어 계단이며 벽의 벽돌이며 사물 하나하나가 보였다. 루모는 계속 아래로 내려갔다.

"칼을 휘둘러

적을 쪼개라!

쪼개고 노래하라

죽이는 건 신난다!"

"칼을 휘둘러

적을 쪼개라!

쪼개고 노래하라

죽이는 건 신난다!"

"피! 피!

피를 뿌려라 저 멀리까지!

피! 피!

피로 적의 옷을 적셔라!"

"피! 피!

피를 뿌려라 저 멀리까지!

피! 피!

피로 적의 옷을 적셔라!"

"도끼를 휘둘러

트롤의 목을 따라!"

"뭐?" 사자이빨이 발끈해서 소리쳤다.

"목을 따고 노래하라

목 따는 건 신난다!"

"도끼를 휘둘러

트롤의 목을 따라!

목을 따고 노래하라

목 따는 건 신난다!"

"이번엔 다른 후렴!" 그린촐트가 말했다.

"이제 그만……" 사자이빨이 소리 질렀다.

"뇌! 뇌!

뇌를 뿌려라 저 멀리까지!

뇌! 뇌!

뇌로 적의 옷을 적셔라!"

"으으으으……" 사자이빨이 신음 소리를 냈다.

노래를 부르면서 루모는 그 끝을 알 수 없는 지하통로 속으로 점점 더 깊이 내려갔다. 메아리에 실려 오는 녹색 빛은 흐릿했다. 때로 계단이 뚝 끊기고 돌에 넓은 홈이 파여 있는가 하면 어떤 계단에는 악취 나는 점액이 덮여 있거나 이끼가 무성했다. 그러나 계단 자체는 섬세하게 건축됐다. 수 킬로미터 깊이 땅속 저 아래로 나선형으로 이어졌다. 루모는 차츰 목이 쉬었다. 게다가 단조로운 데몬 노래는 사자이빨뿐 아니라 그로서도 비위에 아주 거슬렸다. 이제 좀 쉬자고 할 참이었다. 바로 그때 계단이 더 아래로 이어지지 않는다는 것을 알았다. 계단은 거대한 돌로 된 정문 같은 것을 지나 터널 속으로 이어졌다. 루모는 눈을 뜨고 터널 끝에서 나오는 듯한 어렴풋한 푸른빛을 살펴보았다.

"아래 도착한 거야. 저 뒤에 빛이 있어." 루모가 말했다.

"빛? 이렇게 깊은 지하에 빛이 어디서 오지?" 사자이빨이 물었다.

"살펴봐야지." 루모가 말했다.

터널 바닥에도 악취 나는 점액질 웅덩이가 곳곳에 있었다. 천장에서 물이 떨어졌는데 높이가 백 미터는 족히 됨직했다. 이따금 어둠 속에서 찍찍거리는 소리가 들렸다. 들쥐나 돌아다니는 박쥐쯤 되는 모양이었다. 터널 끝에 있는 푸른빛은 가까이 갈수록 강렬해졌다.

"참 희한한 곳이네." 루모가 말했다. "누가 이런 걸 만들었을까?"

"정말 기분 나빠!" 사자이빨이 말했다.

루모는 터널을 벗어나자 순간 평형감각을 잃었다. 바위가 높고 평평하게 솟은 곳이었는데 테라스 형태로 다시 저 아래 계곡으로 이어졌다. 검푸른 바위계곡에는 시커먼 연못이 곳곳에 널려 있고 여기저기서 안개가 빛을 내며 가늘게 일렁거렸다. 수백 미터쯤 올라간 저 높은 곳에는 돌로 된 창공이 궁륭처럼 드리워져 있었다. 거기에 매달린 기괴한 돌고드름에서 끊임없이 물이 떨어지고 있었다. 풍경 전체는 푸르스름한 빛이 감돌았다.

루모는 이 이상한 광경에 놀랐다.

돌고드름에서 떨어져서 웅덩이에 모이는 물방울들조차 푸른빛의 빗방울 같았다. 검은 새들은—어쩌면 박쥐나 그보다 더 흉측한 동물일 수도 있겠다— 지하계곡 위를 선회하고 있었다.

루모는 칼을 높이 쳐들어 그린촐트와 사자이빨에게 이 놀라운 파노라마를 보여주었다.

"이런……." 사자이빨이 속삭였다.

"이 푸른빛은 어디서 오는 걸까?" 루모가 물었다.

"인광을 발하는 버섯에서 비치는 것 같아." 사자이빨이 설명했다. "전에 동굴에서 가끔 본 적 있어."

"지하세계라니까." 그린촐트가 말했다.

기름호수

바위테라스는 축축해서 발을 디디기에는 좋지 않았다. 종유석에서 떨어지는 물 때문에 매끈매끈해진 상태였다. 잘못 디디면 미끄러져 목이 부러지고 말 것이다. 그러나 루모는 천천히 조심스럽게 기어 내려가 무사히 계곡 바닥에 도착했다.

아래는 안개는 더 짙었는데도 훤했다. 푸른 물이 가벼운 실비처럼 떨어졌다. 그리고 루모는 시커먼 웅덩이마다 기름이 가득 차 있는 것을 냄새로 볼 수 있었다. 이 일대의 냄새는 루모가 지금까지 알던 것과는 비교조차 되지 않았다. 이상하고 의뭉스러운, 독이 들어 있는, 위험한 냄새였다. 그는 눈을 감았다. 은띠가 거대한 동굴 한가운데서 춤을 추다가 저 뒤쪽 푸른 안개 속으로 사라졌다. 루모는 그걸 따라가야겠다고 결심했다.

기름웅덩이가 더 자주 나타나면서 냄새도 더 강렬해졌다. 그래서 웅덩이를 피해 멀리 돌아가야 했다. 웅덩이들 주변 곳곳에는 갈고리 모양의 부리를 한 작고 복슬복슬한 동물들이 앉아 있었다. 그들은 침입자를 호기심 어린, 그러면서도 미심쩍어하는 눈초리로 쳐다보다가 루모가 지나가면 뒤에 대고 격앙된 콧소리를 냈다.

마침내 유독성 악취가 너무 심해져서 루모는 거의 숨을 쉬지 못할 지경이었다. 나지막한 언덕을 오르다가 정점에 도착하자 그는 문득 멈춰 섰다.

"왜 그래?" 사자이빨이 물었다.

저 아래로 거대한 기름의 수면이 한눈에 들어왔다. 수면은 동굴 왼쪽 벽에서 오른쪽 벽까지 펼쳐지다가 저 멀리로 사라졌다. 그건 웅덩이가 아니었다. 호수였다. 길이 끊어진 것이다. 그리고 다시 눈을 감았을 때 루모는 경악하고 말았다. 은띠가 사라진 것이다! 은띠가 기름호수의 극심한 악취에 덮여버렸든지 아니면 진짜로 끊어져버렸든지 둘 중 하나일 것이다. 루모는 난감했다. 쉬지 않고 호수 주변 곳곳을 살피고 다녔다.

푸른 안개가 호수 위로 불어왔다. 뿌연 빛을 내뿜으며 맥동했다. 살아 있는 존재 같았다.

깨어난 랄라

랄라가 눈을 떴을 때 처음 느낀 것은 시큼한 냄새였다.

아주 깜깜했다. 무언가가 한밤중에 그녀를 깨웠음이 분명하다. 랄라는 힘든 하루를 마치고 몸이 납처럼 무거운 상태에서 침대에 들어간 것만 기억났다. 아침부터 저녁까지 볼퍼팅 외곽 작은 호수에서 수영 강습을 너무 오래 한 탓에 팔이 마비될 지경이었다.

그리고 마침내 집에 도착했을 때는 늙은 목수 오른트 라 오크로가 문 앞에 서 있었다. 뭔가 알려주러 온 것 같았는데 그냥 인사만 하고 서둘러 밤 속으로 사라졌다. 왜 요즘 모두들 날 대하는 게 이렇게 부자연스러울까? 그녀에게는 볼퍼강에 뛰어든 것만큼 후회스러운 일도 없었다.

랄라는 빵을 먹고 우유 한 잔을 마시고는 침대에 몸을 던졌다. 일초나 루모 생각을 했을까 바로 잠이 들고 말았다.

그리고 이제 깨어난 것이다. 사지는 여전히 무겁고 쑤셨다. 너무 무거워서 몸을 일으킬 수 없을 정도였다. 너무 무거워서 꼼짝할 수 없을 정도였다. 아니, 실제로 전혀 움직일 수 없었다. 랄라는 공황 상태에 빠졌다. 손발을 버둥거리고 소리를 질러보려 했지만 그저 조바심에 겨워 으르렁거리는 것에 불과했다.

랄라는 본능적으로 냄새를 맡기 시작했다. 바로 그 불쾌한 신 냄새가 딱 달라붙어 있는 것 같았다. 그리고 또 다른 게 있었다.

금속이었다.

그렇다. 랄라는 금속으로 된 뭔가가 온몸을 감싸고 있다는 것을 냄새로 알 수 있었다. 그녀를 꽉 에워싸고 있는 것은 납으로 된 틀이었다.

이제 그녀는 진짜 공황 상태에 빠졌다. 랄라는 관 속에 갇혔다. 산 채로 묻힌 것이다.

"랄라! 랄라!" 루모가 맥없이 호수에 대고 소리쳤다.

"랄라! 랄라! 랄라!"

메아리도 위에서 아래로 소리쳤다. 그 소리는 갈피를 잃은 듯 종유석 사이를 헤매고 있었다. 우지끈하는 위태로운 소리가 들렸다. 돌이 떨어지지는 않았다. 갈고리 모양의 부리를 한 복슬복슬한 작은 동물들도 여기저기 돌아다니다 잽싸게 돌 뒤나 암석 틈새로 기어들었다. 곧 이어 철퍽하는 소리가 났다. 나무처럼 기다란 돌고드름들이 너울거리는 안개를 뚫고 천장에서 호수로 떨어진 것이다. 처음에는 꾸르륵꾸르륵하더니 마침내 다시 조용해졌다.

"여긴 정말 불안해서 못 견디겠어." 사자이빨이 말했다.

"이런!" 저쪽에서 어떤 목소리가 소곤거렸다. "너 바보냐?"

그 목소리는 안개 속에서 울려나왔다.

루모가 칼을 쑥 뺐다.

"전투냐?" 그린촐트가 물었다.

"몰라." 루모가 말했다. "저기 호수에 누가 있어."

알지도 못하고 알 수도 없는 족속일까? 말하는 안개일까? 살아 있는 기름? 그는 온 정신을 집중했다.

안개 속에서 그림자 하나가 떨어져 나오더니 거인의 형상이 어른거리는 기다란 배가 떠올랐다. 후드가 달린 검은 망토를 두른 그 형상은 곧추선 상태로 막대기로 호수 바닥을 꾹꾹 눌러 배를 이동시키고 있었다.

"너 바보냐, 꼬마야?" 그 형상이 속삭였다. "여기서 그렇게 떠들고 다니면 어떡해? 저 빌어먹을 돌고드름에 맞아 죽을 뻔했단 말이다."

"미안해요." 루모가 말했다.

"쯧쯧!" 복면을 쓴 듯한 거인이 혀를 찼다. "여기선 소곤소곤 말해야 돼, 알겠니?"

루모가 고개를 끄덕였다.

"여기서 뭘 하는 거냐?" 거인이 삿대질을 해 미끄러지듯이 다가왔다.

"누굴 찾고 있어요. 내 친구들이요."

"아하! 너도 그 들개들 중 하나냐? 그게 네 친구들이었어?"

"무슨 얘기예요?"

"들어봐라, 애야. 네 친구들이 여기 온 지는 꽤 됐지. 하지만 넌 친구들이랑 같이 있지 않은 걸 다행으로 생각해야 돼. 살았으니까. 그들은 필시 죽었을 게다. 그러니 돌아가. 왔던 곳으로. 그리고 살아 있는 걸 고맙게 생각해라. 넌 행운아야."

그 검은 형상은 다시 멀어지려고 했다.

"잠깐!" 루모가 큰 소리로 외쳤다.

돌들이 동굴 천장에서 톡톡 떨어졌다.

"쉬잇!" 거인이 말했다. "너 살기 싫은 거냐?"

"내 친구들 어디 있는지 아시죠?" 루모가 소곤거렸다.

"그럴 수 있지."

"그리 데려다줄 수 있어요?"

"아니."

"왜 안 되지요?"

"난 너처럼 멍청하지 않으니까."

"호수를 건네줄 수 있어요?"

"그럴 수 있지. 하지만 싫다."

루모는 곰곰 생각했다.

"그럼 내가 여기서 바락 소리를 질러버리면 어떻게 되지요?"

"설마 그러기야 하겠니?"

"랄라!" 루모가 목청껏 소리를 질렀다. "라아아알라아아아!"

찌직 하는 소리가 동굴에 퍼지더니 저 멀리서 뚝 하는 소리가 났다. 그러더니 철퍽하는 둔탁한 소음과 함께 종유석 하나가 호수로 떨어졌다. 기름으로 된 호수 표면에 파문이 일었다.

"타!" 거인이 머리를 움츠리고 투덜거렸다. "대신 입 닫고 있어! 너 정말 살기 싫은 모양이다!"

루모는 즉시 배에 올랐다.

"앉아! 입 닥치고!" 시커면 거인이 속삭였다.

루모는 순순히 따랐다. 거인은 삿대를 짚어 배를 냅다 띄웠다. 배는 소리 없이 빛나는 안개 속으로 미끄러져 들어갔다.

"제 친구들 봤어요?" 루모가 속삭였다.

"그럴 수 있지. 봤을지 몰라. 들개들이 브라호크들한테 잡혀서 호수 너머로 끌려가더구나. 지금쯤 의식을 잃고 그물에 매달려 있을 수 있지. 아닐 수도 있고."

"브라호크라니요?"

"내가 브라호크라 그랬냐? 그럴 수 있지. 아닐 수도 있고."

"친구들이 끌려간 곳으로 데려다줄 수 있나요?"

"그럴 수 있지. 그럴 수…… 아니, 그건 불가능해."

"내가 노래할 줄 안다는 거 알지요? 잘은 못해도 크게는 해요."

거인이 투덜거렸다.

"피!" 루모가 크게 말했다. "피! 피를 뿌려라 저 멀리까지!"

종유석들이 햇빛을 받은 고드름처럼 쩍쩍 소리를 내면서 갈라졌다.

"쉬잇! 그만해! 이 바보야! 거기 데려다줄 순 없어! 너무 멀어. 건너편 호숫가까지만 데려다줄게. 더는 못 들어가. 나머지는 네가 알아서 해."

"알았어요."

한동안 그들은 말없이 앞으로 나아갔다. 사공이 물었다.

"저기 말이야, 너 그 데몬 노래 대체 어디서 배운 거냐? 나도 어디서 들은 것 같은데."

"헉!" 바로 그때 그린촐트가 루모의 머릿속에 튀어나왔다. "이 목소리 어디서 들었더라?"

"아저씨가 누군지, 뭐하는 사람인지 물어봐도 될까요?" 루모가 물었다.

거인이 고개를 돌렸다. 푸른빛이 나는 안개가 후드를 지나치면서 이 죽은 자의 머리통을 비췄다. 거대한 눈구멍은 좁게 파여 있었고 앞으로 나온 턱은 큼지막했다. 가장 이상한 점은 머리뼈가 흰 색이 아니라 검은색이라는 점이었다.

"난 죽었어." 해골이 말했다.

루모는 움찔하는 바람에 약간 뒤로 미끄러졌다.

"허허, 겁낼 필요 없어! 난 죽었다고 했잖아. 그리고 난 죽음은 아니야. 전령과 전갈을 혼동하지 마라."

"잠깐." 그린촐트가 말했다. "그 얘기는 분명히 들어본 것 같은데. 이 목소리는…… 아는 목소리인데……."

"미끄러지지 않게 조심해. 잘못하면 내 낫에 주저앉을라!"

루모가 자리 아래를 살펴봤다. 진짜 커다란 낫이 놓여 있었다.

"낫? 그렇지! 모든 데몬의 이름으로 맹세한다!" 그린촐트가 고함을 질렀다. "바로 그놈이야! 날 죽인 족속이다!"

"낫이요?" 루모가 당황해서 말했다. "그걸로 이 땅속에서 뭘 베요?"

"머리를 베지."

"그렇지! 내 머리도 벴고!" 그린촐트가 열을 올렸다. "그놈이다! 날 죽인 놈이라고! 저놈 죽여라! 빨리!"

"닥쳐!" 루모가 조용히 중얼거렸다.

"뭐라 그랬니?" 거인이 이상하다는 듯이 물었다.

"아니에요!" 루모가 손사래를 쳤다.

"저놈 이름 물어봐! 뭐라고 부르느냐고 물어봐!"

루모는 잠시 생각에 잠겼다. 수백 년 전에 지상에서 그린촐트를 죽인 자를 어떻게 지금 이 아래서 만날 수 있단 말인가?

"이름이 뭐예요?" 루모가 물었다.

"내 이름?" 사공은 툴툴거렸다. "남들은 낫질의 명수 슈토르라고 부르지."

"거 봐!" 그린촐트가 난리를 쳤다. "낫질의 명수 슈토르야! 놀랠 노자네! 여기서 유유자적 노를 젓고 있다니! 저 냉혹한 살인자! 날 뽑아! 죽여! 빨리!"

"그럼 네 이름은 뭐냐?" 낫질의 명수 슈토르가 물었다.

"루모요."

"루모? 그럼, 남들이 그거⋯⋯."

"네, 그래요."

"루모야, 저놈 죽여야 된다니까. 빨리! 저놈이 날 이 꼴로 만들었다고! 죽여! 최대한 잔인하게 죽여야 돼!"

루모는 그린촐트가 악다구니 쓰는 것을 무시하려고 애썼다.

"낫질의 명수라고 한 내력이 있겠네요?" 루모가 물었다.

"누구나 내력이 있지." 슈토르가 답했다. "거기에는 우스운 일도 있지."

"얘기해줄래요?" 루모가 공손히 부탁했다.

거룻배는 유령선처럼 빛나는 안개를 뚫고 검은 호수 위를 미끄러져 갔다. 슈토르는 후드를 벗고 퀭한 눈구멍을 루모 쪽으로 돌렸다.

"그러니까……." 그가 이야기를 시작했다. "내가 좀 뻥을 친 건데……. 따지고 보면 사실 난 제대로 죽은 게 아니란다. 그랬다면 여기서 이렇게 희희낙락 배를 타고 다니지는 못했을 거야."

해골이 쉰 목소리로 웃었다.

"제대로 죽은 사람에 비하면 난 오래 살아 있는 편이지. 하지만, 그러니까, 너한테 비하면, 난 최소한 반송장이야. 내 이야기는 종잡을 수가 없어서 누구한테 믿어달라고 하지도 않아……. 하지만 거짓말이라고 하는 자가 있으면 이 낫으로 머리를 뎅겅 잘라버리겠다. 알겠니?"

"네." 루모가 말했다.

낫질의 명수 슈토르 이야기

"시작은 이렇다. 우린 북악산에서 온 야생 예티 부대였어. 차모니아 여기저기를 휩쓸었지. 그리고 음, 가는 곳마다 불안과 공포를 뿌리고 다녔어. 젊은 예티들이 원래 좀 그래. 우린 세상이 우리 거라고 생각했거든. 또 사실 그렇기도 했고."

루모는 호수 쪽을 내다봤다. 수면은 무지갯빛으로 가물거렸다.

"그 시절엔 그랬어! 당시 난 너무 무리를 했지! 어느 술집에 들어가도 상관없었어. 악단은 연주를 멈추고, 공짜 맥주를 내줬지. 누가 우릴 막을 수 있었겠니? 우리는 린트부름 요새로 향했어. 당시 우리 같은 용병부대한테 거기만 한 알짜가 없었으니까. 그 요새를 공격하는 거지."

"알아요." 루모가 말했다.

"그 얘기 알아? 린트부름 요새를 공격해보지 않았다면 진짜 용병이 아니지. 거기엔 오만 가지 보물이 다 있다는 거야. 거대한 린트부름 다이아몬드는 집채만 하고, 광산에서는 벽에 손만 갖다 대도 금이 툭툭 떨어져 나오고, 동굴에는 패물이 가득하댔어. 우리는 요새 앞에서 호통을 쳤지. '야! 이 멍청한 린트부름 떨거지들아. 이제 우리가 쳐들어가서 네놈들 도마뱀 엉덩짝을 걷어차줄 테다!'"

그는 목소리를 낮추며 웃어 댔다.

"그러자 역청이 쏟아졌지요." 루모가 조용히 말했다.

"어라, 네가 어떻게 알아?" 예티가 당황했다. "맞아, 저 빌어먹을 공룡들이 우리한테 역청을 들이부은 거야. 비열한 놈들! 그러나 그래 봤자지. 우린 예티야! 그런 역청 따위에 겁먹고 산으로 줄행랑칠 우리가 아니지. 그래서 이렇게 맞받았어. '야, 이 돌두더지나 처먹는 놈들아. 소심한 글쟁이 나부랭이들아. 이게 다냐?'"

"그러자 끓는 납을 퍼부었지요." 루모가 말했다.

"그것 참 놀랠 노자네. 너 정말 잘 아는구나, 꼬마야. 네가 얘기 계속해볼래?"

"됐어요."

루모는 아니라는 표정을 지어 보이며 "미안해요" 하고 말했다.

예티는 몸을 삿대에 버티고서 계속 앞으로 나아갔다.

"어디까지 얘기했더라……."

"납을 부었다고요." 루모가 기억을 되살려주었다.

"아하, 그렇지. 끓는 납이지. 그래서 말인데 그건 정말 얘기가 달랐어. 우린 부대원 절반을 잃었지. 정말 똥바가지를 뒤집어쓰기 시작한 거야." 예티는 몸을 돌리더니 조용히 웃었다. "똥바가지 알지?"

루모는 저도 모르게 웃음이 나왔다.

"그래서 우린 다시 후퇴했어. 그런데 이제 진짜 놀라운 이야기가 시작되는 거야. 정말이야."

슈토르는 끄응 하면서 호수에 솟은 바위 주위로 배를 돌렸다.

"우린 그래서 다시 차모니아를 쏘다녔어. 이리 갔다 저리 갔다 하면서 말이야. 멀리서 요새나 성처럼 생긴 것만 마주쳐도 오금이 저렸지. 일부 대원들은 울상을 짓기도 했지. 흐느끼는 예티 부대라니, 정말 자랑할 만한 광경은 아니지. 특히 지도자가 그런다면 말이야. 우린 정말 승리가 필요했어. 딱 한 번만이라도 정복에 성공해야 했단 말이야. 안 그러면 예티 부대는 바로 해체였어. 그런데 갑자기 운비스칸트까지 간 거야. 운비스칸트 알지?"

"생각하는 유사(流砂)로 돼 있다고 읽었어요." 루모가 대답했다.

"너도 글 읽을 줄 아는 똑똑이 계열이냐? 네가 맛이 좀 갔다는 게 놀라운 일도 아니구나." 예티가 말했다. "어쨌든 맞아. 생각하는 유사였어. 난 당시에는 그걸 몰랐지. 그래서 운비스칸트 코앞까지 갔단 말이야. 방어부대도 없고, 성벽도 없고, 아무것도 없었어. 그냥 모래뿐이었어. 난 진격 신호를 내리고 싶었는데 그때 어떤 목소리가 머릿속에서 이렇게 말했어. '그러지 마라. 난 흐르는 모래다. 생각하는 유사란 말이다. 너희들, 빠진다.'"

슈토르는 비아냥거리는 웃음을 지었다.

"난 물론 속임수라고 생각했지. 우린 그 땅 한가운데 화산에 엄청난 보물이 있다는 얘기를 들었거든. 팔팔한 야생 예티가 머릿속의 목소리 따위에 현혹될 수야 없지. 그래서 전 부대원을 일렬로 집결시켰어. 그러고는 진격 명령을 내렸지."

슈토르는 잠시 삿대 젓기를 멈췄다.

"그런데 모래 속에 빠지고 만 거야. 모두 다, 단 한 발자국만 내디뎠는데도. 찍 미끄러지더니 다들 없어졌어! 그런 모래에 빠져 질식사하는 건 내키는 일이 아니지. 진짜야."

그는 다시 배를 움직였다.

"그런데 그게 다가 아니었어. 아니었다고. 흐르는 모래는 우릴 죽이기만 한 게 아니야. 깔끔하게 처리를 했지. 모래로 뼈에서 살점을 싹 발라낸 거야. 우린 점점 더 깊이 미끄러져 들어갔어. 모래알들이 우리 얼굴을 싹 지워버렸어. 모래알들은 코며 머릿속으로 밀려들어

555

와 우리들의 뇌와 섞였지. 그래서 이제 모든 것이 다시 처음부터 시작된 거야. 우리는 죽은 지는 오래됐지만 다시 생각을 하기 시작했단 말이다! 아직도 내 머리는 생각하는 모래로 꽉 차 있어."

예티는 가볍게 머리를 흔들었다. 그러자 모래가 이리저리 쏠리면서 서걱거리는 소리가 났다.

"모르겠어. 우리가 얼마나 오래, 얼마나 멀리, 어떤 지하통로와 구멍들을 지나 아래로 미끄러져 내려갔는지. 한없이 그랬던 것 같아. 산 채로 묻히는 건 그래도 괜찮아! 그런데 마침내 우리는 동굴을 벗어나 천장에 난 구멍을 통해서 이 빌어먹을 호수로 떨어졌어. 모두가, 아니, 그중 남은 사람들 말이야. 기름이 뼛속으로 밀려들어와서 뼈를 까맣고 유연하게 만들었지. 난 이 기름에 뭐가 들었는지 몰라. 하지만 어쨌든 상당한 에너지가 있어. 태곳적 생명으로 가득 차 있단 말이야. 흘러 다니는 힘이지! 우린 말하자면 죽은 거야. 그러면서도 살아 있는 거지. 죽지 않았다고 말할 수 있을 거야. 이도 아니고 저도 아니지. 게다가 머리엔 생각하는 모래가 들어차 있어."

루모는 참으로 놀라웠다. 그린촐트도 입을 다물었다. 이 예티의 운명에 그린촐트도 할 말을 잃은 듯했다.

"우린 일거리를 찾아서 거대한 석탄덩어리를 깎아 배를 만들었어. 그 이후로 이렇게 거룻배를 젓는 거야. 아주 가끔 승객이 지나가기도 하지. 이게 내가 겪은 이야기야. 지금까진 그래."

"정말 대단하네요."

"내가 그랬지? 좀 우습다고."

안개가 좀 가시면서 푸른빛이 도는 얇은 덮개처럼 변했다. 얼마 떨어지지 않은 곳에서 다른 배들이 미끄러지듯 다가오는 게 보였다. 비슷한 몸집의 변장을 한 듯한 형상들이 타고 있었다.

"내 부하들이다." 슈토르가 당당하게 말했다. "죽지 않은 동료들이지."

"우린 정확히 어디로 가는 건가요?" 루모가 물었다.

"건너편 호숫가로. 헬로 가려는 거 아니냐?"

"헬? 헬이 뭐예요?"

"악마들의 도시야. 가우납의 미친 제국이지. 그놈들이 네 친구들을 그리로 잡아갔어."

"이 아래에 도시가 있어요?"

"아주 놀라운 도시지."

"가우납이 누구예요?"

"음, 헬의 지배자. 미친놈이지." 슈토르가 손가락으로 이마를 톡톡 치며 말했다.

"거기에 친구들이 있다면 그리로 가겠어요. 헬 말이에요."

"그럴 줄 알았다. 넌 정말 완전히 꼴통이로구나."

슈토르가 웃음을 터뜨렸다.

"이봐, 젊은이!" 슈토르가 소리쳤다. "저기, 난 손님이 있어."

"쉬잇!" 루모는 천장 쪽을 가리켰다.

"여긴 종유석이 없어." 슈토르가 동굴 천장을 올려다보았다. 매끈하면서도 까맸다. "여기선 보통 때처럼 얘기해도 돼."

다른 배들이 다가왔다.

거기 탄 형상들은 슈토르와 닮았는데 똑같이 검은 망토를 걸치고 있었다. 그들은 검은 해골을 후드에서 쭉 내밀고 있었다. 배에는 칼이며 곤봉, 도끼 같은 묵직한 무기들이 놓여 있었다. 사방에서 거룻배가 몰려들었다. 루모는 서서히 불안해졌다. 검 손잡이에 손을 올렸다.

"그놈 죽여!" 그린촐트가 속삭였다.

"저 친구 제 발로 헬에 가겠대." 슈토르가 웃으면서 부하들에게 말했다. "어떻게들 생각해?"

"조오흔 아이디어야!" 다른 예티가 소리쳤다. "유사에 걸어 들어가 겠다는 얘기네."

"맞아!" 다른 예티가 외쳤다. "나를 따르라! 나를 따르라, 제군들! 이제 우린 부자가 될 거다!"

모든 예티가 킬킬 웃었다.

"아직도 저런 소리를 들어야 하니……." 슈토르가 툴툴거렸다. "한 번 실수를 하면 말이야……."

"이봐, 젊은이." 또 한 예티가 외쳤다. "조심해. 브라호크들한테 걸 리면 안 돼. 헬까지 가려면 말이야."

"닥쳐, 오코!" 슈토르가 명령했다.

"브라호크가 뭐예요?" 루모가 물었다.

"잘 들어라!" 슈토르는 말하면서 루모 쪽으로 고개를 숙였다. "네 가 헬에 가겠다는 결심을 꺾지 않을 거라는 걸 안다. 그건 바보 같은 짓이다만 반대는 안 해. 하지만 이제 브라호크가 뭔지 얘기해줄 테니 까 다시 한 번 잘 생각해보렴. 그럼 브라호크가 뭔지 얘기해줄까?"

"아니오." 루모가 말했다.

"이 친구는 결심을 굽히지 않는다, 제군들!" 슈토르가 외쳤다. "난 그런 걸 배짱이라고 해. 그런 배짱이 이제 우리한텐 없어."

"꼬마가 멍청해서 그래!" 오코가 되받아쳤다. "머리통에 생각하는 모래가 들어간 이후로는 뭘 하려 할 때 늘 두 번 생각하게 되지. 그 런데 아무리 생각해도 지하세계에서 정말 하기 싫은 건 제 발로 저 광기의 도시로 걸어 들어가는 거야."

"어쨌거나 우린 생각이 너무 많아. 겁쟁이가 돼버린 거지." 슈토르가 말했다.

"그럼 쟤랑 같이 가." 오코가 소리쳤다. "저 애한테 헬로 가는 길을 알려줘. 우리한테 흐르는 모래로 들어가는 길을 알려준 것처럼."

슈토르가 화급히 삿대를 저어 나아갔다.

"멍텅구리들! 그걸 그렇게 못 잊어서……" 슈토르가 투덜댔다.

"미안하다, 꼬마야!" 오코가 두 사람 뒤를 향해 소리쳤다. "우린 죽었지만 살기 싫은 건 아니거든!"

동료들이 낄낄댔다.

"저 소리 들었지?" 슈토르가 말했다. "저들은 죽은 거야, 제길! 그래도 헬에 가겠다는 자는 아무도 없어. 거긴 인정사정없는 동네니까. 법도 없지. 헬을 지배하는 건 광기야. 가우납의 거대한 정신병원이지."

기름호수 가장자리가 눈에 들어왔다. 루모는 불안한 마음에 뱃전을 서성거렸다.

"그런데 여기서 헬까지는 어떻게 가요?"

"길은 여러 가지야. 어디가 좋다고 해야 할지 모르겠다. 다 위험하거든. 가우납의 메아리를 통과할 수 있어. 하지만 그건 멀어. 너무 멀고, 어슬렁거리는 브라호크를 만날 가능성이 제일 커. 냉동동굴을 지나서 갈 수도 있지. 하지만 거긴 얼음유령이 있다고 해. 게다가 돌아가실 정도로 추워. 지하세계 덮개를 지나는 샛길들이 있는데 제대로 알지 않으면 길을 잃기 십상이야. 그냥 곧장 똑바로 가는 게 최선이야. 어쨌거나 지하세계의 모든 길은 헬로 이어지니까. 거리가 얼마냐의 문제지. 이 아래에는 두 방향밖에 없어. 전진이냐 후퇴냐."

"난 후퇴 안 해."

슈토르가 한숨을 쉬었다. 배가 바닥에 닿았다. 루모가 뭍으로 뛰어내렸다.

"그래, 됐어." 슈토르가 말했다. "거기, 헬에 가면 뭘 할 거니?"

"들어가서 친구들을 구해야지요. 그런 다음 랄라한테 보석함을 줄 거예요."

"랄라가 누구냐? 어떤 보석함인데?"

"랄라는…… 내 애인이에요." 루모가 자신 없이 말했다. "누르넨 숲 참나무로 랄라한테 줄 보석함을 만들었거든요."

"호오." 슈토르가 웃었다. "그거 정말 재밌구나! 보석함이라! 그런데 그것 때문에 혼자서 헬에 간단 말이냐? 치즈 써는 칼을 차고?"

"저놈 죽여, 제발!" 그린촐트가 다시 소곤거렸다.

"전에도 그런 일 해봤어요. 칼 없을 때도요."

"그랬겠지. 너 참 마음에 든다." 슈토르가 히죽거렸다. "넌 그런 건 필요도 없을 거야."

"정말 고마워요." 루모가 말했다.

"그건 칭찬이 아니야." 슈토르가 말했다. "비웃는 말이지."

"비웃어서 고맙다는 게 아니에요." 루모가 말했다. "태워줘서 고맙다는 거지."

슈토르는 웃었다. 그러고는 배를 밀어 안개 속으로 사라졌다.

2
헬

우르스는 루모가 저녁 식사 때 나타나지 않는다고 놀라지 않았다. 최근에는 그런 일이 드물지 않았다. 루모는 일절 남들과 어울리지 않고 저녁이면 홀로 볼퍼팅의 텅 빈 거리를 돌아다니기를 좋아했다. 대개 밤늦게야 집에 돌아와 바로 잠자리에 들었다.

우르스는 오른트 라 오크로의 신탁을 구해보라는 자기의 아이디어가 효과가 있을 것이라고 생각했다. 루모를 알게 된 이후 우르스의 생활은 아주 피곤해졌다. 숲에서는 힘들게 검술을 가르쳤고, 밤이면 한없이 대화를 나누었으며, 롤프와의 싸움이 있었고, 도시친구로서 의무를 다해야 했다. 루모가 나타나기 전까지는 모든 일이 수월하게 돌아갔다. 솔직히 좀 지루하긴 했지만 우르스는 그런 지루함이 좋았다. 심지어 지루함을 조장하기까지 했다.

그래서 이렇게 루모가 없는 저녁이면 잘됐다 싶어 그동안 별로 누리지 못한 지루함을 다시 즐기는 기회로 삼았다. 특별히 오랜 시간 공을 들인 저녁 식사는 그런 지루함에 빠질 수 없는 부분이었다. 마늘쪽 수십 개를 찬찬히 쟁여 넣은 송아지 고기를 오랜 시간 뭉근한 불에 삶았다.

정평이 있는 『칼트블루트 왕자』 모험소설을 읽는 것도 포함시켜야 할까? 아니다. 그건 너무 자극적이다. 또 보자……. 빈약한 서가에서 적당한, 말하자면 별로 신경을 쓸 필요가 없는 읽을거리가 뭐가 있을까? 여기 있네. 『설탕을 캐러멜로 변화시키는 55가지 방법』. 아니다. 이건 너무 잘 아는 내용이다. 잠깐, 이건 어떨까. 『정원 가꾸기의 즐거움에 관하여』. 고루하기 짝이 없는 린트부름 요새의 작가 단첼로트 폰 질벤드레헤슬러가 쓴 지루하기 짝이 없는 그 책인가? 좋지. 바로 그거다. 꽃양배추에 관한 장을 다시 읽으면 좋을 것이다.

우르스는 송아지 고기를 솥에서 꺼내 오래 보관해둔 붉은 포도주

한 병을 따고는 고기와 책을 한데 놓고 식탁에 앉아서 흐뭇한 지루함을 즐겼다. 그러다 얼굴을 식탁에 처박은 채 잠이 들고 말았다.

깨어났을 때 처음 느낀 것은 신 냄새였다. 내가 토했었나? 말도 안되는 소리. 별로 마시지도 않았는데! 침대에는 어떻게 들어왔더라? 어째서 침대가 이리 딱딱하지? 아니다. 그는 맨바닥에 누워 있었다! 우르스는 일어나려고 해보았다. 그런데 어둠 속에서 짤랑 소리가 났다. 그러고는 뭔가 차가운 것이 손목에 착 달라붙었다. 수갑이 채워진 것이다! 이게 뭘까? 샘물네 세쌍둥이의 장난인가? 아니면 아직도 꿈을 꾸고 있는 건가?

질질 끌리는 소리가 들렸다. 어둠 속에서 훤한 틈새가 열리면서 불꽃 주위에 생기는 것과 같은 불안한 빛이 공간을 밝혔다.

여긴 그의 방이 아니었다. 거칠고 시커먼 돌들로 만든 작은 방이었다. 비좁은 데다 창문도 가구도 없었다. 검은 돌들 사이로 유일하게 눈에 띄는 것은 바닥에 난 주먹만 한 크기의 둥근 구멍 두 개였다. 이 구멍에서 쇠사슬 두 개가 나와 수갑에 연결돼 있었다. 저 밖에서 밀려드는 소음은 또 무엇인가? 웅성거리는 목소리인가? 소동이 났나? 우르스는 일어서는 순간 신트림이 나면서 메스꺼웠다. 문쪽으로 비틀거리며 갔다. 쇠사슬이 거추장스럽지는 않았다. 멀리 갈수록 구멍에서 따라 나왔기 때문이다.

가위눌림

우르스가 감방에서 밖으로 나와보니 실제로 불꽃에서 빛이 흘러나오고 있었다. 커다란 횃불 두 개가 벽에 붙은 문 좌우에 고정돼 있었다. 순간 눈이 부셨다. 그러나 곧 새로운 상황에 익숙해졌다. 우르스는 거리로 나섰다. 좌우로 또 다른 문들과 횃불이 달린 벽이 하나 뻗어 있었다. 위에는 어둠뿐이었다. 거리 저편에는 돌로 된 난간이 있었는데 그 뒤로 수많은 목소리가 숨어서 웅성거리며 웃음소리를 내는 것 같았다.

우르스는 이런 종류의 꿈을 꾼 적이 있었다. 그런 악몽은 생동감이 넘치고 다채로우면서도 수많은 이미지로 범벅이 돼 있었다. 화려하고 오밀조밀한 건축적인 장면이 나타나면서 지진과 홍수, 폭풍처럼 몰아닥치는 큰 불길, 비처럼 쏟아지는 별똥별 같은 끔찍한 일들이 벌어지다가 결국은 잠에서 깨어나는 식이었다. 밤늦게 너무 거창한 향연을 즐긴 대가였다. 소화기관에 지나치게 과다한 부담을 준 벌로 가위눌림을 당하게 되는 것이다.

그런데 이번에는 쏟아져 들어오는 인상이 특히 강렬했다. 강렬한 냄새의 홍수는 최근에 볼퍼팅의 대목장에서 맡아본 것처럼 요란했다. 음식의 향기, 생명체의 땀 냄새, 기름 타는 냄새 등등.

왼쪽 옆에 있는 문에서 또 다른 볼퍼팅어가 나타났다. 아는 친구였지만 스치고 지나간 정도여서 이름은 기억나지 않았다. 그도 손목에 수갑을 찼는데 똑같이 당황한 눈치였다.

"우르스?" 그 볼퍼팅어가 물었다. "너지?"

우르스는 검은 벽을 향해 계속 앞으로 갔다. 사슬이 뒤에서 치렁치렁 따라왔다. 발걸음을 옮길 때마다 웅성웅성하는 소리는 더 커지고 냄새도 심해졌다. 불안감도 점점 커졌다. 저 벽 뒤에 뭐가 있을까, 그리고 그게 뭔지 알아보는 게 과연 현명할까? 방에 기어들어가 꼼짝 않고 있는 게 낫지 않을까? 이 꿈에서 깨어날 때까지.

우르스는 벽을 넘겨다보았다. 저 밑으로 거대한 원형 구조물이 보였다. 아니, 그건 수백 개의 횃불을 밝혀놓은 팔각형 경기장이었다. 텅 빈 광장에는 밝은 색 모래가 깔끔하게 깔려 있었다. 자신은 거대한 극장의 맨 위층, 즉 팔각형 경기장 위로 빙 둘러선 발코니에 있는 관람석에 있는 게 분명했다. 위에는 좀 뒤쪽으로 들어가서 또 다른 관람석이 솟아 있었는데 아무도 없는 듯했다. 그리고 우르스 아래쪽으로 이 악몽의 극장에서 제일 큰 관람석에는 관객들이 모여 있었다. 우르스는 흠칫 뒤로 물러섰다. 정말이지 꿈을 꾸고 있는 것이 분명하다는 생각이 들었다. 그렇게 이상한 족속들이 모인 광경은 이 세상 어디서도 볼 수 없기 때문이었다.

그는 다시 앞으로 몸을 굽혀 좀 더 자세히 살펴보았다. 관객의 반 정도는 곧추선 두 발 동물이었다. 그들의 피부색은 희멀건 것이 시체처럼 창백했다. 머리는 눈 위쪽에서 둘로 쪼개져 두 개의 뿔처럼 벌어져 있었다. 의상은 값비싼 것을 걸쳤는데 벨벳과 하늘거리는 비단에 금이며 다이아몬드며 은팔찌 같은 장신구가 횃불에 번쩍거렸다.

피부가 허연 자들은 관람석 앞쪽을 차지한 반면 그 뒤로는 다른 종류의 관객들이 앉아 있었다. 그들의 두드러진 특징은 다양성이었다. 일부는 난쟁이처럼 작았지만, 또 다른 자들은 키가 삼 미터가 넘었다. 몇몇은 푸른 피부에 비늘이 덮였고, 붉거나 노랗거나 파란 피부를 가진 자도 있었다. 날개 달린 원숭이류와 악어 머리를 한 난쟁이, 코끼리의 긴 코를 한 돼지족도 있었다. 그들의 유일한 공통점은 정말 다양한 족속이 한데 모였다는 점이었다.

여기저기 섞여든 또 다른 관객층은 블루트쉰크, 예티, 순무머리정령, 돼지족 등등 기타 무식한 족속들로 구성돼 있었다. 전체 관객은 수천 명은 될 것으로 짐작됐다. 정말이지 현실과 꿈을 막론하고 우르스가 지금까지 본 중에서 가장 특이한 장소였다.

우르스는 경기장 건너편 피부가 허연 무리가 있는 객석 안쪽으로 칸막이를 해놓은 지점에 관심이 쏠렸다. 벽을 둘러치고 블루트쉰크 용병들이 호위하고 있는 일반 관객의 출입을 차단한 사각형 공간에는 단 두 사람만이 있었다. 가운데에는 이상하게 생긴 옥좌가 있었는데 휘장을 천장처럼 드리운 침대를 연상케 했다.

우르스는 그 옥좌에 앉은 형상을 자세히 살펴보고는 또다시 난간에서 흠칫 뒤로 물러섰다.

엽기 난쟁이

그런 엽기적인 존재를 우르스는 본 적이 없었다. 머리는 몸에 비해 너무 크고, 눈은 머리에 비해 너무 작고, 팔과 다리는 초라한 가슴에 비해 너무 근육질이고, 목은 거대한 머리통의 무게를 감당하기에는 너무 말랐고, 코는 통나무 같은 턱에 비하면 너무 길고 가늘며, 손은 전체적으로 투박한 외모에 비하면 너무 섬세했다. 그러나 가장 끔찍한 것은 이 난쟁이의 입이었다. 귀 아래서 귀 아래까지 입을 비죽이는 소름 끼치는 웃음은 마치 그를 창조할 때 단칼에 금을 그어놓은 것 같았다. 더구나 이 극장에 있는 다른 어떤 존재와도 또렷이 구분됐다. 그의 흰 피부는 일등석에 앉은 족속들의 대표자임을 말해주었다. 그리고 옥좌에 앉은 것으로 보아 그들의 왕인 것 같았다.

이 모든 것보다도 훨씬 더 놀라운 것은 비신체적인 특징이었다. 우르스는 지금까지 그렇게 부끄러운 줄 모르고 노골적으로 악의를 과시하는 자는 본 적이 없었다. 그는 여봐란듯이 눈알을 굴리면서 심지어 흰자위만 허옇게 치뜨기도 했다. 그러다가 아주 살벌한 눈을 가늘게 뜨더니 다시 확 크게 떠서 찌르는 듯한 시선으로 싸늘하게 관중들을 둘러보았다. 그는 줄곧 찡그린 상을 지으면서 비죽거리는 아가리에서 가늘고 긴 혀를 날름거렸다. 그러는 사이 끊임없이 야비한 염소 울음 같은 소리가 흘러나왔는데 주변의 관객들은 회초리를 맞은 듯이 움찔움찔했다. 우르스는 이렇게 밥맛 떨어지는 존재가 어떻게 꿈속으로 기어들어왔는지 참으로 의아했다.

검은 옷의 갈비씨

그 칸막이 공간에 있는 두 번째 인물은 옥좌 주변을 살금살금 돌아다녔다. 난쟁이와 마찬가지로 피부는 익사체 같고 머리는 쪼개진 형상이었다. 그러나 난쟁이와는 대조적으로 키가 훤칠하고 삐쩍 말랐다. 난쟁이와 달리 외부에 노출되는 것을 꺼리고 마냥 옥좌 뒤에 숨어 있으려고 하는 듯했다.

난쟁이가 몸을 일으키더니 자리에 앉았다. 검은 복장을 한 깡마른 인물이 뒤에서 오른손을 들어 명령하듯 손짓하자 웅성거리는 소리가 잦아들었다. 그 지배자는 다시 한 번 히죽거리며 입술을 핥더니 억눌린 듯한 높은 목소리로 말하기 시작했다.

"어서들 라오. 다운아름 음죽의 장극에 로새 온잡혀 자들이여! 너희는 기여 우러싸 노라왔! 너희는 기여 으러죽 노라왔! 오, 복행한 자들이여! 오, 받은선택 자들이여! 너희는 이 륭홀한 객관들 앞에서 진멋 술기을 처음 보이게선 도다됐! 그러니 울싸지어다! 그리고 을죽지어다! 그게 희녀의 명운이니. 이제 음죽을 작시하라!"

이 말이 경기장에 울려 퍼졌다. 알 듯 모를 듯한 이 말은 볼퍼텅어들에게 대놓고 하는 말인 것 같았다. 우르스는 심지어 그 난쟁이가 아주 멀리서 작은 눈을 깜빡이며 자기를 예의주시하는 듯한 느낌을 받았다.

옆에 있던 볼퍼팅어가 우르스를 보며 어쩔 줄 몰라 했다.

"무슨 말인지 알겠어?" 그가 물었다.

그제야 비로소 우르스는 훨씬 더 많은 볼퍼팅어가 사슬에 묶인 채 감방에서 끌려나와 난간 앞에 서 있다는 걸 알았다. 저 뒤에 롤프가 보였고, 차코, 비알라, 기타 여러 친구들이 보였다. 맞은편에는 우샨 데루카가 서 있었다.

옆에 있는 친구의 이름도 갑자기 생각났다. 검은 농장에서 온 코뢴이었다.

관객들은 그 이상한 연설을 듣고 나서도 침묵했다. 극도로 난처해진 것 같았다. 그러더니 신경질적으로 발을 문지르고 잔기침을 하는 소리가 이어졌다.

그래서 우르스는 이렇게 생각했다.

'이 친구가 나한테 이게 꿈이냐고 묻는다면 우리 둘 중에서 꿈을 꾸고 있는 건 도대체 누구일까?'

"여긴 어디야?" 코뢴이 다시 물었다. "이 사람들은 다 뭐야? 그리고 저 흉측한 난쟁이는 또 누구지?"

가우납 99세 이야기

가우납 아글란 아지다하카 벵 엘렐 아투아 99세는 그 이름이 분명히 말해주듯이 헬의 아흔아홉 번째 통치자였다. 이것은 여러 가지 권리와 의무 외에도 그의 직계 후손이 붉은 예언을 성취해야 할 지하세계의 100번째 왕이 된다는 것을 의미했다.

붉은 예언이란 헬 중심에 있는 풍화된 용암벽에 새겨진 아주 아주 오래된 금석문으로, 위대한 연금술사이자 예언자인 요타 벰 타그흐드의 피로 쓴 것이다. 이 예언자는 오래전에 날카로운 거위 깃털

펜촉으로 동맥을 절개한 다음 더 나올 피가 없을 때까지 글씨를 썼다. 그의 놀라운 예지력은 하필 서재를 멀리 벗어나 잉크가 없는 상황에서만 발휘되곤 했다. 그래서 자신의 체액에 의존해 순교자적으로 의무를 다하다 죽은 것이다. 헬의 역사는 그렇게 전하고 있다.

붉은 예언
붉은 예언은 고문체로 썼고 풍화가 심했다. 그러나 헬의 연금술사들이 수백 년간 각고의 노력 끝에 해독해서 번역을 해놓았다. 그 예언은 작게는 스무 가지 예언으로 나뉘는데 보통 사람은 처음 열여덟 가지를 거의 이해하지 못했다. 연금술의 암호로 쓴 데다 안 쓴 지 오래된 단어가 수도 없이 나오기 때문이다. 그러나 번역자들을 믿는다면 그건 모두 긍정적인 예언이었다. 헬 주민들의 행복과 건강과 안락함에 관한 내용이었다. 그러나 그런 것들은 연금술이 아주 존경을 받을 때에만 실현됐다. 이것이 바로 수백 년 동안 헬의 연금술이 평균 이상의 높은 수준을 유지한 이유 중 하나였다.

반면에 열아홉 번째 예언은 끔찍한 대참사를 예고하고 있었다. 홍수가 나거나 도시 위의 동굴덮개가 함몰되거나 지하에서 화산이 터지게 된다는 등등의 내용이었다. 그러나 이런 참사는 연금술이 아주 존경받지 못하게 될 때 등장한다고 했다. 이것이 헬의 연금술이 평균 이상의 높은 수준을 유지한 두 번째 이유였다.

마지막 스무 번째 예언은 모든 것을 말살하는 역병이 몰아칠 것이라고 협박하면서 명령하듯 이렇게 썼다. 헬의 백 번째 통치자가 그 군대와 모든 브라호크를 이끌고 도시를 떠나 지상세계를 정복하리라.

가우납 아글란 아지다하카 벵 엘렐 아투아 99세는 자기가 헬의 아흔아홉 번째 통치자이고 일백 번째 통치자가 아니라는 사실에 매우 만족스러워 했다. 헬을 떠나 낯선 세계를 정복하는 문제에 전혀 의욕이 없었기 때문이다. 그는 옥좌를 버릴 생각이 전혀 없었다. 아름다운 죽음의 극장을 주재하는 거룩한 의무에 아주 만족하고 있었다. 때로 너무 과도하게 신경을 쓸 정도였다. 그러나 그는 사람들이 싸움에서 죽고 죽이는 것을 보기를 좋아하고 군중의 환호를 즐겼다. 그는 지하세계에서 가장 멋진 직업을 갖고 있었다. 그는 왕이었다. 요컨대 가우납은 행복한 왕이었다.

헬*이라는 도시 이름이 피부색이 밝은 이곳 주민들의 명칭인 헬링에서 유래했는지 아니면 헬링이 이 도시의 이름에서 파생된 것인지는 분명치 않다. 헬 최초의 통치자는 역사적인 전거로 볼 때 가우납 아글란 아지다하카 벵 엘렐 아투아 1세였다. 그는 이 도시가 주먹도끼 몇 개로 바위에 판 동굴 수준일 때 통치했다. 그리고 그 주민들은 통통한 용암벌레를 땅에서 캐 먹거나 죽은 동료들의 시체를 먹고 살았다.

헬링족의 연원도 불확실하다. 그러나 줄곧 지하에서 살았고 햇빛과는 무관했다는 것은 눈처럼 허연 피부를 보면 알 수 있다. 역사학자들은 헬링의 선조가 빛도 색깔도 지각할 수 없었으며, 눈 대신 더듬이가 있었다고 추론한다. 머리에 있는 뿔처럼 생긴 혹이 그 증거로 퇴화한 더듬이라는 것이다. 그러나 이는 어디까지나 추론이었다.

가우납 1세

헬링족의 확실한 역사는 가우납 1세로부터 시작된다. 물론 당시에는 지금과 같은 의미의 족속이라고는 할 수 없었다. 그저 수백 마리의 지하생물 수준이었다. 두뇌와 눈은 극히 미발달 상태이고, 피부는 눈처럼 희고, 털은 은색이었다. 이들이 어떤 기회에 한데 뭉쳤다가 가우납의 힘과 포악함에 주눅이 들려 종속된 것이다. 가우납 1세의 힘에 관해서는 많은 전설이 전한다. 무슨 바위든 머리로 쪼갤 수 있었다거나 혼자서 주먹으로 바위를 깨 헬을 만들었다고도 한다. 기형의 후예인 마지막 가우납에게도 그런 엄청난 힘이 숨어 있다고 생각하는 사람들은 그런 전설을 믿는 경향이 있었다.

가우납 가문의 지배는 열 개의 시기로 구분할 수 있고, 각 시기는

---

* '환하다', '밝다'라는 뜻의 독일어와 발음이 똑같다.—옮긴이

다시 열 세대로 구성돼 있다. 첫 번째 시기는 가우납 1세에서 가우납 10세까지, 두 번째 시기는 가우납 11세에서 가우납 20세까지, 세 번째 시기는 가우납 21세부터 가우납 30세까지이며, 이런 식으로 해서 열 번째 시기는 가우납 91세부터 마지막 가우납까지로 유일하게 아홉 세대로 돼 있다.

붉은 예언에 따르면 가우납 100세부터는 새로운 시대 구분이 시작된다. 말하자면 백 번째 가우납은 다시 가우납 1세로 지칭되고, 가우납 99세가 마지막 가우납이 되는 것이다.

폭군 왕가

가우납은 대를 이어 왕위를 물려주면서 단 한 번도 단절된 적이 없었다. 그러면서 매번 정신적, 윤리적, 신체적 퇴락을 유전적 부담으로 물려주었다. 최초의 지배자가 그토록 사악한 성격이 아니었다면 헬과 그 주민들의 역사도 그와 유사한 경로를 밟아왔으리라고 추정해볼 수 있다. 헬링은 되돌릴 수 없을 만큼 사악하거나 못되지는 않았다. 다른 대안을 몰랐을 뿐이다. 그들 중에도 진짜 평화를 사랑하고 선량한 사람들이 있었다. 수는 비록 적었지만. 그러나 가우납 1세는 그 모든 나쁜 특성을 한 몸에 통합시켰다. 권력욕과 피에 굶주린 행태, 광분, 음모, 파렴치함과 과대망상 등등 완벽한 폭군에게서나 기대할 수 있는 수준이었다. 그의 성격과 정치적 견해는 이 가문의 통치 스타일을 거의 백 세대에 걸쳐 형성하면서 문명 전체의 문화와 사회를 꼴 지었다. 가우납 1세의 열두 아들부터가 아버지를 쏙 빼닮았다. 그들은 아버지가 노쇠하고 무력해지자 작당을 해서 돌로 쳐죽였다. 아들들은 이어 수년 동안 반목을 일삼다가 열한 명은 음모로 살해되고 딱 하나 남은 아들이 권력을 잡았다. 이자가 아버지와 형제를 살해한 가우납 2세로, 그에 관해서는 손가락이 열한 개였다는 이야기만이 전한다. 이렇게 해서 어느덧 스무 세대가 흘렀고 폭군에서 폭군으로 이어졌다. 그러는 사이 헬은 서서히 동굴 수준에서 도시로 발전해갔다.

왕가의 행태는 무조건 모범으로 받아들여졌다. 아무리 야만적이고 잔인한 행동을 해도 상관이 없었다. 억압, 부패, 허위, 고문, 살인 등등은 평화를 사랑하는 사회구성원들조차 당연한 것으로 여길 정도로 일상적인 일이 되었다. 그나마 그런 사람들 덕분에 사회가 총체적 혼란에 빠지는 것은 면했다. 대부분의 연금술사와 건축가들—헬의 대표적인 정신적 엘리트였다—이 그런 부류였으나 다른 계층에 속하는 시민도 일부 있었다.

연금술과 건축은 초기 헬에서 인정받고 보호받는 유일한 기예였다. 도시는 끝없이 성장을 계속했고, 그래서 건축업자와 건설노동자가 계속 필요했다. 연금술에서는 문학과 의학, 물리학과 철학, 화학과 생물학처럼 예술과 과학이 모험적인 방식으로 혼합됐다. 음악과 미술은 거의 알려지지 않은 상태였다. 조각은 건축에 종속적인 역할만을 했다.

헬링은 땅속에서 우글거리는 수많은 종류의 벌레와 곤충을 먹고 살다가 나중에는 물고기, 게, 달팽이, 물거미, 그리고 지하세계 저수지에서 무성생식하는 식물들을 먹게 됐다. 특별한 미식으로는 쉽게 잡을 수 없는 박쥐, 지하세계 터널에 떼로 모여 사는 털거미, 도시 하수구에 우글거리는 다양한 종류의 버섯 등등이 꼽혔다. 영양 면에서는 지하세계의 종의 다양성 때문에 부족함이 없었고, 이것이 바로 이 도시가 비약적 발전을 이루게 된 여러 가지 이유 가운데 하나였다.

지상세계의 발견

스물다섯 세대 이상이 지난 후 가우납 27세 치하에 와서야 비로소 헬의 연금술사와 군인들은 지표면 탐사를 감행했다. 초기에 이미 화산 분출구로 올라가는 수직통로를 찾아냈지만 오랫동안 주저주저하면서 자세히 알아보려고 노력하지 않았다. 지상세계의 위험성에 관한 터무니없는 추측이 만발했다. 그곳의 공기는 독성이 엄청 강하다거나 지표면에는 수많은 괴물이 호시탐탐 노리고 있다든가 하는 얘기였다. 그런 만큼 지상세계에도 숨 쉴 수 있는 공기가 있다는 것을 알고는 깜짝 놀랐다. 햇빛은 그들의 하얀 피부로는 견디기 어려웠다. 그래서 소풍 나가는 시간을 밤으로 옮겼다. 몰래 숨어서 어둠의 보호를 받으며 지상세계 거주자들과 그들의 습관을 관찰했다. 그런 다음 돌아와서는 헬연금술아카데미에 제출할 각종 탐험에 관한 보고서를 집필했다. 헬링들은 햇빛을 받으며 산다는 것은 생각할 수 없었고 특히 낯선 것은 무조건 두려워했기 때문에 지상세계 존재들과의 직접 접촉은 배제한 채 과학적 관찰에 치중했다.

헬링들의 지표면 방문을 아무도 모른 것은 아니었다. 지표면 쪽에서도 나름대로 그들을 포착했다. 도깨비불야간족은 헬링들이 헬로 다시 내려갈 때까지 바짝 뒤따라다녔다. 주로 산적과 군인인 탐험가들은 지상세계 거주자로서는 처음으로 지하세계로 가는 비밀의 샛길을 알아냈다. 그 과정에서 다수가 사고로 죽거나 위험한 급경사로에서 나락으로 떨어져 지하세계 동물에게 잡아먹히거나 냉동동굴에서 얼어 죽었다. 그러나 일부는 헬로 가는 길을 발견해 지하도시에 발을 들여놓았다. 이들이 의심을 받을 것은 당연했다. 지하세계 족속들은 이들을 사로잡아 고문하고 끝내는 죽여버렸다. 말이 통하지 않았기 때문이다. 지하세계의 전설은 끊임없이 무법자들 사이에 퍼져나갔다. 그러나 탈옥한 수감자나 잃을 게 없는 겁 모르는 자들의 도전이 완전히 끊긴 것은 아니었다. 그런데 시간이 가면서 그런 탈주범과 모험가들을 통해 직접 햇빛에 노출되지 않고도 지상세계에 관한 흥미로운 정보를 얻을 수 있다는 것을 헬링들은 알게 되었다. 타자의 언어를 배우면서 서로 말을 하게 됐다. 그래서 결국에는 가장 완고한 헬링조차도 서로 이득이 된다는 것을 깨달았다. 그래서 헬의 주민들은 자기들 쪽으로 흘러드는 자들과 협정을 맺었다. 임시 거처를 마련해주고 교역을 하는 대신 지하세계의 존재는 특수한 부류만 아는 기밀로 유지토록 했던 것이다.

새로운 시민들이 왔다고 해서 헬의 주민 수가 늘어난 것은 아니다. 그들은 거의 다 범죄자, 밀수꾼, 무기거래상, 군인 들이었다. 헬링들은 그들이 하는 짓을 보고 자신들의 삶의 방식이 정당하다고 생각했다. 이주자들은 변덕스러움과 사학함이라는 면에서는 헬링들과 막상막하였으며 경우에 따라서는 훨씬 월등했다. 다른 한편으로는 전에 없던 경제적 도약이 이루어졌다. 지상세계와의 거래는 안정적이지는 않았지만 새로운 수입을 선사했다. 범죄자들은 지상에서 못된 짓에 쓰던 무기를 헬로 반입했다. 그런 과정에서 얻은 노획물의 일부도 이 도시로 흘러들어갔다. 노예를 지하세계로 끌어와 값싼 노동력으로 착취했다. 이런 새로운 변화는 헬의 문화에도 적잖이 영향을 미쳤다. 그리고 시간이 가면서 차모니아어는 헬의 공용어로 자리 잡았다.

도시의 부는 세대를 거듭할수록 늘어났다. 헬 주변 지하에서 철광석, 금, 다이아몬드, 석탄을 비롯해 금속이나 에너지로 활용할 수 있는 광맥이 발견됐다. 헬 아래에 위치한 동굴들을 탐사해 하수도로 개비하면서 도시는 점점 더 지하로 확장됐다. 헬은 차츰 거대한 제련공장으로 화했다. 거리마다 용광로와 무기제조창이 들어섰으며, 모루에 망치질하는 소리가 도시의 리듬이 되었다.

브라호크 전쟁

네 번째 시기에 이른바 브라호크 전쟁이 시작됐다. 사실 그렇게 부르는 것은 잘못이다. 두 족속 사이에 전쟁이 일어난 것 같은 인상을 주기 때문이다. 브라호크는 문명화된 족속이 아니라 식욕과 번식본능에만 충실한, 지능이라고는 거의 없는 존재였다. 브라호크는 자연의 재앙으로 그 피해 규모가 엄청났으며, 지하세계 중에서도 바다와

연결된 부분에서 왔다고들 추정한다. 헬 주민들이 그 괴물들이 들이 닥치기 직전에 늘 염분 섞인 물과 썩은 물고기 냄새가 나는 것으로 그 조짐을 알아채곤 했다는 것이 바다기원설의 방증이다. 그런 예측 덕분에 종종 화를 면할 수 있었다. 그럼에도 불구하고 전쟁이라는 데에 무게를 두는 이유는 네 번째 시기에 브라호크 떼가 이 도시에 계속 들이닥치면서 조직화된 군대 같은 인상을 남겼기 때문이다. 따라서 헬의 주민들이 그들에 대항해 싸운 수많은 전투는 전쟁으로 기억됐다.

브라호크 전쟁은 그토록 끔찍하고 피해가 엄청났지만 결국 헬의 주민들은 침략자들을 물리치고 쓸모에 맞게 길들이기까지 했다. 이는 연금술의 발명 덕분이었는데 그 발명은 후각의 경로를 통해 야기되는 새로운 종류의 최면을 토대로 한 것이었다. 그 거대한 괴물들을 시큼한 향수로 무릎 꿇게 한 인물은 연금술사 헤몬 취포스였다. 그 이후로 브라호크를 길들이고 통제하는 일을 연금술사 조합이 맡게 됨으로써 왕가에 대한 그들의 영향력도 커졌다.

호문켈의 탄생

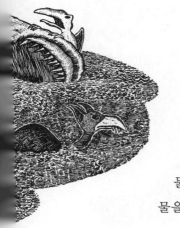

브라호크 전쟁의 결과로 나타난 또 하나의 성과는 호문켈의 창조였다. 그 괴물들에게 인공적으로 만든 군대를 맞붙이자는 아이디어가 다름 아닌 연금술사들로부터 나왔다. 연금술사들은 지하 기름호수에서 어떤 물질을 찾아내 거기다 여러 비밀스러운 추출물을 섞고 어미죽이라고 불렀다. 호문켈이라는 족속은 바로 이 죽에서 만들어졌다.

연금술사들은 헬의 한가운데에서 순수 지하세계산 금속으로 만든 거대한 솥에다 어미죽을 붓고 강한 불로 가열했다. 다양한 지하세계 동물들—헬에서 훨씬 아래 있는 동굴에서 잡은 동굴두꺼비, 뼈게, 관(管)돼지, 바구미 등등—을 그 죽에 넣은 다음 여러 차례 끓였다. 솥에서 동물들의 세포가 다 녹아 호수의 기름에서 추출한 태곳적 물질과 섞이면 잠시 후에 빙글빙글 돌면서 부글부글 끓는 죽에서 호문켈이 태어나는 것이다. 호문켈은 긴 코 내지는 부리가 달렸고, 게의 집게발이나 두더지 발톱을 하고 있으며, 솥에서 녹은 여러 동물의 면면을 새롭게 조합해서 나름의 기이한 방식으로 만들어진 잡종이었다.

그러나 호문켈의 창조는 브라호크들을 물리치고 길들인 지 한참 후에야 비로소 성공했다. 어미죽에서는 군인만이 아니라 노예의 무리도 만들어냈다. 특히 노예는 계속 개량이 가능했다. 호문켈을 계속 만듦으로써 헬의 복지를 가능케 하는 버팀목이 되었다. 그들은 비용이 필요 없는 노동력으로서 가장 힘들고 위험한 일들을 불평 없이 자발적으로 해나갔다. 그들은 헬링이나 이주민과는 또 다른 제3의 계층이 됐다. 이 계층은 수는 점점 늘었지만 의무만 있고 권리는 없었으며 모든 주민 가운데서 평균수명이 가장 짧았다.

아름다운 죽음의 극장

여러 차례의 방어전쟁 이후 시민들은 고난과 궁핍에 대해 뭔가 보상이 있었으면 하는 심리를 갖게 됐다. 아름다운 죽음의 극장을 건립해보자는 아이디어를 낸 것은 가우납 51세였다.

마지막 세 차례 브라호크 전쟁 기간에 가우납 51세는 안전한 궁전 발코니에 서 전투 광경을 바라보았다. 그러면 서 평생 느껴보지 못한 즐거움을 맛보았다. 그러나 전쟁이 끝나 자 완전히 절망에 빠졌고, 그런 절망에서 그를 건 져낸 것은 다름 아 닌 극장 건립 아

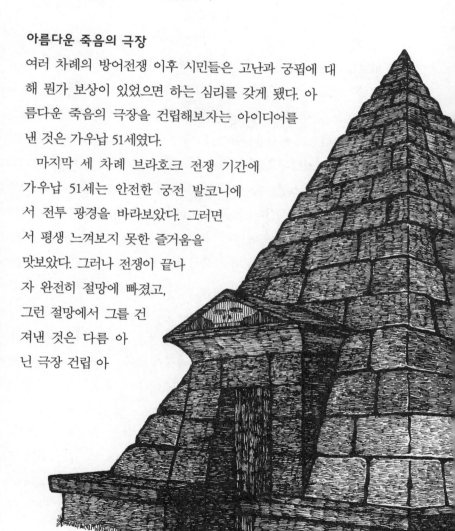

이디어였다. 그는 건축가들로 하여금 도시에 거대한 팔각형 경기장을 세우도록 했다. 거기서 브라호크와 노예들이 벌이는 싸움을 즐길 생각이었다. 경기장은 원래 그 자신만을 위한 것이었으나 현명한 자문관들이 그를 설득해 일반 국민도 참여할 수 있도록 했다. 그러나 브라호크와의 싸움을 무대에 올린다는 것은 좋은 생각이 아니라는 사실이 드러났다. 그들은 너무 거칠었다.

극도로 흥분하면 연금술 향수로 최면을 걸어 억제할 수는 있었지만 때로는 공공의 안녕을 해쳤다. 투입하는 브라호크 수를 최소한으로 줄였는데도 그중 일부가 미쳐 날뛰며 조련사를 짓밟아 죽이는가 하면 관객을 잡아먹고 심지어는 가우납 51세까지 변을 당할 뻔했다.

그래서 브라호크 싸움은 폐지하고 대신 서로 다른 족속끼리 하는 결투 방식을 도입했다. 노예와 호문켈, 노예와 용병, 또는 위험하기는 하지만 브라호크보다는 다루기 쉬운 동물과 노예 간에 결투가 벌어졌다. 가우납 51세가 브라호크를 투입하지 않아도 얼마나 즐거울 수 있는지 깨닫게 됨으로써 마침내 아름다운 죽음의 극장이 탄생했고, 그때부터 이 극장은 헬의 문화적 중심지가 된 것이다.

그러는 사이 왕가의 도덕적·유전적 쇠퇴는 지속됐다. 가우납 가문 사람들은 점점 작고 추악한 몰골로 변해갔다. 입을 비죽이며 발작적으로 웃어대는 행태도 점점 심해졌다. 간질, 히스테리, 조증, 울증, 광란 등등은 점차 가우납 가문의 특징이 됐다.

아무도 가우납의 면전에서 감히 정신병이라는 얘기를 하지 못했다. 그래서 궁정의사들은 병을 미덕이라고 하고, 광기를 독창적인 비전이라 하고, 무도병(舞蹈病)을 황홀경이라 하고, 정신착란을 의식(儀式)이라고 했다. 왕이 발작을 일으키면 의사들은 흥분을 가속화시키는 고농도 팅크를 투여해 광란을 부채질했다.

왕이 극도의 우울증에 빠지면 기분 상태를 더더욱 황량하게 만들려고 할 수 있는 모든 일을 다 했다. 여러 세대를 거치면서 궁정의 대소신료들은 통치자의 행태를 모방하고 광란을 흉내 내고 히스테리적인 웃음을 따라하는 것을 우아한 세련미라고 생각하게 됐다. 추악함과 허약함이 보편적인 미의 규준이 됐으며, 의식 수준이 자신의 이미지에 신경을 쓸 정도가 되는 자들은 가능한 한 병약한 모습을 드러내 보이는 데 힘을 쏟았다.

건축가들도 그런 미적 규준을 받아들였다. 조화라는 개념은 건축에서 추방되고, 추악하고 유기적이며 기형적인 소재들이 사용됐다. 모서리는 삐딱해지고, 지붕은 곱사등처럼 됐으며, 가옥은 땅속에 묻히다시피 하는 것이 헬 건축의 특징이었다. 전면은 태곳적 물고기의 비늘화석이나 지하세계 곤충의 갑각으로 장식했다. 굴뚝은 데몬의 뿔처럼 솟았고, 대문은 찢어진 아가리처럼 입을 쩍 벌렸으며, 창문은 시체의 눈구멍과 흡사했다. 이 밖에 건축재로 애용한 것은 진짜 뼈, 거대한 생물의 이빨 화석, 화석화된 문어의 다리와 게의 집게발 등이었다. 브라호크가 죽으면 갑각에서 내장을 빼내고 그 안에 집을 꾸몄다. 헬에는 색깔은 없는 것이나 마찬가지였다. 은회색 거리를 걸으면서 납빛 얼굴에 시커먼 복장을 한 헬링들을 보면 흑백으로만 이루어진 세상을 거닐고 있다는 생각이 들었다. 빛이 있기는 했지만 꼭 필요한 정도에 불과했고 아주 미약해서 가물가물했다.

흐릿한 노란 빛을 내는 발광해파리는 수조에서 벌름벌름하면서 가로 조명 역할을 했다. 창문 구멍에는 그을음을 피우는 횃불과 시커먼 밀랍으로 만든 초가 탔고, 공공장소에는 화로에 담은 석탄이 타고 있었다. 자욱한 연기와 그을음이 계속 피어올라 헬의 공기는 점점 매캐해져 건강에 해로워졌다.

가우납들은 대부분 병치레가 심하고 의사의 잘못된 치료를 받았지만 수명은 엄청나게 길었다. 가우납 1세가 164세까지 살았다. 자식들이 반란을 일으켜 이른 종말을 선사하지 않았다면 분명 훨씬 오래 살았을 것이다. 가우납들은 평균적으로 180세에서 200세까지 살았다. 그러면서도 온갖 병이 도지는 것을 좋아했다. 왕은 어느 때고 죽을 위험에 처해 있다고 믿는 것이 이 지배가문의 상식이었으나 실제로는 대부분 노환으로 죽었다.

전반적으로 보자면 가우납들의 질병과 기벽은—몇 차례 방화를 하거나 기이한 법률을 제정한 것을 제외하고는— 국민 생활에는 거의 영향을 미치지 않았다. 의사들은 병은 궁정에 머문다고 농담 삼아 말하곤 했다. 임금들의 광기는 주로 왕 개인에 국한되는 문제였기 때문이다.

오랜 기간 잘 굴러가다가 마침내 가우납 62세대에 이르러 그런 광기가 밖으로 터져 나왔다. 정신착란이 지상세계 주민들조차 인지할 수 있을 정도의 결과를 낳게 된 것이다. 어린이 책을 읽고 자극을 받아 이른바 함정도시를 만들도록 한 것이 바로 가우납 62세였다.

은귀한 추구스 칸의 어린이 책

연금술사 은귀안 추구스 칸은 수의사이자 가우납 58세의 가정교사로 어린이 책을 하나 썼는데 이 책은 왕가의 후예만을 위한 것으로 쉬우면서도 생생하게 정치의 ABC를 서술한 내용이었다. 그는 많은 비용을 들여 삽화까지 그리게 해 이 책을 통치자의 아들인 가우납 59세의 열 번째 생일 선물로 보냈다.

그는 왕은 엄청난 힘을 지닌 거대한 검은 동굴곰으로, 평민은 충실하고 얌전하게 굽실거리는 하얀 알비노 쥐로 묘사했다. 왕의 자문

관과 궁정의 외교관들은 충실한 애벌레로, 기타 관계자들은 흡혈동
물과 늪거머리로 표현했다. 어린이의 정서에 과도한 부담을 주지 않
는 제한적인 규모의 그림 세계였다. 헬시(市) 자체는 다리와 눈이 백
개씩인 교활한 거미로 묘사했다. 이 거미는 지하에 웅크리고 숨어서
근근이 생활하다가 결국에는 어느 날 지상으로 나오게 돼 있었다.
그림들 중에서도 이 거미가 지상세계에 사는 존재라면 누구나 마음
에 들어 할 집 모양의 함정을 지표면에 만들어두었다가 때가 되자
올라가서 한꺼번에 잡아먹는 장면이 가장 인상적이었다. 어린 왕에
게 붉은 예언의 성취 과정을 생생하게 보여주려는 의도였다.

이 책은 가우납 59세에게는 효과가 없었다. 그는 책을 보는 둥 마
는 둥 했다. 그러다가 거미가 나오는 장면에서는 발작성 비명을 지르
며 책을 장난감통에 내던졌다. 이후 손자 대까지 그 아래 두 가우납
도 별 흥미를 보이지 않았다. 그럭저럭하다가 이 고가의 수제 그림책
은 마침내 가우납 62세의 손에 들어갔다. 당시 그는 이미 중년에 접
어든 상태였다.

가우납 62세

이 임금 시대의 망상은 가히 광적이라 할 만했다. 이 통치자는 유독
말도 안 되는 아이디어에 환호했다. 한번은 헬 전체에 일 년간 발언
금지령을 내렸다. 기껏 속삭이는 정도만 허용됐기 때문에 그가 물고
기 화석과 혼인하겠다는 것을 말리는 데에도 아주 애를 먹었다. 그
는 그림을 그리고 음악을 하고 시를 지음으로써 그 모든 분야에 아
주 끔찍한 결과를 가져왔다. 그러면서도 끊임없이 파렴치한 짓거리
를 발굴해 실천하는 데 골몰했다. 어느 날 그는 왕실 도서관을 뒤지
다가 은귀안 추구스 칸이 만든 문제의 어린이 책을 발견했다.

그의 혼란스러운 정신 속에서 은귀안의 책은 제대로 영향력을 발휘했다. 가우납 62세는 어린이 책을 현실로 옮긴 헬 최초의 임금이었다. 예술 감각이 뛰어난 이 군주가 가장 열정을 쏟은 분야는 건축과 기념물 건립이었다. 속이 텅 빈 화려한 건축물이 들어서기 시작했다. 하나같이 가우납이 자기의 구상에 따라 세우도록 한 것이었다. 그러나 자연적인 한계가 걸림돌이 되었다. 도시의 지하공간에 한계가 있었기 때문이다. 가우납 62세는 자신의 건설 계획을 지상세계로 연장하고 싶어 했지만 자문관들이 나중에 하자는 식으로 간신히 뜯어말리곤 했다. 연금술사들이 햇빛을 막을 방어수단을 찾아내지 못하는 한 지상에 건물을 지어봐야 의미가 없다는 식으로 설득한 것이다.

가우납 62세는 열에 들떠 은귀안의 어린이 책을 넘기다가 한 가지 생각이 번개처럼 떠올랐다. 이어 과대망상적인 비전과 아이디어들이 연쇄반응처럼 터져 나왔다. 가우납 62세의 건축을 향한 꿈, 아름다운 죽음의 극장, 호문켈, 브라호크, 연금술사들의 비법, 어린이 책의 삽화, 지상세계와 지하세계, 그 모두가 하나의 계획으로 녹아들었다. 사악하기는 하지만 탁월한 독창성을 지닌 계획이었다.

가우납 62세는 자문관들과 건축가, 장성, 연금술사, 아름다운 죽음의 극장 총책임자를 소집했다. 그는 햇빛을 받으면서도 일할 수 있는 호문켈을 동원해 지상세계에 지하세계와 계단으로 연결되는 도시를 건설하고 싶어 했다. 도시는 다 건설하고 나면 그 자리에 남겨두고 건설인력만 헬로 돌아온다는 구상이었다.

왕의 자문관들은 망연자실해서 서로를 바라보며 맥 빠진 박수를 쳤다. 분명 또 다시 망상이 만들어낸 아이디어로 돈만 잔뜩 날리고 말 것이기 때문이었다.

이어서 왕이 한 말은 다 짓고 나서 기다려보자였다. 인내심 많은 눈 백 개 달린 거미처럼 기다려보자. 온 도시가 족속들로 가득 찰 때까지 기다려보자. 그럼 결국은 도시가 가득 찰 것이다. 보통 사람에게 잘 꾸민 도시처럼 매력적인 것도 없을 것이다. 그의 구상은 이런 식이었다.

건축가들은 고개를 끄덕였다. 말이 되는 얘기였다.

마침내 그 도시가 다 차게 되면 밤에 다들 잠자는 틈을 타서 헬의 군대가 브라호크를 타고 올라가 그곳 주민들을 연금술로 만든 가스로 마비시켜 헬로 끌어온다는 것이었다.

이제는 장성들도 고개를 끄덕였다. 브라호크를 실전에 투입한다는 것이 마음에 들었다. 브라호크를 통제하는 연금술사들도 마찬가지로 고개를 끄덕였다.

가우납은 또 말하기를, 포로로 잡은 노예들은 납 광산이나 하수도 건설 현장, 용광로, 무기제조창 등등에서 노동력으로 쓸 수 있다고 말했다. 그리고 특히 힘이 세고 싸움을 잘하는 포로는 아름다운 죽음의 극장에 내보내 백성들에게 기쁨을 선사하도록 한다는 것이었다.

아름다운 죽음의 극장 총책임자는 황홀한 나머지 박수를 쳤다. 다들 아무렇게나 죽여도 되는 수많은 노예가 있었으면 하는 꿈을 꾸고 있던 터였다.

자문관, 건축가, 장성, 극장장 들은 감탄했다. 그런 매력적인 아이디어를 낸 가우납은 지금까지 단 한 명도 없었다. 그들은 서로 중얼중얼 의견을 나눴다. 이번에야말로 헬 역사에서 처음으로 말이 되는 임금의 아이디어였다. 많은 문제가 단번에 해결될 것 같았다. 노예 조달의 어려움을 종식시킬 수 있었다. 군대와 브라호크들은 이제 매 세대마다 먼 훗날 붉은 예언이 성취되기를 하염없이 기다리기보다 당장 훨씬 의미 있는 과제를 위해 싸우게 될 것이다. 극장은 새로운 볼거리를 제공하게 될 것이고, 미친 왕은 마침내 제대로 된 업무를 갖게 됨으로써 아이디어를 주체 못해 허덕이지 않게 될 것이다. 그것은 함정도시였다! 망상이지만 독창적인 아이디어였다.

함정도시

흥분에 들떠 계획을 짜고 준비를 하기 시작했다. 자기네 도시에는 위협이 되지 않도록 헬에서 충분히 멀리 떨어진 기존의 화산 분출구를 이용하기로 했다. 화산 분출구는 거주자가 거의 없는 지상세계 지역으로 이어지는 통로였다.

이어 작업을 시작했다. 건축가들은 해당 지역을 면밀히 살펴 계획을 세우고, 함정도시의 가옥과 거리를 설계했다. 건축양식은 지상세계에서 유행하는 것으로 했다. 호문켈들은 화산 분출구로 이어지는 계단을 팠다. 터무니없이 어려운 공사여서 상당수가 작업 도중 갱속에 매몰돼 죽었다. 결국 도시가 건립됐다. 한 건축가가 그 도시에 거대한 성벽을 세우자고 제안했다. 방어시설 같은 인상을 주자는 것이었다. 그리하면 특히 싸움을 좋아하는 족속들을 유인함으로써 아름다운 죽음의 극장에 좋은 자원을 공급할 수 있다는 얘기였다. 끝으로 지하세계의 견고한 금속으로 만든 세련된 뚜껑을 설치했다. 이것이 바로 검은 돔으로 지하에서 올라오는 계단을 지붕처럼 가려주는 시설이었다. 이 돔은 아래서만 열 수 있고 땅속으로 가라앉게 돼 있었다. 모든 작업이 끝난 뒤 다들 헬로 돌아갔다. 이제 씨가 싹틀 때가 됐으니 첫 수확을 기다리기만 하면 되었다.

가우납 62세는 채 일 년을 기다리지 못했다. 너무도 궁금했던 것이다. 그가 함정도시를 최초로 수확할 것을 명함에 따라 군인들이 밤에 브라호크를 타고 올라가서 돔을 열었다. 도시의 전 주민이 잠을 자고 있었다. 그들은 주민들을 마취시켜 헬로 끌고 왔다.

그런데 공교롭게도 함정도시는 강력한 용병부대가 점거하고 있었다. 용병은 군대에 소중한 자원이자 아름다운 죽음의 극장에서 쇼를 하는 데 쓰기에는 더할 나위 없는 존재였다. 그렇다. 새로 지은 함정도시의 첫해 수확은 풍작이었다.

가우납 62세는 다음 수확 때까지 지상세계로의 접근을 차단시켰다. 첫 작품의 성공에 힘입어 그는 또 다른 함정도시들을 계획하고 건설하라고 명했다.

가우납의 두 번째 함정도시는 헬 북쪽에 건립됐다. 그런데 첫 번째 것과 비교해서 큰 성공은 거두지 못했다. 주변 지역에 인구가 밀집돼 있는 데다 주민들 사이에 밤에 불쑥 땅에서 솟은 새 도시는 으스스하다는 소문이 바로 돌았다. 도깨비불족만이 그리로 갔고, 수확은 별 볼 일 없었다. 그 지역은 눈이 많이 내려 함정도시에 들어선 가옥 지붕마다 일 년 내내 눈이 덮여 있어서 차모니아 주민들은 눈송이도시라고 불렀다.

가우납 62세 치하에서 운영된 세 번째이자 마지막 함정도시는 새로 건립할 필요도 없었다. 이미 존재했기 때문이다.

참을성 없는 왕은 이번에는 다른 종류의 도시, 즉 수확할 만큼 성숙할 때까지 기다릴 필요 없이 창고처럼 필요할 때마다 그때그때 뽑아 쓸 수 있는 도시를 원했다.

네벨하임의 해파리

건축가와 연금술사들은 이 과제를 놓고 머리를 쥐어뜯었다. 결국은 누군가가 기존 도시를 활용하자는 제안을 했다. 이 아이디어를 낸 연금술사는 이미 특정 도시를 염두에 두고 있었다. 그것은 차모니아 북서부에 위치한 소도시 네벨하임이었다.

"네벨하임?" 가우납이 물었다. "네벨하임이 뭐가 특별하다는 거지?"

"이 도시로 말씀드릴 것 같으면, 전하." 연금술사가 아주 공손한 어조로 답변을 시작했다. "함정도시의 이상적인 조건을 갖추고 있사옵니다. 거기에는 평판이 안 좋은 네벨하임 주민들이 살고 있는데 바닷가에서 도적질이나 밀수를 하는 족속으로 우리 헬과는 이미 수백 년 전부터 교류를 하고 있습니다. 거기는 지하세계와 화산으로 연결되는 지점이 있고, 특히나 외딴 지역이라는 게 장점입니다. 게다가 안개해파리가 있습지요."

"안개해파리? 안개로 된 해파리라고?"

가우납이 물었다. 그는 과학적 현상에 대해서는 늘 관심이 많았다.

"그렇게 말씀드릴 수 있겠습니다, 전하. 네벨하임은 영원한 안개가 지배하고 있는데 그것은 거대한 해파리처럼 도시 전체를 감싸고 있습니다. 제가 그 안개를 오래 연구한 결과 수증기가 피어오르는 것이 아니라 살아 있는 생명체라는 확신을 갖게 됐습니다. 아마도 바다에서 온 것으로 보이며, 그 몸뚱이는 수증기보다도 조밀하지 않습니다. 어쩌면 진짜 거대한 해파리 종류인지 모릅니다."

"그게 생명체라고 어떻게 확신하지?" 왕이 물었다.

"기상현상이라고 하기에는 그것의 공기요정 농도가 너무 높기 때문입니다. 게다가 극히 미미하나마 지능의 징표도 보이고 있습니다. 음악에 반응하고 소리를 내지요. 그러는 안개는 없습니다."

"그게 우리 함정도시랑 무슨 관계가 있느냐?"

"예, 전하, 소인은 브라호크를 물리친 우리의 역사를 생각하지 않을 수 없었습니다. 놈들 역시 바다 출신의 거대한 동물로 지능이 매우 떨어집니다. 네벨하임의 해파리도 똑같이 우리의 연금술 가스로 최면을 걸 수 있을 것 같습니다. 그 가스는 대부분의 생명체에 대해 최면과 함께 잠에 빠져들게 하는 효과를 낸다는 걸 우리는 알고 있습니다. 그래서 함정도시에서 수확할 때 그 가스를 쓰는 것이지요. 말하자면 그 해파리의 공기요정 액체순환계에 우리 가스를 주입하면 살아 있는 거대한 덫으로 바꿀 수 있다는 얘기입니다. 거기 들어오는 모든 것에 최면을 걸어 사로잡을 수 있게 되는 겁니다. 그런 다음 나중에 가서 주워 담기만 하면 되지요."

"흠." 왕이 말했다. "넌 바보다. 그렇게 되면 우리의 동맹자인 네벨하임 주민들도 중독되잖아! 또 그런 똑똑바보 같은 아이디어를 내다니. 열두 조각을 내버릴 테다."

연금술사는 움찔하다가 바로 이렇게 답했다.

"황공하오나 전하, 그런 문제도 한 가지 해결책이 있사옵니다. 아시다시피 우리 브라호크 조련사들은 단계적으로 최면가스에 익숙해지도록 함으로써 면역을 시킵니다. 네벨하임 주민들도 똑같이 해야 할 것입니다. 그 족속은 호기심이 많아서 당연히 해보겠다고 나설 겁니다."

이어 연금술사는 깊이 읍을 하고는 입을 다물었다.

이 아이디어는 가우납으로서는 단박에 마음에 들 만큼 기이한 것이었다. 그리하여 네벨하임 주민들과 합의하에 면역을 실시한 뒤 안개해파리에게 가스를 주입해 최면을 걸었다. 네벨하임은 눈송이도시와는 대조적으로 큰 성공을 거두었다. 최면가스는 도시 전체에 맥박처럼 뛰면서 그 도시에 발을 들여놓는 자 모두에게 최면을 걸었다. 그러는 사이 안개해파리는 깊은 수면 상태를 유지했다. 안개의 신경질적인 움직임이 계속되는 것으로 보아 수면 중에 생동감 넘치는 꿈이 만발한 것 같았다. 안개는 너울너울하다가 살랑거리면서 두꺼워졌다가 얇아지곤 했다. 그러면서도 항상 똑같은 장소에 머물러 영원한 스모그처럼 네벨하임을 에워싸면서 거대한 덫이 되어 누구도 빠져나갈 수 없게 했다. 그리고 이처럼 난해하지만 효과 만점인 아이디어를 낸 연금술사는 왕의 특별 자문관으로 승격됐다.

그러나 역시 가장 효과적인 것은 가우납 62세가 세운 최초의 함정도시였다. 이 도시는 수백 년의 세월이 흐르는 동안 계속 이름이 바뀌었으니 한때는 두꺼비도시라고 했다가 또 무밍이라고 했다가 다시 베르텐하임으로 됐다. 수확을 할 때까지 거기 사는 족속의 종류에 따라 이름을 달리한 것이다. 어느 날 호트라는 이름의 차모니아인이 그 도시에 발을 들여놓았다. 아직 신 냄새는 나지 않았으며 도시가 텅텅 비어 있다는 사실을 알게 됐다. 그리고 그는 볼퍼팅어였기 때문에 도시를 관통하는 강 이름을 볼퍼강이라고 했다. 도시 자체도 볼퍼팅이라고 명명했으며 차츰 동족을 끌어들여 살게 했다.

인공 도시를 세워서 거기로 몰려든 주민들을 사로잡아 노예로 쓰거나 죽일 수 있게 만든 왕은 아마 다른 곳에서라면 정신병자 취급을 받았을 것이다. 그러나 헬링들의 눈에는 그가 빛을 준 인물이었다. 가끔 벌거벗은 채 왕궁 발코니에 올라서서 불화살을 신하들에게 쏘아대기는 했지만. 가우납 62세는 자신의 아이디어로 지상세계로 향하는 문을 열어젖힌 헬의 군주였다.

마지막 가우납

그때까지만 해도 헬의 역사는 번창하고 성장하던 시대로 가우납 가문의 승리와 정복이 이어졌다. 그러다 일곱 번째 시기에 와서 시련이 시작됐다. 전염병이 휩쓸고 지하 지진이 일어나고 곤충의 대재앙이 잇따랐다. 붉은 예언에 나오는 모든 나쁜 징조가 발현되는 것 같았다. 그나마 도시가 너무 커진 지 오래여서 그런 재난에 전체가 완전히 파괴되지는 않았다. 그리고 어느 정도 손상은 입었지만 삶은 계속됐다. 연금술사들은 전염병과 싸워 이기는 수단을 찾아냈고, 지진으로 파괴된 건물들은 더 튼튼한 것으로 대체됐고, 창궐하던 곤충은 박멸됐다. 그러나 멈출 줄 모르는 도시의 성장에 제동이 걸렸으니 통치자들조차도 알아채지 못할 만큼 은밀하게 몰락이 시작된 것이다. 가우납 왕조는 아들에서 아들로 이어지고, 아름다운 죽음의 극장은 좋은 시절도 있고 나쁜 시절도 있었으며, 함정도시들은 정규적으로 수확물을 거두었지만 그리 많지는 않았다. 여덟 번째와 아홉 번째 시기에는 이런 정체 상태가 퇴보로 바뀌었다. 가우납의 지배자들은 무관심에 빠져들었다. 기껏 관심을 갖는다는 것이 이상한 질병을 키우고 극장의 공연을 주재하는 정도였다. 도시는 점점 부패로 찌들고 나중에는 왕들과 마찬가지로 철저한 무감각 속으로 빠져들었다.

마지막 가우납은 헬과 그 통치자들이 행한 모든 잘못과 죄악의 총합이었다. 그는 지하세계에서 가장 사치스럽고 가장 호기심 많은 존재였다. 생명체로서 할 수 있는 최대한으로 비틀리고, 빼딱하고, 사악하고, 멍청하고, 심술궂었다. 그는 자신의 추악함을 아름다움으로 간주한 것과 똑같이 잔혹한 행위를 예술이라고 생각하고, 증오를 사랑으로, 고통을 기쁨으로 착각했다. 그 외에도 거의 모든 것을 혼동했다. 오른쪽을 왼쪽으로, 위를 아래로, 선을 악으로, 뒤를 앞으로 혼동했으며 심지어 자기가 쓰는 단어에서는 음절까지 뒤바꿨다.

가우납 아글란 아지다하카 벵 엘렐 아투아 99세는 헬의 통치자로서 지하세계의 왕이자 아름다운 죽음의 극장에서 생과 사를 관장하는 주재자였다. 그리고 광기와 사악함이 어떻게든 혼인을 해서 생명을 얻게 됐다면 그건 바로 가우납 99세였다.

깨어난 우르스

우르스는 눈을 비볐다. 그사이 정신이 완전히 돌아왔다. 이건 꿈이 아니었다. 인상들이 너무도 확실하고 너무도 생생했다. 느낌도 아주 멀쩡해졌다.

마비와 신 냄새는 사라졌다. 어떻게 그랬는지는 모르지만 놈들이 볼퍼팅어들을 이 끔찍한 세계로 끌고 온 것이다.

"지옥인가?" 옆에 있던 코뢴이 물었다. "어떻게 여기로 오게 됐지?"

"몰라." 우르스가 말했다.

"놈들이 우릴 어쩌려는 것 같아?" 코뢴이 물었다.

"거, 참." 우르스가 앓는 소리를 했다. "넌 정말 궁금한 게 많구나. 내가 어떻게 아니?"

"그냥 궁금해서 그래. 방금 전까지 꿈이라고 생각했거든."

"나도 그래. 하지만 꿈이 이렇게 끔찍할 수는 없지."

우르스는 다시 로열석을 주시했다. 관중들의 기대 어린 시선도 왕좌에 앉은 그 추악한 난쟁이에게 쏠려 있었다. 그 뒤에서 홀쭉한 인물이 내내 쉴 새 없이 이리저리 살그머니 오가면서 왕을 어떻게 하면 편히 모실까 노심초사하고 있었다. 그는 왕에게 음료가 담긴 황금잔과 과일을 내미는가 하면 방석을 두들겨 부풀게 하거나 가볍게 부채질을 해주었다. 그리고 때로는 난쟁이한테로 몸을 굽혀 귓속말을 속삭이기도 했다. 그러면 왕은 때로 매애거리는 추악한 염소웃음 소리를 냈다. 우르스는 검은 옷을 입은 자가 매우 비굴한 태도를 취하기는 하지만 이 소동의 와중에서도 두 번째로 중요한 인물이라는 인상을 받았다.

프리프타르는 마지막 가우납의 최고 자문관으로 가우납 왕의 궁정에서 오래 일한 외교관 가문 출신의 정치적, 전략적 조언자였다.

가우납은 땅딸막하고 추악한 반면 프리프타르는 인상이 훨씬 우아했다. 날씬하고 창백한 데다 훌쩍 큰 키에 얼굴 표정과 몸짓을 최소화하려고 노력했다. 가우납의 추악함과 비교한다면 프리프타르는 상이 좋았다. 다른 환경에서라면 데몬 같은 골상에 매부리코, 뻐드렁니로 진짜 허수아비 같다는 느낌이 들었을 것이다.

프리프타르가 가우납의 왕좌 뒤에서 정신 나간 임금을 조종하는 막후 실력자라고 믿는 사람은 정신이상인 가우납을 터무니없이 낮게 평가하는 것이다. 마지막 가우납에는 수많은 악령들이 들어가 있었다. 이는 파렴치한 전제군주들의 유산이었다. 거의 백 세대를 거치면서 병적으로 부풀어 오른 자기중심주의 탓에 가우납 가문 사람들은 아주 미세한 모반의 기미에 대해서조차 극도로 민감했다. 그 악령들 가운데 하나한테라도 밉보이면 그들 모두에게 대적하는 셈이었다. 그래서 자신의 의도를 이것저것 최대한 고려해서 현명하게 은폐하고자 해도 완전히 감출 수는 없었다. 가우납은 정신이 나가고 배운 게 없고 잔인하고 도덕적으로 타락했다. 그러나 조상들의 영혼이 그 뒤에 떡 버티고 서 있었다. 그들은 가우납을 도와 교묘한 음모를 냄새 맡았고, 똘똘 뭉친 가우납 왕가의 분노의 표적이 되면 그건 바로 죽음을 의미했다. 이런 점을 프리프타르는 너무도 잘 알고 있었다.

그가 가장 두려워한 것은 도무지 예측할 수 없는 왕의 변덕이었

다. 발육부진으로 몸집은 작지만 가우납은 엄청난 힘을 갖고 있었다. 특히 팔과 턱의 힘이 셌다. 느닷없이 기분이 극도로 우울해지면 누구한테나 덤벼들어 글자 그대로 조각을 내버릴 수 있었다. 그런 폭발을 미리 감지할 수 있는 유일한 전조는 갑자기 조용해지면서 내면의 음악에 귀를 기울이는 듯이 명상에 잠기는 순간이었다. 그럴 때면 가우납의 시선은 무아지경에 이른 것처럼 허공을 응시하고 미소는 더더욱 기괴하게 일그러졌다.

요술거울

프리프타르 자신은 그런 발작적인 공격을 이미 세 차례나 간발의 차로 모면한 바 있다. 미쳐 날뛰는 왕이 달려들면 잽싸게 뛰어 달아남으로써 다른 사람이 희생되게 한 것이다.

아니다. 외교와 교활한 음모만으로는 아무것도 이룰 수 없었다. 프리프타르가 지금 누리고 있는 것과 같은 영향력 있는 자리를 확보하는 데는 힘겹고 꾸준한 노력이 필요했다. 가우납에게 없어서는 안 될 인물이 되기까지 거의 초자연적인 인내를 발휘했던 것이다.

그는 왕을 실제보다 더 멋지게 보이게 하는 거울이 되고, 실제로 말하는 것보다 더 현명하게 들리는 메아리가 되고, 원래 형상보다 더 우아하게 보이는 그림자가 돼주었다. 가우납이 무슨 말을 하면 프리프타르는 한결 미묘한 스타일로 되풀이했다. 뭔가를 물으면 답이 이미 그 질문에 들어 있는 것처럼 답변했다. 그리고 가우납이 이해할 수 없는 음절뭉치를 내뱉으면 프리프타르는 자동적으로 제대로 된 언어로 옮겼다. 특히 통치자보다 늘 한 발 앞서 가려고 노력했다. 이는 고역 중의 고역으로 프리프타르 외에는 헬에서 그 누구도 할 수 없는 일이었고, 그렇기 때문에 그는 독보적인 존재였다. 그의 이런 역할을 왕이 칭찬을 하기는커녕 눈치조차 채지 못하고 있다는 것이 바로 프리프타르의 진정한 승리였다. 그래야만 무슨 음모를 꾸미더라도 가우납의 병든 정신 속에 웅크리고 있는 그의 선조들이 알아채지 못할 것이기 때문이었다.

그렇다. 프리프타르는 실제로 아름다운 죽음의 극장의, 아니 헬의, 지하세계 전체의 2인자였다. 그는 이미 젊은 시절에 왕의 놀이친구로 기용됐다. 그래서 둘 사이에는 공생이나 다름없는 관계가 형성됐다. 어느 한쪽도 다른 쪽이 없으면 존재할 수 없었다.

프리프타르는 숨쉬는 데 공기가 필요하듯 권력이 필요했다. 반면 가우납에게 프리프타르는 목발과 같은 존재였다. 그게 없으면 신민들에게 의사를 제대로 전달할 수도 없기 때문이었다. 궁정 신료들은 프리프타르가 예측불허의 폭군에게 쥐오줌풀로 만든 안정제와 같은 역할을 한다는 사실과 임금의 기이한 뒤죽박죽 언어를 통역할 수 있는 유일한 인물이라는 점을 일찌감치 주목했다. 그래서 그는 언제나 왕과 함께 하면서 시중을 드는 몸종이 된 것이다.

프리프타르는 그런 임무를 맡으면서부터 자신의 권력을 확대하되 아주 인내심 있게, 조심조심해야 한다는 것을 잘 알고 있었다. 그는 수십 년 동안 왕의 변화무쌍한 변덕과 세상 사이를 매개하는 신발털이 발판 역할에 만족했다. 그는 치욕과 무의미한 변덕과 분노의 폭발을 참아냈다. 그렇다. 그는 그런 것들을 선물이려니 하고 받아들이면서 지칠 줄 모르고 감사하는 마음을 표시했다. 왕을 에워싸고 있는 마지막 간신배조차 무한히 충성스럽고 야심이라고는 전혀 없는 몸종에 지나지 않다고 확신하게 된 바로 그 순간, 비로소 그는 행동에 나섰다.

그의 첫 번째 목표는 왕의 주치의들이었다. 헬의 최고위 의사인 이들은 궁정에서 상당한 권력과 영향력을 갖고 있었다. 그들은 수백 년 동안에 걸쳐 그런 힘을 키워왔다. 특히 보건의료체계와 연금술사들에 대한 영향력이 막강했다. 그런데 연금술사들은 브라호크에 대한 통제권을 갖고 있었다. 그래서 프리프타르는 그런 얽히고설킨 관계를 꿰뚫어보고 나서 그것을 깨뜨리는 작업을 개시했다. 가우납이 별로 아프지도 않은데 엄살을 떠는 것인지, 진짜 심각한 병에 걸렸는지, 그 중간 어디쯤인지를 프리프타르만큼 빠삭하게 아는 사람은 없었다. 그는 상당 기간 의사들의 음모에는 아예 관여치 않았다. 왕을 잘못 치료하고 있다는 확신이 들 때도 그랬다.

프리프타르가 학수고대하던 기회가 온 건 가우납이 끔찍한 호흡 곤란을 겪던 바로 그날이었다. 왕은 갑자기 숨을 못 쉬고 얼굴이 파래지더니 곧 기절할 것 같았다. 이런 발작은 흉곽이 기형인 데다 식습관이 최악이기 때문에 생긴다는 것을 프리프타르를 빼고는 아무도 몰랐다. 지방덩어리인 양털거미를 위주로 한 진수성찬을 즐기는 탓에 가우납 본인은 꾹 참으려 했지만 회의 주재 석상에서 가차 없이 방귀가 터져 나왔다. 그래도 남은 가스가 장을 부풀게 하고, 부풀 대로 부푼 장은 다시 양쪽 폐를 갈비뼈에 압박시킴으로써 폐의 작동이 중단된 것이다. 최고위 폐 전문의는 도저히 방법이 없자 마사지로 왕의 호흡을 살려내려고 했다. 그러나 푸르뎅뎅하던 얼굴빛이 자줏빛으로 바뀌고 기껏 끽끽거리는 소리를 내는 정도에 불과했다. 폐 전문의는 달리 방책이 없자 마침내 기도를 절개하자고 제안했다.

헬의 영향력 있는 정치인은 거의 모두 이 회의에 참석 중이었다. 프리프타르는 이 순간을 십분 활용했다. 그는 앞으로 나서 다들 들을 수 있도록 큰 소리로 두 가지 질문을 던졌다. 첫째, 이 수술이 정말 불가피한가? 그리고 둘째, 이 수술은 왕의 생명을 위험에 빠뜨릴 수도 있지 않은가? 의사는 두 질문 다 그렇다고 답했다. 그러자 프리프타르는 모든 정치인들에게 세 번째 질문을 던졌다. 이 위험한 수술에 찬성하는가? 다들 고개를 끄덕이는 것으로 답변을 대신했다.

그러자 프리프타르는 왕의 발목을 잡아 옥좌에서 끌어내린 다음 머리를 아래로 한 상태로 높이 쳐든 뒤 세게 흔들었다. 장내가 소란스러워지면서 누군가가 자문관이 정신이 나가 왕을 시해하려 한다고 소리쳤다. 그러나 가우납은 뿌웅 하고 세게 방귀를 뀌고 숨을 헐떡이기 시작했다. 프리프타르는 그를 조심스럽게 다시 왕좌에 앉혔다. 가우납은 바로 회복했다.

프리프타르에 대한 가우납의 신뢰는 무한대가 됐다. 이 사건이 있은 바로 다음 날 프리프타르는 의사들을 무력화시키는 작업을 시작했다. 최고위 폐 전문의는 감옥으로 가고 그는 거기서 폐렴으로 죽었다 다른 궁정의사들은 프리프타르의 엄격한 통제하에 놓이게 됐다. 프리프타르는 이제 왕에게 올리는 약을 정하고 처방까지 결정했다. 그는 식이요법과 약간의 운동을 처방했고, 반년 만에 가우납의 건강은 놀랄 정도로 좋아졌다. 이때부터 프리프타르는 가우납의 건강 상태를 마음대로 조정할 수 있었다.

보건의료체계와 연금술사 집단에 대한 통제력을 서서히 강화시키는 일은 쉬웠다. 길지만 보이지 않는 프리프타르의 손가락이 도처에 뻗쳤다. 지금까지 왕가와 친인척 관계가 아닌 한 인물에게 그토록 권력과 영향력이 집중된 적은 한 번도 없었다.

프리프타르의 다음 목표는 귀족과 평민에 대한 통제권을 장악하는 것이었다. 헬의 역사를 연구하면서 그는 최근 몇 세대 동안에 나타난 이 도시의 전반적인 몰락은 아름다운 죽음의 극장의 몰락과 결부돼 있다는 데 생각이 미쳤다. 광기에 몰두해 허우적대는 통치자들은 그런 몰락을 아예 감지할 능력도 없었다. 그러나 프리프타르는 대중의 관심을 다른 쪽으로 돌리는 것이 권력을 누리는 데 매우 중요하며 그러려면 아름다운 죽음의 극장보다 더 효과적인 수단은 없다는 사실을 잘 알고 있었다.

이 극장은 전성기에는 고동치는 헬의 중심이었다. 매일 격투가 벌어지고 검투사며 교관, 보초, 동물조련사 등 천 명이 넘는 구성원이 활약했다. 교묘하게 머리를 짜낸 지하미로에는 위험한 야수가 하나 가득인 동물원과 고도로 복잡한 기계장치가 구비돼 있었다. 이 장치를 통해 동물을 우리에 넣은 채 경기장 위로 올려 보내기도 하고 다시 내려 보내기도 했다.

아름다운 죽음의 극장의 몰락이 시작된 것이 가우납 몇 세 때인지 콕 집어 말할 수는 없다. 그러나 여덟 번째 시기 어디쯤이라는 것은 분명했다. 극장장들은 점점 부패했고, 연출은 지루해졌다. 엉뚱한 데서 비용을 아끼고 자극적인 격투를 올리기보다는 그저 복지부동에만 신경을 썼다. 야수의 수가 수십 마리로 격감한 것은 격투 과정에서 죽어나가도 채워 넣을 생각을 하지 않았기 때문이다. 지하 기계장치는 녹슬었고, 어느 때엔가는 완전히 가동이 멈췄다. 황폐해진 경기장에서는 그래도 격투가 벌어졌지만 관람석은 텅텅 비어갔다. 극장이 몰락하자 도시의 황폐화도 가속화됐다. 범죄가 늘고 사설 격투가 길거리에 등장하고, 불법 도박이 판을 쳤다. 이 모든 급격한 변화가 통제 불가능한 혼란으로 화하는 것은 시간문제였다.

프리프타르는 가우납으로부터 극장 운영의 전권을 위임받았다. 그는 최고의 건축가와 기술자들을 모아놓고 경기장을 다시 전성기 때의 화려한 모습으로 바꿔놓으라는 과제를 내렸다. 기계장치를 수리하고 좌석 열을 추가하고 의자와 왕의 로열석을 새로 단장시켰다. 야수들을 새로 잡아서 극장으로 보내고 야심 많은 용병들에게 급료를 충분히 주어 검투사들을 훈련시키도록 했다. 수많은 관리들이 일자리를 잃었고, 일부는 목숨을 잃었으며, 또 일부는 바로 경기장으로 내몰려 굶주린 동굴곰과 코를 맞대야 했다.

그걸로 다가 아니라는 것, 성공과 인기는 단순히 명령만 내린다고 해서 굴러들어오는 게 아니라는 것을 프리프타르는 물론 잘 알고 있었다. 그는 모두의 관심을 다시 극장으로 끌어들일 묘안을 짜냈다. 새 단장을 마치고 나서 호화찬란한 개장식을 연 다음 왕이 참석한 자리에서 살인을 헬의 제3의 기예로 선언했다. 건축과 연금술에 더해 살인이—물론 극장의 관객 앞에서 하는 것만을 말한다— 왕실에서도 장려하는 예술형식으로 공인되어 꽃을 피우게 된 것이다. 이러한 작은 수사학적 속임수는 거액을 들인 극장 재건축보다 훨씬 효과가 좋았다. 용병과 범죄자와 살인을 업으로 하는 자들이 잠깐 사이에 예술가가 되었고, 살인은 이제 창조적인 행위가 되었다. 경기장 벽 이쪽에 있든 저쪽에 있든 아름다운 죽음의 극장에 들어 와 있다는 사실 자체가 하룻밤 사이에 뭔가 매혹적인 것이 되었다. 그것은 군중을 만족시키는 원시적인 이벤트가 아니라 까다로운 예술적 향연이 되었고, 이제 귀족들도 관람석으로 돌아오지 않을 수 없었다. 예술의 문외한이라는 소리를 듣고 싶은 사람은 아무도 없었기 때문이다.

아름다운 죽음의 극장은 헬의 병든 심장이었는데 프리프타르가 다시 한 번 옛날처럼 힘차게 고동치게 만든 것이다. 이제 그는 헌신적인 노고의 결실을 거둘 수 있게 되었다. 아름다운 죽음의 극장에는 그가 통제하고자 한 세 부류, 즉 왕과 귀족과 군중이 한자리에 모였다.

성공적인 연출을 통해 프리프타르는 대중적인 정치가이자 인정받는 예술가가 되었다. 그러나 최후의 목표는 아직 이루어지지 않았다. 그것은 마지막 가우납을 제거하고 귀족을 무력화시킨 다음 왕위를 찬탈하는 것이었다.

볼퍼팅어들

프리프타르는 극도로 대담한 계획을 마련했다. 아름다운 죽음의 극장에서 단 한 번의 연출을 통해 쿠데타를 일으킬 생각이었다. 준비는 이미 오래전부터 하고 있었다. 최초의 함정도시에 새로 이주해 온 자들은 볼퍼팅어라고 했는데 프리프타르가 운용하는 지상세계 첩자들의 보고에 따르면 아름다운 죽음의 극장에 썩 어울리는 자원이 될 것이라고 했다. 그들은 헬에서는 아직껏 보지 못한 전사였다. 프리프타르의 계획은 단순하고도 잔인했다. 볼퍼팅어들이 경기장에서 화려한 방식으로 서로 죽고 죽이는 사이에, 말하자면 왕 귀족 군중이 최면에 걸려 유혈에 도취되어 있는 사이에, 군대와 브라호크를 동원해 극장을 포위하는 작전이었다. 격투와 객석의 도취가 정점에 이르는 순간 프리프타르는 모두가 보는 앞에서 왕을 유리단도로 찔러 죽이고 권력을 빼앗을 생각이었다. 그런 다음 귀족을 때려눕히면 새로운 시대가 열리는 것이다. 다음 세대는 이제 가우납 몇 세가 아니라 프리프타르 몇 세로 이어질 것이다.

그러나 모든 게 프리프타르의 생각대로 착착 진행되는 도중 전혀 예기치 못한 일이 벌어졌다. 운명이 프리프타르와 그의 야심만만한 계획 사이에 끼어든 것이다. 그것도 살인을 즐기는 무적의 기계군단

형태로 비집고 들어왔다. 저 무시무시한 쨍깍쨍깍 장군과 그의 구리 병정들이 헬에 입성한 것이다.

리구정병

가우납의 꼬인 연설이 경기장에 울려 퍼졌다. 관객들은 왕이 앉은 자리를 뚫어져라 쳐다보았다. 왕은 정신병 걸린 염소처럼 매애거렸다. 그러다 갑자기 기분이 나빠져서 적의에 불타는 눈초리로 프리프타르를 응시했다.

"쩨서어 들이관객 수박를 안 는치 야거?" 왕이 독살스럽게 물었다. "들은저자 가귀 나없? 가내 분히충 든게알아 하지말 했다는못 야거? 갈채는박수 다 디어 간 야거?"

"관객이 박수를 치지 않는 것은 음향시설 탓입니다, 전하. 종종 그런 일이 있지요." 프리프타르는 절을 하며 답했다. "물론 전하께서는 충분히 알아듣게 말씀하셨습니다. 한 음절 한 음절 명료하게 종소리 울리듯 하셨사옵니다. 요정들의 노래가 에테르를 떠가는 것 같았지요. 하지만 현재 또다시, 그러니까, 극장에 일시적인 지구자기(地球磁氣) 현상이 발생해서 소리를 아래로 보내지 못하는 겁니다. 그러니 전하의 연설을 세속적인 방식으로 잘 알아들을 수 있도록 좀 더 크게 반복하도록 허락해주십시오. 그러면 천하디천한 관객들의 씻지 않은 더러운 귀로도 들을 수 있을 것입니다."

"허락하노라! 그리 하라! 청한멍 들놈! 제나언 렇게이 시단성가 이야말!" 가우납이 화난 표정으로 씩씩거리며 말했다.

"어서들 오라, 아름다운 죽음의 극장에 새로 잡혀 온 자들이여!" 프리프타르가 왕의 연설을 제대로 된 음절로 반복했다. "너희는 여기 싸우러 왔노라! 너희는 여기 죽으러 왔노라! 오, 행복한 자들이

여! 오, 선택받은 자들이여! 너희는 이 훌륭한 관객들 앞에서 멋진 기술을 처음 선보이게 됐도다! 그러니 싸울지어다! 그리고 죽을지어다! 그게 너희의 운명이니. 이제 죽음을 시작하라!"

관객들이 통치자에게 기립박수를 보냈다.

"음, 아좋." 가우납이 툴툴거렸다. "왜 작진 좀 러지그."

프리프타르가 두 팔을 치켜들었다. 그러자 박수 소리가 멈췄다. 그는 다시 볼퍼팅어들을 향했다.

"너희들이 규칙을 확실히 알 수 있도록 본보기를 보여주겠다. 너희 동료가 등장하는 첫 번째 싸움을 시작하겠다."

"들놈에게 리구정병들을 주어보여라!" 가우납이 씩씩거렸다. "리구정병들을!"

프리프타르가 검지로 이마를 톡톡 쳤다.

"아, 참." 그는 큰 소리로 말했다. "어떻게 그걸 잊었단 말인가?"

그는 과장된 몸짓으로 아직 비어 있는 것처럼 보이는 맨 위층 특별석을 가리켰다.

"너희들 위에 있는 저 구리병정들을 보아라."

쇠사슬에 묶인 볼퍼팅어들 위층에서 소음이 몰려왔다. 쩍깍쩍깍, 삐걱삐걱, 철거덕철거덕, 쩔렁쩔렁⋯⋯. 난간 뒤쪽 어둠 속에서 온몸을 철갑으로 무장한 전사들이 몇 명 나타나더니 나중에는 점점 더 수가 많아졌다. 수백 명이었다. 광을 낸 갑옷은 횃불을 받아 번쩍거렸다.

쇠사슬에 묶인 볼퍼팅어들이 소곤거렸다. 그러자 관객들은 열광적으로 발을 쿵쿵 굴렀다. 경기장이 진동을 했다.

가우납이 손뼉을 쳤다.

"리구정병! 리구정병!" 그가 깍깍거렸다.

"구리병정!" 관객들이 소리쳤다. "구리병정!"

프리프타르가 팔을 내리자 관객들은 자리에 앉았다. 쥐 죽은 듯이 고요했다. 그러자 그가 로열석 차단장치 쪽으로 나섰다.

"별로 거창한 싸움은 아닐 것이다." 그가 소리쳤다. "관객을 위한 싸움은 아니다. 그저 새로 온 전사들에게 규칙이 어떤 것인지 잠시 보여주자는 것이다. 규칙은 간단하다. 딱 두 가지다. 첫째는 싸워라!"

"싸워라!" 관객이 합창하듯 외쳤다.

프리프타르는 손가락 두 개를 높이 쳐들었다.

"그리고 두 번째 규칙은 두 번째 규칙은 없다는 것이다!"

"두 번째 규칙은 없다!" 관객들이 고함쳤다.

프리프타르가 미소를 지었다.

"뭐 어려운 규칙이 아니다."

"번째 두 칙규은 다없!" 가우납이 웃었다. "번째 두 칙규은 다없!"

프리프타르가 두 팔을 치켜들고 큰 소리로 외쳤다.

"시―범을―보여라."

"그래, 제기랄 범시을 여보라!" 가우납이 못 참겠다는 듯이 소리쳤다. "작시하라! 급적가 은늙 놈으로 겠지골랐?"

"네. 가급적 늙은 놈으로 골랐습니다." 프리프타르가 고개를 끄덕였다.

오른트 라 오크로

북쪽 문이 열리자 늙수그레한 볼퍼팅어 하나가 비틀거리며 경기장으로 들어왔다. 오른트 라 오크로였다. 이 소목장은 불안한 발걸음으로 경기장 한가운데로 들어섰다. 당혹한 표정에 막 최면에서 깨어난 것 같은 모습이었다. 오른트는 칼을 하나 들고 있었다.

남쪽 문이 열렸다. 잠시 시간이 흐르자 개 한 마리가 다리를 절며 나타났다. 비틀거리는 이유는 다리가 세 개뿐이었기 때문이다. 녀석은 밝은 갈색 털가죽에 검은 점이 몇 개 박힌 잡종이었다. 아직 새끼였다. 뿔이 달렸으면 아주 작은 볼퍼팅어라고 할 만했다. 몇몇 관객이 웃었다.

"저게 네 상대다." 프리프타르가 오른트에게 소리쳤다. "놈을 죽여라!"

"그래, 놈을 여라죽!" 가우납이 똑같이 소리쳤다.

오른트는 당황해서 위를 올려다보더니 꼼짝하지 않았다. 그는 작은 개를 공격하려는 움직임을 전혀 보이지 않았다. 개를 죽일 것 같지 않았다. 그는 아무도 죽이지 않을 것이다. 도대체 여기서 무슨 일이 벌어진 건가? 그는 루모 걱정 때문에 술을 너무 많이 마시다 몸이 아파서 침대에 쓰러진 기억밖에 없었다. 그리고 평생 겪어본 것 중에서 가장 심한 숙취에 시달리다가 깨어나보니 세상은 보통 때와 완전히 달랐다. 그는 칼을 눈 위에 대고 관객을 살피면서 이 수수께끼를 어떻게든 풀어보려 했다.

가우납이 짧은 다리로 일어섰다.

"네가 이죽기를 부거하겠다는 냐거?"

그가 소리쳤다. 이상한 쾌감을 느끼는 것 같았다.

오른트는 망연자실해서 왕이 앉은 쪽을 바라보았다. 저 흉측한 난쟁이가 뭘 어쩌라는 건지 알 수 없었다. 그 말이 무슨 의미인지 몰랐고, 그래서 누구나 알 수 있는 방식으로 대답했다. 칼을 모래에 내던지고 침을 뱉은 것이다. 개는 꼬리를 흔들며 절뚝절뚝 다가오더니 칼에 코를 대고 냄새를 맡았다.

"네가 죽이기를 거부하겠다는 거냐?"

프리프타르는 일부러 통역을 해준 다음 그림을 세심하게 살펴보는 사람처럼 손을 턱 아래 댔다. 이 은밀한 신호에 따라 구리병정이 대기 중인 좌석에서 뭔가 움직임이 일더니 금속성 소리가 경기장에 울렸다. 곳곳에서 긴장하는 침묵이 흘렀다. 어떤 관객들은 더 잘 보일까 하고 자리에서 일어났다. 수십 명의 구리병정이 쇠뇌를 겨눴다. 그 모든 화살이 노리는 목표는 바로 오른트 라 오크로였다.

"오른트 아저씨!" 볼퍼팅어 좌석에서 한 목소리가 소리쳤다. "검을 들어요! 다시 검을 들어!"

오른트가 위를 올려다보았다. 누군가가 자기 이름을 부르고 있었다. 알 듯한 목소리였다. 우르스인가?

"첫 번째 규칙은 싸워라! 두 번째 규칙은 두 번째 규칙은 없다는 것이다!" 프리프타르가 근엄하게 반복했다.

오른트는 돌아섰다. 그는 천천히 원래 나왔던 문 쪽으로 돌아갔다. 이 우스꽝스러운 연극에 질린 것이다.

프리프타르는 남들이 거의 알아챌 수 없는 신호를 보냈다. 작은 손가락 하나가 가볍게 올라갔다.

"오른트 아저씨! 제발 검을 들어요!" 우르스의 목소리가 경기장을 울렸다.

구리병정 좌석 곳곳에서 찍깍 철컥 하는 소리가 났다. 그리고 붕붕 하는 소리가 극장에 번졌다. 곤충 떼가 일제히 날아오르는 것 같았다. 이 소음이 그쳤을 때 오른트의 온몸에는 화살이 꽂혀 있었다. 길이가 제각각인 수십 발의 화살이 그의 몸을 꿰뚫었다. 그의 육신은 주저앉은 채 순식간에 모든 생명을 빼앗겼다. 몇몇 화살은 무거운 몸뚱이에 눌려 부러졌다. 볼퍼팅어 대기석에서 신음 소리가 나왔다.

개는 호기심에 넘쳐 오른트의 얼굴을 쿵쿵 냄새 맡았다. 다시 붕붕하는 소리가 허공을 가득 채웠다. 그러자 강아지도 화살에 맞았다. 단 한 발의 기다란 구리화살이 녀석의 목을 뚫고 땅바닥에 꽂혔다.

"죽음이 시작됐도다." 프리프타르는 엄숙하게 외친 다음 왕에게 긴 다리가 달린 잔을 건넸다.

"그래, 침내마! 음죽이 작시됐도다!" 가우납이 속삭였다.

냉동동굴

루모는 냉동동굴을 거쳐 가기로 마음먹었다. 그는 슈토르가 가르쳐 준 대로 그냥 앞으로 나아가 하루를 걸어서 마침내 비스듬한 벽에 도착했다. 거기에는 널찍한 터널 구멍이 수십 개는 족히 뚫려 있었다. 일부는 비스듬하게 위쪽으로 나 있고, 일부는 아래로 이어졌다. 그래서 잠시 머뭇거리다가 차츰 아래로 뻗어 가는 것 같은 터널로 들어섰다.

내려가는 동안 점점 기온이 떨어지고 바람이 스며드는 것을 느꼈다. 루모는 제대로 된 추위를 느껴본 적이 없었다. 그러나 후퇴는 없다는 불굴의 의지에 따라 행진을 계속했다.

터널은 대부분의 지하세계 물체들과 마찬가지로 푸르스름한 빛을 냈다. 하얀 털가죽 같은 서리와 가느다란 고드름으로 뒤덮여 있었고 못 보던 곤충들이 살고 있었다. 곤충들은 수정으로 된 눈 없는 메뚜기 형상으로, 덜거덕덜거덕 소리를 내면서 조용히 앞으로 움직였다. 위잉 울부짖는 듯한 얼음바람이 저 앞쪽에서 불어왔다.

"위쪽으로 천천히 가는 게 나을 뻔했어!" 사자이빨이 코맹맹이 소리를 했다.

그린촐트는 고집스럽게 아무 말이 없었다. 루모가 낫질의 명수 슈토르를 쪼개버리자는 요구를 들어주지 않자 화가 난 것이 분명했다.

"그러기엔 너무 늦었어." 루모가 말했다.

"생각을 좀 유연하게 하면 너무 늦은 게 아니야." 사자이빨이 대꾸했다. "그리고 단호함과 고집불통 사이에는 미묘한 차이가 있지."

"후퇴는 없다." 루모가 단단히 다짐해두었다.

반나절을 가자 터널이 거대한 동굴처럼 넓어졌다. 바닥은 밝은 푸른색 얼음이 깔려 평평했다. 사방 벽은 물방울이 떨어져 각양각색의 조각을 만들었다. 이는 수천 년에 걸쳐 생겨난 것인데 마치 한순간에 얼어붙은 계단식 인공폭포처럼 보였다. 벽에는 곳곳에 큰 구멍들이 벌어져 있었다. 그 틈으로 위잉위잉 하면서 찬바람이 동굴 속으로 밀려들어왔다. 이제 빛나는 안개나 푸른 비 같은 것은 없었다. 눈과 바람뿐이었다.

"엄청 춥네." 사자이빨이 말했다.

루모는 초조한 마음으로 널찍한 얼음바닥을 밟았다. 갈고리 모양의 부리를 한 작은 털가죽 동물들이 그 위에서 이리저리 미끄러져 다니며 얼음에 난 작은 틈새를 쪼아 구멍을 내고 있었다.

발아래 옅은 푸른 색 얼음바닥이 쩌억쩌억 하면서 겁나게 쪼개졌다. 첫 발을 디뎠을 때 이미 곤란하다 싶을 정도로 푹 가라앉았다. 그 속의 시커먼 물이 이동하면서 얼음장에 눌리는 바람에 기포들이 비틀비틀 움직였다.

"물 위를 걷고 있다는 거 알지?" 사자이빨이 물었다.

"음, 알아. 알려줘서 고마워. 나도 이렇게 걷는 게 내키지 않는데 저절로 움직이네."

"사람들은 이걸 얼음이라 그러지. 그래 봤자 찬 물의 다른 이름일 뿐이야. 이 얼음층이 진짜 얼마나 얇은지는 정확히 알 수 없지. 그런 데도 물에 닿지 않게 해주네. 헤헤헤!"

루모는 사자이빨의 수다와 추위에 아랑곳하지 않으려고 애를 썼다. 그저 목표를 향해 한 발 한 발 앞으로 나아가면서 황량한 풍경을 자세히 관찰했다. 여기저기 이상한 조각들이 얼음바닥 위에 솟아 있었다. 흙덩어리 같은 것이 때로는 눈 덮인 건물이나 전나무처럼 비스듬히 솟았다가 다시 먼 산처럼 보였다.

바람이 나지막하면서도 규칙적으로 위잉위잉 소리를 내며 불어와 가는 눈가루를 루모의 다리 사이로 몰고 갔다. 똑같은 형태의 바스락거림, 위잉 피피 하는 소리, 가끔 섬뜩하게 얼음장이 우지끈하는 소리, 눈가루 뽀드득거리는 소리가 앞으로 몇 시간 동안 듣게 될 유일한 소리였다. 물론 사자이빨이 가끔 하는 논평은 빼고.

"찬 물속에서 죽는 건 그야말로 끔찍한 일이야. 동사와 익사를 동시에 하는 거지." 한동안 조용하던 사자이빨이 말을 시작했다. "말하자면 이중으로 돌아가시는 거야."

루모는 말없이 성큼성큼 앞으로 나아갔다. 그나마 이게 최선의 방법이었다. 사자이빨에게 대꾸를 하는 것은 더 떠들라고 격려를 해주는 격이다. 아무런 대꾸도 하지 않으면—대개— 언젠가 제풀에 멈추게 마련이다.

"내 생각에는 아마 그게 가장 의식이 또렷한 상태로 죽는 걸 거야. 사방이 찬 물이니까! 그래서 정신이 번쩍 나지!"

루모는 생과 사를 모두 경멸하는 그린촐트의 냉소적인 목소리가 오히려 그리울 지경이었다.

"실제로 뭐가 더 먼저일까 자문해봤지. 얼음물에 얼어 죽고 난 다음에 익사하는 걸까, 아니면 물에 빠져 죽고 난 다음에 동사하는 걸까?"

"한마디만 더 하면 얼음물에 처박아놓고 혼자 갈 테다."

"그런 터무니없는 협박을 한다고 내가 무서워할 것 같아? 난 너의 유일한 무기야. 내가 녹슨 뜨개바늘이라도 보물처럼 날 잘 보호해줘야지. 히히히!"

루모가 으르렁거렸다.

"멍청이!" 사자이빨이 말했다.

"뭐라 그랬어?"

"멍청이라고 했다." 사자이빨이 뻔뻔스럽게 말했다. "말미잘!"

루모가 다시 으르렁거렸다.

"그래 으르렁거려. 내가 널 뭐라고 부르든 상관 마. 넌 나 없인 못 살아. 난 너한테 세상에서 가장 중요한 무기야. 헤헤헤!"

"경고한다!"

"그래, 경고해. 해삼! 멍게! 카드놀이!"

"그만하라고 했어!"

사자이빨은 오만방자해졌다. 애들처럼 콧노래까지 부르기 시작했다.

"루모는 카드놀이! 루모는 카드놀이! 루모는……"

루모는 사자이빨을 허리춤에서 꺼내 얼음에 쿡 박아놓고는 그냥 앞으로 갔다.

"이봐, 루모!" 사자이빨이 소리쳤다. "이게 무슨 짓이야!"

루모가 급히 멀어져갔다.

"루모! 그냥 장난친 거야! 어리석은 짓 하지 마!"

루모는 뒤도 돌아보지 않고 계속 앞으로 갔다. 사자이빨의 목소리가 점점 희미해졌다.

"루모! 제발! 다신 안 그럴게! 맹세해!"

루모가 멈춰 서더니 돌아다보았다.

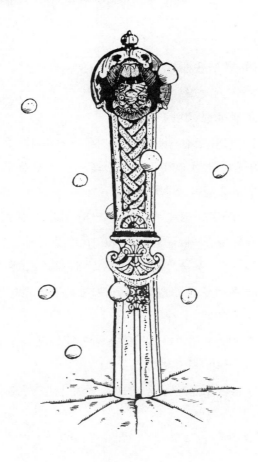

"맹세한다고?"

"맹세해! 맹세한다니까!"

"그럼 해봐!"

"나는 다시는 루모를 놀리지 않겠다고 맹세하는 바이다!"

"내가 물을 때만 말하겠다고 맹세해."

"그것도 맹세할게. 모든 걸 맹세할게!"

루모는 쿵쿵 발소리를 내며 되돌아오더니 사자이빨을 얼음에서 빼내 허리띠에 끼웠다.

"아이구!" 사자이빨이 말했다. "정말 추웠네! 그 아래 물이 바로……."

"사자이빨!"

"응, 알았어! 입 닫을게!"

넌 호수 위를 걷게 될 거야

얼마 전부터 루모의 발밑 얼음장이 우지끈하는 소리가 들리지 않았다. 반대로 얼음은 점점 더 두껍고 단단해지는 것 같았다. 작은 부리 동물들은 저 뒤에 남아 있었다. 그러나 다른 생물들이 보인다는 것이, 그것도 자기들끼리 얼음 속 깊이 처박혀 있다는 것이 이제는 그를 더 불안하게 했다. 박쥐, 퉁퉁한 물고기, 긴 발톱에 오리주둥이가 달린 물개처럼 생긴 동물 등등. 흰곰은 등을 대고 사지를 쭉 편 채 얼음바닥에 누워서 오른쪽 앞발로 루모에게 손짓을 하는 것 같았다.

"넌 호수 위를 걷게 될 거야."

소름마녀의 예언이 갑자기 생각났다. 예언에는 그 다음 부분이 있었는데 지금은 기억나지 않았다.

"어떻게 이 많은 동물이 얼음 속으로 들어갔지?" 루모가 반쯤 소리 내어 자문했다.

"뚫고 들어간 거지. 아니면 어떻게 그랬겠어?" 사자이빨이 소리쳤다.

"여긴 얼음이 전보다 훨씬 두꺼운데."

"두꺼워도 뚫을 수야 있지."

"조용해!" 루모가 명령했다.

루모는 멈춰 섰다. 앞쪽으로 한 백 미터쯤 되는 거리에 두 개의 거대한 조각이 솟아 있었다. 지금까지 본 조각들보다 훨씬 컸다.

"뭐야?" 사자이빨이 물었다.

"몰라. 냄새가 안 나. 뭔가 움직인 것 같았는데."

"여기서 얼음이 움직이면 우린 곤란해지는데."

"나도 알아."

"그러니까, 지금 이 호수 한가운데에서 얼음이 움직이면 우린 꼴깍……"

"입 좀 닫아!"

얼음유령

루모는 칼을 빼들고 그 하얀 구조물 쪽으로 성큼성큼 다가갔다.

멀리서 보니 층층이 쌓인 얼음덩어리들은 물에서 솟아난 수염에서 물이 뚝뚝 떨어지는 것 같았다. 그러나 오십 보쯤 더 가서 보니 첨탑이 여러 개 있는 성의 방어용 성가퀴처럼 보였다가 다시 백 보를 더 다가가자 한참 광란의 춤을 추다 얼음바람에 얼어붙은 유령 같았다. 마침내 루모는 얼음덩어리들 사이에 들어섰다.

그러자 이번에는 층층이 쌓아서 서로 쐐기처럼 박힌 거대한 얼음덩어리들로 보였다. 거기엔 아무도 없었다. 속은 것이다.

"조심해!"

사자이빨이 째지는 소리로 외쳤다. 그러자 루모는 본능적으로 몸을 숙였다. 뭔가가 휙 하고 위로 지나갔다. 쉿쉿 하면서 공기가 갈라지는 소리가 들렸다. 마치 누군가가 강력하게 칼을 휘두른 것 같았다. 그런 칼질 같은 것이 주변을 휘몰아치더니 다시 높이 솟아올랐다. 아무것도 없었다. 거기엔 아무도 없었다. 심지어 칼을 든 존재도 없었다. 탑처럼 솟은 얼음덩어리들만이 바람과 시간 속에 얼어붙어 있을 뿐이었다.

"뭐였지?" 루모가 물었다.

"조심해!"

사자이빨이 다시 소리쳤다. 이번에는 루모가 바로 무릎을 꿇었다. 다시 뭔가가 쉭쉭거리면서 스쳐 지나갔다. 그러나 이번에는 루모가 아주 빨리 움직였기 때문에 얼음덩어리 하나가 기다랗고 뾰족한 혓바닥처럼 변했다가 뒤에 있는 얼음조각(彫刻) 속으로 사라지는 것을 똑똑히 볼 수 있었다. 루모는 무릎을 꿇고 검을 든 채 그 자리에 앉

아 있었다.

"그리고 살아 있는 물과 싸우게 될 거다아아아" 하던 소름마녀 예언의 둘째 부분이 떠올랐다.

"얼음유령이다." 사자이빨이 말했다. "슈토르가 얘기해줬잖아."

"얼음덩어리들이 움직이고 있어." 루모가 속삭였다.

"우릴 죽이려는 거야." 사자이빨이 되받아 속삭였다. "저 동물들은 얼음 속에서 죽은 거야."

루모는 곰곰 생각했다. 얼음유령은 둘이다. 하나는 앞에 있고 하나는 뒤에 있다. 둘 다 얼음을 무기로 사용한다. 달리 생각하면 놈들은 꽁꽁 얼어붙어 있어서 몇 발자국만 나가면 사정거리에서 벗어날 수 있는 것이다.

"여기서 나가야 돼." 사자이빨이 말했다.

루모는 천천히 일어서서 수그린 자세를 취했다. 한 발자국 한 발자국 천천히 그리고 조심스럽게 움직이면서 이곳을 벗어날 궁리를 했다.

얼음유령들은 움직이지 않았다.

"계속 가. 그냥 계속 가……." 사자이빨이 속삭였다.

루모는 조심스럽게 한 발 한 발 뒷걸음질 쳤다. 제일 크고 긴 얼음 덩어리들도 쫓아오지 못하는 지점까지 달아나려는 심산이었다. 물론 얼음유령들이 얼음덩어리를 집어던진다면 얘기가 달라지겠지만.

갑자기 지평선 저쪽까지 얼음장 전체가 쪼개지는 듯이 강력하게 우지끈하는 소리가 났다. 갑자기 움직인 것은 오른쪽 얼음유령이었다. 유령의 몸 전체가 움직이면서 보이지 않는 손처럼 얼음장을 들어 올린 것이다. 얼음덩어리들이 산산조각이 나면서 하얀 파편이 튀어 오르고 눈이 비 오듯 하면서 루모 발아래 바닥이 무시무시하게 흔들렸다. 그 괴물은 이제 얼어붙은 거인 같았다. 가슴까지 눈으로 덮인 채 팔을 마구 허우적거리면서 앞으로 나아갔다. 순식간에 이십 미터는 족히 움직이더니 루모의 앞길을 가로막고 나선 것이다.

유령이 움직이면서 얼음에 남긴 틈새는 곧바로 다시 봉합됐고, 물은 찍찍거리면서 금세 얼어붙었다. 다시 우지끈하는 소리가 났다. 다른 유령이 루모에게 달려든 것이다. 그러자 얼음이 사방으로 갈라졌다. 귀를 찢을 듯이 날카로운 소리를 내면서 얼음덩어리들이 갈라지더니 새로 배열되고, 두 번, 세 번 그러더니 유령은 마침내 루모 앞에 떡 버티고 나섰다. 그 뒤로는 갈라진 얼음이 다시 부풀어 오르고 있었다. 루모는 이 믿기지 않는 사태에 어안이 벙벙해져 멍하니 서 있었다. 그는 사냥을 당하고 있는 것이었다. 그것도 살아 있는 얼음에 의해! 거대한 두 백색 장기 말처럼 두 얼음유령은 루모를 착착 조여들었다.

"왼쪽이나 오른쪽으로 뚫고 나가! 여기서 빠져나가야 돼. 빨리!" 사자이빨이 속삭였다.

루모는 오래 주저하지 않았다. 머리를 움츠리고 오른쪽으로 냅다 내달렸다. 그 순간 코앞에서 얼음이 꽝 하고 산산조각 났다. 널찍한 얼음장이 위로 치솟으면서 먹물처럼 시커먼 물이 가득 밀려들어왔다. 루모는 그나마 몸의 움직임을 통제할 수 있었다. 잠시 한 모퉁이에서 비틀거리다 중심을 잡고 한 발짝 뒤로 물러나 몸을 돌렸다. 그러고는 허리를 굽힌 채 다른 방향으로 내달렸다. 얼음덩어리 하나가 또 바로 눈앞에서 단두대처럼 떨어지자 풀쩍 뛰어넘어 네 발로 사뿐히 내려앉았다. 다시 딱 하고 부러지는 소리가 났다. 다른 얼음유령이 뒤에서 고드름을 던지는 모양이었다. 몸을 바짝 숙였다. 그러자 삐죽삐죽 수정으로 깎은 듯한 얼음가시들이 허공으로 날아갔다. 루모는 다시 일어나 뛰었다. 그때 앞쪽 바닥이 갈라져 몇 미터 넓이로 벌어지면서 그 사이로 물살이 소용돌이치며 밀려들었다. 앞에도 뒤에도 얼음유령이었고, 좌우로는 건널 수 없는 도랑이 막고 있었다.

"잡혔어." 사자이빨이 말했다.

얼음유령들은 부산하게 이리저리 움직였다. 그러면 얼음덩어리들은 덩달아 리드미컬하게 무너져 내렸다가 다시 붙기를 반복했다.

"내 뒤에 있는 놈 잘 봐." 루모가 사자이빨에게 말했다.

얼음유령들은 번갈아서 딱 하고 부러지는 소리를 냈다가 끼익하고 어그러지는 소리를 냈다. 이런 식으로 의사소통을 하는 것이 아닐까? 한동안 놈들은 이리 쏠렸다 저리 쏠렸다 하면서 논쟁을 벌이는 듯한 소리를 냈다.

갑자기 얼음이 파열되는 소리가 났다. 아마도 얼음유령의 절규인 것 같았다. 루모가 그 괴물 쪽으로 몸을 돌리자 거기서 두 개의 거대한 얼음칼이 솟아나왔다. 제일 크다는 전투용 장검보다 더 길고 넓적했다.

다른 유령이 똑같은 절규로 화답하더니 마찬가지로 두 개의 얼음 칼을 내밀었다.

"칼이 네 개네. 우린 하난데." 루모는 사자이빨을 이 손에서 저 손으로 바꿔 쥐었다.

"그렇네." 사자이빨이 소곤거렸다. "노련한 전사의 도움이 필요해. 그린촐트. 이제 나와! 거기 있는 거 알아."

그린촐트는 대답이 없었다.

루모 앞에 있던 얼음유령이 가로로 갈라졌다. 얼음덩어리가 쾅 하고 벌어지면서 거대한 물고기 아가리처럼 변했다. 루모가 속을 들여다보니 시커먼 물이 꽉 차 있었다. 놈은 양치질하듯 밥맛 떨어지는 소리를 내면서 엄청난 양의 물을 루모 발 앞에 토해냈다. 시커먼 물은 장화를 씻어내면서 뒤쪽으로 밀려가 순식간에 거울처럼 매끈한 빙판으로 변했다. 세 마리 황금빛 살찐 물고기가 빙판 위에서 퍼덕이면서 가쁜 숨을 몰아쉬었다.

"놈들이 죽기 아니면 까무러치기로 덤빈다." 사자이빨이 소리쳤다.

루모가 두 발을 넓게 벌리고 서자 오른쪽에 유령 하나, 왼쪽에 유령 하나가 협공하는 형국이 되었다. 루모는 칼을 쳐들고 공격 자세를 취했다.

"오른쪽에서 먼저 공격이 올 거야." 사자이빨이 말했다.

"놈들이 무슨 생각하는지 들은 거야?"

"그럼, 하지만 뭔지는 잘 모르겠어. 아주 얼음 같은 언어라서 말이야. 하지만 오른쪽의 생각이 심하게 요동치고 있는 것만은 분명해. 그러니까 내 생각에는……."

삐익 하면서 유령의 비명 소리가 나더니 첫 번째 공격이 과연 오른쪽에서 날아왔다. 묵직하게 수평 방향으로 휘두르는 공격이었다.

루모는 공격을 받아내는 대신 잽싸게 몸을 숙여 피했다. 타격은 쉿쉿 소리를 내면서 허공을 갈랐다. 그런데 벌써 두 번째 공격이 왼쪽에서 날아왔다. 루모는 뒤로 공중제비를 돌아 피했다.

그런 곡예 같은 액션은 지금 같은 상황에서는 좋은 생각이 아니었다. 뒤꿈치가 빙판에 닿으면서 잠시 기괴한 춤을 추듯이 비틀거리다가 뒤로 자빠지고 만 것이다.

루모는 드러누운 자세로 다음 공격을 받아넘기는 수 외에 달리 도리가 없었다. 그런데 놀랍게도 그 거대한 얼음칼은 사자이빨에 부딪히더니 맥없이 깨져버렸다. 얼음칼은 작은 조각들로 부서져 우박처럼 루모에게로 떨어져 내렸다. 다시 얼음유령의 분노에 찬 비명 소리가 울리는가 싶더니 그 괴물이 다른 칼로 뒤에서 내리쳤다. 그러나 루모는 이번에도 잘 받아냈다. 적의 무기는 얼음수정처럼 산산이 부서지고 말았다. 적어도 한 놈은 무력화된 것이다.

"잘했어! 이젠 일어나야 돼!" 사자이빨이 칭찬했다.

루모는 일어나서 나머지 유령 쪽으로 돌아섰다. 놈은 뿌드득 소리를 내면서 뒤로 움찔하더니 한참 동안 끼이익 하는 소리를 냈다. 그러고는 칼을 접어 넣었다.

"상황이 달라졌어!" 사자이빨이 소리쳤다. "놈이 겁먹었나 봐."

얼음유령들은 다시 시끄러운 언어로 의견을 나누는 것 같았다.

"놈들이 어쩔 줄 모르고 있어." 사자이빨이 소곤거렸다. "놈들은 얼음물 외에는 이제……."

갑자기 우지끈하는 소리가 나면서 사자이빨의 말이 중단됐고 발밑 빙판이 벌어졌다. 괴물들이 갑자기 벌떡 일어서자 바닥이 작은 덩어리들로 쪼개진 것이다. 루모는 허우적거리면서 한쪽 덩어리 위에서 균형을 잡으려고 애썼다.

"날 허리띠에 차! 날 버리지 마! 그럼 우린 둘 다 죽어!" 사자이빨이 날카로운 목소리로 외쳤다.

루모는 그 말에 따라 검을 허리띠에 끼워 넣었다. 그러나 그 바람에 결국 균형을 잃고 말았다. 얼음덩어리가 뒤집어지면서 그는 시커먼 물속으로 빠져버렸다.

루모는 일단 다시 물 밖으로 떠오르자 숨을 깊이 들이쉬고는 얼음유령을 쳐다보았다. 놈들은 호기심 어린 표정으로 그를 굽어보고 있었다. 그러나 물이 소용돌이치면서 루모를 다시 아래로 끌고 들어갔다. 이어 위쪽에서 얼음이 뽀드득거리면서 자라나 붙어버리는 소리가 들렸다. 루모는 경악했다.

"헤엄쳐!" 사자이빨이 소리쳤다. "헤엄쳐서 얼음에 구멍을 뚫어야 돼. 그게 유일한 살 길이야!"

"난 수영 못해!" 루모가 생각으로 말했다. "어떻게 하는 거야?"

"난 몰라. 나도 못해." 사자이빨이 말했다.

"그럼 죽는 수밖에."

"난 수영할 줄 안다." 그린촐트의 음산한 목소리가 다시 나타났다.

"그린촐트! 어디 숨어 있었던 거야?" 사자이빨이 소리쳤다.

"난 아무 데도 가지 않았다. 기분이 나빴을 뿐이지."

"헤엄칠 줄 안다고?" 사자이빨이 물었다.

"그럼, 알지."

"그럼 루모한테 가르쳐줘! 빨리!"

"싫다. 난 그냥 내가 도울 수 있다는 걸 말해주려고 나왔을 뿐이야. 하지만 그러기가 싫어. 왜 내게 조그만큼도 호의를 베풀지 않은 자들을 도와줘야 하지?"

"그린촐트!" 루모가 애원했다. "숨이 막혀!"

"흥, 난 상관 안 해."

"그린촐트!" 사자이빨이 악을 썼다. "네가 우릴 돕지 않으면 이렇게 되는 거야. 루모가 죽어. 그럼 우리 둘, 너와 나는 이 호수 밑바닥에 가라앉지. 거기서 아주 오래 누워 있어야 돼. 우리 둘이, 단 둘이서만. 그 추위 속에서. 그리고 맹세컨대 내 수다로 널 미치게 만들어주겠다."

그린촐트가 생각에 잠긴 듯했다.

"그럼 약속해. 낫질의 명수 슈토르를 다시 만나면 죽여버리겠다고."

"그래! 그래! 약속." 루모가 절망적인 상태에서 생각으로 말했다.

"그럼 좋아." 그린촐트가 말했다. "두 팔을 앞쪽으로 뻗고 머리 위로 올린 다음 손바닥을 바깥으로 향해. 그러고 나서 두 팔을 뒤로 잡아당겨."

루모는 그린촐트의 지시를 따라 하면서 머리로는 얼음뚜껑을 들이받았다.

"거 봐, 간단하지! 그냥 물을 거스르란 말이야. 하지만 발도 움직여야 해! 물속에서 개구리 움직이는 것 봤지?"

루모는 개구리의 발 움직임을 모방하면서 동시에 두 팔을 뒤로 잡아당겼다. 그러면서 빙판 아래로 미끄러져 갔다.

"다시 한 번!"

루모의 폐에서는 공기가 타는 듯했다. 그러나 입을 벌려 공기를 들이마시고 싶은 치명적인 유혹을 견뎌냈다.

"다시 한 번!"

한 번 팔을 저을 때마다 조금씩 얼음유령에서 멀어졌지만 한 번 움직일 때마다 가슴의 통증은 점점 참을 수가 없었다.

"다시 한 번!"

"더 못 하겠어!" 루모가 생각했다. "숨을 못 쉬겠어!"

"다시 한 번!" 그린촐트가 다그쳤다.

루모는 마지막으로 물살을 갈랐다. 붉은 빛이 눈앞에서 춤을 추고 머릿속은 종소리 같은 것이 쟁쟁거렸다.

"여기다!" 그린촐트가 말했다. "여기가 얼음장이 가장 얇다."

루모는 칼을 쑥 빼 온 힘을 다해서 얼음장을 찔렀다.

"더 세게!"

루모가 두 번째로 찔렀다.

"더 세게!" 그린촐트가 명령했다.

"해봐!" 사자이빨이 소리쳤다.

루모는 다시 찔렀다. 칼이 얼음을 뚫고 표면으로 나갔다.

루모는 입술을 표면에 대고 공기를 깊이 들이마셨다. 입은 얼음조각투성이였다. 그는 칼로 입구를 새로 뚫어 지레처럼 대고 흔들어서 점점 더 큰 구멍을 냈다. 구멍은 금세 커져서 머리를 내밀 수 있을 정도가 되었다. 루모는 차디찬 공기를 마음껏 호흡했다.

그다지 멀지 않은 곳에 얼음유령들이 보였다. 아직도 빙판에 앉아 머리를 맞대고 얼음덩어리언어로 사냥감이 어디 있는지 상의하는 것 같았다.

"루모가 헤엄을 칠 줄 아네." 사자이빨이 말했다.

냉동동굴의 끝

반나절을 행군한 끝에 루모는 빙판의 끝에 도달했다. 이제 얼음유령은 보이지 않았지만 루모의 발을 통해 몸속에 얼음을 집어넣는 식으로 계속 뒤쫓아오는 기분이었다. 빙판 전체는 서로 연관된 유기체 같았다. 이 유기체의 유일한 목적은 그 위에서 움직이는 모든 것을 죽이는 것이었다. 루모는 잠시도 쉬려 하지 않았다. 그는 주저앉아 쉬게 되면 바로 죽음이라는 걸 알고 있었다. 옷이랑 털가죽 일부는 살얼음이 얼었지만 몸을 열심히 움직여 동사를 면했다.

그는 달리고 또 달렸다. 그런데 갑자기 갈고리 부리에 털가죽을 한 작은 동물 하나가 나타났다. 녀석은 빙판을 어설프게 이리저리 비틀거리며 돌아다니고 있었다.

"동물이 나와 있네." 루모가 말했다.

거기에는 또 한 마리가 있었다. 셋, 넷. 저 뒤쪽으로는 검은 점들이 더 많았다.

"동물이 있는 곳이면 뭍인데. 물고기가 아니라면 말이야." 사자이빨이 한마디 했다.

이제 작은 털가죽 동물이 우글거릴 정도로 많아졌고 빙판 위에서 이리저리 부리를 쪼아대고 있었다. 녀석들은 얼음조각을 파헤치면서 뭔가를 갉아 먹고 있었다. 그다지 멀지 않은 곳에서 빙판이 시커먼 바위로 이어졌다. 거기에는 짙푸른 이끼가 덮여 있었다. 바위는 테라스 형태로 점점 위로 솟아오르다가 저 위 어둠 속으로 사라졌다.

루모는 단단한 땅바닥을 디디자 기분이 한결 좋아졌다. 이제야 비로소 얼음유령들로부터 벗어난 느낌이었다.

루모는 눈가루를 움켜쥐어 갈증을 달랬다. 이어 바위를 오르기 시작했다.

몇 시간을 오르고 나니 날은 따스해지고 털가죽을 한 작은 동물들이 더욱더 많아졌다. 그들은 바위에 난 구멍에서 나와 여기저기 어슬렁거리고 다녔다. 그런 구멍은 테라스를 옮길 때마다 점점 커져서 나중에는 루모가 그 안에 들어가 똑바로 서도 될 정도로 높아졌다. 발 주변에는 털가죽 동물이 우글거렸다. 녀석들은 헐떡거리는 소리를 냈다.

루모는 위를 올려다보았다. 머리 위에는 여섯 층 정도의 테라스가 겹겹이 쌓여 있었다. 계속 올라가봐야 소용이 없겠다는 생각이 들었다. 그는 완전히 기진맥진한 상태라 잠시라도 쉬어야 했다. 그래서 바닥에 주저앉아 바위벽에 등을 기댔다. 그러자 바로 털가죽 동물들이 기어오르기 시작했다. 녀석들은 수십 마리씩 루모의 몸에 달라붙어 머리에서 발끝까지 뒤덮었다. 그리고 몸을 비벼대며 기분 좋은 듯 가르릉거리는 소리를 내기 시작했다. 따스하고 살아 있는 모피가 루모를 감싼 것이다.

"녀석들은 네가 좋은 모양이야." 사자이빨이 한마디 했다.

"몇 놈 죽여서 피를 마시자." 그린촐트가 제안했다.

"그런 건설적인 아이디어가 정말 아쉬웠어." 사자이빨이 말했다. "네가 다시 오니까 좋다, 그린촐트."

루모는 곧바로 잠에 빠졌다.

3
구리처녀

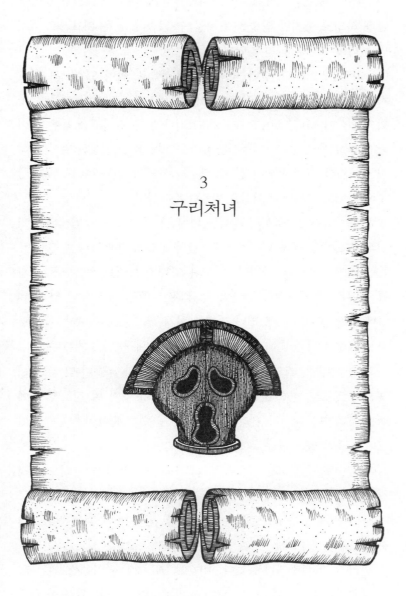

누워 있나? 서 있나? 랄라는 대답을 할 수 없었을 것이다.

말을 하려고 했지만 입술을 움직일 수 없었다. 눈을 떠보려고 했지만 눈꺼풀이 말을 듣지 않았다.

두려운가? 아니다. 랄라는 정신이 온전했고, 살아 있었으며, 두렵지 않았다. 이런 상황은 정말 정상이 아니었다. 그녀는 두려움을 느끼고 있어야 했다. 적어도 조금은. 그러나 눈은 감기고 온몸은 마비되고 갇힌 상태인데도 평정심은 더욱 또렷해졌다. 이상한 일이다. 하지만 그랬다. 그녀가 미친 건가? 광인들은 도저히 어찌할 수 없는 상황에서 때로 엄청난 평정심을 발휘한다고 한다.

랄라는 볼퍼팅어로서의 특성을 다시 한 번 의식했다. 냄새를 맡기 시작한 것이다. 금속 냄새가 났다. 납의 방향이었다. 랄라는 산 채로 묻힌 것이다. 아니면 죽었나? 아니다. 그녀의 느낌은 생생했고, 그만큼 정신은 맑았다! 이런 감정을 정당화시켜주는 징표는 단 하나, 외부에서 온 것이었다! 그러나 거기엔 아무것도 없었다. 오랜 시간 랄라는 이렇게 어둠 속에 누워 있었다. 어둠 속에 누워서 기다렸다.

왔다! 마침내! 찍깍! 이 불쾌한 소음은 금속과 금속이 맞닿으면서 생기는 것으로, 한참을, 고통스럽게, 머리칼이 쭈뼛 설 정도로 긁어대는 소리였다. 그러나 랄라에게는 가장 순수한 음악이었다. 누군가 그녀가 들어 있는 관을 긁고 있었다.

이어 어떤 목소리가 들렸다. 그 목소리는 사방에서 들려오는 것 같았다. 속삭이는 소리가 낯설고 차가우면서도 죽은 듯 들렸다. 그런데 그 영혼 없는 소곤거림 속으로 고장 난 시계의 찍깍찍깍 소리 같은 불규칙한 기계음이 섞여들었다.

"랄라?" 그 목소리가 물었다. "이제야 [찍] 깨어난 거야? 그래? [깍] 내 도구들이 [찍] 그대가 깨어났다고 말해주었지. 그럼 우린 이제 새로 시작할 수 있어. 죽을 [깍] 각오는 돼 있어? 아주 느릿느릿한 방식으로 말이야. 지금껏 누구도 그렇게 [쩩] 죽은 적은 없지만."

쩩깍쩩깍 장군 이야기

쩩깍쩩깍 장군과 구리병정들이 차모니아 지상에서 사라진 뒤 곧바로 지옥으로 달아났다는 소문이 떠돌았다. 모든 풍문이 그러하듯이 이 소문에도 일말의 진실이 담겨 있다. 그리고 늘 그렇듯 진실은 그 어떤 문학보다도 더 사람의 마음을 움직인다. 그렇다. 쩩깍쩩깍 장군은 곧바로 지옥으로 달아났다. 그러나 그건 그의 이야기의 끝이 아니라 시작이었다. 그는 저 아래 세계에서 늘 꿈꾸던 그 모든 것을 발견했다. 고향을 찾았고, 영원한 죽음과 영원한 사멸(死滅)을 찾았다. 그리고 원래보다 훨씬 크게 자랐다. 진짜 말 그대로 지상세계에 있을 때보다 훨씬, 훨씬 더 커졌다. 그러나 쩩깍쩩깍 장군이 오랜 세월 지하세계에서 겪은 것은 최상의 것은 아니었다. 최상이란 거기서 사랑을 찾는 것이었다.

쩩깍쩩깍 장군은 린트부름 요새에서 부하들을 사지에 빠뜨려놓고 달아난 이후 뒤도 돌아보지 않았다. 몇 시간, 몇 날, 몇 주를 계속 행군했다. 그러면서 단 한 번도 멈추거나 뒤를 돌아다보지 않았다.

한 달쯤 지난 후 쩩깍쩩깍 장군은 처음으로 멈춰 서서 뒤를 돌아다보았다. 부대 전체―아니면 아직 남아 있는 자들이라고 할까. 어쨌거나 백 명은 됐다―가 존경의 염으로 부동자세를 취했다. 그들은 한 발자국 한 발자국 뒤를 따르면서 오로지 그의 명령만 기다리고 있었다.

바로 이 순간, 그는 자기가 어디를 가든, 무엇을 하든, 부하들이 따라줄 것임을 직감했다. 심지어 바로 용광로에 뛰어들 수도 있을 정도였다. 그래도 무조건 그를 따랐을 것이다. 그것은 맹목적인 복종의 극단적 형태였다. 그런 근위대를 가지고 이제 무슨 일이든 해낼 수 있었다.

"쩩깍쩩깍 장군님이 명령하시면, 우리는 따른다!"

구리병정들은 이렇게 외치면서 주먹으로 갑옷을 두들겼다.

그렇게 그들은 차모니아를 계속 누비고 다니면서 마을과 무방비 상태의 소도시들을 습격했다. 그러나 전통적인 용병부대와는 달리 구리병정들은 현실적인 목표를 추구하지 않았다. 부자가 되려고 하지도 않았고, 도시를 정복해서 점령하고 주민들을 노예로 삼으려고 하지도 않았다. 그들은 배운 대로만 했다. 죽이고 파괴하고, 다시 떠나 새로 죽이고 파괴하고 하는 식이었다. 구리병정들은 그런 무자비한 단조로움이 좋았다. 그리고 영원히 그런 식으로 계속할 수 있다고 믿었다. 그러나 쩩깍쩩깍 장군은 언젠가부터 지루해지기 시작했다. 그는 좀 더 많이 파괴하고, 좀 더 높은 수준에서 더욱 세련되게 죽이고 싶었다. 그러나 이 좁은 대륙에서는 이제 그럴 만한 기회가 오지 않을 것 같았다.

어느 날 데몬전사 부대가 그들 앞에 나타났다. 데몬 부대는 구리병정들보다 수적으로 우세했지만 해가 저물 무렵에는 전쟁터의 변두리에서 항문에 말뚝이 박힌 채 버둥거리며 구원의 죽음만을 기다리는 몇 명만 살아남았을 뿐이었다.

쩩깍쩩깍 장군은 죽음과 관계된 것이라면 무엇이든 무척 관심이 많았기 때문에 죽어가는 데몬전사들에게 다가가 이렇게 물었다.

"너희는 [쩩] 여기서 끝나면 [깍] 어디로 간다고 [쩩] 믿느냐?"

"지하세계로 간다!" 전사들은 이구동성으로 대답했다.

"지하세계? 지하세계에 [쩩] 너희가 그토록 [깍] 열망하는 무엇이

[쩍] 있느냐?"

"거기엔 영원한 죽음과 영원한 사멸이 있다." 한 전사가 가쁜 숨을 몰아쉬며 말했다.

"거기선 포도주에 피를 타서 진하게 마신다!" 다른 전사가 신음하며 말했다.

"그리고 거기선 죽음과 고문이 여기의 출생과 사랑만큼이나 흔하다." 세 번째 전사가 헐떡거리며 말했다.

"그거 [쩍] 재미있군. 어떻게 하면 [깍] 그 놀라운 곳에 갈 수 있지?"

"네가? 안 돼!" 데몬전사들은 웃었다. "넌 빌어먹을 기계쪼가리라서 안 돼. 죽질 못하잖아. 지하세계는 죽은 다음에라야 갈 수 있어."

"그렇지 쩍, 여행객들을 붙잡으면 깍 안 되지."

쩍깍쩍깍 장군은 이렇게 말하고는 제 손으로 그들의 목을 베어버렸다.

이때부터 쩍깍쩍깍 장군은 지하세계로 가야겠다는 일념에 불탔다. 그에게 불가능하다고 말하는 것은 불타는 의지에 기름을 끼얹어 결단코 실행하고야 말도록 자극하는 가장 좋은 방법이었다. 이렇게 죽어가는 데몬전사들은 그의 목적 없는 삶에 마침내 하나의 목표를 심어주었다. 그는 죽지도 않은 상태에서 고통과 죽음으로 가득한 저 끔찍한 제국으로 내려가려 했다. 그리고 꼭 필요하다면 제 손으로 굴이라도 파 내려갈 요량이었다. 그리고 일단 그곳에 도착하면 그걸로 끝낼 생각은 전혀 없었다. 추호도 없었다. 그 사악한 세계의 통치자가 되고 싶었던 것이다.

그때부터 구리병정들은 만나는 사람마다 그리로 가는 길을 물어보라는 지침을 받았다. 그런데 "물어보라"는 말을 그들은 대개 마지막 정보 하나를 쥐어짜낼 때까지 고문을 하라는 소리로 알아들었다. 고문을 받으면 많은 사람들이 많은 것을 실토한다. 그래서 지하세계로 통하는 비밀의 입구가 있는 장소에 관한 정보가 무수히 쏟아져 나왔다. 미드가르드산의 협곡, 부흐팅의 지하 호수동굴, 데몬계곡의 분화구 등등. 그리고 구리병정들은 지하세계로 가는 길을 찾으려고 그 어느 때보다 쉴 틈 없이 문제의 지역을 뒤지고 다녔다. 가는 곳마다 실망이 기다리고 있었지만…….

어느 날 그들이 한 작은 도시를 찾고 있을 때였다. 집들이 온통 영원한 눈에 덮여 있다고 해서 '눈송이'라고 부르는 도시였다. 쩍깍쩍깍 장군은 멀리서 이 도시를 보는 순간 벌써 접수해야지 하고 결심했다. 구리병정들은 무기를 정비하고 쇠뇌에 장전을 한 다음 여느 때와 마찬가지로 정보를 캐낼 요량으로 도시 주변에서 붙잡은 주민 몇을 고문했다. 그중에 아주 나이가 많은 맹인 드루이드가 있었다. 도시 근처 언덕에서 은둔자의 삶을 살던 이였다.

그는 구리병정들에게 경고했다.

"이 도시에 발을 들여놓지 마시오. 저주받은 도시이니! 벌써 여러 차례 이 도시에 몰려들 왔지만 매번 하룻밤 만에 사라지고 말았소. 며칠 전에도 도시에서 솟아나오는 시큼한 냄새를 또 맡았는데 역시 주민들이 사라지고 말았소. 도시를 피하시오! 당신네 자식들까지 잡아먹을 것이오."

쩍깍쩍깍 장군은 완전히 미친 소리라고 생각하고 은총을 베풀었다. 고문해서 천천히 죽이는 대신 즉시 죽여버리도록 한 것이다. 이어 구리병정들은 눈송이로 쳐들어갔다. 쩍깍쩍깍이 이제 비로소 진짜 호기심이 발동한 것이다. 사실 그들에게 대항하는 사람은 아무도 없었다. 저항이라고는 없었다. 도시는 텅 비어 주민 없는 유령도시였다. 그 노인이 말한 대로였다. 눈으로 덮인 지붕들은 달빛에 빛이 났다. 쨍깍쨍깍 장군은 왜 주민들이 이토록 아름다운 도시를 비워두었는지가 궁금해졌다. 아마도 그 맹인 노인이 사람들한테 쓸데없는 소리를 늘어놓아 겁을 주었던 모양이지. 그렇다면 순전히 허황한 괴담 탓에 도시가 버림을 받은 셈이다. 어쨌거나 죽일 대상이 하나도 없다는 사실에 입맛이 썼다. 그 맹인을 그토록 자비롭게 대해준 것도 후회스러웠다.

구리병정들이 눈송이의 광장에 들어서자 이상한 광경이 눈에 들어왔다. 구멍 하나가 벌어져 있었는데 크기는 마을 공동우물만 하고 신악취가 피어오르고 있었다. 쨍깍쨍깍 장군이 가장자리로 다가가 속을 들여다보았다. 끝이 없어 보이는 계단이 땅속 저 깊은 곳으로 이어져 있었다. 그는 입성하다가 붙잡은 포로를 하나 데려오라고 했다.

"저게 [쩩] 뭐냐?" 그가 포로에게 물었다.

"몰라요!" 포로는 벌벌 떨면서 대답했다.

쨍깍쨍깍 장군은 그의 허리를 잡더니 구멍 속에 내던졌다. 한참 동안을, 아주 한참 동안을 그는 포로의 비명 소리에 귀 기울였다.

"하지만 난 [깍] 알지." 더는 아무 소리도 들리지 않게 되자 그가 말을 이었다. "이건 [쩩] 지하세계로 들어가는 문이야."

인상적인 출현

헬은 쨍깍쨍깍 장군의 입맛에 딱 맞았다. 지금까지 보아왔던 그 어떤 도시보다 컸고, 좀 더 거칠고 좀 더 멋지고 좀 더 사악했다. 깜깜한 거리에 유령 같은 불빛, 불쾌감을 유발하는 건축물, 이상한 주민들, 그을음과 각종 오물 등등. 헬에 입성하면서 본 이 모든 것이 더할 나위 없이 마음에 쏙 들었다. 이런 도시는 파괴할 것이 아니라 그

스스로 도시의 구성요소가 되어야겠다고 다짐한 것도 처음이었다. 물론 가장 중요한 구성요소가 되겠다는 얘기였다.

아무도 그와 구리병정들이 가는 길을 막지 못했다. 아무 말 없이, 쩔렁쩔렁 소리를 내면서 금속으로 만든 군대는 검댕으로 새까매진 거리를 행진했다. 마주치는 사람들마다 어둠 속으로 피했다. 가끔 소규모 블루트쉰크 무리나 다른 용병들과 부딪혔지만 그들은 껌뻑 죽는 시늉을 하며 길을 비켰다. 대부분의 주민은 피부가 허옇고 머리에 뿔이 달린 생물이거나 기이한 외모 때문에 오히려 도시의 이미지와 아주 잘 어울리는 특이한 잡종으로 보였다. 쩍깍쩍깍 장군은 매우 흡족했다.

그는 잠시 멈춰 서서 원주민 몇을 고문하라고 시켰다. 이는 낯선 도시에서 전반적인 사정을 알아내는 데 가장 신속하고 신뢰할 만한 방법이었다. 그런 식으로 밀어붙여야만 포로의 입에서 정보가 쏟아져 나오는 법이다. 도시의 이름은 헬이었다. 지하세계의 중심지로 왕은 가우납 99세이고 최측근 자문관은 프리프타르라고 하는 자였다. 그리고 지금은 주민 대부분이 아름다운 죽음의 극장에 모여 있었다. 이 정도면 당장은 충분했다.

구리병정들은 포로의 목에 긴 사슬을 묶어 극장으로 가는 길잡이로 삼았다.

극장 입구는 얼마 안 되는 블루트쉰크 부대가 그럭저럭 지키고 있었다. 침입자가 나타나자 깜짝 놀란 블루트쉰크들은 무기를 뽑아보기도 전에 우박처럼 쏟아지는 쇠뇌 화살을 맞고 말았다. 구리병정들은 그 시체를 타고 넘어 극장 안으로 행진해 들어갔다.

그야말로 불평등한 결투가 벌어지고 있던 순간 침략군이 경기장에 들어서자 모두 경악했다. 블루트쉰크 부대는 도끼와 검으로 눈송이에서 막 잡아온 몇몇 포로를 도살하느라 정신이 없었다. 용병들도 구리병정들에게 별 대항도 해보지 못한 채 화살 비를 맞아 벌집이 돼버렸다.

금속 전사들이 점점 더 많이 경기장으로 들어왔다. 관객과 왕과 자문관들과 근위병들은 그 자리에서 굳어버렸다. 눈앞에서 벌어지는 일을 도저히 믿을 수 없었다. 기계 군대는 아름다운 죽음의 극장을 점령하고 요소요소에서 관객에게 화살을 발사할 태세를 갖추었다. 사위는 쥐 죽은 듯이 고요해졌고, 한동안 쩍깍쩍깍 하는 소리와 함께 기계들이 쿵쿵 발 구르는 소리만 울려 퍼졌다.

이어 쩍깍쩍깍 장군이 극장에 들어서더니 의기양양하게 경기장 한가운데로 나섰다. 객석 여기저기서 비명이 터져 나왔다. 구리병정 중에서도 가장 거대한 자가 대중 앞에 몸을 드러낸 것이다. 이 기계는 다른 놈들보다 훨씬 더 크고 훨씬 더 무섭고 훨씬 더 특이했다. 몇몇 구리병정은 여봐란 듯이 철로 된 입에서 불을 뿜어댔다.

"여기 [쩍] 왕은 누구냐?" 쩍깍쩍깍 장군이 큰 소리로 외쳤다.

"내가 이다왕!" 가우납은 이렇게 답하고는 벌떡 일어나 몸을 부르르 떨었다.

"이분이 우리의 왕 가우납 아글란 아지다하카 벵 엘렐 아투아 99세이시다." 프리프타르는 주군에게 절을 하며 이렇게 선언했다. "나는 프리프타르로, 이분의 자문관이자 아름다운 죽음의 극장의 총책임자다. 한데 우리 전하의 이름으로 그대들이 누구인지 물어도 되겠는가? 그리고 무슨 생각으로 갑자기 뛰어들어 우리 장병들을 죽이는 것인가?"

쩍깍쩍깍 장군은 프리프타르의 질문을 듣고 답변을 하기까지 도저히 견딜 수 없을 만큼 최대한 느긋하게 시간을 끌었다. 극장에 있는 사람들은 하나같이 숨을 멈췄다.

"내 이름은 [쩩] 쩍깍쩍깍 장군이다." 그는 맨 뒷좌석까지 들리도록 크게 소리쳤다. "그리고 이들은 [깍] 내 구리병정들이다. 우리가 온 것은 너희를……"

쩍깍쩍깍은 또 다시 극적인 효과를 노려 말을 끊었다. 구리병정들은 무기를 관객을 향해 겨누었으며 일부는 왕을 겨냥했다.

"……섬기기 위해서다!"

쩍깍쩍깍은 마지막 문장을 이렇게 끝맺었다. 그러더니 천천히 무릎을 꿇고 공손한 자세로 가우납 99세에게 머리 숙여 인사했다.

필설로 형언할 수 없는 환호가 극장을 가득 메웠다.

전사와 왕

이 순간부터 가우납은 쩍깍쩍깍 장군에게 매료됐다. 거대한 구리병정들이 참으로 두려웠는데 그런 두려움을 이토록 화끈한 방식으로 없애준 것이다. 프리프타르의 모든 외교적 책략을 무색케 하는 제스처였다. 그야말로 황홀하면서도 반짝이는, 그러면서도 위험천만한 새 장난감이었다! 금속으로 만든, 심장 대신 기계가 들어찬 전사라니. 게다가 가우납을 섬기겠다지 않는가!

가우납은 정말로 그렇게 죽지 않는, 심장 없는 존재가 되고 싶었다! 쩍깍쩍깍 장군은 가우납으로서는 꿈으로 간직할 수밖에 없는 모든 것을 갖고 있었다. 영원한 건강에 상처 입지 않는 몸, 지칠 줄 모르는 힘 등등. 반면에 겁쟁이 휘하 장군들은 극장 경기장 이상의 전쟁터를 본 적도 없고 그나마 경기장도 안락한 일등석에 앉아 내려다보는 수준이었다.

쩍깍쩍깍의 극적인 출현 이후 그와 왕 사이에는 긴 대화가 있었는데 프리프타르는 기꺼이 통역을 자청했다. 결국 구리병정을 헬의 시민으로 받아들인다는 데 의견의 일치를 보았다. 대신 일체의 전투행위를 중지하고 왕과 그 참모들이 과제를 정해줄 때까지 대기하기로 했다.

쩍깍쩍깍 장군이 구리병정들과 함께 숙영지에 자리를 잡으러 간 뒤에도 가우납은 한동안 프리프타르와 숙의를 계속했다.

"난 깍쩍깍쩍 군장을 리우 력의병 고최관령사으로 고자삼 노라하." 가우납이 말했다.

"아, 진정이십니까?" 프리프타르는 이렇게 말하면서 놀라움을 애써 감췄다. "쩍깍쩍깍 장군을 우리 병력의 최고사령관으로 삼고자 하신다고요? 참 좋은 생각이십니다. 늘 그러시지요."

"그렇지? 라운놀 생각이지! 그 친구는 처상 지입 는낳 을몸 가졌어! 하고강! 고난타 사전지!"

"예, 그는 타고난 전사입니다. 상처 입지 않는 몸에다, 우리 군대를 지휘하기에는 이상적인 인물이지요. 전하의 혜안이 번득이는 용인술에 경탄을 금할 수 없사옵니다." 프리프타르는 가우납의 말을 되풀이하는 동안 생각이 여러 가지로 복잡해졌다.

"군고맙. 그 구친 음마에 들어."

"다만 좀……."

"뭐라고? 뭐가 이야좀?" 가우납이 미심쩍다는 듯이 물었다.

"아, 다만…… 쩍깍쩍깍 장군은 자질이 넘치는 사람이지요. 아주 걸출한 인물입니다. 그러니 아름다운 죽음의 극장으로서는 참으로 손실이 아닐 수 없습니다."

"그게 슨무 소린가?"

"제 말씀은, 전하께서는 민중들이 그에게 어떤 반응을 보였는지 보셨습니까? 그 황홀과 공포가 섞인 반응 말입니다. 그자가 손 가락을 하나 치켜들기만 해도 다들 최면에 걸린 듯했지요. 그는 아 주…… 매혹적입니다."

"적혹매이라고?"

"제 말씀은, 그가 아름다운 죽음의 극장에서 필요로 하는 모든 것을 갖추고 있다는 얘기입니다. 관객의 관심을 빨아들이는 자석 같 은 존재이지요. 그가 극장에 나타나는 것만으로도 모든 객석에 대 한 배려가 될 겁니다. 금속으로 만든 인간이다! 심장 없는 전사다! 게다가 구리병정 부하들까지 있으니 말입니다. 민중은 쩩깍쩩깍 장 군이 극장 수비대 사령관을 맡으면 좋아할 겁니다."

"민중? 언제부터 우리가 민중이 생각하는 것에 심판을 지뒀?"

프리프타르가 소탈하게 웃음을 터뜨렸다.

"전하, 정말 기막힌 생각이십니다! 그런 농담을 통해 저에게 천한 백성은 때로 저들 생각이 옳다고 믿도록 그냥 내버려두어야 한다는 뜻을 피력하시고자 한 것이지요?" 프리프타르는 깊이 생각하는 듯 한 표정을 지었다. "하지만 그게 그러니까…… 전하의 말씀이 역시 옳습니다! 헬을 밝히는 모든 불에 맹세코 옳습니다! 정말 국가지도 자다우신 발상입니다."

"내가 랬나그?" 가우납이 당황해서 물었다. 그 반대 얘기를 하려 던 것이 아니었던가? 그는 고개를 흔들었다. 그러더니 생각이 난다 는 듯한 표정을 지었다. "그래, 랬을그 거야."

"정말 천재적이십니다!" 프리프타르가 열광적으로 소리치면서 왕 에게 포도주를 더 따라주었다. "구리병정들을 아름다운 죽음의 극 장 수비대로 쓴다! 볼거리인 동시에 전하의 근위대로! 저는 왜 그런 생각을 못 했을까요? 그들이 와 있다는 사실만으로도 격투에 자극을 더하는 일인데. 경우에 따라 격투에 끼어들어 포로 몇 놈쯤 죽일 수도 있을 테고!"

"로포 몇 쯤놈 이죽고!" 가우납은 얼떨결에 프리프타르의 열광에 도취했다. "그래! 로포 몇 쯤놈 이죽고!"

"잠시만요, 전하. 이제야 서서히 전하께서 무슨 생각을 하시는지 알 것 같습니다. 그들에게 따로 좌석을 마련해주자, 그런 것 아닙니까? 위에서 포로들을 감시할 수 있도록 포로석 위쪽에 자리를 마련하자. 당연합니다. 정말 독창적이십니다!"

"창독적? 그래, 창독적이지!" 가우납은 이렇게 소리치며 박수를 쳤다. "시감! 그래 시감해야지! 에서위!"

"그럼 쩍깍쩍깍 장군이 아름다운 죽음의 극장의 수비대장이 되는 거예요?" 프리프타르가 지나가는 투로 물었다. "그럼 그렇게 민중과 귀족들에게 알릴까요? 소신이 곧바로 칙령을 작성할까요?"

"뭐?" 가우납은 바보처럼 대가리를 긁으면서 골똘히 생각에 잠겼다. "그래, 그럼 되겠지. 그게 내 이니라뜻."

"전하의 뜻이옵니까? 분부 거행하겠사옵니다, 전하!"

프리프타르가 절을 했다. 그러자 군주는 마음이 놓여 방석에 주저앉았다.

프리프타르는 이어 쪼르르 자기 방으로 달려가 자신이 얼마나 재치 있고 신속하게 일을 처리했는지를 돌이켜보며 흐뭇해했다. 여러 해 동안 공작을 하고도 따내지 못한 자리를 덜 떨어진 임금의 바보 같은 변덕 때문에 쩍깍쩍깍 장군에게 넘겨준다는 것은 그로서는 엄청난 타격이 아닐 수 없었다. 이제 쩍깍쩍깍 장군은 거기쯤 있어주었으면 하는 자리로 가게 됐다. 어차피 그를 배려하지 않을 수는 없는 터였다. 극장이야말로 프리프타르가 꽉 잡고 있는 곳이었다. 문제는 쨍깍쨍깍 장군을 포함해 그 모든 것을 얼마나 더 오래 제 뜻대로 조종할 수 있느냐 하는 것이었다.

쨍깍쨍깍 장군의 성장

쨍깍쨍깍 장군은 가우납의 신뢰를 얻는 순간부터 거의 매일 힘을 키웠다. 그러나 음모와 첩자를 통해 권력의 망을 넓혀가는 프리프타르와 달리 쨍깍쨍깍 장군은 진짜 말 그대로 스스로를 키워갔다.

그는 도시에 있는 모든 무기제작소에 자문을 구했다. 전쟁기술에 일가견이 있는 장인과 기술자들은 다 불러들여 최신 발명품을 선보이도록 했다. 그런 다음 마음에 드는 것을 골랐다. 이쪽에는 칼, 저쪽에는 특수화살 묶음을 달고 초소형 쇠뇌, 귀금속으로 만든 힘줄, 열두 겹 강철로 만들어 광을 낸 이빨에 독을 바른 유리단검을 갖췄다. 이 모든 무기를 금속으로 된 자기 몸에 장착시켰다. 그는 매일매일 가로는 물론 세로로도 성장했다. 그러는 동안 속은 점점 세련된 무기로 가득 차게 됐다. 팔과 다리는 길어지고 가슴은 우람해졌으며 등은 떡 벌어지고 몸은 점점 더 무거워졌다. 쨍깍쨍깍 장군이 걸어가면 포석(鋪石)이 쪼개졌다.

속에 내장한 무기들은 헬 무기기술의 총화였다. 왼쪽 눈에서 발사하는 화살은 어떤 것은 상대를 마비시킬 정도로, 또 어떤 것은 상대를 바로 죽일 만큼 다양하게 독을 발라놓았다. 손가락 끝은 내밀어 찌르기도 하고 철사로 회수하기도 하는 비수였다. 가슴에 든 풀무는 인화성이 강한 혼합액체를 목표에 정확하게 쏠 수 있었다. 음험한 무기들이 그의 몸 곳곳에 숨겨져 있었다. 그는 스스로를 영원히 성장하는 걸어 다니는 예술작품으로, 무한히 확대될 수 있는 영원한 운동으로 간주했다. 쇠약, 마모, 시간, 질병 같은 것은 쨍깍쨍깍의 인생 여정에서 아무 역할을 하지 못하거나 기껏해야 극히 부차적인 역할을 하는 데 불과했다. 십 년은 백 년과 마찬가지로 길다면 길고 짧다면 짧았고, 백 년은 또 천 년과 마찬가지였다. 가끔 약간 녹이 슨 것을 보고 연결부위가 마모됐다든가 일부 볼트와 너트가 닳았다든가 연금술 건전지가 수명이 다했다든가 하는 것을 미루어 짐작하는 정도였다. 그러나 이 모든 것도 좀 더 완벽한 대체품으로 손쉽게 갈아 끼울 수 있었다. 시간은 짹깍짹깍 장군 편이었다. 금속가공과 합금기술은 점점 좋아졌고, 무기 제조기술은 더욱 세련되게 발전했다. 그는 앞으로 몇 백 년 후에 다가올 기술적 진보를 기꺼운 마음으로 기다렸다. 쓸모 있는 발명품이 나오면 물릴 줄 모르는 몸뚱어리에 장착할 요량이었다. 장기적으로 보면 누구도 그를 저지할 수 없을 것이다. 그러나 지금 이 순간에는 아직 타협을 하지 않을 수 없었다. 꿈꾸는 욕망에 비춰보면 자신은 아직 난쟁이였다. 흉측한 헬의 왕을 거대한 강철 주먹으로 간단히 으깨고 그 신민들을 벌레처럼 짓밟아버릴 수는 없는 노릇이었다. 마음 같아서는 그러고 싶지만. 목표를 실현하려면 아직 외교라고 하는 성가신 수단에 의존하지 않을 수 없었다.

짹깍짹깍은 종종 자신이 일반 구리병정들과 대체 무엇이 다른지, 어떤 점이 탁월하기에 자기가 그들을 거느리는 장군이 됐는지 자문해보곤 했다. 그는 누구의 명령도 듣지 않았다. 그러나 기계적인 내면 저 깊은 곳에 꿈틀거리는 뭔가가, 모종의 비밀스러운 어떤 것이 존재한다는 사실을 알고 있었다. 그는 태어날 때부터 연금술사들이 이런 수수께끼 같은 동력을 심어놓았다고 생각했다. 그것은 연금술 전지나 증기로 움직이는 기계장치가 아니라 독립적으로 사고할 수 있는 어떤 것, 휴식이나 수면, 정체나 평온 따위는 모르는 어떤 것이었다. 이 신비한 어떤 것 때문에 짹깍짹깍은 끊임없이 '어떻게 하면 좀 더 성장할 수 있을까' 또는 '어떻게 하면 좀 더 강해질 수 있을까' 아니면 '어떻게 하면 더 많은 공포를 유발할 수 있을까' 하는 질문에 시달렸다. 그러나 쩍깍쩍깍의 사고를 맴도는 핵심적인 질문은 역시 '어떻게 하면 좀 더 근사하게 죽일 수 있을까' 하는 것이었다.

그는 이미 다양한 방식으로 살인을 해왔다. 생각해낼 수 있는 무기나 처형기계, 독극물 같은 것은 다 써봤고 맨손으로도 해봤다. 죽임과 죽음에 대해 그보다 잘 아는 자는 없었다. 그는 죽음의 순간에 죽음에 관한 모든 것을 찾아내려고 희생자들의 눈을 하나하나 들여다보았다. 그럼으로써 이 분야에서는 최고의 소양을 갖추게 되었다. 그렇다. 그런 종류의 학위가 있다면 쩍깍쩍깍 장군은 죽음 박사라고 하는 게 어울리겠다. 그는 마지막 순간에는 아무리 큰 고통도 모두 소멸된다는 사실을 알아냈다. 그런데 소멸돼서 어디로 가나?

진짜로 죽음에 관한 모든 것을 시시콜콜히 알아내려면 시간이 더 필요했다. 문제는 그 자신의 시간이 아니었다. 그건 철철 넘쳤다. 불멸이니까. 그게 아니라, 희생자들이 죽어가는 순간이 너무도 짧다는 것이 문제였다. 죽음의 과정은 일단 시작되면 멈출 수 없고 그 어떤 통제도 벗어난 상태에서 진행됐다. 그래서 그럴 때마다 짜증이 났다. 어쨌거나 삶과 죽음을 가르는 주재자는 자기였다. 그런데 죽음에서는 또 다른, 더욱 강력한 통제의 심급(審級)이 나타나 게임의 규칙을 멋대로 정하는 것이었다. 죽음의 과정을 몇 날, 몇 주, 아니 몇 달간 연장시킬 수 있다면 얼마나 좋을까!

그런데 운명이 쩍깍쩍깍 장군을 헬로 이끌었고, 이 악의 도시는 어떻게 하면 더 잘 죽일 수 있을까 하는 간절한 의문에 대한 답을 준비해놓고 있었다. 그리고 헷갈리겠지만 그 질문에 대한 답은 사랑이었다.

악인은 사랑을 모른다고 가정하는 것은 악을 과소평가하는 것이다. 사랑을 할 수 있다는 것은 선한 사람의 특권이 아니며, 아마도 선한 사람과 악한 사람에게 공통되는 유일한 특성일 것이다. 그리고 사랑의 시작은 종종 우연히 어떤 시간 어떤 장소에 있었느냐에 따라 결정되곤 한다. 쩍깍쩍깍 장군의 경우에는 그 장소가 고문기구와 처형기계도 만드는 헬의 무기공장이었다.

그는 몸에 장착할 만한 장난감이 새로 나온 게 있나 둘러보려고 이곳에 들렀다. 공장장은 새로 만든 무기를 탁자에 잔뜩 늘어놓고 설명을 했다. 그중에는 다이아몬드 이빨을 박은 고문용 펜치와 표창처럼 던질 수 있는 도금한 톱날이 있었다.

쩍깍쩍깍 장군은 고문용 펜치를 살펴보았다. 아주 교묘해서 사용하는 사람이 힘만 충분하다면 구리병정은 물론, 자기까지도 해체할 수 있을 정도였다. 그는 금빛 톱날을 들어보았다. 나무를 베듯이 적을 쓰러뜨릴 만했다. 둘 다 대단한 무기였다.

그러나 쩍깍쩍깍 장군은 기분이 좋지 않아서 이런 무기 정도로는 흥이 나지 않았다. 그런 것에 관해 너저분한 설명을 듣고 있으니 조용히 작업장을 둘러보는 게 낫다고 생각했다. 구석구석을 둘러보고 있는데 공장장이 양철묘지라고 부르는 널따랗고 어둠침침한 공간으로 안내했다. 쩍깍쩍깍은 횃불을 켜게 했다. 불빛이 쓰레기더미를 비치자 맨 뒤쪽 구석에서 뭔가가 그의 관심을 자극했다. 석관(石棺) 같았다. 쩍깍쩍깍은 관에 관심이 아주 많았는데 석관은 보통 관을 예술적으로 승화시킨 것이었다. 그래서 가까이 다가가보았다. 공장장은 횃불을 들고 따라왔다. 금속 잡동사니를 헤치고 가까이 갈수록 쩍깍쩍깍은 마음이 달아올랐다. 아니다, 저건 석관이 아니다. 그는 저게 뭔지 알 것 같았다. 누차 들은 바 있지만 아직 실제로 보지는 못한 물건이었다. 그런 귀중품이 여기 이렇게 방치돼 있다는 것이 이해가 안 갔다. 쓰레기더미에서 거대한 다이아몬드를 발견한 기분이었다. 그것은 진짜 구리처녀였던 것이다.

구리처녀는 고문도구인 동시에 처형기계다. 곁에서 보면 찍깍찍깍이 마주하고 있는 이 물건은 퀭한 눈구멍에 찢어진 입하며 원시적인 갑옷 같기도 하고 영원한 고통에 시달리는 유령 같기도 했다. 원래 망토는 두꺼운 회색 납으로 돼 있지만 전체 장식과 나사 부분은 구리로 만들었다. 구리처녀의 앞부분은 두 개의 문짝처럼 여닫을 수 있게 돼 있다. 속은 공간이 아주 넓어서 거한도 집어넣을 수 있을 정도다. 문짝 안쪽에는 길고 뾰족한 구리단검 수십 개가 붙어 있었다. 이걸 보는 순간 찍깍찍깍은 황홀해졌다. 범법자를 구리처녀에 집어넣고 문을 닫으면 그 비수들이 머리에서부터 발끝까지 찌르게 되는 것이다. 공장장이 상세하게 설명했다시피 그것이 바로 이 기계의 본래 목적이었다. 처형과 고문의 차이는 문을 얼마나 빨리 또는 천천히 닫느냐에 달렸다. 공장장은 구리처녀 속에서 무수한 희생자들이 명줄을 놓았다고 덧붙였다. 경첩에서는 소름 끼치도록 삐걱거리는 소리가 나고 단도는 시간이 흐르면서 피딱지가 앉아 원래의 멋진 모습을 잃었다고 했다. 그래서 이 골동품을 통째로 녹여버릴 계획이라는 것이었다. 공장장은 구리처녀에 정나미가 떨어진 것 같았다.

찍깍찍깍 장군은 구리처녀에 대해 이토록 무례한 공장장을 그 자리에서 죽여버렸다. 손가락을 후두부에 대고 구리손톱을 내찔러 골을 관통한 것이다. 시체는 구리처녀 발치에 쓰러졌다. 가야 할 데로 간 것이라고 찍깍찍깍 장군은 생각했다. 어떻게 감히 구리처녀를 이리 흉한 몰골로 방치할 수 있단 말인가? 어떻게 내가 있는 자리에서 구리처녀를 늙고 흉측하다고 말할 수 있는가? 찍깍찍깍은 구리처녀를 흐뭇한 표정으로 바라보았다. 둘 사이에는 공통점이 많았다. 구리처녀는 세련되게, 고통을 극대화하는 방식으로 죽이는 것이 목적이었다. 또 **찍깍찍깍**과 마찬가지로 상당 부분이 구리로 돼 있었다. 둘은 이제 함께 성장하고, 죽이는 작업도 함께 하게 될 터였다.

찍깍찍깍 장군이 갑자기 비명을 지르는 바람에 공장 일꾼들은 벌벌 떨었다. 그는 처음으로 사랑에 빠진 것이다.

더 많은 죽음을!

찍깍찍깍 장군은 구리처녀를 자기 성탑에 있는 고문실로 데려오고 나서 시종들에게 다른 고문도구는 일체 손을 떼게 했다. 팔다리 잡아당기는 고문대 치워! 교수대 치워! 철가시의자 치워! 그런 도구들이 함께 있다는 자체가 구리처녀에 대한 모독이었다. 그런 원시적인 보조수단은 이제 쓸 필요가 없었다. 그는 몸소 구리처녀를 닦고 정상화시키는 일에 몰두했다. 먼저 단검에 묻은 피를 제거했다. 누구 피였을까? 얼마나 고통스러웠을까? 얼마나 오래 고통을 느꼈을까? 그런 자들이 몇이나 됐을까? 구리처녀로 고문을 가한 자는 누구였을까? 찍깍찍깍은 질투심이 끓어오르는 것을 억누르고 구리 표면을 치약으로 깨끗이 닦았다. 다시 빛을 발하게 되자 정말 근사했다! 경첩 부위에 기름을 치고 나머지 부분도 광을 냈다. 나사라는 나사는 다 다시 죄고 나서 자신이 손본 작품을 관찰했다. 새것 같았다.

그러고는 구리처녀 주변을 맴돌면서 골똘히 생각에 잠겼다. 뭔가가 빠졌다. 그런데 그게 뭘까? 움직이지 않는다는 것? 생기가 없다는 것? 아니다. 그는 구리처녀에게 자기 몸속에서 찍깍거리는 것 같은 기계를 장착시킬 생각이 없었다. 지금 이대로의 구리처녀가 좋았다. 말 없고, 움직임도 없고. 그런데도 뭔가가 빠진 것 같았다. 쩩깍쩩깍은 구리처녀 주위를 돌고 또 돌면서 사방에서 요모조모 뜯어보고 문짝을 여닫아보았다. 그러자 마침내 뭔가가 떠올랐다. 구리처녀는 생생하기보다는 좀 더 죽음을 유발하는 스타일이어야 했다.

불가능한 과제

쩩깍쩩깍 장군은 헬 최고의 연금술사, 의사, 엔지니어들을 불러 계획을 설명해주었다. 구리처녀는 지금까지 만든 기계 중에서 가장 화려하고 세련되고 멋진 죽음의 기계가 되어야 한다는 것이었다. 자기나 구리병정들처럼 걸어 다니는 기계가 아니라 언제나 여기 쩩깍쩩깍 장군의 성탑에서 제자리에 붙박여 있는 기계여야 한다는 것이었다. 기계라는 말 자체는 그가 원하는 구리처녀의 섬세한 기능에는 맞지 않는 것이고 도무지가 상투적이고 기계적인 표현이었다. 단순한 기계가 아닌 예술도구가 되어서 위대한 죽음의 거장(巨匠)의 요구와 능력을 실현하는 데 이바지해야 한다는 얘기였다. 쩩깍쩩깍은 수력과 압축공기를 사용하는 도관(導管) 시스템을 원했다. 거기에 마개와 밸브를 달아 조정할 생각이었다. 그는 온갖 크기의 관을 필요로 했고 심지어 아직껏 만들어본 적이 없는 머리카락 굵기의 주사바늘 같은 것도 만들라고 했다. 또 엘릭시르와 독극물, 약품 및 각종 추출물도 가져오라고 했다.

과학자와 기술자들은 머리를 긁적이며 영문을 몰라 서로 멀뚱히 쳐다보기만 했다. 그렇다고 감히 이론을 제기할 수도 없었다. 쩩깍쩩깍 장군은 좀 더 자세히 설명해주어야 한다는 것을 깨달았다. 전례 없이 자비로운 배려였다.

"내가 원하는 것은 [쩩] 우선." 그는 설명을 시작했다. "구리처녀에 들어 있는 단검을 길고 가는, [깍] 속이 빈 바늘로 대체하자는 거다. 그리고 이걸 [쩩] 구리처녀 외부에 교묘하게 설치할 구리관과 각종 용기 시스템에 [깍] 연결하는 것이다. 나는 [쩩] 이런 관과 용기에 극히 다양한 [깍] 연금술 용액을 넣어 순환시키고자 한다."

과학자들은 어떤 용액을 말하는지 정말 궁금했지만 차마 질문은 하지 못했다.

"나는 범법자가 [쩩] 구리처녀 안에서 바늘 세례를 받게 하고 싶다. 그러면 내 생각으로는 [깍] 그 용액들이 놈의 몸속에 흘러들어가 순환하게 될 것이다. 나는 모든 화학을 지배하고자 한다! 마개와 [쩩] 밸브가 있어야지! 펌프와 필터도 있어야지! 나는 [깍] 유기체를 가지고 놀고 싶다. 악기를 [쩩] 연주하듯이 말이야!"

몇몇 연금술사는 구리 장군이 뭘 원하는지 조금씩 이해하기 시작했다.

"액체로 말하면 [쩩] 생명을 단축시키는 독이 있는 반면 생명을 연장시키는 연금술 [깍] 추출물이 있고, 고통을 야기하는 산(酸), 채소 삶은 물, [쩩] 동물의 분비물, 다종다양한 약물들이 있다. 난 벨라도나풀 즙을 원한다! 알코올로 희석한 아편도! 쥐오줌풀, 비소, 멜리사액(液), 액체 카페인, 흰독말풀 추출액도 구해 와라. 그리고 [쩩] 연금술사들은 전혀 새로우면서도 효능은 더욱 뛰어난 물약을 만들어라! 죽음을 촉진하는 것도 있고 생명을 연장하는 것도 있지. 고통을 [깍] 유발하는 것도 있고. 고통을 [쩩] 경감시키는 것도 있고. 죽음의 공포를 [깍] 강렬하게 하는 것도 있고. 두뇌를 [쩩] 소름 끼치는 [깍] 공포에 사로잡히게 하는 것도 있지! [쩩] 신경증적인 황홀함을 유발하는 물약도 [쩩] 필요해!"

쩩깍쩩깍 소리가 점점 빨라지자 과학자들은 장군의 흥분이 거세지면서 욕망과 강렬함도 극에 달하고 있음을 알아챘다.

"내가 [쩩] 원하는 건, 기계를 [깍] 만들어 오란 말이야. 죽음을 통제할 수 있는 기계! 그렇게 [쩩] 되면 [깍] 죽음은 이제 자연의 [쩩] 문제가 아니라 [깍] 예술의 문제가 되는 거야!"

쩩깍쩩깍 장군이 일장연설을 마치고 청중을 하나씩 뚫어져라 쳐다봤다.

"난 [쩩] 불가능을 원해." 그는 조용한 목소리로 이렇게 말을 마쳤다. "그것도 [깍] 최대한 짧은 시간 안에."

연금술사와 의사와 엔지니어들은 황급히 실험실과 작업장으로 돌아가서 이날 이때까지 단 한 번도 해본 적이 없는 과제에 매달렸다. 장군의 요구는 미친 짓이었다. 투명인간을 만들거나 금을 만드는 기계를 조립해내라는 거나 마찬가지였다. 그들은 여러 달 작업에 몰두했다. 밤낮 없이, 온 힘과 정력을 다해. 누구도 그토록 죽기 살기로 일해본 적은 없었다. 쩩깍쩩깍 장군이 정기적으로 작업장과 실험실에 들르는 것도 효과가 있었다. 그가 옆에 있다는 것만으로도 해결이 불가능해 보이는 문제를 풀기 위해 사력을 다하도록 하는 데 충분했고, 피로를 지칠 줄 모르는 열성과 바꾸기에 족했다. 반년이 지나자 상상할 수 없는 것이 이루어졌다. 구리처녀가 완성되자 쩩깍쩩깍 장군은 대만족이었다.

천천히 죽이는 기술

그러나 구리처녀를 실제로 작동시키는 일은 생각보다 훨씬 까다로웠다. 쩩깍쩩깍 장군은 몇 차례 실험에서 작동 기술이—죽이는 기술이기도 하다— 극도로 까다롭다는 것을 알게 되자 기분이 영 말이 아니었다. 처음 구리처녀에 집어넣은 범법자는 바늘이 일제히 몸에 구멍을 내는 바로 그 순간 이미 죽어버렸다. 순전히 공포심 탓이었다. 다음 세 명은 기껏 몇 분을 버텼을 뿐이다. 쩍깍쩍깍이 흥분한 나머지 생명연장물질을 지나치게 많이 투입한 탓에 심장에 이상이 생긴 것이다. 그는 차츰 절제하는 법을 배웠다. 그러나 구리처녀에 들어간 범법자 중에서 한 시간 이상을 버틴 경우는 없었다.

쩍깍쩍깍 장군이 이제 분명히 깨달은 사실은 구리처녀는 민감한 도구이므로 공을 들여 작동요령을 터득해야 하며, 실험대상자들도 민감한 유기체인 까닭에 무턱대고 독이나 약물을 과다투여하면 안

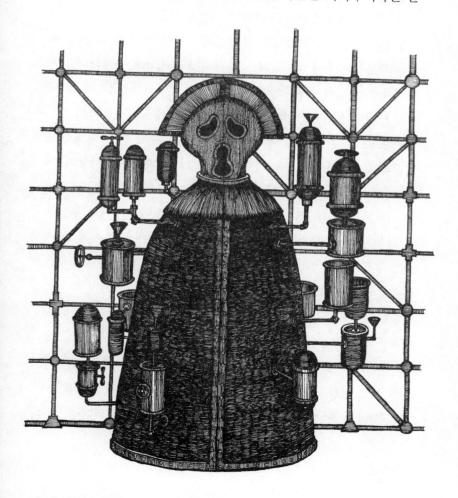

된다는 것이었다.

그러나 실험인간들에게도 문제는 있었다. 그들이 쉬 죽어버리는 것은 죽기를 원하기 때문이었다. 다들 되도록 빨리 구리처녀에서 벗어나고 싶어 했다. 그러니 가장 빠른 길은 죽음이었다. 그래서 쩍깍쩍깍은 의식을 살리는 추출물을 원하는 만큼 실험대상자 몸에 투여했지만 그 기계 안에 갇히는 것은 너무도 끔찍한 일이어서 누구나 죽는 게 낫다고 생각했다. 장군은 냉혹한 전사들을 대령시켰다. 그들은 사전수전 다 겪은 용병이거나 상처투성이 용사들로 화살에 맞거나 머리가 깨져도 계속 돌진하는 자들이었다. 그러나 그런 자들도 기껏해야 하루 이틀밖에 견디지 못했다. 그러고는 구리처녀에게 예의 저주를 퍼부으며 죽어갔다. 죽음의 비밀을 제대로 추적하려면 저항력이 훨씬 강한 실험대상이 필요했다. 죽음의 과정을 몇 주, 몇 달까지 연장해야 했다. 어쩌면 일 년까지 연장해야 할지도 모른다.

최종적으로 결과를 알 때까지는 실험대상이 수십 명 더 필요했다. 구리처녀는 현이 없는 바이올린이었다. 그게 문제였다. 울림통과 연주의 거장은 있는데 악기의 혼이 없었다. 이 고도로 복잡하고 고상한 기계는 그에 걸맞은 대상을 투입해야만 바로 이거야 하고 무릎을 칠 만한 음악이 흘러나오게 돼 있었다. 쩍깍쩍깍 장군은 이제 이 귀한 도구를 무의미하게 피로 물들이지 않기로 했다. 적당한 희생물을 입수할 때까지 기다리기로 한 것이다.

새로운 전사들

헬 주민 중에서 구리처녀에 맞는 영혼을 찾아낸다는 것은 늑대 떼에서 새끼 양을 골라내는 것과 마찬가지로 가능성이 희박한 일이었다. 그럼에도 불구하고 쩍깍쩍깍은 밀정들을 잔뜩 풀어 적당한 재목이 있는지 알아보도록 했다. 그러나 길거리에서 힘들여 잡아 온 것 중에 까다로운 조건에 맞는 대상은 없었다.

그는 직접 지상세계로 가서 적절한 대상을 찾아봐야겠다고 결심했다. 그런데 탐험대를 꾸리는 사이 함정도시에서 거둔 수확물이 당도했다는 소식이 왔다. 새로운 전사들을 몸소 검열해야 했다. 왕의 안전을 위태롭게 하지는 않는지 알아보는 것이다. 짹깍짹깍 장군은 자기나 구리병정에게 위해가 될 포로가 존재한다고는 생각지 않았다. 그러나 이번에는 수고로운 의무를 이행하고자 새로 온 전사들한테 가보았다.

그들은 어떤 도시에서 데려왔는데 볼퍼팅어라고 했다. 이름으로 보면 위협적이기는커녕 무지렁이 농부들 같은 느낌이었다. 프리프타르의 이상한 결단은 그로서는 더더욱 수수께끼였다. 그는 저 미치광이 임금 자문관의 심장을 산 채로 도려내는 날이 오기를 학수고대하고 있었다.

짹깍짹깍은 포로를 모두 검열하지는 않았다. 아름다운 죽음의 극장 독방에 가둔 자들만을 조사했다. 노약자들은 이미 솎아낸 터였다. 그들은 널찍한 감옥에서 비교적 자유롭게 돌아다니며 시간을 죽이고 있었다.

짹깍짹깍 장군은 독방을 하나하나 돌아다녔다. 그러다가 참으로 놀랍고 반가운 것을 발견했다. 처음에 본 포로 셋은 아직 최면에서 깨어나지 않은 상태였는데 헬 주민 전체를 다 합한 것보다 구리처녀에 백 배는 더 어울릴 만했다. 이 우아한 자들은 누구일까? 하나같이 개 종류 비슷했지만 분명히 직립보행을 했고 뿔까지 달려 있었다. 다들 근육이 우람하고 단련이 잘 된 몸매였다. 그는 독방을 몇 개 더 열라고 했다. 그러자 기쁨은 커져갔다. 그들은 진짜 타고난 전사로, 공짜 디저트를 위해서라면 제 어머니라도 물에 빠뜨려 죽일 만큼 돈에 눈먼 용병이 아니었다. 진정한 전사였으며 위험한 맹수의 본능을 지닌 지적인 존재였다. 그들을 구리처녀에 넣었을 때 어떻게 죽음에 저항할지 상상할 수 없었다! 쨍깍쨍깍 장군은 흥분에 빠졌다.

구리처녀의 영혼

이런 고귀한 존재들을 기껏 아름다운 죽음의 극장에서 바보 같은 장난질이나 하도록 낭비한다면 얼마나 쑥스러운 일인가! 그는 이 최고의 실험재료들이 경기장 모래바닥에 널브러져 죽기 전에 신속히 안전한 확보책을 마련해야 했다. 우선은 왕의 안전에 위해가 될 수 있다고 선언하는 것으로 충분했다. 그러면 자기가 원하는 일을 할 수 있었다. 하지만 어느 놈을 고른다? 하나같이 훌륭했다. 그는 결정을 못 내리고 이 방 저 방 돌아다녔다. 지상세계 탐험대는 이제 필요 없었다. 간수들이 다음 독방 문을 열자 쨍깍쨍깍은 안을 들여다보았다.

장군의 한평생에서 실로 인상 깊고 기억에 깊이 남는 광경은 별로 없었다. 누르넨 숲 전쟁터에서 다시 태어나 눈을 떴을 때의 모습, 린트부름 요새에서 구리병정들에게 파도처럼 쏟아져 내리던 돌무더기, 멀리서 헬을 처음 보았을 때의 흥분, 그리고 뭐니 뭐니 해도 구리처녀를 본 순간 정도가 인상에 남았다. 쨍깍쨍깍 장군이 이 독방에서 본 것은 인상 깊은 광경의 목록에 충분히 오를 만했다. 주위에 보는 사람이 없었다면 너무도 기쁜 나머지 털썩 주저앉고 말았을 것이다.

랄라는 아직 마비 상태로 손발이 묶인 채 사슬에 감겨 기이하게 뒤틀린 자세로 돌바닥에 누워 있었다. 장군은 깜짝 놀라 온몸이 굳었다.

아아, 천운이로고, 운명의 만남이로다! 찍깍찍깍 장군의 금속 머리에 전율이 스쳤다. 내장된 연금술 전지에서 찌르륵찌르륵하는 소리가 났다. 이 순간 무슨 말을 하고자 했다면 아마 찍깍찍깍 소리밖에 안 나왔을 것이다. 그는 평정심을 유지하려고 무진 애를 썼다. 하마터면 기쁨에 겨워 간수의 머리를 뽑아버릴 뻔했다.

랄라의 몸매는 꼭 맞았다. 구리처녀는 바로 그녀를 위해 주조한 것 같았다. 그녀의 아름다움은 압도적이었다. 찍깍찍깍 장군은 용기와 공포를 냄새 맡는 데 관한 한 독특한 감각의 소유자였다. 이 아가씨한테서는 엄청난 생명의 의지가 느껴졌다. 반면 시체에서 날 법한 죽음에 대한 공포의 냄새는 거의 없었다. 이제 분명했다. 바로 앞에 누워 있는 것은 구리처녀의 영혼이었다. 그녀와 함께 마침내 죽음의 교향곡을 연주할 수 있게 된 것이다. 그토록 오래 꿈꿔왔던 바로 그 교향곡을.

무는벌레와 거미홍수

루모는 깨어나자마자 원기가 솟고 의욕이 넘쳤다. 작은 동물들은 산이불 역할을 그만두고 되똑되똑 돌아다니고 있었다. 루모는 일어서서 동굴입구들을 살펴보았다.

"어느 입구로 가지?"

"말하기 어려운데." 사자이빨이 대답했다.

"맨 처음 입구로 가!" 그린촐트가 제안했다.

루모는 힘겹게 앞으로 나아갔다. 바닥이 돌투성이인 데다 울퉁불퉁했고, 터널은 새로 갈라질 때마다 좁아졌다. 앞을 가로막은 돌무더기는 더더욱 위협적이 됐다. 루모는 좁은 통로를 간신히 통과하기도 하고 기기도 했다. 그러는 사이 털가죽 동물들은 보이지 않게 됐다. 그는 막다른 길만 아니기를 바랐다.

"조심해 가. 여긴 천 길 깊이 구멍들 천지야." 사자이빨이 경고했다.

"그걸 어떻게 알아?"

"내가 지하광산 출신이란 거 알지? 내가 동굴은 좀 알지. 지하갱에 대해선 빠삭하다고. 돌의 형상을 보니까 여긴 지각 변동이 있어. 날카로운 모서리는 지각 진동으로 생긴 거야. 땅이 사소한 딸꾹질만 해도 우린 영원히 매장되는 거야. 헤헤헤!"

"그게 재미있냐?" 루모가 물었다.

"나한테야 새로울 게 없지. 광부들 유머 들어봤어? 우린 전에 작업할 때 동료한테 최악의 불행한 사태가 닥칠 것으로 상상하곤 했어. 그러면 불안감이 좀 줄어들지." 사자이빨이 말했다.

점액질 액체가 루모의 목에 떨어졌다. 터널 천장에 팔뚝만 한 곤충들이 매달려 있는데 무색에 눈은 없고 더듬이는 길이가 수 미터나 되었다.

"무서워할 것 없어. 썩은 고기를 먹는 놈들이니까." 사자이빨이 말했다. "놈들이 네 눈을 먹으면 넌 죽어. 놈들은 눈을 좋아하지. 저희가 눈이 없으니까 그런 모양이야."

루모는 더듬이가 얼굴을 더듬으려 하자 못마땅하다는 듯이 툭 쳐 버렸다.

"빛이 없는 곳은 다 똑같네!" 사자이빨이 한탄했다. "자연도 봐 주는 이가 없다고 느끼니까 미쳐버리는 거야."

"맞다." 그린촐트가 거들고 나섰다. "미드가르드 동굴전쟁에 참전했는데 삼 년이나 지하에서 전쟁을 했다. 거기서 많은 동물을 봤는데 정말 장난이 아니야."

"내 말이 그 말이야. 태양이 없으면 생명체는 이상해져. 석회벌레,

땅거미, 철구더기, 인(燐)달팽이, 터널쥐, 천장스멀벌레, 투명빨대벌레, 손집게벌레, 얼음나방, 용암벌레 등등. 정말 보이지 않는 곳에서 가장 뻔뻔한 방식으로 추악함을 과시하는 놈들이라고 할 만하지."

루모는 화강암끼리 꽉 엇물려 만들어진 천연 계단을 올랐다. 몇 미터는 될 법한 다지류(多肢類)들이 다가오자 공손히 몸을 피했다. 그러고는 놈들이 총총 걸음으로 지나치면서 집게 같은 아귀를 딱딱 부딪치는 모습을 관찰했다. 역시 앞을 못 보는 것 같았다.

"그래, 잘 피했어." 사자이빨이 말했다. "씹는벌레야. 뭐, 해로운 건 아니야. 정신 차리고 길만 비켜주면 돼. 하지만 잠든 사이에 마주치면 곤란하지. 살그머니 뚫고 들어오거든. 귓속으로 들어가서 속을 갉아 먹으면서 뇌를 지나 목을 뚫고 다시 발쪽으로 나오지. 씹는벌레는 우회를 몰라."

"맞다. 데몬 전사 하나를 알고 있었는데 잠든 사이에 씹는벌레가 두 발을 통과했다. 그것도 두 번씩이나! 넓적다리를 통과하고 다시 종아리를 관통했지. 이후로는 손으로 걸어 다녀야 했어." 그린촐트가 나섰다.

"너, 육식식물의 특성을 지닌 지하버섯이 있다는 거 알아? 물이 없어도 돌무더기 사이에서 살아가는 문어 종류는? 팔 길이가 이백 미터는 되지. 그 흡반은 안에다 한 살림 차릴 수 있을 정도로 커." 사자이빨이 말했다.

"안다! 미네라멜레온 얘기 들어봤나? 그런 동물 아냐고. 그때그때 마주치는 돌 모양과 색깔에 따라 변하고 길이가 십이 미터나 되지. 그 위에 올라서 있으면서도 뭔지 몰라." 그린촐트는 신이 났다.

"그건 아무것도 아니야." 사자이빨도 지지 않았다. "너무 작아서 콧구멍을 통해 바로 뇌로 날아들어갈 수 있는 지하모기가 있다는 거 알아? 그런 다음 알을 낳지. 나중에는 수박만 해져. 광산에서 일하던 동료한테 그런 일이 일어났어. 터널을 다 지나왔는데 갑자기 그 친구 머리가 호리병박처럼 부풀어 올랐어. 그러더니 뻥! 눈앞에서 터져버렸어. 그러더니 새끼 모기 수백만 마리가 날아오르더구먼……."

"거미홍수는!" 그린촐트가 음울한 목소리로 다시 끼어들었다.

"아하, 거미홍수. 그건 또 죽이지. 갑자기 터널 전체에 주먹만 한 털거미가 잔뜩 밀려드는 거야. 그 털북숭이가 단 한 마리도 입안에 들어오지 않도록 숨을 쉴 수 있으면 한번 해봐. 정말 불가능할걸."

루모는 한숨을 내쉬었다. 그러지 않아도 갈 길이 바쁜데 그린촐트 와 사자이빨이 이렇게 수다를 떨어대고 있으니. 벌써 몸을 수그리고 걸은 지 꽤 됐다. 천장에 달린 뾰족바위들이 거치적거렸기 때문이 다. 주변엔 살찐 민달팽이들이 우글거렸는데 지나간 자리에는 점액 자국이 남아 보라색으로 빛났다.

루모는 바닥의 상태가 달라지고 있음을 직감했다. 발을 디딜 때마 다 모래와 조약돌로 된 땅이 점점 푹신푹신해진 것이다.

"여긴 이제 바위는 없네." 루모가 말했다.

"다 올라왔다는 얘기지." 사지이빨이 답했다. "높은 지층으로 올 라갈수록 더 푹신해지는 거야."

다시 언젠가 맡아본 적이 있는 냄새가 났다. 흙, 퇴비, 수지(樹脂) 냄새도 그렇고, 이상하게 전에 여기 와본 적이 있는 듯한 느낌이었 다. 물론 그럴 리는 없었다.

"숲 냄새가 나." 루모가 말했다.

바닥이 점점 푹신푹신하고 축축해지면서 발걸음을 옮길 때마다 젖은 이끼 위를 디디는 것처럼 쪽쪽 소리가 났다. 민달팽이 수천 마 리가 땅을 헤집는가 하면 벽과 천장에 달라붙어 보랏빛 흔적으로 뒤덮고 있었다. 전에는 모든 것이 딱딱하고 차갑고 날카로웠는데 이제는 부드럽고 따스하고 축축했다. 루모는 어떤 웅덩이로 들어섰다.

그는 쪼그리고 앉아 물속에 손을 넣었다가 손가락에서 냄새를 맡아보았다. 껍적껍적한 것이 알 듯 말 듯했다.

"뭐야? 마실 수 있는 거야?" 사자이빨이 물었다.

"아니." 루모가 말했다. "피야."

포위

구리처녀는 준비를 다 마쳤다. 이 세련된 죽음의 도구는 이제 영혼까지 갖추게 됐다. 아름다운 여자 볼퍼팅어가 죽음의 기계 안을 완벽하게 꽉 채웠다. 이 기계야말로 오로지 그녀를 위해 만든 것 같았다.

랄라를 처음 본 직후 쩩깍쩩깍 장군은 호위병들에게 이 포로를 철저히 감시하고 누구의 접근도 금하라는 엄명을 내렸다. 그러고는 성탑으로 화급히 달려가 구리처녀를 준비시켰다. 액체를 다시 채우고 기계와 도관을 구리수건으로 닦고 시종들한테는 촛불로 방을 밝히도록 했다. 그런 조치를 다 하고 난 다음에야 최종적으로 여자 볼퍼팅어를 데려오라고 명했다.

그사이 알게 된 바로는 볼퍼팅어의 이름은 랄라였고, 아직 최면 상태였다. 쩩깍쩩깍으로서는 아주 다행이었다. 기계에 집어넣고 바늘로 찔러도 뭐가 뭔지 모를 것이기 때문이다.

드디어 시작할 때가 왔다. 쩩깍쩩깍 장군은 우선 벨라도나를 섞은 카페인을 약간 흘려보냈다. 뇌에는 설탕을 조금 푼 증류수를 보내면 어떨까? 안 될 것도 없지! 신부가 새로 깨어나려면 정신은 맑고 피는 맑아야 하니까. 파이프에서 꼬르륵거리는 소리는 흐뭇했고, 구리처녀는 촛불에 번들거렸다. 쩩깍쩩깍 장군이 이토록 설레기는 처음이

655

었다. 아직 실행에 옮기지도 않은 행동에 대해 미리 보상을 받고 있는 셈이었다. 듬뿍 선물을 받은 기분이었다.

멀리 아름다운 죽음의 극장에서 나는 소음이 고문실까지 희미하게 들려왔다. 곧 첫 번째 볼퍼팅어를 경기장으로 데려가 격투를 시킬 것이다. 헬 주민들은 광란에 휩싸였다. 수확물이 대단하다는 소문이 급속히 번졌고 다들 볼퍼팅어가 싸우는 걸 보고 싶어 했다.

그러나 쩍깍쩍깍 장군은 관심이 없었다. 추호도 없었다. 극장에서 벌어지는 그 바보 같은 싸움질은 처음 보는 순간부터 지루하기 이를 데 없었다. 그저 멍청한 싸움질이 벌어지고, 관객들은 안달을 하고, 유혈이 낭자하고, 군중은 도취했다. 아니다. 그에게는 훨씬 중요한 일이 있었다. 그는 아주 특별한 결혼식을 준비하고 있었다. 랄라의 육신을 포위하고 정복한 뒤 파괴하는 것이었다. 그 어떤 생명체도 겪어본 적 없는 길고도 고통스러우면서 아름다운 죽음이 될 터였다.

우산의 첫 번째 싸움

우산 데루카는 북쪽 문을 통해 경기장으로 들어섰다. 객석의 관객들은 열광의 도가니였다. 관객들은 환호하고 웃고 소동을 부리며 빵과 과일을 마구 집어던졌다. 그러면서도 아름다운 죽음의 극장에 새로 발을 들여놓은 자에게는 거의 관심을 두지 않았다.

우산은 기분 만점이었다. 걸음걸이는 날아갈 듯했고, 얼굴에는 미소를 머금은 채 관객에게 윙크를 보냈다. 그는 피에 굶주린 악마들로 가득한 도시에 포로로 끌려와 동료들과 함께 노예 신세가 됐으며 이제 공개적인 격투장에서 학살당할 처지였다. 그러나 이런 상황을 제외하면 기분은 그만이었다. 지하세계에는 날씨라는 게 없었기 때문이다.

여기는 비도 없고 햇살도 없고 저기압도 없었다. 그러니 두통도 없고 귀울림도 없고 우울증도 생기지 않았다. 우산은 헬에서 정신을 차렸을 때 가슴을 짓누르던 짐을 홀홀 벗어버린 기분이었다. 평생 납으로 된 갑옷을 입고 있다가 이제야 벗어버린 것 같았다. 이 아래서, 이 악몽 같은 세계에 포로로 붙잡힌 상황에서, 그는 평생 처음 진정한 자유를 느꼈다.

그는 제자리에 서서 주변을 둘러보고는 관객에게 손키스를 보냈다. 날씨 참 좋다!

징소리가 크게 울리자 순간 관객들이 조용해졌다.

경기장 한가운데서 땅바닥이 갈라지더니 길이 사 미터에 너비 이 미터쯤 되는 입구가 열렸다.

"나겔파, 나겔파." 군중들이 조용히 연호했다. "나겔파!"

우산은 깜짝 놀라 멍하니 서 있었다. 자기들끼리 잘 아는 의식이 벌어지는 모양이었다.

두 번째 징소리가 울리자 이번에는 그 입구에서 배가 하나 솟아올랐다. 이물이 뾰족한 거룻배에 거인이 타고 있었는데 피부는 검붉고 키는 우산보다 머리 세 개는 컸으며 각양각색의 재료로 만든 갑옷을 입고 있었다. 어깨보호대는 가죽으로, 흉갑은 청동으로, 무릎보호대는 은으로 돼 있었다. 해골 모양의 황금투구 꼭대기에는 은으로 만든 칼날이 볏처럼 붙어 있었고, 허리에 두르는 띠는 뼈로 만든 것이었다. 그는 거대한 참수용 칼을 두 손으로 잡고 서 있었다. 상승 항해가 멈추자 거룻배에서 전사가 내려왔다.

열렬한 박수갈채가 터져 나왔다.

"뱃사공 나겔파! 뱃사공 나겔파!" 군중들은 점점 더 큰 소리로 연호했다.

전사는 두 손으로 칼을 잡고는 객석을 향해 치켜들었다. 배가 내려가자 입구도 다시 닫혔다.

관중들은 쿵쿵 쿵쿵 발을 굴렀다.

우샨은 이 나겔파라는 자가 지하세계에서는 대단한 인물인 듯하다는 느낌을 받았다.

뱃사공 나겔파 이야기

나겔파는 차모니아 북쪽에 살던 전설적인 거인족의 마지막 후예 가운데 하나인 오지레였다. 뱃사공 나겔파라고 부르는 이유는 상대를 피의 강을 건너 죽음의 제국으로 안전하게 날라다주었기 때문이다. 그는 싸움만큼이나 박수갈채를 좋아했다. 그래서 이기는 것도 이기는 것이지만 관객들에게 드라마틱한 죽음을 선사하겠노라고 결심했다.

그는 짧게 끝내지 않고 상대방과 오래, 천천히 놀아주는 유형이었다. 작은 부상을 계속 입힘으로써 상대가 충분히 괴로워하다가 단말마의 고통 속에서 죽어가게끔 만들었다. 일부러 빈틈을 보이기도 했다. 그래서 주최 측에서도 죽음의 예술가로 확고히 자리를 굳힌 그에게 고만고만한 상대를 붙여주었다.

나겔파는 지려야 질 수가 없었다. 관객들도 그걸 알고 있었다. 나겔파의 싸움에서는 얼마나 스릴이 넘치느냐가 아니라 의식(儀式)이, 누가 이기느냐가 아니라 나겔파가 얼마나 드라마틱한 방식으로 상대를 죽이느냐가 문제였다. 최종 단계에 가서도 한 번의 칼질로 끝내는 것이 아니었다. 세 번, 네 번, 다섯 번, 또는 열 번씩 칼질을 한 뒤 마지막 일격으로 상대의 머리를 땅바닥에 떨어뜨렸다. 나겔파는 싸운다기보다 고문을 했다. 즉 상대를 죽이는 것이 아니라 도살하는 것이었다.

포로들 중에서 우샨을 고른 것도 바로 나겔파였다. 이 볼퍼팅어는 눈물샘이 축 늘어져 있어서 별로 강인한 인상을 주지 못했다. 민첩성도 별로 없어 보였다. 우샨이 빈약한 검을 들고 나겔파와 마주하자 관객들은 야유와 조소를 보냈다. 삶은 국수 가락을 들고 나오지 그랬어?

"새로운 승객이 오셨다, 나겔파!"

객석에서 누군가가 소리쳤다. 여기저기서 폭소가 터졌다.

나켈파는 거대한 칼을 두 손으로 높이 치켜들고 돌아섰다. 객석은 관객들의 발 구르는 소리로 진동했다.

우샨은 갑옷이 아니라 보통 때 입던 가죽옷에 검 한 자루뿐이었다. 그는 천천히 나켈파 쪽으로 다가가다가 바짝 코앞까지 달라붙더니 되는 대로 서너 차례 다급한 움직임을 연출했다. 별 생각 없이 수인사를 하는 듯했다.

"쉿쉿쉿, 쉿쉿쉿, 쉿쉿쉿!"

우샨은 이런 소리를 냈지만 극장 안이 온통 소란한 터라 아무도 듣지 못했다. 우샨은 꾸벅 절을 하고는 관중석을 향해 몇 차례 손키스를 보냈다. 그러고는 들어올 때와 마찬가지로 여유 있는 자세로 천천히 입구로 돌아갔다. 뒤에 남은 붉은 피부의 거인은 무릎을 꿇고 당황한 듯이 숨을 몰아쉬었다. 갑옷 사이로 곳곳에 난 상처에서 피가 뿜어져 나왔다. 아무도 보지 못했다. 저 볼퍼팅어가 도대체 칼을 뽑기는 했던가? 아름다운 죽음의 극장은 쥐 죽은 듯이 고요해졌다.

나켈파는 덜거덕거리면서 모래바닥에 고꾸라지더니 더는 움직이지 않았다.

우샨은 다시 멈춰 서서 뒤돌아보고는 깊이 고개 숙여 인사했다. 그러나 박수를 치는 사람은 아무도 없었다. 그는 경기장을 나갔다.

승우보후

옥좌에서 방방 뛰던 왕이 갑자기 조용해졌다.

"어떻게 된 거야?" 그는 자문관에게 물었다. "자넨 나봤, 리프프타르?"

"지금까지 본 중에서 가장 빨리 끝난 격투였습니다!" 프리프타르가 답했다. 프리프타르도 다른 사람들과 마찬가지로 경악했다. "솔직히 말씀드리면 거의 보지를 못했습니다."

가우납은 저 아래 놓인 시체를 뚫어져라 쳐다보았다. 주변에는 붉은 웅덩이가 생겼다.

"파나겔가 죽다니. 공사뱃 파나겔가 죽었어." 그는 맥없이 소곤거렸다.

"예, 나겔파가 죽었습니다." 프리프타르는 저도 모르게 왕의 말을 되풀이했다. "사람들 말마따나 볼퍼팅어는 정말 뛰어난 전사인 것 같습니다. 정말이지 외모로 판단할 일이 아닙니다. 그자의 이름을 찾아서 우승후보 명단에 올려놓겠습니다."

"그래. 단명에 올려. 그자는 승우보후야." 가우납이 말했다.

프리프타르는 절을 하고는 남몰래 미소 지었다. 관객들은 경악했고 열에 들떠 쑥덕거렸다. 그가 노린 것은 바로 이런 광경이었다! 볼퍼팅어는 헬 최초의 함정도시에서 거둔 최고의 수확이라 할 만했다.

누르넨의 피

"피? 그거 진짜 피야?" 그린촐트가 믿기지 않는다는 듯이 물었다.

루모는 아직도 붉은 웅덩이 앞에 꿇어앉아 있었다. 그런 웅덩이는 터널 도처에 널려 있었다. 웅덩이에서 떠낸 시료는 손가락에 끈적끈적하게 들러붙어 옷에 문질러도 씻기지 않았다.

"피 냄새가 나." 루모가 말했다. "그리고 수지 냄새도 나. 이 냄새를 어디서 맡아봤더라……."

"피와 수지라면 누르넨 숲이 생각나네. 누르넨의 피는 온통 수지 성분이었어." 사자이빨이 말했다.

"여기서 빠져나갈 궁리를 해야겠어. 여긴 냄새가 좋지 않아." 루모가 말했다.

그가 이렇게 말하는 순간 웅덩이에서 촉수가 불쑥 솟아나왔다. 피처럼 붉은 빛에 근육질의 팔뚝 형상이었다. 손가락 같은 덩굴손 다섯 개가 루모의 손목을 움켜쥐더니 칭칭 감고는 웅덩이 속으로 잡아당기기 시작했다.

"뭐야? 뭐야?" 사자이빨이 소리쳤다.

루모는 팔을 빼려고 애썼다. 그러나 촉수의 힘이 워낙 셌다.

"날 꺼내." 그린촐트가 명령했다.

루모는 시키는 대로 했다. 다른 손으로 허리춤에서 칼을 뽑아 들고 촉수를 단박에 내리쳐 두 동강을 냈다. 남은 토막에서 피가 솟구쳤다.

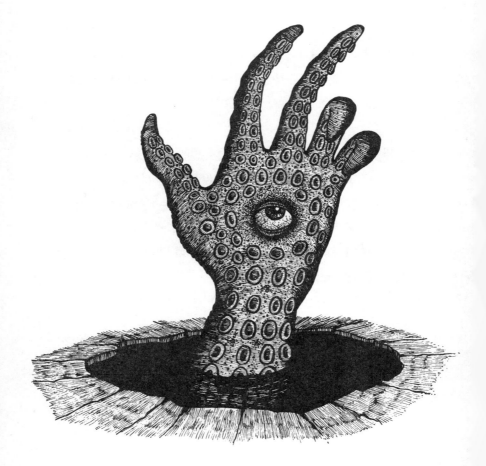

"이크!" 사자이빨이 말했다.

피가 철철 나는 토막은 순식간에 웅덩이 속으로 사라졌다. 촉수의 손은 바닥에 떨어졌다. 손은 손가락 모양으로 삐져나온 혹을 딛고 일어서더니 잠시 두리번거리다가 사냥거미처럼 잽싸게 웅덩이 속으로 뛰어들어갔다. 손이 첨벙 뛰어들자 피가 사방으로 튀었다. 두툼한 기포가 몇 방울 솟는가 싶더니 손은 이내 사라졌다.

루모가 일어섰다.

"내가 그랬지. 여기 아랫동네는 사악한 기운 때문에 끔찍이도 유혈이 낭자하다고. 빨리 가야 돼." 사자이빨이 소리쳤다.

루모는 허리에 검을 꽂고 아래로 내려가면서 줄곧 조심조심 웅덩이와는 거리를 두었다.

다음 갈림길에서 그는 멈춰 섰다. 또 다시 친숙한 냄새가 나서 터널 안을 들여다보았다. 루모는 깜짝 놀라 뒷걸음질 쳤다.

"뭐야?" 사자이빨이 물었다.

"누르넨이야!" 루모가 답했다. "통로에 꽉 찼어. 여섯은 될 것 같아."

"제기랄! 어떻게 여기까지 왔지?"

"모르지. 숲에서 본 놈들보단 작아. 기껏해야 나만 해. 자는 것 같은데. 아주 조용히 서 있어." 루모가 말했다.

"그럼 죽여버리자!" 그린촐트가 제안했다.

"다른 길을 찾아야지." 사자이빨이 말했다.

루모는 발끝으로 살금살금 전진했다. 그러자 다시 갈림길이 나왔다. 터널 안은 비어 있었지만 바닥에는 붉은 웅덩이가 아주 많았다.

"조심조심 가!"

사자이빨이 외쳤다. 루모는 발끝으로 웅덩이 사이를 춤추듯이 통과했다. 천장에서 뭔가가 목에 떨어졌다. 더듬어보니 따뜻하면서도 끈적끈적한 피였다. 루모는 고르르륵 하는 소리를 듣고 멈춰 섰다.

"뭐야?" 사자이빨이 물었다.

"몰라."

발치에 있는 웅덩이에서 두툼한 기포가 수면 위로 솟아오르다가 고르르륵 소리를 내며 터졌다.

루모는 한 걸음 뒤로 물러서서 터널 벽에 바짝 붙은 다음 검을 뽑았다.

이제 모든 웅덩이에서 부글부글 거품이 일기 시작했다. 기포가 솟아오르고, 붉은 액체가 끓어오르는 것이 한바탕 요리라도 하는 것 같았다. 부글부글 고르르륵 하는 소리가 터널을 가득 메웠다.

"작은 화산이 폭발하는 걸 본 적이 있는데 그 전에 이런 조짐이 있었지." 그린촐트가 말했다.

피가 웅덩이의 가장자리로 넘쳤다. 후텁지근한 열기가 사방에 번졌다. 그런데 부글거리는 핏속에서 생명체가 솟아나오는 바람에 루모는 아주 당혹스러웠다. 그 생명체들은 온통 시뻘건 액체를 뒤집어쓴 채 표면으로 기어 나오더니 여덟 개의 가는 다리로 비틀거리며 돌아다녔다. 루모는 놈들을 알고 있었다. 새끼이파리족이었다. 그는 새끼 누르넨이 태어나는 걸 본 적이 있었다.

갑자기 터널 바닥 전체가 비틀거리는 새끼이파리족으로 꽉 찼다. 한 발자국만 더 움직였다가는 놈들을 밟아 어미 누르넨을 깨우게 된다. 그는 벽에 더 바짝 달라붙어 꼼짝하지 않았다.

"여기는 순전히 누르넨 제조공장이군." 루모가 가는 목소리로 말했다.

루모는 밑을 내려다보았다. 발치에 갈고리 부리를 한 털가죽 동물이 앉아서 그를 빤히 쳐다보고 있었다. 주변에는 뻗정다리로 움직이는 새끼이파리족 천지였다.

"안녕 루모!" 그 동물이 말했다. "다시 만났네."

루모는 흠칫했다. 이런 작은 동물들 중에는 아는 친구가 없는데. 그런데 말까지 하다니 전혀 예기치 못한 일이었다.

"나야. 위그드라 질! 생각나?" 그 동물이 콧소리를 내며 말했다.

"위그드라 질?"

루모는 놀랐다. 누르넨 숲의 그 참나무? 여기까지 내려왔단 말인가?

"뿌리야!" 그 작은 동물이 삐악삐악하면서 사방 벽에서 뻗어 나온 공기뿌리를 가리켰다. "지리적으로 보면 넌 누르넨 숲 바로 아래 있는 거야. 다만 우리가 만났던 지상에서 수백 미터 아래로 내려와 있는 거지. 내가 그랬지? 내 뿌리는 아주 깊이 뻗어 있다고. 지하세계에서는 옐름을 통해 의사소통을 하는 게 제일 좋아."

"옐름?" 루모가 물으면서 머리를 아래로 숙였다.

작은 동물은 벌떡 일어서더니 앞발을 쭉 폈다.

"그래. 내가 옐름이야. 옐름은 단수고, 복수는 옐메야. 옐름은 원래 지하세계 주민으로 이곳의 다른 어떤 동물보다도 수가 많아. 곤충을 제외하면 말이야. 그런데 이 썰렁한 동네에서 뭘 하니? 뭐 어려운 일이라도 있어?"

옐름이 루모를 쳐다보는 눈길에는 호기심이 가득했다.

"그러니까…… 애인을 찾고 있어."

"랄라? 아직도? 그 애한테 우리 보석함 아직 선물 안 했어?"

옐름은 앞발을 허리춤에 걸치고 딱하다는 표정을 지었다.

"납치당했어. 내가 누르넨 숲에 있는 동안에. 그래서 지금 찾고 있는 거야." 루모가 설명했다.

"허, 그것 참 고약하구나. 납치라. 누가 그랬는데?"

"그걸 알아내야지. 그러다 지금 길을 잃은 것 같아. 누르넨이 길을 가로막는 바람에. 게다가 여긴 온통 피웅덩이 천지고……."

"알았어, 알았어. 여긴 동네가 더럽지. 이건 누르넨 숲의 시체에서 나온 피야. 내가 전에 얘기했지? 이 빌어먹을 국물은 말라붙질 않아! 땅바닥을 온통 오염시키지. 거기서 누르넨이 생겨나는 거야. 계속 새싹이 돋는 셈이지. 촉수, 피거미 등등. 끔찍해."

옐름은 끊임없이 달려드는 새끼이파리족을 옆으로 밀어 치웠다.

"이리 와!" 옐름이 뻬악거렸다. "여기서 벗어나야지. 이 장난꾸러기들이 악을 써서 어미를 깨우기 전에 말이야."

"하지만 어떻게 하지? 쟤들을 안 밟고 지나갈 방법이 없으니……." 루모가 물었다.

"내가 길을 열게." 위그드라 질이 말했다. "엘름은 지하세계에서 면책특권이 있어. 큰 동물들은 전혀 신경 안 써. 자, 나만 따라와."

엘름은 앞으로 풀쩍 뛰어나가더니 새끼이파리족들을 치워버렸다. 루모가 그 틈을 딛고 뒤를 따랐다. 새끼이파리족들은 비틀거리며 발이 꼬이기도 했지만 그저 그러려니 했다.

"엘름이 없으면 지하세계에 동물이라곤 존재하지 않을 거야."

위그드라 질은 루모에게 이런 이야기를 하면서 새끼이파리족들을 계속 옆으로 밀어냈다.

"엘름은 흙을 부드럽게 부숴서 다른 생명체가 편히 다닐 수 있게 해주거든. 그리고 병원균을 잡아먹어. 내가 오늘 아침 뭘 먹었는지 말해주면 아마 느낌이 확 달라질걸? 엘름에 대해서는 여기 지하세계 누구나가 존경하지."

마침내 둘은 피웅덩이도 새끼이파리족도 누르넨도 없는 터널에 당도했다. 엘름이 멈춰 섰다.

"여긴 안전해." 그가 말했다.

이제 누르넨 냄새가 나지 않았다. 루모는 칼을 허리띠에 찼다.

엘름이 부리로 루모의 장화를 여기저기 쪼아댔다.

"이제 자세히 좀 설명해봐. 랄라는 어떻게 된 거야?" 엘름이 말했다.

루모는 한숨을 쉬었다.

"간단히 말하면 내 친구들이랑 같이 헬이라고 하는 도시로 끌려갔어."

엘름이 흠칫 놀랐다.

"아, 헬! 그거 낭패일세." 이 땅꼬마는 초조한 듯 제자리를 맴돌기 시작했다. "거 정말 낭패야. 헬이라. 하필이면. 거 참, 거 참!"

"헬에 대해서 알아?" 루모가 물었다.

엘름은 안됐다는 표정으로 루모를 바라보았다.

"소문을 들었을 뿐이야. 거기까지는 내 뿌리가 닿지 않거든. 고약한 소문인데. 거긴 미친 가우납의 제국이야. 헬은 거대한 정신병원이지. 거기서는 광기가 철권통치를 한대. 거 참, 거 참!"

엘름은 줄곧 안타까워하면서 제자리를 맴돌았다.

"어쨌든 가야 돼. 길을 알아?"

"헬 가는 길? 거 참, 거 참! 거기까지야 내 뿌리가 닿지. 헬 가는 길까지는! 거 참!"

"가르쳐줄래?"

엘름이 멈춰 섰다.

"좋아!" 그가 말했다. "좋다, 꼬마야. 물론 그러지. 하지만 그 전에……"

그는 말을 멈췄다.

"그 전에……?" 루모가 물었다.

엘름은 부끄러운 듯이 고개를 숙이더니 한쪽 발로 다른 발을 문질렀다.

"뭐?" 루모가 물었다.

"그 전에 작은 부탁이 있는데." 엘름이 잔기침을 하며 말했다.

"뭔데?"

엘름은 호소하는 눈빛으로 루모를 쳐다보았다.

"다 만든 보석함 좀 봐도 돼?"

"아, 그거야?"

루모는 그제야 마음이 놓여 주머니에서 보석함을 꺼냈다. 함을 싼 기름종이를 벗기고 보석함을 엘름 앞에 놓았다. 엘름과 보석함은 키가 거의 같았다.

"이거야." 루모가 말했다. "어때?"

엘름은 보석함을 미심쩍은 눈길로 요모조모 뜯어보더니 위로 올라가 부리로 가볍게 쪼아댔다.

"어때?" 루모가 불안한 어조로 물었다.

엘름은 숨이 가빠졌다. 말이 잘 나오지 않는 모양이다.

"이거…… 정말 멋지다." 그는 마침내 떨리는 목소리로 말했다. "최고급 보석함이야."

루모는 안도의 한숨을 내쉬었다.

엘름은 다시 한 번 보석함 주변을 기어 다니면서 여기저기를 뜯어봤다. 놀랍다는 표정이었다. 말도 못 하고 팔만 허우적거렸다. 눈에서는 눈물이 흐르고 있었다.

"그러니까 이 보석함이, 이게 그러니까…… 뭐라고 할까, 난……." 땅꼬마가 울기 시작했다. "으흐흐흐"

"왜 울어?" 루모가 물었다.

"으흐흐흐……." 엘름이 훌쩍거렸다. "그게…… 왜냐면…… 왜냐면 너무 감동적이라서! 으흐흐흐! 이런 건 처음이야. 내가 뭔가 좋은 일을 하게 되다니. 진짜 예술이야! 지금까지 내 가지는 고작 사람들 목을 매다는 데 쓰였거든."

땅꼬마는 코가 막혀 헐떡거렸다.

"그런 내가 이제 애인한테 줄 보석함이 되다니! 으흐흐!"

"자, 자, 자!"

이렇게 말하면서 루모는 손가락으로 엘름의 등을 가볍게 토닥였다. 그리 유쾌한 상황은 아니었다.

엘름은 눈물을 씻더니 충혈된 눈을 크게 뜨고 루모를 바라봤다.

"이걸로 랄라의 마음을 사로잡지 못한다면." 그가 격정에 겨워 소리쳤다. "절대 그런 일은 없어! 이건 세상에서 가장 아름다운 보석함이니까!"

"네 말이 정말 힘이 되는구나." 루모가 말했다. "정말 고마워. 하지만 이 보석함을 주려면 먼저 랄라를 찾아야 돼. 길 가르쳐줄 거지?"

"헬로 가는 길은……." 위그드라 질은 이렇게 소리치면서 깡총깡총 뛰어 앞으로 갔다. "네 애인의 마음으로 가는 길이야! 날 따라와! 날 따라 어둠을 헤치고 빛 속으로 들어가자!"

엘름은 폴짝폴짝 뛰어서 터널을 통과했다. 루모도 열심히 뒤를 따랐다.

죽음의 교향곡

쩍깍쩍깍 장군은 구리처녀를 완벽하게 조율하는 데 사흘이 걸렸다. 정맥과 근육과 신경 하나하나를 잘 맞춰야 했기 때문이다. 용액은 적정량이 흘러들어갔는가? 간은 논란의 여지없이 제대로 기능하는가? 심장은, 신장은? 밸브는 제대로 작동하는가? 파이프들의 소통상태는?

일단은 아주 단순한 물질을 흘려보내보았다. 식염수, 설탕용액, 카페인, 채소추출물, 영양액, 무해한 자극제 등등으로 랄라의 각종 장기가 정상으로 작동하는지 시험해본 것이다. 의사들은 그의 요구에 따라 심장박동, 체온, 호흡 등을 측정하는 도구를 구리처녀 내부에 설치했다. 그러나 쩍깍쩍깍이 가장 좋아한 장난감은 그 모든 측정치를 한데 묶어 죽음의 세례를 받는 대상 내부에 생명이 얼마나 남아 있는지를 백분율로 보여주는 계기였다. 눈금이 백을 가리키면 생기 넘치고 튼튼하다는 얘기였다. 영을 가리키면 죽었다는 얘기였다. 쩍깍쩍깍 장군은 그걸 죽음온도계라고 불렀다.

그가 작은 바퀴를 하나 돌리자 카페인이 흘러들어가고 랄라의 심장박동이 조금 빨라졌다. 밸브를 열고 액체 후추를 투여하자 랄라의 몸이 따뜻해졌다. 다시 밸브를 닫자 체온이 내려갔다. 이런 식으로 첫째 날이 다 지나갔다. 쩍깍쩍깍은 작은 바퀴들을 돌리고 다이얼과 밸브를 꾹꾹 눌러대며 가지고 놀았다. 그러는 동안 랄라는 몸이 따뜻해졌다 차가워졌다 하는가 하면, 심장은 빨리 뛰었다 천천히 뛰었다 하고, 마음은 편해졌다 초조해지고, 피곤해졌다가 정신이 번쩍 나곤 했다. 그는 랄라에게 직접 고통을 가하지는 않았고 약물을 투여해서 아프게 만들지도 않았다. 이렇게 첫 날이 끝났을 때 죽음온도계 수치는 여전히 백을 가리켰다. 구리처녀는 새로 기름칠한 시계처럼 잘 작동됐다. 저녁이 되어 쩍깍쩍깍 장군이 랄라의 혈류에 쥐오줌풀 즙을 잔뜩 집어넣자 랄라는 몇 시간 동안 깊은 잠에 빠져들었다.

둘째 날은 강력한 아침 식사로 시작됐다. 다량의 카페인과 설탕이 투여됐다. 쩍깍쩍깍 장군의 신부는 육체적·정신적으로 온전함을 유지해야 했다. 이제 본격 시작이기 때문이다. 오늘은 여러 가지 독약을 투여하는 실험을 할 계획이다. 소량의 약물을 투여해 나중에 다량 투여했을 때 어떤 반응을 보일지를 예측해보려는 것이었다. 그는 랄라에게 비소와 벨라돈나, 광대버섯액을 투여했다. 각각 소량씩이었고, 사이사이에 조심스럽게 다른 여러 약물로 그녀의 피를 정화해주었다. 메스꺼움과 약간의 환각 증상이 있었지만 심각하지는 않았다. 그런 물질들에 대한 랄라의 신체적 반응을 살펴보는 정도였기 때문이다. 랄라는 흠잡을 데 없는 반응을 보였다. 이전의 다른 실험대상들은 이 지점에 도달하면 이미 공황 상태에 빠졌다. 그러나 랄라의 심장박동과 호흡은 정상을 유지했고, 죽음온도계 수치도 여전히 백을 가리켰다. 마침내 쩍깍쩍깍 장군은 멜리사액을 다량 투여해 랄라를 깊은 잠에 빠뜨렸다.

셋째 날은 다시 자극제와 다량의 설탕으로 시작했다. 그러자 랄라는 아프기 시작했다. 쩍깍쩍깍이 무엇을 투여했는지 혀가 부풀어 오르고, 입안은 식초처럼 시고, 눈은 쑤셔 오고, 목은 독감에 걸린 것처럼 잠겼다. 그러자 쩍깍쩍깍은 채소농축액과 연금술 약제를 투여해 순식간에 그녀를 정상으로 돌려놓았다.

이런 조작을 이날 하루에만 여러 차례 되풀이했다. 그는 랄라를 아프게 만들었다가 다시 정상으로 되돌려놓곤 했다. 메스꺼움, 현기증, 두통, 발열, 호흡곤란 같은 증상이 급속히 일어났다가 잦아들곤 했다. 쩍깍쩍깍 장군은 그토록 괴로운 증상을 유발시켰다가 순식간에 가라앉히는 물질을 벌써 마련해놓았다. 마개를 열고 작은 바퀴를 돌리고 밸브를 조절하면 랄라의 통증은 그것으로 끝이었다.

쩍깍쩍깍은 자신만의 악기를 연주하는 데 재미를 붙였다. 랄라의 한계는 아직 알지 못하지만 얼마까지 요구할 수 있을지는 일찌감치 파악했다. 다만 아직은 거기까지 가지 않는 편이 낫다고 생각했다. 사랑도 그런 식이 아닐까? 상대방의 한계를 알되 존중하는 법을 배우는 것 말이다.

그는 다시 한 번 죽음온도계를 들여다보았다. 99를 가리켰다. 이런저런 과정을 거치면서 조금 약해진 정도였다. 그는 랄라를 재웠다. 이번에는 쥐오줌풀과 멜리사액 혼합제제를 썼다. 이날 저녁 쩍깍쩍깍 장군은 한참 동안 애정 어린 눈길로 구리처녀를 들여다보았다.

랄라는 벌써 구리처녀 안에서 상당한 시간을 보냈다. 그러나 포로 생활이 얼마나 됐는지는 알 수 없었을 것이다. 하루? 이틀? 사흘? 일 주? 확실한 것은 랄라가 자신의 몸의 변화에 대해 그 어느 때보다 잘 알고 있다는 점이었다.

마취 효과가 사라지자 그녀는 절망에 빠졌다. 지금까지 이런 처참한 상황은 그 근처에도 가본 적이 없었다. 그녀의 심정은 절망과 분노를 오갔지만 공포를 허용하지 않았다. 공포를 느낀다면 정신마저 무력해질 것이다. 게다가 지금의 정체 상태 뒤에는 죽음이 도사리고 있었다. 랄라는 생각을 하려고 집중했다. 그게 지금으로서는 유일하게 가능한 움직임이었다. 그녀는 공포를 거부했다. 지금까지 죽음을 거부해온 것처럼.

정말 견디기 어려웠던 것은 무엇인가? 포로가 되면서 절대적인 절망 상태를 일단 받아들이고 나자 다른 모든 것은 견딜 만했다. 토할 것 같고, 춥고, 덥고, 현기증이 나고, 초조하거나 피로해졌다. 그러나 그런 느낌들은 익숙했다. 게다가 빨리 왔다 빨리 사라지곤 했다. 나중에는 훨씬 불쾌한 순간이 찾아왔다. 도무지 뭔지 모를 이상한 이미지가 내면의 눈앞에 어른거리는가 하면, 낯선 유령 같은 목소리가 귀에 울리고, 곤충이 살갗을 스멀스멀 기어 다니는 것 같았다. 그러나 이런 가벼운 환각도 곧 증발해버렸다. 한동안 랄라는 자신이 다중인격이라는 생각이 들었다. 그러나 그런 당혹스러운 느낌도 곧 사라졌고, 언젠가부터 깊은 안정과 피곤함이 몰려들었다. 그래서 잠이 들고 말았다.

랄라는 이 모든 짓거리를 외부의 누군가가 하고 있으며, 그러는 이유는 고통을 가하는 수법과 매한가지로 도무지 알 수가 없다는 사실을 분명히 인식했다. 랄라는 그런 날들을 오래 겪는 동안 자신이 계속 움직이고 있다는 느낌이 들었다. 단 일 밀리미터도 꼼짝할 수 없는 상황에서 그토록 느낌이 강렬한 적은 없었다. 이제야 비로소 그녀는 자기 안에 얼마나 생명의 에너지가 넘치고 있는지 새삼 깨달았다. 잠잘 때도 다르지 않았다. 피가 쏴쏴 하면서 혈관을 타고 돌고 심장이 박동 치듯이 그녀의 내면은 분주했다. 마치 거대한 도시 같았다. 그런데 적이 성문 앞에 나타나 도시를 포위하자 전보다 훨씬 분주해진 것이다. 아니다. 두려워하고 절망할 이유는 없다. 어쨌거나 도시가 포위를 당하면 무기를 들 준비를 해야 하는 것이 아닌가?

우르스의 첫 번째 싸움

우르스는 아름다운 죽음의 극장에 발을 들여놓았을 때 이미 죽을 각오를 하고 있었다. 심지어 싸울 생각조차 없었다. 저항할 마음이 없었기 때문이다. 칼을 손에 든 것은 상대의 발 앞에 내던지기 위해서였다.

우르스는 옴짝달싹 못하게 사슬에 묶인 채로 벌써 여러 날을 포로석에서 극장에서 벌어지는 싸움을 예의주시했다. 어떻게 해서 모든 볼퍼팅어가 이 병든 세계에 빠져들었는지, 그리고 이곳 주민들을 움직이는 동기는 무엇인지 그는 아직 알지 못했다. 그러나 그동안 이 극장의 비열한 시스템을 살펴본 결과 탈출구는 없다는 것을 알게 됐다.

탈출의 가능성은 없었다. 볼퍼팅어는 하나씩 중무장한 군인들에 의해 경기장으로 끌려 나왔다. 한 무리의 구리병정들이 감시하며 화살을 겨누고 있었다. 외부의 도움을 기대할 수도 없었다. 이 체제에 순응해서 극장의 검투사가 되는 수밖에 다른 도리가 없었다. 지금까지는 볼퍼팅어에게 용병이나 돈을 주고 고용한 살인자들을 붙였다. 그러나 볼퍼팅어가 동료 볼퍼팅어에게 칼을 겨눠야 할 날이 오는 것은 시간문제라는 걸 우르스는 알고 있었다. 그건 바로 자기 종족의

674

멸망의 시작이고 그런 광경을 지켜본다는 건 견딜 수 없는 일이었다. 우르스는 볼퍼팅어가 볼퍼팅어를 죽이는 광경을 보게 되기 전에 죽으려 했다.

지금까지 싸움은 하나같이 볼퍼팅어에게 유리하게 끝났다. 하나를 상대하든 여럿을 상대하든, 상대가 야수든 노련한 도살자든 마찬가지였다. 비열하게 처형당한 오른트 라 오크로를 제외하고는 모든 볼퍼팅어가 경기장에서 살아 나갔다.

우샨 데루카가 모범을 보인 이후 얼마 안 돼 비알라가 인상적인 격투 끝에 쌍둥이 용병을 물리쳤다. 올레크는 투석기 하나만으로 용병 패거리를 무찔렀다. 그 이후로 나선 볼퍼팅어는 단 하나도 작은 부상조차 입지 않았다. 그러나 우르스는 결심을 굳혔다. 지금까지 아무도 죽이지 않았고 앞으로도 그럴 것이다. 오늘은 악몽의 세계와 이별하는 날이었다. 그는 또 거기에 어떤 신조를 결부시켰다. 무기를 들지 않겠노라고 한 다짐 말이다.

용병과 구리병정들이 우르스를 독방에서 경기장 앞까지 호위했다. 바로 여기서 볼퍼팅어는 탁자에 가득한 무기 중에서 선택을 하게 된다. 우르스는 되는 대로 짧은 검을 들고 격투장으로 들어섰다.

약한 박수가 그를 맞았다. 관객들은 이제 볼퍼팅어가 대단하다는 건 알게 됐지만 환호와는 거리가 멀었다. 우르스의 상대는 나무만 한 몸집에 근육질인 멧돼지족이었다. 온몸에 철사처럼 억센 검은 털이 무성했다. 갈기는 쪽을 쪘는데 그 안에는 화려한 옥을 수없이 달고 작은 뼈와 이빨까지 달았다. 엄니 사이에 거대한 황금 코걸이를 하고 허리띠를 둘렀다. 띠에는 가죽 칼집에 여섯 개의 칼이 꽂혀 있었다.

"이름이 뭐냐?"

상대가 다가오자 우르스가 물었다. 이름이 정말 궁금해서는 아니었다. 그는 생애의 마지막 한마디를 "날 죽여라, 아무개야!"로 맺고 싶었다. 그러자면 상대의 이름을 제대로 채워 넣어야 했다.

다손이 에벨

"넌 몰라도 돼, 꼬마야. 하지만 말해주지. 이 세상에서 듣게 될 마지막 말이니까. 내 이름은 다손이 에벨이다."

칼 손잡이를 쥔 우르스의 손에 힘이 들어갔다. 에벨? 양아버지 코람 마로크를 죽인 게 바로 에벨이라는 자였다.

"다손이 에벨이라고?"

시커먼 털북숭이가 고개를 끄덕였다.

"코람 마로크라고 아나?" 우르스가 물었다.

"그게 어쨌다는 거야? 청문회 하나?"

"코람 마로크란 이름 몰라?"

"몰라. 난 몰라."

칼을 쥔 우르스의 손이 느슨해졌다.

멧돼지족이 손으로 이마를 짚더니 "잠깐. 잠깐만!" 하고 말했다.

"코람…… 코람 마로크? 그게…… 그게…… 상처 네 군데 있는 그 개 족속 아닌가? 맞아! 그러니까…… 가만있어봐, 겨울 언제였지! 벌써 몇 년 됐네! 그놈은 노르트엔드 최고의 대리결투자라고 했지. 끈질긴 놈이었어. 하지만 기술은 없었지. 내가 놈의 머리통을 쪼갰지. 양손 쪼개기 수법으로 말이야."

칼을 쥔 우르스의 손에 다시 힘이 들어갔다.

그는 새로 결심했다. 오늘만은 죽지 않으리라. 다른 자가 죽게 될 것이다.

"그럼 시작하지, 에벨." 그가 말했다. "번개 같다는 네 손 좀 보자."

이날 아름다운 죽음의 극장에서는 놀라운 결투가 벌어졌다. 많은 관객들이 가장 기억에 남는 결투라고 꼽을 정도였다. 놀랍다고 하는 이유는 이 극장에서 벌어진 싸움 중에서 가장 오래간 결투였기 때문이다. 놀랍다고 하는 또 한 가지 이유는 처음 몇 합을 겨루자마자 승자가 누가 될지 뻔해진 상황에서 그렇게 오래 계속됐기 때문이다. 다손이 에벨은 아름다운 죽음의 극장에서 패해본 적이 없는 검투사 중 하나였는데도 이 꼬마 볼퍼팅어와 맞서서는 일말의 기회도 얻지 못했다. 번개처럼 손이 빨라 수많은 손을 가진 것 같다는 별명에 걸맞은 면모를 과시할 기회를 도무지 잡지 못했다. 싸움 시작 일분도 안 되어서 우르스는 그의 오른 팔목 힘줄을 끊어버렸다. 그래서 에벨은 왼손만으로 싸울 수밖에 없었다. 우르스는 싸움이 시작되는 순간부터 끔찍한 결말에 이를 때까지 그에게 수많은 상처를 입혔다. 에벨은 단 한 번만이라도 우르스를 쳐보려고 겁 없이 달려들었지만 그때마다 당했다. 수 시간 동안의 격투 끝에 에벨은 마침내 우르스에게 죽음의 자비를 베풀어달라고 애원했다.

이 싸움에서 가장 놀라운 점은 우르스가 최후의 일격이라는 자비를 결코 베풀지 않았다는 사실이다. 에벨은 단말마의 고통을 끊고자 스스로 제 칼 위에 고꾸라졌다.

"저 퍼볼어팅는 구누냐?"

가우납은 에벨이 피범벅이 돼 널브러진 것을 보고 물었다. 그는 끝없이 계속되는 싸움에 저도 모르게 황홀경에 빠져들었다가 이제야 깨어난 듯했다.

"놈저 름이이 야뭐?"

"저자는, 에, 우르스입니다."

프리프타르가 대답했다. 아름다운 극장의 총책임자로서 등장인물의 이름을 알아두는 숙제를 철저히 해두었던 것이다.

"저 놈 에맘 네드! 를상대 게저렇 힌괴롭 놈은 처음 다봤. 승우보 후 단명에 올려." 가우납이 말했다.

"저도 그렇습니다." 프리프타르가 말했다. "저도 상대를 저렇게 괴롭힌 놈은 처음 봤습니다. 당연히 우승후보 명단에 올리겠습니다."

"깍짹깍짹 군장이 저걸 못 본 게 이로유감군. 그 친구 루하 일종 어디 가 혀처박 는있 거야?"

"네, 짹깍짹깍 장군이 저걸 못 본 게 정말 유감입니다. 하루 종일 뭘 하고 있는지 저도 모르겠습니다. 자기 성탑에 틀어박혀서 방해받고 싶지 않다고 했답니다. 가끔이라도 극장 수비대장으로서의 의무를 이행하면 좋을 텐데. 전하의 이름으로 극장에 나오라고 명령을 내릴까요?"

"아하, 어됐. 쁜바 일이 는있 이모양지. 해방고하 싶지 다앉." 왕이 가로막고 나섰다.

"네, 전하. 짹깍짹깍 장군은 중요한 일로 바쁜 모양입니다. 헬의 안녕을 위해서겠지요."

프리프타르가 손뼉을 쳤다. 그러자 공짜 빵을 군중에게 나눠 주었다. 그런 다음 그는 우르스의 이름을 우승후보 명단에 올렸다.

위그드라 질의 제국에서

"여기 지하세계에는 내 뿌리가 곳곳에 있어."

엘름이 큰 소리로 말했다. 그는 지치지도 않고 루모보다 앞서 뛰면서 펄쩍 뛰어오르는가 하면 종종 가쁜 숨을 몰아쉬기도 했지만 청산유수 같은 수다는 그칠 줄 몰랐다. 위그드라 질은 틈만 나면 떠들어댔다.

"저기, 저기, 저기, 그리고 저기, 보이지? 내 뿌리는 눈이고 귀야. 난 어디에나 있지. 내가 자라는 곳이 바로 나의 세계야. 하지만 내가 자라지 않는 곳은 나한테는 끝이야. 알겠지? 내 관점에서 보면 넌 이제 아무것도 아닌 데로 들어가는 거야. 이 동굴을 나가면 무슨 일이 벌어지고 있는지 난 몰라. 소문만 들어서 아는 정도지. 가끔 내 미로에 잘못 들어선 방랑객한테 이런저런 질문을 퍼붓곤 하지. 하지만 그런 일은 드물어. 그리고 이 아래에서 오가는 녀석들이 뭘 하려는 건지 제대로 아는 사람도 없어."

"난 알아." 루모가 말했다.

"에이." 엘름이 소리쳤다. "네 얘기가 아니야! 넌 다르지. 넌 낭만적인 사명을 띤 방랑객이지. 보석함을 건네주어야 하니까."

"헬 얘기 좀 더 해봐." 루모가 말했다.

"말한 대로 소문이야. 그 이상은 해줄 게 없어. 여기서 산적 하나를 만났는데 헬과 저 위 세상을 오가는 자였어. 아주 말이 많은 자였지. 그자가 헬의 주민은 하얀 악마고 포로들을 거대한 극장에서 고문해 죽인다고 하더구나. 무슨 얘긴지 알겠니?"

"브라호크족이 뭐야?" 루모가 물었다.

엘름은 갑자기 멈춰 서더니 뒤를 돌아다보았다. 루모도 멈춰 섰다.

"브라호크?" 위그드라 질이 물었다. "브라호크가 뭔지 알고 싶니? 솔직히 말해 내가 들은 얘기는 너무 무시무시해서 그대로 옮기고 싶지 않아. 브라호크가 정말 있는지도 확신할 수 없고. 일부에서는 모든 걸 잡아먹는 괴물이라고 하지. 거미보다 다리가 많고 몸속이 훤히 비친다고도 해. 어떤 사람들은 놈들의 치명적인 무기는 오직 악취라고 한단다."

엘름이 서둘러 앞으로 나아가자 루모도 뒤를 따랐다.

"어디까지 데려다줄 거야?" 루모가 물었다.

"말했듯이 뿌리가 있는 데까지야." 위그드라 질이 답했다. "내 뿌리가 끝나는 곳이 내 제국의 국경이야. 거기까지 데려다줄게. 거의 다 왔어. 그 다음부터는 네가 알아서 해야 돼."

"정말 큰 도움이 됐어." 루모가 답했다.

"네가 어디든 자유롭게 돌아다닐 수 있다는 걸 내가 부러워한다고는 생각하지 마라. 그건 허무한 거야. 내 철학으로는 모든 생명체는 나무야, 알겠니? 누구나 언젠가는 뿌리를 내리게 되지. 너도, 언젠가는 알게 될 거야. 그러면 너도 나이테가 쌓이고 나이가 들고 퉁퉁해질 거야. 나처럼 말이야."

"그럴 수 있겠지." 루모가 말했다.

"랄라가 죽었으면 어쩔 거냐?" 위그드라 질이 단도직입적으로 물었다.

"뭘?"

"그래, 불길한 생각은 말아야지. 하지만 생각은 해봤을 거 아냐?"

"아니."

"그런 생각은 하고 싶지도 않다, 이거야?"

"응, 아니라고."

"넌 한마디로 끝내는 걸 좋아하지, 그렇지?"

"응."

터널이 한결 넓어졌다. 사방 벽에서 뻗어 나오는 공기뿌리도 점점 드물어졌다. 엘름의 목소리도 차츰 가늘고 낮아지는 것 같았다.

"자, 여기서 내 영향권은 끝이야." 그가 말했다. "이제 감상적인 얘기 따위는 여기서 접어야겠구나. 그래도 네가 우리 보석함을 가지고 가니까 너랑 같이 미지의 세계로 들어가는 기분이다. 말하자면 내 분신을 남긴 거야. 보석함 형태로 말이야."

"음." 루모가 말했다.

"'음'도 한 마디니?" 위그드라질이 물었다. "우리가 나눈 심오한 대화가 그리워질 거야."

터널은 차츰 넓어지더니 거대한 공간으로 바뀌었다. 거대한 줄기들이 높이 치솟다가 너울거리는 푸릇한 안개 속으로 사라졌다. 거대한 나무들이 저 멀리 눈 닿는 곳까지 끝없이 이어져 있었다.

"저게 사자(死者)의 숲이야." 엘름은 속삭이면서 발걸음을 멈췄다. "지하세계의 가짜 숲이지."

루모는 좀 더 자세히 들여다보았다. 줄기들은 회색에 생명이 없었는데도 쉼 없이 안개에서 가늘게 떨어지는 보슬비를 맞아 반짝였다.

"이 숲은 나무가 아니라 돌로 된 거야." 위그드라질이 말했다. "저건 종유석이야. 수백만 년 동안 동굴 바닥과 천장 사이에서 자란 거지. 사자의 숲에 관한 소문은 많아. 특히 겉보기처럼 그렇게 생명이 없는 게 아니라는 얘기가 있어. 이제 조심하란 말밖에 더 해줄 말이 없구나."

"그럴게." 루모가 약속했다.

"사자의 숲을 통과하고 나면 헬에 거의 다 온 거야. 저 돌나무 줄기에 붙은 검은 버섯을 따라가. 검은 버섯은 헬이 있는 쪽으로 자란다니까." 엘름은 경고하듯이 앞발을 치켜들었다. "그리고 또 하나! 절대 검은 버섯을 먹으면 안 된다. 아무리 배가 고파도. 그건 사자의 숲에서 유일한 먹을거리지만 사람을 미치게 만든대. 검은 버섯을 먹으면 저 돌나무 위로 드리워진 안개 속에 사는 유령으로 변한다는 소문도 있어."

"정말 소문 박사네." 루모가 말했다.

"그래." 위그드라 질이 한숨을 쉬었다. "여기서 헤어져야겠다. 그리고 앞으로 네가 갈 길에 대해 내가 준 정보는 다 전해 들은 얘기야. 정말 잘되기를 빈다, 루모. 보석함 조심하고!"

엘름은 갈지자로 뒷걸음질 치며 터널로 들어가더니 뿌옇한 미로 속으로 사라졌다.

루모는 돌아서서 돌로 된 숲으로 들어섰다.

광기의 약물

쩍깍쩍깍 장군이 자기 자신 이외의 무언가에 대해 자부심을 느낀 것은 처음이었다. 물론 그는 자신에 대해서, 대담한 과학적·기술적 비전을 실현한 업적에 대해서도 자부심을 갖고 있었다. 그러나 가장 자랑스러운 것은 랄라였다. 이 여자 볼퍼팅어의 삶에 대한 의지가 비범하다는 것을 그는 처음부터 알아챘다. 그러나 죽음에 대해 그토록 처절한 부정을 보여줄 줄은 미처 몰랐다. 이전의 그 어떤 실험대상보다 오래 구리처녀 속에 들어가 있었건만 죽음온도계는 아직 팔십 아래로 떨어진 적이 없었다. 좀 살살 하는 기간도 벌써 지났다. 이제는 랄라에게 요구하는 고통의 강도가 이전의 범법자들이 견뎌내던 수준을 훨씬 넘어섰다. 그 힘이며, 그 분노! 어떤 전쟁터에서도 그토록 엄청난 의지는 접해본 적이 없었다. 백 명의 적을 다 그러모아도 그런 정도는 아니었다.

게다가 최근 며칠 동안 그녀에게 해볼 건 다 해보지 않았던가! 하루 종일 엘릭시르를 투여해 감각의 민감성을 최고로 끌어올리기도 하고, 비수에 찔린 것처럼 고통스러운 근육경련을 유발하는 즙을 투여하기도 했다. 그러나 랄라는 소리 한 번 지르지 않았다. 맥박이 아주 빨라지면서 호흡이 가빠지고 경련이 일기도 했지만 그밖에 이렇다 할 반응은 거의 없었다. 그러다가 신체기능이 저절로 조절되면서 잠이 들었다. 순전히 기진맥진한 탓이었다. 이렇게 강인한 여자가 또 있을까!

그렇다. 쩍깍쩍깍은 랄라가 자랑스러웠다. 그러나 관계라는 것은 결국 상호존중이 있어야 형성되는 것이기 때문에 쩍깍쩍깍은 다음 날 그녀에게 존중을 표시할 계획이었다. 이를 위해 그녀의 가장 민감한 기관에 전심을 기울일 작정이었다. 그것은 랄라의 두뇌였다.

쩍깍쩍깍은 독약 찬장으로 가서 병 하나를 꺼내 거기 붙은 딱지를 한동안 살펴보았다. 벌써 얼마 전에 한 연금술사에게 공포를 유발하는 약물을 개발하라는 과제를 준 바 있다. 병에 든 내용물이 바로 그 결과였다.

이제 공포를 유발하는 약물은 많아졌다. 하지만 하나같이 대립적인 성분을 포함하고 있었다. 즉 원기를 돋우거나 안정시키는 성분이 함께 들어 있어서 복용하는 자는 황홀감과 공황 상태를 번갈아 오갔다. 그래서 그 연금술사는 자신이 선택한 독약 흰독말풀, 벨라도나류의 가짓과 식물, 사자의 숲에서 캔 마녀모자버섯 등등 에서 유쾌함을 유발하는 부분을 제거하는 작업을 시작했다. 독을 화학성분별로 녹여서 원래 의도를 저해하는 요소를 제거하는 것이었다. 이어 세 가지 독 추출물을 한데 녹여 환각 상태에서 공포를 유발하는 독특한 독약으로 만들었다.

연금술사는 새 약물을 쩍깍쩍깍 장군한테 바치기 전에 다시 한 번 깊이 생각했다. 이게 정말 그의 요구를 만족시킬 수 있을까? 이제 헬에 사는 사람이라면 누구나 장군의 눈 밖에 나면 사형선고나 다름없다는 걸 알고 있었다. 어떻게 하면 약물의 효과를 끔찍할 정도로 극대화시켜서 쩍각쩍각 장군을 확실하게 만족시켜드릴 수 있을까?

바로 그때 획기적인 아이디어가 떠올랐다. 그는 자신의 아이디어를 실현하고자 오래된 빚을 청산하고 몇 사람에게 뇌물을 쓰고 또 일부에게는 이런저런 약속까지 해야 했다. 그리하여 결국 원하는 것을 얻어냈다. 그것은 딱 한 방울의 붉은 물질로, 아주 작은 시험관에 들어 있었다. 그는 서둘러 실험실로 달려가 작업에 들어갔다. 이 붉은 액을 코른자이프 변환 인공 고지혈증화 처리를 거쳐 감압동결건조해서 수화(水和)시킨 다음 최종적으로 극소량의 붉은 분말을 얻어냈다. 겉으로 보기에는 사프란 분말 같았다. 이어 분말을 알코올에 녹이고 독약추출물을 섞었다. 좀 간단히 말하면 연금술사는 가우납 99세의 피 시료 극소량을 독약에 섞은 셈이다. 그건 필요한 만큼 랄라에게 광기다운 광기를 불러일으키기 위한 것이었다.

하라의 첫 번째 싸움

하라는 손에 든 검을 살펴보았다. 무거운 느낌이 들었다. 거추장스럽고, 바보 같고, 멍청하다는 느낌이었다. 그는 식칼의 의미를 빵을 자르는 데 쓰는 것으로 이해했다. 그런데 검은 도대체 어디다 쓴단 말인가?

물론 하라는 검이 전투에 적합하다는 것을 알고 있었다. 죽이는 데 쓰는 것이다. 그러나 그게 바로 그가 받아들일 수 없는 이율배반이었다. 이런 태도 덕분에 그의 볼퍼팅어로서의 삶이 반드시 더 편해진 것은 아니지만 어쨌든 그는 그렇게 생각했다. 그는 타고난 전사 종족의 일원으로 세상에 나왔지만 싸우고 싶은 마음은 추호도 없었다.

미드가르드의 하라는 교사가 되었다. 검을 휘두르지 않아도 볼퍼팅어로서 삶을 꾸려갈 수 있다는 것을 젊은이들에게 보여주어야겠다는 소명의식을 느꼈기 때문이다. 며칠 전 볼퍼팅에서 잠자리에 들 때만 해도 이런 확신이 있었는데 이제 어딘지도 모를 곳에서 전혀 알지도 못하는 족속 수천 명이 지켜보는 가운데 격투장에 오른 것이다. 그것도 손에 검을 들고. 사람들이 다음 차례로 그가 싸우는 걸 원했는지 모를 일이다.

하라가 다른 사람에게 검으로 낸 유일한 상처는 머리를 벤 자국이었다. 그때의 상처를 볼퍼팅 시장 요들러는 아직도 달고 다녔다. 붉은 무리와 검은 무리 사이에 벌어진 싸움에서 얻은 상처였다. 그러나 그건 볼퍼팅의 불량학생들끼리 벌인 패싸움 수준이었고, 당시 하라가 세게 휘두른 칼은 목검이었다. 하라는 요들러가 쓰러져 피를 철철 흘리자 무서워서 죽을 것만 같았다. 그러나 잠시 후 요들러는 다시 눈을 떴고, 하라는 평생 다시는 검에 손을 대지 않겠노라고 결심했다. 그는 손에 들린 물건을 보자 다시 혐오감이 일어 모래바닥에 내던졌다.

이것이 무슨 신호라도 되는 양 동시에 바닥이 열리면서 아름다운 죽음의 극장 지하실에서 우리 두 개가 올라왔다.

튼튼한 창살 사이로 하라의 눈에 들어온 것은 부스스한 회색 털 가죽에 아가리가 놀랄 만큼 큰 동물 두 마리였다. 머리털은 짧고 눈처럼 하얬다. 노란 눈에 생기가 돌지 않았더라면 죽은 자의 머리라는 생각이 들 정도였다. 이건 뭘까? 하라의 생물학 지식 수준은 학교에서 대표수업을 맡을 정도였다. 그러나 이 동물은 도대체 어떤 과로 분류해야 할지 알 수가 없었다. 야생 원숭이 종류일 텐데.

프리프타르가 점잖게 신호를 하자 우리에서 딸깍 소리가 나더니 격자문이 확 열렸다. 순간 느닷없이 풀려난 두 동물은 어쩔 줄을 모르는 것 같았다. 이러지도 저러지도 못하고 그저 우리 안에서 당혹스러운 듯이 꿀꿀거렸다. 둘 다 묵직한 곤봉을 하나씩 들고 있는 것이 보였다.

하라는 이제 가는 게 낫겠다고 생각했다. 그런데 어디로? 경기장 문은 다 잠겼다.

두 놈이 마침내 우리에서 나왔다. 왁자지껄한 관중들 탓에 주눅이 든 것 같았다. 사람들이 빵과 과일을 던지자 놈들은 슬슬 움직이면서 감정이 격해졌다. 날카로운 소리를 지르면서 펄쩍펄쩍 뛰어다니며 곤봉을 휘둘렀다. 마침내 놈들의 관심이 하라에게 쏠린 것이다. 그는 여전히 뭔가를 기다리며 서 있었다. 원숭이들은 예의주시하면서 하라의 주변을 맴돌았다. 그렇다. 어슬렁거리는 품새를 보니 원숭이임이 분명했다.

곤봉이 처음으로 하라의 어깨뼈와 목 사이를 강타했다. 하라는 별로 아프지 않다는 것이 오히려 당혹스러웠다. 그냥 타격을 느낄 뿐이었다. 그의 몸에서는 극심한 고통도 중화시키는 어떤 물질이 분비되고 있음이 분명했다. 이런 사실을 알게 됐다는 것은 그나마 위안이었다. 그러나 하라는 이런 상황에 처했다는 사실 자체가 내키지 않았다. 책이나 읽고 있으면 좋으련만.

두 번째 곤봉은 머리에 맞았다. 세 번, 네 번 가격을 당하자 하라는 바닥에 쓰러졌다.

아니다. 이런 세상에서는 영웅이 될 수 없다고 하라는 생각했다. 차모니아 영웅학 개론에서 영웅의 개념을 어떻게 잡든지 마찬가지다. 그는 날뛰는 원숭이들을 다시 한 번 올려다보았다. 곤봉 세례가 계속되자 사방이 캄캄해졌다.

프리프타르는 가우납에게 절을 했다.

"사자의 숲 원숭이입니다." 그는 큰일이라도 한 양 폼을 잡으며 임금에게 설명을 했다. "저 야생 원숭이들은 오로지 전하께 기쁨을 드릴 목적으로 잡아서 길들인 것입니다. 불을 무서워할 줄 알고, 곤봉 다루는 법을 가르쳤습니다. 우리 극장에 한껏 즐거움을 선사할 것으로 사료되옵니다."

프리프타르는 만족스러운 듯이 미소를 띠었다. 이제 실로 헬의 주민이 자신감과 자부심을 가질 수 있도록 뭔가를 할 때가 되었다. 그는 볼퍼팅어가 하는 싸움이 국민을 불안하게 하는 걸 보면서 차츰 불쾌해졌다. 극장 최고의 전사들이 차례로 쓰러져갔고, 뱃사공 나겔파, 용병 쌍둥이, 다손이 에벨 같은 인기 검투사를 잃었다. 이제 볼퍼팅어가 경기장의 먼지 속에 고꾸라져야 할 때가 됐다. 그래서 자기가 직접 나서 털이 희고 나이가 든 원숭이를 고른 것이다. 이제 볼퍼팅어는 원숭이들의 먹잇감이 되었고, 예전의 멋진 처형 장면이 그대로 되살아났다.

"무슨 움싸이 렇저게 심한한가?" 가우납이 혀를 찼다. "넌 슨무 각생을 한 거야? 응?"

프리프타르는 안절부절못했다. 그제야 비로소 박수 소리가 안 들린다는 걸 알았다. 들리는 건 야유와 삑삑거리는 휘파람 소리뿐이었다.

"관중의 야유 소릴 들어봐! 이 청멍아!" 가우납은 격노했다.

프리프타르는 어쩔 줄 몰랐다. 이런 반응은 전혀 예상치 못한 것이었다. 그런 스타일의 격투는 늘 큰 반향을 불러일으켰고 왕도 줄곧 환호했다. 그런데 이제 관객은 야유의 휘파람을 불고 왕은 화가 머리 꼭대기까지 난 것이다. 아름다운 죽음의 극장에서 그의 예민한 감각으로도 포착하지 못한 어떤 변화가 일어난 것인가? 프리프타르는 무슨 말을 해야 할지 난감했다.

"그게, 제 생각에는⋯⋯." 그가 말문을 열었다.

"네 각생이라고!" 왕이 격노했다. "언제부터 네가 생각을 해? 각생은 나한테 겨말, 이 리머저야! 똑바로 해!"

왕의 눈에는 역대 가우납 가문의 광기가 한데 뭉쳐 불타고 있었다. 프리프타르는 왕이 다음에 무슨 말을 할까 노심초사했다. 말 한마디 잘못하거나 오해받을 소지가 있는 제스처를 해도 그 상황 자체가 자칫 죽음을 면치 못하게 돼 있었던 것이다.

"황공하옵니다, 전하, 제 잘못이옵니다! 다음번에는 전하의 고귀하신 요구와 민중의 바람에 부합하는 결투를 마련할 것을 확실히 약속드리는 바입니다. 참으로 무안하고 부끄러워 머리를 들지 못하겠나이다." 그는 비굴하게 떨리는 목소리로 말했다.

"그래, 들지 마!" 가우납이 씩씩거리며 말했다. "들지 마, 죽을 때까지!"

그러고는 자문관에게 방석을 집어던졌다.

프리프타르는 몸을 굽힌 채 뒷걸음질하며 물러났다. 그는 언제 머리를 쳐들고 언제 고개를 조아려야 하는지 알고 있었다. 그래서 한동안은 찌그러져 있어야겠다고 생각했다.

4

우코바흐와 리베젤

"숲치곤 참 썰렁하군." 사자이빨이 말했다. "돌로 된 나무에 우듬지는 안개라. 비는 줄창 내리고. 이러니 흉측한 검은 버섯만 자란다는 게 놀라운 일도 아니지."

위그드라 질의 말이 맞는다면 사자의 숲에서 방향을 찾기란 간단했다. 돌나무의 줄기에는 갓이 작고 뾰족한 검은 버섯이 수북했다. 그런데 다 한 방향으로 자라고 있었다. 이게 헬 방향이었으면 하고 루모는 간절히 바랐다.

"저거 저 위 큰 숲에도 있다." 그린촐트가 말했다. "젊은 시절에 반 년을 저것만 먹고 지내야 했다. 숲에 살 때 말이야. 익숙해져. 뒤숭숭한 꿈을 꾸고 차원이 전혀 다른 정신 나간 음악이 들리지. 한 달 동안을 생각이 뒤로 가고 모든 게 흑백으로 보였어, 그리고……."

"쉿!" 루모가 갑자기 멈춰 섰다.

"뭐야?" 사자이빨이 물었다.

"두 목소리가 숲 어딘가에 있어. 그렇게 멀지 않은 곳이야." 루모가 말했다.

"유령이겠지. 위그드라 질이 그랬잖아. 위험할 것 같니?"

"아니. 유령은 아니야. 서로 싸우고 있어."

"왜 싸우는데?"

루모가 귀를 쫑긋했다. "쓰잘데기 없는 소리야. 하지만 헬에 관한 얘기야. 좀 더 들어봐야겠어."

"거 좋은 생각이네. 그러고 나서 고문해 죽이자!" 그린촐트가 말했다.

"물론이지!" 사자이빨이 한숨을 쉬었다. "그래야지."

루모는 둘 앞에 유령처럼 나타났다. 숨바꼭질하듯이 돌로 된 거대한 줄기 뒤에 숨었다가 살그머니 다가가고 다시 숨었다가 다가가는 식이었다. 그는 칼을 들고 기둥 사이에서 튀어나와 두 방랑객의 길을 가로막고 섰다.

그들은 놀라 자빠질 뻔했다. 하기야 루모도 적잖이 놀랐다. 둘의 생김새가 지금까지 본 그 어떤 족속과도 닮지 않았기 때문이다.

큰 쪽은 키가 루모의 가슴에 오는 정도였다. 호리호리하고 알비노처럼 하얀 피부에 머리에는 뿔이 두 개 달렸다. 야릇한 검은 옷에 앙상한 나무창을 들고 있었다.

다른 쪽은 더 이상했다. 키는 동행자의 반밖에 안 되는데 게 머리에 손은 집게발이고 발은 닭발이었다. 또 머리에는 깔때기를 썼고 나무통을 옷으로 걸쳤다.

말이 안 나왔다.

"볼퍼팅어군!" 큰 친구가 씨근거리며 떨리는 창으로 루모를 겨눴다.

"그렇다." 루모가 말했다. "난 볼퍼팅어다. 너희는 누구냐?"

"내 이름은 우코바흐다." 큰 친구가 말했다.

"그리고 난 리베젤이다." 작은 친구가 말했다.

"어디서 왔어, 어디로 가는 거지?"

"우린 헬에서 왔다!" 우코바흐가 답했다.

"그리고 우린 지상세계로 갈 거다!" 리베젤이 답했다. "눈의 우르스의 이름으로 맹세한다!"

둘이 주먹을 치켜들었다.

루모는 깜짝 놀라 물었다.

"우르스라고? 눈의 우르스를 알아?"

우코바흐와 리베젤

우코바흐와 리베젤은 헬의 두 다수 종족의 일원이었다. 우코바흐는 상류층 헬링이었다. 가우납 왕가와는 먼 친척으로 귀족이었다. 반면에 리베젤은 하류층 출신으로 연금술사들이 이것저것 섞어 만든 인조인간 호문켈이었다. 호문켈은 헬 사회의 최하층을 구성했다.

우코바흐 가문은 곳곳에 진출해서 헬의 정치에 상당한 영향력을 행사하고 있었다. 정치와 군의 지도부와 연결돼 있었고 일부는 궁정의 고관으로 진출했다. 우코바흐는 헬에서 극소수만이 누릴 수 있는 교육을 받았다. 그래서 언젠가 왕을 아주 가까운 거리에서 보좌하는 고위직에 오를 것이라는 기대를 한 몸에 받았다.

반면에 리베젤은 가문이랄 게 없었다. 다른 호문켈과 마찬가지로 아버지도 어머니도 없었다. 연금술사가 만든 저 죽에서 솟아난 것이다. 헬링들은 그걸 어미죽이라고 불렀다. 호문켈은 헬에서 가장 힘들고 누추한 일을 해야 했다. 권리도 없고 법률적 보호 대상도 아니었다. 그래서 호문켈을 죽여도 범죄가 아니었다. 헬 출신이라면 우코바흐와 리베젤보다 더 큰 신분의 차이는 상상할 수 없었다.

리베젤은 어릴 적부터 우코바흐의 몸종이었다. 우코바흐가 공부하는 데 같이 따라갔고 그 덕분에 주인과 똑같은 교육을 받는 혜택을 누렸다. 리베젤은 우코바흐에게는 대등한 대화 상대요 모든 문제에 관한 중요한 상담자였다. 그러면서 충실하고도 동등한 친구라는 사실은 둘만의 비밀이었다.

둘은 겉으로는 주인과 종의 관계를 조심스럽게 유지했다. 헬링과 호문켈이 친구가 된다는 건 헬에서는 으뜸가는 금기였고 그런 사실이 발각되면 리베젤은 목이 날아가기 때문이었다.

둘은 자기들끼리만 있을 때는 국가에 적대적인 위험한 혁명가로 변했다. 그들은 가우납의 전능과 무오류성을 의심했다. 아름다운 죽음의 극장에서 벌어지는 일은 예술이 아니라 야만이라고 치부했다. 도시의 음울한 건축과 공기도 혐오했다. 예술이 연금술에 억압당하는 것을 그들은 가슴 아파했다.

우코바흐는 남몰래 헬이 훨훨 불타는 작은 그림들을 그렸다. 그리고 리베젤은 왕을 조롱하는 체제 전복적인 시를 썼다. 둘은 자랑스럽게 작품을 교환하고 나서는 불안한 마음에 꼭꼭 숨겨두곤 했다. 말하자면 둘은 반란자일 뿐 아니라 예술가이자 철학자, 자유사상가이자 몽상가였다. 중요한 문제치고 둘이서 가차 없는 토론을 벌이지 않은 것은 없었다. 붉은 예언에 대한 해석은 정말 올바른가? 헬은 진

짜 지하세계의 중심인가? 지상세계의 낯선 도시를 습격해서 주민들을 노예로 만드는 것은 정당한가? 지상세계에서 햇빛에 오래 노출되면 서서히 재가 된다든가 그곳의 공기는 사람을 천천히 중독시킨다는 얘기는 정말 맞는 말인가?

리베젤은 호문켈이 가축 취급을 당하고 얻어터지고 맞아 죽는 것을 절대로 당연시하지 않았다. 그가 현실에 순응하는 것은 달리 도리가 없기 때문이었다. 그나마 천만다행으로 우코바흐의 종이 된 운명에 감사하고 있었다. 그러나 그렇다고 해서 헬을 탈출하고야 말겠다는 평생의 꿈을 포기하지는 않았다.

우코바흐도 헬의 현실에 염증을 느꼈다. 자신이 속한 계층이 도시의 다른 주민들을 무지와 경멸로 대하는 것이 고통스러웠고 집안에서 정치적 경력 운운하며 을러대는 것도 끔찍했다. 생각할 수 있는 모든 사치와 안락을 누릴 수 있었지만 빛을, 하늘을, 구름과 비를, 불어오는 바람과 거친 물결을 꿈꾸었다. 낮이 밤으로 바뀌는 도시들을 꿈꾸었고, 낯선 생명체는 물론이고 리베젤과 함께 연금술사들의 연구보고서에서 알게 된 그 모든 기적을 꿈꾸었다. 둘은 지상세계에 대한 열망을 서로 북돋았고 그런 열망은 하루하루 강렬해져만 갔다.

그러나 마음 깊은 곳에는 학교 수업시간에 배운 온갖 위험에 대한 두려움이 자리하고 있었다. 얼음유령과 누르넨, 거대한 흡혈나방과 사자의 숲 원숭이 등등에 대한 상상은 끔찍했다. 지상세계 입구로 가는 길은 너무도 위험했다. 게다가 공식 허가 없이 그 길에 발을 들여놓는 것은 금지돼 있었다.

그렇다. 우코바흐와 리베젤은 비겁하다고 할 수 있었다. 적어도 인상적인 체험을 하게 되는 그날까지는 그랬다. 둘의 삶을 바꿔놓는 사건은 아름다운 죽음의 극장에서 일어났다. 눈의 우르스가 첫 번째 결투를 성공적으로 마친 바로 그날이었다.

우코바흐는 아름다운 죽음의 극장을 혐오했다. 처음 몇 차례 부모님과 함께 구경 가지 않을 수 없었던 시절부터 그랬다. 그리고 그런 느낌은 세월이 흘러도 별로 달라지지 않았다. 그와 리베젤은 그런 짓을 야만적이라고 생각했다. 방어능력도 없는 노예들을 유흥을 위해 도살하다니. 그러나 그 사교 행사에 정기적으로 참여는 했다. 반항까지 할 용기는 없었기 때문이다. 유명한 도살자 나겔파가 볼퍼팅어와 싸울 때는 예의주시했지만 모든 게 너무 빨리 끝났다. 이른바 대중의 총아는 땅바닥에 쓰러져 죽고 노예가 승리했다. 신선했다. 우코바흐와 리베젤은 이 전대미문의 사건을 놓고 긴 시간 토론을 벌였다. 쌤통이라는 느낌도 없지 않았다.

이어 눈의 우르스와 다손이 에벨의 싸움이 벌어졌다. 우코바흐와 리베젤이 그때까지 본 것 중에서 가장 흥미진진한 결투였다. 그 작은 볼퍼팅어는 죽기를 거부한 것은 물론이고 적을 죽이는 것조차 거부했다. 자비를 베푸는 마지막 일격조차 거부한 것이다. 혁명적인 일이었다! 우코바흐와 리베젤이 진정한 영웅을 보았다면 그건 바로 우르스였다. 그 이름은 그 후 들불처럼 번져나갔다. 우코바흐와 리베젤은 밤새도록 함께 먹고 마시며 그 얘기로 열을 올렸다. 그건 신호였다! 그 작은 포로는 헬의 체제 전체에 항거했고, 그건 지상세계로 가는 길을 보여주는 이정표이자 이제 탈출을 감행하라는 신호였다.

우코바흐와 리베젤은 볼퍼팅을 경유하기로 작심했다. 거기가 헬에서 지상세계로 나가는 가장 가까운 통로였다. 게다가 그 통로는 열려 있었다. 수업시간에 함정도시를 수확하는 데는 두 단계를 거친다는 걸 배웠다. 우선 함정도시로 통하는 입구를 연 다음 그곳 주민들을 납치한다. 이 과정에서 수송을 위해 전군을 동원한다. 얼마 후 군의 일부를 다시 텅 빈 도시로 보내 전에 살던 주민들의 흔적을 완전히 없애고 건물들을 새로 다채롭게 꾸민 다음 입구를 막는다. 그런 상태로 여러 해가 흐른다. 수십 년이 될 수도 있다.

"지금 못 나가면 영영 못 해." 리베젤이 말했다.

랄라의 주문

"지나간다. 곧 끝나. 지나간다. 곧 끝나."

랄라가 최근 들어 줄곧 되뇌는 주문이었다. 매번 효험이 있었다. 이 기도는 몸이 고통과 추위와 발열로 시달릴 때마다 그녀가 붙잡을 수 있는 유일한 버팀목이었다. 그리고 그녀는 고통 사이에 존재하는 순간들, 몸이 정상이고 건강하다고 느껴지는 편안한 순간들을 음미할 줄 알게 됐다.

간에 엄청난 공격이 가해지고 도저히 견딜 수 없는 구토가 몰아닥칠 때에도 랄라는 이 주문에 매달렸다. 처음에는 좀 어지럽다고 생각했다. 그러나 어지러움은 곧 끝 간 데 모를 현기증으로 곤두박질쳤다. 모든 게 빙빙 돌았다. 너무 빨리 돌아서 온 내장이 밖으로 쏟아져 나갈 것만 같았다.

지나간다. 그녀는 생각했다. 곧 끝나.

그러나 구원은 오지 않았다. 오래, 아주 오래. 욕지기가 얼마나 심했던지 잠시나마 진짜 죽고 싶었다. 그러나 다시 하나밖에 남지 않은 생각을 꽉 붙들었다.

지나간다. 곧 끝나.

그러고는 갑자기 끝났다. 매번 그랬다. 이보다 더 나쁠 수는 없다고 랄라는 생각했다. 그녀는 이제 어떤 사태도 받아들일 준비가 돼 있다고 믿었다.

공포의 얼굴

랄라의 두뇌에 대한 공격은 그 다음 날 시작됐다. 처음에는 별로 심각하지 않았다. 이상한 느낌이 몇 차례 오고, 야릇하게 불안해지더니 이상한 소리가 들렸다. 이어 불안감은 점점 심해지고, 소리는 더 날카로워지고, 느낌은 더더욱 기이해졌다. 랄라는 소리를 맛보고 색깔을 들을 수 있었다. 소름 끼치는 음악이 울리면서 쓰디쓴 기름 냄새가 났고, 친숙한 이미지와 장면들이 높이 솟아오르더니 주위에서 춤을 추었다. 탈론, 볼퍼팅, 롤프, 루모에 대한 가슴 저미는 기억들이 살아나다가 모든 게 일그러지면서 다채로운 혼돈 속으로 녹아들어 출렁이는 물결에 비친 상처럼 변했다. 친숙한 형상들은 춤추는 유령으로 바뀌면서 뼈와 살이 없는 투명한 존재로 서로 얽히고설켰다.

랄라의 생각도 마구 꼬이면서 혼란스러워지는 바람에 단 하나의 개념이나 음절도 제자리에 있는 것이 없었다.

그녀는 자신이 누군지, 어디에 있는지 생각해내려고 무던히 애를 썼건만 허사였다. 그녀의 이성은 사지를 수레에 묶인 채 거열형(車裂刑)을 당하고 있는 형국이었다. 그래서 사고는 사방으로 날아가버리고 마침내 차가운 어둠, 희망이 텅 비어버린 죽은 공간밖에 남지 않았다. 바로 그런 공간이 그녀의 내면에 열렸다. 이 깊은 나락에서 뭔가가, 어떤 위협적인 것이, 뒤죽박죽인 고통스러운 음악에 맞춰 솟아올랐다. 광기와 분노가 뒤범벅된 존재였다. 랄라는 이 환영이 역대 모든 가우납의 총합이라는 걸, 헬 왕가의 사악함과 추악함이 혼연일체가 된 것이라는 걸 알지 못했다. 얼굴에 얼굴이 겹쳐지면서 그걸 보고는 어느 누구도 견딜 수 없을 독특하고도 역겨운 상으로 변했다. 그 어떤 거울도 깨뜨려버리고 말 공포의 마스크였다. 그런데 이 흉상(凶相)이 계속 커지면서 점점 가까이 다가오자 랄라는 마침내 끔찍하기 이를 데 없는 생각에 사로잡혔다. 이게 바로 자신의 얼굴이며 자기가 느끼는 공포의 모습일지 모른다는 생각이었다.

그 순간 랄라는 자제력을 잃고 소리 지르기 시작했다. 한순간 더 버티다 소리를 지르지 않고 패배를 인정했다면 그 즉시 미쳐서 저 미치광이 왕의 뒤를 따라 뒤죽박죽 돌아버린 세계로 들어섰을 것이다.

랄라는 정신은 유지했지만 저항은 무너졌다. 그녀는 이제 죽음의 시작을 맞을 준비가 돼 있었다.

롤프의 첫 번째 싸움

롤프가 아름다운 죽음의 극장에 들어서자 사방이 쥐 죽은 듯이 고요해졌다. 모든 눈길이 그에게로 쏠렸다. 이 볼퍼팅어는 이전 볼퍼팅어보다 한결 전투적으로 보였다. 테리어 종 특유의 찢어진 눈은 위협적으로 번득였고, 유연한 걸음걸이는 철저히 훈련된 전사임을 말해주었다. 그러니 스릴 넘치는 볼거리를 기대할 만했다. 몇몇 관객이 기침하는 소리가 들렸고, 검투사들이 저 안쪽에서 숫돌에 칼 가는 소리도 들렸다. 공연에 앞서 예술가들이 악기를 조율하고 있는 셈이었다.

가우납은 기분이 나빴다. 지난번 싸움은 너무 하잘것없어서 밤새 두통으로 한숨도 자지 못한 채 프리프타르의 목을 깨물어버리라고 명령하는 목소리에 시달렸다.

"번이는에 멋진 움싸이 되기를 노라바라." 가우납이 프리프타르에게 쉿소리로 말했다. "그렇지 않으면 네가 직접 기저 가서내려 칼을 들어야 거야 할!"

프리프타르는 이런 협박을 대수롭지 않게 받아넘기려고 애썼다.

"훌륭한 싸움이 될 거라는 점을 전하게 약속드릴 수 있습니다. 전사들의 배합을 아주 독특하게 해보았거든요."

프리프타르가 손뼉을 치자 공이 울리고 경기장 주변 벽에서 여섯 개의 문이 열렸다. 전에는 못 보던 문이었다. 중무장한 여섯 전사가 나와 경기장으로 들어섰다.

첫째는 거대한 황금 도끼를 든 산(山)거인이었다.

둘째는 삼지창을 든 여우머리.

셋째는 철퇴를 든 블루트쉰크.

넷째는 검 두 자루를 쥔 멧돼지족.

다섯째는 큰 낫을 든 오지레.

여섯째는 창을 잡은 푸른숲난쟁이였다.

롤프는 경기장 한가운데 서서 천천히 제자리를 돌며 적들을 차근

차근 살폈다. 그는 여러 자루의 칼을 허리에 차고 나왔다.

롤프는 헬에서 깨어난 뒤 충분히 시간을 갖고 자신의 처지를 돌아보았다. 그가 파악한 사태는 이랬다. 무시무시하고 자칫 죽을 수도 있는 장소에 끌려와 있다. 그러나 일단 절망적인 상황은 벗어났다. 진짜 문제는 랄라가 어디에 있는지 모른다는 것이다. 그는 여동생이 아직 살아 있다는 건 의심하지 않았다. 죽음과 같은 결정적인 사태는 아직 느껴지지 않았기 때문이다. 따라서 시급한 과제는 랄라를 찾아서 구출하는 일이었다. 롤프의 전략은 아주 간단했다. 그런 기회가 올 때까지 방해가 되는 자는 다 무찌른다는 것이었다.

롤프는 제자리를 맴돌면서 누구를 먼저 공격할까 생각했다. 검? 아니다. 낫? 아니다. 창? 그래, 일단 멀리서 공격해 올 수 있는 자의 무기를 무력화시키는 것이 좋겠다. 푸른숲난쟁이다!

소리와 불

갑자기 롤프의 몸에 전율이 스쳤다. 어떤 소리였는데 극장에 있는 다른 누구도 듣지 못했다. 마치 머리끝에서 발끝까지 온몸에 팽팽하게 메겨놓은 시위를 뚝 끊어버린 것 같았다. 또렷하고 날카로운 소리였다. 고통에 찬 비명 소리 같았다. 롤프는 지금까지 그런 걸 체험해본 적이 없었다. 그러나 곧바로 그것이 무슨 의미인지 알아챘다. 랄라가 어디선가 누군가에 의해 지금 이 순간 뭔가 끔찍한 일을 당하고 있는 것이었다. 롤프의 온몸이 활처럼 굽어졌다. 그는 머리를 움츠리더니 바로 그 소리를 토해냈다. 울부짖음이 길게 이어지자 객석의 소곤거림조차 뚝 끊기고 적들은 모골이 송연해졌다.

롤프는 늑대 울음소리를 통해 이 세계와의 결별을 고했다. 그러고는 하얀 불 속으로 뛰어들었다. 그는 조용히 으르렁거리면서 이빨을 드러냈다. 칼 하나는 입에 물고 두 개는 손에 쥐었다. 하나는 앞으로 다른 하나는 뒤로 향했다. 그런 다음 작업을 시작했다.

아름다운 죽음의 극장 관객들은 볼퍼팅어가 싸우는 걸 몇 번 보았다. 나이 많은 둘을 제외하고는 다들 고난도의 기술을 선보였다. 그 어떤 상대를 대해도 월등히 뛰어났다. 그런데 저 아래서 칼을 들고 날뛰는 볼퍼팅어는 지금까지 보아왔던 그 누구보다도 탁월했다. 빠른 정도가 아니었다. 신출귀몰이었다. 칼이 공기를 가르는가 하면 어느새 상대의 목과 가슴을 찔렀고, 눈과 어깨뼈 사이를 파고들었다. 롤프는 광풍처럼 경기장을 휩쓸었다. 가는 곳마다 노란 먼지 회오리바람을 일으키며 피가 솟구쳤다. 숲의 롤프가 아름다운 죽음의 극장에 나와 싸우는 순간 온통 아수라장으로 변했다.

그러다 광란의 춤이 뚝 그쳤다. 처음 시작할 때나 마찬가지였다. 롤프는 경기장 한가운데 서서 가쁜 숨을 몰아쉬었다. 온몸은 한바탕 미친 듯이 캔버스에 붓질을 하고 난 화가처럼 시뻘겋게 물들었다. 그는 여전히 다른 세계에, 하얀 불 속에 있었다. 그러나 적들은 이미 죽어 바닥에 뻗었다. 관객들은 기립박수로 열광했다. 아름다운 죽음의 극장에 이런 함성이 몰아친 적은 없었다.

기광

가우납은 미친 원숭이처럼 자리에서 펄쩍펄쩍 뛰면서 주먹으로 방석을 두들기고 깩깩 소리를 질러댔다.

"도말 돼안! 첬미어!" 그는 소리쳤다. "상적환이야. 저 팅어볼퍼야말로 술예가다! 야재천! 인죽다! 기광야! 기광!"

"네. 환상적입니다. 저 볼퍼팅어는 죽음의 예술의 천재입니다. 우승 후보 명단에 올리겠습니다." 프리프타르가 저도 모르게 따라 했다.

갑자기 가우납이 조용해졌다. 펄쩍펄쩍 뛰지도 방석을 두들기지도 않았다. 시선은 멍해졌고, 히죽거리는 광기 어린 얼굴은 더욱 기괴한 모습으로 변했다. 프리프타르는 이게 무슨 의미인지 알았다. 가우납 99세가 내부에 들어 있는 가우납 98세의 소리에 귀 기울이고 있는 것이다. 이제 바로 가우납은 야수로 변할 것이다.

이거야말로 프리프타르가 그토록 염려하던, 극장에서 왕이 발작을 일으키는 순간이었다. 모두가 지켜보는 가운데 그런 일이 벌어진다는 것이 프리타르로서는 불편하지 않았다. 그러나 이곳 로열석에는 자기와 왕밖에 없었다. 그래서 간단히 길을 터줌으로써 다른 누군가를 덮쳐 광적인 분노를 해소케 할 여건이 아니었다. 광포한 사자와 단 둘이 우리에 갇힌 꼴이었다. 자칫 놈의 꼬리라도 밟았다간 무슨 횡액을 당할지 모른다.

가우납의 입가에는 가는 침 줄기가 흘러내리고 있었다. 그는 천천히 머리를 끄덕끄덕했다. 입술은 무슨 말을 하고 있었는데 소리는 나지 않았다. 속에 들어 있는 가우납 조상들의 명령에 뭐라고 답을 하는 모양이었다. 프리프타르는 한숨이 나왔다. 최악의 경우를 염두에 두고 대비를 해놓긴 했지만 그건 참으로 부끄러운 일이었다. 그는 왕좌 아래로 기어들어가 가우납 뒤로 숨었다. 지진에 놀라 숨을 곳을 찾는 아이처럼.

숨자마자 가우납의 광적인 발작이 폭발했다. 이토록 난폭하기는 처음이었다. 원숭이처럼 새된 비명 소리가 극장 전체에 쨍쨍 울렸다. 이어 자리에서 높이 뛰어올라 주변을 둘러싼 방어벽 위에 내려앉더니 가까이 있던 경비병—키가 배나 되는 블루트쉰크였다—의 목을 잡아 창살 틈으로 우악스럽게 잡아당겼다. 부주의한 관람객이 맹수 우리에 잘못 끼어들어갔을 때와 똑같은 상황이었다. 피가 사방으로 튀었고, 관객들은 깜짝 놀라 비명을 질렀다. 군주의 발작에 대해 많이들 쑤군대긴 했지만 궁정에 근무하지 않는 사람으로서 그 현장을 본 사람은 없었다. 이번 사태는 정말이지 상상을 초월하는 수준이었다. 난쟁이 가우납은 그 군인이 마지막 생명을 놓을 때까지 쉬지 않았다. 그런 다음 시체 위에 누워 깊은 잠에 빠졌다.

프리프타르는 다시 의자 밑에서 기어 나왔다. 관중은 흥분한 나머지 피로 범벅이 된 광인을 보려고 다투어 목을 뺐다. 최고 자문관은 코를 고는 가우납을 들여다보고는 야릇한 미소를 지었다. 운명은 늘 이렇게 나름의 계획으로 그를 놀라게 했다.

인질

우코바흐와 리베젤은 앞서 걸었고, 루모는 경계하며 뒤를 따랐다. 손에는 칼을 들고 두 포로에게 겁을 주었다.

"우릴 확실히 죽이겠다 이거지." 우코바흐가 말했다.

루모는 대꾸하지 않았다.

"놈들이 날 어미죽에 처넣을 거야." 리베젤이 우는 소리를 했다. "그리고 우코바흐는 아름다운 죽음의 극장에 보내겠지. 우린 심각한 배신행위를 했으니까."

"랄라는 어딨어?" 루모가 단호하게 물었다.

"벌써 열 번은 말했잖아. 우린 랄라라는 애 몰라. 아는 볼퍼팅어 없어. 극장에서 우르스를 본 것뿐이라고." 우코바흐가 앓는 소리를 했다.

"극장에 대해서 더 얘기해봐!" 루모가 명령했다.

"또? 벌써 다 알잖아!" 우코바흐가 앓는 소리를 했다. "넌 헬에 대해서, 함정도시랑 이 빌어먹을 지하세계에 대해서 헬 주민보다 더 많이 알고 있다고. 그런데도 우릴 그 지옥으로 다시 끌고 가려는 거지. 그건 우리한텐 사형선고라고."

"난 인정머리 없어." 루모가 말했다.

리베젤이 갑자기 멈춰 서더니 뒤를 돌아보았다.

"그거 알아?" 그가 말했다. "넌 그렇게 잔인한 놈이 아니야. 아주 정상이라고."

루모와 우코바흐도 멈춰 섰다.

"아, 그래? 내가?" 루모가 말했다.

"그래, 그렇다니까. 정말 냉혈한이라면 우리 중 하나를 죽여서 나머지한테 겁을 주었을 거야. 하나면 족한데 뭐 하러 포로를 둘씩이나 거느리고 다니지? 비정한 놈이면 안 그러지."

"리베젤!" 우코바흐가 소리쳤다. "엉뚱한 생각 품게 하지 마!"

루모는 생각에 잠긴 듯했다. 그런데 갑자기 "우코바흐고, 리베젤이야" 하더니 "두 친구를 소개할게" 하고 말했다.

둘은 서로를 쳐다보았다. 자기들과 루모 외에는 아무도 없었다.

루모는 그들에게 검을 내밀었다. 둘은 뒤로 물러섰다.

"무서워하지 마!" 루모는 쪼개진 검의 두 부분을 보여주었다. "이게 내 친구들이야. 여긴 그린촐트고, 여긴 사자이빨."

"반대야." 사자이빨이 이의를 제기했다.

우코바흐와 리베젤은 좀 더 바짝 붙었다. 이 볼퍼팅어는 악당은 아니지만 제정신이 아닌 것 같았다.

"사자이빨과 그린촐트야." 루모가 말했다. "내가 소개할게. 우코바흐와 리베젤이야."

그는 둘이 점점 뒤로 물러서자 코앞으로 칼을 휘둘렀다.

"반가워." 사자이빨이 말했다.

"놈들을 죽이자!" 그린촐트가 그르렁거렸다.

"얘네는 너희들 말을 들을 수 있어." 루모가 포로들에게 비밀을 털어놓았다. "하지만 너흰 쟤네 말을 들을 수 없지. 난 들어. 머리로. 알겠어?"

"물론!" 우코바흐가 고개를 힘껏 끄덕였다.

"네 머리로!" 리베젤도 알겠다는 듯이 말했다.

"위험한 데몬전사들이야…… 그중에서도 가장 난폭한 친구들이지." 루모가 말했다.

"말도 안 돼!" 사자이빨이 다시 이의를 제기했다.

"정답이다!" 그린촐트가 말했다.

"그들의 두뇌가 이 날 속에 녹아들어가 있어. 그들이 나한테 말을 하는 거야." 루모가 칼을 귀에 대고 주의 깊게 들으면서 깊은 생각에 잠겼다.

우코바흐와 리베젤은 계속 열심히 고개를 끄덕였다.

"그래." 루모가 멍한 눈길로 말했다. "무슨 일을 저지를지 모를 놈들이야. 피에 굶주리고. 가차 없지. 난 얘네들 주술에 걸렸어. 얘네가 시키는 대로 하지 않을 수 없어. 오래된…… 저주야."

"우리도 알아. 저주 말이야." 리베젤이 말했다.

"그게, 내 맘 같아선 너희를 바로 풀어주고 싶어. 하지만 사태가 이러니 먼저 그린촐트하고 사자이빨한테 물어봐야겠다."

"좋아!"

"당연하지!"

루모는 검에 대고 뭔가 알아들을 수 없는 말을 중얼거리니 다시 칼을 귀에 댔다. 세심하게 귀 기울이며 여러 번 고개를 끄덕였다. 마침내 루모가 검을 내렸다.

"그린촐트와 사자이빨 얘기가 둘 중 하나가 나머지를 잡아먹게 하래. 너희가 말을 안 들으면 말이야." 루모가 말했다.

"말도 안 돼!" 사자이빨이 소리쳤다.

"난 그런 말 한 적 없다. 하지만 동감이다." 그린촐트가 말했다.

루모가 어깨를 으쓱했다.

"유감이야. 하지만 헬까지 같이 가줘야겠어. 이 저주는, 너희가 알다시피……"

우코바흐와 리베젤은 다시 고개를 끄덕였다.

"좋아, 헬까지 데려다주지." 우코바흐가 한숨을 지었다. "하지만 그래봤자 소용없어. 길마다 경비가 지키고 있으니까. 그리고 네가 볼퍼팅어라는 걸 바로 알 거야. 우린 거길 빠져나오려고 공문서를 위조했어. 넌 처형당하러 가겠다는 거나 마찬가지야. 우리도 그렇게 되겠지."

"그런 문제는 도착하면 나한테 맡겨." 루모가 단호히 말했다.

"저기…… 경비가 없는 길이 하나 있어." 리베젤이 갑자기 끼어들었다.

"아, 그래?" 루모가 물었다.

"응. 하수도를 통해 가는 길을 알아. 헬의 심장부로 바로 통하지. 아름다운 죽음의 극장으로 곧장 들어가는 거야."

"거 잘됐다!" 루모가 말했다. "그럼 이제 너희는 인질이야. 하수도로 극장에 데려다줄 때까지 말이야."

우코바흐가 리베젤을 타박하는 눈초리로 쏘아봤다.

"그렇게 보지 마!" 리베젤이 말했다. "어쩌란 말이야? 저 친구가 이렇게 교묘하게 괴롭히는데."

리베젤의 인생에서 우코바흐가 아직 역할을 하지 않던 시기가 있었다. 상당히 긴 기간이었다. 그만큼 태어나서 종살이를 시작할 때까지 리베젤의 삶은 호문켈치고는 다사다난했다.

어미죽에서 나온 리베젤은 연금술로 태어난 호문켈이라면 누구나 그렇듯이 아주 혼란스러웠다. 다 자란 상태로 세상에 나와봐야만 느낄 수 있는 그런 혼란스러움이었다. 호문켈들은 처음 태어나는 순간부터 남들보다 힘겨운 삶을 시작했다.

죽이 부글부글 끓으면서 여러 족속의 팔다리와 장기가 섞이면 새 호문켈이 죽에서 태어난다. 버둥거리지도 않고 젖을 먹지도 않고 이빨이 나지도 않는다. 호문켈은 완벽한 형태로 느닷없이 세상에 나와 제 능력껏 잘 헤쳐 나가야 한다. 처음 겪는 경험은 대개 무심한 용병한테 엉덩이를 걷어차이는 것이었다. 용병은 이 신참 하층민을 경사로를 통해 세상에 내보낸다. 리베젤도 그랬다. 세게 한 대 얻어터지고는 경사로를 굴러 대도시 헬의 번잡함 속에 떨어졌다. 이어 바로 적성검사를 받는다.

거친 손들이 리베젤을 붙잡아 이리저리 뒤집고 여기저기를 만져보았다. 헬링, 용병, 호문켈 들이 사방에서 몰려들었다. 이 경사로 끝이 새로 태어난 노예들을 평가해서 적당한 직능에 배치하는 장소다. 바로 여기서 그들의 운명이 결정됐다.

"집게발에 퉁방울눈, 아가미호흡. 물이 어울려. 굴 긁는 인부다. 하수구로 보내!"

누군가가 이렇게 말했다. 그러나 리베젤은 한마디도 알아듣지 못했다. 호문켈은 완성된 형태로 세상에 나오지만 말하기와 공부는 새로 배워야 한다. 리베젤은 헬의 하수구로 끌려갔다.

헬에서 가질 수 있는 직업 전체를 목록으로 만든 다음 좋은 직업과 나쁜 직업으로 분류한다면 명단 맨 위에 '왕'이, 맨 아래에는 '굴 긁는 인부'가 있을 것이다. 리베젤은 처음 몇 년 간 하수도로 개조한 지하동굴 벽에서 기생충과 병원균을 제거하는 일을 맡았다. 해면빨이, 기름달팽이, 똥벌레, 빨판다리거미, 유사박테리아, 페스트개구리, 터널흡혈진드기, 동굴뱀파이어 등등이 이 축축한 암흑세계의 원래 지배자였다. 어느 날 헬시가 이들에게 접수되는 걸 원치 않는다면 확산을 통제할 필요가 있었다. 굴 긁는 인부는 건강에 나쁜 정도가 아니라 지하세계 전체에서 가장 위험한 직업일 것이다. 하수구 안에 있는 동물은 크든 작든 간에 어떤 식으로든 위험한 존재들이었다. 독이 있거나, 병을 옮기거나, 물거나, 피를 빨거나, 아니면 이 모두를 한꺼번에 하는 놈들이었다. 굴 긁는 인부의 평균수명은 일 년 남짓이었다. 그러나 배치 첫날 바로 얽히고설킨 미로 속으로 사라진 자도 많았다.

그들은 긴 밧줄과 녹슨 삼지창만 들려 리베젤을 이 세계로 보냈다. 그렇게 첫날을 보내고 다시 지상으로 나온 데 대해 가장 놀란 사람은 아마 그 자신이었을 것이다. 그는 무릎까지 차는 냄새나는 누런 하수 속을 걸어 다니며 똥벌레와 터널흡혈진드기를 보는 족족 찔러 죽였다. 해파리횃불의 어슴푸레한 빛이 도움이 됐고, 무엇보다도 운이 좋았던 것은 그나마 덩치가 개보다 큰 놈은 없었다는 점이다. 깔때기와 큰 통을 오물 속에서 찾아내 세상 맨 밑바닥에서 닥쳐오는 온갖 위험을 막는 갑옷으로 삼은 것도 바로 그 첫날이었다. 깔때기와 통 덕분에 그는 여러 번 목숨을 건졌다. 그래서 훗날 옷 같은 옷을 걸칠 형편이 된 뒤에도 버리지 않았다.

지하 하수도는 태곳적에 천연적으로 생겨난 것이었다. 아주 복잡한 터널 시스템으로 해면의 내부조직 같았다. 어떤 연금술사들은 실제로 헬 아래 지역 전체가 거대한 해면이 화석화된 것이라고 주장했다. 거기서는 기억력이 뛰어나고 본능적으로 타고난 자만이 방향을 잡을 수 있었다. 리베젤의 동료들은 거의 매일 실종됐다. 그렇다고 슬퍼해주는 이도 없었다. 갑자기 하수관에 물이 세차게 흐르는 바람에 씻겨 나갔거나 불행하게도 개보다 큰 상대를 만났을 것이다. 이 바닥에서 명줄이 끊길 가능성은 경우의 수가 너무 많아 밥맛이 다 떨어질 정도였다.

리베젤은 직업적 능력이 탁월했다. 방향 잡기뿐 아니라 삼지창으로 해로운 동물을 잡는 데도 뛰어났다. 어쩌면 언제까지나 굴에 남아 작업을 하다가 급작스레 죽음을 맞았을지 모른다. 그러나 어느 날 실수로 쓰레기배출구를 통해 하수구로 떨어진 꼬마가 피쥐들한테 잡아먹힐 뻔한 것을 구해주는 바람에 그 보상으로 문명세계로 돌아왔다. 그렇게 해서 하수구에서 어렵사리 지내던 생활은 끝이 나고 우코바흐 곁에서 새 삶을 시작하게 됐다.

"좋아." 우코바흐는 이렇게 말하고는 마침내 발걸음을 떼었다. "우린 계속 호의를 베풀고 있는 거야. 우리 족속의 비밀을 다 털어놓고 널―우리 목숨까지 바쳐 가면서― 헬로 데려간단 말이야. 이젠 네 차례라고 봐."

"어쩌라고?" 루모가 물었다.

"얘기해봐. 아직 갈 길 멀어. 난 네가 왜 헬에 가려고 하는지 알고 싶어. 상식으론 이해가 안 가. 적어도 우리가 뭣 때문에 목숨을 걸어야 하는지는 알아야지. 그 신비한 랄라는 누구야?"

"난 얘기 잘 못해." 루모가 말했다.

"지루한 부분은 빼." 리베젤이 거들었다. "스릴 넘치는 부분만 이 야기해봐."

곰신

랄라는 죽을 준비가 돼 있었다. 그 고통, 오한, 고열, 구토. 이 모든 것은 견딜 수 있었다. 그러나 일그러진 광기의 얼굴은 그렇지 않았 다. 저 바깥에 있는 자가 승리자였다. 누구든 무엇이든 간에. 광기와 동맹을 맺은 적과의 싸움에서 이길 수 있는 사람은 아무도 없었다. 랄라는 자고 싶을 따름이었다. 꿈도 꾸지 않고 고통도, 공포도 없이.

"랄라?"

랄라는 화들짝 놀랐다. 누가 날 불렀나? 이것도 밖에서 나는 목소 린가?

"랄라? 놀라지 마! 나야."

랄라의 내면의 눈에는 깊은 암흑밖에 보이지 않았다.

"난 먼 길을 왔어."

어둠 속에서 뭔가가 벗겨져 나왔다.

"그래, 아주 먼 길을 왔단다, 애야."

거대한 검은 형상이 암흑 속에서 나왔다. 이제 알겠다. 탈론이었 다. 갈퀴발톱 탈론, 야생의 곰신, 랄라의 양아버지, 사냥의 동반자.

"안녕 랄라!" 탈론이 말했다.

"안녕 탈론! 돌아가신 줄 알았는데."

랄라가 말했다. 최근 사건들을 겪고 나서 그녀는 머릿속에서 벌어 지는 일들에 대해 더는 놀라지 않았다.

"이런 말 참 하고 싶지 않다만 상황이 우물쭈물할 때가 아닌 것 같다. 그래서 말인데, 지금 이거 진짜냐?" 탈론이 말을 꺼냈다.

"진짜라뇨?"

"죽으려고 하는 거."

"맞아요." 랄라가 말했다.

"진심은 그게 아니지!"

"아니에요." 랄라가 대들었다.

"네 문제에 끼어들고 싶지는 않다만, 난 벌써 죽었잖아. 그래서 말인데 그게 그렇게 폼 나는 게 아니야."

"더는 못 참아요." 랄라가 속삭이듯 말했다.

"알아, 음. 고통 말이지?"

"고통은 견딜 수 있어요."

"고통보다 더 끔찍한 게 있다고?"

"공포예요, 탈론. 두려움."

"알겠다. 견디기 어렵지."

"나한테 그 말 하려고 저승에서 왔나요?"

"뭐? 그래. 아니! 에…… 너 때문에 어디까지 얘기했는지 잊었잖아."

"요점을 말해요, 탈론! 그럼 난 죽을 수 있어요. 우리 함께 죽는 거예요."

"그건 좋은 생각이 아니다. 난 너무 일찍 죽었어. 바보 같은 실수지. 넌 내 실수에서 배워야 한다."

"그건 실수가 아니었어요. 어쩔 수 없었던 거지."

"몽둥이가 날아올 때 달아날 수야 있었지." 곰이 말했다.

"잘 들어요, 탈론. 이제 난 안 돼요. 피곤해요. 무섭고. 자고 싶어요."

"그 얘긴 벌써 했지. 우리가 숲에서 뭘 하고 지냈는지 기억하지?"

"사냥요?"

"맞았어. 사냥. 토끼를 뒤쫓았지! 재미있었어!"

"토끼는 안 그랬겠지요."

"맞아. 토끼들이 어떻게 했는지 기억나니?"

"달아났어요."

"맞아. 어떻게 달아났는지 알지?"

"지그재그로요. 여기 숨었다 저기 숨었다."

"바로 그렇게 달아났어! 그 쥐방울만 한 놈들이. 녀석들이 얼마나 우리 손아귀를 빠져나갔는지 알지?"

"가끔요."

"그래, 아가야. 아주 가끔. 알지? 내가 무슨 얘기하는지." 탈론이 히죽거렸다.

"달아나야 한다고요?"

"넌 똑똑한 아이야. 그러니까 우리 랄라지! 뛰자! 숲에서 그랬던 것처럼."

탈론의 표정 때문에 랄라는 웃음이 터질 뻔했다.

"어떻게요? 난 움직일 수 없어요. 기계에 잡혔다고요."

"죽어서 제일 좋은 게 뭔지 아니?" 탈론이 속삭이며 물었다.

"몰라. 다 끝난 거지 뭐."

"그러니까 넌 죽음을 전혀 모른다는 거야. 아니다. 정반대야. 모든 게 끝난 게 아니야. 비로소 진짜 시작이란다, 아가야! 정신이 자유롭게 된 거지. 뇌에서 자유로워진 거야. 뇌는 사실은 감옥에 불과하거든. 불안과 두려움으로 가득 찬 감옥. 죽으면 정신은 창살 사이로 새어 나가 자유가 된단다. 그래야 비로소 자유가 뭔지 알게 되지."

"무슨 말을 하고 싶은 거예요, 탈론?"

"정신의 족쇄를 푸는 법을 가르쳐주마."

"정말요?"

"그러니까, 너의 정신은 나처럼 우주를 마음껏 돌아다니면서 토성의 고리를 들여다보고…… 그럴 수는 없지. 아니, 그건 안 돼! 그러려면 진짜로 죽어야지. 절대 그럼 안 되지. 잘 들어! 정신이 어떻게 두 뇌에서 떨어져 나와 네 몸속을 자유로이 돌아다니는지 난 네게 가르쳐줄 수 있다. 그럴 수 있다마다."

랄라가 웃었다.

"아저씬 실제로 여기 있는 것도 아니고, 또 이건 고통을 잊게 해주는 놀라운 꿈일 뿐이에요. 난 알아요. 하지만 뭐, 더 얘기해보세요!"

"말싸움할 시간 없단다. 아니면 널 충분히 설득해보겠지만. 그러니 이 말만 하마. 산 사람들이 꿈이라고 하는 게 전혀 꿈이 아니란 거지. 그러니 이제 가자!"

탈론이 커다란 발톱을 내밀었다.

랄라는 망설였다.

"가자니까!" 탈론이 채근했다. "여기서 나가는 거야."

짹깍짹깍의 질문

짹깍짹깍 장군은 다시 기분이 최고가 됐다. 요즘엔 가끔 그렇다. 오늘은 질문을 시작할 계획이었다. 그거야말로 이번 작업에서 가장 흥미로운 부분이었다. 랄라의 의지는 꺾였다. 그 비명 소리가 말해준다. 단순한 비명이 아니었다. 아니었다. 모종의 팡파르이자 짹깍짹깍과 랄라의 관계에 새 장이 열린다는 신호였다. 그는 오늘부터 랄라와 대화를 시작해서 그녀랑 같이 죽음의 자취를 따라가볼 요량이었다. 오늘에야 비로소 죽음이 제대로 시작되는 것이다.

이건 위대한 순간이었다. 그런 단 한 번뿐인 순간을 허튼소리로 모독할 수는 없다. 처음 질문이 특히 중요하다. 그는 어떻게 할까를 곰곰 생각했다. 질문은 랄라에게 자신의 열정을 알리는 것이어야 한다. 그녀가 얌전히 제대로 알아들어야 한다. 시인에게나 어울릴 과제였다. 그런 만큼 짹깍짹깍 장군은 적절한 질문이 떠올랐다는 사실에 우쭐했다.

그는 천천히 장엄한 발길로 구리처녀에게 다가섰다. 이어 몸을 굽히더니 속삭였다.

"너도 [쩩] 나처럼 즐거우냐?"

랄라는 대답이 없었다. 아마 수줍기도 하거니와 낭만적인 질문에 놀라 마땅한 답변을 찾고 있으리라. 여유를 좀 주는 게 좋겠다.

쩍깍쩍깍은 기다렸다.

어쩌면 말귀를 알아듣지 못했는지도 모른다. 너무 작게 얘기했나? 몇 분이 지나서 질문을 되풀이했다. 이번에는 좀 크게 했다.

"너도 [쩩] 나처럼 즐거우냐?"

이 신성한 순간을 모독할 생각이 아니라면 이젠 진짜 대답을 해야 한다. 뻔뻔한 대답이나 저주도 이런 침묵보다는 나을 것이다.

"너도 [쩩] 나처럼 즐거우냐?"

쩍깍쩍깍 장군이 구리처녀 안에다 대고 고래고래 소리를 질렀다.
묵묵부답이었다.

이해가 안 갔다. 다른 자들이라면 이런 상황을 기회로 이용했을 것이다. 하다못해 잠시나마 고통을 잊기 위해서라도. 도대체 고문하는 사람이 누군지 궁금하기나 한 걸까?

퍼뜩 끔찍한 생각이 들었다. 벌써 죽은 게 아닐까? 황급히 장치들을 점검했다. 다 정상이었다. 그녀는 숨을 쉬고 있었다. 심장도 규칙적으로 뛰었다. 죽음온도계는 68을 가리켰다.

"이제 마지막으로 묻겠다. 대답을 했으면 한다."
쩍깍쩍깍 장군이 협박하듯 말했다.

"너도 [쩩] 나처럼 즐거우냐?"

묵묵부답이었다. 이제 쩍깍쩍깍 장군은 정말 화가 치밀었다. 그녀

는 살아 있었다. 계기가 그걸 말해준다. 그녀의 의지는 꺾였다. 비명
이 그걸 말해준다.

그래서 쩍깍쩍깍은 마침내 이런 결론에 도달했다. 당연하다! 랄라
는 결코 반항적인 애가 아니었다. 미친 것도 아니고 벙어리도 아니
다. 아니다. 도저히 그럴 리 없는 무슨 일이 벌어진 것이다.

랄라는 도망친 것이다!

그녀는 두뇌의 감옥을 벗어나 몸속 어디엔가 숨었다. 이것이 그럴
듯한 유일한 설명이었다. 이번엔 쩍깍쩍깍 장군이 비명을 질렀다. 고
문실 벽이 쩌렁쩌렁 울렸다.

지름길

우코바흐는 흐느끼며 눈물을 훔쳤다.

그들은 황량한 사자의 숲을 행진 중이었다. 루모의 이야기가 막
끝났다. 우코바흐와 리베젤은 이제 랄라에 대한 루모의 감정이며 우
르스와의 우정, 보석함, 홀로 헬에 들어가 동료 볼퍼팅어들을 구하려
는 계획 등등에 관해 알게 됐다.

"정말 낭만적이다! 지금까지 들어본 얘기 중에서 최고야." 우코바
흐가 소리쳤다. "저 위의 세계는 정말 그러니? 무조건적인 사랑, 한
날한시에 죽기로 맹세한 우정, 영원히 변치 않는 충절이 통한단 말
이야?"

세 사람 위에 드리워진 안개에서 불쾌한 소음이 들렸다. 야수가
내는 소리 같았다. 루모가 위를 올려다보았다.

"사자의 숲 원숭이들일 거야. 위험하다고 하지." 리베젤이 말했다.

루모가 칼자루를 움켜쥐었다.

"그런데 얼마나 됐어? 네 애인 랄라하고는?" 우코바흐가 코맹맹이

소리로 물었다.

"뭐 얼마랄 것도 없어. 이제 고백…… 해야지." 루모가 고개를 숙인 채 말했다.

"잠깐." 리베젤이 끼어들었다. "여자를 구하러 간다면서 아직 걔가 널 사랑하는지 아닌지도 모른다는 말이야?"

"그게, 저 은띠라고 있어……."

"은띠?" 우코바흐가 물었다.

"아, 너흰 모르지."

"몰라. 정말 모른다!" 리베젤이 말했다. "우리 호문켈은 사랑을 잘 몰라. 생물학적인 이유 때문이지. 전혀 몰라! 하지만 사랑에 목숨을 걸었는데 그 사랑이 있는지도 모른다니 이해가 안 된단 말이야."

"네가 보석함을 주었는데 퇴짜를 맞으면 어떡하지?" 우코바흐는 좀 진정이 되자 물었다.

"그런 생각은 안 해봤어." 루모가 말도 안 된다는 듯한 말투로 대꾸했다.

"기본적으로 생각을 하고 싶지 않은 거지." 리베젤이 끼어들었다. "네 문제부터 냉철하게 정리해두는 게 좋겠는데. 그 데몬검으로 말이야."

루모는 리베젤이 포로 주제에 너무 건방지다는 생각이 들었다. 둘 한테 속내를 털어놓은 것이 오히려 깔보이는 빌미가 된 것이다. 그는 주제를 바꾸었다.

"브라호크 얘기 좀 해봐!"

"후, 브라호크!" 우코바흐는 끔찍하다는 듯이 손을 휘휘 저었다. "간단히 설명하긴 어려워. 그건…… 괴물이야. 이 동네로 보면 너무 크지. 원래는 멸종됐어야 하는 건데. 아주 위험해. 뭐라고 설명하기가 어렵네."

"여러 해 전에 마침내 브라호크를 길들였어." 리베젤이 덧붙였다. "연금술사들이 놈들을 좌지우지할 수 있는 용액과 가스를 개발했지. 진정, 자극, 최면. 원하는 대로 말이야. 우린 브라호크를 타고 다녀. 우리 애기가 아니고, 우리 군인들 말이야."

"위험한 야수지. 놈들이 사는 동굴을 멀리 돌아가야 돼." 우코바흐가 말했다.

"뭐?" 루모가 물었다.

"브라호크를 돌아서 간다고. 가능한 한 멀리."

"그럼 얼마나 걸리는데?"

"음, 이삼 일은 더 걸리지. 하지만 다른 방법이 없어. 브라호크 동굴을 뚫고 나갈 수는 없으니까." 리베젤이 쓴웃음을 지었다.

"잠깐. 그럼 브라호크 동굴로 가면 이삼 일 앞당길 수 있단 얘기네?" 루모가 물었다.

"그야 그렇지."

"그럼 길을 바꿔."

"뭐? 너 미쳤니?" 리베젤이 소리쳤다.

"난 시간 낭비하고 싶지 않아." 루모가 맞받았다. "삼 일이면 그사이에 무슨 일이 벌어질지 몰라."

"하지만 브라호크 옆을 살아서 지나간다는 건 불가능해." 우코바흐가 말했다.

"처음엔 헬에 들어가는 것조차 불가능하다고 했지. 그런데 지금은 길잡이까지 있잖아." 루모가 반박했다.

우코바흐가 리베젤을 노려보면서 씩씩거리며 말했다.

"다 네 책임이야! 브라호크라니! 지금까지 어떻게 피해 왔는데!"

그들 위에 드리운 안개에서 사자의 숲 원숭이들이 깩깩거렸다. 리베젤의 머리는 통 속으로 쏙 들어가버렸다.

적혈구

랄라와 탈론은 변신을 했다. 양쪽이 좀 우묵하게 들어간 두 개의 붉은 렌즈 같았다.

"우리가 어떻게 된 거죠?"

랄라가 탈론에게 물었다. 탈론은 랄라 옆에서 거대한 공간 한가운데를 떠다니고 있었다.

"우리가 왜 이렇게 이상해 보이는 거야? 여기가 어디죠? 물속인가?"

"우린 혈구가 됐단다, 아가야." 탈론이 답했다. "이제 혈류에 들어온 거야. 내 생각엔 여기가 숨어 있기 딱 좋아. 백혈구로 변신할 수도 있어. 색깔이 마음에 안 들면. 정신은 자유니까."

"아니, 아니에요. 색깔은 마음에 들어요. 재미난 꿈이네."

랄라 비슷한 다른 많은 혈구도 둘 아래서, 위에서, 옆에서, 사방에서 떠다녔다.

"아직 꿈이라고 생각하니? 슬슬 기분이 나빠지는구나. 난 전심전력을 다해서 저승에서 돌아와 널 죽음에서 떼어놓으려고 네 정신을 탈출시켜 혈구로 변신하게 한 건데. 고맙다는 소리는 고사하고 이게 다 환상이라는 거냐?"

"미안해요. 너무…… 너무 비현실적이라서."

"우린 적혈구 속으로 들어온 거야. 여기선 어디로든 갈 수 있거든. 나중에 모양을 바꿀 수도 있어. 원한다면. 전기충격이 되고 싶으면 신경계로 가도 되고."

"이런 걸 다 어떻게 알았어? 내 말은, 아저씬 곰이잖아."

"난 죽은 곰이란다, 아가야! 모든 걸 알지."

"아, 그래요?"

"뭐든지 물어봐!"

"이제 어떻게 하지요?"

"쉬운 질문이네. 달아나는 거야! 일단 여기서 빠져나가야지. 아직 두뇌에서 멀리 못 왔거든. 목동맥을 지나서 심장 쪽으로 가보자꾸나. 우주의 비밀이나 뭐 그런 걸 물어봐도 돼."

"그런 건 지금 소용없잖아."

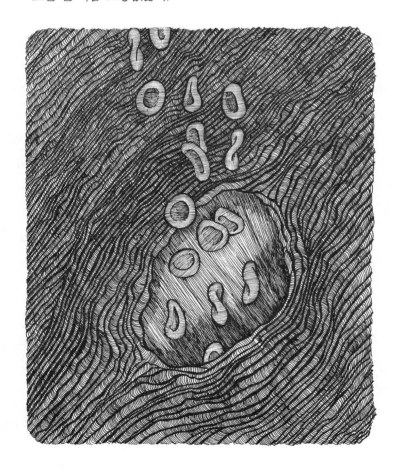

"다음 질문!"

"우린 핏속에서 헤엄치고 있다면서 왜 빨갛지 않은 거야?"

"그건 원래 물이니까. 피는 대부분 물로 돼 있어. 너 헤엄칠 줄 아니?"

"응. 헤엄쳐." 랄라가 말했다.

"자, 그럼 날 따라와!"

탈론은 고동치는 혈류 속에서 앞으로 미끄러져 나아가는 혈구들 쪽으로 합류했다. 랄라도 그를 따라 물결 가는 대로 떠밀려갔다. 정맥이 급경사로 내려가자 적혈구가 점점 더 많이 달라붙었다. 실타래 같은 희고 노르스름한 혈구가 다가왔다.

"저게 백혈구야." 탈론이 설명해주었다. "우리의 가장 중요한 동맹자지. 저게 너의 군대란다, 랄라야. 저것들이 네 몸을 병들게 하려는 모든 것에 맞서 싸우는 거야."

백혈구는 군사대형을 이루더니 적혈구를 제치고 다음 갈림길로 들어갔다. 지그재그 형태로 이 터널에서 저 터널로 나아갔다.

"여긴 정말 길이 많네!" 랄라의 생각이었다. "공터도 참 많고."

"그래. 여기보다 숨기 좋은 곳은 없지."

저 아래로 깊고 시커먼 심연이 하품을 하고 있었다. 일부 적혈구는 그리로 곤두박질쳤다.

"목동맥으로 가는 거야. 흡인력이 느껴지지?" 탈론이 말했다.

"응." 랄라가 소리쳤다. 그녀는 자기 심장의 고동 소리에 몸이 떨렸다.

"그럼 바로 들어간다." 탈론이 말했다. "저기가 대동맥으로 가는 지름길이야. 이제 내려간다!"

탈론과 랄라는 검은 심연으로 곤두박질쳤다. 다른 한 무리의 적혈구가 앞서 가고 있었다.

사냥꾼

쩍깍쩍깍 장군은 완전히 제정신이 아니었다. 하지만 의심의 여지가 없었다. 랄라는 달아난 것이다.

물론 그녀의 육체는 여전히 구리처녀 안에 못 박힌 나비처럼 붙잡혀 있었다. 그리고 살아 있었다. 높아지는 죽음온도계 수치가 그걸 말해준다. 그러나 정신은 사라졌다. 두뇌가 텅 비어버린 것이다. 쩍깍쩍깍이 원하는 만큼 독을 과다투여해볼 수는 있겠지만 허사일 것이다. 광기를 유발하는 약이 든 병을 벽에 집어던졌다. 산산조각이 났다.

쩍깍쩍깍은 웃음이 나왔다. 구리병정 한평생에 처음 있는 일이었다. 그는 깜짝 놀랐다. 자기가 웃을 줄 안다고 생각한 적은 한 번도 없었기 때문이다. 양철 웃음소리는 너무 끔찍해서 쩍깍쩍깍 스스로도 깜짝 놀라 바로 멈췄다. 이 마당에 뭐가 우스워? 이런 의문이 들었다.

소녀가 자기를 속이고 달아났다는 것, 바로 그것이 우스웠다. 랄라는 그냥 슬쩍 빠져나갔다. 그것도 머리를 굴리고 굴려서 세상에서 가장 견고하게 만들었다는 감옥을 탈출한 것이다. 쩍깍쩍깍 장군이 랄라에게 그녀의 한계를 보여주는 순간 랄라는 장군에게 그의 한계를 보여준 셈이다.

쩍깍쩍깍은 안절부절못했다. 이젠 화가 치미는 대신 기쁨으로 가슴이 설렜다. 이 처녀는 천재다. 그녀의 육신을 둘러싼 전투는 이제 비로소 시작된 것이다. 사냥을 당해보시겠다? 좋다, 사냥해주마. 그녀는 자신의 의지를 강요한 것이고, 나는 그런 요구에 복종한 것이다. 이런 생각이 들자 온몸에 전율이 느껴졌다. 쫓아가주마. 추적한 다음엔, 그 다음엔 어쩌지? 죽이나? 쩍깍쩍깍 장군은 소녀 때문에 이렇게 뒤죽박죽이 될 줄은 몰랐다. 점점 오기가 생기는 재미난 게임이다!

그는 독약 찬장으로 가서 이것저것 뒤졌다. 뭘 가지고 계속할까? 어지간한 약은 이제 안 통해. 그럼 뭐가 있지?

찬장 뒤편에 육필로 딱지를 써 붙인 검은 병이 있었다. 그걸 꺼내 글씨를 읽어 보았다.

피하죽음특공대

병을 손에 들어 보았다. 아니다. 이건 너무 이르다. 지금 상황에선 너무 강하다. 그는 병을 다시 넣고는 나머지 병들을 살펴보았다. 선택할 수 있는 게 너무 많았다! 뭐로 시작한다?

검열

롤프는 독방의 어둠 속에 앉아 손목에 감긴 쇠사슬을 잘근잘근 씹었다. 블루트쉰크 니트후크네 집에 붙잡혀 있을 때 생긴 무의식적인 습관이었다. 눈을 감고 정신을 집중해 랄라의 진동을 느껴보려고 애썼다. 근처 어디에 랄라가 있다는 걸 알았다.

최근 들어 포로로 잡혔다는 사실보다 롤프에게 더 신경 쓰이는 것은 두 가지였다. 하나는 경기장에서 느닷없이 들려온 그 소리였다. 그 탓에 여러 날 다른 생각은 하지 못했다. 그 울림이 귀에 윙윙거리면서 공포로 일그러진 랄라의 얼굴이 내면의 눈앞에 나타났다. 그 이미지는 느닷없이 뭐라고 꼬집어 말할 수 없는 감정으로 바뀌었고, 그래서 다시 랄라의 냄새를 맡아보려고 애썼다. 그것은 해방의 감정이었는데 그 이후로 여동생의 얼굴은 고통에 시달리는 것이 아니라 자유롭게 풀려난, 밝고 때로는 웃음 짓는 모습으로 나타났다. 랄라는 살아 있었다. 예나 지금이나 그건 분명하다. 여전히 극도의 위험에 처한 상태이긴 하지만 상황이 다시 좀 나아졌다는 확신이 들었다. 랄라는 위험 속을 떠다니며 즐기고 있는 것 같았다.

롤프는 사슬을 내려놓고 미소 지었다. 동생의 그런 기질은 새삼스러운 게 아니었다. 숲에 있을 때도 랄라가 너무 대담하게 나서는 바람에 불안한 마음에 간이 떨어질 뻔한 적이 여러 번 있었다. 몇 번은 한동안 덜컥 실종되기도 했다. 그래도 롤프는 제자리에 남아서 지금 독방에서 하는 것처럼 동생의 진동을 탐지했다. 그런 느낌이 오는 것은 후각 때문이 아니라 둘을 한데 묶어주는 오누이로서의 유대 때문이었다.

당시 랄라는 꼭 돌아오곤 했다. 가끔 머리가 헝클어지고 온몸이 긁히고 피범벅이 되긴 했지만 오빠를 위한답시고 달랑 뿔 하나가 됐든 맹수의 발톱이 됐든, 아니면 물어뜯은 촉수든 노획물을 가져왔다. 롤프는 절대 겁쟁이가 아니었지만 위태로운 상황이 지나가면 안도의 한숨을 내쉬었다. 반면에 랄라는 지칠 줄을 몰랐다.

그는 딱딱한 바닥에 사지를 쭉 펴고 누워 잠을 청했다. 계획을 실현시키려면 푹 쉬어두어야 했다. 그는 전략을 바꾸기로 결심했다. 극장의 의식에 순응하면서 탈출 기회를 노린다는 것은 실효가 떨어졌다. 경비들의 감시가 너무 삼엄했다.

롤프의 계획은 왕을 인질로 잡는 것이었다. 쉽지는 않겠지만 전혀 불가능한 것은 아니었다. 경기장 벽이 높기는 하지만 원래 볼퍼팅어들을 막기 위해 세운 것은 아니었다. 볼퍼팅어 중에서 대담하게 도약을 해서 벽을 뛰어넘을 수 있는 사람이 있다면 그건 바로 롤프였다. 그는 곧장 국왕의 로열석으로 뛰어들어 우선 비쩍 마른 키다리를 무력화시키고 이어서 왕으로 보이는 꼬마 원숭이를 붙잡을 생각이었다. 그 난쟁이를 인질로 삼아 랄라와 교환한다는 작전이었다.

독방 문을 두드리는 소리가 났다. 그러더니 스르르 문이 열렸다. 입구에는 별로 우매해 보이지 않는 블루트쉰크가 횃불을 들고 서 있고, 옆에는 왕의 자문관이 있었다. 프리프타르는 롤프를 경멸의 눈초리로 꼬나보았다.

"체격 좋네." 프리프타르가 말했다. "놈은 당분간 싸우지 않을 거다. 문 닫아라. 선발된 볼퍼팅어들은 내 명이 있을 때까지 네가 잘 단속해라. 이름이 뭐지?"

"크로메크 투마입니다!" 블루트쉰크가 그르렁거렸다. "몸무게 백육십 킬로그램, 키 이 미터 이십칠, 무공 표창 사십칠 회, 포병입니다."

"그래그래." 프리프타르가 됐다는 눈짓을 했다. "이제 우샨 데루카와 우르스라는 포로한테 가보자. 놈들도 다시 한 번 검열해봐야겠어."

롤프는 나지막하게 으르렁거렸다. 문이 다시 닫혔다.

날아다니는 물

"태양은 어때?" 우코바흐가 물었다. "정말 빛을 많이 쪼이면 재가 되나?"

"그럼." 루모가 거짓말을 했다.

"그럼 공기는? 독이 있어?"

"당연하지. 우리처럼 폐가 세 개 있어야 살지." 루모가 말했다.

"그렇구나!" 우코바흐가 숨을 헐떡거렸다.

"말도 안 되는 소리." 리베젤이 끼어들었다. "널 놀리는 거야."

루모가 히죽거렸다. 우코바흐와 리베젤은 어린애 같았다.

"그럼 먹을 게 자라는 나무는 진짜 있어?" 우코바흐가 물었다.

"많지. 신선한 바람과 맑은 물도 있어. 구름도 있고."

"구름이 뭐야?" 리베젤이 물었다.

"구름은, 구름은…… 그건 그러니까…… 그러니까……."

루모는 주춤했다. 도대체 구름이 뭐더라?

"물이야. 날아다니는 물." 루모가 말했다.

몇 시간 전부터 코를 찌르는 냄새는 아래로 내려갈수록 점점 심해지고 역겨워졌다. 바다 냄새에 물고기와 조개 썩는, 축축한 돌멩이 위에서 바닷말 문드러져가는 냄새였다. 악마바위의 악취를 고도로 농축시킨 것 같았다. 여기에 또 다른 악취가 끼어들었으니 그건 볼퍼팅에 깔려 있던 시큼한 냄새였다.

"왜 여기서 바다 냄새가 나지?" 루모가 물었다.

"너희 동네엔 왜 물이 날아다니지?" 우코바흐가 되물었다. "이건 브라호크의 악취야."

셋은 사자의 숲을 통과한 지 벌써 오래였고 이제 거대한 공간과 종유동굴을 지나고 있었다. 여기 서식하는 유일한 생명체는 낮게 나는 박쥐밖에 없는 것 같았다. 놈들은 끊임없이 손을 허우적거렸다.

"브라호크가 여기 있어?"

"제일 가까운 큰 동굴에 있어." 리베젤이 말했다. "이게 네가 원한 거잖아. 가서 봐. 그럼 무슨 얘긴지 알 거야. 그러면 우회로를 택하겠지. 이 무슨 시간 낭비람!"

이제 루모가 앞장서고, 우코바흐와 리베젤은 툴툴거리면서 터덜터덜 뒤를 따랐다. 아래로 발걸음을 옮길 때마다 루모는 이런 악취를 풍기는 몰골을 보고 싶지 않아 되돌아서고 싶은 마음이 들었다.

시커먼 계단을 한참 동안 내려갔다. 일부는 자연적으로 형성된 것이고 일부는 인공적으로 만든 것이었다. 아주 높이 솟은 평평한 고원 지대가 나왔다. 돌문을 지나야 들어갈 수 있는 곳이었다. 문에는 낮선 글씨가 새겨져 있었다.

"브라호크동굴이야." 우코바흐가 말했다.

돌로 된 입구 앞에 서자 더는 악취를 견딜 수 없었다. 이상한 소리가 들려왔다.

"보초가 있나?" 루모가 물었다.

"보초를 설 필요가 없지. 악취로 충분해. 누구든 무엇이든 반경 수 킬로미터는 접근을 못 하니까. 놈들에게 정기적으로 먹이를 주고 새로 마취시키면 돼. 한 달에 한 번쯤 그렇게 하지. 그동안에는 저희들끼리 지내라고 놓아두는 거야." 우코바흐가 설명했다.

"자, 가. 들어가." 리베젤이 재촉했다.

"그걸 보고 나면 세상 다 본 거지." 우코바흐가 말했다.

루모가 대문으로 들어서자 거대한 동굴이 눈에 들어왔다. 아주 오랜 기간 물에 휩쓸린 듯 돌마다 매끈하고 둥그스름하면서 광을 낸 호박(琥珀) 같은 윤기가 흘렀다. 루모가 사방을 내려다보고 서 있는 바닥은 동굴 높이의 절반쯤 올라와 있는 곳으로 지상 이백 미터에 길이는 이 킬로미터 정도였다. 그러나 진짜 볼 만한 것은 공간 그 자체가 아니라 거기 사는 족속이었다.

브라호크

루모가 최근 이런저런 모험을 겪으면서 경이로움에 대한 감각이 사라졌다면 이 순간이야말로 그 감각이 두 배 세 배로 커지는 시점이었다. 저들은 지금까지 본 것 중에서 가장 놀랍고 가장 거창한 생물이었다. 일부는 키가 백 미터는 족히 됐다. 대부분은 그보다 작아서 어떤 놈들은 오십, 또 어떤 놈들은 이십 미터 정도였고 일부는 십 미터짜리도 있었다. 그러나 높은 데서 내려다보는데도 다들 굉장히 거대하다는 느낌을 주었다. 브라호크들을 보면서 여러 동물이 연상됐다. 갑각을 뒤집어쓰고 악마바위 웅덩이에 살던 거대한 바다거미도 생각나고, 발광해파리며 지하세계 벽을 휙 스치고 가던 눈 없는 곤충들도 생각났다. 브라호크는 희미하게나마 누르넨을 연상시켰다. 다리는 열두 개로 누르넨보다 많지만. 루모한테 브라호크를 정확히 묘사해보라고 하면 아마 달리 할 말이 떠오르지 않을 것이다.

"바다거미 다리 열두 개는 노란 뿔갑옷을 두르고 게처럼 생긴 담청색 몸통에 붙어 있다." 우코바흐가 중얼거리기 시작했다. "눈은 없고 귀도 없고 날개도 없다. 대신 약 사백 개의 기다란 흰 더듬이가 있는데 바닥까지 닿는다. 몸통 윗부분은 아주 단단한 갑각으로 덮인 반면 아랫부분의 불룩한 배는 투명한 막으로 돼 있다. 푸르스름한 내장들이 펄떡펄떡 뛰고 심장은 모두 열두 개다. 배 가운데에는 길고 투명한 관이 달려 있으며 쭉 내밀면 바닥에 닿는다. 이 관으로 냄새를 맡고 호흡을 하고 음식물을 섭취한다. 이렇게 묘사해서 생물시간에 칭찬을 받았지."

우코바흐가 절하는 시늉을 했다.

"자고 있어." 리베젤이 보충설명을 했다. "그러면서도 걷지. 브라호크는 몽유병자야. 연금술사들이 주입한 최면물질 때문이지. 아주 부자연스러운 행태야. 자면서 비틀거리다가도 뭔가 맞지 않는 게 닿으면 벌떡 깨어나. 그러고는 저 길고 투명한 코로 빨아들이지. 브라호크가 아닌 것, 브라호크에 붙어사는 기생충을 포함해서 움직이는 모든 것을 빨아들이는 거야. 일단 놈들한테 빨려들면 먹이가 푸른 위장에서 어떻게 소화되는지 몇 시간이고 관찰할 수 있어."

"맞아." 우코바흐가 맞장구쳤다. "한번은 학교에서 브라호크가 있는 데로 소풍을 갔는데 산 동굴곰을 먹이로 주는 걸 봤어. 브라호크가 헬시를 상징하는 문장(紋章)이라는 거 알아?"

루모는 검을 높이 쳐들어 그린촐트와 사자이빨이 앞에서 벌어지는 광경을 같이 볼 수 있도록 해주었다.

"아니 저런." 사자이빨이 말했다. "대체 저게 뭐야?"

"내가 그랬지. 이리 오면 안 된다고. 이제 돌아가서 다른 길로 가지?" 우코바흐가 말했다.

루모는 거대한 괴물들이 둔중하게 뻗정다리로 걷는 광경을 내려다보았다.

"아주 느리네. 놈들이 발걸음을 옮기는 사이에 편자를 갖다 붙여도 되겠다."

"멀리서 보니까 그렇지." 리베젤이 조심스럽게 토를 달았다.

"그래 봤자 잠을 자는 중인데 얼마나 위험하겠어! 발 아래로 통과하는 거야. 조심하면 돼." 루모가 말했다.

"날 죽여라!" 우코바흐가 이렇게 외치면서 루모의 무릎 쪽으로 몸을 던졌다. "여기서 바로 날 죽여. 그럼 끝나."

"맞아. 네 계획은 자살이나 마찬가지야." 리베젤이 거들었다.

"후퇴는 없어." 루모가 잘라 말했다.

다리의 숲

브라호크 바로 밑에서 나는 냄새는 더 지옥이었다.

동굴로 내려가기는 쉬웠다. 그러나 아래에 도착하자 루모는 위험이 어느 정도인지 감을 잡았다. 괴물의 다리에 끈끈한 분비물이 떨어지는 게 보였다. 때로는 두툼한 방울이 떨어져 노란 돌바닥 위에서 터지기도 했다. 바닥은 온통 그런 분비물로 덮여 미끄러웠고 곳곳에 악취 나는 미세한 안개 같은 것이 깔려 있었다. 루모의 뒤를 따르던 우코바흐가 요란스레 구토를 했다.

"쉿!" 루모가 말했다.

"떠들어도 상관없어." 리베젤이 나섰다. "브라호크는 귀머거리야. 장님이고. 더듬이만 조심하면 돼."

브라호크의 더듬이는 도처에서 허공을 갈랐다. 일부는 너무 두껍고 무거워서 그걸로 한 대 맞으면 목이 날아갈 판이었다.

브라호크는 끊임없이 움직였다. 아무렇게나 이리 비틀 저리 비틀거리다가 나무처럼 높다란 다리들이 꼬이면서 서로 밀쳐댔다. 그러나 결코 잠에서 깨거나 넘어지지는 않았다. 몽유병자 특유의 안정감으로. 어떻게 그럴 수 있는지는 설명하기 어려웠다. 갑각이 서로 부딪히면 동굴은 천둥이 치는 것 같았고, 작은 폭포만 한 점액이 한바탕 쏟아져 내렸다. 클수록 발을 디딜 때 나는 소리도 컸다. 높다란 나무줄기가 돌바닥에 떨어지는 것 같았다. 다리 관절에서는 딱딱 삐걱삐걱 소름 끼치는 소리가 났다. 브라호크는 압축공기로 파이프를 부는 듯한 소리를 냈는데 긴 더듬이들이 움직이는 소리는 거기에 박자를 맞추는 것 같았다. 시커먼 박쥐들은 브라호크의 다리 사이로 푸드덕거리며 날아다니거나 그 몸통에 포도송이처럼 주렁주렁 매달려 있었고, 몇 미터는 됨직한 달팽이들은 브라호크의 팔다리 위를 스멀스멀 기어 다녔다.

어림짐작이지만 루모가 보기에 이 동굴에 사는 브라호크는 백 마리는 될 듯싶었다. 진짜 거대한 열 마리는 키가 동굴 높이 반 정도로 윗부분은 아예 안개에 가려버렸다. 스물다섯 마리 정도는 그 반크기에 색깔이 좀 옅었다. 나머지 좀 작은 축들은 일이십 미터 정도였다. 그러니까 다리는 모두 약 천이백 개로 몽유 상태에서 끊임없이 춤을 추고 있었다. 바닥은 지진이 난 것처럼 흔들렸다.

루모는 전진 신호를 보내고 칼을 휘두르며 우코바흐와 리베젤을 앞세웠다. 작은 놈들이 제일 걱정이었다. 이들의 움직임은 예측하기 어려운 데다 아주 빨랐다. 더듬이도 너무 위험하고, 다리들이 가까이서 왔다 갔다 하는 것도 위험천만이었다. 드럼통만 한 방울이 루모, 우코바흐, 리베젤 바로 옆에 떨어지자 바닥이 점액으로 뒤덮였다. 우코바흐가 미끄러지면서 그 끈끈한 액체 속으로 나자빠졌다. 반면 리베젤은 그 위를 스케이트 타듯이 미끄러져 나아갔다.

"안 되겠어."

우코바흐가 소리쳤다. 울음이 터질 듯한 표정이었다. 루모는 이 꼬마를 이토록 위험한 상황으로 끌어들인 자신을 질책하면서 그에게 최대한 신경을 써야겠다고 다짐했다.

가장 큰 놈 가운데 두 놈이 자면서 마주 걷다가 거대한 목선처럼 쿵 하고 충돌했다. 점액이 커튼처럼 쏟아져 내리는 바람에 우코바흐는 머리 꼭대기에서 발끝까지 뒤집어쓰고 바닥에 나동그라졌다. 리베젤과 루모는 간발의 차이로 피했다. 둘은 헐떡이는 우코바흐를 빼내 일으켜 세운 다음 계속 밀고 나갔다. 그는 충격으로 멍한 상태였는데 그게 오히려 다행이었다. 지금까지 그는 불안한 마음에 이것저것 신경을 쓰다가 잘못 채여서 비틀거렸지만 이제는 거의 자동으로 그냥 앞으로 나아갔기 때문이다.

좀 작은 브라호크 두 마리가 길을 막고 나섰다. 작다고 해도 루모의 열 배는 됐다. 놈들은 춤을 추러 나타난 듯이 천천히 우아한 스텝으로 맴을 돌았다. 왼쪽과 오른쪽에는 충돌한 괴물들이 열 배는 더 높은 다리로 비틀거리고 있어서 돌파구가 전혀 없었다.

루모나 리베젤이 어떻게 해보기도 전에 우코바흐는 무작정 콩콩 달리더니 춤추는 브라호크들의 다리 사이로 들어갔다. 우코바흐를 따라가서 최악의 상황을 모면하게 해주든지 아니면 같이 밟혀 죽는 수밖에 없었다. 둘은 가능한 한 조심스럽게 움직였다. 등은 구부리고 머리는 바짝 움츠렸다. 그러나 우코바흐는 말뚝처럼 뻣뻣이 서서 전진했다. 회초리처럼 스쳐 가는 더듬이도 전혀 아랑곳하지 않았다. 브라호크의 다리는 거의 몇 초 간격으로 내리꽂혔다. 그중 하나는 아슬아슬하게 루모 바로 옆에 떨어졌다. 이어 눈 깜짝할 사이에 다시 높이 들리더니 관절에서 나무 쓰러질 때처럼 찌익 하는 소리가 났다. 루모는 잽싸게 앞으로 뛰어나갔다.

우코바흐는 벌써 위험지역을 벗어난 것 같았다. 그런데도 마냥 전진에 전진을 거듭하더니 춤추는 브라호크 아래를 통과했음을 알고는 그제야 멈춰 섰다. 그는 뱃놀이라도 나온 양 루모와 리베젤에게 여유 있는 미소를 보냈다. 리베젤은 점액 속에서 미끄러져 앞으로 넘어졌다. 루모는 그를 도우려고 했지만 더듬이가 한 다발 이쪽으로 떨어지는 바람에 둘은 배를 깔고 몸을 내던졌다. 더듬이가 머리 바로 위를 스치고 지나가더니 다시 높이 올라갔다. 루모와 리베젤은 일어서서 죽어라고 뛰었다. 함께 가쁜 숨을 몰아쉬며 우코바흐 있는 데까지 왔을 때 우코바흐가 바보처럼 히죽거리고 있었다.

"도대체 어디 있었던 거야?" 우코바흐가 물었다.

루모는 뒤를 돌아다보았다. 브라호크가 여전히 어슬렁거리며 춤을 추고 있었다. 그러나 이제는 안전할 만큼 거리가 멀어졌다. 악취 나는 안개구름이 루모와 우코바흐와 리베젤을 에워싸고 있지만 그런 악취쯤은 이제 신경 쓰이지 않을 만큼 익숙했다.

"저 뒤에 헬로 들어가는 입구가 있어."

리베젤이 헐떡거리며 안개 속을 가리켰다. 명령을 받기라도 한 양 우코바흐는 뒤돌아서서 가리킨 방향으로 나아가다가 안개 속으로 사라졌다.

루모와 리베젤이 급히 뒤를 따랐다. 높은 소리가 나더니 안개 속에서 우코바흐의 외치는 목소리가 들렸다.

"아우!"

"무슨 일이야?" 리베젤이 옆에 다가가 물었다.

"뭔가에 부딪혔어." 우코바흐는 머리를 문지르면서 말했다.

안개가 커튼처럼 옆으로 걷히더니 거대한 브라호크의 다리가 나타났다. 백 미터짜리 괴물의 다리였다. 나머지 몸통은 안개에 가렸다. 루모는 다리에 삐죽삐죽 솟은 철사 같은 털에 눈길이 갔다.

"브라호크가 깼다." 리베젤이 소곤거렸다.

깨어난 브라호크

그의 말이 맞았다. 브라호크는 그만 한 몸집에 귀가 먹은 생명체만이 낼 법한 소리를 내면서 깨어났다. 그 우르릉거리는 소리에 동굴 전체가 떨리면서 다른 브라호크의 더듬이들도 요동쳤다. 수백 마리의 박쥐가 괴물들 몸에서 떨어져 나와 날아올랐다. 브라호크들을 깨우는 기상나팔이었다.

동굴 안은 갑자기 상상할 수 없을 정도로 난장판이 됐다. 쿵쾅쿵쾅 찌익찌익 삐익삐익 하는 소음에 귀가 멍하고, 브라호크들은 흥분한 나머지 마구 날뛰었다. 그나마 거대한 다리들은 뿌리처럼 제자리에 박혀 있었다. 곤추선 다리털들만 부르르 떨렸다. 느닷없이 안개 속에서 거대한 코끼리 코가 튀어나와 우코바흐를 내리 덮쳤다. 루모가 탁 뛰어올라 우코바흐 곁으로 갔지만 긴 코는 머리 바로 위에서 한 번 뒤로 젖혀지는가 싶더니 루모와 우코바흐를 아래서부터 휙 말아 올렸다. 그러고는 먹잇감을 천천히 높이 쳐들었다.

"우코바흐!"

리베젤은 긴 호스가 포획물을 가지고 안개 속으로 사라지자 망연자실했다.

루모와 우코바흐에게 뜨듯한 분비물이 비처럼 쏟아졌다. 이어 콧속으로 빨아들이는 강력한 흡인력이 느껴졌다.

우코바흐는 아무 소리도 못한 채 공포로 온몸이 마비된 듯했다. 루모는 우코바흐의 머리를 내리누르고 명령했다.

"수그려!"

그는 허리춤에서 검을 꺼내 두 손으로 잡은 다음 코 내부를 푹 찔러 냉혹한 낫질을 구사했다. 사방을 돌아가면서 베는 초식으로 부드러운 막이 축축한 종잇장처럼 찢어졌다. 루모와 우코바흐는 찢어진 틈 사이로 삐져나와 수 미터 아래 바닥으로 떨어졌다. 온통 점액이 흥건한 덕분에 떨어진 충격이 덜했다. 리베젤이 달려와 둘을 미끈미끈한 점액에서 빼내주었다.

코를 잘린 브라호크가 내는 소리는 산이라도 무너뜨릴 정도였다. 루모는 벌떡 일어서더니 우코바흐의 손을 잡고 죽어라고 내달렸다. 리베젤이 뒤를 따라왔다. 셋은 오만 소리가 삑삑거리고 천 개나 되는 발이 쿵쿵거리는 곳에서 되도록 멀리 달아났다.

전쟁

랄라의 몸속은 전쟁이 지배하고 있었다. 그녀와 탈론은 방어군 소속 두 병사였다. 이 점령당한 도시에서 이 참호 저 참호로 숨어 다니는 동안 적군은 파상공세를 폈다.

가시 박테리아들은 혈장을 누비며 거기서 움직이는 모든 것에 화살을 난사했다. 독은 혈류를 따라 흐르면서 재빨리 달아나지 못한 모든 생명을 죽였다. 랄라의 신경계는 전기충격으로 벌벌 떨렸고 폐에는 연금술 가스가 가득 들어찼다.

그녀의 몸에서 피해를 보지 않은 곳은 단 한 군데, 두뇌뿐이었다. 적의 전략이 랄라를 그리로 몰아 마지막 탈출구로 삼도록 하려고 했기 때문이다. 그러면 그녀의 정신을 다시 사로잡아 저항을 영원히 무력화시킬 수 있었다.

그러나 랄라와 탈론은 함정에 빠지지 않았다. 계속 도망치면서 다량의 붉은 적혈구에 파묻혀 떠다니는 쪽을 택했다.

랄라는 핏속에서 제대로 전진하려면 쿵쿵 고동치며 빨려 들어가는 혈류에 몸을 맡기는 수밖에 없다는 것을 체득했다. 세찬 혈류를 거슬러 올라가려고 해봐야 소용없었다. 미세한 혈구인 랄라로서는 그럴 깜냥조차 되지 않았다. 그런 걸 깨닫고 나니까 아주 간단했다.

그사이에 많은 혈관이 막혀버렸다. 혈전으로 막히기도 하고 박테리아가 가로막거나 독이 꽉 들어차기도 했지만 랄라와 탈론은 다시 적이 모르는 구멍이나 우회로, 지름길을 찾아내곤 했다. 랄라는 자기 몸의 독특한 구조에 대해, 그리고 그런 구조를 어떻게 활용하면 저 강력한 적에게 붙잡히지 않을 수 있는지에 대해 많은 것을 알게 됐다. 도처에서 방어군이 어떻게 조직화되고 어떻게 침략자와 몸으로 맞서는지를 볼 수 있었다. 곳곳에서 끊임없이 소용돌이가 치고 부글부글 끓고 부풀어 오르고 펌프질하고 하는 것이 모두들 쉼 없이 움직이고 있었다. 랄라는 생명 자체가 일하는 모습을 들여다볼 수 있었다. 그리하여 자신의 생존 하나만을 위해 다들 그토록 부산하게 움직이는 걸 보고는 한때나마 용기를 잃었다는 사실이 못내 부끄러웠다.

랄라의 자연적인 혈류와 짹깍짹깍 장군의 인공적인 살인기계 사이의 전쟁이었고, 고도로 복잡한 두 도관 시스템 간의 전쟁이었다. 하나는 피와 살로 된 것이고, 다른 하나는 금속으로 된 것이었다. 쩍각쩍 각의 병사들은 미생물, 박테리아, 바이러스, 독이었고, 랄라의 병사들은 백혈구와 적혈구였다. 질병과 건강 사이에 벌어진 전투였다. 이런 싸움은 많은 유기체에서 늘 있는 일이지만 랄라의 몸에서처럼 처절하고 드라마틱하면서 다채로운 방식으로 이루어진 적은 없었다.

돌물동굴

루모, 우코바흐, 리베젤은 브라호크동굴을 벗어난 뒤 한참을 내려가다가 거대한 터널을 통과했다. 이 터널은 다리 열두 개 달린 괴물 중에서 가장 큰 놈이 들어와도 공간이 남을 정도였다. 루모는 연방 두리번거리며 놈들이 쫓아오는지 살폈다. 한참 후에 한 자그마한 푸른 동굴에 도달했다. 천장에서는 줄기차게 물방울이 떨어지고 있었다. 한가운데에는 호수가 있었는데 물이 수정처럼 맑았다.

"돌물동굴이야." 우코바흐가 말했다. "이 물은 저 위에 있는 수원에서 나온 건데 먹어도 돼. 여기서 좀 쉬자. 오래는 안 되지만. 여기가 헬과 네벨하임을 오가는 모든 사람이 쉬는 곳이야."

네벨하임이라는 지명이 나오자 루모는 귀를 쫑긋 세웠지만 질문을 하지는 않았다. 그저 물을 마시고 몸을 씻고 싶을 따름이었다. 그외의 모든 것은 이 순간에는 관심 밖이었다. 그들은 호숫가로 가서 브라호크 점액을 완전히 씻어냈다. 리베젤은 깔때기와 통을 벗고 모처럼 목욕다운 목욕을 했다.

"난 아직도 꿈만 같아." 그가 찬 물속에서 개헤엄을 치면서 큰 소리로 말했다. "브라호크 동굴에서 살아났다니 말이야."

"난 거의 잡아먹힐 뻔했어." 우코바흐가 힐난조로 말했다.

"하지만 루모가 구해줬잖아!" 리베젤이 느긋하게 누워 둥둥 떠다니면서 이렇게 맞받았다.

"루모가 없었다면 그 호스 속으로 빨려 들어가지도 않았어!" 우코
바흐가 반박했다. "그리고 지금도 틀림없이 우리 뒤를 쫓아오고 있
을 거야. 연금술사들이 우리가 브라호크 동굴에서 어떻게 하는지 예
의주시하다가 용병들을 풀어 우리를 쫓게 한 거야. 이제 우린 일급
배신자인 것은 물론이고 브라호크까지 잘못 건드렸어. 벌써 오래전
에 죽은 목숨이라고. 아직 땅속에 묻히지 않아서 그렇지. 다 새 친
구 덕분이야."

그는 성난 눈초리로 루모를 노려봤다.

당황한 루모는 고개를 숙이고 말했다.

"여기 오래 있으면 안 돼. 계속 가야 돼."

"도대체 어떻게 계속 간다는 거지?" 우코바흐가 물었다. "너의 그
잘난 비밀통로는 어디 있어, 리베젤?"

리베젤은 뭍으로 기어 나와 통을 입었다.

"우린 헬을 멀찍이 돌아가야 돼." 그가 말했다. "앞잡이들한테 붙
잡히지 않으려면 말이야. 브라호크 순찰대나 검은 파행동물, 용병부
대 같은 온갖 쓰레기들이 헬 주위를 어슬렁거리고 있다고. 그러니까
석탄폭포로 기어 내려가야지."

"석탄폭포로 기어 내려간다고?" 우코바흐의 숨이 가빠졌다. "너
미쳤니?"

"석탄폭포?" 루모가 물었다.

"그래, 석탄 섞인 검은 물의 폭포로 헬 저 아래 깊은 곳까지 떨어
져. 석탄폭포를 지나면 바로 하수구로 들어가지. 말하자면 지하실을
통해서 헬로 올라가는 거야. 그게 약간 돌아가기는 하지만 들키지
않고 도시로 들어가는 유일한 길이야."

"완전히 미쳤군. 살기가 지겨우신 분만이 석탄폭포로 들어가는 거야." 우코바흐가 말했다.

"좋아, 가자." 루모가 말했다.

약병

쩍깍쩍깍 장군은 난감했다. 원래 생각했던 원대한 꿈과는 이제 거리가 멀어졌다. 더는 대가의 연주가 아니었고, 설사 그렇다 해도 중간중간에 끊기고 잘못된 부분이 들어간 연주였다.

며칠 동안 구리처녀를 만지작거리면서 랄라의 정신을 구석으로 몬 다음 다시 뇌 속으로 집어넣으려고 마개와 밸브를 돌리고 추출물과 독약과 병원균을 흘려 넣었다. 마침내 죽음에 관한 그 나름의 절실한 문제들을 규명해볼 참이었는데 그녀는 이런 심문에 끈질기게 저항했다. 혈류를 막아보기도 하고, 독약으로 흐름을 끊기도 하고, 신종 박테리아로 쫓아가기도 하고, 고농도 가스와 심지어 전기충격 요법까지 써보았다. 그러나 실패였다.

장군은 밸브를 열어놓은 채 손을 떼고 말았다. 다시 성탑 창문에서 분노의 비명 소리가 울려 나오자 주변 주민들은 벌벌 떨었다. 이런 소리는 요즘 들어 부쩍 잦아졌다.

쩍깍쩍깍 장군은 독약 찬장으로 쿵쿵 다가가더니 문짝을 확 뜯어냈다. 흥분에 떨며 잠시 머뭇거리더니 안쪽 깊숙이 손을 집어넣었다. 며칠 전 꺼내봤던 그 병을 꺼냈다. 다시 한 번 표지를 읽어보았다.

피하죽음특공대

이제 갈 데까지 갔다. 비상한 상황에서는 비상한 수단이 필요한 법. 랄라 스스로 이 약을 처방한 셈이다.

병을 돌려보았다. 뒷면에도 딱지가 붙어 있었다. 깨알 같은 육필로 궁정연금술사 튀콘 취포스 제조라고 적혀 있었다.

쩍깍쩍깍은 한숨이 나왔다. 튀콘 취포스. 얼마나 대단한 과학자인가! 이 연금술사는 천재였다.

튀콘 취포스 이야기

헬의 연금술사로서 튀콘 취포스가 쩍깍쩍깍 장군을 만족시킬 목적으로 수행한 첫 번째 과제는 랄라의 이성을 완전히 빼앗다시피 한 저 광기의 약물을 개발하는 일이었다. 취포스는 그걸 직업적 성공으로 치부하지는 않았다. 사형선고나 진배없는 장군의 잇단 채근의 결과물이었기 때문이다. 쩍깍쩍깍 장군이 계속해서 새로 원하는 걸 제시하면서 실패할 경우 친히 목을 베겠다고 통보하면 튀콘 취포스는 그 자리에서 실험실로 직행했다.

그는 시험관에 순수 알코올을 따르고 증류수로 약간 희석시킨 다음 단숨에 들이켰다. 그는 망가졌다. 그건 확실했다.

쩍깍쩍깍 장군이 아주 비과학적인 개념에다 극히 모호한 설명을 덧붙여 부과한 과제는 현미경적인 수준에서 구리병정에 필적하는 전투력을 발휘할 주사액을 만들라는 것이었다. 장군은 구리병정처럼 호전적이고 상처도 안 나고 무자비한 살인을 즐기는 생명체를 원했다. 진짜 구리병정과 다른 점은 한 번의 주사로 혈류에 투입할 수 있을 만큼 크기가 아주 작다는 것뿐이었다. 튀콘은 이런 요구를 듣고 기절초풍했다. 쩍깍쩍깍 장군의 요구는 시간을 멈추라거나 물을 피로 만들라는 얘기나 마찬가지였기 때문이다.

구리병정들의 사령관은 현대 연금술은 전능하다는 식의 순진한 민중신앙을 맹신하는 것 같았다. 그러나 과학도 한계가 있는 법! 튀콘은 보통 사람들이 연금술의 가능성을 지나치게 과신하는 것은 연금술사들 자신의 책임이라는 걸 잘 알고 있었다. 경망스런 연금술사들이 늘 무슨 대단한 비밀이라도 있는 양 폼을 잡고, 습관적으로 주문을 나불대고, 주책없이 허풍을 떤 결과 무오류의 신화를 심어준 것이다.

알코올이 진정 작용을 했다. 튀콘은 생각을 차근차근 정리했다. 불안은 맨 아래 서랍에 넣어두고 탐구정신을 찾아냈다. 해결 불가능한 과제가 어디 있겠는가? 연금술은 불가능해 보이는 문제들과 씨름해왔다. 작은 약병에 든 알코올을 하나 더 들이켰다. 시련과 더불어 성장한다고 하지 않는가. 이 일만 성공하면 헬에서 가장 영향력 있는 연금술사가 되겠지! 그러니 붙어보자!

이후 그는 밤낮없이 수많은 아이디어를 머리에 떠오르는 대로 공책에 휘갈겼다. 바이러스, 산, 세균, 푸른 옴, 그랄준트 독감 바이러스, 치명적인 독 일체, 위험한 생명체와 병원균 등등 핏속에 들어가서 효능을 발휘할 수 있는 것은 모두 망라해 목록을 만들었다. 어떤 병원균이 무슨 독과 결합할 때 어떤 효과가 나는가? 조합은 무궁무진했고, 점점 더 공격적이고 치명적인 결합이 나왔다. 튀콘 취포스는 죽음의 방정식을 만들어냈다.

이론적인 부분이 마무리되자 실제 작업에 들어갔다. 이후 몇 날 몇 주 동안 그의 실험실은 수수께끼 같은 현상들의 진원지였다. 고양이, 개, 쥐, 생쥐 등등 반경 일 킬로미터 이내에 있는 작은 동물은 모두 사라졌다. 대신 실험실 주변에는 새로운 냄새가 퍼졌다. 대기는 밤이고 낮이고 튀콘의 실험실에서 흘러나오는 비밀스럽고 달콤한 방향으로 가득 찼다. 그럴수록 실험실에는 실험용으로 사용한 가련한 동물들의 시체가 산더미처럼 쌓여갔다.

튀콘은 예술가가 색채와 소리를 조합하듯이 병원균을 조합했다. 조합 방식은 참으로 기발했다. 그 이전의 누구도 치명적인 그랄준트 독감 바이러스와 흑사병 병원균을 한 유기체에 동시에 감염시킨 다음 회색 콜레라까지 주입할 생각을 한 사람은 없었다. 얼룩말천연두에 쐐기풀발진을 결합시키고 마비성 나병까지 조합한 사람도 없었다. 그렇게까지 나간 마당에 한 걸음 더 나아가서 그런 시도를 통해 얻은 엄청난 성과를 모두 융합하지 못할 것이 무엇인가? 그 결과는 소름이 끼칠 정도여서 튀콘의 하얀 머리칼이 일주일 사이에 흑사병에 걸린 것처럼 새카매지고 몸은 피골이 상접할 정도로 말라버렸다. 그는 가끔 우연히 거울에 비친 제 모습을 들여다보고는 소스라치게 놀랐다. 만들어내지 않으면 안 되는 것에 하루하루 가까이 가고 있었던 것이다. 그것은 걸어 다니는 죽음이었다.

피하죽음특공대

몇 달 후 쩩깍쩩깍 장군이 정한 시한이 임박했다. 튀콘 취포스는 모종의 질병을 개발하는 데 성공했고 장군의 마음에 들 것이라고 믿었다. 이 병은 치명적일 뿐 아니라 죽음 이후의 과제까지 말끔히 처리했다. 감염된 자가 끔찍한 고통에 시달리다가 죽고 나면 그 바이러스는 철저하고도 가차 없는 방식으로 작업을 계속한다. 시체의 세포 하나하나를 완전히 분해될 때까지 파괴함으로써 단 한 점도 남기지 않는 것이다. 취포스는 세 마리의 고양이가 눈앞에서 하루 만에 완전히 소멸하는 과정을 보고 경악했다. 고양이가 존재했었다는 사실을 기억할 만한 것은 전혀 남지 않았다. 털 한 올도.

"이 병은 쩩깍쩩깍 장군의 마음에 꼭 들겠지." 튀콘 취포스는 생각했다. "병명을 피하죽음특공대라고 해야지."

딱 한 가지 문제가 남았다. 이 병은 전염성이 있었다. 그것도 통제 불가능한 방식으로 전염됐다. 접촉도 필요도 없었다. 죽은 시체에서 빠져나와 공기 중에 떠돌다가 새로 파괴할 대상을 찾는 것이다. 도시에서 도시로 몰려다니는 날강도 떼나 마찬가지였다. 난폭한 용병 떼거지처럼 무슨 짓을 할지도 예측할 수 없었다. 경우에 따라 파괴 작업을 중단하고 멋대로 다른 대상으로 건너뛰었다. 튀콘은 실험실에서 사용한 동물에서 이런 현상을 간파했다. 본인은 산소를 따로 공급받는 공기차단형 보호복을 입고 실험을 했다. 그리고 곧 원하는 대로 바이러스를 길들일 수 있을 것으로 믿었다. 튀콘은 이 괴바이러스에 특별히 음험한 특성까지 부가했다. 그것은 질병의 세계에서는 가히 혁명적인 것이었다. 이 놀라운 부수적 특성을 그는 장군에게 주는 선물로 생각했다. 그러면서 은근히 궁정연금술사 서열이 뛰어오르기를 기대했다. 어쨌든 피하죽음특공대는 공격 대상인 육체와 함께 저희도 죽게끔 만들어야만 했다.

이 마지막 남은 문제를 골똘히 생각하고 있을 때 실험실 문이 똑똑 울렸다. 쩩깍쩩깍 장군의 졸개 둘이 와서 바로 보고하라고 명했다.

튀콘은 이러니저러니 해봐야 소용없다는 걸 알고 있었다. 그래서 자료와 문제의 바이러스가 든 주사를 챙겨가지고 쩩깍쩩깍 장군에게 갔다.

시연

"일은 [쩩] 얼마나 진척됐느냐?"

튀콘 취포스가 다리를 부들부들 떨며 다가가자 쩩깍쩩깍 장군이 물었다.

"치명적인 질병을 개발했습니다. 이제껏 없었던 것입니다. 그러나……"

쩩깍쩩깍 장군이 손을 치켜들었다.

"내 [쩩] 앞에서 '그러나'란 말은 하지 마라! '그러나'는 안 돼. '안 된다'도 안 돼. 그리고 '불가능하다'도 안 돼 [깍]. 이런 단어를 입에 올리면 [쩩] 사형이다."

튀콘이 머리를 조아렸다.

"그 병을 보여봐! [쩩] 가져왔지?"

연금술사는 조금 가까이 가서 주사를 꺼냈다.

"이 주사 한 방울이면 한 사람을 감염시키기에 충분합니다. 다 쓰면 백 명을 죽일 수 있습니다. 그러나……" 튀콘이 아랫입술을 깨물었다. 그러나 너무 늦었다.

"너한테 [깍] 경고했다."

쩩깍쩩깍 장군은 이렇게 말하고 주사기를 잡아챘다.

"한 번 [쩩] '그러나'도 심한 거야." 그는 다른 손으로 튀콘의 팔을 붙잡았다. "한 방울 [깍] 이라고 그랬지?"

튀콘은 자기한테 무슨 일이 일어났는지도 모르는 사이에 바늘에 찔리고 말았다. 쩩깍쩩깍 장군은 주사액 한 방울을 조심스럽게 연금술사의 혈관에 찔러 넣고는 다시 놓아주었다.

"나의 조급함을 [쩩] 용서해라." 쩩깍쩩깍 장군이 말했다. "이제 너의 병이 [깍] 어떻게 되는지 보여다오."

튀콘은 갑자기 아주 조용해졌다. 그는 사형선고가 너무도 신속히 집행되는 걸 느끼고 약간 놀랐다.

"병 이름이 [쩩] 뭐냐?" 쩩깍쩩깍 장군이 물었다. "아니면 아직 [깍] 병명을 안 지었나?"

"피하죽음특공대라고 지었습니다." 취포스가 대답했다.

"좋은 [쩩] 이름이야. 과학적이면서도 [깍] 군대 냄새가 나는군."

"감사합니다." 연금술사가 답했다.

"그런데 [쩩] 느리게 진행되는 병이군." 성질 급한 쩩깍쩩깍이 말했다.

취포스는 어쩔어쩔하다가 다리가 풀렸다. 특공대가 작업을 시작했다는 신호였다.

"이제 시작입니다." 취포스가 말했다. "어떤 경우는 하루 만에 죽고, 어떤 경우는 일주일이 가기도 합니다. 전 유난히 빨리 진행되는 것 같군요……. 앉아도 되겠습니까?"

"안 돼." 쩍각쩍각 장군이 말했다. "미안하다. 개인적인 [쩍] 질문은 아니고. 다만 [각] 증상을 정확히 [쩍] 관찰하고 싶어서 그래. 다리에서 시작하나?"

앉아서 죽도록 자비를 베풀어달라는 이 작은 부탁마저 허용되지 않았다. 바로 이 순간 튀콘 취포스는 장군에게 이 병이 전염병이라는 사실을 이야기하지 않겠노라고 결심했다. 깜짝 선물, 즉 바이러스에 부여한 사소하지만 음험한 특성에 관해서도 아무런 얘기를 하지 않았다. 당연하다. 튀콘 취포스는 마지막 비밀을 무덤으로 가져가려고 했다. 유일한 복수의 기회이기 때문이다. 그가 개발한 피하죽음 특공대는 장군에게는 아무 해도 입히지 못했다. 튀콘이 이제 죽으면 바이러스들은 아마도 한 시간 안에 죽고 말 것이다. 왜냐하면 장군은 기계이기 때문에 감염이 안 되고 주변 어디에도 바이러스가 옮겨 갈 만한 살아 있는 유기체가 없기 때문이다. 그러나 주사액 속에 있는 모든 병원균은, 아니 어쩌면 그중 하나만이라도 쩍각쩍각 장군의 계획을 망쳐놓을 기회가 있을 수는 있다. 그런 데에 쓸 요량으로 필요한 도구를 바이러스에 갖추어놓았다. 튀콘 취포스는 너무 작아서 보이지는 않지만 아무리 강력한 적이라도 무찌를 수 있을 만큼 강력한 군대를 남겨놓았다.

이 연금술사는 생애 마지막으로 미소 지으며 마지막 한마디를 남겼다.

"그렇다. 다리에서 시작한다."

이날 하루 종일 쩍각쩍각 장군은 튀콘 취포스가 죽어가는 과정을 살펴보았다. 연금술사는 실제로 어떠한 형태의 생명체도 말살시키는 질병을 창조해냈다. 그 질병은 상대를 죽이기 위해 유달리 애를 쓰거나 시끄럽게 떠들지도 않았고, 상대를 불쌍히 여기는 마음 같은 것은 물론 없었다. 그 질병의 공격을 받은 대상은 내부로부터 갉아 먹히는 동시에 외부에서는 껍질이 한 겹 한 겹 벗겨져 나가는 것 같았다. 쩍깍쩍깍은 코앞에 널브러진 튀콘이 끔찍한 비명을 지르면서 경련을 일으키고 몸이 뒤틀리는 것을 관찰했다. 색깔은 다 바래고 잠시 후에는 돌 같은 회색 피부만 남았다. 피부는 양피지처럼 찢어져 부스러기 재로 흩어졌다. 머리칼이 떨어져 나오고 이빨, 혀, 눈도 그랬다. 살은 바짝 말라붙었다. 뺨도 오그라들어 해골 같은 죽음의 모습이 완연했다.

"헬과 거기 사는 모든 것이 바로 나처럼 내부에서부터 갉아 먹히기를!" 튀콘 취포스의 마지막 염원이었다.

이럴 수가! 쩍깍쩍깍 장군이 혼잣말을 했다. 이자가 뭘 만든 건가! 그는 머리를 설레설레 흔들며 돌아서서 피하죽음특공대가 든 주사기를 살펴보았다. 정말 인재를 잃었구나! 하지만 이건 정말 커다란 소득이야! 그는 천재를 잃었다. 그러나 보이지 않는 무자비한 군대를 얻었다.

헬

지하세계에는 어디나 나름의 독특한 냄새가 있다고 루모는 생각했다. 낫질의 명수 슈토르를 알게 된 종유동굴에서는 기름 냄새가 지독했고, 얼음동굴에서는 눈과 태곳적 물 냄새가 났으며, 누르넨 숲 미로에서는 썩은 나뭇잎과 피 냄새가, 사자의 숲에서는 검은 독버섯 냄새가 났다. 브라호크는 당연히 브라호크 냄새를, 돌물동굴은 맑은

746

샘물 흐르는 조약돌의 향긋한 냄새를 풍겼다. 그러나 우코바흐와 리베젤과 함께 들어선 거대한 동굴의 냄새는 뭐라고 딱 꼬집어 말하기가 어려웠다. 아주 다양한 냄새의 복합체로서 루모가 지금까지 단번에 맡았던 그 어떤 다양한 냄새보다도 종류가 많았다. 볼퍼팅에 도착했을 때, 그리고 대목장에서 맡았던 것보다도 많았다. 그것은 지하세계의 수도인 헬의 냄새였다.

헬은 거대한 동굴의 중앙에 위치했는데 이 동굴은 루모가 지하세계에서 본 것 중에서는 얼음동굴 다음으로 컸다. 높이가 수 킬로미터나 되는 천장은 변덕스럽고 산란한 도시의 빛을 반사해 노르스름한 궁륭처럼 보였다.

헬 일대는 좁은 골짜기와 기다란 계곡, 화산 단층과 마른 하천 바닥이 뒤범벅돼 있었고, 돌이란 돌은 다 수백 년 동안 헬의 자욱한 연기에 시달려 새카맣게 변했다.

"어쩔 생각이야?" 리베젤이 물었다.

"그래, 루모, 어쩔 생각이야?" 우코바흐도 물었다.

"나도 궁금해지는데." 사자이빨이 말했다.

"물론 생각이 있겠지?" 그린촐트가 거들었다.

루모는 참 부담스러웠다. 생각? 그냥 횃불 들고 정문을 지나 도시로 들어가서 완전히 불살라버리고 동료들을 구하면 제일 좋을 텐데…… 이럴 때 스마이크가 있으면 얼마나 좋을까! 수백 명이나 되는 포로를 감시가 삼엄한 도시에서 구하는 방법을 가장 잘 알 만한 사람은 국방장관을 해본 스마이크일 것이다.

"일단 하수구를 거쳐 중앙으로 간다. 그 다음엔 좀 보자." 루모가 말했다.

"그건 우리도 알아. 내 말은 그 다음에. 도시에 들어간 다음에. 수

천 명의 적이 우글거리는데 포로가 아닌 볼퍼팅어는 딱 하나란 말이
야. 그때 어떻게 할 거냐고." 우코바흐가 말했다.

"그래. 어떻게 할 거냐고." 리베젤이 거들었다.

"정당한 질문이네." 사자이빨이 말했다.

"계획이 없는 거지, 그렇지?" 그린촐트가 물었다.

루모는 답하지 않았다.

"계획이 없는 모양이야." 우코바흐가 리베젤에게 소곤거렸다.

순찰대

석탄폭포까지는 별 어려움 없이 순탄했다. 굳이 사건이라면 검은 협
곡에서 브라호크순찰대와 마주친 일 정도였다. 지하세계 군대 병사
다섯은 모두 헬링으로 키가 십 미터쯤 되는 작은 브라호크를 타고
좁은 길을 비틀비틀 육중하게 이동하고 있었다.

루모는 한참 전에 그 괴물의 냄새를 맡고 소리를 들었다. 그래서
들키지 않고 리베젤, 우코바흐와 함께 바위틈으로 숨었다. 브라호크
가 천식 환자처럼 쿨럭쿨럭 소리를 내면서 바로 옆으로 지나갔다.
한 병사는 횃불을 들고 다른 병사는 병을 매단 장대를 들었는데 병
이 브라호크 앞에서 이리저리 흔들렸다. 긴 더듬이들이 공기를 휙
하고 가르면서 주변 곳곳을 더듬었다. 긴 코는 아래로 말려들어가
유령 같은 빛을 내는 푸른 배 밑에 바짝 붙어 있었다. 브라호크의
관절은 발걸음을 옮길 때마다 찌익 뻑 하는 소리가 났다.

"장대하고 병은 뭐하는 거야?" 순찰대가 지나가자 루모가 물었다.
"저걸로 놈들을 조종하는 건가?"

"브라호크는 눈이 멀고 귀가 먹어서 남은 거라곤 후각과 촉각밖
에 없어." 리베젤이 설명했다. "연금술사들은 점점 교묘한 방향을 개

발해서 놈들을 유혹하거나 잠들게 하는 데 성공했지. 저 병에는 아마 죽은 돼지 냄새를 담았을 텐데 브라호크는 그걸 쫓아가는 거야. 원래 엄청 멍청한 놈이거든. 대부분의 생명체와 마찬가지로 주로 냄새로 방향을 잡지."

루모는 리베젤을 다그치듯 바라보았다.

"가! 가자!" 그가 명령했다.

석탄폭포에서

몇 시간 걸은 끝에 마침내 낭떠러지에 도착했다. 여기서 아래로 곧장 내려가면 석탄폭포였다.

"아무것도 안 보여!" 우코바흐가 우는 소리를 했다. "한 발짝만 잘못 디디면 우린 끝장이야!"

루모도 현기증이 났다. 급경사 암벽에 난간조차 없는 좁다란 돌계단이 아래로 이어지다가 시커먼 심연으로 빠져들었다. 너무 깜깜해서 폭포는 보이지 않았지만 멀리서 천둥소리 같은 것이 들렸다. 납빛 안개가 뭉게뭉게 피어오르면서 모든 것을 자욱한 그을음 연기로 뒤덮었다.

"벽을 잘 짚고 가." 리베젤이 소리쳤다. "계단 없는 데 조심하고. 머지않아 하수구로 들어간다."

"머지않아가 얼마나 멀지 않은 건데?" 우코바흐가 물었다.

"한 일 킬로미터쯤." 리베젤이 대꾸했다.

셋 다 계단을 내려가면서 벽에 바짝 달라붙었다. 최대한 조심해서 아래로 아래로 내려갔다. 리베젤이 앞장섰다. 계단은 울퉁불퉁하고 비좁고 위태위태한 것은 물론이고 축축한 데다 미끄러운 이끼로 덮여 있었다. 아래로 다가갈수록 폭포의 천둥소리는 더 세차졌고 검은 물보라도 짙어졌다.

수십 미터 거리에 석탄폭포가 보였다. 잉크처럼 까만 물줄기 세 개가 절벽에서 솟아나와 심연으로 곤두박질치면 그 물줄기를 짙은 회색 안개가 꿀꺽 삼켰다. 루모는 벽에 더 바짝 달라붙었다.

"입구가 어디야? 빌어먹을 하수구가 어디냐고?" 우코바흐가 툴툴 거렸다.

"저 앞이야! 이제 다 왔어." 리베젤이 큰 소리로 대꾸했다.

몇 계단만 더 내려가면 바위를 깎아 만든 정문에 도착한다.

"하수구다!"

리베젤이 의기양양하게 소리쳤다. 마치 친구들을 자기 땅에 맞아 들이기라도 한 것 같았다. 정문에서는 브라호크만큼 지독한 냄새가 확 풍겼다.

헬 속으로

루모, 우코바흐, 리베젤이 서 있는 얕은 실개천은 검댕이 섞여 시커 먼데 터널 벽에 고정시킨 조명장치 탓에 불그레한 빛이 났다. 조명장 치라야 유리수조에 발광해파리를 넣어둔 것이었다.

"해파리횃불이야" 리베젤이 설명했다. "저런 게 곳곳에 걸려 있지. 발광해파리를 영양액에 넣어두면 죽을 때까지 빛을 내. 그런 걸 난 진보(進步)라고 불러. 우리 시대에 여긴 온통 암흑이었어. 헬멧에 양 초를 달고 지내야 했지. 초에 물방울 하나만 떨어져도 다시 암흑이 됐거든."

리베젤이 주변을 둘러보았다.

"저쪽으로 가야겠다." 그는 왼쪽을 가리켰다. "저기가 중앙 하수 구로 들어가는 곳이야"

리베젤이 성큼성큼 앞장섰고 루모와 우코바흐가 뒤를 따랐다.

"무슨 악취가 이렇게 심하냐?" 우코바흐가 물었다.

리베젤이 시커먼 물을 가리켰다.

"여기 물빛이 까만 것은 검댕 때문이지만 저 위 하수구는…… 그러니까 알고 있겠지만……."

우코바흐는 저도 모르게 한 발을 물에서 뺐다.

리베젤이 진지하게 고개를 끄덕였다.

"아주 조심해야 돼. 여기 생명체들은 대부분 환경에 맞게 변화됐어. 내 말이 무슨 얘긴지 알겠지?"

"무슨 생명체?" 우코바흐가 물었다.

"예를 들면 똥 먹는 동물이 있지. 검댕뱀, 팔각류(八脚類), 집게괴물, 다손이……."

"똥 먹는 동물이 뭐야?" 우코바흐가 소리쳤다.

"발이 여섯 개에 털이 무성한 큰 동물이야."

우코바흐가 몸을 떨었다.

"그러니까 네 말은 그게 먹……."

"그래. 그것만은 아니지. 똥을 먹는 생명체라면 나머지는 전부 다 미식이라는 걸 알 수 있을 거야." 리베젤이 말했다.

"정말 웩이다!" 우코바흐가 진저리를 쳤다.

"그건 약과야." 리베젤이 말했다. "이 물은 늘 따뜻하지. 그런데 가끔 놀라운 게 발견돼. 거기다 뭘 내다버렸는지 정말 안 믿어질 거야."

그는 다시 갈라지는 터널을 가리켰다.

"저기가 중앙으로 통하는 길이야."

특공대

그 생물은 랄라가 지금까지 본 것 중에서 제일 끔찍했다. 형태는 끊임없이 변하면서, 내장은 속을 밖으로 밀어내고, 다른 부위는 빨아들이는 한편으로, 촉수나 바늘 같은 침을 내밀고, 주둥아리를 물듯이 여닫는가 하면, 피부는 여러 겹으로 주름이 잡히면서 색깔이 쉴 새 없이 변했으며, 시커먼 점액구름을 내뿜고, 투명해졌다가 다시 새까매졌다. 게다가 안에서 딱딱 하는 단조로운 소리가 났다. 이 생명체에서 가장 놀라운 것은 혈류를 거슬러 올라간다는 것이었다. 랄라는 혈류에서 이렇게 움직이는 유기체는 보지 못했다.

"저게 뭐야?"

랄라가 탈론에게 물었다. 둘은 왼쪽 폐엽에 있는 가는 혈관에 숨어 있었다. 무시무시한 생물이 정맥을 통해 헤엄쳐 가는 게 보였다. 조금 전만 해도 날고기 한 덩어리 같았는데 지금은 완전히 투명해졌다.

"몰라. 위험해 보이네." 탈론이 말했다.

여섯 개의 백혈구 무리가 혈장의 흐름을 타고 이쪽으로 밀려와서 새 침입자에 맞섰다. 침입자는 백혈구 무리 바로 앞에서 멈춰 서더니 물렛가락 형태로 몸을 변형시킨 뒤 딱딱 소리를 내면서 색깔을 바꿨다. 녹색에서 회색, 빨강으로, 다시 회색, 빨강, 녹색으로.

놈은 구르륵거리는 소리를 냈다. 그러더니 집게발 같은 발톱이 달린 네 개의 촉수가 몸에서 뻗어 나왔다. 놈은 혈구 두 개를 잡더니 종잇장처럼 찢어서 뒤로 휙 던졌다. 다른 네 백혈구도 쪼개져서 잉크처럼 검은 구름 속으로 들어가버렸다. 순식간에 일어난 일이었다.

이어 다시 딱 하는 소리가 났다. 이번에는 여러 번 잇달아 났다. 놈은 팔 다섯 개가 달린 회색 별 모양으로 변했다. 이어 똑같은 별 두 개로 분열하더니 박자에 맞춰 색깔을 변화시키면서 나란히 혈장

속을 헤엄쳐 나아갔다.

"자기복제를 하는구나." 탈론이 말했다.

놈은 이제 여섯 마리가 되어 딱딱 소리를 내면서 혈류를 통해 이쪽으로 헤엄쳐 오다가는 쌍둥이로 합체됐다가 다시 별 모양이 되더니 같은 방식으로 분열하면서 이열종대 대형을 갖추었다. 놈들은 함께 혈류를 거슬러 헤엄쳐 나가면서 도중에 마주치는 모든 것을 파괴했다.

"여기서 피해야겠다." 탈론이 말했다.

피하죽음특공대가 랄라의 몸에 투입된 즉시 가차 없이 작업을 시작한 것이다.

죽음온도계

장군은 당혹스러웠다. 생애 처음으로 자신의 의지가 아니라 감정이 명하는 대로 했던 것이다.

그는 튀콘 취포스의 피하죽음특공대를 구리처녀 시스템을 통해 랄라의 몸속에 흘려 넣었다. 단 한 방울에 불과했지만 그 한 방울이 어떤 결과를 가져올지 본능적으로 알고 있었다. 어떻게 그런 식으로 자제력을 잃을 수 있단 말인가? 되돌릴 수 없는 조치였다. 최종 사형선고였다.

죽음을 위한 모든 작업과 원대한 계획과 거창한 연출이 단 한 번의 통제력 상실로 다 망가지고 말았다. 랄라가 없으면 구리처녀는 죽은 고철덩어리였다! 죽음을 경멸하는 이 볼퍼팅어 처녀처럼 자신의 악기에 어울리는 고상한 현은 결코 다시는 찾지 못할 것이다!

절망적인 상태에서 쩍깍쩍깍 장군은 작동장치를 이리 돌리고 저리 돌리면서 고래고래 소리를 지르고 욕설을 퍼부었다. 이걸 더 넣어야 돼, 저걸 더 넣으란 말이야! 그는 랄라라는 유기체에 생명유지 물질을 마구 유입시키고 전기충격을 가하고 온도를 높이고 할 수 있는 연금술 수단을 모두 동원해 생명을 돌이키려고 애썼다. 그러고 나서 죽음온도계로 눈길을 돌렸다. 벌써 60 아래로 떨어졌다.

쩍깍쩍깍 장군은 구리처녀에다 대고 무의미한 고함을 질렀다. 그는 피하죽음특공대에게 즉각 철수를 명했다. 쇠주먹으로 기계를 마구 치자 납 망토에 깊은 홈이 파였다. 밸브와 파이프를 다 열고 뜯어버리자 연금술 추출물과 산, 독, 가스가 새 나오면서 코를 찌르는 냄새가 고문실을 채웠다. 그는 구리 도관을 왕창 끊어서 벽에다 내동댕이쳤다. 구리처녀를 제 손으로 파괴하는 것이었다.

그러다가 쩍깍쩍깍 장군은 갑자기 광란의 작태를 멈췄다.

다신 한번 죽음온도계를 들여다보았다. 수치가 떨어졌다. 계속 떨어졌다. 51, 50, 49……

"누구냐." 쩍깍쩍깍 장군이 물었다. 그러고는 범인을 찾는 듯이 주변을 두리번거렸다. "누가 [쩍] 그랬어?!"

그는 뒷다리로 일어서더니 상처 입은 동물이 참을 수 없는 고통에 시달리는 것처럼 신음 소리를 냈다. 랄라가 죽어가는 것은 차마 들여다볼 수 없었다. 그녀의 고통이 그대로 전해져 제 고통이 되었다. 무엇이 그를 이렇게 달라지게 만들었는가, 이렇게 감상적으로 만들었는가? 그는 마지막으로 용기를 내어 계기판을 들여다봤다. 45, 44, 43…….

아니다, 이건 도저히 참을 수 없다! 쩍깍쩍깍은 느닷없이 망토를 걸치고 달아나듯이 방을 나섰다. 그러고는 부랴부랴 성탑을 나서 황량한 길거리로 사라졌다.

빨판거미와 하수관 균열

헬의 하수구는 축축하고 따뜻한 환경 덕분에 수많은 동식물의 서식처가 되었다. 지하세계뿐 아니라 차모니아 전체의 동식물이 살고 있었다. 지상세계의 그 어떤 정글이나 서식지도 이렇게 생물종의 다양성을 유지하지는 못했다.

수천 마리씩 터널 벽을 뒤덮은 살찐 빨판달팽이, 숨 쉬는 이끼와 인광버섯, 쩝쩝거리면서 염분 섞인 물속을 움직이는 똥거머리, 쑥쑥 자라는 독담쟁이덩굴, 발광개미, 마녀모자버섯, 천장에서 비처럼 떨어져 내리는 방울흡혈진드기 등이 서식했다. 유리수조 횃불 감옥에서 달아난 발광해파리는 사방에 널려 다양한 빛을 내고 있었다. 루모는 피를 빨거나 무는 동물들을 열심히 털가죽에서 털어냈다.

"헬멧이 없었으면 사흘도 살아남지 못했을 거야." 리베젤이 머리에 쓴 깔때기를 의기양양하게 툭툭 쳤다. "빨판거미한테 물리고 나서 온몸이 고름투성이가 된 사람들을 보았거든."

우코바흐는 망토를 머리 위로 뒤집어 벗었다.

"여기 들어오기 전에 얘기를 해주면 좋았지. 아예 석탄폭포에 떨어지는 게 낫겠다."

"그건 별로 멋진 죽음이 아니야. 폭포는 끓는 용암 속으로 바로 떨어져서 증기찜이 되거든. 처음에는 증기찜이 됐다가 푹 삶아진 다음 독가스에 질식사하지." 리베젤이 말했다.

"극장까지는 얼마나 남았어?" 루모가 물었다.

"그다지 멀지 않아. 이삼 킬로미터쯤."

"포로들은 어디 있니?"

"아름다운 죽음의 극장에 나오는 전사들은 독방에 있어." 우코바흐가 말했다. "힘세고 젊은 축들이지. 그리고 극장 바로 옆에 건물이 하나 더 있는데 그다지 위험하지 않은 포로들을 수용하는 곳이야. 주로 노약자들이지. 거대한 감옥이야. 그러니까 감옥을 두 개 부숴야 돼. 볼퍼팅어를 다 구출하려면 말이야."

수직갱도에서 멀리 우르르릉 하는 소리가 들렸다. 발광나방 떼가 날아올랐다.

"저건 뭐야?" 우코바흐가 물었다.

"하수관이 갈라진 거야." 리베젤이 답했다. "운이 좋으면 우리 터널은 휩쓸려가지 않을 거야."

"운이 나쁘면?" 우코바흐가 물었다.

리베젤이 어깨를 으쓱했다.

"아름다운 죽음의 극장은 경비가 어떻게 돼?" 루모가 물었다.

"아, 이빨까지 무장한 백인대(百人隊) 용병 서너 조밖에 안 돼. 물론 구리병정들도 있지. 너야 해치우지 못하는 게 없잖아." 우코바흐가 비아냥거리는 투로 웃으며 답했다.

"안 그럴 수도 있지." 리베젤이 말했다. "보초는 많지만 관심은 볼퍼팅어 포로와 국왕 보호에 쏠려 있지. 아무도 외부에서 공격해 오리라는 건 예상하지 못할 거야. 구리병정이 극장 경비를 맡은 이후로는 특히 그랬어."

"그럼 네가 해!" 우코바흐가 소리쳤다. "완전히 미쳤네! 혼자서 온 도시를 상대하라니! 게다가 이 친구는 여기 지리도 모르잖아."

"맞다." 리베젤이 이렇게 말하면서 루모를 돌아다봤다. "넌 기회가 없어. 지금 돌아가도 늦지 않아."

"후퇴는 없다." 루모가 조용히 대꾸했다. "난 보석함을 갖다 줘야 돼."

"알아. 전에 얘기했잖아." 리베젤이 한숨을 쉬었다.

랄라의 육체를 놓고 벌이는 싸움은 전투가 아니라 정복전쟁이었다. 침략자들은 랄라의 핏속에 침투한 순간 이미 이 전쟁에서 승리했다. 남은 문제는 조직적인 대량학살뿐이었다. 반격의 기회란 없었다. 피하죽음특공대는 싸우러 온 것이 아니라 승리하러 왔다.

랄라와 탈론이 어디로 달아나도 혈관마다 죽거나 죽어가는 유기체들이 한 무더기씩 쌓여 있었다. 적군의 딱딱 소리가 나지 않는 곳은 없었다. 심지어 그 때문에 심장박동 소리가 들리지 않을 정도였다. 도처에 기형적인 바이러스들이 보초를 서고 있었고 바이러스가 없는 혈관은 없었다.

마침내 랄라와 탈론은 죽거나 죽어가는 혈구들이 산더미같이 쌓인 곳에 쥐 죽은 듯 숨어 있기로 했다. 거기서 지칠 줄 모르고 쳐들어오는 침략군들의 끔찍한 짓거리를 그저 바라보고 있을 수밖에 없었다.

"이제 어디로 가지요?" 랄라가 물었다. 목소리는 전에 없이 약해졌다.

"모르겠다. 놈들이 도처에 깔렸으니……. 게다가 더 늘어날 텐데." 탈론이 말했다.

압도적인 침략자들에 맞서 대항하는 자가 없어진 지는 이미 오래전이었다. 그들은 쉬지 않고 증식을 거듭하면서 계속 새로 분열했다. 하나의 바이러스가 두 개가 되고, 두 개가 네 개가 되고, 네 개가 여덟 개가 되고, 그런 식으로 분열을 지속했다. 끊임없이 번식해가는 완벽한 죽음의 부대는 어찌해볼 도리가 없었다.

피하죽음특공대는 혈구를 공략하지 않을 때에는 피에 산(酸)을 풀거나 가시와 집게로 신경 말단을 뜯어내고 혈관의 살점을 뜯어 먹었다. 혈구들은 떼로 쓰러졌고, 랄라는 바닥에 죽어 나자빠진 혈구

하나하나에서 힘과 의지가 차츰 사라지는 것을 느꼈다.

"이제 끝이다." 그녀는 말했다. "아무리 대항하려 해도, 어디로 도망가도 마찬가지야. 전투는 끝났어요. 놈들이 내 마지막 작은 부분까지 죽이고 나면 나도 죽는 거야."

"내가 낙관주의자란 거 알지?" 탈론이 대꾸했다. "하지만 이번엔 네 말이 맞겠구나. 저런 파괴적인 힘은 이제껏 본 적이 없어."

"이젠 어떻게 돼요?" 랄라가 물었다.

"음. 그걸 말하면 놀라는 재미를 망치겠지?" 탈론이 답했다.

"우린 함께 있게 되나요?"

"그래, 그렇게 되지. 아하, 벌써 놀라는 재미가 하나 줄었구나."

"루모한테 사랑한다고 말해주고 싶었는데."

"그러기엔 너무 늦었구나, 애야."

"더는 못 견디겠어요." 랄라가 나지막이 속삭였다.

"그럼 놓아줘." 탈론이 말했다. "그냥 놓아줘. 네가 가는 곳은 여기보단 나을 거야."

죽어가는 혈구들이 시든 잎사귀처럼 천천히 맴을 돌며 두 사람쪽으로 떨어졌다. 랄라의 몸이 마지막으로 부드럽게 떨리고, 가벼운 한숨이 새어 나오더니 완전히 고요해졌다.

"랄라?"

탈론이 물었다. 대답이 없었다. 움직임도 없었다.

랄라는 죽은 것이다.

탈론도 떠날 때가 됐다. 여기서는 이제 잃을 것이 없었다. 바로, 아주 금세, 이 세계는 해체될 것이다. 이미 시작됐다. 세포가 하나씩 떨어져 나가고 결국 랄라의 몸은 먼지가 될 것이다. 그러면 그녀의 정신은 자유가 되겠지.

탈론은 이 순간을 미루고자 무진 애를 썼다. 그러나 여기 이 안에서는 도저히 정체를 알 수 없는 세력이 작전을 펴고 있었다. 그것은 전에는 존재하지 않았던 형식의 죽음이었다. 어쩌면 랄라만을 위해 마련한 것인지도 모른다. 분명 이보다 더 강력하고 무자비한 적들의 공격을 받은 사람은 없었다. 그리고 그에 맞서 랄라처럼 강인하게 싸운 사람도 없었다.

탈론은 죽어가는 세계를 떠났다. 성탑과 성벽과 구리처녀도 그를 붙잡을 수 없었다. 혼령들만이 할 수 있는 방식으로 사라진 것이다. 그는 벌써부터 랄라와 함께 혜성을 쫓아다닐 생각에 가슴이 설레었다.

염탐

헬은 새 날이 시작돼도 해가 뜨지는 않았다. 달이 사라지는 것도 아니고 새들의 지저귐이 요란해지는 것도 아니다. 언제나 똑같이 깜깜했다. 밤과 낮의 교대가 없기 때문이다. 다만 종이 열두 번 울려 전 도시에 퍼지면 박쥐 떼가 깜짝 놀라 날아올랐다. 헬의 하루는 지상 세계의 두 배였으며 지금 막 종소리로 시작된 하루는 아주 특별한 날이 될 터였다. 프리프타르는 그걸 알고 있었다. 이 하루를 위해 아주 소소한 부분까지 준비를 해놓았기 때문이다.

그가 아름다운 죽음의 극장으로 가는 길에 쩍깍쩍깍 장군의 성탑을 지나친 것은 우연이 아니었다. 프리프타르는 걱정이 됐다. 브라호크동굴에서 브라호크 한 마리가 공격을 받아 부상을 당했기 때문이다. 그것도 제일 큰 놈 중의 하나가 그랬으니. 누가 그런 일을 저지를 수 있을까, 누가 그런 야수의 코를 벨 수 있을까 하고 그는 곰곰 생각했다. 프리프타르는 조치를 취했다. 곧장 브라호크들을 스물네 시간 감시하도록 하고 도시로 들어오는 성문마다 통제를 강화했다.

그러나 이 순간 프리프타르의 가장 큰 걱정거리는 찍깍찍깍 장군이
었다.

그는 이제 용기를 내어 장군에게 직무 수행 차원에서 다시 정기적
으로 극장에 나왔으면 한다는 왕의 당부를 직접 전해야 했다. 물론
명령이나 당부가 아니라 호의적인 선물인 것처럼 그럴듯하게 포장을
할 것이다. 볼퍼팅어 결투로서는 당분간 최고로 남을 오늘의 대단한
싸움을 구리병정 지도자를 위해 개인적으로 마련한 이벤트처럼 보
이게 할 생각이었다.

그러나 프리프타르의 심장은 평소보다 빨리 뛰었다. 장군에게 가
야 할 때면 늘 그랬다. 가우납조차 이 걸어 다니는 미친 기계보다는
예측 가능했다. 찍깍찍깍과 얘기할 때마다 프리프타르는 면도날 위
를 기어가는 달팽이 같은 기분이었다.

성탑의 구리 문을 두드리려는 순간 벌써 문은 약간 열려 있었다.
이상했다. 헬과 같은 도시에서는 모두 문을 걸어두었다. 프리프타르
는 여러 번 큰 소리로 장군의 이름을 불러보았다. 대답이 없었다. 자
고 있나? 아니다. 그럴 리 없다. 기계가 무슨 잠을 자. 장군은 집에
없는 것이 분명했다.

프리프타르는 신경질적으로 킬킬거렸다. 스파이 짓을 한번 마음껏
해보라는 거부할 수 없는 초대였다. 그냥 내버릴 수 없는 기회였다.
뭔가를 찾아내서 그걸 가지고 이 가증스러운 적을 왕에게 밉보이게
할 수 있는 기회였다.

문을 톡 쳐서 열고 성탑 안으로 들어섰다. 이런 일은 아랫사람을
시켜서 하곤 했는데……. 짜릿한 느낌이었다! 기계가 사는 집이 이렇
게 멋지다니!

찍깍찍깍 장군의 성탑에는 희미한 빛이 감돌고 있었다. 작은 창문

은 두꺼운 커튼으로 가려져 있고 양초 몇 개가 그을음을 내며 타고 있었다. 기계기름과 윤활제 냄새가 떠돌았다. 물론 무기 냄새도 났다. 칼, 검, 환도는 온갖 종류가 다 있었고 다양한 크기의 자루 없는 날, 도끼, 창, 단도, 큰 낫, 극, 표창 등이 탁자와 바닥과 벽에 줄지어 널려 있었다. 보이느니 무기와 공구와 톱니바퀴, 암나사, 수나사, 곤봉, 스패너, 집게와 같은 잡동사니뿐이었다. 의자도 침실도 부엌도 없었다. 그러나 거울이란 거울은 다 있었다. 기계란 원래 그런 것이다. 먹고 자고 앉을 필요가 없다. 혼자 있을 때면 나사를 돌리며 놀거나 거울에 제 모습을 하염없이 비춰보는 법이다. 프리프타르는 웃음이 나오는 걸 참았다.

그는 검은 대리석으로 된 넓은 계단을 지나 위층으로 올라갔다.

"짹깍짹깍 장군? 여보세요?"

그는 혹시나 해서 다시 한 번 소리쳤다.

다시 커다란 구리 문이 나타났다. 역시 잠겨 있지 않았다. 프리프타르는 정중하게 노크를 했다.

"여보세요? 짹깍짹깍 장군님?"

대답이 없다. 그럼 들어가자!

프리프타르는 구리처녀의 방에 들어섰다. 코를 막지 않을 수 없었다. 그만큼 풍기는 냄새가 강렬했다. 정말 이게 뭘까? 실험실인가? 고문실인가? 그 살인기계의 관심과 흥미가 사뭇 병적이라는 걸 족히 짐작할 만했다. 아무리 그래도 장군이 이런 낡아빠진 고문기구를 숙소에 감춰두었다는 건 정말 놀라운 일이었다. 불쌍하리만치 복고 취향이었다! 그러나 구리처녀만큼은 최신 기술 수준으로 개량했음이 분명했다. 이 온갖 파이프며 밸브라니! 거기서는 구르륵, 쉿쉿, 쌀쌀, 쿵쿵 하는 소리가 났다. 조금 전까지만 해도 사용한 흔적이 있었다.

그런데 어째서 파이프가 다 망가졌을까? 이 기계 문에 난 홈집은 어디서 생긴 건가? 누군가가 아주 난장판을 만들어놓았다. 도대체 구리 파이프 속에는 무엇이 들어 있었을까?

그리고 특히 구리처녀 안에는 무엇이 들어 있을까? 지금 프리프타르가 쫓고 있는 이 모든 의문은 얼마나 끔찍한 것일까?

그냥 돌아갈 수는 없는 노릇이었다. 프리프타르는 다시 문을 두 개 더 열었다. 숨을 깊이 들이쉬고는 구리처녀의 여닫이문을 열어젖힌 것이다. 천천히 그리고 매우 조심스럽게. 충격적인 사태가 드러날 것이라는 달콤한 예감에 프리프타르는 전율했다.

정복자들

피하죽음특공대는 튀콘 취포스가 확립한 불가피한 법칙에 따라 랄라의 순환계 파괴를 완수한 다음 남은 육체를 말살하는 작업에 들어갔다. 그들은 마지막 세포 하나까지 제거한 뒤에 대기로 날아올라 새로 공략할 육신의 요새를 찾으려 했다. 그러나 자기들이 금속으로 된 구리처녀 껍데기 안에 갇혀 있다는 것은 알지 못했다.

그런데 납 문이 느닷없이 활짝 열린 것은 그야말로 운명이었다. 저 밖에는 새 몸뚱이가 서 있었다. 신선하고 건강한 유기체였다. 게다가 랄라의 몸에서 하던 중요한 작업은 끝났으므로 피하죽음특공대는 새로운 대상을 공략하고 싶은 마음이 간절했다.

그래서 튀콘의 미세 전사들은 랄라의 혈관은 버려두고 떼를 지어 동맥 벽, 근육을 거쳐 표피로 몰려나와 프리프타르 정복에 나섰다.

프리프타르는 구리처녀의 문을 여는 순간 다가올 어떤 형태의 충격도 느긋하게 받아들일 준비가 돼 있었다. 그렇기 때문에 여자 볼퍼팅어의 감동적인 자태를 보는 순간 더더욱 놀라웠다. 자고 있는 건가? 죽었나? 이 무수한 가는 바늘이 없었다면 몸소 그녀를 끄집어 냈을까? 그렇다면 지극히 평온한 광경이었을 것이다. 이런 예쁜 생명체가 있다니!

왜 이런 볼퍼팅어가 있는 줄 몰랐던가? 그녀라면 아름다운 죽음의 극장에서 나쁜 역을 맡지는 않았을 것으로 보였다. 어째서 쩍깍 쩍깍 장군은 자기와 왕에게 그녀의 존재를 숨겼을까?

프리프타르는 맥을 짚어보았다. 그렇다. 그녀는 죽었다.

"아!"

신음 소리가 갑자기 그의 입에서 흘러나왔다.

머리칼이 쭈뼛 서는 느낌이 엄습했다. 차가운 입김이 볼퍼팅어한 테서 흘러나왔다. 냉기가 모든 미세한 구멍을 뚫고 그의 몸속으로 밀려들면서 피를 얼어붙게 만드는 것 같았다. 추웠다 더웠다 하고 어지럼증에 구토가 났다. 무릎엔 힘이 빠지고 이마엔 땀이 흘렀다. 호흡이 곤란해지고 심장은 펄떡펄떡 뛰었다. 프리프타르는 구리처녀의 여닫이문을 꽉 붙잡고 넘어지지 않으려고 애를 썼다. 피부 아래가 근질거리는 것이 수백 마리의 개미가 혈관을 타고 지나가는 느낌이었다.

"아아아!"

프리프타르가 다시 한 번 신음했다.

이어 불쾌감이 사라지더니 원기가 돌아왔다. 프리프타르는 문을 열어둔 채 깊이 숨을 들이쉬고는 땀을 닦았다. 그는 당황한 상태에서 죽은 볼퍼팅어를 살펴보았다. 이게 무엇인가? 이 생명체는 죽은 다음에도 무슨 힘을 발휘하는 것인가?

그는 고문실을 구르듯이 뛰쳐나와 계단을 내려가서 성탑을 벗어났다. 온 시내를 마구 달리면서 뭔지 모를 것을 몸에서 털어내려고 애썼다. 죽음의 극장 앞에 와서야 비로소 멈췄다. 프리프타르는 처형당한 자들의 시커먼 머리가 매달린 벽을 올려다보았다. 극장이다! 지금까지 자신이 연출한 것 중에서 가장 스릴 넘치는 격투가 오늘 벌어질 예정이었다.

그 생각을 하니 좀 마음이 가라앉았다. 프리프타르는 아직은 기분이 별로지만 곧 벌어질 드라마틱한 격투를 보고 나면 남아 있는 불쾌감의 찌꺼기가 단숨에 날아갈 것이라고 생각했다. 저 도무지 속모를 볼퍼팅어들을 조직적으로 말살하는 작업을 시작할 적기였다.

역사적인 장소

루모와 동행자들은 아직 헬의 하수구 진창을 누비는 처지였지만 온갖 짐승이 달려들고 기이한 식물이 무성한 천연 상태의 유기적 구조물로 된 구역은 분명히 벗어났다. 여기 하수관들은 인공적으로 건설한 것으로 벽돌과 석회를 바른 부분이 보였다. 나름대로 심혈을 기울여 잡초와 해충을 제거하는 조치를 해둔 것 같았다.

"여긴 말하자면 하수도 중에서도 문명화된 부분이지. 헬 중심부 바로 아래야." 리베젤이 설명했다.

"중심까지는 얼마나 되니?" 루모가 물었다.

"그다지 멀지 않아. 우린 벌써 역사적인 장소 근처에 온 거야." 리베젤이 답했다. 그의 목소리에는 힘이 들어가 있었다.

"역사적인 장소라고?" 우코바흐가 물었다.

"깜짝 놀랄 거야, 우코." 리베젤이 답했다. "나만 따라와."

리베젤이 성큼성큼 앞장서 가며 동료들을 인도했다. 하수도는 사방이 붉은 대리석으로 장식돼 있고, 공기는 서늘했으며, 흐르는 물도 맑았다. 셋은 잠시 몸을 좀 씻고 계속 행진했다. 갑자기 리베젤이 멈춰 섰다.

"뭐야?" 우코바흐가 물었다. "아무것도 안 보이는데."

"저건 공기구멍이야. 네가 어렸을 때 저리로 떨어졌어, 우코. 이 아래서 내가 널 발견했지. 거지반 죽은 상태였어. 페스트쥐가 뜯어먹으려고 뒤덮고 있었으니까."

"아니야!" 우코바흐가 소리쳤다. 그러더니 "정말이야?" 하며 훌쩍거렸다.

"그럼. 여기서 우리의 운명이 결정됐어. 그런데 운명이 다시 우릴 여기로 데려왔구나. 공기구멍은 위로 너희 집과 연결돼 있어." 리베젤이 루모를 쳐다보았다. "여기로 올라가면 돼. 우코네 집 저수지로 나가는 거야. 거기에 커다란 검은 문이 있어. 길거리로 통하는 거지. 왼쪽 아래로 내려가다가 다음번 갈라지는 거리로 가면 돼. 거기서 오른쪽으로 가면 바로 아름다운 죽음의 극장 앞이야. 처형당한 자들의 검은 머리가 벽에 죽 걸려 있는 게 보이면 그게 바로 극장이야. 맞은편에 포로들이 갇힌 건물이 있고."

"고마워. 참 많은 도움이 됐다."

루모는 이렇게 말하고는 사다리 쪽으로 갔다.

"넌 볼퍼팅어인데 어떻게 말썽 없이 단 세 발자국이라도 움직일 수 있다고 생각하니?" 리베젤이 물었다.

"가보면 알겠지."

"넌 늘 계획이 없어. 그렇지?" 우코바흐가 물었다.

루모는 어깨를 으쓱하더니 사다리를 오르기 시작했다.

"루모는 갔어." 우코바흐가 잠시 후에 말했다.

"그래."

"결국 갔어. 미친놈."

"그 친구는 네 목숨을 구해줬어!" 리베젤이 항변했다. 그리고 약속을 지켰어. 우리를 끌고 갈 수도 있었다고."

"놈은 우릴 납치했어!"

"우리나라는 루모네 족속을 납치했어! 그리고 이젠 다 죽이려고 해."

"루모는 죽을 거야." 우코바흐가 말했다.

"그들은 다 죽을 거야."

우코바흐와 리베젤은 한동안 말없이 서로를 쳐다보았다.

"아마 첫 번째 길도 무사히 건너지 못할 거야." 리베젤이 말했다. "볼퍼팅어가 마음대로 돌아다니면 금세 눈에 띄지."

"보석함은 어쩌지!"

"그러게. 정말 낭만적인 바보짓이야."

"그래도 우린 할 도리를 했어."

"그래."

"한계는 있는 법이지."

"그게 바로 여기야."

"이 낭만적인 장소에서, 위대한 우정이 시작된 이곳에서 또 하나의 우정이 끝났어." 리베젤이 말했다.

둘은 훌쩍거렸다.

"우리가 같이 위로 올라가면 루모가 포로인 것처럼 할 수 있을 텐데." 리베젤이 말했다. "그럼 우리가 극장까지 안전하게 데려다줄 수 있는데."

"포로 감옥에 들어가는 거야 우리한텐 애들 장난이지."

"소풍이지."

둘 사이에 다시 말이 끊겼다.

"벌써 올라갔을까?" 우코바흐가 물었다.

"그렇겠지." 리베젤이 대꾸했다.

"그럼 빨리 가자!"

둘은 수직으로 난 구멍을 기어 올라갔다.

"루모야!" 우코바흐와 리베젤이 함께 외쳤다. "기다려! 같이 가."

5
아름다운 죽음의 극장

헬. 하늘도 구름도 별도 없는 도시. 불쾌한 냄새로 가득한, 색

채도 햇빛도 없는 도시. 루모는 건물들조차 불쾌했다. 온통 수그리고 구부정한 형태에, 뿔이 달리기도 하고 비늘이 붙어 있기도 했으며, 뭔가 사람을 위협하는 듯한 형상에, 전면은 찡그린 상이고, 문은 벌어진 아가리 같고, 창은 퀭한 눈구멍 같았으며, 회색 내지는 검은색 일색이었다. 집과 집 사이에는 밧줄을 매놓았는데 더러운 빨랫감이 교수형 당한 자들의 시체처럼 주렁주렁 널려 있었다. 안에서 유령 같은 빛이 흘러나오는 브라호크의 갑각은 내장을 파내고 주택으로 사용했다. 땅에서는 여기저기 구멍이 하품을 하며 화산의 매캐한 연기를 토해내고 있었다.

"정말 끔찍한 도시군." 루모가 소곤거렸다. "여기가 너희 사는 데니?"

"여기에 산 적이 있지." 우코바흐가 답했다. "우린 어찌어찌해서 이 지옥을 벗어났는데 유감스럽게도 루모라는 자를 만나는 바람에 지금은 다시 끔찍한 길로 가고 있어. 하수구에다가 맨 정신을 처박아 두고 왔거든."

"난 같이 가자고 강요한 적 없어."

"그래, 고맙단 소리 한마디라도 하면 봐주련만."

루모, 우코바흐, 리베젤은 포로를 호송 중인 것처럼 가장했다. 루모가 볼퍼팅어로 앞에 서고 우코바흐는 칼을 들고 빨리 가라고 재촉했다. 호문켈 리베젤은 군인이 행진하듯이 뒤를 따랐다. 우선 아름다운 죽음의 극장 바깥에 있는 감옥으로 갈 생각이었다. 우코바흐의 정보에 따르면 거기는 전부터 경비가 그다지 심하지 않았다.

"정말 거리에 사람이 없네. 극장에서 대단한 격투가 벌어지는 모양이야." 리베젤이 한마디 툭 던졌다.

그들은 주택가를 지났다. 수많은 창문에는 다양한 의치들을 내걸 어두었는데 검은 촛불이 희미하게 비추고 있었다. 지나가는 사람을 만나면 우코바흐와 리베젤은 아주 호전적인 인상을 주려고 노력했 다. 우코바흐는 칼로 루모의 옆구리를 쿡쿡 찔렀다.

"빨리 가, 포로야!" 그가 큰 소리로 재촉했다. "허튼짓할 생각 마."

"너무하네!" 루모가 씩씩거렸다. "아프단 말이야."

"닥쳐, 포로!" 우코바흐가 으르렁거렸다. "이 불쌍한 볼퍼팅어 망 종아!"

"쉿! 다 왔어. 저게 감옥이야." 리베젤이 말했다.

루모는 포박을 당한 것처럼 손을 등에 댄 채로 건물을 꼼꼼히 살 폈다. 시커멓고 큼지막한 건물로 장식이 없어 황량하고 창도 없는 데 다 입구는 단 하나뿐이었다. 전형적인 감옥이었다.

"보초가 몇 명이야?"

"그때그때 다르지." 리베젤이 소곤거렸다. "어떤 때는 둘밖에 없다 가 어떤 때는 열두 명으로 늘어. 그래도 문만 지켜. 극장에서 보초 가 얼마나 필요한지에 따라 다르지. 안에 있는 포로들한테는 신경을 별로 안 써. 노약자들이니까. 그럼 내가……?"

루모가 고개를 끄덕였다.

리베젤이 문을 두드렸다.

"누구야?" 안에서 낮게 투덜대는 소리가 들렸다.

크수고와 요그

"에, 프리프타르님의 비밀경찰 레제빌과 오부카흐다." 리베젤이 소리 쳤다. "떠돌이 볼퍼팅어를 붙잡았소. 여기서 도망친 것 같은데."

"여긴 도망친 놈 없소." 저음의 다른 목소리가 말했다. "여기선 못

달아나지."

"한번 보지 않겠소?"

"아니."

리베젤은 머리를 굴렸다.

"당신들 이름이 뭐요?"

"크수고와 요그. 교도대 소속이요. 왜?"

우코바흐가 손가락 두 개를 치켜세웠다. 보초는 둘뿐이다.

루모가 다시 고개를 끄덕였다.

"프리프타르님께 보고를 할까?" 리베젤이 말했다. "그러면, 에, 비밀경찰 업무 협조 거부로 문제가 되지."

문이 빼꼼히 열렸다. 안에는 중무장한 블루트쉰크 둘이 서 있었다.

"아주 젊은 볼퍼팅어군." 한 놈이 말했다.

"극장에서 도망친 게 분명해." 다른 놈이 말했다. "여긴 노땅들뿐이오."

"들어가도 될까?" 우코바흐가 물었다. "사슬이 필요하오. 필요할 땐 묶어둬야지. 아주 위험한 놈이거든."

블루트쉰크들이 끄응 하면서 문을 마저 열자 우코바흐와 리베젤이 루모를 안으로 밀어 넣었다. 불빛이 희미한 공간에 들어섰을 때는 이미 크수고와 요그는 의식을 잃고 바닥에 뻗어 있었다.

"정말 빠르구나." 우코바흐가 말했다.

"아니야, 블루트쉰크가 느린 거지."

루모가 대꾸했다. 주위를 둘러보았다. 나무탁자, 의자 셋, 무기를 넣어둔 선반. 육중한 문은 빗장이 걸려 있었다.

"저 안에 포로들이 있어. 네 친구들 말이야." 우코바흐가 말했다.

루모가 빗장을 열고 문짝을 밀어젖히자 지하세계에 발을 들여놓은 이후 처음으로 편안하고 친숙한 냄새가 밀려왔다. 볼퍼팅어들, 많은 볼퍼팅어들의 냄새였다.

호송

며칠 전부터 우르스의 독방 문은 밥이나 신선한 물을 담은 주전자를 넣어줄 때만 열렸다. 그러나 이날은 달랐다. 일단의 구리병정들이 경비병 뒤에서 우르스를 경기장으로 호송해 갈 채비를 하고 서 있었다.

지금까지 싸울 때처럼 그들은 우르스를 무기를 고르도록 돼 있는 공간으로 끌고 갔다. 우르스는 손에 맞는 양날의 넓적검을 택하고 경기장 문 앞에서 마음의 준비를 했다. 중무장한 용병 여섯 아니면 굶주린 동굴곰이 기다리고 있으리라.

다손이 에벨과의 결투 이후 우르스는 검투사로서의 재능을 발휘하는 일을 일종의 의무로 느꼈다. 상대를 검으로 처치하면 놈은 더 이상 볼퍼팅어를 죽일 수 없게 되기 때문이었다. 냉혹한 논리였지만 이 병든 세계의 법칙을 만든 것은 우르스 잘못이 아니었다.

대개는 무기를 고르고 나서 바로 경기장으로 들어가 싸우는데 이번에는 보통 때와 달리 기다려야 했다. 오래 기다렸다. 몇 시간은 된 것 같았다. 그러는 사이 경기장과 객석에서 소리가 들렸다. 칼이 부딪치는 소리, 야수의 울부짖는 소리, 관객의 박수 소리…… 보통 때보다 앞선 결투가 많은 모양이었다. 분명치는 않지만 결투 중간 중간에 호흡이 긴 연설을 하는 프리프타르의 비음 섞인 목소리가 들렸다. 아름다운 죽음의 극장이 이번에는 자신을 위해 아주 특별한 상대를 준비해둔 것 같다는 예감이 들었다.

많은 친구들

루모는 강당에 모인 포로들을 보면서 똑같은 상황을 전에도 겪어본 적이 있다는 이상한 느낌이 들었다. 악마바위에 있을 때가 생각났다. 피범벅이 된 채 동굴로 되돌아와 갇혀 있던 페르하헨들을 탈출시킬 때였다. 이번에도 다들 자기를 유령이라도 되는 양 쳐다봤다. 그리고 이번에도 막상 어느 누구도 말 한마디 하지 않았다.

강당은 아주 컸고 해파리횃불로 근근이 불을 밝힌 정도였다. 포로들은 대부분 바닥에 앉아 있었고, 일부는 무리 지어 서 있었다. 가구랄 것은 없고 짚가리와 이불이 널려 있는 정도였다. 어수선한 빛 사이로 지인들이 많이 보였다. 학교 선생님들, 친구가 된 가구공들 등등 대부분 나이 든 볼퍼팅어에 다른 차모니아 종족도 간간이 섞여 있었다. 짚으로 만든 돗자리에 앉은 아이젠슈타트의 오가는 믿기지 않는다는 듯이 루모를 쳐다보았다.

"루모?"

그 여선생이 물었다. 예전의 엄격함과 권위는 다 사라진 모습이었다.

산의 요들러 시장도 있었다. 그는 벽에 기대어 다른 볼퍼팅어들과 마찬가지로 놀란 듯 그를 응시하고 있었다.

"루모니?" 요들러 시장도 물었다. "어째서 놈들이 널 여기로 보냈어? 몸이 안 좋니? 아파? 아니면 부상당했니?"

루모가 요들러 앞에 무릎을 꿇었다.

"누가 보낸 게 아니에요. 제가 왔어요. 여러분을 구해드리려고."

시장은 귀 기울여 들었다.

"포로로 잡힌 게 아니란 말이지?"

"제가 누르넨 숲에 있을 때 볼퍼팅이 습격을 당했지요. 돌아와보니까 도시는 텅 비어 있더군요. 전에 검은 돌이 있던 자리에는 큰 구

774

멍이 나 있고. 그래서 뒤를 따라 여기까지 온 거예요."

"여기가 어떤 곳인지 아니? 도대체 어디야?" 시장이 물었다.

"여긴 헬이에요. 지하세계의 수도지요." 루모가 대답했다. "여러분을 마취시켜서 이리로 끌고 온 거예요. 랄라가 어디 있는지 아세요?"

"여긴 없어. 어쩔 작정이냐? 루모야."

"제 생각엔 우선 다른 볼퍼팅어들을 구하는 게 좋을 것 같아요. 아름다운 죽음의 극장이라고 하는 장소에 붙잡혀 있어요. 그들과 함께 이리로 돌아와서 다 함께 도시를 빠져나가는 거예요."

"괜찮은 계획이구나." 시장이 말했다. "네가 특별히 잘하는 게 그걸 거야. 계획 세우는 거."

"아니에요." 루모가 말했다. "전혀 아니에요. 잘 들으세요! 이 도시에서 나고 자란 동맹자가 둘 있어요. 하나는 저랑 극장으로 가고, 다른 친구는 여러분을 지키는 척하면서 보호해줄 거예요. 우리가 돌아올 때까지 조용히 계시면 돼요."

"내가 알아서 하마." 시장이 말했다.

"좋아요. 다른 분들한테도 알려주세요!"

루모가 일어서자 시장은 이 반가운 소식을 널리 알리기 시작했다. 루모가 바로 나가려는데 조용히 부르는 소리가 들렸다.

"루모? 너니?"

어둠 속에서 한 목소리가 물었다. 루모는 벽 앞에 있는 두 형상을 알아보려고 눈을 깜빡였다. 하나는 유달리 크고 육중했고, 다른 하나는 유달리 작고 홀쭉했다.

"루모가 여기 온 거야?"

홀쭉한 형상이 말하며 눈을 떴다. 눈은 둥글고 큼지막한 데다 두 개의 달덩이처럼 어둠 속에서 빛나고 있었다. 루모는 믿기지 않아 한

발짝 가까이 다가갔다. 폴초탄 스마이크와 오츠타판 콜리브릴 박사
가 앉아 있었다.

세 개의 허리띠

롤프는 독방에서 밖으로 데리고 나가는 용병들의 태도로 미루어 뭔
가 심상치 않은 일이 기다리고 있음을 직감했다. 그들은 그를 아주
조심스럽게 다루면서 경의를 표하기까지 했다. 물론 지금까지 극장
에서 롤프가 이룬 업적과 관련이 있었다. 롤프는 전략을 바꾸지는
않았다. 미친 왕을 납치해 랄라와 다른 볼퍼팅어들을 풀어주라는
압력 수단으로 쓸 계획이었다. 그러려면 구리병정들의 화살보다 빨
라야 했다.

　롤프는 무기가 놓인 탁자로 끌려갔다. 이번에는 하나가 아니라 세
개의 허리띠를 맸다. 하나는 허리에 매고, 다른 두 개는 어깨에 조였
다. 그런 다음 검 두 자루, 단도 여섯 자루, 표창 네 개를 꽂았다. 작
은 손도끼도 손에 쥐었다. 오늘이야말로 그토록 고대하면서도 두려
워하던 날이었다. 어쨌거나 이제 무장은 할 만큼 했다.

스마이크와 콜리브릴 이야기

스마이크는 오츠타판 콜리브릴 박사의 네벨하임 등대 일기를 읽고
나서 네벨하임 주민들에게 아주 기이한 방식으로 붙잡혔다. 그들은
처음에는 아무 말도, 움직임도 없이 등대를 에워쌌다. 그래서 스마이
크는 그냥 등대 안에 머물러 있었다. 그런데 네벨하임 주민들의 트롬
파우넨 오케스트라가 갑자기 이상한 음악을 연주하기 시작했다. 그
러자 등대를 에워싼 안개가 심하게 움직이더니 나중에는 전경이 내
다보이는 창에 꽉 달라붙어 무서운 기세로 들이밀기 시작했다. 결국

스마이크는 너무도 무서운 나머지 밖으로 나가 항복했다.

네벨하임 주민들은—여전히 아무 말 없이— 그를 어떤 건물로 끌고 갔다. 거기서 정신착란인 듯한 오츠타판 콜리브릴 박사와 다른 일곱 명의 미드가르드난쟁이 포로들과 함께 한 방에 갇혔다.

난쟁이들도 일시적인 정신착란 상태였다. 몇 주간 본의 아니게 안개에서 꾸준히 독을 흡입한 결과였다. 그들은 자기네가 실제 이상으로 큰 난쟁이라고 착각했는데 그 때문에 스마이크는 일곱이 아니라 수십 명과 함께 갇힌 기분이었다.

그러던 어느 날 감옥 문이 열렸다. 잔인해 보이는 열두 명의 블루트쉰크 호송대원 중에는 놀랍게도 투명인간 여관에 있던 크로메크 투마와 초르다스와 초릴라가 있었다. 블루트쉰크들은 포로들을 바닷가의 한 동굴로 끌고 갔다. 그곳에서 미로 같은 종유동굴이 땅속 아래로 이어졌는데 곧이어 헬로 가는 길고도 괴로운 행군이 시작됐다. 세 번이나 거미와 나방의 잡종으로 보이는 거대한 곤충의 습격을 받았고 그 과정에서 블루트쉰크 셋이 목숨을 잃었다. 헬에 도착한 뒤 박사와 스마이크는 2급 포로로 분류돼 극장 옆 감옥에 갇혔다. 콜리브릴의 정신 상태는 다시 정상으로 돌아왔고, 스마이크와 박사는 결국 다시금 심오한 대화를 계속할 수 있는 기회를 갖게 됐다. 원하던 상황은 아니었지만. 그리고 오래지 않아 감옥은 볼퍼팅어로 가득 찼다. 스마이크는 루모 소식을 수소문해보았지만 아무도 답을 주지 못했다. 다들 루모를 알고 있었지만 지금 어디 있는지는 아무도 몰랐다.

그런데 루모가 다시 스마이크의 인생 속으로 들어온 것이다. 젖먹이 볼퍼팅어로 악마바위 동굴에 아장아장 나타나던 때와 똑같이.

질문과 수수께끼

"스마이크 아저씨?" 루모가 깜짝 놀라 물었다.

"그래." 스마이크가 히죽거리며 상어이빨을 드러냈다. "넌 루모— 난 스마이크."

"안녕, 루모." 콜리브릴이 말했다.

"안녕하세요, 박사님." 루모가 인사했다. "두 분도 다시 만났군요."

"사연이 복잡해. 나중에 얘기해주마. 어떻게 지하세계로 온 거니? 애야. 여기서 뭘 해?" 스마이크가 말했다.

"제 동족들을 구하러 왔어요."

"포로로 잡힌 게 아니고?" 콜리브릴이 물었다. 눈이 환히 밝아졌다.

"지하세계와 헬을 누비며 여기까지 온 거야?" 스마이크가 히죽거리며 물었다. "네가 여기 있다는 것만으로 이 늙은 친구의 가슴은 벅차오르는구나."

"여긴 외눈박이들 때하고 달라요. 그땐 악마들만 가득한 섬에 불과했지요. 이번엔 거대한 도시예요." 루모가 답했다.

"사람은 시련과 더불어 성장하는 법이지." 스마이크가 검지손가락을 여러 개 쳐들며 말했다.

"계획은 있소?" 콜리브릴이 물었다.

"당장은 없어요." 루모가 솔직히 말했다.

"그럼 우리한테 온 게 잘됐네." 스마이크가 말했다. "우리 둘이서 다섯 개의 머리를 굴려볼게."

"아름다운 죽음의 극장이라는 데로 가야 돼요." 루모가 말했다. "거기에 다른 볼퍼팅어들이 붙잡혀 있거든요. 같이 가실래요?"

"나야 물론이지. 박사님은?" 스마이크가 말했다.

"좀 움직이는 게 좋겠지요."

"그럼 가시죠!" 루모가 말했다.

"잠깐!" 스마이크가 작은 팔로 루모를 꽉 붙잡았다. "내 질문에 대한 답은 찾았니? 길수록 짧아지는 게 뭐지?"

"아, 그건 쉽지요. 답은 물론 인생이지요."

"맞았어." 스마이크가 히죽 웃었다.

우산의 힘

우산 데루카는 이보다 더 컨디션이 좋을 수 없었다. 군인들이 계단 아래로 데려갈 때 이미 이번에는 지금까지보다 훨씬 대단한 무언가를 해낼 수 있다는 자신감이 들었다.

날씨라는 게 없는 지하세계 덕분에 날아갈 듯한 기분은 날이 갈수록 더해갔다. 이곳에서는 저 지상세계에서 자신을 짓누르고 피곤하게 하고 약하게 하고 우울하게 하던 모든 것이 다 사라졌다. 젊은 시절 한때 느꼈던 어떤 힘이 새로 솟았다.

경기장 앞 대기실에 도착하자 그는 무기를 놓아둔 탁자로 갔다. 밖에서는 군중들이 난리를 피우고 있었다. 야수들의 울부짖음과 포로들의 절망적인 비명 소리가 들렸다. 신선한 피 냄새와 공포에 젖은 땀 냄새가 났다. 그러나 그를 두렵게 할 수 있는 건 아무것도 없었다. 그는 우산 데루카였다. 게다가 컨디션도 최고였다.

우산은 탁자를 들여다봤다. 까다롭게 고르고 자시고 할 게 뭐 있나? 맨 처음 손에 잡히는 검을 집어 들면 그만이지. 날만 제대로 섰으면 족하다. 한 자루를 손에 들고 공중에 붕붕 휘둘러봤다.

그러면서 "헛헛헛 헛헛헛 헛헛헛!" 하고 소리쳤다.

"헛헛헛 헛헛헛 헛헛헛!"

779

다이아몬드 펜치

짹깍짹깍 장군은 온 동네를 헤매고 다녔다. 포도는 그의 육중한 발걸음에 쪼개졌고, 마주치는 사람들마다 겁을 내고 달아났다.

이 내면의 고통은 무엇이란 말인가? 말도 안 된다. 구리병정은 원래 통증을 전혀 느낄 수 없다. 신경계가 없으니까. 기계란 말이다. 그런데도 왜 이렇게 고통스러운 걸까? 그냥 환상인가? 랄라의 죽음에 대한 미련? 그는 중무장한 몸속에 숨겨진 뭔가가 통증을 느끼고 있다는 걸 알았다. 이보다 더 느낌이 또렷한 적은 없었다.

마침내 그는 멈춰 섰다. 여기는 바로 그 거리, 바로 그 집이었다.

구리처녀를 처음 발견한 그 무기제조공장 말이다. 그 빌어먹을 구리처녀는 이제 다시 쓸모없는 고철이 됐다. 처음 봤을 때처럼. 그것은 랄라가 빌려준 영혼이 없으면 아무것도 아니었다.

짹깍짹깍은 예전에 폐쇄시킨 문을 발로 차 부수었다. 작업장은 예전 모습 그대로였다. 공장장의 해골이 그대로 땅바닥에 누워 있었다.

짹깍짹깍 장군은 뭔가를 찾았다.

구리병정이라도 해체해버릴 수 있을 만큼 무시무시한 다이아몬드 이빨이 달린 거대한 펜치를 찾는 것이었다. 그 빌어먹을 물건은 어디 있는 거야? 짹깍짹깍은 작업대를 내동댕이치고 삽으로 금속 잡동사니들을 밀어냈다. 쇳조각이며 나사들이 어지럽게 날았다.

저기 있다! 저기 있어. 그 펜치!

그는 펜치를 손에 들었다. 그렇다. 이건 복잡한 수력장치에 무시무시하게 번쩍이는 순수 다이아몬드 이빨이 달린 강력한 플라이어다.

짹깍짹깍 장군은 펜치를 가슴팍에 갖다 댔다. 이걸로 몸속에서 그토록 고통을 유발하는 저 빌어먹을 물건을 찾아내지 못한다면 이상한 일일 것이다.

루모, 스마이크, 콜리브릴 박사는 의견의 일치를 보았다. 리베젤은 늙은 볼퍼팅어들과 남아 보초를 서는 척하면서 바깥문을 잠가놓기로 했다. 크수고와 요그는 묶어서 재갈을 물리고 짚으로 덮어 강당에 숨겨놓았다. 스마이크, 콜리브릴, 우코바흐는 루모와 함께 아름다운 죽음의 극장으로 가서 나머지 볼퍼팅어들을 구한다는 계획이었다. 우코바흐는 극장 구조를 잘 알아서 들키지 않고 잠입하는 데 도움이 될 것이다.

그러나 이 계획은 감옥을 나서자마자 무효가 됐다. 극장 쪽으로 가는 길로 들어서기 직전 루모는 다시 한 번 어떤 냄새를 맡았다. 그의 내면의 눈앞에는 지금의 현실과 똑같이 황량하고 당혹스러운 세계가 어둡고 더러운 색깔로 펼쳐져 있었고, 다른 수많은 볼퍼팅어들의 냄새도 극장 방향으로 이어져 있었다.

그러나 거기에는 은띠도 있었다.

루모는 가슴이 철렁했다. 그렇다. 은띠가 진짜로 여기 이 황량한 헬의 한복판에 나타난 것이다. 그것은 악취 나는 지옥 위에서 가늘지만 찬연히 빛나고 있었다. 랄라가 여기 있다. 그것도 아주 가까이에 있는 게 분명하다.

"저쪽으로 가요!" 루모가 말했다.

"극장은 반대쪽이야." 우코바흐가 이의를 제기했다.

"알아. 하지만 랄라 냄새를 맡았어."

"정말?"

"랄라?" 스마이크가 물었다. "랄라가 누구지?"

성탑

랄라의 흔적을 좇는 동안 루모는 스마이크에게 그녀가 자신에게 어떤 존재인지를 설명해주었다. 볼퍼팅과 누르넨 숲, 보석함에 대해서도 말했다. 물론 모든 걸 뒤에서부터 앞으로 순서대로 이야기했다.

"너 반했구나." 루모의 더듬더듬 이어가는 이야기를 스마이크는 이 한마디로 요약했다.

"그거 재미있군." 콜리브릴이 말했다. "은띠라…… 냄새가 눈에 보인다. 감정이 눈에 보인다. 오츠타스코프로 했던 실험이 생각나는군. 볼퍼팅어의 후각에 대해서는 아직 충분한 연구가 이루어지지 않았어."

그사이 우코바흐는 다채로운 무리를 포로 호송 대열처럼 보이려고 무진 애를 쓰면서 군인들과 마주치지 않기만을 노심초사했다. 그러나 아니나 다를까. 볼퍼팅어, 상어구더기, 아이데트, 헬링으로 구성된 이상한 무리는 바로 사람들 눈에 띄고 말았다.

"전진!" 우코바흐가 소리치며 칼을 휘둘렀다. "가란 말이야, 이 가련한 노예들아!"

마침내 루모는 시커먼 성탑 앞에 멈춰 섰다.

"저 안에 랄라가 있어." 루모가 말했다.

우코바흐가 몸을 꼬았다.

"저 안이야? 하필! 저긴 쩍깍쩍깍 장군의 성탑이란 말이야!"

"쩍깍쩍깍 장군이 여기 헬에 있나?" 스마이크가 물었다.

"네. 구리병정들의 대장이지요. 구리병정들은 극장에서 포로를 감시해요."

"구리병정들이 극장 경비를 맡았다고?" 스마이크가 물었다. "거 참, 그렇다면 안녕히 주무세요로구먼!"

"내가 들어갈게요. 저 안에 랄라가 있으니까." 루모가 말했다.

"쩍깍쩍깍 장군이 안에 있으면 어떡해?" 우코바흐가 물었다.

"그럼 죽여야지. 내 검 줘!"

"알았어." 우코바흐는 한숨지으며 루모에게 검을 넘겼다. "쩍깍쩍깍 장군을 죽여야 돼. 넌 분명히 해낼 거야."

삼인 결투

기대하던 즐거운 일은 없었지만 마침내 극장 안에 들어서자 우르스는 마음이 놓였다.

객석은 꽉 찼다. 프리프타르가 로열석 난간에 서서 소리쳤다.

"아름다운 죽음의 극장이 눈의 우르스를 소개합니다!"

우레와 같은 박수가 우르스에게 쏟아졌다.

"이번엔 뭘까?"

우르스는 자문했다. 용병? 야수? 둘이 동시에? 아니면 더 위험한 종류?

다른 문이 열렸다. 그러자 우샨 데루카가 경기장으로 어슬렁어슬렁 들어오면서 검을 춤추듯이 휘둘러 보였다.

"숏숏숏 숏숏숏 숏숏숏!"

"아름다운 죽음의 극장이 우샨 데루카를 소개합니다!" 프리프타르가 외쳤다.

박수 소리가 점점 커졌다.

우르스는 아차 싶었다. 볼퍼팅어라니. 차마 이럴 줄은 몰랐다.

세 번째 문이 열렸다. 롤프가 들어왔다.

"아름다운 죽음의 극장이 숲의 롤프를 소개합니다!"

관객들이 일어서서 열광적으로 소리를 지르고 발을 굴러댔다.

"우샨?" 우르스는 자문했다. "롤프?"

이렇게 셋이서 치고받고 싸워야 한단 말인가?

"삼인 결투!" 객석에서 요란한 소리가 났다. "삼인 결투! 삼인 결투!"

세 볼퍼팅어는 경기장 한가운데에 섰다. 꽃과 화환이 비 오듯 떨어졌다. 프리프타르가 팔을 쳐들자 박수 소리가 서서히 잦아들었다.

"삼인 결투의 규칙을 잘 모를 테니 알려주겠다." 프리프타르가 아래 있는 포로들을 내려다보며 큰 소리로 말했다.

우샨, 롤프, 우르스는 당황한 눈길로 서로를 쳐다봤다.

"삼인 결투의 요체는 하나가 아니라 둘이 죽는다는 거다. 항상 제일 바보가 맨 먼저 죽는다. 양심상 제삼자를 죽이기 위해 남과 결탁하는 걸 용납하지 못하는 자가 바로 그런 자다. 그런 자가 처치되고 나면 나머지 둘이 붙는 거다." 프리프타르가 소리쳤다.

"우리끼리는 안 싸운다." 우르스가 위를 향해 소리쳤다.

가우납이 프리프타르 옆쪽 난간에 나타났다.

"저 들놈테한 말해! 들놈테한 말해. 부거하면 슨무 일을 당하는지!" 그가 찢어지는 목소리로 말했다.

"아, 예." 프리프타르가 말했다. "제가 깜빡 잊을 뻔했습니다. 너희가 서로 싸우기를 거부하면 늙은 네 동료들을 차례로 경기장에 끌어내 구리병정들의 화살 과녁으로 삼겠다. 생각을 바꿀 때까지. 생각이 달라졌을 것으로 본다. 삼인 결투를 시작하라!"

"삼인 결투!" 관객들이 다시 연호했다. "삼인 결투! 삼인 결투!"

우샨이 검을 휘두르자 휘파람 같은 소리가 났다.

"쉿쉿쉿 쉿쉿쉿 쉿쉿쉿! 이 지하세계가 나한테 제일 좋은 점이 뭔지 말해줄까?"

우르스와 롤프가 그를 쳐다봤다.

"그건, 날씨야."

"여긴 날씨가 없어." 우르스가 답했다.

"어쨌거나 너희들이야 전혀 상관없겠지만 그게 나한테 어떤 의미를 갖는지 모를 거다! 이 아래서 초자연적인 힘을 얻은 것 같아. 쉿 쉿 쉿쉿쉿 쉿쉿쉿!"

우샨이 미소 지었다.

"무슨 생각이 있나?" 우르스가 물었다.

"우리 둘이 함께 덤비라는 뜻이야. 영웅이 되시겠다는 거야." 롤프가 말했다.

"난 볼퍼팅어와는 싸우지 않는다." 우르스가 말했다.

"우린 싸워야 돼. 이렇든 저렇든. 아니면 우리 동족이 죽어." 롤프가 말했다.

"그럼 날 먼저 죽이라 그래. 그런 다음 둘이서 끝장을 내." 우르스가 말했다.

"영웅이 또 나오셨군." 롤프가 끙 하고 앓는 소리를 냈다.

"쉿쉿쉿 쉿쉿쉿 쉿쉿쉿!" 우샨이 소리를 냈다. "말귀를 잘 못 알아듣는 친구들을 위해 다시 말하겠다. 난 전에 선생으로서 학생들에게 정도를 가르쳤다. 하지만 여기서는 두 사람 몫을 할 수 있다. 둘이 힘을 합해 나한테 덤비는 게 유일한 기회다. 시간을 벌 유일한 방법이기도 하고."

"시간을 벌어서 뭐하게?" 우르스가 물었다.

"모르지. 기적이라도 일어날지." 우샨이 말했다.

"알았어요. 시간이 필요할지 몰라. 미친 왕을 사로잡을 생각이거든." 롤프가 말했다.

"그래." 우샨이 미소를 머금었다. "그럼 편리와 쓸모를 결합시켜 보실까?"

운명

검은 성탑의 구리 문은 열려 있었다. 루모는 주저 없이 들어갔다.

전사의 집이었다. 의심의 여지가 없었다. 검이며 도끼며 온갖 종류의 칼 등등 곳곳에 무기 천지였다. 그 사이로 큰 거울이 서 있었다. 우샨 데루카의 검술정원이 연상됐다.

"이것 참. 쩍깍쩍깍 장군의 본거지에서 이렇게 어슬렁거리고 있을 수는 없어. 사형선고나 마찬가지야." 우코바흐가 속삭였다.

"여긴 아무도 없어." 스마이크가 말했다.

루모는 계단을 몇 달음에 뛰어 올라 위층으로 갔다. 그곳도 문이 반쯤 열려 있었다. 그는 칼을 뺀 다음 발로 문을 차서 열었다.

"위에 뭐가 있니?" 아래에서 스마이크가 소리쳤다.

루모는 구리처녀의 공간에 발을 들여놓자 그 기억이 되살아났다. 단 한순간에 과거, 현재, 미래, 예언과 운명이 뒤섞였다. 대목장—깜깜한 별들의 천막—두뇌가 여럿인 교수—서랍신탁. 이건 바로 루모가 그 서랍에서 본 광경이었다. 그때는 미래였지만 지금은 소름 끼치는 현실이 된 것이다. 그는 관 속에 들어 있는 랄라의 생기 없는 육신을 보았다.

랄라는 죽었다.

루모는 순간 어찔했다. 검을 떨어뜨리고 바닥에 쓰러졌다. 의식을 잃은 것이다.

반란자

리베젤이 무기를 진열한 선반 앞에 서 있는데 발자국 소리가 다가왔다. 선반에는 여러 가지 칼이며 도끼며 창이 들어 있었다. 그는 하수구에서 일하던 시절 창을 무기로 썼지만 그 이후로는 잡아본 적이 없었다. 재빨리 창을 하나 꺼냈다.

바깥에서 문 두드리는 소리가 났다.

"누구야?" 리베젤이 경비처럼 그럴듯하게 소리쳤다.

"순찰이야! 문 열어!" 걸걸한 목소리가 말했다.

"안 돼!" 리베젤이 대답했다.

"왜 안 돼?"

"전염병 격리 기간이야. 볼퍼팅어들 사이에 전염병이 퍼졌거든."

"볼퍼팅어가 아니라 보초를 보자는 거야. 보초 검열이야."

"헛소리!" 리베젤이 투덜거렸다.

"뭐?"

"어, 아무것도 아니야."

"그럼 뭐야? 지원부대 불러 올까?"

리베젤이 문을 열었다.

블루트쉰크로 용병부대 장교였다. 그는 의심스러운 듯 이리저리 둘러보다가 리베젤 앞에 섰다. 리베젤보다 머리가 몇 개는 더 컸다.

"크수고와 요그는 어딨나? 오늘 당번 보초 말이야." 그는 리베젤을 빈정거리듯 쳐다보았다.

"그 친구들은 아픕니다!" 리베젤이 답했다.

"아파? 둘 다 갑자기? 오늘 아침에도 봤는데? 씩씩하던데?" 장교가 물었다.

"감염된 것 같습니다. 전염병이요." 리베젤이 말했다.

장교는 한 발짝 뒤로 물러섰다.

"전염된다고?"

"아주 심하지요."

장교는 리베젤을 미심쩍은 눈초리로 뜯어봤다.

"경비대에서 뭘 하나? 여기서 호문켈은 본 적이 없는데."

"제가 처음입니다. 경비대 최초의 호문켈이지요. 프리프타르 각하의 아이디어입니다." 리베젤이 경례를 붙였다.

"그럼 왜 제복을 안 입지? 그 복장은 뭐야?"

"임시방편입니다. 소독하려고 제복은 벗어두었습니다. 전염병 때문에요."

"그럼 왜 너 혼자야? 규정상 보초는 둘이 서는데."

"용변 보러 나갔습니다."

"근무 중 볼일 보는 건 금지돼 있다."

"넷! 규정은 알고 있습니다!"

"아하, 그래? 그럼 보초 근무시 쇠뇌 지참 규정도 알겠구나. 창은 금지돼 있어."

"네, 압니다. 쇠뇌가 떨어졌습니다. 극장에서 쓰느라고."

"아하, 그런 규정을 아신다……? 하지만 그런 규정은 없어. 말해봐. 넌 대체 누구야?"

블루트쉰크가 칼을 잡았다.

호문켈은 재빨리 창으로 장교의 목을 찔렀다. 블루트쉰크는 꼬르륵거리면서 무릎을 꿇더니 리베젤의 발치에 눕고 말았다.

리베젤은 곰곰 생각했다. 자, 난 대체 누굴까? 몸종? 헬의 시민? 아니야. 그건 끝난 얘기야. 이어 어떤 생각이 떠올랐다. 그는 죽은 장교한테로 다가갔다.

"내가 누구냐고 물었지? 난 반란자야."

루모가 깨어났을 때 스마이크, 콜리브릴 박사, 우코바흐가 곁에서 지키고 있었다. 그는 성탑 아래층 탁자에 누워 있었다. 일어나려고 했지만 너무 힘이 없었다.

"좀 누워 있게, 루모 군. 곧 괜찮아질 거야." 박사가 말했다.

"랄라는 어딨어요?"

"위에 그대로 있다."

"그게 네가 말한 랄라니?" 스마이크가 물었다.

"네. 랄라는 어떻게 됐어요?" 루모가 말했다.

"누군가가 죽였어." 우코바흐가 말했다. "그뿐이 아니야. 고문을 한 것 같아. 쩍깍쩍깍 장군 말고 누가 그랬겠어. 성탑엔 다른 사람은 아무도 못 들어와."

"죽었을 리 없어. 은띠가 보여. 랄라 냄새가 난단 말이야. 지금도 그래." 루모가 말했다.

"이런 말은 좀 뭣하지만 죽은 사람도 냄새가 있다네. 완전히 분해가 돼야 비로소 냄새가 사라지지." 콜리브릴이 조용히 말했다.

"랄라한테 가겠어."

루모가 말했다. 그는 힘겹게 일어서서 계단으로 갔다.

"그러지 말아라, 얘야." 스마이크가 말했다.

루모는 계단을 올라갔다. 그러고는 랄라의 납 관 앞에 무릎을 꿇고 울었다. 이제야 비로소 예언이 성취된 것이다. 한동안 그러고 있었다. 나흐티갈러의 천막 안에서 본 자신의 모습 그대로였다. 그는 다시 일어서면서 결심했다. 지금부터는 모든 것을 랄라만을 위해서 하겠노라고.

이 대 일

우산이 지하세계에서 정말 두 사람 몫을 하게 됐음을 우르스는 알게 됐다. 어쩌면 세 사람, 네 사람 몫일 수도 있겠다. 그는 우르스와 롤프의 공격을 받으며 마치 무도(舞蹈) 시간이라도 되는 양 경기장을 돌아다녔다. 주도권은 분명 검술사범이 쥐고 있었다. 우르스는 데루카가 이토록 고삐 풀린 듯이, 이토록 발걸음 경쾌하게, 이토록 기분 좋고 재치 있게 싸우는 걸 본 적이 없었다. 그런 재능을 동족과의 싸움으로 낭비하고 있다는 것이 유감이었다.

"헛헛헛 헛헛헛 헛헛헛!" 우산이 소리쳤다. "나는야 깃털처럼 가볍도다! 나는 전갈의 독이 있다네. 나는야 벌새처럼 빠르도다! 헛헛헛 헛헛헛 헛헛헛!"

처음에는 관객들에게 진짜 싸우는 것처럼 보이려고 위험하지 않은 범위에서 공격과 방어를 했지만 결투에 빠삭한 관객들은 재빨리 알아채고 야유를 퍼붓기 시작했다.

"그게 다냐, 자네들?" 데루카가 물었다. "검술 수업시간 수준으로는 저들한테 안 통해! 그러니까 제발 좀 집중해봐. 볼퍼팅어들이 산 과녁으로 끌려나오지 않도록. 공격해! 제대로 공격해봐! 날 죽여보란 말이야!"

"난 못 해." 우르스가 소리를 질렀다.

"넌 그럴 실력도 못 돼!" 롤프가 말했다. "내가 널 다치게 할 수도 있어."

"아니다. 그러면 안 돼, 롤프!" 우산이 말했다. "누구도 그러면 안 돼. 온 힘을 다해서 날 죽이려고 애써라. 너희는 나한테 흠집 하나 낼 수 없어! 자, 해봐! 덤벼! 공격해!"

우산이 두 사람 주위를 정신없이 돌았다.

"여기야! 여기! 여기라고!"

그는 이렇게 소리치면서 무수히 공격을 퍼부었다. 우르스와 롤프는 온몸에 가벼운 상처를 입었다. 벌 떼에게 쏘인 것 같았다.

"너희를 다섯 번은 죽일 수 있었다. 덤벼! 우린 싸워야 돼! 우리 목숨을 위해서가 아니라 다른 사람들 목숨을 위해서. 어쭙잖은 쇼는 끝내자! 정말 날 죽여봐! 그러지도 못하지, 이 샌님들."

"죽이려면 죽여요." 롤프가 말했다.

우샨이 멈춰 서서 검을 내렸다.

"아직도 못 알아들었니, 응? 난 무적이야! 불사신이라고! 또 가르쳐줘야겠니?"

롤프와 우르스는 미동도 않고 서 있는 데루카를 탐색하며 주위를 빙빙 돌았다.

"여긴 당신의 검술정원이 아니야. 그리고 난 당신이 맡은 유급생도 아니고." 우르스가 속삭이듯이 말했다.

"그래. 허풍 떨지 마, 이 노인네야!" 롤프가 말했다.

"쉿쉿쉿 쉿쉿쉿!"

우샨은 이 소리만 낼 뿐이었다. 그런데 롤프와 우르스는 고통으로 몸이 비틀렸다. 코를 쥐었다. 그 지극히 민감한 감각기관에 우샨이 한 방씩 먹였기 때문이다. 롤프와 우르스는 훌쩍거렸다. 그러자 관객들이 요란한 웃음을 터뜨렸다.

"자, 이제 날 공격할 준비가 됐나? 죽일 준비가 됐어?"

전략

쩍깍쩍깍 장군의 성탑은 잠시 탈주자들의 본부가 됐다. 루모는 다시 아래층 본부에 나타나 침착한 자세로 다른 사람들과 추후 계획을 상의했다. 홀쭉한 아이데트와 뚱뚱한 구더기는 싸움에 큰 도움이 되지 않는다는 데 바로 의견의 일치가 이루어졌다. 콜리브릴과 스마이크는 랄라의 시신을 지키기로 했다. 루모가 동족을 다 구하고 나서 시신을 볼퍼팅으로 데려가겠다고 고집했기 때문이다.

"악마바위에서 했던 대로만 하면 돼." 스마이크가 말했다.

"해볼게요." 루모가 답했다.

아름다운 죽음의 극장

아름다운 죽음의 극장은 헬의 검은 심장이었다. 팔각형 건물로 여덟 개의 거대한 벽에는 처형당한 자들의 머리를 잔뜩 넣어놓았는데 검댕이 앉아 새까매졌다.

"저 해골들은 모두 가우납 가문의 적이었어." 우코바흐가 설명했다. "극장에는 입구가 여러 개야. 나는 귀족이어서 종종 안쪽을 들여다볼 수 있었지. 저 악마의 기계장치가 어떻게 작동하는지도 알아. 야수들한테 고기를 넣어주는 지하실 쪽 입구를 택하는 게 좋겠어. 거긴 보초가 없거든. 다들 맹수는 무서워하니까. 그리고 거기서는 아무 곳으로나 통해. 포로를 가둬둔 방으로 연결되는 뒷계단으로 갈 수도 있고. 어쨌든 하나는 확실하지. 지금까지 거기에 들어가겠다는 미친 생각을 한 사람은 없었다는 거야. 다들 어떻게 하면 나올까만 궁리했지!"

우코바흐가 초조하게 웃었다. 극장에서 웃음과 박수와 거친 비명 소리가 들렸다. 스릴 넘치는 싸움이 벌어지고 있음이 분명했다.

"말해봐. 그, 에, 악마바위에서 뭘 했다는 거야?" 우코바흐가 물었다.

"가능한 한 많이 죽였어." 루모가 답했다.

"알겠어. 그럼 계획이 있겠네!" 우코바흐가 말했다.

일행은 극장 뒤쪽 창살 없는 창문 구멍을 통해 들어갔다. 아주 간단했다. 지하실에 들어서자 뜯고 남은 뼈가 가득하고 숨 막히는 공기 속에서 살찐 파리들이 붕붕 날아다녔다. 옆방에서는 야수들 울부짖는 소리가 벽에 무뎌진 상태로 들렸다. 우코바흐는 다음 문을 열었다. 문은 어두운 복도로 통하고 복도에는 또 열두 개의 문이 나 있었다.

우코바흐가 그중 하나를 열자 어른만 한 거미가 나타났다. 루비색 빨간 털에 접시만 한 노란 눈이 여덟 개 달리고 나방 같은 날개에는 회색 대리석 무늬가 있었다. 놈은 거미줄로 늪돼지를 말아 고치처럼 싸고 있는 중이었다. 거미는 두 침입자를 알아보자 날갯짓을 했다. 우코바흐가 문을 쾅 닫았다.

"잘못 열었어!"

우코바흐는 다음 문부터는 처음에 조금만 열고 들여다본 다음 바로 다시 닫았다. 무시무시한 포효나 지옥 같은 냄새, 섬뜩한 촉수가 다가왔기 때문이다. 그런 시행착오 끝에 제대로 된 문을 찾았다.

"계단이야. 여기서 감옥으로 연결되는 거야."

그가 속삭였다. 둘은 계단을 올라갔다. 그사이 관객들의 박수갈채와 함성이 커졌다 작아졌다 했다. 불쾌한 냄새가 많이 났다. 피, 땀, 공포, 분노의 냄새, 연출된 죽음의 도착적인 냄새였다.

계단 끝에 도착하자 루모와 우코바흐는 출구를 통해 횃불이 별로 없는 희미한 통로를 들여다보았다. 루모 앞에 펼쳐진 광경은 당혹스러웠다. 통로 끝에는 검은 나무문이 있었는데 그 앞에 육중한 탁자가 있고 보초 셋이 다 비운 포도주병을 앞에 놓고 꾸벅꾸벅 졸고 있었다. 셋 다 블루트쉰크로 가만가만 코까지 골았다. 그러나 정작 놀라운 것은 보초들이 의무를 소홀히 하고 있다는 사실이 아니라 셋다 루모가 아는 자들이라는 사실이었다. 투명인간여관의 초르다스, 초릴라, 크로메크 투마였던 것이다.

크롤메크, 초르다스, 초릴라 이야기

크로메크 투마는 루모와 스마이크가 투명인간여관에서 계속 짖어대는 자신을 버려두고 떠난 이후 놀라운 변화를 겪었다. 직업적으로도 나아졌고 제대로 된 친구도 사귀고 진정한 고향도 찾았다. 그러나 가장 중요한 건 그 이후로 결코 다시는 짖지 않았다는 사실이다.

당시 그는 절호의 순간에 정신착란에서 깨어났다. 그는 초르다스와 초릴라가 자기 재산을 자루에 담아 달아나려는 순간을 포착했다. 이어 무시무시한 싸움이 벌어졌고, 크로메크가 이겼다. 초르다스와 초릴라는 이미 스마이크와 루모하고 싸울 때 상당한 타격을 입은 상태였다.

크로메크는 둘이 정신 차리기를 기다리는 동안 술장사가 진짜 자기한테 맞는지를 깊이 생각해봤다. 원래 남 시중드는 일을 아주 싫어하는 데다 벌이도 변변치 않았기 때문이다. 그런데 정신착란에서 깨어나 어떤 자들이 자기를 털어가고 있다는 사실까지 확인했다. 인생이 뭔가 잘못되고 있었다.

"잘 들어라, 크로메크 투마야. 난 술집주인이 너한테 맞는 직업이라고 생각지 않는다."

그의 머릿속에서 친숙한 목소리가 말했다. 그 목소리는 투명인간이었다. 여관을 지으라고 명했던 바로 그 목소리였다.

"하지만 당신이 그때……."

"안다. 실수였다. 인정해. 하지만 난 정신병이야. 그러니 네가 나한테 책임을 물을 수는 없지."

"없다고?"

"내가 좀 정신이 이상했다. 하지만 이번에는 모든 게 유리처럼 투명하게 보인다. 수정처럼 투명하게. 순수한 사고를 압착해서 만든 다이아몬드처럼 투명하게 말이야. 그게 얼마나 투명한 건지 알겠나?"

"몰라." 크로메크가 말했다.

"그건 미치도록 투명하다는 말이야! 잘 들어. 넌 다시 옛날 직업으로 돌아가야 해. 내 생각엔 용병이 너한테 맞는 유일한 직업이야."

"몰라. 용병부대에서 다시 자리를 얻는 게 쉬운 일은 아닐 거야. 난 예나데푸어 공의 머리를 창에 꽂고 돌아다녔어. 소문이 다 났지. 지휘관들이 좋게 안 봐."

"알아. 여기 이 지상세계의 군대를 말하는 게 아니야. 지하세계에 대해 들어봤지?"

"그럼. 야영 때마다 모닥불 주변에는 그 얘기가 끊이지 않았지. 다들 정신이……."

"지하세계가 진짜 존재한다고 하면 어쩔 거야?"

"헛소리라고 해야겠지."

"그래, 제기랄 네 말이 또 맞겠지. 난 정신병이니까. 하지만 지하세계에 관한 정보는 수정처럼 투명한 출처에서 얻은 거야. 그 출처는 아주 투명해서……."

"출처가 누군데?"

"다른 정신병."

"너희들끼리, 정신병들끼리 통하나 보지?"

"분명히 그래. 우린 모두 서로 연결돼 있어. 텔레파시로. 목소리들이지. 알겠어? 우리 목소리들은 다……."

"좋아. 사소한 얘기는 빼. 골치 아프니까." 크로메크가 머리를 들었다.

"지하세계에 관한 정보는 가우납이라는 이름의 정신병한테서 나온 거야." 투명인간이 말했다.

"너희도 이름이 있냐?"

"그럼. 난 투명인간이고. 가우납이 있지. 천 살 먹은 개, 쌕쌕이 메페스토, 열두 혓바닥 뱀, 그리고……."

"됐어, 됐어! 그런데 저 아래 지하세계에 군대가 있다는 거야?"

"그것도 대단한 군대지! 망종들만 받는다네. 그런 자격조차 못 되는 자들이 거기 가면 장군이 되는 거야."

"그런데 거길 어떻게 가지?"

"지하세계로 가는 길은 많아. 하지만 네벨하임을 거쳐 가는 길이 좋지."

"왜?"

"제일 미친 동네니까!"

투명인간은 마귀처럼 웃었다.

지하세계 가는 길

초르다스와 초릴라가 깨어나자 크로메크는 한 번만 더 강도짓을 하면 네모나게 토막을 쳐서 소금에 절여 깡통 통조림을 만든 다음 비상용으로 가지고 다닐 것이라고 못을 박았다. 둘은 이 말이 농담이 아님을 알고는 크로메크에게 다시는 나쁜 짓 안 하겠노라고 엄숙히 다짐했다. 그리하여 셋은 좋은 친구가 됐다. 블루트쉰크들은 멍청하고 잔인하고 음험하기는 하지만 뒤끝은 없었다. 크로메크는 지하세계로 갈 계획을 털어놓았고 초르다스와 초릴라도 합류하기로 했다. 취향에 딱 맞는 곳이라고 보았기 때문이다. 그들은 유령인간여관을 불태워버리고 그날로 길을 떠났다. 크로메크 내면의 목소리의 인도를 받아.

그리하여 세 친구는 네벨하임에 도착했고, 불쾌한 주민들은 그들을 '헬 우호자 동맹' 회원으로 받아들였다. 네벨하임 주민들은 도시의 비밀을 말해주고 함정도시가 무엇인지도 설명해주었다. 비밀동맹의 새 회원들이 처음 한 일은 지하세계로 가는 길을 아는 몇몇 다른 블루트쉰크와 함께 노예들을 헬로 이송하는 것이었다. 포로들 중에는 볼퍼팅어와 함께 자기들에게 아주 못된 짓을 한 저 뚱보 구더기도 끼어 있어서 크로메크, 초르다스, 초릴라는 쾌재를 불렀다. 크로메크는 제대로 된 길을 가고 있다는 운명의 신호라고 생각했다.

험준하고 복잡하기 이를 데 없는 동굴들을 지나 지하세계에 도착했다. 대번에 마음에 쏙 드는 제국이었다. 이곳에 오기까지 나방날개 달린 거대한 거미에게 시달리며 동료 셋이 잡아먹혔고, 기타 불유쾌한 생물들이 있었지만 헬의 컴컴한 분위기는 아주 그만이었다. 그리하여 노예들을 넘겨주고 가우납 99세의 군대에 들어갔다. 여기서는 아무도 크로메크 투마가 총사령관의 머리를 창에 꽂고 다녔다는 데 대해 신경을 쓰지 않았다. 이번에야말로 머릿속의 목소리가 제대로 추천을 한 것이다. 크로메크, 초르다스와 초릴라는 함께 지하세계 군대의 여러 분야에서 복무하다가 마침내 아름다운 죽음의 극장에까지 오게 된 것이다. 그들은 몇 차례 격투에 참가해서 무장도 하지 않은 난쟁이들의 머리를 때려 부수기도 했지만 우연한 기회에 편하다는 이유로 선망의 대상이던 감옥 경비로 자리를 잡았다.

포로로 잡힌 볼퍼팅어들이 헬에 도착하자 크로메크는 이곳에 온 이후 처음으로 신경이 날카로워졌다. 투명인간여관에 나타났던 볼퍼팅어는 없다는 게 적이 안심이 되기는 했지만 같은 족속들이 있다는 것 자체가 거슬렸다. 게다가 극장에서 그들이 싸우는 것을 본 이후로는 그때의 나쁜 기억이 생생하게 되살아나고 심지어 최근에는 허연 이빨을 드러낸 볼퍼팅어들이 꿈에 나타나 계속 쫓아오는 바람에 비명을 지르며 깨어나기도 했다. 크로메크는 다시 술을 마시기 시작했다. 극장에서 요란한 삼인 결투가 벌어지던 날도 독한 지하세계 포도주 세 병을 비우고 깊은 잠에 빠졌건만 투명인간여관에서 본 그 백구는 꿈속에서도 계속 쫓아오고 있었다.

루모는 보초 셋이 코를 골고 있는 탁자로 조용히 다가갔다. 우코바흐가 조심조심 뒤따랐다. 루모는 검을 빼들었다.
"싸우려고?" 그린촐트가 물었다.
"되도록 조용히 넘어가야지." 루모가 답했다.
그린촐트는 실망한 나머지 앓는 소리를 냈다.
"뭐하려고?" 사자이빨이 물었다.
루모는 아래로 몸을 숙이더니 큰 소리가 나도록 탁자를 세 번 두드렸다. 크로메크 투마, 초르다스와 초릴라가 잠에서 깨어나 흐릿한 눈으로 바보처럼 그를 쳐다봤다.
"안녕, 크로메크, 오랜만이야." 루모가 말했다.
루모는 검 등으로 이마를 쳐서 초릴라를 처리했다. 초르다스는 포로들을 구출할 때 써먹으려고 놓아두었다. 크로메크 투마는 다시 짖어대기 시작했다.

도박
스마이크는 슬픔에 잠긴 눈길로 청동관 안에 누워 있는 랄라의 얼굴을 들여다보고 있었다. 이렇게 고상하고 아름다운 처녀가…… 루모랑은 정말 잘 어울리는 배필이 됐을 텐데!

"나랑 같이 죽음이란 놈에게 한 방 먹이면 어떻겠소?" 콜리브릴 박사가 폴초탄 스마이크에게 지나가는 말처럼 물었다. 장기나 한 판 두면 어떻겠느냐는 투였다.

"뭐라고요?" 스마이크가 맥없이 말했다.

"내 말은 뭐랄까, 사소한 거긴 하지만, 어떤 과학적 모험에 흥미가 있느냐는 거요. 죽음과 싸우면서 동시에 영원불멸을 좀 끌어오는 작업을 해보면 어떻겠느냐⋯⋯." 박사가 힘을 북돋아주려는 듯 미소를 지었다.

"이런 상황을 그런 병적인 농담으로 얼버무릴 생각이라면 그야말로 아이데트식 유머겠지. 당신이나 한껏 웃으시오."

"농담이 아니에요. 진지한 제안을 하는 겁니다. 그때 숲 속에서 그런 것처럼."

"다시 당신 두뇌 속으로 들어가란 말이오?"

"그건 일 단계이고. 진짜 여행 목적지는 랄라의 심장이지요."

"어떻게 그럴 수 있다는 거요?"

"그리 간단치야 않지. 이 유기체는 누군가가 이미 완전히 작업을 끝냈어요. 위험이 없지도 않을 것 같고. 하지만 선구적인 작업에는 늘 그런 위험이 따르지요. 기회는 오십 대 오십이니까."

"도박을 하자는 거요?"

"그래, 도박이지. 그리고 나로서는 내 계산을 검증할 수 있는 유일한 기회고."

"그럼 규칙을 설명해봐요, 박사."

"첫 번째 단계는 아실 거고. 제 두뇌를 방문하는 거지요. 비존재의 미세존재 마이크로머신이 있는 방으로 가서 잠혈함에 앉으세요. 그런 다음 내 혈류를 타고 랄라의 혈류로 가는 겁니다. 건너간 다음에는 랄라의 심장을 비존재의 미세존재의 도구들을 가지고 다시 고 동치게 해야지요. 그게 전부입니다."

"그게 전부라고?" 스마이크가 웃음을 터뜨렸다. "더 없어요? 어떻게 박사 몸에서 랄라 몸으로 건너가지요?"

"그건 아주 간단한 일입니다. 우리 둘의 혈류를 연결시켜놓을 거니까. 여기는 완벽한 실험실이에요. 필요한 모든 게 다 있더군요. 살균 처리한 튜브만 있으면 돼요."

스마이크는 박사를 한참 쳐다보았다. 진심인 것 같았다.

"온갖 의문이 생기는군요, 박사님. 얼마나 위험한 겁니까? 성공 기회가 아주 희박한가요? 랄라의 몸에 들어가서 어떻게 방향을 잡지요?"

"그건 세 가지 질문으로 요약됩니다. 그리고 답은 단 하나지요. 모든 게 잘될 겁니다. 네, 내 계산에 따르면 모든 게 어떻게든 될 겁니다."

"어떻게든? 그러고도 과학자를 자처하시오?"

"지금은 좀 엄밀하지 않은 얘기로 들리겠지만 제 계산의 신뢰성을 인정하게 될 겁니다."

"그런데 누가 오면 어쩌지? 우리가……. 내 말은, 쩍깍쩍깍 장군이 돌아오면 말이오?"

"그럼 우린 끝나는 거겠지요."

"정말 잘될 거라고 믿으시오?"

"그럼 루모한테 깜짝선물이 되지 않겠습니까? 난 적어도 그 친구한테 원수를 갚는 셈이고. 어쨌든 그 친구가 내 생명을 구해주었으니까. 당신은 그 친구한테 몇 번이나 신세를 졌소, 스마이크? 한 번? 두 번?"

스마이크는 한동안 구리처녀에게서 눈길을 떼지 못했다.

"지금까지로 말하면 세 번이오." 스마이크가 투덜거렸다. "지금 귀에 손가락을 꽂나요?"

"그래야지요." 콜리브릴이 미소 지었다.

가우납은 흥분한 나머지 옥좌 위에서 펄펄 뛰면서 방석을 마구 두들겼다.

"이제 대로제 느구나싸우!" 그는 씩씩거렸다. "정말 빠르다!"

"네. 이제 제대로 싸우는군요. 죽기 살기로 싸우고 있습니다." 프리프타르가 맞장구를 쳤다.

처음에 세 볼퍼팅어는 관객의 기대에 어긋나지 않을 정도로만 싸우는 시늉을 했지만 지금은 격렬함에 가속도가 붙었다. 젊은 볼퍼팅어 둘이 합세해서 나이 든 볼퍼팅어를 공격했다. 늙은 볼퍼팅어는 겉보기에는 도저히 그럴 것 같지 않은데 참으로 노련하게 공격을 받아냈다. 볼퍼팅어들끼리의 싸움은 아주 독특하고 신선한 볼거리여서 모든 관객의 마음을 사로잡았다. 프리프타르가 예상한 그대로였다. 처음으로 이 경기장에서 최고 수준의 격투가 벌어진 것이다. 여기는 야만인이나 조야한 용병 따위가 싸우는 곳이 아니었다. 진정한 예술가들이 작업하는 곳이었다.

"제 생각엔 이제 더 흥미진진한 장면이 펼쳐질 것 같습니다." 프리프타르가 덧붙였다. "불길에 기름을 좀 끼얹어야지요. 벌써 병사들을 보내 늙다리 볼퍼팅어들을 극장으로 끌어오라고 했습니다. 구리병정들한테 내기 활쏘기를 좀 시켜야지요. 그럼 저 아래 있는 세 놈은 더욱 날뛸 것입니다."

가우납이 히죽 웃었다.

"좋아! 팅어볼퍼를 여서죽 팅어볼퍼들끼리 이게죽 다한!" 그가 소리쳤다.

"네, 전하. 전하의 아이디어는 늘 이렇듯 절묘하십니다. 볼퍼팅어 몇 놈을 죽여서 볼퍼팅어들끼리 서로 싸우게 하라시니……." 프리프타르가 고개를 끄덕였다.

극장 경비병

리베젤은 갑옷 덜그럭거리는 소리를 듣고는 꽤 되는 군인들이 감옥 쪽으로 다가오고 있음을 알았다.

노크 소리가 났다.

"거 누구야?" 리베젤이 그럴듯하게 소리쳤다.

"극장 경비병이다!" 걸걸한 목소리가 돌아왔다. "아름다운 죽음의 극장으로 볼퍼팅어들을 데려가려고 왔다."

"잠깐만." 리베젤이 말했다.

그는 문을 열어주었다. 밖에는 중무장한 용병 열두 명이 서 있었다. 갑옷을 입고 있어서 어떤 족속인지는 알기 어려웠다.

"들어오시오." 리베젤이 말했다.

군인들이 감옥으로 들어왔다.

"이 바닥의 핏자국은 뭔가?" 인솔자가 물었다.

"반항하는 볼퍼팅어가 한 놈 있어서. 제가 죽여버렸지요."

"잘했어. 왜 자넨 제복을 입지 않았나?" 그 군인이 말했다.

"피." 리베젤이 음울하게 말했다. "온통 볼퍼팅어 피 천지예요. 구역질 나. 포로는 얼마나 필요한가요?"

"여섯 명. 다 구리병정 화살 과녁으로 쓸 거다."

"멋지군요! 자, 가시지요."

리베젤이 웃었다. 그는 포로들을 가둔 강당으로 통하는 문의 빗장을 열었다. 인솔자와 리베젤이 옆으로 비켜서자 군인들이 쏟아져 들어갔다.

"잠깐!" 인솔자가 소리쳤다. "차렷!"

군인들이 멈췄다. 흐릿한 불빛에 눈이 익숙해지는 데는 시간이 걸렸다. 인솔자도 여러 번 눈을 껌뻑거리고 난 다음에야 문 뒤에 무엇이 기다리고 있는지 알게 됐다. 거기에는 수십 명의 볼퍼팅어가 반원 모양으로 서 있었다. 결연한 표정이었다. 연배는 좀 높지만 대부분 무장을 했다. 머리에 상처가 있는 큼지막한 자가 앞으로 나서더니 말했다.

"항복하는 게 좋을 거야." 리베젤은 인솔자의 목에 창을 들이댔다.

초르다스는 바보였다. 그러나 혼자 루모와 붙어서는 전혀 승산이 없다는 것은 알았다. 초릴라는 기절했다. 게다가 크로메크가 언제 짖기를 멈추고 제정신이 돌아올지 누가 알겠는가.

루모는 초르다스 앞으로 다가가 탁자에 앉더니 목에 검을 들이댔다.

"잘 들어. 지금부터 간단명료하게 대답한다. 볼퍼팅어 포로는 어떻게 관리하나? 거짓말하거나 중요한 사항을 빼먹으면 안 된다. 지금이든 나중에든 쓸데없이 힘 빼지 마. 제대로 하면 목숨은 살려준다. 시작!" 루모가 말했다.

"독방마다 문이 두 개 있어. 하나는 앞으로, 극장 관람석으로 통하는 거고, 다른 문은 감춰진 계단으로 통하는 거야. 독방의 사슬은 각각 풀게 돼 있어." 초르다스가 말했다.

"좋아. 날 도와서 계단으로 가는 문을 열고 포로들의 사슬을 푼다."

"그래 봐야 소용없어. 극장은 구리병정들이 지키고 있거든."

"우릴 도울래 죽을래?"

"말하기 어려운데. 결국 마찬가지겠지." 초르다스가 말했다.

죽음의 제국

여기는 잿빛 차가운 죽음의 제국이었다. 잃어버린, 생명이 사라진 세계였다. 스마이크는 왜 이런 미친 짓에 끼어들었을까?

"콜리브릴 박사? 여보세요?" 그가 소리쳤다.

대답이 없다. 당연하다. 콜리브릴은 작별을 고한 지 오래다.

그나마 지금까지 모든 게 이리도 간단하게 된 것은 박사의 도움이 있었기 때문이다. 스마이크는 우선 콜리브릴의 뇌를 통해 비존재의 미세존재의 마이크로머신이 있는 방으로 날아갔다. 이어 쾌적조정으로 잠혈함을 가동시켰다. 그리고 탐구의 정령들의 도움을 받아 콜리브릴의 혈류로 이동했다. 콜리브릴의 뇌에서 랄라의 혈류로 옮겨 가는 길에는 그 어떤 해부학자보다 자기 몸을 잘 알고 있는 박사가 텔레파시 동행 방식으로 보호해주었다. 배는 콜리브릴의 지시에 따라 소리 없이 날쌔게 헤엄치는 송어처럼 동맥과 혈관으로 미끄러져 들어간 다음 박사의 혈류와 랄라의 혈류를 살균 처리한 튜브로 연결한 지점에 도착했다.

그러나 인공 튜브를 통과해 랄라의 몸으로 옮겨 가는 순간 교신이 갑자기 끊겼다. 배 내부의 조명이 흐릿해지고, 전류의 붕붕거림도 나가버렸다. 유리 같은 막을 통해 밖을 내다볼 수는 있었지만 보이느니 다 낯설고 생기 없는 세계였다. 스마이크는 혼자였다.

배의 모터가 정지했다. 천천히 식으면서 응고되는 정맥의 혈류를 떠다녔다. 혈관 바닥에는 죽은 혈구와 기타 미세한 유기체들이 널려 있었다. 패전의 치욕만 고스란히 남은 전쟁터를 방불케 했다.

랄라의 죽은 몸속. 이것은 콜리브릴의 두뇌 세계를 방문하는 것과는 전혀 다른 것이었다. 지식의 창고가 떠도는 사고의 공간이 아니었다. 정육면체와 입방체도 없고, 편사각다면체와 피라미드도 없고, 도시계획과 같은 질서도 없었다. 모든 게 얽히고 헝클어져 원시림처럼 뒤죽박죽이었다. 어디로 가나? 콜리브릴은 뇌에 지식을 가득 채워 거의 터질 지경이었건만 하필 해부학 내용은 들어 있지 않았다. 스마이크는 요도와 혈관, 신경다발과 지방세포를 구분하지 못했다. 도처에 매듭과 혹과 올가미와 종양 같은 것뿐이었다. 이게 랄라의 심장인가 아니면 간인가? 랄라의 발 속에 와 있는 건가 아니면 뇌 속에 들어온 건가?

이런 상황에서도 울화통이 터지지 않는 이유는 그래 봐야 아무 도움이 되지 않기 때문이었다. 아니면 도움이 좀 될까?

"사람 살려! 사람 살려!" 스마이크가 소리를 질렀다.

"사람 살려!" 가늘고 높고 비음 섞인 목소리가 대답했다.

"사람 살려!"

"사람 살려!"

"사람 살려!"

스마이크는 소스라치게 놀랐다. 대답이 올 것이라고는 전혀 생각지 못했다. 밖에서 나는 소린가? 아니면 이 배 안에서?

"여보세요?" 그가 소리쳤다. "콜리브릴 박사님? 당신이오?"

"네가 콜리브릴이니?"

"그게 네 이름이야?"

"콜리브릴?"

"아니, 에, 내 이름은 스마이크, 난……."

"스마이크난?"

"네 이름이 스마이크난이야?"

"안녕 스마이크난."

"스마이크. 내 이름은 스마이크."

"스마이크래."

"스마이크."

"스마이크. 스마이크. 스마이크."

이상했다. 목소리는 하나로 들렸는데 서로 다른 세 사람한테서 나는 것 같았다.

"우리 잠혈함에서 뭘 하니, 스마이크?"

"그래, 스마이크. 설명해봐!"

"말해봐, 스마이크!"

"이게…… 이게 너희들 잠혈함이라고?" 스마이크가 되물었다.

"당연하지."

"너희들이 비존재의 미세존재야?"

"뭐라고?"

"누구라고?"

"뭐라?"

"그게, 에, 비존재의 미세존재…… 너희를 그렇게 불러……. 그래서, 그러니까, 콜리브릴이, 내 말은 너희를 발견한 사람이 그렇게 부른다고."

"너희가 우리를 비존재의 미세존재라고 부른다고?"

"에, 그래."

"놀고 있네!"

"뻔뻔하기는!"

"왜, 언급할 가치가 없는 비존재라고 부르지 그래?"

"유감이야, 하지만 내가 그런 이름을 생각해낸 게 아니야."

"기본적으로 생각이 별로 없지."

"뭐 그럴 생각은 전혀 없다……."

"……우릴 모욕하려고."

"이제 그만 좀 해! 그럼 너희들 원래 이름을 말해봐."

"그건 안 돼."

"불가능해."

"너무 위험하거든."

"그래? 왜?"

"우린 이름이 있지만 너희들이 생각하는 바보 같은 이름이 아니야."

"우리 이름은 이해하지 못할 거야. 너희들 두뇌 용량으로는 너무 복잡하거든."

"우리 이름을 곧이곧대로 부르려면 미쳐버리고 말 거야. 원래는 숫자로 된 거야. 너는 이해할 수 없는 숫자지."

"이해가 불가능할 만큼 큰 숫자란 말이야?"

"아니야. 이해가 불가능할 만큼 작은 숫자야."

"미치도록 작지."

"너무 작아서 말하는 순간 시간이 뒤로 가."

"이름으로 부르지 않으면 어때? 그냥 계속 얘기하자고."

"그건 무례한 짓이야."

"천박한 짓거리지."

"넌 그게 편한 모양이지? 웅? 스마이크?"

"내 참. 그럼 너희 이름을 하나 지어봐. 다시."

"난 스마이크가 좋겠어."

"난 스마이크스마이크가 좋겠어."

"그럼 난 스마이크스마이크스마이크."

"스마이크, 스마이크스마이크, 스마이크스마이크스마이크가 좋겠다고? 그럼 헷갈리지. 말해봐. 좀 더 좋은 생각 없어?"

"없어. 우린 상상력이 없어."

"없다고?"

"없어. 우린 상상할 수 없는 시간 이전에 이미 상상력을 초월했거든."

"상상할 수 없을 만큼 오랜 시간 전에야 아니면 상상할 수 없을 만큼 짧은 시간 전에야?"

"말꼬리 잡자는 거야, 스마이크?"

"허 참, 너희는 유머도 모르냐?"

"몰라. 우린 유머도 오래전에 이미 초월했거든."

"너희는 참 상당히 많은 걸 초월했구나."

"물론이지. 우린 시간과 공간도 초월했어. 고통과 죽음도."

"전쟁과 세금도."

"특히 크기를 초월했지. 어떤 종류의 크기도 말이야."

"아, 그래? 그럼 대체 뭐가 남았지?"

"수. 수만이 영원해."

"그럼 숫자로 이름을 지어. 일, 이, 삼은 어때?"

"그건 수가 아니야. 숫자지."

"미치겠네. 그럼 하고 싶은 대로 해! 정말 쩨쩨한 놈들이네."

"아직 우리 질문에 답 안 했어."

"우리 배에서 뭐하는 거야?"

"응?"

"난 죽은 심장을 다시 뛰게 하려는 중이야."

"히히히……."

"좀 소박한 작업이 아니고?"

"꿈도 야무지셔."

"콜리브릴 박사 말이……"

"참 그 콜리브릴이란 자 거슬리네. 난 잘 모르겠는데."

"우리보고 미세 뭐라고 했다는 자지."

"그리고 우리 잠수함을 훔쳐서……"

"……이걸로 기적을 만들겠다는 거 아냐."

"콜리브릴은 기적은 없다고 했어. 기적의 수준에 도달하는 과학적 진보만이 있을 뿐이지. 난 그가 나름의 계산 결과 비존…… 너희들이 날 도우러 여기 나타난다고 말했다고 봐."

"그놈의 콜리브릴! 우리가 우리 배를 훔친 자를 도와서 기적을 이룰 거라고 주장했대. 기적은 없다면서 말이야."

"왜 우리가 널 도와야 하는지 이유를 하나 대봐."

"하나만."

"그러니까, 말하자면, 그건 가슴의 문제야."

"가슴 수술이란 건 나도 알아."

"아니. 내 말은 사랑의 문제라고."

"이런!"

"우리는 사랑을 초월한 지도 오래됐는데."

"사랑은 스스로 감하면 영이 되는 일련의 수로 구성돼 있다는 건 알지?"

"일련의 수야 다 그렇지."

"그래, 그게 놀랍지 않나? 한참 잘 생각해보면……"

"이제 좀 놔두자! 그런데 무슨 사랑의 이야기란 거야?"

"이젠 그런 감상에 젖지 않을 거야! 그건 다 지난 얘기야! 우린 감상을 초월했어."

"난 그냥 물어보는 거야! 사실을 수집하는 거라고. 가감 없는, 냉혹한 사실 말이야."

"죽음을 초월한 사랑이지."

"진짜? 정말 낭만…… 에, 내 말은, 더 얘기해봐! 가감 없는, 냉혹한 사실을 더."

"그 사랑은 너무도 순수하고 위대해서 사랑하는 두 사람은 서로에게 다가가려고 수차례나 죽음과 맞서 싸웠어. 하지만 이젠 결국 죽음이 승리한 것 같아."

"그거 참 끔찍…… 에, 내 말은, 재미있다는 거야. 가감 없는, 냉혹한 방식으로 재미있다고. 사실을 더 얘기해봐!"

"그래, 더!"

"더, 더, 더!"

가우납의 욕망과 프리프타르의 수난

경기장의 정문이 열렸다. 가우납은 환희에 겨워 낑낑거렸다. 쿠션을 확 끌어당겨 가슴팍에 꾹 눌러 대고는 눈앞에서 학살극이 벌어지는 동안 쿠션을 뜯어 속에 든 오리털을 마구 흩뿌릴 생각에 가슴이 설렜다.

"팅어볼퍼 몇 를마리 병정구리이 일죽 건가?" 그가 프리프타르에게 물었다.

"여섯 놈을 대기시켜놓았습니다." 프리프타르가 대답했다.

"겨우 여섯?" 가우납은 실망했다. "이손 네작! 열두 마리로 지하래그?"

"구리병정들한테 가급적 화살을 많이 날려서 천천히 죽으라고 당부해두었습니다. 수십 마리가 죽는 것 같을 것입니다."

가우납은 뭐라고 투덜대더니 다시 극장에서 벌어지는 일에 관심을 집중했다.

프리프타르는 아름다운 죽음의 극장을 다시 장악했다. 이날부터 볼퍼팅어들은 아까운 극장 검투사들을 줄이는 대신 스스로를 멸종시키는 작업을 하게 되는 것이다. 삼인 결투는 그 신호탄이었다. 그 오만한 족속의 종말이 시작된 것이다. 볼퍼팅어야 오다가다 하는 거지만 극장과 헬은 영원했다. 그러나 만사가 이렇게 형통한데도 프리프타르는 몸이 안 좋았다. 아무리 기분 전환을 시도해도 오늘 아침 구리처녀 속에서 죽은 여자 볼퍼팅어를 본 다음부터 시작된 불쾌감은 도저히 떨쳐버릴 수가 없었다. 불쾌감이 너무 심한 나머지 그걸 떨쳐버리려고 줄곧 몸을 뒤흔들었다. 독감인가? 그는 독감에 걸리면 어떤지 알지 못했다. 아파본 적이 없었기 때문이다.

말도 안 돼! 헬의 보건 업무를 관장하는 국왕의 최고 자문관이 어떻게 병에 걸린단 말인가? 프리프타르는 다시 한 번 몸을 뒤흔들고는 격투에 집중했다.

전투

"나쁘지 않군. 그러나 좀 더 집중해야겠다." 우샨이 말했다.

셋은 격렬한 공격을 주고받다가 가쁜 숨을 몰아쉬며 경기장 한가운데서 마주보고 섰다.

"좀 더? 당신을 죽이려고 빌어먹을 쫓 먹던 힘까지 다 썼는데! 나보고 뭐라고 하지 마시오!" 우르스가 헐떡거렸다.

"그럼, 그럴 수야 없지. 하지만 이젠 정말 심각해. 자네들한테 부탁 좀 하겠네." 우샨이 말했다.

"뭘요? 더 싸우라고요?" 롤프가 씩씩거렸다.

"아니, 날 죽이라고."

"뭐라고요?"

"날 죽이란 말이야. 놈들이 시시각각 볼퍼팅어들을 경기장으로 몰아넣고 있어. 그럼 너무 늦어. 많이 죽게 돼. 너희가 지금 날 죽여야 돼. 지금 바로! 그게 친구들을 구할 수 있는 유일한 방법이야."

"놈들은 어떻게 해도 우리 동족을 끌어들일 거예요." 롤프가 말했다. "이제 우리가 진짜 싸움을 시작해야 돼요. 셋이서 벽을 타고 국왕 자리까지 갈 수 있어요."

"다 올라가기도 전에 구리병정들한테 화살 통구이가 될 거다. 날 죽여!" 우샨은 우르스와 롤프에게 호소했다. "부탁한다. 너무 늦기 전에 빨리 해다오!"

"벌써 늦었어요."

우르스는 이렇게 말하면서 검으로 경기장 문을 가리켰다.

볼퍼팅어들이 경기장 안으로 들어왔다. 그러나 노약자들이 아니었다. 수도 여섯 명 정도가 아니었다. 젊고 강하고 이빨까지 무장을 한 수십 명이 문이란 문마다 쏟아져 나왔다. 롤프의 눈에 친구 비알라, 차코, 올레크가 들어왔다. 우르스는 샘물의 세쌍둥이를 보았다. 우샨은 검술 시간에 봤던 많은 학생들을 보았다.

마지막으로 루모가 경기장에 들어섰다.

관람석이 웅성거렸다. 헬링과 호문켈들이 앞 다퉈 자리에서 일어났다. 프리프타르는 멍하니 그 무리를 응시했다. 가우납은 날카로운 비명을 질렀다. 그러자 구리병정들이 무기를 들었다. 루모는 극장 한가운데로 뛰어갔다. 롤프, 우샨, 우르스가 볼퍼팅어들의 입장을 놀란 눈으로 쳐다보고 있었다.

"안녕, 루모." 우르스가 말했다. "어디 갔었니?"

"처리할 일이 좀 있었어."

"자네가 다 탈출시켰나?" 우샨이 물었다.

"도움을 받았어요." 루모가 대답했다.

"랄라는 어딨어?" 롤프가 물었다. "어째서 여기 안 온 거지?"

"랄라는 죽었어." 루모가 답했다.

"그게 정말이야?"

"고문을 당했어. 쩍깍쩍깍 장군이란 자래. 여기서 놈을 찾을 줄 알았는데. 그런 이름 가진 놈 아세요?"

롤프는 눈물을 쏟았다. 나머지는 말없이 고개만 가로저었다.

"랄라는 어디 있어?" 롤프가 물었다.

"두 친구가 시신을 지키고 있어. 여기 일이 끝나면 데려가야지. 지금은 싸워야 돼."

"그렇다. 지금은 싸워야 한다." 우샨 데루카가 말했다.

루모가 검을 높이 쳐들었다. 그린촐트와 사자이빨에게 경기장을 보여주려는 것이었다. 객석에 있던 군인들이 출구로 몰려가더니 앞다퉈 경기장으로 쏟아져 들어왔다.

"원 이런!" 사자이빨이 말했다.

"오, 이런!" 그린촐트가 신음 소리를 냈다. "끝내주는 전투야. 기대 이상이군."

음향적 쾌적조정

"지금까지 우리가 들어본 것 중에서 가장 감동적인 이야기였어."

"그래. 감동을 초월한 지도 오래됐지만." 세 번째 목소리는 흐느끼고 있었다.

"그럼 이제 어떡해? 날 도와줄 거야? 랄라의 심장으로 가는 길을 가르쳐줄 거야?" 스마이크가 물었다.

"그래 좋아, 스마이크."

"우리가 도울게."

"조건이 하나 있어."

"뭐든지. 내가 들어줄 수 있는 거면. 뭔데?"

"때가 되면 말할게."

"뭐든 들어줄 수 있어."

"나중에 에누리할 거지?"

"능히 그럴 거야!"

"여길 뜨자! 이 친구가 어떤지 알아야……."

"좋아, 좋아! 원하는 건 모두 할게." 스마이크가 소리쳤다.

"좋아. 우린 말하자면 에누리는 이미 초월했어."

"우린 늘 우리가 말한 대로 하지."

"우린 말하자면 자기비판도 초월했어. 우린 무오류니까."

스마이크가 한숨을 쉬었다.

"좋아. 그럼 해보자. 그사이에 너희 이름 생각해봤어?"

"응. 우린 비존재의 미세존재로 했으면 좋겠어."

"이제 와서?"

"곰곰이 생각해봤어. 따지고 보면 아주 좋은 이름이야. 우리의 특징을 아주 잘 말해주거든."

"우린 아주 작아서 사실은 전혀 존재하지 않는 것이나 마찬가지지."

"비존재의 미세존재라…… 완벽해."

"난 비존재의 미세존재 일 번이라고 하겠어."

"난 비존재의 미세존재 이 번이라고 할래."

"난 비존재의 미세존재 삼 번으로 할 거야."

"그게 좋겠다. 처음에 뭘 하지?" 스마이크가 말했다.

"음향적 쾌적조정을 가동시켜야지." 비존재의 미세존재 일 번이 말했다.

"가르릉거려야 돼." 비존재의 미세존재 이 번이 말했다.

"우리의 수준 높은 요구를 만족시킬 때까지 가르릉거려야 돼." 비존재의 미세존재 삼 번이 말했다.

"가르르브브브…… 가르르르브브브……." 스마이크가 말했다.

"그건 가르릉이 아니야." 비존재의 미세존재 일 번이 말했다.

"그건 부르릉이야." 비존재의 미세존재 이 번이 말했다.

"너 뭐냐?" 비존재의 미세존재 삼 번이 물었다. "어리뒤영벌이냐?"

폭풍

루모가 검을 내렸다. 그러자 이를 신호로 볼퍼팅어들이 경기장 벽으로 몰려갔다. 그들은 서로 어깨를 타고 올라가 무기와 손을 이어 발판을 삼고 볼퍼팅어 사다리를 만들었다. 그렇게 해서 눈 깜짝할 사이에 수십 명이 장애물을 넘었다. 객석은 공황 상태가 됐다. 관객들은 뒤죽박죽이 되어 소리 지르고 출구로 나가려고 떠밀고 난리가 났다.

"내가 왕을 잡을게." 롤프가 말했다.

"난 이 아래 있으마. 할 일이 있어." 우샨이 말했다.

사방 문에서는 극장 경비대원들이 경기장으로 쏟아져 들어왔다. 수적으로 볼퍼팅어보다 훨씬 우세했고 이빨까지 중무장을 했다.

롤프가 튀어나가 미친 왕의 발코니로 기어오르기 시작했다.

계단

프리프타르는 신속히 대응했다. 이런 위기 상황은 머릿속에서 골백 번도 더 예행연습을 해본 터였다. 봉기였다. 그건 왕의 자문관으로 서 반드시 염두에 두어야 하는 일이었다. 우선 옆에서 소리를 질러 대는 원숭이를 진정시켜야 했다. 그는 가우납에게 손을 내밀었다. 왕은 손을 잡더니 꽉 깨물었다. 프리프타르는 눈썹 하나 까딱하지 않고 고통을 참았다.

"이제 지어쩌? 이제 지어하떡? 떡어해야 는하 거야?" 가우납이 낑 낑거렸다.

"걱정하지 마십시오, 전하. 이런 경우에 대비해 준비를 다 해놓았 습니다. 벌써 전하와 여러 번 비상 훈련을 했지요."

"난 안나생각!" 가우납이 우는 소리를 했다.

"다가오라!"

자문관이 병사들에게 명령했다. 그러자 그들은 로열석 주변으로 바짝 보호막을 쳤다. 프리프타르와 가우납은 그 뒤로 숨었다.

'너 같은 바보 정신병자는 다 잊어버렸을 줄 진작 알았어!' 프리프 타르는 이렇게 생각하면서도 말로는 "알고 있습니다. 전하께서 중요 한 일로 너무 바쁘신 나머지 그런 사소한 일은 염두에 두시지 못한 다는 것을. 일단 옥좌를 열어야겠습니다"라고 했다.

"옥좌를 다연고?"

프리프타르는 가우납의 손을 놓고 옥좌 옆으로 다가갔다. 손잡이 를 앞으로 당기자 의자가 반으로 갈라지더니 양쪽으로 떨어져 나갔 다. 그 아래에 돌판이 나타났는데 다시 옆으로 미끄러지더니 극장 내부로 통하는 계단이 펼쳐졌다.

"단계이군! 단계야이!" 가우납이 소리를 지르며 박수를 쳤다.

"이제 생각나시지요! 전하의 하교가 필요합니다. 이런 일을 저 혼자 결정할 수는 없으니까요." 프리프타르는 여기서 작은 두루마리를 꺼내 들었다. "브라호크 경보를 내려도 될는지요?

가우납이 움찔했다.

"호크브라? 꼭 그래야 되나?"

"그래야 할 것 같습니다, 전하. 볼퍼팅어들이 싸우는 걸 보셨지요. 모든 상황을 염두에 두어야 하니까요. 제 생각엔 브라호크 한 마리면 될 것 같습니다."

"그래 좋아! 그래야 한다면. 호크브라 릍보경 발령해!"

"망극하옵니다, 전하!"

프리프타르가 옥좌 아래로 손을 넣어 작은 납 우리를 꺼냈다. 문을 열고 퍼덕거리는 박쥐를 꺼내 발에 단 집게에 두루마리를 끼웠다. 이 시커먼 동물이 가죽 날개를 펼치자 프리프타르는 바로 놓아주었다. 박쥐는 일어서서 세차게 날갯짓하며 하늘로 날아갔다.

"날아라!" 가우납이 뒤에 대고 소리쳤다. "호크브라들한테 가거라!"

프리프타르가 가우납의 손을 잡았다.

"이제 가시지요, 전하."

그들은 살육의 현장을 뒤로 하고 손에 손을 잡고 비밀통로를 따라 내려갔다. 돌판은 한 입구에서 끝이 났고, 옥좌는 다시 맞붙었다. 프리프타르와 가우납은 달아났고, 군인들은 원형 대형을 풀고 전투에 참여했다.

우코바흐의 아이디어

우코바흐는 극장 계단에 내내 숨어 있었다. 스스로 생각해도 최근 들어 평균 이상의 영웅적인 면모를 보여주었다. 그러나 역시 경기장에서 벌어지는 싸움에는 소질이 없을 것 같았다. 리베젤과 반대로 우코바흐는 무기라고는 젬병이었다.

그는 골똘히 생각했다. 자신의 최대의 강점은 극장 시설에 대한 지식이었다. 그런 지식을 어떻게 하면 봉기를 일으킨 사람들에게 유리하게끔 활용할 수 있을까?

후우!

아이디어가 떠올랐다. 하지만 너무 끔찍해서 느닷없이 괴물이 튀어나오는 도깨비상자처럼 다시 머릿속에 꾸겨 넣었다. 미친 짓이지!

가우납 수준의 미친 생각이야! 아예 꿈도 꾸지 마! 아니면? 헷갈렸다. 멋지기는 할 텐데. 아니야! 너무 위험해! 우코바흐는 그러다가 죽는 최초의 인물이 될 수도 있었다.

리베젤이 생각났다. 그는 볼퍼팅어들을 보호하기 위해 위험한 과제가 주어졌을 때 한시도 머뭇거리지 않았다. 그런데 자신은 여기 어둠 속에 쭈그리고 앉아서 책임을 회피하고 있었다.

그는 자신의 아이디어를 다시 한 번 잘 따져보았다. 그렇다. 그건 완전히 정신 나간 짓이다. 위험하고 언제 어떻게 될지 도무지 알 수 없다. 우코바흐는 다시 깊이 숨을 들이쉬었다. 그런 다음 지하실의 맹수들 쪽으로 내려갔다.

하얀 불

롤프가 로열석 난간 위로 홀쩍 날아들었을 때 거기에 왕은 없었다. 미친 군주와 자문관은 달아났다. 그 대신 일단의 정예군인들과 맞닥뜨렸다. 싸우고 싶어 안달하는 헬 최고의 전사 스물네 명이었다.

롤프는 최근 이 순간을 끊임없이 준비해왔다. 천 번도 더 머릿속에서 연습을 해봤다. 로열석으로 기어올라서 왕을 인질로 잡고 랄라의 석방을 요구하려는 것이었다.

그런데 이제 구출해야 할 랄라는 없다는 사실을 알았다. 복수해야 할 왕도 없었다. 스물네 명의 검은 제복을 입은 군인들뿐이었다. 그들이 무기를 든 채 다가오고 있었다. 하얀 불의 벽이 롤프 눈앞에 솟았다. 국왕석 전체가 갑자기 훤한 화염에 휩싸였다. 그러나 이상하게도 불은 뜨겁지 않고 찼다. 불에 타는 기분이 아니라 얼음 같은 추위가 엄습했다.

객석에서 볼 수 있는 자들은 바로 외면을 했고, 외면할 수 없는 자들은 냉혹한 광란의 목격자가 됐다. 롤프는 동에 번쩍 서에 번쩍했다. 그 누구보다도 빠르고 난폭하고 잔인했다. 그는 무기고를 들고 다니는 것처럼 중무장을 한 상태에서 무기란 무기는 다 썼다. 무기에는 이빨도 포함됐다. 몸을 돌렸는가 싶으면 쿵 쓰러지고 두 조각이 나면서 처절한 비명이 울려 퍼졌다. 롤프는 하얀 불을 통과했다. 하얀 불은 이번에는 유난히 오래, 환히 탔다.

우르스가 발코니로 기어 올라왔을 때 왕의 근위대는 남아 있지 않았다. 그가 할 수 있는 일이라곤 그만하라고 롤프를 붙잡는 일뿐이었다.

"그만해." 그가 말했다. "다 죽었어."

그린촐트의 승리

루모는 우산 데루카와 등을 맞대고 경기장에서 싸웠다.

"쉿쉿쉿 쉿쉿쉿 쉿쉿쉿!"

검술사범은 끊임없이 이런 소리를 내면서 적군들 사이를 누비며 칼을 휘둘렀다. 적들은 추풍낙엽처럼 쓰러졌다.

"자네 아나, 이 지하세계가 나한테 뭐가 좋은지? 루모 군." 그가 소리쳤다.

"몰라요!" 루모가 대답했다.

"여긴 날씨가 없어!"

루모는 대답하지 않았다. 날씨 얘기를 하기엔 너무 경황이 없었다.

"전투다! 드디어 전투가 벌어졌다!" 그린촐트가 몇 번이나 말했다.

"조심해! 뒤쪽이야!" 사자이빨이 소리치자 루모가 빙글빙글 돌아 도끼 공격을 막아냈다.

"냉혹한 낫질." 그린촐트가 명령했다. 그러자 루모가 도끼를 든 군인을 베어 넘겼다.

"자네한테 미안하단 말을 하고 싶구나." 우산이 소리쳤다.

"뭐요? 왜요?"

"자넬 과소평가했어."

"조심해!" 사자이빨이 소리쳤다. "왼쪽이야! 찔러! 엎드려!"

루모가 엎드리자 칼이 머리 위를 살짝 스쳐갔다.

"반격! 양손 쪼개기!" 그린촐트가 명령했다.

루모는 두 손으로 검을 잡고 위에서 아래로 적군의 투구를 쪼갰다.

"놈들이 물러선다." 사자이빨이 말했다.

"벌써?" 그린촐트는 실망하는 눈치였다.

극장 경비대의 공격은 실제로 사그라졌다. 그들은 수가 많다는 게 볼퍼팅어들한테는 별로 통하지 않는다는 걸 깨달았다. 경기장에는 군인들의 시체가 즐비했고 대부분의 볼퍼팅어는 건재했다. 경비병들은 극장 안쪽으로 달아났다.

루모는 객석을 올려다보았다.

관객들은 공황 상태에 빠져 소리를 질러댔고, 출구마다 한꺼번에 몰려들어 나가지도 못하고 넘어지고 짓밟혔다. 볼퍼팅어들은 거칠어진 벌 떼처럼 그들 사이를 뚫고 들어가 여기저기서 위협했다. 객석별로 나뉘어 경비병을 잡아들이자 관객들은 볼퍼팅어가 옆에 있다는 사실만으로도 공포와 전율에 휩싸였다. 헬링들의 공포가 가장 극심했다. 그들은 서로 먼저 나가려고 몰려들다가 동료들을 밀치고 밟아 죽였다. 전투를 이토록 가까이서 겪은 것은 처음이었다. 이제 그들은 목숨을 염려해야 한다는 게 어떤 것인지 처음으로 알게 됐다.

구리병정들은 어디다 화살을 쏘아야 할지 몰랐다. 볼퍼팅어들은 군중 속에서 너무도 신속하게 움직였다. 때로 군중 속으로 무작위로 쏘아봤지만 적보다는 아군 쪽이 많이 맞았다.

루모는 죽은 군인의 외투로 칼을 닦았다. 아직은 승리가 아니었다. 전투의 시작일 뿐이었다. 아름다운 죽음의 극장이 동요했다. 그러나 루모는 온 헬이 와해될 때까지 계속 뒤흔들 계획이었다. 랄라를 위해서 그렇게 할 것이다.

심장 속에서

스마이크는 가르릉거리기를 멈췄다. 부르르르 하는 전류도 잠잠해졌고 잠혈함은 멈춰 섰다.

"다 온 거야?" 그가 물었다.

"아니." 비존재의 미세존재 일 번이 말했다.

"하지만 심장에는 들어왔어." 비존재의 미세존재 이 번이 말했다.

"죽은 심장 속이지." 비존재의 미세존재 삼 번이 말했다.

"왜 멈춘 거지?"

"무슨 소리가 난 것 같아서."

"이 안에서? 다 죽었는데?"

"그래, 우리가 잘못 들었겠지."

"너희는 무오류라고 생각했는데."

"그래, 좋은 얘기야. 우리가 뭔가 들었다고 생각하면 들은 거지."

"하지만 이제 안 들려."

"좋아. 그럼 계속 가면 되겠다." 스마이크가 말했다.

"잠깐." 비존재의 미세존재 일 번이 말했다.

"중요한 결정을 네가 해줘야겠어." 비존재의 미세존재 이 번이 말했다.

"삶이냐 죽음이냐가 걸린 문제지."

"알아. 랄라의 생명이 걸린 문제지." 스마이크가 말했다.

"꼭 그런 건 아니야."

"그게 무슨 말이야?"

"그사이 네 목숨도 걸리게 됐어."

"왜? 뭐가 잘못됐어?"

"동력회전장치가 회전이 점점 어려워져."

"혈액 응고지."

"피가 굳어질수록 어려워지는 거야."

"그럼 어떻게 되는 거야?"

"목적지까지 가야 한다는 거야. 그래서 수술이 성공하면 돌아오는 거야. 그럼 혈류가 다시 맑아지니까. 하지만 수술이 실패해서 피가 굳어지면 그 자리에서 꼼짝 못해. 그럼 이 배는 너의 관이 되고 죽은피로 뒤덮이는 거지."

스마이크는 딸꾹질이 나왔다.

"이제 돌아가자."

"내 말이 그 말이야."

"네 결정에 달렸어. 아직 돌아갈 수는 있어."

스마이크가 곰곰 생각했다.

"너희들 보기에는 수술 성공 가능성이 어때?"

"늘 그렇듯이 모험은 오십 대 오십이지."

"도박이라는 얘기야?"

"그렇게 말할 수 있어."

"그럼 한판 하지 뭐."

"좋을 대로, 스마이크. 그럼 다시 가르릉거려줄래?"

모토

관객들의 비명과 무기 부딪치는 소리, 고통의 절규가 아름다운 죽음의 극장 쪽에서 들려오자 리베젤과 볼퍼팅어들은 루모의 구출 작전이 성공했음을 확신했다. 그들은 이미 제압한 군인들의 무기를 거둬 나눠 가진 상태지만 어떻게 할지를 분명히 정하지 못하고 서성거렸다.

"그들은 싸우고 있습니다. 저 소리 들리십니까?" 리베젤이 말했다.

"자네보다는 잘 들려." 요들러 시장이 말했다. "우린 볼퍼팅어야. 어떤 칼로 싸우는지도 들리지. 늙었지만 아직 가는귀먹은 정도는 아니야."

"어떻게 하면 좋겠습니까?" 리베젤이 물었다.

"가서 함께 싸워야지." 시장이 말했다.

"하지만 루모는 여기서 기다리라고 했는데요."

"그렇게 말한 건 우리가 무장하기 전이지. 상황이 달라졌네." 요들러가 볼퍼팅어들을 향했다. "어떠시오, 여러분? 우리가 싸우기엔 너무 늙었나요?"

"물론 그렇지요." 아이젠슈타트의 오가가 이렇게 말하면서 곤봉을 쳐들었다. "노환으로 죽기 전에 가봅시다."

"그럼 자네 생각은 어떤가?" 시장이 리베젤에게 물었다.

리베젤이 창을 들고 말했다.

"우린 이미 오래전에 죽었습니다. 아직 묻히지 않았을 뿐이지요."

"그거 좋은 모토로군. 자네가 지어낸 말인가?" 시장이 말했다.

"아니오. 제 친구가 한 말이에요."

야수들

'난 이미 죽은 지 오래야!' 하고 우코바흐는 생각했다. '아직 묻히지 않았을 뿐이지.'

아름다운 죽음의 극장 야수들을 풀어놓는다는 생각은 이성이 시킨 아이디어일까 아니면 광기가 시킨 아이디어일까? 이 문제를 제쳐놓는다 해도 두 가지 극히 실질적인 문제가 남는다. 몇 마리를, 그리고 어떤 야수를 풀어놓을 것인가?

우코바흐는 열두 개의 문을 쳐다보았다. 다 여는 것은 너무 위험하다. 이것만은 분명했다. 우코바흐는 세 개로 결정했다. 무슨 짓을 할지 모르는 기상천외한 야수 세 마리면 혼란을 일으키기에는 족할 것이다.

어느 문을 연다? 루비색 빨간 거미가 든 독방에 생각이 미쳤다. 이 괴물을 풀어놓는다는 건 우코바흐로서는 소름 끼치는 일이지만 그래야 했다. 나머지는 우연에 맡기기로 했다. 나머지 문 두 개는 무조건 열고 냅다 튀는 거다!

두근두근하는 가슴으로 우코바흐는 문 쪽으로 다가갔다. 문 뒤에는 거대한 거미가 있었다. 자나? 깨 있을까? 어쩌면 아까 문을 열었던 자가 미련하게 또 그래주기를 학수고대하고 있을까?

우코바흐는 심호흡을 했다.

과감하게 녹슨 손잡이를 돌려 억지로 문을 열었다. 안을 들여다보지도 않고 바로 옆으로 가서 다음 문을 열었다. 야수의 씨근거리는 소리와 끔찍한 악취가 확 다가왔다. 그러나 우코바흐는 벌써 다음다음 문으로 가 있었다.

이어 계단으로 내달려 몇 계단 풀쩍풀쩍 뛰어내린 다음 멈춰 서서야 비로소 자신이 무슨 일을 했는지 알게 됐다.

나방날개를 단 거미는 벌써 감옥을 나와 있었다. 녀석은 제자리에서 맴돌다 날개를 퍼덕였다. 보아 하니 새로운 환경에 적응해 방향감각을 가다듬고 있는 모양이었다.

이어서 악어만 한 크기의 알비노 쥐가 바로 옆방에서 튀어나왔다. 눈처럼 흰 털가죽에 빨간 발톱과 길고 붉은 꼬리가 달렸다. 이 앞못 보는 동물은 정상적인 쥐라면 눈이 있어야 할 자리에 일 미터는 됨직한 하얀 더듬이가 솟아 있었다. 알비노 쥐는 흥분한 상태로 울부짖더니 낫 모양의 노란 이빨을 드러내며 꼬리를 채찍처럼 짝짝 쳐댔다.

세 번째 문에서는 수정전갈이 나왔다. 차디찬 얼음동굴 출신으로 길이가 오륙 미터는 되는 거대한 괴물이었다. 놈은 완전히 투명했으며, 몸 곳곳은 날카롭기 그지없는 모서리로 돼 있었다. 우코바흐는 생물 시간에 이런 족속에 대해 들어본 바가 있었다. 녀석의 얼음 같은 몸뚱이에 닿기만 해도 다치는데 상처는 역설적으로 심한 화상과 유사했다. 전갈은 집게발을 허공에서 땅땅 마주치며 유리 같은 침을 곧추세웠다. 여기서 독을 뿌리면 상대는 수 초 만에 얼음처럼 굳어버린다.

이 셋은 지하세계에서 가장 위험한 동물이었다. 그런 동물들을 우코바흐가 풀어준 것이다! 그는 아직도 최면에 걸린 듯이 계단에 멍

하니 서 있었다. 거미괴물은 수색을 다 마친 모양이다. 발을 구부리
자 루비색 빨간 털가죽이 곤두서더니 나방날개를 거세게 치면서 날
아올랐다.

우코바흐는 멍한 상태에서 깨어났다. 소름 끼치는 곤충이 다리를
버둥거리면서 곧바로 자기 쪽으로 날아왔다. 주변의 모든 생명체 중
에서 그래도 두 발 달린 이 작은 동물이 고치로 만들기에 가장 손
쉽다고 생각한 것이 분명하다.

우코바흐는 다시 계단을 한꺼번에 몇 개씩 뛰어 내려갔다.

피난처

가우납은 대충 지은 독방에 웅크리고 앉아 당황한 표정으로 자문
관을 쳐다봤다. 프리프타르를 따라 들어온 극장 밑의 이 공간은 공
식적으로는 존재하지 않는 곳이었다. 문은 바깥의 벽돌 벽과 구분이
되지 않았다. 건설을 맡았던 인부들은 프리프타르가 제 손으로 독살
시킨 지 오래였다.

위엄을 팽개친 가우납은 겁에 질려 프리프타르의 손아귀에 들어
가고 말았다. 왕은 반란이나 퇴위의 가능성에 대해서는 꿈에도 생각
해본 적이 없었다. 이제 갑작스레 그런 일이 닥치자 어쩔 줄 몰라 공
포에 떠는 어린아이가 되고 말았다.

"여기 계시면 무슨 일이 있어도 절대 안전합니다." 프리프타르는
가우납을 안심시켰다. "전하와 저 말고는 이런 공간이 있다는 걸 아
는 사람은 아무도 없습니다. 여기에는 몇 주는 족히 버틸 만한 물품
과 의약품이 있습니다. 전하의 편안하심을 위해 모든 걸 준비해두었
지요."

프리프타르가 과일, 치즈, 빵, 음료를 놓아둔 탁자를 가리켰다.

"데그런 놈들이 왜 느그러 거야? 런그 짓은 법불이야!" 가우납이 우는 소리로 물었다.

"네, 불법입니다. 아름다운 죽음의 극장에서 그런 짓을 하면 안 되지요. 하지만 감히 전하께 칼을 들이댄 놈들을 잡아 하나씩 처단할 것이니 안심하십시오."

"그래, 단처해! 차가 없이 단처해!" 가우납이 명령했다.

"그렇게 할 겁니다, 전하. 예외 없이 무자비하게. 일단 제가 다시 위로 올라가서 상황을 살펴보겠습니다. 잠시 주무시면서 원기를 회복하십시오. 약과 포도주는 식탁에 있습니다."

"그래, 야자지. 이걸 먹으면 좀 낫겠지." 가우납은 이렇게 말하면서 약이 있는 탁자로 비틀비틀 걸어갔다.

"그럼 편히 주무십시오. 푹 주무시고 나면 모든 게 예전처럼 돼 있을 것입니다."

프리프타르는 벽돌을 눌러 비밀의 문을 열었다. 그리고 밖으로 나가 다시 문을 잠갔다. 그는 저 꼬마 바보를 독방에서 곰팡이가 슬게 할 생각에 잠시 흥분에 젖었다. 문에 쐐기를 질러 독방에 산 채로 묻어버리는 것이다. 멋진 생각이었지만 유감스럽게도 프리프타르가 끝까지 군주와 함께 있는 걸 본 사람이 많았기 때문에 그렇게 하면 바로 의심을 살 것이 뻔했다.

프리프타르는 깊이 숨을 들이마셨다. 왕은 확보해놓았겠다, 이제 볼퍼팅어들을 잡아야 한다. 놈들은 어떻게 독방에서 탈출했을까? 그리고 빌어먹을 쩍깍쩍깍 장군은 이처럼 중요한 순간에 어딜 갔단 말인가?

째깍째깍의 슬픔

째깍째깍 장군의 슬픔은 점점 심해졌다. 슬픔은 독수리처럼 가슴을 후벼 파더니 살점을 하나하나 뜯어냈다. 이런 감정을 느낄 수 있으리라고는 전혀 생각지 못했다. 그는 무기공장에서 시간 가는 줄 모르고 다이아몬드 펜치로 자신의 내장을 끄집어내 저 깊은 곳에 숨어 이런 고통을 유발시키는 수수께끼 같은 존재를 찾았다. 철갑을 자르고 철로 된 갈비뼈를 부러뜨려 그 안에 숨은 치명적인 기계장치를 파괴하기까지 했건만 아무것도 찾아내지 못했다. 그 요상한 물건은 움직이는 것 같았다. 그것도 랄라처럼 아주 현명하고 간교하게. 숨어 있다가 마주치면 달아나고 요리조리 빠져나가면서 자신을 비웃고 있었다.

마침내 찾기를 포기했다. 그는 펜치를 내던지면서 분노의 비명을 질러댔다. 그렇다. 분노였다. 분노는 그에게 남은 유일한 것이었다. 그는 싸우고 싶었다. 파괴하고 싶었다. 죽이고 싶었다. 째깍째깍 장군은 아름다운 죽음의 극장으로 갔다. 오늘은 검은 날이다. 이날이 더더욱 검게 끝나도록 온몸을 던지겠노라.

심장의 핵심

잠혈함이 다시 멈췄다.

"여기가 어디야?" 스마이크가 물었다.

"다 왔어." 비존재의 미세존재 일 번이 말했다.

"대동맥까지 온 거야. 심장의 핵심에 와 있는 거지." 비존재의 미세존재 이 번이 말했다.

"여기가 정상적인 경우에 생명의 기원이 시작되는 곳이야." 비존재의 미세존재 삼 번이 말했다. "지금은 아무것도 움직이지 않네."

"죽은 심장은 처음 봐."

"누가 철저히 작업을 해놨어."

"그래. 누군가가 죽음의 차원을 높여보려고 했어."

"성공했네."

"그럼 이제 어쩌지?" 스마이크가 물었다.

"이젠 미세작업을 시작해야지."

"결절부위를 찾아야 돼. 현미경 수준의 작은 결절부위가 여섯 곳 있어."

"융합형 결절."

"환각 유발 시냅스."

"전갈형 막."

"요호이아 돌기."

"치아형 출구!"

"마지막으로 치과식 관(管)!"

"알았어. 거기다 도구들을 갖다 대라는 거지?"

"그래. 비존재의 미세존재의 아우라식 도구들을 갖다 대. 역사상 가장 작지만 가장 강력한 수술도구야."

"그럼 어떻게 되는데?" 스마이크가 물었다.

"일단 결절부위를 찾아야 돼. 그게 아주 어렵지. 우리보다 더 작은 부위도 있으니까."

"그런 상상이 가냐?"

"안 가지. 넌 안 갈 거야."

스마이크는 한숨이 나왔다.

"우선 결절부위를 찾아야 돼. 아직 끝난 게 아니야. 그런 다음 아우라식 충전을 해야지. 그리고 나서는 엄지손가락을 눌러도 돼."

"하지만 지금은 먼저 가르릉거려야 돼."

"알았어! 배에 동력을 가하라는 거 아냐?"

"아니."

"입 좀 닫아."

"자, 집중하자."

빨간 괴물

극장은 차츰 비어갔다. 객석에는 공황 상태에 빠진 관객이 아직 남아 있었지만 누군가 군인들에게 관중을 소개시키도록 한 것이 분명했다.

롤프와 우르스는 다시 루모와 우산 옆으로 왔다. 올레크, 차코, 비알라도 합류했다. 함께 전략을 짰다.

"곧 객석이 빌 거야." 우산 데루카가 이야기를 시작했다. "그러면 놈들이 출구를 닫고, 구리병정들은 우리한테 화살을 쏠 거다. 일단 여기서 나가야 돼."

올레크는 투석기로 객석에 있는 군인들을 쓰러뜨리느라 정신이 없었다.

"객석으로 올라가서 구리병정들과 맞붙읍시다." 그는 두 번 돌을 던지는 사이에 이렇게 말했다. "놈들만 처리하면 싸움은 끝나."

"구리병정들은 처리가 안 돼. 놈들은 금속으로 돼 있어. 그건 자살 행위야." 우르스가 반론을 폈다.

갑자기 극장에 비명 소리가 퍼졌다. 객석에서 싸우는 소리보다 훨씬 처절한 공포에 질린 소리였다.

우코바흐가 비명을 지르며 허우적거리면서 문을 나와 경기장으로 뛰어들어왔다.

"사람 살려. 루모야! 살려줘!"

볼퍼팅어, 군인, 구리병정 모두가 멈춰 섰다. 우코바흐 뒤쪽으로 루비처럼 빨간 괴물이 긴 다리를 민첩하게 놀리며 뛰어들어오고 있었다. 모두의 눈길이 확 쏠렸다.

거대한 거미는 주변의 생명체를 탐지했다. 그러면서 여덟 개의 다리로 맴을 돌았다. 흥분한 듯 날개가 부르르 떨렸다.

우코바흐는 숨도 안 쉬고 루모와 동료들이 있는 곳으로 뛰어들었다. "이 친구가 우코바흐예요. 동료들을 구하는 데 많은 도움을 주었어요." 루모가 친구들에게 소개했다.

"정말 반갑소." 우산이 정중하게 고개 숙이며 말했다. "그런데 우코바흐 군, 귀하가 데려온 저건 뭔가요?"

우산은 입가에 고름침을 질질 흘리고 있는 괴물을 검으로 가리키며 덤덤하게 물었다.

"거미예요." 우코바흐가 말했다. 그러면서 루모 뒤로 숨었다. "날개 달린 거미괴물이요. 어떤 바보가 풀어놓았는지는 모르겠어요."

검은 거인들

리베젤은 나이 든 볼퍼팅어 무리와 함께 아름다운 죽음의 극장으로 행진했다. 이들은 수는 적었지만 전의에 불탔다. 일행이 네거리에 도착했을 때 갑자기 낯선 군대가 길을 가로막고 나섰다.

그런 형상은 헬에선 본 적이 없었다. 그들은 거대한 몸집에 머리 끝에서 발끝까지 망토를 두르고 머리에는 거대한 후드를 뒤집어쓰고 있었다. 다들 도끼나 검, 가시 박힌 곤봉 같은 터무니없이 우람한 무기를 들고 있었다. 수백 명은 될 성싶었는데 관에서 나는 것 같은 곰팡내를 풍겼다. 볼퍼팅어들과 리베젤은 싸울 준비를 했다.

이 낯선 자들의 인솔자는 아주 거대한 낫을 든 거인으로 팔을 높이 들더니 낮은 목소리로 외쳤다.

"어이! 멍멍이들! 너희가 볼퍼팅어냐? 그럼 우리가 바보 루모를 찾는다는 걸 알겠군."

"루모를 찾는다고?" 시장이 물었다. 그는 검의 손잡이를 움켜쥐고 앞으로 나섰다. "루모한테 원하는 게 뭐냐?"

"루모를 도와주려고 그런다. 필시 곤경에 빠진 것 같아서 말이야." 검은 거인이 투덜거렸다.

리베젤이 시장 옆으로 다가갔다.

"우리도 루모를 도우러 가는 길인데 당신들은 누구요?"

"우린 죽은 예티다." 거인이 툴툴거리며 후드를 뒤로 넘겨 검은 해골을 드러냈다.

리베젤과 볼퍼팅어들은 움찔하고 한 걸음 물러섰다.

"두려워하지 마시오." 검은 거인이 말했다. "우린 보기와는 달리 완전히 죽은 건 아니오. 내 이름은 슈토르. 낫질의 명수 슈토르올시다. 내가 여기 온 건 좋은 생각이 떠올라서요."

"무슨 생각이 떠올랐다는 거요, 에, 낫질의 명수 슈토르 씨?" 시장이 물었다.

"그건 당신이 관여할 바 아니오. 그건 루모한테만 말할 거요. 그러니까, 루모가 어디 있는지 아시오?" 슈토르가 답했다.

"당신들 싸울 수 있어요?" 리베젤이 물었다.

슈토르가 돌아서서 부하들을 쳐다보았다.

"어떤가, 제군들. 싸울 수 있냐는데?"

"아니!" 마지막 열의 한 예티가 소리쳤다.

고통은 분노로, 슬픔은 결전으로 바뀌었다. 시간은 짹깍짹깍 장군 편인 것 같았다. 헬 곳곳에서 혼돈이 판을 쳤기 때문이다. 부상당한 시민과 군인들이 비명을 지르며 달아났다. 아름다운 죽음의 극장으로 가까이 갈수록 그 수는 더 많아졌다. 짹깍짹깍은 도시가 활활 불타든지, 가우납이 프리프타르를 먹어 치우든지, 온 지하세계가 멸망하든지 상관없었다. 자신의 고통을 잊게 해주는 고통이라면 무엇이든 흡족했다.

우선 무기가 필요했다. 중무장한 몸 안에 내장해둔 것보다 훨씬 많은 무기가 필요했다. 그런 거대한 무기들을 개인적인 필요에 대비해 예전에 준비해두었다. 짹깍짹깍 장군은 성탑으로 발걸음을 돌렸다.

몇 시간 사이에 상황이 완전히 달라졌다! 무기공장에 갈 때만 해도 헬은 평화로운 잠 속에 빠져 있었다. 그런데 이제 광기가 폭발했다. 대단하다! 전투의 소음이 아름다운 죽음의 극장 쪽에서 들렸다. 그건 열두 개의 검이 부딪치며 짤랑거리고 타락한 관중들의 비명이 따라다니는 그런 게 아니었다. 진짜 전쟁의 굉음이었다!

짹깍짹깍 장군은 성탑에 들어섰다. 지하세계산(産) 철광석으로 장군 개인을 위해 만든 거대한 검과 검은 초대형 도끼를 집어 들었다. 가장 좋아하는 무기였다. 세밀한 기술을 발휘하는 대신 그저 날만 잘 벼린 금속, 이보다 더 좋은 살인무기는 없었다.

짹깍짹깍 장군은 잠시 멈춰 섰다. 구리처녀한테 올라가볼까? 랄라를 한 번 더 볼까? 마지막으로? 작별인사를 하지 못했는데.

불청객

"소식이 있어, 스마이크." 비존재의 미세존재 일 번이 말했다.

"좋은 소식과 나쁜 소식이 있어." 비존재의 미세존재 이 번이 말했다.

"뭐라고?" 가르르릉거리면서 잠혈함에 시동을 걸다가 깜빡 잠이 들 뻔한 스마이크가 물었다.

"먼저 좋은 소식. 결절부위를 찾았어."

"정말? 대단하군! 그럼 시작하자!"

"잠깐! 이제 나쁜 소식이야. 결절부위에 보초가 있어."

"보초라니?" 스마이크가 기지개를 켰다.

"막으로 봐봐."

스마이크는 눈을 비비고 유리 같은 막으로 밖을 내다보았다. 정신이 번쩍 들었다.

"대체 저게 뭐야?" 스마이크가 소리쳤다.

"음, 우리도 생각해봤어." 비존재의 미세존재 일 번이 말했다.

"하지만 답을 찾기도 전에 다시 모양이 달라졌어." 비존재의 미세존재 이 번이 말했다.

"모양과 색깔이 계속 변해. 정체를 알 수가 없어." 비존재의 미세존재 삼 번이 말했다.

'알 수가 없다'는 건 사실 저 바깥 랄라의 죽은 세계에서 떠돌고 있는 존재를 지칭하는 적절한 표현이었다. 그 생물은 혐오스러운 외관과 밥맛 떨어지는 색깔을 부단히 변화시켰다. 그러면서 뼈를 뺐다 붙였다 하는 것처럼 계속 딱딱 소리를 냈다.

"저게 뭐야?" 스마이크가 맥없이 말했다.

"우린 아직도 그 문제로 골치를 앓고 있어." 비존재의 미세존재 일 번이 말했다.

낯선 유기체는 다시 색깔을 바꾸더니 딱딱 소리를 내면서 검은 점액구름을 뿜어냈다.

"전에 들어본 소리인데. 우린 무오류니까. 이 죽은 세계에도 아직 생명이 있는 거야."

"우린 저게 어떤 질병이라고 추정해. 여기 이 모든 사태를 야기한 병 말이야."

"병이라고?" 스마이크가 물었다. "병이 죽은 몸뚱이 안에서 무슨 볼일이 있다는 거야?"

취포스의 깜짝선물

스마이크가 막을 통해 본 대로 굳어가는 핏속을 떠다니는 저 무시무시한 녀석은 원래 스마이크가 아니라 쩩각쩩각 장군을 위해 마련해둔 깜짝선물이었다. 튀콘 취포스가 피하죽음특공대를 만들면서 첨가한 음험한 특성으로 죽음의 파수꾼이었다.

그 연금술사는 피하죽음특공대 제조 작업이 상당히 진척된 순간 어떤 창조적 영감이 떠올랐다. 그래서 곰곰이 생각했다. '절대적으로 사악한 질병을 창조하는 마당에 온갖 교묘한 장치를 해둔다고 해서 무슨 문제가 되겠는가?'

그 병은 사상 최악의 질병이라 하기에 족할 만큼 온갖 사악함을 갖추고 있었다. 고통스럽고, 반드시 죽음에 이르게 하며, 기이한 방식으로 전염되기 때문에 치료가 불가능했다. 그러나 지금까지 그 어떤 질병도 할 수 없었던 일, 즉 일단 육체를 떠난 다음에도 계속 활동하는 일은 아직 할 수 없었다.

오래전부터 자신의 작업을 군사적 특명이라고 생각해온 튀콘은 마지막 파수꾼을 상상했다. 육체에 남겨두는 자살특공대로, 오로지 시신을 되살리려는 시도가 있을 경우에 대비한 것이다. 피하죽음특공대는 작업이 끝난 다음에도 그 파괴적인 결과를 잘 보전할 수 있는 유일무이한 질병이었다.

"스마이크?" 비존재의 미세존재 일 번이 외쳤다.

"괜찮아, 스마이크?" 비존재의 미세존재 이 번이 물었다.

스마이크는 딱딱 소리를 내는 이 낯선 생물을 사악한 유령이라고 보았다.

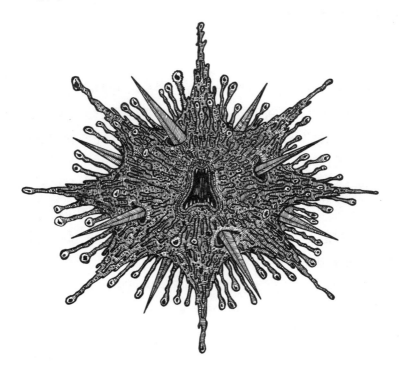

놈이 뭘 어쩌자는 것일까? 수술을 진짜 방해할 수 있을까? 스마이크는 놈이 이 미세한 세계에서 무슨 일이든지 할 수 있고, 필요할 때마다 적절한 형상으로 변신할 수 있는 것처럼 보인다는 사실을 인정하지 않을 수 없었다. 놈은 무적인 것처럼 보였다. 놈은 랄라 몸의 새 지배자였다.

"이제 어쩌지?" 스마이크가 물었다.

"잘 들어, 스마이크! 이제 진짜 찝찝한 부분이 시작되는 거야." 비존재의 미세존재 일 번이 말했다.

"뭔데?"

"네가 밖에 나가서 저놈을 죽여야 돼."

"뭐라고? 농담이지?"

"아니야, 스마이크, 우린 농담 안 해. 알다시피 우린 유머를 초월했어."

"**말도 안 돼. 난 못 해.**"

"우리가 한 약속 생각나지?" 비존재의 미세존재 이 번이 물었다.

"무슨 약속?"

"벌써 잊었어? 우리 부탁 뭐든지 들어준다 그랬잖아." 비존재의 미세존재 삼 번이 말했다.

"그래, 생각나."

"뭔지 알지, 스마이크?"

"아니."

"우린 너한테 부탁할 필요도 없어."

"없다고?"

"없지. 그럴 필요까진 없어."

"이러나저러나 그렇게 하게 될 거니까."

"넌 나가서 저놈을 죽여야 돼. 그게 네가 살아남을 수 있는 유일한 길이야."

고문실

쩍깍쩍깍 장군은 느릿느릿 계단으로 가서 맨 아래 단에 무기를 내려놓았다. 구리처녀는 저 위에 있다. 랄라의 죽은 몸은 그 안에 있다. 그는 첫째 계단에 발을 올렸다. 평생의 역작이었는데. 그리고 위대한 사랑이었는데. 그래, 이제 이별해야 할 때다.

두 번째 계단을 밟았다. 최대의 승리이자 유일한 사랑. 이 두 가지를 제 손으로 망치고 말았다. 내면의 고통이 다시 소용돌이쳤다.

랄라, 랄라, 랄라 하면서 뭔가가 고동쳤다.

쩍깍쩍깍은 계속 올라갔다. 발걸음을 디딜 때마다 고통은 커졌고 점점 참을 수 없었다. 구리처녀를 가지고 죽음을 무찌르고 승리를 쟁취하려고 했건만 죽음과 더불어 승리는 날아가버리고, 이제 죽음은 그 어느 때보다 더 불가항력의 것이 되고 말았다. 그것은 쩍깍쩍깍 장군 최대의 패배였다.

랄라, 랄라, 랄라 하고 그의 내면에서 고동이 울렸다.

고문실 앞에 도착했다. 이제 빼꼼히 열린 문을 쾅 차서 활짝 열면 그녀를 보게 된다. 튀콘 취포스가 만든 질병의 무자비한 발톱에 붙잡혔으니 어떤 상태가 됐을지 누가 알겠는가. 쩍깍쩍깍은 그 연금술사의 소름 끼치는 죽음과 급속한 해체가 불현듯 떠올랐다.

손잡이를 잡았다. 그러고는 문을 닫았다. 아니다. 랄라의 모습을 차마 지켜볼 수 없다. 결코 다시는. 나중에 돌아와서 성탑을 완전히 불살라버려야겠다. 그러나 지금은 모조리 죽여야 할 때다.

쩍깍쩍깍 장군은 돌아서서 계단으로 내려갔다. 무기를 높이 들고 비밀통로를 통해 아름다운 죽음의 극장으로 이어지는 지하터널로 들어섰다. 그는 프리프타르와 미친 왕에게 진짜 전투가 어떤 건지를 보여주고 싶었다. 아니, 전쟁이란 게 어떤 것인지 가르쳐주고 싶었다.

"네가 그랬지?" 루모가 우코바흐에게 조용히 물었다. 다른 사람들은 듣지 못했다. "저 괴물 풀어준 거 말이야."

"아니야." 우코바흐가 속삭이는 목소리로 답했다. "난 세 마리 풀었어."

거미는 가는 다리로 제자리에서 선 채 비틀거리며 나방날개를 허우적거렸다. 이 무수한 맛난 음식 중에서 뭘 먹어야 할지 마음을 정하기 어려운 모양이었다. 주변의 볼퍼팅어들은 이 거대한 곤충에게 무기를 겨누고 있었다. 그러나 아무도 감히 공격하지 못했다. 천천히 투석기를 돌리고 있는 올레크조차 주저했다.

객석에 있는 구리병정들도 사태 추이를 지켜보는 것 같았다. 저 괴물이 대신 볼퍼팅어들을 잡아먹어준다면 뭐 하러 나서서 공격을 한단 말인가? 이렇게 잠시나마 거미는 아름다운 죽음의 극장의 새 주인이 됐다.

거미는 느닷없이 날개를 크게 쳤다. 먼지 소용돌이가 일더니 입에서 뽀드득 소리를 내면서 수 미터 높이로 날아올랐다. 놈은 발을 움찔움찔하면서 경기장을 낮게 날았다. 루모와 우코바흐, 우샨, 롤프와 친구들 머리 위를 스치고 지나갔다. 그러다 바로 관객석으로 들이닥쳤다. 다시 한 번 원을 그리더니 한 무리의 헬링들이 출구 앞에 모여 서로 밀치는 곳으로 달려들었다.

"우리 편인 것 같은데." 우코바흐는 이렇게 말하면서 시선을 다른 데로 돌렸다. "어쨌든 지금 당장은 말이야."

구리병정들의 쇠뇌 화살이 다시 경기장으로 비처럼 쏟아져 내렸다. 볼퍼팅어들은 온 힘을 다해 방패와 갑옷으로 화살을 막았다. 쓰러진 적들한테서 빼앗은 것이었다. 극장 경비대원들은 경기장에서 나가는 문을 모두 봉쇄하되 일단은 추가 병력 손실을 야기할 공격은 감행하지 않고 있었다.

"제일 좋은 방법은 돌파해서 밖에 나가 계속 싸우는 거야." 우샨은 누누이 이렇게 소리쳤다.

"객석으로 가는 출구들은 아직 막혀 있어요." 우르스가 대꾸했다. "그리고 밖으로 나가는 문들도 봉쇄돼 있고요. 경기장 밖으로 나갈 수가 없어요. 우린 갇힌 거라고요."

"그럼 기적을 바라는 수밖에 없겠네." 우코바흐가 말했다.

또다시 화살비가 쏟아졌다. 모두들 은폐물 뒤로 숨었다.

예티와 볼퍼팅어

리베젤은 볼퍼팅어와 예티들을 아름다운 죽음의 극장 아래 하수구로 안내했다. 싸우는 소리는 하수구 안에서도 희미하게 들렸고, 죽어가는 자들의 비명 소리가 미로 같은 하수도에 유령처럼 퍼졌다. 극장 아래의 악취는 지옥이었다. 관객의 분뇨만이 아니라 야수들의 똥은 물론 일부 시체까지 그리로 배출됐기 때문이다. 일행이 철벅철벅 걷고 있는 개천은 피로 붉게 물들었고 여기저기 허연 해골이 누워 있었다. 쥐, 날개시궁쥐, 그리고 여타 썩은 고기를 먹는 동물들이 행군하는 전사들의 다리 사이를 바스락거리며 지나갔다.

"극장으로 데려간다고 했잖아." 낫질의 명수 슈토르가 투덜거렸다. 그는 리베젤과 볼퍼팅 시장과 함께 소규모 군대를 이끌고 있었다. "그런데 똥구덩이나 헤치고 있으니."

"'가자, 헬로 가자!'고 슈토르가 말했지." 뒤를 따르던 예티들 중 하나가 소리쳤다. "우린 또 네 미친 아이디어에 속은 거야!"

나머지 예티들이 음흉하게 웃었다.

"저들이 진짜 그렇게 생각하는 건 아니야. 농담을 하는 거지." 슈토르가 투덜거렸다.

"거의 다 왔어요. 다음 터널에 극장 안으로 올라가는 수직통로가 있어요. 원하는 객석 어느 쪽으로나 올라갈 수 있어요." 리베젤이 말했다.

"그럼 맨 위 객석으로 올라가자. 그럼 다 내려다볼 수 있지." 슈토르가 말했다.

"하지만 거긴 구리병정들이 있어요."

"구리병정이 뭔데?"

"헬에서 가장 무시무시한 전사들이지요."

"허. 아유 무서워." 슈토르가 말했다.

"정말 위험한 자들이에요. 놈들은 불사신이래요." 리베젤이 말했다.

"그래서? 우리도 그렇다고들 그래." 슈토르가 말했다.

몇몇 예티가 웃었다.

"정말 구리병정들하고 붙으려고요?" 리베젤이 물었다.

"너도 들었을 게다, 꼬마야." 슈토르가 꿀꿀거리는 목소리로 말했다. "난 좋은 아이디어로 유명해."

수정전갈

쩍깍쩍깍 장군이 도끼와 검을 들고 비밀통로에서 극장 복도로 나왔을 때 마주친 동물은 자기만큼이나 기이한 모습을 하고 있었다. 그것은 엄청나게 큰 전갈이었다. 거대한 집게발에 독침을 치켜세우고 있었다. 그러나 진짜 놀라운 점은 크기가 아니라 온몸이 잘 깎은 수정처럼 투명하다는 사실이었다.

"저 수정전갈은 여기서 대체 [쩍] 뭐하는 거야?" 쩍깍쩍깍 장군은 자문했다. "혼란이 [깍] 정말 심할 텐데. 저런 위험한 야수들을 마구 돌아다니게 하다니."

그는 전갈 쪽으로 한 걸음 다가갔다.

전갈은 일말의 주저도 없이 얼음 같은 독침을 쩍깍쩍깍에게 내리 꽂았다. 독침은 금속 몸에 맞고 튕겨나갔다. 그러자 전갈은 당황해서 뒤로 물러섰다. 쩍깍쩍깍은 조금의 동요도 없었다.

"넌 [쩍] 위험한 야수지만 아주 멋이 있구나." 장군이 칭찬했다. "하지만 [깍] 상대를 잘못 골랐어. 정확히 말하면 [쩍] 헬 전체에서 이보다 더 상대를 잘못 고르기란 불가능해. 그냥 가서 다른 [깍] 상대를 찾아보아라. 아니면 내가 정말 네 적이 된다."

그는 검을 흔들었다. 마치 짜증 나는 곤충이라도 되는 양 그냥 쫓아버리려는 것 같았다. 전갈은 번개처럼 재빨리 집게발로 쩍깍쩍깍의 팔을 잡아 꼭 쥐었다. 수정이 금속에 부딪히자 쨍하는 소리가 났다.

쩍깍쩍깍은 한숨을 쉬더니 도끼로 일격을 가해 집게발을 전갈의 몸에서 잘라냈다. 집게발이 타일 바닥에 떨어지면서 쨍그랑하며 산산조각이 났다. 한순간도 지체하지 않고 그는 검으로 전갈 머리의 한복판을 갈랐다. 유리 깨지는 소리가 나면서 괴물은 수천 조각으로 부서져 바닥에 쿵 떨어졌다.

쩍깍쩍깍 장군은 아무 일 없었다는 듯이 전갈 덩어리를 밟고 지나갔다. 발아래서 찌이익 하고 달걀 부서지는 소리가 났다.

"내가 [쩍] 어떻게 된 거지?" 장군은 스스로에게 물었다. "수정으로 된 놈 [깍] 의 이성에 호소하면 내 금속 몸뚱이에서 심장을 찾는 것처럼 좋은 결과가 있을 거라고 생각하다니……."

극장 상단부에 도착했을 때 다시 짜증 나는 동물이 다가왔다. 프리프타르라고 하면서 자기와 왕 사이에서 굽실대던 자였다. 쩍깍쩍깍은 그 자리에서 때려눕히고 싶은 것을 꾹 참았다.

프리프타르는 장군을 바보처럼 응시했다. 가슴팍이 찢기고 밖으로 삐져나온 갈비뼈를 보고 놀란 것이다. 그러나 질문은 하지 않고 대신 볼퍼팅어들의 봉기에 대해 보고했다. 쩍깍쩍깍은 다 듣고 나서도 아침 식사는 뭘 하셨느냐는 얘기를 들은 것처럼 감흥이 없었다.

"그래그래. 봉기라고. 내가 [쩍] 제압하지. 또 다른 [깍] 일은?" 장군이 말했다.

"아, 없습니다. 그게 다입니다. 그냥 사소한 봉기지요." 프리프타르가 생글거렸다.

"꺼져!" 쩍깍쩍깍이 프리프타르에게 호통을 쳤다. "꺼져 [쩍]. 다 [깍] 끝날 때까지 왕하고 찌그러져 있어!"

"예, 예." 프리프타르는 굽실거리며 물러났다.

볼퍼팅어들의 봉기라. 그건 사실 염려할 게 못 됐다. 쩍깍쩍깍 혼자로도 한 사단 몫은 하니까. 수백 명의 노예가 반란을 일으켰다고 해도 구리병정들 없이 혼자서 처리할 수 있었다.

과제가 생겼어. 좋지! 학살을 요하는 과제라. 더 좋지! 헬에 온 이후 그의 몸은 계속 자랐다. 점점 커지고 치명적이고 무적이 돼갔다. 이젠 좌절과 슬픔까지 보태졌다. 그런 게 분노로 화해 적을 향하면 이루 말할 수 없이 강력한 무기가 된다. 헬은 이제 한바탕 전투와 폭력으로 얼룩진 광란의 축제를 벌이게 될 것이다. 지하세계 역사상 전무후무한 일이었다.

프리프타르의 구상

프리프타르는 딱 부러지게 설명하기는 어렵지만 쩍깍쩍깍의 모습과 비밀의 성탑에서 벌어진 상황이 뭔가 맞아떨어진다는 생각이 들었다. 장군은 털 뜯긴 새처럼 보였다. 그러나 진짜로 다친 것 같지는 않았다. 반대로 야수가 상처를 입으면 더 예측 불허가 되듯이 더욱 위험해졌다.

프리프타르는 이렇게 정리를 해보았다. 왕은 안전하다. 브라호크 경보는 발령해놓았다. 볼퍼팅어들은 함정에 갇혔다. 그리고 이제 쩩깍쩩깍 장군도 질서 회복에 나섰다. 모든 게 다시 정상화되는 것 같았다. 그는 머릿속으로 이미 자신이 연출하는 아름다운 죽음의 극장 사상 최고의 공연이 될 연극을 조율하고 있었다.

뼛속이 뻣뻣해지는 이 느낌만 없으면 좋을 텐데. 갑자기 추웠다 더워졌다 하니……. 이 혼돈 속에서도 아주 잠시 사방이 완전히 고요해지면서 귓속에서 리드미컬하게 딱딱거리는 조용한 소리가 들렸다. 프리프타르는 진저리를 치고는 다시 사태에 집중했다. 이제 쩩깍쩩깍 장군이 경기장에 등장하는 모습을 느긋하게 내려다볼 수 있는 은밀한 특별석을 찾는 일만 남았다. 다만 유감스러운 것은 아름다운 죽음의 극장 공연 사상 가장 훌륭한 격투가 객석이 거의 빈 상태에서 시작된다는 점이었다.

그림

피하죽음특공대 병사는 제자리에서 맴돌며 작고 검은 기포들을 뿜어댔다. 스마이크는 진저리가 나서 머리를 돌리고 잠혈함 벽에 대고 고함쳤다.

"이제 어쩌지? 난 왜 늘 이런 상황이 되냔 말이야? 내가 뭘 어쨌다고?" 스마이크가 소리쳤다.

"우리한테 답하라고 묻는 건 아니지?" 비존재의 미세존재 일 번이 되물었다.

스마이크는 그 목소리에 저의가 깔려 있는 것 같아 놀랐다.

"그게 무슨 소리야?"

"우린 모든 걸 알고 있어, 스마이크."

"뭘 안다는 거야?"

"음, 모든 것. 너에 관한 모든 것."

"나에 관한? 나에 대해 너희가 얼마나 안다 그래?"

"예를 들어봐?"

"그러니까 더 궁금해지잖아."

"좋아. 예를 들어 우린 네가 프로 펭겐 복싱 심판이었고 나티프토 프 게릴라전 때 전쟁고문이었다는 걸 알지."

"그래, 그리고 플로린트 귀족들의 결투를 관할하는 공식 자격을 갖춘 입회인이자 부흐팅에서 열리는 볼퍼팅어 체스 경기 계시원이었어."

"또 닭싸움 프로모터에 차모니아 곤충 도박 판돈 관리 담당에 미드가르드난쟁이 경기의 치어리더이자 영원한 도박의 도시 포르트 우나의 도박장 금전관리인이었지."

스마이크는 깜짝 놀라 웃음을 터뜨렸다.

"야아. 정말 나에 대해 많이 아는구나. 너희도 생각을 읽을 줄 아니?"

"물론 그럴 수 있지, 스마이크. 그래서 기억의 방에 숨겨둔 것도 알아. 검은 천 아래 숨겨둔 것도."

스마이크는 딸꾹질이 났다.

"우리가 이 소중한 기계를, 모든 것을, 그야말로 진짜 모든 것을 알지도 못하는 사람한테 덜컥 맡긴다고 생각하지는 않겠지?"

스마이크는 땀이 솟았다. 아직 아무한테도 기억의 방 얘기는 한 적이 없었다. 루모한테도.

"우린 너에 대해 모든 걸 알고 있어, 스마이크. 네가 우리 배에 오른 그 순간부터. 우리의 철저한 검사를 받지 않고는 누구도 그렇게 못 해."

"우린 남을 잘 안 믿어, 스마이크."

"우린 말하자면 오래전에 이미 신뢰를 초월했지."

"기억의 방에 대해 뭘 아는데?" 스마이크가 진지하게 물었다.

"예를 들면 천 아래 뭐가 있는지 알지." 비존재의 미세존재 일 번이 말했다.

"그건 그림이야." 비존재의 미세존재 이 번이 말했다.

"그건 린트부름 요새 그림이야, 안 그래, 스마이크?" 비존재의 미세존재 삼 번이 물었다.

스마이크가 깊이 숨을 들이쉬었다. 그는 대꾸하지 않았다.

"왜 그래? 스마이크. 평소엔 잘도 받아넘기더니."

"너희들이 무슨 얘기하는지 모르겠어." 스마이크가 불안한 목소리로 말했다.

"너 거기 있었잖아. 린트부름 요새에 있었어."

"그 정도가 아니지. 네가 린트부름 요새의 외관을 완전히 바꿔놓았어, 스마이크."

"린트부름 요새를 뻘겋게 물들인 건 바로 너야."

"그건 사실이 아니야! 아무도 몰라……." 스마이크가 소리를 질렀다.

"그래, 너 말고는, 네가 이른바 린트부름 요새에 대한 평화적 공략을 시도한 알랑쇠들의 지도란 사실은 아무도 모르지."

"대단한 계획이었어, 스마이크. 정말 멋졌다고."

"넌 술집 주인이었지. 그 요새를 공략했다가 실패한 용병들은 다 거기 모였어. 넌 린트부름들의 작품을 출판하겠다던 출판업자였어."

"네가 린트부름 요새를 무너뜨린 거야, 스마이크."

"축하해. 전략의 위업이지."

"누가 내 기억의 방을 뒤져도 된다 그랬어?"

"아하, 스마이크, 우리가 이렇게 복잡한 수술을 뭣 모르고 아무하고나 할 것 같아?"

"찔리는 데가 전혀 없는 사람하고?"

"그런 일에는 영웅이 필요한 게 아니야."

"자포자기한 자가 필요하지."

스마이크는 숨이 가빠졌다. 단지 기분이 그런 것이었을까 아니면 공기가 희박해진 것일까?

"솔직히 말해, 스마이크!"

"네가 린트부름 요새를 붉게 물들였지."

"피로."

"너무 많은 피가 흘러서 아마 피로 다시 닦아낼 수밖에 없을 거야."

"목욕해야겠다, 스마이크."

"랄라 피로 목욕해."

죽지 않은 자들의 전투

스마이크의 침묵은 아주 길었다. 힘겹게 숨 쉬는 소리만 들렸다. 비존재의 미세존재들도 아무 말이 없었다.

"난 당시에 전혀 다른 사람이었어." 그가 마침내 입을 열었다. "나는 젊었어. 실수를 했지. 그리고 죗값을 치렀어. 악마바위에 있었으니까."

"너도 알다시피 그걸로는 충분치 않았어, 스마이크. 그래서 네가 여기 있는 거야."

"넌 자석이 쇠 부스러기를 달고 다니듯이 불행을 몰고 다녀."

"너한텐 저주가 씌웠어, 스마이크. 린트부름 요새의 저주."

"그럼 날보고 어떡하라고?" 스마이크가 자포자기한 심정으로 소리쳤다.

"그게 진짜 문제야." 비존재의 미세존재 일 번이 말했다.

"바로 그거야. 뭔가 해야지." 비존재의 미세존재 이 번이 말했다.

"싸워야지. 네 평생 처음으로 직접 싸워야 돼. 다른 사람한테 시키지 말고." 비존재의 미세존재 삼 번이 말했다.

리베젤이 볼퍼팅어와 예티들과 함께 구리병정들이 점거한 객석에 도달하자 낫질의 명수 슈토르가 지휘권을 잡았다.

"너하고 볼퍼팅어들은 일단 뒤에 남아 있어." 슈토르가 속삭였다. "여긴 넝마들이 날아다니니까. 그냥 쉬면서 놀이나 보고 있으라고."

이어 말없이 공격 신호가 떨어졌다. 구리병정들은 깜짝 놀랐다. 볼퍼팅어들에게 화살을 날리는 데 온 신경을 쓰고 있는데 예티들이 뒤에서 들이닥친 것이다. 그러나 재빨리 백병전용 무기를 꺼내들고 새로운 적을 예의주시했다. 곧이어 아름다운 죽음의 극장이 겪어본 것 중에서 가장 치열한 전투가 시작됐다. 곤봉, 검, 거대한 쇠망치, 낫, 표창, 도끼 들이 쿵쾅 쿵쾅 부딪치며 불꽃을 튀기자 사방은 대낮처럼 밝아졌다.

리베젤과 요들러를 비롯한 볼퍼팅어들은 멀찍이 떨어져서 전투를 지켜보았다. 온몸이 마비되면서 황홀감이 느껴졌다. 구리병정들의 객석은 이제 제철소나 다름없었다. 금속이 진동을 하고 쇠 부스러기가 날고 전사들은 용을 쓰느라 신음 소리를 냈다. 리베젤이나 볼퍼팅어가 그 사이에 끼어들었다가는 가루가 되고 말았을 것이다.

리베젤은 예티 셋이 구리병정 하나를 펜치로 잡아 지칠 줄 모르고 끈질기게 해체 작업을 하는 것을 지켜보았다. 칼과 도끼를 아무리 휘둘러도 금속 몸체에 그냥 튕겨 나오자 그들은 몇 번이고 다시 가격했다. 마치 대장간에서 쇳덩어리를 한 없이 두드려 곧게 펴는 작업과 같았다. 박자에 맞춰 두드리다 보니 마침내 구리병정의 투구에서 처음으로 나사가 빠져 나갔다. 그러자 예티들은 더 힘을 가해 두들겨댔다.

슈토르는 거대한 낫을 들고 지나가다가 전사들을 가리키며 리베젤에게 고함쳤다.

"놈들이 불사신이라고? 한번 볼까! 내 부하들이 싸울 줄 아는지 알고 싶다 그랬지? 그럼 가서 보고 말해, 꼬마야. 우리 애들이 어떻게 싸우는지."

"잘 싸워요!" 리베젤은 이렇게 말하면서 연방 고개를 끄덕였다. "아주 잘 싸워요!"

"그리고 그러면서 죽는 거야. 빌어먹을 다시 한 번 말이야! 죽는 거라고! 저 친구들이 살아 있을 때 어떻게 싸웠는지 상상할 수 있겠니? 아니, 넌 모를 거야, 꼬마야!"

낫질의 명수 슈토르는 다시 전투 속으로 뛰어들었다. 그는 낫으로 구리병정의 가슴팍을 찔렀다. 너무도 강력한 타격에 구리병정은 뒷걸음질 치다가 난간 아래로 떨어졌다.

"싸워라! 제군들! 싸워라!" 슈토르가 포효했다.

"닥쳐, 슈토르!" 한 예티가 맞받아 소리쳤다. "그럼 넌 우리가 지금 뭘 하고 있다고 생각하는 거야?"

죽은 예티들

루모와 다른 볼퍼팅어들은 돌파를 시도할 준비를 마쳤다. 그러나 우샨 데루카가 신호를 보내기 직전 저 위 구리병정들이 있는 객석에서 믿을 수 없는 소요가 일어났다. 다들 그쪽을 올려다보았다. 불꽃이 난간 위로 튀고, 무기 부딪치는 소리며 비명 소리가 울렸다. 검은 후드가 달린 망토를 걸친 거대한 형상들이 구리병정들 사이에 나타나 격렬한 전투를 벌였다. 유달리 거대한 검은 전사가 어마어마한 낫을 마구 휘둘렀고, 다른 자들은 곤봉이며 도끼, 망치, 검을 가지고 싸웠다. 탕탕 부딪치는 무기들의 어마어마한 무게에 온 경기장이 부르르 떨렸다. 관람석에서 비명을 지르는 희생자를 고치에 감고 있던 빨간 거미도 작업을 중단한 채 구리병정들 쪽에서 벌어지는 사태에 더듬이들을 곤두세웠다.

"어떻게 된 거야? 저들은 누구야?" 우르스가 물었다.

루모가 믿지 못하겠다는 듯이 고개를 흔들었다.

"누군지 알겠어. 죽은 예티들이야."

짹깍짹깍의 무대

짹깍짹깍 장군은 제일 큰 문을 통해 아름다운 죽음의 극장 경기장으로 들어섰다. 그렇게 오랜 시간이 흐른 후의 최초의 등장인 만큼 열광적인 기립박수를 기대할 만도 했건만 지금은 그런 허영에 젖을 때가 아니었다. 여기서는 힘을 과시하는 게 중요했다. 경기장과 객석에서 전투가 치열했다. 짹깍짹깍의 우울한 기분을 달래주는 광경이었다. 볼퍼팅어와 용병이, 볼퍼팅어와 헬링이 맞붙었고, 화살과 창이 비 오듯 날았다. 관중들은 자기들끼리 밟혀 죽는데 맨 꼭대기층 관람석에서는 구리병정들이 일단의 검은 복장을 한 거인들과 싸우고 있었다. 환상적이었다! 심지어 가우납의 메아리에서 잡아온 빨간 괴물거미까지 나서서 비명을 지르는 관중들을 잡아먹고 있었다. 이건 그림 같은 보너스였다! 불꽃은 날리고! 쇠는 노래하고! 그야말로 일급 전쟁터였다. 아, 이런 전쟁을 얼마나 그리워했던가!

짹깍짹깍 장군은 시체들을 짓밟고 나아갔다. 인사라도 하듯이 도끼와 칼을 높이 치켜들었다. 구리병정들은 보통 때처럼 함성과 금속성 박수로 환영하지 못했다. 그러나 지금 같은 상황에서는 봐줄 만한 일이었다. 그만큼 정신이 없었기 때문이다. 용병과 극장 경비대원들은 장군이 들어오는 것을 보자 힘이 나서 문 앞에 쌓아둔 바리케이드를 놓아두고 경기장으로 쏟아져 들어가 열렬한 환호로 그를 맞이했다. 볼퍼팅어들은 이 거대한 기계가 덜커덕덜커덕 소리를 내면서 경기장으로 성큼성큼 걸어 들어오는 것을 놀란 눈으로 쳐다볼 따름이었다. 무기로 조립한 복수의 신 같았다. 모든 구리병정 가운데서 가장 거대하고 치명적인 장군이 이 자리에 나타났다는 사실만으로도 부하들의 사기는 높아졌고 적들은 공포에 질렸다. 짹깍짹깍에게는 무수한 전투 때마다 늘 있던 일이었다.

그는 경기장 한가운데 멈춰 섰다. 그는 쇠로 된 턱을 아래로 떨어뜨렸다. 짹깍짹깍이 양치할 때처럼 고르르륵 하는 소리를 내자 끼이익 하는 쇳소리와 함께 입에서 불꽃이 이는가 싶더니 몇 미터 길이의 화염이 뻗어 나왔다. 가장 가까이 있던 볼퍼팅어에게 몸을 숙이자 화염이 그를 집어삼켰다. 산과 기름으로 된 인화성 혼합물에 그는 곧장 시커먼 연기로 증발해 순식간에 검은 하늘로 사라졌다. 짹깍짹깍은 다시 일어서더니 망토를 젖히고 손상된 흉곽을 드러냈다. 턱을 다시 붙이고 어깨를 움찔하자 돌아가는 톱날들이 갈비뼈에서 튀어나왔다. 톱날들이 경기장 바닥 위로 넓은 원을 그리며 윙윙 날아가자 볼퍼팅어들은 펄쩍펄쩍 뛰면서 피하지 않을 수 없었다. 한 차례 그런 다음 톱날은 다시 쩍깍쩍깍 장군의 흉곽으로 되돌아가 그 안에서 회전하다가 소음을 내며 다시 내부에 장착됐다.

쩍깍쩍깍은 거대한 발걸음을 세 번 옮겨 볼퍼팅어들이 옹기종기 모여 있는 쪽으로 다가가더니 검과 도끼를 번개처럼 휘둘러 그중 둘을 쓰러뜨렸다. 세 번째 볼퍼팅어는 무지막지한 도끼에 맞고 한참을 날아갔다.

장군은 검을 꽂아 넣고 두리번두리번하면서 다음은 어디를 손봐 줄까를 곰곰 생각했다. 그러다 머리를 치켜들고 위쪽 객석을 주시했다. 그는 팔을 뒤로 한껏 젖혔다가 믿을 수 없을 만큼 강력한 힘으로 도끼를 내던졌다. 도끼가 경기장 위를 날아가는 동안 여러 차례 회전을 하면서 쌩하고 공기를 가르더니 괴물거미의 몸에 쾅 하고 박혔다. 거미는 끔찍한 비명을 지르더니 거미줄을 둘둘 말아놓은 먹이 위로 쓰러졌다.

경기장과 객석에서 벌어지는 전투는 중지됐다. 다들 이 놀라운 장군의 등장에 집중했다. 구리병정들이 있는 저 위쪽 객석에서만 아랑곳하지 않고 전투가 계속됐다.

쩍깍쩍깍은 옆에 있던 전사의 허리띠를 잡아 인형처럼 치켜들더니 구리병정들이 싸우는 쪽을 향해 내던졌다. 극장 경비병으로 쩍깍쩍깍 옆에 있었다는 것이 불운이었다. 저 위에서 뼈가 우지끈하는 소리가 났다.

"싸우겠다는 거냐?" 쩍깍쩍깍이 이렇게 외치자 아름다운 죽음의 극장 전체가 울렸다. "전쟁을 하자는 거냐? 그럼 [쩍] 덤벼! 난 [깍] 쩍깍쩍깍 장군이다! 내가 전쟁이다!"

"저게 쩍깍쩍깍 장군이로군." 우샨이 중얼거렸다.

아닌 게 아니라 그의 등장은 아주 인상적이었다. 그는 거대하고, 강하고, 무엇보다 최고의 무장을 갖추었다. 용처럼 불을 뿜는가 하면, 가슴에서는 톱날을 날리고, 검과 도끼를 자유자재로 휘둘렀다. 난공불락에 무자비하기 이를 데 없었다. 하나의 사단인 동시에 걸어다니는 요새였다. 그런데 어떻게 우샨 데루카라고 놀라지 않겠는가?

검술사범의 병적인 쾌감은 스스로도 이해할 수 없을 만큼 최고조에 달했다. 그는 적들을 잡초처럼 베어 넘겼다. 이 경기장에서 가장 빠르고 가장 우아하면서도 가장 무시무시한 검투사였다. 롤프의 복수의 불길과 루모의 천부적인 싸움 자질도 우샨의 능력에 비하면 아무것도 아니었다. 그것은 재능과 수십 년간의 경험과 전투의지와 전술적 지성의 독특한 결합이었다.

그리고 또 한 가지 우샨이 동료들보다 훨씬 뛰어난 점은 죽기를 각오한 마음이었다. 그는 롤프와 우르스에게 자기를 죽이라고 제안한 이후 보이지 않는 문을 열고 들어선 기분이었다. 거기서는 끊임없이 에너지가 솟았다.

그런데 이제 쩍깍쩍깍이 경기장에 들어선 것이다. 이 미친 기계는 친구와 제자들을 죽이고 자기가 바로 전쟁이라고 떠들고 있었다. 쩍깍쩍깍 장군? 루모가 말하던 바로 그 이름 아닌가? 랄라를 고문하고 죽였다는 그놈이지?

그렇다. 놈은 아주 위험해 보였다. 살인자 사단 전원의 악의가 한 몸에 뭉쳐 있는 것 같았다. 경기장에 있는 그 어떤 전사와도 대적할 수 있을 것 같았다. 우샨 데루카와도.

상어

'그래, 지금이 그때야.' 스마이크는 생각했다. '난 악마바위에 있을 당시가 바로 그때거니 했어. 점액웅덩이 저 아래에 앉아 있을 때. 하지만 잘못 생각했어. 지금 여기가 바로 그 순간이야. 지금이 정말 내 인생의 절대적인 최저점이야! 그래서 핏속에 잠겨 있지. 죽은, 병든 핏속에.'

"이제 정신 차려, 스마이크." 비존재의 미세존재 일 번이 말했다.

"피를 물이라고 생각해야 돼." 비존재의 미세존재 이 번이 말했다.

"피는 대부분 물로 돼 있지." 비존재의 미세존재 삼 번이 말했다.

'이봐! 여기 밖에서도 너희들 말소리가 들린다!' 스마이크는 생각했다.

"우린 비존재의 미세존재야, 스마이크."

"우리가 원하면 어디서나 우리 목소리를 들을 수 있으니까 신경 안 써도 돼."

"기분이 어때, 스마이크?"

스마이크는 잠혈함을 나섰다. 동체 외벽을 통해 유령처럼 나갔다. 출입구가 열리지도 않았는데 어떻게 안에서 밖으로 나왔는지 달리 뭐라고 설명할 길이 없었다.

"지금 그런 설명 따질 때가 아니야, 스마이크."

"그건 감응진동을 통한 분자혼합이야."

"우린 말하자면 문을 초월했거든."

스마이크는 본능적으로 아가미호흡을 시작했다.

'난 피로 숨 쉬어.' 그는 생각했다. '나는 죽은피로 숨 쉰다.'

"피 얘기 그만해!"

"그건 순전한 환상이야."

"적에 집중하라고."

적. 스마이크의 적은 바로 저 위에서 떠다니고 있었다. 비존재의 미세존재들이 아우라식 수술을 해야 할 결절부위라고 추정한 곳 바로 근처였다. 놈은 내부를 밖으로 접어 제치더니 제자리에서 맴돌면서 점액을 뿜어냈다. 그러자 투명해졌다 다시 짙은 회색에서 검은색으로 바뀌었다. 이 과정이 너무도 빨라 마치 자기가 얼마나 무시무시한 존재인지 과시하려는 것 같았다.

"잘 들어, 스마이크!" 비존재의 미세존재 일 번이 말했다. "우리가 이런 걸 알아냈어. 저놈은 치명적인 질병이다. 그건 나쁜 거지. 하지만 전염이 되지는 않아."

"**안 돼?**"

"안 돼. 놈은 원래 혈류 속에 들어간 몸만 감염시킬 수 있어. 그건 크기 문제야. 그러니까 놈은, 에, 이 유기체 안에서는 마지막 개체야. 그걸 우리가 알아낸 거야."

"**좋아.**"

"하지만……."

"**뭐가 하지만이야?**"

"그래도 널 죽일 수는 있어."

"**그래, 그래 보인다.**"

"아주 단순하게 육체적인 폭력으로 말이야. 그것도 크기의 문제지. 하지만 좋은 소식도 있어."

"**그래?**"

"너도 놈을 죽일 수 있어."

"**어떻게?**" 스마이크가 못 믿겠다는 듯이 물었다.

"그냥 너의 동물적인 본능에 충실해."

"어떤 동물적인 본능? 내가 무슨 본능을 가졌는데?"

"넌 이 행성에서 가장 위험한 생명체 중 하나의 유산을 타고 났어, 스마이크."

"뭐라고?"

"넌 위험하고도 치명적인 전투기계야."

"넌 바다의 공포야."

"넌 상어야, 스마이크!"

"절대 잊지 마, 스마이크. 넌 상어라고."

나부끼는 깃발

우샨 데루카는 쩩깍쩩깍 장군이 다음에 누굴 죽이려는지 정확히 알고 있었다. 우르스일 것이다.

우샨처럼 전투와 장기에 대해 많이 알면 어렵지 않게 감이 왔다. 쩩깍쩩깍 장군은 이 전쟁터에서 모두를 통틀어 가장 강력하고 인상적인 인물이었으며 탁월했다. 그가 전략적인 사고를 한다면 자기 부하들에게 가장 손상을 많이 입히는 적을 노릴 것이다. 그건 루모와 롤프, 우르스와 차코, 올레크와 비알라였다. 그리고 당연히 그 자신 우샨 데루카였다. 볼퍼팅어가 가는 곳마다 극장 경비병들이 파리 떼처럼 죽어갔다.

쩩깍쩩깍 장군의 다음 조치는 말하자면 그들 중 하나를 제거하는 것일 수밖에 없었다. 루모? 아니다. 그는 너무 멀리 있다. 롤프가 장군 쪽에 훨씬 가까이 있다. 그리고 차코는 롤프보다 가깝고, 올레크는 차코보다 가깝고, 비알라는 올레크보다 가까웠다. 그러나 가장 가까운 건 우르스였다.

우르스는 저 강철기계에 등을 지고 싸우고 있었고 적 다섯을 동시에 상대하고 있었다. 아니, 지금은 넷이 됐다. 쩍깍쩍깍은 몇 걸음만 가면 가장 위험한 적 가운데 하나를 뒤에서 처리할 수 있었다. 논리적인 결론이었다.

우샨은 상황을 분석했다. 극장에서 벌어지는 전투를 마치 장기판 들여다보듯 했다. 가장 중요한 말이 위협을 받고 있는데 어쩐다? 졸을 하나 대신 죽여? 그게 유일한 대안이었다. 그럼 누가 그 졸이 돼서 우르스 대신 죽어준다? 물론 그 자신, 우샨 데루카였다.

우샨은 칼을 옆으로 내던졌다. 이 싸움에서는 칼을 쓸 수 없기 때문이었다. 이제 검은 필요치 않을 것이다. 그는 결연한 발걸음으로 쩍깍쩍깍 장군에게 다가갔다. 기분은 썩 좋았다. 아주 가볍고 힘차고! 평생 이보다 더 기분이 좋은 적은 없었다.

우르스의 재빠른 찌르기. 다시 적 하나가 줄었다. 이 젊은이가 잘한다는 걸 우샨은 알고 있었다. 그러나 여기 이 경기장에서 일취월장했다. 눈의 우르스는 언젠가 볼퍼팅 최고의, 아마도 전 차모니아 최고의 검객이 될 것이라고 우샨은 확신했다.

"어이! 어이, 쩍깍쩍깍 장군, 그게 네 이름인가?" 쩍깍쩍깍 장군 뒤에 서 있던 우샨이 소리쳤다.

강철거인은 천천히 우샨 쪽으로 고개를 돌렸다.

"그렇다. 그게 [쩍] 내 이름이다. 그런 넌 [깍] 누구냐?"

"내 이름은 우샨 데루카다."

"반갑군." 장군은 가볍게 목례를 했다. "말해봐라, 우샨 데루카. 왜 [쩍] 넌 무장도 안 하고 다가오는 거냐? 정신 [깍] 나갔나? 아니면 용기가 없어졌나?"

"아니다. 난 더는 잃을 게 없다." 데루카가 미소 지었다.

"생명도? 그게 넌 [쩍] 별로 중요하지 않냐?" 장군이 물었다.

"아, 그다지 중요한 건 아냐." 우샨이 말했다. "그건 대개는 짐스러 웠지. 특히 날씨가 나쁠 땐. 그러나 내 안에는 네가 생각할 수 있는 것보다는 훨씬 많은 생명이 들어 있지."

"그게 [깍] 무슨 소리냐?" 짹깍짹깍이 물었다.

"넌 이 전쟁터의 패배자라는 말을 하려는 거야. 네가 무슨 짓을 하든 넌 원하는 만큼 많은 승리를 거두고 많은 사람을 죽일 수 있 어. 하지만 이길 수는 없다. 그건 불가능해. 이 전쟁터에서 마지막으 로 혼자만 남게 된다 해도 마찬가지야. 이 전장의 시체마다에는 네 안에 있는 것보다 훨씬 많은 생명이 들어 있었어. 그게 네 운명이야. 넌 내가 지금까지 본 것 중에서 가장 서글픈 자야. 널 보면 불쌍해 져. 그게 내가 너한테 하고 싶은 말이야."

"다 [짹] 끝났나?" 짹깍짹깍 장군이 물었다. 그는 강철 집게손가락 으로 데루카를 가리켰다. "이제 알겠다. 넌 [깍] 나를 도발하려는 거 야. 네 친구 대신 널 죽이도록 말이야."

우샨은 대꾸하지 않았다. 그는 눈을 감고 내면의 눈앞에 나타난 세계 속으로 침잠했다. 빨갛고 노란, 황금과 구릿빛 깃발들이 나부꼈 다. 그건 전투의 색깔이었고, 용기와 공포, 승리와 패배의 냄새였고, 자기 인생의 색깔이었다. 그런 것들이 한데 모여 거대한 그림 위에서 뒤죽박죽 퍼덕거리고 있었다. 이런 멋진 장면을 본 적은 없었다.

'검술가의 낙원은 어떤 모습일까?' 우샨 데루카는 자문했다. '내 검술정원처럼 아름다울까?'

짹깍짹깍 장군이 엄지손가락을 구부렸다.

손가락을 조용히 찰깍했을 뿐인데 쾅 하는 소리가 났다. 그러자 검지손가락이 튀어나오더니 우샨을 향해 피융 하고 날아갔다. 그 어 떤 쇠뇌 화살보다도 빨랐다. 우샨은 팔을 들어 막으려 하지도 않았다. 강철손가락이 심장 깊숙이 뚫고 들어갔다.

우샨은 아무 소리도 내지 않았다. 한 발짝 뒤로 주춤했을 뿐 그대로 버티고 섰다. 쩍깍쩍깍이 다시 한 번 엄지를 움직이자 다시 찰칵하는 소리가 나면서 일련의 폭발음이 공기를 갈랐다. 그러자 다른 세 손가락이 전과 마찬가지로 우샨의 가슴팍에 꽂혔다.

조용히 노래하는 듯한 가는 철사 네 개가 장군의 손과 우샨의 상체 사이에 팽팽히 이어져 있었다.

쩍깍쩍깍 장군이 세 번째로 엄지를 구부렸다. 그러자 어떤 기계장치가 작동하더니 철사로 화살들을 거두어들였다. 장군의 몸속에서 지르륵 하는 소리가 났다. 우샨의 상체가 쭉 찢겨 장군 쪽으로 핵 날아갔다. 손가락들이 강철 손에 들어가 제자리를 찾자 쩍깍쩍깍 장군은 우샨을 높이 쳐들었다.

"지금까지 [쩍] 감히 내 면전에서 [깍] 진실을 말한 자는 아무도 없었다." 쩍깍쩍깍 장군이 속삭였다. "넌 영웅이다, 우샨 데루카."

그는 다른 손으로 우샨의 머리를 잡고 가슴에서 강철손가락을 뽑아 높이 쳐들었다. 거기에는 불끈불끈 뛰는 우샨의 심장이 들려 있었다.

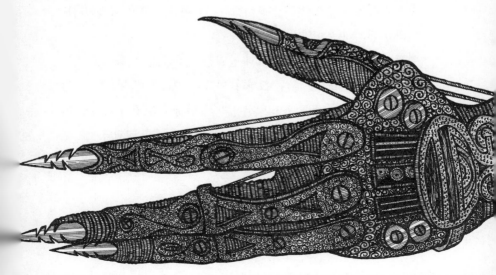

강철과 뼈

리베젤은 구리병정과 죽은 예티가 싸우는 동안 자신이 할 일은 전사가 아닌 연대기 작가의 역할이어야 한다는 것으로 위안을 삼았다. 그는 아무리 끔찍하고 가슴 울렁거리는 광경이라도 모두 가슴속에 담아두었다. 후세에 전하고자 함이었다. 아마 이런 광경에 비견할 만한 것은 결코 다시는 없으리라.

이건 양측 간에 벌어진 것 가운데 그야말로 무자비하고 무지막지한 전투였다. 예티들이 싸우는 동안 망토와 기름 먹은 뼈가 화염에 활활 타올랐다. 구리병정들은 머리가 떨어져 나간 지 오래인데도 마구 주먹을 날렸다. 사지가 바닥에 떨어져도 그 주인들은 아랑곳하지 않고 계속 싸웠다. 그러면 다른 자들이 사지를 주워 다시 무기로 사용했다. 머리가 날아간 한 구리병정은 목에서 짙은 증기가 솟아나는 와중에도 해골이 불타는 예티와 싸웠다. 두 예티는 무거운 망치로 두 팔이 없는 구리병정을 들이쳤다. 뼛조각과 톱니바퀴, 나사, 이빨 등등이 공기를 가르며 핑핑 날아갔다. 밸브에서는 쉿쉿 소리가 나고 방패는 종처럼 뎅뎅 울렸다. 거기다 예티들의 동물적인 울부짖음은 여전히 계속됐다. 낫질의 명수 슈토르는 욕설을 퍼부으며 낫을 휘둘렀고 구리병정들조차 피하기에 바빴다. 한 번만 맞으면 금속이라도 파열되고 말기 때문이었다.

한동안 예티들이 기습의 이점과 끈질긴 전투 덕분에 승리를 획득하는 것처럼 보이기도 했다. 그러나 싸움이 오래 지속될수록 그런 희망은 배반당했다. 물론 구리병정이 객석 난간으로 밀려 아래로 떨어지거나 망치와 곤봉 세례를 무수히 받아 조각조각 해체되기도 했다. 그리고 예티들은 저돌성에 있어서 금속전사들에 못지않았다. 구리병정과 마찬가지로 그들은 고통을 느끼지 못했고 죽음에 대한 두려움이 없었다. 이 뼈로 된 인간의 부활을 막으려면 완전히 가루를 내야만 했다. 그러나 전투의 대세는 시간이 흐르면서 기계군단 쪽으로 기울었다. 금속의 내구성이 뼈보다는 한결 우수했기 때문이다. 점점 더 많은 예티가 바닥에 쓰러져 일어나지 못했다. 하나하나의 뼈가 재생이 안 될 만큼 완전히 부서져버렸기 때문이다. 구리병정들은 비장의 무기를 모두 활용했다. 돌아가는 톱, 면도날처럼 날카로운 집게발, 화염방사기 등등.

리베젤은 잠시 볼퍼팅어들과 함께 장애물을 뚫고 저 아래 경기장으로 가야 하지 않을까 하는 생각을 했다. 그러나 그사이 그곳은 적이 모두 점령했으므로 그랬다가는 죽을 것이 뻔했다. 그래서 슈토르의 전사들이 줄기차게 뒤로 밀리면서 숫자가 점점 줄어드는 것을 맥없이 두 눈 뜨고 바라보았다. 되도록 많은 장면을 머릿속에 깊이 각인시키면서 다시 한 번 전세가 예티들에게 유리하게 역전되기를 기대하는 수밖에 없었다.

핏속에서

"다 우고냐, 스마이크?"

"우고?"

"아, 그건 그냥 다 잘돼가고 있느냐는 표현이야. 우고는 상상할 수 없을 만큼 작은 숫자로서……."

"그래, 그래, 좋아. 그래, 다 우고다. 죽은피를 타고 치명적인 질병 쪽으로 가고 있어. 뭐 우고하지 않을 게 있겠니?" 스마이크는 생각으로 말했다.

"행운을 빌어, 스마이크!"

"그래, 행운을 빌어!"

"행운이 필요할 거야."

그러고는 비존재의 미세존재들은 갑자기 사라졌다. 그리하여 스마이크는 다시 혼자 남게 됐다. 저 아래에는 살해당한 유기체로 가득한 끝없는 전쟁터가 펼쳐졌다. 머리 위에는 끔찍한 죽음의 병사가 떠다녔다. 랄라의 심장으로 가는 길을 막고 선 무자비한 질병의 마지막 대표였다. 놈이 딱딱 하고 내는 소리 외에는 너무나 조용했다.

스마이크는 계속 헤엄쳐 갔다. 마침내 적과 같은 높이에 도달했다. 끔찍하고 위험하긴 하지만 가까이서 보니 환상적이었다. 놈은 쉬지 않고 변화하고 변색하고 움직였다. 놈은 비늘 달린 불가사리였다. 표면이 오색찬란한 무지갯빛으로 아롱지다가 우윳빛 액체가 부글부글 끓는 투명한 회색 공으로 변신했다. 다음 순간에는 해저 분화구에서 내뿜는 빨간 용암기포처럼 보였다. 단 하나 변치 않는 것은 단조롭게 내는 딱딱 소리였다.

"넌 누구냐?" 스마이크가 생각으로 말했다. "넌 죽음이냐?"

용암기포는 구멍이 숭숭 뚫린 녹색 해면으로 변형되더니 검은 점액을 뿜어냈다.

"딱, 딱."

놈은 소리를 냈다.

"아니야. 넌 죽음이 아니야. 죽음은 네가 간 다음에 오는 거야. 죽음은 너에 대한 구원이지. 죽음은 선한 거야. 넌 악한 거고." 스마이크는 생각했다.

해면은 공처럼 오그라들어 금속 같은 잿빛으로 변했고 거기서 기다란 노랑 머리칼들이 자라났다.

"딱, 딱, 딱."

"하지만 네가 누구냐는 중요한 게 아니야. 넌 두뇌 없는 병사일 뿐이니까. 내가 누구냐가 중요하지."

공은 검은 겹눈을 가진 흰 해파리로 바뀌었다.

"딱. 딱, 딱, 딱."

"내가 누군지 알아? 내가 뭔지 알아?"

해파리는 부산하게 맴을 돌면서 노랗게 변했다가 녹색으로 변하면서 중앙에서 천천히 뾰족한 검은 창을 내밀었다.

"딱, 딱!"

"내가 누군지 말해주지. 나도 악해. 난 린트부름 요새를 붉게 물들였어. 그러니 나도 위험한 놈이지. 너보다 훨씬 위험해. 대체 넌 누구냐? 아마추어야. 네가 전투에 대해 뭘 알겠어, 응?"

"딱, 딱, 딱."

"너 여기 있은 지 얼마나 되니?" 스마이크가 물었다. "몇 달? 몇 주? 하지만 난, 난 수백만 년 전부터 있었어. 상어란 말이다."

놈은 다시 변했다. 길쭉한 형태에 회색빛을 띠더니 여기저기서 열네 개의 작은 팔이 자라났다. 앞에는 발톱이 달렸다. 놈의 상단에는 수많은 날카로운 이빨로 무장한 아가리가 열렸다. 그 모습은 스마이크를 좀 더 원시적이고 무시무시하게 변형시킨 것 같았다.

장군과 거인

루모, 우르스, 롤프, 차코, 비알라, 올레크는 사방에서 쩍깍쩍깍 장군에게 다가가 커다란 원을 그리며 에워쌌다. 그들은 장군이 우산 데 루카에게 한 짓을 보고는 일반 군인들과의 싸움을 신속히 끝냈다. 검술사범의 생기 없는 육신은 쩍깍쩍깍의 발밑에 널브러졌다.

"오, 자네들이 날 [쩍] 포위하셨군. 이제 내가 [깍] 덫에 걸린 거야? 이게 너희들 친구인가?" 장군이 기쁨에 겨워 말했다.

그가 우샨의 시신에 발을 올리자 우두둑하는 소리가 났다.

"다음은 [쩩] 누구냐?"

"네가 쩍깍쩍깍 장군이냐?" 루모가 물었다.

"그래, 나다."

"네가 랄라를 죽였나?"

쩍깍쩍깍 장군은 본의 아니게 가슴팍을 쥐고는 순간 맥이 풀려 주춤했다. 아주 짧은 순간이었고, 곧바로 그는 다시 일어섰다.

"누가 [쩩] 그런 걸 알려고 하느냐?" 쩍깍쩍깍은 화가 나서 물었다.

루모는 답하지 않았다. 이제 랄라에게 그 모진 짓을 한 자가 쩍깍쩍깍임을 분명히 확인했다.

쩍깍쩍깍 장군은 적들을 조준했다. 루모, 롤프, 우르스, 차코, 비알라, 올레크는 장군 주위를 천천히 돌기 시작했다.

점점 더 많은 볼퍼팅어들이 그사이 전투를 끝내고 루모 들에게 합류했다. 경기장의 군인은 거의 모두 쓰러지거나 달아났다.

"오, 춤을 깍 추시겠다?" 쩍깍쩍깍 장군이 말했다.

그가 외투를 벗어던지자 처음으로 화려한 몸뚱이가 드러났고 볼퍼팅어들은 깜짝 놀랐다. 그의 모든 것은 금속으로, 구리 강철 은 주철로 돼 있었다. 그의 몸은 여러 가지 금속으로 조립하고 기계장치를 갖춘 거대한 무기였다. 단 하나의 몸뚱이에 사단 하나가 들어가 있는 것이다.

"너희들이 다 죽기 전에 하나 [쩩] 알아둘 게 있다. 헬에서 지내면서 난 변했다. [깍] 성장했다. 배웠다. [쩩] 사랑했다. 그리고 고뇌했다. 난 다른 존재가 됐다. 너희들은 [깍] 아마 나를 위대하다고 생각할 것이다. 그러나 난 더 위대하다. 너희들이 예감하는 것보다 훨씬 더 위대하다. 나의 진정한 [쩩] 위대함을 알고 싶으냐?"

쩩깍쩩깍이 진지하게 말했다. 그러고는 답변도 기다리지 않고 머리를 옆으로 숙이더니 손가락을 목에 있는 구멍에 찔러 열쇠처럼 돌렸다. 그러자 망가진 시계의 불협화음 같은 소음이 잇달아 울려 나왔다. 장군의 머리가 이 음악에 맞춰 제자리를 맴도는 동안 목은 점점 길어졌다. 거기서 쩩깍쩩깍 하는 소리가 났다. 갑옷의 여러 부분이 쩍 벌어지면서 활짝 열리자 내부의 기계장치가 들여다보였다. 톱니바퀴들이 돌아가고, 철선이 팽팽해지는가 하면, 연금술 전지가 찌르륵 소리를 내고, 피스톤이 오르락내리락 했다. 모든 게 부산하게 움직였다. 뒤쪽 갑옷이 두 개의 은빛 날개로 갈라지자 그 틈새에서 새로운 금속 팔다리가 망원경처럼 뻗어 나와 땅에 닿을 정도가 됐다. 당황한 볼퍼팅어들은 쩩깍쩩깍 장군이 잠깐 사이에 팔다리의 숫자뿐 아니라 크기를 배가시키는 것을 보았다. 지금까지 몸속에 감춰져 있던 쇠뇌며 칼, 화살 등등 그 모든 무기가 밖으로 튀어나와 전투 태세를 갖췄다. 결국 네 팔 달린 중무장한 요새가 네 발로 그들 앞에 선 것이다. 잠깐 사이에 쩩깍쩩깍 장군은 더 크고, 더 위협적이고, 더 치명적이고, 더 공격적이 되었다.

"성장!" 쩩깍쩩깍 장군은 아래를 향해 소리쳤다. "그건 권력으로 가는 열쇠다. 너희는 여기서 [깍] 그걸 처음 보게 되는 거야. 금속이 있는 한 나는 성장할 것이다. 나는 [쩩] 모든 금속이 쩩깍쩩깍 장군이 될 때까지 성장할 것이다."

볼퍼팅어들은 돌덩이처럼 굳어버렸다. 기계괴물의 모습에 넋이 나간 것이다.

"춤을 추자고? 그럼 [쩩] 한번 추지." 장군의 목소리가 저 깊은 곳에서 울려왔다.

볼퍼팅어들은 각자 전투 준비를 했다.

쨍깍쨍깍이 어느 쪽을 먼저 칠지 아무도 몰랐다. 어쩌면 전방위로 동시에 공격할지도 모른다.

갑자기 극장 바닥이 진동하기 시작했다. 가벼운 진동이었지만 누구나 느낄 수 있었다. 볼퍼팅어들이 움직임을 멈췄다.

"저게 뭐야?" 누군가가 물었다.

쨍깍쨍깍도 귀를 기울였다. 그때 또 한 번 진동이 울리자 쨍깍쨍깍의 무기에서 짤랑짤랑 소리가 났다.

볼퍼팅어들은 초조한 듯 사방을 둘러봤다. 어디서 이런 진동이 울리는 걸까? 구리병정들의 객석에서는 전투가 계속됐지만 거기서 나는 소리 같지는 않았다.

"지진인가?" 비알라가 물었다.

그러나 지진치고는 진동이 너무 규칙적이었다. 차례로 이어지면서 짧은 간격으로 점점 강해졌다. 그러더니 갑자기 돌풍이 극장 안으로 들이쳤는데 바다에서 나는 온갖 썩은 악취를 풍겼다.

"저게 뭐야?" 우르스가 물었다.

"브라호크다." 루모가 소리쳤다. "제일 큰 종류야."

진동 때문에 객석의 동요도 점점 심해졌다. 남아 있던 관객들은 전보다 더 죽기 살기로 극장을 빠져나가려고 안간힘을 썼다. 예티와 구리병정들만이 아랑곳하지 않고 격렬하게 백병전을 계속했다.

흐릿한 푸른빛이 경기장을 가득 메웠고, 그 안에 있는 모든 존재 위로 푸른빛이 나는 점액이 빗방울처럼 떨어졌다. 괴비행체가 극장 위로 낮게 내려온 것 같았다. 옅은 푸른빛을 내는 거대한 원반 같았으며 그 안에서는 유기체의 형태들이 고동치고 있었다. 이제는 발이 열두 개 달린 어떤 생물이 경기장 주변에 서 있다는 걸 누구나 알 수 있었다. 가장 큰 종류의 브라호크가 아름다운 죽음의 극장을 거대한 지붕처럼 덮은 것이다.

객석의 관객들은 경악해서 비명을 질렀다. 날카롭게 삑삑 하는 소리와 끊임없이 부글부글 하는 소리가 괴물의 몸에서 흘러나왔다.

쩍깍쩍깍 장군은 네 발로 이리저리 거드름을 피우며 걸어 다녔다. 그는 순식간에 거인에서 벌레 수준으로 강등됐다. 어떤 바보가 브라호크 경보를 발령했을까? 모든 걸 장악하고 있었는데!

"저게 뭐야?" 롤프가 물었다.

"저건 브라호크야." 우코바흐가 숨었던 곳에서 몸을 내밀며 말했다.

"브라호크? 저것도 기계인가?"

"아니, 생명체야."

"저건 누구 편이야?" 비알라가 물었다.

"우리 편은 아니야." 우코바흐가 대답했다.

"크다는 것 말고 딴 게 또 있나?"

"우릴 잡아먹을 수 있어. 모든 걸 잡아먹을 수 있지."

"뭐로? 입이 안 보이는데?" 우르스가 물었다.

"하나 있어." 우코바흐가 말했다.

나무만 한 사람 두께의 촉수가 극장 담장 위를 구불구불 움직이면서 객석을 툭툭 치고 돌아다니기 시작했다. 불행하게도 스치거나 정면으로 맞은 관객들은 옆으로 쏠려 공중으로 날아가든지 아니면 압사했다. 거기 남아 있던 볼퍼팅어 중에서 곡예를 부리다시피 해서 그런 더듬이들을 피한 경우는 극히 드물었다. 브라호크는 방향을 잡느라 잠시 우왕좌왕했지만 이편, 저편 가리지 않았다.

"놈이 우리 편이 아니라는 건 확실해? 지금까지 하는 짓으로 보면 우리 쪽인데." 비알라가 물었다.

"놈은 쉽게 통제가 안 돼. 저 위에 몰이꾼이 앉아 있지." 우코바흐가 설명했다. "지금은 몰이꾼들이 어려움을 겪고 있는 것 같아. 저렇게 큰 놈을 도시로 몰고 들어온 적은 없었거든."

이제 브라호크의 거대한 코가 외벽을 타고 경기장 안으로 들어왔다. 거대한 뱀처럼 살그머니 텅 빈 객석을 훑으며 먹잇감을 노렸다. 군중들은 코가 가까이 다가오자 비명을 지르며 달아나다가 서로 짓밟혀 쓰러졌다. 쩝쩝 소리를 내며 콧구멍이 열리더니 게걸스럽게 공기를 빨아들였다. 냄새를 맡은 코는 공황 상태에 빠진 군중이 밖으로 몰려 나가는 출구 쪽으로 잽싸게 뻗쳐 왔다. 브라호크는 사람들 쪽으로 코를 내리더니 앞에서 거치적거리는 것은 모두 무차별적으로 빨아들이기 시작했다. 운이 없는 자들은 투명한 호스 속으로 비명을 지르며 날아가 괴물의 고동치는 장기 속으로 사라졌다.

루모는 브라호크를 보고도 별로 놀라지 않았다. 놈들의 능력을 잘 아는 데다 시급한 관심사는 남들과 마찬가지로 브라호크의 행동을 넋을 잃고 바라보는 쩍각쩍각 장군이었기 때문이다. 루모는 검을 움켜쥐고 어떻게 하면 이 난리 통을 이용할 수 있을까 하고 머리를 쥐어짰다.

"생각났어?" 사자이빨이 물었다.

"옛날 얘기가 생각났어." 루모가 답했다.

"무슨 얘긴데?" 그린촐트가 물었다.

"누르넨 숲 전투 이야기." 루모가 답했다. "쩍각쩍각 장군이 어떻게 태어났는지에 관한 얘기지."

"어떻게 태어났는지 알아?" 사자이빨이 물었다.

"전설이야. 재미난 부분은 쩍각쩍각 장군을 만든 연금술사가 그에게 차모민을 소량 투여했다는 거야. 그건 생각하는 원소로 쩍각쩍각과 구리병정들에게 생명을 불어넣었지. 그 얘기가 맞는다면 저 기계는 두뇌 같은 걸 갖고 있는 거야. 아니면 심장이든지."

"놈이 심장이나 두뇌가 있다면 그걸 몸에서 뜯어낼 수 있겠다." 그 린촐트가 말했다.

루모가 고개를 끄덕였다.

"쩍깍쩍깍 장군의 몸속으로 들어가야겠어."

결절부위

스마이크는 가쁜 숨을 몰아쉬었다. 다시 잠혈함에 앉자 뚱뚱한 몸에 땀이 비처럼 쏟아졌다.

"모든 게 우고인가, 스마이크?"

"그래, 스마이크, 모든 게 우고야?"

"이제 말 좀 해봐!"

스마이크는 하고 싶어도 어떤 종합적인 답변을 할 수 없는 처지였다.

"믿을 수가 없어, 스마이크." 비존재의 미세존재 일 번이 말했다.

"어떻게 한 거야?" 비존재의 미세존재 이 번이 물었다.

"그래, 스마이크, 어떻게 한 거냐고?"

스마이크는 여러 번 깊이 심호흡을 했다. 다시 허파호흡으로 전환하는 게 쉽지 않았다. 아직도 턱이 미친 듯이 펌프처럼 불룩불룩했다.

"놈은 척추가 있었어." 스마이크가 말했다.

"척추?" 비존재의 미세존재 일 번이 물었다.

"척추라고?" 비존재의 미세존재 이 번이 물었다.

"척추가 있는 질병이라니?" 비존재의 미세존재 삼 번이 물었다.

"그래! 그 병은 척추가 있었단 말이야. 부러뜨릴 수 있는 척추." 스마이크가 무뚝뚝하게 말했다.

비존재의 미세존재들이 입을 다물었다.

"좋아." 스마이크가 잠시 후에 말했다. "그럼 이제야 빌어먹을 수술을 시작할 수 있겠지? 아닌가?"

"그래, 스마이크."

"네가 준비됐으면 우리도 준비됐어."

"배는 정위치에 있어."

"어떻게 하는 거지?" 스마이크가 물었다.

"결절부위 보이지, 스마이크? 보여? 우리가 시계막(視界膜)을 최대한 확장시켰어."

"그래, 보여."

스마이크가 말했다. 심장근육에 여섯 개의 눈에 띄는 돌기와 움푹 팬 구멍이 있었다. 거기서 어떤 부분이 특별한지 스마이크로서는 잘 알 수가 없었다.

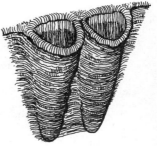

"거기 그게 융합형 결절이야. 심장의 아우라식 전기순환을 담당하지." 비존재의 미세존재 일 번이 말했다.

"그리고 저건 환각 유발 시냅스야. 자율신경계의 말단으로 환각 유발 열쇠의 감응진동을 전달하지." 비존재의 미세존재 이 번이 말했다.

"저건 전갈형 막이야. 이 막을 통해야만 전갈형 집게칼을 제대로 움직일 수 있어." 비존재의 미세존재 삼 번이 말했다.

"저건 요호이아 돌기야. 요호이아 편모 감지기의 자극에 수동—능동적으로 반응해서 심장 박동 리듬의 균형을 잡아주는 거지." 비존재의 미세존재 일 번이 말했다.

"저건 치아형 출구다! 대동맥의 미세 진앙으로 감응진동을 관상동맥 전반에 걸쳐 평형화시켜주는 거야." 비존재의 미세존재 이 번이 말했다.

"그리고 저건 치과식 관이야! 치과식 추출기가 정확히 저 안에서 어떤 기능을 하는지는 아직 해명되지 않고 있어. 하지만 긍정적인 작용인

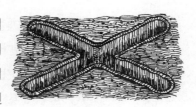

것만은 입증할 수 있지." 비존재의 미세존재 삼 번이 말했다.

"이제 확실히 알겠어, 스마이크?"

"모든 게 확실해. 이제 분명히 알겠어." 스마이크가 말했다.

"그럼 도구를 내보내." 비존재의 미세존재 일 번이 명령했다.

"가르르르르르…… 가르르르르르……." 스마이크가 소리를 냈다.

우리

루모는 그냥 뛰어올랐다. 어디로 뛰어오를지는 오래 따져보지 않았다. 장군의 몸에는 그러기에 적합한 부위도 없었다. 이제 그는 전에 두 은빛 날개가 열렸던 등 쪽에 딱 달라붙었다. 거기서는 장군의 내부가 훤히 들여다보였다. 더 많은 무기가 안에 숨겨져 있고 쩍깍쩍깍 찰칵찰칵 소리 나는 금속이 더 많았다. 심장이나 두뇌 같은 걸 구분해내기는 불가능했다.

쩍깍쩍깍 장군은 강철손톱을 루모에게 뻗어 귀찮은 벌레라도 되는 양 떼어내려 했다. 그러나 그의 팔은 멀리 뻗도록 돼 있었기 때문에 자기 몸의 어떤 부분은 간신히 닿거나 아예 닿을 수 없었다. 그의 모든 것은 공격용이지 방어용으로 되어 있지 않았다. 그리고 그몸에 달라붙는다는 미친 생각을 한 사람은 아무도 없었다. 쩍깍쩍깍 장군 자신도 그런 생각은 못 했다.

다른 볼퍼팅어들은 용감하게 창과 단도와 도끼를 장군에게 던졌다. 그러나 더 어쩌지는 못 했다. 장군이 휘두르고 쏘아대는 무기와 화살을 피하느라 정신이 없었기 때문이다. 올레크는 투석기로 쩍깍쩍깍을 멋지게 여러 차례 명중시켰지만 그저 둔탁한 종소리가 나는 정도에 불과했다.

"안으로 기어들어가." 사자이빨이 소리쳤다. "놈의 심장을 찾으려면 달리 방법이 없어. 저 안으로 가면 더 안전할 거야."

루모는 좁게 늘어선 금속 봉 사이를 비집고 들어가 어느덧 내부 깊숙이 들어섰다. 쩍깍 찰칵 하는 소리에 톱니바퀴가 돌아가는 소리, 피스톤이 규칙적으로 쿵쿵 오르내리는 소리, 연금술 전지가 찌르륵거리는 소리 등등이 너무 커서 밖에서 나는 소리는 거의 안 들릴 지경이었다. 모든 것이 수 초 간격으로 쿵덕쿵덕 오르내리기 때문에 시계 안에 들어와 있는 기분이었다. 여기에 정말로 심장이 감춰져 있을까? 이렇게 세련된 기계가 정말 유기적인 동력장치를 필요로 할까? 루모는 앞으로 나아갔다. 주변의 모든 것이 위아래로, 앞뒤로 계속 움직였기 때문에 손발이 돌아가는 톱니바퀴 사이에 끼거나 날카로운 태엽에 베이지 않도록 한시도 마음을 놓을 수 없었다. 모든 게 윤이 나고 매끈하고 윤활유를 잘 쳐놓은 상태였다. 손으로 잡을 만한 곳이나 발 디딜 틈을 찾기란 거의 불가능했다.

"넌 그 안이 [쩍] 좋냐?" 쩍깍쩍깍 장군의 목소리가 웅웅거렸다. 그의 몸속에서 듣는 소리는 전보다 더 울림이 크고 기계음 같은 느낌이 들었다. "내 안이 [깍] 좋으냐, 볼퍼팅어?"

루모는 답하지 않았다.

"편히 [쩍] 지내! 손님 [깍] 이니까! 문을 닫겠다. 방해받지 [쩍] 않도록 말이야." 쩍깍쩍깍이 외쳤다.

어디선가 삐걱 소리가 났다. 그러자 톱니바퀴와 피스톤이 더 빨리 움직였다. 루모는 장군이 다시 몸을 펼쳐 두 배로 커졌을 때 흘러나온 음악을 들었다. 다만 이번에는 역순으로 진행되기 때문에 불협화음이 더 컸다. 쩍깍쩍깍의 몸 주위에서 갑옷 부분들이 합체되더니 뚜껑과 입구가 닫히고, 금속은 속으로 꼭 맞물려 들어갔다. 루모가 균형을 잡는 데 의지하거나 손으로 붙들고 있던 피스톤과 샤프트는 끊임없이 회전하면서 위아래로 오르락내리락 했다. 쩍깍쩍깍의 내부

는 더 어두워졌다.

"닫힌다! 여기서 나가야 돼. 빨리!" 사자이빨이 소리쳤다.

사방에서 무기가 밀려들었다. 면도칼처럼 날카로운 칼날, 톱날, 낫, 도끼, 창, 화살, 단도 등등. 일부는 아주 빠르게 날아들었고, 일부는 아주 천천히 왼쪽, 오른쪽, 위, 아래, 앞, 뒤에서 다가왔다. 도끼는 붕 하며 루모의 머리 위를 스쳐 지나갔고, 낫은 팔뚝 털을 한 움큼 베어버렸고, 길고 예리한 양날의 검은 다리 사이를 뚫고 지나갔다. 목이 잘리거나 관통당하거나 사지가 잘려 나가지 않으려면 쉴 새 없이 숙이고 비켜서고 다리를 오므려야 했다. 그러면서 뚫고 들어갈 구멍을 찾으려고 무진 애를 썼으나 허사였다. 그러다 마침내 사이를 뚫고 들어온 철봉들을 간신히 꼭 붙잡았을 때 바로 앞에서 은으로 된 날개 문 두 개가 닫히더니 짹깍짹깍 장군의 등 쪽 갑옷이 제자리에 가 붙었다. 어둡고 고요해졌다. 다만 좁은 틈새로 아직 가늘고 산란한 빛이 흘러들고 있었다. 정시를 알리는 시계 소리처럼 가는 종소리가 울렸다.

"우린 갇혔어." 사자이빨이 말했다. "짹깍짹깍 장군 속에 잡힌 거야."

수술

"융합형 포착 갈고리가 융합형 결절에 들어가 박혔어. 이로써 심장 속에 아우라식 전기순환이 확보된 거야." 비존재의 미세존재 일 번이 말했다.

"가르르르르르……." 스마이크가 소리를 냈다.

"환각 유발 열쇠가 환각 유발 감응 부위에 박혀 돌아갔어. 이제 감응공명이 풀려서 자율신경계로 흘러들어갈 거야." 비존재의 미세존재 이 번이 말했다.

"가르르르르르……."

"전갈형 집게칼이 전갈형 막에 고정됐어. 전갈화가 시작될 수 있어." 비존재의 미세존재 삼 번이 말했다.

"가르르르르르……."

"요호이아 편모 감지기가 요호이아 돌기를 자극한다. 수동-능동적 반응이 심장박동 리듬의 균형을 완전히 잡고 있어." 비존재의 미세존재 일 번이 말했다.

"가르르르르……."

"치아형 스크루드라이버가 치과식 추출기 속에서 회전한다! 감응 진동이 관상동맥 전반에 걸쳐 평형화된다." 비존재의 미세존재 이번이 말했다.

"가르르르르……."

"치과식 추출기가 치과식 관에, 에, 안착했어! 늘 그렇듯이 잘될 거야." 비존재의 미세존재 삼 번이 말했다.

"가르르르르……."

"좋아. 이젠 아우라식 충전을 개시한다."

"우리를 검지로 눌러, 스마이크."

"우리에게 행운을 빌어줘!"

"그럴게."

"엄지가 몇 개지, 스마이크?"

그는 잠시 헤아려봐야 했다.

"열네 개."

"그 정도면 충분해."

"그래. 그거면 충분할 거야. 나한테 늘 저주가 따라다닌다는 것만 빼고." 스마이크가 말했다.

"그런 말은 하는 게 아냐. 이걸로 수술은 시작됐어." 비존재의 미세존재 일 번이 말했다.

당황한 프리프타르

프리프타르는 경기장을 한눈에 조망할 수 있는 은밀한 구멍을 닫고는 손으로 입을 톡톡 쳤다.

쩍깍쩍깍 장군의 극적인 등장으로 그는 완전히 평정심을 잃었다.

장군은 막강한 육체를 더 크고 복잡하고 위험하게 만들었다. 그리하여 무적의 전투기계로 변신했다. 프리프타르의 조용한 외교적 수단으로 어떻게 그와 맞설 수 있을 것인가?

그를 어지럽게 한 또 다른 문제는 브라호크였다. 이 무슨 낭패란 말인가! 어찌하여 천치바보 같은 연금술사들은 하필 예측 불가능한 놈들 중에서도 가장 거대한 놈을 보냈단 말인가? 높이 이십 미터쯤 인 브라호크 한 마리면 족했을 일을! 그 정도 괴물도 이 도시에 나타난 적이 없었다. 게다가 놈은 지금 통제 불능 상태였다. 프리프타르가 브라호크 경보를 발령했다는 말이 새 나가면 자기 진영의 손실도 그의 책임이 될 것이었다. 게다가 이 바보 같은 괴물은 귀족, 부자, 군 고위층 등 헬의 지도층 인사들을 거침없이 빨아들이고 있었다. 눈 뜨고는 차마 볼 수 없는 상황이었다.

프리프타르는 욕설을 퍼부었다. 쩍깍쩍깍 장군과 브라호크가 아름다운 죽음의 극장에서 난동을 멈출 때까지 조용히 관망하는 수밖에 없었다. 그나마 미친 왕이 자고 있는 것만도 다행이었다.

그는 다시 구멍을 열었다. 보이는 광경은 눈을 떼기에는 너무도 압권이었다. 경기장에는 온통 푸른빛의 비가 내리고 있었다. 거대한 기계는 볼퍼팅어들과 싸우고 있었다. 더더욱 거대한 브라호크는 무고한 헬 시민들을 집어삼키고 있었다. 시체와 죽어가는 자와 비명 소리! 그야말로 황홀한 연출이었다! 프리프타르로서는 솔직히 말해 지금까지 아름다운 죽음의 극장에서 한 공연 가운데 단연 최고였다.

전투와 고문

쩍깍쩍깍 장군은 만족스러웠다. 먹잇감은 우리 안에 갇혔다. 볼퍼팅어들은 그야말로 탁월한 전사일지는 모르지만 전략적 사고는 그다지 뛰어난 것 같지 않았다. 그놈은 꼬마가 열린 사자 우리로 들어가 듯이 제 발로 덫으로 걸어 들어갔다. 열린 문은 다시 닫을 수 있다 는 말이 볼퍼팅에서는 회자되지 않았단 말인가?

쩍깍쩍깍의 몸속에는 마흔일곱 개의 큰 칼, 열네 개의 독을 바른 유리단도, 다이아몬드 이빨이 박힌 스물네 개의 원형 톱날, 일곱 개의 도끼, 열여덟 개의 창과 수백 개의 화살, 석궁 화살 및 기타 발사용 무기가 있었는데 그중 절반은 독을 묻혀놓은 것이었다. 레일에는 단두대가 내장돼 있고, 산(酸) 뿌리는 장치, 화염방사기, 표창, 쇠뇌 도 들어 있었다. 이 밖에도 한두 가지가 아니었다. 그 볼퍼팅어는 오래전에 죽은 셈이다. 어떤 방식으로 죽일지 결정하는 일만 남았다. 제 발로 관 속에 기어들어왔으니.

쩍깍쩍깍 장군은 유쾌한 것과 효과적인 것을 결합시키기로 결심했다. 다른 볼퍼팅어들과 싸우면서 일부 새 장난감을 시험해보는 동시에 침입자에게는 지옥 불을 뜨겁게 달굼으로써 붕붕거리는 칼날 위에서 춤추게 만들어볼 요량이었다. 처음으로 누군가를 고문하는 동시에 싸우면서 죽이는 황홀한 상황을 맞이한 것이다. 그는 슬픔이 사그라지는 것을 확실히 느낄 수 있었다.

어둠 속의 심장

루모는 쩍깍쩍깍 장군의 몸 안에서 한 지점에 잠시 매달려 있었다. 틈새와 부러진 갈비뼈 사이로 들어오는 희미한 빛을 통해 뒤엉킨 축과 돌아가는 톱니바퀴, 서로 엇물린 무기들이 어슴푸레한 윤곽을 드러냈다.

"여긴 심장이나 두뇌 같은 게 없다." 루모가 단언했다. "있다고 해도 그사이에 없어졌나 봐."

"걸어 다니는 죽음의 심장을 찾게 된다 해도 어둠 속에서만 가능한 거야!" 사자이빨이 말했다.

"뭐라고?"

"소름마녀의 마지막 예언 말이야. 잊지 않았지?"

"그게 무슨 소린가?" 그린촐트가 물었다. "저 늙은 소름마녀들이 여기하고 무슨 상관이야?"

"그건 내가 눈을 감아야 한다는 의미야. 쩍깍쩍깍 장군의 심장은 냄새로 찾아야 돼." 루모가 대답했다.

"좋은 생각이다. 그럼 그렇게 해봐!" 그린촐트가 말했다.

루모는 철봉을 꼭 잡고 눈을 감았다.

"뭐가 보여?" 사자이빨이 물었다.

"여러 가지 색깔의 금속들이 보여." 루모가 답했다. "윤활유가 보여. 천지네. 다른 것들도 움직이면서 소리를 내면 보여."

"심장은 어떻게 됐나? 심장 냄새는 나나?" 그린촐트가 물었다.

"모르겠어. 몇 가지 낯설고 이상한 냄새가 나는데. 산, 독, 코를 찌르는 분말 냄새. 하지만 심장이나 두뇌 같은 건 없어. 이 안에 있다면 잘 숨어 있겠지."

"더 깊숙이 들어가야겠다. 숨겨놓았다면 가능한 한 깊은 곳에 두었을 테니까." 사자이빨이 말했다.

루모는 눈을 뜨고 기계장치 속으로 계속 들어갔다. 이제 기어들어가기가 아주 위험해졌다. 모든 것이 움직이면서 전보다 훨씬 심하게 요동쳤기 때문이다. 쩍깍쩍깍 장군은 이리저리 움찔움찔하면서 앞뒤로 쿵쿵 발을 구르고 제자리를 맴돌았다. 루모는 화살이 그의 몸에 맞아 튕겨 나오는 소리와 칼들이 부딪치며 쨍그랑거리는 소리를 들었다. 나사로 꽉 조여져 움직이지 않는 축들을 발견하고는 그걸 꼭 잡은 채 눈을 감고 다시 한 번 냄새를 맡았다.

"무슨 냄새가 나?" 사자이빨이 물었다.

다시 아주 강렬한 분말 냄새, 화염방사기 탱크에 들어 있는 인화성 기름 냄새, 부싯돌의 강렬한 악취, 여러 가지 독의 향기, 화학적 금속보호제의 냄새가 났다. 이런 냄새들은 다채로운 빛줄기 형상으로 나타나 좁은 공간에서 실타래처럼 뭉치더니 장군의 내면생활을 묘사한 생생한 그림으로 화했다. 그런데 그 한가운데, 이 전투기계의 중심에서 루모는 리드미컬하게 고동치는 녹색의 빛을 보았다.

"저기 뭐가 빛난다." 루모가 소곤거렸다.

"어디?" 사자이빨이 물었다.

루모는 계속 기어갔다. 이번에는 눈을 감은 상태였다.

"조심해. 손 뻗을 때!" 그린촐트가 경고했다. "여긴 칼날이 많아. 아마 독을 발랐을 거야."

루모는 좁은 막대기들 사이를 비집고 나아가면서 회전하는 날카로운 톱니바퀴 아래로 몸을 숙였다가 붉은 독을 발라둔 유리칼 위로 풀쩍 뛰어올랐다. 이제 바로 고동치는 빛의 근원에 다가선 것이다. 아주 가까워서 눈을 뜨고 살펴보았다.

어둠 속에서는 식별이 어려웠다. 작은 벽돌 모양의 상자였는데 표면은 회색 납으로 에워쌌고 거기서 많은 철선이 솟아나와 여러 곳으로 연결돼 있었다. 상자에서는 웅웅 하면서도 바스락거리는 소리가 났다. 루모는 그 위에 손을 얹었다. 얼음처럼 찼다.

"연금술 전지네." 루모가 실망스러운 듯이 말했다.

"전지는 고동치지 않아." 사자이빨이 말했다. "그 안에 있는 거야. 놈의 심장이 전지 안에 숨겨져 있다고. 산으로 둘러싸인 채로 말이야. 엄청난 힘을 가진 게 틀림없어. 납을 뚫고 들어가서 냄새를 맡아보면 느낄 수 있을 거야. 은신처는 잘 잡았군."

쩍깍쩍깍 장군의 온몸에 강렬한 충격이 왔다. 루모는 칼날 위로 나동그라질 뻔했다. 붙잡고 버틸 만한 곳을 찾으며 검을 빼들었다.

"박살내!" 그린촐트가 명령했다. "전지를 박살내서 심장을 꺼내. 놈이 우리가 여기서 뭘 하는지 눈치채기 전에."

루모는 팔을 뒤로 홱 젖혔다가 일격에 전지의 납 외피를 내리쳐 쪼개버렸다. 갈라진 틈으로 녹색 빛이 나는 산이 쉬이잇 하는 소리를 내며 흘러나왔다. 코를 찌르는 자욱한 연기가 솟았다. 산이 어둠 속으로 뚝뚝 떨어지자 그 안에 감춰진 하얀 물질이 드러났다.

"멍텅구리 같은 돌이네." 그린촐트가 실망해서 말했다.

"차모민이야. 가져 가!" 사자이빨이 속삭였다.

루모는 검을 다시 꽂고 차모민을 줍다가 소스라치게 놀랐다.

"뭐야?" 그린촐트가 물었다.

손이 닿는 순간 사지에 얼음처럼 찬 전율이 스쳤고, 수천 개의 목소리가 뒤섞여 루모의 머릿속에서 왈왈거렸다.

"뭐야?"

"느낌이 아주 불길해." 루모가 말했다.

"못 만지겠어?" 사자이빨이 물었다.

"아니. 하지만 오래 만지고 있지는 못하겠어."

쩍깍쩍깍 장군은 비틀거렸다. 아주 짧은 순간 자신에 대한 통제력을 잃은 기분이 들었다. 지금까지 전혀 느껴본 적이 없는 끔찍한 느낌이었다. 몸속에서 철사나 강철케이블, 배선이 뜯겨 나가 평형을 잃은 느낌이었다. 그는 네 발로 비틀비틀 균형을 잡으면서 평형을 되찾으려 했다.

쩍깍쩍깍은 도취에서 깨어났다. 그를 사로잡은 것은 전투의 황홀경이었다. 끊임없이 공격해 오는 볼퍼팅어들과의 싸움은 야성적인 쾌감 그 자체였다.

이렇게 일시적으로 자제력을 잃게 되자 진짜 더 위험해지기 전에 속에 들어가 있는 녀석을 손봐야 한다는 생각이 퍼뜩 떠올랐다. 유감스럽지만 볼퍼팅어들과의 놀이는 접고 포로 처형을 시작하지 않을 수 없었다. 한숨이 나왔다. 고문과 전투를 동시에 하기는 쉽지 않았던 것이다.

등판 철갑을 열기로 했다. 놈이 추측대로 어벙해진 상태라면 바로 그리로 나오려고 할 것이다. 그러면 놀면서 보내버리겠다는 심산이었다.

차모민

피익 하는 소리가 루모의 머리 쪽으로 다가왔다. 잽싸게 머리를 숙이자 진자에 달린 도끼날이 바로 위를 가르고 지나갔다. 도끼는 어둠 속에서 쉭 지나갔다가 잠시 멈추어 있더니 다시 돌아왔다. 손도끼는 세 번, 네 번을 그러더니 멈췄다.

"이제 멍텅구리 같은 돌을 집어! 그리고 어서 도망가자!" 그린촐트가 소리쳤다.

루모는 차모민을 잡아 납 상자에서 꺼냈다. 이보다 더 찬 것에 닿은 적은 없었다. 돌을 내던지고픈 충동을 간신히 참았다. 기어 나가는 데 쓸 손은 하나밖에 남지 않았다.

위쪽 높은 데서 갑자기 등 쪽 철갑이 열리더니 빛줄기가 스며들어 왔다. 쩍깍쩍깍으로서는 절호의 찬스였다. 루모는 붉은 유리단도 위로 뛰어올라 막대기들 사이를 비집고 올라가기 시작했다.

사방에서 위협적인 소리가 났다. 톱날이 이리저리 돌아가는가 하면 환도가 쑤셔댔다. 쩍깍쩍깍 장군 안에 들어 있는 모든 금속이 포로를 추적했다. 루모는 기어가면서도 차모민은 손아귀에 꼭 쥐었다. 이보다 더 무거운 짐을 져본 적은 없었다. 손에 이어 팔, 어깨, 그리고 나중에는 머리까지 얼음처럼 차가워졌다.

"성장!" 루모의 머릿속에서 수백 개의 목소리가 한꺼번에 날카롭게 소리쳤다. "넌 성장해야 돼! 모든 볼퍼팅어들 가운데서 가장 위대한 볼퍼팅어가 될 수 있어. 나와 하나가 돼야 해!"

루모는 헷갈렸다. 날카로운 칼날을 잘못 잡아 손이 깊이 베었다. 잽싸게 손을 빼다가 순간 다시 비틀했다.

"성장!" 목소리들이 소리를 질러댔다. "넌 성장해야 돼! 모든 볼퍼팅어들 가운데서 가장 위대한 볼퍼팅어가 될 수 있어!"

루모는 피가 나는 손으로 기둥을 잡고 더 위로 올라갔다.

"우리가 함께하면 모든 걸 지배할 수 있어! 넌 아주 강해! 널 더 강하게 만들어주겠다!" 차모민이 날카롭게 소리쳤다.

어둠 속에서 여러 번 철컥하는 소리가 났다. 쇠뇌의 안전장치가 풀린 것이다.

"조심해! 화살이다!" 그린촐트가 소리쳤다.

루모는 시위 풀리는 소리를 듣고는 머리를 수그렸다. 그러자 수많은 화살이 피융 하면서 머리 위로 날아갔다. 화살들은 금속 장벽에 부딪혀 핑핑 흩어져버렸다. 루모는 계속 기어갔다.

"넌 강력한 전사야!" 차모민이 속삭였다. "우리가 함께하면 뭘 이룰 수 있는지 골치 아프게 생각할 것 없어. 내가 널 불멸로 만들어주겠다."

"저 바보 같은 헛소리 듣지 마! 개똥 같은 소리야." 사자이빨이 말했다.

"우리를 떼어놓을 수 있는 건 아무것도 없어." 차모민이 찢어지는 목소리로 말했다. "함께하면 우린 영원해!"

"조심해!"

그린촐트가 다시 소리쳤다. 그러나 이번에는 너무 늦었다. 칼날이 번개처럼 빠르게 치고 지나가는 바람에 차모민을 들고 있던 팔에 깊은 상처가 났다. 칼은 기계적으로 돌아가더니 제자리에 꽂혔다. 루모는 고통이 느껴지지 않는다는 게 놀라웠다. 팔 전체가 감각이 없었다.

"칼날에 독이 묻었다. 그러나 독도 너한텐 소용없어. 내가 있으므로 넌 불사신이야." 차모민이 말했다.

루모는 독이 쉬잇 소리를 내며 증발하면서 상처가 순식간에 아무는 것을 보았다.

"우린 그렇게 강해질 수 있다니까."

"조심해! 숙여!" 사자이빨이 외쳤다.

루모는 머리를 수그렸다. 그러자 레일을 타고 단두대의 칼날이 위이잉 소리를 내며 머리 위를 스쳐 갔다.

"정신 바짝 차려 이곳을 빠져나가자. 그 헛소리는 신경 끄고." 사자이빨이 말했다.

루모가 기고 기어서 마침내 도달한 큰 출구는 이제 그리 높지 않은 곳에 있었다. 틈새를 통해 사방에서 장군에게 달려드는 볼퍼팅어들이 보였다. 저기 롤프가 있었다. 올레크, 비알라, 그리고 다른 친구들도 있었다. 그들은 루모에게 손을 내밀었다.

"여기야, 루모!"

"여기야!"

"여기야!"

"해냈어, 루모!"

일부 볼퍼팅어는 쩍깍쩍깍 장군의 우악스러운 손에 맞아 날아갔지만 그래도 다시 달려들곤 했다. 다들 목숨을 내던진 것이다.

"좀 더, 루모!"

"좀 더!" 우르스가 큰 출구에 몸을 걸치고 루모에게 손을 내밀었다. "잡아, 루모. 자 빨리! 해봐!"

루모의 몸은 차고 무감각해졌다. 그나마 출구 가장자리를 꼭 붙잡은 손과 팔만이 말을 듣는 것 같았다. 이제 우르스의 손을 놓치면 바로 떨어져서 돌아가는 톱날과 칼날에 끼어버리게 될 것이다. 모든 게 희미했다.

"문이 닫힌다. 놈이 등짝을 닫고 있어!" 우르스가 소리쳤다.

루모가 머리를 치켜들자 등짝 문이 서서히 합쳐지는 게 어렴풋이나마 보였다. 순간 루모는 손을 놓치고 말았다.

떨어지는 루모의 손목을 우르스가 낚아채 바이스처럼 꽉 쥐었다.

"잡았다!" 우르스가 소리쳤다.

그런 다음 루모를 높이 들어 올렸다. 우르스는 이를 악물고 끄응하면서 안간힘을 썼다. 친구는 자루처럼 대롱대롱 매달려 축 늘어졌다. 우르스는 욕을 해가며 출구 틈새로 루모를 힘껏 잡아당기면서 등 쪽으로 팔을 끼어 옆구리를 껴안고 뒤로 자빠졌다. 둘은 경기장 바닥에 나동그라졌다.

루모는 누운 상태로 신음하고 있었다. 눈은 멍해도 차모민은 꼭 쥐고 있었다. 우르스는 벌떡 일어나 친구를 부축해 일으켜 세웠다.

다른 볼퍼팅어들도 이제 쩍깍쩍깍에게서 떨어졌다. 장군은 아직도 뻣뻣하게 발걸음을 내디디고 있었지만 당혹한 기색이 역력한 데다 방향도 오락가락했다. 그는 기계적으로 무기를 내지르고 거둬들였다. 아래턱을 밑으로 툭 떨어뜨렸지만 목구멍에서는 단조로운 찍 깍찍깍 소리만 흘러나왔다.

올레크가 루모에게 다가왔다.

"손에 든 게 뭐야?" 그가 물었다.

"찍깍찍깍의 심장이야." 루모가 웅얼웅얼 말했다. "찍깍찍깍은 어 뒜어?"

"놈의 심장이라고?" 올레크는 루모에게 투석기를 내밀었다. "생각 이 있어. 그거 여기 넣어봐."

"안 돼!" 차모민이 루모의 머릿속에서 날카롭게 소리쳤다. "우린 함께 있어야 돼!"

루모는 흠칫 물러섰다.

"자, 어서. 내가 알아서 없앨게." 올레크가 다시 투석기를 내밀었다.

"이제 우라질 차모민은 내버려! 내―버―려!" 사자이빨이 날카로 운 소리로 명령했다.

"이건 명령이다!" 그린촐트가 고함쳤다.

루모는 움찔하더니 돌을 투석기에 떨어뜨렸다. 올레크는 몇 발 앞 으로 나아가 투석기를 높이 들고 머리 위로 빙빙 돌리더니 마침내 끈을 놓아버렸다. 차모민은 포물선을 그리며 멀리멀리 날아갔다. 모 두들 넋을 잃고 쳐다봤다.

하얀 돌은 경기장 위를 곡선을 그리며 날아가더니 관객석 너머 브 라호크의 코 쪽으로 향했다. 차모민은 먼지고 쓰레기고 죽은 관객이 고 산 관객이고 군인이고 할 것 없이 무차별적으로 빨아들이는 콧 구멍 속으로 빨려 들어갔다. 돌은 투명한 코를 지나 위쪽으로 가다 가 쓰레기더미 사이로 사라졌다. 볼퍼팅어들은 그 돌이 괴물의 위장 에서 어떻게 끝나는지 더 볼 수가 없었다.

몇몇은 이미 고개를 돌려 다시 비틀거리는 쩍깍쩍깍 장군에게 관심을 집중했다. 바로 그때 브라호크의 코가 갑자기 움직임을 멈췄다. 그 순간 빨아들임도 중단됐고 다들 다시 괴물에게 눈길이 쏠렸다. 구역질하는 소리를 내더니 놈은 다시 빨아들이기 시작했다. 그러다 두 번째로 멈췄다. 이어 세 번째로 멈췄다. 코가 부들부들 떨면서 발작이 일어난 것처럼 움찔움찔했다. 놈은 이제 공기밖에는 빨아들일 게 남지 않은 객석 위로 몸을 일으켰다. 그러더니 결국 빨아들이는 행동을 완전히 멈췄다.

잠시 적막이 흐른 뒤 머리칼이 쭈뼛 서는 울부짖음이 시작됐다. 브라호크는 경기장 위로 이리 비틀 저리 비틀 했고, 푸른 몸뚱이에서는 뭔가가 출렁출렁하면서 거품이 일었다. 둔탁하게 쿵 하는 소리가 나더니 배가 거대하게 부풀어 올랐다. 두 번째로 쿵 하는 폭음이 들렸다. 이번에는 뱃가죽이 남산만 하게 팽창했다. 그러자 관객들은 비명을 지르며 몰려 나갔다. 브라호크는 다시 소름 끼치는 구역질 소리와 함께 코로 죽 같은 점액과 쓰레기, 반쯤 소화된 시체를 객석에다 낭자하게 쏟아냈다.

세 번째 폭음이 들렸다. 이제 놈의 배는 여러 조각으로 찢겨졌다. 나무 두께만 한 푸른 내장들이 왕창 쏟아져 나왔다. 울부짖는 소리에 귀청이 터질 듯했다. 그러더니 거대한 다리가 하나 풀썩 꺾였다. 무릎이 나무 쓰러지듯이 삐걱거리더니 두 번째 다리가, 이어 세 번째 다리가 꺾였다. 나머지 다리로 균형을 잡으려고 애쓰다가 극장 벽을 짓밟는 바람에 세로로 쭉 균열이 가고 말았다.

이제 괴물은 가차 없이 무너지기 시작했다. 삐익 하는 날카로운 소리를 내면서 서서히 옆으로 기울더니 육중한 몸체가 팔각형 극장 벽을 덮치면서 쓰레기더미와 검댕으로 새카매진 해골들과 함께 객석을 땅에 묻어버렸다. 브라호크의 갑각은 몰이꾼들과 함께 극장 밖으로 떨어졌다. 그러나 갑각이 부서지면서 내장이 쏴아 하고 거리 곳곳에 쏟아지는 소리는 극장 안에서도 분명하게 들렸다. 검은 먼지구름이 높이 솟으면서 이 끔찍한 광경을 자비로운 베일로 감쌌다. 그러더니 서서히 내려앉아 모든 것을 검은 재로 덮어버렸다.

고전음악
죽은 랄라의 순환계에 소리가 들렸다.

쿵 – 쿵!

노예선에서 두드리는 거대한 북소리 같았다.

쿵 – 쿵!

랄라가 태어날 때부터 박자를 맞추며 생명의 리듬을 규정해온 소리였다. 흥분과 안정, 깨어남과 수면을 규제하는 소리였다. 피하죽음 특공대가 나타나면서 멈춰버린 그 소리였다.
"심장이 다시 뛴다!" 비존재의 미세존재 일 번이 말했다.

쿵 – 쿵!

"잘 뛴다." 비존재의 미세존재 이 번이 말했다.

쿵 - 쿵!

"방금 전까지도 죽었던 걸 생각하면 아주 잘 뛰는 거지!" 비존재의 미세존재 삼 번이 한마디 했다.

쿵 - 쿵!

잠혈함은 혈류 속에서 힘겨운 싸움을 벌였다. 아직도 핏덩어리는 끈적끈적했다. 그러나 심장이 고동칠 때마다, 혈관이 움찔움찔할 때마다 점차 묽어졌다.

"응고 작용이 멈췄어." 비존재의 미세존재 일 번이 말했다.

"혈류가 움직이고 있어." 비존재의 미세존재 이 번이 말했다.

"모터의 회전이 다시 원활해졌어." 비존재의 미세존재 삼 번이 말했다.

쿵 - 쿵!

혈구들이 서서히 움직이는 것도 보였다. 심장의 망치질 소리에 맞춰 시체더미는 리드미컬하게 동요했다. 시체더미? 그건 이제 시체더미가 아니었다. 미세한 몸집의 수많은 게으름뱅이들이었다. 그들은 이런 어마어마한 굉음에도 느릿느릿 깨어나고 있었다.

쿵 - 쿵!
쿵 - 쿵!
쿵 - 쿵!

심장박동은 거칠 것 없이 요란해졌다. 스마이크는 히죽 웃었다. 이런데 어떻게 잠을 자겠나? 죽은 자들마저 깨워 일으킬 떠들썩함이었다. 혈구들은 핏속에서 잠이 덜 깬 듯 비틀비틀하면서 혈장을 떠오르게 하고 따뜻하게 덥히고 맑게 만들어주었다. 새롭고 강력한 박동이 심장에서 흘러나와 혈류를 타고 번졌다. 적혈구들은 나비 떼처럼 날아오르고, 그 사이로 백혈구들이 꽃가루처럼 퍼져갔다. 마침내 모든 것이 일어나 심장의 고동에 맞춰 빙글빙글 춤을 추면서 혈관 곳곳으로 물살처럼 쏼쏼 흘러나갔다. 스마이크는 재탄생을 체험했다. 죽음에 대한 승리였고, 자신은 거기에 결정적인 기여를 했다. 저도 모르게 눈물이 나는 바람에 잽싸게 훔쳤다. 그러더니 발작적으로 폭소를 터뜨렸다.

쿵 - 쿵!

"이건 생명의 음악이야." 비존재의 미세존재 일 번이 말했다.

쿵 - 쿵!

"소리가 다채롭지는 않군……." 비존재의 미세존재 이 번이 말했다.
"그래도 고전이야!" 비존재의 미세존재 삼 번이 말했다.

쿵 - 쿵!

잠혈함은 점점 더 빨리 삭삭 소리를 내며 질주했다.
"생명의 음악이다!" 스마이크가 소리쳤다. "정말 믿을 수가 없구나! 난 심장의 박동 소리가 이처럼 멋질 줄은 몰랐어!"

"우린 죽음을 초월한 거야, 스마이크!" 비존재의 미세존재 일 번이 말했다.

"뭔가를 초월한다는 건 참 아름다운 느낌 아니야?" 비존재의 미세존재 이 번이 물었다.

"기분 어때, 스마이크?" 비존재의 미세존재 삼 번이 물었다.

"다 우고?"

"응, 다 우고!" 스마이크가 웃었다.

짹깍짹깍

말없이 서 있던 볼퍼팅어들은 떨어지는 먼지에 싸여 시커먼 조각상처럼 변했다. 그들은 널브러진 브라호크가 마지막 경련을 일으키는 모습을 쳐다봤다. 재를 뒤집어쓴 관객과 군인들이 슬슬 기어 나와 극장 벽 갈라진 틈새를 통해 비틀거리며 밖으로 나갔다.

짹깍짹깍 장군은 여전히 우뚝 서 있었다. 그러나 이제 움직임은 전혀 없었다. 볼퍼팅어들은 다시 그 주변으로 몰려들었다. 물론 적당한 거리를 둔 채.

"힘을 모으고 있는 모양이야." 누군가가 말했다.

"죽었을 거야." 우르스가 소리쳤다.

"놈은 안 죽었어. 안 죽었어." 비알라가 말했다.

올레크가 돌을 집어 투석기에 넣더니 짹깍짹깍 장군의 머리에 날렸다. 둔탁한 소리가 폐허가 된 극장에 울려 퍼졌다.

"놈은 죽었어." 우르스가 되풀이했다. "루모가 놈을 처리했어. 심장을 뜯어냈거든."

"어쩌면 우리가 더 가까이 다가오기만을 기다리는 건지 몰라." 올레크가 말했다.

"보면 알겠지."

우르스는 이렇게 말하고 쩩깍쩩깍 장군한테로 걸어갔다. 루모가 절뚝거리며 뒤를 따랐다. 아직 기력이 완전히 회복되지 못한 탓이다.

"조심해." 한 볼퍼팅어가 뒤에서 외쳤다.

루모와 우르스는 쩩깍쩩깍의 발치에 서서 미심쩍은 듯 속을 들여다봤다. 톱니바퀴며 무기들이 하나같이 고요하게 멈춰 있었다.

우르스가 놈의 발을 걷어찼다. 그러더니 루모를 쳐다보면서 말했다.

"놈은 처치됐어, 영원히!"

루모는 귀를 기울였다. 몸의 감각이 서서히 돌아왔다. 그러나 감각기관들은 아직 예전 같지 않았다. 좌반신은 감각이 없었다. 그런데 가늘게 삑삑 하는 휘파람 소리 같은 게 희미하게 들렸다. 뭔가가 있었다. 규칙적이고 리드미컬한 소리였다. 꼼짝 않고 서 있는 장군의 몸에서 나는 소리였다.

"쩩…… 깍…… 쩩…… 깍……"

"들리지?" 루모가 물었다.

"응. 아직 좀 쩩깍거리네."

"쩩…… 깍…… 쩩…… 깍……"

"어떻게 아직도 쩩깍거리지? 죽었는데."

"아아, 몸속의 어떤 기계적인 부분, 그러니까 태엽 같은 게 돌아가는 거야." 우르스가 말했다. "놈은 완전히 망가졌어. 긴장 풀어."

루모는 눈을 감고 냄새를 맡았다. 아직도 쩩깍쩩깍의 몸속에서 맡았던 냄새가 있었다. 윤활유 냄새. 산 냄새.

"쩩…… 깍…… 쩩…… 깍……"

코를 찌르는 분말 냄새.

"쩍…… 깍…… 쩍…… 깍……."

화염방사기 탱크에 든 인화성 기름 냄새.

"쩍…… 깍…… 쩍…… 깍……."

부싯돌 냄새

루모는 우르스의 손을 잡고 죽어라고 뛰었다.

"다들 엎드려! 폭발한다!" 루모가 소리쳤다.

볼퍼팅어들은 돌아서서 냅다 뛰었다.

"쩍…… 깍…… 쩍…… 깍……."

"저게 놈의 마지막 무기다!" 루모가 외쳤다.

"쩍…… 깍…… 쩍…… 깍……."

볼퍼팅어들은 경기장에 나뒹구는 잡동사니를 뛰어넘어 구덩이로 몸을 날렸다.

"쩍…… 깍…… 쩍…… 깍……."

쩍깍쩍깍 장군의 몸에서 뿌드득 소리가 나더니 둔탁한 폭발음이 이어졌다. 불기둥이 뚫린 구멍마다에서 피어오르고, 더 큰 폭발과 함께 철갑이 산산조각 났다. 단검, 칼, 도끼, 톱날, 화살, 수나사, 암나사, 고정장치는 물론이고 은, 철, 강철, 구리 파편들이 사방으로 튀고 볼퍼팅어들의 머리 위로 피융 하고 날아가더니 극장 벽과 객석에 꽂혔다. 그러나 쩍깍쩍깍의 머리는 하늘 높이 브라호크가 서 있던 곳까지 날아갔다. 절정에 도달해서는 데루카 공중회전에서 검이 돌듯이 몇 번을 빙글빙글 돌았다. 머리는 구리와 철로 만든 달처럼 잠시 허공에 매달려 있다가 경기장으로 추락해 땅속 깊이 처박혔다. 부식성 산이 쉬익 소리와 함께 가는 빗방울처럼 떨어지고, 마지막 남은 금속 부품들도 짤랑거리며 추락하더니 빛나는 먼지층이 모든 것을 덮어버렸다. 그러고는 완전히 잠잠해졌다. 구리병정들의 객석에서 나는 싸움 소리도 뚝 끊어졌다.

볼퍼팅어들은 은신처에서 일어나 이리저리 뛰며 놀라움을 금치 못했다. 곳곳이 금빛, 구릿빛으로 번쩍였다. 폐허마다, 돌멩이마다, 벽에 걸렸던 검은 해골들마다 쨍깍쨍깍 장군의 미세한 파편들이 들어가 박힌 것이다. 아름다운 죽음의 극장 폐허는 기념비 같은 거대한 무덤이 되었다.

알비노 쥐

루모와 친구들이 막 퇴각할 준비를 하는데 정문에서 이상하게 보이는 무리가 경기장 안으로 들어왔다. 나이든 볼퍼팅어들이 검은 복면을 한 형상의 거인들을 동반하고 나타났다. 반란자 리베젤과 볼퍼팅 시장인 산의 요들러, 낫질의 명수 슈토르가 앞장서고 있었다.

"구리병정들은 어떻게 됐어?" 누군가가 물었다.

"그냥 서 있어. 어느 순간부터 그래. 이 아래서 폭발이 있고 난 다음부터……." 리베젤이 대답했다. 그는 어깨를 으쓱해 보였다. "아직도 객석에 서 있어. 고요하게 아무 말 없이. 태엽 망가진 장난감 같아."

루모는 누르넨 숲에 관한 스마이크의 이야기가 생각났다.

"쨍깍쨍깍 장군의 종말은 구리병정들의 종말이기도 해." 루모가 말했다. "놈들은 쨍깍쨍깍과 함께 태어나서 쨍깍쨍깍과 함께 죽은 거야."

부상자들에게 응급치료를 해주고 나서 시장이 퇴각 신호를 했다. 그러자 볼퍼팅어, 예티, 우코바흐, 리베젤 등은 이 한판 난리굿에서 살아남은 자들과 함께 벽이 무너진 폐허를 지나 밖으로 이동했다.

그러나 아름다운 죽음의 극장에서 진짜 모든 생명이 떠난 것처럼 보인 것은 잠시뿐이었다. 모두들 떠난 직후 붉은 꼬리에 붉은 발톱을 하고 눈이 없는 거대한 알비노 쥐가 극장 문을 통해 경기장으로 들어왔다. 녀석은 산 먹잇감이 없나 하고 더듬이로 한참을 뒤지다가 결국 실망하고는 죽은 자들을 게걸스럽게 먹어 치우기 시작했다.

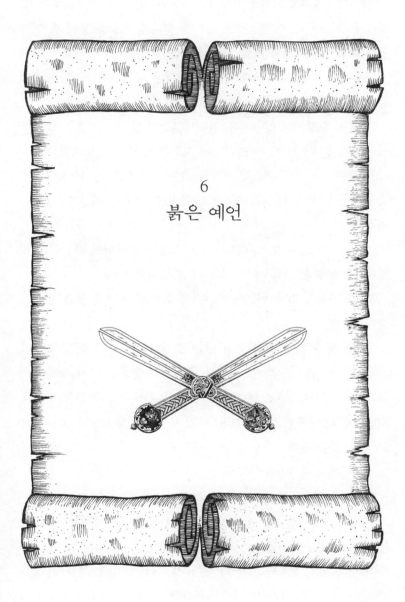

6

붉은 예언

"저 꽝 소린 뭐야?" 가우납이 잠이 덜 깬 목소리로 투

덜댔다. "이래서야 이잠 나오? 처음엔 침대가 리고떨, 다음엔 이벽
들흔리더니, 이젠 광꽈 어했. 도대체 무슨 일이야?"

가우납을 깊은 마취 상태에서 깨운 것은 프리프타르였다. 난쟁이
왕은 사흘 분 수면제를 다 마신 터였다.

"놈들이 도망치고 있습니다! 볼퍼팅어들이 달아나고 있습니다! 우
리가 놈들을 쫓아냈습니다!" 프리프타르가 열에 들떠 소리쳤다.

"놈들이…… 망도다간고? 퍼볼팅어들이 망도다간고? 다 났끝나?"
가우납이 물었다. 혀 꼬부라진 소리가 평소 때보다 더 알아듣기 어
려웠다.

"예, 다 끝났습니다." 프리프타르는 이렇게 말하면서 목소리를 낮
췄다. "그건 좋은 소식입니다. 그다지 좋지 않은……."

"쁜나 이식소 있다고?" 가우납이 깜짝 놀라 이불을 얼굴 앞으로
끌어당겼다.

"그게, 몇 가지 그다지 좋지 않은 소식이 있습니다. 아름다운 죽
음의 극장이 완전히 파괴됐습니다. 쩍깍쩍깍 장군은 이제 우리 편에
없습니다. 구리병정들도 존재하지 않습니다. 무수한 손실을 입었고,
시민들도 마찬가지입니다. 브라호크가 주택가를 덮쳤습니다." 프리프
타르가 소곤거렸다.

가우납은 눈을 비볐다.

"그게 야다? 딴 건 없고?" 그는 하품을 하며 물었다.

프리프타르는 정신을 집중했다. 이제 진짜 난처한 부분이었다. 그
는 심각한 표정을 지었다.

"아닙니다. 제 생각엔 아직 다 끝난 것은 아닙니다, 전하. 우린 볼퍼
팅어들이 극장을 황폐화시키고, 쩍깍쩍깍 장군과 수많은 병사와 시

민과 브라호크를 죽인 것을 내버려둘 수 없습니다. 처벌을 해야지요."

"처벌? 어떻게?" 가우납은 실망스러운 듯 빈 수면제 병을 흔들었다.

"이 모든 일이 역사책에 나쁘게 기록될 테니까요. 브라호크들을 풀어서 볼퍼팅어들을 잡아 영원히 말살시켜야 합니다."

프리프타르는 갑자기 심한 기침으로 요동쳤다.

"왜 그래? 아프냐?" 가우납이 병이 옮을까 봐 손을 들었다.

다시 몸이 요동쳤다.

"모르겠습니다……. 열이 좀 있는 것 같습니다."

"열? 지금까지 병 린걸 적 한 번도 없잖아!"

"제 생각엔…… 심한 건 아니고…… 가벼운 감염 정도로 사료됩니다."

"감염?" 가우납이 헐떡이면서 말했다. "염감으면됐 가까이 오지 마!"

프리프타르는 왕에게 등을 돌리고 수건으로 입을 가렸다. 그러면서도 계속 기침이 나왔다.

"저 없이 브라호크를 지휘해야 될 것으로 사료됩니다, 전하! 감염의 위험을 완전히 배제해야 하니까요."

"내가 호크브라들을……?" 가우납은 말을 잇지 못했다.

"네, 불가피하옵니다. 브라호크들을 전하께서 지휘해야 합니다. 이제는 왕이 민중과 군 앞에서 강력함을 보이셔야 합니다. 그렇지 않으면 반란자들에게 문을 열어주는 꼴이 됩니다. 이건 시작에 불과합니다."

"꼭 그래야 되나?" 가우납은 몸을 보호하려는 듯이 쿠션을 가슴팍에 꼭 끌어안았다.

"여기 헬은 앞으로 몇 주간은 즐거우실 일이 없을 겁니다, 전하. 극장과 시내 곳곳이 황폐해졌습니다. 대신 썩 내키지 않는 정치적

과제들이 산적해 있습니다. 대청소도 해야 하고, 연설도 해야 하고, 민중의 마음을 진정시켜야지요. 그런 건 그사이에 제가 전하를 위해 모두 처리해놓겠습니다. 빨리 시체를 태워서 전염병이 발생하는 걸 막아야 합니다."

프리프타르는 기침이 더 심해졌다.

"병염전이라고?" 가우납은 엉엉 울면서 쿠션을 더 꼭 껴안았다. "병염전은 안 돼!"

가우납은 곰곰 생각했다. 갑자기 브라호크를 타고 소풍을 간다는 게 그리 생뚱맞지 않다는 생각이 들었다. 이 뒤죽박죽에서 벗어나는 것이다! 소요와 시체와 감염과 전염병으로부터 탈출하는 것이다!

"소풍 정도로 생각하십시오!" 프리프타르가 말했다. "개선행진이 지요. 제가 모든 편의는 보아놓겠습니다. 전하를 바로 브라호크들한 테로 모셔가겠습니다. 모든 브라호크를 소집해서 적절히 최면을 걸어두려면 며칠 걸릴 겁니다. 전하를 위해 큼지막한 천막을 치고 전속 요리사도 보내놓겠습니다. 궁정광대, 이야기꾼, 무희 등등 원하시는 대로 보내겠습니다. 문제를 일으켜서 전하를 성가시게 하는 일이 없도록 명령을 내려놓겠습니다."

가우납이 움찔했다.

"제문? 무슨 제문지?"

"제 말을 믿으십시오, 전하. 아무 문제 없을 것입니다! 소신이 브라호크 몰이꾼들에게 당부해놓을 것입니다. 가장 큰 브라호크 등에 마련한 옥좌에 차일을 쳐둘 것입니다. 볼퍼팅어들을 따라잡게 되면 지휘를 맡으십시오. 그러면 전하의 함자가 볼퍼팅어 봉기의 진압자로 역사책에 오를 것입니다. 볼퍼팅어를 처단하라는 명령을 내리시는 겁니다. 그럼 안전하게 모신 국왕석에 앉아 그 장관을 구경하시게 되는 겁니다. 그런 다음 헬로 개선하시지요."

가우납이 웃었다. 모든 얘기가 아주 흥이 났다. 그리고 시체 태우는 일보다는 재미있을 것 같았다.

"제가 생각을 해봤더니……." 프리프타르가 조용히 말했다.

"뭔데? 대체 무슨 을각생 했는데?" 가우납이 물었다. 그사이에 기분이 아주 좋아졌다.

"제가 생각을 해봤더니, 그렇게 해서 붉은 예언을 성취하시게 될 것 같습니다."

"내가?"

"물론이지요!" 프리프타르가 제 이마를 쳤다. "그게 운명입니다."

"명운?"

"그렇습니다!" 흥분한 프리프타르가 소리쳤다. "전 왜 그렇게 우둔했을까요? 그건 붉은 예언의 성취입니다! 전하는 모든 가우납들의 가우납이십니다! 이건 새로운 시대의 시작입니다!"

가우납은 헷갈렸다.

"만하지 번다음 가우납이 든모 납가우들의 납가우인데!" 왕이 반론을 제기했다.

"아닙니다, 전하! 전하는 마지막 가우납이 아니라 첫 가우납이십니다! 아마 계산 착오일 겁니다. 잘못된 해석이든지! 전하가 가서서 볼퍼팅어들을 무찌르면 지상세계에 대한 최초의 공식 전쟁을 수행하신 셈입니다. 그럼 전하께서 붉은 예언을 성취한 것이지요. 그럼 전하는 가우납 1세입니다! 모든 가우납들의 가우납이시지요!"

"그래!" 가우납이 외쳤다. "내가 그 납가우이야! 든모 납가우들의 납가우!"

그는 흥분해서 쿠션을 마구 두들겼다.

프리프타르가 휴 하고 한숨을 내쉬었다. 마침내 불이 왕한테로 옮겨 붙은 것이다.

"납가우!" 왕이 깍깍거렸다. "든모 납가우들의 납가우! 그래! 그래! 날 호크브라한테 데려다줘! 내가 팅어볼퍼들을 일죽 거야! 일죽 거야! 일죽 거야!"

생명의 음악

예티와 볼퍼팅어들은 말없이 짹깍짹깍 장군의 성탑으로 갔다. 가는 길에 보니 아름다운 죽음의 극장 주변은 온통 혼란이었다. 쓰러진 브라호크의 사지와 냄새나는 내장이 곳곳에 널려 있었고, 헬링과 호문켈들은 우왕좌왕 이리 뛰고 저리 뛰며 부상자들을 돌보느라 낯선 사람들에게 관심 돌릴 겨를이 없었다.

그들은 검은 성탑 앞에 도착했다. 검은 통로가 루모와 롤프를 맞았다. 두 사람은 랄라의 시신을 집으로 데려갈 계획이었다.

밖에 있는 다른 사람들이 퇴각 준비를 하는 동안 둘은 말없이 성탑으로 들어갔다.

"저기 위쪽이야." 루모가 말했다.

그들은 계단을 올라 구리처녀의 방으로 갔다. 루모가 문을 열어 롤프를 먼저 들여보냈다.

랄라는 방 한가운데에 서 있었다. 유령처럼 창백하고 핼쑥한 데다 눈 밑에는 거무스름한 윤곽선이 생겼는데 온몸을 떨면서 자세가 불안했다. 콜리브릴이 스마이크와 함께 부축하면서 그녀의 맥을 짚고 있었다.

"쿵-쿵, 쿵-쿵, 쿵-쿵." 박사가 소리를 냈다. "생명의 음악입니다. 언제 들어도 좋지요. 고전음악입니다."

롤프가 랄라에게 뛰어갔다. 오누이는 서로 얼싸안았다. 루모는 꾸어다놓은 보릿자루처럼 서 있었다. 랄라를 보자 그는 전과 다름없이 쩔쩔맸다.

"그래." 스마이크가 히죽거렸다. "거기 서서 뭘 그렇게 빤히 쳐다보냐? 생명의 기적이라니까! 그리고 자랑은 아니다만 그 기적에 내가 한몫 했단다. 극장 일은 어찌 됐니? 다 우고냐?"

루모는 천둥번개를 맞은 듯 멍했다.

"뭐라고요?" 그가 당황해서 물었다.

"아, 그건 그냥 표현이야! 모든 게 잘됐냐고 물은 거야." 스마이크가 말했다.

"극장은 파괴됐어요." 루모가 맥없이 대답했다. "우리 사람들은 다 풀려났어요. 쩍깍쩍깍 장군은 죽었고."

"쩍깍쩍깍 장군이 누구야?" 랄라가 물었다.

한순간 다들 침묵했다. 루모와 랄라는 서로 당혹스럽게 쳐다봤다. 똑같은 악몽을 꾸고 깨어난 사람들처럼. 루모는 허리춤에서 보석함을 더듬었다. 하지만 꺼내지는 못했다.

"이제 가야지. 이 혼란을 틈타서 도시를 빠져나가야 돼." 루모가 말했다.

"맞아." 스마이크가 말했다. "할 얘기가 많다. 하지만 우선 이 넌덜머리나는 도시를 떠나자."

옐마

볼퍼팅어와 예티들이 헬을 떠나는데 감히 대적할 사람은 아무도 없었다. 지나치는 거리마다 텅 비었고 어두웠다. 주민이라곤 눈에 띄지 않았다. 있다 해도 화들짝 놀라 어둠 속으로 숨어버렸다.

우코바흐와 리베젤이 탈출하는 사람들을 인솔했다. 도시를 최단 시간 내에 벗어나는 길을 알고 있었기 때문이다. 그 뒤를 낫질의 명수 슈토르가 부하들과 따랐고, 볼퍼팅어들은 후위를 형성했다. 루모가 슈토르에게 다가가서 물었다.

"왜 날 따라 헬에 왔어요?"

"왜?" 슈토르가 툴툴거렸다. "왜 내가 운비스칸트의 유사에 발을 들여놓았겠냐? 바보니까지."

"맞다!" 뒤에서 행군하던 한 예티가 말했다.

"왜냐고 묻는 거지?" 슈토르가 검은 이빨을 으드득거리며 말했다. "왠지 말해주지. 분명 너 때문은 아니야. 옐마를 위해서 그런 거야."

"옐마가 누구예요?" 루모가 물었다.

"그건." 슈토르가 이야기를 시작했다. "네가 배에서 내린 다음 너에 대해 오래 생각해보았단다, 꼬마야. 난 검은 호수에서 배를 저어가면서 어쩌면 저렇게 바보일 수 있을까 곰곰 생각했어."

"흠." 루모가 귀 기울였다.

"그러자 웃음이 나왔지. 하루 종일 요절복통을 한 거야. 혼자 헬에 가서 악마 군단과 맞서 애인을 구하겠다는 그 바보 같은 생각 때문에 말이야. 참, 정말 우스웠어."

슈토르 뒤에 있는 예티가 비아냥거리는 투로 매애 하는 소리를 전염시켰다.

루모는 이 예티가 정말 이야기를 들으려 하는 것인지 의심스러웠다.

"그러고 나서 울음이 났어." 슈토르가 말했다. "그러니까 진짜 제대로 운 건 아니고. 죽은 예티는 눈물이 없거든. 일종의 마른기침이지. 하지만 사실은 우는 거나 마찬가지야, 알겠니? 난 너 때문에 운 게 아니야. 절대 그렇게는 생각하지 마! 난 냉혹한 늙은 예티다. 그리고 다른 사람한테 무슨 일이 닥치든지 절대 상관 안 해. 제일 친한 친구가 그리고 난 친구도 없어! 그러니까, 내 제일 친구가 옆에서 벼락을 맞아도 전혀 상관 안 한단 말이야, 알겠어?"

슈토르가 루모에게 퀭한 시선을 보냈다.

"알아요." 루모가 말했다.

"아니야. 난 나 때문에 운 거야. 울부짖었어. 거울에 비친 것처럼 너를 통해 나를 보았거든. 지금처럼 이렇게 늙고 죽은 상태로 끔찍한 나가 아니라, 그 시절 네 나이 때처럼 젊고 똑똑했던 나를 말이야."

루모가 고개를 끄덕였다.

슈토르의 목소리가 점점 높고 젊어졌다.

"난 둘, 셋, 거 뭐냐, 여섯 명의 예티 몫을 했어. 오줌 눌 때 바람이 앞에서 불어와도 돌아서지 않았지. 난 그랬어! 다른 예티들도 있기는 했지만 그건 나의 세상이었어. 그들은 거기서 슈토르의 규칙에 따라 살 뿐이었지. 알겠어? 난 낫질의 명수 슈토르였어. 그리고 그들은 자기들이 나를 왜 그렇게 부르는지 알고 있었지. 내 가슴은 훨훨 타올랐단 말이야!"

"그렇게 말할 수 있겠지." 예의 그 예티가 말했다.

슈토르는 다시 목소리를 낮췄다.

"당시 난 한 예티 아가씨를 사랑했어. 이름은 옐마였어. 그런데 정말 안 좋은 이야기야. 짧게 얘기하면 옐마는 죽었어. 빌어먹을 병 때문이었지. 너무 빨리 진행됐어. 그래서 죽었지. 난 그녀를 되찾고 싶었어. 그리고 악마들이 우글거리는 사악한 제국이 있었다면, 어디든지 상관없어, 맨손으로 땅이라도 파서 그리로 가 옐마를 찾아왔을 거야. 나의 옐마를! 하지만 사악한 제국은 없었고, 그녀는 그냥 죽은 거였어. 그래서 차츰 마음이 안정됐지. 안정되고 나이가 들고 그러다 결국 나도 죽은 거야. 아니 거의 죽은 거지. 어쨌든, 알겠지?"

슈토르는 마른기침만 쿨럭이며 한동안 말이 없었다.

"그런데 갑자기 네가 내 배에 탄 거야. 그리고 나한테 애인을 찾으러 치즈 써는 칼 하나 달랑 들고 혼자서 악마들이 우글거리는 제국으로 가는 길이라는 얘기를 해준 거야. 네가 떠난 다음 난 마구 울고불고하다가 곰곰 생각했지. 스스로에게 이렇게 말했어. 저 꼬마 바보를 뒤따라가면 왜 안 되는가? 악마들이 우글거리는 도시로 가서 다시 뭔가를 위해 목숨을 걸면 왜 안 되는가? 지금 그렇게 하지 못하면 나의 옐마가 결코 용서하지 않을 것이다. 또다시 제대로 죽지 못하면 지금 그녀가 가 있는 곳에 영영 얼굴을 드러낼 수 없을 것이다."

슈토르가 다시 기침을 했다.

"이건 내 부하들도 당연히 꼭 듣고 싶어 할 만한 얘기였어. 그래서 말했지. '제군들. 악마들이 우글거리는 저 도시로 가서 세상 물정 모르는 볼퍼팅어의 바보 같은 엉덩이를 구해주자.' 그들이 큰 소리로 대꾸했지. '그러자. 그거 당신이 운비스칸트로 걸어 들어간 이후로 낸 아이디어 중에서 가장 좋은 아이디어다.' 그래서 난 이렇게 말했어. '다시 한 번 나한테 저 빌어먹을 운비스칸트 이야기를 하는 놈은 노를 목에 꽂아 배에다 처박아버릴 테다!' 그러자 조용해지더군. 그래서 이렇게 말했지. '좋다, 이 겁쟁이들아, 난 이제 악마가 우글거리는 도시로 가겠다. 따라오든지 말든지 상관없다. 계속 죽은 상태로 남고 싶으면 여기서 멍청한 배를 타고 석탄으로 변할 때까지 냄새나는 기름호수 위를 떠다녀라! 계속 옛날 호시절 꿈이나 꾸라고! 난 어쨌든 헬로 가겠다. 난 옐마한테 그래야 할 책무가 있다!' 이제 좀 알겠지! 배를 지켜야 하는 일부만 남고 다들 같이 왔어. 모두 한마음이었지. 내 부하들! 내 바보 같은 부하들!"

"지가 바보면서!" 그 예티가 말했다.

"그럼 더 얘기해줄까?" 슈토르가 물었다. "보람이 있었어. 우린 구리병정들을 무찔렀지! 우린 헬의 악마들에게 본때를 보여준 거야! 그리고 난 그녀를 보았어. 너의 랄라 말이야! 내 이상형으로 보면 너무 말랐어. 하지만 지금 그녀가 살아나지 못했다면 면목이 없었을 거야. 이번 원정은 정말 성공이었다. 랄라한테 보석함 줬어?"

슈토르가 음흉하게 히죽 웃었다.

"아니오." 루모가 조용히 말했다.

슈토르는 깜짝 놀랐다.

"안 줬다고? 왜?"

"아직 좀 그래서요."

"뭐가 그렇다는 거야?"

"적절한 순간이……."

"그게 언젠데?"

"곧이요." 루모가 말했다.

"곧이 언제라는 거야?" 슈토르가 따졌다.

"금방."

루모는 이렇게 말하면서 슬금슬금 발을 빼 자기네 사람들이 있는 곳으로 돌아갔다.

평화의 군주

프리프타르는 가우납의 빈 옥좌에 웅크리고 앉아 황폐해진 아름다운 죽음의 극장을 내려다보았다. 저 아래 경기장에서는 군인들이 창으로 거대한 알비노 쥐를 구석으로 모느라 여념이 없었다.

행운이 믿어지지 않았다. 브라호크 전쟁 이후로 헬이 겪은 가장 엄청난 파국의 와중에 운명은 그에게 호의적인 쪽으로 흘렀다.

저주받은 장군은 이제 어두운 기억에 불과했다. 돌더미에 묻힌 한 무더기 금속 쪼가리, 극장의 폐허를 덮은 구릿빛, 사라져버린 악몽이었다. 구리병정들은 그저 그런 전쟁기념물로 남았다. 반란을 일으킨 자들은 도주 중이었다.

그리고 가우납 왕은 감언이설에 꾀여 브라호크들과 모험을 떠난 마당이었다. 그 일이 어떻게 되든지에 관계없이 프리프타르로서는 사태를 유리한 방향으로 돌리고 민중을 왕과 이반시킬 수 있는 절호의 기회였다.

마음먹으면 못 할 일이 없었다! 혁명! 불타는 헬! 자신이 유죄 판결을 받아 두들겨 맞고 처형될 수도 있다. 그러나 오히려 지금은 헬의 새 지배자로 등극할 황금 같은 기회였다.

헬의 역사에서 그야말로 위대한, 그야말로 중요한 날이었다! 어쩌면 가장 중요한 날이 될지도 모른다. 가우납 왕조가 종말을 고하고, 프리프타르 가문의 통치가 시작되는 날!

프리프타르는 경기장에 내려가 주변을 둘러보았다. 극장을 다시 수리해야겠다고 생각했다. 아니, 싹 쓸어버리고 세 배는 크게 새로 지어야지. 프리프타르 스타디움. 영원한 명성을 기리는 우아한 기념물이 될 거야. 구리병정들은 멋진 조형물이니까 경기장 주변에 적절히 배치해서 지나간 시대의 추억으로 남겨야지. 벌써 군중의 환호가 들린다. 환호는 이제 퇴화한 군주가 아니라 열성왕(熱誠王) 프리프타르를 향하고 있다. 그렇다, 그거 좋은 별명이다. 그런 칭호라면 좋겠네. 열성과 근면, 땀과 눈물이 지금의 이 자리, 왕좌로 이끌었으니까. 광기가 아니라 이성에 좌우되는 헬 최초의 통치자가 될 것이다. 평화의 군주, 사상가의 왕이 되는 것이다.

프리프타르는 꿈에 그리던 군중의 박수갈채가 들리는 것 같아서 벌떡 일어섰다. 그러나 곧바로 주저앉았다.

어라! 왜 발이 말을 안 듣지? 넓적다리는 얼음처럼 찼고, 종아리 는 전혀 감각이 없었다. 소스라치게 놀랄 일은 아니다. 지난 몇 시간 동안은 정말이지 난리였다. 잠시라도 쉬어야 했다. 그러나 이상하게 추위는 계속 위로 솟아올랐다. 가슴, 팔, 모든 부위가 얼어붙는 것 같았다. 목, 얼굴까지. 행동거지가 뻣뻣하고 제대로 움직여지지 않았 다. 관자놀이에는 미세한 통증이 따끔따끔했다. 귀에서는 다시 딱딱 소리가 났다. 식은땀이 이마에 송골송골 맺혔다. 진짜 병에 걸린 건 가? 하필이면 지금!

브라호크의 지배자

브라호크 전체를 무장을 시키는 데는 며칠이 걸렸다. 그런 다음 놈 들을 깨워 새로 최면을 걸고 대장정에 나설 계획이었다. 헬 군대의 사령관들이 모든 브라호크를 동원해 전투에 나서는 마당이었다. 제 일 큰 브라호크들까지 동원했다. 그래서 지하세계에서 가장 넓은 동 굴 지역인 가우납의 메아리를 거쳐 가는 노선을 택할 수밖에 없었 다. 볼퍼팅으로 가는 다른 길들은 너무 좁아서 이 거대한 동물들이 통과할 수 없거나 험준한 브라호크 엔드 동굴 지역처럼 넘기 어려운 장애물이 가로막고 있었다.

가우납은 내내 천막 안에서 보냈다. 그나마 프리프타르가 준 약으 로 의식을 잃을 정도로 깊은 잠에 빠진 때가 아니면 간신배들이 떠 드는 얘기를 듣고 기분을 전환하기도 했다.

마침내 출발할 때가 되자 제일 큰 브라호크의 등에 고정시켜둔 전 망대에 천막을 붙들어 매고 옥좌에 왕을 모셨다. 가우납은 황홀감과 공포의 발작이라는 냉온탕을 오갔다. 한 번은 두려움에 비명을 지르고 또 한 번은 격렬한 발작적 웃음으로 온몸을 비틀었다. 온갖 약물을 복용한 결과 신경계에 이상이 생긴 것이다.

브라호크에서 내려다보는 지하세계는 그야말로 장관이었다. 브라호크는 아주 안정감 있게 찬찬히 열두 개의 거대한 다리로 이동했기 때문에 위에 앉은 사람은 별다른 흔들림을 느끼지 못했다. 몇 시간에 걸쳐 브라호크를 타는 데 익숙해지자 가우납은 자신감이 생겼다. 자신이 이토록 강력하다는 느낌을 가진 것은 처음이었다. 가장 무시무시한 군단의 통솔자요, 브라호크들의 지배자였다. 뒤를 돌아다보니 자신이 거느리는 군단이 한눈에 들어왔다. 다양한 크기의 수백 마리는 됨직한 브라호크들이 어슬렁어슬렁 공손히 따라오는 가운데 사방팔방으로 군인들이 탄 커다란 개박쥐들이 날아다녔다. 가히 무적군단이었다. 아름다운 죽음의 극장보다 한결 나았다! 브라호크의 악취조차도 향기 같았고, 불안한 소음조차도 그의 귀에는 음악처럼 들렸다.

군단은 파죽지세로 전진해 가우납의 메아리에 당도했다. 이곳은 공간이 너무 거대해서 브라호크들조차 동굴 바닥을 기어 다니는 곤충 수준 같았다. 브라호크는 크기에 따라 열 명 내지 백 명이 등에 타고 있었다. 브라호크는 등불 역할도 했다. 내장에서 나는 푸른빛이 사방이 깜깜해질수록 더 훤해진 것이다. 조명이 더 필요하면 제일 큰 브라호크 등에다가 횃불을 밝히거나 깡통에 불을 피웠다.

가우납의 제국

브라호크들이 한 발짝 한 발짝 발걸음을 뗄 때마다 이동하는 거리는 엄청났다. 가우납은 어두운 제국의 병적인 아름다움이 아무리

보아도 싫증나지 않았다. 이 태곳적 동물들의 음산한 그림자가 동굴 벽에 유령처럼 너울거리는 모습은 참으로 멋졌다. 동굴에 서식하는 흡혈동물들이 브라호크에게 쫓겨 어둠 속으로 달아나며 지르는 날카로운 비명도 대단했다. 자신이 지배하는 제국이 이렇게 거대할 줄은 예전에 미처 몰랐다. 위대하도다, 가우납 가문이여. 가우납들의 목소리가 그의 내면에서 솟아올랐다. 그 목소리들은 가우납을 부추겼다.

"전진하라!"

"전진하라!"

"브라호크의 지배자여!"

"붉은 예언의 성취자여!"

"헬의 왕이여!"

"우리들의 피 중의 피여!"

"우리들의 두뇌 중의 두뇌여!"

"우리의 아들!"

"우리의 자랑!"

햇불이 어둠 속에서 비춘 것은 경이로 가득 찬 광경이었다. 가장 큰 브라호크보다 더 큰 종유석들이 잠자는 거인처럼 암흑 속에 웅크리고 있었다. 금속처럼 빛나는 거대한 날개를 가진 나방들은 천둥으로 양철 두드리는 소리를 내며 가우납의 주위를 맴돌았다. 벽에서 거대한 폭포가 쏟아져 내리는 모양으로 굽이굽이 포개진 바위들은 휘황찬란함으로 보는 이를 숨 막히게 했다. 지하세계 전체가 그 지배자 앞에 무릎 꿇고 찬란하게 빛나고 있었다!

가우납은 옥좌에 앉아 웃고 비명을 질렀다. 붉은 예언이 성취된다! 이것은 승리의 행진이었다. 그리고 이런 행진은 계속될 것이었다.

위가 아래고, 오른쪽이 왼쪽이고, 전쟁이 선이고, 평화가 악이었다. 자신이 이토록 강하다고 느낀 것은 처음이었다.

슈토르의 길

우코바흐와 리베젤은 볼퍼팅어들에게 헬링들이 아마도 브라호크를 몰고 뒤쫓아오고 있을 것이라고 경고했다. 슈토르는 지하세계의 길을 가장 잘 알았다. 그래서 아무 논란 없이 선두를 맡게 됐다.

그는 브라호크들이 따라오지 못하도록 볼퍼팅어들을 좁은 협곡과 꼬불꼬불한 길, 천장 낮은 터널로 이끌었다. 그들은 눈멀고 귀먹은 생명체들이 지배하는 세계를 통과했다. 곤충들은 더듬이로 방향을 잡고 소음에도 놀라지 않았다. 때로는 암흑 속에서 느닷없이 그런 생물들과 마주치기도 했다. 동굴은 축축했고, 바위는 날카롭고 미끄러웠으며, 종종 깊이 갈라진 틈새가 하품하듯이 입을 쩍 벌리고 그들을 맞았다. 한 발짝 한 발짝이 조심스러웠다. 어떤 구역은 완전 암흑 상태로 통과해야 했다. 발광해초도 없고, 기름 냄새가 진동을 해서 횃불을 켜기도 곤란했기 때문이다. 대부분 지역이 추운 데다 축축한 바닥 표면에 얇게 얼음이 얼어 자칫 발을 잘못 디뎠다가는 큰일 나기 십상이었다.

랄라는 죽음의 제국에서 살아 돌아온 이후 차츰 활기가 넘치면서 가만히 있지를 못했다. 구리처녀 속에서 잃어버린 시간을 만회하려는 것 같았다. 그녀는 계속 움직였고, 예티 무리에 섞여 앞으로 갔다가 다시 볼퍼팅어 동아리로 되돌아오곤 했다. 그러면서 거대한 곤충이나 다른 동물들이 위협을 가해 오면 언제나 즉석에서 활을 들었다. 그야말로 생명이 되살아나는 것이 눈에 보였다. 움직임은 유연해지고, 걸음걸이는 빨라지고, 악력은 세졌다.

루모는 우르스, 롤프, 차코, 비알라와 함께 후위를 맡았다. 배후의 공격으로부터 일행을 보호하는 임무였다. 우코바흐와 리베젤도 가담했다. 반면 스마이크와 콜리브릴은 늙은 볼퍼팅어들과 함께했다.

어둠에서 어둠으로 이어지는 이 행군에서는 각자 조심하는 수밖에 없었다. 헬에서는 악의 심장에 갇혔다면 지금은 그 내장 속을 기어가는 셈이었다. 어느 쪽이 더 나쁜지는 누구도 장담할 수 없을 것이다.

사흘이 지나고 나서야 처음으로 휴식을 취했다. 예티들은 휴식이나 잠이 필요 없었다. 그러나 볼퍼팅어들은, 특히 나이 든 축은, 아무리 튼튼하고 지구력이 있다 해도 힘이 부쳤다.

경계 서기에 적합한 작은 동굴에서 불을 피웠다. 대부분이 바로 곯아떨어졌다. 그러나 루모, 우르스, 롤프와 그 친구들, 랄라, 우코바흐와 리베젤, 시장, 슈토르, 스마이크와 콜리브릴 박사 등등은 모닥불 주변에 모여들어 그동안 겪은 일들을 이야기했다.

이야기꽃

휴식 시간에 여러 이야기가 오갔다. 단언컨대 지금까지 캠프파이어에서 그보다 더 기이한 이야기들의 향연이 벌어진 적은 없을 것이다.

랄라는 자기 몸속에 갇힌 이야기며 곰신 탈론, 일그러진 공포의 얼굴, 피를 타고 달아난 일, 그리고 혈류 속에서 마주친 끔찍한 죽음의 병사들에 관해 이야기했다.

리베젤은 구리병정들과 맞서 싸운 예티들의 영웅적인 투쟁을 묘사했고, 머리가 잘리고도 불꽃을 튀기며 전투를 계속한 전사들과 낫질의 명수 슈토르의 거인적인 분노와 그 거대한 낫의 파괴력에 대해 이야기했다. 그리고 호문켈의 유래와 어려웠던 어린 시절 이야기도 자세히 덧붙였다.

우코바흐는 아름다운 죽음의 극장 지하실에서 한 일을 털어놓았다. 빨간 거미, 수정전갈, 알비노 쥐를 풀어놓은 일 말이다. 그러고는 볼퍼팅어들이 짼깍짼깍 장군에 맞서 싸운 과정을 서술했다. 이 밖에 함정도시 건설과 브라호크 길들이기를 포함해 도시 헬의 간략한 역사를 소개했다. 그제야 볼퍼팅어들은 가우납, 프리프타르, 아름다운 죽음의 극장이 어떻게 관계가 되는지 이해가 갔다.

오츠타판 콜리브릴 박사는 네벨하임과 그 도시를 지배하는 안개해파리에 대해 과학적으로 치밀하게 설명했다. 그리고 네 개의 두뇌가 잠시나마 동시에 미쳐버리면 어떤 기분인지 털어놓았다.

스마이크의 얘기가 물론 가장 길고 가장 재미있었다. 그는 랄라의 죽은피 속에서 한 여행과 비존재의 미세존재들을 만난 일 이 대목에서 콜리브릴의 빛나는 눈이 어둠 속에서 환히 밝아졌다 그리고 떠다니기 좋아하는 죽음의 병정을 결국은 척추를 부러뜨려 죽인 일 등에 관해 풍부한 어휘를 구사하며 사소한 부분 하나하나까지 상세하게 보고했다. 다만 린트부름 요새에 관련되는 부수적인 이야기는 하지 않았다.

낫질의 명수 슈토르는 죽은 예티들의 내력을 이야기했다. 그리고 루모와의 만남에 관해서, 루모가 비명을 지르는 바람에 지하세계 절반이 무너질 뻔했다는 것과 얼마나 바보면 치즈 써는 칼 하나 달랑 들고 헬로 갔겠느냐는 얘기를 했다.

끝으로 우르스가 일어나서 칼도 팽개치고 짼깍짼깍 장군에게 대항한 우샨 데루카의 최후에 관해 이야기했다. 우르스는 우샨이 오로지 자신의 목숨을 구하고자 그랬다는 걸 짼깍짼깍이 그의 심장을 파낸 다음에야 비로소 깨달았다고 고백했다. 그리고 앞으로는 검술에 헌신하여 우샨이 남긴 평생의 과업을 발전시키겠다고 했다. 우르스가 자리에 앉자 다들 눈물이 글썽글썽했다.

루모만이 아무 이야기도 하지 않았다. 몇 번 하려고는 했다. 하지만 생각을 가다듬고 입을 열려고 할 때마다 다른 사람이 먼저 나서서 이야기를 해버렸다. 그렇다고 유감이랄 것은 없었다. 자기가 하게 되면 모든 이야기를 맨 앞에서부터 지루하게 늘어놓을 것이라는 걸 스스로 잘 알고 있었기 때문이다.

마침내 다들 지친 나머지 내일의 행군에 대비해 잠을 청하는데 그린촐트와 사자이빨이 루모에게 말을 걸었다.

"왜 아무 얘기 안 했어?" 사자이빨이 물었다. "네가 제일 그럴듯한 이야기거리를 겪었잖아? 누르넨 숲 전투, 위그드라 질, 보석함! 얼음유령, 브라호크, 짹깍짹깍 장군의 몸속! 이런 건 영웅학 수업시간에나 나올 얘기야!"

"난 얘기 잘 못해." 루모가 변명했다.

"그보다는 낫질의 명수 슈토르의 웃음거리가 되는 걸 좋아하지." 사자이빨이 말했다. "대단해. 그게 랄라 앞에서 멋지게 보이려는 작전이라면, 잘 자."

"기회 있을 때 슈토르를 죽여버렸어야 했어." 그린촐트가 말했다.

"이젠 슈토르를 죽이려 하지 않겠다는 얘기인가?" 사자이빨이 슬며시 떠보는 식으로 물었다. "냉혹한 데몬전사께서 왜 생각이 바뀌셨을까?"

"우린 아직 놈이 필요하니까." 그린촐트가 툴툴거렸다. "슈토르는 지하세계에서 우릴 안내해야 돼. 나중에 죽여야지."

브라호크의 휴식

가우납은 천막에 들어가 잠을 청했다. 그런데 이상했다. 포도주와 약을 많이 털어 넣을수록 정신이 말짱해졌다.

"서무워. 어째서 서무운 거지?" 그는 이불을 뒤집어쓴 채 혼잣말로 소곤거렸다.

왕은 천막을 나서 횃불 있는 쪽으로 달려갔다. 이어 브라호크 전망대 난간 쪽으로 다가갔다. 저 아래로 어두운 제국이 펼쳐져 있었다. 푸른빛을 머금은 종유석들이 기름 같은 물속에 잠겨 있었다. 어째서 아래를 내려다보는 것뿐인데 이렇게 무서울까? 가우납은 뒤로 물러서서 전망대 뒤쪽으로 갔다. 그쪽 아래에는 브라호크들과 몰이꾼, 병사들이 있었다. 거대한 브라호크 수백 마리가 삐걱삐걱 소리를 내면서 지상세계로 가는 길에 있는 또 다른 동굴 브라호크의 휴식의 어둠 속을 성큼성큼 지나고 있었다. 개박쥐들은 끽끽거리면서 가죽 날개로 공기를 갈랐다. 그러자 무섭다는 생각이 들었다. 왜 보호받고 있는 게 아니라 추적당하고 있는 느낌이 드는 걸까? 거대한 동굴은 브라호크들이 내는 불안한 푸른빛을 받아 흔들리고, 천장에 매달린 수많은 돌손가락들이 자기를 손가락질하며 위협하는 것 같았다. 기다란 그림자들이 따라왔다. 저건 브라호크의 그림자인가 아니면 지하세계의 데몬인가? 얼음처럼 차가운 물방울이 가우납의 머리에 떨어졌다.

프리프타르는 왜 와서 위로해주지 않을까? 왜 이렇게 혼자 있어야 하는가? 지하세계의 왕은 두려움에 사로잡혀 난간에 몸을 숙인 채 어둠에 대고 고함을 질렀다.

"타르프리프! 타르프리프! 왜 서운무 야거?"

얇은 막

지하세계를 행군하면서 볼퍼팅어들은 비로소 이 무서운 세계에 대해 지금까지 얼마나 무신경하게 살아왔는지를 확실히 깨달았다. 지하세계와 지상세계를 나누는 천장이 얼마나 얇은지, 그리고 저 거칠고 사악한 지하세계 주민들이 어느 날 천장을 뚫고 올라와 얼마나 많은 죽음과 참사를 안길 수 있는지를 실감했다.

그들은 집게발 달린 나무만 한 벌레들을 보았다. 총천연색으로 빛나는 접시만 한 거미며 이탄 속에 살면서 처절한 신음 소리를 내는 땅거미 등등도 보았다. 지상세계와 지하세계를 나누는 층은 흑심만 품으면 누구나 뚫고 드나들 수 있는 얇은 막에 불과했다. 지하세계에서는 죽음이 다시 삶으로 변하고, 시체가 구더기가 되고, 또 다른 것은 온갖 동물로 화하는, 퇴비가 새로운 성장이 되고, 가라앉은 피가 위험한 누르넨이 되는 세계였다. 게걸스러운 생물과 소음이 우글거리는 끔찍하고도 무자비한 세상이었다. 올라갈수록 땅은 부드러워지고 도처에서 쩝쩝 딱딱 소리가 나는가 하면 사각사각 굴 파는 소리, 바스락거리는 소리가 났다. 볼퍼팅어들은 지하세계를 함께 통과하면서 이 모든 일들을 겪기 전보다 훨씬 단단히 결속됐다. 서로가 서로의 보호자였고, 자신의 잘못은 모두의 죽음과 불행으로 연결됐다. 곳곳에 위험이 도사리고 있었다. 서로에게 이보다 더 신경을 쓰고 배려를 해준 적은 없었다.

그들은 안간힘을 써서 헬을 빠져나온 다음 돌물동굴을 지나고 미로 같은 터널과 작은 동굴들을 거쳐 사자의 숲에 도착했다. 나무 같은 거대한 종유석이 즐비하고 영원한 안개로 뒤덮인 곳이었다. 숲을 질러가는 동안 원숭이 비슷한 것은 하나도 나타나지 않았다. 이렇게 많은 무리를 공격할 생각은 감히 하지 못한 모양이다. 날카로운 소리만이 거슬렸고, 가끔 안개 속에서 큼지막한 돌이 떨어지곤 했다.

루모는 동료들에게 검은 버섯은 먹지 말라고 경고했다. 그러나 예티들은 상관없다며 한껏 먹어댔다. 그러고 나서는 몇 시간을 들뜬 기분으로 돌나무 사이를 이리저리 춤추고 다니는가 하면 보이지 않는 원숭이들을 향해 돌을 마구 집어던지고 바보같이 혼자서 히죽히죽 웃곤 했다. 한참을 가다 보니 처음으로 엘름이 나타났다. 갈고리 부리를 한 이 지하세계의 원주민은 지칠 줄 모르고 씩씩거리면서 사자의 숲 땅바닥을 쪼아댔다. 루모는 이제 누르넨 숲이 멀지 않다는 걸 알았다. 그는 대열 맨 앞에 선 낫질의 명수 슈토르한테 뛰어갔다.

"곧 누르넨 숲 아래 지하미로를 통과해야 돼요." 루모가 말했다.

"뭐라고?" 슈토르가 물었다.

"내가 거쳐 온 길이에요."

"네가 누르넨 숲을 통과했다고?" 슈토르는 퀭한 눈구멍을 루모 쪽으로 돌렸다.

"네. 아저씬 안 그랬나요?" 루모가 말했다.

"물론 안 그랬지. 우린 바보가 아니라니까." 슈토르가 웃었다.

"하지만 냉동동굴에서 헬로 가려면 반드시 누르넨 숲 지하미로를 거쳐야 하는데."

"어째서 그렇게 생각하지? 잠깐. 너 정말 냉동동굴을 지나왔단 말이냐? 거긴 얼음유령이 득시글거리는데!"

"알아요." 루모가 말했다.

슈토르가 마른 웃음을 웃었다.

"정말이지 용케도 그 위험한 길을 지나면서 아무 생각 없이 싸돌아다니는 몽유병자처럼 하나도 다치지 않았구나! 축하한다!" 그는 "이봐들" 하며 동료 예티들에게 소리쳤다. "이 젊은 친구가 냉동동굴을 뚫고 왔다네. 게다가 누르넨 숲 지하미로도 거쳤다는 거야."

"그런데 어떻게 아직 살아 있지?" 한 예티가 되물었다.

슈토르가 히죽 웃었다.

"네가 입을 열 때마다 정신이 좀 의심스러워, 친구. 왜 바로 브라호 크동굴로 가지 않았지?"

루모는 답하지 않았다.

"냉동동굴을 거치지 않고 가는 직선코스가 있어. 그러면서도 누르넨 숲 아래를 통과하는 거야. 그 길로 지금 우리가 온 거야." 슈토르가 말했다.

"내가 물었을 때는 왜 가르쳐주지 않았어요? 지하세계에는 길이 많다고만 했잖아요." 루모가 말했다.

"그건 속인 건 아니지." 슈토르가 대꾸했다.

모든 고통의 총합

아무도—군인도, 의사도, 연금술사도— 감히 프리프타르에게 가까이 가지 못했다. 가우납 99세의 옥좌에 가 앉은 왕의 자문관에게 일어난 일을 필설로 형언할 수는 없지만 고도의 전염성을 가진 것만은 분명했다. 어지간히 거리를 두고도 그저 바라보는 것만으로 다들 공포에 떨었다. 그래서 빨리 멀리 떨어질 궁리를 했다. 그러는 바람에 순식간에 프리프타르는 아름다운 죽음의 극장에 홀로 남게 됐다. 죽은 관객들 앞에서 하는 마지막 상연의 유일한 목격자가 된 것이다.

그러나 그의 몸에 외관상 나타난 양상은 내부에서 진행된 과정을 약하게 반영한 것에 불과했다. 지금까지 경기장에서 벌어진 모든 일은 프리프타르의 혈류에 피하죽음특공대가 등장한 것에 비하면 그

야말로 약과였다. 그토록 다채롭고 끔찍한 연출은 그 어떤 총감독
도, 프리프타르 자신조차도 도저히 고안해낼 수 없는 것이었다. 피하
죽음특공대원들의 변신 능력이 이제야 진가를 발휘했다. 그것은 극
도로 다양한 종류의 고통을 끊임없이 유발시켰다. 가시와 집게가 투
입되고, 독과 산이 들어갔다. 프리프타르가 견뎌야 하는 고통은 지
금까지 이 극장에서 겪어야 했던 모든 고통을 다 합한 것보다도 심
했다. 게다가 짧게 끝나지도 않았다. 튀콘 취포스가 개발한 질병은
프리프타르의 몸속에 들어와서야 처음으로 그 끔찍함을 완벽하게
구현한 것이다.

악몽?

가우납이 불안한 잠에서 깨어났을 때 머릿속에서 웅웅거리는 소리
가 들렸다. 끔찍한 악몽을 꾼 것이다! 브라호크를 타고 거대한 데몬
들에게 쫓기는 꿈이었다. 데몬들은 헬에서 멀리 떨어진 지점에서 뾰
족한 종유석을 던지며 따라왔다. 선조들이 주위에서 춤을 추며 겁
쟁이라고 놀렸다. 정말 무서웠다!

프리프타르는 어디서 아침을 먹고 있을까?

가우납은 침대에서 내려와 벌거벗은 채 비틀거리며 앞으로 나가
커튼을 여는 순간 소스라치게 놀라 뒤로 물러섰다. 터질 것 같은 비
명을 억지로 참았다. 앞에는 거대한 동굴이 펼쳐져 있고 개박쥐 떼
가 머리 위를 마구 날아다니고 있었다. 박쥐에 올라탄 병사들이 치
켜든 횃불이 가우납이 탄 브라호크의 등을 비췄다. 등 아래서 묵직
하게 삐익삐익 하는 소리가 났다. 어디선가 호수와 기름 냄새가 났
고, 저 위 천장에는 돌고드름이 무시무시하게 매달려 있었다.

가우납은 뒤로 비틀거리다가 커튼을 다시 닫고 나서야 정신을 차

렸다. 몸서리치는 기억이 되살아났다. 꿈이 아니었다. 그는 브라호크의 지배자였고, 프리프타르와 헬은 멀리, 아주 멀리 있었다. 가우납은 다시 이불 속으로 숨어들어 수면즙을 왕창 마시고픈 욕망을 간신히 억눌렀다.

"전하. 기침하셨습니까?" 밖에서 누가 불렀다.

"그래, 일어났다." 가우납이 퉁명스럽게 답했다.

"목적지에 거의 다 왔다는 소식을 들으시면 기쁘실 것입니다." 그 목소리는 휘하 장군 중 한 사람이었다. "저희들 계산으로는 바로 오늘 볼퍼팅어들과 결전을 치르게 될 것입니다."

"그래그래. 그리고?" 가우납이 말했다.

"이런 말씀을 드리는 것은 늦어도 지금 전하의 최종 명령을 받고자 해서입니다."

"그래그래. 벌써 내렸잖아."

명령, 그래. 그건 내려야지. 그는 장군들에게 바보 볼퍼팅어들을 브라호크가 잡아먹도록 하라는 명령만 내리면 됐다. 그게 뭐 어려울 게 있겠는가?

가우납은 각성제를 한 모금 꿀꺽 마시고 급히 예복을 걸쳤다. 그러고는 뒤뚱뒤뚱 밖으로 나갔다.

기름호수에서

슈토르를 따라 작은 동굴과 얕은 터널을 지나 꽤 먼 길을 왔지만 엘름과 박쥐 말고는 야수나 다른 큰 문제는 없었다. 루모는 슈토르가 이런 지름길을 가르쳐주지 않은 데 대해 내심 아주 원망스러웠다. 그러나 그랬다면 우코바흐와 리베젤은 만나지 못했을 것이다. 루모의 모험이 어떻게 달라졌을지 누가 알겠는가. 운명은 제 길을 간 것이고, 그 길은 늘 탄탄대로도 아니었다.

볼퍼팅어들은 벌써 몇 시간 전부터 앞으로 보게 될 기름호수의 냄새를 맡고 있었다. 처음에는 그리도 불쾌감을 주던 냄새가 지금은 마음을 편하게 해준다는 사실이 루모는 놀라웠다. 이건 남의 도움을 받아 극복해야 하는 여행길의 막바지였다. 집에 거의 다 온 것이다.

뒤에 남아 있던 소수의 예티들이 기름호수로 나와 동료들을 맞이했다. 다들 별로 말들이 없었다. 슈토르가 간단히 몇 마디 하자 나룻배에 승객을 태우기 시작했다. 슈토르가 다시 명령을 내리자 선단은 출발했고 희미하게 빛나는 안개 속으로 사라졌다.

퇴각하던 일행은 그제야 처음으로 불안감에서 벗어나는 듯했다. 사실 그런 불안감 때문에 더 빨리 여기까지 온 마당이었다. 예티들은 동료 앞에서 구리병정 무찌른 이야기를 떠벌렸고, 볼퍼팅어들은 호수를 건너는 동안 잠시 눈을 붙였다. 랄라는 뱃머리 쪽에 아무 말 없이 앉아 있었다. 루모도 그 옆에 앉았다. 그녀가 옆에 있다는 생각에 안심이 되어서인지, 아니면 거룻배가 부드럽게 미끄러지고 호수의 기름에서 규칙적으로 꼬르륵꼬르륵하는 소리가 났기 때문인지, 아니면 워낙 기진맥진한 탓이었는지 루모는 앉은 채로 잠이 들고 말았다.

심각한 오해

"이제 다 왔습니다, 전하." 누군가가 왕의 어두운 천막 안에 대고 소리쳤다. "오르막길은 지났고 이제 기름호수로 갑니다. 개박쥐들을 태워 보낸 척후병들의 보고에 따르면 볼퍼팅어들이 막 호수를 건너고 있다고 합니다. 이제 명령만 내려주십시오."

가우납은 투덜댔다. 의무, 의무, 또 의무……. 그는 사태를 가능한 한 빨리 매듭짓고 헬로 돌아가고 싶었다. 그래서 앓는 소리를 내며 일어서 밖으로 나갔다.

이곳은 가우납의 메아리보다는 작고 환하고, 브라호크의 휴식의 얼음동굴보다는 따뜻한 동굴 지역이었다. 돌마다 형광물질이 빛을 발했고, 종유석에서는 푸른빛의 비가 떨어졌다. 전망대 난간에 기대어 아래를 내려다보니 브라호크 다리 사이로 짙은 안개가 뱀처럼 피어올랐다. 그는 현기증이 나 난간에서 물러섰다.

장군 여섯은 모두 헬의 귀족으로 전망대에서 부동자세를 취한 채 왕의 명령을 기다렸다. 시간이 꽤 지났는데도 가우납이 멍하니 뒤따라오는 브라호크들만 바라보면서 명령을 내리지 않자 그들 중 하나가 나섰다.

"이제 전술을 가다듬어야 할 때입니다, 전하. 프리프타르는 전하를 불필요한 문제로 번거롭게 하지 말라고 했지만 원정대가 이 단계에 가면 전하께 진언을 하라고 제게 분명히 당부했습니다. 공격명령은 전하께 달렸습니다."

"그래. 좋아." 가우납이 말했다.

장군들은 가우납이 명령을 내려주기를 학수고대했다.

"뭘 그렇게 뚫어지게 보는 거야?" 가우납이 투덜거렸다.

"전하, 명령을……." 한 장군이 감히 말을 했다. "볼퍼팅어들이 그들의 도시로 돌아갈 때까지 기다릴까요, 아니면 지금 공격할까요? 우리가 붉은 예언을 실현시키려면 원래는 도시로 돌아갈 때까지 기다려야 할 겁니다. 예언에는 분명히 지상세계에서 전쟁이 벌어진다고 했으니까요."

가우납은 곰곰 생각했다. 일이 참 복잡하네! 왜 저 바보 같은 프리프타르는 그런 얘기를 미리 해주지 않은 거야? 붉은 예언을 실현한다? 아니면 바로 공격한다? 지금 바로 공격하고 나서 역사가들한테 내가 예언을 성취했다고 쓰라고 명령할 수도 있는 거 아닌가? 그래, 그렇지. 내가 왕이니까. 지금 즉시 일을 끝내자. 그런 다음 헬로 돌아가는 거야. 그는 깊이 숨을 들이마셨다.

"호크브라로 여하금 장당 텅어볼퍼들을 해격공 살말시키도록 라하!" 그의 명령이었다.

그러나 장군들은 그를 뚫어지게 쳐다봤다.

가우납이 헛기침을 했다.

"호크브라로 여하금 장당 텅어볼퍼들을 해격공 살말시키도록 라하!" 그는 더 큰 소리로 반복했다.

장군들은 답답한 표정으로 서로 쳐다봤다. 이런 상황은 아직껏 없었다. 누구도 왕의 면전에서 무슨 말인지 모르겠다고 말할 수는 없었다.

"거리귀머냐?" 가우납이 화가 나서 소리를 질렀다. "저 을빌먹어 호크브라로 여하금 장당 텅어볼퍼들을 해격공 살말시키도록 라하고 시지했잖아! 그렇게 못 냐듣알아?"

"죄송하지만 전하." 한 장군이 용감하게 말을 꺼냈다. "전하의 명령을 알아듣지 못하겠습니다."

다른 장군들은 번득이는 눈초리로 왕을 노려봤다. 왕한테서 사형 선고라도 받은 듯한 표정이었다.

가우납의 목소리가 낮아졌고, 어떤 저의 같은 게 묻어났다.

"너희들이 내 말을 못 듣겠알아고다? 내 말이 하지확명 않다 이거야? 내가 를수실말 한 양모이지?"

기름호수에서 썩는 냄새가 밀려왔다. 그러자 거대한 브라호크가 신경질적인 반응을 보이는 바람에 그 위 전망대에 있던 사람들이 이리저리 흔들렸다.

갑자기 가우납이 아주 조용해졌다. 발작적으로 찡그리는 입매는 더 찢어지고, 눈자위는 텅 빈 듯했다. 저 안에서 목소리들이, 죽은 가우납들의 목소리가 울려나왔다.

"들었나, 가우납?"

그 목소리들이 물었다.

"우리야."

"네 안의 가우납들이다."

가우납은 정신이 나가 그 소리에 귀를 기울였다. 그 목소리들이 마침내 겉으로 나온 것이다! 이제 가우납에게 이렇게 저렇게 하라고 말할 터였다.

"우린 네가 자랑스럽다, 가우납!"

"넌 우리의 피 중의 피니까!"

"우리의 두뇌 중의 두뇌니까!"

"브라호크의 강력한 통솔자!"

"저런 걸 그냥 넘어갈 거냐?"

"저런 오만방자함을?"

"놈들은 네 명령을 못 알아듣는다는 시늉을 하는구나!"

"놈들은 네가 못 알아들을 소리를 하는 바보라는구나."

"놈들은 너를 깔고 앉아 지휘권을 찬탈하려는구나."

"그런 걸 놔둬서는 안 된다, 가우납!"

"모든 가우납의 이름으로 놈들을 응징해야 한다!"

"응징하라, 가우납!"

"응징하라!"

왕이 도취에서 깨어났을 때는 이미 모든 일이 끝난 다음이었다. 장군들 중 하나가 등을 깔고 누워 경련을 일으키고 있었다. 찢어진 목에서는 피가 솟구쳤다. 다른 장군들은 깜짝 놀라 물러섰다.

가우납은 정신이 돌아왔다. 납처럼 무거운 피곤이 밀려왔다. 그렇게 난리를 친 다음에는 늘 그랬다.

"이거 왜 이래?" 전망대 뒤에서 브라호크를 부리던 병사가 소리쳤다. "브라호크가 말을 안 들어."

놈이 벌벌 떠는 바람에 갑각이 진동했다. 놈은 멈춰 섰다. 이어 삐익삐익 하는 소리가 불안하고 산만해졌다.

가우납은 입에 묻은 피를 훔쳤다.

"왜 그래?" 그가 물었다. "호크브라가 왜 그래?"

최면 풀린 브라호크

브라호크의 갑각이 더 심하게 진동했다. 배에서는 소화액이 거품을 내며 부글부글 끓었다.

"브라호크가 피 냄새를 맡았다! 최면이 풀렸다!" 한 장군이 소리쳤다.

"전하!" 다른 장군이 왕에게 소리쳤다. "어떻게 브라호크를 타고 피를 내십니까? 피만 보면 환장을 하는 놈입니다! 저 야수들에 대해 그리도 무지하십니까?"

그랬다. 가우납은 몰랐다. 알 필요도 없었다. 왕이니까. 이 버러지 같은 놈이 무슨 마음을 먹고 이런 식으로 떠들어대는 거야?

가우납은 순식간에 장군의 목으로 다가갔다. 한입에 후두부를 물어뜯어 난간 너머로 퉤 뱉었다.

"그러니까 앞으로 렁그 말투로 말하지 마!" 가우납이 말했다.

가우납은 장군을 놓아주었다. 장군이 난간 옆에 서서 목을 꼬르륵거리며 손으로 상처를 막는 동안 피는 계속 브라호크 쪽으로 흘러내렸다.

"내가 접직 휘지하겠다!" 가우납이 울부짖었다. "팅어볼퍼들은 디어 나있? 내가 을들놈 살말시키겠다!"

강한 바람 소리가 일더니 브라호크의 갑각 주변으로 투명한 긴 코가 넘실댔다. 코는 전망대를 정확히 노리고 다가오더니 피 흘리는 장군 쪽으로 쭉 뻗쳤다. 쩌억 하고 콧구멍이 열리면서 장군 위로 다가와 획 빨아들였다. 장군은 생명 없는 인형처럼 콧구멍 속으로 날아갔고, 브라호크는 흥분을 이기지 못해 계속 삐익삐익 소리를 냈다.

코는 잠시 위로 솟았다가 호기심에 부르르 떨면서 다시 내려와 또 다른 피 흘리는 군인을 꿀꺽 삼켜버렸다. 그런 다음 전망대 위로 다가와 또 다른 먹잇감을 찾았다.

장군들은 브라호크 몰이꾼들에게 고함을 쳤다. 그러나 그들은 통제력을 잃은 지 오래였다. 일부는 비상 도르래를 가동해 구명바구니를 타고 내려갔다.

가우납은 옥좌로 달려갔다. 자리에 기어오르더니 국왕용 안전벨트를 꽉 맸다.

"나는 이다왕! 호크브라호여, 노니명령하 내 말에 종복하라!" 그는 소리쳤다.

브라호크의 코는 이제 전망대 위로 살금살금 다가와 계급에 관계없이 군인들을 차례로 빨아들였다. 일부는 브라호크의 뱃속에서 생을 마감하느니 아래로 뛰어내리는 편을 택했다. 사방에 무의미한 명령과 절망의 비명 소리가 난무했다.

뒤따르던 브라호크 무리에서도 유사한 소동이 일어났다. 전체가 연금술 최면에서 깨어난 것이다. 곳곳에서 브라호크들의 코가 죽창처럼 치솟고, 게걸스러운 삐익삐익 소리는 더 커졌다. 전망대에 앉은 승무원들은 공황 상태에 빠져 정신없이 연금술 용액을 브라호크들한테 뿌리거나 밧줄을 타고 내려갔다. 도망치지 못한 자들은 울부짖는 코에 붙잡혔고, 공중을 날아다니는 개박쥐들도 몰이꾼과 함께 빨려들기는 마찬가지였다.

가우납은 옥좌에 꼭 붙어 있었다. 머리 위로 바람이 스치면서 사지를 세차게 빨아들였다. 헐렁하게 놓인 모든 것을 빨아올리는 게걸스러운 흡인력이었다. 전술지도가 든 가방, 각종 무기, 헬의 문양이 그려진 방패, 수통 몇 개도 툭 날아갔다. 가우납은 위를 올려다봤다. 제일 거대한 브라호크의 콧구멍이 머리 바로 위에 있었다.

모든 가우납들의 가우납

그러나 가우납은 두렵지 않았다. 시선은 무아경에 빠졌다. 이쪽 귀에서 저쪽 귀까지 입이 찢어지게 웃고 있었다. 선조들의 목소리를 듣고 있는 것이었다.

"두려워하지 말라, 가우납아!"

목소리들이 외쳤다.

"넌 모든 가우납들의 가우납이다!"

"지하세계의 지배자다!"

"넌 무사할 것이다!"

"우린 무사할 것이다!"

"우린 영원하니까!"

그렇다. 그는 실제로 위험에 빠진 것이 아니었다. 그들은 실제로 위험에 빠진 것이 아니었다. 헬의 왕들은 위험에 빠지지 않았다. 그들은 영원했다. 아무리 바람이 쪽쪽 빨아들이며 날뛰어도 안전띠는 단단히 고정돼 있어서 가우납은 아교로 붙여놓은 것 같았다.

"난 납가우 란아글 하카아지다 벵 렐엘 아투아 99대세!" 그가 머리 위에서 마구 빨아들이는 빨대에다 대고 소리쳤다. "나는 이다왕! 나는 든모 납가우들의 납가우이다! 내가 네게 하니노명……"

옥좌 연결 부위에서 나사가 처음으로 빠지더니 피융 하면서 가우납의 귀 옆으로 날아갔다.

"하노명니 내 말에 종복하라!"

우지끈하는 소리가 났다. 옥좌 아래 기둥들이 전부 뜯겨 날아갔다. 옥좌가 지진을 만난 것처럼 흔들렸다.

"내가 네게 하니노명……"

다시 한 번 우지끈했다. 그런데 이번에는 가우납 자신이 높이 날아갔다. 적통을 이은 헬의 마지막 통치자는 옥좌와 함께 날아가 브라호크 중에서도 가장 큰 놈의 소화기관 속으로 빨려 들어가 강력한 위산 세례를 받았다.

죽음의 냄새

루모는 잠에서 깼다. 소리 때문이 아니었다. 충격 때문도, 누가 불러서도 아니었다. 냄새 때문이었다. 잠이 덜 깬 상태로 고개를 들어 냄새를 맡았다. 정신이 번쩍 나는, 무시무시한 악마바위 섬의 냄새였다. 썩어가는 수천 마리의 바다 기생생물들의 악취였다. 평생 루모를 쫓아다닐 것 같은 죽음의 냄새였다.

"외눈박이들이 온다." 루모가 잠결에 말했다.

"외눈박이?" 루모 앞쪽에 앉아 있던 우르스가 돌아다봤다. "아니야. 저건 브라호크야."

루모는 서서히 정신을 차렸다.

"냄새로 보면 수가 많아." 루모가 말했다.

"어째서 아무 소리도 안 들리지?" 우르스가 물었다.

"벌써 브라호크들이 호수에 들어온 걸 보았는데." 노 젓는 예티가 말했다. "놈들은 기름 속에서는 유령처럼 천천히 소리 없이 움직여. 섬뜩하지. 본능적으로 동굴에 진동이 생기면 얼마나 위험한지 아는 거야."

"얼마나 돼?" 우르스가 물었다.

"수백 마리. 있는 브라호크는 다 동원한 것 같아." 루모가 어림잡았다.

"호숫가까지는 얼마 안 남았어." 예티가 말했다. "곧 도착해."

"브라호크들이 몰려오고 있어." 루모가 말했다. "볼퍼팅으로 가는 계단으로 올라들 가세요. 여긴 우리가 맡을 게요."

처음 떠난 배들은 벌써 도착했다. 볼퍼팅어와 예티들은 호숫가에 모여 나중에 오는 사람들이 내리는 걸 도왔다. 모두가 뭍에 내리자 서로 머리를 맞댔다.

"말이 안 돼." 슈토르가 말했다. "너희는 브라호크들과 싸울 수 없어. 저렇게 많은 놈들하고는 안 돼."

"우린 더 잃을 게 없어요." 루모가 이의를 제기했다. "우리가 놈들이 올라가는 걸 막아야 돼요. 놈들과 지상세계 사이에는 우리밖에 없어요. 난 놈들을 무력화시키는 방법을 알아요. 사람들이 놈들한테 빨려들면……."

슈토르는 뼈만 남은 손을 루모의 어깨에 얹더니 후드를 벗었다. 검은 해골에서 미끈한 윤이 났다. 그의 이빨이 뽀드득뽀드득 소리를 냈다.

"잘 들어라, 친구. 네가 얼마나 바보인지 나한테 다시 보여줄 필요는 없다. 너희는 브라호크하고는 게임이 안 돼."

"난 벌써 한 놈 죽였어요." 루모가 말했다.

"그럼, 물론이지! 분명 그랬을 거야!" 슈토르가 어처구니없다는 듯이 웃었다.

심한 냄새가 밀려와 다들 숨을 못 쉴 지경이었다. 저 뒤에서 빛나는 안개의 베일을 쓴 브라호크들이 침묵 속에 다가오고 있었다.

브라호크의 반격

모두들 브라호크가 오는 걸 보려고 호숫가로 몰려갔다. 놈들은 아주 천천히 기름을 헤치고 조심스럽게 발걸음을 옮겼다. 그러면서 쉴 새 없이 더듬이로 사방을 더듬었다. 거대한 다리 관절에서 나는 소리만이 우드득 딱딱 할 뿐 놈들은 어둠 속에서 소리 없이 다가오고 있었다. 진짜 수백 마리는 돼 보였다. 헬의 브라호크가 총출동한 것이다.

슈토르는 돌아서서 호숫가에 있는 부하들과 중얼중얼 웅얼웅얼하며 의견을 나눴다. 분노하는 듯이 으르렁거리고 마구 웃는 소리가 점점 커졌다. 그러더니 슈토르 혼자 볼퍼팅어들 쪽으로 돌아왔다.

"좋다, 친구." 그는 이렇게 말하면서 낫을 들고 루모 앞에 우뚝 섰다. "알겠다. 너와 나의 문제다."

루모가 깜짝 놀라 그를 쳐다봤다.

"어쩌려고요?" 루모가 물었다.

슈토르는 툴툴거리면서 볼퍼팅어들 쪽을 향했다.

"들어들 보시오! 내가 지금 하는 말을 잘 따라주시오! 달아나든지 여기 남든지, 그건 상관 않겠소. 하지만 절대 끼어들지 마시오! 장관을 구경만 하든지 안전한 곳으로 대피하시오. 둘 중 하나만 하시오. 내가 여러분이라면 눈을 잃을 각오를 하겠소. 볼 만할 테니까. 그건 내 보장하오." 슈토르는 다시 한 번 루모의 어깨에 손을 얹었다. "널 알게 돼서 영광이었다, 루모야. 넌 정말 괴짜야."

루모는 여전히 당혹스러웠다.

"어쩌려고요?" 또 물었다.

"너하곤 상관없어." 슈토르가 답했다. "이건 예티들 문제야. 하지만 약속해줘야겠다."

"뭔데요?"

"그 애한테 빌어먹을 보석함 꼭 주거라."

루모는 끄덕끄덕하더니 이내 고개를 떨어뜨렸다.

슈토르는 돌아서서 부하들 쪽으로 성큼성큼 갔다. 부하들은 이미 배에 오르고 있었다.

볼퍼팅어들은 서로 소곤거렸다. 예티들이 어쩌려는 걸까?

슈토르와 죽은 예티들은 호수 한가운데로 향했다. 지휘자는 낫을 들고 제일 큰 배에 우뚝 서서 다시 한 번 볼퍼팅어들에게 다짐의 말을 보냈다. 그는 목소리를 낮췄다. 그때, 루모를 처음 만났을 때처럼.

"여러분, 다시 한 번 말해둡니다." 그가 소곤거렸다. "내가 진정한 영웅을 만난 적이 있다면 그건 바로 저 꼬마 바보올시다. 이름이 카드놀이랑 똑같지요. 하지만 난 부하들하고 더 높은 끗수를 낼 자신이 있소이다. 이제 눈을 크게 뜨고 낫질의 명수 슈토르가 죽은 예티 부대와 어떻게 하는지 똑똑히들 보시오! 그리고 몇 가지 기록이 깨지고, 역사가 이루어지는 현장을 주목하시오! 당신네 후예들에게 얘기해주시오. 하지만 똑바로 전하시오. 그렇지 않으면 낫질의 명수 슈토르의 혼령이 밤에 나타나 이 낫으로 목을 뎅겅 베어버리겠소!"

푸른빛이 나는 안개구름이 이쪽으로 밀려오더니 거룻배들을 삼켜버렸다. 의기양양하게 다가오는 브라호크들의 딱딱 삐걱삐걱 하는 소리만 들렸다.

"전의를 다지는 선언이었어." 잠시 후 우코바흐가 이런 말로 침묵을 깼다.

"브라호크들과 싸우려는 건가?" 리베젤이 물었다.

"그건 자살행위야." 우르스가 답했다. "도저히 상대가 안 돼. 배를 탄 상태에서는 더더구나 안 되지. 아마 숨을 만한 은신처를 알고 있을 거야."

아무도 자리에서 움직이지 않았다. 마법에 걸린 것처럼 멍하니 서서 안개가 걷히고 배가 보이기를 마냥 기다렸다. 죽은 예티들은 배에 부동자세로 서서 다가오는 브라호크들을 향해 나아갔다. 괴물들의 거대한 다리 그림자가 엇갈리며 다가왔고 쿵쿵 고동치는 내장에서는 푸르스름한 빛이 났다.

브라호크들과 선단의 거리는 이제 수백 미터밖에 안 됐다. 슈토르와 부하들은 이제 돌아오고 싶어도 그럴 수 없을 것이다.

피의 노래

"제군들, 노래할 텐가?" 슈토르가 갑자기 크고 분명한 목소리로 외쳤다. 볼퍼팅어들이 있는 데까지 들렸다.

"노래하자." 누군가가 화답했다. "그거 참 정신 나간 아이디어야, 슈토르. 넌 늘 그러지."

예티들이 웃었다.

볼퍼팅어들은 안절부절못하고 호숫가에 서 있었다.

"뭐 하는 거야?" 랄라가 물었다.

루모는 동굴 천장에 매달린 돌고드름을 가리켰다.

"우릴 위해 죽으려는 거야."

다가오는 브라호크들의 냄새가 점점 역해졌다. 루모는 칼 손잡이를 꽉 쥐었다. 뭘 어떻게 해볼 수 없다는 자괴감에 분노가 치밀었다.

"자기를 내던지는 거다. 낫질의 명수가 자기를 내던지고 있다." 그린촐트가 말했다.

"저 사람들 모두가 자기를 내던지는 거야." 사자이빨이 말했다.

"누구 좋은 노래 아는 사람?" 슈토르가 소리쳤다.

"피의 노래요!" 한 예티가 답했다. "우린 딴 건 몰라."

"좋다!" 슈토르가 답했다. "그럼 피의 노래다!"

그가 헛기침을 했다.

"피! 피!" 그가 선창했다.

"피를 뿌려라 저 멀리까지!

피! 피! 피로 적의 옷을 적셔라!

피! 피! 피를 뿌려라 저 멀리까지

피! 피! 피여 영원하라!"

"피! 피!" 예티들이 합창으로 따라 했다.

"피를 뿌려라 저 멀리까지!

피! 피! 피로 적의 옷을 적셔라!

피! 피! 피를 뿌려라 저 멀리까지

피! 피! 피여 영원하라!"

저 몸서리치는 노래의 메아리가 동굴을 가득 메우자 박쥐들이 화들짝 날아올랐다.

"칼을 휘둘러 적을 쪼개라!" 슈토르가 노래했다.

"쪼개고 노래하라, 죽이는 건 신난다!"

"칼을 휘둘러 적을 쪼개라!" 예티들이 따라했다.

"쪼개고 노래하라, 죽이는 건 신난다!"

"피! 피! 피를 뿌려라 저 멀리까지!"

다들 우렁찬 목소리로 외쳤다.

"피! 피! 피로 적의 옷을 적셔라!"

동굴 천장에서 빠지직하는 소리가 났다. 괴물 같은 돌고드름이 우지끈 소리를 내면서 창처럼 떨어졌다. 돌고드름은 가장 큰 브라호크의 갑각을 뚫고 내장을 관통해 아래로 삐져나왔다. 푸른빛이 나는 배가 누더기처럼 찢어졌다. 첨벙하고 둔탁한 소리를 내면서 브라호크는 기름 속으로 쓰러졌다. 이어 내장과 푸르스름한 점액이 폭포처럼 쏟아져 나왔다. 놈은 잠시 똑바로 서 있다가 처절한 비명을 지르며 열두 개의 다리가 다 꺾이고 말았다. 그러면서 위태위태하던 성탑처럼 와르르 무너졌다.

쓰러지면서 나는 소음과 비명 소리가 동굴 전체로 퍼졌다. 그러자 이번에는 천장 곳곳에서 딱딱딱딱 하는 소리가 났다. 나무만 한 종유석들이 소나기처럼 브라호크와 예티와 호수 위로 쏟아져 내렸다. 거룻배에도 쏟아져 여러 척이 기름물 속에 침몰했다. 브라호크들도 똑같이 수십 마리씩 쓰러졌다. 공황 상태가 벌어졌다. 울부짖고 삐삑거리고 요란한 소리를 내면서 놈들은 사방으로 뛰었다. 서로 밀치고 자기들끼리 엎어지고 넘어졌다. 지하세계에 전에 없던 굉음이 이어졌다.

"동굴이 무너진다!"

누군가가 외치자 이 장관을 넋을 잃고 바라보던 볼퍼팅어들은 정신이 번쩍 들었다. 이 소름 끼치는 광경에서 눈을 떼는 데는 약간 시간이 걸렸다. 이어 돌아서서 뛰기 시작했다. 더 빨리, 점점 더 빨리 달렸다. 랄라는 루모의 손을 잡고 뛰었다.

저 뒤에서 거대한 종유석들이 호수로 떨어져 내렸다. 그러자 돌이 떨어지면서 솟아오른 파도는 많은 브라호크와 배에 타고 있던 예티들을 몽땅 쓸어갔다.

볼퍼팅어들은 죽기 살기로 뛰었다. 이제 호수 주변 땅에도 돌고드름이 떨어져 달아나는 자들 사이에 박혔고, 산산조각 난 작은 돌들이 비처럼 쏟아졌다.

브라호크들의 비명이 뚝 끊겼다. 다리로 서서 더듬이를 휘두르는 놈은 극소수였다. 멀리서 우르르릉 하면서 전에 없이 큰 천둥 같은 소리가 나더니 모래와 흙과 자갈이 거대한 먹구름이 되어 남은 브라호크들을 삼켜버렸다. 그 소리는 잠시 지속되다가 마침내 고요해졌다.

볼퍼팅어들은 아직도 달아나고 있었다. 그러나 이제 몇몇은 멈춰섰다. 루모와 랄라도 멈추고 뒤를 돌아봤다.

뿌얀 돌먼지가 높이 솟아오르면서 커튼을 친 것처럼 악몽 같은 광경을 가렸다. 다들 위를 쳐다봤다. 동굴 천장은 전혀 손상된 곳이 없었다. 돌 군단을 보내 지하세계의 거대한 괴물들을 말살해버린 것이다. 그 와중에 낫질의 명수 슈토르와 용감한 예티 전사들도 함께 묻히고 말았다.

랄라와 루모가 있는 데서 멀지 않은 곳에 산의 요들러 시장이 서 있었다. 그는 털가죽에서 먼지를 털어내고는 돌아서서 말했다.

"자. 이제 집으로들 가십시다."

연금술사의 승리

전투는 끝났다. 그러나 진짜로 큰 전투는 아직 남아 있었다. 튀콘 취포스의 피하죽음특공대는 고통 속에 죽은 왕의 자문관이자 아름다운 죽음의 극장 총책임자 프리프타르의 잔해에서 바깥으로 나왔다.

특공대는 그를 때려눕혀 심장을 멈추게 하고 살과 장기와 사지를 세포 하나하나까지 다 뜯어 먹고 나서는 얼마 남지 않은 잔해에서, 한줌 뼛가루에서 밖으로 튀어나온 것이다. 특공대는 경기장의 텅 빈 객석 위를 떠돌다가 버려진 포로감옥과 구리병정들이 있던 자리를 지나 파괴할 새 생명체를 찾아 나섰다. 그러나 다른 미생물들이 이미 작업을 끝낸 시체밖에 없었다. 눈에 보이지 않는 특공대는 극장 외벽을 넘었다.

마침내 사통팔달로 뻗은 헬의 거리에 도착했다. 생명으로 가득한 도시였다. 피하죽음특공대는 헬로 내려가 튀콘 취포스의 저주를 실행에 옮겼다. "헬과 거기 사는 모든 것이 바로 나처럼 안에서부터 밖으로 제거되기를!"

검은 돔의 광장

루모가 지하세계로 내려간 이후 처음으로 볼퍼팅어들이 검은 돔의 광장에 발을 디뎠다. 그들은 검은 수직갱도에서 하나둘씩 차례로 올라왔다. 저녁 어스름이 깔리고, 검푸른 하늘가에는 구름도 거의 없었다. 볼퍼팅어들은 신선한 공기를 마시고, 지는 해의 마지막 따사로운 햇살을 즐겼다. 어떤 사람들은 지하세계에 대한 기억의 냄새를 떨쳐버리려는 듯 부르르 몸을 떨었다.

검은 구멍 주변에 점점 더 많은 사람들이 모여들어 광장 전체와 주변 거리가 볼퍼팅어들로 꽉 찼다. 누구도 떠날 생각을 하지 않았다. 그들은 지나간 사건들을 앞으로 다가올 삶에서 영원히 떨쳐버리게 해줄 위로의 말을 고대하고 있었다.

모든 시선이 시장에게 쏠렸다. 그는 이미 계단을 오르면서 적절한 말을 찾아 한참 다듬어놓았다. 그가 헛기침을 하자 여기저기서 중얼거리는 소리가 뚝 끊겼다. 그러자 요들러 시장이 역사적인 연설을 시작했다.

"이렇게 끔찍한 구멍을 막으려면 빌어먹을 큰 뚜껑이 필요합니다."

아무도 말하지 않았고, 아무도 움직이지 않았고, 아무도 찬동하거나 박수 치지 않았다. 그건 그들이 기대했던, 고통을 어루만지고 도시 연대기에 기록될 만한, 그런 말은 아니었다. 그러나 맞는 말이라는 것은 알고 있었다. 그래서 기분이 좀 풀렸다. 심지어 손재주가 있는 사람들은 벌써 그런 뚜껑을 어떤 소재로 만드는 게 좋을지 골똘히 생각하기 시작했다.

"내 말이 틀렸습니까?" 시장이 물었다.

"아니오." 옆에 있던 누군가가 말했다. "정곡을 찌르신 겁니다."

오츠타판 콜리브릴 박사와 함께 시장 옆에 서 있던 사람은 다름 아닌 폴초탄 스마이크였다.

시장은 잠시 정곡이란 말이 자기 머리에 난 상처를 빗댄 말이 아닐까 하고 의심했다. 그러나 곧 그런 생각을 떨쳐버렸다. 공무 수행 중이니까. 볼퍼팅의 이방인이란, 이제껏 한 번도 없었고 정치적으로 민감한 문제였다. 지금까지는 기본적으로 볼퍼팅에 이방인을 받지 않았다. 그러나 차마 그들을 내쫓을 수는 없었다. 둘은 볼퍼팅어들의 해방에 결정적인 기여를 했다. 시장 자신도 감방에서 둘과 함께 많은 시간을 보냈다. 그들은 랄라의 생명을 구했다. 지금으로선 친절한 자세를 보이는 게 중요했다. 이크, 순식간에 외교적으로 극히 세련된 표현을 요하는 두 번째 상황이 발생했다.

"친절한 방랑객과 우리 도시를 함께하는 것은 언제나 기쁨이지요."

마침내 산의 요들러 입에서 나온 언급이었다. 후유! 다행스럽게도 아틀란티스방랑객규정에 나오는 전통적인 문장이 떠올랐다. 화톳불을 도시로 바꾸기만 하면 됐다.

"오, 후대에 감사드리며⋯⋯." 스마이크가 응수했다.

오츠타판 콜리브릴 박사가 정중하게 말을 이었다.

"⋯⋯지나친 폐를 끼치지 않도록 노력하겠습니다."

둘에 대한 배려는 이 정도면 됐겠다 싶어 시장은 안도했다. 그러나 지하세계 출신의 또 다른 이방인들은 어쩐다? 시장은 근심스럽게 저쪽을 건너다보았다.

우코바흐와 리베젤이 지는 해의 마지막 햇살을 받으며 서 있었다.

"공기가 숨 쉴 만하네." 우코바흐가 헐떡이며 말했다. "독이 있어도 당장 문제가 생기는 건 아니지."

"태양도 우릴 재로 만들 것 같지는 않아." 리베젤이 손을 들어 해를 가리며 말했다. "우리가 녹아버리거나 뭐 그러지는 않네."

"내일 낮까지 기다려봐. 그럼 해가 완전히 커질 테니까." 옆에 있던 우르스가 이죽거렸다.

"햇빛이 그때그때 강도가 다른가?" 우코바흐가 놀라며 말했다.

"이제 해가 지면 햇빛은 아예 없어. 그럼 추워져. 어두워지고. 너희 둘은 어디서 잘래?" 우르스가 말했다.

우코바흐가 어깨를 으쓱했다.

"아직 생각 안 해봤어." 리베젤이 답했다.

"그럼 우리 집으로 가자. 호트 골목에 있는 우리 집에 오늘부터 방이 하나 빌 거야."

그는 머리로 루모와 랄라 쪽을 가리켰다. 둘은 말없이 광장 가운데 서 있었다.

도시를 환기시키다

"우리 집까지 데려다줄 거지?" 마침내 랄라가 물었다. "밤이 되면 거리에 나쁜 사람들이 많대."

"그래." 루모가 말했다.

말없이 두 사람은 거리를 걸었다. 집집마다 활기가 넘쳤다. 창문이 열리고, 촛불이 켜지고, 이불을 털고, 곳곳에서 웃음과 달그락거리는 소리가 났다.

마침내 둘은 랄라의 집에 도착했다. 랄라는 루모를 쳐다보면서 자기의 위쪽 팔을 만졌다. 부드러운 털가죽을 헤치자 고통 없는 흉터가 드러났다.

루모

랄라는 집으로 들어가면서 뒤로 문을 열어두었다.

루모는 다시 한 번 눈을 감았다.

그렇다. 거기 있었다. 은띠. 그러더니 문으로 스르르 미끄러져 들어갔다. 랄라네 집 안으로.

"가봐!" 사자이빨이 말했다.

그러자 루모가 엉거주춤 랄라의 뒤를 따랐다. 손으로는 검의 손잡이를 꽉 쥐었다. 무슨 버팀목이라도 되는 양.

"쟤한테 보석함을 보여줘." 사자이빨이 속삭였다. "누르넨 숲 나무로 만든 보석함을 보여주라고."

"그래." 그린출트가 말했다. "그럼 뿅 갈 거야."

여기서 R자 달린 서랍은 닫힌다.

눈치껏 닫히는 것이다.
이제 랄라가 루모에게
사랑의 기적을 알려주어야 할 순간이기 때문이다.

그런 기적들이 있는 법이다.
어둠 속에서만 일어나는.

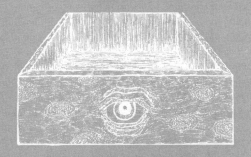

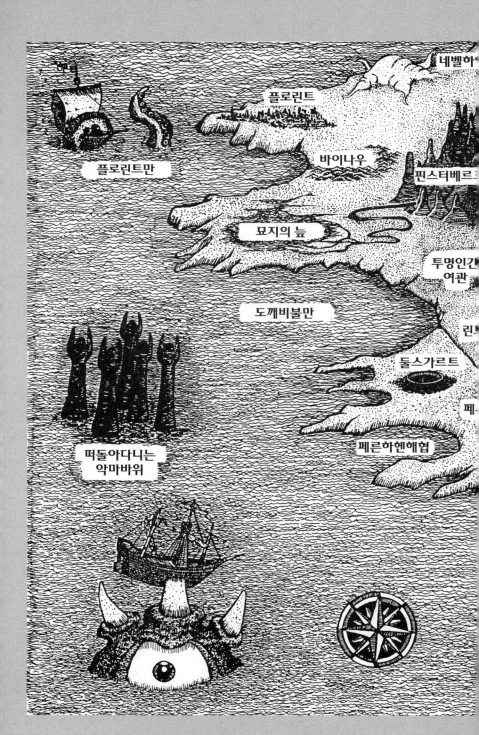

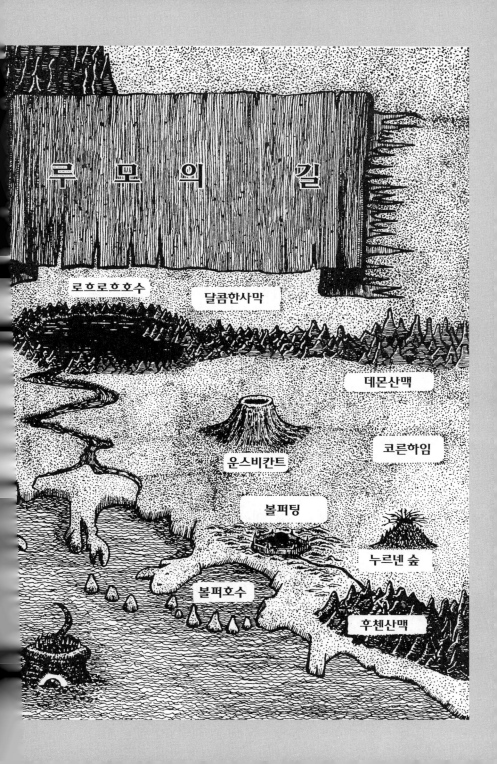

『잃어버린 은띠를 찾아서』 두 배 즐기기

『잃어버린 은띠를 찾아서』를 좀 더 재미있게 읽을 수 있는 방법은 무엇일까? 역자가 보기에는 역시 그저 작가를 신뢰하고 그의 안내에 따라 약간의 상상력을 발휘하면서 마음 편히 읽어나가는 것이 최선이다. 역자로서는 작품 읽기가 하나의 작업이었기 때문에 독자들만큼의 풍성한 즐거움을 누리지 못한 것이 못내 아쉽다. 그런 점에서 이제 손에 땀을 쥐며 초초해하다가 웃음이 나기도 하고 울음이 나오기도 하고 때로 가슴 저리는 이야기의 즐거움을 한껏 누리실 독자들이 부럽다.

이 소설은 차모니아라는 가상의 대륙을 무대로 해서 쓴 발터 뫼르스의 연작 가운데서도 압권이 아닌가 싶다. 위키피디아 백과사전도 그의 여러 작품 가운데 가장 많은 양을 할애해 소개하고 있다.

무대가 동일하고 주요 등장인물이 되풀이해서 나온다는 점에서 각 작품들은 연관관계가 없지는 않지만 한 편 한 편을 이해하는 데 다른 작품들에 대한 지식은 불필요하다. 편마다 독립적으로 읽는 것으로 족하다는 얘기다. 그래서 연작이라고 할 수는 있지만 굳이 연속성을 부여할 필요는 없다.

그의 다른 소설과 마찬가지로 이 작품도 상상을 초월하는 현란한 상상력으로 독자를 압도한다. 그래서 현대 판타지 문학의 성취 중에서 최고봉의 하나로 꼽는 평론가들이 많다.

그러나 판타지냐 SF냐 하는 식의 장르 구분은 이 작품을 읽는 데 별 도움이 되지 않는 것 같다.

뫼르스 본인은 이 작품을 '모험소설'로 규정한다. 순진무구한 주인공이 무시무시한 세계에 들어가 온갖 모험을 겪고 다시 정상적인 세계로 돌아오는 과정을 그린 것을 모험소설이라고 한다면 루모 이야기는 그야말로 모험소설이다. 평자에 따라 쥘 베른의 전통을 이었다고도 하고, 지하세계에 내려가 아내 에우리디케를 구한 오르페우스 신화를 변주했다고도 한다. 주인공 루모가 철모르던 시절 산전수전 다 겪은 노회한 스마이크를 만나 말을 배우고 지옥 같은 악마바위를 벗어나는 부분까지는 전형적인 성장소설 같은 느낌도 든다.

그러나 이런저런 장르적 구분을 너무 의식하는 것은 작품의 풍부함을 읽어내는 데 오히려 방해가 된다. 작품에 등장하는 신기한 이야기들의 연원을 고대 게르만의 무슨 신화, 바이에른 지방의 무슨 전설, 고대 그리스의 무슨 신화에서 유래한 것이라고 치밀하게 고증하려 들거나 볼퍼팅어, 아이데트, 블루트쉥크, 얼음유령, 호문켈처럼 상상으로 만들어낸 등장인물을 설화상의 전거를 찾아 좀 더 구체화하려는 노력도 작품의 이해에 방해가 되기는 마찬가지다. 뫼르스는 "평론가들이 내 작품에서 나도 모르는 너무 많은 것을 읽어낸다"고 비꼬았다.

이 작품은 신기한 이야기를 그저 신기하게 풀어냄으로써 신기한 재미를 주려는 판타지와는 차원이 다르다. 작가는 유머와 아이러니, 냉소와 풍자를 적절히 구사함으로써 주인공과 그들의 행동을 다채롭게 해석한다. 그런 과정을 통해서 진짜 인간은 한 명도 등장하지 않지만 오히려 인간의 이런저런 면모에 대해 다채로운 통찰을 보여주는 본격 소설이 된다. 그렇기 때문에 독일 출신으로는 드물게 베스트셀러 작가이면서도 '문제적 작가'라는 칭호가 따라다니는 것이다.

예를 들어 누르넨 숲 참나무 위그드라 질(의 뿌리)은 루모를 지하 세계의 목적지로 데려다 주면서 이렇게 말한다.

"네가 어디든 자유롭게 돌아다닐 수 있다는 걸 내가 부러워한다고는 생각하지 마라. 그건 허무한 거야. 내 철학으로는 모든 생명체는 나무야, 알겠니? 누구나 언젠가는 뿌리를 내리게 되지. 너도, 언젠가는 알게 될 거야. 그러면 너도 나이테가 쌓이고 나이가 들고 퉁퉁해질 거야. 나처럼 말이야."

늑대와 노루의 후예인 볼퍼팅어(루모)나 거대한 참나무 위그드라 질이라는 인물 자체는 희한한 상상력의 산물이지만 단순히 신기함에 머물지 않고 인간의 모습, 인생의 단면을 암시한다.

콜리브릴 박사가 두뇌 속으로 스마이크를 여행시키는 과정에서 콜리브릴의 스승인 나흐티갈러 박사가 등장한다. 그러자 스마이크는 왜 저렇게 성난 표정이냐고 묻는다. 그러자 콜리브릴은 이렇게 답한다.

"그 박사학위 논문이 좀 화가 난 건 제 논문의 기본이론과 아직 잘 사귀지 못해서 그렇습니다. 서로 접속될 수 있는 접점을 찾는 중이지요. (……) 아시다시피 박사학위 논문은 대부분 다른 박사학위 논문들로 구성돼 있습니다. 새 박사학위 논문은 항상 서로, 에, 짝짓기를 하는 기존 박사학위 논문들의 난장판 같은 것이지요. 그렇게 해서 뭔가 새로운 것이, 전혀 존재하지 않던 것이 생겨나는 겁니다."

이 구절은 논문의 구성 방식에 대해서뿐 아니라 이 작품의 구성 방식에 대해 많은 것을 시사한다. 서구적 전통에 익숙지 않은 독자에게 일일이 나열할 수는 없지만 이 작품은 서양 소설사의 비빔밥이라고 할 만큼 수많은 작품에서 다채로운 요소를 차용하고 있다. 물론 그러한 차용은 "새로운 것, 전혀 존재하지 않던 것"으로 거듭난다. 이 작품을 즐기는 데 또 하나 빼놓을 수 없는 것은 작가가 그린 삽화다. 작가가 직접 디자인한 책 표지에서 보듯이 주인공 루모는 주름진 커튼을 살짝 비집고 수줍게 독자 앞에 나타난다. 이 꼬마는 급속히 성장하면서 지옥 같은 악마바위 섬을 탈출한 뒤 너울거리는 은띠를 따라 볼퍼팅에 도착하고 거기서 꿈에 그리던 사랑 랄라와 친구들을 만난다. 그러나 행복은 오래가지 않았으니 랄라와 친구들은 지하세계로 끌려간다. 루모는 단신으로 지하세계에 뛰어들어 악의 세력을 물리치고 애인과 동족을 구해낸다.

영웅을 논하기 쑥스러운 이 시대에 루모는 영웅의 모습을 우리에게 보여준다. 그러나 그 영웅은 숭고하고 위대해서 범접하기 어려운 위인이 아니라 순진하고 선량한 친구이다.

만화가로 먼저 명성을 얻은 솜씨답게 치밀한 삽화들은 환상적인 세계와 등장인물들의 모습을 다채롭고 풍부하게 제시함으로써 독자들의 상상력을 최대한 자극한다. 예컨대 구리처녀는 에드바르트 뭉크의 「절규」를 연상시키고, 얼음유령은 19세기 독일 낭만주의 화가 카스파 다비드 프리드리히의 「얼음바다」와 흡사하다. 삽화를 그리는 데만 6개월이 걸렸다고 한다.

뫼르스는 차모니아 연작의 외연을 인터넷으로 확장시켜놓았다. 그래서 작가와 출판사가 함께 만든 홈페이지(http://www.zamonien.de/zamonien/)에서는 독자와 작가, 독자와 독자들 간의 논의가 지금도 계속되고 있다. 이 책을 비롯한 차모니아 연작의 배경이나 등장인물, 특이한 족속의 정체, 지명 등에 관한 상세한 설명과 논의를 여기서 찾아볼 수 있다. 신기한 것을 유난히 좋아하는 독자라면 뫼르스 마니아가 만든 블로그(http://homepage.mac.com/mjharper/zamonien/index.html)도 쓸모가 있겠다. 두 사이트 모두 독일어로 돼 있어서 불편하지만 정 궁금하신 분들은 독일어-영어 번역기를 사용하면 도움이 될 것이다.

발터 뫼르스는 아주 천재적인 작가다. 그러나 대중 앞에 거의 얼굴을 드러내지 않는 성격 탓에 온갖 소문이 난무한다.

몇 가지 예를 들어보자.

'1989년 가라테 독일 대표사범이 됐다. 날씨가 좋으면 지능지수가 180까지 올라간다. 12개 국어와 각종 방언을 하며 4번 결혼해서 12명의 아이를 두고 있다. 한가할 때는 1,000명의 단원이 연주하는 12음계 교향곡을 작곡한다. 바로크 기타 음악을 잘 연주하며 네 옥타브까지 올라가는 음역을 자랑한다. 병 따는 소리만으로도 5,000종의 포도주를 구분한다. 입자물리학을 연구했으며 미지수가 24,000개나 되는 대수식을 만들었다 등등.'

이처럼 황당무계한 이야기들은 그만큼 그에 대한 대중의 호기심이 엄청나다는 것을 말해준다. 사실 뫼르스는 작가에 관한 전기적 · 사실을 빠삭하게 안다고 해도 작품의 이해에는 거의 도움이 되지 않는 경우에 속한다.

그의 인생을 간단히 정리한다면, 고2 때 학교를 중퇴하고 이런저런 직업을 전전하다가 만화가와 작가로서 대성해 큰돈을 벌고 유명해진 인물이다.

학교를 중퇴한 이유에 대해서는 한 인터뷰에서 "매일 똑같은 시간에 일어나서 아직 날이 어둡거나 추운데도 집을 나서야 하는 것이 불편했기 때문"이라고 말한 바 있다. 그는 놀라운 상상력이 어디서 나오느냐는 질문에 "순수한 상상이라는 것은 없다. 모든 것은 현실에서 자극을 받는다. 그런 점에서 나는 리얼리스트다"라고 했다. 그의 상상을 자극하는 것은 '호기심'이다. 끝없는 호기심이 끝없는 상상의 세계를 창조한다.

그는 아내와 함께 함부르크에서 살면서 왕성한 창작활동을 하고 있다. 자녀는 없고, 여행을 하고 책을 사는 데는 주저 없이 돈을 쓰는 것으로 알려져 있다.

번역은 2004년 8월 독일 피퍼(PIPER) 출판사에서 나온 『RUMO & Die Wunder im Dunkeln』을 저본으로 하고, 빈티지(VINTAGE) 출판사에서 나온 영역본 『RUMO & His Miraculous Adventures』를 참고했다.

세계문학의 천재들 002

꿈꾸는 책들의 도시
Die Stadt Träumenden Bücher

발터 뫼르스 | 두행숙 옮김

책들이 상처를 주고, 중독시키고, 심지어 생명까지 빼앗을 수 있는 곳.
"여기서부터 이야기는 시작된다."

인간이 빚어낼 수 있는 최고의 서사!
〈차모니아 대륙〉에 발을 들여놓는 순간,
당신의 상상력은 무(無)처럼 증발하고 만다.
그리하여,
"여기서부터 이야기는 시작된다."

- 생명을 얻은 책이 독자를 낚아챌 때, 그 독자가 마주치는 미궁의 세계는 어떤 풍경일까. 〈조선일보〉

- 소설이 끝나니, 악몽이 시작되었다. 〈중앙일보〉

- 책 바깥의 현실에 대해서는 아무런 부담도 지지 않겠다는 듯 자유로이 도약하고 활강하는 상상력, 그리고 개연성에 구애받지 않는 활달한 서사의 폭포. 〈한겨레신문〉

- 책의 남은 분량이 줄어들수록 빨리 모험을 따라가고 싶은 마음과, 남은 분량을 줄이고 싶지 않은 마음 사이에 갈등을 겪게 된다. 〈오마이뉴스〉

- 종이에 불과한, 그러나 한순간이라도 타오르지 않고는 진정한 무엇이 될 수 없는 무엇에 대한 강렬한 메시지. 〈경향신문〉

- 독자들이여, 부디 발터 뫼르스라는 이름을 오래 기억해두기 바란다. 정신적 풍요와 짜릿한 즐거움을 선사하는 놀라운 재능을 지닌 작가이니까. 〈디 벨트〉

- 발터 뫼르스의 책에 발을 들여놓는 순간, 절대로 거기에서 빠져나갈 수 없다. 〈슈피겔〉

- 보르헤스 식의 무한한 도서관을 창조해내다. 아니, 오히려 더 생생하고 자극적이다. 〈베스트팔렌 안차이거〉